Mika Waltari

Sinuhe der Ägypter

Aus dem Finnischen von
Charlotte Lilius

BASTEI
LÜBBE

BASTEI-LÜBBE-TASCHENBUCH
Band 25224

Titel der Originalausgabe: SINUHE EGYPTILÄINEN

Lizenzausgabe: Gustav Lübbe Verlag GmbH,
Bergisch Gladbach
Printed in Germany April 1994
Einbandgestaltung: K.K.K.
Titelbild: Nach einem Gemälde von David Roberts –
Victoria & Albert Museum
Satz, Druck und Bindung: Ebner Ulm
ISBN 3-404-25224-1

Inhaltsverzeichnis

Erster Band

Zweiter Band

ERSTER BAND

Erstes bis neuntes Buch

ERSTES BUCH

Das Binsenboot

1

Dieses schreibe ich, Sinuhe, der Sohn Senmuts und seines Weibes Kipa – nicht um die Götter Kêmets zu preisen, denn der Götter bin ich überdrüssig – nicht um Pharaonen zu verherrlichen, denn auch ihrer Taten bin ich müde, sondern um meiner selbst willen schreibe ich es, weder um Göttern und Königen zu schmeicheln noch aus Furcht oder auch einer Hoffnung auf die Zukunft. Denn im Verlaufe meines Lebens habe ich so vieles erfahren und verloren, daß keine eitle Furcht mich quält, und des Hoffens auf Unsterblichkeit bin ich müde wie der Götter und der Pharaonen. So schreibe ich dieses nur für mich selbst und glaube, mich dadurch von allen Schreibern der Vergangenheit wie auch der Zukunft zu unterscheiden.

Denn alles, was je geschrieben worden ist, wurde der Götter oder Menschen wegen geschrieben. Ich zähle auch die Pharaonen zu den Menschen, denn sie sind in Haß und Furcht, in Begierden und Enttäuschungen wie wir. Zwischen ihnen und uns besteht kein Unterschied, und würden sie auch tausendmal zu den Göttern gezählt. Und wären sie auch tausend- und aber tausendmal bei den Göttern verzeichnet, so sind sie doch nur Menschen, den andern Menschen gleich. Wohl besitzen sie die Macht, ihren Haß zu befriedigen und ihre Furcht zu fliehen, aber diese Macht bewahrt sie nicht vor Begierde und Enttäuschung. Doch was geschrieben worden ist, wurde auf Befehl der Könige geschrieben oder um Göttern zu schmeicheln oder aber um Menschen zu verleiten, an Dinge zu glauben, die nie geschehen sind – oder zu glauben, daß alles anders geschehen sei, als es in Wirklichkeit geschah –, oder daß des einen oder andern Anteil an den Geschehnissen größer oder geringer gewesen sei, als es in Wirklichkeit war. Das meine ich, wenn ich behaupte, daß alles, was seit Urzeiten und bis heute geschrieben worden ist, der Götter oder der Menschen wegen geschrieben wurde.

Alles kehrt wieder zum alten zurück, nichts ist neu unter der Sonne, noch verändert sich der Mensch, wenn auch seine Gewänder und die Worte seiner Sprache sich wandeln. Darum glaube ich auch nicht, daß das Schreiben in der Zukunft anders sein wird als bisher, weil auch der Mensch sich nicht verändert. Um die Lügen scharen sich die Menschen wie Fliegen um einen Honigkuchen, und wie Weihrauch duften die Worte des Märchenerzählers, der im Mist an einer Straßenecke hockt. Die Wahrheit aber fliehen die Menschen.

Ich, Sinuhe, Senmuts Sohn, habe aber in den Tagen meines Alters und meiner Enttäuschungen die Lügen satt. Darum schreibe ich nur für mich und schreibe nur, was ich mit eigenen Augen gesehen habe oder vom Erzählenhören als Wahrheit kenne. So unterscheide ich mich von all jenen, die vor mir gelebt haben, und von allen, die nach mir kommen werden. Denn ein Mann, der Worte auf Papyri niederschreibt, und noch mehr ein Mann, der seinen Namen und seine Werke in Stein meißeln läßt, lebt in der Hoffnung, daß seine Worte gelesen und die Nachkommen seine Taten preisen werden. An meinen Worten aber ist nicht viel zu rühmen, meine Taten sind nicht des Lobes wert, die Weisheit ist herb in meiner Brust und niemandem zur Freude. Meine Worte werden die Kinder nicht auf Lehmtafeln kritzeln, wenn sie sich in der Kunst des Schreibens üben. Meine Worte werden die Menschen nicht wiederholen, um mit meiner Klugheit weise zu erscheinen. Nein, wenn ich dieses schreibe, entsage ich der Hoffnung, jemals gelesen oder verstanden zu werden.

Denn grausamer und verstockter als das Krokodil des Flusses ist der Mensch in seiner Bosheit. Sein Herz ist härter als Stein, seine Eitelkeit nichtiger denn Staub. Tauche ihn in einen Fluß, er wird der gleiche sein wie zuvor, sobald seine Kleider wieder trocken sind. Stürze ihn in Trauer und Enttäuschung, und falls er sich wieder aufrichtet, wird er derselbe sein wie zuvor. Viele

Wandlungen habe ich, Sinuhe, während meiner Lebenstage gesehen, und dennoch ist alles gleich geblieben, und der Mensch hat sich nicht verändert. Wohl gibt es solche, die da sagen, daß das, was jetzt geschieht, noch nie zuvor geschehen sei, doch das ist eitles Gerede.

Ich, Sinuhe, sah einen Knaben seinen Vater an einer Straßenecke zu Tode prügeln. Ich sah Arme gegen Reiche und Götter gegen Götter sich erheben. Ich sah einen Mann, der einst Wein aus goldenen Kelchen getrunken hatte, in seinem Elend niederknien, um mit den Händen Wasser aus dem Strom zu schöpfen. Die, die Gold gewogen hatten, bettelten an den Straßenecken, und ihre Frauen gaben sich für den Preis eines Kupferringes den bemalten Negern, damit sie Brot für ihre Kinder kaufen konnten.

Vor meinen Augen hat sich also nichts Neues zugetragen, und was sich früher ereignete, das wird auch in der Zukunft geschehen. So wie der Mensch sich früher nicht änderte, so wird er es auch in der Zukunft nicht tun. Die, die nach mir kommen, werden gleich sein wie die, die vor mir lebten. Wie könnten sie also meine Weisheit verstehen, und warum sollte ich wünschen, daß sie meine Worte lesen?

Doch ich, Sinuhe, schreibe dies meinetwegen, weil die Erkenntnis men Herz wie Lauge zerfrißt und weil die Freude aus meinem Leben entflohen ist. Im dritten Jahr meiner Verbannung beginne ich dieses Buch zu schreiben, ich schreibe es an den Ufern des östlichen Meeres, von wo die Schiffe nach dem Lande Punt segeln, in der Nähe der Wüste, in der Nähe der Berge, wo die Könige früher die Steine für ihre Denkmäler brachen. Ich schreibe dies, weil der Wein bitter in meiner Kehle schmeckt. Ich schreibe dies, weil ich die Lust verloren habe, mich an Frauen zu ergötzen. Auch der Garten und der Teich mit seinen Fischen entzücken mein Auge nicht mehr. In den kalten Winternächten erwärmt wohl ein schwarzes Mädchen mein Bett, aber auch an ihr habe ich keine Freude mehr. Die Sänger habe ich aus meiner Nähe weggejagt, und die Töne der Streichinstrumente und Flöten quälen mein Ohr. Darum schreibe ich dies, ich, Sinuhe, der nichts mehr anzufangen weiß mit Reichtümern und goldenen Bechern, mit Myrrhe, Ebenholz und Elfenbein.

Denn alles das besitze ich noch, und nichts ist mir genommen worden. Noch immer fürchten die Sklaven meinen Stock, und die Wächter beugen ihre Häupter und strecken die Hände in Kniehöhe vor. Aber meine Bewegungsfreiheit ist beschränkt, und kein Schiff kann in der Uferbrandung landen. Deshalb werde ich, Sinuhe, nie mehr den Duft der schwarzen Erde in einer Frühlingsnacht einatmen dürfen, und deshalb schreibe ich dies.

Dennoch stand mein Name einst in des Pharao goldenem Buch, und ich wohnte in einem goldenen Haus zur Rechten des Königs. Meine Worte galten mehr als die der Mächtigen im Lande Kêmet. Die Vornehmen sandten mir Gaben, und goldene Ketten umschlangen meinen Hals. Ich besaß alles, was ein Mensch sich wünschen kann, aber als Mensch erwartete ich Unerreichbares. Deswegen bin ich hier, wo ich bin. Ich wurde im sechsten Regierungsjahr des Pharao Haremhab aus der Stadt Theben verbannt, und ich würde totgeschlagen wie ein Hund, wenn ich zurückkehrte; ich würde wie ein Frosch zwischen Stein zerquetscht, wenn ich mich nur einen Schritt von dem Boden entfernte, der mir zum Aufenthalt zugewiesen wurde. Das ist der Befehl des Königs, des Pharao, der einmal mein Freund war.

Doch was kann man anders erwarten von einem Niedriggeborenen, der die Namen der Könige aus der Herrscherliste streichen ließ und die Schreiber veranlaßte, seine Eltern als Vornehme in die Königsliste einzutragen. Ich sah seine Krönung, sah, wie man die rot-weiße Doppelkrone auf sein Haupt legte. Von diesem Tage an gerechnet im sechsten Jahr seiner Herrschaft verbannte er mich. Nach der Rechnung seiner Schreiber aber geschah es in seinem zweiunddreißigsten Regierungsjahr. Ist also alles Schreiben, einst wie jetzt, Lüge?

Ihn, der von der Wahrheit lebte, verachtete ich während seiner Lebenstage wegen seiner Schwäche und erschrak vor dem Verderben, das er durch seine Wahrheit im Lande Kêmet aussäte. Nun ist seine Rache über mir, und ich möchte selber in der

Wahrheit leben, nicht um seines Gottes willen, sondern meinetwegen. Die Wahrheit ist ein schneidendes Messer, die Wahrheit ist eine unheilbare Wunde im Menschen, die Wahrheit ist eine Lauge, die bitter das Herz zerfrißt. Darum flüchtet sich der Mann in den Tagen seiner Jugend und seiner Kraft vor der Wahrheit in die Freudenhäuser und verblendet seine Augen mit Arbeit und allerlei Taten, mit Reisen und Vergnügungen, mit Macht und Bauten. Aber es kommt der Tag, da ihn die Wahrheit wie ein Speer durchbohrt, und dann findet er keine Freude mehr an seinen Gedanken noch an seiner Hände Schaffen, sondern fühlt sich einsam, einsam inmitten der Menschen, und die Götter bringen ihm keine Hilfe in seiner Einsamkeit. Dieses schreibe ich, Sinuhe, obwohl ich mir bewußt bin, daß meine Taten schlecht und meine Wege falsch waren, obgleich ich auch weiß, daß niemand eine Lehre daraus ziehen würde, auch wenn er dies zu lesen bekäme. Mögen andere sich mit Ammons heiligen Wassern von ihren Sünden reinwaschen, ich, Sinuhe, reinige mich, indem ich meine Taten niederschreibe. Mögen andere die Lügen ihrer Herzen auf der Waage des Osiris wägen lassen, ich, Sinuhe, wäge mein Herz mit einer Rohrfeder.

Doch bevor ich mein Buch zu schreiben beginne, soll mein Herz sein Weh klagen, denn so klagt mein von Trauer schwarz gewordenes Herz, das Herz des Verbannten:

Wer einmal das Wasser des Nils getrunken, der sehnt sich zurück zum Nil. Kein anderes Wasser auf Erden kann seinen Durst mehr löschen.

Wer einst in Theben geboren wurde, der sehnt sich nach Theben zurück, denn auf Erden gibt es keine zweite Stadt gleich Theben. Wer an der Gasse geboren wurde, der sehnt sich zurück zur Gasse. Aus dem Zedernholzpalast sehnt er sich zurück in die Lehmhütte. Von den Düften der Myrrhe und der edlen Salben sehnt er sich zurück zu dem Rauchgeruch der Mistfeuer und der in Öl gebratenen Fische.

Meinen goldenen Becher würde ich gegen den Lehmkrug eines Armen tauschen, wenn mein Fuß noch einmal die weiche Erde des Landes Kêmet betreten dürfte. Meine Leinengewänder würde ich gegen die sonnverbrannte Haut eines Sklaven vertauschen, wenn ich nochmals das Rauschen des Schilfrohrs im Frühlingswind hören dürfte.

Der Nil überfließt, wie Edelsteine steigen die Städte aus den grünen Fluten, die Schwalben kehren zurück, die Kraniche waten im Schlamm, aber ich weile in der Ferne. Warum bin ich keine Schwalbe, warum bin ich kein Kranich, daß ich mit kräftigen Schwingen an den Wächtern vorüber zurück zum Lande Kêmet fliegen könnte?

Mein Nest würde ich inmitten von Ammons bunten Säulen bauen, wo die Obelisken wie Gold und Feuer flammen im Duft des Weihrauchs und der feisten Opfertiere. Mein Nest würde ich bauen auf dem Dach einer Lehmhütte, an der Gasse der Armen. Die Ochsen ziehen ihre Schlitten, die Handwerker kleben Papyri aus Schilf, die Händler rufen ihre Waren aus, und der Käfer rollt seine Kotkugeln längs der steingepflasterten Straße.

Klar war das Wasser meiner Jugend, süß meine Torheit. Bitter und sauer ist der Wein des Alters, und der feinste Honigkuchen vermag das rauhe Brot meiner Armut nicht aufzuwägen. Kehret zurück, ihr Jahre, rollet zu mir, vergangene Zeiten! Segle, Ammon, von Westen nach Osten über den Himmel, auf daß ich meine Jugend noch einmal zurückerhalte! Kein Wort will ich ändern, noch die geringste Tat durch eine andere ersetzen. O schlanke Rohrfeder, o glatte Schilfpapyri, gebt mir meine unnützen Taten zurück, meine Jugend und meine Torheit.

Dieses schrieb Sinuhe, der Verbannte, ärmer als alle Armen im Lande Kêmet.

2

Senmut, den ich meinen Vater nannte, war Armenarzt in Theben. Kipa, die ich meine Mutter nannte, war sein Weib. Kinder besaßen sie nicht. Erst in ihren alten Tagen kam ich zu ihnen. In ihrer Einfalt nannten sie mich eine Gabe der Götter, ohne das Böse zu ahnen, das dieses Geschenk über sie bringen sollte. Meine Mutter Kipa nannte mich nach einem Märchen Sinuhe, denn sie liebte Märchen, und außerdem war ich nach ihrer Meinung auf der Flucht vor Gefahren zu ihr gekommen, gleich dem sagenhaften Sinuhe, der im Zelte des Pharao unfreiwillig ein schreckliches Geheimnis vernommen hatte, worauf er floh und viele Jahre unter mancherlei Abenteuern in fremden Ländern verbrachte.

Doch dies war nur ein einfältiges Geschwätz, nach ihrem kindlichen Gemüt, und sie hoffte, daß auch ich stets die Gefahren fliehen werde, um den Mißgeschicken zu entgehen. Aus diesem Grunde nannte sie mich Sinuhe. Doch die Priester Ammons behaupten, daß eines Menschen Namen ein Omen sei. Deshalb hat mich vielleicht mein Name in Gefahren, Abenteuer und in fremde Länder geführt. Vielleicht geschah es meines Namens wegen, daß ich teilnehmen mußte an schrecklichen Geheimnissen, an Geheimnissen von Königen und ihren Gemahlinnen, die mir den Tod hätten bringen können. Und endlich machte mich mein Name zu einem Vertriebenen und Verbannten.

Doch ebenso kindisch wie der Gedanke der bedauernswerten Kipa, als sie mir jenen Namen gab, wäre die Einbildung, daß mein Name das Schicksal eines Menschen beeinflussen könne. Gleich wäre es mir ergangen, wenn man mich Kepru, Kafran oder Moses genannt hätte: Das ist mein Glaube. Dennoch kann man nicht leugnen, daß Sinuhe ein Verbannter wurde, während Heb, des Falken Sohn, mit einer roten und weißen Krone als Haremhab zum Herrscher über das Obere und das Untere Land gekrönt wurde. Daher möge ein jeder von der Vorbedeutung eines Namens halten, was ihm gefällt, denn ein jeder findet in seinem Glauben einen Trost für des Lebens Mißgeschicke und Tücken.

Ich ward geboren während der Regierungszeit des großen Königs Pharao Amenophis des Dritten. Im selben Jahr wurde er geboren, der von der Wahrheit leben wollte, und dessen Namen man nicht länger nennen darf, weil es ein verfluchter Name ist. Damals wußte natürlich noch niemand etwas davon. Deshalb erhob sich bei seiner Geburt großer Jubel im Palast, und der König brachte zahlreiche Opfer dar in dem großen Tempel Ammons, den er selbst hatte bauen lassen. Auch das Volk freute sich, ohne das Kommende zu ahnen. Die erhabene Königsgemahlin Teje hatte vergebens einen Sohn erwartet, obwohl sie schon seit zweiundzwanzig Jahren die große königliche Gemahlin war und ihr Name in den Tempeln und auf den Bildwerken neben dem des Königs geschrieben stand. Deshalb wurde er, dessen Name nicht genannt werden darf, unter großen Feierlichkeiten zum Erben der königlichen Macht ausgerufen, nachdem die Priester die Beschneidung vorgenommen hatten.

Aber er wurde erst im Frühling zur Saatzeit geboren, während ich, Sinuhe, bereits im vergangenen Herbst ankam, als die Überschwemmung am höchsten stand. Der Tag meiner Geburt ist mir aber unbekannt, denn ich kam in einem kleinen, mit Pech bestrichenen Binsenboot den Nil herunter, und meine Mutter fand mich im Uferschilf, unweit der Schwelle ihres eigenen Hauses: So hoch war das Wasser damals gestiegen. Die Schwalben waren soeben zurückgekehrt und zwitscherten um mein Haupt. Ich selbst jedoch war stumm, und sie hielt mich für tot. Sie trug mich in ihr Haus und wärmte mich am Kohlenfeuer und hauchte mir in den Mund, bis ich leise zu wimmern begann.

Mein Vater Senmut kehrte von seinen Krankenbesuchen mit zwei Enten und einem Scheffel Mehl nach Haus zurück. Er hörte mein Wimmern und glaubte, meine Mutter Kipa habe sich eine Katze zugelegt. Da begann er ihr Vorwürfe zu machen. Doch meine Mutter sagte: »Es ist kein Kätzchen, sondern ich habe einen Sohn bekommen! Freue dich, Senmut, uns ist ein Sohn geboren worden!«

Senmut wurde ungehalten und nannte sie töricht, aber Kipa zeigte mich ihm, und meine Hilflosigkeit rührte des Mannes Herz. So nahmen sie mich als ihr eigenes Kind auf und ließen auch die Nachbarn glauben, daß Kipa mich geboren habe. Dies war kindisch, und ich weiß nicht, ob viele ihnen Glauben schenkten. Kipa behielt das Binsenboot, in dem ich gekommen war, und hängte es an die Zimmerdecke über ihrem Bett. Mein Vater nahm sein bestes Kupfergefäß und brachte es in den Tempel und ließ mich als seinen eigenen, von Kipa geborenen Sohn in das Buch der Geburten eintragen. Die Beschneidung aber besorgte er selbst, denn er war Arzt und fürchtete die Messer der Priester, die eiternde Wunden hinterließen. Deshalb gestattete er den Priestern nicht, mich zu berühren. Vielleicht auch tat er es aus Sparsamkeit, denn als Armenarzt war er kein vermögender Mann.

Wohl entsinne ich mich nicht, dies alles selbst gesehen und erlebt zu haben, aber meine Mutter und mein Vater haben mir alles so manches Mal und mit den gleichen Worten erzählt, daß ich es glauben muß, und ich kenne keinen Grund, weshalb sie mich hätten belügen sollen. Doch während meiner ganzen Kindheit hielt ich sie für meine richtigen Eltern, und kein Kummer trübte meine Kindheit. Die Wahrheit erzählten sie mir erst, als meine Knabenlocke abgeschnitten wurde und ich ein Jüngling wurde. Sie taten es, weil sie die Götter ehrten und fürchteten und weil mein Vater nicht wollte, daß ich zeit meines Lebens in einer Lüge leben sollte.

Doch niemals sollte ich erfahren, wer ich war, woher ich stammte, noch wie meine Eltern hießen. Zwar glaube ich es zu wissen, aus Gründen, die ich später nennen will, wenn es auch nur meine eigene Vermutung ist.

Eines weiß ich mit Bestimmtheit: daß ich nicht der einzige war, der in einem Binsenboot den Strom herunterkam. Theben mit seinen Tempeln und Palästen war nämlich eine große Stadt, und die Lehmhütten der Armen lagen in unendlicher Zahl um die Tempel und Paläste. Zur Zeit der großen Pharaonen hatte Ägypten manche Länder unter seine Herrschaft gebracht, und mit der Größe und dem Reichtum folgten neue Sitten. Nach Theben kamen Fremdlinge, die sich als Kaufleute und Handwerker niederließen und ihren Göttern Tempel bauten. Ebenso groß wie der Luxus, der Reichtum und der Prunk in den Tempeln und Palästen war die Armut außerhalb der Mauern. Mancher Arme setzte sein Kind aus, aber auch manche reiche Frau, deren Mann auf Reisen weilte, sandte den Beweis ihres Ehebruchs in einem Binsenboot den Strom hinunter. Vielleicht war ich von einer Seemannsfrau ausgesetzt worden, die ihren Mann mit einem syrischen Kaufmann betrogen hatte. Vielleicht war ich das Kind eines Fremdlings, da ich noch nicht beschnitten war. Nachdem meine Knabenlocke gefallen war und meine Mutter Kipa sie neben meinen ersten Sandalen in einem kleinen Holzschrein geborgen hatte, betrachtete ich lange das Binsenboot, das sie mir zeigte. Die Halme waren vergilbt, brüchig und geschwärzt vom Rauch des Kohlenbeckens. Es war mit den Knoten eines Vogelfängers zusammengebunden: Mehr als das vermochte es über meine Eltern nicht zu berichten. So empfing mein Herz seine erste Wunde.

3

Wenn das Alter naht, flieht die Seele wie ein Vogel zurück zu den Tagen der Kindheit. Licht und klar leuchtet die Jugendzeit in meinem Alter, als wäre damals alles besser und schöner gewesen als in der heutigen Welt. Darin gibt es wohl keinen Unterschied zwischen Armen und Reichen, denn sicherlich ist kein Mensch so arm, daß er in seiner Kindheit nicht einen Schimmer Licht und Freude entdeckte, wenn er im Alter ihrer gedenkt.

Mein Vater Senmut wohnte stromaufwärts von den Tempelmauern, in einem lärmerfüllten, armseligen Stadtteil. In der Nähe seines Hauses lagen die großen, steinernen Uferkais des oberen Stromes, wo die Nilboote ihre Ladung löschten. An den schmalen Gassen gab es Bier- und Weinstuben für Seefahrer und Kaufleute sowie Freudenhäuser, in die auch die Reichen aus der Innenstadt in ihren Sänften kamen. Unsere Nachbarn waren Steuererheber, Unteroffiziere, Prahmführer und einige Priester fünften Grades. Sie bildeten mit meinem Vater den angesehensten Bevölkerungsteil des Armenviertels, wie eine Mauer, die über eine Wasserfläche ragt.

So war auch unser Haus groß und geräumig, im Vergleich zu den Lehmhütten der Ärmsten, die, Wand an Wand, in trostlosen Reihen die engen Gassen säumten. Vor unserem Haus lag sogar ein wenige Schritt breiter Garten, in dem eine von meinem Vater gepflanzte Sykomore wuchs. Akazienbüsche trennten den Garten von der Straße, und als Teich diente ein steinernes Becken, das allerdings nur zur Zeit der Überschwemmung Wasser enthielt. Im Haus selbst gab es vier Räume. In einem davon bereitete meine Mutter das Essen. Die Mahlzeiten nahmen wir auf einer Veranda ein, aus der man auch in meines Vaters Sprechzimmer gelangte. Zweimal wöchentlich hielt meine Mutter eine Scheuerfrau, denn sie liebte Reinlichkeit, und einmal in der Woche wusch eine Wäscherin unsere Kleider an ihrem Uferplatz.

In diesem armen, unruhigen, immer mehr von Fremden überfluteten Viertel, dessen Verderbnis ich erst als Jüngling recht erkannte, bewahrten mein Vater und seine Nachbarn die Überlieferung und die althergebrachten, ehrenwerten Sitten. Nachdem der Sittenverfall unter den Reichen und Vornehmen der eigentlichen Stadt bereits begonnen hatte, vertraten er und seine Volksschicht immer noch fest und unerschütterlich das alte Ägypten, bewahrten sich die Ehrfurcht vor den Göttern, die Reinheit und Selbstlosigkeit des Herzens. Es war, als hätten sie im Widerspruch zu ihrem Viertel und zu den Menschen, unter denen sie leben und ihren Beruf ausüben mußten, durch ihre Sitten und ihr Auftreten betonen wollen, daß sie nicht zu ihnen gehörten.

Doch warum soll ich Dinge erzählen, die ich erst später begriff? Warum sollte ich nicht lieber des Rauschens im Laube der Sykomore gedenken, an deren rauhem Stamme ruhend ich Schutz gegen die sengende Sonnenhitze fand? Warum sollte ich nicht meines liebsten Spielzeuges gedenken, eines hölzernen Krokodils, das ich an einer Schnur über das Straßenpflaster zog und das mir mit klappernden Holzkiefern und aufgesperrtem, rotgestrichenem Rachen folgte? Staunend versammelten sich die Nachbarkinder, um es zu betrachten. Viele Honigsüßigkeiten, auch manch glänzenden Stein und manchen Kupferdraht verschaffte ich mir, indem ich anderen gestattete, das Tier hinter sich her zu ziehen oder damit zu spielen. Solches Spielzeug besaßen nur die Kinder der Vornehmen, aber mein Vater hatte es vom königlichen Schreiner erhalten, den er durch Umschläge von einem Geschwür geheilt hatte, das ihn am Sitzen hinderte.

Morgens pflegte meine Mutter mich an der Hand auf den Gemüsemarkt zu führen. Zwar hatte sie nicht viele Einkäufe zu besorgen, aber sie brauchte eines Wassermaßes Zeit, um ein Bündel Zwiebeln auszusuchen, und gar alle Morgen einer ganzen Woche, wenn es galt, neue Schuhe anzuschaffen. Aus ihrer Rede ließ sie verstehen, daß sie wohlhabend sei und nur das Beste haben wolle. Wenn sie nicht alles kaufte, was ihr Auge entzückte, so geschah es nur, um mich zur Sparsamkeit zu erziehen – so sagte sie wenigstens.

»Nicht der ist reich, der Gold und Silber besitzt, sondern der ist reich, der sich mit wenigem begnügt«, belehrte sie mich, aber gleichzeitig bewunderten ihre armen alten Augen die hauchdünnen, federleichten, farbigen Wollstoffe aus Sidon und aus Byblos. Ihre braunen abgearbeiteten Hände strichen zärtlich über Straußenfedern und Elfenbeinschmuck. Alles das war Überfluß und Nichtigkeit – versicherte sie mir und zweifellos auch sich selbst. Aber mein kindlicher Sinn sträubte sich gegen diese Lehren, und ich hätte nur zu gerne die Meerkatze besessen, die den Arm um ihres Besitzers Hals geschlungen hielt, oder den bunten Vogel, der syrische und ägyptische Worte plapperte. Auch gegen Halsketten und vergoldete Sandalen hätte ich nichts einzuwenden gehabt. Erst viel später erkannte ich, daß die arme alte Kipa unsäglich gerne reich gewesen wäre.

Aber da sie nur die Frau eines Armenarztes war, stillte sie ihre Sehnsucht mit Märchen. Abends, vor dem Einschlafen, erzählte sie mir mit leiser Stimme alle Märchen, die sie kannte. Sie erzählte von Sinuhe und von dem Schiffbrüchigen, der mit unermeßlichen Reichtümern aus dem Reich des Schlangenkönigs wiederkehrte. Sie erzählte von Göttern und von bösen Geistern, von Zauberern und von früheren Pharaonen. Mein Vater murrte oft darüber und behauptete, sie säe Dummheiten und eitle Gedanken in meinen Sinn, doch kaum begann er nachts zu schnarchen, setzte meine Mutter ihre Erzählungen fort, gewiß nicht weniger zu ihrer eigenen Freude als zu meiner Unterhaltung. Noch entsinne ich mich jener schwülen Sommerabende, da das Bett den nackten Körper brannte und der Schlaf nicht kommen wollte; noch höre ich ihre leise, einschläfernde Stimme und fühle mich geborgen bei ihr. Meine eigene Mutter hätte mir kaum eine bessere und zärtlichere Mutter sein können als die schlichte, abergläubische Kipa, bei der die blinden und verkrüppelten Märchenerzähler stets einer guten Mahlzeit sicher sein durften.

Die Märchen ergötzten mich wohl, doch den Gegensatz dazu bildete die von unzähligen Düften und Gerüchen geschwängerte lebendige Straße, der Nistplatz der Fliegen. Bisweilen trug der Wind die berauschenden Düfte von Zedernholz und Myrrhe vom Hafen zu uns herauf; oder es geschah, daß wohlriechendes Öl aus einer Sänfte tröpfelte, wenn eine vornehme Dame sich herausbeugte, um die Straßenjungen auszuschelten. Abends, wenn das goldene Schiff Ammons den westlichen Bergen zusteuerte, stieg aus allen Veranden und Lehmhütten der Geruch der in Öl gebratenen Fische, vermischt mit dem Duft frischen Brotes. Diesen Geruch des Armenviertels von Theben lernte ich in meiner Kindheit lieben und habe ihn seitdem nie vergessen.

Während der Mahlzeiten auf der Veranda erhielt ich auch die ersten Lehren aus dem Munde meines Vaters. Mit müden Schritten betrat er, den scharfen Geruch der Salben und Arzneien in den Kleidern, von der Straße her den Garten oder sein Empfangszimmer. Meine Mutter goß Wasser über seine Hände, und wir ließen uns auf Schemeln nieder, um zu essen, wobei uns die Mutter bediente. Da konnte es geschehen, daß eine lärmende Schar von Seeleuten auf der Straße vorübertobte, die in ihrem Bierrausch mit Stöcken auf die Hauswand trommelten oder innehielten, um unter unseren Akazienbüschen ihre Bedürfnisse zu verrichten. Mein Vater war ein vorsichtiger Mann und sagte nichts, bevor sie vorüber waren. Erst dann belehrte er mich:

»Nur ein elender Neger oder ein schmutziger Syrer verrichtet seine Bedürfnisse im Freien. Ein Ägypter tut es innerhalb der Mauern.«

Oder er sagte:

»Der Wein ist eine Göttergabe, die, mäßig genossen, das Herz erfreut. Ein Becher schadet niemandem, zwei machen die Zunge gesprächig, doch wer einen ganzen Krug leert, erwacht beraubt und zerschlagen im Rinnstein.«

Bisweilen drang ein Hauch wohlriechender Salben bis in die Veranda, wenn eine schöne Frau zu Fuß vorüberging, den Leib in durchsichtige Gewänder gehüllt, die Wangen und Augenbrauen stark gefärbt und in den feuchten Augen einen Glanz, wie er bei keiner ehrbaren Frau zu finden ist. Wenn ich sie betört betrachtete, sprach mein Vater ernst:

»Nimm dich in acht vor einer Frau, die dich ›schöner Jüngling‹ nennt und an sich zu locken sucht, denn ihr Herz ist ein Netz und eine Falle, und ihr Schoß brennt dich mehr als Feuer.«

Kein Wunder, daß ich, nach solchen Lehren, in meiner Kinderseele Weinkrüge und schöne Frauen zu fürchten begann. Gleichzeitig aber übte beides auf meine Sinne eine gefährliche Lockung aus, die stets in dem Verbotenen liegt.

Schon als Kind durfte ich Vaters Sprechstunden beiwohnen. Er zeigte mir die Instrumente, seine Messer und Arzneigefäße und erklärte mir ihre Verwendung. Während er die Kranken untersuchte, durfte ich danebenstehen und ihm Wasserschalen, Binden, Öle und Wein reichen. Nach echter Frauenart ertrug meine Mutter den Anblick von Wunden und Geschwüren nicht, auch konnte sie mein kindliches Interesse für Krankheiten nie verstehen. Ein Kind kann eben Schmerzen und Krankheit nicht erfassen, bevor es sie selbst erfahren hat. Das Aufstechen eines Geschwürs schien mir eine spannende Verrichtung, und voller Stolz erzählte ich den anderen Knaben alles, was ich gesehen hatte, um ihre Achtung zu gewinnen. Immer, wenn ein neuer Patient auftauchte, verfolgte ich aufmerksam meines Vaters Untersuchung und seine Fragen, bis er schließlich sagte: »Die Krankheit ist heilbar« oder »Ich werde die Behandlung des Falles übernehmen«. Aber es gab auch Kranke, die zu behandeln er sich nicht zutraute und denen er ein paar Zeilen auf einen Papyrusstreifen schrieb, um sie damit zum Tempel in das Haus des Lebens zu schicken. Wenn ein solcher Patient gegangen war, pflegte er zu seufzen, sein Haupt zu schütteln und »Armer Mensch!« zu sagen.

Nicht alle Patienten meines Vaters waren arm. Aus den Freudenhäusern brachte man ihm Männer zum Verbinden, deren Gewänder aus feinstem Leinen waren, und zuweilen kamen syrische Schiffer, die an Geschwüren oder Zahnschmerzen litten, um sich von ihm untersuchen zu lassen. Deshalb staunte ich auch nicht, als eines Tages die Frau eines Gewürzhändlers, mit Schmuck behangen, den Kragen von Edelsteinen funkelnd, zur Untersuchung kam. Sie seufzte und wimmerte und trug meinem aufmerksam lauschenden Vater klagend ihre vielen Leiden vor. Ich war sehr enttäuscht, als Vater schließlich nach einem Papyrusstreifen griff, um etwas daraufzuschreiben, denn ich hatte gehofft, daß er sie heilen könne, was ihm viele wertvolle Dinge als Gegenleistung eingetragen hätte. Deshalb seufzte ich, schüttelte mein Haupt und flüsterte »Armer Mensch!« vor mich hin.

Die kranke Frau fuhr erschrocken zusammen und betrachtete ängstlich meinen Vater. Er aber schrieb von einer verschlissenen Papyrusrolle eine Zeile altertümlicher Buchstaben und Bildzeichen auf seinen Papyrusstreifen ab, goß Öl und Wein in ein Mischgefäß, tauchte den Papyrus hinein, bis die Tinte sich im Wein auflöste, worauf er die Flüssigkeit in einen Lehmkrug goß und ihn der Frau des Gewürzkrämers mit der Ermahnung reichte, augenblicklich von dieser Arznei einzunehmen, sobald Kopf- oder Leibschmerzen sich einstellen sollten. Als die Frau gegangen war, sah ich meinen Vater fragend an. Er sah verlegen aus, hüstelte ein paarmal und sagte dann:

»Viele Leiden lassen sich mit Tinte heilen, die zu einer kräftigen Beschwörung verwendet wurde.«

Mehr äußerte er sich nicht, brummte bloß nach einer Pause vor sich hin: »Auf jeden Fall bringt das Mittel der Patientin keinen Schaden.

Als ich sieben Jahre alt war, erhielt ich das Lendentuch der Knaben, und meine Mutter führte mich in den Tempel, um einem Opfer beizuwohnen. Zu jener Zeit war der Ammontempel zu Theben der mächtigste Tempel in Ägypten. Zu ihm führte vom Tempel und Teich der Mondgöttin eine von widderhäuptigen Steinsphinxen besäumte Allee quer durch die Stadt. Der Tempelbezirk war von mächtigen Ziegelmauern umgeben und bildete mit all seinen Gebäuden eine eigentliche Stadt innerhalb der Großstadt. Vom Wipfel des berghohen Pylonen flatterten bunte Wimpel, und zu beiden Seiten des Kupfertores bewachten Riesenstatuen der Könige das Tempelgebiet.

Wir durchschritten das Tor, und die Verkäufer von Todesbüchern näherten sich meiner Mutter und begannen flüsternd oder mit gellem Geschrei ihre Angebote zu machen. Die Mutter führte mich in die Werkstätten der Schreiner und zeigte mir die ausgestellten Holzbildnisse, welche Diener und Sklaven darstellten, die, nachdem sie von den Priestern beschworen worden waren, im Jenseits für ihre Besitzer sorgen und arbeiten sollten, so daß diese selbst keinen Finger mehr zu rühren brauchen. Doch warum soll ich erzählen, was jeder weiß, da doch alles sich wiederholt und das Menschenherz sich nicht wandelt. Meine Mutter zahlte die erforderliche Gebühr, damit wir als Zuschauer dem Opfer beiwohnen durften. Ich sah, wie die Priester in weißen Gewändern geschickt im Handumdrehen den Stier schlachteten und zerstückelten, der an einer Schilfflechte zwischen den Hörnern ein Siegel trug, zur Bestätigung, daß er fehlerfrei und ohne ein einziges schwarzes Haar sei. Die Priester waren feist und heilig, und ihre rasierten Häupter glänzten von Öl. Einige hundert Zuschauer wohnten dem Opfer bei, doch die Priester achteten ihrer kaum, sondern plauderten während der ganzen Opferhandlung gleichgültig über ihre eigenen Angelegenheiten. Ich meinerseits betrachtete die kriegerischen Bilder an den Tempelwänden und staunte über die Riesensäulen. Ich war unfähig, die Rührung meiner Mutter zu begreifen, als sie mich mit Tränen in den Augen nach Hause zurückführte. Daheim erhielt ich neue Sandalen, die unbequem waren und meine Füße drückten, bis ich mich daran gewöhnt hatte.

Nach der Mahlzeit legte mein Vater mit ernster Miene seine große gelenkige Hand auf mein Haupt und strich mit schüchterner Zärtlichkeit über die weichen Knabenlocken an meiner rechten Schläfe. »Du bist sieben Jahre alt, Sinuhe«, sprach er, »und mußt dich entschließen, was du werden willst.«

»Krieger«, sagte ich ohne Zögern und konnte den Ausdruck der Enttäuschung auf seinem gütigen Gesicht nicht verstehen; denn die beliebtesten Spiele unter den Jungen der Straße waren die Kriegsspiele. Ich hatte auch schon gesehen, wie die Soldaten vor dem Haus der Krieger rangen und sich in den Waffen übten, wie Streitwagen mit wehenden Federbüschen und dröhnenden Rädern zum Übungsplatz vor die Stadt hinausrollten. Eine stolzere und ehrenvollere Laufbahn als die des Kriegers konnte es nicht geben. Ein Krieger brauchte überdies nicht schreiben zu können, und das war für mich der Hauptgrund, denn die älteren Knaben hatten Schreckliches berichtet, wie schwierig die Schreibkunst sei und wie unbarmherzig die Lehrer ihre Schüler an den Stirnhaaren zupften, wenn eine Lehmtafel unversehens zerschlagen wurde oder eine Rohrfeder zwischen ungewandten Fingern zerbrach.

Mein Vater war vielleicht in seiner Jugend nicht besonders begabt gewesen, sonst hätte er es im Leben sicher weiter als zu einem Armenarzt gebracht. Aber er war gewissenhaft in seiner Arbeit und schadete seinen Patienten nicht, und im Laufe der Jahre hatte er viele Erfahrungen gesammelt. Er wußte bereits, wie empfindlich und eigensinnig ich war, und sagte daher nichts zu meinem Entschluß. Nach einer Weile aber bat er meine Mutter um ein Gefäß, ging in sein Arbeitszimmer und füllte es mit billigem Wein aus einem seiner Krüge.

»Komm, Sinuhe«, sagte er und führte mich zum Ufer. Erstaunt folgte ich ihm. Am Kai blieb er stehen und betrachtete einen Prahm, von dem schweißbedeckte Träger mit gekrümmten Rücken Waren herunterschleppten, die in Matten eingenäht waren. Die Sonne stand schon im Begriff, zwischen den westlichen Bergen hinter der Totenstadt unterzugehen; wir waren satt von unserem Mahle, doch die Träger arbeiteten immer noch mit keuchenden Lungen und schweißtriefenden Schultern. Der Aufseher trieb sie mit einer Peitsche an, und unter einem Dach saß der Schreiber ruhig und notierte mit seiner Schilffeder jede Bürde.

»Möchtest du werden wie diese?« fragte mein Vater.

Ich fand die Frage unsinnig und entgegnete nichts, sondern

blickte meinen Vater erstaunt an, denn keiner wollte wohl wie diese Träger werden.

»Sie quälen sich ab vom frühen Morgen bis zum späten Abend«, sagte mein Vater Senmut. »Ihre Haut ist hart und verwittert wie die der Krokodile, und ihre Fäuste sind rauh wie die Krokodilsfüße. Erst nach Einbruch der Dunkelheit kehren sie in ihre elenden Lehmhütten zurück. Ihre Mahlzeit besteht aus einem Stück Brot, einer Zwiebel und einem Schluck sauren Dünnbiers. Das ist das Leben aller, die mit ihren Händen arbeiten. Findest du sie etwa beneidenswert?«

Ich schüttelte mein Haupt und blickte verwundert auf zu meinem Vater. Ich wollte doch ein Krieger werden und kein Träger oder Lehmwühler, kein Ackerbewässerer oder schmutziger Hirte.

»Vater«, sagte ich im Gehen, »das Leben der Soldaten ist bequem. Sie wohnen im Haus der Krieger und bekommen gutes Essen, abends trinken sie Wein in den Freudenhäusern, und die Frauen betrachten sie mit Wohlgefallen. Die Vornehmsten unter ihnen tragen eine goldene Kette um den Hals, obgleich sie nicht schreiben können. Von ihren Kriegszügen bringen sie Beute und Sklaven mit, die für sie arbeiten und für ihre Rechnung einen Beruf ausüben müssen. Warum sollte ich also nicht danach streben, ein Krieger zu werden?«

Mein Vater gab mir keine Antwort, sondern beschleunigte seine Schritte. In der Nähe des großen Schuttabladeplatzes, wo die Fliegen in Wolken um uns summten, bückte er sich, um in eine niedere Lehmhütte hineinzublicken.

»Inteb, mein Freund, bist du da?« fragte er, und heraus hinkte, auf einen Stock gestützt, ein alter, vom Ungeziefer zerstochener Mann, dessen rechter Arm unterhalb der Schulter amputiert worden war und dessen Lendentuch vom Schmutz erstarrt war. Sein Gesicht war vertrocknet und verschrumpft vom Alter, und er hatte keine Zähne mehr.

»Ist das – ist das Inteb selber?« fragte ich flüsternd meinen Vater und betrachtete erschreckt den Alten. Denn Inteb war ein Held, der in dem Feldzug des größten aller Pharaonen, Thutmosis des Dritten, gekämpft hatte. Die Sagen von ihm und seinen

Heldentaten wie auch von den Belohnungen, die er vom Pharao erhalten hatte, wurden immer noch im Volksmund erzählt.

Der Alte hob auf Kriegerart die Hand zum Gruße, und mein Vater reichte ihm das Weingefäß. Sie setzten sich auf den Boden, denn der Alte besaß nicht einmal eine Bank vor seiner Hütte. Inteb führte mit zitternder Hand das Gefäß an seine Lippen, indem er behutsam vermied, auch nur einen einzigen Tropfen zu verschütten.

»Mein Sohn Sinuhe möchte Krieger werden«, sprach mein Vater lächelnd. »Ich habe ihn zu dir gebracht, Inteb, weil du der letzte überlebende Held aus den großen Kriegen bist, damit du ihm von dem stolzen Leben und den Heldentaten eines Kriegers berichtest.«

»Im Namen Seths und Baals und aller anderen Teufel«, sagte der Alte, lachte gellend auf und starrte mich mit kurzsichtigen Augen an, »ist der Junge verrückt?«

Sein zahnloser Mund, sein erloschener Blick, sein baumelnder Armstummel und seine runzlige schmutzige Brust waren so schrecklich anzuschauen, daß ich mich hinter meinen Vater verkroch und ihn am Ärmel faßte.

»Jüngling«, sagte Inteb und kicherte, »besäße ich einen Schluck Wein für jeden Fluch, den ich über mein Leben und über das erbärmliche Schicksal, das mich zum Krieger machte, ausgestoßen habe, so könnte ich den See mit Wein füllen, den der Pharao angeblich zum Vergnügen seiner Alten bauen ließ. Allerdings habe ich diesen See nie gesehen, denn mir fehlen die Kupferringe, um mich über den Strom rudern zu lassen; dennoch bezweifle ich nicht, daß er bis zum Rande voll würde und auch dann noch genügend Wein übrigbliebe, um ein ganzes Heer damit betrunken zu machen.«

Wieder schlürfte er gierig Wein aus dem Gefäß.

»Aber«, sagte ich mit zitterndem Kinn, »der Beruf des Kriegers ist doch der ehrenvollste aller Berufe.«

»Ehre und Ruhm«, sprach Thutmosis' Held Inteb, »sind nichts als Dreck, von dem nur die Fliegen leben können. Ich habe in den Tagen meines Lebens viele Lügen über Krieg und Heldentaten erzählt, damit die dummen Maulaffen mir Wein anbieten sollten;

dein Vater aber ist ein rechtschaffener Mann, den ich nicht betrügen will. Deshalb sage ich dir, Junge, daß der Beruf des Kriegers der allerletzte und erbärmlichste von allen ist.«

Der Wein glättete die Runzeln in seinem Gesicht und entzündete ein Feuer in seinen Greisenaugen.

»Jüngling«, rief er aus, »fünf Reihen goldener Ketten haben diesen mageren Hals geziert. Eigenhändig hing der Pharao sie mir um. Wer kann die abgehauenen Hände zählen, die ich vor seinem Zelt häufte? Wer bestieg als erster die Mauer von Kadesch? Wer stürzte sich wie ein brüllender Elefant in die feindlichen Reihen? Ich war es, ich, Inteb, der Held! Doch wer dankt mir noch dafür? Mein Gold ist den Weg alles Irdischen gegangen, die Sklaven, die ich als Kriegsbeute erhielt, entwichen oder starben in ihrem Elend. Meine rechte Hand ist im Lande Mitani zurückgeblieben, und ich selbst wäre längst ein Bettler an der Straßenecke, wenn nicht gute Menschen mir zuweilen getrockneten Fisch und Bier brächten, damit ich ihren Kindern die Wahrheit über den Krieg erzähle. Ich bin Inteb, der große Held, doch sieh mich an, mein Junge! Meine Jugend ist in der Wüste zurückgeblieben, von Hunger, Beschwerden und Entbehrungen geraubt. Dort schmolz das Fleisch mir von den Gliedern, dort wurde meine Haut gegerbt, mein Herz zu Stein. Und was das schlimmste ist, in den wasserlosen Wüsten vertrocknete meine Zunge, und seitdem bin ich von einem steten Durst geplagt wie jeder Soldat, der von den Feldzügen durch ferne Länder lebend wiederkehrt. Deshalb vegetiere ich wie im Tal des Todes, seit ich meinen Arm verloren habe. Ich will nicht von den Wundschmerzen sprechen noch von den Qualen, die mir die Feldscherer verursachten, als sie meinen Armstummel in kochendem Öl sengten, nachdem sie mir den Arm abgeschnitten hatten. Gesegnet sei dein Name, Senmut, du Rechtschaffener und Guter, doch der Wein ist zu Ende!«

Der Alte schwieg, keuchte eine Weile, setzte sich zu Boden und kehrte traurig das Lehmgefäß um. Wilde Glut brannte in seinen Augen, und er war wieder ein unglücklicher alter Mann.

»Aber ein Krieger braucht nicht schreiben zu können«, getraute ich mich ängstlich zu flüstern.

»Hm«, knurrte Inteb und schielte nach meinem Vater. Mein Vater nahm noch einen Kupferring vom Arm und reichte ihn dem Alten. Dieser rief mit lauter Stimme, und sofort kam ein schmutziger Knabe gelaufen, nahm den Ring und das Gefäß und begab sich zur Schenke, um wieder Wein zu kaufen.

»Nimm nicht vom besten!« rief Inteb dem Jungen nach. »Du kannst auch sauren nehmen, von dem bekommt man mehr!« Wieder betrachtete er mich nachdenklich. »Du hast recht«, sagte er, »ein Krieger braucht nicht des Schreibens kundig zu sein, er muß nur kämpfen können. Wenn er schreiben könnte, wäre er ein Heerführer, der selbst über den tapfersten Krieger zu befehlen hätte und die anderen vor sich in den Kampf treiben könnte. Denn jeder, der schreiben kann, wird tauglich befunden, Soldaten anzuführen, doch wer keine Krähenfüße auf Papyri kritzeln kann, darf keine hundert Mann befehligen. Welche Freude hat man an goldenen Ketten und Ehrenzeichen, solange ein anderer mit einer Rohrfeder den Befehl zu führen hat? Doch es ist so, und es wird auch so bleiben. Wenn du, Junge, also Soldaten zu befehligen und anzuführen wünschest, dann lerne erst schreiben. Dann werden sich die Goldkettenträger vor dir verbeugen, und Sklaven werden dich in einer Sänfte auf das Schlachtfeld tragen.«

Der schmutzige Knabe kehrte mit einem Krug Wein und dem gefüllten Gefäß zurück. Über das Gesicht des Greises huschte ein Freudenschimmer.

»Dein Vater Senmut ist ein guter Mensch«, sprach er freundlich. »Er kann schreiben, und er hat mich in den Tagen meines Glückes und meiner Kraft, da es mir an Wein nicht fehlte, gepflegt, als ich Krokodile und Flußpferde zu sehen begann. Er ist ein guter Mann, wenn er auch nur ein Arzt ist und keinen Bogen spannen kann. Ihm sei Dank!«

Erschrocken betrachtete ich den Weinkrug, über den Inteb sich offenbar hermachen wollte, und begann ungeduldig an dem weiten, arzneibefleckten Ärmel meines Vaters zu zupfen, denn ich fürchtete, der Wein könnte bewirken, daß wir bald zerschlagen an einer Straßenecke erwachen würden. Auch mein Vater betrachtete den Weinkrug, seufzte leise und führte mich fort.

Inteb hub an, mit seiner schrillen Greisenstimme ein syrisches Lied zu singen, und der nackte, braungebrannte Straßenjunge lachte.

Ich, Sinuhe, begrub meinen Kriegertraum und sträubte mich nicht mehr, als mein Vater und meine Mutter mich am folgenden Tag zur Schule brachten.

4

Mein Vater besaß natürlich nicht genügend Mittel, um mich eine der großen Tempelschulen besuchen zu lassen, wo die Söhne – und bisweilen auch die Töchter – der Vornehmen, der Reichen und der höheren Priester unterrichtet wurden. Mein Lehrer wurde der alte Priester Oneh, der einige Straßenecken weiter wohnte und auf einer verfallenen Veranda Schule hielt. Seine Schüler waren Kinder von Handwerkern, Kaufleuten, Hafenaufsehern und Unteroffizieren, die in ihrem Ehrgeiz für ihre Söhne die Laufbahn eines Schreibers erhofften. Oneh war vordem Lagerbuchhalter im Tempel der »himmlischen Mut« gewesen und daher wohl befähigt, den ersten Schreibunterricht an Kinder zu erteilen, die später einmal Warengewichte, Getreidemengen, Rinderzahlen oder Proviantrechnungen der Soldaten eintragen würden. Solche Schulen für kleine Kinder gab es zu Dutzenden und Hunderten in der großen Weltstadt Theben. Der Unterricht war billig, denn die Schüler brauchten nur für den Unterhalt des alten Oneh zu sorgen. Der Sohn des Kohlenhändlers füllte an den Winterabenden sein Kohlenbecken, der Sohn des Webers versah ihn mit Gewändern, der Sohn des Getreidehändlers versorgte ihn mit Mehl, und mein Vater pflegte seine vielen Altersgebrechen und verabreichte ihm in Wein einzunehmende, schmerzstillende Pflanzensäfte.

Diese Abhängigkeit machte Oneh zu einem sanften Lehrer. Wenn ein Junge über seiner Schreibtafel einschlief, wurde er nicht an den Haaren gezupft, sondern mußte nur am nächsten Tag irgendeinen Leckerbissen für den Alten erobern. Bisweilen brachte des Getreidehändlers Sohn einen Krug Bier von zu Hause mit, und an jenen Tagen lauschten wir aufmerksam, denn der alte Oneh wurde angeregt und begann, seltsame Abenteuer aus dem Jenseits zu erzählen und Märchen von der himmlischen Mut, der Erbauerin der Welt, von Ptah und den übrigen ihm nahestehenden Göttern. Wir kicherten und glaubten, ihn dazu verführt zu haben, die lästigen Aufgaben und die langweiligen Schriftzeichen für den ganzen Tag zu vergessen. Erst viel später lernte ich verstehen, daß der alte Oneh ein weiserer und verständnisvollerer Lehrer war, als ich glaubte. Mit den Sagen, die seine kindlich-fromme Phantasie belebten, verfolgte er einen bestimmten Zweck. Er lehrte uns das Sittengesetz des alten Ägypten. Keine böse Tat blieb ungestraft. Unbarmherzig wurde jedes Menschenherz eines Tages vor dem erhabenen Thron des Osiris gewogen. Der Mensch, dessen böse Taten von der Waage des Schakalhäuptigen verraten wurden, ward dem »Verschlinger« vorgeworfen, und dieser war ein Krokodil und ein Flußpferd in einer Gestalt, doch schrecklicher als beide.

Er erzählte auch von dem mürrischen »Rückwärtsblicker«, dem unheimlichen Fährmann des Totenreiches, ohne dessen Hilfe keiner die Gefilde der Seligen erreichte. Beim Rudern blickte er stets zurück, nicht vorwärts in der Fahrtrichtung des Bootes wie die irdischen Ruderer auf dem Nil. Oneh ließ uns die Formeln auswendig hersagen, mit denen der »Rückwärtsblikker« bestochen und beschwichtigt werden sollte. Er ließ sie uns in Schriftzeichen übertragen und später aus dem Gedächtnis aufschreiben. Unsere Fehler verbesserte er unter sanften Ermahnungen. Wir sollten verstehen lernen, daß selbst der kleinste Fehler ein glückliches Leben im Jenseits vereiteln könne. Wenn wir dem »Rückwärtsblicker« einen Brief mit einem einzigen Fehler überreichten, würden wir unerbittlich gezwungen, in Zeit und Ewigkeit als Schatten am Ufer des düsteren, schwarzen Wassers zu wandeln, oder – was noch schlimmer war – wir würden in den unheimlichen Klüften des Totenreiches landen.

Ich besuchte die Schule Onehs mehrere Jahre. Mein liebster

Schulkamerad war der um einige Jahre ältere Thotmes, dessen Vater Anführer einer Streitwagengruppe war. Thotmes war von Kindheit an gewohnt, mit Pferden umzugehen und sich an Ringkämpfen zu beteiligen. Sein Vater, in dessen Peitsche Kupferdrähte eingeflochten waren, hoffte, daß sein Sohn einst ein großer Feldherr werde; daher mußte er schreiben lernen. Doch sein ruhmreicher Name Thotmes bedeutete kein Omen, wie sein Vater es hoffte. Denn seit Thotmes zur Schule ging, kümmerte er sich nicht mehr um das Speerwerfen oder um Streitwagenübungen. Die Schriftzeichen lernte er rasch und leicht, und während die anderen Schüler sich verzweifelt abmühten, begann er Bilder auf seine Schreibtafel zu zeichnen. Er zeichnete Streitwagen, sich bäumende Pferde und ringende Soldaten. Er brachte Lehm mit in die Schule, und während, angeregt durch das Bier, Onehs Mund uns Märchen erzählte, formte er ein ganz verzerrtes Bildnis von dem »Verschlinger«, der mit weitaufgesperrtem Rachen einen kleinen, kahlen Greis bedrohte, an dessen krummen Rücken und rundem Bäuchlein Oneh leicht zu erkennen war. Doch Oneh nahm es ihm nicht übel. Niemand konnte Thotmes zürnen. Er besaß das breite Gesicht und die kurzen, dicken Beine der Männer aus dem Volke, aber in seinen Augen saß der Schalk, und seine geschickten Hände formten aus dem Lehm Tiere und Vögel, die uns sehr ergötzten. Anfangs warb ich um seine Freundschaft, weil er so soldatisch war, doch unsere Freundschaft blieb bestehen, selbst dann, als er auch nicht mehr den geringsten kriegerischen Ehrgeiz zeigte.

Während meiner Schulzeit geschah mit mir ein Wunder. Es geschah so plötzlich, daß ich mich an jenen Augenblick erinnere wie an eine Offenbarung. Es war an einem kühlen, schönen Frühlingstag. Die Vögel zwitscherten in der Luft, und die Störche bauten ihre alten Nester auf den Dächern der Lehmhütten um. Das Wasser war zurückgegangen, und die Erde leuchtete in sattem Grün. In den Gärten wurden Samen ausgestreut und Pflanzen gesetzt. Es war ein Tag für ausgelassene Abenteuer, und wir konnten uns unmöglich ruhig verhalten auf der verfallenen Veranda Onehs, deren ungebrannte Ziegelwände zerbröckelten, sobald man daran klopfte. Ich saß und schrieb zerstreut die ewigen Schriftzeichen und Buchstaben, die in Stein gemeißelt werden, und daneben die Abkürzungszeichen für die Papyrusschrift. Da plötzlich stieg ein schon vergessenes Wort Onehs in meinen Gedanken auf, in meinem Innern regte sich etwas Seltsames, und eine Stimme machte mir die Buchstaben lebendig. Aus dem Bild entstand ein Wort, aus dem Wort eine Silbe, aus der Silbe ein Buchstabe. Indem ich Bild an Bild reihte, entstanden neue Wörter, lebendige, seltsame Wörter, die nichts mehr mit den ursprünglichen Bildern zu tun hatten. – Ein Bild versteht sogar der einfachste Ackerbewässerer, aber zwei Bilder nebeneinander kann nur ein des Schreibens Kundiger verstehen. Ich glaube, jeder, der die Schreibkunst studiert und lesen gelernt hat, weiß, welches Erlebnis ich andeute. Dieses Erlebnis war für mich ein Abenteuer, spannender und verlockender als das Erobern eines Granatapfels aus dem Korb eines Obsthändlers, süßer als eine getrocknete Dattel, herrlich wie Wasser für einen Dürstenden.

Von jener Stunde an brauchte man mich nicht mehr zu ermahnen. Von jener Stunde an sog ich Onehs Lehren auf, wie trockenes Erdreich die Fluten des Nils aufsaugt. Ich lernte rasch schreiben. Allmählich lernte ich auch das lesen, was andere geschrieben hatten. Im dritten Jahr durfte ich bereits verschlissene Papyrusrollen zusammenbuchstabieren und als Vorleser walten, während die anderen lehrreiche Fabeln niederschrieben.

Zu jener Zeit bemerkte ich auch, daß ich nicht wie die anderen war. Mein Gesicht war schmäler, meine Haut heller, und meine Glieder waren schlanker als die der stämmigen Knaben. Ich ähnelte mehr den Kindern der Vornehmen als den Menschen, in deren Mitte ich wohnte, und in vornehmer Kleidung hätte mich niemand von den Knaben unterscheiden können, die in Sänften getragen oder von Sklaven auf den Straßen begleitet wurden. Dieser Umstand erregte Spott. Der Sohn des Getreidehändlers wollte den Arm um meinen Hals schlingen und nannte mich ein Mädchen, so daß ich ihn mit dem Griffel stechen mußte. Seine Nähe war mir zuwider, denn er hatte einen üblen Geruch. Thotmes' Gesellschaft hingegen suchte ich, doch er berührte mich nie mit seiner Hand.

Einst fragte Thotmes schüchtern: »Willst du mir Modell sitzen, so mache ich ein Bild von dir?«

Ich führte ihn zu mir nach Hause, und auf dem Hof unter der Sykomore formte er aus Lehm ein Bild, das mir ähnlich sah, und ritzte mit dem Stift meinen Namen in Buchstaben ein. Meine Mutter Kipa brachte uns Kuchen, doch beim Anblick des Bildes erschrak sie tief und nannte das Zauberei. Mein Vater aber sagte, daß Thotmes ein königlicher Künstler werden könnte, falls er Zutritt zur Tempelschule erhielte. Ich verbeugte mich im Scherz vor Thotmes und streckte die Hände in Kniehöhe vor ihm aus, wie man die Vornehmen grüßt. Seine Augen begannen zu leuchten, doch dann seufzte er und meinte, daß daraus nichts werden könne, weil nach seines Vaters Dafürhalten die Zeit für ihn gekommen sei, da er in das Haus der Krieger zurückkehren und um Eintritt in die Unteroffiziersschule der Streitwagenkräfte nachsuchen solle. Seine Schreibkenntnisse genügten bereits für einen künftigen Heerführer. Mein Vater entfernte sich, und wir hörten Kipa noch lange in der Küche vor sich hin murmeln, aber Thotmes und ich aßen von den Kuchen, die fett und schmackhaft waren, und wir genossen das Dasein.

Damals war ich noch glücklich.

5

Dann kam der Tag, an dem mein Vater sein bestes, frischgewaschenes Gewand anzog und um den Hals einen breiten, von Kipa bestickten Kragen legte. Er ging zum großen Ammontempel, obgleich sein Herz im stillen die Priester nicht leiden konnte. Doch ohne Hilfe und Einmischung der Priester geschah, wie überhaupt in Ägypten, so auch in Theben, nichts. Die Priester sprachen Recht und fällten Urteile, so daß ein kühner Mann sogar gegen das Urteil der königlichen Gerichte im Tempel Berufung einlegen konnte, um sich reinzuwaschen. In den Händen der Priester lag die ganze höhere Berufsausbildung.

Die Priester sagten das Steigen des Wassers und die Größe der bevorstehenden Ernte voraus und bestimmten also die Steuern im ganzen Land. Doch warum sollte ich mehr darüber berichten, da doch alles zum alten zurückgekehrt ist und sich nichts verändert hat?

Ich glaube nicht, daß dieser Bittgang meinem Vater leichtfiel. Er hatte sein ganzes Leben als Arzt im Armenviertel verbracht und war daher dem Tempel und dem Haus des Lebens entfremdet. Nun mußte er wie andere mittellose Väter vor dem Verwaltungsgebäude des Tempels anstehen und warten, um von einem hochwürdigen Priester gnädigst empfangen zu werden. Noch heute sehe ich sie vor mir, alle jene armen Väter, wie sie in ihren besten Gewändern im Tempelhof saßen, erfüllt von ehrgeizigen Träumen, ihren Söhnen möge ein besseres Leben als ihnen selbst zuteil werden. Sie hatten oft lange Reisen auf einem Flußboot hinter sich, wenn sie mit dem Proviantsack nach Theben kamen, und sie boten den Torwächtern und Schreibern ihre Besitztümer als Bestechung an, um mit einem goldbestickten, mit kostbaren Ölen gesalbten Priester reden zu dürfen. Dieser aber rümpfte die Nase wegen ihres Geruches und redete sie in barschem Tonfall an. Doch Ammon brauchte immer neue Diener. Mit seinem wachsenden Reichtum und seiner zunehmenden Macht benötigte er eine immer größere Zahl von Schreibkundigen. Dennoch betrachtete es jeder Vater als eine göttliche Gnade, wenn er seinen Sohn im Tempel unterbringen konnte, obgleich er in Wirklichkeit mit seinem Sohn dem Tempel eine Spende brachte, die kostbarer ist als Gold.

Das Glück begünstigte meines Vaters Unternehmen, denn er hatte kaum bis zum Nachmittag gewartet, als sein alter Studienfreund Ptahor, der im Laufe der Zeit zum königlichen Schädelbohrer vorgerückt war, zufällig vorüberkam. Mein Vater erkühnte sich, ihn anzureden. Er versprach, uns in eigener hoher Person zu besuchen, um mich zu sehen.

An dem festgesetzten Tag sorgte mein Vater für eine Gans und den besten Wein. Kipa briet und schimpfte. Ein herrlicher Duft von Gänsefett entströmte unserer Küche, so daß Bettler und Blinde sich auf der Straße vor unserem Hause sammelten und mit Spielen und Singen ihren Anteil an dem Festmahl zu verdienen suchten, bis Kipa mürrisch in Fett getauchte Brotstücke unter sie verteilte und sie zum Gehen bewog. Thotmes und ich kehrten die Straße vor unserem Haus bis weit in die Stadt hinein, denn mein Vater hatte Thotmes aufgefordert, sich beim Erscheinen des Besuchers in der Nähe aufzuhalten, für den Fall, daß dieser auch mit Thotmes zu sprechen wünsche. Wir beide waren noch unreife Jungen, doch als mein Vater das Rauchfaß anzündete, es in die Veranda stellte, damit es Düfte verbreite, da war uns so feierlich zumute wie in einem Tempel. Ich hatte ein wachsames Auge auf die Kanne mit dem wohlriechenden Wasser und hielt die Fliegen von dem weißen Leinentuch ab, das Kipa eigentlich für ihr Begräbnis aufbewahrte, das aber nun Ptahor als Handtuch dienen sollte.

Wir mußten lange warten. Die Sonne sank, und die Luft wurde kühler. Der Weihrauch in der Veranda brannte zu Ende, und die Gans brodelte wehmütig im Bratofen. Ich verspürte immer quälenderen Hunger, während das Gesicht meiner Mutter Kipa länger und starrer wurde. Mein Vater sagte nichts, wollte aber bei Anbruch der Dämmerung die Lampen nicht mehr anzünden. Wir saßen alle auf den Schemeln der Veranda und vermieden es, uns gegenseitig anzusehen. In jenen Augenblicken verstand ich, welch große Sorgen und Enttäuschungen die Reichen und Vornehmen in ihrer Gedankenlosigkeit den Armen und Geringen bereiten können.

Doch endlich tauchten draußen brennende Fackeln auf. Mein Vater erhob sich rasch und eilte in die Küche nach einem Stück Kohle, um die beiden Öllampen anzuzünden. Zitternd hob ich das Wassergefäß auf meinen Schoß, und Thotmes atmete schwer an meiner Seite.

Der königliche Schädelbohrer Ptahor kam in einer schlichten, von zwei Negersklaven getragenen Sänfte. Vor der Sänfte ging ein offenbar betrunkener, feister Diener und schwenkte eine Fackel. Ächzend und stöhnend, unter lauten, freudigen Begrüßungsworten entstieg Ptahor der Sänfte, während mein Vater sich vor ihm verneigte und die Hände in Kniehöhe ausstreckte. Ptahor legte seine Hände auf meines Vaters Schultern, entweder um ihm anzudeuten, daß er nicht so feierlich aufzutreten brauche, oder aber um einen Halt zu suchen. Gestützt auf meines Vaters Achsel, versetzte er dem Fackelträger einen Fußtritt und hieß ihn, seinen Rausch unter der Sykomore auszuschlafen. Die Neger stießen die Sänfte in das Akaziengebüsch und setzten sich, ohne einen Befehl abzuwarten, auf den Boden.

Immer auf meines Vaters Schultern gestützt, betrat Ptahor die Veranda. Ungeachtet seiner Einwände goß ich ihm Wasser über die Hände und reichte ihm das Leinentuch. Er bat mich, seine Hände abzutrocknen, und als ich das getan, dankte er mir freundlich und nannte mich einen schönen Knaben. Mein Vater führte ihn an den Ehrenplatz, zu einem Lehnstuhl, der aus dem Hause des Gewürzkrämers entliehen war. Er ließ sich nieder und blickte mit kleinen, neugierigen Augen im Schein der Öllampen um sich. Eine Weile lang schwiegen alle. Dann räusperte er sich höflich und bat um ein Getränk, da der weite Weg seine Kehle ausgetrocknet habe. Erfreut gab mein Vater ihm von seinem Wein. Mißtrauisch schmeckte Ptahor ein wenig davon, worauf er jedoch den Becher mit sichtbarem Wohlbehagen leerte und erleichtert aufseufzte.

Er war ein kleiner, kahlköpfiger, krummbeiniger Mann mit einem Hängebauch und ebenso schlaffer Brust. Sein Kragen war mit Edelsteinen besetzt, aber fleckig wie sein ganzes Kleid, er roch nach Wein, Schweiß und Salben.

Kipa bot ihm Gewürzkuchen, in Öl gebratene Fischchen, Obst und Gänsebraten an. Er aß gesittet von allem, obgleich er offenbar soeben von einer guten Mahlzeit kam. Er kostete jedes Gericht und lobte es zu Kipas großer Freude. Auf sein Geheiß brachte ich auch den Negern Speisen und Bier, sie aber erwiderten meine Höflichkeit mit Unverschämtheiten und fragten, ob der Schmerbauch nicht bald zur Heimkehr bereit sei. Der Diener schnarchte laut unter der Sykomore, und ich wollte ihn nicht wecken.

Der Abend gestaltete sich sehr verworren, denn auch mein Vater trank mehr Wein, als ich ihn je zuvor hatte trinken sehen, und Kipa saß schließlich in der Küche, wackelte, den Kopf zwischen den Händen, mit dem Oberkörper hin und her.

Als der Weinkrug leer war, tranken sie von den Arzneiweinen meines Vaters, und nachdem auch diese zu Ende waren, begnügten sie sich mit gewöhnlichem Bier, da Ptahor versicherte, er verachte es nicht.

Sie sprachen von ihrer Studienzeit im Haus des Lebens und umarmten sich schwankend auf der Veranda. Ptahor erzählte von seinen Erfahrungen als königlicher Schädelbohrer und nannte es das letzte aller Gebiete, auf die ein Arzt sich spezialisieren sollte, weil es eher in das Haus des Todes als in das Haus des Lebens passe. Aber es gebe wenig zu tun, und er sei stets ein Faulpelz gewesen, wie sich mein Vater, Senmut der Friedliebende, wohl entsinnen möge. Der menschliche Kopf, mit Ausnahme der Zähne, des Halses und der Ohren, die besondere Spezialisten erforderten, war nach seiner Auffassung am leichtesten zu studieren, und deshalb habe er sich ihm gewidmet.

»Doch«, fügte er hinzu, »wäre ich ein tüchtiger Mensch gewesen, ich wäre ein gewöhnlicher, rechtschaffener Arzt geblieben und hätte Leben gespendet, während es nun mein Schicksal ist, den Tod zu bereiten, wenn die Verwandten der Greise und der Unheilbaren überdrüssig sind. Ich sollte Leben spenden wie du, mein Freund Senmut. Vielleicht wäre ich dann ärmer, aber ich würde ein ehrlicheres und gesünderes Leben führen.«

»Glaubt ihm nicht, ihr Jungen«, sagte mein Vater, denn auch Thotmes saß bei uns und hielt einen kleinen Becher Wein in seiner Hand. »Ich bin stolz, den königlichen Schädelbohrer Ptahor meinen Freund zu nennen, ihn, der auf seinem Gebiet der geschickteste Mann Ägyptens ist. Wie sollte ich mich nicht an seine wunderbaren Schädelbohrungen erinnern, durch die er Hohen und Niedrigen das Leben rettete und allgemeine Bewunderung erregte. Er trieb die bösen Geister aus, die viele Menschen zum Wahnsinn brachten, und entfernte die runden Eier aus dem Gehirn der Kranken. Dankbare Patienten haben ihm Gold und Silber, Halsketten und Trinkgefäße verehrt.«

»Aber noch Kostbareres haben mir die dankbaren Verwandten verehrt«, erklärte Ptahor mit lallender Stimme, »denn wenn ich zufällig einen von zehn, einen von fünfzig, nein, sagen wir lieber einen von hundert heile, so ist der Tod den übrigen um so sicherer. Hast du je von einem einzigen Pharao gehört, der drei Tage nach dem Schädelöffnen noch gelebt hätte? Nein, die Unheilbaren und die Irrsinnigen werden mir zur Behandlung mit meinem Steinmesser um so eher zugewiesen, je reicher und vornehmer sie sind. Meine Hand befreit vom Leiden, meine Hand verteilt Erbschaften, Güter, Rinder und Gold, meine Hand hebt Pharaonen auf den Thron. Deshalb fürchtet man mich, und deshalb wagt keiner mir zu widersprechen, denn ich weiß zuviel. Doch mit wachsenden Kenntnissen wächst auch der Kummer, deshalb bin ich ein unglücklicher Mann.«

Ptahor weinte eine Weile und trocknete seine Nase an Kipas Leichentuch. »Du bist arm, aber ehrlich, Senmut«, schluchzte er. »Darum liebe ich dich, denn ich bin reich, aber verkommen. Nichts als ein Mistfladen bin ich, den ein Ochse auf dem Wege zurückläßt.«

Er nahm den Juwelenkragen ab und hängte ihn um meines Vaters Hals. Alsdann begannen sie Lieder zu singen, deren Worte mir unverständlich waren; aber Thotmes lauschte eifrig und behauptete, daß selbst im Hause der Soldaten keine sittenloseren Lieder gesungen wurden. In der Küche brach Kipa in lautes Weinen aus, und aus dem Akaziengebüsch kam einer der Neger, nahm Ptahor in seine Arme und wollte ihn zur Sänfte tragen, denn es war schon längst Schlafenszeit. Ptahor aber sträubte sich, wimmerte und winselte, rief die Wachen zur Hilfe und behauptete, der Neger wolle ihn ermorden. Da wir an meinem Vater keine Hilfe hatten, verjagten Thotmes und ich den Neger mit Stöcken, und dieser verschwand unter groben Flüchen mit seinem Kameraden und der Sänfte.

Darauf goß Ptahor den Inhalt des Bieres über sich, bat um Salbe für sein Gesicht und wollte im Gartenteich baden. Thotmes flüsterte mir zu, daß wir die Alten zu Bett bringen sollten, und so geschah es, daß mein Vater und der königliche Schädelbohrer, in gegenseitiger Umarmung und unter gestammelten Versicherungen ewiger Freundschaft, in Kipas Ehebett einschliefen.

Kipa weinte, raufte sich die Haare und bestreute ihr Haupt mit Asche aus dem Bratofen. Mich quälte der Gedanke, was die

Nachbarn sagen würden, denn der Lärm und der Gesang hallten weithin durch die stille Nacht. Thotmes aber verhielt sich ganz gelassen und behauptete, schlimmere Dinge im Haus der Soldaten gesehen zu haben, und auch zu Hause bei seinem Vater, wenn die Streitwagenlenker von vergangenen Zeiten und von den Strafzügen nach Syrien und dem Land Kusch erzählten. Er versicherte sogar, der Abend sei gut verlaufen, da die Alten keine Musikanten und Tänzerinnen aus einem Freudenhaus zur Unterhaltung herbestellt hätten. Es gelang ihm, Kipa zu beruhigen, und nachdem wir unser Bestes getan hatten, um die Spuren des Festes zu beseitigen, gingen wir zu Bett. Der Diener lag noch immer schnarchend unter der Sykomore, und Thotmes legte sich neben mich ins Bett, schlang den Arm um meinen Hals und begann mir von Mädchen zu erzählen, denn auch er hatte Wein getrunken. Aber seine Erzählungen ergötzten mich nicht, denn ich war einige Jahre jünger als er, und so schlief ich bald ein.

Frühmorgens weckten mich Lärm und Getrampel aus dem Schlafzimmer. Ich ging hinüber und fand meinen Vater immer noch ruhig schlafend in seinen Kleidern, mit Ptahors Kragen um den Hals. Ptahor selber aber saß auf dem Boden, hielt sich den Kopf mit den Händen und fragte mit kläglicher Stimme, wo er sei.

Ich begrüßte ihn ehrfürchtig, die Hände in Kniehöhe vorgestreckt, und erklärte, daß er sich immer noch im Hafenviertel, im Hause des Armenarztes Senmut befinde. Dies beruhigte ihn, und er bat mich bei Ammon um Bier. Ich erinnerte ihn daran, daß er den Inhalt des Bierkruges über sich geschüttet habe, was an seinem Gewand noch zu sehen sei. Da stand er auf, straffte sich, runzelte würdevoll die Brauen und ging hinaus. Ich goß ihm Wasser über die Hände, und er beugte stöhnend sein Haupt und bat mich, auch seinen kahlen Schädel zu begießen. Thotmes, der ebenfalls erwacht war, brachte ihm eine Kanne saurer Milch und einen gesalzenen Fisch. Nachdem er gegessen hatte, wurde er wieder guter Dinge, trat an den unter der Sykomore liegenden Diener heran und begann, ihn mit dem Stock zu bearbeiten, bis er erwachte und sich mit erdbeschmutztem Gesicht und seinem grasbefleckten Gewand erhob.

»Elendes Schwein!« sagte Ptahor und versetzte ihm noch einen Hieb mit dem Stock. »So also kümmerst du dich um die Angelegenheiten deines Herrn und trägst die Fackel vor ihm her? Wo ist meine Sänfte? Wo mein sauberes Gewand? Und wo sind meine Arzneibeeren? Geh mir aus den Augen, erbärmliches Diebesschwein!«

»Ich bin ein Dieb und meines Herrn Schwein«, sagte der Diener unterwürfig. »Was befiehlst du, Herr?«

Ptahor erteilte ihm seine Befehle, und er ging die Sänfte suchen. Ptahor setzte sich unter der Sykomore bequem zurecht, lehnte sich an ihren Stamm, trug ein Gedicht über den Morgen, über Lotusblumen und über eine im Strom badende Königin vor und erzählte uns allerhand Dinge, die Knaben gerne hören. Auch Kipa erwachte, machte Feuer und ging zu meinem Vater ins Schlafzimmer hinüber. Wir hörten ihre Stimme bis auf den Hof hinaus, und als mein Vater schließlich in einem reinen Gewand erschien, war er sehr niedergeschlagen.

»Du hast einen schönen Sohn«, sagte Ptahor. »Seine Haltung ist die eines Prinzen, und seine Augen sind sanft wie Gazellenaugen.« Obgleich ich nur ein Knabe war, verstand ich doch gut, daß wir bei diesen Worten sein gestriges Benehmen vergessen sollten. Nach einer Weile fragte er: »Was kann dein Sohn? Sind die Augen seiner Seele ebenso offen wie die Augen seines Leibes?«

Da holte ich meine Schreibtafel, und Thotmes tat das gleiche. Der königliche Schädelbohrer blickte zerstreut sinnend zum Wipfel der Sykomore auf und diktierte mir ein kleines Gedicht, an das ich mich heute noch erinnere. Es lautete:

> Freu dich, Jüngling, deiner Jugend,
> voller Asche ist des Alters Kehle,
> und die balsamierte Leiche lacht nicht
> in des Grabes Dunkel.

Ich tat mein Bestes und schrieb es erst in gewöhnlicher Schrift nieder. Alsdann zeichnete ich es in Bildern, und schließlich schrieb ich die Wörter Alter, Asche, Leiche und Grab in jeder Schreibweise, in der man diese Wörter, sei es in Silben oder

Buchstaben, wiedergeben kann. Darauf zeigte ich ihm meine Schreibtafel, und er fand keinen einzigen Fehler. Ich wußte, daß mein Vater stolz auf mich war.

»Und der andere Jüngling?« fragte Ptahor und streckte die Hand nach Thotmes' Tafel aus. Thotmes hatte abseits gesessen und Bilder auf seine Tafel gezeichnet. Er zögerte, die Tafel vorzuweisen, aber seine Augen lachten. Als wir uns vorbeugten, um zu sehen, bemerkten wir, daß er Ptahor gezeichnet hatte, wie er seinen Kragen um meines Vaters Hals legte und wie er den Bierkrug über sich ausschüttete. Auf einem dritten Bild hielten er und mein Vater sich umschlungen und sangen, und das Bild war so lustig, daß man geradezu sehen konnte, welches Lied sie sangen. Ich fühlte mich zum Lachen gereizt, aber getraute mich nicht, weil ich fürchtete, Ptahor zu erzürnen. Thotmes hatte ihm nämlich nicht geschmeichelt. Auf dem Bild war er ebenso klein und kahlköpfig, ebenso krummbeinig und hängebäuchig wie in Wirklichkeit.

Eine lange Weile sagte Ptahor nichts, betrachtete bloß mit scharfen Blicken abwechselnd das Bild und Thotmes. Thotmes verspürte Angst und hob sich auf die Zehenspitzen. Schließlich fragte Ptahor:

»Wieviel verlangst du für das Bild, Junge? Ich kaufe es.«

Thotmes aber wurde feuerrot und sagte: »Meine Schreibtafel verkaufe ich nicht. Einem Freund aber würde ich sie als Geschenk geben.«

Ptahor lachte: »Schön, laß uns also Freunde sein, und die Tafel gehört mir.« Noch einmal betrachtete er sie genau, lachte und schlug sie dann an einem Stein in Scherben. Wir zuckten alle zusammen, und Thotmes bat demütig um Verzeihung, falls er ihn beleidigt habe.

»Sollte ich dem Wasser zürnen, in dem ich mein Bild erblicke?« fragte Ptahor sanft. »Doch das Auge und die Hand des Zeichners sind dem Wasser überlegen. Deshalb weiß ich nun, wie ich gestern aussah, und ich wünsche nicht, daß jemand es zu sehen bekommt. Darum habe ich die Tafel zerschlagen, aber als Künstler anerkenne ich dich.« Thotmes machte einen Freudensprung.

Hierauf wandte sich Ptahor an meinen Vater, und indem er auf mich zeigte, sprach er feierlich das uralte Heilgelübde des Arztes aus: »Ich werde mich seiner Heilung annehmen.« Und auf Thotmes zeigend, sprach er: »Ich werde mein möglichstes tun.« Nachdem sie so wieder auf die ärztliche Berufssprache gekommen waren, lachten beide zufrieden. Mein Vater legte seine Hand auf mein Haupt und fragte:

»Mein Sohn Sinuhe, willst du ein Arzt wie ich werden?«

Die Tränen traten mir in die Augen, meine Kehle schnürte sich zusammen, so daß ich kein Wort hervorbrachte, sondern nur zustimmend nicken konnte. Ich blickte um mich, und der Hof war mir lieb, und die Sykomore war mir lieb, und das steinerne Wasserbecken war mir lieb.

»Mein Sohn Sinuhe«, sagte mein Vater, »willst du Arzt werden, ein geschickterer und besserer als ich, ein Herr über Leben und Tod, in dessen Hände ein Mensch, weder nach Stand und Rang fragend, vertrauensvoll sein Leben legt?«

»Kein Arzt wie er noch wie ich«, sagte Ptahor und richtete sich auf, und seine Augen blickten klug und scharf, »sondern ein rechter. Denn der Größte von allen ist ein rechter Arzt. Vor ihm steht selbst der Pharao entblößt, und Arme und Reiche sind gleich vor ihm.«

»Ich will gerne ein richtiger Arzt werden«, sagte ich schüchtern, denn ich war noch ein Knabe und wußte nichts vom Leben und wußte auch nicht, daß das Alter stets gerne seine eigenen Träume und Enttäuschungen auf die Achseln der Jugend lädt.

Meinem Freunde Thotmes aber zeigte Ptahor einen Goldreifen, den er am Handgelenk trug, und sagte: »Lies!« Thotmes buchstabierte die eingegrabenen Bilder und las zögernd: »Mich gelüstet nach einem vollen Becher!« Er konnte ein Lächeln nicht zurückhalten.

»Lächle nicht, Schlingel«, sprach Ptahor ernst. »Es geht nicht mehr um Wein. Doch wenn du ein Künstler werden willst, mußt du deinen Becher voll verlangen. In dem wahren Künstler offenbart sich Ptah, der Schöpfer und Erbauer, selbst. Der Künstler ist nicht bloß ein Wasser und ein Spiegel, sondern mehr. Gewiß ist die Kunst oft ein schmeichelndes Wasser und ein lügenhafter Spiegel, aber dennoch ist der Künstler mehr als Wasser. Verlange deinen Becher voll, mein Junge, und begnüge dich nicht mit dem, was man dir sagt, sondern verlasse dich mehr auf deine klaren Augen.«

Hierauf versprach er, daß ich bald als Schüler in das Haus des Lebens berufen werde und daß er auch versuchen wolle, Thotmes zum Eintritt in die Kunstschule des Ptahtempels zu verhelfen.

»Nun aber, ihr Jungen«, sagte er, »hört gut zu, was ich euch zu sagen habe, und dann vergesset es alsbald, vergesset wenigstens, daß der königliche Schädelbohrer es euch gesagt hat! Ihr kommt jetzt in die Hände der Priester, und Sinuhe selbst wird eines Tages zum Priester geweiht werden, denn wie dein Vater und ich einst zum untersten Grad geweiht wurden, so ist es niemandem gestattet, den Arztberuf auszuüben, bevor er zum Priester geweiht wurde. Doch wenn ihr im Tempel in die Hände der Priester geratet, sollt ihr mißtrauisch wie Schakale und schlau wie Schlangen sein, auf daß ihr euch selbst nicht verlieret noch verblenden laßt. Äußerlich aber sollt ihr sanft wie Tauben sein, denn erst wenn ein Mann sein Ziel erreicht hat, soll er sich so zeigen, wie er ist. So ist es stets gewesen, und so wird es immer bleiben. Denkt daran!«

Wir plauderten noch eine Weile, bis der Diener Ptahors mit einer gemieteten Sänfte und reinen Gewändern für seinen Herrn wiederkehrte. Ptahors eigene Sänfte hatten die Neger in einem nahe gelegenen Freudenhaus versetzt, wo sie immer noch lagen und schliefen. Ptahor gab dem Diener eine Vollmacht, die Sänfte und die Sklaven aus dem Freudenhaus auszulösen, nahm dann Abschied von uns, indem er meinen Vater seiner treuen Freundschaft versicherte, und begab sich in den Stadtteil der Vornehmen zurück.

So kam ich in das Haus des Lebens im großen Ammontempel. Am folgenden Tag aber sandte Ptahor, der königliche Schädelbohrer, Kipa einen heiligen Skarabäus aus kostbarem Gestein zum Geschenk, damit sie ihn im Grabe unter ihrem Leichentuch am Herzen tragen möge. Eine größere Freude hätte er meiner Mutter nicht bereiten können, deshalb verzieh sie ihm alles und redete mit meinem Vater Senmut auch nicht mehr über den Fluch des Weines.

ZWEITES BUCH

Das Haus des Lebens

1

Zu jener Zeit waren die Ammonpriester Thebens allein befugt, den höheren Unterricht zu erteilen. Niemand durfte sich ohne priesterliches Eintrittsgeld den für ein höheres Amt notwendigen Studien widmen. Jedermann wird verstehen, daß das Haus des Lebens und das Haus des Todes wie auch die eigentliche theologische Hochschule zur Ausbildung höherer Priester seit Urzeiten in den Bereich des Tempels gehörten. Man kann auch noch verstehen, daß die mathematische und astronomische Fakultät der Machtbefugnis der Priester unterstellt waren. Nachdem diese aber auch die juristische und die merkantile Ausbildung in die Hand nahmen, regte sich in den gebildeten Kreisen allmählich der Verdacht, die Priester mischten sich in Dinge ein, die eigentlich dem Pharao und der Steuerbehörde zuständen. Wohl wurde die Priesterweihe von den Schülern des Handels und der Rechte nicht ausdrücklich verlangt; doch da Ammon mindestens ein Fünftel des Landes Ägypten und somit auch dessen Handel beherrschte, tat ein jeder, der ein Großkaufmann werden oder in die Verwaltung eintreten wollte, gut daran, auch das Priesterexamen des untersten Grades abzulegen, um sich damit Ammon als gehorsamer Diener zu unterstellen.

Die weitaus größte Fakultät war natürlich die juristische, denn sie sicherte den Studierenden die Zuständigkeit für jedes Amt und die Berechtigung, später im Steuerwesen und in der Verwaltung tätig zu sein oder die militärische Laufbahn zu beschreiten. Die kleine Schar der Astronomen und Mathematiker lebte ihr eigenes weltfremdes Leben in ihren Hörsälen und hegte eine tiefe Verachtung für die Emporkömmlinge, die in die Vorlesungen über Handelsrechnungen und Vermessungskunst eilten. Ein ganz abgesondertes Leben innerhalb der Tempelmauern aber wurde im Haus des Lebens und im Haus des Todes geführt. Diesen Schülern brachten alle anderen Zöglinge des Tempels eine mit Schrecken vermischte Ehrfurcht entgegen.

Doch ehe ich meinen Fuß in das Haus des Lebens setzen durfte, hatte ich erst an der theologischen Fakultät eine Prüfung für den untersten Priestergrad abzulegen. Es dauerte mehr als zwei Jahre, bis ich soweit war, denn ich mußte gleichzeitig meinen Vater auf seinen Krankenbesuchen begleiten, um aus seiner Erfahrung Lehren für meine künftige Lebensbahn zu ziehen. Ich wohnte zu Hause und lebte wie zuvor, mußte aber täglich irgendeine Vorlesung besuchen.

Diejenigen, die die Prüfung für den untersten Priestergrad ablegen mußten, waren je nach den Studien, denen sie sich später widmen wollten, in Gruppen eingeteilt. Wir, die künftigen Zöglinge im Haus des Lebens, bildeten eine eigene Gruppe, doch fand ich keinen einzigen intimen Freund unter meinen Kameraden. Ich hatte Ptahors klugen Rat in frischem Gedächtnis, lebte zurückgezogen, gehorchte untertänig jedem Befehl und stellte mich einfältig, wenn andere Witze machten oder nach Knabenart die Götter schmähten. Unter uns gab es Söhne vornehmer Spezialisten, deren Krankenbesuche, Ratschläge und Pflege mit Gold bezahlt wurden. Es gab auch Söhne einfacher Provinzärzte, oft älter als wir, bereits erwachsene, plumpe, braungebrannte Jünglinge, die ihre Schüchternheit zu verbergen und sich die Aufgaben gewissenhaft einzuprägen trachteten. Es gab auch Knaben aus dem Proletariat, die einen angeborenen Wissensdurst besaßen und sich über die Berufe und den Stand ihrer Väter emporarbeiten wollten. Diese aber waren der strengsten Behandlung und den größten Anforderungen unterworfen, denn die Priester hegten ein natürliches Mißtrauen gegen alle, die sich nicht mit ihrem Los zufriedengaben.

Meine Vorsicht war mir nützlich, denn bald genug entdeckte ich, daß die Priester Spione und Gehilfen unter uns hatten. Ein unvorsichtiges Wort, ein offen ausgesprochener Zweifel oder ein Scherz im Kreise der Kameraden gelangte den Priestern rasch zur Kenntnis, und der Schuldige wurde zum Verhör geladen und bestraft. Es kam vor, daß Jünglinge sich der Prügelstrafe unterziehen mußten oder gar aus dem Tempel verjagt wurden, worauf ihnen das Haus des Lebens wohl in Theben wie an anderen Orten Ägyptens für alle Zeiten verschlossen blieb. Wenn sie energisch waren, konnten sie als Handlanger der Garnisonsfeldscherer in die Kolonien ziehen oder sich im Lande Kusch oder in Syrien eine Zukunft schaffen, denn der Ruf der ägyptischen Ärzte war über die ganze Welt verbreitet. Die meisten aber strandeten und endeten als unbedeutende Schreiber, falls sie die Schreibkunst genügend beherrschten.

Meine Fertigkeit im Schreiben und Lesen gab mir einen guten Vorsprung vor manchen Kameraden, sogar vor den älteren. Ich selbst hielt mich für reif zum Eintritt in das Haus des Lebens, aber der Tag meiner Weihe ließ auf sich warten, und ich besaß nicht den Mut, nach dem Grund der Verzögerung zu fragen, weil das als Aufsässigkeit gegen Ammon ausgelegt worden wäre. Ich vergeudete meine Zeit mit dem Abschreiben von Todesbüchern, die in den Vorhallen des Tempels verkauft wurden, und empörte mich im stillen und fühlte mich niedergeschlagen. Bereits hatten viele meiner weniger begabten Kameraden ihre Studien im Haus des Lebens aufnehmen dürfen. Doch vielleicht erhielt ich unter meines Vaters Leitung eine bessere Vorbildung als sie. Später habe ich eingesehen, daß die Priester Ammons mir an Klugheit überlegen waren. Sie durchschauten mich, erkannten meinen Trotz und meine Zweifel und wollten mich daher prüfen.

Schließlich erhielt ich den Bescheid, daß ich an der Reihe sei, im Tempel zu wachen. Eine Woche lang mußte ich in den inneren Räumen wohnen und durfte während dieser Zeit das Gebiet des Tempels nicht verlassen. Ich sollte mich reinigen und fasten. Mein Vater beeilte sich, meine Knabenlocke abzuschneiden und unsere Nachbarn zu einem Gastmahl einzuladen, um den Tag meiner Mannesreife zu feiern. Da ich bereit zur Priesterwürde war, würde ich – wie schlicht und unbedeutend diese Zeremonie in Wirklichkeit auch sein mochte – künftig als Erwachsener betrachtet werden. Denn diese Weihe stellte mich über meine Nachbarn wie auch über meine Gleichaltrigen.

Kipa hatte ihr Bestes getan, aber die Honigkuchen schmeckten mir nicht. Ich fand keine Freude an der Ausgelassenheit und den derben Scherzen unserer Nachbarn. Am Abend, als die Gäste gegangen waren, griff meine Niedergeschlagenheit auch auf Senmut und Kipa über. Senmut begann die Geschichte meiner Geburt zu erzählen, wobei ihn Kipa an manches wieder erinnern mußte. Ich betrachtete das über ihrem Bett hängende Binsenboot. Seine rauchgeschwärzten brüchigen Stellen verursachten mir Herzweh. Ich besaß keinen richtigen Vater und keine richtige Mutter auf Erden. In einer großen Stadt war ich einsam unter den Sternen. Vielleicht war ich bloß ein elender Fremdling im Lande Kêmet. Vielleicht war meine Herkunft ein schmachvolles Geheimnis.

Als ich mit dem Weihegewand, das Kipa mir mit viel Sorgfalt und Liebe angefertigt hatte, zum Tempel ging, trug ich eine Wunde im Herzen.

2

Wir waren fünfundzwanzig Jünglinge und jüngere Männer, die sich zur Weihe vorstellten. Nachdem wir im Tempelteich gebadet hatten, wurde uns das Haar abrasiert, und wir legten grobe Gewänder an. Der Priester, der uns weihen sollte, war nicht kleinlich. Nach altem Brauch hätte er uns manch demütigender Zeremonie unterziehen können, aber unter uns befanden sich einige vornehme Knaben sowie einige Rechtskundige, die ihre Prüfung bereits bestanden hatten, erwachsene Männer, die in den Dienst Ammons traten, um ihre Laufbahn zu sichern. Sie hatten reichlich Proviant mitgebracht und boten den Priestern Wein an, und mehrere von ihnen entwichen nachts in die Freudenhäuser, denn für sie bedeutete die Priesterweihe nichts Erhabenes. Ich wachte mit wundem Herzen, und vielerlei Gedanken zogen durch meinen bitteren Sinn. Ich begnügte mich mit einem Stück Brot und einem Becher Wasser, wie es der Brauch verlangte, und harrte voller Hoffnungen und düsterer Ahnungen der kommenden Dinge.

Ich war noch so jung, daß ich unsäglich gerne glauben wollte. Es wurde behauptet, daß Ammon sich bei der Weihe jedem Priesterkandidaten offenbare und zu ihm spreche. Für mich hätte es eine unbeschreibliche Erleichterung bedeutet, mich von mir selbst befreien und einen Sinn hinter allem ahnen zu können. Doch vor einem Arzt ist selbst der Pharao nackt. In meines Vaters Begleitung hatte ich schon als Junge Krankheit und Tod gesehen. Mein Blick hatte sich geschärft, ich sah mehr als meine Gleichaltrigen. Einem Arzt darf nichts zu heilig sein, noch darf er sich vor etwas anderem als vor dem Tod beugen, lautete meines Vaters Lehre. Deshalb zweifelte ich, und alles, was ich in den drei Jahren im Tempel gesehen, hatte meine Zweifel noch genährt.

Aber, dachte ich, vielleicht befindet sich hinter dem Vorhang, im Dunkel des Allerheiligsten, doch etwas, das mir unbekannt ist. Vielleicht wird Ammon sich mir offenbaren und meinem Herzen Frieden schenken.

An all das dachte ich, während ich den Tempelgang durchstreifte, zu dem auch Laien Zutritt hatten. Ich betrachtete die farbenfrohen heiligen Bilder und las die Inschriften, die berichteten, welch unermeßliche Gaben die Pharaonen aus ihren Kriegen Ammon als göttlichen Beuteteil gebracht hatten. Da stieß ich plötzlich auf ein schönes Weib, dessen Gewand aus dünnstem Leinen war und Brust und Lenden durchscheinen ließ. Sie war von aufrechter schlanker Gestalt, und ihre Lippen, Wangen und Augenbrauen waren gefärbt. Neugierig und ohne Scheu betrachtete sie mich.

»Wie ist dein Name, schöner Jüngling?« fragte sie und sah mit ihren grünen Augen auf mein graues Achselgewand, von dem ersichtlich war, daß ich mich für die Weihe vorbereitete.

»Sinuhe«, antwortete ich verwirrt und wagte nicht, ihren Augen zu begegnen. Doch sie war so schön, und so seltsam duftete das Öl, das auf ihrer Stirne glänzte, daß ich hoffte, sie würde mich zum Wegweiser im Tempel ausersehen. Solches geschah den Schülern des Tempels nämlich öfter.

»Sinuhe«, wiederholte sie nachdenklich und sah mich forschend an. »Du erschrickst also leicht und fliehst, wenn man dir ein Geheimnis anvertrauen will?«

Sie spielte auf die Sage von Sinuhes Abenteuer an, und das ärgerte mich, denn mit dieser Erzählung hatte man mich bereits in der Schule oft genug gereizt. Deshalb richtete ich mich auf und sah ihr gerade in die Augen, und ihr Blick war so seltsam und neugierig und klar, daß mein Gesicht zu glühen begann und mein ganzer Leib mit Feuer übergossen wurde.

»Warum sollte ich mich fürchten?« sagte ich. »Ein künftiger Arzt fürchtet keine Geheimnisse.«

»Ah?« meinte sie lächelnd. »Das Küken piepst bereits, ehe es seine Schale gesprengt hat. Ist unter deinen Kameraden ein Jüngling namens Metufer? Er ist der Sohn eines königlichen Baumeisters.«

Metufer war es, der den Priester mit Wein aufgefüllt und ihm als Weihegeschenk einen goldenen Armreifen überreicht hatte. Ich verspürte einen Stich, verriet aber, daß ich Metufer kannte, und bot mich an, ihn zu holen. Ich dachte, das Weib sei vielleicht seine Schwester oder sonst eine Verwandte von ihm. Dieser Gedanke brachte mir Erleichterung, und ich blickte ihr kühn in die Augen und lächelte.

»Doch wie soll ich ihn holen, da ich deinen Namen nicht kenne und nicht sagen kann, wer ihn rufen läßt?« wagte ich zu fragen.

»Er weiß es schon«, sagte das Weib und stampfte ein paarmal leicht, aber ungeduldig mit ihrer mit bunten Steinen verzierten Sandale auf den Steinboden. Ich betrachtete ihre kleinen Füße, die nicht von Staub beschmutzt und deren schöne Nägel leuchtend rot gefärbt waren. »Er weiß schon, wer ihn rufen läßt. Vielleicht ist er mir etwas schuldig. Vielleicht weilt mein Mann auf Reisen, und ich erwarte Metufer, um mich in meiner Einsamkeit zu trösten.«

Bei dem Gedanken, daß sie eine verheiratete Frau sein könnte, wurde mir wieder schwer ums Herz. Dennoch sprach ich kühn: »Wohlan, schöne Unbekannte! Ich werde ihn holen gehen. Ich werde ihm sagen, daß ein Weib, jünger und schöner als die Mondgöttin, ihn rufen läßt. Dann weiß er, wer es ist, denn wer dich einmal gesehen hat, kann dich sicher nie vergessen.«

Erschrocken ob meiner eigenen Kühnheit wandte ich mich zum Gehen, sie aber faßte mich beim Arm und sagte nachdenklich: »Du hast es aber eilig! Warte noch ein wenig, vielleicht haben wir beide uns noch etwas zu sagen.«

Wieder blickte sie mich an, daß das Herz in meiner Brust zerging. Dann streckte sie ihre von Ringen und Armbändern beschwerte Hand aus, berührte meinen Schädel und fragte freundlich: »Friert dies schöne Haupt nicht, nachdem die Knabenlocke soeben erst dem Messer zum Opfer fiel?« Und sogleich fügte sie sanft hinzu: »Sprichst du die Wahrheit? Findest du mich wirklich schön? Sieh mich genauer an!«

Ich sah sie an, und ihr Gewand war aus königlichem Linnen. Sie war schön in meinen Augen, schöner als alle Frauen, die ich je gesehen hatte, und sie tat wahrlich nichts, um ihre Schönheit zu verbergen. Ich sah sie an und vergaß die Wunde in meinem Herzen, vergaß Ammon und das Haus des Lebens, und ihre Nähe brannte meinen Leib wie Feuer.

»Du gibst mir keine Antwort«, sagte sie betrübt. »Du brauchst auch nicht zu antworten, denn in deinen schönen Augen bin ich sicher ein altes häßliches Weib, das dich nicht erfreuen kann. So geh und hole den zur Weihe bereiten Jüngling Metufer, dann bist du mich los.«

Aber ich ging nicht und wußte auch nichts zu sagen, obgleich ich gut verstand, daß sie mich zum besten hielt. Schatten lagen zwischen den Riesensäulen des Tempels. Ihre Augen glänzten in dem matten, durch ein fernes Gitterwerk aus Stein hereindringenden Dämmerschein, und niemand sah uns.

»Vielleicht brauchst du ihn nicht zu holen«, sprach das Weib und lächelte mich an. »Vielleicht genügt es mir, wenn du mich erfreust und mit mir der Liebe genießest, denn sonst besitze ich niemanden, der mich ergötzen könnte.«

Da entsann ich mich der Worte Kipas über Frauen, die schöne Knaben an sich locken, um sich ihrer zu erfreuen. So plötzlich tauchte diese Warnung vor mir auf, daß ich erschrak und einen Schritt zurückwich.

»Das konnte ich mir denken, daß Sinuhe erschrecken würde«, sagte das Weib und folgte mir. Ich aber hob ängstlich die Hand, um sie zurückzustoßen, und sagte:

»Ich weiß schon, wer du bist. Dein Mann ist verreist, dein Herz ist eine trügerische Falle, und dein Schoß brennt schlimmer denn Feuer.« Doch obgleich ich dieses sagte, vermochte ich nicht zu fliehen.

Sie schien ein wenig verwirrt, doch dann lächelte sie von neuem und trat ganz dicht an mich heran. »Das also glaubst du?« fragte sie sanft. »Aber es ist nicht wahr. Mein Schoß brennt nicht wie Feuer, man behauptet im Gegenteil, daß er erquickend sei. Fühle selbst!« Sie nahm meine willenlose Hand und führte sie in ihren Schoß, und ich wurde durch den dünnen Stoff ihrer Schönheit inne, so daß ich zitterte und meine Wangen glühten. »Du glaubst es wohl immer noch nicht«, sagte sie mit gespielter Enttäuschung. »Der Stoff hindert dich, aber warte, ich werde ihn zurücklegen.« Sie öffnete ihr Gewand und legte meine Hand auf ihre entblößte Brust, so daß ich das Pochen ihres Herzens spürte, aber ihre Brust war weich und kühl in meiner Hand.

»Komm, Sinuhe«, sagte sie mit leiser Stimme. »Komm mit mir, wir wollen Wein trinken und der Liebe genießen.«

»Ich darf das Tempelgebiet nicht verlassen«, sagte ich erschrocken und schämte mich meiner Feigheit und begehrte sie und fürchtete sie doch wie den Tod. »Ich muß mich rein erhalten, bis ich geweiht werde, sonst werde ich aus dem Tempel vertrieben und erhalte niemals Zutritt in das Haus des Lebens. Darum habe Erbarmen mit mir!«

Dies sagte ich, weil ich wußte, daß ich ihr folgen würde, falls sie mich noch einmal darum bäte. Sie aber war ein erfahrenes Weib, das meine Not verstand. Deshalb blickte sie sich nachdenklich um. Wir sprachen immer noch unter vier Augen miteinander, doch in der Nähe bewegten sich Menschen, und ein Führer erläuterte mit lauter Stimme die Sehenswürdigkeiten des Tempels und bettelte bei den Fremden um Kupfer, mit dem Versprechen, ihnen weitere Wunder zu zeigen.

»Du bist ein äußerst schüchterner Jüngling, Sinuhe«, sagte sie. »Die Vornehmen und Reichen bieten mir Schmuck und Gold an, damit ich sie einladen soll, mit mir der Lust zu pflegen. Du, Sinuhe, aber willst rein bleiben.«

»Du möchtest doch, daß ich Metufer hole«, sagte ich verzweifelt, denn ich wußte, daß Metufer nicht zögern würde, für die Nacht aus dem Tempel zu entweichen, obgleich er an der Reihe war, Wache zu halten. Er konnte es sich erlauben, denn sein Vater war königlicher Baumeister. Ich hätte ihn deswegen umbringen können.

»Vielleicht wünsche ich nicht mehr, daß du Metufer holst«, sagte sie und blickte mir schelmisch in die Augen. »Vielleicht wünsche ich, daß wir als Freunde auseinandergehen, Sinuhe. Deshalb will ich dir auch meinen Namen anvertrauen, er lautet Nefernefernefer, denn man findet mich schön, und jeder, der einmal meinen Namen ausgesprochen hat, muß ihn ein zweites und ein drittes Mal wiederholen. Auch ist es Sitte, daß Freunde sich beim Abschied gegenseitig beschenken, um einander nicht zu vergessen. Deshalb verlange ich ein Geschenk von dir.

Da fühlte ich von neuem meine Armut, denn ich hatte ihr nichts zu geben, nicht den geringsten Schmuck oder kleinsten Kupferring, den ich ihr auch niemals hätte anbieten dürfen. Ich schämte mich so bitterlich, daß ich mein Haupt sinken ließ, ohne etwas sagen zu können.

»So mache mir ein Geschenk, das mein Herz erquickt«, sprach sie, hob mein Kinn mit einem Finger und näherte ihr Gesicht dem meinen. Da verstand ich, was sie wollte, und berührte mit meinen Lippen ihre weichen Lippen. Sie seufzte leicht und sagte:

»Danke, Sinuhe, das war ein schönes Geschenk. Ich werde es nie vergessen. Doch sicher bist du ein Fremdling aus fernem Lande, da du noch nicht küssen kannst. Wie wäre es sonst möglich, daß die Mädchen Thebens dich diese Kunst noch nicht gelehrt hätten, da dein Knabenhaar bereits abgeschnitten ist.« Sie zog einen Ring von ihrem Daumen, der aus Gold und Silber war mit einem ungravierten grünen Stein, und steckte ihn an meine Hand. »Auch ich will dir ein Geschenk geben, Sinuhe, damit du mich nicht vergessen sollst«, sagte sie. »Wenn du geweiht bist und in das Haus des Lebens kommst, kannst du dein Siegel in diesen Stein schneiden lassen, dann wirst du den Reichen und Vornehmen ebenbürtig. Doch denke auch daran, daß er grün ist, weil mein Name Nefernefernefer lautet und weil man einst behauptet hat, meine Augen seien grün wie der Nil in der Sommerhitze.«

»Ich kann deinen Ring nicht annehmen, Nefer«, sagte ich und wiederholte »Nefernefer«, und die Wiederholung ihres Namens bereitete mir unsäglichen Genuß. »Trotzdem werde ich dich nie vergessen.«

»Dummer Junge«, sagte sie. »Behalte den Ring, denn das ist mein Wunsch! Behalte ihn um meiner Laune willen, denn er wird mir einst hohe Zinsen eintragen.« Sie drohte mir mit dem Finger, und ihre Augen lachten, als sie hinzufügte: »Nimm dich auch stets in acht vor Frauen, deren Schoß schlimmer als Feuer brennt.« Sie wandte sich zum Gehen und gestattete mir nicht, sie zu begleiten. Durch die Tempeltür sah ich sie im Hof eine reichverzierte Sänfte besteigen. Ein Läufer lief vor ihr her und bahnte ihr unter lauten Rufen den Weg, und die Menschen wichen zur Seite und blickten flüsternd der Sänfte nach. Doch kaum war sie gegangen, da überfiel mich ein unsägliches Gefühl der Leere, als wäre ich in eine dunkle Kluft gestürzt.

Wenige Tage später entdeckte Metufer den Ring an meinem Finger und griff mißtrauisch nach meiner Hand, um ihn zu betrachten. »Oh, ihr vierzig gerechten Paviane des Osiris!« rief er aus. »Nefernefernefer, oder wie? Das hätte ich dir niemals zugetraut.« Er sah mich fast respektvoll an, obwohl der Priester mich zum Reinigen der Böden und zu den niedrigsten Arbeiten im Tempel eingesetzt hatte, weil ich ihm keine Gabe mitbrachte.

In jenem Augenblick haßte ich Metufer und seine Worte so grimmig und erbittert, wie nur ein unreifer Jüngling hassen kann. Wie gerne ich ihn auch über Nefer ausgefragt hätte, ich ließ mich doch nicht dazu herab, sondern barg das Geheimnis in meinem Herzen, denn eine Lüge ist süßer als die Wahrheit, und ein Traum reiner denn irdische Vereinigung. Ich betrachtete den grünen Stein an meinem Finger und gedachte ihrer Augen und ihrer kühlen Brust und glaubte immer noch den Duft ihrer Salben von meinen Fingern einzuatmen. Ich suchte nach ihr, und ihre weichen Lippen berührten die meinen und trösteten mich, denn schon hatte Ammon sich mir offenbart, und mein Glaube war zusammengebrochen.

Beim Gedanken an sie flüsterte ich daher mit glühenden Wangen: »Meine Schwester!« Und das Wort tönte wie eine Liebkosung aus meinem Mund, denn von Ewigkeit zu Ewigkeit bedeutet es: Geliebte.

3

Doch jetzt will ich erzählen, wie Ammon sich mir offenbarte. In der vierten Nacht war die Reihe an mir, über Ammons Ruhe zu wachen. Wir waren sieben Jünglinge: Mata, Moses, Bek, Sinufer, Nefru, Ahmose und ich, Sinuhe, Senmuts Sohn. Moses und Bek wollten wie ich Eintritt in das Haus des Lebens suchen, weshalb ich sie von früher kannte, während mir die übrigen Unbekannte waren.

Ich war schwach vom Fasten und von der Spannung. Wir waren alle ernst und folgten, ohne zu lächeln, dem Priester – sein Name sei der Vergessenheit übergeben –, als er uns in den geschlossenen Teil des Tempels geleitete. Ammon in seinem Schiff war bereits hinter den westlichen Bergen davongesegelt, die Wächter hatten ins Silberhorn gestoßen, und geschlossen waren die Tempeltore. Doch der Priester, der uns das Geleit gab, hatte sich am Fleisch der Opfertiere, an Obst und süßen Kuchen satt gegessen, sein Antlitz troff von Öl, und seine Wangen glühten vom Genuß des Weines. Er lachte vor sich hin, als er den Vorhang hob und uns in das Allerheiligste hineinsehen ließ. In seiner aus einem ungeheuren Steinblock ausgehauenen Kammer stand Ammon, und grün und rot und blau funkelten im Schein der heiligen Lampen die Edelsteine seiner Kopfbedeckung und seines Kragens. Am Morgen sollten wir ihn unter der Leitung des Priesters salben und frisch bekleiden, denn jeden Morgen brauchte er ein neues Gewand. Ich kannte ihn bereits von früher her. Ich hatte ihn am Frühlingsfest gesehen, als man ihn in einem goldenen Nachen in den Vorhof trug und die Menschen sich vor ihm zu Boden warfen. Und wenn die Wasser am höchsten standen, hatte ich ihn in seinem Schiff aus Zedernholz auf dem heiligen See segeln gesehen. Doch damals, als ich noch ein ungebildeter Zögling war, hatte ich ihn bloß von weitem sehen dürfen, und nie hatte sein rotes Gewand einen solch erschütternden Eindruck auf mich gemacht wie jetzt beim Lampenschein, in der lautlosen Stille des Allerheiligsten. Nur Götter und Pharaonen tragen rote Gewänder, und als ich sein hehres Antlitz betrachtete, hatte ich ein Gefühl, als ob das Gewicht der Steinkammer meine Brust zu ersticken drohe.

»Haltet Wache und betet vor dem Vorhang«, sagte der Priester und hielt sich am Saum des Vorhangs, weil er nicht sicher auf den Beinen stand. »Vielleicht wird er euch rufen, denn er pflegt sich denen, die die Weihe empfangen sollen, zu offenbaren, sie beim Namen zu rufen und zu ihnen zu sprechen, falls sie würdig dazu sind.« Er machte rasch die heiligen Zeichen mit der Hand, murmelte den göttlichen Namen Ammons und zog den Vorhang wieder zu, ohne sich auch nur zu verbeugen oder die Hände in Kniehöhe vorzustrecken.

Damit ging er und ließ uns sieben allein in der dunklen Vorhalle des abgeschlossenen Bezirks. Von dem Steinboden stieg eine furchtbare Kälte in unsere nackten Füße. Doch als er gegangen war, holte Moses unter seinem Achseltuch eine Lampe hervor, und Ahmose ging kaltblütig in das Allerheiligste hinein und holte von Ammons heiligem Feuer, um unsere Lampen anzuzünden.

»Verrückt wären wir, hier im Dunkeln zu sitzen«, erklärte Moses, und wir fühlten uns sicher, obwohl wir uns alle ein wenig fürchteten. Ahmose holte Brot und Fleisch hervor, und Mata und Nefru begannen mit Würfeln auf dem Steinboden zu spielen und riefen jeden ihrer Würfe mit so lauter Stimme aus, daß sie in der Tempelhalle widerhallten. Ahmose aber rollte sich, nachdem er gegessen hatte, in sein Achseltuch ein und streckte sich, über den harten Stein fluchend, zur Ruhe aus, und kurz darauf legten sich Sinufer und Nefru neben ihn, um sich gegenseitig im Schlaf warm zu halten.

Ich aber war jung und wachte, obwohl ich wußte, daß der Priester einen Krug Wein von Metufer bekommen und ihn mit ein paar anderen vornehmen Priesterkandidaten in seine Kammer eingeladen hatte und uns daher nicht überraschen werde. Ich wachte, obgleich ich aus den Erzählungen der anderen wußte, daß die vor ihrer Weihe Stehenden stets im geheimen speisten, spielten und schliefen. Mata begann vom Tempel der löwenhäuptigen Sehkmet zu erzählen, wo die göttliche Tochter Ammons sich den Kriegerkönigen zu offenbaren und sie in die Arme zu schließen pflegte. Dieser Tempel befand sich hinter dem Ammontempel, hatte aber sein Ansehen verloren. Seit Jahrzehnten hatte kein Pharao ihn mehr besucht, und das Unkraut wucherte zwischen den Steinplatten des Vorhofes. Mata aber erklärte, daß er nichts dagegen einzuwenden hätte, dort zu wachen und in diesem Augenblick die nackte Göttin zu umarmen, und Nefru würfelte und gähnte und grämte sich, daß er nicht so klug gewesen war, Wein mitzubringen. Alsdann legten sich die beiden schlafen, und bald war ich der einzige, der wachte.

Die Nacht wurde mir lang, und während die andern schliefen, war ich von tiefer Andacht und Sehnsucht ergriffen, weil ich noch so jung war, und ich dachte daran, daß ich mich rein erhalten und alle die alten Gebote erfüllt hatte, damit Ammon sich mir offenbaren sollte. Ich wiederholte seine heiligen Namen und lauschte mit gespannten Sinnen jedem Rascheln, doch der Tempel blieb leer und kalt. Im Morgengrauen begann der Vorhang des Allerheiligsten sich im Luftzug zu bewegen, sonst aber geschah nichts. Als das Tageslicht in die Tempelhalle fiel, löschte ich, unsäglich enttäuscht, die Lampe aus und weckte meine Kameraden.

Soldaten stießen ins Horn, die Wache auf den Mauern wurde abgelöst, und aus den Vorhöfen ließ sich ein leises Gemurmel wie das Rauschen ferner Wasser vernehmen und verkündete uns den Beginn des Tages und der Arbeit im Tempel. Schließlich kam der Priester eilenden Schrittes und mit ihm, zu meiner Verwunderung, Metufer. Beide rochen stark nach Wein, und sie kamen Arm in Arm daher, und der Priester schwang den Schlüssel der heiligen Schreine in der Hand und leierte, von Metufer unterstützt, die heiligen Formeln, bevor er uns begrüßte.

»Ihr Priesterkandidaten Mata, Moses, Bek, Sinufer, Nefrie, Ahmose und Sinuhe«, sprach der Priester. »Habt ihr gewacht und gebetet, wie es vorgeschrieben ist, um der Weihe würdig zu werden?«

»Wir haben gewacht und gebetet«, antworteten wir im Chor.

»Hat sich Ammon, seines Versprechens gemäß, euch offenbart?« fragte der Priester rülpsend und betrachtete uns mit flakkerndem Blick. Wir schielten uns an und zögerten. Schließlich sagte Moses unsicher: »Er hat sich, seinem Versprechen gemäß, offenbart.« Einer nach dem anderen sprachen meine Kameraden: »Er hat sich offenbart.« Als letzter sagte Ahmose, andächtig und mit fester Stimme: »Gewiß, er hat sich offenbart!« Er sah dem Priester gerade in die Augen, ich aber sagte nichts, und es war mir, als hätte eine Faust mein Herz umklammert, denn die Worte meiner Kameraden dünkten mich eine Lästerung.

Metufer sagte frech: »Auch ich habe gewacht und gebetet, um der Weihe würdig zu werden, denn die nächste Nacht habe ich anderes zu tun, als hier zu verweilen. Auch mir hat sich Ammon offenbart, was der Priester bezeugen kann, und er tat es in der Gestalt eines großen Weinkruges und sprach zu mir von vielen heiligen Dingen, die hier zu wiederholen mir nicht ansteht, aber seine Worte waren süß wie Wein in meinem Munde, so daß mich bis zum Morgengrauen nach immer neuem dürstete.

Da faßte Moses Mut und sagte: »Mir offenbarte er sich in der Gestalt seines Sohnes Horus, setzte sich wie ein Sperber auf meine Achsel und sprach: ›Gesegnet seist du, Moses, gesegnet deine Familie, gesegnet auch dein Werk, auf daß du einst in einem Hause mit zwei Toren sitzen und über zahlreiche Diener befehlen mögest.‹ So sprach er.«

Nun beeilten sich auch die anderen, zu berichten, was Ammon zu ihnen gesprochen habe, und sie redeten voller Eifer durcheinander, und der Priester hörte lächelnd zu und nickte. Ich weiß nicht, ob sie Träume, die sie gehabt, erzählten oder einfach logen. Ich weiß nur, daß ich einsam und verlassen dastand und nichts zu sagen hatte.

Schließlich wandte sich der Priester zu mir, runzelte seine rasierten Brauen und fragte streng: »Und du, Sinuhe, bist du nicht würdig, geweiht zu werden? Hast du ihn nicht wenigstens als eine kleine Maus gesehen, denn in mancherlei Gestalt kann er sich offenbaren?«

Mein Eintritt in das Haus des Lebens stand auf dem Spiel, deshalb ermannte ich mich und sagte: »Im Morgengrauen sah ich den heiligen Vorhang sich bewegen, etwas anderes aber habe ich nicht gesehen, noch hat Ammon mit mir gesprochen.«

Da brachen alle in Lachen aus, und Metufer schlug sich dabei auf die Knie und sagte zum Priester: »Er ist ein Einfaltspinsel.« Er zupfte den Priester am Ärmel, der vom Wein naß war, und flüsterte ihm, mit einem Blick auf mich, etwas ins Ohr.

Von neuem betrachtete mich der Priester streng und sagte: »Wenn du die Stimme Ammons nicht vernommen hast, kann ich dich nicht weihen lassen. Doch dem soll rasch abgeholfen werden, denn ich will glauben, daß du ein braver Jüngling bist und daß deine Absichten redlich sind.« Nach diesen Worten verschwand er hinter dem Allerheiligsten. Metufer kam auf mich zu, und wie er mein unglückseliges Gesicht sah, sagte er freundlich: »Fürchte dich nicht!«

Im nächsten Augenblick jedoch schraken wir alle zusammen, denn durch die Dämmerung der Halle erscholl eine übernatürliche Stimme, die keiner menschlichen glich, und sie kam von überall, von der Decke, von den Wänden, zwischen den Säulen her, so daß wir um uns blickten, um ihren Ursprung zu ermitteln. Die Stimme sagte: »Sinuhe, Sinuhe, du Schlafmütze, wo bist du? Tritt rasch vor mein Antlitz und verbeuge dich vor mir, denn ich habe Eile und kann nicht den ganzen Tag auf dich warten.«

Metufer zog den Vorhang zur Seite, stieß mich in das Allerheiligste hinein, packte mich beim Genick und zwang mich zu Boden in jene Verbeugung, mit der man Götter und Pharaonen grüßt. Ich aber hob sofort mein Haupt und sah, daß das Allerheiligste von hellem Tageslicht durchströmt war, und die Stimme sprach aus dem Munde Ammons:

»Sinuhe, Sinuhe, du Schwein und Pavian! Warst du betrunken, daß du schliefst, als ich dich rief? In einen Schlammbrunnen solltest du geworfen werden, um für den Rest deines Lebens Schlick zu essen, doch ich habe Erbarmen mit deiner Jugend, obwohl du dumm, faul und schmutzig bist, denn ich erbarme mich eines jeden, der an mich glaubt, während ich die anderen in die Klüfte des Totenreiches stürze.«

Noch vieles andere sprach die Stimme unter Rufen, Schmähungen und Flüchen. Aber ich erinnere mich nicht mehr an alles und will mich dessen auch nicht entsinnen, so bitter war mir ob der Demütigung zumute, denn mein aufmerksames Lauschen ließ mich durch das Dröhnen der übernatürlichen Stimme hindurch die Stimme des Priesters erkennen, und diese Entdekkung erschütterte und entsetzte mich derart, daß ich nicht mehr hinzuhören vermochte. Ich blieb noch vor dem Bildwerk Ammons liegen, als die Stimme bereits verstummt war, bis der Priester kam und mich mit einem Fußtritt zur Seite schob, und meine Kameraden eilends Räucherwerk, Salben, Schönheitsmittel und rote Tücher heranzuschleppen begannen.

Einem jeden war seine Aufgabe im voraus zugeteilt worden. Ich erinnerte mich der meinigen und holte aus dem Vorhof ein mit heiligem Wasser gefülltes Gefäß und heilige Tücher zum Waschen des Gesichtes, der Hände und der Füße des Gottes. Bei meiner Rückkehr aber sah ich den Priester Ammon ins Gesicht spucken, um es dann mit seinem fleckigen Ärmel abzuwischen. Darauf bemalten Moses und Nefru seine Lippen, Wangen und Augenbrauen. Metufer salbte ihn und schmierte alsdann lachend auch des Priesters öliges Gesicht wie sein eigenes mit dem heiligen Salböl ein. Schließlich wurde das Bildwerk entkleidet, gewaschen und getrocknet, als hätte es soeben seine Bedürfnisse verrichtet. Seine Geschlechtsteile wurden gesalbt, ein roter, in Falten gepreßter Rock wurde ihm angezogen, eine Schürze umgebunden und ein Achseltuch über seine Schultern gelegt, während seine Arme in die Ärmel gezwängt wurden.

Nachdem all dies geschehen war, sammelte der Priester die benützten Kleider und nahm die Tücher und das Waschwasser an sich, denn erstere wurden zerstückelt und zerteilt, im Vorhof an reiche Reisende verkauft, während das Wasser als Heilmittel an Kranke, die an Ausschlag litten, veräußert wurde. Wir waren frei und gingen auf den Hof in die Sonne hinaus, und ich erbrach mich.

Ebenso leer wie mein Magen waren mein Herz und mein Kopf, denn ich glaubte nicht mehr an die Götter. Doch als die Woche zu Ende gegangen war, wurde mein Haupt gesalbt, und ich wurde zum Priester Ammons geweiht, legte ein Priestergelübde ab und erhielt ein Zeugnis darüber. Das Zeugnis war mit dem Siegel des großen Ammontempels und mit meinem Namen versehen und berechtigte mich zum Eintritt in das Haus des Lebens.

So traten Moses, Bek und ich in das Haus des Lebens ein. Sein Tor tat sich uns auf, und auch mein Name wurde in das Buch des Lebens eingetragen, wie der Name meines Vaters Senmut vor mir und seines Vaters Name vor ihm eingetragen worden war. Ich aber ward fortan nicht mehr glücklich.

4

Im Haus des Lebens im großen Ammontempel überwachten angeblich die königlichen Ärzte, ein jeder auf seinem besonderen Gebiet, den Unterricht. Doch bekamen wir sie nur selten zu sehen, denn ihr Patientenkreis war groß, und sie erhielten von den Reichen große Geschenke für ihre ärztlichen Hilfeleistungen und wohnten in vornehmen Häusern außerhalb der Stadt. Kam aber in das Haus des Lebens ein Patient, dessen Krankheit die gewöhnlichen Ärzte nicht erkannten oder dessen Heilung sie mit ihren Kenntnissen nicht zu übernehmen wagten, dann erschien ein königlicher Arzt und führte den Studenten seines Faches seine ganze Gewandtheit vor. So konnte auch der ärmste Kranke zur Ehre Ammons die Pflege eines königlichen Arztes genießen.

Denn von den Patienten im Haus des Lebens erhob man Gaben je nach ihren Vermögensverhältnissen, und obgleich viele von ihnen das Zeugnis eines städtischen Arztes mitbrachten, gemäß welchem kein gewöhnlicher Heilkünstler ihre Leiden zu heilen imstande sei, gelangten auch die Allerärmsten geradewegs in das Haus des Lebens, und von ihnen wurde kein Geschenk verlangt. Das alles war sehr schön und richtig, doch hätte ich auf keinen Fall ein mittelloser Kranker sein wollen, denn an ihnen übten die Unerfahrenen ihre Kunst, und die Schüler durften sie behandeln, um zu lernen. Auch wurden keine schmerzstillenden Mittel an sie verschwendet, sondern sie mußten Zange, Messer und Feuer ohne Betäubung erdulden. Deshalb drangen oft Schmerzensrufe und Wehgeschrei aus den Vorhallen zum Haus des Lebens, wo die Allerärmsten empfangen wurden.

Das ärztliche Studium und die Praxis währten lange, auch für die begabten Schüler. Wir mußten die Lehre der Arzneien durchgehen und die Pflanzen kennenlernen, mußten lernen, sie zur rechten Zeit zu sammeln, zu trocknen und auszuziehen, denn ein Arzt muß bei Bedarf seine Heilmittel selbst zubereiten können. Ich und mancher mit mir murrten darüber, weil wir keinen Nutzen darin sehen konnten, nachdem man nur ein Rezept auszuschreiben brauchte, um aus dem Haus des Lebens alle bekannten Heilmittel fertig gemischt und abgewogen zu erhalten. Später aber sollte ich, wie ich noch erzählen werde, großen Nutzen von meinen Kenntnissen auf diesem Gebiet haben.

Wir mußten die Namen aller Körperteile sowie die Aufgabe und Arbeitsweise der verschiedenen menschlichen Organe kennenlernen. Wir mußten uns üben, mit Messer und Zahnstange umzugehen, vor allem aber sollten unsere Hände sich daran gewöhnen, die Krankheit eines Menschen aus seinen Körperhöhlungen oder durch Betasten seiner Haut herauszufühlen, und auch aus den Augen eines Menschen mußten wir sein Leiden erkennen. Wir sollten einer Frau bei der Entbindung beistehen können, wenn die Kunst der Hebamme versagte. Wir sollten, je nach Krankheitsfall, Schmerzen hervorrufen und Schmerzen stillen können. Wir mußten lernen, kleine von großen, seelische von körperlichen Leiden zu unterscheiden. Wir sollten lernen, in den Reden der Patienten das Wahre vom Unwahren zu unterscheiden und alle nötigen Fragen zu stellen, um ein klares Krankheitsbild zu erhalten.

Man wird daher verstehen, daß ich, je weiter meine Studien fortschritten, immer klarer einsah, wie wenig ich im Grunde wußte. In der Tat dürfte ein Arzt erst dann ausgebildet sein, wenn er bescheiden sich selbst gesteht, nichts zu wissen. Doch darf er das dem Laien nicht verraten, denn das wichtigste von allem ist, daß der Patient an den Arzt glaubt und seiner Kunst vertraut. Das ist das Fundament, auf das sich die ganze Heilkunst aufbaut. Daher darf ein Arzt sich niemals eines Irrtums schuldig machen, denn ein Arzt, der nicht sicher ist, verliert seinen Ruf und schadet dem der anderen Ärzte. In den Häusern der Reichen, wo man in schweren Fällen zwei bis drei Ärzte zuzieht, geschieht es deshalb öfter, daß diese den Irrtum ihres Vorgängers lieber ins Grab tragen lassen, als daß sie ihn zur Schande der ganzen Ärzteschaft aufdeckten. Es heißt daher auch, daß die Ärzte sich gegenseitig ihre Patienten begraben helfen.

Doch alles das wußte ich damals noch nicht, sondern ich betrat das Haus des Lebens voller Ehrfucht, im Glauben, dort alle irdische Weisheit und Güte vorzufinden. Die ersten Wochen gestalteten sich schwer, denn der letztgekommene Schüler ist der Diener aller anderen, und keiner aus der ganzen Dienerschaft ist so niedrig, daß er nicht über ihm stünde und ihm befehlen könnte. Zuerst muß der Schüler Reinlichkeit lernen, und es gibt keine so schmutzige Beschäftigung, daß er sie nicht ausführen müßte; deshalb wird er krank vor Ekel, bis er schließlich abgehärtet ist. Aber bald genug weiß er sogar im Schlaf, daß ein Messer erst dann sauber ist, wenn es in Wasser und Lauge gekocht wurde.

Doch alles, was zur Heilkunst gehört, ist bereits in anderen Büchern aufgezeichnet worden, und ich will mich daher nicht länger dabei aufhalten. Lieber berichte ich, was mich selbst betrifft, was ich selbst gesehen oder worüber andere nicht geschrieben haben.

Nach einer langen Prüfungszeit kam endlich jener Moment, da andere, nachdem ich mich durch heilige Zeremonien gereinigt hatte, mir ein weißes Gewand anzogen und ich in der Empfangshalle lernen durfte, starken Männern Zähne auszuziehen, Wunden zu verbinden, Geschwüre aufzustechen und gebrochene Glieder zu schienen. Zwar war mir das nichts Neues, und dank meines Vaters Lehren machte ich gute Fortschritte und durfte bald meinen Kameraden Anweisungen und Unterricht erteilen. Bisweilen erhielt ich sogar Geschenke wie ein richtiger Arzt, und ich ließ meinen Namen Sinuhe in den grünen Stein schneiden, den Nefernefernefer mir geschenkt hatte, um mein Siegel unter die Rezepte setzen zu können.

Immer schwerere Aufgaben wurden mir anvertraut. Ich durfte in den Sälen wachen, wo die Unheilbaren lagen, und der Krankenpflege wie den Operationen berühmter Ärzte beiwohnen, Operationen, an denen zehn Patienten starben, während einer geheilt wurde. Ich lernte auch einsehen, daß der Tod für den Arzt nichts Schreckhaftes und für den Kranken oft ein barmherziger Freund ist, so daß eines Menschen Gesicht nach dem Tod oft glücklicher ist, als es in den armseligen Tagen seines Lebens war.

Dennoch war ich blind und taub bis zum Tag des Erwachens, wie einst in meiner Kindheit, als die Bilder, Worte und Buchstaben in mir lebendig wurden. So kam auch jetzt der Augenblick, da sich meine Augen öffneten, ich wie aus einem Traum erwachte, meine Seele jubelte und ich mich fragte: »Warum?« Denn der erschreckende Schlüssel zu allem wahren Wissen ist die Frage: »Warum?« Sie ist stärker als das Rohr des Thtoh und besitzt mehr Kraft als eine in Stein gemeißelte Schrift.

Also geschah es: Es war eine Frau, die kein Kind bekommen hatte und die sich unfruchtbar glaubte, denn sie war bereits vierzig Jahre alt. Aber ihre monatlichen Beschwerden hörten auf, und sie erschrak und machte sich Kummer und kam ins Haus des Lebens, weil sie befürchtete, ein böser Geist sei in sie gefahren und vergifte ihren Leib. Wie vorgeschrieben, nahm ich Getreidekörner und legte sie in Erde. Einige davon befeuchtete ich mit dem Wasser des Nils, die übrigen aber mit dem Wasser der Frau. Die Erde stellte ich an die Sonne und bat die Frau, in einigen Tagen zurückzukommen. Als sie wiederkehrte, sah ich, daß die Keime aufgegangen waren und daß die mit Wasser befeuchteten klein, die übrigen aber grün und saftig waren. Also war es wahr, was geschrieben stand, und ich sprach zu der erstaunten Frau: »Freue dich, Weib, der heilige Ammon hat in seiner Gnade deinen Schoß gesegnet, und wie andere gesegnete Frauen wirst du ein Kind gebären.

Die arme Frau weinte vor Freude und reichte mir einen Silberreifen von zwei Deben Gewicht von ihrem Armgelenk, denn sie hatte schon längst die Hoffnung aufgegeben. Und kaum schenkte sie mir Glauben, fragte sie schon: »Wird es ein Sohn?« Sie glaubte nämlich, daß ich allwissend sei. Ich faßte Mut, sah ihr in die Augen und sagte: »Es wird ein Sohn.« Denn die Möglichkeiten standen eins zu eins, und zu jener Zeit hatte ich Glück im Spiel. Die Frau freute sich noch mehr und gab mir von ihrem andern Handgelenk noch einen zweiten Silberreifen von zwei Deben Gewicht.

Doch nachdem sie gegangen war, stellte ich mir selbst die Frage: Wie ist es möglich, daß ein Getreidekorn weiß, was kein Arzt erforschen, wissen oder sehen kann, bevor die Anzeichen der Schwangerschaft dem Auge sichtbar werden? Ich faßte mir ein Herz und ging meinen Lehrer fragen, warum es so sei. Er aber betrachtete mich, wie man einen Toren betrachtet, und sagte nur: »So steht es geschrieben.« Doch das war keine Antwort auf meine Frage: »Warum?« Nochmals schöpfte ich Mut und fragte den königlichen Geburtsarzt im Haus der Wöchnerinnen, warum es so sei. Er antwortete: »Ammon ist der König aller Götter. Sein Auge sieht den Schoß des Weibes, in den sich die Samen ergossen. Wenn er die Befruchtung gestattet, warum sollte er dann nicht auch dem Gerstenkorn, das mit dem Wasser eines befruchteten Weibes befeuchtet wurde, gestatten, in der Erde zu keimen?« Er sah mich an wie einen Toren, doch für mich waren seine Worte keine Antwort auf mein »Warum?«.

Da gingen mir die Augen auf, und ich sah, daß die Ärzte im

Haus des Lebens nur die Schriften und Gebräuche kannten, aber nichts darüber hinaus. Denn wenn ich fragte, weshalb eine ätzende Wunde gebrannt, eine gewöhnliche Wunde aber gesalbt und verbunden werden sollte, und warum Schimmel und Spinngewebe Geschwüre heilten, gab man mir zur Antwort: »Es ist stets so geschehen.« So hat auch der im Gebrauch des heiligen Messers Erfahrene das Recht, die hundertzweiundzwanzig Operationen und Schnitte, die aufgezeichnet worden sind, vorzunehmen, und er führt sie aus, je nach seiner Erfahrung und Geschicklichkeit, besser oder schlechter, rascher oder langsamer, schmerzloser oder unter Verursachung unnützer Qualen. Darüber hinaus aber kann er nichts tun, weil nur diese in den Büchern aufgezeichnet und abgebildet sind und weil nichts anderes in früheren Zeiten unternommen wurde.

Es gab Menschen, die abmagerten und ihre Gesichtsfarbe verloren, ohne daß der Arzt eine Krankheit oder ein Übel bei ihnen zu entdecken vermochte. Trotzdem konnten sie sich erholen und gesund werden, wenn sie rohe, zu hohem Preis gekaufte Leber von den Opfertieren aßen. Doch man durfte nicht fragen, warum es so geschah. Es gab Menschen, die Leibschmerzen bekamen und deren Gesicht und Hände brannten. Sie erhielten Abführmittel und schmerzstillende Arzneien, und einige genasen und andere starben, ohne daß der Arzt im voraus hätte sagen können, wer Heilung finden und wessen Magen aufschwellen werde, bis der Tod ihn erlöste. Doch weshalb der eine gesund wurde und der andere starb, wußte niemand, noch durfte man danach fragen.

Ich merkte nämlich bald, daß ich zuviel Fragen stellte, denn man begann mir abgeneigt zu werden, und die, die nach mir kamen, wurden bevorzugt und über mich gesetzt. Da zog ich mein weißes Gewand aus, reinigte mich und verließ das Haus des Lebens und nahm die zwei Silberreifen mit, die zusammen vier Deben wogen.

5

Doch als ich mitten am Tag aus dem Tempel trat, was seit Jahren nicht geschehen war, gingen mir die Augen nochmals auf, und ich sah, daß während der Zeit meiner Arbeit und Studien Theben sich verändert hatte. Ich sah es, als ich den Weg der Widder entlang und über die Plätze ging, denn überall herrschte eine neue Rastlosigkeit. Die Gewänder der Leute waren kostbarer und üppiger geworden, und man konnte wegen der Faltenröcke und Perücken nicht mehr Mann von Weib unterscheiden. Aus den Weinstuben und Freudenhäusern erschallte schrille syrische Musik, und auf der Straße vernahm man immer mehr fremde Sprachen, und immer frecher drängten sich Syrier und reiche Neger unter die Ägypter. Der Reichtum und die Macht Ägyptens waren unermeßlich. Seine Städte waren seit Jahrhunderten von keinem Feind betreten worden, und die Männer, die niemals einen Krieg erlebt hatten, standen bereits in den mittleren Jahren. Doch weiß ich nicht, ob diese den Menschen größere Lebensfreude brachte, denn aller Blicke waren unstet, und alle hasteten und waren unzufrieden mit dem Gegenwärtigen und sehnten sich nach etwas Neuem.

Ich durchwandelte Thebens Straßen und war einsam. Mein Herz war schwer von Trotz und Kummer. Ich ging nach Hause und sah, daß mein Vater Senmut alt geworden war; sein Rücken war gekrümmt, und er konnte die Buchstaben auf dem Papyrus nicht mehr lesen. Ich sah auch, wie meine Mutter Kipa alt geworden war und keuchte, wenn sie über den Boden ging. Sie sprach von nichts anderem mehr als von ihrem Grab. Mein Vater hatte nämlich aus seinen Ersparnissen für sie beide in der Totenstadt, am westlichen Ufer des Stromes, ein Grab gekauft. Ich hatte es gesehen, es war ein schmuckes, aus Lehmziegeln ausgeführtes Grab, das die üblichen Bilder und Inschriften an den Wänden trug. Dicht daneben und rundherum lagen Hunderte und Tausende solcher Gräber, die die Ammonpriester zu teurem Preis an ehrliche und sparsame Leute verkauften, welche Unsterblichkeit erlangen wollten. Zur Freude meiner Mutter hatte ich den Eltern auch ein Totenbuch geschrieben, das ihnen ins Grab folgen würde, damit sie sich auf dem weiten Weg nicht verirren sollten. Es war ein fehlerfrei geschriebenes, vortreffliches Totenbuch, wenn es auch keine gemalten Bilder enthielt wie die im Bücherhof des Ammontempels zum Verkauf feilgebotenen.

Meine Mutter reichte mir zu essen, mein Vater fragte nach meinen Studien, aber sonst hatten wir einander nichts mehr zu sagen, und das Haus war mir fremd, und die Straße war mir fremd und die Menschen an der Straße ebenso. Deshalb wurde mir das Herz immer schwerer, bis mir der Tempel Ptahs und mein Freund Thotmes, der Künstler werden sollte, in den Sinn kamen. Da dachte ich: »Ich habe vier Deben Silber in der Tasche. Ich gehe meinen Freund Thotmes holen, damit wir uns zusammen freuen und uns am Wein gütlich tun, denn auf meine Frage werde ich ohnehin nie Antwort erhalten.«

Deshalb nahm ich Abschied von meinen Eltern und sagte, daß ich in das Haus des Lebens zurückkehren müsse. Kurz vor Sonnenuntergang fand ich den Tempel Ptahs und fragte den Türwächter nach der Künstlerschule, ging hinein und verlangte nach dem Schüler Thotmes. Erst jetzt erfuhr ich, daß er schon längst aus der Schule fortgejagt worden war. Die Schüler mit den lehmbeschmierten Händen, bei denen ich mich nach ihm erkundigte, spuckten beim Nennen seines Namens auf den Boden. Einer von ihnen sagte: »Wenn du Thotmes suchst, findest du ihn am sichersten in einer Bierstube oder einem Freudenhaus.« Ein zweiter sagte: »Hörst du die Götter schmähen, dann ist Thotmes sicher in der Nähe.« Und ein dritter sagte: »Wo man sich prügelt und Beulen und blutige Wunden zufügt, kannst du sicher sein, deinen Freund Thotmes zu finden.« Sie spuckten wieder auf den Boden, weil ich mich Thotmes' Freund genannt hatte, aber sie taten es nur des Lehrers wegen. Als er den Rükken kehrte, rieten sie mir, in die Weinstube »Zum Syrischen Krug« zu gehen.

Ich fand diese Weinstube. Sie lag an der Grenze zwischen dem Armenviertel und dem Stadtteil der Reichen. Eine Inschrift über der Tür lobte den Wein aus Ammons Rebbergen und dem Hafen. Drinnen waren die Wände mit fröhlichen Bildern bemalt, auf denen Paviane junge Tänzerinnen liebkosten und Ziegen auf Flöten spielten. Am Boden saßen Künstler, die eifrig Bilder auf Papyri zeichneten, und ein alter Mann blickte betrübt in seine leere Weinschale.

»Sinuhe, bei der Drehscheibe aller Töpfer«, rief jemand und erhob sich, um mich zu begrüßen, indem er als Ausdruck seiner Überraschung die Hand emporstreckte. Ich erkannte Thotmes, obgleich sein Achseltuch schmutzig, zerrissen und seine Augen blutunterlaufen waren und seine Stirn eine große Beule trug. Er war gealtert, abgemagert, und trotz seiner Jugend lagen Falten um seine Mundwinkel. Nur seine Augen funkelten mich noch ansteckend kühn und unternehmungslustig an, und er beugte seinen Kopf zu mir, so daß unsere Wangen sich berührten. Damit wußte ich, daß wir noch Freunde waren.

»Mein Herz ist schwer von Kummer, und alles ist nichtig«, sprach ich zu ihm. »Deshalb habe ich dich aufgesucht, damit wir unsere Herzen gemeinsam mit Wein erquicken, denn niemand gibt mir Antwort auf meine Frage: ›Warum?‹«

Thotmes hob seinen Lendenschurz, um zu zeigen, daß er nicht die Mittel besitze, um Wein zu kaufen.

»Ich trage vier Deben Silber an den Handgelenken«, sagte ich stolz. Thotmes aber wies auf meinen Kopf, der immer noch glatt rasiert war, weil ich den Menschen zeigen wollte, daß ich ein Priester ersten Grades sei. Sonst besaß ich ja nichts, worauf ich hätte stolz sein können. Aber jetzt ärgerte es mich, daß ich mein Haar nicht hatte wachsen lassen. Deshalb sagte ich ungeduldig:

»Ich bin kein Priester, sondern ein Arzt. Ich glaube über der Tür gelesen zu haben, daß hier auch Wein aus dem Hafen ausgeschenkt wird. Laß uns versuchen, wie er schmeckt!« Dabei klirrte ich mit den Silberreifen an meiner Hand. Der Wirt eilte herbei und verbeugte sich vor mir und streckte die Hände in Kniehöhe vor.

»Ich habe in meinem Keller Weine aus Sidon und Byblos, deren Siegel noch ungebrochen und die süß von Myrrhe sind«, erklärte er. »Es gibt auch gemischte Weine in bunten Bechern. Sie steigen einem in den Kopf wie das Lächeln eines schönen Mädchens und erfreuen das Herz.« Noch viel anderes sprach und plapperte er, ohne ein einziges Mal Atem zu schöpfen, so daß ich schließlich verlegen wurde und Thotmes fragend ansah. Thotmes bestellte uns gemischten Wein. Ein Sklave goß Wasser über unsere Hände und stellte auf einen niedrigen Tisch vor uns eine Schüssel mit gerösteten Lotossamen. Der Wirt brachte selbst die bunten Becher. Thotmes hob einen Becher, goß einen Tropfen auf den Boden und sagte: »Für den göttlichen Töpfer! Möge die Pest die Kunstschule und ihre Lehrer verschlingen!« Und er zählte die Namen der ihm am meisten verhaßten Lehrer auf.

Auch ich hob meinen Becher und goß einen Tropfen auf den Boden. »Im Namen Ammons«, sagte ich, »möge sein Boot ewig kentern, mögen die Bäuche seiner Priester platzen, und möge die Pest die unwissenden Lehrer im Haus des Lebens verschlingen!« Aber ich sagte es mit leiser Stimme und blickte mich um, ob kein Fremder meine Worte höre.

»Fürchte dich nicht«, sagte Thotmes. »In diesem Wirtshaus hat man schon so viele Ohren Ammons zerrissen, daß er das Horchen satt bekommen hat. Wir alle hier drinnen sind ohnehin Verworfene. Ich vermöchte mir nicht einmal Brot und Bier zu kaufen, wenn ich nicht auf die Idee gekommen wäre, Bilderbücher für die Kinder der Reichen zu zeichnen.«

Er zeigte mir Papyrusrollen, auf die er, als ich die Weinstube betrat, Bilder zeichnete. Ich mußte lachen, denn ich sah eine Festung, die durch eine vor Schrecken zitternde Katze gegen angreifende Mäuse verteidigt wurde. Außerdem hatte er noch ein Flußpferd gezeichnet, das in einem Baumwipfel saß und sang, während eine Taube auf einer Leiter mühsam den Baum erkletterte.

Thotmes sah mich an, und seine braunen Augen lächelten. Aber er entfaltete die Rolle weiter – und da lachte ich nicht mehr, denn ein Bild kam zum Vorschein, auf dem ein kleiner kahlköpfiger Priester den Pharao als Opfertier an einem Seil zum Tempel führte. Weiter zeigte er mir ein Bild, auf dem ein kleiner Pharao sich vor einer mächtigen Ammonstatue verbeugte. Ich sah ihn fragend an. Er nickte und sagte:

»Ist es etwa nicht so? Auch die Erwachsenen lachen über die Bilder, weil sie unsinnig sind. Es ist ja lächerlich, daß eine Maus eine Katze angreift, und ebenso lächerlich, daß ein Priester einen Pharao führt. Aber die Wissenden fangen an, sich allerlei zu denken. Deshalb leide ich keinen Mangel an Brot und Bier, bis mich die Priester eines Tages von ihren Wächtern an einer Straßenecke totschlagen lassen. Derlei ist schon vorgekommen.«

»Laß uns trinken!« sagte ich, und wir tranken Wein, aber mein Herz empfand keine Freude. »Ist es unrecht zu fragen: ›Warum?‹« sagte ich.

»Natürlich ist es unrecht«, erklärte Thotmes, »denn ein Mensch, der ›Warum?‹ zu fragen wagt, hat kein Heim, kein Obdach und kein Nachtlager im Lande Kêmet. Alles soll beim alten bleiben, das weißt du ja. Du wirst dich erinnern, Sinuhe, daß ich vor Stolz und Freude zitterte, als ich in die Kunstschule aufgenommen wurde. Ich glich einem Dürstenden, der eine Quelle findet. Ich glich einem Hungernden, der nach einem Stück Brot greift. Und ich lernte viel Nützliches. Ich lernte, wie ein Künstler seinen Stift zu halten und seinen Meißel zu handhaben hat, wie ein Modell in Wachs zu formen ist, ehe es in Stein gehauen wird, und wie Stein poliert, Alabaster gefärbt und farbige Steine zusammengefügt werden. Doch als ich vor Eifer brannte, ans Werk zu gehen, um zur Freude meiner Augen das zu gestalten, was mir träumte, da stieß ich an eine Mauer, und man hieß mich Lehm treten, den andere formen sollten. Denn über allem steht eine Formel. Die Künste, genau wie die Buchstaben, haben ihre Formeln, und wer dagegen verstößt, wird verdammt. Deshalb gibt es für alles ein Vorbild, und wer von ihm abweicht, taugt nicht zum Künstler. Seit Urzeiten ist es vorgeschrieben, wie man einen stehenden Menschen abzubilden hat und wie einen sitzenden. Seit Urzeiten ist es festgesetzt, wie ein Pferd seine Füße hebt und ein Ochse seinen Schlitten zieht. Seit Urzeiten ist es bestimmt, wie ein Künstler seine Arbeit auszuführen hat, und wer davon abweicht, ist untauglich für den Tempel, und Stein und Meißel werden ihm verweigert. O Sinuhe, mein Freund, auch ich habe gefragt: ›Warum?‹ Nur zu oft habe ich ›Warum?‹ gefragt. Deshalb sitze ich hier mit Beulen am Kopf.«

Wir tranken Wein und wurden besserer Stimmung. Mein Herz fühlte sich erleichtert, denn ich war nicht mehr einsam. Und Thotmes sagte:

»Sinuhe, mein Freund, wir wurden zu einer seltsamen Zeit geboren. Alles bewegt sich und wechselt seine Form wie der Lehm auf der Drehscheibe des Töpfers. Die Kleidung ändert sich, die Worte und die Sitten ändern sich, und die Menschen glauben nicht mehr an die Götter, obwohl sie sie noch immer fürchten. Sinuhe, mein Freund, vielleicht wurden wir geboren, um im Sonnenuntergang der Welt zu leben, denn die Welt ist bereits alt geworden, nachdem tausend und zweitausend Jahre seit der Erbauung der Pyramiden vergangen sind. Wenn ich daran denke, möchte ich am liebsten mein Haupt in meine Hände stützen und weinen wie ein Kind.«

Aber er weinte nicht, denn wir tranken gemischten Wein aus farbenfrohen Bechern, und beim Wiederauffüllen unserer Becher verbeugte sich der Wirt des »Syrischen Kruges« jedesmal vor uns und streckte seine Hände in Kniehöhe vor. Von Zeit zu Zeit kam ein Sklave und goß Wasser über unsere Hände. Mir wurde so leicht ums Herz wie einer segelnden Schwalbe. Ich hätte Gedichte vortragen und die ganze Welt umarmen mögen.

»Gehen wir in ein Freudenhaus«, sagte Thotmes lachend. »Gehen wir tanzende Mädchen bewundern, damit unsere Herzen sich erfreuen und wir nicht länger ›Warum?‹ zu fragen noch Wein zu trinken wünschen.«

Ich bezahlte mit dem einen Armreifen und empfahl dem Wirt, ihn sorgfältig zu behandeln, weil er noch feucht sei von dem Wasser eines schwangeren Weibes. Dieser Gedanke ergötzte mich sehr, und auch der Wirt lachte herzlich und wechselte mir eine ganze Menge gestempelte Silberstücke, so daß ich auch dem Sklaven davon geben konnte. Dieser verneigte sich vor mir bis zum Boden, und der Wirt begleitete uns zur Tür und bat mich, den »Syrischen Krug« nicht zu vergessen. Er behauptete noch, eine Menge unbefangener junger Mädchen zu kennen, die gerne meine Bekanntschaft machen würden, falls ich sie mit einem bei ihm gekauften Weinkrug aufsuchen möchte. Aber Thotmes erklärte, daß bereits sein Großvater mit diesen syrischen Mädchen geschlafen habe. Man könnte sie also eher Großmütter als Schwestern nennen. So scherzhaft waren wir durch den Wein geworden.

Wir zogen durch die Straßen. Die Sonne war gesunken, und ich lernte nun jenes Theben kennen, in dem es niemals Nacht ward, weil die vergnügungssüchtigen Menschen ihren prunkhaften Stadtteil in der Nacht taghell erleuchteten. Vor den Freudenhäusern flammten Fackeln, und auf Säulen an den Straßenecken brannten Lampen. Sänftentragende Sklaven kamen gelaufen, und die Rufe der Vorläufer mischten sich mit den Klängen der aus den Häusern strömenden Musik und mit dem Gegröle der vom Wein Berauschten. Wir warfen einen Blick in die Weinstube der Kuschländer und sahen Neger mit den Händen und mit Keulen auf Trommeln schlagen, deren furchtbares Dröhnen weithin hallte. Mit ihnen wetteiferte die primitive, schrille syrische Musik, deren fremdartige Töne das Ohr schmerzten, deren Rhythmus aber anfeuernd wirkte und das Blut in Wallung versetzte.

Ich war noch nie zuvor in einem Freudenhaus gewesen und hatte daher ein ängstliches Gefühl, aber Thotmes führte mich in ein Haus, das den Namen »Katze und Taube« führte. Es war ein kleines, schmuckes Gebäude mit weichen Teppichsitzen und angenehm gelblicher Beleuchtung. Junge, für meinen Geschmack schöne Mädchen schlugen mit rotgefärbten Händen den Takt zum Klang der Flöten und der Saiteninstrumente. Als die Musik verstummte, setzten sie sich neben uns und baten mich um Wein, weil ihre Kehlen trocken wie Stroh seien. Wieder begann die Musik zu spielen, und zwei nackte Tänzerinnen führten einen kunstvollen Tanz vor, der viel Geschicklichkeit erheischte und den ich mit großer Anteilnahme verfolgte. Als Arzt war mir der Anblick entblößter Mädchen nichts Ungewöhnliches, doch nie noch zuvor hatten ihre Brüste, die kleinen Bäuche und schmalen Gesäße sich so verführerisch vor mir entblößt wie hier bei diesen rhythmischen Bewegungen.

Dennoch weckte die Musik von neuem meine Schwermut. Ich fühlte eine Sehnsucht nach etwas Unbestimmtem. Ein schönes Mädchen legte ihre Hand in die meine und lehnte sich an mich und sagte: »Du hast die Augen eines Weisen!« Ihre Augen aber waren nicht grün wie der Nil in der Sommerhitze, und ihr Gewand war nicht aus königlichem Leinen, wenn es auch den Busen frei ließ. Deshalb trank ich Wein und blickte ihr nicht in die Augen und verspürte keine Lust, sie Schwester zu nennen und um ihre Liebe zu bitten. Darum war meine letzte Erinnerung an dieses Freudenhaus der Fußtritt eines zornigen Negers in mein Hinterteil und eine Beule, die ich erhielt, als ich die Treppe hinunterkollerte. Es erging mir genauso, wie Mutter Kipa es vorausgesagt hatte. Ich lag an einer Straßenecke, ohne ein Kupferstück in meiner Tasche, mit zerrissenem Achseltuch und einer Beule am Kopf. Thotmes stützte mit seiner starken Schulter meinen Arm. Er geleitete mich zum Kai, wo ich meinen Durst mit dem Wasser des Nils stillen, mein Gesicht, meine Hände und Füße waschen konnte.

An jenem Morgen betrat ich das Haus des Lebens mit verschwollenen Augen, mit einer Beule am Kopf und einem schmutzigen Achseltuch, ohne die geringste Lust zu fragen: »Warum?« Ich sollte die Abteilung der Tauben und der Ohrenkranken betreuen, deshalb reinigte ich mich eilig und zog das weiße Ärztegewand an, um die Patienten aufzusuchen. Doch mein Lehrer und Aufseher kam mir im Gang entgegen, sah mein Gesicht und begann mich mit den gleichen Worten, die ich aus den Büchern kannte und auswendig wußte, zu tadeln.

»Was soll aus dir werden«, sagte er, »wenn du nachts auf den Mauern lustwandelst und Wein trinkst, ohne Maß zu halten? Was soll aus einem Menschen werden, der seine Zeit in den Freudenhäusern vergeudet und mit Stöcken auf Krüge trommelt und Menschen erschreckt? Was soll aus dir werden, der du blutige Wunden schlägst und vor den Wächtern die Flucht ergreifst?«

Nachdem er so seine Pflicht getan, lächelte er vor sich hin, stieß einen Seufzer der Erleichterung aus, geleitete mich in sein Zimmer und gab mir einen Trank, der meinen Bauch ausspülen sollte. Es ward mir wohler zumute, und ich verstand, daß auch der Genuß von Wein und Freudenhäusern im Haus des Lebens gestattet ist, wenn man nur nicht fragte: »Warum?«

6

So drang das Fieber Thebens auch mir ins Blut, und ich begann, die Nacht mehr als den Tag, den flackernden Schein der Laternen mehr als das Licht der Sonne, syrische Musik mehr als den Jammer der Kranken, das Flüstern schöner Mädchen mehr als alte Schriftzeichen auf vergilbtem Papyrus zu lieben. Und niemand hatte dagegen etwas einzuwenden, solange ich meine Aufgaben im Haus des Lebens erfüllte, die Prüfungen bestand und meine Hand nicht an Sicherheit einbüßte. All das gehörte zum geweihten Leben, denn nur wenige Studierende besaßen die Mittel, ein eigenes Heim zu gründen und vor der Beendigung der Lehrzeit zu heiraten. Deshalb gaben mir meine Lehrer zu verstehen, daß ich gut tue, die Hörner abzustoßen, meinen Leib zu befriedigen und mein Herz zu ergötzen. Trotzdem berührte ich kein Weib, wenn ich auch zu wissen glaubte, daß der Schoß einer schönen Frau nicht wie Feuer brannte.

Die Zeiten waren unruhig, und der große Pharao war krank. Ich sah sein vertrocknetes Greisengesicht, als er beim Herbstfest in den Tempel getragen wurde, mit Gold und Edelsteinen geschmückt, unbeweglich wie ein Götzenbild, den Kopf unter der Schwere der Doppelkrone gebeugt. Er war krank, und die Mittel der königlichen Ärzte vermochten ihn nicht mehr zu heilen, und ein Gerücht wußte zu erzählen, daß seine Zeit abgelaufen sei und daß sein Nachfolger bald den Thron der Pharaonen besteigen werde. Der Thronerbe aber war noch ein Jüngling wie ich.

Im Tempel fanden Opfer und Zeremonien statt, aber Ammon vermochte seinem göttlichen Sohn nicht zu helfen, obwohl Pharao Amenophis der Dritte ihm den mächtigsten Tempel aller Zeiten errichtet hatte. Es wurde auch behauptet, daß der König den Göttern Ägyptens grolle und daß er einen Eilboten zu seinem Schwiegervater, dem König von Mitani im Lande Naharina, entsandt habe, um die Wundertäterin von Ninive, Ischtar, zu seiner Heilung zu fordern. Doch das bedeutete eine solche Schmach für Ammon, daß man auf dem Tempelgebiet und im Haus des Lebens nur flüsternd davon sprach.

Das Bildnis der Ischtar kam, und ich sah krausbärtige Priester mit seltsamen Kopfbedeckungen und dicken Wollmänteln es schweißtriefend unter dem Klang metallener Posaunen und dem Gerassel kleiner Trommeln durch Theben tragen. Zur Freude der Priester aber vermochte auch die Gottheit des fremden Landes dem Pharao nicht zu helfen, denn als die Wasser des Stromes zu steigen begannen, wurde der königliche Schädelbohrer in den Palast berufen.

Seit ich im Haus des Lebens weilte, hatte ich Ptahor noch nie gesehen. Schädelbohrungen kamen selten vor, und ich wurde während meiner Lehrzeit weder zur Pflege noch zu Operationen auf solchen Spezialgebieten zugelassen. Jetzt wurde Ptahor eilends aus seinem vornehmen Wohnsitz ins Haus des Lebens getragen. Er reinigte sich im Vorbereitungsraum, und ich war darauf bedacht, mich in seiner Nähe zu halten. Er war ebenso kahlköpfig wie früher, sein Gesicht war runzlig geworden, und seine Wangen hingen traurig zu beiden Seiten des mürrischen Greisenmundes herab. Er erkannte mich und sagte: »Du bist es, Sinuhe? Bist du wirklich schon so weit gekommen, du Sohn Senmuts?« Er reichte mir einen Schrein aus Ebenholz, in dem er seine Instrumente aufbewahrte, und hieß mich ihm folgen. Das bedeutete eine Ehre für mich, um die mich sogar ein königlicher Arzt beneidet hätte, und ihr entsprechend trat ich auf.

»Erst muß ich die Sicherheit meiner Hand erproben«, sagte Ptahor. »Wir beginnen damit, hier ein paar Schädel zu öffnen, damit wir sehen, wie die Arbeit vonstatten geht.« Seine Augen waren wässerig, und seine Hände zitterten ein wenig. Wir gingen in den Krankensaal hinüber, in dem die Unheilbaren, die Gelähmten und die Patienten mit Kopfverletzungen lagen. Ptahor untersuchte einige von ihnen und wählte einen alten Mann, für den der Tod eine Befreiung bedeutet hätte, und einen starken Sklaven, der die Sprache verloren hatte und seine Glieder nicht mehr bewegen konnte, weil sein Kopf bei einer Straßenprügelei mit einem Stein eingeschlagen worden war. Beide erhielten ein Betäubungsmittel und wurden in das Operationszimmer übergeführt und gereinigt. Ptahor wusch seine Instrumente selbst und läuterte sie im Feuer.

Meine Aufgabe bestand darin, den beiden Patienten mit dem feinsten Messer die Häupter kahlzuschaben. Alsdann wurde der Kopf nochmals gewaschen und gesäubert und die Haut mit einer betäubenden Salbe eingerieben. Jetzt konnte Ptahor ans Werk gehen. Erst schnitt er die Kopfhaut des Greises auf und schob sie zur Seite, ohne sich um die reichliche Blutung zu kümmern. Dann machte er mit einem groben, rohrförmigen Bohrer geschickt ein Loch in das entblößte Scheitelbein und zog das lose Knochenstück heraus. Der Greis begann zu jammern, und sein Gesicht färbte sich blau.

»Ich finde keinen Fehler in seinem Schädel«, sagte Ptahor, drückte das Knochenstück wieder an seinen Platz, nähte die Haut mit einigen Stichen zu und verband den Kopf, worauf der Alte sein Leben aushauchte.

»Meine Hände scheinen ein wenig zu zittern«, bemerkte Ptahor. »Vielleicht bringt mir einer von den jungen Leuten einen Becher Wein.« Unter den Zuschauern befanden sich, außer den Lehrern aus dem Haus des Lebens, alle jene Schüler, die Kopfärzte werden wollten. Nachdem Ptahor seinen Wein erhalten hatte, widmete er seine Aufmerksamkeit dem Sklaven, der festgebunden dasaß und trotz des betäubenden Trankes zornig um sich blickte. Ptahor gebot, ihn noch fester anzubinden, und sein Kopf wurde an einem Schädelgestell befestigt, das selbst ein Riese nicht zu verrücken vermocht hätte. Ptahor öffnete dem Mann die Kopfhaut, und diesmal achtete er genau auf die Blutung. Die Adern am Rande der Kopfhaut wurden mit Feuer behandelt, damit sie sich schlossen, und das Blut wurde mit Medikamenten gestillt. Dies mußten die anderen Ärzte besorgen, denn Ptahor wollte seine Hände nicht ermüden. Allerdings gab es im Haus des Lebens wie üblich einen Blutstiller, einen Mann, der nur durch seine bloße Anwesenheit jede Blutung in kurzer Zeit stillte. Ptahor aber wollte eine Vorlesung halten und gleichzeitig die Kräfte des Blutstillers für den Pharao sparen.

Nachdem Ptahor die Schädeldecke gereinigt hatte, zeigte er allen Anwesenden die Stelle, wo der Knochen eingedrückt worden war. Unter Verwendung eines Bohrers, einer Säge und einer Zange löste er ein faustgroßes Stück aus der Hirnschale und zeigte wiederum allen, wie sich zwischen den weißen Gehirnwindungen geronnenes Blut gesammelt hatte. Mit äußerster Vorsicht entfernte er das Blut, Körnchen um Körnchen, und zog einen in die Gehirnmasse eingedrungenen Knochensplitter heraus. Die Operation dauerte geraume Zeit, so daß jeder Schüler Gelegenheit fand, Ptahors Arbeitsweise zu verfolgen und sich das Aussehen eines lebenden Gehirnes im Gedächtnis einzuprägen. Alsdann schloß Ptahor die Öffnung mit einer im Feuer geläuterten Silberplatte, die inzwischen nach dem herausgenommenen Knochenstück geformt worden war, und befestigte sie mit kleinen Stiften an der Schädeldecke. Er nähte die Wunde zu, verband sie und sagte: »Weckt den Mann!« Der Patient hatte nämlich schon längst das Bewußtsein verloren.

Der Sklave wurde von seinen Fesseln befreit, man goß ihm Wein durch die Kehle und ließ ihn an starken Arzneien riechen. Nach einer Weile setzte er sich auf und brach in Flüche aus. Es war ein Wunder, an das man nicht hätte glauben können, ohne es selbst erlebt zu haben, denn vor der Schädelbohrung konnte der Mann weder reden noch seine Glieder bewegen. Diesmal aber brauchte ich nicht nach dem »Warum?« zu fragen, denn Ptahor erklärte von selbst, daß das eingedrückte Schädelbein und der Bluterguß ins Gehirn diese Symptome hervorgerufen hätten.

»Wenn er nicht binnen drei Tagen stirbt, kann er als geheilt betrachtet werden«, bemerkte Ptahor, »und nach zwei Wochen kann er bereits den Mann verprügeln, der ihm mit dem Stein den Schädel zertrümmert hatte. Und ich glaube nicht, daß er stirbt.«

Dann dankte er freundlich allen, die ihm behilflich gewesen waren, und nannte dabei auch mich, obwohl ich ihm nur die jeweils benötigten Instrumente gereicht hatte. Ich ahnte ja nicht, in welcher Absicht er mir diese Aufgabe anvertraut hatte. Als er mir seinen Ebenholzschrein übergab, hatte er mich zu seinem Gehilfen im Palast des Pharao ausersehen. Ich hatte ihm nun bei zwei Operationen die Instrumente gereicht, und deshalb war ich ein Sachverständiger, von dem er bei einer Schädelbohrung mehr Nutzen hatte als von den königlichen Ärzten. Doch das verstand ich nicht und geriet daher außer mir vor Staunen, als er sagte:

»Nun dürften wir reif sein, den königlichen Schädel aufzubohren. Bist du bereit, Sinuhe?«

So kam es, daß ich mich in meinem schlichten Ärztemantel in die königliche Sänfte neben Ptahor setzen durfte. Der Blutstiller mußte sich mit einer der Tragstangen als Sitzgelegenheit begnügen. Die Sklaven des Pharao eilten in so ebenmäßigem Lauf zum Kai, daß die Sänfte nicht im geringsten schwankte. Am Ufer erwartete uns das königliche Schiff des Pharao, dessen Ruderer ausgewählte Sklaven waren und in einem Takt ruderten, daß das Schiff mehr über das Wasser zu fliegen als zu gleiten schien. Vor der Landungsbrücke des Pharao wurden wir rasch in das goldene Haus getragen, und ich wunderte mich nicht über diese Eile, denn längs den Straßen Thebens marschierten bereits Soldaten, die Tore wurden geschlossen, und die Kaufleute schleppten ihre Waren in die Lagerhäuser und schlossen Türen und Fensterläden. Aus alldem konnte man erkennen, daß der große Pharao bald sterben werde.

DRITTES BUCH

Im Taumel Thebens

1

Viele Leute aus dem Volk und auch Vornehme hatten sich vor den Mauern des goldenen Hauses versammelt. Selbst am verbotenen Ufer wimmelte es von Schiffen. Man sah hölzerne Ruderfahrzeuge der Reichen und mit Pech verdichtete Binsenboote der Armen. Als das Volk uns entdeckte, ging ein Flüstern durch die Menge, ähnlich dem Rauschen ferner Wasser, und von Mund zu Mund verbreitete sich die Kunde von der Ankunft des königlichen Schädelbohrers. Da streckten alle ihre Hände in Trauerstellung empor, und ihr Jammern und ihr Klagen begleiteten uns zum Palast hinauf, denn jedermann wußte, daß noch kein Pharao nach der Schädelbohrung den dritten Sonnenaufgang erlebt hatte.

Wir wurden durch das Lilientor in die königlichen Gemächer geführt. Vornehme Hofleute waren unsere Diener und verbeugten sich bis zum Boden vor Ptahor und mir, denn wir trugen den Tod in unseren Händen. Man hatte in aller Eile ein Reinigungszimmer für Ptahor und mich eingerichtet, doch nachdem Ptahor einige Worte mit dem Leibarzt gewechselt hatte, hob er die Hände zum Zeichen der Trauer und vollzog gleichgültig die Reinigungszeremonien. Das heilige Feuer wurde hinter uns hergetragen, während wir durch eine Flucht von prachtvollen königlichen Gemächern zum Schlafzimmer des Pharao schritten.

Der große König ruhte auf seinem Lager unter einem goldenen Baldachin. Die Pfeiler seines von Löwen getragenen Bettes stellten Schutzgötter dar. Aller Zeichen seiner Macht entkleidet, ruhte er aufgedunsen, nackten Leibes, zerfallen und bewußtlos. Das magere Greisenhaupt hatte er zur Seite geneigt und röchelte schwer, während der Speichel aus dem erschlafften Mundwinkel floß. So vergänglich und schattenhaft sind irdische Macht und Ehre, daß ein Pharao nicht zu unterscheiden ist von einem sterbenden Greis in der Empfangshalle im Haus des Lebens. Aber an den Wänden seines Gemaches sah man ihn noch immer in seinem königlichen Wagen, von schnellen, federbuschgeschmückten Pferden gezogen. Sein starker Arm spannte den Bogen, und durchbohrt von seinen Pfeilen sanken die Löwen tot zu Boden. Die Wände seines Gemaches leuchteten in Rot, Gold und Blau. Die Verzierung des Fußbodens bildeten schwimmende Fische, fliegende Wildenten mit rauschenden Flügelschlägen und im Winde wehendes Schilf.

Wir verbeugten uns bis zum Boden vor dem sterbenden Pharao. Jeder, der den Tod kennt, wußte, daß Ptahors Kunst vergeblich sein würde. Doch seit jeher pflegte man als letzten Ausweg den Schädel des Pharao zu öffnen, falls er nicht eines natürlichen Todes sterben konnte. So sollte es auch jetzt geschehen, und wir gingen ans Werk. Ich öffnete den Ebenholzschrein, reinigte noch einmal die Messer, Bohrer und Zangen im Feuer und reichte Ptahor das heilige Steinmesser. Der Leibarzt hatte bereits den Kopf des Pharao geschoren und gewaschen, und Ptahor befahl dem Blutstiller, sich auf den Rand des Bettes zu setzen und den Kopf des Pharao in seinen Schoß zu nehmen.

Da trat die große königliche Gemahlin Teje ans Lager und verwehrte es ihm. Bis jetzt hatte sie, unbeweglich wie ein Götzenbild, an der Wand gestanden, die Arme zum Zeichen der Trauer erhoben. Hinter ihr standen der junge Thronerbe Amenophis und seine Schwester Baketamon, doch hatte ich es bis jetzt nicht gewagt, meine Blicke zu ihnen zu erheben. Jetzt, da die Verwirrung im Zimmer entstand, erkannte ich sie nach den königlichen Bildern des Tempels. Der Thronerbe stand in meinem Alter, doch war er von höherem Wuchs als ich. Er trug sein Haupt aufrecht, schob das stark entwickelte Kinn vor und hielt die Augen fest geschlossen. Seine Glieder waren krankhaft schmächtig, und seine Augenlider und Kiefernmuskeln zitterten. Die Prinzessin Baketamon besaß regelmäßige vornehme

Züge und große längliche Augen. Ihr Mund und ihre Wangen waren orangefarbig bemalt, und ihr Gewand aus königlichem Leinen ließ ihre göttliche Gestalt durchscheinen. Aber eindrücklicher als diese beiden wirkte die erhabene Königsgemahlin Teje, obgleich sie klein von Wuchs und im Lauf der Jahre rundlich geworden war. Ihre Haut war sehr dunkel, und ihre Backenknochen standen breit hervor. Es wurde behauptet, daß sie ursprünglich ein einfaches Weib aus dem Volke war und daß Negerblut in ihren Adern fließe, doch kann ich mich hierüber nicht äußern, weil ich es nur von andern vernommen habe. Dagegen weiß ich, daß ihre Augen klug, furchtlos und scharf waren und ihre Haltung Macht verriet, obwohl ihre Eltern keine Ehrentitel in den Schriften trugen. Als sie die Hand bewegte und den Blutstiller ansah, schien er nicht mehr als ein Staubkorn unter ihren breiten dunkelbraunen Füßen zu sein. Ich verstand sie gut, denn der Blutstiller war ein Ochsentreiber niederer Herkunft, der weder schreiben noch lesen konnte. Er stand da, mit gebeugtem Haupt und hängenden Armen, mit offenem Mund und dummstolzem Gesichtsausdruck. Er besaß weder Begabung noch Verstand, aber er hatte die Fähigkeit, durch seine bloße Anwesenheit Blutungen zu stillen, und deshalb hatte man ihn von seinem Pflug und seinen Ochsen weggeholt und im Tempel angestellt. Allen Reinigungsmitteln zum Trotz haftete der Geruch von Ochsenmist noch immer an ihm, und er vermochte nicht zu erklären, woher seine Fähigkeit stammte. Er besaß sie einfach, wie ein Edelstein sich oft in einem Klumpen Kies verbirgt, und diese Gabe kann weder durch Studien noch durch geistige Übungen erworben werden.

»Ich gestatte nicht, daß er den Gott berührt«, sprach die große königliche Gemahlin. »Wenn nötig, werde ich selbst das Haupt des Gottes halten.«

Ptahor machte Einwände und erklärte, daß die Verrichtung blutig und unangenehm sein werde. Dessenungeachtet setzte sich die große königliche Gemahlin auf den Rand des Bettes und hob mit äußerster Behutsamkeit das Haupt ihres sterbenden Gemahls in ihren Schoß, ohne sich darum zu kümmern, daß der Speichel aus seinem Mund auf ihre Hände tropfte.

»Er ist mein«, sprach die Königin, »und kein anderer soll ihn berühren. Aus meinem Schoß mag er in das Land des Todes eingehen.«

»Er, der Gott, wird das Schiff der Sonne besteigen und geradenwegs in das Land der Seligen segeln«, sagte Ptahor und schlitzte des Königs Kopfhaut mit dem Steinmesser auf. »Von der Sonne ist er geboren, und zur Sonne wird er wiederkehren, und alle Völker werden von Ewigkeit zu Ewigkeit seinen Namen preisen. Bei Seth und allen Teufeln, was trödelt denn der Blutstiller dort?« Er plauderte absichtlich allerlei belangloses Zeug, um die Gedanken der königlichen Gemahlin von der Operation abzulenken, wie jeder geschickte Arzt immer zu einem Patienten spricht, dem er Schmerzen verursacht. Mit den letzten Worten aber fauchte er den Blutstiller an, der mit schläfrig gesenkten Lidern am Torpfosten lehnte, denn aus dem Haupte des Pharao begann dickflüssiges Blut hervorzuquellen und in den Schoß der königlichen Gemahlin zu fließen, so daß sie zusammenzuckte und ihr Gesicht sich gelblich-grau verfärbte. Der Blutstiller erwachte aus seinen Gedanken. Vielleicht hatte er an seine Ochsen und Bewässerungskanäle gedacht, nun aber entsann er sich seines Berufes, trat näher, blickte den Pharao an und hob die Hände. Die Blutung hörte augenblicklich auf, und ich wusch und reinigte den Kopf.

»Verzeih«, sagte Ptahor und nahm den Bohrer aus meiner Hand. »Zur Sonne gewiß, geradewegs zu seinem Vater wird er im goldenen Schiff segeln. Ammon segne ihn.« Während Ptahor so vor sich hin redete, drehte er mit raschen, gewandten Bewegungen den Bohrer zwischen seinen Händen, der knirschend in den Knochen eindrang. Da schlug der Thronerbe seine Augen auf, trat einen Schritt näher heran und sprach mit zuckendem Gesicht: »Nicht Ammon, sondern Rê-Harachte möge ihn segnen, und Aton sei seine Offenbarung.« Ich erhob ehrfürchtig meine Hände, obgleich ich nicht verstand, wovon er sprach. Wer hätte auch all die tausend Götter Ägyptens kennen können? Am wenigsten ein geweihter Priester Ammons, dessen heilige Dreieinigkeiten und Neunfältigkeiten ihm genügend Kopfzerbrechen bereiteten.

»Ja, gewiß Aton«, murmelte Ptahor beschwichtigend. »Warum nicht Aton? Meine Zunge wird sich versprochen haben.« Wieder nahm er sein Steinmesser und den Hammer mit dem Stiel aus Ebenholz und begann mit leichten Schlägen das Knochenstück zu lösen. »Tatsächlich, ich entsinne mich, daß er in seiner göttlichen Weisheit Aton einen Tempel errichten ließ. Geschah es nicht kurz nach der Geburt des Prinzen, oder wie, schöne Teje? So – nur noch ein klein wenig Geduld!« Er schielte besorgt zu dem Thronfolger hin, der mit geballten Fäusten und zuckendem Gesicht am Bett stand. »Eigentlich würde ein Schluck Wein meine Hand festigen und sicher auch dem Prinzen nicht schlecht bekommen. Nach diesen Anstrengungen würde es sich wahrhaftig lohnen, sogar das Siegel eines königlichen Kruges zu brechen!« Ich reichte ihm die Zange, und er riß das gelöste Knochenstück von dem auf den Knien der Königin ruhenden Haupte, daß es nur so knirschte. »Leuchte mir ein wenig, Sinuhe!«

Ptahor stieß einen Seufzer der Erleichterung aus, denn das Schlimmste war vorüber. Auch ich seufzte instinktiv, und es war, als hätte sich dasselbe Gefühl auf den Pharao übertragen, denn seine Glieder bewegten sich, der Atem ging ruhiger, und er schien in noch tiefere Bewußtlosigkeit zu versinken. Beim klaren Schein des Lichtes betrachtete Ptahor eine Weile nachdenklich das Gehirn des Pharao, das entblößt in der geöffneten Hirnschale lag. Die zuckende Hirnmasse war graublau.

»Hm«, meinte Ptahor grüblerisch. »Was getan ist, ist getan. Möge Aton das übrige besorgen, denn dies ist Sache der Götter und nicht der Menschen.« Leicht und behutsam legte er das Knochenstück wieder an seinen Platz, strich Leim in die Fuge, zog die Kopfhaut zurecht und verband die Wunde. Die königliche Gemahlin legte das Haupt des Sterbenden an eine aus kostbarem Holz geschnitzte Genickstütze und blickte Ptahor an. Das Blut in ihrem Schoß war getrocknet, doch sie schenkte ihm keine Beachtung. Ptahor begegnete ihrem furchtlosen Blick und sprach, ohne sich vor ihr zu verbeugen, mit leiser Stimme:

»Er wird bis zum Morgengrauen leben, falls sein Gott es ihm gestattet.«

Dann hob er die Hände zum Zeichen der Trauer, und ich folgte seinem Beispiel. Doch als Ptahor dann die Hände zum Ausdruck der Teilnahme hob, wagte ich nicht, ihn nachzuahmen, denn wer war ich, daß ich Mitleid mit den Königlichen hätte zeigen dürfen. Ich reinigte die Werkzeuge im Feuer und legte sie in den Ebenholzschrein zurück.

»Du wirst große Geschenke erhalten«, sagte die erhabene königliche Gemahlin und gab uns mit der Hand zu verstehen, daß wir entlassen seien.

In dem königlichen Saal stand eine Mahlzeit für uns bereit, und Ptahor sah erfreut die vielen Weinkrüge. Nachdem er die Siegel genau studiert hatte, ließ er einen der Krüge öffnen, und Sklaven gossen Wasser über unsere Hände.

Als man uns allein gelassen hatte, wagte ich Ptahor über Aton auszufragen, denn ich wußte wirklich nicht, daß Amenophis der Dritte auch einem Gott dieses Namens einen Tempel zu Theben hatte bauen lassen. Ptahor erklärte, daß Rê-Harachte der Familiengott der achtzehnten Dynastie sei, weil der größte der Kriegerkönige, Thutmosis der Erste, einst in der Wüste bei der Sphinx einen Traum hatte, in dem sich jener Gott ihm offenbarte und ihm prophezeite, daß er eines Tages die Doppelkrone beider Reiche tragen werde, obschon Thutmosis zu jener Zeit nicht die geringsten Aussichten zu haben schien, Herrscher zu werden. Es gab nämlich zu viele Thronerben, die vor ihm an der Reihe waren. Dies entsprach der Wahrheit, denn Ptahor hatte selbst in den Tagen seiner jugendlichen Torheit eine Reise zu den Pyramiden unternommen und mit eigenen Augen den Tempel gesehen, den Thutmosis, zum Andenken an dieses Ereignis, zwischen den Tatzen der Sphinx hatte errichten lassen. Er sah auch die Tafel, auf welcher der König seine Offenbarung schilderte. Vor allen andern Gottheiten Ägyptens verehrten seither dieser Pharao und sein Geschlecht den Rê-Harachte, der seinen Sitz in Heliopolis im untern Reich hatte und der sich als Aton offenbarte.

Dieser Aton war ein uralter Gott, älter als Ammon, doch war er vergessen gewesen, bis Teje, die große Gemahlin unseres sterbenden Königs, nach einem Besuch in Heliopolis, wo sie zu

Aton gebetet hatte, einen Sohn gebar. Deshalb errichtete man Aton später auch in Theben einen Tempel, obschon er eigentlich von niemand anderem als den Mitgliedern der königlichen Familie besucht wurde. Aton war dort in der Gestalt eines Stieres, der die Sonne zwischen seinen Hörnern trug, dargestellt. Auch Horus war auf dem Bild als Falke zu sehen.

»Infolgedessen ist der Thronerbe ein göttlicher Sohn dieses Aton«, erklärte Ptahor und nahm einen Schluck Wein. »Es geschah ja im Tempel Rê-Harachtes, daß die königliche Gemahlin eine Offenbarung hatte, worauf sie einen Sohn gebar. Von dort brachte sie auch einen besonders ehrgeizigen Priester mit, an dem sie Gefallen fand. Sein Name ist Eje, und er verstand es so einzurichten, daß seine Frau Amme beim Thronerben wurde. Er besitzt nämlich eine Tochter namens Nofretete, die an derselben Brust wie der Thronerbe gesogen und als Kind im Palast an Schwester Statt mit ihm gespielt hatte. Du kannst wohl ahnen, was daraus werden wird.« Ptahor trank von neuem, seufzte und sagte: »Ah, für einen alten Mann gibt es nichts Herrlicheres, als Wein zu trinken und über Dinge zu reden, die ihn nichts angehen. Ja, mein Sohn Sinuhe, wenn du wüßtest, wie viele Geheimnisse hinter dem Stirnbein des alten Schädelbohrers ruhen! Vielleicht verbergen sich dort sogar königliche Geheimnisse, und mancher fragt sich wohl erstaunt, warum nie ein lebender Knabe im Frauenhaus des Palastes geboren wurde; denn das widerspricht allen Gesetzen der Heilkunst. Auch er, der jetzt mit geöffnetem Schädel dort drinnen ruht, war in den Tagen seiner Kraft und seiner Freude kein Verächter eines guten Bechers. Er war ein großer Jäger, der im Laufe seines Lebens tausend Löwen und fünfhundert Auerochsen zu Fall gebracht hat, das können wohl nicht einmal die Wächter des Frauenhauses zählen. Und trotzdem besitzt er nur von der königlichen Teje einen Sohn.«

Ich begann unruhig zu werden, denn auch ich hatte Wein getrunken. Deshalb seufzte ich und betrachtete den grünen Stein an meinem Finger. Ptahor aber fuhr unerbittlich fort:

»Seine große königliche Gemahlin fand er, der jetzt dort drinnen liegt, auf einer Jagdreise. Man behauptet, daß Teje damals bloß eine Vogelfängerin im Schilfe des Nils war, doch der König machte sie um ihrer Klugheit willen zu seinesgleichen, und auch ihren einfachen Eltern zollte er Achtung und füllte ihr Grab mit den kostbarsten Geschenken. Teje hatte nichts gegen seine Leidenschaft, solange die Nebenfrauen keine Knaben gebaren. Hierin war sie von einem fast unglaublichen Glück begünstigt. Doch wenn er, der dort drinnen ruht, auch das Zepter und die Geißel in seiner Hand trug, so war es doch die große königliche Gemahlin, die diese Hand und diesen Arm führte. Als der König sich aus Staatsgründen mit der Tochter des Königs von Mitani vermählte, um für alle Zeiten Kriege in Naharina zu verhindern, überzeugte ihn Teje, daß die Prinzessin an Stelle eines Leibes, nach dem des Mannes Verlangen steht, einen Ziegenhuf habe, und daß sie nach einer Ziege rieche. So erzählt man wenigstens, und diese Prinzessin wurde übrigens später wahnsinnig.«

Ptahor schielte auf mich, sah sich rasch um und fügte hinzu: »Doch sollst du, Sinuhe, diesen Geschichten keinen Glauben schenken, denn sie stammen von böswilligen Schwätzern, und ein jeder kennt die Milde und Weisheit der großen königlichen Gemahlin und auch ihre Gabe, fähige Männer um sich und den Thron zu versammeln. So ist es!«

Alsdann sagte er: »Führe mich, mein Sohn Sinuhe, denn ich bin ein alter Mann, und meine Füße sind schwach.«

Ich geleitete ihn an die frische Luft hinaus, die Nacht war herabgesunken, und im Osten flammten die Lichter Thebens über der roten Glut des Himmels. Ich hatte Wein getrunken und fühlte das Fieber Thebens von neuem in meinem Blute brennen, während die Blumen im Garten dufteten und die Sterne über meinem Haupte blinkten.

»Ptahor«, sagte ich, »mich dürstet nach Liebe, wenn die Lichter Thebens die Finsternis der Nacht erhellen.«

»Es gibt keine Liebe«, erklärte Ptahor bestimmt. »Ein Mann ist traurig, wenn er kein Weib besitzt, mit dem er schlafen kann. Doch wenn er mit einem Weib geschlafen hat, ist er noch trauriger als zuvor. So ist es, und so wird es bleiben.«

»Warum?« fragte ich.

»Das wissen selbst die Götter nicht«, sagte Ptahor. »Sprich nicht von Liebe zu mir, sonst öffne ich dir deinen Schädel. Ich tue es umsonst und ohne um das kleinste Geschenk zu bitten, denn dadurch erspare ich dir viel Kummer.«

Da hielt ich es für das beste, die Pflichten eines Sklaven zu übernehmen. Ich nahm ihn in meine Arme und trug ihn in das Zimmer, das uns angewiesen worden war. Er war so klein und so alt, daß ich ihn ohne jede Anstrengung tragen konnte. Als ich ihn aufs Bett legte, schlief er sofort ein, nachdem er noch vergeblich nach einem Weinbecher getastet hatte. Ich deckte ihn mit weichen Fellen zu, denn die Nacht war kalt. Dann ging ich wieder auf die Blumenterrasse hinaus, denn ich war noch jung, und die Jugend sehnt sich nicht nach Schlaf in der Todesnacht des Königs.

Bis zur Terrasse hinauf drang das Gemurmel der Menschen, die vor den Mauern des Palastes übernachteten, wie fernes Windesrauschen im Schilf.

2

Ich wachte beim Duft der Blüten, und die Lichter Thebens leuchteten grellrot am östlichen Himmel, und ich entsann mich zweier Augen, die grün wie die Wasser des Nils in der Sommerhitze waren, bis ich plötzlich merkte, daß ich mich nicht allein auf der Terrasse befand.

Schmal war des Mondes Sichel, blaß und flackernd das Licht der Sterne, so daß ich nicht zu unterscheiden vermochte, ob ein Mann oder ein Weib sich mir näherte. Aber jemand trat an mich heran und versuchte, mir ins Gesicht zu sehen, um mich zu erkennen. Ich bewegte mich, und eine kindlich schrille, befehlende Stimme fragte: »Du bist es also, und ganz allein?« Da erkannte ich den Thronerben an der Stimme und an der schmächtigen Gestalt und verneigte mich vor ihm zu Boden und wagte nichts zu sagen. Doch er stieß mich ungeduldig mit dem

Fuß und sagte: »Steh auf und benimm dich nicht einfältig! Niemand sieht uns, und du brauchst dich also nicht vor mir zu verneigen. Spare deine Verbeugung für den Gott, dessen Sohn ich bin, denn es gibt nur einen Gott, und alle anderen sind seine Offenbarungsformen, weißt du das?« Ohne eine Antwort abzuwarten, sann er eine Weile nach und fügte dann hinzu: »Alle anderen Götter, außer vielleicht Ammon, aber er ist ein falscher Gott.«

Ich machte eine abwehrende Handbewegung und sagte: »Oh!«, um zu zeigen, daß ich solche Reden fürchtete.

»Ach, laß sein!« sagte er. »Ich sah dich neben meinem Vater stehen und dem halbverrückten Ptahor Messer und Hammer reichen. Deshalb nannte ich dich den ›Einsamen‹. Meine Mutter aber gab Ptahor den Beinamen ›der alte Affe‹. Diese Namen werdet ihr tragen, falls ihr sterben müßt, bevor ihr den Palast verlasset. Deinen Namen habe ich selbst ausgeklügelt.«

Ich dachte, daß er tatsächlich krank und verrückt sein mußte, um solche sinnlosen Reden zu führen; aber auch Ptahor hatte gesagt, daß wir sterben müßten, falls der Pharao stürbe, und der Blutstiller hatte es geglaubt. Deshalb begannen mich die nachwachsenden Haare auf meinem Kopf zu kitzeln, und ich hob abwehrend die Hand, denn ich wollte nicht sterben.

Neben mir atmete der Thronfolger unregelmäßig und keuchend, seine Hände bewegten sich, und er murmelte vor sich hin. »Ich bin unruhig«, sagte er, »ich möchte anderswo als hier sein. Mein Gott wird sich mir offenbaren, ich weiß es, aber ich fürchte mich. Bleib bei mir, Einsamer, denn der Gott in seiner Kraft zermalmt meinen Leib und läßt meine Zunge erkranken, wenn er sich mir offenbart.«

Ich begann zu zittern, denn ich glaubte, daß er krank sei und irrerede. Doch er sagte in befehlendem Ton: »Komm!« Deshalb folgte ich ihm. Er führte mich von der Terrasse hinunter, an dem königlichen See vorbei, und hinter den Mauern vernahmen wir das Flüstern des trauernden Volkes als ein düsteres Gemurmel. Ich hatte große Angst, denn Ptahor hatte gesagt, daß wir vor dem Tod des Königs das Gebiet des Palastes nicht verlassen dürften, aber ich konnte dem Thronerben doch nicht widersprechen.

Er ging mit gespanntem Leib und ruckartig gleitenden Schritten, so daß ich mich anstrengen mußte, um ihm zu folgen. Er trug nur ein Lendentuch, und der Mond schien auf seine helle Haut, seine schlanken Beine und seine Oberschenkel, die breit wie die eines Weibes waren. Der Mond beleuchtete seine abstehenden Ohren und sein Antlitz, das gequält und aufgeregt schien, als folge er einem Gesicht, das kein anderer sehen konnte.

Als wir am Ufer standen, sagte er: »Wir nehmen ein Boot. Ich muß mich nach Osten begeben, um meinem Vater zu begegnen.« Ohne Wahl bestieg er das erste Fahrzeug, ein Binsenboot, und ich folgte ihm. Wir begannen über den Strom zu rudern, und niemand verfolgte uns, obwohl wir das Boot gestohlen hatten. Die Nacht war voller Unruhe, und viele Boote waren auf dem Strom, und immer stärker leuchtete vor uns am Himmel der rote Widerschein der Lichter Thebens. Als wir das Ufer erreichten, ließ er das Boot treiben und schritt, ohne sich umzusehen, vorwärts, als hätte er diesen Weg schon manches Mal zuvor beschritten. Da mir nichts anderes übrigblieb, folgte ich ihm mit angsterfülltem Herzen. Auch andere Leute waren auf den Beinen, und die Wächter riefen uns nicht an, denn Theben wußte schon, daß der König in dieser Nacht sterben werde.

Er ermüdete sich selbst mit seinem raschen Gang, und ich staunte über die Ausdauer seines schwachen Leibes, denn obgleich die Nacht bitterkalt war, rann mir der Schweiß über den Rücken, während ich ihm folgte. Die Sterne wechselten ihre Stellung, und der Mond ging unter. Er aber ging immer weiter, und wir stiegen aus dem Tal in die unbebaute Wüste und ließen Theben hinter uns, und vor uns ragten die drei Berge des Ostens, die Wächter Thebens, schwarz zum Himmel. Ich grübelte im stillen darüber nach, woher eine Sänfte für den Rückweg zu bekommen wäre, denn ich ahnte, daß es ihm seine Kräfte nicht erlauben würden, zu Fuß zurückzukehren.

Schließlich setzte er sich keuchend in den Sand und sagte ängstlich: »Halte meine Hände, Sinuhe, denn sie zittern, und mein Herz klopft. Die Stunde naht, denn die Welt ist öde, und auf Erden gibt es niemand außer dir und mir, doch wohin ich gehe, darfst du mir nicht folgen. Dennoch will ich nicht allein bleiben.«

Ich griff nach seinen Handgelenken und fühlte seinen ganzen

schweißbedeckten Körper zucken. Die Welt um uns war wüst und leer, und irgendwo heulte, todverkündend, ein Schakal. Die Sterne verblaßten nach und nach, und die Luft verfärbte sich ins Bleierne. Da schüttelte er plötzlich meine Hände ab, erhob sich und wandte das Gesicht gen Osten, den Bergen zu.

»Der Gott erscheint!« sprach er leise, und sein kränkliches Gesicht strahlte voller Andacht. »Der Gott erscheint!« wiederholte er mit stärkerer Stimme. »Der Gott erscheint!« rief er in die Wüste hinaus, und ringsum ward es heller, und die Berge vor uns flammten golden im Sonnenaufgang. Da schrie er gellend auf und sank bewußtlos um. Durch seine Glieder lief ein Zukken, sein Mund bewegte sich, und seine Füße wirbelten den Sand auf. Ich aber fürchtete mich nicht länger, denn ähnliche Rufe hatte ich bereits im Haus des Lebens vernommen und wußte daher wohl, was ich zu tun hatte. Ich besaß kein Holzstück, das ich zwischen seine Kiefer hätte schieben können, deshalb riß ich ein Stück von meinem Lendentuch ab, rollte den Stoff zusammen, steckte ihn in seinen Mund und begann seine Glieder zu reiben. Ich wußte, daß er beim Erwachen krank und verwirrt sein würde, und blickte mich daher hilfesuchend um, aber Theben lag weit hinter uns, und in der Nähe war nicht die kleinste Hütte zu entdecken.

Im selben Augenblick flog ein Falke schreiend vorüber. Er tauchte gerade aus der strahlend aufgehenden Sonne empor und beschrieb einen hohen Bogen über uns. Dann senkte er sich, und es sah aus, als hätte er sich auf der Stirn des Thronfolgers niederlassen wollen. Ich war so überrascht, daß ich instinktiv das heilige Zeichen Ammons schlug. Vielleicht hatte der Prinz mit seinem Gotte Horus gemeint, und vielleicht offenbarte sich uns dieser in seiner Falkengestalt. Der Prinz stöhnte, und ich beugte mich über ihn, um ihm zu helfen. Als ich den Kopf von neuem hob, sah ich, daß der Falke Menschengestalt angenommen hatte. Vor mir stand im Strahlenschein der aufgehenden Sonne, schön wie ein Gott, ein junger Mann. Er trug einen Speer in der Hand, und um die Schultern das grobe Achseltuch der Armen. Wohl glaubte ich nicht an die Götter, aber der Sicherheit halber verneigte ich mich bis zum Boden vor ihm.

»Was ist los?« fragte er in der Mundart des Unteren Landes und wies auf den Thronfolger. »Ist der Jüngling krank?«

Ich schämte mich, erhob mich auf die Knie und grüßte wie gebräuchlich. »Falls du ein Räuber bist«, sagte ich, »wirst du von uns keine große Beute erhalten, aber ich habe einen Kranken bei mir, und vielleicht werden dich die Götter segnen, wenn du uns hilfst.«

Er stieß einen Schrei aus, der dem eines Falken glich, und hoch aus den Lüften stürzte plötzlich wie ein Stein ein Falke herab und setzte sich auf seine Schulter. Ich hielt es für geboten, auch weiterhin vorsichtig aufzutreten, falls er trotz allem ein Gott, wenn auch nur einer von den unbedeutenden Göttern sein sollte. Deshalb nahm ich einen ehrfürchtigen Ton an, als ich ihn höflich nach seinem Namen, seiner Herkunft und seinem Ziel befragte.

»Ich bin Haremhab, des Falken Sohn«, erwiderte er stolz. »Meine Eltern sind zwar nur einfache Leute, aber bei meiner Geburt wurde prophezeit, daß ich einst über viele befehlen werde. Der Falke flog vor mir her, deshalb bin ich hier, nachdem ich kein Nachtquartier in der Stadt finden konnte. In Theben fürchtet man sich nach Anbruch der Dunkelheit vor Speeren. Meine Absicht aber ist, als Krieger in den Dienst des Pharao zu treten, denn man behauptet, der Pharao sei krank, und wenn dem so ist, wird er, denke ich, Verwendung für starke Arme zum Schutze seiner Macht haben.«

Sein Leib war stattlich wie der eines jungen Löwen, und seine Augen schossen Blitze wie fliegende Pfeile. Ich dachte voller Neid, daß manche Frau zu ihm sagen würde: »Schöner Knabe, willst du mich in meiner Einsamkeit ergötzen?«

Der Thronfolger wimmerte, tastete mit den Händen über sein Gesicht und verdrehte seine Beine. Ich nahm den Fetzen aus seinem Munde und wünschte Wasser zu haben, um ihn zu erquicken. Haremhab betrachtete ihn neugierig und fragte unbewegt:

»Liegt er im Sterben?«

»Nein«, entgegnete ich ungeduldig. »Er leidet an der heiligen Krankheit.«

Haremhab sah mich an und umklammerte seinen Speer. »Du brauchst mich nicht zu verachten«, sagte er, »obwohl ich barfuß gehe und noch arm bin. Ich kann einiges schreiben und Geschriebenes lesen, und ich werde eines Tages über viele befehlen. Welcher Gott ist in den da gefahren?«

Das Volk glaubt nämlich, daß ein Gott aus jenen spricht, die an der heiligen Krankheit leiden, daher seine Frage.

»Er hat seinen eigenen Gott«, erklärte ich. »Ich glaube, er ist ein bißchen irrsinnig. Wenn er wieder zu sich kommt, hilfst du mir vielleicht, ihn bis zur Stadt tragen. Dort werde ich eine Sänfte finden, um ihn nach Hause zu bringen.«

»Er friert«, sagte Haremhab, zog seinen Mantel aus und breitete ihn über den Thronfolger. »Die Morgenluft ist kalt in Theben, doch mich hält mein eigenes Blut warm. Außerdem kenne ich viele Götter und könnte dir manche nennen, die mir beigestanden sind. Mein eigener, besonderer Gott aber ist Horus. Der Junge da ist sicher ein Kind reicher Eltern, denn seine Haut ist weiß und dünn, und seine Hände haben noch nie eine Arbeit verrichtet. Und wer bist du selber?«

Er redete viel und lebhaft, denn er war ein armer Jüngling, der einen weiten Weg gewandert war, um nach Theben zu gelangen, und dabei auf Unfreundlichkeit und Demütigungen gestoßen war. »Ich bin Arzt«, gab ich zur Antwort. »Auch wurde ich zum Priester ersten Grades im Ammontempel zu Theben geweiht.«

»Da hast du ihn wohl in die Wüste gebracht, um ihn zu heilen?« vermutete Haremhab. »Aber du hättest ihn wärmer bekleiden sollen. Allerdings will ich die Kunst eines Arztes nicht bekritteln«, fügte er höflich hinzu.

Der kalte rote Sand flammte im Schein der aufgehenden Sonne. Haremhabs Speerspitze glühte rot, und der Falke kreiste um sein Haupt. Der Thronfolger setzte sich auf, er klapperte mit den Zähnen, wimmerte leise und blickte verwirrt um sich.

»Ich habe gesehen«, sagte er. »Der Augenblick war wie ein Jahrhundert, ich besaß kein Alter, und Er streckte segnend tausend Hände über meinem Haupte aus, und eine jede dieser Hände reichte mir das Zeichen des ewigen Lebens. Wie sollte ich da nicht glauben?«

»Ich hoffe, du hast dich nicht in die Zunge gebissen«, sagte ich besorgt. »Ich versuchte, dich davor zu schützen, aber ich hatte kein Holzstück, um es dir zwischen die Kiefer zu schieben.« Aber meine Rede war in seinen Ohren wie das Summen einer Fliege. Er betrachtete Haremhab, und seine Augen weiteten sich und wurden klarer, und er war schön mit seinem verwunderten Lächeln.

»Bist du von Aton, dem Alleinigen, gesandt?« fragte er erstaunt.

»Der Falke flog vor mir her, und ich folgte ihm«, sagte Haremhab. »Deshalb bin ich hier, mehr weiß ich nicht.« Doch der Thronfolger betrachtete den Speer in seiner Hand und runzelte die Stirn.

»Du trägst einen Speer?« sagte er vorwurfsvoll.

Haremhab zeigte seinen Speer. »Der Schaft ist aus erlesenem Holz«, sagte er. »Die aus Kupfer geschmiedete Spitze dürstet nach dem Blut der Feinde des Pharao. Mein Speer ist durstig, und sein Name lautet: ›Der Kehlenspalter.‹«

»Kein Blut«, sagte der Thronfolger. »Für Aton ist jedes Blutvergießen ein Greuel.«

Obwohl ich gesehen hatte, wie der Thronfolger die Augen schloß, während Ptahor die Schädelbohrung ausführte, wußte ich noch nicht, daß er zu den Menschen gehörte, die krank und ohnmächtig werden, sobald sie Blut fließen sehen.

»Das Blut reinigt die Völker und macht sie stark«, sagte Haremhab. »Blut macht die Götter gesund und beleibt. Solange man Krieg führt, so lange muß auch Blut fließen.«

»Es wird keinen Krieg mehr geben«, sagte der Thronfolger.

»Der Junge ist verrückt«, lachte Haremhab. »Es hat immer Kriege gegeben und wird immer welche geben, denn die Völker müssen, um zu leben, gegenseitig ihre Tüchtigkeit erproben.«

»Alle Völker sind Seine Kinder, alle Sprachen und alle Farben, das schwarze und das rote Land«, sprach der Thronerbe und starrte in die Sonne. »In allen Ländern will ich Ihm Tempel errichten lassen und allen Fürsten das Zeichen des Lebens senden, denn ich habe Ihn geschaut; von Ihm bin ich geboren, um zu Ihm zurückzukehren.«

»Verrückt ist er«, sagte Haremhab zu mir und schüttelte mitleidig das Haupt. »Jetzt verstehe ich, daß er einen Arzt benötigt.«

»Sein Gott offenbarte sich ihm soeben«, sagte ich ernst, um Haremhab zu warnen, denn ich fand bereits Gefallen an ihm. »Die heilige Krankheit hat ihn Gott schauen lassen, und es ziemt uns nicht, die Worte seines Gottes abzuwägen. Ein jeder wird selig in seinem Glauben.«

»Ich glaube an meinen Speer und meinen Falken«, sagte Haremhab.

Aber der Thronfolger hob die Hand, um die Sonne zu begrüßen, und sein Gesicht verklärte sich zu neuer Schönheit, wie wenn er eine andere Welt sähe als wir. Wir ließen ihn sein Gebet beenden und geleiteten ihn dann zur Stadt, ohne daß er sich dagegen gewehrt hätte. Der Anfall hatte seine Glieder so sehr geschwächt, daß er klagte und beim Gehen wankte. Deshalb trugen wir ihn schließlich, und vor uns flog der Falke.

Als wir an die Grenze des bebauten Landes kamen, bis wohin sich die Bewässerungskanäle erstreckten, sahen wir eine königliche Sänfte auf uns warten. Die Sklaven hatten sich auf dem Boden ausgestreckt, und aus der Sänfte trat ein dicker Priester auf uns zu, dessen Haupt rasiert und dessen dunkles Gesicht von düsterer Schönheit war. Ich streckte die Hände in Kniehöhe vor ihm aus, denn ich vermutete in ihm den Rê-Harachte-Priester, von dem Ptahor gesprochen hatte. Er aber beachtete mich nicht. Er warf sich vor dem Thronfolger auf sein Antlitz und begrüßte ihn als König. Daraus entnahm ich, daß Amenophis der Dritte verschieden war. Alsdann eilten die Sklaven herbei, um sich des neuen Königs anzunehmen. Seine Glieder wurden gewaschen, gerieben und gesalbt, er wurde in königliches Linnen gehüllt, und seinem Haupte wurde die Kopfbedeckung der Könige aufgesetzt.

Inzwischen wandte Eje sich an mich: »Ist er seinem Gott begegnet, Sinuhe?« fragte er.

»Er ist seinem Gott begegnet«, sagte ich. »Ich wachte über ihn, damit ihm nichts Böses widerfahre. Woher aber weißt du meinen Namen?«

Er lächelte und sagte: »Meine Aufgabe ist es, alles, was im Palast vor sich geht, zu wissen, bis meine Stunde kommt. Ich kenne deinen Namen und weiß, daß du Arzt bist. Deshalb konnte ich ihn deiner Obhut anvertrauen. Ich weiß auch, daß du ein Priester Ammons bist und diesem Gott deinen Eid geschworen hast.«

Letzteres äußerte er mit drohender Betonung, ich aber machte eine abwehrende Handbewegung und fragte: »Was hat ein Eid vor Ammon zu bedeuten?«

»Du hast recht«, sagte er, »und brauchst ihn nicht zu bereuen. Wisse also, daß dein Schützling von Unruhe befallen wird, sobald sich der Gott ihm naht. Nichts vermag ihn davor zurückzuhalten, und er gestattet keinem Wächter, ihm zu folgen. Dennoch wart ihr die ganze Nacht in Sicherheit, keine Gefahr hat euch bedroht, und wie du siehst, harrt eine Sänfte seiner. Und dieser Speerträger?« Er wies auf Haremhab, der etwas abseits stand und mit der Hand die Spitze seines Speeres prüfte, während der Falke auf seiner Schulter saß. »Vielleicht sollte er am besten sterben, denn die Geheimnisse des Pharao darf nicht mancher teilen.«

»Er hat den Pharao mit seinem Mantel gegen die Kälte geschützt«, sagte ich. »Er ist bereit, seinen Speer gegen die Feinde des Pharao zu richten. Ich glaube, Priester Eje, du wirst mehr Nutzen von dem Lebenden haben als von dem Toten.« Da warf ihm Eje mit lässiger Gebärde einen goldenen Reifen von seinem Arme zu und sagte: »Du kannst mich eines Tages in dem goldenen Haus aufsuchen, Speerträger.«

Aber Haremhab ließ den Goldreifen in den Sand zu seinen Füßen fallen und blickte Eje trotzig an. »Ich nehme nur vom Pharao Befehle entgegen«, sagte er. »Wenn ich nicht irre, ist er, der die königliche Kopfbedeckung trägt, der Pharao. Der Falke hat mich zu ihm geführt, das genügt.«

Eje zürnte nicht. »Gold ist kostbar und stets nützlich«, sagte er, nahm den Goldreifen aus dem Sand und streifte ihn wieder über seinen Arm. »So verneige dich vor deinem Pharao, deinen Speer aber lege in seiner Anwesenheit beiseite.«

Der Thronfolger trat zu uns herbei. Sein Gesicht war bleich

und ausgemergelt, aber immer noch von dem geheimnisvollen Feuer durchglüht, das sein Herz erwärmte. »Folgt mir«, sprach er, »folgt mir alle auf dem neuen Weg, denn die Wahrheit ist mir aufgegangen.«

Wir geleiteten ihn zur Sänfte, Haremhab murmelte zwar: »Im Speer sitzt die Wahrheit.« Aber er bequemte sich, dem Vorläufer den Speer zu übergeben, und wir nahmen Platz auf den Tragstangen, als die Sänfte sich in Bewegung setzte. Die Träger eilten im Laufschritt zum Ufer, wo bereits ein Schiff uns erwartete, und wir kehrten auf dem gleichen Weg, den wir gekommen waren, in den Palast zurück, ohne Aufsehen zu erregen, obgleich das Volk in dichten Reihen vor den Mauern stand.

Wir durften dem Thronfolger in seine Gemächer folgen, und er zeigte uns große Krüge aus Kreta, auf denen schwimmende Fische und andere Tiere abgebildet waren. Ich hätte es Thotmes gegönnt, sie zu sehen, denn sie bewiesen, daß die Kunst anders aufgefaßt werden konnte als in Ägypten. Nachdem der erschöpfte Thronfolger sich beruhigt hatte, redete und führte er sich so vernünftig auf wie andere Jünglinge unseres Alters, ohne übertriebene Höflichkeit und Ehrfurcht zu verlangen. Dann wurde gemeldet, daß die große königliche Mutter nahe, um sich vor ihm zu verneigen. Da nahm er Abschied von uns und versprach, uns beide nicht zu vergessen. Als wir gegangen waren, blickte mich Haremhab unschlüssig an.

»Ich bin besorgt«, sagte er. »Ich weiß nicht, wohin ich gehen soll.«

»Bleibe ruhig da«, sagte ich. »Er versprach, sich deiner zu erinnern. Deshalb ist es am besten, du bist in der Nähe, wenn er sich deiner entsinnt. Die Götter sind launisch und vergessen rasch.«

»Du meinst, ich solle hierbleiben und mich diesem Fliegenschwarm anschließen?« sagte Haremhab und wies auf die Hofleute, die sich vor den Türen zu den Gemächern des Thronfolgers drängten. »Nein, ich habe wahrhaftig Grund, besorgt zu sein«, fuhr er düster fort. »Was soll aus einem Ägypten werden, dessen Pharao Blut scheut und meint, daß alle Völker und alle Sprachen und alle Farben ebenbürtig seien? Ich bin zum Krieger geboren, und mein Kriegerverstand sagt mir, daß dies ein schlechtes Omen für die Zukunft eines Kriegers ist. Jedenfalls will ich meinen Speer suchen gehen. Der Vorläufer hat ihn behalten.« Wir trennten uns, und ich forderte ihn auf, mich im Haus des Lebens aufzusuchen, falls er einen Freund brauche.

In unserem Zimmer erwartete mich Ptahor erzürnt, mit roten Augen. »Du warst verschwunden, als der Pharao in der Morgendämmerung seinen letzten Seufzer tat«, schalt er. »Du warst verschwunden, und ich schlief, und keiner von uns beiden hat gesehen, wie die Seele des Pharao, einem Vogel gleich, aus seiner Nase flog und geradenwegs zur Sonne stieg. Viele Augenzeugen haben es berichtet. Auch ich wäre gerne zugegen gewesen, denn ich liebe solche Wunder sehr, du aber warst nicht da, um mich zu wecken. Mit welchem Mädchen hast du heute nacht geschlafen?«

Ich berichtete ihm, was sich in dieser Nacht zugetragen hatte, und er hob die Hände zum Zeichen größter Verwunderung. »Ammon behüte uns!« rief er. »Der neue Pharao ist verrückt.«

»Ich glaube nicht, daß er verrückt ist«, sagte ich zögernd, denn mein Herz fühlte sich in seltsamer Weise zu dem kranken Jüngling hingezogen, über den ich gewacht hatte und der freundlich zu mir gewesen war. »Ich glaube, er hat einen neuen Gott geschaut. Wenn er selbst aus seinen verworrenen Gedanken zur Klarheit kommt, werden wir im Lande Kêmet vielleicht Wunder erleben.«

»Ammon bewahre uns davor«, sagte Ptahor entsetzt. »Schenke mir lieber Wein ein, denn meine Kehle ist trocken wie der Staub der Straßen.«

Dann führte man uns in einen Pavillon im Haus der Gerechtigkeit, wo der alte Siegelbewahrer als Richter saß und die vierzig Lederrollen, auf denen das Gesetz geschrieben war, vor ihm lagen. Bewaffnete Soldaten umringten uns, um uns am Fliehen zu hindern, und der Siegelbewahrer verlas uns aus einer Lederrolle das Gesetz und teilte uns mit, daß wir sterben müssen, weil der Pharao nach der Schädelbohrung nicht genas. Ich blickte Ptahor an, aber er lächelte nur, als der Henker mit seinem Schwert vortrat. »Mag der Blutstiller als erster gehen«, sagte er.

»Er hat es eiliger denn wir, in das Land des Westens zu gelangen.«

Der Blutstiller nahm freundlich Abschied von uns, schlug das heilige Zeichen Ammons und kniete unterwürfig vor den Lederrollen zu Boden. Der Henker schwang sein Schwert und ließ es sausend einen Bogen über dem Haupte des Verurteilten beschreiben, hielt jedoch im Schlage inne, so daß die Schneide den Hals des Blutstillers nur ganz leicht berührte. Trotzdem sank der Blutstiller zu Boden, und wir glaubten, er sei vor Schrecken ohnmächtig geworden, denn an seinem Nacken war nicht die geringste Wunde zu entdecken. Als die Reihe an mir war, kniete ich furchtlos nieder. Der Henker lachte und berührte meinen Nacken mit dem Schwerte, ohne mich weiter zu erschrecken. Ptahor war der Ansicht, er sei so klein von Wuchs, daß er nicht zu knien brauche, und der Henker schwang das Schwert über seinem Nacken. Somit waren wir tot, das Urteil war vollstreckt, und wir erhielten neue, in schwere Goldreifen eingravierte Namen. In Ptahors Ring stand wirklich: »Er, der dem Pavian gleicht«, und in meinem: »Er, der einsam ist.« Dann wurde für Ptahor ein Geschenk in Gold abgewogen. Auch für mich wurde Gold abgewogen, und wir erhielten neue Kleider, und zum ersten Mal trug ich ein Faltengewand aus königlichem Leinen mit einem Kragen, der schwer von Silber und kostbaren Steinen war. Doch als die Diener den Blutstiller aufrichten und zum Bewußtsein wecken wollten, erwachte er nicht mehr, sondern war tot. Das habe ich mit eigenen Augen gesehen und kann bezeugen, daß es wahr ist. Doch warum er starb, kann ich nicht verstehen, falls es nicht geschah, weil er glaubte, sterben zu müssen. Denn trotz seiner Einfalt besaß er die Fähigkeit, Blutungen zu stillen, und ein solcher Mensch ist nicht wie andere.

Trotz der Landestrauer um den Pharao verbreitete sich die Kunde von dem seltsamen Tod des Blutstillers, und wer sie vernahm, konnte sich des Lachens nicht enthalten. Viele brüllten vor Lachen und schlugen sich auf die Knie, denn das Ereignis war tatsächlich spaßig.

Auch ich wurde von Amts wegen als tot betrachtet, und von nun an konnte ich keine Akten mehr unterzeichnen, ohne dem

Namen Sinuhe die Bezeichnung »Er, der einsam ist« hinzuzufügen. Am Hofe kannte man mich nur noch unter diesem Namen.

3

Als ich in meinem neuen Gewand, den Goldreifen am Arm, in das Haus des Lebens zurückkehrte, verbeugten sich meine Lehrer und streckten die Hände in Kniehöhe vor mir aus. Trotzdem war ich immer noch ein Schüler und mußte eine genaue Beschreibung von der Schädelbohrung und dem Tod des Pharao niederschreiben und mit meinem Namen bestätigen. Ich opferte viel Zeit dafür und schloß meinen Bericht mit der Schilderung, wie die Seele in Gestalt eines Vogels der Nase des Pharao entfloh und geradenwegs zur Sonne emporstieg. Man setzte mir mit Fragen zu, ob der Pharao nicht im letzten Augenblick zum Bewußtsein gekommen sei und geflüstert habe: »Ammon sei gesegnet!« was zahlreiche andere Zeugen versicherten. Nachdem ich mein Gedächtnis genau geprüft hatte, fand ich es am besten, auch dieses zu bestätigen, und ich hatte das Vergnügen zu hören, wie mein Bericht dem Volke an jedem der siebzig Tage vorgelesen wurde, während welcher der Leib des Pharao im Haus des Todes für die ewige Erhaltung behandelt wurde. Solange diese Zeit der Trauer andauerte, waren die Freudenhäuser, die Weinschenken und Bierstuben Thebens geschlossen, so daß man sich an Wein und Musik nur erfreuen konnte, wenn man durch eine Hintertür hineinschlich.

Nach Ablauf dieser siebzig Tage gab man mir Bescheid, daß ich nun die Reife als Arzt erreicht und das Recht habe, meinen Beruf in jedem mir genehmen Stadtteil auszuüben; falls ich aber die Studien fortsetzen und mich irgendeinem Sondergebiet widmen wolle, so brauche ich nur anzugeben, für welches Gebiet ich mich entschieden habe. Ich konnte zum Beispiel Zahn- oder Ohrenarzt, Handaufleger, Entbindungsüberwacher oder Handhaber eines heiligen Messers werden oder irgendeines der vierzehn verschiedenen Fächer wählen, in denen im Haus des Lebens unter der Leitung der hervorragendsten Spezialisten und unter der Kontrolle der königlichen Ärzte Unterricht erteilt wurde. Dies war ein besonderer Gunstbeweis, der zeigte, wie Ammon seine Diener lohnt.

Ich war jung, und die Wissenschaft im Haus des Lebens vermochte mich nicht mehr zu fesseln. Der Taumel Thebens hatte mich gepackt. Ich wollte reich und berühmt werden und die Zeit ausnützen, solange alle noch den Namen »Sinuhe, Er, der einsam ist« kannten. Ich besaß Gold und kaufte mir ein kleines Haus an der Grenze des Viertels der Reichen, richtete es meinen Verhältnissen gemäß ein und kaufte mir einen Sklaven, der, obwohl mager und einäugig, sonst für meine Zwecke geeignet schien. Sein Name war Kaptah, und er versicherte selbst, daß seine Einäugigkeit mir nützlich sein werde, indem er meinen künftigen Patienten im Warteraum erzählen könne, daß ich ihn stockblind gekauft und sein eines Auge wieder sehend gemacht habe. Deshalb kaufte ich ihn. Aber für das Wartezimmer der Patienten ließ ich einige Bilder malen. Auf einem derselben unterrichtete mich der Gott der Ärzte, der weise Imhotep. Wie gebräuchlich war ich ganz klein vor dem Gott abgebildet, aber darunter stand die Inschrift: »Der weiseste und geschickteste deiner Schüler ist Sinuhe, Senmuts Sohn, Er, der einsam ist.« Auf einem anderen Bild brachte ich Ammon Opfer dar, um dem Gott das zu geben, was ihm gebührt, und um gleichzeitig das Vertrauen meiner Patienten zu gewinnen. Auf einem dritten Bild aber betrachtete mich vom Himmel herab der große Pharao in Gestalt eines Vogels, und seine Diener wogen Gold für mich ab und legten mir neue Gewänder an. Diese Bilder ließ ich von Thotmes malen, obwohl er kein autorisierter Künstler und sein Name nicht im Tempel Ptahs eingetragen war. Aber er war mein Freund. Deshalb ließ ich ihn die Bilder malen, und aus Achtung vor unserer Freundschaft malte er sie im alten Stil, und zwar über alle Maßen geschickt, so daß sie förmlich von Rot und Gelb – den billigsten Farben – glühten. Und es gelang ihm, die Bilder so zu gestalten, daß alle, die sie zum erstenmal sahen, die Hände zum Zeichen des Erstaunens hoben und sagten: »Er flößt wahrhaftig Vertrauen ein, dieser Sinuhe, Senmuts Sohn, Er, der einsam ist; sicher kann er durch seine Geschicklichkeit seine Patienten heilen.«

Als alles fertig war, setzte ich mich hin und wartete auf die Kranken, die ich heilen sollte, und ich saß lange und wartete geduldig, aber keine Kranken kamen. Als der Abend anbrach, ging ich in eine Weinstube und labte mein Herz mit Wein, denn ich besaß immer noch etwas Silber und Gold von den Geschenken des königlichen Hauses. Ich war jung und hielt mich für einen geschickten Arzt und fürchtete mich daher nicht vor der Zukunft. Deshalb erquickte ich mein Herz in Thotmes' Gesellschaft mit Wein, und wir sprachen laut über die Angelegenheiten der beiden Reiche, wie denn zu jener Zeit alle Menschen auf den öffentlichen Plätzen, vor den Häusern der Kaufleute, in den Weinstuben und den Freudenhäusern mit lauter Stimme von den Angelegenheiten der beiden Reiche redeten.

Die Voraussage des alten Siegelbewahrers hatte sich nämlich bewahrheitet. Als der Leib des großen Pharao behandelt war, um dem Tod zu widerstehen, und als er in sein Grab im Tal der Könige geleitet und die Türen dieses Grabes mit königlichen Siegeln verschlossen waren, da bestieg die große königliche Mutter den Thron, die Geißel und den Krummstab in den Händen, den königlichen Bart am Kinn und umgürtet mit dem königlichen Löwenschweife. Der Thronfolger aber wurde noch nicht zum Pharao gekrönt, sondern es wurde behauptet, daß er sich läutern und zu den Göttern beten wolle, ehe er die Macht anzutreten gedenke. Doch als dann die große königliche Mutter den alten Siegelbewahrer fortjagte und den unbekannten Priester Eje an ihre rechte Seite erhob, so daß er im Range über allen Vornehmen Ägyptens stand und in dem goldenen Haus im Pavillon der Gerechtigkeit mit vierzig ledernen Gesetzbüchern vor sich saß und über die Steuereintreiber und die Baumeister des Pharao gebot, da begann es im Ammontempel wie in einem Bienenstock zu summen, und man ward manch schlimmer Wahrzeichen inne, und die königlichen Opfer schlugen fehl. Auch hatten viele seltsame Träume, die die Priester deuteten. Gegen die Ordnung der Natur änderten die Winde ihre Richtung, so daß zwei Tage hintereinander in Ägypten Regen fiel und Warenlager an den Kais verdarben und Getreidehaufen verfaulten. Auch verwandelte sich außerhalb Thebens das Wasser mehrerer Teiche in Blut, und viele Leute gingen hin, um es sich anzusehen. Aber noch hegten die Menschen keine Furcht, denn solches hatte sich zu allen Zeiten zugetragen, wenn die Priester zürnten.

Wohl aber herrschten viel Unruhe und eitles Geschwätz, doch die Söldnertruppen des Pharao in den Kriegerhäusern, Ägypter, Syrier, Neger und Schardanen, erhielten reiche Spenden von der königlichen Mutter. Auf der Terrasse des Palastes verteilte man goldene Ketten und Ehrenzeichen unter ihre Anführer, und die Ordnung wurde aufrechterhalten. Und nichts bedrohte die Macht Ägyptens, denn auch in Syrien sorgten die Garnisonen für Ordnung, und die Fürsten von Byblos, Simyra, Sidon und Gaza, die ihre Kindheit zu den Füßen des Pharao verbracht und ihre Erziehung in dem goldenen Haus erhalten hatten, betrauerten ihn wie einen Vater und sandten der königlichen Mutter Botschaften, in denen sie ihr versicherten, Staub unter ihren Füßen zu sein. Doch im Lande Kusch, in Nubien und an den Grenzen des Sudans pflegte man seit jeher nach dem Tod des alten Pharao Krieg zu führen, als wollten die Neger die Langmut des neuen Pharao auf die Probe stellen. Der Vizekönig in den südlichen Landen, der Göttersohn der südlichen Garnisonen, setzte daher, kaum hatte er die Kunde von dem Tod des Pharao vernommen, seine Truppen in Bewegung, und diese überschritten die Grenze und brannten zahlreiche Dörfer nieder und brachten Vieh und Sklaven, Löwenschweife und Straußenfedern als Beute nach Hause, so daß die Wege zum Lande Kusch wieder sicher waren und alle Räuberstämme den Tod des Pharao laut beklagten, als sie ihre Häuptlinge, den Kopf nach unten, an den Mauern der Grenzfestungen baumeln sahen.

Auch auf den Meeresinseln erhoben sich Klage und Trauer über den Tod des großen Pharao, und der König von Babylon und der König der Hetiter sandten der königlichen Mutter Lehmtafeln, auf denen sie ihr Bedauern über den Tod des Pharao und ihren Wunsch nach Gold für die Aufstellung seines Bildes in den Tempeln zum Ausdruck brachten, denn der Pharao sei wie ein Vater oder ein Bruder für sie gewesen. Der König des Landes Mitani in Naharina aber sandte dem künftigen Pharao seine Tochter als Braut, wie sein Vater es vor ihm getan und wie es mit dem himmlischen Pharao vor seinem Tod vereinbart worden war. Tadukhipa, so lautete der Name der Prinzessin, langte mit Dienerschaft, Sklaven und Eseln, die kostbare Waren trugen, in Theben an. Sie war ein Kind, eben erst sechs Jahre geworden, und der Thronfolger nahm sie zur Gemahlin, denn das Reich Mitani bildete eine Mauer zwischen dem reichen Syrien und den nördlichen Landen und einen Schutz für alle Karawanenwege vom Land der Zwillingsflüsse bis zum Meere. Da erlosch die Freude unter den Priestern der himmlischen Ammonstochter, der löwenhäuptigen Sekhmet, und die Angeln ihrer Tempeltore verrosteten.

Über all das unterhielten Thotmes und ich uns laut, und wir erquickten unsere Herzen mit Wein und lauschten syrischer Musik und betrachteten tanzende Mädchen. In meinem Blut trug ich den Taumel Thebens, aber jeden Morgen stand mein einäugiger Diener an meinem Bett, streckte die Hände in Kniehöhe vor mir aus und reichte mir ein Brot und einen gesalzenen Fisch und goß Bier in meinen Becher. Und ich reinigte mich und setzte mich hin, um Patienten zu erwarten, und hörte ihre Klagen an und heilte sie.

4

Wieder war die Zeit der Überschwemmung gekommen, und das Wasser stieg bis zu den Tempelmauern, und nachdem es sich zurückgezogen hatte, leuchtete das Land in klarem Grün, die Vögel bauten ihre Nester, der Lotos blühte in den Teichen, und die Akazienbüsche dufteten. Eines Tages erschien Haremhab in meinem Hause zu Gast. Er war in königliches Linnen gekleidet und trug eine Kette um den Hals und eine

Peitsche in der Hand zum Zeichen, daß er ein Offizier des Pharao sei. Dagegen trug er keinen Speer. Ich hob die Hände zum Zeichen meiner Freude über das Wiedersehen, und er hob ebenfalls die Hände und lächelte mich an.

»Ich komme, dich um Rat fragen, Sinuhe, der du einsam bist«, sagte er.

»Ich verstehe dich nicht«, entgegnete ich. »Du bist stark wie ein Stier und mutig wie ein Löwe. Als Arzt werde ich dir kaum helfen können.«

»Ich bitte dich um einen Rat als Freund und nicht als Arzt«, sprach er und setzte sich. Mein einäugiger Diener Kaptah goß Wasser über seine Hände, und ich bot ihm Kuchen an, die meine Mutter Kipa mir gesandt hatte, und kostbaren Wein aus dem Hafen, denn sein Anblick erfreute mein Herz.

»Du bist im Range gestiegen«, sagte ich. »Du bist königlicher Offizier, und sicherlich lächeln die Frauen dir zu.«

Doch seine Miene wurde finster. »Alles ist bloß Dreck!« sagte er.

Er erhitzte sich, und sein Gesicht begann zu glühen. »Der Palast ist voller Fliegen, die mich beschmutzen. Die harten Straßen Thebens schmerzen meine Füße, und die Sandalen drücken meine Zehen.« Er streifte die Sandalen ab und rieb sich die Zehen. »Ich bin Offizier der Leibwache«, sprach er, »aber es gibt Offiziere, die erst zehnjährige Knaben sind und noch ihre Locke auf der Stirn tragen. Wegen ihrer vornehmen Herkunft wagen sie, mich auszulachen und zu verhöhnen. Ihr Arm vermag keinen Bogen zu spannen, und ihre Schwerter sind mit Gold und Silber verzierte Spielzeuge, mit denen man wohl einen Braten zerlegen, nicht aber einen Feind niederstechen kann. Sie lenken Streitwagen, ohne die Richtung einhalten zu können, und verwickeln sich in ihre eigenen Zügel und fahren mit ihren Rädern in die des Nebenwagens. Die Soldaten trinken Wein, schlafen mit den Sklavinnen des Palastes und gehorchen den Befehlen nicht. In der Kriegsschule werden alle Schriften von Männern gelesen, die weder einen Krieg gesehen noch je erfahren haben, was Hunger und Durst oder Furcht vor dem Feind sind.«

Er rasselte zornig mit seiner goldenen Halskette und sprach:

»Welchen Wert haben Ketten und Ehrenzeichen, die nicht im Kampf gewonnen wurden, sondern dadurch, daß ihr Träger sich dem Pharao zu Füßen warf? Die königliche Mutter hat einen Bart um ihr Kinn gebunden und sich mit einem Löwenschweif umgürtet, doch welcher Krieger könnte eine Frau als Herrscherin verehren? – Ich weiß, ich weiß«, sagte er und hob die Hand, als ich ihn an die große Königin erinnern wollte, welche Schiffe nach dem Lande Punt entsandte. »Wie es zuvor gewesen ist, soll es auch jetzt sein. Ich aber behaupte, daß man in den Tagen der großen Pharaonen einen Krieger nicht verachtete wie heute. Die Bewohner Thebens betrachten den Beruf des Kriegers als den verächtlichsten von allen, und ihre Türen bleiben den Kriegern verschlossen. Meine Zeit verrinnt nutzlos. Die Tage meiner Jugend und meiner Kraft werden vergeudet, indem ich Kriegskunst unter der Leitung von Leuten studiere, die schon beim Streitruf der Neger die Flucht ergreifen würden. Wahrlich, sie würden vor Schrecken in Ohnmacht fallen, wenn der Pfeil eines Wüstenbewohners an ihrem Ohr vorübersauste. Wahrlich, sie würden sich unter den Röcken ihrer Mütter verkriechen, sobald sie das Dröhnen angreifender Streitwagen vernähmen. Bei meinem Falken, die Geschicklichkeit eines Kriegers wächst erst im Kampf, und die Tüchtigkeit eines Mannes wird erst beim Waffengeklirr erprobt. Deshalb will ich fort von hier.« Er hieb mit der Peitsche auf den Tisch, daß die Becher umkippten und mein Diener unter Angstgeschrei davonlief.

»Mein Freund Haremhab«, sagte ich, »ich sehe jetzt doch, daß du krank bist. Deine Augen brennen wie die eines Fiebernden, und du bist in Schweiß gebadet.«

»Bin ich etwa kein Mann?« sagte er und schlug sich mit der Faust vor die Brust. »Ich vermag mit jeder Hand einen starken Sklaven zu heben und ihre Schädel einzuschlagen. Ich vermag schwere Bürden zu tragen, wie ein Soldat es können muß. Ich laufe weite Strecken, ohne zu keuchen, und fürchte weder Hunger noch Durst, noch die Sonnenglut der Wüste. Doch all das empfinden sie als Schande, und die Frauen in dem goldenen Haus bewundern bloß solche Männer, die sich den Bart nicht scheren lassen müssen. Sie bewundern Männer mit schmalen

Armgelenken und haarloser Brust und mädchenhaften Hüften. Sie bewundern Männer, die einen Sonnenschirm benützen und ihren Mund rot malen und sanftäugig zwitschern wie Vögel in den Bäumen. Mich verachtet man, weil ich stark und sonnengebräunt bin und weil man meinen Händen ansieht, daß sie Arbeit verrichten können.«

Er verstummte, starrte lange vor sich hin und leerte alsdann seinen Becher. »Du bist einsam, Sinuhe«, sagte er. »Auch ich bin einsam, einsamer als jeder andere, denn ich ahne, was kommen wird, und ich weiß, daß ich geboren wurde, um über viele zu befehlen, und daß die beiden Reiche mich eines Tages brauchen werden. Deshalb bin ich einsamer als alle anderen, doch halte ich die Einsamkeit nicht länger aus, Sinuhe, denn in meinem Herzen loht das Feuer, und meine Kehle ist eng geworden, und ich kann nachts nicht mehr schlafen.«

Ich war Arzt und glaubte einiges über Männer und Frauen zu wissen. Deshalb sagte ich: »Sie ist wahrscheinlich eine verheiratete Frau, und ihr Mann bewacht sie streng, nicht wahr?«

Haremhab sah mich an, und seine Augen flammten. Rasch hob ich den Becher vom Boden und schenkte ihm Wein ein. Er beruhigte sich, fuhr sich mit der Hand an die Brust und Kehle und sagte: »Ich muß fort von Theben, denn ich ersticke in diesem Dreck, und die Fliegen beschmutzen mich.« Aber dann wurde er wieder weicher, sah mich an und sprach mit leiser Stimme: »Sinuhe, du bist ein Arzt. Gib mir ein Mittel, das die Liebe überwindet.«

»Dein Wunsch ist leicht zu erfüllen«, sagte ich. »Ich kann dir Heilbeeren geben, die, in Wein gelöst, dich so stark und heiß wie einen Pavian machen, daß die Frauen in deinen Armen seufzen und die Augen verdrehen. Das ist einfach, wenn du willst.«

»Nein, nein«, sagte er. »Du verstehst mich falsch, Sinuhe. Es fehlt mir nicht an Kraft. Ich brauche eine Arznei, die mich von meiner Torheit heilt. Ich will ein Mittel haben, das mein Herz beruhigt und hart wie Stein werden läßt.«

»Ein solches Mittel gibt es nicht«, sagte ich. »Es braucht nur ein Lächeln und einen Blick aus grünen Augen, und schon ist jede Heilkunst machtlos. Ich weiß es aus eigener Erfahrung.

Aber die Weisen haben behauptet, daß ein böser Geist mit einem anderen vertrieben werden könne. Ich weiß nicht, ob das wahr ist, aber ich vermute, daß der nachfolgende schlimmer sein kann als der erste.«

»Was meinst du damit?« fragte er ärgerlich. »Ich habe genug von Worten, die die Dinge nur verdrehen und entstellen und die Zunge verrenken.«

»Du mußt ein anderes Weib finden, das das erste aus deinem Herzen verbannt«, sagte ich. »Das habe ich gemeint. Theben ist voll von schönen, verführerischen Frauen, die ihr Antlitz bemalen und sich in dünnstes Leinen kleiden. Vielleicht gibt es unter ihnen eine, die gewillt ist, dir zuzulächeln. Du bist ja jung und stark, hast schlanke Glieder und eine goldene Kette um den Hals. Doch verstehe ich nicht, was dich von jener trennen könnte, die du begehrst, selbst wenn sie verheiratet sein sollte. Keine Mauer ist so hoch, daß sie die Liebe hemmen könnte, und wenn ein Weib einen Mann begehrt, überwindet ihre Schlauheit jedes Hindernis. Das beweisen die Märchen aus beiden Reichen. Man behauptet auch, die Treue eines Weibes sei wie der Wind, der immer gleich bleibt und nur die Richtung ändert. Auch versichert man, des Weibes Tugend sei wie Wachs, das in der Wärme schmilzt. Und nicht der Betrüger, sondern der Betrogene erleidet Schmach. So ist es stets gewesen und wird es immer bleiben.«

»Sie ist nicht verheiratet«, sagte Haremhab ungeduldig. »Du redest vergebens von Treue, Tugend und Schmach. Sie sieht mich nicht einmal, wenn ich vor ihren Augen stehe. Sie greift nicht nach meiner Hand, wenn ich sie ausstrecke, um ihr beim Besteigen der Sänfte behilflich zu sein. Vielleicht hält sie mich für schmutzig, weil die Sonne meine Haut schwarz gebrannt hat.«

»Sie ist also eine Vornehme?« fragte ich.

»Es lohnt sich nicht, von ihr zu reden«, sträubte sich Haremhab. »Sie ist schöner als der Mond, die Sterne, aber mir ferner als diese. Wahrlich, eher könnte ich den Mond in meine Arme schließen als sie. Deshalb muß ich sie vergessen. Deshalb muß ich fort von Theben, sonst sterbe ich.«

»Dein Verlangen steht wohl nicht nach der großen königlichen Mutter«, scherzte ich, um ihn zum Lachen zu bringen. »Ich glaubte, sie sei zu alt und zu dick, um einem jungen Mann zu gefallen.«

»Die hat ja ihren Priester«, sagte Haremhab verächtlich. »Ich glaube, die beiden trieben schon zu Lebzeiten des Königs ihr treuloses Spiel.«

Ich aber hob die Hand, um ihn am Weiterreden zu hindern, und sagte: »Wahrlich, du hast aus vielen giftigen Brunnen getrunken, seit du nach Theben kamst.«

Haremhab sagte: »Sie, die ich begehre, malt ihre Lippen und Wangen orangerot, und ihre Augen sind länglich und dunkel, und keiner hat ihre Glieder unter dem königlichen Leinen berührt. Ihr Name ist Baketamon, und in ihren Adern fließt das Blut der Pharaonen. Jetzt kennst du meine ganze Torheit, Sinuhe. Doch wenn du dieses jemandem verrätst oder mich mit einem Wort daran erinnerst, werde ich dich aufsuchen und töten, wo immer du dich befinden magst, und werde dir deinen Kopf zwischen die Beine legen und deinen Leichnam auf die Mauer werfen. Nicht einmal ihren Namen darfst du jemals in meiner Anwesenheit nennen, denn wahrlich, dann würde ich dich umbringen.«

Ich war bestürzt, daß ein Niedriggeborener es wagte, seinen Blick zu der Tochter des Pharao zu erheben und sie in seinem Herzen zu begehren. Deshalb sagte ich: »Kein Sterblicher darf sie berühren, und wenn einer sie ehelicht, so ist es ihr Bruder, der Thronfolger, um sie zu seinesgleichen und zu seiner erhabenen königlichen Gemahlin zu machen. So wird es geschehen, am Totenbett des Königs las ich es in den Augen der Prinzessin, die niemanden außer ihren Bruder anblickte. Ich fürchte sie, denn sie ist ein Weib, dessen Glieder niemanden wärmen, und in ihren mandelförmigen Augen wohnten Leere und Tod. Daher sage auch ich: Verschwinde, Haremhab, mein Freund, denn Theben ist nichts für dich.«

Doch Haremhab sprach ungeduldig: »Das weiß ich alles ganz gut, besser sogar als du, und deine Rede ist wie Fliegengesumm in meinen Ohren. Laß uns lieber darauf zurückkommen, was du soeben von den Teufeln sagtest, denn mein Herz ist voll, und wenn ich Wein getrunken habe, begehre ich, daß eine Frau, wer sie auch sein mag, mich anlächle. Doch muß ihr Gewand aus königlichem Linnen sein, und sie soll eine Perücke tragen, und ihr Mund und ihre Wangen sollen orangerot gefärbt sein, und meine Gier nach ihr entflammt sich nur, falls ihre Augen sich länglich wie der Himmelsbogen runden.«

Auch ich lächelte und sagte: »Du redest klug. Laß uns als gute Freunde überlegen, wie dir am besten zu helfen wäre. Wieviel Gold besitzest du?«

Haremhab meinte prahlerisch: »Ich habe meine Zeit nicht damit vergeudet, mein Gold abzuwägen, weil Gold nichts ist als Kot unter meinen Füßen. Aber ich habe die Kette um meinen Hals und die Goldreifen an meinen Armen. Das genügt wohl?«

»Vielleicht bedarf es nicht des Goldes«, sagte ich. »Vielleicht ist es klüger von dir, nur zu lächeln, denn die Frauen, die sich in königliches Leinen kleiden, sind launenhaft, und dein Lächeln allein könnte genügen, um eine von ihnen zu betören. Gibt es keine solche im Palast, denn weshalb solltest du dein Gold auswärts vergeuden, das du noch brauchen kannst?«

»An den Mauern des Palastes entleere ich mein Wasser«, sagte Haremhab. »Aber ich weiß einen anderen Ausweg. Unter meinen Offizierskameraden ist ein Kreter namens Kefta, dem ich einst einen Fußtritt gab, als er mich verhöhnte, und der mich seitdem ehrt. Er bat mich heute, mit ihm ein vornehmes Gastmahl in einem Hause neben dem Tempel einer katzenhäuptigen Gottheit zu besuchen. Des Namens entsinne ich mich jedoch nicht, weil ich nicht die Absicht hatte, hinzugehen.«

»Du meinst die Göttin Bast«, sagte ich. »Ich kenne den Tempel, und der Platz eignet sich sicherlich für deine Zwecke, denn leichtsinnige Frauen pflegen gerne die Katzenhäuptige anzurufen und ihr Opfer darzubringen, um reiche Liebhaber zu bekommen.«

»Ich gehe aber nicht hin, wenn du mich nicht begleitest, Sinuhe«, sagte Haremhab, durch die Auskunft verblüfft. »Ich bin ein Niedriggeborener, der allerdings Fußtritte austeilen und seine Peitsche schwingen kann, aber ich weiß nicht, wie man in

Theben auftritt, und ganz besonders nicht, wie man sich gegen die Frauen Thebens zu benehmen hat. Du bist in Theben geboren und ein Weltmann, Sinuhe. Deshalb solltest du mich begleiten.«

Ich hatte Wein getrunken. Sein Vertrauen schmeichelte mir, und ich wollte ihm nicht gestehen, daß ich ebensowenig über Frauen wußte wie er selbst. Ich hatte genügend Wein getrunken, um Kaptah nach einer Sänfte zu schicken, und während Haremhab sich noch mehr Mut antrank, vereinbarte ich den Preis mit den Trägern. Diese trugen uns zum Basttempel, und als sie Fackeln und Lampen vor dem Haus brennen sahen, zu dem wir wollten, begannen sie laut über den Preis zu streiten, bis Haremhab sie mit ein paar Peitschenhieben zum Schweigen brachte. Am Tempeltor standen junge Frauen, die uns zulächelten und aufforderten, mit ihnen zu opfern, aber sie trugen keine königlichen Leinen und keine Perücken, und daher schenkten wir ihnen keine Beachtung.

Wir traten ein, ich ging voran, und niemand wunderte sich über unsere Ankunft, sondern muntere Diener gossen Wasser über unsere Hände, und bis zur Veranda hinaus drang der Duft von warmen Speisen, von Salben und von Blumen. Sklaven schmückten uns mit Blumenkränzen, und kühn vom Weine betraten wir den Saal.

Da sah ich nichts anderes mehr als die Frau, die uns entgegenkam. Sie war in königliches Leinen gekleidet, und ihre Glieder schimmerten durch den Stoff wie die einer Göttin, während sie sich uns näherte. Sie trug viel roten Schmuck und auf dem Haupt eine schwere blaue Perücke, und ihre Augenbrauen waren schwarz gefärbt, und unter den Augen war sie grün geschminkt. Doch grüner noch waren ihre Augen, grün wie der Nil in der Sommerhitze, so daß mein Herz darin ertrank: denn sie war Nefernefernefer, die mir einst im Säulengang des großen Ammontempels begegnete. Sie erkannte mich nicht, sondern betrachtete uns fragend und lächelte Haremhab zu, der seine Offizierspeitsche zum Gruße hob. Auch der junge Kreter namens Kefta tauchte auf. Als er Haremhab erblickte, lief er, über Schemel stolpernd, auf ihn zu, umarmte ihn und nannte ihn seinen Freund. Mich aber schien niemand zu bemerken, und so fand ich Zeit und Muße, die Schwester meines Herzens zu betrachten. Sie war älter, als ich sie in Erinnerung hatte, und ihre Augen lächelten nicht mehr, sondern schienen hart wie grüne Steine. Ihre Augen lächelten nicht, obwohl ihr Mund lächelte, und ihr erster Blick fiel auf die goldene Kette am Halse Haremhabs. Dennoch wurden meine Knie schwach, als ich sie betrachtete.

Die Wände des Saales waren von den besten Künstlern bemalt, und bunte Lilienpfeiler trugen die Decke. Hier gab es noch andere Gäste. Verheiratete und unverheiratete Frauen wogten durcheinander, alle trugen Kleider aus dünnstem Leinen, Perükken und eine Menge Schmuck und lachten die Männer an, die sie umringten. Die Männer waren jung und alt, schön und häßlich, und auch sie trugen goldenes Geschmeide, und ihre Kragen waren schwer von Gold und Edelsteinen. Alle riefen durcheinander und lachten laut, und auf dem Boden lagen umgeworfene Weinkrüge und Becher und zertretene Blumen. Syrische Musikanten rasselten mit ihren Instrumenten, so daß man kein Wort verstehen konnte. Die Gäste mußten schon viel Wein getrunken haben, denn einer Frau wurde übel. Der Diener reichte ihr das Gefäß zu spät, so daß sie ihr Gewand befleckte, und alle lachten über sie.

Kefta, der Kreter, umarmte auch mich und beschmierte mein Gesicht mit einer Salbe und nannte mich seinen Freund. Aber Nefernefernefer sah mich an und sagte: »Sinuhe! Ich kannte einst einen Sinuhe. Auch er wollte Arzt werden.«

»Ich bin dieser Sinuhe«, sagte ich und sah ihr in die Augen und bebte, als ich ihrem Blick begegnete.

»Nein, du bist nicht der Sinuhe«, sagte sie mit wegwerfender Gebärde. »Jener Sinuhe, den ich kannte, war ein junger Knabe, und seine Augen waren klar wie die Augen einer Gazelle. Du aber bist nach Aussehen und Auftreten bereits ein Mann. Zwischen deinen Augenbrauen sind zwei Falten, und dein Gesicht ist nicht mehr glatt, wie es das seinige war.«

Da zeigte ich ihr den Ring mit dem grünen Stein an meinem Finger. Sie aber schüttelte das Haupt, tat erstaunt und sagte: »Ein Räuber hat mein Haus betreten, denn gewiß hast du jenen

Sinuhe getötet und ihm den Ring entwendet, den ich ihm einst von meinem Daumen zur Erinnerung an unsere Freundschaft gab. Sogar seinen Namen hast du gestohlen, und der Sinuhe, an dem ich Gefallen fand, ist nicht mehr am Leben.« Sie hob die Hand zum Zeichen der Trauer. Da fühlte ich Bitterkeit im Herzen, und Kummer durchströmte meine Glieder. Ich streifte den Ring vom Finger, reichte ihn ihr und sagte: »So nimm deinen Ring zurück! Ich gehe, um deine Freude nicht zu stören, denn ich will dir kein Ungemach bereiten.« Sie aber sprach: »Geh nicht!« Leicht wie einst zuvor legte sie ihre Hand auf meinen Arm und wiederholte leise: »Geh nicht!« Und da wußte ich, daß ihre Liebe mich schlimmer als Feuer brennen und daß ich ohne sie nie mehr glücklich sein würde. Aber die Diener brachten uns Wein. Wir tranken, um unsere Herzen zu erquicken, und nie hat der Wein mir herrlicher gemundet.

Die Frau, der übel gewesen war, trocknete ihre Lippen und trank weiter. Dann riß sie ihr beflecktes Gewand vom Leib und schleuderte es von sich, ebenso nahm sie die Perücke ab, und als sie ganz entblößt dastand, preßte sie die Brüste mit den Händen zusammen, befahl den Dienern, Wein zwischen ihre Brüste zu gießen, und laut lachend durch den Saal schwankend, bot sie jedem, der Lust hatte, zu trinken an. Sie war jung und schön und ungezügelt, und auch vor Haremhab blieb sie stehen und bot ihm von dem Wein zwischen ihren Brüsten an. Haremhab beugte sein Haupt und trank, und wie er das Haupt von neuem hob, war sein Gesicht dunkelrot, und er blickte der Frau in die Augen, nahm ihren kahlrasierten Kopf zwischen seine Hände und küßte sie. Alle lachten, auch die Frau, aber sie wurde plötzlich befangen und begehrte ein neues Gewand. Die Diener kleideten sie an, und sie setzte die Perücke wieder auf, nahm Platz neben Haremhab und trank nicht mehr. Die syrischen Musikanten spielten auf, und ich spürte das Fieber Thebens in meinem Blut und meinen Gliedern, und ich wußte, daß ich geboren wurde, um im Sonnenuntergang der Welt zu leben, und daß nichts mehr von Bedeutung war, wenn ich nur neben der Schwester meines Herzens sitzen und das Grün ihrer Augen und das Rot ihrer Lippen betrachten durfte.

So begegnete ich, durch Haremhabs Laune, meiner geliebten Nefernefernefer wieder. Besser wäre es gewesen, ich hätte sie nie mehr gesehen.

5

Ist das dein Haus?« fragte ich sie, als sie neben mir saß und mich mit ihren harten grünen Augen musterte.

»Es ist mcin Haus«, sagte sie, »und die Gäste sind meine Gäste, und jeden Abend sehe ich Gäste bei mir, denn ich will nicht allein sein.«

»Du bist sicherlich sehr reich«, sagte ich betrübt, denn ich fürchtete, ihrer nicht würdig zu sein. Sie aber lachte über mich, wie man über ein Kind lacht, und sprach spöttisch mit den Worten des Märchens: »Ich bin eine Priesterin und keine verächtliche Frau. Was willst du von mir?« Ich aber verstand nicht, was sie damit meinte.

»Und Metufer?« fragte ich, denn ich wollte alles wissen, selbst wenn es mir Schmerzen bereiten sollte. Sie sah mich forschend an, runzelte ihre gemalten Brauen. »Weißt du nicht, daß Metufer tot ist?« fragte sie. »Metufer starb, weil er Mittel für sich verwendete, die sein Vater für einen Tempelbau vom Pharao erhalten hatte. Metufer starb, und sein Vater ist nicht mehr königlicher Baumeister. Wußtest du das nicht?«

»Wenn das wahr ist«, sagte ich lächelnd, »könnte ich fast glauben, Ammon habe ihn gestraft, denn er verhöhnte Ammons Namen.« Ich erzählte ihr, wie der Priester und Metufer dem Bildwerk Ammons ins Gesicht gespuckt, es so gewaschen und sich selbst mit Ammons heiligem Öl gesalbt hatten. Auch sie lächelte, aber ihre Augen blieben hart dabei. Und plötzlich sagte sie: »Warum kamst du damals nicht zu mir, Sinuhe? Hättest du mich gesucht, so würdest du mich gefunden haben. Du hast schlecht gehandelt, als du, statt zu mir zu kommen, mit meinem Ring am Finger zu anderen Frauen gingst.«

»Ich war noch ein Knabe und hatte wohl Furcht vor dir«, sagte ich. »Doch in meinen Träumen, Nefernefernefer, warst du meine Schwester, und du magst über mich lachen oder nicht, aber ich habe noch kein Weib umarmt, weil ich auf ein Wiedersehen gewartet habe.«

Sie lächelte und winkte abwehrend mit der Hand. »Du lügst bestimmt«, sagte sie. »In deinen Augen bin ich sicher ein altes, häßliches Weib, das du zum Spaß verhöhnst und belügst.« Sie sah mich an, und ihre Augen lächelten schelmisch wie einst, und sie verjüngte sich vor mir und war wie früher, so daß mich das Herz bei ihrem Anblick schmerzte.

»Es ist wahr, daß ich noch nie ein Weib aus Lust berührt habe«, sagte ich. »Vielleicht aber ist es nicht wahr, daß ich bloß auf dich gewartet habe. Ich will ehrlich gegen dich sein. An mir sind viele Frauen vorübergezogen, junge und alte, schöne und häßliche, kluge und einfältige, aber ich habe sie alle nur mit den Augen des Arztes betrachtet, und zu keiner ist mein Herz in Liebe entbrannt, wenn ich auch nicht verstehe, womit das zusammenhängt.« Und weiter sagte ich: »Ich könnte leicht behaupten, daß es mit dem Stein zusammenhängt, den du mir zur Erinnerung an deine Freundschaft gabst, und daß du mich ohne mein Wissen verhext hast, indem du meine Lippen mit den deinigen berührtest, die so wundersam weich waren. Doch das ist keine Erklärung. Deshalb magst du mich auch tausendmal ›Warum?‹ fragen, ich kann dir doch keine Antwort geben.«

»Vielleicht bist du als Kind von einer Fuhre rücklings auf eine Deichsel gefallen und davon schwermütig geworden, so daß du dich bloß in der Einsamkeit wohl fühlst«, scherzte sie und berührte mich so zart mit ihrer Hand, wie noch kein Weib mich je berührt hatte. Und ich brauchte nicht zu antworten, denn sie wußte selbst, daß das, was sie gesagt hatte, nicht der Wahrheit entsprach. Deshalb zog sie rasch ihre Hand zurück und flüsterte: »Laß uns zusammen Wein trinken, um unsere Herzen zu erfreuen. Vielleicht werde ich wirklich noch mit dir der Liebe genießen, Sinuhe.« Wir tranken Wein, und die Sklaven trugen einige Gäste hinaus in die Sänften, und Haremhab schlang seinen Arm um das Weib, das neben ihm saß, und nannte sie seine

Schwester. Die Frau lächelte und legte ihm die Hand auf den Mund und ermahnte ihn, keine Dummheiten zu reden, die er am folgenden Tag bereuen könnte. Aber Haremhab erhob sich und rief mit dem Becher in der Hand:

»Was immer ich auch tue, ich werde es nie bereuen, denn von diesem Tag an will ich stets vorwärts und nie mehr rückwärts blicken. Das schwöre ich bei meinem Falken und bei den tausend Göttern der beiden Reiche. Vermag ich auch ihre Namen nicht aufzuzählen, so sollen sie doch meinen Eid vernehmen.« Er nahm die goldene Kette von seinem Hals und wollte sie dem Weib umhängen, doch es sträubte sich und sagte zornig: »Ich bin eine anständige Frau, keine Straßendirne.« Sie stand auf und ging mit gekränkter Miene, aber unter der Tür winkte sie Haremhab, ohne daß die anderen es sahen, und Haremhab folgte ihr, und an diesem Abend habe ich die beiden nicht mehr gesehen.

Dies erregte jedoch kein Aufsehen, denn der Abend war weit vorgerückt, und die Gäste hätten sich schon längst nach Hause begeben sollen. Aber alle fuhren fort, Wein zu trinken, und taumelten im Saal herum und stolperten über die Schemel und rasselten mit den Klappern, die sie den Musikanten geraubt hatten. Sie umarmten einander und nannten sich gegenseitig Brüder und Schwestern, um sich dann nach einer Weile zu verprügeln und verschnittene Schweine zu schimpfen. Die Frauen nahmen ohne jedes Schamgefühl die Perücken ab und ließen die Männer ihre glatten Schädel streicheln, denn seitdem die vornehmen und reichen Damen ihre Häupter zu rasieren begonnen hatten, gab es keinen größeren Anreiz für die Männer. Einige der Männer näherten sich auch Nefernefernefer, aber sie wehrte ihnen, und ich trat ihnen auf die Zehen, ohne mich um ihren Rang und ihre Stellung zu kümmern, denn alle waren sie vom Wein betrunken.

Ich aber war nicht vom Wein, sondern von ihrer Nähe und ihrer Berührung berauscht, bis sie ein Zeichen gab, und die Diener begannen, die Lichter zu löschen, die Tische und Schemel fortzuschleppen, die zertretenen Blumen und Kränze wegzuräumen und die letzten über den Weinkrügen eingeschlafenen

Gäste zu den Sänften hinauszutragen. Da sagte ich zu ihr: »Ich muß wohl gehen.« Aber jedes Wort brannte in meinem Herzen wie Salz in einer Wunde, denn ich wollte sie nicht verlieren, und jeder Augenblick fern von ihr schien mir vergeudet.

»Wo willst du hingehen?« fragte sie und tat erstaunt.

»Auf die Straße, um die ganze Nacht vor deinem Haus zu wachen«, sagte ich. »In jedem Tempel des Lebens will ich den Göttern opfern, zum Dank dafür, daß ich dir noch einmal begegnet bin, denn seit ich dich wiedergesehen, glaube ich von neuem an die Götter. Ich gehe Blüten von den Bäumen pflücken, um sie dir zu Füßen zu streuen, wenn du aus deinem Hause trittst. Ich gehe Myrrhe kaufen, um deine Türpfosten damit zu salben.«

Sie aber lächelte und sprach: »Du tust besser, nicht zu gehen, denn Blumen und Myrrhe besitze ich selbst. Du tust besser, nicht zu gehen, denn vom Wein berauscht, könntest du dich leicht zu fremden Frauen verirren, und das kann ich nicht gestatten.«

Ihre Worte erfüllten mich mit Jubel, und ich wollte sie an mich ziehen, aber sie wehrte mir und sagte: »Laß mich! Meine Diener würden mich sehen, und das will ich nicht, denn obwohl ich allein wohne, bin ich keine verachtenswerte Frau. Doch da du ehrlich gegen mich sein willst, will ich es auch dir gegenüber sein. Deshalb wollen wir uns noch nicht auf jene Sache einlassen, deretwegen du gekommen bist, sondern ich will dich in den Garten führen und dir dort ein Märchen erzählen.«

Sie führte mich in ihren mondbeschienenen Garten, wo Myrrhe und Akazien dufteten und in dem mit bunten Steinen eingefaßten Teich die Lotosblumen ihre Kelche zur Nacht geschlossen hatten. Die Diener gossen Wasser über unsere Hände und brachten Gänsebraten und in Honig eingelegte Früchte, und Nefernefernefer sagte: »Iß und freue dich mit mir, Sinuhe.« Aber meine Kehle war rauh von Begierde, und ich vermochte nichts zu essen. Sie sah mich schelmisch lächelnd an und aß mit gutem Appetit, und jedesmal, wenn sie mich ansah, spiegelte sich des Mondes Licht in ihren Augen. Als sie gegessen hatte, sprach sie:

»Ich versprach, dir ein Märchen zu erzählen und will es jetzt tun, denn es währt noch lange bis zum Morgen, und ich bin nicht schläfrig. Es ist das Märchen von Setne Khemvese und Tabubue, der Priesterin Basts.«

»Ich kenne das Märchen«, sagte ich und vermochte meine Ungeduld nicht länger zu beherrschen. »Ich habe es schon oft gehört, meine Schwester. Folge mir, damit ich dich in meine Arme schließe und du auf meinen Armen schläfst. Komm, meine Schwester, denn mein Leib ist krank vor Sehnsucht, und kommst du nicht, so werde ich mein Gesicht an den Steinen zerkratzen und vor Begierde schreien.«

»Still, still, Sinuhe«, sagte sie und berührte mich mit ihrer Hand. »Du bist hitzig, und ich fürchte mich vor dir. Deshalb will ich dir zu deiner Beruhigung das Märchen erzählen. Es begab sich also, daß Setne, der Sohn Khemveses, als er im Tempel das versiegelte Buch des Thoth suchte, Tabubue, die Priesterin Basts, erblickte und derart außer sich geriet, daß er einen Diener zu ihr sandte, um ihr zehn Deben Gold anzubieten, damit sie eine Stunde mit ihm verbringe und mit ihm die Liebe genieße. Tabubue aber sagte: ›Ich bin eine Priesterin und keine verachtenswerte Frau. Falls dein Herr wirklich das wünscht, was er sagt, mag er selbst in mein Haus kommen, wo uns niemand sieht, so daß ich mich nicht wie eine Dirne zu benehmen brauche.‹ Setne freute sich ob dieser Antwort und eilte in das Haus, wo Tabubue ihn willkommen hieß und ihm Wein anbot. Nachdem sie ihre Herzen damit erquickt hatten, wollte Setne zu der Sache übergehen, deretwegen er gekommen war, aber Tabubue sagte: ›Wohl durftest du mein Haus betreten, doch ich bin eine Priesterin und keine verachtenswerte Frau. Falls du das wirklich wünschest, was du sagst, so sollst du mir dein ganzes Eigentum und alles, was dir gehört, dein Haus, dein Landgut und alles andere überlassen. Setne betrachtete sie und ließ dann einen rechtskundigen Schreiber kommen und einen Kontrakt ausfertigen. Da erhob sich Tabubue und kleidete sich in königliches Leinen, durch das ihre Glieder wie die einer Göttin durchschimmerten, und schmückte sich in jeder Weise. Doch als Setne zu der Sache übergehen wollte, deretwegen er gekommen war, da wehrte sich Tabubue und sagte: ›Du kommst sogleich in dein

Haus, du bist bereits darin. Aber ich bin eine Priesterin und keine verachtenswerte Frau, und deshalb sollst du deine Frau aus deinem Hause treiben, damit ich nicht befürchten muß, du könntest ihr dein Herz zuwenden.‹ Setne sah sie an und sandte seine Diener, um seine Frau zu vertreiben. Da sagte Tabubue: ›Komm in mein Zimmer und lege dich auf mein Bett, so sollst du deinen Lohn erhalten.‹ Jubelnd trat Setne in ihr Zimmer und legte sich aufs Bett, um seinen Lohn zu erhalten, doch da kam ein Diener und sprach zu ihm: ›Deine Kinder sind hier und klagen vor der Tür und weinen nach ihrer Mutter.‹ Doch Setne tat, als höre er nicht, und wollte sich nun endlich an die Sache machen, deretwegen er gekommen war. Da sagte Tabubue: ›Ich bin eine Priesterin und keine verachtenswerte Frau. Darum fällt mir ein, daß deine Kinder sich mit meinen Kindern um das Erbe streiten könnten. Dies darf nicht geschehen, und deshalb sollst du noch deine Kinder töten lassen.‹ Da ließ Setne seine Kinder vor ihren Augen töten und durch das Fenster den hungrigen Hunden und Katzen auf dem Hof vorwerfen. Und während er Wein mit Tabubue trank, hörte er die Hunde und die Katzen sich um das Fleisch seiner Kinder balgen.«

Da unterbrach ich sie, denn mein Herz schnürte sich mir in der Brust zusammen wie in meiner Kindheit, als ich dieses Märchen hörte, und ich sagte: »Aber das alles war bloß ein Traum. Denn kaum hatte Setne sich auf Tabubues Bett gelegt, da hörte er sie rufen und erwachte aus dem Traum. Und ihm war, als käme er aus einem brennenden Ofen, obwohl er nichts anhatte. Alles war nur ein Traum gewesen, hervorgerufen durch den Zauber Neneferkaptahs, von dem ich ein anderes Märchen zu berichten weiß.

Aber Nefernefernefer sagte ruhig: »Setne träumte und erwachte, aber mancher andere ist erst im Haus des Todes aus seinem Traum erwacht. Sinuhe, laß dir sagen, daß auch ich eine Priesterin bin und keine verachtenswerte Frau. Auch ich könnte Tabubue heißen.« Aber in ihren Augen spiegelte sich das Licht des Mondes, als sie mich betrachtete, und ich glaubte ihren Worten nicht. Deshalb wollte ich sie in meine Arme schließen, sie aber stieß mich von sich und fragte: »Weißt du nicht, weshalb Bast, die Liebesgöttin, als Katze abgebildet wird?«

»Ich kümmere mich weder um Katzen noch um Götter«, sagte ich und zog sie an mich, mit Tränen des Verlangens in meinen Augen. Sie aber entwand sich meinen Händen und sagte: »Bald wirst du meine Glieder liebkosen dürfen, du darfst auch deine Hand auf meinen Busen legen, falls es dich beruhigt, doch vorerst sollst du mich anhören und erkennen, daß ein Weib wie eine Katze ist und ebenso die Leidenschaft. Ihre Pfötchen sind weich, sie verbergen aber scharfe Krallen, die sich unbarmherzig in das Herz eingraben. Wahrlich, das Weib gleicht einer Katze, denn auch der Katze bereitet es Genuß, ihr Opfer zu quälen und ihm Schmerzen zu verursachen, ohne daß sie je genug von dem Spiel bekäme. Erst wenn das Opfer gelähmt vor ihr liegt, frißt sie es auf und geht wieder nach einem neuen auf die Jagd. Das alles erzähle ich dir, um ehrlich gegen dich zu sein, denn ich will dir nichts Böses antun.

Nein, ich will dir gewiß nichts Böses antun«, wiederholte sie, griff zerstreut nach meiner Hand und legte sie auf ihre Brust, und meine andere Hand legte sie auf ihren Schoß, so daß ich zu zittern begann und mir Tränen aus den Augen brachen. Doch gleich darauf stieß sie meine Hand wieder ungeduldig von sich und sagte: »Mein Name ist Tabubue, und da du es nun weißt, solltest du von mir gehen und nie mehr wiederkehren, damit ich dir nicht schade. Gehst du aber nicht, so kannst du mich wenigstens nicht beschuldigen, falls dir etwas geschieht.«

Sie ließ mir Zeit zum Gehen, aber ich ging nicht. Da seufzte sie leise, als wäre sie des Spiels überdrüssig, und sagte: »So sei es denn. Ich muß dir wohl gewähren, was du von mir erwartest. Doch sei nicht zu ungestüm, denn ich bin müde und fürchte, auf deinen Armen einzuschlafen.«

Sie führte mich in ihr Zimmer. Ihr Lager war aus Elfenbein und Ebenholz, und sie entkleidete sich und bot sich mir dar. Ich hatte das Gefühl, als würden in ihrer Umarmung mein Leben, mein Herz, mein ganzes Inneres zu Asche verbrannt. Doch alsbald gähnte sie und sagte: »Ich bin wirklich schläfrig, und ich glaube dir, daß du noch nie zuvor ein Weib berührt hast, denn du benimmst dich äußerst unbeholfen und schenkst mir keinerlei Gefühl der Wollust. Doch wenn ein Jüngling zum erstenmal zu einem Weibe geht, macht er ihr ein unschätzbares Geschenk. Deshalb will ich dich um keine andere Gabe bitten. Jetzt aber geh und laß mich schlafen, denn du hast ja das erhalten, was du bei mir suchtest.« Und wie ich sie von neuem umarmen wollte, wehrte sie sich und schickte mich fort. So ging ich nach Hause, aber mein Leib brannte, als sei er in Feuer getaucht, und mein ganzes Innere war in Aufruhr, und ich wußte, daß ich sie nie mehr vergessen könnte.

6

Am folgenden Tag ließ ich meinen Diener Kaptah alle Patienten, die mich konsultieren kamen, abweisen; der riet ihnen barsch, andere Ärzte aufzusuchen. Ich ging zum Barbier, und alsdann wusch ich meinen Körper, salbte ihn mit wohlriechendem Öl und zog mich an; hierauf bestellte ich eine Sänfte und befahl den Trägern, rasch zu laufen, denn ich wollte zu Nefernefernefer eilen und meine Kleider und Füße nicht mit Straßenstaub besudeln. Mein einäugiger Diener Kaptah blickte mir besorgt und kopfschüttelnd nach, denn ich hatte noch nie zuvor mein Arbeitszimmer bei Tag verlassen, und er befürchtete, daß die Geschenke versiegen könnten, falls ich meine Patienten versäumte. Ich aber hatte nur einen einzigen Gedanken im Kopf, und mein Leib brannte, als sei er mit Feuer übergossen.

Ein Diener ließ mich eintreten und führte mich in Nefernefernefers Zimmer. Sie war damit beschäftigt, sich vor dem Spiegel schön zu machen, und betrachtete mich mit Augen, die hart und gleichgültig wie grüne Steine waren.

»Was wünschest du, Sinuhe?« fragte sie. »Du langweilst mich.«

»Du weißt schon, was ich wünsche«, sagte ich, und, im Gedanken daran, wie liebevoll sie in der Nacht gewesen war, versuchte ich sie zu umarmen. Sie aber wies mich ohne Umstände ab.

»Bist du einfältig oder böswillig, daß du mich derart störst?« fragte sie gereizt. »Siehst du nicht, daß ich dabei bin, mich schön zu machen? Aus Sidon ist ein Kaufmann eingetroffen und hat den in einem Grab gefundenen Stirnschmuck einer Königin nach Theben mitgebracht. Heute abend soll ihn mir jemand schenken, denn ich sehne mich schon längst nach einem Schmuck, den niemand sonst besitzt. Deshalb will ich mich schön machen und meinen Leib salben lassen.« Ohne Scham entkleidete sie sich und legte sich aufs Bett, um ihre Glieder durch eine Sklavin salben zu lassen. Meine Kehle schnürte sich zu, und meine Hände wurden feucht von Schweiß, als ich ihre Schönheit sah.

»Worauf wartest du, Sinuhe?« fragte sie, nachdem die Sklavin sich entfernt hatte, und blieb ruhig auf dem Bett liegen. »Warum bist du noch da? Ich muß mich jetzt ankleiden.«

Da stürzte ich mich, von meiner Leidenschaft überwältigt, auf sie, aber sie wehrte sich so geschickt, daß ich nichts bei ihr erreichte und daher in ohnmächtigem Verlangen in Tränen ausbrach. Schließlich sagte ich: »Wenn ich die Mittel besäße, würde ich dir den Stirnschmuck kaufen, das weißt du. Aber ich gestatte keinem anderen, dich zu berühren. Lieber sterbe ich.«

»Wirklich?« sagte sie leise und schloß die Augen zur Hälfte. »Gestattest du wirklich keinem anderen, mich zu umarmen? Wie, wenn ich dir diesen Tag opferte? Wenn ich mit dir essen und trinken und der Lust pflegen würde, Sinuhe, und zwar noch heute, weil keiner etwas über den morgigen Tag weiß? Was würdest du mir dafür geben?« Sie breitete die Arme aus und wand ihren Leib auf dem Bett, so daß ihr glatter Bauch wie eine Grube vor meinen Augen einsank, und ich sah, daß sie am ganzen Körper kein einziges Haar hatte, weder auf dem Haupte noch an Stellen, wo sie sonst zu wachsen pflegen. »Was würdest du mir geben?« wiederholte sie und wand sich und sah mich an.

»Ich besitze nichts, was ich dir geben könnte«, sagte ich und blickte um mich, denn ihr Bett war aus Elfenbein und Ebenholz, der Boden aus Lapislazuli, mit Türkisen eingelegt, und in dem Zimmer standen viele goldene Becher. »Nein, ich besitze wirklich nichts, was ich dir schenken könnte«, sagte ich und wandte mich mit brechenden Knien von ihr ab. Sie aber hielt mich zurück.

»Du tust mir leid, Sinuhe«, sagte sie leise und wand wieder ihren weichen Leib. »Du hast mir wirklich das einzig Schenkenswerte, das du besaßest, gegeben, obgleich mich nachträglich dünkt, man habe dessen Wert bedeutend übertrieben. Aber du besitzest doch ein Haus und Kleider und die Instrumente, die ein Arzt benötigt. Ganz arm bist du also nicht.«

Ich zitterte vom Scheitel bis zur Sohle, sagte aber trotzdem: »Das alles soll dir gehören, Nefernefernefer, wenn du nur willst. Alles soll dir gehören, falls du mir heute deine Liebe schenkst. Wohl hat mein Eigentum keinen großen Wert, doch ist das Haus für einen Arzt eingerichtet, und ein Schüler aus dem Haus des Lebens könnte vielleicht einen guten Preis dafür bezahlen, falls seine Eltern vermögend sind.«

»Glaubst du?« meinte sie und wandte mir den nackten Rükken zu, betrachtete ihr Bild im Spiegel und strich mit den schmalen Fingern über die schwarze Linie der Augenbrauen. »Dein Wille soll geschehen. Hole also einen Schreiber, der es zu Papier bringt, daß dein ganzes Eigentum auf meinen Namen überschrieben wird! Denn wenn ich auch allein wohne, bin ich doch keine verachtenswerte Frau, und ich muß für meine Zukunft sorgen, wenn du mich einmal verstoßen solltest, Sinuhe.«

Ich sah den nackten Rücken, und meine Zunge schwoll im Mund, und mein Herz begann so ungestüm zu pochen, daß ich mich eilends abwandte und auf die Suche nach einem gesetzeskundigen Schreiber ging und ihn rasch alle nötigen Papyri aufsetzen und sie ins königliche Archiv zur Aufbewahrung senden ließ. Als ich wiederkehrte, war Nefernefernefer in königliches Leinen gehüllt und trug eine Perücke rot wie Gold, und wunderbarer Schmuck zierte ihren Hals, ihre Handgelenke und ihre Fußgelenke, und vor der Tür harrte ihrer eine vornehme Sänfte. Ich reichte ihr die Quittung des Schreibers und sagte:

»Alles, was ich besitze, gehört fortan dir, Nefernefernefer, alles, sogar die Kleider, die ich am Leibe trage, gehören dir. So laß uns heute essen und trinken und der Lust pflegen, denn keiner weiß, was der morgige Tag uns bringt.«

Sie nahm den Papyrus, versorgte ihn in einem Schrein aus Ebenholz und sagte: »Es tut mir sehr leid, Sinuhe, aber ich habe soeben bemerkt, daß meine monatliche Regel begonnen hat, so daß du nicht zu mir kommen kannst, wie ich es gewünscht hätte. Deshalb ist es besser, du gehst, damit meine Reinigung nach Vorschrift verlaufen kann, denn mein Haupt ist schwer, und ich spüre Schmerzen im Leibe. Ein andermal kannst du wiederkommen, und dann soll dein Wunsch erfüllt werden.«

Ich sah sie an und fühlte den Tod in meiner Brust und vermochte nichts zu sagen. Da verlor sie die Geduld und stampfte mit dem Fuß auf den Boden und sagte: »Geh deines Weges, ich habe Eile.« Als ich sie berühren wollte, sagte sie: »Du verschmierst mir die Schminke in meinem Gesicht.«

Ich ging nach Hause und ordnete mein Eigentum, damit alles für den neuen Besitzer bereit sei. Mein einäugiger Sklave folgte mir kopfschüttelnd auf Schritt und Tritt, bis seine Anwesenheit mich reizte und ich verärgert sagte: »Lauf mir nicht nach, denn ich bin nicht mehr dein Herr, sondern du gehörst einem andern. Ihm sollst du gehorchen, wenn er kommt, auch sollst du ihm nicht soviel stehlen wie mir, denn sein Stock könnte härter sein als der meine.«

Da verneigte er sich bis zum Boden vor mir und hob in tiefer Trauer die Hände über dem Kopf, weinte bitterlich und sagte: »Schicke mich nicht fort von dir, mein Herr, denn mein altes Herz hat sich dir zugewandt und bricht vor Kummer, wenn du mich fortschickst. Ich bin dir immer treu gewesen, obgleich du sehr jung und einfach bist, und wenn ich dir etwas gestohlen habe, tat ich es erst nach genauer Prüfung deines Vorteils und nach scharfer Überlegung, wieviel sich dir zu stehlen lohnte. Auf meinen alten Beinen bin ich in der Mittagshitze durch die Straßen gelaufen und habe deinen Namen laut ausgerufen und deine Heilkunst angepriesen, obwohl die Diener anderer Ärzte mich mit Stöcken schlugen und mit Mist bewarfen.«

Mein Herz war voller Salz, und ich hatte einen bitteren Geschmack im Mund, als ich ihn betrachtete. Trotzdem war ich gerührt und legte meine Hand auf seine Schulter und sagte: »Steh auf, Kaptah!« Im Kaufbrief trug er nämlich den Namen Kaptah, aber ich nannte ihn niemals bei seinem Namen, damit sein Selbstgefühl nicht wachse und er sich nicht etwa einbilde, meinesgleichen zu sein. Wenn ich ihn brauchte, pflegte ich ihn daher bloß »Sklave«, »Dummkopf«, »Taugenichts« oder »Dieb« zu rufen.

Als er seinen Namen aus meinem Mund vernahm, weinte er noch bitterlicher und berührte meine Hände und Füße mit der Stirn und stellte meinen Fuß auf seinen Kopf, so daß ich zornig wurde und ihm mit einem Fußtritt aufzustehen befahl. »Jetzt hilft kein Klagen mehr«, sagte ich. »Aber du sollst wissen, daß ich dich nicht aus Unmut einem anderen überlassen habe, denn ich bin mit dir zufrieden gewesen, obgleich du deiner schlechten Laune oft in unverschämter Weise Luft gemacht hast, indem du die Türen zuschlugst und mit den Gefäßen lärmtest, sobald dir etwas nicht behagte. Und auch daß du mich bestahlst, zürne ich dir nicht, denn das ist das Recht des Sklaven. So ist es und wird es stets bleiben. Aber ich war gezwungen, dich gegen meinen Willen einem anderen zu überlassen, weil ich sonst nichts besaß. Auch auf mein Haus und all mein Hab und Gut habe ich Verzicht leisten müssen, so daß nicht einmal die Kleider auf meinem Leib mir gehören. Deshalb nützt dein Klagen nichts.«

Da erhob sich Kaptah und raufte sich das Haar und sagte: »Das ist ein böser Tag.« Er grübelte angestrengt und sagte dann: »Du bist ein großer Arzt, Sinuhe, obgleich du jung bist, und die ganze Welt steht dir offen. Deshalb wird es am besten sein, wenn ich rasch die wertvollsten Sachen zusammenpacke und wir in der Finsternis der Nacht entfliehen und uns auf einem Boot verstecken, das flußabwärts segelt und dessen Kapitän keine kleinlichen Bedenken hat. In den beiden Reichen gibt es viele Städte, und sollten die Schergen dich ausfindig machen oder mich nach der Liste der entwichenen Sklaven erkennen, dann können wir in die roten Länder ziehen, wo dich niemand kennt. Auch auf die Meeresinseln können wir uns begeben, wo der Wein frisch und die Frauen fröhlich sind. Auch im Lande Mitani und in Babylon, wo die Ströme in falscher Richtung fließen, wird die Heilkunst Ägyptens sehr geschätzt, so daß du reich werden und aus mir den Diener eines geachteten Herrn machen kannst. Beeile dich daher, o Herr, damit wir vor Einbruch der Dunkelheit deine Besitztümer zusammentragen!« Er zupfte mich am Ärmel.

»Kaptah, Kaptah!« sagte ich. »Störe mich nicht mit eitlem Gerede, denn mein Herz ist zu Tode betrübt; und mein Leib gehört mir nicht mehr. Ich trage Fesseln stärker als Kupferketten, obgleich sie nicht sichtbar sind. Deshalb kann ich nicht fliehen, denn jeder Augenblick, den ich fern von Theben verbringen müßte, würde für mich die Hölle in einem brennenden Ofen bedeuten.«

Mein Diener setzte sich auf den Boden, denn seine Füße waren voll schmerzender Knoten, die ich zuweilen, wenn ich Zeit hatte, pflegte. Er meinte: »Offenbar hat Ammon uns verstoßen, was mich nicht wundert, da du ihm so selten ein Opfer darbringst. Ich hingegen habe ihm getreulich ein Fünftel von dem geopfert, was ich dir gestohlen habe, zum Dank dafür, daß ich einen jungen schlichten Herrn erhielt. Trotzdem aber hat er mich verstoßen. Wohlan! Es bleibt uns also nichts anderes übrig, als unseren Gott zu wechseln und rasch einem anderen, der vielleicht das Böse von uns abwendet und alles zum Guten wandelt, ein Opfer darzubringen.«

»Schwatze keinen Unsinn«, sagte ich und bereute es bereits, ihn beim Namen genannt zu haben, da er sogleich einen kameradschaftlichen Ton angeschlagen hatte. »Deine Rede ist wie Fliegensummen in meinen Ohren, und du vergissest, daß wir nichts mehr zu opfern haben, nachdem ein anderer all unser Eigentum besitzt.«

»Ist es ein Mann oder eine Frau?« fragte Kaptah neugierig.

»Eine Frau«, sagte ich, denn weshalb sollte ich es ihm verbergen? Als er das vernommen hatte, brach er von neuem in Wehklagen aus und raufte sich das Haar und rief: »Oh, daß ich je zur Welt kommen mußte! Hätte mich doch meine Mutter am Tag der Geburt mit meiner Nabelschnur erstickt! Denn für einen Sklaven gibt es kein härteres Los, als einer herzlosen Frau zu dienen, und herzlos ist, wer dir dieses angetan hat. Sie wird mir vom Morgen bis zum Abend befehlen, auf meinen kranken Füßen herumzulaufen, und wird mich mit Nadeln stechen und meinen alten Rücken mit dem Stock schlagen, bis ich schreien und weinen muß. So wird es mir ergehen, obwohl ich Ammon verehrte und ihm Opfer brachte zum Dank dafür, daß er mich zu einem jungen Herrn in den Dienst führte.«

»Sie ist keineswegs herzlos«, sagte ich, denn so töricht war auch ich, daß ich wenigstens mit meinem Sklaven von Nefernefernefer reden wollte, weil ich mich keinem anvertrauen konnte. »Wenn sie entblößt auf ihrem Lager ruht, ist sie schöner als der Mond, und ihre Glieder glänzen von kostbarem Öl, und ihre Augen sind grün wie das Wasser des Nils in der Sommerhitze. Du bist glücklich und beneidenswert, Kaptah, wenn du in ihrer Nähe leben und mit ihr die gleiche Luft atmen darfst.«

Kaptah begann noch lauter zu klagen und rief: »Natürlich wird sie mich als Lastträger oder Steinbrecher verkaufen, und dann werden meine Lungen stocken, und das Blut wird mir unter den Nägeln hervorspritzen, und ich werde wie ein gepeinigter Esel im Schlamm sterben.«

In meinem Herzen wußte ich, daß er vielleicht die Wahrheit sprach, denn in dem Hause Nefernefernefers gab es kaum Platz und Brot für einen Menschen wie ihn. Auch aus meinen Augen brachen Tränen, doch wußte ich nicht, ob ich über ihn oder über mich selber weinte. Als Kaptah das sah, schwieg er sofort und betrachtete mich erschrocken. Ich aber stützte mein Haupt in die Hände und kümmerte mich nicht darum, daß mein Sklave mich weinen sah. Kaptah legte mir seine breite Hand auf den Kopf und sagte:

»Es ist alles meine Schuld, weil ich nicht besser über meinen Herrn gewacht habe. Aber ich ahnte nicht, daß er noch weiß und rein war wie ein ungewaschener Stoff. Denn anders kann ich das alles nicht verstehen. Allerdings wunderte ich mich sehr darüber, daß mein Herr mich nachts bei seiner Rückkehr aus der Weinstube nie nach einem Mädchen sandte. Und die Frauen, die ich zu dir brachte, damit sie sich vor dir entblößten und dich zur Liebe verleiten sollten, gingen unbefriedigt von dir fort und nannten mich eine Ratte und einen Mistvogel. Unter ihnen waren recht junge und sogar schöne Weiber. Doch meine Fürsorge war vergebens, und ich Einfältiger freute mich in meinem Herzen, weil ich dachte, du würdest niemals eine Frau in dein Haus bringen, die mich auf den Kopf schlagen und mir heißes Wasser über die Füße gießen würde. Ich Tor und Narr! Wirft man den ersten Brand in eine Schilfhütte, so brennt sie sofort zu Asche.«

Und weiter sagte er: »Warum hast du mich in deiner Unerfahrenheit nicht um Rat gefragt, mein Herr? Denn ich habe vieles gesehen und weiß manches, wenn du es auch nicht glaubst. Auch ich habe mit Frauen geschlafen, wenn es auch schon lange her ist, und ich versichere dir, daß Brot und Wein und ein voller Magen besser sind als der Schoß des schönsten Weibes. Ach, mein Herr, wenn der Mann zu einem Weibe geht, muß er einen Stock mitnehmen, sonst wird er von der Frau bemeistert und in Fesseln geschlagen, die ihm wie dünnes Garn ins Fleisch schneiden und aufs Herz drücken, wie Steine in der Sandale auf den Fuß. Bei Ammon, Herr, du hättest nachts Mädchen in dein Haus bringen sollen, dann wäre uns all dies erspart geblieben. Denn nutzlos hast du deine Zeit in Weinstuben und Freudenhäusern vergeudet, wenn eine Frau dich zu einem Sklaven machen kann.«

Er sagte noch viel mehr, bis mir seine Rede wie Fliegengesumm in den Ohren tönte. Schließlich beruhigte er sich, bereitete mir mein Essen und goß Wasser über meine Hände. Ich aber konnte nichts verzehren, denn mein Körper brannte wie Feuer, und als der Abend anbrach, konnte ich nur noch an eines denken.

VIERTES BUCH

Nefernefernefer

1

Bereits am frühen Morgen begab ich mich zum Hause Nefernefernefers, doch sie schlief noch immer. Auch ihre Diener schliefen noch und fluchten über mich und gossen Spülwasser auf mich herab, als ich sie weckte. Deshalb saß ich wie ein Bettler vor der Tür, bis ich Bewegung und Stimmen aus dem Haus vernahm und wiederum um Einlaß bat.

Nefernefernefer lag auf ihrem Bett, und ihr Gesicht war klein und bleich, und ihre Augen dunkelgrün vom Wein. »Du langweilst mich, Sinuhe«, sagte sie. »Wahrhaftig, du langweilst mich gewaltig. Was wünschest du?«

»Ich will essen und trinken und mit dir der Liebe genießen«, sagte ich kummervollen Herzens, »denn das hat du mir versprochen.«

»Das war gestern, und heute ist ein neuer Tag«, sagte sie und ließ sich von einer jungen Sklavin das zerknitterte Gewand ausziehen und die Glieder kneten und salben. Alsdann betrachtete sie sich im Spiegel und malte ihr Gesicht und setzte die Perücke auf und legte den Stirnschmuck an, der aus Perlen und in altem Gold gefaßten kostbaren Steinen bestand.

»Mein Schmuck ist schön«, sagte sie. »Er ist ohne Zweifel seinen Preis wert, wenn ich auch erschöpft bin und meine Glieder matt sind, als hätte ich die ganze Nacht gerungen.« Sie gähnte und trank Wein aus einem Becher, um ihren Leib zu stärken. Auch mir bot sie Wein an, aber der Wein schmeckte mir nicht, als ich sie betrachtete.

»Du hast mich gestern also angelogen«, sagte ich, »du hattest keine Beschwerden, die dich gehindert hätten, mit mir der Lust zu pflegen.« Aber das hatte ich bereits am Tag zuvor gewußt, und meine Worte waren zwecklos.

»Ich habe mich geirrt«, sagte sie. »Doch wäre eigentlich der Zeitpunkt gekommen. Ich mache mir Sorgen, denn vielleicht hast du mich geschwängert, Sinuhe, da ich schwach in deinen Armen war und du dich ungestüm benahmst.« Aber während sie so sprach, lächelte sie und betrachtete mich spöttisch, so daß ich verstand, daß sie mich bloß zum besten hielt.

»Dein Schmuck wurde gewiß in einem syrischen Königsgrab gefunden«, sagte ich. »Ich entsinne mich, daß du gestern so etwas andeutetest.«

»Oh«, meinte sie leise. »Er wurde allerdings unter dem Kopfkissen eines syrischen Kaufmanns gefunden, doch darüber brauchst du dich nicht aufzuregen, denn er war dick wie ein Schwein und roch nach Zwiebeln. Nachdem ich das, was ich mir gewünscht, erhalten habe, werde ich ihn nicht mehr sehen.«

Sie nahm die Perücke und den Stirnschmuck ab, ließ beides gleichgültig neben dem Bett zu Boden fallen und streckte sich dann wieder aus. Ihr entblößter Schädel war glatt und schön, und sie reckte ihren Leib und verschlang die Hände im Genick. »Ich bin schwach und müde, Sinuhe«, sagte sie. »Wenn du mich so betrachtest, mißbrauchst du meinen erschöpften Zustand, denn ich kann dich nicht hindern. Bedenke, daß ich keine verachtenswerte Frau bin, obgleich ich allein wohne, und daß ich mein Ansehen wahren muß.«

»Du weißt ganz gut, daß ich nichts mehr habe, was ich dir schenken könnte, denn du besitzest bereits all mein Hab und Gut«, sagte ich und beugte mein Haupt bis zum Rand des Bettes nieder und spürte den Duft ihrer Salben und ihrer Haut. Sie berührte mein Haar mit ihrer Hand, zog sie jedoch sogleich zurück und lachte und schüttelte das Haupt.

»Wie falsch und betrügerisch sind doch die Männer!« sagte sie. »Auch du belügst mich, aber ich kann nichts dafür, daß ich dich gerne habe, Sinuhe, und ich bin schwach. Du sagtest einst, mein Schoß würde dich schlimmer als Feuer brennen, aber das ist gewiß nicht wahr. Betaste meinen Schoß, und du wirst ihn kühl und erquickend finden. Auch meine Brüste darfst du mit den Händen streicheln, denn sie sind müde und sehnen sich nach Liebkosungen.«

Aber als ich mich mit ihr der Liebe hingeben wollte, stieß sie mich von sich, setzte sich auf und sagte erbittert: »Wenn ich auch schwach und einsam bin, erlaube ich doch keinem betrügerischen Mann, sich mir zu nahen. Du hast mir verheimlicht, daß dein Vater Senmut im Armenviertel beim Hafen ein Haus besitzt. Das Haus ist nicht viel wert, aber der Boden, auf dem es steht, ist unweit des Uferkais gelegen, und für den Hausrat in seinen Zimmern könnte man vielleicht etwas bekommen, falls man die Sachen auf dem Markt verkaufte. Vielleicht könnte ich heute mit dir essen und trinken und der Wollust pflegen, wenn du mir dieses Eigentum überläßt, denn niemand weiß, was der morgige Tag bringen kann, und ich muß auf meinen Ruf bedacht sein.«

»Das Eigentum meines Vaters gehört nicht mir«, sagte ich erschrocken. »Du kannst von mir nicht verlangen, was nicht mein ist, Nefernefernefer.«

Sie aber neigte den Kopf zur Seite und sah mich mit ihren grünen Augen an, und ihr Gesicht war bleich und klein, als sie sagte: »Deines Vaters Eigentum ist dein gesetzliches Erbe, das weißt du wohl, Sinuhe, denn deine Eltern haben keine Tochter, die dasselbe Erbrecht wie der Sohn besäße, sondern du bist ihr einziges Kind. Du verheimlichst mir auch, daß dein Vater blind ist und dir deshalb sein Siegel und das Verwaltungsrecht über sein Eigentum anvertraut hat, damit du darüber bestimmen kannst, als wäre es dein.«

Das stimmte, denn nachdem seine Augen schwach geworden waren, hatte mir mein Vater Senmut sein Siegel ausgehändigt und mich gebeten, seinen Besitz und seine Habe für ihn zu verwalten, da er nicht mehr genügend sah, um seinen Namen zu schreiben. Kipa und er sprachen öfter davon, das Haus zu einem vorteilhaften Preis zu verkaufen, um ein kleines Landgut außerhalb der Stadt zu erwerben und von dessen Ertrag zu leben, bis sie in ihr Grab eingehen und die Wanderung in die Ewigkeit antreten würden.

Ich brachte kein Wort hervor, so groß war mein Entsetzen

beim bloßen Gedanken daran, Vater und Mutter, die mir ihr Vertrauen geschenkt hatten, zu betrügen. Nefernefernefer aber schloß die Augen zur Hälfte und sagte: »Nimm mein Haupt zwischen deine Hände und berühre meinen Busen mit deinen Lippen, denn du hast etwas in dir, was mich schwach werden läßt, Sinuhe. Deshalb denke ich auch nicht an meinen eigenen Vorteil, wenn es dich betrifft, und ich will den ganzen heutigen Tag mit dir verbringen und der Wollust pflegen, falls du mir deines Vaters Besitz überläßt, wenn er auch keinen großen Wert hat.«

Ich nahm ihren Kopf zwischen meine Hände, und er war glatt und klein darin, und ich wurde von grenzenloser Leidenschaft befallen. »So mag es nach deinem Wunsch geschehen«, sagte ich, und meine eigene Stimme zerriß mein Ohr. Aber als ich mich ihr nähern wollte, sagte sie: »Sogleich magst du in dein Haus gelangen, du bist bereits darin, doch hole erst einen gesetzeskundigen Schreiber, damit er alle nötigen Papyri nach Vorschrift aufsetze, denn ich verlasse mich nicht auf Versprechungen der Männer, weil sie so betrügerisch sind und ich meinen Ruf wahren muß.«

Ich ging einen gesetzeskundigen Schreiber holen, und mit jedem Schritt, den ich mich von Nefernefernefer entfernte, wuchs meine Qual. Deshalb trieb ich den Schreiber zur Eile an und drückte das Siegel meines Vaters auf die Papyri und unterschrieb sie mit seinem Namen, damit der Schreiber die Papyri noch am gleichen Tag zur Aufbewahrung in das königliche Archiv senden könne. Aber ich besaß weder Silber noch Kupfer mehr, um den Schreiber für seine Mühe zu entschädigen, und er war unzufrieden, ging aber schließlich darauf ein, auf seinen Lohn zu warten, bis das Eigentum verkauft sein würde, und auch dieses wurde aufgeschrieben.

Aber als ich zurückkehrte, sagten die Diener, daß Nefernefernefer schlafe, und ich mußte bis zum späten Abend warten, bis sie erwachte. Endlich war sie wach und empfing mich, und ich gab ihr die Quittung des Schreibers, und sie versorgte sie gleichgültig in ihrem schwarzen Schrein. »Du bist äußerst eigensinnig, Sinuhe«, sagte sie, »doch ich bin eine ehrbare Frau und halte stets mein Wort. Also magst du nehmen, was du zu holen kamst.« Sie legte sich aufs Bett und öffnete mir ihren Schoß, doch genoß sie nicht mit mir der Wollust, sondern wandte das Haupt zur Seite und betrachtete ihr Bild im Spiegel und gähnte im verborgenen, so daß die Lust, die ich ersehnte, mir wie Asche war. Als ich mich von ihrem Bett erhob, sagte sie: »Nun hast du bekommen, was du wolltest, Sinuhe. Laß mich jetzt in Ruhe, denn du langweilst mich gewaltig. Du bereitest mir gar kein Gefühl der Lust, denn du bist unbeholfen und ungestüm, und deine Hände tun mir weh. Doch will ich, wenn du mich nur endlich in Ruhe läßt, nicht mehr daran denken, was ich durch dich ausgestanden habe, denn du verstehst es nun einmal nicht besser. Ein andermal magst du wiederkommen, doch hast du wahrscheinlich längst genug von mir.«

Ich fühlte mich leer wie die Schale eines ausgeblasenen Eies und ging taumelnd fort von ihr nach Hause. Ich wollte in einem dunklen Zimmer Ruhe suchen und meinen Kopf in die Hände legen und den Kummer und die Enttäuschung meines Herzens klagen. Aber auf der Veranda saß ein Gast, der eine geflochtene Perücke trug und in ein buntes syrisches Gewand gekleidet war. Er begrüßte mich kühl und bat um einen ärztlichen Rat.

»Ich empfange keine Patienten mehr«, sagte ich, »denn das Haus gehört nicht mehr mir selbst.«

»Ich habe schlimme Knoten an den Füßen«, sagte er und mischte syrische Worte in seine Rede. »Dein kluger Sklave Kaptah hat dich wegen deiner Fähigkeit, solche Knoten zu behandeln, empfohlen. Befreie mich also von meiner Qual, und du wirst es nicht zu bereuen haben.«

Er war so eigensinnig, daß ich ihn schließlich in mein Arbeitszimmer führte und nach Kaptah rief, damit er mir heißes Wasser für die Behandlung bringe. Aber Kaptah war verschwunden, und erst als ich die Füße des Syriers untersuchte, erkannte ich, daß es Kaptahs schwärende Gichtfüße waren. Kaptah nahm die Perücke ab, entblößte sein Gesicht und lachte laut über mich.

»Was ist das für ein Unfug?« fragte ich und hieb mit meinem Stock auf ihn ein, daß ihm das Lachen rasch verging und sich in Wehgeschrei verwandelte. Nachdem ich den Stock weggeworfen hatte, sagte er:

»Da ich nicht mehr dein Sklave, sondern der eines anderen bin, kann ich dir ruhig erzählen, daß ich im Sinn habe zu fliehen, und deshalb wollte ich sehen, ob du mich in dieser Verkleidung kennen würdest.«

Ich erinnerte ihn an die Strafen, welche entwichenen Sklaven drohen, und prophezeite ihm, daß er unfehlbar eines Tages erwischt würde, denn womit wollte er sich ernähren. Er aber erwiderte: »Nachdem ich viel Bier getrunken, hatte ich in der Nacht einen Traum. In diesem Traum sah ich dich, Herr, in einem brennenden Ofen liegen, aber ich kam hinzu und sprach gestrenge Worte und packte dich beim Genick und tauchte dich in fließendes Wasser, und es entführte dich. Ich ging auf den Markt und fragte einen Traumdeuter, was der Traum zu bedeuten habe, und er erklärte, daß mein Herr in Gefahr schwebe, daß ich wegen meiner Kühnheit viele Hiebe mit dem Stock erhalten und daß mein Herr eine weite Reise machen werde. Dieser Traum ist wahr, denn man braucht nur dein Gesicht anzusehen, Herr, um zu wissen, daß du in großer Gefahr schwebst, und den Stock habe ich bereits zu spüren bekommen, und so wird wohl auch der Rest des Traumes wahr sein. Deshalb habe ich mir diese Kleidung verschafft, damit man mich nicht erkenne, denn ich werde dich auf deiner Reise begleiten.«

»Deine Treue rührt mich, Kaptah«, sagte ich und versuchte, höhnisch zu sein. »Es mag wahrhaftig stimmen, daß eine weite Reise vor mir liegt, doch wenn dem so ist, wird sie mich in das Haus des Todes führen, und dorthin wirst du mich wohl kaum begleiten wollen.«

»Keiner kennt die Zukunft«, sagte Kaptah frech. »Du bist noch jung und grün, mein Herr, wie ein Kalb, dessen Mutter es noch nicht reingeleckt hat. Deshalb wage ich nicht, dich allein die schwere Reise in das Haus des Todes und das Land im Westen unternehmen zu lassen. Wahrscheinlich werde ich dich begleiten, um dir mit meiner Erfahrung beizustehen, denn ich habe dich trotz all deiner Torheit ins Herz geschlossen, und ich habe nie einen Sohn besessen, obwohl ich gewiß zahlreiche Kinder gezeugt habe. Nur habe ich sie nie gesehen und will mir daher vorstellen, du seist mein Sohn. Das sage ich nicht, um dich zu kränken, sondern um dir zu beweisen, mit welchen Gefühlen ich dich betrachte.«

Seine Unverschämtheit ging zu weit, doch mochte ich ihn nicht mehr mit dem Stock behandeln, nachdem er nicht mehr mein Sklave war. Ich schloß mich in mein Zimmer ein, bedeckte meinen Kopf und schlief wie ein Toter bis zum Morgen, denn wenn die Schmach und Reue eines Menschen groß genug sind, wirken sie wie ein Betäubungsmittel. Doch als ich am Morgen erwachte, entsann ich mich als erstes der Augen und des Leibes Nefernefernefers, und ich glaubte ihren glatten Kopf zwischen meinen Händen zu halten und ihren Busen an meiner Brust zu fühlen. Warum, kann ich nicht sagen; aber vielleicht hatte sie mich wirklich in einer mir unbekannten Weise verhext, obgleich ich nicht eigentlich an Zauberkünste glaube. Ich weiß nur, daß ich mich wusch und anzog und mein Gesicht salbte, um zu ihr zu gehen.

2

Nefernefernefer empfing mich in ihrem Garten am Lotosteich. Ihre Augen waren klar und froh und grüner als das Wasser des Nils. Als sie mich erblickte, entschlüpfte ihrem Mund ein Ausruf der Verwunderung, und sie sagte: »O Sinuhe! Bist du wieder zu mir zurückgekehrt? Vielleicht bin ich doch noch nicht alt und häßlich, da du meiner noch nicht überdrüssig bist. Was willst du von mir?«

Ich sah sie an wie ein Verhungernder ein Stück Brot, und sie neigte ihr Haupt zur Seite und sagte zürnend: »Sinuhe, Sinuhe, du willst doch nicht wieder Wollust mit mir treiben? Zwar wohne ich allein, aber ich bin keine verachtenswerte Frau und muß auf meinen Ruf bedacht sein.«

»Gestern überließ ich dir den ganzen Besitz meines Vaters«, sagte ich. »Jetzt ist er, der früher ein geachteter Arzt war, ein armer Mann, der vielleicht in seinen alten Tagen genötigt sein wird, als Blinder um Brot zu betteln, während meine Mutter als Wäscherin dienen muß.«

»Gestern war gestern, und heute ist heute«, sagte Nefernefernefer und blinzelte mich an. »Doch will ich keine Forderungen stellen und gestatte dir gern, neben mir zu sitzen und meine Hand zu halten, falls du willst. Denn heute freut sich mein Herz, und ich will gerne meines Herzens Freude mit dir teilen, wenn ich dir auch weiter nichts gewähren kann.« Sie betrachtete mich schelmisch und lächelte und strich sich leicht über den Schoß. »Du fragst gar nicht, warum mein Herz sich freut«, sagte sie vorwurfsvoll. »Dann will ich es dir erzählen. So wisse denn, daß ein vornehmer Mann aus dem unteren Lande in unsere Stadt gekommen ist und ein goldenes Gefäß mitgebracht hat, das beinahe hundert Deben wiegt und in dessen Wände viele schöne und ergötzliche Bilder eingraviert sind. Allerdings ist er alt und so dürr, daß seine Knochen meine Lenden abscheuern werden, aber trotzdem glaube ich, daß das goldene Gefäß schon morgen mein Haus schmücken wird. Ich bin nämlich keineswegs eine verachtenswerte Frau und muß meinen Ruf bedachtsam wahren.«

Als ich nichts erwiderte, seufzte sie scheinbar tief und blickte träumerisch auf die Lotosblüten und die übrigen Blumen des Gartens. Dann entkleidete sie sich gemächlich und stieg in den Teich zum Bade. Ihr Haupt hob sich zwischen den Lotoskelchen aus dem Wasser, und sie war schöner als alle Lotosblumen. Sie ließ sich vor meinen Augen, auf dem Rücken liegend, vom Wasser tragen, die Hände im Genick verschränkt, und sagte: »Du bist sehr schweigsam heute, Sinuhe. Ich habe dich wohl nicht unbewußt gekränkt? Wenn dem so ist, will ich gerne alles tun, was ich kann, um die Kränkung wiedergutzumachen.«

Da konnte ich nicht umhin zu sagen: »Du weißt ganz gut, was ich will, Nefernefernefer.«

»Dein Gesicht ist rot, und deine Adern schlagen an den Schläfen, Sinuhe«, sagte sie. »Wäre es nicht besser, du zögest dein Gewand aus und stiegest in den Teich, um dich abzukühlen, denn heute ist wirklich ein heißer Tag. Niemand sieht uns, und du brauchst nicht zu zögern.«

Ich zog mich aus und stieg ins Wasser neben sie, und meine Seite streifte ihre Seite. Doch wie ich sie an mich ziehen wollte, floh sie lachend und spritzte mir Wasser in die Augen. »Ich weiß schon, was du willst, Sinuhe«, sagte sie, »obwohl ich zu schüchtern bin, um dich anzusehen. Doch zuerst sollst du mir ein Geschenk machen, denn wie du weißt, bin ich kein verachtenswertes Weib.«

Ich verlor die Besinnung und rief: »Du bist verrückt, Nefernefernefer, du weißt doch, daß du mich völlig ausgeplündert hast. Ich schäme mich meiner selbst und getraue mich nie mehr, meinen Eltern in die Augen zu sehen. Aber ich bin immer noch Arzt, und mein Name steht im Buch des Lebens. Vielleicht werde ich noch einmal genug verdienen, um dir ein Geschenk zu machen, das deiner würdig ist, aber erbarme dich meiner, denn selbst im Wasser ist mein Leib wie Feuer, und ich muß mir die Hände blutig beißen, wenn ich dich betrachte.«

Sie schwamm leicht auf dem Wasser und wand sich, und ihre Brüste hoben sich wie rosige Blumen aus dem Teich. »Ein Arzt übt seinen Beruf mit den Händen und den Augen aus, nicht wahr, Sinuhe?« sagte sie. »Ohne Hände und ohne Augen könntest du kaum mehr Arzt sein, und wenn dein Name auch tausendmal im Buch des Lebens eingetragen wäre. Vielleicht würde ich am heutigen Tag mit dir essen und trinken und der Liebe genießen, wenn du dir die Augen ausstechen und die Hände abhacken lassen würdest, damit ich sie als Siegeszeichen über den Türrahmen meines Zimmers hängen könnte und meine Gäste mich achten und sehen würden, daß ich keine verachtenswerte Frau bin.«

Zwischen grüngemalten Lidern blickten mich ihre Augen an, und sie fuhr gelassen fort: »Nein, ich würde mir doch kaum etwas daraus machen, denn mit deinen Augen wüßte ich nichts anzufangen, und deine Hände würden zu riechen beginnen und Fliegen in mein Zimmer ziehen. Sollten wir wirklich nichts mehr finden, was du mir schenken könntest? Denn du machst mich schwach, Sinuhe, und der Anblick deines nackten Leibes in meinem Teich raubt mir die Ruhe. Du bist zwar plump und unerfahren, aber ich glaube, du könntest in einem Tage manches von mir lernen, was du noch nicht weißt, denn ich kenne viele Bräuche, die den Männern Befriedigung schenken und an denen auch eine Frau ihre Freude haben kann. Denk daran, Sinuhe!«

Aber wie ich nach ihr haschte, stieg sie rasch aus dem Teich heraus und stellte sich hinter einen Baum, wo sie das Wasser von den Armen schüttelte. »Ich bin nur ein schwaches Weib, und die Männer sind falsch und betrügerisch«, sagte sie. »Auch du, Sinuhe, hast mich noch weiter angelogen. Mein Herz ist betrübt, und die Tränen sind mir nahe, wenn ich daran denke, denn du bist meiner offenbar überdrüssig, sonst hättest du mir nicht verheimlicht, daß deine Eltern sich ein schönes Grab in der Stadt der Toten eingerichtet und an den Tempel das nötige Geld eingezahlt haben, um ihre Leichen einbalsamieren zu lassen, damit sie dem Tod widerstehen und man ihnen die nötige Ausrüstung für die Reise in das Land im Westen mitgibt.«

Als ich dies vernahm, riß ich mir mit den Nägeln die Brust blutig und rief: »Wahrlich, jetzt glaube ich, daß dein Name Tabubue ist!«

Sie aber sagte ruhig: »Du sollst mich nicht tadeln, weil ich keine verachtenswerte Frau sein möchte. Ich habe dich auch nicht gebeten, zu mir zu kommen, sondern du kamst von selbst. Wohlan, jetzt weiß ich, daß du mich nicht liebst, sondern nur kommst, um mich zu verhöhnen, nachdem du eine so unbedeutende Sache zum Hindernis zwischen uns werden läßt.«

Tränen rannen mir über die Wangen, und ich stöhnte laut vor Schmerz, doch ging ich auf sie zu, und sie berührte meinen Leib ganz leicht mit ihrem Leibe. »Der bloße Gedanke ist schon sündhaft und gottlos«, sagte ich. »Wie sollte ich meine Eltern des ewigen Lebens berauben und ihre Leichname in nichts aufgehen lassen, wie es mit den Leichen der Sklaven und der Armen und derer, die man ihrer Verbrechen wegen in den Strom wirft, geschieht? Das kannst du nicht von mir verlangen.«

Aber sie lehnte ihren nackten Leib an den meinigen und sagte: »Überlasse mir das Grab deiner Eltern, und ich flüstere dir ›mein Bruder‹ ins Ohr, und mein Schoß wird von holdem Feuer für dich erfüllt sein, und ich werde dich tausend Dinge lehren, von denen du nichts weißt und die einen Mann erfreuen.«

Und ich konnte mich nicht mehr beherrschen, sondern weinte und sagte: »Dein Wille soll geschehen, und dein Name sei in Ewigkeit verflucht, aber ich kann dir nicht widerstehen, so furchtbar ist der Zauber, mit dem du mich gebunden hältst.«

Sie aber sagte: »Sprich bitte nicht von Zauber mit mir, denn dadurch beleidigst du mich sehr, da ich doch keine verachtenswerte Frau bin, sondern in meinem eigenen Hause wohne und auf meinen Ruf achte. Aber da du so langweilig und schlechter Stimmung bist, werde ich durch einen Diener einen gesetzeskundigen Schreiber holen lassen, und inzwischen wollen wir essen und Wein trinken, damit unsere Herzen sich freuen und damit wir, sobald der Papyrus fertig ist, miteinander der Wollust genießen können.« Sie lachte fröhlich und lief ins Haus hinein.

Ich zog mich an und folgte ihr, und die Diener gossen Wasser über meine Hände und verneigten sich vor mir und streckten die Hände in Kniehöhe vor. Hinter meinem Rücken aber lachten sie und verhöhnten mich, so daß ich es hören konnte, obwohl ich tat, als wäre ihr spöttisches Gerede nur Fliegengesumm in meinen Ohren. Als Nefernefernefer herunterkam, schwiegen sie sofort, und wir aßen und tranken zusammen. Es gab fünf verschiedene Fleischgerichte und zwölf Arten Backwerk, und wir tranken gemischten Wein, der rasch zu Kopf steigt. Der gesetzeskundige Schreiber erschien und fertigte die nötigen Papyri aus, und ich überließ Nefernefernefer das Grab meiner Eltern in der Stadt der Toten mit der ganzen Ausrüstung sowie ihre Einzahlung im Tempel, so daß sie beide des ewigen Lebens und der Möglichkeit verlustig gingen, nach dem Tode in das Land des Westens zu reisen. Ich drückte meines Vaters Siegel auf den Papyrus und unterschrieb mit seinem Namen, und der Schreiber übernahm es, die Papyri noch am selben Tag in das königliche Archiv zu senden, damit sie Rechtskraft erhielten. Nefernefernefer aber händigte der Schreiber eine Beglaubigung über dieses Geschäft aus, und sie legte sie gleichgültig in den schwarzen Schrein und entlohnte den Schreiber für seine Mühewaltung, so daß der Mann sich unter Verbeugungen und mit zur Kniehöhe ausgestreckten Händen entfernte.

Als er gegangen war, sagte ich: »Von diesem Augenblick an, Nefernefernefer, bin ich ein Verfluchter und vor den Göttern wie vor den Menschen Entehrter. Beweise mir nun, daß meine Tat ihren Preis wert war.« Sie aber lächelte und sagte: »Trinke Wein, mein Bruder, um dein Herz zu erquicken.« Als ich sie an mich ziehen wollte, wich sie mir aus und goß mehr Wein aus dem Krug in meinen Becher. Nach einer Weile betrachtete sie die Sonne und sagte: »Siehe, der Tag geht zur Neige und der Abend naht. Was willst du noch, Sinuhe?«

»Du weißt genau, was ich will«, sagte ich. Sie aber fragte: »Du weißt wohl, Sinuhe, welcher Brunnen am tiefsten und welche Grube bodenlos ist? Deshalb muß ich mich beeilen, mich umzuziehen und mein Gesicht malen, denn ein goldener Becher wartet darauf, morgen mein Heim zu schmücken.« Als ich sie umarmen wollte, entglitt sie mir und lachte schrill und rief mit lauter Stimme, so daß die Diener hereingestürmt kamen. Und sie sagte zu ihnen: »Wie kommt dieser unausstehliche Bettler in mein Haus? Werft ihn ohne Zögern hinaus und laßt ihn nie mehr durch meine Tür treten, und sollte er sich erkühnen, Widerstand zu leisten, so schlagt ihn mit Stöcken.«

Und die Diener warfen mich, ohnmächtig, wie ich vom Wein und von der Wut war, vor die Tür, und als ich mit einem Stein dagegen zu schlagen begann, kamen sie heraus und hieben mit Stöcken auf mich ein. Als ich immer weiter lärmte und schrie und Leute sich anzusammeln begannen, da sagten sie: »Dieser betrunkene Kerl hat unsere Herrscherin beleidigt, die in ihrem eigenen Hause wohnt und keine verachtenswerte Frau ist.« Sie schlugen mich so lange mit Stöcken, bis ich bewußtlos auf der Straße liegenblieb, wo die Menschen mich anspuckten und die Hunde meine Kleider mit ihrem Wasser beschmutzten.

Aber als ich wieder zu mir kam und meines ganzen Elends gewahr wurde, mochte ich nicht aufstehen, sondern blieb bis zum Morgen unbeweglich auf der Stelle liegen. Die Finsternis gewährte mir Schutz, und mir war, als könne ich keinem Menschen mehr mein Antlitz zeigen. Der Thronerbe hatte mir den Namen »Er, der einsam ist« verliehen, und in dieser Nacht war ich wahrlich der einsamste Mensch der Welt. Aber im Morgengrauen, als wieder Leute in den Straßen auftauchten und die Kaufleute ihre Waren vor den Läden zur Schau ausbreiteten und die Ochsen ihre Schlitten zu ziehen begannen, da erhob ich mich und ging vor die Stadt hinaus und hielt mich drei Tage und drei Nächte lang, ohne zu essen und zu trinken, im Schilf verborgen. Mein Leib und mein Herz waren wie eine einzige Riesenwunde. Ich fürchtete, den Verstand zu verlieren, und hätte mich jemand zu jener Zeit angesprochen, ich würde laut geschrien und getobt haben.

3

Am dritten Tag wusch ich mein Gesicht, meine Füße und das Blut aus meinen Kleidern und kehrte in die Stadt zurück und ging nach Hause. Doch das Haus gehörte nicht mehr mir, und an der Tür war das Berufszeichen eines fremden Arztes angebracht. Ich rief nach Kaptah, und er kam gelaufen und schluchzte vor Freude und schlang seine Arme um meine Knie.

»O mein Herr«, sagte er, »denn in meinem Herzen bist du immer noch mein Herr, wer auch immer über mich befehlen sollte. Ein junger Herr ist gekommen, der glaubt, ein großer Arzt zu sein. Er probiert deine Kleider an und lacht vor Freude. Seine Mutter ist bereits in der Küche gewesen und hat mir heißes Wasser über die Füße gegossen und mich Ratte und Mistfliege gescholten. Deine Patienten aber vermissen dich und behaupten, seine Hand sei nicht so leicht wie die deine und seine Behandlung sei über alle Maßen schmerzhaft. Auch kenne er ihre Leiden nicht so gut wie du.«

Er plapperte noch lang drauflos, und sein einziges, rotgeränderes Auge war voller Schrecken, als er mich betrachtete, so daß ich schließlich sagte: »Erzähle mir nur alles, Kaptah! Mein Herz ist ohnehin wie ein Stein in meiner Brust, und nichts bewegt mich mehr.«

Da streckte er die Arme zum Zeichen tiefster Trauer empor

und sagte: »Mein einziges Auge hätte ich hergegeben, wenn ich dir nur diesen Kummer hätte ersparen können. Aber dies ist ein böser Tag, und es ist gut, daß du kamst; denn wisse: Deine Eltern sind tot.«

»Mein Vater Senmut und meine Mutter Kipa!« sagte ich und hob die Hände, wie es der Brauch ist, und das Herz rührte sich in meiner Brust.

»Die Gerichtsdiener brachen heute ihre Tür auf, nachdem sie gestern die Zwangsräumung angekündigt hatten«, erzählte Kaptah, »aber sie lagen auf ihrem Bett und rührten sich nicht mehr. Deshalb bleibt dir noch der heutige Tag, um die Leichen in das Haus des Todes zu überführen, denn morgen wird ihr Haus auf Anordnung des neuen Besitzers abgerissen.«

»Wußten meine Eltern, warum dies geschah?« fragte ich und konnte meinem Sklaven nicht ins Gesicht sehen.

»Dein Vater Senmut kam, um dich aufzusuchen«, sagte Kaptah. »Deine Mutter führte ihn, weil er nicht mehr sah, und sie waren beide alt und gebrechlich und zitterten beim Gehen. Ich aber wußte nicht, wo du warst. Da meinte dein Vater, es sei vielleicht besser so. Und er berichtete, daß die Gerichtsdiener ihn aus seinem Hause vertrieben und Siegel auf seinen Schrein und seine Möbel gesetzt hatten, so daß sie nur noch die zerfetzten Kleider, die sie am Leibe trugen, besaßen. Und als er nach dem Grund des Geschehens fragte, sollen die Gerichtsdiener gelacht und gesagt haben: ›Dein Sohn Sinuhe hat dein Haus und die Möbel und euer Grab verkauft, um Gold für eine schlechte Frau zu beschaffen.‹ Nach langem Zögern bat dein Vater mich um ein Kupferstück, um einem Schreiber einen Brief an dich zu diktieren. Aber in deinem Haus war bereits ein neuer Herr, und gerade in jenem Augenblick kam seine Mutter, um mich zu rufen, und schlug mich mit dem Stock, weil ich meine Zeit in Gesprächen mit Bettlern vergeude. Du glaubst mir vielleicht, wenn ich dir sage, daß ich deinem Vater gern ein Kupferstück gegeben hätte, denn obgleich ich noch nicht die Gelegenheit gefunden habe, meinem neuen Herrn etwas zu entwenden, habe ich doch noch etwas von dem Kupfer und Silber übrig, das ich dir und früheren Herren gestohlen habe. Doch als ich wieder auf die

Straße zurückkehrte, waren deine Eltern schon gegangen, und die Mutter meines neuen Herrn hinderte mich daran, ihnen nachzulaufen, und schloß mich über Nacht in die Feuergrube ein, damit ich nicht entweiche.«

»Mein Vater hat mir also keine Botschaft hinterlassen?« fragte ich. Und Kaptah antwortete: »Dein Vater hat dir keine Botschaft hinterlassen, Herr.«

Mein Herz war wie Stein in meiner Brust, aber meine Gedanken waren klar und ruhig wie Vögel in kalter Luft. Nach einigem Nachsinnen sagte ich zu Kaptah: »Gib mir alles Kupfer und Silber, das du noch besitzest! Gib es mir rasch, und vielleicht wird Ammon oder irgendein anderer Gott deine Tat belohnen, falls ich es nicht vermag, denn ich muß meine Eltern in das Haus des Todes überführen, und ich besitze nichts mehr, um die Balsamierung ihrer Leichen zu bezahlen.«

Kaptah begann zu weinen und wehklagen und hob wiederholt die Hände, um tiefste Trauer zu bezeigen, aber schließlich begab er sich in einen Winkel meines Gartens und blickte sich im Gehen um wie ein Hund, der einen verscharrten Knochen holen geht. In dem Winkel wälzte er einen Stein zur Seite und holte einen Tuchfetzen hervor, in den er sein Kupfer und sein Silber eingeknüpft hatte, und obgleich es die Ersparnisse seines ganzen Sklavendaseins waren, zählte alles zusammen nicht einmal zwei Deben. Aber Kaptah gab mir alles, wenn auch unter Tränen und Zeichen tiefsten Kummers, und deshalb soll er für alle Zeiten gesegnet sein und sein Leib in alle Ewigkeit erhalten bleiben.

Wohl besaß ich Freunde, und Ptahor und Haremhab hätten mir vielleicht Gold leihen können. Auch Thotmes hätte mir zu helfen vermocht, aber ich war jung und bildete mir ein, meine Schande sei bereits auf aller Zunge, und ich wäre lieber gestorben, als meinen Freunden zu begegnen. Meiner Taten wegen war ich vor den Göttern und den Menschen ein Verfluchter, und ich konnte nicht einmal Kaptah danken, denn im selben Augenblick kam die Mutter seines neuen Herrn auf die Veranda heraus und rief mit böser Stimme ihren Sklaven, und ihr Gesicht war wie das eines Krokodils, und sie trug einen Stock in der

Hand. Deshalb lief Kaptah rasch von mir weg und begann bereits auf der Verandatreppe, noch ehe der Stock ihn berührt hatte, zu jammern. Diesmal brauchte er nicht zu heucheln, denn er weinte bitterlich über sein Kupfer und sein Silber.

Ich eilte zum Haus meines Vaters und sah, daß seine Türen aufgebrochen und die Siegel der Gerichtsdiener an den Möbeln angebracht waren. Nachbarn standen auf dem Hof herum und hoben die Hände zum Zeichen der Trauer, aber keiner sprach ein Wort mit mir, sondern alle wichen entsetzt vor mir zurück. Aber in dem inneren Zimmer ruhten Senmut und Kipa auf ihrem Lager, und ihre Gesichter waren rot, als lebten sie noch, und auf dem Boden stand ein noch glühendes Kohlenbecken, denn sie waren bei dichtverschlossenen Türen und Fensterläden durch Kohlengase erstickt. Ohne mich um das Siegel der Gerichtsdiener zu kümmern, wickelte ich die beiden Leichname in das Leichentuch und holte einen Eseltreiber. Mit seiner Hilfe lud ich sie auf den Rücken des Esels und brachte sie in das Haus des Todes. Aber im Haus des Todes wurde ihnen die Aufnahme verweigert, denn ich besaß nicht einmal für die billigste Balsamierung genügend Silber. Da sagte ich zu den Leichenwäschern:

»Ich bin Sinuhe, Senmuts Sohn, und mein Name steht im Buch des Lebens, obgleich mich ein so hartes Schicksal getroffen hat, daß ich nicht mehr genügend Silber für die Bestattung meiner Eltern besitze. Deshalb bitte ich euch bei Ammon und allen Göttern Ägyptens, die Leichen meiner Eltern einzubalsamieren, damit sie dem Tod widerstehen, und ich will euch mit meiner ganzen Kunst zu Diensten sein, solange die Balsamierung der Leichen währt.«

Sie fluchten über meinen Starrsinn und beschimpften mich, aber schließlich nahm der von der Pest zerfressene Oberwäscher Kaptahs Kupfer und Silber an und schlug einen Haken in das Kinn meines Vaters und warf ihn in das große Becken der Armen. Und er schlug einen Haken auch in meiner Mutter Leib und warf sie in das gleiche Becken. Es gab im ganzen dreißig Becken, und jeden Tag wurde eines davon angefüllt und ein anderes geleert, in der Weise, daß die Leichen der Armen im ganzen dreißig Tage in Salz und Lauge lagen, um widerstandsfähig gegen die Verwesung zu werden. Weiter wurde nichts zu ihrer Balsamierung getan, aber das wußte ich damals noch nicht.

Ich mußte noch einmal in meines Vaters Haus gehen, um das Leichentuch, welches das Siegel der Gerichtsdiener trug, zurückzuerstatten. Der Oberwäscher lachte höhnisch und sagte: »Beeile dich, damit du vor dem Morgen wieder da bist, denn wenn du nicht bis dahin zurückgekehrt bist, um uns zu dienen, ziehen wir die Leichen deiner Eltern aus dem Becken und werfen sie vor die Hunde.« Daraus entnahm ich, daß er mich nicht für einen bevollmächtigten Arzt, sondern für einen Betrüger hielt.

Ich kehrte in meines Vaters Haus zurück, und das Herz war wie ein Stein in meiner Brust, obgleich die verwitterten Lehmziegel der Wände mich anredeten. Jeder Ziegel redete mich an, und die alte Sykomore auf dem Hof redete mich an, und auch der Teich meiner Kindheit. Deshalb ging ich rasch meines Weges, nachdem ich das Tuch an seinen Platz gelegt hatte, aber beim Tor kam mir ein Schreiber entgegen, der seinen Beruf an der nächsten Straßenecke, neben dem Laden des Gewürzhändlers, ausübte. Als er mich erblickte, hob er die Hände zum Zeichen der Trauer und sagte:

»Bist du Sinuhe, der Sohn des rechtschaffenen Senmut?«

Und ich antwortete ihm: »Der bin ich.«

Der Schreiber sagte: »Fliehe nicht vor mir, denn dein Vater hat mir eine Botschaft hinterlassen, die er dir selbst überbringen wollte, als er dich nicht zu Hause traf.« Da sank ich zu Boden und bedeckte mein Gesicht mit den Händen, der Schreiber aber zog einen Brief hervor und las ihn mir vor: »Senmut, dessen Name im Buch des Lebens eingetragen ist, und sein Weib Kipa schicken ihrem Sohn Sinuhe, der im Hause des Pharao den Namen ›Er, der einsam ist‹ erhalten hat, diesen Gruß. Die Götter sandten dich zu uns, und immer hast du uns nur Freude und niemals Kummer bereitet, und unser Stolz auf dich ist groß gewesen. Jetzt sind wir deinetwegen betrübt, weil du Unglück gehabt hast und wir dir nicht so helfen können, wie wir möchten. Und wir glauben, daß du in allem, was du tatest, recht gehandelt hast und nicht anders hättest handeln können. Traure nicht um uns, auch wenn du unser Grab verkaufen mußtest, denn sicherlich hättest du es nicht getan, wenn dich nicht triftige Gründe gezwungen hätten. Aber die Gerichtsdiener haben es eilig, und wir haben keine Muße mehr, auf unsern Todestag zu warten, denn der Tod ist uns willkommen wie der Schlaf dem Müden und ein Obdach dem Flüchtling. Unser Leben war lang, und seine Freuden sind mannigfaltig gewesen. Die größten Freuden aber hast du, Sinuhe, uns bereitet, als du aus dem Strom zu uns kamst, obgleich wir alt und einsam waren. Deshalb erteilen wir dir unsern Segen, und du sollst nicht traurigen Herzens sein, wenn wir auch kein Grab besitzen, denn ohne Grenzen ist die Nichtigkeit des Daseins, und deshalb ist es vielleicht besser für uns, im Nichts zu verschwinden, dann bleiben uns auch die Gefahren auf der beschwerlichen Reise nach dem Lande des Westens erspart. Denke stets daran, daß unser Tod leicht war und daß wir dich vor unserem Ende segneten. Mögen alle Götter Ägyptens dich vor Gefahren schützen, möge dein Herz vor Kummer bewahrt bleiben, und möge dir durch deine Kinder ebensoviel Freude zuteil werden, wie wir durch dich empfangen haben. Das wünschen dir dein Vater Senmut und deine Mutter Kipa.«

Und mein Herz war nicht länger wie ein Stein, sondern es rührte sich. Tränen flossen in den Staub zu meinen Füßen. Der Schreiber aber sagte: »Da hast du den Brief. Zwar trägt er nicht das Siegel deines Vaters, wegen seiner Blindheit konnte er auch seinen Namen nicht darunter schreiben; doch wirst du mir glauben, wenn ich dir sage, daß ich Wort für Wort getreulich nach seinem Diktat geschrieben habe, und noch größere Gewißheit bieten dir die Tränen deiner Mutter, die da und dort ein Schriftzeichen verwischt haben.« Er zeigte mir die Papyri, doch meine Augen waren blind vor Tränen, und ich konnte nichts sehen. Er rollte die Papyri zusammen, gab sie mir in die Hand und sagte: »Dein Vater Senmut war ein rechtschaffener Mann und deine Mutter Kipa eine gute Frau, wenn sie auch zuweilen böse Redensarten im Munde führte, wie das bei Frauen üblich ist. Deshalb habe ich das alles für deinen Vater geschrieben, obwohl er mir nicht das kleinste Geschenk dafür geben konnte, und ich überlasse dir die Papyri, obgleich es gute Papyri sind, die man leicht reinigen und nochmals benützen könnte.«

Ich sann eine Weile nach und sagte: »Auch ich habe kein Geschenk für dich, mein guter Mann. So nimm mein Achseltuch, denn es ist aus gutem Stoff, wenn auch schmutzig und zerknittert.« Ich nahm mein Achseltuch ab und reichte es ihm, und er prüfte mißtrauisch den Stoff, hob dann aber erstaunt die Hände und sagte: »Du bist sehr großherzig, Sinuhe, was die Menschen auch immer von dir sagen mögen. Und sollten die Leute behaupten, du habest deinen Vater und deine Mutter ausgeplündert und nackt in den Tod getrieben, so werde ich dich verteidigen. Aber dein Achseltuch kann ich nicht annehmen, denn es ist aus kostbarem Stoff, und ohne es würden deine Schultern von der Sonne rotgebrannt werden wie die Rücken der Sklaven.«

Ich aber sagte: »Nimm es, und mögen alle Götter Ägyptens dich segnen, und mag dein Leib in Ewigkeit bewahrt werden, denn du weißt selber nicht, welchen Trost du mir gegeben hast.«

Da nahm er das Achseltuch und ging und schwenkte es über seinem Kopf und lachte laut vor Freude. Ich aber begab mich in das Haus des Todes, nur mit einem Lendentuch bekleidet wie die Sklaven und Ochsentreiber, und diente den Leichenwäschern dreißig Tage und dreißig Nächte.

4

Als Arzt glaubte ich gegen den Tod, die Leiden, die üblen Gerüche und den Anblick von Geschwüren und eitrigen Wunden abgehärtet zu sein. Aber als ich meinen Dienst im Haus des Todes begann, erkannte ich, daß ich noch ein Kind war und nichts wußte. Mit den Armen hatte man allerdings nicht viel Mühe, denn sie lagen ruhig in der scharfen Lauge. Ich lernte bald den Haken handhaben, mit dessen Hilfe man die Leichen bewegte. Aber die Leichname der höheren Stände erforderten weit größere Geschicklichkeit, und das Spülen ihrer Eingeweide verlangte abgestumpfte Sinne. Noch mehr Abgestumpftheit aber brauchte es, um zuzusehen, wie Ammon die Menschen nach ihrem Tod noch mehr als zu Lebzeiten ausplünderte, denn die Preise für das Balsamieren wechselten je nach den Vermögensverhältnissen, und die Balsamierer belogen die Angehörigen der Toten und zählten eine Menge kostbarer Öle, Salben und Konservierungsmittel auf, die sie zu verwenden behaupteten, obwohl alles das gleiche war, nämlich Sesamöl. Nur die Leichen der Vornehmen wurden mit aller Kunstfertigkeit behandelt, während man in die Körperhöhlungen der übrigen Öl einspritzte, das ihre Eingeweide zersetzte, worauf man sie mit in Harz getränktem Schilf ausstopfte. Mit den Armen aber tat man nicht einmal das, sondern man ließ sie ganz einfach trocknen, nachdem man sie am dreißigsten Tag mit einem Haken aus dem Becken herausgefischt hatte, und dann übergab man sie den Angehörigen.

Die Priester überwachten das Haus des Todes, aber trotzdem stahlen die Leichenwäscher und Balsamierer, soviel sie nur konnten, und betrachteten dies als ihr gutes Recht. Sie stahlen Kräuter, kostbare Öle, Salben und Leinenbinden, um sie von neuem zu verkaufen und dann wiederum zu stehlen. Und die Priester konnten sie nicht daran hindern, denn die Leute verstanden ihren Beruf, und es war nicht leicht, Arbeiter in das Haus des Todes zu bekommen. Nur von den Göttern Verfluchte und Verbrecher, die vor den Behörden flüchtig waren, verdingten sich als Leichenwäscher. Man erkannte die Leute aus dem Haus des Todes schon von weitem an dem Geruch von Salz und Lauge und Leichen, der ihnen anhaftete. Die Menschen gingen ihnen aus dem Wege, und sie hatten weder zu den Weinstuben noch zu den Freudenhäusern Zutritt.

Da ich mich den Leichenwäschern freiwillig als Gehilfe angeboten hatte, hielten sie mich für ihresgleichen und verbargen mir ihre Untaten nicht. Wäre mir nicht bereits Schlimmeres begegnet, so hätte ich entsetzt die Flucht ergriffen, als ich sah, wie sie selbst die Leichen der Vornehmen schändeten und verstümmelten, um den Zauberinnen gewisse Körperteile, die sie brauchten, zu verkaufen. Falls es ein Land im Westen gibt, was ich wegen meiner Eltern hoffe, dann wird mancher Tote sehr bestürzt sein, wenn er merkt, wie verstümmelt er seine schwierige Reise antreten muß, obgleich er dem Tempel viel Geld für seine Grablegung bezahlt hat.

Wer einmal das Haus des Todes betreten und sich als Leichenwäscher verdingt hatte, ging äußerst selten unter die Menschen, um ihrem Spott auszuweichen. Er verbrachte sein Leben inmitten der Leichen. In den ersten Tagen hielt ich sie alle für von den Göttern Verfluchte, und ihre Reden bei der Verhöhnung und Schändung der Leichen entsetzten meine Ohren. Doch in den ersten Tagen sah ich nur die Lasterhaften und die Schlechten, die mich zu ihrem Vergnügen befehligten und mir die allerniedrigsten Arbeiten auferlegten. Später aber erkannte ich, daß es unter den Leichenwäschern und Balsamierern auch geschickte Fachleute gab, deren Kunst sich von den Besten auf die Besten vererbte und die ihren Beruf in Ehren und ihn für den wichtigsten aller Berufe hielten. Ein jeder von ihnen hat sein Sondergebiet und seine eigene Aufgabe, ganz wie die Ärzte im Haus des Lebens, in dem einer das Haupt des Toten, ein anderer seinen Bauch, ein dritter sein Herz, ein vierter seine Lungen zu behandeln hatte, bis schließlich alle Teile des Körpers für die Ewigkeit vorbereitet waren.

Unter ihnen befand sich ein alter Mann namens Ramose, dessen Aufgabe die schwierigste von allen war. Er löste nämlich das Gehirn der Leichen ab und zog es mit seiner Zange durch die Nase heraus, um alsdann den Schädel mit reinigendem Öl auszuspülen. Er sah die Geschicklichkeit meiner Hände, staunte darüber und begann mir Unterricht zu erteilen, um mich, nachdem ich die halbe Zeit im Haus des Todes verbracht hatte, zu seinem Gehilfen zu machen, wodurch sich mein Dasein erträglicher gestaltete. Wenn auch alle Leichenwäscher in meinen Augen Verfluchte waren und Tieren glichen und ihre Gedanken und Reden nicht mehr wie die der Menschen, die im Lichte der Sonne leben, waren, so glich Ramose unter diesen Tieren am meisten einer Schildkröte, die still und zurückgezogen in ihrer Schale lebt. Auch sein Nacken war gekrümmt wie der einer Schildkröte und sein Gesicht und seine Arme runzlig wie die Beine einer Schildkröte. Ich half ihm bei seiner Arbeit, die die reinlichste und am meisten geachtete im Haus des Todes war, und so groß war seine Macht, daß die übrigen mich nicht mehr mit Eingeweiden und Leichenkot zu bewerfen und zu erschrecken wagten. Doch weshalb er solche Macht besaß, weiß ich nicht, denn er sprach selten.

Als ich sah, wie alle Leichenwäscher stahlen und wie wenig sie zur Erhaltung der Körper der Armen taten, obgleich die Abgabe groß war, beschloß ich, meinen Eltern mit eigener Hand zu helfen und ihnen durch Diebstahl ein ewiges Leben zu sichern. Denn die Sünde, die ich an ihnen begangen hatte, war meines Erachtens schon so groß, daß ein Diebstahl sie nicht noch vergrößern konnte. Ramose in seiner Gutmütigkeit lehrte mich, was und welche Mengen man einer jeden der vornehmen Leichen stehlen konnte, denn er behandelte bloß vornehme Leichen, und ich war sein Gehilfe. So konnte ich die Leichen meiner Eltern mit dem Haken aus dem Becken herausfischen, ihre Höhlungen mit geharztem Schilf ausstopfen und sie in Leinenbinden wickeln. Mehr aber konnte ich nicht für sie tun, denn selbst für den Diebstahl gab es bestimmte Grenzen, die nicht einmal Ramose überschreiten durfte.

Auch lernte ich von ihm während seiner stillen und gemächlichen Arbeit in den Höhlen im Haus des Todes manche Weisheit. Nach einiger Zeit wagte ich auch das eine oder andere zu fragen, und er schreckte auch nicht vor der Frage »Warum?« zurück. Zu jener Zeit war meine Nase bereits gegen die scharfen Gerüche und den Gestank im Haus des Todes abgestumpft, denn der Mensch ist anpassungsfähig und kann sich an alles gewöhnen, und die Weisheit Ramoses zerstreute mein Entsetzen.

Mit einer kurzen Zange zerbrach er langsam und vorsichtig durch die Nase die dünnen Knochen im Schädel eines vornehmen Mannes und begann dann mit seiner langen biegsamen Zange das Gehirn stückweise in eine mit starkem Öl angefüllte Schale herauszuziehen.

»Warum?« fragte ich. »Warum soll der Leib eines Menschen bewahrt werden, um dem Tod zu widerstehen, wenn er doch kalt und gefühllos ist?«

Ramose schielte mich aus seinen kleinen runden Schildkrötenaugen an, trocknete seine Hände am Lendenschurz und trank Bier aus einem neben dem Hirntopf stehenden Krug.

»So ist es gewesen, und so wird es bleiben«, sagte er. »Wer bin ich, daß ich erklären könnte, was seit Urzeiten geschehen ist? Aber man behauptet, im Grab kehre des Menschen Ka, das heißt seine Seele, in den Leib zurück und genieße von dem Essen, das ihm geopfert wurde, und freue sich der Blumen, die ihm gebracht wurden. Aber Ka verzehrt äußerst wenig, so wenig, daß des Menschen Auge es nicht sehen kann. Deshalb kann ein und dasselbe Opfer vielen dargebracht werden, und das Opfer eines Königs wird von seinem Grabe weggetragen und vor die Gräber seiner Edlen gelegt, und schließlich verzehren die aufopfernden Priester, wenn der Abend kommt, die Opferspende. Ba dagegen, das heißt der Geist der Menschen, fliegt im Augenblick des Todes aus seiner Nase davon, doch wohin, das weiß ich nicht. Daß solches geschieht, haben viele Zeugen in allen Zeiten versichert. Zwischen Ka und dem Menschen selbst gibt es keinen anderen Unterschied, als daß Ka im Licht keinen Schatten wirft, während der Mensch einen Schatten hat. Sonst aber sind sie gleich. So behauptet man.«

»Deine Worte sind wie Fliegengesumm in meinen Ohren, Ramose«, sagte ich. »Ich bin kein ganz einfacher Mann, und du brauchst mir daher nicht alte Dinge vorzuplappern, die ich bereits vernommen oder in den Schriften bis zum Überfluß gelesen habe. Was aber ist Wahrheit?«

Ramose trank noch einmal aus dem Bierkrug und blickte zerstreut auf die kleinen Stückchen Hirn, die in dem Topf daneben in Öl schwammen. »Du bist noch jung und ungeduldig, daß du solche Fragen stellst«, sagte er mit einer Grimasse und öffnete den Mund zu einem leisen Lachen. »Es brennt in deinem Herzen, wenn du solche Dinge fragst. Mein Herz ist alt und voller Narben und brennt nicht mehr von allerlei Fragen. Aber ob ein Mensch Nutzen davon hat oder nicht, daß sein Körper einbalsamiert wird, um dem Tod zu widerstehen, weiß weder ich noch irgendein anderer; ja, nicht einmal die Priester können es sagen. Aber da man es immer so getan hat und es auch in Zukunft noch immer so halten wird, ist es am sichersten, den Brauch zu befolgen, denn dann nimmt man jedenfalls keinen Schaden. Eines weiß ich nur, und das ist, daß noch keiner aus dem Lande des Westens zurückgekehrt ist und berichtet hat, wie es dort aussieht. Allerdings gibt es Leute, die behaupten, die Ka ihrer lieben Verstorbenen kehrten im Traume zu ihnen zurück, um ihnen Rat, Lehren und Warnungen zu erteilen; aber Träume sind Trugbilder, und am Morgen bleibt nichts von ihnen übrig. Allerdings ist es wahr, daß einst eine Frau im Haus des Todes zum Leben erwachte und zu ihrem Gatten und ihren Eltern zurückkehrte, lebte und alt wurde, bis sie ein zweites Mal starb. Aber dies konnte, so glaube ich, nur deshalb geschehen, weil sie nicht wirklich gestorben war, sondern weil jemand sie verzaubert hatte. Die Frau erzählte allerdings, daß sie im Schlund des Todes gewesen sei, wo tiefste Finsternis herrschte und viele schaurige Gestalten sie bedrängten, wie zum Beispiel Paviane, die sie umarmten, und Scheusale mit Krokodilköpfen, die sie in die Brüste bissen, und über all dies ist ein Bericht verfaßt worden, der im Tempel aufbewahrt und gegen Bezahlung solchen, die es wünschen, vorgelesen wird. Doch wer glaubt auch, was ein Weib erzählt? Jedenfalls hat der Tod einen solchen Eindruck auf sie gemacht, daß sie für den Rest ihres Lebens fromm wurde und täglich den Tempel besuchte und ihre Mitgift sowie auch ihres Mannes Eigentum für Opfer verwendete, so daß ihre Kinder verarmten und nicht mehr die nötigen Mittel besaßen, um ihren Leib balsamieren zu lassen, als sie schließlich wirklich starb. Aber der Tempel schenkte ihr ein Grab und sorgte für die Erhaltung ihres Leibes. Das Grab wird heute noch in der Stadt der Toten gezeigt, wie du vielleicht weißt.«

Je mehr er sprach, um so entschlossener wurde ich, die Körper meiner Eltern einbalsamieren zu lassen, denn das war ich ihnen schuldig, obgleich ich seit meinem Aufenthalt im Haus des Todes nicht mehr wußte, ob es ihnen von Nutzen sein kann oder nicht. Doch es war in ihren alten Tagen die einzige Freude und Hoffnung gewesen, daß ihre Körper einst für alle Ewigkeiten aufbewahrt werden sollten, und deshalb wollte ich ihren Wunsch erfüllen. Ich balsamierte sie mit Ramoses Hilfe ein und wickelte sie in Leinenbinden. Vierzig Tage und vierzig Nächte mußte ich im Haus des Todes ausharren, weil ich sonst nicht genügend hätte stehlen können, um die Körper meiner Eltern auf die richtige Art zu behandeln. Aber da ich kein Grab, ja nicht einmal einen hölzernen Sarg für sie besaß, nähte ich sie beide in dieselbe Ochsenhaut ein, damit sie für immer vereint bleiben sollten.

Doch als ich daran war, das Haus des Todes zu verlassen, begann ich zu zögern, und das Herz zitterte in meiner Brust. Auch Ramose, der die Geschicklichkeit meiner Hände kannte, bat mich, dazubleiben als sein Gehilfe, und ich hätte gut verdienen, viel stehlen und mein ganzes Leben in den Höhlen im Haus des Todes verbringen können, ohne daß meine Freunde meinen Aufenthaltsort gekannt und ohne daß ich Kummer und Leiden eines gewöhnlichen Lebens hätte erdulden müssen. Dennoch blieb ich nicht im Haus des Todes; aber warum ich es nicht tat, obgleich es mir dort gutging und mir nichts fehlte, nachdem ich mich einmal an das Leben in diesen Höhlen gewöhnt hatte, das kann ich nicht sagen.

Ich wusch und reinigte mich, verließ das Haus des Todes, begleitet von den Flüchen und dem Spott der Leichenwäscher, die jedoch nichts Böses damit meinten, denn es war nur so ihre Art, miteinander zu reden, und eine andere Art kannten sie nicht. Sie halfen mir die Ochsenhaut hinaustragen, in die ich die balsamierten Körper meiner Eltern eingenäht hatte. Obwohl ich mich gereinigt hatte, wichen mir die Menschen aus und hielten sich die Nase zu und machten beleidigende Gesten: so tief war der Geruch vom Haus des Todes in mich eingedrungen. Niemand wollte mich über den Strom rudern. So wartete ich bis zum Einbruch der Dunkelheit und stahl dann, ohne Furcht vor den Wächtern, ein Schilfboot am Ufer und brachte die Leichname meiner Eltern über den Strom in die Stadt der Toten.

5

Die Totenstadt war auch zur Nachtzeit streng bewacht, und ich fand kein einziges unbehütetes Grab, in das ich die Leichname meiner Eltern hätte legen können, damit sie ewig leben und von den Opferspenden der Reichen und Vornehmen hätten genießen können. Deshalb schleppte ich die Ochsenhaut auf meinem Rücken in die Wüste hinaus, und die Sonne brannte mich und sog die Kräfte aus meinen Gliedern, so daß ich jammerte und glaubte, sterben zu müssen. Ich schleppte die Ochsenhaut auf gefährlichen Pfaden, die sonst nur Leichenplünderer zu benützen wagten, in die Berge hinauf. Ich trug sie in das verbotene Tal, wo die Pharaonen begraben sind. Nachts bellten die Schakale, und die Giftschlangen der Wüste zischten mich an. Auf den heißen Steinen krochen Skorpione; aber ich fürchtete mich nicht, denn mein Herz war abgestumpft gegen jede Gefahr. Obgleich ich noch jung war, hätte ich den Tod mit Freuden begrüßt, wenn es ihn nach mir gelüstet hätte; denn seitdem ich wieder am Tageslicht und unter den Menschen war, empfand ich meine Schmach von neuem bitter wie Lauge, und das Leben schien mir nichts mehr zu bedeuten.

Damals wußte ich noch nicht, daß der Tod den Menschen meidet, der sich nach ihm sehnt, und nur jene holt, deren Herzen nach dem Leben dürsten. Deshalb wichen mir die Schlangen aus, stachen mich die Skorpione nicht und vermochte mich die Sonnenglut der Wüste nicht zu ersticken. Selbst die Wächter des verbotenen Tales waren blind und taub und sahen mich nicht, noch hörten sie das ferne Rollen der Steine, als ich zu Tale stieg. Denn wenn sie mich gesehen hätten, wäre ich getötet und meine Leiche den Schakalen zum Fraß gegeben worden. Aber ich kam bei Nacht, und vielleicht fürchteten sich die Wächter vor dem Tal, das sie bewachten; denn die Priester hatten alle Königsgräber mit Beschwörungen verhext. Vielleicht wandten die Wächter das Gesicht ab und bedeckten das Haupt mit ihren Gewändern, als sie mich im mondbeschienenen Tal mit einer Ochsenhaut auf dem Rücken auftauchen sahen oder das Rollen der Steine am Berghang vernahmen, im Glauben, die Toten wanderten im Tal. Ich versteckte mich nicht und wich keinem aus, denn ich wußte nicht, wo die Wächter standen. So erschloß sich mir das verbotene Tal. Totenstill lag es vor meinen Augen und majestätischer in seiner Öde als lebende Pharaonen auf ihrem Thron.

Die ganze Nacht streifte ich umher, um die vermauerte, mit den Siegeln der Priester verschlossene Öffnung im Grabe irgendeines großen Pharao zu finden, denn nachdem ich einmal bis hierher gelangt war, fand ich nur das Beste gut genug für meine Eltern. Auch wollte ich das Grab eines Pharao finden, der vor nicht allzu langer Zeit das Boot Ammons bestiegen hatte, damit die ihm dargebrachten Opferspenden noch frisch und der Dienst in seinem Todestempel am Stromufer makellos waren, denn da ich meinen Eltern kein eigenes Grab leisten konnte, war nur das Beste gut genug für sie.

Im Licht des untergehenden Mondes hob ich im Sand neben dem Portal eines großen Pharaonengrabes eine Grube aus, und in sie versenkte ich die Ochsenhaut, in die ich die Leichen meiner Eltern eingenäht hatte, und bedeckte sie mit Sand. Weit draußen in der Wüste bellten die Schakale. So wußte ich, daß dort Anû umging und sich meiner Eltern annahm, um sie auf ihrer letzten Reise zu begleiten. Und ich wußte, daß die Herzen meiner Eltern die Probe vor Osiris bestehen würden, auch ohne die Totenbücher der Priester und ohne die auswendig gelernten Lügen, auf die die Reichen ihre Zuversicht setzen. Deshalb fühlte meine Seele eine große Erleichterung, während ich mit den Händen Sand über meine Eltern häufte: denn ich wußte, daß sie von Ewigkeit zu Ewigkeit in der Nähe des großen Pharao leben und demütig von den ihm dargebrachten guten Opferspenden genießen dürfen. Dies erreichte ich, indem ich meinen Leib den Speeren der Wächter in dem verbotenen Tal aussetzte, doch kann mir das nicht als Verdienst angerechnet werden, denn ich fürchtete ihre Speere nicht, weil mir der Tod in dieser Nacht süßer als Myrrhe gewesen ware.

Doch während ich den Sand zusammenscharrte, stieß meine Hand an einen harten Gegenstand, und ich zog einen heiligen

Skarabäus hervor, der aus rotem Stein geschnitten, mit Augen aus kleinen Edelsteinen versehen und mit heiligen Zeichen übersät war. Ein Zittern ging durch meinen Körper, und ich vergoß Tränen in den Sand, denn ich glaubte mitten im Tal des Todes von meinen Eltern ein Zeichen erhalten zu haben, daß sie zufrieden seien und sich wohl befänden. Das wollte ich glauben, obwohl ich wußte, daß der Skarabäus ohne Zweifel dem Grabgut des Pharao entfallen und in dem Sand verlorengegangen war.

Der Mond ging unter, und der Himmel färbte sich blaßgrau. Ich kniete in den Sand und hob meine Hände und nahm Abschied von meinem Vater Senmut und meiner Mutter Kipa. Mögen ihre Körper in Ewigkeit bestehen, und möge das Leben im Lande des Westens ihnen hold sein! Denn nur ihretwegen möchte ich, daß es ein Land im Westen gäbe, wenn ich auch nicht länger daran glaube. Dann erhob ich mich und ging meiner Wege, ohne mich umzublicken. In meiner Hand aber trug ich den heiligen Skarabäus, und groß war seine Kraft, denn die Wächter sahen mich nicht, obwohl ich sie erblickte, als sie aus ihren Hütten heraustraten und Feuer machten, um ihr Essen zuzubereiten. Groß war die Kraft des Skarabäus, denn mein Fuß glitt auf den Klippen nicht aus, und keine Schlangen und Skorpione kamen an mich heran, obgleich ich nicht mehr die Ochsenhaut auf meinem Rücken trug. Am Abend des gleichen Tages erreichte ich das Nilufer wieder und trank Wasser vom Nil, fiel zu Boden und schlief im Schilf. Meine Füße waren wund und blutig, meine Hände abgeschürft, meine Augen von der Wüste geblendet und mein ganzer Körper rotgebrannt und mit Blasen bedeckt. Aber ich war am Leben geblieben, und der Schmerz hinderte mich nicht am Schlafen, denn ich war sehr müde.

6

Am Morgen erwachte ich durch das Geschrei der Wildenten im Schilf, und Ammon ruderte in seinem goldenen Boot über den Himmel, und jenseits des Stromes hörte man das Brausen der Stadt. Mit reinen Segeln zogen Boote und Schiffe auf dem Strom, und die Wäscherinnen klopften mit ihren Schlegeln und riefen und lachten bei ihrer munteren Arbeit. Der Morgen war jung und klar, doch mein Herz war leer und das Leben Asche in meinen Händen.

Die körperlichen Schmerzen bereiteten mir Wollust, denn sie verliehen meinem Dasein gewissermaßen einen Sinn. Bisher war ich einzig darauf bedacht gewesen, meinen Eltern das ewige Leben zu retten, das ich ihnen geraubt und wodurch ich sie in den vorzeitigen Tod getrieben hatte. Nun war meine Untat nach Kräften wiedergutgemacht, aber mein Dasein besaß nun weder Sinn noch Ziel. Ich trug nur ein zerfetztes Lendentuch wie ein Sklave, mein Rücken war verbrannt und schorfbedeckt, und ich besaß nicht das kleinste Kupferstück, um mir Essen zu kaufen. Ich konnte nicht weiterziehen, sonst hätten mich die Wächter angerufen und gefragt, wer ich sei und woher ich komme. Den Namen Sinuhe aber wagte ich nicht mehr auszusprechen, denn ich glaubte ihn damals für alle Zeiten verflucht und entehrt. Deshalb konnte ich auch nicht zu meinen Freunden gehen, denn ich wollte nicht, daß sie meine Schande teilen noch daß sie die Hände abwehrend ausstrecken und mir den Rücken zuwenden wollten, denn das würde ihren Sinn verbittert haben, und ich war der Meinung, daß ich bereits genügend Unheil gestiftet hatte.

An all das dachte ich, als ich plötzlich bemerkte, daß ein lebendiges Wesen um mich herumschlich, doch hielt ich es anfangs nicht für einen Menschen, sondern für ein Schattenbild aus einem bösen Traum. In seinem Gesicht gähnte dort, wo sonst die Nase sitzt, ein Loch. Seine Ohren waren abgeschnitten, und seine Gestalt war fürchterlich mager. Doch als ich den Mann näher betrachtete, sah ich, daß sein Körper zäh und von schweren Lasten oder reibenden Stellen wundgescheuert und seine Hände groß und schwielig waren.

Als er erkannte, daß ich ihn entdeckt hatte, sprach er mich an und fragte: »Was hältst du so fest umklammert in der Hand?«

Ich öffnete die Hand und zeigte ihm den heiligen Skarabäus des Pharao, den ich im Sand des verbotenen Tales gefunden hatte.

Da sagte er: »Gib ihn mir, damit er mir Glück bringe; denn ich armer Mann habe ein wenig Glück dringend nötig.«

Ich erwiderte: »Auch ich bin arm und besitze nichts als diesen Skarabäus. Ich will ihn als einen Talisman aufbewahren, damit er mir Glück bringe.« Er aber sagte: »Zwar bin ich arm und elend, aber ich will dir ein Silberstück geben, obwohl das für einen gefärbten Stein zuviel bezahlt ist. Denn deine Armut erbarmt mich. Deshalb gebe ich dir ein Silberstück.« Er holte in der Tat ein Silberstück aus seinem Gürtel, aber das bestärkte mich, den Skarabäus zu behalten, und festigte meine Überzeugung, daß der Skarabäus mir Erfolg bringen werde. Ich sagte es ihm. Da entgegnete er zornig:

»Du scheinst zu vergessen, daß ich dich hätte umbringen können, denn ich beobachtete dich lange, während du schliefst, und fragte mich, was du wohl so krampfhaft in der Hand versteckt hältst. Deshalb wollte ich warten, bis du aufwachen würdest, jetzt aber, da du so undankbar bist, bereue ich es, dich nicht getötet zu haben.«

Ich antwortete ihm und sagte: »An deiner Nase und deinen Ohren erkenne ich, daß du ein entwichener Verbrecher aus den Steinbrüchen bist. Du hättest mich ruhig im Schlaf töten können, es wäre eine gute Tat gewesen, denn ich bin einsam und weiß nicht, wohin ich meine Schritte wenden soll. Aber sei auf der Hut und fliehe von hier, denn wenn die Wächter dich entdecken, packen sie dich und schlagen dich mit ihren Stöcken und hängen dich mit dem Kopf nach unten an die Mauer, oder sie schicken dich wenigstens dorthin zurück, woher du kommst.«

Er sagte: »Ich könnte dich noch immer töten, wenn ich wollte, denn in all meinem Elend bin ich doch ein starker Mann. Aber um eines Steines willen werde ich es nicht tun, denn wir befinden uns in der Nähe der Totenstadt, und die Wächter könnten deine Hilferufe hören. Behalte also deinen Glücksstein, vielleicht hast du ihn wirklich nötiger als ich. Ich frage mich auch, was du für ein Fremdling bist, der nicht weiß, daß ich die Wächter nicht zu fürchten brauche, weil ich ein freier Mann und kein Sklave bin. Ich könnte sogar in die Stadt gehen, doch mag ich mich nicht in den Straßen zeigen, weil die Kinder sich vor meinem Gesicht fürchten.«

»Wie könnte ein zu lebenslänglicher Strafarbeit in den Steinbrüchen Verurteilter ein freier Mann sein«, sagte ich höhnisch, weil ich glaubte, er prahle nur. »Das sieht man doch deiner Nase und deinen Ohren an!«

»Deine Worte können mich nicht erzürnen, weil ich ein frommer Mann bin und die Götter fürchte«, sagte er. »Deshalb erschlug ich dich auch nicht im Schlaf. Aber weißt du wirklich nicht, daß der Thronfolger, als er zum Herrscher beider Reiche gekrönt wurde, den Befehl erließ, alle Fesseln zu lösen und alle zur Sklaverei in Bergwerken und Steinbrüchen Verurteilten freizulassen, so daß dort jetzt nur noch freie Männer gegen Lohn eingestellt werden?« Er lachte eine Weile vor sich hin und sagte dann: »Deshalb leben hier im Röhricht viele kräftige Kerle, die sich von den Opferspenden auf den Tischen der Reichen in der Totenstadt erhalten, denn die Wächter fürchten uns, während wir uns nicht vor den Toten fürchten. Wer einmal in den Gruben war, fürchtet nichts mehr, denn wie du sicher weißt, kann einem nichts Schlimmeres widerfahren, denn als Sklave in die Gruben geschickt zu werden. Viele von uns fürchten nicht einmal die Götter. Ich aber bin vorsichtshalber ein frommer Mann, wenn ich auch zehn Jahre in einer Grube verbracht habe, was du mir ansehen kannst.«

So erfuhr ich erst jetzt, daß der Thronfolger als Amenophis der Vierte den Thron bestiegen und alle Sklaven und Sträflinge befreit hatte, so daß die Bergwerke und Steinbrüche im Osten am Meer und auch alle Gruben in Sinai leer standen; denn in ganz Ägypten gab es keinen so verrückten Menschen, der sich freiwillig zur Arbeit in den Gruben gemeldet hätte. Große königliche Gemahlin war nun die Prinzessin von Mitani, die mit Puppen spielte, und der Pharao war ein Mann, der einem neuen Gotte diente.

»Sein Sohn ist sicher ein ganz ungewöhnlicher Gott«, meinte der einstige Grubensklave, »wenn er den Pharao zu Wahnsinnstaten verleitet. Denn Mörder und Räuber laufen nun frei in beiden Reichen umher, und die Gruben sind verödet, und der Reichtum Ägyptens kann sich nicht weitervermehren. Ich habe mich allerdings keiner bösen Tat schuldig gemacht, sondern habe ungerecht gelitten, aber solches ist stets vorgekommen und wird auch immer wieder vorkommen. Deshalb ist es Wahnsinn, Hunderten und Tausenden von Verbrechern die Fesseln zu lösen, damit ein Unschuldiger gleichzeitig befreit werde. Doch ist das nicht meine Sache, sondern die des Pharao. Mag er für mich denken.«

Während er so sprach, sah er mich an und betastete meine Hände und befühlte den Schorf an meinem Rücken. Mein Geruch aus dem Haus des Todes schreckte ihn nicht ab, und er hatte offenbar um meiner Jugend willen Mitleid mit mir, denn er sagte: »Deine Haut ist verbrannt. Ich habe Öl. Du erlaubst wohl, daß ich dich einreibe.« Und er rieb mir Rücken und Beine und Arme ein, doch während er es tat, fluchte er und sagte: »Ich weiß bei Ammon nicht, weshalb ich das tue, denn welchen Nutzen habe ich eigentlich von dir, und hat mich etwa jemand eingerieben, als ich zerschlagen und zerschunden war und die Götter ob dem Unrecht, das mir geschah, verfluchte?«

Ich wußte wohl, daß alle Sklaven und Verurteilten ihre Unschuld zu beteuern pflegen. Aber da er freundlich gegen mich war, wollte ich auch freundlich zu ihm sein, und so einsam war ich, daß ich fürchtete, er könne von mir weggehen und mich von neuem mit meinem Herzen allein lassen. Deshalb sagte ich: »Erzähle mir das Unrecht, das dir widerfahren ist, damit ich mit dir trauern kann.«

Er sagte: »Die Trauer hat man mir in der Kupfergrube bereits im ersten Jahr mit Stockhieben ausgetrieben. Der Haß war zäher, denn es dauerte fünf Jahre, bis auch der Haß mir ausgepeitscht und mein Herz von allen menschlichen Gefühlen entblößt worden war. Doch warum sollte ich dir nicht alles erzählen, um dich abzulenken, denn meine Finger tun deinem Rükken beim Reiben des Schorfes sicher weh. Wisse also, daß ich einst ein freier Mann und Landwirt war und eine Hütte und Ochsen und eine Frau und Bier in meinem Kruge besaß. Doch hatte ich einen Nachbarn, einen mächtigen Mann namens Anukis. Möge sein Leib vermodern! Seine Ländereien vermochte kein Auge zu ermessen, und die Zahl seiner Rinder war wie Sandkörner und ihr Gebrüll wie das Meeresbrausen, und trotzdem hatte er Verlangen nach meinem kleinen Stückchen Erde. Deshalb bereitete er mir allerlei Verdruß, und nach jeder Überschwemmung, wenn der Boden erneut ausgemessen wurde, sah er zu, daß der Markstein näher an meine Hütte versetzt wurde und ich von meinem Boden verlor. Und ich vermochte nichts dagegen, denn die Feldmesser hörten auf ihn und nicht auf mich, weil er ihnen wertvolle Geschenke machte. Auch dämmte er meine Bewässerungsgräben ab und hemmte den Wasserzufluß zu meinen Äckern, so daß meine Ochsen Durst litten, mein Getreide vertrocknete und das Bier in meinem Krug versiegte. Doch er, der im Winter in seinem großen Haus zu Theben wohnte und sich im Sommer auf seinen Gütern erholte, hörte meine Klage nicht, und seine Diener schlugen mich mit Stöcken und hetzten die Hunde auf mich, sobald ich mich ihm zu nähern wagte.«

Der Nasenlose seufzte tief und rieb meinen Rücken mit dem Öl ein. Dann fuhr er fort: »Vielleicht würde ich heute trotzdem noch in meiner Hütte wohnen, wenn die Götter mir nicht den Fluch einer schönen Tochter auferlegt hätten. Ich hatte fünf Söhne und drei Töchter – denn der Arme vermehrt sich rasch –, die mir später eine gute Hilfe waren und mir viel Freude bereiteten. Leider stahl mir ein wandernder syrischer Kaufmann einen von den Jungen im Kindesalter. Meine jüngste Tochter aber war eine Schönheit, und in meiner Torheit war ich stolz auf sie, so daß sie keine schwere Arbeit zu verrichten und ihre Haut nicht auf den Feldern zu verbrennen und auch kein Wasser zu schleppen brauchte. Weiser hätte ich gehandelt, wenn ich ihr das Haar abgeschnitten und das Gesicht mit Ruß eingeschmiert hätte. Denn mein Nachbar Anukis sah und begehrte sie, und von da an hatte ich keinen ruhigen Tag mehr. Er ließ mich vor Gericht laden und schwor, daß meine Ochsen seine Äcker zertrampelt hätten und daß meine Söhne böswillig seine Bewässerungsgräben abgedämmt und Tierleichen in seine Brunnen geworfen hätten. Weiter schwor er, ich hätte in den schlechten Jahren Getreide von ihm entlehnt. Und all das beeidigten seine Diener, und der Richter schenkte mir kein Gehör. Doch hätte er mich meinen Acker behalten lassen, falls ich ihm meine Tochter gegeben hätte. Darauf ging ich jedoch nicht ein, denn ich hoffte, daß meine Tochter dank ihrer Schönheit einen ehrlichen Mann bekäme, der in meinen alten Tagen für mich gesorgt und mich barmherzig behandelt hätte. Schließlich warfen sich seine Diener über mich, und ich hatte nichts zur Verteidigung als meinen Stock, mit dem ich einen von ihnen auf den Kopf schlug, worauf er starb. Alsdann schnitt man mir Nase und Ohren ab und schickte mich in die Grube, und zur Begleichung unbezahlter Schulden verkaufte man meine Frau und Kinder als Sklaven, die Jüngste aber behielt Anukis selbst, um sie, nachdem er mit ihr der Wollust gepflegt hatte, seinen Dienern auszuliefern. Deshalb glaube ich, daß man mich zu Unrecht in die Grube geschickt hat. Als mich der König jetzt, nach zehn Jahren, befreite, eilte ich sofort nach Hause, aber meine Hütte ist abgerissen, und auf meinen Wiesen weidet fremdes Vieh, und meine Tochter will nichts mehr von mir wissen, sondern hat mir im Hause der Viehhüter heißes Wasser über die Füße gegossen. Aber ich vernahm, daß Anukis gestorben ist und daß sein großes Grab in der Totenstadt Thebens liegt und eine lange Inschrift auf der Tür trägt. Deshalb kam ich nach Theben, um mein Herz an der Inschrift auf seiner Grabstätte zu weiden. Aber ich kann nicht lesen, und niemand hat sie mir vorgelesen, obwohl ich das Grab nach vielem Fragen fand.«

»Wenn du willst, lese ich dir die Inschrift vor«, sagte ich, »denn ich kann lesen.«

»Möge dein Leib in Ewigkeit erhalten bleiben«, sagte er, »falls du mir diesen Dienst erweist. Denn ich bin ein armer Mann und glaube alles, was geschrieben steht. Deshalb will ich, bevor ich sterbe, wissen, was über Anukis geschrieben steht.«

Er rieb mir den Leib mit Öl ein und wusch mein Lendentuch im Wasser. Zusammen gingen wir in die Totenstadt, und die Wächter wehrten uns den Zutritt nicht. Wir gingen zwischen vielen Reihen von Gräbern hindurch, bis er mir ein großes Grab zeigte, vor das man Fleisch und allerlei Backwerk, Obst und Blumen gelegt hatte. Auch einen versiegelten Weinkrug hatte man vor das Grab gestellt. Der Nasenlose aß von den Opferspenden und bot auch mir davon an. Dann bat er mich, ihm vorzulesen, was auf der Grabtür stand. Ich las:

»Ich, Anukis, baute Getreide und pflanzte Obstbäume an, und meine Ernten waren reichlich, denn ich fürchtete die Götter und opferte ihnen ein Fünftel meiner Ernten. Der Nil war mir günstig, auf meinen Gütern brauchte zu meinen Lebzeiten niemand zu hungern, und auch meine Nachbarn brauchten nicht zu hungern, denn ich leitete das Wasser in ihre Felder und gab ihnen in schlechten Jahren von meinem Getreide. Ich trocknete die Tränen der Vaterlosen und plünderte die Witwen nicht aus, sondern erließ ihnen alle Schulden, so daß mein Name von einem Ende des Landes zum anderen gesegnet ward. Wer einen Ochsen verlor, dem gab ich, Anukis, einen neuen Ochsen. Ich hütete mich wohl, Marksteine zu versetzen oder das Wasser daran zu hindern, die Felder meiner Nachbarn zu tränken. So lebte ich fromm und rechtschaffen mein Leben lang. All das tat ich, Anukis, auf daß die Götter mir ihre Gunst erweisen und meine Reise in das Land des Westens leicht gestalten mögen.«

Der Nasenlose hörte andächtig zu, und als ich zu Ende gelesen hatte, begann er bitterlich zu weinen und sagte: »Ich bin ein armer Mann und glaube alles, was geschrieben steht. Ich sehe also, daß Anukis ein frommer Mann war und noch nach seinem Tod geehrt wird. Auch künftige Geschlechter werden die Inschrift auf der Tür seines Grabes lesen und ihn ehren. Ich aber bin ein erbärmlicher Verbrecher, der weder Ohren noch Nase hat, so daß meine Schande einem jeden offenkundig ist, und wenn ich sterbe, wird mein Leib in den Strom geworfen, und mein Sein ist beendigt. Ist mithin nicht alles in dieser Welt eitel und nichtig?«

Er brach das Siegel vom Weinkrug und trank von dem Wein.

Ein Wärter kam auf ihn zu und bedrohte ihn mit dem Stock. Er aber sagte: »Anukis hat mir viel Gutes im Leben erwiesen. Deshalb will ich sein Andenken ehren, indem ich an seinem Grab esse und trinke. Doch wenn du an mich oder meinen Freund, der neben mir steht und ein gelehrter Mann ist, der Inschriften lesen kann, Hand anlegen solltest, oder wenn du die anderen Wächter zu Hilfe rufst, so wisse, daß wir viele starke Männer im Röhricht sind und daß manche von uns Messer besitzen, mit denen wir bei Nacht kommen werden, um dir die Kehle durchzuschneiden. Das würde mir allerdings leid tun, denn ich bin ein frommer Mann, der an die Götter glaubt und niemandem etwas zuleide tun will. Deshalb läßt du uns am besten in Ruhe und tust, als sähest du uns nicht. Um deiner selbst willen ist es besser so.«

Er blickte den Wärter zornig an und machte, nasen- und ohrenlos, wie er war, in seinen Fetzen einen so schaurigen Eindruck, daß der Wächter ihm glaubte und um sich blickte und ging. Wir aßen und tranken am Grab des Anukis, das Opferdach warf einen kühlen Schatten, und nachdem er Wein getrunken, sagte der Nasenlose:

»Jetzt verstehe ich, daß ich besser daran getan hätte, diesem Anukis meine Tochter freiwillig zu geben. Vielleicht hätte er mich meine Hütte behalten lassen und mir sogar Geschenke gemacht, denn meine Tochter war schön und unberührt, obwohl sie heute nur noch eine verschlissene Schlafmatte für die Diener Anukis ist. Jetzt weiß ich, daß es auf der Welt kein anderes Recht gibt als das des Reichen und Starken und daß das Wort des Armen nicht in das Ohr des Pharao dringt.«

Er hob den Krug in seinen Händen hoch und lachte laut und sagte:

»Auf dein Wohl, rechtschaffener Anukis, und möge dein Leib in Ewigkeit erhalten bleiben. Ich aber verspüre keine Lust, dir in das Land des Westens zu folgen, wo du und deinesgleichen, von den Göttern ungestört, ein lustiges Leben führen. Doch wäre es meines Erachtens nicht mehr als recht, wenn du deine Güte auf Erden weiter ausüben und die in deinem Grab aufbewahrten Goldbecher und Schmuckstücke mit mir teilen würdest. Darum gedenke ich nächste Nacht zu dir zurückzukehren, falls der Mond sich hinter den Wolken hält.«

»Was sagst du da, Nasenlos?« fragte ich erschrocken und machte unbewußt mit den Händen das heilige Zeichen Ammons. »Du denkst doch nicht etwa an eine Grabplünderung, denn das ist das niedrigste aller Verbrechen vor den Göttern wie vor den Menschen.«

Doch vom Wein angefeuert, meinte Nasenlos: »Du redest gelehrten Mist, aber Anukis ist mein Schuldner, und ich bin nicht so barmherzig wie er, sondern werde meine Forderung eintreiben. Wenn du mich daran hindern willst, werde ich dir das Genick brechen, wenn du hingegen klug bist, wirst du mir helfen; denn vier Augen sehen mehr als zwei, und mit vereinten Kräften werden wir, sobald wir das Grab einmal aufgebrochen haben, mehr daraus wegschleppen können, als ich es allein vermöchte!«

»Ich mag nicht ausgepeitscht, mit dem Kopf nach unten an der Mauer hängen«, sagte ich erschrocken. Doch bei näherer Überlegung sah ich ein, daß meine Schande kaum größer werden könnte, selbst wenn meine Freunde mich mit dem Kopf nach unten an der Mauer hängen sehen sollten, und den Tod selbst fürchtete ich nicht.

Deshalb aßen und tranken wir, und als wir den Krug geleert, zerschlugen wir ihn und warfen die Scherben auf die Gräber ringsum. Und die Wächter schwiegen dazu und kehrten uns den Rücken, denn sie waren vor Angst gelähmt. Zur Nacht kamen Soldaten aus der Stadt über den Strom zur Totenstadt gerudert, um die Gräber zu schützen, aber der neue Pharao hatte nicht, wie üblich, bei der Krönung Geschenke unter sie verteilen lassen. Deshalb murrten sie und begannen die Gräber aufzubrechen und zu plündern, nachdem sie erst reichlich Wein genossen hatten; denn in den Opfernischen der Gräber standen viele Weinkrüge. Und niemand hinderte Nasenlos und mich daran, das Grab Anukis aufzubrechen. Wir kippten seinen Sarg um und schleppten so viele goldene Becher und andere Kostbarkeiten fort, wie wir nur tragen konnten. Im Morgengrauen versammelten sich am Ufer Scharen syrischer Kaufleute, um geraubtes

Grabgut aufzukaufen und es in ihren Schiffen stromabwärts zu befördern. Wir verkauften ihnen unsere Beute und erhielten beinahe zweihundert Deben Gold und Silber, die wir nach dem darauf gestempelten Gewicht miteinander teilten. Doch machte der Preis, den wir für die Kostbarkeiten aus dem Grab erhielten, bloß einen geringen Teil ihres wirklichen Wertes aus, und das Gold, das man uns gab, war kein reines Gold. Aber Nasenlos jubelte und sagte:

»Ich werde noch ein reicher Mann werden, denn dieser Beruf ist wahrhaftig lohnender, als Lasten im Hafen zu schleppen oder Wasser aus den Bewässerungsgräben auf die Felder zu tragen.« Ich aber sagte: »Der Krug geht so lange zum Brunnen, bis er bricht.« Deshalb trennten wir uns, und ich kehrte mit dem Boot eines Kaufmanns an das jenseitige Ufer nach Theben zurück. Ich kaufte mir neue Kleider und aß und trank in einer Weinstube, denn ich begann den Geruch vom Haus des Todes bereits zu verlieren. Doch den ganzen Tag über vernahm man jenseits des Stromes Hornstöße und Waffengeklirr aus der Totenstadt. Streitwagen fuhren die Gänge zwischen den Gräbern entlang, und die Leibwache des Pharao jagte mit ihren Speeren auf plündernde Soldaten und freigewordene Grubensträflinge, so daß ihre Todesschreie bis in die Stadt vernehmbar wurden. An jenem Abend war die Mauer voll von Leichen, die mit dem Kopf nach unten hingen. So wurde die Ordnung in Theben wiederhergestellt.

7

Ich verbrachte eine Nacht in einer Herberge und kehrte dann zu meinem einstigen Haus zurück und rief nach Kaptah. Kaptah kam hinkend. Seine Wangen waren von Schlägen geschwollen; aber als er mich erblickte, brach sein eines Auge in Freudentränen aus. Er warf sich mir zu Füßen und sagte: »Herr, du bist zurückgekehrt, obgleich ich dich für tot hielt. Denn ich dachte mir, daß du, falls du noch leben würdest, sicher zurückgekehrt wärest, um mehr Kupfer und Silber von mir zu verlangen. Es ist nämlich so: Wer einmal gibt, der muß immer wieder geben. Aber du kamst nicht, obgleich ich deinetwegen meinem neuen Herrn – möge sein Leib verwesen – soviel wie nur möglich gestohlen habe, was du meiner Wange und meinem Knie, dem er gestern einen Fußtritt versetzte, ansehen kannst. Seine Mutter, das Krokodil – möge sie in Staub zerfallen –, hat mir angedroht, sie werde mich verkaufen, und deshalb bin ich in großer Angst. Verlassen wir rasch dieses verfluchte Haus, Herr, und fliehen wir zusammen!«

Ich zögerte, und er legte mein Zögern offenbar falsch aus, denn er sagte: »Ich habe wirklich so viel gestohlen, Herr, daß ich eine Zeitlang für dich sorgen kann, und wenn meine Mittel erschöpft sind, kann ich für dich arbeiten. Rette mich also aus den Händen dieses Mutterkrokodils und seiner Brut.«

»Ich bin nur gekommen, um dir meine Schuld zurückzuzahlen, Kaptah«, sagte ich und zählte ihm an Gold und Silber vielfach die von ihm erhaltene Summe in die Hand. »Wenn du aber willst, kann ich dich von deinem Herrn loskaufen, so daß du hingehen kannst, wohin dich gelüstet.«

Als Kaptah das Gewicht des Goldes und des Silbers in seiner Hand spürte, ward er außer sich vor Glück und machte einen Freudensprung, ohne an sein krankes Knie zu denken. Dann aber schämte er sich und sagte: »Wohl weinte ich bitterlich, als ich dir meine Ersparnisse aushändigte, aber nimm es mir bitte nicht übel. Wenn du mich befreien würdest, ich wüßte nicht, wohin mich wenden, denn ich war mein Leben lang Sklave. Ohne dich bin ich wie ein blindes Kätzlein oder wie ein vom Mutterschaf verlassenes Lämmlein. Auch schickt es sich nicht, daß du teures Gold aufwendest, um mich loszukaufen, denn weshalb solltest du für etwas, das dir bereits gehört, noch zahlen?« Er blinzelte bedeutungsvoll mit seinem einen Auge und meinte schlau: »In Erwartung deiner Rückkehr habe ich mich täglich nach den Schiffsabfahrten erkundigt. Ein großes, offensichtlich seefestes Schiff wird gleich nach Simyra abgehen, und man könnte vielleicht die Reise damit wagen, falls man den Göttern reichlich opferte. Leider aber habe ich noch keinen genügend mächtigen Gott gefunden, seitdem ich Ammon verlassen habe, der nichts als Unheil anrichtete. Ich habe mich fleißig über zahlreiche Götter erkundigt und auch einen Versuch mit dem neuen Gott des Pharao gemacht, dessen Tempel wieder geöffnet ist und von vielen Leuten, die beim Pharao gut angeschrieben sein wollen, aufgesucht wird. Doch wird behauptet, daß der Pharao gesagt habe, sein Gott lebe von Wahrheit, und daher fürchte ich, daß sein Gott ein äußerst heikler Gott sein muß, von dem ich wenig Nutzen haben werde.«

Da entsann ich mich des Skarabäus, den ich gefunden hatte, und übergab ihn Kaptah mit den Worten: »Hier hast du einen Gott, der, wenn auch klein, so doch sehr stark ist. Bewahre ihn gut auf, denn ich glaube, er wird uns Glück bringen, nachdem ich bereits Gold im Sack habe. Verkleide dich also als Syrier und fliehe, falls du es wirklich willst, aber beschuldige mich nicht, wenn du erwischt wirst. Möge dieser kleine Gott dir beistehen! Vielleicht tun wir wirklich besser daran, nach Simyra zu flüchten und unsere Mittel zu sparen, um die Reise damit zu bezahlen. In Theben, ja in ganz Ägypten kann ich nämlich keinem Menschen mehr in die Augen sehen. Deshalb ziehe ich meiner Wege, denn irgendwo muß ich schließlich leben, und nach Theben werde ich nie mehr wiederkehren.«

Doch Kaptah sagte: »Man muß nichts schwören, Herr, denn keiner kennt den morgigen Tag, und wer einmal vom Wasser des Nils getrunken hat, kann seinen Durst mit keinem anderen Wasser mehr löschen. Im übrigen aber sind deine Gedanken und Beschlüsse weise, und noch weiser handelst du, wenn du mich mitnimmst, denn ohne mich bist du wie ein Kind, das seine Windeln nicht selbst zu wickeln vermag. Auch weiß ich nicht, was du Böses verbrochen hast, obgleich du die Augen verdrehst, wenn du davon sprichst, aber du bist noch jung, und eines Tages wirst du es vergessen haben. Denn des Menschen Tat gleicht einem Stein, den man ins Wasser wirft. Er plumpst laut hinein und hinterläßt Ringe im Wasser, aber nach einer Weile ist das Wasser wieder glatt und ruhig. So verhält es sich auch mit dem Gedächtnis der Menschen. Wenn genügend Zeit verstrichen ist, haben alle dich und deine Tat vergessen, und du kannst wiederkehren, und ich hoffe nur, daß du dann so reich und mächtig sein wirst, um mich zu schützen, falls die Liste der entlaufenen Sklaven mir Unannehmlichkeiten bereiten sollte.«

»Ich reise und werde nie mehr wiederkehren«, sagte ich entschlossen, doch im selben Augenblick wurde Kaptah von seiner Herrin mit scharfer Stimme gerufen. Ich zog mich zurück und stellte mich an eine Straßenecke, um auf ihn zu warten, und nach einer Weile kehrte er mit einem Korb am Arm zurück, in dem ein Bündel lag, und in seiner Hand klirrten Kupferstücke.

»Die Mutter aller Krokodile schickt mich auf den Markt, um einzukaufen«, sagte er vergnügt. »Allerdings gab sie mir wie gewöhnlich viel zuwenig Kupfer mit, aber auch die kleinste Summe ist ein Beitrag für die Reise, denn Simyra liegt, glaube ich, in sehr weiter Ferne von hier.«

In dem Korb trug er sein Gewand und seine Perücke. Wir gingen zum Ufer, und er wechselte im Schilf die Kleider. Ich kaufte ihm einen schönen Stab, wie ihn die Vorläufer und Diener der Vornehmen zu tragen pflegen. Dann begaben wir uns zum Landungsplatz der syrischen Schiffe und fanden einen großen Dreimaster, auf dem ein mannsdickes Tau vom Vorschiff nach achtern lief und an dessen Maste der Abfahrtswimpel flatterte. Der Kapitän, ein Syrier, freute sich sehr, als er vernahm, daß ich Arzt war, denn er schätzte die ägyptische Ärztekunst hoch, und viele seiner Seeleute waren krank. Der Skarabäus brachte uns wahrlich Glück, denn der Kapitän trug uns in das Schiffsbuch ein und verlangte keine Bezahlung für die Reise, so daß wir nur die Mahlzeiten zu vergüten hatten. Von diesem Augenblick an verehrte Kaptah den Skarabäus als einen Gott, rieb ihn jeden Tag mit einer Salbe ein und trug ihn in kostbaren Stoff gehüllt.

Das Schiff stieß ab, die Sklaven griffen zu den Rudern, und nach achtzehntägiger Fahrt kamen wir zu der Grenze zwischen den beiden Reichen, und nach weiteren achtzehn Tagen gelangten wir an die Stelle, wo der Strom sich in zwei Arme teilt, um ins Meer zu fließen, und noch zwei Tage später lag das Meer vor uns. Unsere Reise führte uns an Städten und Tempeln, an Äckern und Viehherden vorbei, aber der Reichtum Ägyptens vermochte mein Herz nicht zu erfreuen, sondern ich war ungeduldig, vorwärts zu gelangen und die schwarze Erde hinter mir zu lassen. Doch als das Meer vor uns lag und kein gegenüberliegendes Ufer zu sehen war, wurde Kaptah unruhig und fragte, ob wir nicht besser daran täten, an Land zu gehen und auf dem Landweg nach Simyra zu fahren, obgleich die Reise schwierig und von Räubern bedroht sein würde. Seine Unruhe wuchs, als die Ruderer und Seeleute nach gutem altem Brauch zu jammern und ihre Gesichter mit Steinen zu schürfen begannen, ohne sich um das Verbot des Kapitäns zu kümmern, der den vielen Reisenden keine Angst einflößen wollte. Das Schiff hieß »Der Hornfisch«. Der Kapitän ließ die Ruderer und Seeleute auspeitschen, was jedoch ihr Wehklagen nicht verringerte, und mancher Reisende begann ebenfalls bitterlich zu jammern und seinen Göttern zu opfern. Die Ägypter riefen Ammon um Hilfe an, während die Syrier ihre Bärte zerrauften und je nach ihrer Herkunft den Baal von Simyra, Sidon, Byblos oder anderen Städten anriefen.

Deshalb ermahnte ich auch Kaptah, unserem Gott zu opfern, sobald er sich fürchte. Er wickelte die Stoffstreifen auf, entnahm ihnen den heiligen Skarabäus, warf sich vor ihm zu Boden, schleuderte ein Silberstück ins Meer, um die Meeresgötter zu beschwichtigen, und weinte über sich selbst und über das Silberstück. Die Seeleute hörten auf zu schreien und hißten die Segel. Das Schiff drehte sich und begann zu schaukeln, und die Ruderer erhielten Bier und Brot.

Als aber das Schiff zu schaukeln begann, ward Kaptah grau im Gesicht und sprach nicht mehr, sondern klammerte sich an das Tau des Schiffes. Nach einer Weile meinte er mit jammervoller Stimme, sein Magen steige ihm bis zu den Ohren und er wisse, daß er sterben müsse; doch wolle er mich nicht tadeln, obgleich ich ihn auf diese Reise gelockt habe. Er verzieh mir, damit die Götter auch gegen ihn milde gestimmt sein sollten, denn er hegte die schwache Hoffnung, daß das Meerwasser genügend Salz enthalte, um seinen Leib zu erhalten, damit er nach dem Ertrinken in das Land des Westens gelangen könnte. Aber die Seeleute, die seine Rede hörten, lachten ihn aus und behaupteten, das Meer wimmele von Ungeheuern, die ihn verschlingen würden, noch ehe er den Meeresgrund erreiche.

Der Wind nahm zu, das Schiff begann immer toller zu schlingern, und der Kapitän steuerte so weit aufs Meer hinaus, daß kein Ufer mehr zu sehen war. Da wurde auch ich unruhig, denn ich verstand nicht, wie er je ans Ufer zurückfinden sollte, nachdem er es aus dem Gesicht verloren hatte. Ich lachte nicht mehr über Kaptah, sondern spürte Schwindel im Kopf und Übelkeit. Nach einer Weile erbrach Kaptah und sank auf dem Schiffsdeck zusammen, und sein Gesicht wurde grün, und er sagte kein Wort mehr. Da wurde ich ängstlich, und als ich auch viele andere Reisende erbrechen und ihre Gesichter sich verändern sah und sie klagen hörte, daß sie sterben müßten, eilte ich zum Kapitän und sagte: »Die Götter haben offensichtlich dein Schiff mit einem Fluch belegt, denn all meiner Heilkunst zum Trotz ist eine fürchterliche Seuche an Bord ausgebrochen. Deshalb beschwöre ich dich, kehre zurück, solange du das Ufer vielleicht noch findest; denn als Arzt kann ich die Folgen nicht mehr verantworten.« Und von dem Sturm, der um uns wütete und das Schiff hin und her schleuderte, so daß es in allen Fugen krachte, sagte ich, daß er über alle Maßen furchtbar sei, obgleich ich mich nicht in Dinge einmischen wolle, die zu seinem Beruf gehörten.

Aber der Kapitän beruhigte mich und sagte tröstend, daß es nur ein guter Wind zum Segeln sei, der uns rasch vorwärtsbringe, und ich solle daher mit meinem Gerede von einem Sturme nicht die Götter verhöhnen. Die Krankheit aber, die unter den Reisenden ausgebrochen sei, stamme daher, daß die Mahlzeiten im Fahrpreis inbegriffen seien und die Reisenden deshalb mit allzu großer Gier aßen, was der Reederei des Schiffes in Simyra bedeutende Ausgaben verursache. Deshalb hätten die Reeder in Simyra gewiß den Meeresgöttern opfern lassen, damit die Reisenden das Essen nicht behalten und daher nicht wie Raubtiere den Proviantvorrat des Schiffes leeren konnten.

Seine Erklärung tröstete mich nur unvollkommen, und ich wagte zu fragen, ob er sich wirklich zutraue, an Land zurückzufinden, nachdem die Finsternis bald hereinbrechen werde. Er versicherte mir, daß es in seiner Kabine an Bord eine ganze Menge verschiedener Götter gäbe, die ihm sowohl bei Tag als bei Nacht die Richtung einhalten helfen, wenn bloß die Sterne nachts und die Sonne tagsüber schienen. Doch das war sicher eine Lüge, denn solche Götter dürfte es kaum geben.

Deshalb spöttelte ich über ihn und fragte, woher es komme, daß ich nicht wie die übrigen Reisenden erkrankt sei. Er erklärte, das sei höchst natürlich, weil ich die Mahlzeiten an Bord eigens bezahle und den Reedern somit keinen Verlust bereite. Über Kaptah wiederum sagte er, mit Dienern sei es eine andere Sache, sie erkrankten oder blieben gesund, je nachdem es sich gerade treffe. Aber er schwor bei seinem Barte, daß jeder Reisende wieder gesund wie ein Zicklein sein werde, sobald er in Simyra festen Boden unter den Füßen habe, so daß ich nicht für mein Ansehen als Arzt zu fürchten brauche. Allerdings fiel es mir schwer, ihm Glauben zu schenken, solange ich das Elend der Reisenden vor mir sah.

Aber warum ich selbst nicht ebenso krank wurde, kann ich nicht sagen, falls es nicht etwa darauf beruhte, daß ich gleich nach meiner Geburt in einem Binsenboot ausgesetzt und auf dem Nil geschaukelt wurde. Eine andere Erklärung kann ich nicht finden.

Ich versuchte, Kaptah und die Passagiere auf die beste Art zu pflegen, doch wenn ich die Reisenden berühren wollte, verfluchten sie mich, und als ich Kaptah zur Stärkung Essen anbot, wandte er das Gesicht ab. Noch nie zuvor war es geschehen, daß Kaptah etwas Eßbares verschmähte. Deshalb begann ich zu glauben, daß er wirklich sterben müsse. Ich ward sehr betrübt, denn ich hatte mich bereits an sein leeres Geschwätz gewöhnt.

Es wurde Nacht, und ich schlief endlich ein, obgleich ich mich über das Schaukeln des Schiffes und das furchtbare Dröhnen der Segel beim Anprall der Sturzwellen gegen den Bug entsetzte. So vergingen einige Tage, aber keiner der Passagiere starb. Im Gegenteil, manche begannen wieder zu essen und auf Deck umherzuwandeln. Nur Kaptah blieb an seinem Platz liegen und rührte kein Essen an, aber er zeigte doch Lebenszeichen, indem er wieder zu unserem Skarabäus zu beten begann, woraus ich schloß, daß in ihm die Hoffnung erwacht sei, trotz allem lebend an Land zu gelangen. Am siebenten Tag der Reise kam wieder Land in Sicht, und der Kapitän sagte, er habe dank dem günstigen Wind an den Hafenstädten Joppe und Tyrus vorübersegeln und geraden Kurs auf Simyra nehmen können. Doch warum er all dies wußte, kann ich auch heute noch nicht sagen. Jedenfalls tauchte Simyra am folgenden Tag auf, und der Kapitän brachte den Meeresgöttern und den Göttern in seiner Kabine reichliche Opfer dar. Die Segel wurden gerefft, die Ruderer streckten ihre Ruder aus, und das Schiff wurde in den Hafen Simyras hineingesteuert.

Als wir ruhige Gewässer erreichten, erhob sich Kaptah und schwor bei dem Skarabäus, daß er seinen Fuß nie mehr auf das Deck eines Schiffes setzen werde.

FÜNFTES BUCH

Die Chabiri

1

Jetzt muß ich von Syrien und den Städten, in die ich kam, erzählen, und das tue ich am besten, indem ich hervorhebe, daß in den roten Landen alle Dinge, die sind und geschehen, das Gegenteil zu jenen im schwarzen Lande bilden. So gibt es dort zum Beispiel keinen Strom, sondern das Wasser regnet vom Himmel zur Erde und feuchtet sie. Neben jedem Tal ist ein Berg und hinter dem Berg wiederum ein Tal, und in jedem Tal wohnt ein anderes Volk, das von einem selbständigen Fürsten regiert wird, der dem Pharao Steuern entrichtet, oder es wenigstens zu jener Zeit, von der ich erzähle, tat. Die Völker sprechen verschiedene Sprachen und Dialekte, und die Küstenbewohner verdanken ihr Auskommen als Fischer oder seefahrende Kaufleute dem Meer. Im Innern des Landes aber lebt man von Ackerbau oder Räuberei, die die ägyptischen Garnisonen nicht verhindern können. Die farbigen Kleider der Menschen sind kunstreich aus Wolle gewebt und bedecken den Leib vom Kopf bis zum Fuß, wahrscheinlich weil es hier kälter als in Ägypten ist; aber auch weil die Leute es als Schande empfinden, ihren Leib zu entblößen. Sie tragen lange Haare, lassen sich die Bärte wachsen und nehmen ihre Mahlzeiten stets im Haus ein. Ihre Götter – jede Stadt hat ihre eigenen – verlangen auch Menschenopfer. Aus dem, was ich jetzt gesagt habe, wird ein jeder ersehen, daß in den roten Landen alles ganz anders ist als in Ägypten, doch warum es so ist, kann ich nicht erklären, denn ich weiß es nicht.

Deshalb wird auch jedermann verstehen, daß die vornehmen Ägypter, die zu jener Zeit als Gesandte in die Städte Syriens reisten, um die Steuerabgaben an den Pharao zu überwachen und die Garnisonen zu befehligen, ihre Aufgabe eher als eine Strafe denn als eine Ehre betrachteten und sich an die Ufer des Stromes zurücksehnten, mit Ausnahme einiger weniger, die verweichlicht wurden und sich von dem Neuen und Fremdartigen dazu verleiten ließen, Kleider und Gesinnung zu wechseln und den fremden Göttern zu opfern. Auch die seltsamen Sitten der Syrier und ihre stetigen Ränke und Schliche bei der Steuerentrichtung sowie die ewigen Zwiste unter den verschiedenen Fürsten machten den ägyptischen Regierungsbeamten das Leben sauer. Dennoch gab es auch in Simyra einen Ammontempel, und die Mitglieder der ägyptischen Kolonie hatten regen Verkehr unter sich, veranstalteten Einladungen und feierten Feste, ohne sich mit den Syriern zu vermischen, und bewahrten ihre eigenen Sitten und bildeten sich ein, in Ägypten zu sein.

Ich wohnte zwei Jahre in Simyra und lernte in dieser Zeit die Sprache und die Schrift Babylons, weil man mir sagte, daß ein Mann, der sie beherrschte, die ganze Welt bereisen und sich überall unter den Gebildeten verständlich machen könne. In Babylonien schreibt man, wie jeder weiß, auf Lehmtafeln, indem man die Buchstaben mit einem scharfen Schreibstäbchen einritzt, und der ganze Schriftwechsel unter den Königen geschieht auf diese Art. Doch warum es so geschieht, kann ich nicht sagen. Vielleicht deshalb, weil Papyrus vergänglich ist, während eine Lehmtafel für immer aufbewahrt werden und bezeugen kann, wie rasch Könige und Herrscher ihre Bündnisse und heiligen Verträge vergessen.

Wenn ich sagte, daß in Syrien alles anders als in Ägypten war, meinte ich damit auch, daß ein Arzt seine Patienten selbst aufsuchen muß; denn die Kranken kommen nicht zum Arzt, sondern warten, bis er zu ihnen kommt, und glauben, er sei ihnen von den Göttern gesandt worden. Auch machen sie dem Arzt die Geschenke im voraus und nicht erst nach der Genesung, was für den Arzt von Vorteil ist, weil ein Patient nach der Gesundung leicht seine Dankbarkeit vergißt. Außerdem ist es Sitte, daß die Vornehmen und Reichen einen eigenen Arzt halten, ihm Geschenke machen, solange sie gesund sind, und wenn sie krank werden, damit aufhören, bis sie geheilt sind.

Ich beabsichtigte, mit der Ausübung meines Arztberufes in Simyra in aller Stille zu beginnen, doch Kaptah war anderer Meinung. Er riet mir, alle meine Mittel zur Anschaffung prachtvoller Kleider zu verwenden und Ausrufer anzustellen, die überall in der Stadt, wo Menschen versammelt waren, meinen Ruf verbreiten sollten. Die Ausrufer sollten auch verkünden, daß ich keine Kranken besuche, sondern sie in meinem Haus empfange. Kaptah gestattete mir nicht, irgendeinen Kranken zu behandeln, der weniger als ein Goldstück mitbrachte. Ich hielt das für einen Wahnsinn, besonders in einer Stadt, wo niemand meine Kunst kannte und wo die Sitten andere als im schwarzen Lande waren. Aber Kaptah blieb bei seiner Anschauung, und ich vermochte ihn nicht davon abzubringen, denn wenn er sich etwas in den Kopf gesetzt hatte, war er störrischer als ein Esel.

Er überredete mich auch, die geschicktesten Ärzte Simyras aufzusuchen und ihnen folgendes zu sagen: »Ich bin ein ägyptischer Arzt, Sinuhe, dem der neue Pharao den Namen ›Er, der einsam ist‹ verliehen hat, und ich erfreute mich in meiner Heimat eines großen Rufes. Ich erwecke Tote und mache Blinde sehend, wenn mein Gott es will, denn ich habe einen kleinen, aber mächtigen Gott in einem Schrein mitgebracht. Die Kenntnisse sind jedoch nicht überall die gleichen, noch weniger die Krankheiten. Deshalb bin ich in eure Stadt gekommen, um Krankheiten zu studieren, zu heilen und um Nutzen aus euren Kenntnissen und eurer Weisheit zu ziehen. Ich denke nicht daran, euch in eurem löblichen Beruf zu stören, denn wer bin ich, daß ich mit euch wetteifern könnte? Auch ist das Gold wie Staub unter meinen Füßen, und deshalb schlage ich euch vor, mir solche Patienten zu schicken, denen euer Gott zürnt, so daß ihr sie nicht heilen könnt, besonders solche, die mit dem Messer behandelt werden sollten, da ihr ja kein Messer verwendet, damit ich untersuchen kann, ob mein Gott ihnen Heilung gewährt. Wenn ich einen solchen Kranken heile, gebe ich euch die Hälfte von dem Geschenk, das er mir macht, denn ich bin tatsächlich nicht hierhergekommen, um Gold, sondern um Wissen zu sammeln. Doch wenn ich ihn nicht heile, will ich auch keine Gabe von ihm annehmen, sondern sende ihn mit seiner Gabe zu euch zurück.«

Und die Ärzte Simyras, die ich in den Straßen und auf den Marktplätzen traf, wo sie Patienten suchten, und zu denen ich so sprach, kratzten sich die Bärte und sagten zu mir: »Du bist zwar jung, doch wahrlich hat dich dein Gott mit Weisheit gesegnet, denn deine Rede ist unseren Ohren wohlgefällig. Besonders was du über Gold und Gaben sagst, ist weise gesprochen. Auch was du über das Messer sagst, gefällt uns gut, denn wir heilen niemals Kranke mit dem Messer, weil ein Kranker, den man mit dem Messer berührt, noch sicherer stirbt, als wenn man ihn damit nicht berührt. Nur eins verlangen wir, und zwar, daß du niemanden durch Zauberei heilst, denn unsere eigene Zauberkunst ist gewaltig, und auf diesem Gebiet ist der Wetteifer in Simyra wie auch in anderen Städten an der Meeresküste bereits allzu groß.«

Was sie über die Zauberei sagten, stimmte; denn durch die Straßen streiften zahlreiche ungelehrte Männer, die nicht einmal schreiben konnten, aber Kranke durch Zauberei zu heilen versprachen und gute Tage in den Häusern der Leichtgläubigen hatten, bis ihre Patienten genasen oder starben. Auch hierin unterschieden sie sich von den Ägyptern, denn wie jeder weiß, darf in Ägypten Zauberei nur in den Tempeln vorkommen, wo sie von den Priestern des höchsten Grades ausgeübt wird, so daß sich alle anderen nur im geheimen mit der Zauberei abgeben können.

Die Folge von alldem aber war, daß Kranke zu mir kamen, die die anderen nicht zu heilen vermochten, die ich aber heilen konnte. Wem ich nicht zu helfen vermochte, den wies ich wieder an die Ärzte von Simyra. Aus dem Ammontempel holte ich mir heiliges Feuer in mein Heim, um mich nach Vorschrift zu läutern, und so wagte ich auch, das Messer zu verwenden und Operationen auszuführen, über die sich die Ärzte Simyras gewaltig wunderten. Auch gelang es mir, einem Blinden, den Ärzte und Zauberer erfolglos gepflegt hatten, indem sie ihm mit Speichel vermischte Erde auf die Augen strichen, das Augenlicht wiederzugeben. Ich heilte ihn mit der Nadel, wie es in Ägypten üblich ist, und verschaffte mir dadurch einen großen Ruf, obwohl der Kranke nach einiger Zeit die Sehkraft von neuem verlor, denn die Nadel bringt keine dauernde Heilung.

Die Kaufleute und die Reichen von Simyra führten ein müßiges, schwelgerisches Leben, waren dicker als die Ägypter und litten an Atemnot und Magenbeschwerden. Ich behandelte sie mit dem Messer, so daß das Blut wie bei Schweinen aus ihnen strömte, und als mein Vorrat an Arzneien zu Ende war, kam es mir sehr zustatten, daß ich gelernt hatte, Heilkräuter an den richtigen Tagen, je nach dem Stand des Mondes und der Sterne zu sammeln, denn hierin besaßen die Ärzte Simyras so geringe Kenntnisse, daß ich mich nicht auf ihre Arzneien zu verlassen wagte. Den Fettwänsten gab ich Arzneien, die ihre Magenschmerzen linderten und sie vor dem Ersticken bewahrten. Diese Mittel verkaufte ich zu hohen und nach den Vermögensumständen der Patienten angesetzten Preisen; ich ließ mich mit niemandem in Streit ein, sondern machte den Ärzten wie den Behörden der Stadt Geschenke, und Kaptah verbreitete meinen Ruf und gab den Bettlern und Märchenerzählern zu essen, damit sie meinen Namen in allen Straßen und auf allen Plätzen bekannt machten, auf daß er nicht vergessen werde.

Ich verdiente eine Menge Gold, und alles, was ich nicht selbst verbrauchte oder verschenkte, legte ich in den Handelshäusern von Simyra an, die ihre Schiffe nach Ägypten, nach den Meeresinseln und nach dem Lande der Hetiter sandten. So wurde ich Teilhaber an vielen Schiffen, bald zu einem Hundertstel, bald zu einem Fünfhundertstel, je nach meinen augenblicklichen Mitteln. Es gab Schiffe, die niemals wiederkehrten, die meisten aber kamen zurück, und mein Gold wurde in den Büchern der Handelshäuser verdoppelt oder verdreifacht. Diese in Ägypten unbekannte Sitte war in Simyra üblich, und sogar die Armen beteiligten sich und vermehrten auf diese Art ihre Mittel oder verarmten noch mehr dabei, denn zehn, zwanzig Arme konnten ihr Kupfer zusammenschieben, um gemeinsam ein Tausendstel eines Schiffes und seiner Last zu kaufen. Auch brauchte ich auf diese Art mein Gold nicht zu Hause aufzubewahren, wo es leicht Diebe und Räuber hätte anlocken können, sondern mein ganzes Gold war in den Handelshäusern angelegt und in ihren Büchern eingeschrieben. Wenn ich in andere Städte, wie Sidon oder Byblos, reiste, um dortige Patienten zu heilen, hatte ich es auch nicht nötig, Gold mitzunehmen, sondern das Handelshaus gab mir eine Lehmtafel, die ich nur in den Handelshäusern von Byblos und Sidon vorzuzeigen brauchte, um Gold zu erhalten. Aber meistens brauchte ich es gar nicht zu tun, weil ich Gold von den Kranken erhielt, die ich heilte, nachdem sie mich aus Simyra hatten kommen lassen, weil sie das Vertrauen zu den Ärzten ihrer eigenen Stadt verloren hatten.

Ich hatte Erfolg, mein Vermögen wuchs, und Kaptah wurde feist, kleidete sich in kostbare Gewänder, salbte sich mit wohlriechenden Ölen und begann mir oft zu widersprechen, bis ich ihn mit dem Stock zurechtwies. Doch warum es mir so gut erging, kann ich nicht sagen.

2

Aber nach wie vor fühlte ich mich einsam, und das Leben bereitete mir keine Freude. Auch des Weines ward ich überdrüssig, denn er vermochte mein Herz nicht zu erquicken, sondern ließ mein Gesicht dunkel wie Ruß werden, so daß mir jedesmal, wenn ich Wein getrunken hatte, zum Sterben war. Deshalb erweiterte ich meine Kenntnisse und erlernte die Sprache und die Schrift Babyloniens, und so fand ich tagsüber keine Mußestunde mehr, und des Nachts schlief ich tief und schwer. Denn sobald ich müßig ging, schwoll mir das Herz, und der Kummer über mich selbst und meine Taten fraß daran wie Lauge.

Ich lernte auch die Götter Syriens kennen, weil ich sehen wollte, ob sie mir etwas zu sagen hätten. Wie alles übrige sind auch die Götter in Simyra anders als in Ägypten. Der große Gott war der Baal Simyras, und er war ein grausamer Gott, dessen Priester sich entmannten, und der Menschenblut verlangte, um der Stadt gewogen zu sein. Auch das Meer forderte seine Opfer. Baal verlangte sogar kleine Kinder, so daß die Kaufleute und Behörden Simyras stets auf der Suche nach neuen Opfern waren. Deshalb sah man in Simyra keinen einzigen gebrechlichen Sklaven, und das arme Volk wurde für das geringste Verbrechen mit grausamen Strafen belegt; zum Beispiel wurde ein Mann, der einen Fisch stahl, um seine Familie zu ernähren, als Opfer auf dem Altar des Baal zerstückelt; hingegen erhielt ein Mann, der einen anderen mit falschen Gewichten oder unreinem Gold betrog, keine Strafe, sondern den Ruf eines schlauen Kaufmanns, denn man sagte: »Der Mensch ist dazu da, um betrogen zu werden.« Die Kaufleute und Kapitäne stahlen daher Kinder sogar aus dem entlegenen Ägypten und von den bewohnten Küsten, um sie Baal zu opfern, und das wurde ihnen als großes Verdienst angerechnet.

Ihre weibliche Gottheit war Aschtart, auch Ischtar genannt, wie die Göttin Ninives, sie hatte viele Brüste und wurde jeden Tag mit Schmuck behängt und in dünne Gewänder gehüllt, und der Dienst an ihr wurde von Frauen verrichtet, die aus irgendeinem Grunde Tempeljungfrauen genannt wurden, obwohl sie wahrhaftig alles andere als jungfräulich waren. Im Gegenteil war es ihre Aufgabe, sich mit den Besuchern des Tempels der Wollust hinzugeben, weil das als ein der Göttin wohlgefälliges Tun betrachtet wurde, das um so wohlgefälliger war, je mehr Gold und Silber der Gast dem Tempel spendete. Deshalb wetteiferten die Frauen untereinander, den Männern zu Gefallen zu sein, und sie wurden schon von Kindheit an dazu erzogen, den Männern auf vielerei Art Lust zu bereiten, damit die Männer ihretwegen der Aschtart viel Gold opfern sollten. Auch das war anders als in Ägypten, wo es eine große Sünde ist, auf dem Gebiet des Tempels sich mit einer Frau einzulassen, und derjenige, der dabei ertappt wird, in die Gruben gesandt wird, während der Tempel gereinigt werden muß.

Ihre eigenen Frauen aber bewachten die Kaufleute Simyras streng, hielten sie in ihren Häusern eingeschlossen und hüllten sie von Kopf bis Fuß in dicke Kleider, damit sie keine fremden Männer durch ihr Äußeres locken sollten. Die Männer selbst gingen jedoch in die Tempel, um Abwechslung zu suchen und den Göttern wohlgefällig zu sein. Deshalb gab es in Simyra keine Freudenhäuser wie in Ägypten, sondern wer durch die Tempeljungfrauen nicht befriedigt wurde, mußte sich eine Frau nehmen oder auf dem Markt ein Sklavenmädchen kaufen, um mit ihr der Lust zu pflegen. Sklavinnen gab es täglich zum Verkauf, denn unaufhörlich liefen Schiffe in den Hafen von Simyra ein, und es gab Sklavinnen von verschiedenen Farben und Größen, dicke und magere, Kinder und Jungfrauen, je nach Wunsch und Geschmack des Käufers. Die gebrechlichen Sklaven aber kaufte die Stadtverwaltung zu billigem Preis, um sie Baal zu opfern, und dann lächelten die Männer, schlugen sich an die Brust und hielten sich für riesig schlau, weil sie ihren Gott übertölpelt hatten. Wenn aber ein Sklave sehr alt, ohne Zähne und Beine und todkrank war, taten sie dem Gott eine Binde vor die Augen, damit er die Gebrechen des Opfers nicht sehen, sondern sich nur an dem Geruch des Blutes, das zu seinen Ehren floß, weiden solle.

Auch ich brachte Baal Opfer dar, da er der Gott der Stadt war und man am besten tat, auf gutem Fuß mit ihm zu stehen. Doch als Ägypter kaufte ich keine Menschenopfer, sondern brachte ihm Gold dar. Hie und da besuchte ich auch den Tempel der Aschtart, der abends geöffnet wurde, und lauschte der Musik und sah zu, wie die Tempelfrauen, die ich nicht Jungfrauen nennen will, wollüstige Tänze zu Ehren der Göttin aufführten. Weil es so üblich war, pflegte ich der Lust mit ihnen, und zu meinem großen Erstaunen lehrten sie mich allerlei Dinge, die ich nie gekannt hatte. Aber mein Herz ergötzte sich nicht an ihnen, sondern all das tat ich nur aus Neugier, und nachdem sie mich alles gelehrt hatten, was sie zu lehren vermochten, ward ich ihrer überdrüssig und ging nicht mehr in ihren Tempel, und nach meiner Ansicht gibt es nichts Einförmigeres als ihre Kunst.

Kaptah war besorgt um mich und schüttelte oft das Haupt, wenn er mich ansah, denn mein Gesicht begann zu altern, und die Falten zwischen meinen Augenbrauen vertieften sich, und mein Herz verschloß sich immer mehr. Deshalb wollte er, daß ich mir eine Sklavin verschaffe, um mit ihr in meinen Mußestunden der Liebe zu pflegen, denn ich konnte mir keine Frau aus dem fremden Volk nehmen, und da ich nicht in der ägyptischen Kolonie verkehrte, konnte ich auch nicht solche Frauen ergötzen, deren Männer sich auf Reisen befanden oder zum Kriegsdienst in das Innere des Landes einberufen waren. Da Kaptah meinem Haushalt vorstand und mein dazu bestimmtes Gold auf sich trug, kaufte er mir eines Tages ein Sklavenmädchen nach seinem Geschmack, wusch, kleidete und salbte es und zeigte es mir am Abend, als ich, von meiner Arbeit erschöpft, in Ruhe zu Bett gehen wollte.

Diese Sklavin stammte von den Meeresinseln. Ihre Haut war weiß, ihre Zähne makellos. Sie war nicht mager, und ihre Augen waren rund und sanft wie die einer jungen Kuh. Sie betrachtete mich demütig und fürchtete sich vor der fremden Stadt, in der sie gelandet war. Kaptah zeigte sie mir und beschrieb mit Eifer ihre Schönheit, und da versuchte ich ihm zuliebe mit ihr der Liebe zu genießen. Doch obgleich ich mein Bestes tat, um nicht einsam zu sein, fand mein Herz keine Freude an ihr, und ich konnte sie nicht meine Schwester nennen.

Aber ich beging einen großen Fehler, indem ich freundlich zu ihr war, denn sie wurde hochmütig und störte mich sehr, wenn ich mit meinen Patienten beschäftigt war. Sie aß viel, wurde dick, verlangte stets allerlei Schmuck und neue Kleider, folgte mir auf Schritt und Tritt und wollte mich unaufhörlich zur Fleischeslust verführen. Es half nichts, daß ich wegfuhr, das Landesinnere bereiste und die Küstenstädte besuchte, denn bei meiner Heimkehr war sie die erste, die mir begegnete; sie weinte vor Wiedersehensfreude und begann mich von neuem zu verfolgen, damit ich mich mit ihr der Lust hingeben solle. Es half auch nichts, daß ich in meinem Zorn mit einem Stock auf sie einhieb, denn dadurch wurde sie noch hitziger als zuvor und bewunderte meine Kraft, so daß mir das Leben in meinem Haus unerträglich wurde. Schließlich wollte ich sie Kaptah überlassen, der sie nach seinem Geschmack gewählt hatte, damit er sich an ihr ergötzen solle und ich Ruhe bekäme. Sie aber traktierte Kaptah mit Bissen und Stößen und verfluchte ihn sowohl in der Sprache Simyras, von der sie einige Brocken aufgeschnappt hatte, als auch in der Sprache ihrer Meeresinseln, die keiner von uns beiden verstand. Und es half auch nichts, daß wir beide sie prügelten, denn um so heißer sehnte sie sich danach, ihren Leib mit dem meinigen zu verschmelzen.

Aber der Skarabäus sollte mir Glück bringen, denn eines Tages kam ein Fürst aus dem Landesinnern als Patient zu mir. Er war König der Amoriter und hieß Aziru. Er hatte von meinem Ruhm vernommen. Ich behandelte seine Zähne, setzte ihm als Ersatz für einen im Kampf mit den Nachbarn verlorenen Zahn einen neuen aus Elfenbein ein und überzog seine schadhaften Zähne mit Gold. Das alles tat ich, so gut ich es vermochte, und während er sich in Simyra aufhielt, um mit den Behörden der Stadt über Angelegenheiten zwischen den Amoritern und Simyra zu verhandeln, suchte er mich täglich auf. So bekam er meine Sklavin zu sehen, die ich nach dem Meeresinseln Keftiu nannte, weil ich ihren richtigen heidnischen Namen nicht aussprechen konnte, und er fand großes Wohlgefallen an ihr. Dieser Aziru war von weißer Hautfarbe und stark wie ein Stier. Sein Bart war blauschwarz und glänzend, und seine Augen blitzten übermütig, und nun begann Keftiu ihn ihrerseits mit Verlangen zu betrachten, denn alles Fremdartige zieht Frauen an. Vor allem gefiel ihm Keftius Leibesumfang, obgleich das Mädchen noch jung war, und ihre Kleider, die sie nach kretischer Mode trug, erregten die Gier des Fürsten ganz besonders, weil sie den Hals bedeckten, die Brüste hingegen frei ließen, während er gewöhnt war, seine Frauen von Kopf bis Fuß eingehüllt zu sehen. Deshalb vermochte er sein Verlangen schließlich nicht länger zu beherrschen, sondern seufzte tief und sagte zu mir:

»Wahrlich, Sinuhe, du Ägypter, ich bin dein Freund, und du hast meine Zähne gepflegt und hast es zustande gebracht, daß mein Mund von Gold glänzt, sobald ich ihn öffne, und darum wird auch dein Ruhm im Lande der Amoriter groß sein. Für deine Hilfe werde ich dir so reiche Geschenke machen, daß du die Hände vor Staunen heben wirst. Trotzdem bin ich gegen meinen Wunsch gezwungen, dich zu kränken, denn seit ich das Weib gesehen, das in deinem Hause wohnt, habe ich Gefallen an ihm gefunden und kann meinem Verlangen nicht mehr widerstehen, und diese Krankheit kann selbst deine Kunst niemals heilen. Denn so stark ist mein Verlangen nach dem Weib, daß ich es für eine Krankheit halte. Da ich noch nie ein Weib wie sie gesehen, verstehe ich wohl, daß du sie sehr lieben mußt, wenn sie dich nachts auf deinem Lager wärmt. Trotzdem verlange ich sie von dir, um sie zu meiner Frau neben meinen anderen Frauen zu machen, damit sie nicht länger Sklavin bleibe. Das alles sage ich dir offen, denn ich bin dein Freund und ein ehrlicher Mann und werde für sie bezahlen, was immer du verlangst. Doch ebenso offen sage ich dir, daß ich sie dir mit Gewalt rauben und in mein Land entführen werde, falls du nicht gutwillig auf sie verzichtest. Selbst wenn du mit diesem Weib aus Simyra flüchtetest, ich würde euch finden. Ja, meine Sendlinge würden euch am Weltende finden und dich töten und sie zu mir bringen. All das sage ich dir, weil ich ein rechtschaffener Mann und dein Freund bin und dich nicht mit falscher Rede hinters Licht führen will.«

Ich war so entzückt von seinen Worten, daß ich die Hände zum Zeichen der Freude hob, aber Kaptah, der sie ebenfalls vernommen hatte, begann sein Haar zu raufen und jammerte: »Das ist ein böser Tag, und es wäre besser, mein Herr wäre nie geboren worden, da du ihm die einzige Frau, an der sein Herz Freude hat, rauben willst. Und dieser Verlust ist unersetzlich, denn sie ist meinem Herrn teurer als Gold und alle Edelsteine und alles Räucherwerk der Welt, denn sie ist wahrhaft schöner als der Vollmond, und ihr Bauch ist rund und weiß wie ein Weizenhaufen, obwohl du, Fürst, ihn noch nie gesehen hast, und ihre Brüste sind wie Melonen, was du mit eigenen Augen sehen kannst.«

Das sagte er, weil er die Gebräuche der Kaufleute Simyras erforscht hatte und einen möglichst hohen Preis für das Mädchen erzielen wollte, obwohl wir beide nichts sehnlicher wünschten, als sie loszuwerden. Als Keftiu das hörte, brach auch sie in Tränen aus und versicherte, daß sie mich niemals verlassen werde, aber während sie weinte, schielte sie zwischen den Fingern hindurch auf den Fürsten und seinen krausen Bart.

Ich hob meine Hände, brachte sie zum Schweigen, und indem ich mich zwang, ernst zu bleiben, sagte ich: »Fürst Aziru, König der Amoriter und mein Freund! Allerdings ist diese Frau meinem Herzen lieb, und ich nenne sie meine Schwester, doch ist deine Freundschaft mir mehr wert als alles andere, und deshalb gebe ich sie dir als Unterpfand unserer Freundschaft, nicht gegen Bezahlung, sondern als Geschenk.«

Aziru stieß einen lauten Freudenruf aus und sagte: »Wahrlich, Sinuhe, obwohl du ein Ägypter bist und alles Schlechte aus Ägypten kommt, sollst du von diesem Tag an mein Bruder und mein Freund sein, und gesegnet sei dein Name im Lande der Amoriter. Wenn du mich brauchst, sollst du, von allen Vornehmen und allen anderen Gästen, selbst wenn es Könige sein sollten, an meiner Rechten sitzen, das schwöre ich.«

Nachdem er das gesagt hatte, lachte er, daß die goldenen Zähne in seinem Munde blitzten, und betrachtete Keftiu, die zu weinen aufgehört hatte, und wurde ernst. Seine Augen begannen wie Brände zu glühen, und er riß das Mädchen an sich, daß die Melonen hüpften, und warf sie in die Sänfte, als ob sie federleicht wäre. So verschwand er mit Keftiu, und drei Tage lang bekamen weder ich noch jemand anders in Simyra ihn zu Gesicht, denn er schloß sich mit dem Mädchen drei Tage und drei Nächte in seiner Herberge ein. Kaptah und ich aber waren hocherfreut, das lästige Weib endlich losgeworden zu sein. Doch tadelte mich Kaptah, weil ich keine Geschenke verlangt hatte, obgleich Aziru bereit gewesen wäre, mir alles, was ich verlangt hätte, dafür zu geben. Aber ich sagte zu Kaptah:

»Ich habe mir Azirus Freundschaft gesichert, indem ich ihm das Mädchen schenkte. Man kann nie wissen, was der morgige Tag bringt. Und wenn das Land der Amoriter auch klein und unbedeutend ist und nichts als Esel und Schafe züchtet, so ist die Freundschaft eines Königs immerhin nicht zu verachten und vielleicht sogar mehr wert als Gold.«

Kaptah schüttelte den Kopf, salbte aber unseren Skarabäus mit Myrrhe und brachte ihm frischen Mist dar zum Dank dafür, daß wir Keftiu losgeworden waren.

Bevor Aziru in sein Land zurückreiste, suchte er mich nochmals auf, verneigte sich bis zum Boden und sagte: »Ich biete dir keine Geschenke an, Sinuhe, denn du hast mir etwas gegeben, das nicht durch Geschenke aufzuwägen ist. Das Weib ist noch wunderbarer, als ich glaubte, ihre Augen sind wie bodenlose

Brunnen, und ich kann nicht genug von ihr bekommen, obgleich sie aus mir bereits so viel an Manneskraft gesogen hat, wie man Öl aus Oliven preßt. Ehrlich gesprochen, mein Land ist nicht besonders reich, und ich kann Gold nicht anders beschaffen als durch die Besteuerung durchreisender Kaufleute und durch Heereszüge gegen meine Nachbarn, aber dann fallen die Ägypter sofort wie Bremsen über mich her, und ich verliere dabei oft mehr, als ich gewinne. Deshalb vermag ich auch nicht, dir die deiner Verdienste entsprechenden Gaben zu spenden, und ich bin erbittert auf Ägypten, das die frühere Freiheit meines Landes erdrosselt hat, so daß ich nicht länger Kriege führen und Kaufleute ausplündern kann, wie es bei meinen Vätern Sitte war. Eines aber verspreche ich dir: Wann immer du zu mir kommen und was immer du von mir begehren magst, ich werde es dir, falls es nur in meiner Macht steht, gewähren, vorausgesetzt, daß du mich nicht um diese Frau oder um Pferde bittest, denn Pferde besitze ich sehr wenige und brauche sie für meine Streitwagen. Aber was du auch sonst von mir verlangst, werde ich dir geben, wenn es in meiner Macht steht. Und sollte jemand dich erzürnen, so laß es mich wissen. Meine Leute werden ihn erschlagen, wo immer er sich befinden mag, denn ich habe Leute in Simyra – was zwar nicht alle wissen –, und auch in anderen Städten Syriens gibt es von meinen Leuten. Ich bitte dich nur, dieses Geheimnis nicht zu verraten. Ich sage es dir auch nur, damit du weißt, daß ich jeden dir Mißliebigen umbringen lassen kann, ohne daß jemand es erfahren und ohne daß dein Name in die Sache verwickelt wird. So groß ist meine Freundschaft für dich.«

Nach diesen Worten umarmte er mich nach syrischer Sitte, und ich sah, daß er mich verehrte und bewunderte, denn er nahm die Goldkette von seinem Hals und hängte sie mir um den Hals, obwohl das zweifellos ein großes Opfer für ihn bedeutete, denn er seufzte tief dabei. Deshalb nahm ich meine eigene goldene Halskette ab, die eine Gabe des reichsten Reeders von Simyra war, dem ich das Leben seiner Frau bei einer schweren Entbindung gerettet hatte, und hängte sie ihm um; und er verlor nicht bei dem Tausch, was ihn sehr erfreute. So nahmen wir Abschied voneinander.

3

Nachdem ich jenes Weib losgeworden war, fühlte sich mein Herz leicht und beschwingt wie ein Vogel, und meine Augen sehnten sich nach neuen Dingen, und Ratlosigkeit erfüllte meinen Sinn, so daß ich mich nicht länger in Simyra heimisch fühlte. Wieder war es Frühling, im Hafen wurden die Schiffe für lange Reisen ausgerüstet, und als der Boden zu grünen begann, gingen die Priester zur Stadt hinaus, um ihren Gott Tamuz wieder auszugraben, den sie im Herbst unter großem Wehklagen und unter blutigen Selbstquälereien begraben hatten.

In meiner Ratlosigkeit folgte ich den Priestern und dem Menschenstrom, und der Boden war leuchtend grün, das Laub sproß an den Bäumen, die Tauben girrten, und die Frösche quakten in den Teichen. Die Priester wälzten den Stein von der Grabesöffnung, holten ihren Gott hervor und brachen in Jubelrufe aus, weil er, wie sie behaupteten, wieder zum Leben auferstanden sei. Auch das Volk brach in Freudengeschrei aus, brüllte, tobte und brach Zweige von den Bäumen und trank Wein und Bier an den Marktständen, die die Kaufleute in größter Eile um das Grab herum aufgeschlagen hatten. Als die Nacht herniedersank, warfen die Frauen ihre Kleider von sich und liefen über die Wiesen, und niemand fragte danach, ob sie verheiratet oder ledig waren, sondern ein jeder nahm, wen er gerade erhaschen konnte, so daß die Wiesen und Hänge von Liebespaaren wimmelten. Auch hierin unterschieden sie sich von den Ägyptern. Bei ihrem Anblick spürte ich Neid und dachte, daß ich gewiß schon bei der Geburt alt war, so wie das schwarze Land älter als alle anderen Länder ist, während dies hier junge Völker sind, die ihren Göttern auf ihre Weise huldigten.

Mit dem Frühling verbreitete sich auch die Kunde, daß die Chabiri aus der Wüste eingefallen waren, die syrischen Grenzgebiete von Süden bis Norden plünderten, Dörfer verbrannten und Städte belagerten. Aber auch die Streitkräfte des Pharao kamen aus Tanis durch die Wüste Sinai gezogen und bekämpften die Chabiri, nahmen ihre Anführer gefangen und trieben sie in die Wüste zurück. Dies geschah regelmäßig jeden Frühling. Diesmal aber waren die Einwohner Simyras besorgt, denn die Chabiri hatten eine Stadt trotz ihrer ägyptischen Garnison geplündert, ihren König getötet und alle Ägypter, sogar Frauen und Kinder, mit dem Schwert erschlagen, statt sie gefangenzunehmen und Lösegeld zu verlangen. So etwas war seit Menschengedenken nicht vorgekommen, da die Chabiri für gewöhnlich befestigte Städte mieden.

Somit war der Krieg in Syrien ausgebrochen, und ich hatte noch nie einen Krieg gesehen. Deshalb begab ich mich zu den Truppen des Pharao, denn ich wollte den Krieg erleben, um zu sehen, ob er mir etwas zu sagen habe, und um die von Schlagwaffen und Streitkolben verursachten Wunden zu studieren. Vor allem aber reiste ich hin, weil Haremhab Befehlshaber der Truppen des Pharao war und ich mich in meiner Einsamkeit danach sehnte, das Gesicht eines Freundes zu sehen und seine Stimme zu vernehmen. Deshalb focht ich einen Kampf mit mir selber aus und kam zu dem Schluß, daß er mich ja nicht mehr zu kennen brauche, falls er sich meiner Missetat schäme. Doch die Zeit war vergangen, und in zwei Jahren war mir vieles widerfahren, und vielleicht war auch mein Herz abgestumpft, denn die Erinnerung an meine Schmach flößte mir nicht mehr das gleiche Entsetzen ein wie früher. Deshalb machte ich mich auf und fuhr mit einem Schiff längs der Küste südwärts, um dann einer Proviantkolonne, deren Ochsen Getreidekisten zogen und deren Esel Öl- und Weinkrüge und Zwiebelsäcke trugen, in das Landesinnere zu folgen. So gelangte ich in eine kleine, auf einem Berg gelegene, von Mauern umgebene Stadt namens Jerusalem. Dort befand sich eine kleine ägyptische Garnison, und diese Stadt hatte Haremhab zu seinem Hauptquartier für den weiteren Feldzug ausersehen. Die Gerüchte in Simyra hatten jedoch die Stärke der ägyptischen Armee bedeutend übertrieben, denn Haremhab verfügte bloß über eine Abteilung Streitwagen und über ein paar tausend Bogenschützen und Speersoldaten, während die Horden der Chabiri dieses Jahr angeblich zahlreicher als der Wüstensand waren.

Haremhab empfing mich in einer schmutzigen Lehmhütte und sagte:

»Ich kannte einst einen Sinuhe, der ebenfalls Arzt war, und er war mein Freund.« Er betrachtete mich, und der syrische Mantel, den zu tragen ich mich gewöhnt hatte, erregte sein Staunen. Auch war ich, genau wie er, älter geworden, und mein Gesicht hatte sich verändert. Dennoch erkannte er mich wieder und hob seine golddurchwirkte Offizierspeitsche zum Gruß und lächelte und sagte: »Bei Ammon, du bist Sinuhe, den ich tot wähnte.« Er schickte seine Stabsoffiziere und die Schreiber mit ihren Karten und Schriften aus dem Gemach und verlangte Wein und bot mir zu trinken an und sagte: »Seltsam sind die Wege Ammons, daß wir uns hier in dem roten Land in diesem Drecknest treffen mußten.« Seine Worte rührten das Herz in meiner Brust, und ich erkannte, wie sehr ich ihn vermißt hatte. Ich berichtete ihm, soviel ich für passend hielt, von meinem Leben und meinen Abenteuern, und er sagte:

»Wenn du Lust hast, kannst du als Arzt unseren Truppen folgen und die Ehre mit mir teilen, denn ich werde diesen schmutzigen Chabiri wahrhaftig eine solche Lehre erteilen, daß sie an meinen Namen denken und es bitter bereuen, überhaupt geboren zu sein.« Und weiter sagte er: »Als wir uns zum erstenmal sahen, war ich gewiß ein recht dummer Jüngling, der den Dreck zwischen den Zehen noch nicht abgewaschen hatte. Du warst schon damals ein Weltmann und gabst mir gute Ratschläge. Jetzt weiß ich schon bedeutend mehr, und in der Hand trage ich, wie du siehst, eine vergoldete Peitsche. Doch habe ich sie durch erbärmliche Arbeit in der Leibwache des Pharao verdient, nämlich durch die Jagd auf Räuber und Verbrecher, die er in seiner Torheit aus den Gruben freigelassen und die zu töten wir große Mühe hatten. Als ich aber von dem Angriff der Chabiri hörte, bat ich den Pharao um Truppen, und kein höherer Offizier wetteiferte mit mir, denn in der nächsten Umgebung des Pharao regnet es mehr Gold und Ehrenabzeichen als in der Wüste, und die Chabiri besitzen scharfe Speere, und ihr Streitruf klingt, wie ich bereits erfahren habe, schauerlich. So verschaffte ich mir endlich Gelegenheit, Erfahrungen zu sammeln und die Truppen in wirklichen Kämpfen zu üben, aber der Pharao ist einzig darum besorgt, daß ich seinem Gott einen Tempel hier in Jerusalem errichte und die Chabiri ohne Blutvergießen vertreibe.« Haremhab brach in lautes Lachen aus und schlug sich mit der Peitsche auf die Beine. Auch ich mußte lachen, doch sein Gelächter verstummte bald, und er trank einen Schluck Wein und sagte:

»Um die Wahrheit zu sagen, Sinuhe, ich habe mich seit unserem letzten Zusammentreffen sehr verändert, denn ein Mensch, der in der Nähe des Pharao lebt, muß sich verändern, ob er will oder nicht. Er beunruhigt mich, denn er denkt viel und spricht von seinem Gott, der anders als die anderen Götter ist, so daß auch ich in Theben oft ein Gefühl hatte, als ob Ameisen in meiner Hirnschale herumkrabbelten, und ich konnte nachts keinen Schlaf finden, wenn ich nicht Wein trank oder mich mit Frauen abgab, um mir den Kopf zu lüften. So seltsam ist sein Gott. Und sein Gott hat keine Gestalt, obgleich er überall anwesend ist, und sein Bild ist rund, und seine Hände segnen alles in der Schöpfung, und zwischen dem Sklaven und dem Vornehmen besteht vor diesem Gott kein Unterschied. Sage mir, Sinuhe, ob das nicht Hirngespinste eines kranken Mannes sind? Ich nehme an, daß er als Kind von einem kranken Affen gebissen wurde. Denn kein anderer als ein Tor kann sich einbilden, daß man die Chabiri ohne Blutvergießen vertreiben kann. Sobald du ihr Kampfgeheul gehört hast, wirst du mir recht geben. Doch mag der Pharao sich die Hände waschen, falls es seine Absicht ist. Ich nehme gerne vor seinem Gott die Sünde auf mich und zermalme die Chabiri unter meinen Streitwagen.«

Er trank von neuem und sagte: »Horus ist mein Gott, und ich habe auch nichts gegen Ammon einzuwenden, denn in Theben habe ich eine Menge wirkungsvoller Flüche in seinem Namen gelernt, die auf die Soldaten Eindruck machen. Aber ich verstehe schon, daß Ammon zu mächtig geworden ist und daß der neue Gott daher mit ihm wetteifern soll, um die Macht des Pharao zu festigen. Das hat mir die große königliche Mutter selbst gesagt; und auch der Priester Eje, der jetzt den Krummstab zur Rechten des Königs trägt, hat es bestätigt. Mit Hilfe Atons wollen sie Ammon stürzen oder wenigstens dessen Macht beschränken, denn es schickt sich wahrlich nicht, daß die Priester Ammons über dem König stehen und Ägypten beherrschen. Das ist staatsklug und richtig gedacht, und als Soldat verstehe ich die Unentbehrlichkeit des neuen Gottes wohl. Auch hätte ich nichts dagegen, wenn der Pharao sich damit begnügte, ihm Tempel zu errichten und Priester in den Dienst zu stellen, aber der Pharao denkt zuviel an seinen Gott und spricht zuviel von ihm, und bei allem, was geschieht, bringt er früher oder später seinen Gott zur Sprache. Damit macht er die Menschen in seiner Umgebung noch verrückter, als er selbst es ist. Er behauptet, von der Wahrheit zu leben, aber die Wahrheit ist wie ein scharfes Messer in einer Kinderhand, und noch gefährlicher wird sie in der Hand eines Toren, denn das Messer muß in der Scheide getragen und nur bei wirklichem Bedarf verwendet werden. So verhält es sich auch mit der Wahrheit, und niemandem wird die Wahrheit gefährlicher als dem, der zu herrschen und zu befehlen hat.«

Er trank wieder Wein und fuhr dann fort: »Ich verdanke es meinem Falken, daß ich Theben verlassen durfte, denn Theben ist seines Gottes wegen ein Schlangennest geworden, und ich mag mich nicht in die Zwistigkeiten zwischen Göttern einmischen. Die Priester Ammons erzählen bereits eine Menge netter Geschichten über die Herkunft des Pharao und hetzen das Volk gegen seinen neuen Gott auf. Auch seine Ehe hat Ärgernis erregt, denn die Prinzessin von Mitani, die mit Puppen spielte, starb plötzlich, und der Pharao hat ein Mädchen namens Nofretete, eine Tochter des Priesters Eje, zur großen königlichen Gemahlin erhoben. Zwar ist Nofretete schön und kleidet sich gut, aber sie ist sehr eigenmächtig und in jeder Hinsicht die Tochter ihres Vaters.«

»Wie starb die Prinzessin von Mitani?« fragte ich, denn ich hatte dieses Kind in Theben gesehen, dessen große Augen erschrocken die Stadt betrachteten, als es, wie ein Götterbild geschmückt und gekleidet, durch die Allee der Widder zum Tempel getragen wurde.

»Die Ärzte behaupten, sie habe das Klima Ägyptens nicht vertragen«, sagte Haremhab lachend. »Das ist eine dicke Lüge, denn wie alle wissen, hat kein Land ein gesünderes Klima als Ägypten. Aber wie du selbst weißt, ist die Kindersterblichkeit groß im Frauenhaus des Pharao, größer sogar als im Armenviertel von Theben, was fast nicht zu glauben ist. Man tut am besten, keine Namen zu nennen, doch würde ich meinerseits meinen Streitwagen vor das Haus des Priesters Eje fahren, wenn ich es bloß wagte.«

Hierauf gingen wir schlafen. Haremhab in der Lehmhütte, ich in einem mir zur Verfügung gestellten Zelt.

Am Morgen weckten mich Hornstöße, die Soldaten versammelten sich in Gruppen und ordneten sich in Reihen, und die Unteroffiziere und Befehlshaber liefen die Reihen entlang, brüllten sie an und versetzten ihnen Stöße und hieben mit den Peitschen auf sie ein. Als alle aufgestellt waren, trat Haremhab mit der Peitsche aus der Lehmhütte, und ein Diener hielt einen Sonnenschirm über sein Haupt und verjagte die Fliegen mit einer Klappe, während er eine Ansprache an die Soldaten richtete. Haremhab sagte folgendes:

»Ägyptische Soldaten! Wenn ich ägyptische Soldaten sage, so meine ich damit auch euch, ihr dreckigen Neger, und euch, ihr schmutzigen syrischen Speerwerfer, wie auch euch, Schardanen und Streitwagenführer, die ihr in dieser ganzen blökenden und brüllenden Viehherde am meisten an Soldaten und Ägypter erinnert. Ich bin langmütig gegen euch gewesen und habe euch mit viel Geduld gedrillt, aber jetzt ist meine Langmut zu Ende, und ich mag euch nicht mehr zu Übungen kommandieren, denn schon beim Marsch zum Übungsplatz stolpert ihr über eure eigenen Speere, und wenn ihr im Laufen mit den Bogen schießt, fliegen eure Pfeile in alle Himmelsrichtungen, und ihr verletzt einander und verliert die Pfeile, was wir uns nicht leisten können. Gepriesen sei der Pharao und sein Leib in Ewigkeit erhalten! – Deshalb werde ich euch heute in den Kampf führen, denn meine Späher haben mir berichtet, daß die Chabiri ihr Lager jenseits der Berge aufgeschlagen haben; wie viele ihrer aber sind, kann ich nicht sagen, weil die Späher vor lauter Schrecken die Flucht ergriffen, ohne sie zu zählen. Doch hoffe ich, daß ihre Zahl hinreichen werde, um euch allen den Garaus zu machen, damit ich den Anblick eurer erbärmlichen Gesichter endlich loswerde und nach Ägypten zurückkehren kann, um eine Armee von richtigen, beutesüchtigen und ruhmbegierigen Männern zu sammeln. Jedenfalls will ich euch diese letzte Gelegenheit bieten. Du, Unteroffizier mit der gespaltenen Nase, versetz dem Schwein dort drüben, das sich während meiner Rede am Hintern kratzt, einen Fußtritt! Jawohl, heute gebe ich euch die letzte Gelegenheit.«

Haremhab warf den Kerlen zornige Blicke zu, die einen jeden trafen, und keiner getraute sich mehr, eine Bewegung zu machen, während er in seiner Rede fortfuhr:

»Ich werde euch zum Kampf führen, und ein jeder möge wissen, daß ich selbst an der Spitze in die Schlacht hinausfahren und nicht haltmachen werde, um mich umzusehen, wer mir folgt oder ob überhaupt einer mir folgt. Denn ich bin der Sohn des Horus, und der Falke fliegt vor mir her. Heute werde ich die Chabiri schlagen, und wenn es sein muß, ganz allein. Jedenfalls aber sage ich euch im voraus, daß meine Peitsche heute abend von Blut triefen wird, denn einen jeden, der mir nicht folgt, sondern sich zu verstecken oder gar zu fliehen versucht, werde ich eigenhändig auspeitschen, und zwar so, daß er wünscht, niemals geboren zu sein, und ich versichere euch, daß meine Peitsche ärger wütet als die Speere der Chabiri, die aus schlechtem Kupfer sind und leicht brechen. Und an den Chabiri ist nichts anderes furchtbar als ihre Stimmen, die wahrlich schreckerregend sind. Doch fürchtet einer von euch Geschrei, so soll er sich die Ohren mit Lehm verstopfen. Dadurch entsteht kein Schaden, weil bei dem Geheul der Chabiri doch niemand einen Befehl hören kann; daher soll ein jeder seinem Anführer, sollen alle meinem Falken folgen. Weiter will ich hinzufügen, daß die Chabiri in wilder Unordnung wie eine Viehherde kämpfen, während ich euch eingebleut habe, die Reihen zu halten, und im besonderen die Bogenschützen gedrillt habe, auf Befehl oder auf ein Zeichen zu gleicher Zeit zu schießen. Deshalb mögen Seth und alle seine Teufel einen jeden braten, der seinen Speer zu früh wirft oder seinen Pfeil ohne zu zielen abschießt. Zieht auch nicht jammernd wie alte Weiber in den Kampf, sondern versucht euch wenigstens wie Männer zu benehmen, welche Lendentücher und keine Weiberröcke tragen. Besiegt ihr die Chabiri, so dürft ihr das Vieh und ihre Habe unter euch verteilen und werdet reich werden, denn sie haben eine gewaltige Beute in den verbrannten Dörfern zusammengerafft. Ich selbst beabsichtige nicht, auch nur einen einzigen Sklaven oder Ochsen zu behalten, sondern alles dürft ihr unter euch aufteilen. Auch ihre Weiber könnt ihr nehmen, und ich glaube, ihr werdet euch heute abend gern mit ihnen ergötzen, denn die Frauen der Chabiri sind schön und feurig und lieben tapfere Krieger.«

Haremhab betrachtete seine Truppen, und plötzlich begannen die Männer im Chor zu schreien, mit den Speeren auf ihre Schilder zu trommeln und ihre Bogen zu schwenken. Haremhab lächelte, ließ die Peitsche lässig durch die Luft sausen und sagte:

»Wie ich sehe, brennt ihr vor Eifer, doch zuerst wollen wir Aton, dem neuen Gott des Pharao, einen Tempel weihen. Er ist zwar ein unkriegerischer Gott, weshalb ich nicht glaube, daß wir viel Nutzen von ihm haben werden. Deshalb mag die Hauptarmee den Marsch antreten und die Nachhut hierbleiben, um den Tempel einzuweihen. Ihr habt einen langen Marsch vor euch, denn ich beabsichtige, euch so müde wie möglich in den Kampf zu führen, damit euch keine Kraft zur Flucht mehr bleibt und ihr um so tapferer um euer Leben kämpft.«

Wieder schwang er lässig seine goldene Peitsche, und wieder riefen die Truppen laut vor Eifer und begannen in großer Unordnung aus der Stadt hinauszuströmen, und jede Truppe folgte ihrem Feldzeichen, das an der Spitze auf einer Stange vorangetragen wurde. So folgten sie Löwenschweifen, Sperbern und Krokodilhäuptern in den Kampf, und leichte Streitwagen fuhren den Truppen voraus, um den Weg zu sichern. Die höheren Befehlshaber aber und der Nachtrupp folgten Haremhab zum Tempel, der auf einem hohen Berg am Rande der Stadt errichtet worden war. Auf dem Wege dorthin hörte ich die Offiziere murren und unter sich sagen: »Hat man schon je so etwas gehört, daß der oberste Befehlshaber an der Spitze in die Schlacht zieht? Das gedenken wir jedenfalls nicht zu tun, denn es ist in allen Zeiten Sitte gewesen, daß Anführer und Offiziere in Sänften hinter den Truppen hergetragen werden; sie sind ja allein des Schreibens kundig, und wie könnten sie sich sonst merken, was die Soldaten tun, und die Feiglinge, die fliehen, strafen!« Haremhab hörte ihre Reden, sagte aber nichts dazu, sondern spielte nur lächelnd mit seiner Peitsche.

Der in aller Eile aus Holz und Lehm aufgeführte Tempel war klein und glich nicht den üblichen Tempeln, sondern war in der Mitte, wo der Altar stand, offen. Auch sah man kein Bildnis eines Gottes darin, so daß die Soldaten erstaunt nach ihm zu suchen begannen. Haremhab sprach:

»Sein Gott ist rund und gleicht der Sonnenscheibe: Sucht ihn also am Himmel, falls eure Augen es ertragen. Er segnet euch mit den Händen, obwohl ich befürchte, daß seine Finger euch heute auf dem Marsch im Rücken wie glühende Nadeln stechen werden.«

Die Soldaten aber murrten und klagten, der Gott des Pharao sei zu weit von ihnen entfernt. Sie wollten einen Gott haben, vor dem man sich zu Boden werfen und den man, falls man sich getraute, mit den Händen berühren konnte. Doch schwiegen sie, als der Priester hervortrat. Er war ein schlanker Jüngling mit klaren, lebhaften Augen, dessen Haupt nicht rasiert war und der ein weißes Achseltuch trug. Er brachte ein Opfer aus Frühlingsblumen, Öl und Wein auf dem Altar dar, das die Soldaten zu lautem Gelächter reizte. Er sang auch eine Hymne an Aton, von der behauptet wurde, der Pharao habe sie selbst verfaßt. Sie war sehr lang und einförmig, und die Soldaten lauschten mit offenem Mund und begriffen nichts davon. Er sang:

Schön hebst du dich am Horizont,
lebendiger Aton, Ursprung des Seins.
Steigst du am östlichen Himmel empor,
so füllst du die Länder mit Herrlichkeit,
denn schön bist du, groß und leuchtend,
hoch über der Erde.
Deine Strahlen umfassen alle Länder, die du geschaffen
und mit den Strahlen deiner Liebe verbindest.
Du weilst in der Ferne,

doch deine Strahlen fließen zur Erde,
erhaben bist du, doch deine Sohlen berühren den Staub.

Alsdann schilderte er die Finsternis der Nacht und die Löwen, die im Dunkel ihre Höhlen verlassen, und die Schlangen, die aus ihren Löchern kriechen, und viele Zuhörer wurden von Angst ergriffen. Er schilderte das klare Tageslicht und sang, daß die Vögel morgens ihre Schwingen zur Anbetung Atons heben. Auch versicherte er, dieser neue Gott befruchte den Samen des Mannes und verleihe der Frucht im Leib der Mutter Leben. Wenn man dem Priester zuhörte, konnte man glauben, daß es wirklich kein so geringes Ding in der Welt gäbe, womit dieser Aton sich nicht irgendwie beschäftigte, denn nach seiner Behauptung vermochte nicht einmal ein Küken ohne Atons Hilfe eine Schale aufzupicken und zu piepsen.

Weiter versicherte er, Aton habe sowohl den himmlischen als auch den irdischen Nil geschaffen, worauf die Offiziere knurrten: dann habe er sich in Ammons Angelegenheiten eingemischt. Die Jahreszeiten hatte er geschaffen, und er lebte in Millionen Gestalten in den Städten, den Dörfern und Siedlungen, auf dem Strom und den Landstraßen. Und der Priester schloß:

Du allein thronst in meinem Herzen,
und niemand kennt dich,
außer deinem Sohne, dem König.
Ihn weihst du in deine Pläne ein
und stärkst ihn mit deiner Kraft.
Die Welt ruht in deiner Hand,
so wie du sie geschaffen.
Die Menschen leben von deinem Lichte,
birgst du dein Antlitz vor ihnen, so müssen sie sterben;
denn du bist das Leben,
und durch dich lebt der Mensch.
Aller Augen schauen deine Herrlichkeit
bis zu deinem Untergehen,
und alle Arbeit ruht,
sobald du im Westen versinkst.

Seit du die Welt geschaffen,
hast du sie für das Kommen deines Sohnes bereitet,
für ihn, der deinem Schoß entsprungen,
für den König, der von der Wahrheit lebt,
für den Herrn der beiden Reiche, den Sohn des Rê,
für ihn, der von der Wahrheit lebt.
Für den Herrn der Kronen schufst du die Welt,
und für seine große, königliche Gemahlin,
für seine Geliebte, die Herrscherin beider Reiche,
für Nofretete, die leben und blühen möge von Ewigkeit zu Ewigkeit.

Die Soldaten lauschten und bohrten mit den Zehen im Sand. Als der Gesang schließlich zu Ende war, stießen sie erleichtert einen Ruf zu Ehren des Pharao aus, denn das einzige, was sie von der Hymne begriffen hatten, war die Absicht, den Pharao zu preisen und ihn als den Sohn Gottes anzurufen, was nur recht und billig war, denn so war es stets gewesen und würde es immer bleiben. Haremhab entließ den Priester, damit er, begeistert vom Beifall der Truppen, dem König über die Tempeleinweihung schreibe. Aber ich glaube, die Soldaten hatten wenig Freude an dem Gesang und den darin verkündeten Gedanken, denn sie bohrten mit den Zehen im Sand. Bald sollten sie in die Schlacht ziehen, und viele von ihnen sahen einem gewaltsamen Tod entgegen.

4

Die Nachhut trat den Marsch an, gefolgt von den Ochsenschlitten und den Packeseln. Haremhab eilte in seinem Wagen voraus, und auch die höheren Befehlshaber begaben sich in ihre Sänften und klagten über die Sonnenglut. Ich begnügte mich damit, gleich meinem Freunde, dem Proviantoffizier, auf dem Rücken eines Esels zu reiten, und nahm mein Arzneikästchen mit in der Annahme, daß es sich als nötig erweisen könnte.

Die Truppen marschierten bis zum Abend und rasteten bloß eine kurze Weile, um zu essen und zu trinken. Immer mehr Männer bekamen wunde Füße und blieben am Wegrand liegen, ohne sich erheben zu können, obwohl die Offiziere sie mit Peitschenhieben und Fußtritten dazu zwingen wollten. Die Soldaten sangen und fluchten abwechselnd, und als die Schatten länger wurden, begannen auf den umliegenden Bergen von unsichtbarer Hand abgeschossene Pfeile heranzufliegen, so daß von Zeit zu Zeit der eine oder andere in der ungeordneten Kolonne aufschrie und mit der Hand nach der Schulter griff, um einen Pfeil herauszuziehen, oder aufs Gesicht zu Boden stürzte. Aber Haremhab gab keinen Befehl, anzuhalten, um die Berge am Wege zu säubern, sondern beschleunigte sogar den Marsch, so daß die Truppen schließlich laufend vorrückten. Die leichten Streitwagen säuberten die Bahn, und bald entdeckten wir am Wegrand tote Chabiri in ihren zerlumpten Mänteln, Mund und Augen von Fliegenschwärmen umsummt. Einige der Soldaten lösten sich von der Masse und wendeten die Gefallenen, um nach Kriegsandenken zu suchen; aber die Leichen waren bereits ausgeplündert.

Der Proviantoffizier schwitzte auf dem Rücken seines Esels. Er bat mich, seiner Frau und seinen Kindern einen letzten Gruß zu überbringen, denn er ahne, daß dies sein letzter Tag sein werde. Er gab mir die Adresse seiner Frau in Theben und bat mich, dafür zu sorgen, daß niemand seine Leiche plündere, vorausgesetzt, daß nicht die Chabiri uns alle vor dem Abend totgeschlagen hätten, was er mit einem traurigen Kopfschütteln vermutete.

Endlich lag das weite Feld, auf dem die Chabiri ihr Lager aufgeschlagen hatten, offen vor uns. Haremhab ließ in die Hörner stoßen und die Truppen zum Angriff ordnen, die Speerwerfer in der Mitte und die Bogenschützen auf den beiden Flügeln. Die Streitwagen aber schickte er voraus, und sie fuhren mit so rasender Geschwindigkeit davon, daß der Staub hoch aufwirbelte und sie unseren Blicken entzog. Er behielt nur einige wenige

Streitwagen. Aus den Tälern hinter den Bergen stieg der Rauch brennender Dörfer empor. Endlos schien die Zahl der Feinde in der Ebene, und als sie auf uns zurückten, war die Luft von ihrem Lärm und ihrem Geschrei wie vom Brausen eines Meeres erfüllt, und ihre Schilde und Speerspitzen blitzten drohend im Sonnenschein. Haremhab aber rief mit lauter Stimme:

»Daß euch die Kniekehlen nur nicht zittern; denn es gibt wenig kampffähige Chabiri, und was ihr vor euch seht, ist nichts als Vieh und Weiber und Kinder, und das alles wird noch vor dem Abend eure Beute sein. In ihren Kochtöpfen harren euer bereits warme Speisen, also rasch in den Kampf, damit wir vor dem Abend zum Essen kommen, denn ich bin schon hungrig wie ein Krokodil!«

Aber die Heerscharen der Chabiri wälzten sich drohend auf uns zu, und sie waren zahlreicher als wir, und ihre Speere blitzten scharf im Sonnenschein, und der Krieg machte mir gar keinen Spaß mehr. Die Reihen der Speerwerfer wichen, und die Leute sahen sich um wie ich, aber die Unteroffiziere schwangen ihre Peitschen und fluchten, und die Soldaten fühlten sich wahrscheinlich zu müde und zu hungrig, um die Flucht vor den Chabiri zu ergreifen, denn es kam wieder Ordnung in die Reihen, und die Bogenschützen fingerten in Erwartung eines Zeichens nervös an den Bogensträngen.

Als die Chabiri nahe genug herangerückt waren, stießen sie ihren Kriegsruf aus, und so fürchterlich war ihr Gebrüll, daß es mir das Blut aus dem Kopf jagte und das Zittern in die Beine trieb. Im selben Augenblick stürmten sie gegen uns an und schossen mit ihren Bogen, und ich vernahm das Sausen der Pfeile wie Fliegengesumm, und es tönte wie ein wildes Gezisch. Nie im Leben habe ich einen aufregenderen Laut vernommen als das Zischen eines Pfeiles, der dicht am Ohr vorüberfliegt. Doch schöpfte ich Mut, als ich beobachtete, daß die Pfeile keinen so großen Schaden anrichteten; denn viele flogen über uns hinweg, und die übrigen wurden von den Schilden aufgefangen. Da rief Haremhab: »Folgt mir, Soldaten!« Sein Wagenlenker trieb die Pferde an, die Streitwagen folgten ihm, die Bogenschützen schossen alle gleichzeitig, und die Speerwerfer stürmten hinter den Streitwagen drein. Und jetzt entstieg allen Kehlen ein Brüllen, das noch fürchterlicher als das Geschrei der Chabiri war, denn jeder schrie für sein Leben, um die eigene Angst zu dämpfen, und ich merkte, daß auch ich aus vollem Halse brüllte und es mir eine große Erleichterung verschaffte.

Die Streitwagen fuhren mit furchtbarem Gerassel geradenwegs in den Haufen der angreifenden Chabiri hinein, und an der Spitze, hoch über den Staubwolken und den wogenden Speeren, funkelte der Helm Haremhabs mit seiner Straußenfeder. In den Spuren der Streitwagen folgten die Speerwerfer hinter ihren Löwenschweifen und Sperbern, und die Bogenschützen ergossen sich über die Ebene und gaben Salven auf die verwirrten Haufen der Feinde ab. Von nun an war alles ein einziges grauenhaftes Durcheinander, ein Dröhnen und Krachen, Geschrei und Todesröcheln. Die Pfeile pfiffen mir um die Ohren, und mein Esel scheute und lief geradenwegs auf den ärgsten Wirrwarr zu, so daß ich in meiner Not strampelte und schrie, ohne ihn jedoch zum Stehen zu bringen. Die Chabiri verteidigten sich zäh und furchtlos, und die von den Pferden zu Boden getretenen Männer zielten noch mit ihren Speeren auf die Gegner, die sie zertrampelten, und mancher Ägypter fand den Tod, wenn er sich bückte, um als Siegeszeichen einem von ihm gefällten Feind die Hand abzuhacken. Der Blutgeruch ward stärker als die Ausdünstungen und der Schweißgestank der Soldaten, und in immer wachsenden Scharen senkten sich die Raben in weitem Bogen aus den Lüften herab.

Aber plötzlich stießen die Chabiri ein rasendes Geheul aus und ergriffen eilends die Flucht, denn sie entdeckten, daß die Streitwagen, die die Ebene umfahren hatten, sich nun mitten in ihrem Lager befanden, wo sie den Frauen zusetzten und die geraubten Viehherden auseinandertrieben. Diesen Anblick konnten sie nicht ertragen. Sie zogen sich zurück, um ihr Lager und ihre Frauen zu retten. Das wurde ihr Verderben; denn die Streitwagen wandten sich nun gegen sie und sprengten sie auseinander, und den Rest besorgten Haremhabs Speerwerfer und Bogenschützen. Als die Sonne unterging, war das Schlachtfeld mit einhändigen Leichen übersät, das Lager brannte, und überall brüllten zerstreute Rinderherden.

Doch in ihrem Siegesrausch fuhren die Soldaten mit ihrem Gemetzel fort und stießen ihre Speere in alles, was sie sahen, und töteten auch Männer, die bereits ihre Waffen niedergelegt hatten, und erschlugen Kinder mit ihren Keulen und schossen wie Irrsinnige mit ihrem Bogen in die fliehenden Viehherden hinein, bis Haremhab in die Hörner stoßen ließ, damit die Befehlshaber und Unteroffiziere wieder zur Vernunft kommen und die Soldaten mit ihren Peitschen zusammentreiben sollten. Aber mein toll gewordener Esel galoppierte immer noch mit mir auf dem Feld herum, so daß ich hilflos wie ein Sack auf seinem Rücken auf und nieder hüpfte. Die Soldaten lachten und verspotteten mich, bis schließlich einer von ihnen mit dem Speerschaft dem Esel einen Hieb übers Maul versetzte und dieser verblüfft, mit gespitzten Ohren, stehen blieb und ich von seinem Rücken heruntergleiten konnte. Von da an nannten mich die Soldaten den »Sohn des Wildesels«.

Die Gefangenen wurden in Gehege zusammengetrieben, die Waffen in Haufen gesammelt und die Hirten ausgesandt, um die flüchtigen Rinder einzubringen. Die Chabiri waren so zahlreich, daß ein großer Teil entkommen konnte, aber Haremhab nahm an, daß sie die ganze Nacht weiterlaufen und lange nicht zurückkehren würden. Beim Schein der brennenden Zelte brachte man Haremhab den Götterschrein. Er öffnete ihn, um ihm Sekhmet, die Löwenhäuptige, zu entnehmen, deren hölzerne Brüste sich im Feuerschein hoben. Jubelnd bespritzten die Soldaten sie mit dem Blut ihrer Wunden und warfen als Siegeszeichen die abgehauenen Feindeshände vor sie hin. Diese Hände bildeten einen großen Haufen, und es gab Soldaten, die vier, ja fünf Hände daraufschleuderten. Haremhab verteilte Halsketten und Armreifen unter das Kriegsvolk und belohnte die Tapfersten unter ihnen, indem er sie zu Unteroffizieren ernannte. Er war mit Staub und Blut bedeckt, und von seiner goldenen Peitsche tropfte Blut, aber seine Augen lächelten die Soldaten an.

Ich hatte viel zu tun, denn die Speere und Keulen der Chabiri hatten furchtbare Wunden hinterlassen. Ich arbeitete im Schein der brennenden Zelte, und das Wehklagen der Verwundeten mischte sich mit dem Gewimmer der Frauen, als die Soldaten sie am Boden herschleiften und das Los entscheiden ließen, wer sich an ihnen ergötzen dürfe. Ich wusch und nähte klaffende Wunden zu, stopfte heraushängende Därme in aufgeschlitzte Bäuche zurück und zog herunterhängende Kopfhäute wieder über die Schädel. Denen, die im Sterben lagen, verabreichte ich Bier und Betäubungsmittel, damit sie im Laufe der Nacht in Frieden sterben könnten.

Ich pflegte auch Chabiri, die ihrer Verletzungen wegen nicht hatten fliehen können, und nähte ihre Wunden zu, doch weiß ich nicht, warum ich es tat; vielleicht, weil ich dachte, Haremhab bekäme einen besseren Preis für sie, wenn er sie als Sklaven verkaufte, falls ich sie heilte. Viele von ihnen aber wollten nichts von meiner Hilfeleistung wissen, sondern rissen ihre Wunden wieder auf, als sie das Weinen ihrer Kinder und das Wehklagen ihrer vergewaltigten Frauen vernahmen. Sie zogen die Beine an, bedeckten ihre Häupter mit den Kleidern und verbluteten.

Ich betrachtete sie und fühlte mich nicht mehr so siegesstolz wie nach der Schlacht, denn die Chabiri waren ein armes Nomadenvolk, das durch den Hunger der Menschen und Viehherden immer wieder in die Täler gelockt wurde. Deshalb fielen sie auch plündernd in Syrien ein. Ihre Glieder waren mager, und viele unter ihnen litten an Augenkrankheiten. Trotzdem waren sie tapfere und furchteinjagende Kämpfer, und auf ihren Spuren stieg der Rauch aus brennenden Dörfern und erhob sich das Wehgeschrei der Menschen. Aber ich konnte nichts dafür, daß sie mir leid taten, als ihre großen dicken Nasen bleich wurden und sie im Sterben ihre zerlumpten Gewänder über den Kopf zogen.

Am folgenden Tag traf ich Haremhab und riet ihm, ein bewachtes Lager am Platz aufschlagen zu lassen, wo die Schwerverletzten sich erholen könnten, für die das Verbringen nach Jerusalem den Tod bedeuten würde. Haremhab dankte mir für meine Hilfe und sagte:

»Ich hätte dich niemals für so mutig gehalten, wie ich es gestern mit eigenen Augen feststellen konnte, als du auf deinem tollen Esel geradenwegs in den ärgsten Tumult hineinrittest. Du wußtest wahrscheinlich nicht, daß die Aufgabe des Arztes im Krieg erst nach der Schlacht beginnt. Ich habe die Soldaten dich den ›Sohn des Wildesels‹ nennen hören, und wenn du willst, werde ich dich einmal während der Schlacht in meinen eigenen Streitwagen aufnehmen; denn du mußt Glück haben, da du noch am Leben bist, obgleich du weder Speer noch Keule trugst.«

»Deine Leute preisen deinen Namen und geloben, dir zu folgen, wohin du sie führst«, sagte ich, um ihm zu schmeicheln. »Doch wie ist es möglich, daß du nicht die kleinste Verletzung davongetragen hast, obwohl ich sicher war, du würdest fallen, als ich dich an der Spitze gegen Speere und Pfeile fahren sah?«

»Ich habe einen geschickten Wagenlenker«, erklärte er. »Außerdem beschützte mich mein Falke, weil man mich noch für große Taten brauchen wird. Daher liegt weder Verdienst noch Tapferkeit in meinem Auftreten, weil ich weiß, daß die Speere und Pfeile und Keulen des Feindes mir nichts anhaben können. Ich fahre an der Spitze, weil ich dazu berufen bin, viel Blut zu vergießen, doch wenn ich genügend Feinde getötet habe, bereitet mir das Blutvergießen keine besondere Freude mehr, noch ergötzen mich die Schreie der Gegner, die unter den Rädern meines Streitwagens zermalmt werden. Sobald meine Truppen genug Erfahrung gesammelt haben und den Tod nicht mehr fürchten, werde ich mich wie jeder vernünftige Heerführer hinter ihnen hertragen lassen; denn ein richtiger Heerführer leistet keine blutige und schmutzige Arbeit, die der niedrigste Sklave erledigen kann, sondern er arbeitet mit dem Gehirn, verbraucht viel Papyrus und diktiert einer Menge Schreiber vielerlei wichtige Befehle, die du, Sinuhe, nicht begreifst, weil sie nicht zu deinem Beruf gehören, wie ich meinerseits nichts vom Beruf des Arztes verstehe, obwohl ich deine Kunst ehre. Deshalb empfinde ich es beinahe als eine Schande, mir Hände und Gesicht mit dem Blut dieser Viehdiebe besudelt zu haben, aber ich konnte nicht anders; denn wäre ich nicht an der Spitze meiner Leute vorangefahren, so wären sie mutlos jammernd zusammengebrochen. Diese ägyptischen Soldaten, die seit zwei Menschenaltern kein Blut gerochen haben, sind wahrhaftig noch ein erbärmlicheres und feigeres Pack als die Chabiri.«

Ich konnte jedoch nicht glauben, daß er im Kampf nicht für sein Leben fürchtete, wenn er als erster gegen die Speere fuhr. Deshalb meinte ich beharrlich: »Deine Haut ist warm, und darunter fließt wie bei allen Menschen warmes Blut. Hast du dich selbst durch irgendeine starke Beschwörung gefeit, damit du unverwundbar bist, oder wie ist es sonst möglich, daß du keine Furcht verspürst?«

Er sprach: »Wohl habe ich von solchen Beschwörungen gehört, und viele Soldaten tragen um den Hals ein Zaubersäcklein, das sie beschützen soll, aber nach der gestrigen Schlacht sind viele solcher Zaubersäcklein bei den Gefallenen gefunden worden, und deshalb glaube ich nicht an solche Zauberei, obwohl sie natürlich von Nutzen sein kann, indem sie einem ungelehrten Mann, der weder lesen noch schreiben kann, Glauben an sich selbst und Tapferkeit im Kampf einflößen kann. Offen gestanden ist das alles Dreck, Sinuhe. Mein Fall liegt ganz anders, denn ich weiß, daß ich dazu auserkoren bin, große Taten auszuführen, doch woher ich es weiß, kann ich dir nicht sagen. Ein Krieger hat entweder Glück oder nicht, und mir ist das Glück treu gewesen seit dem Augenblick, da mich der Falke zum Pharao führte. Allerdings fühlte sich mein Falke nicht heimisch im Palast, sondern flog seines Weges, um nicht mehr wiederzukehren. Doch als wir auf unserem Marsch durch die Wüste Sinai nach Syrien Hunger und vor allem schweren Durst litten – denn auch ich litt mit meinen Soldaten, weil ich ihre Leiden kennenlernen wollte –, sah ich in einem Tal einen brennenden Busch. Es war ein Feuer, das einem großen Busch oder Baum glich und nicht ausbrannte oder kleiner wurde, sondern bei Tag und Nacht weiterbrannte, und rundherum entströmte der Erde ein Geruch, der mir zu Kopf stieg und mich mutig machte. Ich sah es, als ich an der Spitze meiner Truppen in meinem Wagen fuhr und die Raubtiere der Wüste jagte, und kein anderer sah es als ich und mein Wagenlenker, der es bezeugen kann. Von jener Stunde an aber wußte ich, daß weder Speere noch Pfeile, noch Streitkeulen mich treffen würden, ehe meine Zeit erfüllt ist; doch wieso ich es weiß, kann ich nicht sagen, denn solches bleibt uns verborgen.«

Ich glaubte an seine Erzählung und verehrte ihn sehr, denn Haremhab hatte keinen Grund, eine solche Geschichte zu erdichten, um mich zu ergötzen, auch glaube ich nicht, daß er beim besten Willen fähig gewesen wäre, sich so etwas auszudenken, denn er war ein Mensch, dessen Wissen und Glauben sich auf das beschränkte, was er mit den Augen sehen und mit den Händen greifen konnte.

Am dritten Tag teilte Haremhab seine Truppen auf; einen Teil davon sandte er mit der Beute nach Jerusalem zurück, da sich nicht genügend Kaufleute zum Ankauf von Sklaven, Kochgeschirr und Getreide auf dem Kriegsschauplatz einfanden; einen anderen Teil hieß er das Vieh auf die Weide treiben. Für die Verwundeten wurde ein Lager aufgeschlagen, zu dessen Bewachung Soldaten des Löwenschweifes zurückblieben, doch starben die meisten Verwundeten. Haremhab selbst aber nahm mit seinen Streitwagen die Verfolgung der Chabiri auf, denn aus Verhören mit Gefangenen hatte er erfahren, daß die Chabiri ihren Gott auf der Flucht mit sich führten.

Mich nahm er mit, obgleich ich keine Lust hatte, ihm zu folgen, und ich stand im Streitwagen hinter ihm und hielt den Arm um seinen Leib geschlungen und wünschte, nie geboren worden zu sein, denn er raste wie ein Wahnsinniger dahin, so daß ich jeden Augenblick fürchtete, der Wagen werde stürzen und ich kopfüber auf einen Steinhaufen fliegen. Doch er lachte mich aus und verspottete mich und sagte, er wolle mich den Krieg schmecken lassen, da ich gekommen sei, um zu erfahren, ob der Krieg mir etwas zu sagen habe.

Ich bekam den Krieg wahrhaftig zu schmecken und sah die Streitwagen wie einen Wirbelwind über die Chabiri herfallen, die, singend vor Freude und Palmzweige schwenkend, das geraubte Vieh in ihre Wüstenverstecke trieben. Haremhabs Rosse zerstampften Greise und Frauen und Kinder, und er selbst war vom Rauch der brennenden Zelte umwogt. So lehrte er die Chabiri unter Tränen und Blut einsehen, daß sie besser taten, in Armut in der Wüste zu leben und in ihren Verstecken Hungers zu sterben, als das fruchtbare und reiche Syrien anzugreifen, um ihre verbrannte Haut mit Öl zu salben und sich mit gestohlenem Getreide zu mästen. So lernte ich den Krieg kennen, der nicht mehr ein Krieg, sondern Verfolgung und Mord war, bis Haremhab genug davon hatte und die von den Chabiri umgeworfenen Grenzsteine wieder aufrichten ließ, ohne sie weiter in die Wüste hinauszuversetzen, was er ganz gut hätte tun können, denn er sagte:

»Ich muß einen letzten Rest Chabiri verschonen, um meine Soldaten im Kampf üben zu können; denn wenn ich sie alle töte, dann gibt es auf der ganzen Erde keinen Platz mehr, wo ich Krieg führen kann. Schon seit vierzig Jahren herrscht Frieden in der Welt, und alle Völker leben in Eintracht miteinander, und die Könige der großen Reiche nennen sich in ihren Briefen Brüder und Freunde, und der Pharao sendet ihnen Gold, damit sie ihm goldene Standbilder in den Tempeln ihrer Götter errichten können. Deshalb muß ich einen Rest Chabiri am Leben erhalten, denn in einigen Jahren, wenn sie vergessen haben, was sie jetzt erlebten, treibt sie der Hunger wieder aus der Wüste in die fruchtbaren Täler.«

Auch den Gott der Chabiri holte er in seinem Streitwagen ein und stieß wie ein Falke auf ihn nieder, so daß die Träger den Gott zu Boden warfen und vor den Streitwagen in die Berge flohen. Haremhab ließ diesen Gott zu Brennholz zerhacken und verbrannte ihn vor Sekhmet, und da schlugen die Soldaten sich vor die Brust und meinten voller Stolz: »Seht, wie wir den Gott der Chabiri verbrennen!« Der Name dieses Gottes war Jehou oder Jahve, und die Chabiri hatten keinen anderen Gott als ihn. Deshalb mußten sie ohne Gott und ärmer, als sie gekommen waren, in die Wüste zurückziehen, obwohl sie bereits vor Freude gesungen und mit Palmzweigen gewedelt hatten.

5

Haremhab kehrte zurück nach Jerusalem, wo die Flüchtlinge aus den Grenzgebieten inzwischen zusammengeströmt waren, und er verkaufte ihnen ihr Vieh, ihr Getreide und ihr Kochgeschirr, so daß sie sich die Kleider zerrauften und riefen: »Dieser Räuber ist schlimmer als die Chabiri!« Doch litten sie keine Not, denn sie konnten Geld von ihren Tempeln, von den Kaufleuten und vom Steueramt leihen, und was sie nicht einzulösen vermochten, das verkaufte Haremhab an die aus ganz Syrien in Jerusalem versammelten Kaufleute. Auf diese Art konnte er die Beute in Kupfer und Silber unter die Soldaten verteilen, und jetzt verstand ich auch, warum so viele Verwundete, trotz meiner Anstrengungen, sie zu retten, zugrunde gegangen waren. Ihre Kameraden erhielten dadurch einen größeren Teil der Beute, und außerdem hatten sie den Verwundeten Kleider, Waffen und Schmuck gestohlen und ihnen weder zu essen noch zu trinken gegeben, so daß sie sterben mußten. Nun begriff ich auch, weshalb ungelehrte Feldscherer so gerne die Truppen auf ihren Feldzügen begleiteten und als reiche Männer nach Ägypten zurückkehrten, obwohl ihre Geschicklichkeit gering war.

Jerusalem aber war erfüllt vom Lärm der Kriegsleute und der syrischen Instrumente. Die Soldaten besaßen Kupfer und Silber und tranken Bier und trieben Wollust mit geschminkten Mädchen, die die Kaufleute mitgebracht hatten. Sie zankten und rauften miteinander und schlugen sich blutig und plünderten einander und auch die Kaufleute aus, so daß täglich Männer mit dem Kopf nach unten an der Mauer hingen. Den Soldaten ward dabei jedoch nicht übel zumute, sondern sie meinten: »So ist es stets gewesen und wird es immer bleiben.« Sie verschwendeten ihr Kupfer und ihr Silber für Bier und Mädchen, bis die Kaufleute mit diesem Kupfer und Silber ihres Weges zogen. Haremhab erhob Steuern von den ankommenden wie von den abziehenden Kaufleuten und wurde reich, obwohl er zugunsten der Soldaten auf seinen Beuteteil verzichtet hatte. Dies bereitete ihm jedoch wenig Freude, denn als ich mich vor meiner Rückkehr nach Simyra von ihm verabschiedete, sagte er zu mir:

»Dieser Feldzug ist zu Ende, bevor er recht begonnen hat, und der Pharao tadelt mich in einem Schreiben, weil ich trotz seines Verbots Blut vergossen habe. Jetzt muß ich meine Soldaten nach Ägypten zurückführen, die Truppen auflösen und ihre Löwenschweife und Sperber in den Tempeln aufbewahren lassen. Was die Folge davon sein wird, kann ich wahrhaftig nicht sagen, denn meine Truppen sind in ganz Ägypten die einzigen geübten, während die übrigen zu nichts anderem taugen, als die Mauern zu beschmutzen und die Frauen in den Straßen zu belästigen. Bei Ammon, es ist ein leichtes für einen Pharao, in einem goldenen Palast Hymnen zu Ehren seines Gottes zu schreiben und zu glauben, alle Völker könnten mit Liebe allein regiert werden; er sollte nur einmal das Wehklagen der verstümmelten Männer und den Jammer der Frauen in den brennenden Dörfern hören, wenn der Feind über die Grenze eingebrochen ist, dann würde er vielleicht auf andere Gedanken kommen.«

»Ägypten besitzt keine Feinde, dazu ist es zu reich und mächtig«, sagte ich. »Auch dein Ruf ist über ganz Syrien geflogen, und die Chabiri werden es nicht mehr wagen, die Grenzsteine zu versetzen. Warum solltest du also nicht deine Truppen auflösen? Denn um die Wahrheit zu gestehen, toben sie in ihrer Trunksucht wie Raubtiere, und ihre Lagerstellen stinken von ihrem Wasser, und ihre Leiber sind voll Ungeziefer.

»Du redest von Dingen, die du nicht verstehst«, sprach er, starrte vor sich hin und kratzte sich verärgert in der Achselhöhle, denn sogar das Lehmhaus des Stadtkönigs wimmelte von Ungeziefer. »Ägypten glaubt, sich selbst zu genügen, und das ist ein Irrtum, denn die Welt ist groß, und im geheimen wird eine Saat gesät, aus der Feuer und Verheerung wachsen kann. So habe ich zum Beispiel vernommen, daß der König der Amoriter mit großem Eifer Pferde sammelt und Streitwagen aufkauft, was ihm ganz und gar nicht ansteht, denn er sollte lieber dem Pharao seine Steuern pünktlicher entrichten. Bei seinen Gelagen prahlen die Vornehmen damit, daß die Amoriter einst die ganze Welt beherrscht hätten, was nur insofern richtig ist, als die letzten Hyksos noch in ihrem Lande wohnen.«

»Dieser Aziru ist mein Freund und ein eitler Mann, denn ich habe seine Zähne vergoldet«, sagte ich. »Auch glaube ich, daß er jetzt anderes zu tun hat, denn er dürfte sich eine Frau genommen haben, die ihm die Kraft aus den Lenden saugt und ihn in kurzer Zeit schwach machen wird.«

»Du weißt manches, Sinuhe«, sagte Haremhab und betrachtete mich forschend. »Du bist ein freier Mann, der über sich selbst bestimmt und von einer Stadt in die andere reist und viele Dinge vernimmt, die andere nicht erfahren. Wenn ich an deiner Stelle und frei wie du wäre, würde ich zu Studienzwecken alle Länder bereisen. Im Lande Mitani würde ich umherreisen und Babylon besuchen, und vielleicht würde ich mir auch einmal die Streitwagen, welche die Hetiter jetzt verwenden, ansehen und ihren Truppenübungen beiwohnen, und die Meeresinseln würde ich besuchen, um mich davon zu überzeugen, wie mächtig eigentlich ihre Schiffe sind, von denen so viel berichtet wird. Leider kann ich es nicht selbst tun, weil der Pharao mich heimgerufen hat. Außerdem ist mein Name bereits in ganz Syrien bekannt, so daß ich das, was ich erfahren möchte, kaum zu hören bekäme. Du aber, Sinuhe, trägst syrische Kleidung und sprichst eine Sprache, die die Gebildeten aller Länder sprechen. Auch bist du ein Arzt, und niemand wird vermuten, daß du Dinge, die außerhalb deines Berufes liegen, begreifst. Deine Rede ist schlicht, sie klingt oft kindisch in meinen Ohren, und du blickst mich mit offenen Augen an, aber trotzdem weiß ich, daß dein Herz verschlossen ist und daß du Geheimnisse birgst, die kein Mensch kennt. Stimmt das?«

»Vielleicht stimmt es«, sagte ich, »doch was willst du von mir?«

»Was würdest du sagen«, fragte er, »wenn ich dir viel Gold gäbe und dich in die Länder, von denen ich soeben sprach, schickte, damit du deinen Beruf dort ausübtest und den Ruf der ägyptischen Heilkunst wie deiner eigenen Geschicklichkeit verbreitest, so daß die Vornehmen und Reichen jeder Stadt dich zu sich kommen ließen und du in ihren Herzen lesen könntest.

Vielleicht würden sogar Könige und Herrscher dich zu sich rufen, und dann könntest du auch in ihren Herzen lesen. Während du so deinen Beruf ausübtest, wären deine Augen meine Augen und deine Ohren meine Ohren, und du würdest dir alles, was du hörst und siehst, gut einprägen, um dann nach Ägypten zurückzukehren und mir Bericht darüber zu erstatten.«

»Ich gedenke nie mehr nach Ägypten zurückzukehren«, sagte ich. »Außerdem sprichst du von gefährlichen Dingen, und ich habe wahrlich keine Lust, in einer fremden Stadt mit dem Kopf nach unten an der Mauer zu baumeln.«

»Niemand kennt den morgigen Tag«, sagte er. »Aber ich glaube doch, daß du nach Ägypten zurückkehren wirst, denn wer einmal vom Wasser des Nil getrunken, kann seinen Durst mit keinem anderen Wasser stillen. Auch die Schwalben und die Kraniche kehren jeden Winter nach Ägypten zurück und fühlen sich in keinem anderen Lande heimisch. Deshalb ist deine Rede wie Fliegengesumm in meinen Ohren. Auch das Gold ist wie Staub unter meinen Füßen, und ich vertausche es gerne gegen Wissen. Überdies ist es barer Unsinn, was du über die Mauern sagst, denn ich ersuche dich ja nicht, etwas Schädliches oder Böses zu tun noch die Gesetze fremder Länder zu verletzen. Laden denn nicht alle großen Städte Reisende ein, ihre Tempel zu besuchen, und veranstalten vielerlei Feste und Vergnügungen, um Besucher anzulocken, die ihr Gold den Einwohnern der Stadt zurücklassen? In jedem Lande bist du willkommen, wenn du nur Gold mitbringst. Auch deine Heilkunst ist willkommen in Ländern, in denen, wie du weißt, die Greise mit der Axt totgeschlagen und die Kranken zum Sterben in die Wüste ausgesetzt werden. Die Könige sind stolz auf ihre Macht und lassen oft ihre Soldaten vorbeimarschieren, damit die Fremden sie sehen und vor ihnen wegen ihrer Macht Respekt bekommen. Und es liegt nichts Böses darin, wenn du schaust, wie die Soldaten marschieren und was für Waffen sie tragen, und wenn du die Zahl der Streitwagen zählst und dir merkst, ob sie groß und schwer oder klein und leicht sind und ob sie zwei oder drei Mann tragen, denn ich habe gehört, daß gewisse Kämpfer in der Schlacht außer dem Wagenlenker auch noch einen Schildträger bei sich haben. Auch ist es von Gewicht zu wissen, ob die Soldaten wohlgenährt sind und von Öl glänzen oder mager, voll Ungeziefer und mit Augenkrankheiten behaftet sind wie meine Ägypter. Ebenso wird erzählt, daß es den Hetitern gelungen sei, ein neues Metall aus dem Boden zu gewinnen, und daß eine daraus geschmiedete Waffe sogar in die Schneide der stärksten Kupferaxt eine Scharte zu hauen vermöge. Dieses Metall sei blau und werde Eisen genannt. Ob das der Wahrheit entspricht, weiß ich nicht, denn es wäre auch denkbar, daß sie nur eine neue Methode zur Härtung des Kupfers oder eine neue Mischung erfunden haben, und in diesem Fall möchte ich wissen, worin diese Methode besteht. Das wichtigste aber bleibt zu erfahren, wie es in den Herzen der Herrscher und ihrer Ratgeber aussieht. – Sieh mich an, Sinuhe.«

Ich sah ihn an, und während ich ihn so betrachtete, wuchs er in meinen Augen, und in seinem Blick brannte eine düstere Glut, und er glich einem Gott. Da erbebte mein Herz, und ich verneigte mich vor ihm und streckte die Hände in Kniehöhe vor, und er fragte: »Glaubst du nicht, daß ich dir befehlen kann?«

»Mein Herz sagt mir, daß du mir befehlen kannst, doch weiß ich nicht, warum«, antwortete ich und fühlte meine Zunge vor Angst dick werden im Gaumen. »Auch mag es stimmen, daß du dazu auserkoren bist, vielen zu befehlen, wie du behauptest. Ich werde daher die Reise antreten, und meine Augen werden deine Augen und meine Ohren deine Ohren sein, aber ich weiß nicht, ob das, was ich sehen und hören werde, dir von Nutzen sein wird, denn in den Dingen, die du wissen willst, bin ich unerfahren und nur als Arzt den anderen überlegen. Doch will ich in allem mein Bestes tun, und zwar keineswegs für Gold, sondern weil du mein Freund bist und die Götter es offenbar so bestimmt haben, falls es überhaupt Götter gibt.«

Er sprach: »Ich glaube nicht, daß du es je bereuen wirst, mein Freund zu sein. Trotzdem aber gebe ich dir für alle Fälle Gold auf die Reise mit; denn so, wie ich die Menschen kenne, wirst du es nötig haben. Du brauchst auch nicht zu wissen, warum mir jene Kenntnisse, die ich zu sammeln wünsche, kostbarer sind als

Gold. Eines kann ich dir noch sagen, nämlich daß die großen Pharaonen tüchtige Männer an die Höfe der anderen Reiche zu senden pflegten, daß aber die Gesandten des jetzigen Pharao Schafsköpfe sind, die nichts anderes wissen, als wie sie die Falten ihres Rockes und ihre Ehrenzeichen zu tragen haben und in welcher Reihenfolge ein jeder von ihnen rechts oder links vom Pharao stehen soll. Wenn du diesen Leuten begegnest, mußt du dich nicht um sie kümmern, sondern ihre Rede sei wie Fliegengesumm in deinen Ohren.«

Beim Abschied legte er seine Würde ab, streichelte meine Wange, berührte meine Schultern mit dem Gesicht und sagte: »Das Herz wird mir schwer, wenn du von mir gehst, Sinuhe, denn wenn du einsam bist, so bin ich es nicht weniger, und kein Mensch kennt die Geheimnisse meines Herzens.« Ich glaube, daß er mit diesen Worten auf die Prinzessin Baketamon anspielte, die sein Herz bestrickt hatte.

Er gab mir mehr Gold, als ich mir vorstellen konnte – ich glaube, es war alles Gold, das er in dem syrischen Feldzug gewonnen hatte –, und gab mir eine Leibwache zur Begleitung an die Küste mit, um mich vor Raubüberfällen zu schützen. An der Küste zahlte ich das Gold in ein großes Handelshaus ein und wechselte es in Lehmtafeln um, die sicherer als Gold zu befördern waren, weil Diebe keinen Nutzen davon hatten, und dann begab ich mich an Bord eines Schiffes, um nach Simyra zurückzufahren.

Ich möchte noch erwähnen, daß ich vor meiner Abreise aus Jerusalem einem Soldaten den Schädel öffnete, der während einer Prügelei beim Atontempel im Rausch einen Keulenschlag auf den Kopf bekommen und sich einen Schädelbruch zugezogen hatte; er lag bereits in den letzten Atemzügen und konnte weder reden noch die Arme bewegen. Ich vermochte ihn jedoch nicht zu heilen, sondern sein Leib wurde heiß, und er schlug um sich und verschied am Tag darauf.

SECHSTES BUCH

Der Tag des falschen Königs

1

Bevor ich ein neues Buch beginne, muß ich jene Zeit preisen, da ich ungehindert in vielen Ländern reisen und viel Weisheit lernen durfte; denn eine solche Zeit wird kaum je wiederkehren. Ich bereiste eine Welt, die vierzig Jahre lang keinen Krieg gesehen hatte; die Wächter der Könige wachten über die Karawanenwege und die Kaufleute, die Schiffe des Pharao und der Könige schützten den Strom und die Meere vor Seeräubern. Die Grenzen waren offen, und die Kaufleute und Reisenden, die Gold mitbrachten, waren in allen Städten willkommen; die Menschen schmähten einander nicht, sondern verneigten sich und streckten die Hände in Kniehöhe voreinander aus und lernten mancherlei von der anderen Sitten, und viele gebildete Leute sprachen mehrere Sprachen und schrieben zweierlei Schrift. Die Äcker wurden bewässert und trugen große Ernten, und statt des irdischen Nils bewässerte der himmlische die Äkker in den roten Landen. Zur Zeit meiner Reise gingen die Viehherden sicher auf den Weiden, und die Hirten trugen keine Speere, sondern bliesen auf dem Rohr und sangen frohe Lieder. Die Weinberge gediehen, und die Obstbäume bogen sich unter der Last ihrer Früchte. Die Priester waren feist und glänzten von Öl und Salben, und in allen Ländern stieg der Rauch von unzähligen Opfern aus den Vorhöfen der Tempel empor. Auch den Göttern erging es wohl; sie waren den Menschen gewogen und wurden dick von den üppigen Opferspenden. Die Reichen wurden immer reicher, die Mächtigen immer mächtiger und die Armen immer ärmer, wie es die Götter vorgeschrieben haben, so daß alle Menschen zufrieden waren und keiner murrte. So lebt diese vergangene Zeit, die wahrscheinlich nie wiederkehren wird, in meinem Gedächtnis, die Zeit meiner Jugend, da meine Glieder auf langen Reisen nicht ermüdeten, meine Augen sich wißbegierig nach neuen Dingen sehnten und mein Herz nach Weisheit dürstete und diese in reichem Maße schlürfte.

Als Beispiel für die geordneten und ausgeglichenen Verhältnisse kann ich erwähnen, daß mir das Handelshaus des Tempels zu Babylon gegen die Lehmtafeln, die ich von meinem Handelshaus in Simyra erhalten hatte, ohne Zögern Gold aushändigte und daß ich in jeder Großstadt Wein aus dem Hafen oder von den fernen Bergen kaufen konnte, so daß man in den Städten Syriens den Wein aus den babylonischen Bergen für den besten hielt, während man in Babylon die syrischen Weine mit Gold bezahlte. Ein jeder, der Gold besaß konnte sich Sklaven verschiedener Farbe und Gestalt kaufen, Kinder und Männer und junge Mädchen, mit denen er der Lust pflegen konnte, und er vermochte sich Diener zu halten. Wer aber kein Gold besaß, mußte mit den Armen arbeiten, bis seine Haut hart und rauh und seine Hände schwielig wurden und sein Nacken sich krümmte. Doch wenn einer in das Haus eines Reichen Einbruch verübte und Gold stahl, um Wein trinken und sich ergötzen und Sklaven kaufen zu können, wurde er festgenommen und, anderen zur Warnung, mit dem Kopf nach unten an die Mauer gehängt.

Nachdem ich so die vergangene Zeit gepriesen habe, in der auch die Sonne klarer schien und der Wind lauer war als in diesen bösen Tagen, will ich von meinen Fahrten und allem berichten, was meine Augen sahen und meine Ohren hörten. Doch zuallererst sei von meiner Rückkehr nach Simyra erzählt.

Als ich in mein Haus in Simyra zurückkehrte, kam mir Kaptah entgegen und rief mit lauter Stimme und weinte vor Freude und warf sich zu meinen Füßen und sagte: »Gesegnet sei der Tag, der meinen Herrn nach Hause bringt! So bist du doch zurückgekehrt, obgleich ich dich im Krieg gefallen wähnte; ich glaubte ganz bestimmt, ein Speer habe dir den Bauch aufgeschlitzt, weil du, ohne auf meine Warnungen zu achten, hinausgezogen bist, um den Krieg kennenzulernen. Doch unser Skarabäus ist wahrhaftig ein mächtiger Gott, der dich beschützt hat, und dies ist ein Freudentag. Mein Herz frohlockt bei deinem Anblick, und die Freude strömt mir in Tränen aus den Augen, obgleich ich bereits glaubte, dich zu beerben und all dein in den Handelshäusern von Simyra eingezahltes Gold zu erhalten. Doch trauere ich nicht um diesen verlorenen Reichtum; denn ohne dich gliche ich einem Zicklein, das seine Mutter verloren hat, und meine Tage wären finster. Auch habe ich dir während deiner Abwesenheit nicht mehr als früher gestohlen, sondern dein Haus und dein Hab und Gut gepflegt, so daß du heute reicher bist als am Tag deiner Abreise.«

Er wusch mir die Füße und goß mir Wasser über die Hände und pflegte mich in jeder Weise und hörte nicht auf mit seinem Geschrei, bis ich ihm zu schweigen befahl und sagte: »Triff unverzüglich alle nötigen Vorbereitungen; wir wollen eine lange Reise antreten, die vielleicht Jahre dauern und äußerst mühselig sein wird; denn wir fahren in das Land Mitani und nach Babylon und auf die Meeresinseln.«

Da begann Kaptah von neuem zu schreien und rief: »Wahrhaftig, mir wäre besser, ich wäre nie geboren! Auch wünschte ich, ich hätte nicht zugenommen und keine guten Tage gehabt; denn je besser es dem Menschen geht, um so schwerer fällt es ihm, auf das Gute zu verzichten. Würdest du dich wie zuvor für ein oder zwei Monate auf Reisen begeben, so hätte ich nichts zu sagen und bliebe ruhig in Simyra. Wenn aber die Reise Jahre währt, ist es möglich, daß du nie wiederkehrst und ich dich nicht mehr zu sehen bekomme. Deshalb muß ich dich begleiten und unseren heiligen Skarabäus mitnehmen; denn auf einer solchen Fahrt bedarfst du wahrlich all deines Glücks, und ohne den Skarabäus wirst du unterwegs in Abgründe stürzen und von Räubern auf die Speere gespießt. Ohne mich und meine Erfahrung bist du wie ein Kalb, das ein Dieb mit zusammengebundenen Hinterbeinen auf dem Rücken trägt, wohin er will, oder wie ein Mann mit verbundenen Augen, der vergeblich mit den Händen um sich tastet, so daß dir ein jeder, der dir begegnet, mit Freuden alles stiehlt, was er dir abnehmen kann. Doch das gestatte ich nicht; denn wenn jemand dich bestehlen soll, ist es besser, daß ich es tue, weil ich maßvoll und im Verhältnis zu deinen Mitteln stehle und dabei auf deinen Vorteil achte. Auf jeden Fall aber täten wir am besten daran, in unserem Haus in Simyra zu bleiben.«

Kaptah war nämlich mit jedem Jahr frecher geworden und sprach bereits von »unserem Haus« und »unserem Skarabäus«, und wenn er etwas bezahlte, tat er es mit »unserem Gold«. Doch ward ich dessen wie seines Gejammers überdrüssig und schlug schließlich mit einem Stock sein dickes Hinterteil, damit er einen wirklichen Grund zum Jammern hätte, indem ich sagte:

»Mein Herz verrät mir, daß du eines Tages deiner Frechheit wegen mit dem Kopf nach unten an der Mauer hängen wirst. So fasse also endlich einen Entschluß, ob du mir folgen oder hierbleiben willst, vor allem aber höre mit dem Gewinsel auf, das mir bei meinen Reisevorbereitungen die Ohren zerreißt.«

Hierauf fügte sich Kaptah in sein Schicksal, und wir trafen alle nötigen Anstalten für unsere Reise. Da er geschworen hatte, nie mehr das Deck eines Schiffes zu betreten, schlossen wir uns einer Karawane an, die nach dem nördlichen Teile Syriens unterwegs war; denn ich wollte die Zedernwälder des Libanon sehen, aus denen das Bauholz für die Paläste wie für den heiligen Nachen Ammons stammte. Über die Reise selbst ist nicht viel zu berichten. Sie war einförmig, und wir waren keinem einzigen Raubüberfall ausgesetzt. Die Herbergen waren mit allem Nötigen reichlich versehen, und wir aßen und tranken nach Herzenslust. An einigen Raststellen wurden wir von Kranken aufgesucht, die ich heilte. Ich ließ mich in einer Sänfte tragen; denn von Eseln hatte ich ein für allemal genug bekommen. Auch Kaptah hatte keine Vorliebe für Esel; aber ich konnte ihn nicht in meiner Sänfte neben mir sitzen lassen, denn ich hätte dadurch mein Ansehen in den Augen der übrigen Reisenden eingebüßt, weil er mein Diener war. Deshalb jammerte Kaptah gewaltig und wünschte sich den Tod. Ich erinnerte ihn daran, daß wir die Reise rascher und bequemer mit einem Schiff hätten machen können, doch dies bereitete ihm wenig Trost. Allerdings zerriß mir der trockene Wind das Gesicht, so daß ich meine Haut unaufhörlich einreiben mußte, der Staub drang mir in die Kehle, und die Sandflöhe quälten mich; aber ich fand all diese Mühseligkeiten gering, und meine Augen weideten sich an allem, was sie erblickten.

Ich sah auch Zedernwälder und darin so große Bäume, daß kein Ägypter es mir glauben würde, wenn ich davon erzählte. Doch muß ich den wunderbaren Duft dieser Wälder und die kristallene Klarheit ihrer Bäche erwähnen, die mich auf den Gedanken brachten, daß kein Bewohner dieses herrlichen Landes ganz unglücklich sein könne. So dachte ich, bis ich die Sklaven sah, die damit beschäftigt waren, Bäume zu fällen und zu zerteilen, um sie dann die Berghänge hinab ans Meeresufer zu befördern. Das Elend dieser Sklaven war groß, ihre Arme und Beine waren übersät mit eitrigen, von der Baumrinde und den Werkzeugen verursachten Wunden, und in den von Peitschenhieben hinterlassenen Striemen wimmelte es von Fliegen, so daß mich ihr Anblick anderer Auffassung werden ließ.

Kaptah unterhielt sich damit, auszurechnen, wie reich er sein könnte, falls er all diese Stämme, auf die Uferkais von Theben ausgeladen, besäße. Er berechnete, daß ein anspruchsloser Mann für den Preis eines einzigen Baumes seine Familie lebenslänglich ernähren, seine Söhne zu Schreibern ausbilden lassen und seine Töchter gut verheiraten könnte. Er versuchte, die Bäume zu zählen; aber ihre Zahl war unendlich groß, er wurde ganz verwirrt im Kopf und begann immer wieder von neuem zu zählen, bis er schließlich in Klagen ausbrach: »Es tut mir im Herzen weh, diesen unermeßlichen Reichtum zu keinem Nutzen im Winde schwanken zu sehen.« Deshalb bedeckte er das Haupt mit seinem Gewand, um die Bäume nicht mehr sehen zu müssen. Doch als ich das hehre Rauschen in den Wipfeln der Zedern vernahm, sagte ich mir, daß dieses Erlebnis allein die lange Reise lohne.

Schließlich gelangten wir in die Stadt Kadesch mit ihrer Festung und der großen ägyptischen Garnison. Aber auf den Festungsmauern standen keine Wächter, die Wallgräben waren eingestürzt, und die Soldaten wie die Offiziere lebten mit ihren Familien in der Stadt und entsannen sich ihres Kriegerberufes nur an den Tagen der Verteilung von Getreide, Zwiebeln und Bier. Wir blieben eine Zeitlang in der Stadt, damit das wundgerittene Hinterteil Kaptahs vernarbe. Ich heilte viele Kranke; denn die ägyptischen Ärzte der Stadt waren unfähige Heilkünstler, deren Namen schon längst aus dem Buch des Lebens getilgt sind, vorausgesetzt, daß sie überhaupt jemals darin gestanden. Deshalb ließen sich Kranke, die genügend Gold besaßen, in das Land Mitani bringen, um sich in die Pflege von Ärzten zu begeben, die ihre Geschicklichkeit in Babylon erworben hatten.

In Kadesch sah ich die Denkmäler, welche die großen Pharaonen hatten errichten lassen, und las die Inschriften, in denen sie von ihren Siegen, ihren erlegten Feinden und ihren Elefantenjagden berichteten. In dieser Stadt ließ ich mir auch ein Siegel in kostbaren Stein schneiden, damit man mich hochachte; denn auch die Siegel sind hier anders als in Ägypten und werden nicht als Fingerringe, sondern an einer Schnur um den Hals getragen. Sie sind zylinderförmig, haben ein Loch in der Mitte und werden über die Lehmtafel gerollt, so daß sie auf dieser ihr Bild hinterlassen. Wenn die Armen und Ungeschulten hingegen mit einer Lehmtafel zu tun haben, begnügen sie sich damit, ihren Daumen darin abzudrücken.

Kadesch war eine so freudlose und langweilige, eine so sonnenverbrannte und lasterhafte Stadt, daß sogar Kaptah zur Weiterreise drängte, obgleich er sich maßlos vor dem Eselreiten fürchtete. Die einzige Abwechslung boten die Karawanen aus allen Ländern; denn die Stadt lag an der Kreuzung verschiedener Karawanenstraßen. Aber so sind alle Grenzmarkstädte, welchem König sie auch unterstellt sein mögen, und für die Offiziere und Soldaten der Armeen Ägyptens, Mitanis, Babylons oder der Chatti bedeutet es eine Strafe, dorthin versetzt zu werden. Auch habe ich nie gefunden, daß die Offiziere und Soldaten einer Grenzstadtgarnison etwas anderes täten als über das Dasein fluchen, sich miteinander schlagen, schlechtes Bier trinken und sich mit Frauen ergötzen, die ihnen eher Unlust als Genuß bereiteten.

Wir setzten daher unsere Reise fort und gelangten über die

Grenze in das Land Naharina, und nichts hielt uns auf, bis wir einen Fluß erreichten, der südwärts und nicht wie der Nil nordwärts fließt. Man sagte uns, daß wir uns im Lande Mitani befänden, und wir erlegten dem königlichen Steueramt die für Reisende festgesetzte Abgabe. Doch da wir Ägypter waren, begegneten uns die Leute mit Achtung und redeten uns in den Straßen an: »Willkommen bei uns, der Anblick eines Ägypters bereitet unseren Herzen Freude. Seit langer Zeit haben wir keinen Ägypter mehr gesehen. Deshalb sind unsere Herzen voll Unruhe, denn euer Pharao hat unserem Lande weder Soldaten noch Waffen, noch Gold gesandt, und es wird behauptet, er habe unserm König einen neuen Gott angeboten, von dem wir nichts wissen, und wir haben doch die Ischtar Ninives und eine ganze Menge anderer mächtiger Götter, die uns bisher beschützten!« Sie luden mich in ihre Häuser ein und boten mir Speisen und Getränke an. Sogar Kaptah verpflegten sie, weil er, obschon nur mein Diener, doch Ägypter war. Da meinte er: »Das ist ein gutes Land. Bleiben wir hier, Herr, um die Heilkunst auszuüben! Allem nach sind diese Menschen unwissende und leichtgläubige Geschöpfe, die man leicht betrügen kann.«

Der König von Mitani und sein Hof waren über die heißeste Sommerzeit in die nördlichen Berge hinaufgezogen. Aber ich hatte keine Lust, dorthin zu fahren; denn ich brannte vor Ungeduld, die Wunder Babylons zu sehen, von denen ich soviel gehört hatte. Doch befolgte ich Haremhabs Befehl und redete mit hoch und niedrig, und alle sagten mir das gleiche, woraus ich entnahm, daß ihre Herzen wirklich voll Unruhe waren. Denn das Land Mitani war ehemals ein mächtiges Land gewesen; jetzt aber schwebte es sozusagen in der Luft und war im Südosten von Babylon, im Norden von den Barbarenvölkern und im Westen von den Hetitern in deren Lande Chatti umgeben. Je mehr ich von den gefürchteten Hetitern reden hörte, um so klarer ward es mir, daß ich auch in das Land Chatti reisen mußte. Zuerst aber wollte ich Babylon besuchen.

Die Einwohner des Landes Mitani waren klein von Wuchs, ihre Frauen schön und schlank, ihre Kinder glichen Puppen. Vielleicht waren sie einst ein starkes Volk gewesen; denn sie behaupteten, voreinst alle Länder im Norden und Süden, im Osten und Westen beherrscht zu haben. Aber das behaupten auch alle anderen Völker. Auch schenkte ich ihnen keinen Glauben, wenn sie behaupteten, einst Babylon besiegt und geplündert zu haben; wenn sie dies jedoch wirklich getan haben, ist es jedenfalls dank der Hilfe der Pharaonen geschehen. Denn seit der Zeit der großen Pharaonen war dieses Land von Ägypten abhängig gewesen, und seit zwei Menschenaltern hatten seine Königstöchter als Gemahlinnen im goldenen Haus des Pharao gewohnt. Die Vorfahren der Amenhoteper hatten das Land Naharina vom einen Ende zum anderen in ihren Streitwagen durchquert, und in den Städten wurden ihre Siegestafeln noch gezeigt. Als ich die Reden und Klagen der Mitani vernahm, begriff ich, daß dieses Land dazu auserkoren war, einen Pufferstaat zwischen Syrien und Ägypten einerseits und Babylon und den Barbarenvölkern andererseits zu bilden, und daß es Syrien als Schild dienen sollte, um die gegen Ägyptens Macht gerichteten Speere aufzufangen. Aus diesem Grund allein stützten die Pharaonen den brüchigen Thron seines Königs und sandten ihm Gold und Waffen und Söldnertruppen. Aber das verstanden die Einwohner nicht, sondern waren stolz auf ihr Land und dessen Macht und meinten: »Unsere Königstochter Tadukhipa war eine große königliche Gemahlin zu Theben, obwohl sie erst ein Kind war und plötzlich starb. Wir begreifen nicht, warum der Pharao uns kein Gold mehr sendet, obwohl die Pharaonen, soweit wir uns zurückerinnern können, unsere Könige wie Brüder geliebt und ihnen um dieser Liebe willen Streitwagen und Waffen und Gold und kostbare Geschenke gesandt haben.«

Ich erkannte, daß dieses Land erschöpft und am Aussterben war und daß sich der Schatten des Todes über seine Tempel und Prachtbauten lagerte. Seine Bewohner selbst jedoch begriffen das nicht, sondern widmeten ihre Aufmerksamkeit vornehmlich den mit viel Sorgfalt und Erfindungsgabe zubereiteten Speisen und vergeudeten die Zeit damit, neue Kleider und Schuhe mit Schnabelspitzen sowie neue Hüte anzuprobieren und Schmuck auszuwählen. Ihre Arme waren schlank wie diejenigen der Ägypter und die Haut ihrer Frauen so zart, daß man das Blut blau in den Adern fließen sah; auch redeten und gehabten sie sich mit viel Anstand, und sowohl die Männer als auch die Frauen befleißigten sich von Jugend auf der Gesangskunst. Das Leben in diesem Lande war angenehm, und in den Freudenhäusern zerriß einem kein Lärm die Ohren, sondern alles ging still und vornehm zu, so daß ich mir im Verkehr mit den Leuten und beim Weintrinken geradezu linkisch vorkam. Aber wenn ich die Menschen betrachtete, wurde mir schwer ums Herz; denn ich hatte erfahren, was Krieg heißt, und wenn alles, was über die Hetiter behauptet wurde, stimmte, war das Land Mitani dem Untergang geweiht.

Auch ihre Heilkunst stand hoch, und ihre Ärzte waren geschickte, in ihrem Beruf erfahrene Männer, die vieles wußten, was mir unbekannt war. So erhielt ich von ihnen zum Beispiel ein Wurmmittel von müheloserer und angenehmerer Wirkung als irgendeine andere mir bekannte Arznei. Auch sie konnten Blinde mit der Nadel sehend machen und lehrten mich, die Nadel geschickter als zuvor zu handhaben. Vom Schädelbohren hingegen hatten sie keine Ahnung und wollten mir auch nicht glauben, was ich ihnen darüber erzählte, sondern meinten, daß nur die Götter hirnkranke Patienten heilen könnten, wobei diese jedoch nicht wieder ganz normal würden, weshalb es besser für sie sei zu sterben.

Trotzdem suchten mich die Einwohner Mitanis aus Neugier auf und brachten mir Patienten; denn alles Fremde lockte sie, und wie sie fremde Kleidung trugen, fremde Speisen aßen, Wein aus dem Hafen tranken und fremdartigen Schmuck liebten, so suchten sie auch Heilung bei einem fremden Arzt. Auch Frauen erbaten meinen Rat und lächelten mich an und schilderten mir ihre Leiden und klagten über ihre Männer, die kalt und faul und kraftlos seien. Ich verstand recht gut, was sie von mir wollten, aber ich rührte sie nicht zu meinem Ergötzen an, weil ich die Gesetze des fremden Landes nicht verletzen wollte. Statt dessen gab ich ihnen Mittel, die sie im geheimen dem Wein ihrer Männer beimischen sollten. Ich hatte nämlich von den Ärzten Simyras Mittel erhalten, die sogar einen Toten dazu bringen konnten, mit einem Weibe sich der Wollust hinzugeben; in dieser Hinsicht waren die Ärzte Syriens die geschicktesten der Welt und ihre Arzneien wirkungsvoller als die ägyptischen. Ob aber die Frauen meine Mittel wirklich ihren eigenen und nicht etwa anderen Männern eingaben, weiß ich nicht. Doch nehme ich an, daß sie die Fremden auf Kosten ihrer Ehemänner bevorzugten, denn ihre Sitten waren frei; auch blieben sie kinderlos, woraus ich ebenfalls schloß, daß der Schatten des Todes auf diesem Lande ruhte.

Weiter muß ich noch berichten, daß die Bewohner dieses Landes die Grenzen ihres eigenen Reiches nicht mehr kannten, weil ihre Marksteine unaufhörlich versetzt wurden. Die Hetiter schleppten diese in ihren Streitwagen mit und pflanzten sie wieder auf, wo es ihnen gerade beliebte. Wenn sich die Mitani solcher Maßnahme widersetzten, lachten die Hetiter sie aus und forderten sie auf, die Steine wieder zurückzuversetzen, falls sie Lust dazu verspürten. Aber die Mitani hatten keine Lust dazu; denn wenn ihre Berichte über die Hetiter mit der Wahrheit übereinstimmten, so waren diese das grausamste und fürchterlichste Volk, das je auf Erden gelebt hat. Laut diesen Erzählungen bestand die größte Freude der Hetiter darin, sich am Jammer der Verstümmelten zu weiden und Blut aus offenen Wunden fließen zu sehen, und wenn die Grenzbewohner Mitanis darüber klagten, daß die Viehherden der Hetiter ihre Äkker zertrampelten und ihre Ernten auffraßen, hackten ihnen diese die Hände ab und forderten sie dann höhnisch auf, die Grenzsteine zurückzuversetzen. Auch hieben sie ihnen die Füße ab und ermahnten sie, mit ihrer Klage zu ihrem König zu gehen; sie schlitzten ihnen die Kopfhaut auf und zogen sie ihnen über die Augen herab, damit sie nicht sehen sollten, wie die Marksteine weggerückt wurden. Die Bewohner Mitanis behaupteten auch, daß die Hetiter die ägyptischen Götter schmähten, was für ganz Ägypten eine große Beleidigung und für den Pharao Grund genug war, Gold und Speere und Söldnertruppen nach Mitani zu entsenden, damit dieses Land gegen die Hetiter Krieg führen könne. Zwar liebten die Mitani den Krieg nicht, sondern hofften auf die Nachgiebigkeit der Hetiter, sobald diese merken würden, daß die Macht des Pharao Mitani unterstützte. Ich kann hier nicht all das Böse aufzählen und wiederholen, was die Hetiter ihnen angetan, noch die Grausamkeiten und schändlichen Bräuche, die sie angeblich trieben. Es hieß, die Hetiter seien schlimmer als Heuschrecken; denn hinter den Heuschreckenschwärmen grünte der Boden von neuem, während da, wo die Streitwagen der Hetiter vorübergezogen waren, kein Gras mehr wuchs.

Ich wollte mich eigentlich nicht länger im Lande Mitani aufhalten, weil ich der Meinung war, bereits alles, was ich wissen wollte, erfahren zu haben. Aber ich fühlte mich in meiner Ehre als Arzt verletzt, weil die Ärzte der Mitani meinen Schilderungen des Schädelbohrens Zweifel entgegenbrachten. Da kam ein vornehmer Mann zu mir in die Herberge und klagte, er leide an einem steten Ohrensausen, das so stark sei wie Meeresrauschen. Oft falle er bewußtlos um und habe so fürchterliche Kopfschmerzen, daß er, wenn ihm niemand helfen könne, lieber sterben wolle. Die Ärzte Mitanis konnten ihn nicht heilen. Deshalb wolle er sterben, denn das Leben sei für ihn nichts als ein einziges Leiden. Ich erklärte ihm: »Es ist möglich, daß ich dich heilen kann, falls du mir gestattest, dir den Schädel zu öffnen; aber noch wahrscheinlicher ist es, daß du dabei stirbst, denn nur einer unter hundert überlebt eine Schädelbohrung.« Er antwortete: »Ich wäre verrückt, nicht auf diesen Vorschlag einzugehen. So habe ich doch eine Möglichkeit auf hundert, leben zu dürfen; wenn ich mir aber selbst den Kopf von diesen Qualen befreie, werde ich daliegen, um mich nie mehr zu erheben. Allerdings glaube ich nicht, daß du mich heilen kannst; wenn du mir aber den Schädel öffnest, verstoße ich nicht gegen das Gesetz der Götter, wie wenn ich meinen Tagen selbst ein Ende setze. Solltest du mich jedoch wider Erwarten heilen, so gebe ich dir mit Freuden die Hälfte von meinem Hab und Gut, was nicht wenig ist. Doch auch wenn ich sterbe, wirst du es nicht zu bereuen haben; denn du sollst auf jeden Fall große Geschenke bekommen.«

Ich untersuchte ihn gründlich und befühlte mit der Hand jede Stelle seines Kopfes. Doch bereitete ihm meine Berührung keinen Schmerz, und kein einziger Punkt an seinem Kopf unterschied sich von den übrigen. Da meinte Kaptah: »Schlag ihn mit dem Hammer auf den Kopf, du verlierst ja nichts dabei!« Ich klopfte ihm mit dem Hammer den ganzen Kopf ab, ohne daß er klagte, bis er plötzlich laut aufstöhnte und bewußtlos zu Boden sank. Daraus schloß ich, daß ich die Stelle gefunden hatte, an der ich den Schädel zu öffnen hatte. Ich berief die Ärzte Mitanis, die mir keinen Glauben schenkten, zu mir und sagte zu ihnen: »Ihr mögt mir glauben oder nicht, aber ich werde diesem Mann den Schädel öffnen, um ihn zu heilen, wenn auch anzunehmen ist, daß er dabei stirbt.« Die Ärzte lachten höhnisch und sagten: »Das wollen wir wahrhaftig gerne sehen.«

Ich lieh mir Feuer vom Ammontempel aus und läuterte mich und den vornehmen Patienten und reinigte überhaupt alles im Gemach. Zur Mittagszeit, als das Tageslicht am hellsten war, begann ich mit meiner Arbeit. Ich schlitzte ihm die Kopfhaut auf und stillte die starke Blutung durch glühendes Eisen, obgleich es mir leid tat, dem Patienten solche Qualen verursachen zu müssen. Er aber erklärte mir, das sei nichts gegen die Schmerzen, die ihm sein Kopf täglich verursache. Ich hatte ihm reichlich Wein, in den ich Betäubungsmittel gemischt hatte, verabreicht, so daß ihm wie einem toten Fisch die Augen aus dem Kopf standen, und er war sehr heiter. Alsdann öffnete ich mit den mir zur Verfügung stehenden Werkzeugen so vorsichtig wie möglich die Schädeldecke. Der Patient fiel dabei nicht in Ohnmacht, atmete im Gegenteil tief auf und behauptete sofort nach der Entfernung des gelösten Knochenstücks Erleichterung zu spüren. Mein Herz jubelte; denn gerade an der Stelle, wo ich den Schädel geöffnet hatte, hatte der Teufel oder der böse Geist der Krankheit, wie Ptahor mich gelehrt, sein Ei gelegt. Es war rot und häßlich und von der Größe eines Schwalbeneis. Unter Aufwand meiner ganzen Geschicklichkeit löste ich es heraus und brannte alles, was es am Hirn festhielt, weg. Das Ei zeigte ich dann den Ärzten. Sie lachten jetzt nicht mehr. Den Schädel aber verschloß ich mit einer Silberplatte und nähte die Kopfhaut darüber zu. Der Patient, der während der ganzen Operation bei vollem Bewußtsein gewesen war, erhob sich, ging umher und dankte mir überschwenglich; denn er vernahm das schreckliche Sausen in den Ohren nicht mehr, und auch die Schmerzen hatten aufgehört.

Dank dieser Tat wuchs mein Ruf im ganzen Lande Mitani und lief mir bis nach Babylon voraus. Mein Patient aber begann Wein zu trinken und sein Herz zu erquicken, sein Leib wurde heiß, er fing an, irrezureden, und im Fieber floh er am dritten Tag aus seinem Bett und fiel von der Mauer, wobei er sich das Genick brach und starb. Alle jedoch sagten, daß es nicht meine Schuld sei, und sie priesen meine Kunst.

Kaptah und ich aber mieteten ein Ruderboot und fuhren flußabwärts zur Stadt Babylon.

2

Das von Babylon beherrschte Land besitzt viele Namen; ein Teil heißt Chaldäa, ein anderer das Land der Kassiten. Ich aber nenne es Babylonien, denn dann weiß ein jeder, von welchem Lande die Rede ist. Es ist ein fruchtbares Land, seine Äkker sind von Bewässerungskanälen durchzogen, und so weit das Auge reicht, ist alles Ebene, nicht wie in Ägypten, wie denn auch alles andere hier verschieden ist. Während zum Beispiel die Frauen in Ägypten das Getreide, auf dem Boden kniend, mit einem runden Stein, den sie drehen, mahlen, zerreiben es die Frauen Babyloniens, sitzend zwischen zwei Steinen, was natürlich bedeutend mühsamer ist.

In diesem Lande wachsen so wenig Bäume, daß es als ein Verbrechen gegen die Götter und die Menschen betrachtet wird, einen Baum zu fällen. Wer es dennoch tut, wird vom Gesetz bestraft. Wer hingegen Bäume anpflanzt, sichert sich die Gunst der Götter. Auch sind die Menschen in Babylonien beleibter und fettglänzender als in irgendeinem andern Lande, und sie lachen viel, wie das bei dicken Leuten üblich ist. Sie essen schwerverdauliche Mehlspeisen, und ich sah bei ihnen einen Vogel, der nicht fliegen konnte, sondern bei den Menschen wohnte und ihnen zum Geschenk jeden Tag ein Ei legte, ungefähr so groß wie ein Krokodil – obwohl ich weiß, daß mir das niemand glauben wird. Von diesen Eiern bot man mir auch zum Essen an; die Bewohner Babyloniens hielten sie für einen großen Leckerbissen. Ich wagte jedoch nicht, sie anzurühren – denn Vorsicht währt am längsten –, sondern begnügte mich mit Gerichten, die ich kannte und von denen ich zumindest wußte, wie sie zubereitet waren.

Die Bewohner des Landes behaupteten, Babylon sei die größte und älteste aller Städte der Welt, was ich ihnen zwar nicht glaubte, da ich wußte, daß Theben die älteste und größte Stadt der Welt war. Ich behaupte auch heute noch, daß es in der ganzen Welt keine Stadt wie Theben gibt, wenn ich auch zugebe, daß Babylon mich durch seine Größe und seinen Reichtum überraschte. Schon die Mauern der Stadt waren berghoch und schreckerregend, und der Turm, den die Babylonier ihren Göttern errichtet hatten, ragte bis zum Himmel. Die Häuser waren in vier bis fünf Stockwerken aufgeführt, so daß die Menschen über- und untereinander wohnten und lebten, und nirgends, nicht einmal in Theben, habe ich so reiche Geschäfte und einen solchen Überfluß an Waren gesehen wie in den Handelshäusern des Tempels zu Babylon.

Ihr Gott hieß Marduk, und zu Ehren der Göttin Ischtar hatten sie eine Pforte gebaut, die größer als der Pylon des Ammontempels war, und diese mit farbigen, glasierten Ziegeln bekleidet, die zu Bildern zusammengesetzt waren und im Sonnenschein das Auge blendeten. Von dieser Pforte führte eine breite Straße zum Marduktum. Dieser war terrassenförmig abgestuft, und ein Weg führte bis zu seiner Spitze und war so flach und breit, daß ihn mehrere Wagen nebeneinander befahren konnten. Zuoberst im Turm aber wohnten die Sterndeuter, die alles über die Himmelskörper wußten und deren Bahnen berechneten und die günstigen wie die ungünstigen Tage verkündeten, so daß ein jeder sein Leben danach einrichten konnte. Angeblich konnten sie auch die Zukunft eines Menschen voraussagen. Zu diesem Zweck aber mußte man Tag und Stunde seiner Geburt genau kennen, weshalb ich ihre Kunst nicht auf die Probe stellen konnte, so gerne ich es auch getan hätte; denn meine genaue Geburtsstunde war mir unbekannt.

Ich konnte gegen meine Lehmtafeln beliebig viel Gold bei der Tempelkasse erheben. Deshalb ließ ich mich in der Nähe der Ischtarpforte in einer riesigen, mehrstöckigen Herberge nieder, auf deren Dach Obstbäume und Myrtensträucher wuchsen, Bäche rauschten und Fische in Teichen schwammen. Die Vornehmen, die von ihren Landgütern nach Babylon kamen, wohnten, falls sie kein eigenes Haus in der Stadt besaßen, in dieser Herberge, und auch die ausländischen Gesandten wohnten hier. Die Böden der Zimmer waren mit dicken Teppichen ausgelegt, die Ruhelager mit weichen Tierfellen bedeckt und die Wände mit fröhlichen, leichtfertigen Bildern aus glasierten Ziegeln geschmückt. Dieses Haus trug den Namen »Ischtars Freudenherberge« und gehörte zum Turm der Gottheit wie alle anderen hervorragenden Bauten in Babylon. Wenn man alle seine Bewohner wie auch die Dienerschaft zusammenzählt, so glaube ich, daß in diesem Haus allein ebenso viele Menschen wohnten wie in einem ganzen Stadtteil Thebens.

An keinem anderen Ort der Welt sieht man so viele verschiedene Menschen wie in Babylon, und nirgends hört man so viele verschiedene Sprachen in den Straßen wie hier. Die Bewohner Babylons sagen selbst, daß alle Wege in ihre Stadt führen und daß diese der Mittelpunkt der Welt sei. Sie versichern nämlich, daß ihr Land nicht, wie man in Ägypten glaubt, am Rande der Erde liege, sondern daß es im Osten, hinter den Bergen, andere mächtige Reiche gebe, aus denen zuweilen bewaffnete Karawanen mit seltsamen Waren und Stoffen und kostbaren, zerbrechlichen Gefäßen nach Babylon kämen. Auch muß ich erwähnen, daß ich in Babylon Menschen mit gelben Gesichtern und Schlitzaugen sah, und diese Gesichter waren keineswegs gefärbt. Diese Menschen trieben Handel und verkauften Stoffe, die so dünn, aber noch glatter als königliches Linnen waren und wie reines Öl in allen Farben erglänzten.

Denn die Einwohner Babylons sind vor allem Kaufleute und achten nichts höher als den Handel, so daß sogar ihre Götter untereinander Geschäfte machen. Aus diesem Grund lieben sie auch den Krieg nicht, sondern halten Söldnertruppen und errichten Mauern bloß zum Schutz ihres Handels und wünschen, daß die Wege allen Völkern und allen Ländern offenstehen. Dies wünschen sie jedoch vor allem deshalb, weil sie wissen, daß sie die besten Kaufleute der Welt sind und größeren Nutzen aus dem Handel als aus der Kriegführung ziehen. Trotzdem sind sie stolz auf die Soldaten, die ihre Stadtmauern und Tempel bewachen und täglich mit ihren gold- und silberglänzenden Helmen und Brustledern zur Pforte Ischtars marschieren. Ihre Schwertgriffe und Speerspitzen sind zum Zeichen ihres Reichtums mit Gold und Silber überzogen. Und sie fragten: »Hast du, Fremdling, jemals solche Soldaten und solche Streitwagen gesehen?«

Der König von Babylon war bei seiner Thronbesteigung noch ein bartloser Knabe, der sich einen falschen Bart umhängen mußte. Sein Name war Burnaburiasch. Er liebte Spielsachen und seltsame Geschichten. Mein Ruf war mir von Mitani nach Babylon vorausgeeilt, und als ich mich in Ischtars Freudenherberge einquartiert und den Tempel besucht hatte, wo ich mich mit den Priestern und Ärzten des Turmes unterhielt, brachte mir ein Bote eine Einladung des Königs. Wie gewöhnlich regte sich Kaptah auf und sagte: »Geh nicht hin! Laß uns zusammen fliehen! Von den Königen kommt nichts Gutes.« Ich aber antwortete: »Dummkopf, hast du denn vergessen, daß wir den Skarabäus bei uns haben?«

Er meinte: »Skarabäus hin, Skarabäus her, natürlich habe ich ihn nicht vergessen, aber wir tun besser daran, das Gewisse dem Ungewissen vorzuziehen und die Geduld des Skarabäus nicht allzusehr auf die Probe zu stellen. Bist du jedoch fest entschlossen zu gehen, so kann ich dich nicht daran hindern, sondern folge dir, damit wir wenigstens gemeinsam sterben. Sollten wir entgegen aller Wahrscheinlichkeit doch noch einmal nach Ägypten zurückkommen, will ich erzählen können, wie ich vor dem König von Babylonien auf dem Bauch lag. Es wäre also einfältig von mir, die Gelegenheit nicht zu nützen. Doch wenn wir wirklich hingehen, dürfen wir unserer Würde nichts vergeben, und du mußt verlangen, in einer königlichen Sänfte abgeholt zu werden. Auch gehen wir nicht heute; denn heute ist nach der Überlieferung dieses Landes ein schlechter Tag: Die Kaufleute haben ihre Geschäfte geschlossen, die Menschen ruhen sich in ihren Wohnstätten aus, niemand arbeitet, weil doch alles mißlingen würde, da es der siebente Wochentag ist.«

Ich kam zum Schluß, daß Kaptah wohl recht hatte, denn wenn auch für die Ägypter alle Tage mit Ausnahme der von den Astronomen als ungünstig bezeichneten gleich sind, so war vielleicht in diesem Lande jeder siebente Tag auch für einen Ägypter ein schlechter Tag, so daß es besser war, das Gewisse dem Ungewissen vorzuziehen. Deshalb sprach ich zum Diener des Königs: »Du hältst mich gewiß für einen törichten Fremdling, daß du von mir forderst, an einem solchen Tag vor den König zu treten. Morgen aber komme ich, falls dein König mich in einer Sänfte holen läßt. Ich bin ein achtenswerter Mann und will nicht mit Eseldreck zwischen den Zehen vor ihn hintreten.« Der Diener sagte: »Ich fürchte, du schmutziger Ägypter, daß dich Speerspitzen im Hintern kitzeln werden, wenn du vor den König geführt wirst.« Aber er ging seines Weges, und sicherlich hatte er Achtung vor mir; denn am folgenden Tag holte man mich mit der königlichen Sänfte in der Herberge ab.

Aber es war eine ganz gewöhnliche Sänfte, in der Kaufleute und andere Leute niedrigen Standes in den Palast gebracht wurden, um Schmuck und Federn und Affen vorzuführen. Deshalb rief Kaptah den Trägern und dem Vorläufer mit lauter Stimme zu: »Im Namen Seths und aller Teufel, möge Marduk euch mit Skorpionen stechen! Macht, daß ihr fortkommt! Es schickt sich wahrlich nicht für meinen Herrn, sich in einen solchen Rumpelkasten zu setzen.« Die Träger waren verblüfft, der Vorläufer drohte Kaptah mit seinem Stab, und vor der Herberge sammelte sich eine Menge Menschen an. Sie lachten und riefen: »Wahrlich, wir wollen deinen Herrn sehen, dem eine königliche Sänfte nicht gut genug ist!« Aber Kaptah mietete die große Sänfte der Herberge, die von vierzig starken Sklaven getragen und von den in wichtigen Aufträgen reisenden Gesandten der Großmächte benützt wurde und auch zum Tragen der fremden Götter diente, wenn sie der Stadt einen Besuch abstatteten.

Den Leuten verging das Lachen, als ich aus meinem Zimmer herunterkam, in ein Gewand gekleidet, auf das viele mit dem Arztberuf zusammenhängende Figuren in Gold und Silber gestickt waren, während mein Kragen im Sonnenschein von Gold und Edelsteinen blitzte, goldene Ketten an meinem Hals klirrten, und die Sklaven der Herberge mit Elfenbein eingelegte Schreine aus Zedern- und Ebenholz hinter mir hertrugen, in denen ich meine Heilmittel und Instrumente aufbewahrte. Nein, die Leute lachten wahrlich nicht mehr; sie verneigten sich tief vor mir und sprachen zueinander: »Dieser Mann ist zweifellos den kleinen Göttern an Weisheit ebenbürtig. Folgen wir ihm zum Palast!« So kam es, daß eine große Menschenmenge der Sänfte bis zu den Toren des Palastes folgte. Vor der Sänfte ritt Kaptah auf einem weißen Esel, an dessen Geschirr Silberschellen klingelten. Doch nicht meinetwegen, sondern Haremhab zuliebe trat ich so auf; denn er hatte mir viel Gold gegeben, und meine Augen waren seine Augen und meine Ohren seine Ohren.

Vor den Toren des Palastes zersprengten die Soldaten mit ihren Speeren die Volkshaufen und hoben ihre Schilde zum Schutz der Tore. So bildeten die Schilde eine Mauer aus Gold und Silber, und beflügelte Löwen bewachten den Weg, auf dem ich in der Sänfte bis in die Innenhöfe des Palastes getragen wurde. Hier kam mir ein alter Mann entgegen, dessen Kinn wie dasjenige eines Gelehrten rasiert war. An seinen Ohren glänzten goldene Ringe, seine Wangen hingen mürrisch herab, und er betrachtete mich mit zornigen Augen, indem er sprach: »Meine Leber ist rasend über all den Lärm und Unfug, den du durch deine Ankunft verursachst. Der Herrscher aller vier Erdteile fragt bereits, wer der Mann sei, der erst kommt, wenn es ihm und nicht wenn es dem König paßt, und der so viel Aufsehen verursacht.«

Ich entgegnete ihm: »Alter Mann! Deine Rede ist wie Fliegengesumm in meinen Ohren; doch frage ich dich: Wer bist du, daß du mich so anredest?« Er sagte: »Ich bin der Leibarzt des Herrschers über die vier Erdteile und der Erste seiner Ärzte. Was für ein Schwindler bist du, der du daherkommst, um dem

König mit deinen Künsten Gold und Silber abzulocken? Wisse indes, daß du mir die Hälfte abzuliefern hast, falls dir der König in seiner Großmut gestempeltes Gold und Silber schenkt!«

Da sagte ich zu ihm: »Deine Leber geht mich nichts an, und du tätest wahrlich besser daran, mit meinem Diener zu reden; denn dessen Aufgabe ist es, Schmarotzer und Erpresser von mir fernzuhalten. Da du aber ein alter Mann bist und es nicht besser weißt, will ich dein Freund sein. Deshalb schenke ich dir diese Goldreifen von meinem Arm, um dir zu zeigen, daß Gold und Silber für mich nicht mehr als der Staub unter meinen Sohlen bedeuten und daß ich nicht hergekommen bin, um Gold, sondern um Wissen zu erwerben.«

Ich reichte ihm die Goldreifen von meinen Handgelenken, und er war so erstaunt, daß er nichts mehr zu sagen wußte. Daher gestattete er auch Kaptah, mir zu folgen, und führte mich zum König. Der König Burnaburiasch saß auf weichen Kissen in einem luftigen Raum, dessen Wände von farbenfrohen Glasurziegeln glühten. Er war nur ein verwöhnter Knabe, der, die Wange in die Hand gestützt, dasaß. Neben ihm lag ein Löwe, der bei unserem Eintritt ein dumpfes Knurren hören ließ. Der alte Mann warf sich vor dem König zu Boden, und Kaptah folgte seinem Beispiel. Aber beim Knurren des Löwen sprang er mit einem Schreckensruf wie ein Frosch mit allen vieren auf, so daß der König in schallendes Gelächter ausbrach und sich in die Kissen zurückwarf. Kaptah jedoch sprach zornig: »Führt dieses teuflische Raubtier hinaus, bevor es mich beißt. Ein fürchterlicheres Ungeheuer habe ich in meinem ganzen Leben nicht gesehen, und sein Knurren gleicht dem Dröhnen der Streitwagen auf dem Marktplatz zu Theben, wenn die Leibwache, vom Festtag berauscht, zu einer Übung fährt.« Er hob abwehrend die Hände, und auch der Löwe richtete sich auf und gähnte langgezogen; und als er das Maul schloß, schlugen seine Zähne so laut zusammen, wie der Schrein des Tempels über dem Almosen einer Witwe zuklappt.

Der König lachte, daß ihm die Tränen aus den Augen rannen. Dann aber besann er sich wieder seiner Schmerzen und führte die Hand an die Wange, die so geschwollen war, daß das Auge zur Hälfte verschwand. Er zog die Brauen zusammen, und der alte Mann beeilte sich zu sagen: »Hier steht der eigensinnige Ägypter, der deinem Befehl, zu kommen, nicht Gehorsam leistete. Es bedarf nur eines Wortes, und ich lasse die Soldaten mit ihren Speeren seine Leber durchbohren.«

Aber der König versetzte ihm einen Fußtritt und sprach: »Jetzt ist nicht der Augenblick für dummes Geschwätz. Der Mann da soll mich rasch heilen. Meine Schmerzen sind unausstehlich, und ich fürchte, sterben zu müssen; denn schon viele Nächte habe ich nicht schlafen und schon lange nichts anderes als heiße Brühe zu mir nehmen können.«

Da jammerte der Alte, schlug die Stirne gegen den Boden und sagte: »O Herrscher über die vier Erdteile, wir haben alles getan, um dich zu heilen. Wir haben Zähne und Kiefer in den Tempeln geopfert, haben die Trommeln geschlagen und in die Hörner gestoßen und in roten Gewändern vor dir getanzt, um den bösen Geist zu vertreiben, der sich in deinem Kiefer eingenistet hat. Mehr konnten wir nicht ausrichten, da du uns nicht gestattest, deinen heiligen Kiefer anzurühren. Ich glaube auch nicht, daß dieser unreine Fremdling es besser machen kann als wir.«

Ich aber sagte: »Ich bin Sinuhe, der Ägypter, der einsam ist, der Sohn des Wildesels, und ich brauche dich wahrlich nicht zu untersuchen, um festzustellen, daß die Geschwulst in deiner Wange durch einen Backenzahn verursacht wird, den du nicht beizeiten reinigen oder ausziehen ließest, wie es dir deine Ärzte sicher längst geraten haben. Solch ein Leiden paßt für Kinder und Feiglinge, nicht aber für den Herrscher über vier Erdteile, vor dem die Völker zittern und sogar der Löwe sein Haupt verneigt, wie ich mit eigenen Augen sehe. Aber ich weiß, daß du große Schmerzen hast, und deshalb will ich dir gerne helfen.«

Der König hielt die Hand an die Wange und sprach: »Deine Rede ist dreist. Wäre ich gesund, würde ich dir sicherlich deine freche Zunge aus dem Mund reißen und die Leber durchbohren lassen; aber dazu ist jetzt nicht die Zeit. Heile mich rasch, und du sollst reich belohnt werden! Doch wenn du mir Schmerzen verursachst, lasse ich dich unverzüglich töten.«

Ich sprach zu ihm: »Dein Wille soll geschehen! Ich habe einen kleinen, aber außerordentlich mächtigen Gott zum Beschützer; sein Verdienst ist es, daß ich nicht schon gestern zu dir kam, denn dann wäre ich vergebens gekommen. Jetzt sehe ich ohne nähere Untersuchung, daß deine Geschwulst reif zum Aufstechen ist. Wenn du willst, werde ich sie öffnen. Vor Schmerzen aber können die Götter nicht einmal einen König bewahren. Doch versichere ich dir: Deine Erleichterung wird so groß sein, daß du dich nachträglich der Schmerzen überhaupt nicht mehr entsinnst, und ich versichere dir ebenfalls, daß ich dich so geschickt und schmerzlos behandeln werde, wie es nur menschenmöglich ist.«

Der König, die Wange an die Hand gelehnt, zögerte eine Weile und betrachtete mich mit zusammengezogenen Brauen. In gesunden Tagen war er sicher ein schöner, wenn auch sehr selbstbewußter Jüngling, und ich fand Gefallen an ihm. Er fühlte meinen Blick und meinte schließlich ärgerlich: »Tu das Unerläßliche, aber tu es rasch!«

Der alte Mann begann zu jammern und die Stirn gegen den Boden zu schlagen, ich aber beachtete ihn nicht, sondern befahl, Wein zu wärmen, in den ich ein Betäubungsmittel mischte. Dann ließ ich den König trinken. Er wurde nach einer Weile heiter und erklärte: »Die Schmerzen lassen nach, und du brauchst mir nicht mit deinen Zangen und Messern zu nahen!«

Doch mein Wille war stärker als der seinige. Ich veranlaßte ihn, den Mund zu öffnen, und hielt sein Haupt in meiner Achselhöhle fest und stach die Geschwulst in seinem Kiefer mit einem Messer auf, das ich in dem von Kaptah mitgebrachten Feuer ausgeglüht hatte. Allerdings stammte es nicht von Ammons heiligem Feuer, denn dieses hatte Kaptah in seinem Schlendrian während der Flußfahrt ausgehen lassen; aber das neue Feuer war von Kaptah in meinem Zimmer in der Herberge mit einem Feuerbohrer angefacht worden, und in seiner Einfalt hielt er den Skarabäus für ebenso mächtig wie Ammon.

Der König stöhnte laut, als ihn das Messer berührte, und der Löwe erhob sich brüllend, seine Augen glühten, und er begann mit dem Schweif zu schlagen. Der König hatte jedoch genug damit zu tun, den Eiter, der aus dem Geschwür rann, auszuspeien. Dies erleichterte ihn, und ich war ihm behilflich, indem ich sanft auf seine Wange drückte. Er spuckte und weinte vor Freude und spuckte wieder und sagte: »Sinuhe, Ägypter! Du bist ein gesegneter Mann, obwohl du mir Schmerz bereitet hast.«

Der alte Mann aber sprach: »Ich hätte es ebensogut, ja besser als er ausführen können, wenn du mir bloß gestattet hättest, deinen heiligen Kiefer zu berühren. Am besten aber hätte dein Zahnarzt es gemacht.« Zu seinem großen Erstaunen bestätigte ich seine Worte, indem ich sagte: »Der alte Mann spricht die Wahrheit. Er hätte es ebensogut wie ich gemacht, und am besten hätte es dein Zahnarzt besorgt. Aber ihr Wille war nicht so stark wie der meinige. Deshalb vermochten sie dich nicht von deiner Qual zu befreien. Ein Arzt muß wagen, ohne für sich selbst zu fürchten, sogar einem König unvermeidliche Schmerzen zuzufügen. Dieser hier fürchtet sich, ich aber fürchte mich nicht; denn alles ist mir gleichgültig, und wenn es dir beliebt, kannst du durch deine Soldaten mir die Leber durchbohren lassen, nachdem ich dich geheilt habe.«

Der König spuckte und drückte die Hand auf die Wange und spuckte nochmals. Aber die Wange schmerzte nicht mehr, und er sagte: »Noch nie habe ich jemand so wie dich reden hören, Sinuhe. Falls du die Wahrheit sprichst, lohnt es sich wahrlich nicht, daß ich meine Soldaten dir die Leber durchbohren lasse; wenn es dir nichts ausmacht, hat dies ohnehin keinen Zweck. Aber du hast mir wahrhaftig eine große Erleichterung verschafft, und deshalb verzeihe ich dir deine Frechheit. Auch deinem Diener verzeihe ich, daß er mich mit dem Kopf in deiner Achselhöhle gesehen und schreien gehört hat. Ich verzeihe es ihm deshalb, weil er mich nach langer Zeit durch seinen tollen Luftsprung wieder einmal zum Lachen brachte.« An Kaptah gewandt, fügte er hinzu: »Wiederhole den Sprung!« Kaptah aber erwiderte ärgerlich: »Es wäre unter meiner Würde.«

Burnaburiasch lächelte und meinte: »Wir werden ja sehen!« Er rief den Löwen, und dieser hob und streckte seinen Leib, so daß es in den Gliedern knackte, und betrachtete seinen Herrn mit klugen Augen. Der König wies auf Kaptah, und der Löwe begann mit peitschendem Schweif gelassen auf diesen zuzuschreiten. Kaptah zog sich, den Blick starr auf das Raubtier geheftet, zurück. Da öffnete der Löwe den Rachen und ließ ein dumpfes Gebrüll vernehmen. Blitzschnell wandte sich Kaptah, packte den Türvorhang und kletterte an diesem bis über den Türpfosten empor, wo er laute Angstschreie ausstieß. Der König lachte noch lauter als zuvor und sagte: »Etwas Verrückteres habe ich noch nie gesehen.« Der Löwe ließ sich nieder und leckte sich das Maul, während Kaptah in seiner Not über der Tür hocken blieb. Der König aber erklärte: »Ich bin hungrig« – und verlangte nach Speise und Trank. Da weinte der alte Mann vor Freude, daß der Herrscher geheilt war. Man brachte dem König vielerlei Speisen auf silbernem, mit eingravierten Bildern verziertem Geschirr und Wein in goldenen Bechern, und er sprach: »Iß mit mir, Sinuhe, obwohl dies nicht mit meiner Würde vereinbar ist. Heute jedoch will ich meine Würde vergessen, nachdem du meinen Kopf in deiner Achselhöhle gehalten und mir mit deinen Fingern im Mund herumgestochert hast.«

So kam es, daß ich mit dem König speiste und trank und zu ihm sprach: »Dein Schmerz ist für den Augenblick gelindert, aber er kann jederzeit wiederkehren, wenn du nicht den Zahn, der ihn verursacht, ziehen läßt. Deshalb mußt du ihn durch deinen Zahnarzt entfernen lassen, sobald die Geschwulst in der Wange geschwunden ist. Das kann ohne jeden Schaden für deine Gesundheit geschehen.«

Des Königs Stirn verfinsterte sich, und er sagte ärgerlich: »Du sprichst schlimme Worte aus und zerstörst mir die Freude, du törichter Fremdling.« Nach kurzem Besinnen aber fügte er hinzu: »Vielleicht hast du recht. Mein Leiden tritt regelmäßig jeden Herbst und Frühling auf, wenn ich nasse Füße bekomme, und verursacht mir Schmerzen, um derentwillen ich mir den Tod herbeiwünsche. Doch wenn die Operation unumgänglich nötig ist, sollst du sie ausführen; denn meinen Zahnarzt will ich nicht mehr sehen, weil er mir soviel unnütze Qualen bereitet hat.«

Ich entgegnete: »Aus deiner Rede schließe ich, daß du als

Kind mehr Wein als Milch getrunken hast. Auch bekommen die Süßigkeiten nicht gut; denn in dieser Stadt werden sie aus Dattelsirup hergestellt, der schädlich für die Zähne ist, während man sie in Ägypten aus Honig bereitet, den winzige Vögel in großen Kuchen für die Menschen sammeln. Iß daher in Zukunft nur noch Süßigkeiten aus dem Hafen, und trinke jeden Morgen beim Erwachen Milch!«

Er sagte: »Du bist wahrhaftig ein großer Spaßmacher, Sinuhe! Ich glaube nicht, daß winzige Vögel Süßigkeiten für die Menschen einsammeln. So etwas habe ich noch nie gehört.« Ich aber sagte: »Mein Los ist hart: In meiner Heimat werden die Menschen mich Lügner nennen, wenn ich ihnen erzähle, daß ich hier flügellahme Vögel gesehen habe, die bei den Menschen wohnen und diesen jeden Morgen zum Geschenk ein Ei legen. Ich tue daher am besten daran, in Zukunft überhaupt nichts mehr zu sagen, denn ich werde meinen guten Ruf verlieren, wenn man mich für einen Lügner hält.« Aber er widersprach mir eifrig: »Nein, du sollst sprechen, denn noch niemand hat so wie du zu mir gesprochen.«

Da sagte ich in ernstem Ton: »Ich werde dir den Zahn nicht ausziehen. Dein Zahnarzt soll es tun; in diesen Dingen ist er der Geschickteste im Land und sicherlich gewandter als ich. Doch kann ich, wenn du es wünschest, neben dir stehen und deine Hand halten und dir Mut zusprechen, während er die Operation ausführt. Auch will ich deinen Schmerz mit allen Mitteln, die ich in vielen Ländern und bei vielen Völkern kennengelernt habe, lindern. Dies soll vom heutigen Tag an genau in zwei Wochen geschehen. Es ist besser, den Tag im voraus zu bestimmen, damit du es nicht bereust. Bis dahin ist dein Kiefer nämlich geheilt, und inzwischen wirst du deinen Mund jeden Morgen und Abend mit einem Mittel spülen, das ich dir geben werde, wenn es auch schlecht schmeckt und brennt.«

Verärgert fragte er: »Und wenn ich es nicht tue?«

Ich antwortete: »Du sollst mir dein königliches Wort geben, daß alles, so wie ich es gesagt habe, geschehen wird. Sein königliches Wort kann der Herrscher über vier Erdteile nicht brechen. Wenn du mir gehorchst, werde ich dich mit meiner Kunst ergötzen und vor deinen Augen Wasser in Blut verwandeln und dich dieses Kunststück ebenfalls lehren, damit du deine Untertanen in Staunen versetzen kannst. Aber du mußt mir versprechen, das Geheimnis keinem anderen zu verraten. Es ist ein heiliges Geheimnis der Ammonpriester, das auch ich nicht kennen würde, wenn ich nicht selbst geweihter Priester ersten Grades wäre, und das ich dich nicht lehren würde, wenn du nicht ein König wärest.«

In diesem Augenblick rief Kaptah mit klagender Stimme von seinem hohen Sitz über der Tür: »Bringt doch endlich dieses teuflische Ungeheuer weg, oder ich klettere hinunter und bringe es um! Die Hände sind mir eingeschlafen, und der Hintern schmerzt mich von diesem unbequemen Hocken, das sich nicht für meine Würde schickt. Wahrhaftig, ich klettere hinunter und töte das Vieh, wenn es nicht sofort verschwindet!«

Burnaburiasch lachte bei dieser Drohung noch schallender als zuvor, dann aber sagte er mit gespieltem Ernst: »Es wäre wirklich schade, wenn du meinen Löwen tötetest; denn er ist unter meinen Augen aufgewachsen und mir ein treuer Freund geworden. Ich will ihn wegrufen, damit du keine Schandtat in meinem Palast verübst.« Er lockte den Löwen zu sich, und Kaptah kletterte am Vorhang hinab und rieb sich die steifen Beine und betrachtete das Tier so zornig, daß sich der König vor Lachen auf die Knie schlug und sagte: »Ich habe wahrlich noch nie einen komischeren Kauz gesehen. Verkauf ihn mir, Sinuhe, und ich mache dich zu einem reichen Mann.«

Ich wollte Kaptah aber nicht verkaufen, und der König beharrte nicht darauf, so daß wir uns in Freundschaft trennten, weil der Schlaf seinen Tribut verlangte. Denn er hatte seiner Schmerzen wegen schon viele Nächte nicht mehr geschlafen. Der alte Leibarzt begleitete mich hinaus und sagte: »Aus deinem Auftreten und deinen Worten ersehe ich, daß du kein Schwindler, sondern ein geschickter, in deinem Beruf erfahrener Mann bist. Doch staune ich über die Kühnheit, mit der du den Herrscher über die vier Erdteile ansprichst. Wenn einer seiner eigenen Ärzte sich erdreistete, ihn in dieser Weise anzureden, würde er schon längst in einem Lehmkrug im Kreise seiner Vorfahren ruhen.«

Ich sagte: »Wir tun am besten daran, uns über alles, was in zwei Wochen zu geschehen hat, ausführlich zu beraten und auch den passenden Göttern vorher Opfer darzubringen. Es wird ein böser Tag werden!«

Meine Rede gefiel ihm sehr; denn er war ein frommer Mann, und wir vereinbarten eine Zusammenkunft im Tempel zu Opferzwecken und zu einer Besprechung mit den anderen Ärzten. Bevor wir den Palast verließen, ließ der Alte die Träger, die mich hergebracht hatten, noch verpflegen, und sie aßen und tranken im Vorhof und priesen mich in allen Tönen. Auf dem Rückweg zur Herberge sangen sie mit lauter Stimme. Menschenmassen folgten mir, und von diesem Tag an war mein Name berühmt in Babylon. Aber Kaptah, der auf dem weißen Esel ritt, war äußerst mürrisch und redete nicht mit mir. Denn er war in seiner Würde schwer verletzt worden.

3

Zwei Wochen später traf ich die Ärzte des Königs im Mardukturm; wir opferten gemeinsam ein Schaf und ließen die Priester seine Leber untersuchen und uns weissagen; denn in Babylon prophezeiten die Priester aus der Leber der Opfertiere und vermochten daraus vieles herauszulesen, was anderen unerklärlich blieb. Sie sagten, daß der König uns sehr zürnen, daß aber niemand das Leben verlieren oder dauernden Schaden nehmen würde. Doch sollten wir uns während der Behandlung des Königs vor Krallen und Speeren in acht nehmen. Alsdann ließen wir die Sterndeuter im Buch des Himmels nach schlagen, ob der Tag für unsere Zwecke günstig sei. Sie erklärten ihn für günstig, obgleich wir einen noch günstigeren hätten wählen können. Schließlich ließen wir die Priester Öl in Wasser gießen, um daraus die Zukunft vorauszusagen. Doch nachdem die Priester das Öl beobachtet hatten, behaupteten sie, nichts Besonderes, auf jeden Fall kein schlechtes Zeichen darin zu erkennen.

Beim Verlassen des Tempels sahen wir einen Geier über uns hinwegfliegen, der ein von der Mauer geraubtes Menschenhaupt in den Krallen hielt; das deuteten die Priester als ein günstiges Vorzeichen für unsere Absichten, obwohl es mir als das Gegenteil erschien.

In Übereinstimmung mit dem Rat anläßlich der Untersuchung der Schafsleber schickten wir an dem Tag der Behandlung des Königs dessen Leibwache fort und gestatteten auch seinem Löwen nicht, ihm zu folgen, weil der König ihn in seinem Zorn auf uns hetzen könnte, was laut Aussage der Ärzte bereits vorgekommen war. König Burnaburiasch, welcher Wein getrunken hatte, um, wie man in Babylon sagte, seine Leber zu erquicken, kam mutigen Schrittes herein. Doch beim Anblick des wohlbekannten Stuhles, den der Zahnarzt in den Palast gebracht hatte, erbleichte er und behauptete, noch wichtige Regierungsangelegenheiten, die er über dem Weintrinken vergessen habe, erledigen zu müssen.

Er wollte sich entfernen; aber während die anderen Ärzte auf dem Bauch am Boden lagen und diesen küßten, griff ich nach der Hand des Königs, ermutigte ihn und erklärte, daß alles rasch vorübergehe, wenn er sich nur tapfer verhielte. Ich gebot den Ärzten, sich zu reinigen, und glühte selber die Instrumente des Zahnarztes im Feuer des Skarabäus. Hierauf rieb ich das Zahnfleisch des Königs mit einer betäubenden Salbe ein, bis er mir befahl, aufzuhören, weil seine Wange wie Holz und seine Zunge unbeweglich sei. Dann setzten wir ihn in den Stuhl, banden seinen Kopf daran fest und steckten ihm Keile in den Mund, damit er ihn nicht mehr schließen könne. Ich hielt seine Hand und munterte ihn auf, während ihm der Zahnarzt unter Anrufung aller Götter Babyloniens die Zange in den Mund steckte und den Zahn so geschickt auszog, wie ich noch nie jemanden hatte einen kranken Zahn ziehen sehen. Dennoch schrie der König fürchterlich, und der Löwe brüllte hinter der Tür und warf sich dagegen, daß sie krachte, und kratzte mit den Pranken daran.

Es war ein Augenblick des Schreckens; denn nachdem wir den Kopf des Königs freigemacht und ihm die Keile aus dem Mund genommen hatten, spuckte er Blut in ein Gefäß und stöhnte und jammerte und schrie, während ihm die Tränen über die Wangen rannen. Als er das Blut ausgespien hatte, rief er unter Tränen nach seiner Leibwache, um uns töten zu lassen, und rief nach seinem Löwen und warf mit einem Fußtritt das heilige Feuer um und hieb mit einem Stock auf seine Ärzte ein, bis ich ihm den Stock entriß und ihn ermahnte, den Mund zu spülen. Er gehorchte, während die Ärzte, an allen Gliedern zitternd, ihm zu Füßen lagen und der Zahnarzt seine letzte Stunde gekommen glaubte. Aber der König beruhigte sich und trank Wein, wenn auch mit schiefem Mund, und bat mich, ihn, wie ich ihm versprochen, zu unterhalten.

Wir gingen in den großen Festsaal des Königs hinüber; denn das Zimmer, in dem der Zahn gezogen worden war, behagte ihm nicht mehr. Er nannte es das »Verfluchte Zimmer« und wollte es für alle Zeiten verschließen lassen. Im Festsaal goß ich Wasser in ein Gefäß und ließ den König kosten und ebenso die Ärzte, damit alle bezeugen konnten, daß es reines Wasser war. Dann goß ich dieses Wasser langsam in ein anderes Gefäß über, und während ich dies tat, verwandelte es sich in Blut, so daß der König und seine Ärzte in Staunen gerieten und Furcht empfanden.

Alsdann ließ ich Kaptah eine Schachtel bringen, in der sich ein aus Holz geschnitztes Krokodil befand; denn alle Spielsachen, die in Babylon verkauft wurden, waren aus Lehm angefertigt und wohl sehr geschickt gemacht, aber ich hatte mich des Holzkrokodils entsonnen, mit dem ich als Kind gespielt hatte, und einen geschickten Handwerker ein solches nach meinen Weisungen anfertigen lassen. Er hatte es denn auch aus Zedernholz und Silber hergestellt und so angestrichen und verziert, daß es einem lebendigen Krokodil ähnlich sah. Ich nahm es aus der Schachtel und zog es über den Boden, und es folgte mir und bewegte die Beine und klapperte mit den Kiefern wie ein richtiges Krokodil, wenn es nach Beute schnappt. Dieses Krokodil schenkte ich dem König, der großes Wohlgefallen daran fand, weil es in seinen Flüssen keine Krokodile gab. Der König zog das Krokodil hinter sich her und vergaß dabei gänzlich die ausgestandenen Qualen, und die Ärzte blinzelten einander zu und lächelten vor Freude.

Hierauf beschenkte der König seine Ärzte fürstlich, und den

Zahnarzt machte er zu einem reichen Mann, und schickte sie dann alle fort. Mich aber behielt er zurück, und ich lehrte ihn Wasser in Blut verwandeln und gab ihm das Mittel, das dem Wasser beigemischt werden muß, bevor das Wunder geschehen kann. Dieses Kunststück ist sehr einfach, wie ein jeder, der es kennt, wohl weiß. Doch alle große Kunst ist einfach, und der König staunte sehr und lobte mich. Und er gab sich nicht zufrieden, bevor er die Vornehmen seines Hofes und auch die Leute von den Mauern in seinen Garten gerufen und vor aller Augen das Wasser des Teiches in Blut verwandelt hatte, worauf Hohe und Niedrige Schreckensrufe ausstießen und sich ihm zu Füßen aufs Gesicht warfen, was ihn mit Stolz erfüllte.

An den Zahn dachte er schon längst nicht mehr, sondern er sagte zu mir: »Sinuhe, Ägypter, du hast mich von einem schweren Leiden geheilt und meine Leber auf mancherlei Art erquickt. Deshalb darfst du von mir verlangen, was du willst, und du brauchst nur einen Wunsch zu äußern, so soll er dir erfüllt werden; denn ich will nun meinerseits deine Leber erquicken.«

Da sprach ich zu ihm: »König Burnaburiasch, Herr der vier Erdteile, in meiner Eigenschaft als Arzt habe ich dein Haupt in meiner Achselhöhle und deine Hand in der meinigen gehalten, während du mit böser Stimme jammertest, und es schickt sich wahrlich nicht, daß ich, ein Fremdling, eine solche Erinnerung an den König von Babylonien mitnehme, wenn ich in meine Heimat zurückkehre, um zu berichten, was ich hier gesehen habe. Deshalb ist es besser, daß du den Menschen in mir erschreckst, indem du dich mir in deiner ganzen Machtvollkommenheit zeigst, einen Bart umhängst, dich mit einem Schweif umgürtest und deine Krieger an dir vorüberziehen läßt, auf daß ich deine Macht erkenne und mich in Demut vor dir zu Boden werfe und den Staub zu deinen Füßen küsse. Mehr verlange ich nicht von dir.«

Mein Begehren schien ihm zu gefallen, denn er sagte: »Wahrlich, noch niemand hat so wie du, Sinuhe, zu mir gesprochen. Deshalb will ich deinen Wunsch erfüllen, obwohl ich mich dabei langweilen werde; denn das bedeutet, daß ich einen ganzen Tag hindurch als König auf dem goldenen Thron sitzen muß, bis meine Augen müde sind und mich die Lust zu gähnen befällt. Dennoch sei dein Wunsch erfüllt!« Und er schickte in alle Richtungen des Landes Boten, um seine Krieger herzubeordern, damit sie an einem bestimmten Tag vor ihm vorübermarschieren sollten.

Diese Parade fand bei dem Tor der Göttin Ischtar statt. Der König saß auf einem goldenen Thron, und zu seinen Füßen lag der Löwe, während alle Vornehmen in Waffen den Thron umringten, so daß der Herrscher wie in einer Wolke von Gold und Silber und Purpur saß. Aber drunten auf der breiten Straße zogen die Krieger im Laufschritt vorüber, Speerwerfer und Bogenschützen in Sechzigerkolonnen, und die Streitwagen fuhren in Sechserreihen vorbei, und es dauerte einen ganzen Tag, bis die Parade zu Ende war. Das Rollen der Streitwagen klang wie Donnergetöse, das Getrampel der laufenden Füße und das Geklirr der Waffen wie das Brausen eines sturmgepeitschten Meeres, so daß man vom bloßen Zuschauen Schwindel und Beinezittern bekam.

Zu Kaptah aber sagte ich: »Es genügt nicht, wenn wir berichten können: Die Krieger Babyloniens sind zahlreich wie die Sandkörner am Meer oder wie die Sterne am Himmel; wir müssen auch ihre Zahl feststellen.« Kaptah murrte und entgegnete: »Herr, das ist unmöglich, denn so hohe Zahlen gibt es gar nicht auf Erden.« Ich aber zählte, so gut ich konnte, und die Zahl des Fußvolkes betrug sechzig mal sechzig mal sechzig Mann und die der Streitwagen sechzig, denn in Babylon ist sechzig eine heilige Zahl, und ebenso sind fünf, sieben und zwölf heilige Zahlen; warum, weiß ich nicht, obgleich die Priester es mir erklärten, denn ich begriff ihre Erklärungen nicht.

Auch sah ich, daß die Schilde der königlichen Leibwache von Gold und Silber blitzten und ihre Waffen vergoldet und versilbert waren und ihre Gesichter von Öl glänzten und sie so beleibt waren, daß sie beim Laufschritt vor dem König keuchten und schnauften wie eine Ochsenherde. Aber ihre Zahl war gering. Die Truppen aus der Provinz waren sonnverbrannt und schmutzig und rochen vielfach nach ihrem eigenen Wasser. Von der Mannschaft besaßen manche nicht einmal einen Speer; denn der Befehl des Königs hatte sie überrascht, und die Fliegen hatten ihre Augenlider zerfressen. Da dachte ich, die Soldaten blieben sich eben doch in allen Ländern gleich. Auch merkte ich, daß viele Streitwagen alt waren und knarrten und einige die Räder bei der Parade verloren und daß die Sensen an diesen Fahrzeugen mit Grünspan überzogen waren.

Am Abend ließ der König mich zu sich rufen und fragte lächelnd: »Nun, Sinuhe, hast du meine Macht gesehen?« Ich warf mich ihm zu Füßen und küßte den Boden und sprach: »Wahrlich, es gibt keinen mächtigeren König als dich, und nicht ohne Grund nennt man dich den Herrscher über die vier Erdteile. Meine Augen sind ermüdet, es saust mir im Kopf, und meine Glieder sind gelähmt vor Schrecken; denn die Zahl deiner Krieger übersteigt die der Sandkörner am Meer und der Sterne am Himmel.«

Er lächelte zufrieden und sagte: »Dein Wunsch ist erfüllt worden, Sinuhe. Dennoch hättest du dich auch durch geringeren Aufwand von meiner Macht überzeugen können; meine Ratgeber sind sehr aufgebracht über diesen Einfall, der den Jahresertrag der Steuern einer ganzen Provinz verschluckt hat. Die Soldaten müssen nämlich Speise und Trank bekommen, und heute abend werden sie in der Stadt herumstrolchen und lärmen und allerlei dumme Streiche verüben, wie es unter Soldaten üblich ist, und noch einen Monat lang werden die Straßen ihretwegen unsicher sein. Deshalb werde ich dieses Schauspiel wahrscheinlich nie mehr wiederholen. Überdies ist mein Gesäß ganz steif vom langen Sitzen auf dem goldenen Thron, und es saust auch mir im Kopfe. Laß uns daher Wein trinken und unsere Leber nach diesem anstrengenden Tag erquicken, denn ich habe dich vieles zu fragen.«

Ich trank Wein mit dem König, und er fragte mich eine Menge Dinge, wie es Kinder und junge Menschen, die noch nichts von der Welt gesehen haben, zu tun pflegen. Meine Antworten schienen ihm zu gefallen, und schließlich fragte er: »Hat dein Pharao eine Tochter? Nach allem, was du über Ägypten erzählt hast, habe ich mich entschlossen, die Tochter des Pharao zur Gemahlin zu begehren. In meinem Frauenhaus besitze ich allerdings schon vierhundert Frauen, was mehr als genug ist, denn ich vermag kaum mehr als ein Weib im Tag zu erkennen, und auch das würde mich langweilen, wenn sie nicht alle verschieden wären. Mein Ansehen aber würde steigen, wenn sich die Tochter des Pharao unter meinen Gemahlinnen befände, und die Völker, über die ich herrsche, würden mich noch höher verehren.«

Ich hob entsetzt die Hände und sagte: »Burnaburiasch, du weißt nicht, wovon du redest, denn noch nie, solange die Welt besteht, ist es vorgekommen, daß eine Tochter des Pharao sich mit einem Fremden vermischt hätte, sondern alle Pharaotöchter ehelichen ausschließlich ihre Brüder, und falls sie keine Brüder haben, bleiben sie ihr Leben lang unverheiratet und werden Priesterinnen. Deshalb bedeuten deine Worte eine Beleidigung der Götter Ägyptens; doch will ich dir verzeihen, da du nicht weißt, wovon du sprichst.«

Er runzelte die Stirn und sagte verärgert: »Wer bist du, mir Verzeihung zu gewähren? Ist übrigens mein Blut nicht ebenso göttlich wie das des Pharao?«

»Ich habe dein Blut rinnen sehen, als du es in den Krug neben mir spucktest«, gab ich zu, »und ebenso habe ich das Blut des großen Pharao Amenophis rinnen sehen. Ich könnte nicht behaupten, daß zwischen deinem und seinem Blut ein Unterschied bestünde. Aber du mußt auch bedenken, daß der Pharao erst seit kurzem verheiratet ist und ich nicht weiß, ob ihm bereits Töchter geboren wurden.«

»Ich bin noch jung und kann warten«, erklärte Burnaburiasch mit schlauem Blick; denn er war König über ein Volk von Krämern. »Wenn übrigens dein Pharao keine Töchter besitzt, die er mir senden könnte oder wollte, so mag er mir irgendeine andere vornehme Jungfrau aus Ägypten schicken, die ich hier für seine Tochter ausgeben kann. Keiner zweifelt hier an meinem Wort, und der Pharao verliert nichts dabei. Wenn er aber nicht auf meinen Vorschlag eingehen sollte, werde ich meine Krieger seine Tochter holen lassen; denn ich bin sehr eigensinnig, und was ich mir einmal in den Kopf gesetzt habe, ist nicht mehr daraus fortzuschaffen.«

Seine Worte erschreckten mich, und ich erklärte ihm, daß ein Krieg teuer zu stehen käme und den Welthandel schwer beeinträchtigen würde, weshalb er ihm größeren Schaden verursachen würde als Ägypten. Und ich fügte hinzu: »Du tust sicher am besten daran, abzuwarten, bis dein Gesandter dir berichtet, daß dem Pharao Töchter geboren wurden. Dann kannst du ihn selbst durch eine Lehmtafel von deinem Wunsch in Kenntnis setzen, und wenn dieser ihn anspricht, sendet er dir sicher seine Tochter und betrügt dich nicht; denn er hat einen neuen, mächtigen Gott, mit dem er in der Wahrheit lebt. Deshalb ist ihm jede Lüge ein Greuel.«

Doch das konnte Burnaburiasch nicht begreifen, und so meinte er: »Von einem solchen Gott will ich nichts wissen. Ich wundere mich sehr, daß dein Pharao einen solchen Gott gewählt hat; denn jeder weiß, daß die Wahrheit einem Menschen oft schadet und ihn arm macht. Allerdings rufe ich alle Götter an, auch solche, die mir unbekannt sind, weil das so üblich und weil Vorsicht eine Tugend ist; mit eurem Gott aber will ich nur von weitem zu tun haben.« Ferner meinte er: »Der Wein hat mich gelabt und meine Leber erquickt und deine Rede von den Töchtern des Pharao mich so erhitzt, daß ich mich in meinen Harem zurückziehen will. Aber du darfst mich begleiten, denn als Arzt ist dir das gestattet. Wie ich bereits sagte, habe ich Frauen im Überfluß und werde dir nicht zürnen, falls du dir eine aussuchen willst, um mit ihr der Lust zu pflegen. Nur darfst du sie nicht schwängern, denn das würde eine Menge Schwierigkeiten nach sich ziehen. Auch bin ich neugierig zu sehen, wie ein Ägypter sich mit einer Frau vermischt, denn jedes Volk hat seine eigenen Sitten, und du würdest staunen und dich weigern, mir zu glauben, wenn ich dir erzählte, was für Bräuche meine aus fernen Ländern stammenden Frauen pflegen.«

Ohne sich um meine Weigerung zu kümmern, führte er mich in sein Frauenhaus, an dessen Wänden er mir von seinen Künstlern aus gefärbten und glasierten Ziegeln angefertigte Bilder zeigte, auf denen Männer und Frauen mancherlei Wollust miteinander trieben. Er zeigte mir auch einige seiner Frauen, die kostbare Gewänder und Kleinodien trugen. Unter ihnen befanden sich Frauen und junge Mädchen aus allen bekannten Ländern und auch von den Kaufleuten hergebrachte wilde Weiber. Sie waren verschiedener Farbe und Gestalt und plapperten laut wie Affen in vielen Sprachen und tanzten mit nackten Bäuchen vor dem König und ergötzten ihn auf mannigfache Art, denn alle wetteiferten um seine Gunst. Unaufhörlich forderte er mich auf, mir eine davon auszusuchen, bis ich ihm schließlich erklärte, daß ich meinem Gott gelobt habe, mich von Frauen fernzuhalten, sobald ich einen Patienten zu heilen hatte. Und da ich versprochen hätte, am Tage darauf einen seiner Vornehmen mit dem Messer zu heilen, dürfte ich mich keinem Weibe nähern und täte besser daran, mich jetzt zu entfernen, um nicht meine Heilkunst in Verruf zu bringen. Der König glaubte mir und ließ mich gehen; aber die Frauen waren äußerst ungehalten und gaben ihrer Unzufriedenheit durch mancherlei Gebärden und Laute Ausdruck. Denn sie hatten außer den Eunuchen des Königs im Frauenhaus noch nie einen Mann in voller Manneskraft erblickt, da der König jung und schmächtig und bartlos war.

Doch bevor ich ging, äußerte der König schmunzelnd: »Die Flüsse sind über die Ufer getreten, und der Lenz ist da. Deshalb haben die Priester den dreizehnten Tag von heute an gerechnet zum Tag des Frühlingsfestes und zum Tag des falschen Königs ausersehen. Zu diesem Tag habe ich eine Überraschung für dich vorbereitet, die dich sicherlich sehr ergötzen wird, und auch ich erwarte mir viel Vergnügen davon, doch sage ich dir nicht im voraus, was es ist, um mir nicht selbst die Freude zu zerstören.«

Ich ward daher von bösen Ahnungen erfüllt; ich fürchtete mit Recht, daß das, was König Burnaburiasch ergötzte, mich keineswegs ergötzen würde. Und hierin war Kaptah ausnahmsweise einmal der gleichen Ansicht wie ich.

Während meines weiteren Aufenthaltes in Babylon erwarb ich viele geheime Kenntnisse, die für einen Arzt von Nutzen sind, und ganz besonders interessierte ich mich für die Wahrsagekunst der Priester. Von ihnen erfuhr ich, daß alles, was auf Erden geschah, in den Sternen geschrieben stand und daß es kein noch so geringes Ereignis – von den großen nicht zu reden – gab, das man nicht im voraus aus den Sternen ersehen konnte, wenn man nur genügend Fertigkeit in der Deutung der himmlischen Schrift erworben hatte. Ich überlegte mir ernsthaft, ob ich nicht in Babylon bleiben sollte, um diese Fähigkeit zu erlernen; aber da hierfür Jahre und Jahrzehnte nötig gewesen wären, gab ich den Gedanken auf und tröstete mich damit, daß auch dieser Entschluß sicherlich schon lange vor meiner Geburt in den Sternen geschrieben stand. Hingegen lernte ich unter der Leitung der Priester aus Schafsleber, die viele verborgene Dinge verriet, zu weissagen, und ebenso vergeudete ich eine Menge Zeit, indem ich sie Öl in Wasser gießen und mir die auf der Oberfläche entstandenen Figuren deuten ließ.

Bevor ich dazu übergehe, das Frühlingsfest in Babylon und den Tag des falschen Königs zu schildern, will ich noch etwas Seltsames berichten, das meine Geburt betrifft. Als mir die Priester aus der Schafsleber und dem Öl im Wasser weissagten, erklärten sie: »Mit deiner Geburt ist ein schreckliches Geheimnis verbunden, das wir nicht erklären können; daraus folgt, daß du in Wirklichkeit nicht bloß ein Ägypter bist, wie du selbst geglaubt hast, sondern ein Fremdling in der ganzen Welt.« Da erzählte ich ihnen, daß ich nicht wie andere Menschen geboren war, sondern eines Nachts in einem Binsenboot den Nil herabgeschwommen kam und meine Mutter mich im Röhricht gefunden hatte. Daraufhin blickten die Priester einander an, verneigten sich tief vor mir und sagten: »Das haben wir geahnt.« Und sie erzählten mir, daß auch ihr großer König Sargon, der sich alle vier Erdteile zu Füßen legte und dessen Macht sich vom nördlichen bis zum südlichen Meer erstreckte und auch die Meeresinseln umfaßte, als Neugeborener in einem Binsenboot den Fluß herabgeschwommen kam und daß niemand etwas über seine Geburt gewußt, bevor seine großen Taten seine göttliche Abstammung bewiesen.

Als ich dies hörte, schnürte sich mir das Herz zusammen, und ich versuchte zu lachen und sprach zu ihnen: »Ihr glaubt wohl nicht, daß ich, ein Arzt, von den Göttern abstamme?« Sie aber lachten nicht, sondern erklärten: »Das wissen wir nicht; aber Vorsicht ist eine Tugend, und deshalb verneigen wir uns vor dir.« Wieder verbeugten sie sich tief vor mir, bis ich genug bekam und sagte: »Lassen wir dieses Spiel, und gehen wir zur Sache über!« Sie begannen mir von neuem die wirren Gänge in der Schafsleber zu deuten, im geheimen aber betrachteten sie mich in Ehrfurcht und flüsterten miteinander.

Von dieser Stunde an begann mich das Geheimnis meiner Herkunft zu quälen, und mein Herz ward schwer wie Blei beim Gedanken, daß ich ein Fremdling in allen vier Erdteilen war. Ich hatte große Lust, die Sterndeuter über meine Herkunft zu befragen; aber da ich die genaue Stunde meiner Geburt nicht kannte, konnte ich sie nicht befragen, noch hätten sie mir Antwort geben können. Auf Geheiß der Priester suchten sie jedoch die Lehmtafeln hervor, die das Jahr und den Tag, da der Strom mich gebracht hatte, betrafen; denn auch die Priester waren neugierig, meine Herkunft zu erfahren. Die Sterndeuter aber wußten nur zu sagen, falls ich zu der und der Tagesstunde geboren sei, so sei ich von königlichem Geblüt und dazu erkoren, über viele Völker zu herrschen. Diese Eröffnung erleichterte jedoch keineswegs meinen Sinn; denn wenn ich mich an die Vergangenheit erinnern wollte, genügte es mir, an mein Verbrechen und an die Schmach, die ich mir in Theben zugezogen hatte, zu denken. Aber – dachte ich – vielleicht hatten die Sterne mich schon bei meiner Geburt verflucht und in dem Binsenboot nach Theben geführt, damit ich Senmut und Kipa der Freude ihrer alten Tage berauben und sie in einen vorzeitigen Tod treiben und schließlich noch ihr Grab verschachern sollte. Bei diesem Gedanken überfiel mich ein Zittern; denn wenn mich einmal die Sterne verflucht hatten, würde ich meinem Schicksal nicht entgehen und auch in Zukunft über die Menschen, die mich liebten, Leid und Verderben bringen. Deshalb lastete die Zukunft schwer auf meinem Gemüt, und ich fürchtete mich vor ihr im Bewußtsein, daß alles, was geschehen war, einen Zweck hatte, und zwar den, mein Herz allmählich von den Menschen abzuwenden und mich zur Einsamkeit zu zwingen, weil ich in der Einsamkeit keinen Fluch über andere bringen konnte.

4

Nun will ich noch den Tag des falschen Königs beschreiben. Als das Getreide zu keimen begonnen hatte und die furchtbare Kälte der Nächte einer lauen Wärme gewichen war, gingen die Priester vor die Stadt hinaus, um ihren Gott auszugraben, worauf sie seine Auferstehung aus dem Grab laut verkündeten. Und nun verwandelte sich Babylon in einen Festplatz des Tanzes und des Jubels, die Straßen wimmelten von feiertäglich gekleideten Menschen, das Gesindel raubte die Geschäfte aus und tobte schlimmer als das Kriegsvolk beim Abzug nach der großen Truppenschau. Viele Frauen und Mädchen besuchten alle Tempel Ischtars, um sich eine Mitgift zu verschaffen; ein jeder durfte mit ihnen Wollust treiben, ohne daß es als eine Schande angesehen worden wäre, und ein jeder vergnügte und ergötzte sich nach Wunsch und Fähigkeit. Den Abschluß des Festes bildete der Tag des falschen Königs.

Ich hatte mich bereits an mancherlei Sitten in Babylon gewöhnt, und doch war ich sehr erstaunt, als die betrunkene Leibwache des Königs noch vor Morgengrauen in das Freudenhaus der Ischtar eindrang, die Türen mit Gewalt aufbrach, auf jeden, dem sie begegnete, mit dem Speerschaft einhieb und aus vollem Halse kreischte: »Wo verbirgt sich unser König? Gebt uns rasch unsern König heraus! Bald geht die Sonne auf, und der König soll Gerechtigkeit an seinem Volke üben!«

Der Lärm war unbeschreiblich. Lampen wurden angezündet, und die Dienerschaft der Herberge irrte voll Schrecken in den Gängen umher, so daß Kaptah meinte, ein Aufstand sei in der Stadt ausgebrochen, und sich rasch unter meinem Bett verkroch, während ich aufstand und einen Wollmantel über meine Nacktheit warf, um hinauszugehen und die Soldaten zu fragen: »Was wollt ihr? Hütet euch, mich zu belästigen; denn ich bin Sinuhe, der Ägypter, der Sohn des Wildesels, dessen Namen ihr gewiß vernommen habt.« Da riefen sie: »Wenn du Sinuhe bist, so bist du derjenige, den wir suchen!« Sie rissen mir den Mantel von den Schultern, so daß ich nackt vor ihnen stand, und sie staunten mich an und zeigten auf mich, denn sie hatten noch nie einen beschnittenen Mann gesehen. Deshalb sagten sie zueinander: »Können wir diesen Mann, der eine Gefahr für unsere Frauen bedeutet, weil diese an allem Neuen und Seltsamen Gefallen finden, wohl frei herumlaufen lassen?«

Aber nachdem sie mich genügend verhöhnt hatten, ließen sie mich los und sagten: »Nimm unsere Zeit nicht länger mit deinen Künsten in Anspruch, sondern liefere uns deinen Diener aus, denn wir müssen ihn geschwind in den Palast bringen, weil es der Tag des falschen Königs und unseres Herrschers Wille ist, daß wir ihn in den Palast bringen!« Als Kaptah dies vernahm, begann er vor Angst so sehr zu zittern, daß das ganze Bett erschüttert wurde und sie ihn fanden und hervorzogen und sich unter Jubel vor ihm verneigten. Zueinander sagten sie: »Das ist ein großer Freudentag für uns, weil wir endlich unseren verlorenen König wiedergefunden haben. Sein Anblick erfreut unser Auge, und wir hoffen, daß er unsere Treue durch reiche Spenden lohnen werde.«

Zitternd und mit Augen so groß wie Zaumringe starrte Kaptah sie an. Sein Staunen und seine Angst brachten sie zu noch unbändigerem Lachen, und sie riefen: »Wahrlich ist er der König über die vier Erdteile, und wir erkennen sein Antlitz.« Sie verneigten sich tief vor ihm, und die hinter ihm Stehenden versetzten ihm einen Fußtritt ins Gesäß, um ihn zum Gehen zu bewegen. Aber Kaptah sagte zu mir:

»Wahrlich, diese Stadt und die ganze Welt sind voll Verderbnis, Wahnsinn und Bosheit, und der Skarabäus vermag mich offensichtlich nicht mehr zu beschützen, da mir solches widerfährt. Ich weiß nicht mehr, ob ich auf dem Kopf oder auf den Füßen stehe oder vielleicht im Bett liege und schlafe, so daß alles bloß ein Traum ist. Wie dem auch sei, ich bin jedenfalls gezwungen, ihnen zu folgen; denn es sind starke Männer. Du aber, Herr, schone dein Leben, wenn du kannst, und nimm meinen Leichnam von der Mauer ab, wenn sie mich mit dem Kopf nach unten aufgehängt haben. Hindere sie, ihn in den Strom zu werfen, und balsamiere ihn sicherheitshalber ein. Denn selbst wenn ich durch die Hand der Soldaten und zu Ehren Ägyptens sterbe, was mich laut den Schriften berechtigt, sogar mit aufgelöstem Leibe geradenwegs in das Land des Westens einzugehen, sollst du doch zur Vermeidung von Mißverständnissen meinen Leib einbalsamieren, da du diese Kunst beherrschest.«

Bei diesen Worten brüllten die Soldaten laut vor Lachen, sanken in die Knie, trommelten sich gegenseitig auf den Rücken, um nicht vor Lachen zu ersticken, und sagten: »Bei Marduk, einen besseren König hätten wir nicht finden können; es ist schon ein Wunder, daß seine Zunge sich beim Reden nicht verknotet.« Der Tag begann zu grauen, und sie schlugen Kaptah mit ihren Speerschäften auf den Rücken, um ihn zur Eile anzutreiben, und führten ihn mit sich fort. Ich aber kleidete mich rasch an und folgte ihnen zum Palast, ohne daß jemand mich daran hinderte, obwohl alle Vorhöfe und Vorzimmer des Palastes von lärmenden Menschenhaufen wimmelten. Deshalb war auch ich überzeugt, daß ein Aufruhr in Babylon ausgebrochen sei und daß Blut in den Rinnsteinen fließen werde, sobald die Truppen aus der Provinz zur Hilfe herbeigeeilt wären.

Doch als ich den Soldaten in den großen Thronsaal folgte, sah ich Burnaburiasch auf seinem goldenen, von Löwenfüßen getragenen Thron sitzen. Er trug ein königliches Gewand, in den Händen hielt er die Abzeichen seiner Macht. Um ihn waren die höchsten Mardukpriester, die königlichen Ratgeber und die Vornehmen des Reiches versammelt. Ohne sich um sie zu kümmern, schoben die Soldaten Kaptah vor sich her und bahnten sich einen Weg mit ihren Speeren, um dann erwartungsvoll vor dem Thron stehenzubleiben. Auf einmal herrschte großes Schweigen, und niemand äußerte ein Wort, bis Kaptah plötzlich den Mund auftat und sagte: »Bringt dieses teuflische Biest weg, sonst bekomme ich das Spiel satt und gehe meines Weges.« Im selben Augenblick brach ein Lichtstrahl durch das Gitterwerk der östlichen Fenster, die Sonne ging auf, und alle, Priester und Vornehme, königliche Ratgeber und Soldaten, riefen im Chor: »Er hat recht! Schafft dies Geschöpf fort! Wir haben es satt, von einem bartlosen Jüngling regiert zu werden. Dieser Mann hingegen ist ein Weiser, und deshalb machen wir ihn zum König, auf daß er über uns befehle.«

Ich traute meinen Augen nicht, als ich sie unter Püffen und Lachen und Drängen auf den König zustürmen, ihn der Abzeichen seiner Macht berauben und ihm das königliche Gewand vom Leibe reißen sah, so daß er bald ebenso nackt dastand wie ich, da die Soldaten mich im Bett überraschten. Sie kniffen ihn in die Arme, prüften die Muskeln seiner Schenkel und verhöhnten ihn: »Man sieht ihm an, daß er erst vor kurzem entwöhnt wurde und daß seine Lippen noch feucht sind von der Muttermilch. Es ist hohe Zeit, den Weibern im Frauenhaus ein Vergnügen zu bereiten, und wir glauben, daß dieser alte Schelm, dieser Ägypter Kaptah, es auch versteht, im Frauensattel zu reiten.« Und Burnaburiasch widersprach ihnen nicht, sondern lachte ebenfalls, während sich sein Löwe, durch die große Menschenmenge verwirrt und erschreckt, den Schwanz zwischen die Beine klemmend, zurückzog.

Dann aber wußte ich nicht länger, ob ich auf dem Kopf oder auf den Füßen stand; denn nun stürzten sie sich vom König hinweg auf Kaptah, zogen ihm das königliche Gewand an, drückten ihm mit Gewalt die Abzeichen der Macht in die Hand und zwangen ihn auf den Thron, um sich dann vor ihm auf den Bauch zu werfen und den Staub zu seinen Füßen zu küssen. Burnaburiasch kroch splitternackt vor ihn hin und rief: »Es ist nicht mehr als recht, daß er unser König ist. Einen besseren hätten wir niemals erküren können.« Alle erhoben sich und riefen Kaptah zum König aus und wanden sich und hielten sich den Bauch vor Lachen.

Kaptah starrte sie aus runden Augen an, und die Haare sträubten sich ihm unter der königlichen Kopfbedeckung, die sie ihm in der Eile schief in den Nacken gesetzt hatten. Schließlich aber ward er zornig und rief mit lauter Stimme, die alle zum Verstummen brachte: »Wahrlich, das muß ein böser Traum sein, den mir jemand durch Zauber gesandt hat! Ich habe nicht die geringste Lust, euer König zu sein. Lieber würde ich über Paviane und Schweine herrschen. Wenn es aber so ist, daß ihr mich wirklich zum König haben wollt, kann ich nichts dagegen tun, weil ihr viele gegen einen seid. Deshalb beschwöre ich euch, mir ehrlich zu sagen, ob ich euer König bin oder nicht!«

Da riefen alle um die Wette: »Du bist unser König und der Herr der vier Erdteile! Siehst und verstehst du es denn nicht, du Tor?« Wieder verneigten sie sich vor ihm; einer schlüpfte in ein Löwenfell und legte sich ihm zu Füßen und wand und streckte sich knurrend und brüllend in der Löwenhaut, daß es zum Totlachen war. Kaptah überlegte und schien zu zögern. Schließlich meinte er: »Falls ich wirklich euer König bin, so lohnt es sich, einen Tropfen darauf zu trinken. Holt rasch Wein, ihr Diener, sonst wird mein Stock einen Tanz auf euren Rücken aufführen, und ich lasse euch an der Mauer aufhängen, da ich nun einmal euer König bin! Bringt reichlich Wein; die mich zum König gemacht haben, sollen mit mir trinken, und ich selbst will heute bis zum Halse in Wein baden!«

Seine Worte riefen großen Jubel hervor, und die lärmende Menge schleppte Kaptah in einen großen Saal, in dem viele gute Speisen und Weine aufgetischt waren. Ein jeder nahm, was er ergattern konnte; Burnaburiasch band sich die Schürze eines Dieners um und lief wie ein unbeholfener Tolpatsch allen in die Füße und kippte Becher um und goß den Gästen Tunke über die Kleider, so daß sie ihn anfluchten und ihm abgenagte Knochen an den Kopf warfen. Auch in den Vorhöfen des Palastes wurden dem Volke Speisen und Getränke gereicht und ganze Ochsen und Schafe zerlegt, und das Volk durfte sich Bier und Wein aus Lehmbecken schöpfen und den Magen mit einer mit Rahm und süßen Datteln gewürzten Grütze füllen. Als die Sonne höher stieg, widerhallte der Palast von so tollem Lärm und Geschrei und Gelächter und Aufruhr, wie ich dies nie für möglich gehalten hätte.

Bei der ersten Gelegenheit näherte ich mich Kaptah und flüsterte so leise, daß niemand außer ihm es hören konnte: »Folge mir, Kaptah, damit wir uns verstecken und fliehen; denn das kann kein gutes Ende nehmen.« Aber Kaptah hatte Wein getrunken, und sein Bauch war aufgebläht von guten Speisen, weshalb er antwortete: »Deine Rede ist wie Fliegengesumm in meinen Ohren; etwas Dümmeres habe ich noch nie gehört. Du meinst also, ich sollte in dem Augenblick fliehen, da dieses gemütliche Volk mich zum König ausgerufen hat und alle sich vor mir verneigen? Zweifelsohne habe ich das dem Skarabäus zu verdanken und allen meinen guten Eigenschaften, die erst dieses Volk nach ihrem wahren Werte zu schätzen weiß. Mich dünkt übrigens, es schicke sich nicht länger, daß du mich Kaptah nennst und wie einen Sklaven anredest; du solltest dich wie die anderen vor mir verbeugen.« Ich aber beschwor ihn: »Kaptah, Kaptah, du wirst sehen, daß dich dieser Scherz teuer zu stehen kommt. Fliehe, solange du noch fliehen kannst; dann will ich dir auch deine Frechheit verzeihen.«

Kaptah aber wischte sich das triefende Fett vom Mund und drohte mir mit einem abgenagten Eselsknochen: »Führt diesen schmutzigen Ägypter hinaus, damit ich mich nicht erzürne und meinen Stock auf seinem Rücken tanzen lasse.« Da warf sich der als Löwe verkleidete Mann brüllend auf mich, biß mich ins Bein, warf mich zu Boden und zerkratzte mir das Gesicht. Es wäre mir wohl schlecht ergangen, wenn man nicht im selben Augenblick unter Hornstößen verkündet hätte, daß für den König die Zeit gekommen sei, sich hinunterzubegeben und Gerechtigkeit unter dem Volk zu üben. Darum vergaß man mich.

Kaptah sah ein wenig verwirrt aus, als man ihn in das Haus der Gerechtigkeit führen wollte, und erklärte, er überlasse die Rechtsprechung gerne den Richtern des Landes, die als redliche Männer sein Vertrauen besäßen. Aber dem widersetzte sich das Volk heftig und rief: »Wir wollen die Weisheit unseres Königs vernehmen, um uns davon zu überzeugen, daß er der richtige König ist und die Gesetze kennt.« So wurde Kaptah auf den Thron der Gerechtigkeit gehoben, und die Wahrzeichen der Gerechtigkeit, die Geißel und die Fesseln, wurden ihm zu Füßen gelegt, und das Volk wurde aufgefordert, vor ihn hinzutreten und ihm seine Streitigkeiten zu unterbreiten. Der erste, der sich Kaptah zu Füßen warf, war ein Mann, der sich die Kleider zerrissen und Asche ins Haar gestreut hatte. Er drückte das Gesicht in den Staub und rief unter Tränen:

»Keiner ist so weise wie unser König, der Herrscher über die vier Erdteile. Deshalb bringe ich ihm meine Klage vor und flehe ihn an um Gerechtigkeit. Ich habe mir vor vier Jahren eine Frau genommen, und wir haben noch kein Kind. Doch jetzt ist sie schwanger. Gestern erfuhr ich, daß meine Frau mich mit einem Krieger betrügt, ich ertappte sie sogar auf frischer Tat, konnte aber nichts ausrichten, weil der Krieger groß und stark ist. Jetzt ist meine Leber von Kummer und Zweifel erfüllt; denn wie kann ich wissen, ob das erwartete Kind von mir oder von jenem Krieger ist? Deshalb flehe ich den König um sein Urteil an, damit ich mich demgemäß verhalte.«

Kaptah schwieg eine Weile und blickte zögernd um sich; aber schließlich erklärte er entschlossen: »Holt Stöcke und verprügelt den Mann, damit er sich dieses Tages entsinne!« Die Rechtsdiener packten den Mann und verprügelten ihn, daß er laut jammernd das Volk anrief: »Heißt das Gerechtigkeit?« Auch das Volk begann zu murren und forderte eine Erklärung. Da sprach Kaptah:

»Dieser Mann hat schon deshalb Prügel verdient, weil er mich mit einer solchen Nichtigkeit belästigt. Noch mehr aber hat er die Hiebe um seiner Dummheit willen verdient. Hat man je gehört, daß ein Mann, der seinen Acker unbesät läßt, sich beklagt, wenn ein anderer in seiner Gutmütigkeit es für ihn besorgt und ihm die Ernte überläßt? Auch liegt die Schuld nicht an der Frau, wenn sie sich einen anderen sucht, sondern an dem Mann, der sie nicht zu befriedigen vermag, und auch aus diesem Grunde verdient der Mann seine Prügel.«

Nach diesem Urteilsspruch brach die Menge in Jubel und Gelächter aus und pries des Königs Weisheit. Nun aber trat ein ernster, alter Mann vor den König und sprach: »Vor dieser Steinsäule, auf der das Gesetz geschrieben steht, und vor dem König fordere ich Gerechtigkeit. Mein Fall ist folgender: Ich ließ mir ein Haus an der Straße bauen; aber der Baumeister hat mich betrogen, da das Haus einstürzte und dabei einen Vorübergehenden erschlug. Jetzt haben mich die Hinterbliebenen dieses Straßenwanderers verklagt und fordern Schadenersatz. Was soll ich tun?«

Kaptah überlegte eine Weile, worauf er sprach: »Das ist eine verwickeltere Sache, und sie erheischt eine gründliche Prüfung. Meiner Ansicht nach ist dies eher ein Fall für die Götter als für die Menschen. Was aber hat das Gesetz dazu zu sagen?«

Die Rechtsgelehrten traten vor und lasen von der Säule das Gesetz ab und erläuterten es folgendermaßen: »Wenn ein Haus wegen Fahrlässigkeit seines Erbauers einstürzt und dabei den Besitzer erschlägt, soll auch der Erbauer den Tod erleiden. Tötet das Haus jedoch beim Einsturz den Sohn des Besitzers, so soll der Sohn des Erbauers getötet werden. Mehr als das sagt das Gesetz nicht; wir aber deuten es so, daß der Baumeister für das, was beim Einsturz des Hauses vernichtet wird, in der Weise haftet, daß ein entsprechender Teil seines Eigentums vernichtet wird.«

Kaptah sprach: »Ich wußte nicht, daß es hier so betrügerische Baumeister gibt, und ich werde mich in Zukunft vor ihnen in acht nehmen. Nach dem Gesetz aber ist dieser Fall eindeutig. Die Angehörigen des erschlagenen Straßenwanderers sollen sich beim Haus des Baumeisters in den Hinterhalt legen und den ersten besten Vorüberkommenden ermorden, dann ist das Gesetz erfüllt. Wenn sie dies aber tun, müssen sie auch für die Folgen einstehen, falls die Angehörigen des von ihnen umgebrachten Straßenwanderers sie des Mordes anklagen. Die größte Schuld aber liegt meines Erachtens bei dem Mann, der an einem einstürzenden Haus vorübergeht; denn das tut kein vernünftiger Mensch, es sei denn, die Götter hätten es bestimmt. Deshalb enthebe ich den Baumeister jeglicher Verantwortung und erkläre diesen Mann, der bei mir Gerechtigkeit sucht, für einen Narren, weil er den Baumeister nicht bei der Arbeit überwacht hat. Dieser war in seinem vollen Recht, ihn zu betrügen; denn Narren müssen betrogen werden, um durch Erfahrung klug zu werden. So ist es gewesen und so wird es stets bleiben.«

Wiederum pries das Volk die Weisheit des Königs, und der Kläger zog sich enttäuscht zurück. Nun trat ein beleibter Kaufmann in einem kostbaren Gewand vor den Thron. Er schilderte seinen Fall folgendermaßen: »Vor drei Tagen begab ich mich zum Tor der Ischtar, wo sich in der Nacht des Frühlingsfestes die armen Mädchen der Stadt versammelt hatten, um der Göttin vorschriftsmäßig ihre Jungfräulichkeit zu opfern und auf diese Weise Geld für ihre Mitgift zu beschaffen. Unter ihnen befand sich auch ein Mädchen, das mir außerordentlich gefiel. Nachdem ich eine Weile mit ihr gefeilscht hatte, einigten wir uns, und ich gab ihr einen Haufen Silber. Aber wie ich zu der Sache übergehen wollte, deretwegen ich gekommen war, befielen mich auf einmal so schwere Leibschmerzen, daß ich abseits gehen mußte, um mich zu erleichtern. Bei meiner Rückkehr war das Mädchen indes bereits mit einem anderen Mann einig geworden, hatte auch von ihm Silber erhalten und mit ihm das getan, weswegen ich zum Tor der Ischtar gekommen war. Allerdings erbot sie sich, nun auch mit mir Wollust zu treiben, ich aber weigerte mich, weil sie nicht mehr eine Jungfrau war, und verlangte mein Silber zurück, was sie mir indes ausschlug. Deshalb suche ich Gerechtigkeit beim König; denn ist mir nicht großes Unrecht widerfahren, indem ich mein Silber verlor, ohne dafür etwas erhalten zu haben? Wenn ich nämlich einen Krug eingehandelt habe, gehört er mir, bis ich ihn selbst zerschlage; der Verkäufer aber besitzt nicht das Recht, ihn zu zertrümmern und mir dann die Scherben anzubieten.«

Als Kaptah dies vernahm, erhob er sich zornig vom Thron der Gerechtigkeit, hieb mit der Geißel in die Luft und rief: »Wahrlich, noch nie im Leben sah ich so viel Torheit wie in dieser Stadt, und ich kann nichts anderes glauben, als daß dieser alte Bock mich zum besten hält. Das Mädchen handelte ganz richtig, einen anderen zu nehmen, nachdem dieser Dummkopf das, was er haben wollte, sich nicht anzueignen vermochte. Ebenso war es gut und edel von ihr gehandelt, diesen Mann entschädigen zu wollen, obwohl er es keineswegs verdiente. Er hätte daher dem Mädchen und dem anderen Mann dankbar sein sollen, weil sie zu seiner Bequemlichkeit gemeinsam das Hindernis beseitigt hatten, das nichts als Ärger und Scherereien zu bereiten pflegt. Er aber kommt zu mir, um sich zu beklagen und von Krügen zu faseln. Wenn er junge Mädchen für Krüge hält, so verurteile ich ihn dazu, sich in Zukunft nur mit Krügen abzugeben und kein Mädchen mehr zu berühren.«

Nach dieser Urteilsverkündung hatte Kaptah genug von der Rechtsprechung, reckte sich auf dem Thron und sprach: »Für heute habe ich genug gegessen, getrunken, gearbeitet, Recht gesprochen und mir den Kopf zerbrochen. Ich bin daher der Meinung, daß die Richter mein Amt übernehmen, falls sich weitere Kläger melden sollten. Denn der letzte Fall hat mich daran erinnert, daß ich als König auch Herr im Frauenhaus bin, wo meines Wissens vierhundert Frauen meiner harren. Deshalb will ich mein Eigentum besichtigen, und es würde mich nicht wundern, wenn ich dabei einige Krüge zerbräche; denn Macht und Wein haben mich seltsamerweise so gestärkt, daß ich Löwenkräfte in mir fühle.«

Diese Wort entlockten dem Volk einen so gewaltigen Jubel, daß er kein Ende nehmen wollte, und die Menge folgte Kaptah zum Palast zurück und verharrte dann erwartungsvoll vor der Tür des Frauenhauses und im Vorhof. Burnaburiasch aber lachte nicht mehr, sondern rieb sich unruhig die Hände und kratzte sich mit dem Fuße das Bein. Als er mich erblickte, kam er eilends auf mich zu und sagte: »Sinuhe, du bist mein Freund, und als Arzt darfst du meinen Harem betreten. Folge deinem Diener und sieh zu, daß er nichts unternimmt, was er später bereuen müßte. Wenn er meine Frauen anrührt, werde ich ihm wahrlich bei lebendigem Leib die Haut abziehen und zum Trocknen an die Mauer hängen lassen. Wenn er sich hingegen gut aufführt, verspreche ich ihm einen leichten Tod.

Ich fragte ihn: »Burnaburiasch, ich bin wirklich dein Freund und meine es gut mit dir. Verrate mir, was das alles zu bedeuten hat; denn meine Leber ist betrübt, weil ich dich in der Stellung eines Dieners und von allen verhöhnt sehen muß.«

Er antwortete ungeduldig: »Heute ist doch, wie jeder weiß, der Tag des falschen Königs. Beeile dich, ihm zu folgen, damit kein Unglück geschieht.« Ich aber gehorchte ihm nicht, obgleich er mich beim Arm packte, sondern sagte: »Die Sitten deines Landes sind mir unbekannt, und du mußt mir Aufschluß geben, was das alles zu bedeuten hat.« Da erklärte er: »Jedes Jahr, am Tag des falschen Königs, wird der dümmste und verrückteste Mann in Babylon zum König gewählt und darf vom Morgengrauen bis zum Sonnenuntergang mit der ganzen Machtbefugnis eines Herrschers amten, und der König selbst muß ihn bedienen. Noch nie habe ich einen närrischeren König gesehen als Kaptah, den ich selbst seiner großen Drolligkeit wegen auserkoren habe. Er allein weiß nicht, was mit ihm geschehen wird, und das ist das Komischste an allem.«

»Was wird denn mit ihm geschehen?« fragte ich.

»Bei Sonnenuntergang wird er ebenso plötzlich getötet, wie er im Morgengrauen gekrönt wurde«, erklärte Burnaburiasch. »Wenn ich will, kann ich ihn auf grausame Weise umbringen lassen; aber zumeist wird dem falschen König ein mildes Gift im Wein verabreicht, so daß er, ohne selbst etwas zu ahnen, sanft entschläft. Denn es schickt sich nicht, daß ein Mann, der einen Tag lang König gespielt, am Leben bleibt. Doch vor langer Zeit geschah es, daß der richtige König am Tag des falschen Königs verschied, weil er sich im Rausch heiße Fleischbrühe in die falsche Kehle goß, und da blieb der falsche König am Ruder und herrschte sechsunddreißig Jahre lang in Babylon, ohne daß jemand über seine Regierung zu klagen gehabt hätte. Deshalb muß ich mich heute davor in acht nehmen, heiße Fleischbrühe zu trinken. Jetzt aber beeile dich, damit dein Diener keine Dummheiten macht, die er noch vor dem Abend schwer bereuen würde.«

Ich brauchte jedoch Kaptah nicht zu holen; denn er stürzte gerade zornentbrannt, das eine Auge mit der Hand bedeckt und die Nase von Blut überströmt, aus dem Frauenhaus des Königs. Er jammerte: »Seht, was sie aus mir gemacht haben! Sie boten mir alte Weiber und feiste Negerfrauen an; aber als ich ein junges Zicklein kosten wollte, verwandelte es sich in einen Tiger und schlug mir mein Auge blau und hieb mir mit dem Pantoffel über die Nase.

Da lachte Burnaburiasch so sehr, daß er sich an meinem Arm halten mußte, um nicht umzufallen. Kaptah aber jammerte und stöhnte und beklagte sich: »Ich wage die Tür dieses Hauses nicht mehr zu öffnen. Das junge Weib rast wie ein Raubtier, und ich weiß keinen anderen Rat, als daß du, Sinuhe, hingehst und ihr unter Aufwand deiner ganzen Geschicklichkeit den Schädel öffnest, um den bösen Geist herauszulassen. Von einem solchen muß sie besessen sein; wie könnte sie sich sonst erdreisten, ihren König anzugreifen und mit dem Pantoffel auf die Nase zu schlagen, daß das Blut herausrinnt wie aus einem gestochenen Ochsen?«

Burnaburiasch stieß mich in die Seite und sagte: »Geh, Sinuhe, und schau nach, was es gibt; denn du kennst das Haus bereits. Ich selbst darf es heute nicht betreten. Deshalb sollst du mir Bericht erstatten. Ich glaube zwar zu wissen, von wem die Rede ist: man hat gestern ein Mädchen von den Meeresinseln gebracht, von dem ich mir viel Belustigung verspreche; doch sollte es zuerst mit Mohnblumensaft betäubt werden.«

Er quälte mich so lange, bis ich schließlich das Frauenhaus betrat, wo große Aufregung herrschte. Die Kastraten des Königs hinderten mich nicht; denn sie wußten bereits, daß ich ein Arzt war. Alte Weiber, die sich eigens für diesen Tag prächtig gekleidet und geschmückt und die runzligen Gesichter bemalt hatten, umringten mich und fragten im Chor: »Wohin ist er verschwunden, unser Liebling, unser Herzblatt, unser kleiner Freund, den wir seit dem Morgengrauen erwartet haben?« Ein riesiges Negerweib, dessen Brüste gleich schwarzen Rundpfannen über ihren Bauch hinabhingen, hatte sich bereits entblößt, um Kaptah als erste zu empfangen, und rief jammernd: »Gib mir meinen Geliebten, damit ich ihn an die Brust drücke! Gib mir meinen Elefanten, damit er seinen Rüssel um mich schlinge!« Die Eunuchen aber meinten besorgt: »Kümmere dich nicht um diese Weiber, die nur die Aufgaben haben, den falschen König zu ergötzen, und in Erwartung seiner Ankunft ihre Leber mit Wein gesättigt haben. Wir bedürfen wirklich eines Arztes, denn das Mädchen, das gestern hergebracht wurde, ist verrückt geworden; es ist stärker als wir und wehrt sich mit Händen und Füßen, und wir wissen nicht, wie das enden soll, denn irgendwo hat sich das Mädchen ein Messer verschafft und rast jetzt wie ein Raubtier.«

Sie führten mich in den Hof des Frauenhauses, der im Sonnenschein glühte und die Farben der glasierten Ziegel widerspiegelte; denn in seiner Mitte war ein rundes Becken, in dem Tiere standen, aus deren Rachen Wasser in das Becken sprang. Auf eines dieser Tiere war das rasende Weib geklettert. Die Eunuchen hatten ihr, beim Versuch sie einzufangen, die Kleider zerrissen, und sie war tropfnaß nach dem Schwimmen im Bassin und von den Wasserstrahlen, die um sie herumspritzten. Die eine Hand klammerte sich am Rachen eines wasserspeienden Tummlers fest, die andere aber hielt ein blitzendes Messer gezückt. Das Wasser rauschte, und die Kastraten lärmten und schrien dermaßen, daß ich kein Wort von dem, was das Mädchen sagte, verstehen konnte. Sie war gewiß ein schönes Mädchen, obgleich ihre Kleider zerrissen und ihre Haare triefend naß waren, und ich ward verwirrt und sprach zornig zu den Eunuchen: »Macht, daß ihr fortkommt, damit ich mit ihr reden und sie beruhigen kann. Und hemmt das Rauschen des Wassers, damit ich ihre Worte unterscheiden kann. Denn wie ihr hört, ruft sie ja in einem fort.«

Verängstigt meinten sie: »Kommt ihr nur nicht zu nahe; das Messer ist sehr scharf, wie wir zu unserem Leidwesen erfahren haben.« Aber sie brachten das Rauschen zum Schweigen, indem sie die Strahlen aus den Rachen der Seeungeheuer drosselten, so daß sie sanken und die ganze Gestalt des Mädchens sichtbar wurde. Jetzt hörte ich, daß sie nicht rief, sondern sang; aber ich verstand kein Wort des Gesanges, weil sie sich einer mir unbekannten Sprache bediente. Sie sang mit zurückgeworfenem Haupt, ihre Augen funkelten grün wie diejenigen einer Katze, und ihre Wangen glühten vor Erregung. Deshalb rief ich zornig: »Hör auf zu miauen, Katze! Wirf das Messer fort und komm hierher, damit wir miteinander reden und ich dich heilen kann; denn du bist wahrhaftig verrückt.«

Der Gesang brach ab, und sie antwortete mir in einem noch schlechteren Babylonisch, als ich es sprach: »Spring in den Teich, du Pavian, und schwimm zu mir, damit ich dir mit dem Messer das Blut aus der Leber zapfen kann. Ich bin sehr erzürnt.« Ich rief: »Ich tue dir nichts Böses.« Sie aber rief zurück: »Dies hat schon mancher Mann behauptet, der mir Böses antun wollte. Selbst wenn ich wollte, darf ich keinem Mann nahe kommen. Ich bin dem Gott geweiht, um vor ihm zu tanzen. Deshalb behalte ich das Messer, und eher soll es mein Blut trinken, als daß ich einem Mann gestatte, mich zu berühren. Am allerwenigsten aber darf mich jener einäugige Teufel berühren, der in seiner Gier mehr an einen aufgeschwollenen Ledersack als an einen Menschen erinnert.«

»Du also hast den König geschlagen?« fragte ich. Sie erwiderte: »Ich schlug ihn mit der Faust ins Auge, und mein Pantoffel brachte den Blutquell seiner Nase zum Springen. Und ich freue mich sehr darüber, mag er nun ein König sein oder nicht. Denn nicht einmal ein König darf mich gegen meinen Willen berühren. Mein Gott verbietet mir jede Berührung, weil ich zu seiner Tänzerin erzogen bin.«

»Tanzen magst du, soviel du willst, du tolles Mädchen«, sprach ich. »Das geht mich nichts an; aber das Messer sollst du weglegen. Du könntest dir selbst damit Schaden zufügen, und das wäre bedauerlich, denn die Eunuchen behaupten, der König habe für dich einen Haufen Gold auf dem Sklavenmarkt bezahlt.«

Sie entgegnete: »Ich bin keine Sklavin. Man hat mich hinterlistig geraubt, was du mir wohl ansehen könntest, wenn du Augen im Kopf hättest. Aber sprichst du denn keine vernünftige Sprache, die man hier nicht versteht? Ach, ich sehe die Eunuchen mit gespitzten Ohren zwischen den Säulen umherschleichen, um uns zu belauschen.«

»Ich bin ein Ägypter«, sagte ich in der Sprache meines Vaters, »und mein Name ist Sinuhe, er, der einsam ist, der Sohn des Wildesels. Von Beruf bin ich Arzt, und darum brauchst du dich nicht vor mir zu fürchten.« Da sprang sie ins Wasser und schwamm, das Messer in der Hand, plätschernd an mich heran, warf sich vor mir zu Boden und sagte: »Ich weiß, daß die ägyptischen Männer schwach sind und keiner Frau gegen ihren Willen etwas antun. Deshalb vertraue ich dir und hoffe, du verzeihst, daß ich das Messer nicht aus der Hand gebe, weil ich voraussichtlich heute noch damit meine Adern öffnen muß, damit mein Gott nicht in mir geschändet werde. Wenn du aber die Götter fürchtest und mir gut gesinnt bist, so rettest du mich und führst mich aus diesem Lande, obgleich ich dich für diese Tat nicht nach Verdienst belohnen kann, weil ich mich tatsächlich keinem Mann nähern darf.

»Ich spüre nicht die geringste Lust, dich zu berühren«, versicherte ich. »In dieser Hinsicht kannst du beruhigt sein. Aber groß ist wahrhaftig deine Torheit, wenn du aus dem königlichen Frauenhaus hinausstrebst, wo du Speise und Trank und Kleider und Schmuck und alles, was dein Herz begehrt, in Hülle und Fülle haben kannst.«

»Ein Mann spricht von Speise und Trank, von Kleidern und Schmuck, weil er es nicht besser versteht«, meinte sie und blickte mich durchdringend aus ihren grünen Augen an. »Eine Frau aber kann sich auch nach anderen Dingen sehnen, die ein Mann nicht begreift. Deine Behauptung, daß du kein Verlangen nach mir spürst, ist für mich unverständlich und eine große Beleidigung. Ich bin gewohnt, daß alle Männer nach mir Verlangen spüren, ich sehe es ihren Gesichtern an und höre es aus ihren Atemzügen, wenn sie meinem Tanz folgen. Am deutlichsten aber merkte ich es auf dem Sklavenmarkt, als die Männer meine Nacktheit anstarrten und meine Jungfernschaft durch ihre Eunuchen feststellen ließen. Aber darüber können wir uns, wenn du willst, später unterhalten; vor allem mußt du mich von hier wegbringen und mir zur Flucht aus Babylon verhelfen.«

Ihre Keckheit war so groß, daß ich anfänglich nichts zu erwidern wußte; aber schließlich fuhr ich sie an: »Ich habe keineswegs die Absicht, dir zur Flucht zu verhelfen. Das wäre ein Verbrechen gegen meinen Freund, den König, der einen Haufen Gold für dich bezahlt hat. Auch kann ich dich belehren, daß der aufgeschwollene Ledersack, der hier war, ein falscher König ist, der bloß einen Tag herrscht, während der richtige König dich morgen besuchen wird. Er ist noch ein bartloser Jüngling von ansprechendem Aussehen, der sich viel Freude von dir verspricht, wenn er dich erst glücklich gezähmt hat. Auch glaube ich nicht, daß die Macht deines Gottes sich bis hierher erstreckt, weshalb du nichts verlierst, wenn du dich ins Unabänderliche fügst. Du tust am besten daran, mit deinen Verrücktheiten aufzuhören, das Messer fallen zu lassen und dich für ihn anzukleiden und zu schmücken; denn du siehst wahrhaftig nicht schön aus mit dem nassen Haar und der über das ganze Gesicht bis zu den Ohren verschmierten Schminke deiner Augen und Lippen.«

Meine Worte schienen Eindruck auf sie zu machen; denn sie befühlte ihr Haar und befeuchtete eine Fingerspitze am Mund, um sich damit über Augenbrauen und Lippen zu streichen. Ihr Gesicht war klein und schön und lächelte mich an, während sie mit sanfter Stimme sagte: »Ich heiße Minea – damit du mich beim Namen nennen kannst, wenn du mich von hier entführst und wir zusammen aus diesem bösen Lande fliehen.«

Erbost über ihre Frechheit hob ich die Hände und verließ sie rasch; aber ihr Gesicht verfolgte mich, so daß ich wieder zu ihr zurückkehrte und sprach: »Minea, ich gehe zum König, um ein gutes Wort für dich einzulegen. Mehr kann ich nicht für dich tun. Du aber sollst dich inzwischen ankleiden und beruhigen. Wenn du willst, gebe ich dir ein Mittel, das dich für alles, was mit dir geschieht, vollständig gleichgültig werden läßt.«

Sie aber erwiderte: »Unterstehe dich, wenn du es wagst! Doch da du dich meiner Sache annimmst, übergebe ich dir das Messer, das mich bisher geschützt hat. Ich weiß, daß du mich nun, da ich ohne Messer bin, nicht betrügen, sondern beschützen und entführen und mit mir aus diesem Lande fliehen wirst.« Lächelnd legte sie das Messer in meine Hand, obgleich ich rief: »Ich will dein Messer nicht, du tolles Mädchen!« Ich wollte es ihr zurückgeben; aber sie ließ es sich nicht wieder aufzwingen, sondern blickte mich nur lächelnd unter ihren nassen Haaren an, bis ich, mit dem Messer in der Hand, beschämt von dannen schlich. Ich merkte, daß sie klüger war als ich und, indem sie mir das Messer anvertraute, ihr Schicksal mit dem meinigen verknüpfte, so daß ich sie nicht länger meiden konnte.

Bei meiner Rückkehr aus dem Frauenhaus kam mir Burnaburiasch entgegen und fragte voll Neugier, was geschehen sei. »Deine Eunuchen haben ein schlechtes Geschäft gemacht«, erklärte ich ihm, »denn Minea, das Mädchen, das sie dir gekauft haben, rast und will sich keinen Mann nahe kommen lassen, weil ihr Gott es nicht gestattet. Du tust daher am besten, das Mädchen in Ruhe zu lassen, bis es von selbst auf andere Gedanken kommt.«

Burnaburiasch aber lachte fröhlich und sagte: »Wahrlich, sie wird mir viel Vergnügen bereiten! Ich kenne diese Gattung und weiß, daß sie am besten mit dem Stock zur Vernunft zu bringen ist. Ich bin noch jung und bartlos und ermüde daher leicht, wenn ich mit Frauen beisammen bin. Hingegen bereitet es mir eine größere Belustigung, zuzusehen, wie die Eunuchen sie mit dünnen Ruten schlagen, und ihr Gejammer dabei anzuhören. Deshalb gefällt mir dieses widerspenstige Geschöpf besonders gut, und ich schwöre, daß seine geschwollene Haut es schon heute nacht am Liegen auf dem Rücken hindern wird, was mir die größte Freude bereiten wird.« Händereibend und kichernd wie ein Mädchen verließ er mich. Während ich ihm nachblickte, erkannte ich, daß er nicht mehr mein Freund und ich ihm nicht länger gutgesinnt war. Mineas Messer aber ruhte noch in meiner Hand.

5

Nach diesem Ereignis konnte ich mich nicht mehr freuen, obwohl der Palast und seine Vorhöfe von Menschen wimmelten und das Volk, über Kaptahs unaufhörliche Einfälle laut jubelnd, Wein und Bier trank. Denn Kaptah hatte die im Frauenhaus ausgestandenen Unannehmlichkeiten bereits vergessen, und sein blaugeschlagenes Auge war mit Scheiben frischen Fleisches behandelt worden, so daß es, wenn auch in allen Farben prangend, nicht mehr schmerzte. Was aber in mir vorging, das verstand ich selber nicht.

Ich dachte daran, daß ich in Babylon noch manches zu lernen hatte, da mein Studium der Schafsleber noch nicht beendet war und ich noch nicht in der Weise der Priester Öl in Wasser gießen konnte. Burnaburiasch war mir sehr viel für meine Heilkunst und meine Freundschaft schuldig, und ich wußte, daß er mir zum Abschied große Geschenke machen würde, falls ich sein Freund blieb. Doch je mehr ich darüber nachsann, um so mehr quälte mich die Erinnerung an Minea – trotz ihrer Dreistigkeit gegen mich. Ich dachte auch an Kaptah, der einer dummen Anwandlung des Königs zufolge an diesem Abend sterben sollte, weil der Herrscher ihn, meinen Diener, ohne meine Erlaubnis zum Narrenkönig ausersehen hatte.

So verhärtete sich mein Herz. Ich dachte, nachdem sich Burnaburiasch gegen mich vergangen habe, sei ich in meinem vollen Recht, ihm mit gleicher Münze heimzuzahlen, obwohl mein Gemüt mir sagte, daß der bloße Gedanke daran schon einen Verstoß gegen alle Gesetze der Freundschaft bedeutete. Aber ich war schließlich fremd und einsam und brauchte mich nicht durch die guten Sitten binden zu lassen. Als der Abend nahte, begab ich mich ans Ufer, mietete ein Boot mit zehn Ruderern und sagte zu ihnen: »Heute ist der Tag des falschen Königs; ich weiß, daß ihr von Bier und Freude berauscht seid und daher nicht gern eine Wasserfahrt unternehmt. Aber ich werde euch doppelte Geschenke machen. Mein reicher Onkel ist gestorben, und ich muß seinen Leib zu seinen Vätern bringen; dies so rasch wie möglich, bevor seine eigenen Kinder und mein Bruder sich um das Erbe zu streiten beginnen und mich leer ausgehen lassen. Deshalb werde ich euch reichlich belohnen, wenn ihr den allerdings weiten Weg schneller als gewöhnlich zurücklegt. Unsere Vorfahren sind nämlich in der Erde unseres einstigen Familienbesitzes unweit der Grenze des Landes Mitani versammelt.«

Die Ruderer murrten; aber ich kaufte ihnen zwei Krüge Bier und sagte, sie dürften bis zum Sonnenuntergang trinken, wenn sie sich sofort nach Einbruch der Dunkelheit zur Abfahrt bereithielten. Da widersprachen sie mir heftig: »Auf keinen Fall rudern wir im Dunkeln! Die Nacht ist voll von großen und kleinen Teufeln und bösen Geistern, die uns mit ihren Rufen erschrecken, das Boot umkippen oder uns töten werden.«

Aber ich erwiderte: »Ich werde im Tempel Opfer bringen, damit uns nichts Schlimmes auf der Reise widerfährt, und der Klang des Silbers, das ich euch nach glücklich beendeter Fahrt geben werde, wird euch für das Geheul der Teufel taub machen.«

Ich ging denn auch zum Turm und opferte im Vorhof ein Schaf. Es waren wenig Menschen im Tempel, weil sich das ganze

Volk um den Palast versammelt hatte, um den Tag des falschen Königs zu feiern. Ich untersuchte die Schafsleber; aber meine Gedanken waren so verworren, daß mir die Leber nichts Besonderes verriet. Ich merkte nur, daß sie dunkler als gewöhnlich war und schlecht roch, weshalb mich böse Ahnungen befielen. Ich zapfte das Blut des Schafes in einen ledernen Sack ab, den ich unter dem Arm in den Palast trug. Als ich das königliche Frauenhaus betrat, flog eine Schwalbe an mir vorüber und wärmte mir das Herz und verlieh mir neuen Mut; denn sie war ein Vogel aus meiner Heimat, was ich für ein gutes Vorzeichen hielt.

Zu den Eunuchen des Frauenhauses aber sprach ich: »Laßt mich mit dem verrückten Weib allein, damit ich ihr den Teufel austreibe.« Sie gehorchten und führten mich in ein kleines Gemach, wo ich Minea erklärte, was sie zu tun habe, und ihr das Messer und den mit Blut gefüllten Ledersack aushändigte. Sie versprach, meine Weisung zu befolgen, worauf ich sie verließ und, die Tür hinter mir schließend, den Eunuchen erklärte, niemand dürfe sie stören, weil ich ihr eine Arznei verabreicht habe, die den Teufel in ihr austreiben solle. Dieser könne leicht in den ersten besten fahren, der ohne meine Erlaubnis die Tür öffne. Sie schenkten meinen Worten ohne weiteres Glauben.

Die Sonne war im Untergehen, und das Licht in allen Räumen des Palastes rot wie Blut. Kaptah saß und trank von neuem, während ihn Burnaburiasch lachend und kichernd bediente. Überall lagen Männer, hohen wie niedrigen Rangs, in Weinlachen am Boden und schliefen ihren Rausch aus. Ich wandte mich an Burnaburiasch und sprach: »Ich möchte mich davon überzeugen, daß Kaptah einen schmerzlosen Tod erleiden wird; denn er ist mein Diener, und ich bin für ihn verantwortlich.« Burnaburiasch antwortete: »Da mußt du dich beeilen! Der alte Mann mischt bereits Gift in den Wein, und dein Diener wird sterben, wie es die Sitte fordert, sobald die Sonne am Horizont verschwindet.«

Ich suchte den alten Mann, den Leibarzt des Königs, auf; er schenkte meinen Worten Glauben, als ich vorgab, vom König geschickt zu sein, und er summte und plapperte vor sich hin: »Es ist wirklich besser, du mischest selber das Gift; denn meine Hände zittern vom Weingenuß, und meine Augen sind von Tränen verschleiert, so daß ich nicht klar sehe. Ach, ich habe heute so viel über die albernen Einfälle deines verrückten Dieners lachen müssen.« Ich goß seine Mischung aus und tat Mohnblumensaft in den Wein, doch nicht in solcher Menge, daß er Kaptah töten konnte. Dann überbrachte ich Kaptah den Becher mit den Worten: »Kaptah, es ist möglich, daß wir uns nie mehr wiedersehen. Der Hochmut ist dir so zu Kopf gestiegen, daß du mich morgen wahrscheinlich nicht mehr kennen wirst. Leere daher diesen Becher, den ich dir anbiete, damit ich bei meiner Rückkehr nach Ägypten erzählen kann, daß du, der Herr über die vier Erdteile, mein Freund bist. Und wenn du getrunken, denke daran, daß ich es stets gut mit dir meine, was immer auch geschehen mag, und entsinne dich unseres Skarabäus'.«

Kaptah sprach: »Die Rede dieses Ägypters wäre wie Fliegengesumm in meinen Ohren, wenn diese nicht bereits so voll vom Brausen des Weines wären, daß ich nicht mehr höre, was er sagt. Doch ich bin, wie jedermann weiß, nie ein Verächter eines guten Bechers gewesen, was ich auch meinen Untertanen, die mir wohlgefallen, heute nach Kräften bewiesen habe. Deshalb werde ich den Becher, den du mir anbietest, leeren, obwohl ich weiß, daß morgen Wildesel in meinem armen Schädel rumoren werden.« Er leerte den Becher, und im selben Augenblick ging die Sonne unter; da wurden Fackeln hereingebracht, die Lampen angezündet, und alle erhoben sich stumm, so daß lautloses Schweigen im Palast herrschte. Kaptah aber riß sich die Kopfbedeckung des babylonischen Königs vom Haupt und sprach: »Diese verfluchte Krone lastet auf meinem Haupt, und ich habe sie satt. Meine Beine sterben ab, meine Augenlider sind wie Blei; darum will ich mich zu Bett begeben.« Er zog das schwere Tischtuch über sich und legte sich auf den Boden, um zu schlafen; dem Tischtuch aber folgten Krüge und Becher, die sich über ihn entleerten, so daß er tatsächlich bis zum Hals in Wein badete, wie er am Morgen vorausgesagt hatte. Die Diener des Königs entkleideten ihn und zogen die weinbefleckten Gewänder Burnaburiasch an, setzten diesem die königliche Kopfbedeckung auf, reichten ihm die Abzeichen seiner Macht und hoben ihn auf den Thron.

»Das war ein ermüdender Tag«, erklärte Burnaburiasch, »aber ich habe trotzdem beobachtet, daß der eine oder andere mir im Laufe des Spieles nicht die nötige Achtung erwiesen hat, wahrscheinlich in der Hoffnung, ich werde an heißer Fleischbrühe ersticken. Jagt daher die Kerle da am Boden mit Peitschen hinaus, und legt diesen Narren, falls er schon tot ist, in den Krug der Ewigkeit; ich bin seiner überdrüssig.«

Sie drehten Kaptah auf den Rücken, und der Leibarzt untersuchte ihn mit vom Wein zitternden Händen und verschleierten Augen und versicherte: »Wahrlich, dieser Mann ist tot wie ein zertretener Mistkäfer.« Da brachten die Diener einen riesigen Lehmkrug herein, wie ihn die Babylonier zum Aufbewahren ihrer Toten benützten, und Kaptah wurde hineingelegt und der Krug mit Lehm verschlossen. Der König befahl, ihn zu den übrigen unter dem Palast ruhenden falschen Königen zu tragen, wie es die Sitte verlange. Da aber griff ich ein: »Dieser Mann war wie ich ein beschnittener Ägypter. Deshalb muß ich seinen Leib nach ägyptischer Sitte einbalsamieren, damit er dem Tod widerstehe, und ihn mit allem Nötigen für die Reise in das Land des Westens ausrüsten, damit er nach dem Tod essen und trinken und sich ergötzen kann, ohne Arbeit verrichten zu müssen. Dieses Geschäft währt dreißig oder siebzig Tage, je nach dem Rang, den der Tote zu Lebzeiten innehatte. Mit Kaptah glaube ich allerdings in dreißig Tagen fertig zu werden, da er nur mein Diener war. Alsdann bringe ich ihn hierher zurück und bestatte ihn neben seinen Vorgängern, den falschen Königen, in der Gruft unter deinem Hause.«

Burnaburiasch hörte neugierig zu und meinte: »Deine Bitte sei gewährt, obwohl ich deine Mühe für vergeblich halte: ein Mensch, der gestorben ist, liegt der Länge nach ausgestreckt, und sein ruheloser Geist irrt überall umher und nährt sich von Straßenkehricht, falls die Angehörigen seinen Leichnam nicht in einer Lehmurne in ihrem Haus aufbewahren, wo er sich an ihren Mahlzeiten beteiligen kann. So ergeht es allen außer mir, der ich ein König bin und den die Götter sofort nach dem Tod bei sich aufnehmen, wo ich mich nach meinem Hinscheiden nicht noch wie andere um meine Grütze und mein Bier zu kümmern brauche. Behandle ihn, wie du willst und wie es die Sitten deines Landes fordern. Ich streite nicht über Sitten, sondern rufe sogar Götter an, die ich nicht kenne, und bitte sie um Vergebung für Sünden, die ich nicht einmal begangen. Vorsicht ist eine Tugend!«

Ich hieß die Diener, den Lehmkrug mit Kaptahs Leiche in die Sänfte tragen, die an der Mauer des Palastes für mich bereitstand. Aber bevor ich mich entfernte, sprach ich zum König: »Du wirst mich nun dreißig Tage lang nicht zu sehen bekommen. In der Zeit, da ich die Leiche einbalsamiere, kann ich mich keinem Menschen zeigen, damit ich nicht andere mit den Teufeln, die jene umschwärmen, in Berührung bringe.« Burnaburiasch lachte: »Dein Wille geschehe. Und solltest du dich etwa trotzdem zeigen, so werde ich dich durch meine Diener mit Stöcken wegjagen lassen, damit du mir keine bösen Geister in den Palast bringst.« In der Sänfte aber machte ich ein Loch in den noch weichen Lehm, mit dem der Krug verschlossen war, um Kaptah das Atmen zu ermöglichen. Darauf kehrte ich insgeheim in den Palast zurück und begab mich in das Frauenhaus, wo die Eunuchen sich sehr über mein Kommen freuten, weil sie jeden Augenblick das Erscheinen des Königs befürchteten.

Doch kaum hatte ich die Tür des Zimmers, in das ich Minea eingeschlossen, geöffnet, kehrte ich mich schon um, raufte mir das Haar und rief laut jammernd: »Kommt und seht, was sich zugetragen! Da liegt sie tot in ihrem Blut und neben ihr das blutbefleckte Messer, und auch ihr Haar ist voll Blut.« Die Eunuchen kamen gelaufen, entsetzten sich beim Anblick des Blutes und wagten nicht, den Körper anzurühren, weil Eunuchen sich vor Blut fürchten. Sie brachen in Tränen und Klagen aus und ängstigten sich vor dem Zorn des Königs. Ich aber sagte:

»Nun befinden wir uns in der gleichen mißlichen Lage, ihr wie ich. Holt daher rasch einen Teppich, in den ich die Leiche einwickeln kann, und wascht das Blut vom Boden, damit niemand etwas von dem Vorgefallenen erfahre. Der König versprach sich viel Vergnügen von diesem Mädchen, obgleich er es noch nicht gesehen hat, und er wird in furchtbaren Zorn ausbrechen, wenn er erfährt, daß wir ungeschickt genug waren, sie so sterben zu lassen, wie ihr Gott von ihr verlangte. Beeilt euch, anstelle der Toten ein anderes Mädchen herbeizuschaffen, und zwar am besten eines aus fernem Lande, das eure Sprache nicht versteht! Kleidet und schmückt es dann für den König. Sollte es sich jedoch widerspenstig zeigen, so prügelt es vor den Augen des Königs mit Stöcken; denn das ist ihm besonders wohlgefällig, und er wird euch reichlich dafür belohnen.«

Die Eunuchen sahen die Weisheit meiner Worte ein, und nachdem ich eine Zeitlang mit ihnen gefeilscht hatte, gab ich ihnen die Hälfte des Silbers, das nach ihrer Behauptung ein neues Mädchen kostete, obwohl ich ganz gut wußte, daß sie mir dieses Silber stahlen, weil sie natürlich das neue Mädchen für Silber des Königs kauften und auch dabei wiederum stahlen, indem sie den Verkäufer einen höheren Preis als den wirklich bezahlten auf die Lehmtafel schreiben ließen. So ist es stets und in der ganzen Welt unter Eunuchen üblich gewesen, und es wird auch so bleiben. Aber ich wollte nicht mit ihnen streiten. Sie brachten mir den Teppich, in den ich Minea einwickelte, und halfen mir, sie über dunkle Höfe zur Sänfte tragen, wo Kaptah in seinem Krug lag.

So verließ ich Babylon bei Nacht und Nebel als ein Flüchtling und verlor dabei viel Gold und Silber, während ich mich doch hätte bereichern und mir noch viele Kenntnisse erwerben können. Die Träger murrten: »Wer ist dieser Mann, der uns zwingt, ohne Fackeln durch die finstere Nacht zu gehen, und unsere Sänfte mit Totenurnen und königlichen Teppichen belädt, so daß wir wie Ochsen unter dem Joch unseren Nacken beugen und unsere Schultern durch Tragstangen wundscheuern lassen müssen? Wahrlich, unsere Leber ist schwarz vor Angst, da wir Leichen durch die Nacht schleppen müssen und uns aus dem Teppich Blut ins Genick tropft. Das alles wird er uns teuer bezahlen müssen.«

Am Ufer angelangt, hieß ich sie den Leichenkrug ins Boot hinunterheben, während ich selbst den Teppich hinabschleppte und unter Deck verstaute. Zu den Trägern gewandt, sagte ich dann: »Ihr Sklaven und Hundesöhne! Wenn euch jemand ausfragen sollte, so habt ihr heute nacht nichts gehört und nichts gesehen! Dafür erhält jeder von euch ein Silberstück.« Sie tanzten vor Freude und riefen: »Wahrlich, wir haben einem vornehmen Herrn gedient! Aber unsere Ohren sind taub und unsere Augen blind; daher haben wir heute nacht nichts gehört und nichts gesehen.« Ich ließ sie laufen, obgleich ich wußte, daß sie sich, wie die Träger aller Länder und aller Zeiten, betrinken und im Rausch alles, was sie gesehen und gehört, ausplappern würden. Aber ich konnte es nicht verhindern; denn sie waren acht starke Kerle, die ich nicht alle umbringen und in den Fluß werfen konnte, so gerne ich es getan hätte.

Kaum waren sie verschwunden, weckte ich die Ruderer, und als der Mond aufging, legten sie sich in die Riemen. Gähnend und über ihr Schicksal fluchend, weil sie der Kopf von dem vielen Bier schmerzte, brachten sie mich aus der Stadt. So floh ich aus Babylon. Warum ich das alles tat, kann ich nicht sagen: Es stand wohl schon vor meiner Geburt in den Sternen geschrieben und war daher unvermeidlich.

SIEBTES BUCH

Minea

1

Unbehelligt gelangten wir aus der Stadt; denn der Strom war bei Nacht nicht gesperrt. Ich kroch unter Deck, um mein müdes Haupt zur Ruhe zu legen. Denn die Soldaten des Königs hatten mich, wie ich bereits berichtet, schon vor dem Morgengrauen geweckt, und der Tag war so voll von Unruhe und Hetze und Lärm gewesen, wie ich noch nie zuvor einen erlebt. Aber ich sollte noch keinen Frieden genießen dürfen. Minea hatte sich aus dem Teppich herausgerollt und wusch sich soeben das Blut ab, wozu sie mit der Hand Wasser aus dem Strom schöpfte. Das Mondlicht flimmerte im Wasser, das zwischen ihren Fingern hindurchrann. Sie blickte mich, ohne zu lächeln, an und sagte vorwurfsvoll:

»Deinen Ratschlägen folgend, habe ich mich schlimm besudelt und rieche nach Blut. Wahrscheinlich werde ich nie mehr ganz rein werden; daran bist du schuld. Und als du mich im Teppich trugst, drücktest du mich auch viel fester als nötig an dich, so daß ich schwer atmen mußte!«

Ich hatte ihr Gerede satt und war sehr erschöpft. Deshalb erwiderte ich gähnend: »Halt den Mund, verfluchtes Weibsbild! Wenn ich an alles denke, wozu du mich verführt hast, tut mir das Herz weh. Ich möchte dich am liebsten in den Strom werfen, dessen Fluten dich nach deinem Wunsch reinigen würden. Ohne dich säße ich jetzt in Babylon an des Königs rechter Seite, und die Priester des Turmes lehrten mich ihre Weisheit, so daß ich der erfahrenste Arzt auf Erden würde. Auch die durch meine Heilkunst verdienten Gaben habe ich deinetwegen verloren; mein Goldvorrat geht zur Neige, und ich wage nicht, mich der Lehmtafeln zu bedienen, gegen die ich Gold aus den Tempelkassen erheben könnte. Ich verfluche wahrhaftig den Tag, an dem ich dich sah, und werde jedes Jahr an diesem Tag in Sack und Asche gehen.«

Sie tauchte die Hand in die mondbeschienenen Fluten, die sich wie flüssiges Silber teilten, und sprach mit leiser Stimme, ohne mich anzusehen: »Wenn dem so ist, tue ich wohl am besten daran, in den Strom zu springen. Dann bist du mich los.« Sie erhob sich, um ihre Drohung auszuführen; aber ich packte sie und hielt sie fest, indem ich sagte: »Hör auf mit deinen Verrücktheiten! Wenn du ins Wasser springst, habe ich alles umsonst getan. Das wäre der Gipfel des Wahnsinns. Darum laß mich bei allen Göttern endlich in Ruhe schlafen, Minea, und störe mich nicht mit deinen Grillen!«

Nach diesen Worten kroch ich unter den Teppich und zog ihn über mich; denn die Nacht war kalt, obgleich es schon Frühling war und die Störche im Schilf klapperten. Da kroch sie neben mich unter den Teppich und flüsterte: »Da ich nichts anderes für dich tun kann, darf ich dich wohl mit meinem Leib wärmen; die Nacht ist kalt.« Ich war zu müde, um einen Einwand zu erheben, und schlief ein. Sie wärmte mich mit ihrem Leib, und ich ruhte gut; denn sie war jung, und ihr Leib lag wie ein kleiner Ofen an meiner Seite.

Als ich am Morgen erwachte, sah ich, daß wir schon weit stromaufwärts gefahren waren. Die Ruderer aber murrten und erklärten: »Unsere Schultern sind steif wie Holz, und der Rükken schmerzt. Willst du, daß wir uns zu Tode rudern? Wir sind doch wohl nicht unterwegs, um ein brennendes Haus zu löschen?« Ich verhärtete mein Herz und entgegnete: »Wer zu rudern aufhört, bekommt meinen Stock zu fühlen. Wir rasten erst zur Mittagszeit. Dann dürft ihr essen und trinken, und ein jeder bekommt von mir einen Schluck Dattelwein, der ihn beleben und leicht wie einen Vogel machen wird. Wenn ihr euch aber gegen mich auflehnt, werde ich alle Dämonen auf euch herabrufen; denn ich bin ein Priester und Zauberer und kenne viele Dämonen, die gerne Menschenfleisch fressen.« Das sagte ich, um sie zu erschrecken; aber die Sonne schien klar, und sie glaubten mir nicht, sondern meinten: »Er ist allein gegen unser zehn!« Darauf schlug der mir zunächst Sitzende mit dem Ruder nach mir.

Jetzt ließ sich plötzlich ein Geräusch aus der Totenurne im Vorderteil des Schiffes vernehmen. Es war Kaptah, der an die Innenwand des Kruges klopfte und mit heiserer Stimme Schreie und Flüche auszustoßen begann. Die Ruderer wurden vor Entsetzen grau im Gesicht, und einer nach dem anderen sprang ins Wasser, schwamm eilig weg und verschwand aus meinen Augen. Das Boot schwankte und geriet ins Treiben; doch gelang es mir, es ans Ufer zu steuern, wo ich den Ankerstein auswarf. Minea kam, ihr Haar kämmend, aus der Kabine, und im selben Augenblick legte sich meine Furcht; denn sie war schön, die Sonne schien, und die Störche klapperten im Schilf. Ich ging zum Krug, zerbrach den Lehmdeckel und rief mit lauter Stimme: »Erhebe dich, du Mann, aus deiner Urne!«

Da streckte Kaptah seinen Wuschelkopf aus der Öffnung hervor und starrte um sich. Nie habe ich einen verdutzteren Menschen gesehen. Er jammerte und fragte: »Was ist das für ein Streich? Wo bin ich, wo ist meine königliche Kopfbedeckung, und wo hat man die Abzeichen meiner Macht versteckt? Ganz nackt bin ich dem Frost ausgesetzt, mein Schädel ist voll Wespen, und meine Glieder sind schwer wie Blei, als hätte mich eine Giftschlange gebissen. Hüte dich, Sinuhe, mich zum Narren zu halten! Mit Königen ist nicht zu spaßen.«

Ich wollte ihn für seine Vermessenheit vom Tag zuvor bestrafen. Deshalb stellte ich mich unwissend und sagte: »Ich verstehe nicht, wovon du redest, Kaptah. Du bist sicher noch vom Wein benebelt und entsinnst dich nicht, daß du dich gestern bei der Abreise aus Babylon betrankst und hier im Boote zu lärmen und irre zu reden begannst, so daß dich die Ruderer in diese Urne einsperren mußten, damit du ihnen keinen Schaden zufügen könntest. Du sprachst von Königen und Richtern und faseltest noch eine Menge anderes Zeug.«

Kaptah schloß die Augen, grübelte eine Weile und meinte schließlich: »Herr, nie mehr im Leben will ich Wein trinken! Der Wein und der Traum haben mich in so fürchterliche Abenteuer gestürzt, daß ich sie dir nicht schildern kann. Nur so viel kann ich dir sagen, daß ich glaubte, ein König von des Skarabäus' Gnaden zu sein, vom königlichen Thron Rechtsprechung übte und schließlich auch das Frauenhaus des Herrschers betrat und dort mit einem schönen Mädchen Wollust trieb. Noch vieles andere geschah mir, woran ich mich nicht klar zu erinnern vermag; denn mein Kopf ist schwer krank, und du würdest mir eine Gnade erweisen, Herr, wenn du mir von der Arznei gäbest, welche die Weintrinker in dem verfluchten Babylon am Tag nach einem Zechgelage einzunehmen pflegen.«

Kaum hatte Kaptah dies geäußert, als er Minea entdeckte. Eilends zog er sich wieder in die Urne zurück und sagte mit kläglicher Stimme: »Herr, ich bin sicherlich nicht gesund oder träume immer noch; denn ich vermeine dort hinten im Boot das Mädchen zu sehen, dem ich in meinem Traum im königlichen Frauenhaus begegnete. Der Skarabäus schütze mich; denn ich befürchte, den Verstand zu verlieren!« Er befühlte sein blaues Auge und seine geschwollene Nase und brach in lautes Jammern aus. Minea aber ging zu dem Krug und zog seinen Kopf an den Haaren heraus, indem sie sagte: »Sieh mich an! Bin ich etwa das Weib, mit dem du letzte Nacht Fleischeslust getrieben?« Ängstlich betrachtete Kaptah sie, schloß dann das Auge und wimmerte: »Mögen alle Götter Ägyptens mir gnädig sein und verzeihen, daß ich fremde Götter angerufen und ihnen geopfert habe! Du bist es wirklich; doch mußt du mir vergeben, denn es geschah bloß im Traum.« Da zog Minea einen Pantoffel aus und versetzte ihm damit auf jede Wange einen schallenden Klaps und sagte: »Das sei deine Strafe für den unpassenden Traum, damit du wissest, daß du jetzt erwacht bist.« Kaptah aber stöhnte noch lauter als zuvor: »Ich weiß wahrhaftig nicht mehr, ob ich noch schlafe oder wach bin; denn genau dasselbe ereignete sich in meinem Traum bei der Begegnung mit diesem furchtbaren Geschöpf im Frauenhaus des Königs.«

Ich half ihm aus dem Krug und verabreichte ihm einen bitteren Trank zum Ausspülen des Magens; dann schlang ich ein Seil um ihn und tauchte ihn trotz seines Protestgeschreis ins Wasser, wo ich ihn eine Weile schwimmen ließ, damit er sich von seinem

Wein- und Mohnsaftrausch erhole. Als ich ihn wieder aus dem Wasser zog, erbarmte ich mich seiner und sagte: »Dies sei dir eine Lehre für deine Aufsässigkeit gegen mich, deinen Herrn. Aber wisse auch, daß sich alles in Wirklichkeit zugetragen und du ohne mein Zutun leblos in diesem Krug in der Gruft der falschen Könige lägest.« Hierauf erzählte ich ihm den Verlauf der Dinge, mußte es aber wiederholt tun, bis er alles begriff und mir glaubte. Schließlich sagte ich: »Wir schweben in Lebensgefahr. Die Lust zum Lachen ist mir wahrlich längst vergangen, denn so sicher wie wir in diesem Boot sitzen, werden wir mit dem Kopf nach unten an der Mauer baumeln, falls uns der König erwischt. Es kann uns sogar noch Schlimmeres widerfahren. Da unsere Ruderer geflohen sind, ist guter Rat teuer, und du, Kaptah, mußt nun einen Ausweg finden, um uns ins Land Mitani hinüberzuretten.«

Kaptah kratzte sich am Kopf und überlegte lange. Schließlich meinte er: »Wenn ich dich recht verstanden habe, war alles Wirklichkeit und kein Trugbild, was ich im Traum oder Rausch gesehen. Wenn dem so ist, will ich diesen Tag als einen glücklichen preisen; denn dann kann ich unbehindert zur Heilung meiner Kopfschmerzen Wein trinken, obgleich ich bereits glaubte, nie im Leben mehr den Mut aufzubringen, einen Tropfen zu kosten.« Worauf er in die Kabine kroch, das Siegel eines Weinkrugs aufbrach und in tiefen Zügen trank, während er alle Götter Ägyptens und Babyloniens beim Namen nannte und pries und sogar unbekannte Götter, deren Namen er nicht wußte, anrief. Und jedesmal, wenn er den Namen eines Gottes aussprach, neigte er den Krug, bis er schließlich zu Boden sank, auf dem Teppich einschlief und wie ein Flußpferd zu schnarchen begann.

Ich war über sein Gebaren so erzürnt, daß ich ihn ins Wasser rollen und ertränken wollte; aber Minea wehrte mir mit den Worten: »Kaptah hat recht, jeder Tag hat seine Sorgen. Warum sollen wir also nicht Wein trinken und uns freuen, an diesem Ort zu sein, zu dem uns der Strom geführt hat! Es ist schön hier in der Geborgenheit des Schilfs, wo die Störche klappern. Ich sehe auch Wildenten mit gestreckten Hälsen zu ihrem Nestbau fliegen und das Wasser grün und gelb im Sonnenschein leuchten.

Mein eigenes Herz fühlt sich leicht wie ein Vogel, weil ich aus der Sklaverei befreit bin.«

Ich sann über ihre Worte nach und mußte ihr recht geben, weshalb ich sagte: »Da ihr beide verrückt seid, brauche ich schließlich auch nicht gescheiter zu sein! Im Grunde genommen ist mir ja doch alles gleichgültig, und es spielt weiter keine Rolle, ob meine Haut schon morgen oder erst in zehn Jahren zum Trocknen an der Mauer hängt; denn das alles stand, wie mir die Priester des Turmes versichert haben, bereits vor unserer Geburt in den Sternen geschrieben. Die Sonne scheint warm, und das Getreide auf den Äckern am Strand steht im Reifen. Deshalb will ich im Strom baden und versuchen, mit den Händen Fische zu fangen, wie ich es als Kind zuweilen tat.«

Wir badeten und ließen die Sonne unsere Kleider trocknen und aßen und tranken Wein, und Minea opferte ihrem Gott und führte mir im Boot ihren Tempeltanz vor, so daß sich mir bei ihrem Anblick die Brust zusammenschnürte und der Atem versagte. Deshalb sprach ich zu ihr: »Nur einmal im Leben habe ich eine Frau ›meine Schwester‹ genannt; aber ihr Schoß ward mir zum brennenden Ofen, ihr Leib zur trockenen Wüste, und sie vermochte mich nicht zu erquicken. Deshalb flehe ich dich an, Minea, mich von dem Zauber zu erlösen, in den mich deine Glieder verstricken, und mich nicht mit deinen Augen anzublikken, die wie Mondschein auf dem Fluß sind; sonst werde ich dich ›meine Schwester‹ nennen, und auch du wirst mich wie jenes schlechte Weib in Tod und Verderben führen.«

Minea musterte mich neugierig und meinte: »Du hast bestimmt mit merkwürdigen Frauen verkehrt, Sinuhe, daß du solche Dinge sagst. Aber vielleicht sind die Frauen in deinem Lande so. Meinetwegen brauchst du dir aber keine Sorgen zu machen; denn ich will dich keineswegs verführen. Denn mein Gott verbietet mir, einem Manne nahe zu kommen, und wenn ich das Verbot übertrete, muß ich sterben. Deshalb hüte ich mich wohl davor, dich in Versuchung zu führen, wie du zu glauben scheinst, obwohl ich nicht begreife, wie du auf solche Gedanken kommen kannst.«

Sie nahm mein Haupt zwischen ihre Hände und Knie, und

während sie mir Haar und Wangen streichelte, sprach sie: »Dein Kopf ist wirklich sehr dumm, daß du so schlecht von den Frauen sprichst. Wenn es auch Frauen gibt, die alle Brunnen vergiften, so gibt es zweifellos wiederum andere, die wie eine Quelle in der Wüste oder wie Tau auf einer verbrannten Wiese sind. Aber obgleich dein Schädel dick und schwer von Begriffen und dein Haar schwarz und struppig ist, halte ich deinen Kopf gern in meinen Händen; denn du hast etwas an dir, in den Augen und den Händen, was erquickend ist und mich anzieht. Deshalb bin ich sehr traurig, dir das, was du haben möchtest, verweigern zu müssen. Zwar bin ich nicht bloß deinetwegen, sondern auch um meiner selbst willen betrübt, falls dir dieses schamlose Geständnis Freude bereiten kann.

Das grüne und goldene Wasser schlug plätschernd an unser Boot, ich hielt ihre Hände in den meinigen, und ihre Hände waren schön und kräftig. Wie ein Ertrinkender umklammerte ich ihre Hände und blickte ihr in die Augen, die wie Mondschein auf dem Strom und warm wie eine Liebkosung waren, und sprach: »Minea, meine Schwester! Es gibt viele Götter in der Welt, jedes Land hat seine eigenen, und ihre Zahl ist unermeßlich. Aber ich bin ihrer aller überdrüssig geworden, weil ich glaube, daß die Menschen sich nur aus Angst Götter erschaffen. Schwöre also deinem Gott ab; denn was er von dir verlangt, ist unsinnig und grausam. Ich werde dich in ein Land führen, in das sich die Macht deines Gottes nicht erstreckt, und müßten wir auch bis ans Ende der Welt reisen und uns bis zu unserem Tod im Lande der Wilden von Gras und getrockneten Fischen nähren und auf einem Binsenlager schlafen! Irgendwo muß es eine Grenze geben, welche die Macht deines Gottes nicht zu überschreiten vermag.«

Sie aber hielt meine Hände fest umklammert, wandte ihr Gesicht ab und sagte: »Der Gott hat seine Grenzen in mein Herz gezeichnet, und wohin ich gehe, erreicht mich seine Macht, so daß ich sterben muß, falls ich einem Manne nahe komme. Heute, da ich dich betrachte, dünkt mich die Forderung meines Gottes womöglich unnütz und grausam; aber ich kann nichts dagegen tun, und vielleicht ist schon morgen alles anders, indem du meiner überdrüssig bist und mich vergißt. Denn so sind die Männer nun einmal.«

»Niemand kennt den morgigen Tag«, erwiderte ich ungeduldig, und alles in mir flammte auf und ihr entgegen, als wäre mein Leib ein von der Sonne gedörrter Haufen Schilf am Ufer, den ein Funken plötzlich entzündet. »Alles was du sagst, sind leere Ausflüchte! Du willst mich nach echter Frauenart nur peinigen, um dich an meiner Qual zu weiden.«

Da entzog sie mir ihre Hand, sah mich vorwurfsvoll an und sagte: »Ich bin keine ungebildete Frau, sondern spreche außer meiner Muttersprache auch Babylonisch und Ägyptisch und kann meinen Namen in drei verschiedenen Arten von Schriftzeichen sowohl auf Lehm als auch auf Papyrus schreiben. Auch bin ich mit meinem Gott in vielen großen Städten und sogar an der Küste Ägyptens gewesen und habe vor mancherlei Zuschauern getanzt, die meine Kunst bewunderten, bis mich die Kaufleute nach dem Untergang unseres Schiffes raubten. Ich weiß ganz gut, daß sich Männer und Frauen in allen Ländern gleich bleiben, wenn auch ihre Hautfarbe und Sprache wechselt, daß sie sich in ihren Gedanken und Sitten nicht stark voneinander unterscheiden, sondern sich alle am Wein ergötzen und in ihren Herzen nicht mehr an die Götter glauben, wenn sie ihnen auch weiterhin dienen, weil es so üblich und Vorsicht eine Tugend ist. Von frühester Kindheit an bin ich in den Stallungen des Gottes aufgewachsen und in alle geheimen Riten des Gottes eingeweiht worden, weshalb mich keine Macht und kein Zauber der Welt von meinem Gott trennen können. Hättest du selbst jemals vor Stieren getanzt und dich dabei zwischen ihren scharfen Hörnern emporgeschwungen und spielend mit dem Fuß ihr brüllendes Maul berührt, so wüßtest du, wovon ich spreche. Aber ich glaube, du hast noch niemals Mädchen und Jünglinge vor Stieren tanzen sehen.«

»Ich habe davon erzählen hören«, entgegnete ich. »Auch weiß ich, daß man solche Spiele im Unteren Reich zu veranstalten pflegte. Aber ich glaubte, es geschehe zur Unterhaltung des Volkes, obgleich ich mir hätte sagen sollen, daß die Götter auch dabei, wie überhaupt bei allem, mit im Spiel sind. Doch wenn dem so ist, kann ich dir verraten, daß wir auch in Ägypten einen Stier verehren, der die Zeichen des Gottes trägt und nur einmal in einem Menschenalter geboren wird; allerdings habe ich nie gehört, daß jemand ihm ins Genick gesprungen wäre, denn dies würde eine Lästerung und Beleidigung seiner Würde bedeuten. Dieser Stier besitzt nämlich die Fähigkeit des Wahrsagens. Wenn du mir aber zu verstehen geben willst, daß du deine Jungfernschaft für Stiere bewahren mußt, so ist dies meines Erachtens etwas Unerhörtes, obwohl ich weiß, daß die Priester Syriens bei den Geheimriten der Erdmutter unberührte, aus dem Volk ausgewählte Mädchen Böcken zu opfern pflegen.«

Da schlug sie mich auf beide Wangen. Ihre Augen funkelten wie die einer Wildkatze im Dunkeln, und sie rief mit zornbebender Stimme: »Deine Worte beweisen mir, daß kein Unterschied zwischen einem Bock und einem Mann besteht. Denn deine Gedanken kreisen nur um fleischliche Dinge, weshalb eine Ziege ebensogut wie eine Frau deine Gier stillen könnte. Verschwinde in die Unterwelt und laß mich mit deiner Eifersucht in Ruhe! Du sprichst von Dingen, von denen du nicht mehr verstehst als ein Schwein vom Silber!«

Ihre Rede war böse, und meine Wangen brannten von den Schlägen, so daß ich sie verließ und mich ins Heck des Bootes zurückzog. Zum Zeitvertreib öffnete ich mein Arztkästchen und begann meine Instrumente zu reinigen und Arzneien abzuwägen. Minea saß im Vorderteil des Bootes und trommelte verärgert mit den Fersen gegen den Boden, um sich nach einer Weile zornig die Kleider vom Leib zu reißen und diesen mit Öl einzureiben, worauf sie so heftig zu tanzen und ihre Beweglichkeit zu üben anhob, daß das Boot ins Schwanken geriet. Ich konnte es nicht lassen, insgeheim zu ihr hinzuschielen; denn ihre Fertigkeit war unglaublich groß. Sie warf sich mühelos rückwärts, um, auf die Hände gestützt, ihren Leib wie einen Bogen zu spannen und sich dann auf die Hände zu erheben. Alle Muskeln ihres Körpers zitterten unter der ölglänzenden Haut, sie rang nach Atem, und das Haar hing ihr wirr um den Kopf; denn der Tanz erforderte viel Kraft und große Kunstfertigkeit. Obgleich ich die Geschicklichkeit der Tänzerinnen in den Freudenhäusern mancher Länder bewunderte, hatte ich noch nie Ähnliches gesehen.

Während ich sie so betrachtete, schmolz der Zorn in meinem Innern, und ich dachte nicht mehr daran, was alles ich verloren, indem ich dieses launenhafte und undankbare Mädchen aus dem Frauenhaus des Königs zu Babylon rettete. Ich entsann mich andererseits, daß sie dort bereitgewesen war, sich selbst mit dem Messer umzubringen, um ihre Unberührtheit zu bewahren, und verstand, daß ich schlecht und unrecht handeln würde, von ihr zu verlangen, was sie mir nicht gewähren konnte. Nachdem sie sich so müde getanzt, daß der Schweiß an ihrem ganzen Leibe perlte und jeder Muskel vor Erschöpfung zitterte, rieb sie sich den Körper und wusch sich die Glieder im Strom. Hierauf zog sie sich an und bedeckte auch ihr Haupt, und ich hörte, daß sie weinte. Da vergaß ich meine Arzneien und Instrumente, eilte zu ihr hin und berührte ihre Schulter, indem ich fragte: »Bist du krank?« Sie aber gab mir keine Antwort, stieß meine Hand beiseite und weinte noch heftiger.

Ich setzte mich neben sie und sprach schweren Herzens: »Weine nicht, Minea, meine Schwester, wenigstens nicht meinetwegen; denn ich werde dich ganz sicher nie berühren, selbst wenn du mich darum bitten solltest. Ich will dich vor Schmerz und Kummer bewahren und möchte, daß du immer diejenige bleibst, die du bist.«

Sie hob den Kopf, wischte sich unwillig die Tränen aus den Augen und fuhr mich an: »Ich fürchte weder Schmerzen noch Kummer, du Dummkopf! Und ich weine gar nicht deinetwegen, sondern über mein eigenes Schicksal, das mich von meinem Gott getrennt und so schwankend gemacht hat, so daß der Blick eines törichten Mannes meine Knie weich wie Teig werden läßt.« Sie sah mich dabei nicht an, sondern hielt den Blick abgewandt und blinzelte, um die Tränen aus den Augen zu verscheuchen.

Ich hielt ihre Hände fest, und sie entzog sie mir nicht, sondern kehrte sich mir schließlich zu: »Sinuhe, Ägypter, ich komme dir gewiß sehr undankbar und launisch vor. Aber ich weiß mir nicht zu helfen: denn ich kenne mich selbst nicht mehr. Ich würde dir auch gerne mehr über meinen Gott erzählen, damit du mich besser verstehst. Doch es ist nicht gestattet, mit einem Uneingeweihten von ihm zu sprechen. Nur so viel kann ich dir sagen, daß er ein Meergott ist und in einem dunklen Haus im Berg wohnt und daß jeder, der dieses Haus betreten, für alle Zeiten bei ihm geblieben ist. Einige behaupten, er habe die Gestalt eines Stieres, obgleich er im Meer lebt, und deshalb werden die ihm Geweihten dazu erzogen, vor Stieren zu tanzen. Andere sagen, er habe Menschengestalt, aber das Haupt eines Stieres, was ich jedoch nach meinen Besuchen in vielen Ländern und Großstädten für ein Märchen halte. Eines weiß ich nur: daß das Los unter den ihm Geweihten jährlich zwölf Jünglinge und Mädchen dazu auserwählt, der Reihe nach bei jedem Vollmond sein Haus zu betreten, und daß es für keinen Geweihten eine größere Freude gibt als das Betreten des Gotteshauses. Das Los fiel auch auf mich. Doch bevor ich an die Reihe kam, erlitt unser Fahrzeug Schiffbruch, die Kaufleute raubten und verkauften mich dann auf dem Sklavenmarkt zu Babylon. Während meiner ganzen Jugend habe ich von den wunderbaren Gemächern und dem Ruhelager des Gottes wie auch vom ewigen Leben geträumt. Zwar darf der durch das Los Erwählte, wenn er will, nach einem Monat aus dem Haus des Gottes wiederkehren, aber bis jetzt ist noch kein einziger zurückgekommen. Deshalb glaube ich, daß das Leben auf Erden demjenigen, der den Gott geschaut, nichts mehr zu bieten hat.«

Während sie so sprach, war mir, als hätte ein Schatten die Sonne verdeckt; alles wurde aschgrau in meinem Innern, und ich fühlte, wie ich bebte, weil ich erkannte, daß Minea niemals die meine werden konnte. Ihr Märchen glich genau denjenigen, welche die Priester aller Länder zu erzählen pflegen; doch sie glaubte daran, und dieser Glaube trennte sie für immer von mir. Ich wollte sie nicht mehr mit meinen Worten aufregen oder betrüben; deshalb wärmte ich ihre Hände in den meinigen und sagte schließlich: »Ich verstehe, daß du zu deinem Gott zurückzukehren wünschest. Ich werde dich über das Meer nach Kreta bringen; denn jetzt weiß ich, daß du von der Insel Kreta stammst. Ich ahnte es bereits aus deiner Erzählung von den

Stieren; deine Schilderung des Gottes in dem dunklen Haus jedoch gibt mir Gewißheit. In Simyra erzählten mir Kaufleute und Seefahrer von ihm, und bis dahin habe ich an ihren Worten gezweifelt. Allerdings erzählten sie auch, daß die Priester einem jeden, der aus dem Haus des Gottes zurückzukehren versuche, den Garaus machen, damit niemand etwas Bestimmtes über den Gott des Meeres erfahre. Aber das ist natürlich eitles Geschwätz der Seeleute und des niederen Volkes, und du als Geweihte weißt es besser.«

»Ich muß in die Heimat zurückkehren, das weißt du«, sagte sie in bittendem Ton, »ich würde sonst nirgends auf Erden Ruhe finden; denn von Kindheit an bin ich in den Stallungen des Gottes aufgewachsen. Dennoch freue ich mich über jeden Tag, den ich mit dir, Sinuhe, verbringen, ja über jede Minute, die ich dich noch sehen darf. Nicht nur, weil du mich vor dem Bösen errettet hast, sondern vielmehr, weil noch nie ein Mensch so wie du zu mir gewesen ist. Ich sehne mich auch nicht mehr, wie zuvor, nach dem Haus des Gottes, sondern werde mich kummervollen Herzens dorthin begeben. Wenn es mir vergönnt sein sollte, werde ich nach der bestimmten Zeitspanne zu dir zurückkehren; doch glaube ich dies selber nicht, weil noch keiner zurückgekommen ist. Aber unsere Frist ist kurz, und wie du sagtest, weiß niemand etwas über den morgigen Tag. Deshalb, Sinuhe, wollen wir uns über jeden Tag freuen, der uns noch bleibt. Ergötzen wir uns am Flug der Wildenten über unserem Haupt, am Strom und am Röhricht, am Essen und am Trinken, ohne an das Kommende zu denken! So ist es am besten.«

Ein anderer Mann hätte sie mit Gewalt genommen, in seine Heimat gebracht und bis an sein Lebensende mit ihr gelebt. Ich aber wußte, daß sie die Wahrheit sprach und daß sie keinen ruhigen Tag mehr gehabt haben würde, wenn sie den Gott, für den sie gelebt und aufgewachsen, betrogen hätte: eines Tages würde sie mich verflucht haben und wäre mir entflohen. So gewaltig ist die Macht der Götter über diejenigen, welche an sie glauben, während sie sich nicht auf die Ungläubigen erstreckt. Deshalb glaube ich auch, daß sie vielleicht wirklich gestorben wäre, wenn ich sie berührt hätte. Denn ich hatte Menschen ohne eigentliche Krankheit dahinsiechen und sterben sehen, nur weil sie sich gegen einen Gott, an den sie glaubten, versündigt hatten.

Das alles stand sicherlich schon lange vor meiner Geburt in den Sternen geschrieben und war nicht zu ändern. Deshalb aßen und tranken wir in unserem im Schilf verborgenen Boot und hielten jeden Gedanken an die Zukunft fern. Minea beugte das Haupt und streifte mein Gesicht mit ihrem Haar und lächelte mich an; und nachdem sie Wein getrunken, berührte sie mit ihren vom Wein duftenden Lippen leicht die meinigen, und der Schmerz, den sie meinem Herzen bereitete, war süß, süßer vielleicht, als wenn ich sie besessen.

2

Gegen Abend erwachte Kaptah in der Kabine, kroch unter dem Teppich hervor, rieb sich die Augen und sagte gähnend: »Beim Skarabäus – Ammon nicht zu vergessen! –, mein Schädel ist nicht mehr wie der Amboß in einer Schmiede! Ich fühle mich wieder mit der Welt versöhnt, wenn ich nur etwas zu essen bekomme. Mich dünkt, in meinem Magen hausen ein paar ausgehungerte Löwen.« Ohne erst um Erlaubnis zu fragen, beteiligte er sich an unserer Mahlzeit und begann an den in Lehm gebackenen Vögeln zu nagen und darauf die Knochen über den Bootsrand ins Wasser zu werfen.

Sein Anblick erinnerte mich jedoch von neuem an unsere Lage, und ich sagte angsterfüllt: »Du beschwipste Fledermaus! Du hättest uns aufmuntern und mit Rat und Tat helfen sollen, damit wir nicht bald alle drei nebeneinander mit dem Kopf nach unten an der Mauer hängen. Statt dessen hast du dich wieder betrunken, um dann, wie ein Schwein im Kot, auf dem Gesicht zu liegen. Sag rasch, was sollen wir tun? Zweifellos verfolgen uns die Soldaten des Königs in ihren Booten, um uns umzubringen!«

Aber Kaptah regte sich nicht auf, sondern meinte: »Wenn du die Wahrheit gesprochen hast, so ist der König darauf gefaßt, dich dreißig Tage nicht zu sehen, und drohte sogar, dich mit Stöcken aus seinem Hause jagen zu lassen, falls du schon vor dem angesetzten Zeitpunkt bei ihm erscheinen solltest. Wir haben meines Erachtens keine Eile. Sollte es jedoch schiefgegangen sein und die Träger deine Flucht verraten oder die Eunuchen im Frauenhaus die Geschichte ausgebracht haben, so können wir nichts mehr dagegen tun. Deshalb verlasse ich mich immer noch auf den Skarabäus und finde, daß du töricht gehandelt hast, mir den Mohntrank zu geben, wodurch mein Kopf krank wurde, als hätte ein Schuster mit seinem Pfriem darin herumgestochert. Hättest du nicht so übereilt gehandelt, so wäre Burnaburiasch bestimmt ein Knochen im Halse steckengeblieben oder er wäre über seine eigenen Füße gestolpert und hätte das Genick gebrochen. Dann wäre ich König von Babylonien und Herrscher über die vier Erdteile geworden, und es hätte keine Not mit uns. So fest vertraue ich dem Skarabäus. Aber ich verzeihe dir trotzdem, weil du mein Herr bist und es nicht besser verstanden hast. Auch verzeihe ich dir, daß du mich in den Lehmkrug gesteckt hast, wo ich beinahe erstickt wäre, was sich nicht für meine Würde geschickt hätte. Deswegen hielt ich es für angebracht, zuerst meinen Kopf zu heilen. Heute früh hättest du eher aus einem verfaulten Baumstumpf als aus meinem Kopf einen Rat herausholen können; jetzt hingegen bin ich gern bereit, meine ganze Weisheit in deinen Dienst zu stellen, weiß ich doch, daß du ohne mich wie ein verirrtes Lämmlein bist.«

Ich gebot ihm, endlich mit dem Geschwätz aufzuhören und lieber zu sagen, wohin wir nach seiner Meinung fliehen sollten. Kaptah kratzte sich am Kopf und meinte: »Wahrlich, dieses Boot ist zu groß und zu schwer, um von drei Menschen gegen den Strom gerudert zu werden, und, offen gestanden, liebe ich die Ruder nicht, denn sie verursachen mir Blasen an den Händen. Laß uns daher an Land gehen und irgendwo ein paar Esel stehlen und diesen unsere Habe aufbürden. Um kein Aufsehen zu erregen, tun wir am besten daran, schlechte Kleider anzuziehen und in allen Herbergen und Dörfern zu markten; du selbst sollst nicht als Arzt, sondern als irgend etwas anderes auftreten. Wir können uns zum Beispiel für eine Gauklertruppe ausgeben, die abends die Dorfbewohner auf den Dreschböden ergötzt. Gaukler werden von niemandem verfolgt, und nicht einmal Räuber halten es der Mühe wert, sie auszuplündern. Du kannst den Bauerntölpeln aus Öl wahrsagen, wie du es gelernt hast. Ich kann ihnen lustige Geschichten erzählen, deren ich, wie du weißt, unzählige kenne, und das Mädchen kann sein Brot durch Tanzen verdienen. Wir können natürlich auch Ruderer mieten und in diesem Boot bis zur Grenze weiterfahren; denn letztlich hängt doch alles von dem Skarabäus ab, der uns auf dem Strom ebenso sicher wie auf der Landstraße beschützen kann. Aber Vorsicht ist eine Tugend; und es wäre auch nicht edel von uns gehandelt, den armen Ruderern das Boot zu stehlen, die übrigens zweifellos hier im Röhricht herumstreichen, um uns nach Einbruch der Finsternis zu überfallen und umzubringen. Wir machen uns daher am besten sofort auf den Weg. Sollten aber die Ruderer versuchen, die königlichen Wächter auf uns zu hetzen, so bezweifle ich doch, daß jemand ihrer Erzählung Glauben schenken wird; denn sie werden von Dämonen, die in Leichenurnen toben, und von Wundern berichten, und dann werden die Krieger und Richter sie an die Tempelpriester weisen, ohne erst ihren Bericht nachzuprüfen.«

Der Abend nahte, und wir mußten uns beeilen; denn Kaptah hatte ohne Zweifel recht mit der Annahme, die Ruderer könnten ihre Furcht überwinden und wieder erscheinen, um ihr Boot zurückzuholen; und ihrer waren zehn starke Kerle gegen uns drei. Deshalb rieben wir uns mit dem Öl der Ruderer ein, beschmutzten uns Kleider und Gesicht mit Lehm, verteilten den Rest meines Goldes und Silbers und versteckten diesen in unseren Gürteln und Gewändern. Meinen Arztkasten, auf den ich nicht verzichten wollte, wickelten wir in die Teppiche ein und luden ihn Kaptah ungeachtet seiner Proteste auf die Schultern. Dann wateten wir an Land und ließen das Boot im Röhricht treiben. Wir hinterließen etwas Eßwaren und mehrere Weinkrüge, weil Kaptah meinte, die Ruderer würden sich damit zufriedengeben und trinken und unsere Verfolgung nicht aufnehmen. Wenn sie dann, aus dem Rausch erwacht, die Richter aufsuchten, um über uns Bericht zu erstatten, würde jeder der zehn Leute die Sache verschieden darstellen, so daß die Richter sie mit Stöcken verjagen würden. Das war meine Hoffnung.

Wir traten unsere Wanderung an und gelangten in bebaute Gegenden, wo wir einen Karawanenweg entdeckten, dem wir die ganze Nacht folgten, obwohl Kaptah murrte und den Augenblick seiner Geburt verfluchte, da ihm das schwere Bündel den Nacken beugte. Am Morgen gelangten wir in ein Dorf, dessen Bewohner uns freundlich empfingen und höchlich achteten, weil wir ohne Furcht vor den Teufeln durch die Nacht gewandert waren. Sie boten uns in Milch gekochte Grütze an, verkauften uns zwei Esel und feierten ein Freudenfest bei unserem Abzug; denn sie waren einfache Leute, die monatelang kein gestempeltes Gold gesehen hatten, sondern ihre Steuern in Getreide und Vieh entrichteten, wie auch zusammen mit ihrem Vieh und den übrigen Haustieren in Lehmhütten wohnten.

So wanderten wir Tag für Tag auf den Straßen Babyloniens, begegneten Kaufleuten und wichen den Sänften der Vornehmen unter Verbeugungen am Straßenrand aus. Die Sonne verbrannte unsere Haut, unsere Kleider hingen in Fetzen, wir gewöhnten uns daran, auf Dreschböden aus Lehm vor dem Volke aufzutreten. Ich goß Öl in Wasser und prophezeite ihnen gute Tage und reichliche Ernten und versprach ihnen Söhne und reiche Bräute; denn ich empfand Mitleid mit ihrer Armut und wollte ihnen nichts Schlechtes weissagen. Sie schenkten mir Glauben und freuten sich über alle Maßen. Hätte ich mich an die Wahrheit halten wollen, so hätte ich ihnen böse Steuereintreiber, Stockhiebe, betrügerische Richter, Hunger in schlechten Jahren, Fieberkrankheiten zur Zeit der Überschwemmung, Heuschrecken und Schnaken, brennende Dürre und faules Wasser im Sommer, harte Plackerei und darauffolgenden Tod prophezeit. Denn das war ihr Leben. Kaptah erzählte ihnen Märchen von Zauberern und Prinzessinnen und fremden Ländern, wo die Menschen den Kopf unter dem Arm tragen und sich einmal im Jahr in Wölfe verwandeln; sie glaubten an seine

Märchen, achteten ihn hoch und mästeten ihn dick. Und Minea tanzte auf dem harten Dreschboden vor ihnen; denn sie mußte alle Tage tanzen, um ihre Kunstfertigkeit für den Gott zu erhalten; und sie staunten über ihren Tanz und sagten: »So etwas haben wir noch nie gesehen!«

Diese Wanderung war für mich von großem Nutzen, weil ich einsehen lernte: Wenn die Reichen und Vornehmen aller Länder und Großstädte sich im Grunde gleichen und dieselben Gedanken hegen, so sind auch die Armen aller Länder gleich und denken in derselben Weise, wenn auch ihre Sitten verschieden sind und ihre Götter andere Namen tragen. Ich lernte erkennen, daß die Armen barmherziger sind als die Reichen. Denn da sie uns für arme Leute hielten, schenkten sie uns aus gutem Herzen Grütze und getrocknete Fische, ohne ein Gegengeschenk dafür zu erwarten, während die Reichen die Armen mit Stöcken von ihren Türen wegjagten und sie verachteten. Ich lernte einsehen, daß auch die Armen Freud und Leid, Sehnsucht und Tod empfinden und daß die Kinder der Armen auf gleiche Weise das Licht der Welt erblicken wie diejenigen der Reichen. Mein Herz ward ihnen wohlgesinnt um ihrer großen Schlichtheit willen, und ich konnte nicht unterlassen, die Kranken, die ich sah, zu heilen, Geschwüre zu öffnen und Augen, die ohne meinen Eingriff bald erblindet wären, zu behandeln. Ich verlangte dafür keine Geschenke, sondern tat es aus eigenem Antrieb.

Aber warum ich dies alles tat und mich der Gefahr der Entdeckung aussetzte, kann ich nicht sagen. Vielleicht war mein Herz Mineas wegen weich gestimmt, die ich täglich sah und die nachts, wenn wir auf den nach Spreu und Dünger riechenden Lehmböden lagen, meine Seite mit ihrer Jugend wärmte. Vielleicht tat ich es ihretwegen, um die Götter durch gute Taten zu besänftigen. Aber es kann ebensogut sein, daß ich meine Heilkunst ausüben wollte, um nicht die Sicherheit meiner Hände und die Schärfe meiner Augen bei der Untersuchung von Krankheiten einzubüßen. Denn je länger ich gelebt habe, um so klarer habe ich erkannt, daß der Mensch alles, was er auch tun möge, aus vielen Gründen tut, von denen er oft selbst nichts weiß. Deshalb sind der Menschen Taten Staub unter meinen Füßen, weil ich nicht weiß, was sie damit bezweckt und gewollt haben.

Auf unserer Wanderung hatten wir viele Mühseligkeiten auszustehen; meine Hände wurden hart, die Haut meiner Fußsohlen voll Schwielen und meine Augen blind vom Staub; doch wenn ich nachträglich an diese Wanderung auf den staubigen Straßen Babyloniens denke, so war sie trotz allem schön. Ich gäbe vieles, was ich auf Erden erlebt und besessen, dafür her, wenn ich noch einmal jung, unermüdlich und mit wachen Augen die Reise machen dürfte, wobei Minea mit Augen, die wie Mondschein auf dem Strom glänzten, an meiner Seite schritte. Der Tod folgte unserer Fährte wie ein Schatten, und er wäre uns nicht leicht geworden, wenn man uns erwischt und dem König ausgeliefert hätte. Aber in jenen fernen Tagen dachte ich nicht an den Tod und fürchtete ihn nicht, obgleich mir das Leben teurer als je zuvor war, solange ich an Mineas Seite wandern und sie auf den Dreschböden tanzen sehen durfte, deren Lehm zur Bindung des Staubes mit Wasser bespritzt wurde. Über ihrer Anwesenheit vergaß ich die Schande und das Verbrechen meiner Jugend. Jeden Morgen, wenn mich das Blöken der Lämmlein und das Gebrüll der Rinder weckten und ich hinaustrat, um die Sonne aufgehen und wieder wie einen goldenen Nachen über den des Nachts blaugefegten Himmel segeln zu sehen, ward mir federleicht ums Herz.

Schließlich gelangten wir ins Grenzland, das verheert und verbrannt vor uns lag. Hirten wiesen uns den Weg, weil sie uns für arme Leute hielten, und so kamen wir, ohne Steuern zahlen zu müssen, an den Wächtern der beiden Könige vorbei nach Mitani und nach Naharina. Erst als wir uns in einer großen Stadt befanden, wo die Menschen einander nicht kannten, besuchten wir die Basare und kauften uns neue Kleider, wuschen und kleideten uns standesgemäß und kehrten in der Herberge der Vornehmen ein. Da mein Gold zur Neige ging, blieb ich eine Zeitlang in dieser Stadt, um meinen Beruf auszuüben; ich heilte manchen Kranken, denn die Bewohner von Mitani waren immer noch neugierig und liebten alles Fremde. Auch Minea erweckte Aufmerksamkeit durch ihre Schönheit, und manch einer wünschte, sie mir abzukaufen. Kaptah erholte sich von den ausgestandenen Strapazen, nahm zu und traf zahlreiche Frauen, die ihm zum Dank für seine Erzählungen ihre Gunst erwiesen. Wenn er in den Freudenhäusern Wein genossen hatte, erzählte er von seinem eintägigen Erlebnis als König von Babylon, und die Leute lachten darüber, schlugen sich auf die Knie und meinten: »Einen solchen Schwindler haben wir noch nie gehört. Seine Zunge ist lang und glatt wie der Strom.«

So verging die Zeit, bis Minea mir lange Blicke zuzuwerfen begann, Unruhe in ihren Augen flackerte und sie nachts wach lag und weinte. Schließlich sagte ich zu ihr: »Ich weiß, daß du dich nach deiner Heimat und deinem Gott sehnst, und vor uns liegt eine weite Reise. Dennoch muß ich aus Gründen, die ich dir nicht verraten darf, zuerst noch einen Abstecher in das Land Chatti, wo die Hetiter wohnen, unternehmen. Ich habe mich bei Kaufleuten und Reisenden und in den Herbergen erkundigt und viele einander widersprechende Auskünfte erhalten, die darauf schließen lassen, daß man auch von dort nach Kreta segeln kann. Da ich dessen aber nicht ganz sicher bin, bringe ich dich, falls du es wünschest, geradenwegs zur syrischen Küste, von wo allwöchentlich Schiffe nach deiner Heimat segeln. Andererseits habe ich erfahren, daß demnächst eine Karawane von hier aufbricht, um dem König der Hetiter die jährlichen Geschenke des Königs von Mitani zu überbringen. Im Schutze dieser Karawane könnten wir sicher reisen und vieles sehen, was wir zuvor nicht kannten; eine solche Gelegenheit würde sich mir erst in einem Jahr wieder bieten. Doch ich will keinen Entschluß fassen, sondern du sollst in dieser Sache nach deinem Wunsch bestimmen.«

In meinem Herzen wußte ich, daß ich sie täuschte; denn meine Absicht, das Land Chatti zu besuchen, hing nur mit dem Wunsch zusammen, sie noch länger an meiner Seite zu behalten, bevor ich sie ihrem Gott überlassen mußte. Sie aber erwiderte: »Wer bin ich, daß ich deine Pläne ändern sollte? Ich folge dir gern, wohin du dich begibst, da du mir einmal versprochen hast, mich in meine Heimat zurückzubringen. Auch weiß ich, es ist an der Küste im Lande der Hetiter Sitte, daß Mädchen und

Jünglinge in den Feldern vor wilden Stieren tanzen, weshalb es von dort nach Kreta nicht weit sein kann. Das bietet mir außerdem Gelegenheit zur Übung; denn es ist bald ein Jahr her, seitdem ich vor Stieren getanzt habe, und ich fürchte, sie werden mich auf ihre Hörner spießen, wenn ich auf Kreta ohne Vorbereitung vor ihnen zu tanzen beginne.«

Ich sprach: »Von Stieren weiß ich zwar nichts, aber nach allem, was ich vernommen, sind die Hetiter ein grausames und tückisches Volk, weshalb uns viele Gefahren, ja vielleicht sogar der Tod auf dieser Reise drohen. Du tust daher vielleicht am besten daran, in Mitani zu bleiben und auf meine Rückkehr zu warten. Ich werde dir genügend Gold zurücklassen, damit du inzwischen gut leben kannst.« Sie aber sagte: »Sinuhe, erspare dir deine Worte! Wohin du gehst: ich werde dir folgen; und trifft uns der Tod, so bin ich nicht meinetwegen, sondern um deinetwillen betrübt.«

So beschloß ich denn, mich den Sendlingen des Königs als Arzt anzuschließen, um in Sicherheit nach dem Lande Chatti zu reisen. Als aber Kaptah dies vernahm, brach er in wildes Fluchen aus, rief die Götter um Hilfe an und sagte: »Kaum sind wir dem einen Tod entronnen, sehnt sich mein Herr schon nach dem Rachen eines anderen Todes! Jedermann weiß, daß die Hetiter schlimmer als Raubtiere sind, daß sie Menschenfleisch essen, den Fremden die Augen ausstechen und sie schwere Steinmühlen drehen lassen. Die Götter haben meinen Herrn mit Wahnsinn geschlagen! Du, Minea, bist verrückt genug, ihn zu verteidigen! Wir täten besser daran, unsern Herrn zu fesseln, in ein verschlossenes Zimmer zu sperren und ihm zur Beruhigung Blutegel in den Kniekehlen anzusetzen. Beim Skarabäus, kaum habe ich meinen früheren Leibesumfang wiedergewonnen, sollen wir ohne Grund von neuem eine anstrengende Reise unternehmen. Verflucht sei der Tag, an dem ich geboren wurde, um die närrischen Launen meines törichten Herrn auszustehen!«

Infolgedessen mußte ich ihn wieder einmal mit dem Stock zur Ruhe bringen, und nachdem mir dies gelungen, sagte ich: »Dein Wille geschehe! Ich werde dich mit Kaufleuten geradenwegs nach Simyra schicken und deine Reise bezahlen. Dort wirst du bis zu meiner Rückkehr mein Haus verwalten. Ich habe dein ewiges Gejammer wahrlich satt.«

Da brauste Kaptah wieder auf: »Was hätte das für einen Sinn, und wie käme es überhaupt in Frage, daß ich meinen Herrn allein in das Land Chatti reisen ließe? Ebensogut könnte ich ein neugeborenes Lämmlein in einen Hundehof schlüpfen lassen! Mein Herz würde nie aufhören, mich eines solchen Verbrechens anzuklagen. Deshalb stelle ich dir nur eine Frage, die du nach bestem Wissen beantworten sollst: Ist das Land Chatti etwa nur auf dem Seeweg erreichbar?«

Ich erklärte ihm, daß trotz der gegenteiligen Behauptungen mancher Leute meines Wissens kein Meer zwischen dem Lande Chatti und dem Lande Mitani liege und die Dauer der Reise unbestimmt sei. Hierauf meinte Kaptah: »Gesegnet sei mein Skarabäus! Hätten wir den Seeweg nehmen müssen, so hätte ich dich nicht begleiten können, weil ich den Göttern aus Gründen, die zu erklären zu weit führen würde, gelobt habe, nie mehr meinen Fuß auf ein Seeschiff zu setzen. Nicht einmal dir oder dieser Minea mit ihren frechen Jungenmanieren zuliebe könnte ich das Gelübde brechen, das ich den Göttern, deren Namen ich, wenn nötig, sogleich aufzählen kann, abgelegt habe.«

Nach diesen Worten begann er unsere Sachen zusammenzutragen und die Vorbereitungen für die Reise zu treffen. Ich überließ ihm alles, weil er in diesen Dingen mehr Erfahrung besaß als ich.

3

Ich habe bereits erwähnt, was man im Lande Mitani über die Hetiter berichtete. Nunmehr will ich nur erzählen, was ich mit eigenen Augen gesehen und als Wahrheit erkannt habe. Aber ich weiß nicht, ob bei dem Schrecken, in den die Macht der Hetiter die ganze Welt versetzt hat, und bei allem, was über ihre Missetaten erzählt wird, noch irgendwer meinem Bericht Glauben schenken wird. Doch haben auch die Hetiter eine gute Seite, von der man lernen kann, obgleich sie ein gefährliches Volk sind, dessen Sitten sich von denjenigen der übrigen Welt unterscheiden. In ihrem Lande herrscht keineswegs eine solche Verwirrung, wie man behauptet; vielmehr herrschen dort Ordnung und Gehorsam, so daß man mit der nötigen Reiseerlaubnis in ihren Bergen sicherer als in jedem anderen Lande reist. Sollte jedoch ein Inhaber dieser Befugnis unterwegs einen Verlust erleiden oder gar ausgeplündert werden, so ersetzt ihm der König den Schaden doppelt, und sollte ein Reisender durch die Hand der Hetiter umkommen, so hinterlegt der König dessen Angehörigen eine Entschädigung, je nach dem Rang, den der Tote im Leben innegehabt.

Deshalb gestaltete sich denn auch die Reise mit den Gesandten des Königs von Mitani recht einförmig, und es gibt nicht viel darüber zu berichten; denn die Hetiter gaben uns die ganze Zeit mit ihren Streitwagen das Geleit und sorgten an den Lagerplätzen für Speise und Trank. Die Hetiter sind abgehärtet und fürchten weder Kälte noch Hitze; denn sie leben in unfruchtbaren Berggegenden und sind von Kindheit an mit den Strapazen der Gebirgsbewohner vertraut. Deshalb sind sie furchtlose Kämpfer, die sich selbst nicht schonen und weichliche Völker verachten und sich unterwerfen, während sie die tapferen, furchtlosen Völker verehren und deren Freundschaft suchen.

Auch gliedert sich ihr Volk in zahlreiche Stämme und Dörfer, über welche Fürsten mit unumschränkter Macht herrschen. Diese Fürsten unterstehen ihrerseits einem großen König, der in seiner Bergstadt Chattuschasch wohnt. Dieser ist zugleich ihr Oberpriester, Oberbefehlshaber und oberster Richter, so daß in ihm alle menschliche wie göttliche Macht vereint ist, mit der man die Völker beherrscht, und ich weiß keinen anderen König, dessen Macht so unbedingt wie die seinige wäre. Denn in anderen Ländern, auch in Ägypten, werden die Handlungen des Königs in höherem Maße, als man gemeinhin glaubt, durch die Priester und Richter bestimmt.

Nun will ich die Hauptstadt dieses Großkönigs in den Bergen

beschreiben, obwohl ich weiß, daß kein Leser dieser Schilderung Glauben schenken wird.

Wenn man durch die verbrannte Grenzmark reist, wo die Bewachungstruppen den Herrn spielen, ihren Lohn aus dem Nachbarland holen und die Marksteine unbehindert nach Willkür versetzen, hat man doch keine Ahnung von dem Reichtum des Hetiterreiches; ebensowenig ahnt man diesen, wenn man ihre kargen Berge betrachtet, die im Sommer von der Sonne verbrannt und im Winter, wie man mir erzählte, von kalten Daunen bedeckt sind, was ich allerdings nicht selbst gesehen habe. Diese Daunen regnen nämlich vom Himmel auf die Erde herab und decken sie zu, während sie beim Nahen des Sommers zu Wasser schmelzen. Ich habe so viele Wunder im Lande der Hetiter gesehen, daß ich auch an diese Wunder glaube, obwohl ich nicht verstehe, wie sich Daunen in Wasser verwandeln können. Jedenfalls sah ich mit eigenen Augen einige Berggipfel, die weiß von Daunen waren.

Auf der versengten Ebene an der syrischen Grenze liegt die Grenzfestung der Hetiter, Karkemisch, deren Mauern aus gewaltigen Steinblöcken aufgeführt und mit furchtbaren Bildern behauen sind. Gestützt auf diese Festung, erheben sie Steuern von allen durchziehenden Karawanen und Kaufleuten und sammeln dadurch große Reichtümer; denn die Steuern sind beträchtlich, und Karkemisch liegt an der Kreuzung vieler Karawanenstraßen. Wer einmal diese Festung schreckenerregend im Morgengrauen auf ihrem Berg inmitten der Ebene aufragen sah, über welcher die Raben krächzend flatterten, um auf menschliche Schädel und Gebeine herabzustoßen, wird meinem Bericht über die Hetiter Glauben schenken und nicht an meinen Worten zweifeln. Den Karawanen und Kaufleuten ist die Durchreise durch das Land nur auf bestimmten Wegen gestattet; die Dörfer an diesen Wegen sind einfach und armselig, und die Reisenden sehen wenig bebauten Boden. Wenn aber jemand vom vorgeschriebenen Weg abweicht, wird er gefangengenommen, seiner Waren beraubt und zum Sklavendienst in die Bergwerke geschleppt.

Denn der Reichtum der Hetiter stammt, glaube ich, aus den

Gruben, wo ihre Gefangenen und Sklaven Frondienste leisten und wo außer Gold und Kupfer noch ein anderes unbekanntes Erz gewonnen wird, das grau und blau schimmert und härter als alle anderen Metalle und so kostbar ist, daß es in Babylonien zur Herstellung von Schmuck verwendet wird, während die Hetiter ihre Waffen daraus schmieden. Auf welche Art man aber dieses Metall schmieden und formen kann, weiß ich nicht; denn in keinem anderen Lande bringt man es fertig. Auch schmilzt es nicht in der Hitze, bei welcher das Kupfer flüssig wird. Davon habe ich mich selbst überzeugt. Außer den Gruben besitzen die Hetiter zwischen den Bergen fruchtbare Täler mit klaren Bächen; sie pflanzen Obstbäume, von denen ganze Wälder die Hänge bedekken, und in den Küstengegenden bauen sie Wein. Der größte für jedermann sichtbare Reichtum liegt in den Viehherden.

Wenn man von den großen Weltstädten spricht, zählt man Theben und Babylon und zuweilen auch Ninive auf, wo ich allerdings nicht gewesen bin. Aber ich habe niemals Chattuschasch, die Hauptstadt der Hetiter und den Sitz ihrer Macht, nennen hören, die wie der Horst des Adlers mitten in seinem Jagdrevier hoch in den Bergen liegt. Trotzdem ist diese Großstadt mit Theben und Babylon vergleichbar. Beim Gedanken an ihre schreckenerregenden, aus behauenen Steinblöcken aufgeführten, berghohen Bauten und an ihre Mauern, die stärker und unbezwingbarer als alle anderen Bollwerke sind, die ich je gesehen, muß ich sagen, daß ich diese Stadt für das größte Wunder halte, das ich je geschaut, und daß ich niemals derartiges erwartet habe. Das Geheimnis dieser Stadt hängt damit zusammen, daß ihr König sie für alle Fremden mit Ausnahme der Gesandten der Herrscher abgeschlossen hat; diese allein dürfen sie betreten und ihm begegnen und Geschenke bringen; doch auch sie werden während ihres Aufenthaltes in Chattuschasch aufs strengste überwacht. Deshalb sprechen die Einwohner der Stadt nicht gerne mit Fremden, selbst wenn sie deren Sprache beherrschen. Richtet man aber eine Frage an sie, so antworten sie »Ich verstehe nicht« oder »Ich weiß nicht« und blicken sich dabei scheu um in Furcht, daß jemand sie im Gespräch mit Fremden überraschen könnte. Trotzdem sind sie keineswegs ungefällig, sondern eher freundlich, bestaunen gerne die Kleidung der Fremden, falls diese schön ist, und folgen ihnen auf der Straße.

Die Kleider ihrer eigenen Vornehmen und Staatsbeamten sind ebenso prachtvoll wie diejenigen der Fremden und der königlichen Gesandten; denn sie tragen farbige, mit Stickereien in Gold und Silber verzierte Gewänder, und diese Stickereien stellen oft die Mauerkrone und die Doppelaxt, die Wahrzeichen ihrer Götter, dar. Auf ihren Festkleidern entdeckt man auch oft das Bildnis einer beflügelten Sonne. An den Füßen tragen sie Stiefel aus weichem, farbigem Leder mit langen, aufwärts gebogenen Spitzen und auf dem Kopf hohe, spitze Hüte, und ihre weiten Ärmel hängen bis zum Boden, den auch die kunstvoll gefältelten Röcke streifen. Von den Bewohnern Syriens, Mitanis und Babyloniens unterscheiden sie sich dadurch, daß sie sich in der Art der Ägypter das Kinn und einige Vornehme sich sogar den Kopf rasieren und nur oben auf dem Schädel ein Haarbüschel stehenlassen, um es zu flechten. Sie haben breite, kräftig entwickelte Kinne und große, gebogene Raubvogelnasen. Die Regierungsmänner und die Reichen der Stadt sind beleibt und besitzen fettglänzende Gesichter; denn sie haben sich, ganz wie die Begüterten anderer Großstädte, an ein üppiges Leben gewöhnt.

Im Gegensatz zu den zivilisierten Völkern halten sie keine Söldnertruppen; bei ihnen ist jedermann Soldat, und den Stand eines Mannes bestimmt sein Kriegerrang. Diejenigen, die sich einen Streitwagen halten können, sind die Vornehmsten, und deren Rang wird nicht von ihrer Herkunft, sondern von ihrer Geschicklichkeit im Waffengebrauch bestimmt. Deshalb versammeln sich auch sämtliche Männer unter Leitung ihrer Befehlshaber und Fürsten alljährlich zu Kampfübungen. Auch treibt Chattuschasch im Unterschied zu anderen Großstädten keinen Handel, sondern ist voll von Schmieden und Werkstätten, aus denen unablässig der Klang der Schmiedehämmer auf die Straße dringt, denn dort werden die Spitzen der Speere und Pfeile sowie die Räder und Gestelle der Streitwagen angefertigt.

Ihre Rechtspflege unterscheidet sich ebenfalls von derjenigen aller anderen Völker. Ihre Strafen sind seltsam und eigenartig. Zettelt ein Fürst gegen den König eine Verschwörung an und erstrebt er selbst die Königswürde, so wird er dafür nicht umgebracht, sondern in ein Grenzland versetzt, um dort seine Tüchtigkeit zu beweisen und sein Ansehen wiederherzustellen. Es gibt überhaupt nicht viele Verbrechen, die nicht durch Gaben gesühnt werden können. Ein Mann kann einen anderen töten, ohne dafür Körperstrafe zu erleiden; er muß nur den hinterbliebenen Angehörigen des Toten durch Geschenke ihren Verlust ersetzen. Auch Ehebruch ist nicht strafbar. Wenn eine Frau einen Mann findet, der ihr Verlangen besser befriedigt als ihr Gatte, so besitzt sie das Recht, ihr Heim zu verlassen und zu dem anderen überzusiedeln, der jedoch eine Entschädigung für sie bezahlen muß. Kinderlose Ehen werden öffentlich aufgelöst; denn der Krieg fordert von seinen Untertanen zahlreiche Kinder. Wenn ein Mann einen anderen an einem verlassenen Ort totschlägt, braucht er nicht so viel zu zahlen, wie wenn der Totschlag in der Stadt vor Zuschauern stattgefunden hätte; denn man ist der Ansicht, daß ein Mann, der allein einen einsamen Ort aufsucht, andere absichtlich in Versuchung führt, ihn umzubringen, um sich in der Kunst des Tötens zu üben. Nur zwei Dinge gibt es, die zu einem Todesurteil führen, und diese liefern den deutlichsten Beweis für die Unvernunft der Hetiter in Rechtsangelegenheiten. Bei Todesstrafe ist nämlich die Ehe zwischen Geschwistern verboten, und niemand darf ohne Erlaubnis Zauberei ausüben. Die Zauberer müssen erst ihre Fähigkeit durch die Behörde prüfen lassen und von diesen die schriftliche Befugnis zur Ausübung ihres Berufes erlangen.

Bei meiner Ankunft im Land der Hetiter hatte ihr großer König Schubbiluliuma bereits achtundzwanzig Jahre lang geherrscht und war so gefürchtet, daß die Menschen, sobald sie seinen Namen hörten, sich verneigten, die Hände in die Höhe streckten und laut sein Lob verkündeten; denn er hatte Ordnung im Lande Chatti eingeführt und zahlreiche Völker der Macht der Hetiter unterworfen. Er bewohnte einen Steinpalast mitten in der Stadt, viele Sagen berichteten von seiner Geburt und seinen Heldentaten im Krieg, wie dies bei allen großen Königen der Fall ist. Ihn selbst aber bekam ich nicht zu Gesicht, und nicht einmal die Gesandten Mitanis wurden vorgelassen, sondern mußten die mitgebrachten Geschenke unter dem Gelächter und Spott der königlichen Soldaten im Empfangstempel auf den Boden legen.

Anfangs machte es nicht den Anschein, als gäbe es für einen Arzt in Chattuschasch viel zu tun. Soviel ich sehen konnte, schämten sich die Hetiter jeder Krankheit und suchten diese so lange wie möglich zu verbergen; schwache und mißgestaltete Kinder wurden sofort bei der Geburt getötet und kranke Sklaven umgebracht. Deshalb besaßen ihre Ärzte auch keine großen Kenntnisse, sondern waren ungebildete Leute, die nicht einmal lesen konnten; hingegen waren sie geschickt im Behandeln von Wunden und Quetschungen, und auch gegen die Krankheiten des Berglandes besaßen sie wirkungsvolle Mittel, welche die Körperhitze rasch verminderten. In dieser Hinsicht konnte ich von ihnen lernen. Wenn aber einer von einer tödlichen Krankheit befallen wurde, suchte er lieber den Tod als Heilung, weil er befürchtete, für den Rest des Lebens schwach oder gebrechlich zu bleiben. Die Hetiter fürchteten sich nämlich nicht wie die zivilisierten Völker vor dem Tod, sondern fürchteten mehr als ihn körperliche Schwäche.

Schließlich aber sehen sich alle Großstädte ähnlich und bleiben sich auch die reichen und vornehmen Leute aller Länder gleich. Nachdem mein Ruf bekanntgeworden, kam daher eine ganze Menge Hetiter in die Herberge, um bei mir Heilung zu suchen. Ich kannte ihre Krankheiten und heilte sie im geheimen oder im Schutz der Finsternis, um ihr Ansehen zu wahren. Deshalb waren sie auch mit ihren Geschenken freigebig, so daß ich allmählich eine Menge Gold und Silber verdiente, obgleich ich anfangs geglaubt hatte, die Stadt als Bettler verlassen zu müssen. Dies war zum großen Teil Kaptahs Verdienst. Denn seiner Gewohnheit gemäß vertrieb er sich die Zeit in den Bierstuben und Basaren und überall, wo viele Menschen versammelt waren, und prahlte laut in allen Sprachen, die er kannte, mit meinem Ruf und meiner Kunst, bis die Diener wiederum ihren Herrn über mich berichteten.

Die Sitten des Landes waren streng. Ein vornehmer Hetiter konnte sich nicht betrunken auf der Straße zeigen, ohne sein Ansehen zu verlieren. Aber wie in allen Großstädten, so tranken auch hier die Vornehmen und Reichen beträchtliche Mengen Wein, darunter auch gefährlich gemischte Sorten, und ich heilte die dadurch verursachten Leiden, sorgte dafür, daß ihre Hände nicht zitterten, wenn sie vor den König traten, und einigen trieb ich durch Bäder und Beruhigungsmittel die Mäuse, die angeblich an ihnen nagten, aus dem Leib. Auch ließ ich zu ihrer Unterhaltung Minea tanzen, und sie bewunderten sie und machten ihr kostbare Geschenke, ohne etwas von ihr zu verlangen. Denn die Hetiter sind freigebig, wenn etwas ihr Gefallen erweckt. Auf diese Art gewann ich ihre Freundschaft und wagte mich unter der Hand über allerlei Dinge zu erkundigen, nach denen ich nicht offen hätte forschen können. Das meiste erfuhr ich durch den königlichen Archivar, der viele Sprachen in Wort und Schrift beherrschte, den Briefwechsel des Königs mit dem Ausland führte und nicht durch die allgemeinen Sitten gebunden war. Ich ließ ihn allerdings glauben, daß ich aus Ägypten vertrieben worden sei und nie mehr dorthin zurückkehren könne, weshalb ich ausschließlich zu dem Zweck, Gold zu sammeln und meine Kenntnisse zu bereichern, alle Länder bereise. Er vertraute mir und beantwortete meine Fragen, wenn ich ihm nur guten Wein anbot und Minea vor ihm tanzen ließ. Unter anderem fragte ich ihn:

»Warum bleibt Chattuschasch den Fremden verschlossen? Warum müssen Karawanen und Kaufleute vorgeschriebene Wege benützen, wo doch euer Land so reich ist und die Sehenswürdigkeiten eurer Stadt mit denjenigen jeder anderen Stadt wetteifern können? Wäre es nicht besser, andere Völker lernten eure Macht kennen, um euch und euer Land nach Verdienst zu preisen?«

Er kostete den Wein und betrachtete mit lüsternen Augen Mineas schlanke Glieder; dann sagte er: »Bei seiner Thronbesteigung sprach unser großer König Schubbiluliuma: ›Gebt mir dreißig Jahre – und ich mache aus dem Lande Chatti das mächtigste Reich, das die Welt je gesehen hat.‹ Diese Zeit ist nun bald verstrichen, und ich glaube, daß die Welt binnen kurzem mehr über das Land Chatti erfahren wird, als ihr lieb sein dürfte.«

»In Babylon«, fuhr ich fort, »sah ich sechzig mal sechzig mal sechzig Soldaten an ihrem König vorüberziehen, und ihre Schritte klangen wie Meeresrauschen. Hier habe ich vielleicht zehn mal zehn Soldaten gleichzeitig versammelt gesehen; ich verstehe nicht, was ihr mit all den Streitwagen macht, die in euren Werkstätten angefertigt werden. Was wollt ihr in den Bergen mit ihnen anfangen? Sie eignen sich doch nur für den Kampf auf ebenem Feld.«

Er meinte lachend: »Für einen Arzt bist du eigentlich sehr neugierig, Sinuhe, Ägypter! Vielleicht aber verdienen wir unser karges Brot dadurch, daß wir den Königen der Flachländer Streitwagen verkaufen.« Diese Worte äußerte er mit verkniffenen Augen und pfiffiger Miene.

»Das glaube ich nicht«, entgegnete ich kühn. »Ebensogern würde ein Wolf dem Schaf seine Zähne und dem Hasen seine Krallen leihen.« Er lachte und schlug sich auf die Knie, daß der Wein aus dem Becher spritzte, und sagte: »Das muß ich dem König erzählen. Vielleicht wirst du noch eine große Hasenjagd erleben; denn das Recht der Hetiter ist ein anderes als das der Flachländer. Soviel ich verstanden habe, herrschen in eurem Lande die Reichen über die Armen, bei uns aber sind es die Starken, welche die Schwachen beherrschen; und ich glaube, Sinuhe, die Welt wird eine neue Lehre kennenlernen, ehe dein Haar ergraut ist.«

»Auch der jetzige Pharao Ägyptens hat einen neuen Gott gefunden«, sagte ich mit erheuchelter Einfalt.

»Ich weiß es«, sagte er, »da ich alle Briefe meines Königs lese; dieser neue Gott ist äußerst friedliebend und behauptet, es gebe keinen Zwist unter den Völkern, der nicht in Eintracht gelöst werden könne. Gegen diesen Gott haben wir nichts einzuwenden, sondern sind im Gegenteil sehr zufrieden, solange er in Ägypten und den Flachlanden herrscht. Euer Pharao hat unserem großen König ein ägyptisches Kreuz gesandt, das er als Symbol des Lebens bezeichnet; sicherlich werden ihm noch einige Friedensjahre vergönnt sein, wenn er uns nur reichlich

Gold schickt, damit wir noch mehr Kupfer und Eisen und Getreide lagern, neue Werkstätten bauen und noch schwerere Streitwagen als bisher anfertigen können. All das verschlingt viel Gold, und unser König hat die geschicktesten Waffenschmiede aller Länder nach Chattuschasch berufen und entlohnt sie reichlich. Doch warum er dies tut, ist eine Frage, die zu beantworten die Weisheit eines Arztes kaum ausreichen dürfte.«

»Eine Zukunft, wie du sie prophezeist«, sagte ich, »könnte wohl Raben und Schakale erfreuen, nicht aber mich. Auch finde ich keinen Grund zum Lachen. Denn ich habe gesehen, daß die Steine in euren Getreidemühlen von Gefangenen mit ausgestochenen Augen gedreht werden, und über eure in den Grenzländern verübten Missetaten erzählt man sich in Mitani Dinge, die ich lieber nicht wiederhole, um deine Ohren nicht zu beleidigen; denn solches steht keinem Kulturvolk an.«

»Was ist Kultur?« fragte er, indem er sich wieder Wein einschenkte. »Auch wir können lesen und schreiben und verwahren numerierte Lehmtafeln in unserem Archiv. Wenn wir den Gefangenen, die ihr Leben lang Mühlsteine drehen müssen, die Augen ausstechen, geschieht es aus lauter Menschenfreundlichkeit. Sie würden diese an und für sich schon mühsame Arbeit noch schwerer empfinden, wenn sie dabei den Himmel, die Erde und die Vögel in der Luft sehen könnten. Dies würde bloß eitle Gedanken in ihnen erwecken, und bei ihren Fluchtversuchen würden sie getötet werden. Wenn unsere Soldaten in den Grenzgebieten einigen Gegnern die Hände abhacken und anderen die Kopfhaut über die Augen herabziehen, so geschieht auch dies nicht aus Grausamkeit. Wie du selbst gesehen, sind wir in unseren Heimen gastfrei und freundlich; wir lieben Kinder und kleine Tiere und schlagen auch unsere Frauen nicht. Aber unsere Absicht ist es, unter den feindlichen Völkern Angst und Grauen zu erregen, damit sie sich uns zur gegebenen Zeit kampflos unterwerfen und sich selbst dadurch unnütze Schädigung und Verderbnis ersparen. Wir lieben Schaden und Verheerung an und für sich durchaus nicht, sondern möchten uns die Länder so unversehrt und die Städte so unbeschädigt wie möglich unterwerfen. Ein Feind, der die Furcht kennt, ist schon halbwegs besiegt.«

»Sind denn alle Völker eure Feinde?« fragte ich höhnisch. »Habt ihr gar keine Freunde?«

»Alle Völker, die sich unserer Macht unterwerfen und uns Steuern zahlen, sind unsere Freunde«, belehrte er mich. »Wir lassen ihnen ihr Eigenleben und vermeiden es nach Möglichkeit, ihre Sitten und Götter zu verletzen, wenn wir sie nur beherrschen dürfen. Im allgemeinen sind auch alle uns nicht benachbarten Völker unsere Freunde bis zu dem Tag, da sie unsere Nachbarn sein werden. Dann entdecken wir bei ihnen oft abstoßende Züge, die der nachbarlichen Eintracht schaden und uns zwingen, Krieg gegen sie zu führen. So ist es bis jetzt gegangen und wird es, fürchte ich, auch weiterhin gehen, wenn ich unseren großen König recht kenne.«

»Haben eure Götter in dieser Hinsicht nichts zu sagen?« fragte ich. »In anderen Ländern entscheiden oft die Götter über Recht und Unrecht.«

»Was ist Recht und was Unrecht?« fragte er seinerseits. »Für uns ist Recht, was wir wünschen, und Unrecht, was die Nachbarvölker wünschen. Das ist eine einfache Lehre, die das Leben und die Staatskunst erleichtert und sich meines Erachtens nicht merklich von der Religion der Flachländer unterscheidet; denn wenn ich richtig verstanden habe, halten die Götter der Ebene das, was die Reichen wünschen, für Recht, und das, was die Armen wünschen, für Unrecht. Wenn du aber wirklich etwas über unsere Götter zu wissen wünschest, kann ich dir sagen, daß unsere einzigen Götter die Erdmutter und der Himmel sind und daß wir diese jeden Frühling feiern, wenn der erste Regen des Himmels die Erde befruchtet. Bei diesen Feiern lockern wir ein wenig die Strenge unserer Sitten; denn auch das Volk muß sich einmal im Jahr austoben können. Deshalb werden zur Zeit dieser Feste viele Kinder gezeugt. Das ist gut; denn Kinder und frühe Ehen bedeuten einen Kraftzuschuß für das Land. Natürlich verehrt unser Volk, wie jedes andere, außerdem eine Reihe kleiner Götter. Aber diese brauchst du nicht in Betracht zu ziehen; denn sie haben keine Bedeutung für den Staat. Du kannst also nicht leugnen, daß unserer Religion eine gewisse Großzügigkeit eigen ist, wenn ich mich so ausdrücken darf.«

»Je mehr ich über die Götter erfahre, desto überdrüssiger werde ich ihrer«, sagte ich niedergeschlagen. Aber der Archivar des Königs Schubbiluliuma lachte und lehnte sich, vom Wein gesättigt und die dicke Nase gerötet, auf seinem Sitz zurück. »Wenn du ein Mann von Weitblick bist«, sagte er, »bleibst du bei uns, um unseren Göttern zu dienen; denn alle anderen Völker haben bereits der Reihe nach die bekannte Welt beherrscht, und jetzt ist die Reihe an uns gekommen. Unsere Götter sind über alle Maßen stark, ihr Name heißt Macht und Angst, und wir werden ihnen gewaltige Altäre aus gebleichten Menschenschädeln errichten. Ich verbiete dir auch nicht, dies weiterzuerzählen, falls du so dumm sein solltest, uns zu verlassen. Denn keiner wird dir Glauben schenken, weil ja alle wissen, daß die Hetiter ein armes, schmutziges Hirtenvolk sind, das mit seinen Schafen in den Bergen lebt und nur die Weiden liebt. Aber ich habe bereits viel zuviel Zeit mit dir verloren und muß mich beeilen, nach meinen Schreibern zu sehen und Keilzeichen in weichen Lehm zu drücken, um alle Völker von unseren guten Absichten zu überzeugen.

Er ging seines Weges, und am selben Abend sprach ich zu Minea: »Ich habe nun genug über das Land Chatti erfahren und das, was ich suchen kam, gefunden. Deshalb bin ich bereit, falls die Götter es gestatten, dieses Land, an dessen Leichengestank ich ersticke, mit dir zu verlassen. Wahrlich, solange wir hier verweilen, lastet der Tod wie ein erdrückender Schatten über mir, und ich bezweifle nicht, daß der König der Hetiter mich auf einen Pfahl spießen lassen würde, wenn er wüßte, was ich alles erfahren. Deshalb ist mein Magen krank, solange ich innerhalb der Grenzsteine dieses Landes weilen muß. Nach allem, was ich hier gehört, möchte ich eher als Rabe denn als Mensch geboren sein.«

Mit der Hilfe meiner vornehmen Patienten gelang es, mir eine Erlaubnis zu beschaffen, die uns berechtigte, auf einem bestimmten Weg zur Küste zu reisen und dort an Bord eines Schiffes zu gehen, um das Land zu verlassen, obgleich die Patienten meine Abreise sehr bedauerten und mir empfahlen, dazubleiben, und mir versicherten, daß ich in einigen Jahren ein reicher Mann wäre, wenn ich mit der Ausübung meines Berufes unter ihnen fortführe. Niemand aber dachte daran, meine Abreise zu verhindern, und ich lächelte die Leute an und erzählte ihnen Geschichten, die ihnen Spaß machten, so daß wir uns in Freundschaft trennten und ich reichliche Abschiedsgeschenke erhielt. So verließen wir Chattuschasch, hinter dessen furchtbaren Mauern die Welt der Zukunft lauerte. Wir ritten auf Eseln an dröhnenden Steinmühlen, die von geblendeten Sklaven gedreht wurden, und an Leichen von Zauberern vorüber, die zu beiden Seiten des Weges aufgespießt waren. Als Zauberer aber wurden in Chattuschasch alle diejenigen umgebracht, die nichtgenehmigte Lehren verkündeten, und der Staat billigte nur eine einzige Lehre. Ich beschleunigte unsere Reise, so gut es ging, und nach zwanzig Tagen langten wir in der Hafenstadt an.

4

Wir hielten uns einige Zeit in dieser Hafenstadt auf, obwohl sie eine lärmende Stätte des Lasters und Verbrechens war; denn sooft wir ein nach Kreta bestimmtes Schiff sahen, erklärte Minea: »Es ist zu klein und könnte leicht in Seenot geraten; ich habe keine Lust, noch einmal Schiffbruch zu erleiden.« Sahen wir aber ein größeres Schiff, so meinte sie: »Es ist ein syrisches Schiff; mit einem solchen will ich nicht reisen.« Von einem Schiff dritter Art wiederum erklärte sie: »Der Kapitän hat den bösen Blick, und ich befürchte, daß er die Reisenden als Sklaven in fremde Länder verkaufen wird.«

So kam es, daß wir in der Hafenstadt blieben, worüber ich nicht ungehalten war; denn ich hatte genügend damit zu tun, Wunden auszuwaschen und zuzunähen und zertrümmerte Schädel zu öffnen. Auch der Befehlshaber der Hafenwache vertraute sich mir an. Er litt an einer Krankheit, die ihn am Verkehr mit Frauen hinderte, weil sie ihm dabei große Schmerzen bereitete. Ich aber kannte diese Krankheit bereits aus Simyra und vermochte sie mit dem von den dortigen Ärzten verwendeten Mittel zu heilen, und als er sich wieder ohne Beschwerden mit den Mädchen des Hafens ergötzen konnte, kannte seine Dankbarkeit mir gegenüber keine Grenzen. Dies gehörte nämlich zu seinen Gehaltsgebühren: Jedes Mädchen, das seinen Beruf im Hafen ausüben wollte, mußte sich ihm und seinen Schreibern ohne Entschädigung hingeben. Deshalb war er unzufrieden gewesen, dieses Vorrecht nicht ausnützen zu können.

Nachdem ich ihn geheilt, sagte er zu mir: »Was kann ich dir, Sinuhe, als Belohnung für deine große Geschicklichkeit schenken? Soll ich das Ding, das du geheilt hast, in Gold abwägen lassen und dir das Gold geben?« Ich aber erwiderte: »Ich will dein Gold nicht. Gib mir das Messer aus deinem Gurt, dann bin ich dir zu Dank verpflichtet, und nicht du mir; ich möchte ein dauerndes Andenken an dich besitzen.« Er aber sträubte sich und sagte: »Dieses Messer ist zu einfach; längs seiner Klinge laufen keine Wölfe, und sein Heft ist nicht versilbert.« Doch das sagte er, weil das Messer aus dem Metall der Hetiter angefertigt und es nicht erlaubt war, solche an Fremde zu verschenken oder zu verhandeln. Deshalb war es mir auch nicht gelungen, in Chattuschasch eine Waffe dieser Art zu erstehen. Ich wollte nämlich nicht allzu dringlich auftreten, um nicht etwa Mißtrauen zu erregen. Solche Messer besaßen nur die Vornehmsten Mitanis; ihr Preis betrug zehnmal ihr Gewicht in Gold und vierzehnmal ihr Gewicht in Silber. Trotzdem wollten die Besitzer sie nicht verkaufen; denn es gab nur ganz wenige derartige Messer in der bekannten Welt. Für einen Hetiter aber besaß das Messer keinen besonders großen Wert, da er es ja keinem Fremden verkaufen durfte.

Der Befehlshaber der Hafenwache jedoch wußte, daß ich das Land bald verlassen würde, und dachte sich wohl, er könne sein Gold für Besseres verwenden, als es einem Arzt zu schenken. Deshalb gab er mir schließlich das Messer. Es war so scharf, daß es die Barthaare glatter und leichter entfernte als das beste Steinmesser, und man konnte damit Kerben in Kupfer schlagen, ohne daß die Schneide im geringsten litt. Ich freute mich ungemein über dieses Messer und beschloß, es versilbern und mit einem Heft aus Gold versehen zu lassen, wie die Vornehmen in Mitani taten, wenn sie ein solches erworben hatten. Der Befehlshaber der Hafenwache war auch nicht unzufrieden, und wir wurden gute Freunde, nachdem ich sein Leiden bleibend geheilt hatte. Ich riet ihm jedoch, das Mädchen, das sein Leiden verursacht hatte, aus dem Hafen vertreiben zu lassen, worauf er erklärte, er habe es bereits aufspießen lassen, weil eine solche Krankheit offensichtlich von Zauberei herrühre.

In dieser Stadt gab es, wie in vielen anderen Hafenstädten jener Zeit, ein Feld, auf dem man wilde Stiere hielt und wo sich die Jugend im Stierkampf Gelenkigkeit und Mut holen konnte, indem sie den Tieren Picken ins Genick stieß oder über sie hinwegsprang. Beim Anblick der Stiere geriet Minea in Entzücken und wollte ihre Fertigkeit prüfen. So kam es, daß ich sie zum erstenmal vor wilden Stieren tanzen sah. Nie zuvor hatte ich etwas Ähnliches gesehen; aber das Schauspiel ließ mein Herz vor Grauen erstarren. Denn ein wilder Stier ist das furchtbarste aller wilden Tiere und sogar gefährlicher als ein Elefant, der friedlich bleibt, solange man ihn nicht reizt. Die Hörner des Stieres sind lang und scharf wie ein Pfriem; er schlitzt mit Leichtigkeit einem Menschen den Leib auf, um ihn dann hoch in die Luft zu schleudern und unter den Füßen zu zertreten.

Minea aber tanzte in einem leichten Gewand vor den Stieren und wich ihnen mühelos aus, wenn sie brüllend und mit gesenktem Nacken auf sie losstürmten. Ihr Gesicht glühte, sie erhitzte sich und schleuderte das silberne Haarnetz von sich, so daß ihr Haar im Wind flatterte, so schnellfüßig tanzte sie, daß das Auge ihren Bewegungen kaum zu folgen vermochte; sie schwang sich einem angreifenden Stier zwischen den Hörnern hindurch in den Nacken und stemmte, sich an den Hörnern festhaltend, die Füße gegen seine Stirn, um dann in die Luft zu springen, sich zu überschlagen und wieder aufrecht auf dem Rücken des Stiers zu landen. Ich bewunderte ihre Geschicklichkeit und glaubte, daß meine Anwesenheit sie dazu antrieb, Kunststücke zu zeigen, die ich nie für möglich gehalten hätte. Deshalb lief mir bei diesem

Anblick der Schweiß aus den Poren, und ich konnte nicht mehr still auf der Zuschauertribüne verharren, obgleich mich die hinter mir sitzenden Zuschauer ausschimpften und am Achseltuch rissen.

Als Minea schließlich das Feld verließ, wurde sie stürmisch gefeiert, man wand ihr Blumenkränze um Haupt und Hals, und die Jugend verehrte ihr eine seltsame Schale, die mit Stieren in Rot und Schwarz bemalt war. Alle sagten: »Noch nie haben wir etwas Derartiges gesehen.« Und die Schiffskapitäne, die Kreta besucht hatten, meinten, indem sie den Weindunst aus den Nasenlöchern bliesen: »Nicht einmal auf Kreta dürfte es eine so hervorragende Stiertänzerin geben.«

Sie aber kam zu mir und lehnte sich an mich, und ihr dünnes Gewand war durchnäßt von Schweiß. Ihr schlanker, geschmeidiger Körper schmiegte sich an mich, jeder Muskel zitterte vor Müdigkeit und Stolz, und ich sprach zu ihr: »Noch nie habe ich eine Frau wie dich gesehen.« Mein Herz aber war schwer von Wehmut; denn nachdem ich ihren Stiertanz gesehen, wußte ich, daß die Stiere sie gleich einem bösen Zauber von mir trennten.

Bald darauf lief ein Schiff aus Kreta im Hafen ein. Es war weder zu groß noch zu klein, und sein Kapitän hatte nicht den bösen Blick, sondern sprach ihre eigene Sprache. Deshalb sagte Minea: »Dieses Schiff führt mich sicher in meine Heimat und zu meinem Gott zurück. Nun wirst du mich wohl verlassen und dich von Herzen freuen, mich los zu sein, nachdem ich dir soviel Mühe und Schaden zugefügt.« Ich erwiderte: »Du weißt ganz genau, Minea, daß ich dich nach Kreta begleite.« Sie schaute mich an, und ihre Augen waren wie das Meer im Mondenschein. Sie hatte sich die Lippen gefärbt, und ihre Brauen bildeten schmale schwarze Bogenstriche über den Augen, als sie sagte: »Ich verstehe ganz und gar nicht, Sinuhe, warum du mich begleiten willst, obwohl mich das Schiff geradenwegs in meine Heimat führt, ohne daß mir Schlimmes zustoßen kann.« Ich entgegnete: »Du weißt es ganz genau, Minea.«

Da legte sie ihre langen, kräftigen Finger in meine Hand, seufzte und sagte: »Ich habe viel mit dir zusammen erlebt, Sinuhe, und verschiedene Völker kennengelernt, weshalb sich die

Erinnerung an meine Heimat in meinem Innern verdunkelt hat und mir nur noch wie ein schöner Traum erscheint; auch sehne ich mich nicht mehr so stark wie zuvor nach meinem Gott. Deshalb habe ich, wie du wohl weißt, die Reise immer wieder aus irgendeinem Vorwand verschoben. Aber als ich vor den Stieren tanzte, erkannte ich von neuem, daß ich sterben würde, falls du mich berührtest.« Ich sagte: »Ja, ja, ja, darüber haben wir schon oft vergeblich gesprochen, und ich habe auch nicht vor, dich zu berühren. Die Sache dürfte es nicht wert sein, deinen Gott zu erzürnen! Jede beliebige Sklavin kann mir schließlich das gewähren, was du mir verweigerst, und es besteht, wie Kaptah sagt, kein Unterschied darin.«

Da funkelten ihre grünen Augen wie die einer Wildkatze in der Finsternis, sie grub ihre Nägel in meine Hand und fauchte: »Geh schnell zu deiner Sklavin, denn dein Anblick ist mir widerwärtig! Lauf geradenwegs zu den schmutzigen Mädchen des Hafens, da du dich nach ihnen sehnst! Aber wisse, daß ich dich dann nicht mehr kennen und vielleicht mit deinem eigenen Messer dein Blut zum Rinnen bringen werde. Worauf ich verzichten kann, dem kannst auch du entsagen!« Ich lächelte sie an: »Mir hat kein Gott es je verboten.« Sie aber wandte ein: »Ich verbiete es dir und rate dir nicht, zu mir zurückzukommen, wenn du es trotzdem tust.« Ich sagte zu ihr: »Beruhige dich, Minea. Ich bin der Sache, von der du sprichst, längst gründlich überdrüssig, und es gibt nichts Einförmigeres, als mit einer Frau fleischlich zu verkehren, weshalb ich, nachdem ich es bereits versucht habe, keine Sehnsucht verspüre, die Erfahrung zu erneuern.« Da erzürnte sie sich wiederum und sagte: »Deine Worte verletzen das Weib in mir zutiefst, und ich bin sicher, daß du in dieser Hinsicht meiner nicht überdrüssig werden würdest.« Somit konnte ich ihr allen Bemühungen zum Trotz nicht nach dem Mund reden, und zur Nacht legte sie sich nicht wie stets zuvor neben mich, sondern nahm ihren Teppich, ging in ein anderes Zimmer und bedeckte ihr Haupt zum Schlafen.

Da rief ich: »Minea! Warum wärmst du nicht wie zuvor meine Seite, da du doch jünger bist als ich und die Nächte kalt sind und ich vor Kälte auf meinem Teppich zittere?« Sie antwortete: »Du sprichst nicht die Wahrheit; denn ich bin heiß, als wäre ich krank. Ich kann in dieser schwülen Hitze kaum atmen. Deshalb ziehe ich vor, allein zu schlafen, und wenn du frierst, kannst du ein Kohlenbecken verlangen oder eine Katze zu dir nehmen. Stör mich jetzt nicht mehr!« Ich ging zu ihr hinüber und befühlte ihren Leib. Er war wirklich heiß und zitterte unter der Decke, weshalb ich sagte: »Vielleicht bist du krank. Laß mich dich heilen!« Sie aber strampelte unter der Decke, stieß mich von sich und sagte ärgerlich: »Geh deines Wegs! Ich zweifle wahrlich nicht daran, daß mein Gott meine Krankheit heilen wird.« Nach einer Weile aber sagte sie: »Gib mir trotzdem eine Arznei, Sinuhe, sonst bricht mein Herz und ich muß weinen.« Ich verabreichte ihr ein Beruhigungsmittel, so daß sie schließlich einschlief, während ich selbst die Nacht durchwachte, bis die Hunde des Hafens in der fahlen Morgendämmerung zu bellen begannen.

Der Tag unserer Abreise graute, und ich sprach zu Kaptah: »Suche unsere Sachen zusammen! Wir begeben uns an Bord eines Schiffes, um nach der Meerinsel Kreta, die auch Mineas Heimat ist, zu reisen.«

Aber Kaptah erwiderte: »Ich habe es geahnt und will meine Kleider nicht zerreißen, weil sie doch wieder zusammengenäht werden müßten; auch bist du in deiner Doppelzüngigkeit nicht wert, daß ich mir Asche ins Haar streue. Schwurst du etwa nicht beim Aufbruch aus Mitani, daß wir nicht über das Meer fahren müßten? Ich ahnte es, als ich dich wie einen Dieb im Hafen herumschleichen sah und mit dieser verfluchten Minea tuscheln hörte, die uns schließlich ins letzte Verderben führen wird. Ich fühlte es bereits, als ich sie zum erstenmal sah und sie mir mit dem Pantoffel die Nase blutig schlug, obwohl ich es nur gut mit ihr meinte. Aber ich habe meinen Sinn verhärtet und sagte nichts, weine auch nicht mehr, um nicht noch auf dem anderen Auge blind zu werden, so viele Tränen habe ich bereits in den verschiedenen Ländern, in die uns deine verdammte Torheit gebracht hat, deinetwegen vergossen. Nur so viel sage ich dir, daß dies meine letzte Reise sein wird! Ich will dir aber trotzdem keine Vorwürfe machen, wenn mich auch schon dein bloßer

Anblick und der Geruch der Arzneien, der an dir haftet, anwidern. Die Sachen aber habe ich zusammengestellt und bin reisebreit; denn ohne den Skarabäus kannst du nicht in einem Schiff über das Meer reisen und kann ich selbst nicht auf dem Landweg lebend nach Simyra gelangen. Ich folge also dem Skarabäus, um entweder an Bord zu sterben oder mit dir im Meer zu ertrinken. Dabei besitze ich keinen anderen Trost als das Bewußtsein, daß du all das bereits an dem Tag, da du mich auf dem Sklavenmarkt zu Theben kauftest, mit deinem Stock auf mein Hinterteil geschrieben hast.«

Ich staunte sehr über Kaptahs Nachgiebigkeit, bis ich erfuhr, daß er sich unter den Seeleuten im Hafen bereits über allerlei Arzneien erkundigt und zu teurem Preis Zaubermittel gegen die Seekrankheit gekauft hatte. So band er sich vor der Abfahrt Amulette um den Hals, fastete und schnürte den Gürtel enger um den Bauch und trank einen berauschenden Pflanzensaft, worauf seine Augen beim Betreten des Decks wie diejenigen eines gekochten Fisches starrten. Dort bat er mit schwerer Zunge um fetten Speck, weil die Seeleute geschworen hatten, dies sei das beste Mittel gegen Seekrankheit. Dann legte er sich in seine Koje und schlief ein, in der einen Hand eine Speckschwarte, in der anderen den Skarabäus. Der Befehlshaber der Wache nahm unsere Lehmtafel und verabschiedete sich von mir, worauf die Schiffsknechte ihre Ruder ausstreckten und das Schiff aus dem Hafen hinaussteuerten.

So begann unsere Reise nach Kreta. Als wir den Hafen hinter uns hatten, opferte der Kapitän dem Meergott und den geheimen Göttern in seiner Kabine und ließ die Segel hissen, so daß das Schiff schwankte und die Wellen zu pflügen begann und der Magen mir in die Kehle stieg; denn das Meer wogte endlos vor uns, und nirgends war Land zu sehen.

ACHTES BUCH

Das dunkle Haus

1

Endlos wogte das Meer vor uns und um uns herum, und nirgends war Land zu sichten. Aber ich fürchtete mich nicht; denn Minea war bei mir. Beim Atmen der frischen Meerluft blühte sie wieder auf, und der Mondglanz ihrer Augen kehrte wieder, als sie, vorn beim Galionsbild stehend, sich vornüberbeugte und die Luft in tiefen Zügen einsog, als wolle sie mit eigener Kraft die Fahrt des Schiffes beschleunigen. Blau wölbte sich der Himmel über uns, klar schien die Sonne, und der Wind blies nicht in Stößen, sondern spannte die Segel gleichmäßig und führte uns in die gewünschte Richtung. So behauptete wenigstens der Kapitän, und ich hatte keinen Grund, an seinen Worten zu zweifeln. Da ich mich den Bewegungen des Schiffes anpaßte, wurde ich nicht krank, obgleich eine gewisse Furcht vor dem Unbekannten mein Herz befiel, als die Seevögel, die uns auf weißen Schwingen umkreist hatten, den Umkreis des Schiffes am zweiten Tag verließen und außer Sicht schwanden. Statt dessen folgte das Gespann des Meergottes unserem Schiff; die Delphine tummelten sich mit glänzenden Rücken in den Fluten, von Minea mit lauter Stimme in ihrer eigenen Sprache willkommen geheißen; denn sie brachten Grüße von ihrem Gott.

Das Meer war nicht ganz verödet. Wir begegneten einem kretischen Kriegsschiff, dessen Flanken mit Kupferschilden gesäumt waren und das uns mit den Wimpeln grüßte, nachdem die Besatzung sich davon überzeugt hatte, daß unser Fahrzeug kein Seeräuberschiff war. Auch Kaptah verließ seine Koje, als er entdeckte, daß er auf dem Schiff umhergehen konnte, und prahlte vor den Seeleuten mit seinen Reisen in vielen Ländern. Als er merkte, daß er nicht mehr krank wurde, erzählte er von seiner Fahrt von Ägypten nach Simyra und vom Sturm, der die Segel von den Masten gerissen, und daß er und der Kapitän die einzigen an Bord gewesen seien, die essen konnten, während alle übrigen wimmernd auf Deck gelegen und ihre Mägen in der Richtung des Windes entleert hätten. Er erzählte von den fürchterlichen Meerungeheuern, die das Delta des Nils bewachten und ohne Umstände ein ganzes Fischerboot verschlangen, wenn dieses sich zu weit ins offene Wasser hinauswagte. Die Seeleute bezahlten ihn mit gleicher Münze, indem sie ihm von den Säulen berichteten, die jenseits des Meeres den Himmel tragen, und von Meerweibern mit Fischschwänzen, die den Seeleuten auflauerten, um sie zu verzaubern und sich mit ihnen zu ergötzen. Über Seeungeheuer erzählten sie Geschichten, daß sich Kaptah die Haare auf dem Haupte sträubten und er, aschgrau im Gesicht, zu mir geflohen kam und mich beim Achseltuch packte. Die Speckschwarte aber warf er ins Meer, da er sie nicht verzehren konnte.

Minea wurde Tag für Tag lebhafter. Ihr Haar flatterte im Wind, und ihre Augen waren wie Mondschein auf dem Meere. Sie war schön und geschmeidig anzusehen, so daß mir das Herz in der Brust zerging, als ich sie betrachtete und daran dachte, wie bald ich sie verlieren würde. Eine Rückkehr nach Simyra und Ägypten ohne sie schien mir sinnlos, so sehr hatte ich mich an sie gewöhnt; das ganze Leben war mir wie Asche im Munde beim Gedanken an die Zeit, da ich sie nicht mehr sehen und sie nicht mehr ihre Hände in die meinigen legen noch ihre Seite an meine Seite lehnen würde. Der Kapitän und die Seeleute aber zollten ihr hohe Achtung, als sie erfuhren, daß sie eine Stiertänzerin sei und das Los gezogen habe, das ihr das Recht verlieh, das Haus des Gottes beim Vollmond zu betreten, und daß nur ein Schiffbruch sie daran gehindert hatte. Als ich versuchte, die Leute über ihren Gott auszufragen, gaben sie mir jedoch keine Antwort, sondern sagten ausweichend: »Wir wissen nicht.« Einige sagten auch: »Wir verstehen deine Sprache nicht, Fremdling.« Nur so viel verstand ich, daß der Gott Kretas über das

Meer herrschte und daß die Meeresinseln ihm ihre Jünglinge und Jungfrauen sandten, um vor seinen Stieren zu tanzen.

So kam der Tag, da Kreta gleich einer blauen Wolke vor unseren Blicken aus dem Meer tauchte, die Seeleute Freudenrufe ausstießen und der Kapitän dem Meergott opferte, der uns günstigen Wind und gutes Wetter gewährt hatte. Die Berge und steilen Ufer Kretas mit ihren Olivenbäumen erhoben sich vor meinen Augen, und ich betrachtete alles als ein fremdes Land, von dem ich nichts wußte, obgleich ich mein Herz dort begraben sollte. Minea aber betrachtete die Insel als ihre Heimat, und der Anblick der kahlen Berge und der zartgrünen Erde im Schoß des Meeres entlockten ihr Freudentränen, bis die Segel gerefft wurden, die Schiffsknechte die Ruder ausstreckten und an verankerten Fahrzeugen aus aller Herren Ländern, darunter auch an Kriegsschiffen, vorüber auf die Landungsstelle zusteuerten. Im Hafen von Kreta lagen nämlich nicht weniger als tausend Fahrzeuge, und Kaptah erklärte bei ihrem Anblick, er würde es niemals geglaubt haben, wenn jemand ihm gesagt hätte, daß es so viele Schiffe in der Welt gebe. Den Hafen verteidigten weder Türme noch Mauern noch Befestigungen, sondern die Stadt begann gleich drunten am Strand; so vollständig beherrschte Kreta das Meer, und so mächtig war sein Gott.

2

Nun will ich von Kreta erzählen, und zwar nur, was ich mit eigenen Augen gesehen habe; hingegen will ich meine Gedanken über die Insel und ihren Gott nicht verraten, sondern mein Herz verschließen und als bloßer Augenzeuge schildern. Ich kann ruhig sagen, daß ich, der ich doch alle bekannten Länder bereist habe, nirgends in der Welt etwas so Eigenartiges und Schönes wie Kreta gesehen. Wie das Meer schimmernde Gischt ans Land treibt, wie die Blasen in allen Farben des Regenbogens prangen und wie die Muschelschalen perlmuttern glänzen, so leuchtete und glühte Kreta wie Schaum vor meinen Augen. Denn nirgends herrschen Lebensfreude und Genuß so rückhaltlos und spielerisch wie auf Kreta, und kein Mensch tut dort etwas anderes, als was ihm gerade einfällt, weshalb es schwer ist, mit diesen Leuten Versprechungen auszutauschen oder Verträge abzuschließen, weil ein jeder im einen Augenblick das eine und im nächsten etwas anderes beschließt. Deshalb reden sie auch von lauter Dingen, die schön und behaglich anzuhören, wenn auch nicht immer wahr sind, weil sie sich am Klang der Worte berauschen. In ihrem Land ist nie die Rede vom Tod, und ich glaube, daß das Wort »Tod« in ihrer Sprache nicht einmal vorkommt; jedenfalls wird er verheimlicht, und wenn jemand stirbt, wird er in aller Stille fortgeschafft, um den anderen jede Beklemmung zu ersparen. Ich glaube auch, daß sie die Leichen verbrennen, obgleich ich es nicht mit Bestimmtheit weiß; denn während meines ganzen Aufenthalts auf Kreta sah ich weder Tote noch Gräber – mit Ausnahme der alten Königsgräber, die, aus Urzeiten stammend, aus großen Steinen aufgeführt sind und von den Leuten in großem Bogen umgangen werden, weil man nicht an den Tod denken will, wie wenn man diesem dadurch entgehen könnte.

Auch ihre Kunst ist seltsam und launisch, und jeder Maler malt, was ihm gefällt, ohne sich an Regeln zu halten, ausschließlich aus Liebe zu dem, was seinen Augen schön dünkt. Ihre Krüge und Schalen prunken in glühenden Farben; darauf schwimmen Fische und andere Seetiere und scheinen Blumen zu wachsen und Schmetterlinge in der Luft zu schweben, so daß ein Mensch, der an eine von Regeln geleitete Kunst gewöhnt ist, beim Betrachten dieser Schöpfungen verwirrt wird und zu träumen glaubt.

Ihre Bauten sind nicht groß und mächtig wie die Tempel und Paläste anderer Länder; denn ihre Erbauer streben nach Bequemlichkeit und Luxus im Innern ihrer Gebäude, ohne viel Wert auf deren Äußeres zu legen. Sie lieben frische Luft und Reinlichkeit und lassen den Wind durch ihre Gitterfenster in die Zimmer herein. In ihren Häusern gibt es viele Badezimmer, in deren glänzende Wannen kaltes und heißes Wasser aus Silberröhren fließt, wenn man einen Hahn aufdreht. Auch werden die Schalen ihrer Aborte von brausenden Wasserstrahlen reingespült. Nirgends habe ich einen solchen Luxus gesehen wie in den Häusern Kretas. So leben nicht etwa bloß die Reichen und Vornehmen, sondern alle mit Ausnahme der Fremden und der Arbeiter, die im Hafenviertel wohnen.

Ihre Frauen verwenden unendlich viel Zeit, um sich zu waschen, von lästigem Haarwuchs zu befreien, das Gesicht zu pflegen, zu verschönern und zu schminken, und werden daher nie beizeiten mit dem Ankleiden fertig, sondern finden sich zu den Gastmählern ein, wann es ihnen gerade beliebt. Sogar zu den Empfängen ihres Königs erscheinen sie, wann es ihnen paßt, und niemand hält sich darüber auf. Das Seltsamste aber ist ihre Kleidung. Die Frauen tragen enganliegende, aus Gold und Silber gewobene Gewänder, die ihren ganzen Leib mit Ausnahme der Arme und des Busens einhüllen; denn sie sind stolz auf die Schönheit ihre entblößten Brüste, während die weiten Faltenröcke mit tausenderlei Stickereien und mit von Künstlern gemalten Figuren verziert sind. Auch tragen sie Kleider, die aus Hunderten von Goldplättchen in Form von Tintenfischen, Schmetterlingen und Palmblättern zusammengesetzt sind und ihre Haut durchschimmern lassen. Ihr Haar lassen sie zu kunstreichen hohen Frisuren auftürmen, die oft tagelange Arbeit beanspruchen, und sie krönen diesen Aufbau mit kleinen leichten Hüten, die mit goldenen Nadeln im Haar befestigt werden und wie flugbereite Falter auf ihren Häuptern schaukeln. Ihre Gestalten sind schlank und geschmeidig und ihre Lenden knabenhaft schmal, weshalb sie nur schwer gebären. Sie vermeiden es auch nach Möglichkeit, Mütter zu werden, und betrachten es nicht als Schande, kinderlos zu sein oder nur ein bis zwei Kinder zu besitzen.

Die Männer tragen verzierte Stiefel, die bis zu den Knien reichen. Ihr Lendentuch jedoch ist schlicht, und sie ziehen ihre Gürtel eng; denn sie sind stolz auf ihre schmalen Hüften und breiten Schultern. Ihre Köpfe sind klein und schön, ihre Glieder und Handgelenke zierlich, und wie Frauen dulden sie keinen Flaum am Körper. Nur wenige unter ihnen sind fremder Sprachen mächtig; denn sie fühlen sich im eigenen Lande wohl und haben keine Sehnsucht nach der Fremde, die ihnen nicht die gleichen Bequemlichkeiten und Freuden zu bieten vermag wie ihre eigene Heimat. Obgleich sie ihren ganzen Reichtum mit Handel und Schiffahrt verdienen, traf ich Leute, die sich weigerten, jemals den Hafen zu besuchen, weil sie dessen üble Gerüche verabscheuten, und die auch des allereinfachsten Rechnens unkundig waren und sich daher völlig auf ihre Verwalter verließen. Deshalb können sich geschickte Ausländer auf Kreta rasch bereichern, falls sie sich damit abfinden, im Hafenviertel zu wohnen.

Sie haben aber auch Spielwerke, die Musik erzeugen, ohne daß ein Spielmann im Hause zu sein braucht, und sie behaupten, Musik aufzeichnen zu können, so daß man ein Stück, ohne es vorher gehört zu haben, nach ihrer Schrift zu spielen vermöge. Auch die Spielleute Babylons behaupteten dies, und ich will gewiß weder ihnen noch den Kretern widersprechen, da ich selbst nichts von Musik verstehe und mein Ohr durch die Instrumente verschiedener Länder nur verwirrt worden ist. Aber bei alldem verstehe ich doch, warum man anderswo in der Welt die Redeweise gebraucht: »Er lügt wie ein Kreter.«

Man sieht bei ihnen auch keine Tempel, noch machen sie viel Wesens von ihren Göttern: sie begnügen sich mit dem Dienst an ihren Stieren. Diesem kommen sie mit um so größerem Eifer nach, und es vergeht kaum ein Tag, an dem man sie nicht auf dem Zuschauerplatz des Stierfeldes antrifft. Allerdings glaube ich, daß dies weniger aus Ehrfurcht vor den Göttern geschieht als wegen der Spannung und des Vergnügens, die der Tanz vor Stieren den Zuschauern bereiten.

Ich kann auch nicht behaupten, daß sie große Ehrfurcht vor ihrem König hegen; denn dieser gilt als ihresgleichen, wenn er auch einen Palast bewohnt, der die stattlichsten Häuser um ein Vielfaches übertrifft. Sie verkehren mit ihm wie mit ihresgleichen, scherzen und erzählen ihm Geschichten, kommen zu seinen Gastmählern, wann es ihnen paßt, und entfernen sich nach Belieben, wenn sie sich langweilen oder etwas anderes vorhaben. Sie genießen den Wein mit Mäßigung, um sich zu erheitern;

bei aller Freiheit ihrer Sitten betrinken sie sich nie, weil sie dies für barbarisch halten, und ich habe nie gesehen, daß sich jemand bei ihren Gelagen wegen zu vielen Trinkens erbrochen hätte, wie das in Ägypten und anderen Ländern oft vorkommt. Hingegen entbrennen sie von Liebe zueinander, ohne danach zu fragen, wer wessen Mann oder Frau ist, und geben sich miteinander der Wollust hin, wann und wo es ihnen einfällt. Die Jünglinge, die vor den Stieren tanzen, stehen bei den Frauen hoch in Gunst, weshalb viele vornehme Männer sich im Stiertanz üben, obgleich sie nicht geweiht sind. Sie tun es zu ihrem Vergnügen und erreichen oft dieselbe Fertigkeit darin wie die dem Gott geweihten Jünglinge, die sich von den Frauen fernhalten müssen, wie auch die geweihten Jungfrauen keinem Manne nahe kommen dürfen. Womit das zusammenhängt, verstehe ich allerdings nicht; denn nach ihren Sitten zu urteilen, würde man nicht erwarten, daß sie dieser Sache ein so großes Gewicht beimessen.

Dies alles erzähle ich als Beweis dafür, daß ich mich oft über die Sitten Kretas gewundert, ehe ich mich an sie gewöhnte, soweit mir das überhaupt möglich war; denn die Kreter machen sich eine Ehre daraus, immer neue Überraschungen auszudenken, so daß man nie im voraus ahnt, was im nächsten Augenblick geschieht. Aber ich will ja von Minea erzählen, obgleich mir das Herz dabei schwer wird.

Im Hafen angelangt, kehrten wir in der Fremdenherberge ein. Diese war in bezug auf Behaglichkeit die luxuriöseste aller Gaststätten, die ich je gesehen. Sie war auch nicht besonders groß; so wirkte neben ihr »Ischtars Freudenherberge« in Babylon mit all ihrer verstaubten Pracht und ihren einfältigen Sklaven barbarisch. Hier wuschen wir uns und kleideten uns an, und Minea ließ sich das Haar aufstecken und kaufte sich neue Gewänder, um sich ihren Freunden zeigen zu können. Ich war erstaunt, als ich sie erblickte; denn sie trug einen kleinen Hut, der wie eine Lampe aussah, und unbequeme Schuhe mit hohen Absätzen. Aber ich wollte sie nicht mit einer Bemerkung über ihre Kleidung betrüben, sondern schenkte ihr Ohrringe und eine aus verschiedenfarbigen geschliffenen Steinen verfertigte Halskette, wie sie laut Aussage des Verkäufers an jenem Tag auf Kreta gebräuchlich war; über die Mode des nächsten Tages jedoch wußte er nichts zu sagen. Auch sah ich voll Verwunderung auf ihre entblößten Brüste, die aus der Silberhülle ihres Körpers hervorlugten und deren Spitzen sie rot gefärbt hatte; sie wich meinem Blick aus und erklärte trotzig, daß sie sich ihrer Brüste nicht zu schämen brauche, da sie es in dieser Beziehung mit jeder anderen Bewohnerin Kretas aufnehmen könne. Nach näherem Betrachten widersprach ich ihr nicht, denn sie mochte mit ihrer Behauptung sehr wohl recht haben.

Alsdann ließen wir uns in die Stadt hinauftragen, die mit ihren luftigen Häusern und Gärten wie eine andere Welt vom Hafen mit seinem Gedränge, seinem Lärm, seinem Fischgeruch und seinem Handel abstach. Minea führte mich zu einem vornehmen älteren Mann, der ihr besonderer Freund und Gönner war und bei den Wetten auf dem Stierfeld auf sie setzte, weshalb sie auch in seinem Hause wohnte und dieses als ihr Heim betrachtete. Er war gerade dabei, seine Stierlisten durchzusehen und Vermerke für die Wetten des folgenden Tages einzutragen; aber beim Anblick Mineas vergaß er seine Papyri, umarmte sie ohne Umstände und sprach hocherfreut: »Wo hast du dich verstecktgehalten, daß ich dich so lange nicht gesehen und bereits geglaubt habe, du seist in das Haus des Gottes eingegangen? Allerdings habe ich mir noch keinen neuen Schützling auserkoren, und dein Zimmer dürfte unverändert deiner harren, falls die Diener es in Ordnung gehalten und falls nicht meine Frau es hat abreißen und einen Teich an seiner Stelle einrichten lassen; denn sie hat damit begonnen, verschiedene Fischarten zu züchten, und hat zur Zeit nichts anderes im Kopf.«

»Wie? Hat Helea sich der Fischzucht in Teichen zugewandt?« fragte Minea erstaunt.

»Nicht Helea«, sagte der alte Mann ein wenig verlegen. »Ich habe eine neue Frau. Augenblicklich dürfte sie einen ungeweihten Stiertänzer bei sich haben, um die Fische zu betrachten, und ich glaube daher nicht, daß sie gerne gestört werden will. Stell mir deinen Freund vor, damit er auch der meinige und dieses Haus auch das seinige werde.

»Das ist mein Freund Sinuhe, der Ägypter, ›er, der einsam ist‹, Arzt von Beruf«, stellte Minea mich vor.

»Ich bezweifle, daß er hier lange einsam bleiben wird!« scherzte der Alte. »Aber du bist doch nicht etwa krank, Minea, daß du einen Arzt mitbringst? Das würde mir gar nicht gefallen, weil ich hoffe, daß du bereits morgen vor den Stieren tanzen und mein Glück vermehren wirst. Mein Verwalter im Hafen klagt nämlich darüber, daß meine Einkünfte die Ausgaben nicht mehr decken oder vielleicht auch die Ausgaben nicht die Einkünfte. Ich verstehe ja nichts von den verwickelten Abrechnungen, die er mir unaufhörlich vorlegt, bis ich die Geduld verliere.«

»Ich bin nicht krank«, sagte Minea. »Aber mein Freund hat mich aus manchen Gefahren errettet, und wir sind durch viele Länder in meine Heimat zurückgereist. Auf der Fahrt nach Syrien, wo ich vor Stieren tanzen sollte, hatte ich Schiffbruch erlitten.«

»Wirklich?« meinte der alte Mann beunruhigt. »Aber ich hoffe doch, du hast dich trotz aller Freundschaft unberührt gehalten; sonst wirst du von den Wettkämpfen ausgeschlossen, und es entstehen noch andere Schwierigkeiten, wie du wohl weißt. Ich bin wahrlich sehr betrübt darüber; denn ich sehe, daß deine Brüste sich verdächtig entwickelt und deine Augen einen feuchten Glanz angenommen haben. Minea, Minea, du bist doch hoffentlich nicht auf Abwege geraten?«

»Nein«, entgegnete Minea erzürnt. »Und wenn ich nein sage, kannst du mir auf mein Wort glauben, und niemand braucht mich wie auf dem Sklavenmarkt von Babylon zu untersuchen. Du scheinst nicht zu verstehen, daß ich diesem meinem Freund zu verdanken habe, daß ich nach all den ausgestandenen Gefahren überhaupt in meine Heimat zurückgekehrt bin. Ich glaubte, meine Freunde würden sich über meine Heimkehr freuen, du aber denkst nur an deine Stiere und deine Wetten.« Sie brach in Zornestränen aus, die ihre Wangen mit Augenschminke befleckten.

Der alte Mann ward höchlich verwirrt und betrübt: »Ich zweifle nicht daran«, sagte er, »daß du nach deinen Irrfahrten aufgeregt sein mußt; denn du hast wohl in den fremden Ländern nicht einmal täglich baden können, oder wie? Und ich glaube auch nicht, daß die Stiere zu Babylon mit den unsrigen vergleichbar sind. Aber das erinnert mich daran, daß ich schon längst bei Minos sein sollte, was ich ganz vergessen habe. Ich tue daher wohl am besten daran, mich sofort hinzubegeben, ohne mich erst umzuziehen. Da immer so viele Leute dort sind, wird ohnehin keiner auf meine Kleidung achten. Eßt und trinkt also, liebe Freunde, und du, Minea, beruhige dich! Falls meine Frau kommen sollte, sagt ihr, daß ich zu Minos vorausgegangen bin, weil ich sie bei ihrem Vergnügen mit dem Stiertänzer nicht stören wollte. Eigentlich könnte ich ebensogut zu Bett gehen, denn bei Minos wird kaum jemand bemerken, ob ich anwesend bin oder nicht; aber mir ist eingefallen, daß ich einen Blick in die Stallungen werfen und mich nach dem Befinden des neuen Stieres, der einen Fleck an der Seite hat, erkundigen könnte; darum gehe ich. Ein ganz außergewöhnlicher Stier!« Er nahm zerstreut Abschied, aber Minea erklärte: »Wir gehen mit zu Minos, dort werde ich allen Freunden begegnen und ihnen Sinuhe vorstellen.«

Wir machten uns also auf den Weg nach dem Palast Minos', und zwar gingen wir zu Fuß hin, weil sich der alte Mann nicht entscheiden konnte, ob es sich lohnte, für den kurzen Weg eine Sänfte zu nehmen oder nicht. Erst als wir in den Palast gelangten, verstand ich, daß Minos ihr König war, und ich erfuhr, daß der König Kretas immer Minos heiße, damit sie ihn von allen anderen Königen unterscheiden könnten. Niemand aber wußte, der wievielte Minos der jetzige war; denn keiner hatte genügend Geduld besessen, sie alle zu zählen und im Gedächtnis zu behalten: Eines schönen Tages verschwindet ein Minos, um von einem neuen gleichnamigen ersetzt zu werden, der in jeder Hinsicht dem vorigen gleicht: und deshalb wandelt sich auch nichts auf Kreta.

Der Palast enthielt unzählige Räume, und an den Wänden des Empfangssaales sah man Seetang schaukeln und in durchsichtigem Wasser Tintenfische und Medusen schwimmen. Der große Saal war voll von Menschen. Einer war seltsamer und üppiger gekleidet als der andere, und alle waren in lebhafte Gespräche miteinander vertieft, lachten laut und tranken aus kleinen Bechern kühle Getränke, Wein und Obstsäfte, und die Frauen verglichen gegenseitig ihre Kleider. Minea stellte mich vielen ihrer Freunde vor, die alle gleich höflich und zerstreut wirkten, und König Minos redete mich in meiner eigenen Sprache an und äußerte ein paar freundliche Dankesworte, weil ich Minea ihrem Gott gerettet und sie zurückgebracht hatte, so daß sie bei erster Gelegenheit das Haus des Gottes betreten durfte, nachdem sie hierfür längst durch das Los an die Reihe gekommen.

Minea, die in dem Palast wie zu Hause war, führte mich von einem Raum in den anderen, stieß beim Anblick ihr wohlbekannter Gegenstände entzückte Rufe aus und grüßte die Diener, die sie ihrerseits grüßten, als wäre sie überhaupt nicht fortgewesen. Minea erklärte mir übrigens, daß sich jeder vornehme Kreter nach Belieben auf sein Landgut oder auf eine Reise begeben konnte, ohne seine Freunde davon zu benachrichtigen; seine Entfernung oder Abwesenheit wurde nicht beachtet, und so konnte er sich bei seiner Rückkehr zu den anderen gesellen, als ob nichts vorgefallen wäre. Das ließ sie sicherlich auch den Tod leichtnehmen; denn wenn jemand verschwand, fragte keiner nach ihm, und er wurde vergessen. Und wenn jemand zu einer Zusammenkunft oder einem Gastmahl vergeblich erwartet wurde, wunderte sich doch niemand über sein Ausbleiben; denn es konnte ihm ja inzwischen etwas anderes eingefallen sein.

Schließlich führte mich Minea in einen reizenden Pavillon, der oberhalb des Palastgebäudes an einem Berghang gelegen war und aus seinem großen Fenster eine freie Aussicht über lächelnde Felder und Äcker, über Olivenhaine und Pflanzungen außerhalb der Stadt bot. Das war ihre eigene Wohnung, und sie erklärte, alles darin befinde sich an seinem Platz, als habe sie es erst gestern verlassen; doch seien die Kleider und Schmuckstücke in ihren Kisten und Schreinen veraltet, und sie könne sie daher nicht länger tragen. Erst jetzt erfuhr ich, daß sie aus dem Herrschergeschlecht Kretas stammte, was mir allerdings bereits ihr Name hätte verraten sollen. Deshalb legte sie auch keinen Wert auf Gold und Silber und kostbare Geschenke, da sie von Kindheit an alles, was sie sich wünschte, erhalten hatte. Aber bereits als Kind war sie dem Gott geweiht und deshalb im Haus der Stiere erzogen worden. Dort lebte sie, wenn sie nicht gerade im Palastbezirk oder bei ihrem alten Gönner oder bei irgendeiner Freundin wohnte; denn die Kreter sind im Wohnen ebenso launisch wie im übrigen Leben.

Ich war neugierig, das Haus der Stiere zu sehen, und wir gingen daher wieder in den Empfangssaal des Palastes hinunter, um Abschied von Mineas Gönner zu nehmen, der bei meinem Anblick höchlich erstaunt tat und fragte, ob wir uns nicht bereits einmal gesehen hätten, da ich ihm bekannt vorkomme. Alsdann führte Minea mich zum Haus der Stiere, das mit seinen Stallungen, Feldern, Zuschauertribünen, Schulgebäuden und Priesterwohnstätten eine ganze Stadt für sich bildete. Im scharfen Geruch der Tiere schritten wir von Stall zu Stall, und Minea wurde nicht müde, die Tiere mit Kosenamen zu nennen und zu locken, obgleich sie dumpf brüllend mit ihren Hufen im Sande bohrten, sie mit rotflammenden Augen bösartig anstarrten und sie durch den Verschlag mit den Hörnern zu stoßen versuchten.

Minea begegnete auch Jünglingen und Mädchen, die sie kannte, obwohl die zum Stiertanz Auserwählten im allgemeinen nicht miteinander befreundet waren, weil sie sich gegenseitig um ihre Fertigkeit beneideten und einander die Kunstgriffe nicht lehren wollten. Die Priester hingegen, welche die Stiere abrichteten und die Tänzer und die Tänzerinnen ausbildeten, empfingen uns freundlich; und als sie vernahmen, daß ich Arzt sei, richteten sie allerlei Fragen über die Verdauung der Stiere, die rätlichen Futtermischungen und den Glanz der Felle an mich, obwohl sie wahrscheinlich mehr als ich von diesen Dingen verstanden. Minea stand bei ihnen hoch in Gunst, denn sie erhielt sofort für die Wettbewerbe des folgenden Tages einen Stier und eine Nummer zugeteilt. Ich erkannte, daß sie darauf brannte, mir ihre Kunst vor den besten Stieren zu zeigen.

Schließlich führte mich Minea in ein kleines Gebäude, wo der Oberpriester des kretischen Gottes und der Stiere in Abgeschlossenheit hauste; denn wenn Minos auch dem Namen nach der höchste Priester war, fand er doch, gleich jedem anderen Kreter, neben dem Handel und den Regierungsgeschäften nicht genügend Zeit, um sich mehr mit den Stieren abzugeben, als für den Abschluß von Wetten unerläßlich war. Wie der König immer Minos hieß, so trug der Oberpriester stets den Namen Minotaurus. Aus irgendeinem Grund war er der am meisten gefürchtete und geachtete Mann Kretas, so daß man seinen Namen nicht gerne laut aussprach, sondern ihn nur »den Mann im kleinen Stierhaus« nannte. Sogar Minea fürchtete sich vor dem Besuch bei ihm, obwohl sie es mir nicht gestand; aber ich las es in ihren Augen, deren leiseste Veränderung ich zu deuten gelernt hatte.

Nachdem wir uns angemeldet hatten, empfing er uns in einem dämmerigen Zimmer. Beim ersten Anblick vermeinte ich, den Gott selbst zu sehen, und glaubte auch an alle Sagen, die ich über Kreta vernommen hatte. Denn vor uns stand ein Mann mit menschlicher Gestalt, aber mit einem goldenen Stierhaupt an Stelle eines Menschenkopfes. Als wir uns vor ihm verbeugten, nahm er das goldene Stierhaupt ab und entblößte sein Gesicht. Obgleich er mich höflich anlächelte, gefiel er mir nicht, denn sein ausdrucksloses Gesicht hatte harte, grausame Züge; im übrigen aber war er ein schöner, sehr dunkler Mann, der zum Befehlen geboren schien und eigentlich keinen schlechten Eindruck machte. Minea brauchte ihm keine Erklärungen abzugeben; denn er wußte bereits alles über ihren Schiffbruch und ihre Reisen und stellte keine überflüssigen Fragen, sondern dankte mir für das Wohlwollen, das ich Minea und damit auch Kreta und seinem Gott erwiesen hatte, und sagte, daß in der Herberge reiche Geschenke meiner harrten, mit denen ich vermutlich zufrieden sein werde.

»Ich kümmere mich nicht um Geschenke«, erwiderte ich. »Mir ist Wissen wichtiger als Gold, und ich habe viele Länder bereist, um meine Kenntnisse zu bereichern. Ich kenne nunmehr die Götter Babylons und der Hetiter und hoffe jetzt auch den Gott Kretas kennenzulernen, von dem ich so viel Wunderbares vernommen habe, soll er doch unberührte Jungfrauen und reine Jünglinge lieben, während die Tempel der Götter Syriens Freudenhäuser sind und von entmannten Priestern bedient werden.«

»Wir haben zahlreiche Götter, die das Volk verehrt«, sagte er. »Auch gibt es im Hafen Tempel zu Ehren fremder Götter, so daß du dort dem Ammon oder dem Baal Opfer bringen kannst, falls du Lust dazu hast. Aber ich will dich nicht irreführen. Deshalb gebe ich zu, daß die Macht Kretas von dem Gott abhängt, der von jeher im geheimen verehrt worden ist. Ihn kennen nur die Geweihten, und auch sie lernen ihn erst bei der Begegnung mit ihm kennen; aber noch ist keiner derselben zurückgekehrt, um von ihm zu berichten.«

»Die Götter der Hetiter sind der Himmel und die Erdmutter und der vom Himmel fallende Regen, der die Erde befruchtet«, sagte ich. »Soviel ich verstehe, ist der Gott Kretas das Meer, da Kretas Macht und Reichtum vom Meer abhängen.«

»Vielleicht hast du recht, Sinuhe«, sagte er mit einem merkwürdigen Lächeln. »Wisse jedoch, daß wir Kreter einen lebendigen Gott anbeten und uns darin von den Völkern des Festlandes unterscheiden, welche nur tote Götter und hölzerne Bildnisse anbeten. Unser Gott ist kein Bild, obgleich die Stiere als seine Sinnbilder gelten; solange unser Gott lebt, währt auch Kretas Macht auf dem Meer. So ist es prophezeit, und wir sind dessen gewiß, obwohl wir uns auch nicht wenig auf unsere Kriegsschiffe verlassen, mit denen sich die Flotte keines anderen seefahrenden Volkes messen kann.«

»Ich habe gehört, daß euer Gott in den Irrgängen eines dunklen Hauses wohnt«, fuhr ich halsstarrig fort. »Ich möchte gerne das Labyrinth sehen, von dem ich so viel vernommen habe. Ich verstehe nicht, warum die Geweihten niemals von dort zurückkehren, obwohl es ihnen gestattet ist, nach einem Mondumlauf das Haus des Gottes zu verlassen.«

»Die größte Ehre und das wunderbarste Glück, die einem Jüngling oder Mädchen Kretas widerfahren können, bestehen darin, das Haus des Gottes betreten zu dürfen«, betonte Minotaurus und wiederholte damit nur, was ich bereits unzählige Male gehört hatte. »Deshalb wetteifern denn auch die Meerinseln, ihre schönsten Jungfrauen und besten Jünglinge zum Tanz vor den Stieren herzusenden, damit sie sich an der Auslosung beteiligen dürfen. Ich weiß nicht, ob du die Sagen von den Sälen des Meergottes kennst, wo das Leben so verschieden vom irdischen Dasein ist, daß keiner, der sie betreten, wieder zur Erde mit all ihrer Not und Qual zurückkehren will. Oder fürchtest du, Minea, dich etwa, das Haus des Gottes zu betreten?«

Als nun Minea keine Antwort gab, sagte ich: »Am Strand von Simyra habe ich die Leichen ertrunkener Seeleute gesehen; ihre Gesichter waren geschwollen und ihre Bäuche aufgebläht, und in ihren Zügen war keine Freude zu lesen. Das ist alles, was ich über die Säle des Meergottes weiß. Aber ich bezweifle deine Worte keineswegs und wünsche Minea alles Gute.«

Minotaurus meinte kühl: »Du wirst das Labyrinth schon zu sehen bekommen; es dauert nicht mehr viele Tage bis zum nächsten Vollmond, und in jener Nacht wird Minea das Haus des Gottes betreten.«

»Und wenn Minea sich weigern sollte?« fragte ich heftig; denn seine Worte erregten mich und ließen mein Herz in Hoffnungslosigkeit erstarren.

»Das ist noch nie vorgekommen«, erklärte Minotaurus. »Du kannst sicher sein, Sinuhe, Ägypter, daß Minea nach dem Tanz vor unseren Stieren das Haus der Götter aus freiem Willen betreten wird.« Er setzte den goldenen Stierkopf wieder auf, zum Zeichen, daß wir uns entfernen sollten, und wir sahen sein Gesicht nicht mehr. Minea nahm mich bei der Hand und führte mich hinaus. Fortan hatte ihr Frohsinn sie verlassen.

3

Bei meiner Rückkehr in die Herberge fand ich Kaptah, der in den Hafenschenken reichlich Wein genossen hatte. Er wandte sich an mich: »Herr, für einen Diener ist dies das Land des Westens! Keiner schlägt hier seinen Diener mit Stöcken, und keiner entsinnt sich, wieviel Gold er in seiner Börse hatte, noch was für Schmuck er gekauft. Wahrlich, Herr, für einen Diener ist dies ein irdisches Land des Westens; denn wenn ein Herr seinem Diener zürnt und ihm befiehlt, sein Haus zu verlassen, was die schwerste Strafe bedeutet, so braucht sich dieser nur zu verstecken, um am folgenden Tag wiederzukehren; bis dahin hat der Herr bereits alles vergessen. Für die Seeleute und die Sklaven des Hafens aber ist es ein böses Land: die geizigen Verwalter bedienen sich scharfer Stöcke, und die Kaufleute betrügen einen Mann aus Simyra ebenso leicht, wie ein Mann aus Simyra einen Ägypter betrügt. Aber in Lehmkrügen haben sie kleine in Öl eingemachte Fische, die zum Wein vortrefflich schmecken. Dem Wohlgeschmack dieser Fische zuliebe verzeihe ich ihnen manches.«

Das alles äußerte er auf seine gewohnte Art, als wäre er betrunken; alsdann aber schloß er die Tür, und nachdem er sich vergewissert, daß uns niemand belauschte, sagte er: »Herr, seltsame Dinge geschehen in diesem Lande! In den Weinstuben behaupten die Seeleute, daß der Gott Kretas gestorben sei und die verängstigten Priester einen neuen Gott suchen. Doch diese Reden sind gefährlich, und bereits sind dafür Seeleute von den Klippen ins Meer gestürzt worden, den Tintenfischen zum Fraß. Es ist nämlich prophezeit, daß Kretas Macht mit dem Tod des Gottes gebrochen werde.«

Da erwachte eine wahnwitzige Hoffnung in meinem Herzen, und ich sagte zu Kaptah: »Beim nächsten Vollmond betritt Minea das Haus des Gottes. Wenn ihr Gott jedoch wirklich tot sein sollte – was nicht ausgeschlossen ist, denn das Volk weiß schließlich alles, auch das, was man ihm zu verheimlichen trachtet –, dann kehrt Minea vielleicht aus seinem Haus, aus dem es bis jetzt keine Rückkehr mehr gab, zurück!«

Am Tag darauf erhielt ich unter Hinweis auf Mineas Nummer einen guten Platz im Zuschauerring der großen Stierarena, deren Steinbänke treppenartig aufgebaut waren, so daß jede Bank die vorhergehende überragte und die Stiere von jedem Platz aus leicht sichtbar waren. Ich bewunderte und bestaunte diese weise Anordnung. Ich hatte noch nirgends etwas Ähnliches gesehen; denn in Ägypten werden eigens für den Festzug und die Vorstellungen der Götter hohe Schaugerüste aufgeführt, damit ein jeder den Gott, die Priester und die Tänzer sehen kann.

Die Stiere wurden nun hintereinander in die Arena gelassen, und die Tänzer führten der Reihe nach ihre anstrengenden Tänze durch, zu denen vielerlei verschiedenartige Kunststücke gehörten, die alle fehlerlos und in bestimmter Reihenfolge vorzuführen waren. Am schwierigsten waren der Aufschwung zwischen den Hörnern des Stieres, der darauffolgende Luftsprung und das Radschlagen, nach welchem der Tänzer stehend auf dem Rücken des Stieres landen sollte. Nicht einmal der Geschickteste vermochte das alles tadellos durchzuführen, weil es nicht von ihm allein, sondern ebensosehr von dem Stier und seinen Bewegungen abhing. Die vornehmen und reichen Kreter gingen vor jeder Nummer untereinander Wetten ein, und jeder setzte auf seinen Favoriten. Nachdem ich aber einige Programmnummern gesehen, konnte ich ihren grenzenlosen Eifer nicht mehr verstehen; denn die Stiere langweilten mich, und ich fand das Ganze so eintönig, daß ich einen Auftritt nicht vom anderen zu unterscheiden vermochte.

Auch Minea tanzte vor den Stieren, und ich zitterte für ihr Leben, bis mich ihre wunderbare Gewandtheit und Geschmeidigkeit so bezauberten, daß ich nicht länger an die Gefahr, der sie sich aussetzte, dachte, sondern mit den anderen jubelte. Hier tanzten Mädchen und Jünglinge nackt vor den Stieren; denn ihre Kunst war so verräterisch, daß selbst das geringste Kleidungsstück ihre Bewegungen hätte hindern und ihr Leben in Gefahr bringen können. Minea mit ihrem von Öl glänzenden Leib schien mir die schönste von allen Tänzerinnen, obwohl ich zugeben mußte, daß es auch unter den übrigen sehr schöne Mädchen gab, die sich großen Beifalls erfreuten. Ich aber hatte nur Augen für Minea. Nach der langen Abwesenheit war sie ungeübt und eroberte denn auch keinen einzigen Kranz. Ihr alter Gönner, der auf sie gesetzt hatte, war sehr ungehalten und erbittert darüber, bis er schließlich sein verlorenes Silber vergaß und sich in die Stallungen hinüberbegab, um sich neue Stiere und Nummern auszusuchen, wozu er als Gönner Mineas berechtigt war.

Als ich Minea nach der Vorstellung im Haus der Stiere traf, blickte sie sich um und sagte kalt: »Sinuhe, ich kann mich dir nicht mehr widmen. Meine Freunde haben mich zu ihrem Gastmahl eingeladen. Ich muß mich auch für den Gott bereitmachen; denn schon übermorgen nacht ist Vollmond. Deshalb werden wir uns vermutlich nicht mehr sehen, bis ich das Haus des Gottes betrete, falls du dann Lust hast, mir mit meinen übrigen Freunden des Geleit dorthin zu geben.«

»Dein Wille geschehe«, sagte ich. »Zweifellos gibt es auf Kreta viel zu sehen, und die Sitten dieses Landes wie auch die Kleidung der Frauen ergötzen mich sehr. Als ich an dem mit deiner Nummer versehenen Platz saß, haben mich bereits mehrere deiner Freundinnen zu sich nach Hause eingeladen, und der Anblick ihrer Gesichter und ihrer Brüste gefiel mir, obgleich sie etwas beleibter und leichtsinniger als du zu sein scheinen.«

Da packte sie mich heftig beim Arm, ihr Atem ging stoßweise, und mit flammenden Augen sagte sie: »Ich gestatte dir nicht, dich mit meinen Freundinnen zu unterhalten, wenn ich nicht dabei bin! Mir zuliebe könntest du wenigstens warten, bis ich nicht mehr da bin, Sinuhe. Obgleich ich in deinen Augen sicherlich zu mager bin, woran ich übrigens bis jetzt noch nie gedacht habe, kannst du aus Freundschaft für mich verzichten, wenn ich darum bitte.«

»Ich habe bloß gescherzt«, sagte ich, »und will dich gewiß nicht stören; denn du hast natürlich noch vieles zu besorgen, bevor du das Haus des Gottes betrittst. Ich gehe daher in die Herberge, um Kranke zu heilen; im Hafen gibt es viele, die meiner Kunst bedürfen.

Ich entfernte mich, und noch lange spürte ich in der Nase den Geruch der Stiere. Niemals werde ich den Gestank im Stierhaus auf Kreta vergessen können, und heute noch macht mich der Anblick und der Geruch einer Stierherde krank, so daß ich nichts essen kann und das Herz mich schmerzt. Ich ging also zur Herberge und empfing Patienten, linderte ihre Schmerzen und heilte sie, bis es dunkler Abend ward und die Lichter in den Freudenhäusern des Hafenviertels angezündet wurden. Durch

Wände und Mauern hindurch vernahm ich Musik und Lachen und alle Stimmen menschlicher Sorglosigkeit; denn auch die Sklaven und Diener auf Kreta hatten von der Unbekümmertheit ihrer Herren gelernt, und ein jeder lebte, als müßte er niemals sterben und als gäbe es weder Schmerz noch Kummer noch Trauer auf der Welt.

Ich saß in meinem dunklen Zimmer, in welchem Kaptah bereits die Schlafmatten ausgebreitet hatte, und wollte keine Lampe anzünden. Der Mond ging groß und leuchtend auf, obwohl er noch nicht voll war, und ich fühlte, daß ich ihn haßte, weil er mich von der einzigen, die ich im Leben als meine Schwester betrachtete, trennen würde. Ich haßte auch mich selbst, weil ich schwach und furchtsam war und nicht wußte, was ich tun wollte. Da ging die Tür auf, Minea trat leise ein und blickte um sich; sie war nicht mehr nach kretischer Art gekleidet, sondern trug das gleiche schlichte Gewand, in welchem sie in vielen Ländern vor hoch und niedrig getanzt, und das Haar hatte sie mit einem goldenen Band durchflochten.

»Minea!« sagte ich erstaunt. »Weshalb kommst du zu mir, statt dich, wie ich glaubte, für deinen Gott vorzubereiten?«

Sie aber sprach: »Rede leiser, damit uns niemand hört!« Sie setzte sich neben mich, betrachtete den Mond und sagte launig: »Mein Lager im Haus der Stiere gefällt mir nicht, und ich fühle mich nicht wie früher wohl unter meinen Freunden. Aber weshalb ich gerade zu dir in diese Herberge des Hafenviertels gekommen bin, obgleich sich dies nicht schickt, kann ich nicht sagen. Wenn du schlafen willst, werde ich dich nicht stören, sondern wieder gehen. Als ich keinen Schlaf finden konnte, bekam ich Lust, noch einmal den Duft von Arzneien und Kräutern zu spüren und Kaptah wegen seiner törichten Reden beim Ohr zu nehmen und beim Haar zu zupfen. Das Reisen und die fremden Völker haben mir zweifellos den Sinn verwirrt, da ich das Haus der Stiere nicht mehr wie einst als mein Heim empfinden noch mich über den Beifall in der Arena freuen oder gar Sehnsucht nach dem Haus des Gottes verspüren kann. Der Menschen Reden um mich herum klingen in meinen Ohren wie das Lallen einfältiger Kinder, ihre Freude ist wie Wellenschaum am

Strand, und ihre Vergnügungen ergötzen mich nicht mehr. Mein Herz gleicht einer leeren Höhle, auch mein Kopf ist hohl, und ich hege keinen einzigen Gedanken mehr, den ich mein eigen nennen könnte; alles tut mir weh, und noch nie zuvor ist mir so traurig zumute gewesen. Deshalb bitte ich dich, meine Hand wie einst eine Weile in der deinigen zu halten; denn ich fürchte nichts mehr, nicht einmal den Tod, wenn du, Sinuhe, nur meine Hände hältst, obwohl ich weiß, daß du lieber schönere und beleibtere Frauen als mich betrachtest und bei der Hand hältst.«

Ich sprach zu ihr: »Minea, meine Schwester, meine Kindheit und Jugend waren wie ein klarer tiefer Bach, meine späteren Jahre aber gleichen einem großen Fluß, der sich weit ausbreitet und viel Erde bedeckt, dessen Wasser aber seicht ist, im Laufe stockt und fault. Doch als du zu mir kamst, Minea, sammeltest du alle Wasser, daß sie sich jubelnd in ein tiefes Bett vereinten; da ward alles in meinem Innern geläutert, und alles Böse schien mir nichts als Spinngewebe, das man mühelos mit der Hand beseitigt. Dir zuliebe wollte ich gut sein und Menschen heilen, ohne auf die Geschenke zu achten, die sie mir dafür gaben; die dunklen Götter besaßen keine Macht mehr über mich. So ist es gewesen, seit du zu mir kamst. Doch wenn du mich jetzt verläßt, verdunkelt sich alles um mich herum, mein Herz gleicht einem einsamen Raben in der Wüste, und ich bin den Menschen nicht mehr gut gesinnt, sondern hasse sie, und sogar die Götter hasse ich und will nichts mehr von ihnen wissen. So ist es, Minea, und deshalb sage ich dir: es gibt auf Erden viele Länder, aber bloß einen einzigen Strom. Folge mir in das schwarze Land am Stromufer, wo die Wildenten im Schilf schnattern und die Sonne täglich in ihrem goldenen Nachen über den Himmel rudert! Komm mit mir, Minea, laß uns zusammen einen Krug zerbrechen und Mann und Frau werden und nie mehr voneinander scheiden! Dann wird uns das Leben leicht, und nach dem Tod werden unsere Leiber erhalten bleiben, damit wir uns im Land des Westens wiedersehen und in Ewigkeit zusammen leben.«

Aber sie preßte meine Hände in die ihrigen, berührte mit den Fingerspitzen meine Augen, meinen Mund und meinen Hals und sagte: »Sinuhe, selbst wenn ich wollte, könnte ich dir nicht mehr folgen. Es gibt kein einziges Schiff, das uns von Kreta fortzubringen, und keinen Kapitän, der uns in seinem Fahrzeug zu verstecken wagte. Man bewacht mich des Gottes wegen, und ich will nicht, daß man dich um meinetwillen tötet. Wenn ich auch wollte, könnte ich dich nicht begleiten; denn seit ich wieder vor den Stieren getanzt habe, ist ihr Wille stärker als der meinige, was ich dir zwar nicht erklären kann, weil du es nicht selbst erlebt hast. Deshalb muß ich in der Nacht des Vollmonds das Haus des Gottes betreten, und keine Macht der Welt kann mich daran hindern. Weshalb es so ist, kann ich nicht erklären. Vielleicht weiß es niemand außer Minotaurus.«

Das Herz war mir leer wie ein Grab, als ich sagte: »Über den morgigen Tag weiß man nichts, aber ich glaube nicht, daß du aus dem Haus des Gottes, aus dem noch niemand zurückgekommen ist, wiederkehren wirst. In den goldenen Sälen des Meergottes wirst du vielleicht ewiges Leben aus dem Götterbrunnen trinken und alles Irdische, auch mich, vergessen, obwohl ich es nicht glaube; denn das sind lauter Märchen, und nichts von alldem, was ich bis heute in sämtlichen Ländern von den Göttern gesehen, war dazu angetan, meinen Glauben an die Märchen zu stärken. Wisse daher: Wenn du nicht nach Ablauf der festgesetzten Zeit zurückkehrst, werde ich dir in das Haus des Gottes folgen und dich dort abholen! Ich werde dich holen, selbst wenn du nicht mehr zurückkehren wolltest. Das tue ich, Minea, und sollte es meine letzte Tat auf Erden werden.«

Sie aber legte mir ängstlich die Hand auf den Mund, blickte sich um und sagte: »Still! So etwas darfst du nicht laut äußern, ja nicht einmal denken! Das Haus des Gottes ist ein dunkles Haus, in dem kein Fremder sich zurechtfindet; und wenn ein Ungeweihter es betritt, muß er eines fürchterlichen Todes sterben. Auch könntest du nicht hineingelangen; denn das Haus des Gottes ist durch kupferne Tore gesperrt. Darüber bin ich froh, weil ich weiß, daß du es in deinem Wahn wirklich tun und dich ins Verderben stürzen könntest. Aber glaube mir, ich werde freiwillig zu dir zurückkehren! Mein Gott kann nicht so grausam sein, mir die ersehnte Rückkehr zu dir zu verweigern. Er ist ein wunderbarer, herrlicher Gott, der die Macht Kretas stützt und allen gut gesinnt ist und daher die Olivenbäume gedeihen, das Getreide auf den Äckern reifen und die Schiffe von Hafen zu Hafen segeln läßt. Er sorgt für günstige Winde und steuert die Schiffe durch den Nebel, damit seinen Schutzbefohlenen nichts geschehe. Warum sollte er mir Schlechtes antun wollen?«

Sie war von Kindheit an im Schatten ihres Gottes aufgewachsen, ihre Augen waren verblendet, und ich konnte sie nicht sehend machen, obgleich ich Blinde mit der Nadel geheilt und ihnen das Gesicht wiedergegeben hatte. Da zog ich sie in der Wut meiner Machtlosigkeit auf den Schoß, küßte sie und streichelte ihre Glieder, und ihre Glieder waren glatt wie Glas, und wie ich sie in den Armen hielt, war sie für mich wie der Quell für einen Wüstenwanderer. Sie wehrte sich nicht, sondern preßte zitternd ihr Gesicht an meinen Hals, und ihre Tränen rannen heiß darüber, als sie sprach:

»Sinuhe, mein Freund, falls du an meiner Rückkehr zweifelst, will ich mich dir nicht mehr verweigern; du magst mit mir tun, was du willst, wenn es dir Freude bereitet, obgleich ich auch nachher sterben müßte; denn in deinen Armen fürchte ich den Tod nicht, und alles ist bedeutungslos im Vergleich damit, daß mein Gott mich von dir trennt.«

Ich fragte sie: »Würde es dir Freude bereiten?«

Zögernd gab sie zur Antwort: »Ich weiß nicht. Ich weiß nur, daß mein Leib unruhig und untröstlich ist, sobald ich fern von dir bin. Ich weiß nur, daß meine Augen sich umnebeln und meine Knie schwach werden, sobald du mich berührst. Früher haßte ich mich deswegen und fürchtete deine Berührung, denn früher war alles klar in meinem Innern, und nichts trübte meine Freude. Ich war bloß stolz auf meine Kunst, auf die Geschmeidigkeit meines Leibes und auf meine Unberührtheit. Jetzt aber weiß ich, daß deine Berührung mir lieb ist, selbst wenn sie mir Schmerz bereitet. Trotzdem aber weiß ich nicht, ob du mir mit dem, was du mir tun möchtest, Freude bereiten würdest, und vielleicht wäre ich im Gegenteil nachher betrübt. Doch wenn es dir Freude macht, so zögere nicht, es zu tun; denn deine Freude ist meine Freude, und ich hege keinen höheren Wunsch, als dir Freude bereiten zu dürfen.«

Da ließ ich sie aus meinen Armen los und berührte mit der Hand ihr Haar, ihre Augen, ihren Hals und sagte: »Es genügt mir, daß du so zu mir kommst, wie du damals warst, als wir zusammen auf den Wegen Babylons wanderten. Gib mir das goldene Band aus deinem Haar, ich bin damit zufrieden, und mehr begehre ich nicht von dir.

Sie aber sah mich zweifelnd an, strich sich mit den Händen über die Lenden und sagte: »Vielleicht bin ich dir zu mager; du glaubst wohl, mein Leib könnte dich nicht ergötzen, und eine leichtfertigere Frau als ich wäre dir lieber. Aber wenn du willst, werde ich mich bemühen, so leichtfertig wie möglich zu sein und deine Begehren zu erfüllen, damit ich dich nicht enttäusche; denn ich möchte dir so viel Freude bereiten, wie ich nur kann.«

Ich lächelte sie an und strich mit den Händen über ihre glatten Schultern, indem ich sprach: »Minea, in meinen Augen ist keine Frau schöner als du, und keine könnte mir größere Freuden als du bereiten. Aber ich will dich nicht bloß zu meinem Ergötzen berühren; denn es würde dich selbst nicht ergötzen, weil du deines Gottes wegen unruhig bist. Aber ich weiß etwas anderes, was wir tun können und was uns beiden Freude machen wird. Laß uns nach der Sitte meines Landes einen Krug nehmen und ihn gemeinsam zerbrechen! Hernach sind wir Mann und Frau, obgleich ich dich noch nicht berühre und keine Priester als Zeugen amten und unsere Namen in das Buch des Tempels schreiben können. Ich werde Kaptah einen Krug holen lassen, damit wir zur Handlung schreiten.«

Ihre Augen weiteten sich und glänzten im Mondschein, sie klatschte in die Hände und lächelte vor Freude. Ich wollte nach Kaptah suchen, er aber saß auf dem Boden vor meiner Zimmertür, trocknete sich das nasse Gesicht mit dem Handrücken und brach bei meinem Anblick in lautes Schluchzen aus. »Was gibt es denn, Kaptah?« fragte ich. »Weshalb weinst du?«

Kaptah erklärte ohne Schamgefühl: »Herr, ich habe ein weiches Herz und habe mich des Weinens nicht enthalten können, als ich hörte, was ihr, du und dieses schmalhüftige Mädchen, in deinem Zimmer spracht. Noch nie habe ich etwas so Rührendes gehört.«

Zornig versetzte ich ihm einen Fußtritt und fragte: »Willst du damit sagen, daß du an der Tür gehorcht und unser ganzes Gespräch belauscht hast?«

Kaptah antwortete mit unschuldiger Miene: »Gerade das wollte ich sagen. Denn vor deiner Tür drängten sich andere Lauscher, die nichts bei dir zu tun hatten, sondern das Mädchen ausspionieren wollten. Deshalb jagte ich sie mit deinem Stock fort und setzte mich vor deine Tür, um über deine Ruhe zu wachen, weil ich annahm, du wolltest nicht mitten in einer so wichtigen Unterhaltung gestört werden. Aber während ich hier saß, konnte ich es nicht vermeiden, euer Gespräch mit anzuhören, und es war so schön, wenn auch kindisch, daß ich ganz einfach weinen mußte.«

Nach diesen Worten konnte ich ihm nicht länger grollen, sondern sagte: »Da du gelauscht hast, weißt du bereits, was ich wünsche. Beeile dich also, einen Krug zu holen!« Er aber machte Ausflüchte, indem er sagte: »Was für einen Krug wünschest du, Herr? Einen Lehmkrug oder einen Steinkrug, einen bemalten oder unbemalten, einen hohen oder niedrigen, einen weiten oder engen?«

Ich schlug ihn mit dem Stock, aber nur leicht, denn mein Herz war gegen alle Menschen gütig gestimmt, und ich antwortete: »Du weißt ganz gut, was ich meine, und weißt auch, daß jeder beliebige Krug für meine Zwecke taugt. Mach also keine Ausflüchte, sondern bring mir rasch den ersten besten Krug, der dir unter die Hände kommt.«

Er sagte: »Ich bin schon unterwegs, ich laufe und eile, aber ich wollte dir nur noch ein wenig Bedenkzeit lassen. Das Zerbrechen eines Kruges mit einer Frau bedeutet einen wichtigen Schritt im Leben eines Mannes und sollte nicht voreilig und unüberlegt vorgenommen werden! Aber natürlich bringe ich dir einen Krug, wenn es dein Wunsch ist und ich es nicht verhindern kann.«

So brachte uns denn Kaptah einen alten, nach Fisch riechenden Ölkrug, den wir, Minea und ich, gemeinsam zerschlugen. Kaptah war unser Zeuge, als wir Mann und Frau wurden. Er legte sein Genick unter Mineas Fuß und sagte: »Von dieser

Stunde an bist du meine Herrin, die ebenso wie mein Herr und vielleicht sogar noch mehr über mich zu befehlen hat; aber ich hoffe trotzdem, daß du mir kein heißes Wasser über die Füße gießen wirst, wenn du mir zürnst, und ebenso hoffe ich, daß du weiche Pantoffeln ohne Absatz trägst; ich sehe nicht gern Absätze an Pantoffeln, weil sie mir Beulen und Schrammen am Kopf hinterlassen. Jedenfalls werde ich dir ebenso treu wie meinem Herrn dienen; denn aus irgendeinem mir unbekannten Grund habe ich dich in mein Herz geschlossen, obgleich du mager bist und deine Brüste klein sind und ich nicht verstehen kann, was mein Herr an dir schön zu finden glaubt. Auch werde ich dich ebenso gewissenhaft bestehlen wie meinen Herrn, das heißt: ich will beim Stehlen mehr auf deinen als auf meinen Vorteil bedacht sein.« Nach diesen Worten übermannte ihn die Rührung, und er begann wiederum zu weinen und sogar laut zu jammern. Minea strich ihm mit der Hand über den Rücken, tätschelte seine dicken Wangen und tröstete ihn, bis er sich beruhigte, worauf ich ihn die Scherben aufheben und das Zimmer verlassen hieß.

In dieser Nacht schliefen Minea und ich wie früher zusammen; sie lag in meinen Armen, ihr Atem streifte meinen Hals, und ihr Haar streichelte meine Wange. Aber ich nahm sie nicht. Was ihr keine Freude machen konnte, hätte auch mir keine bereitet. Auch glaubte ich, daß meine Freude tiefer und größer war, sie als eine Jungfrau in den Armen zu halten, als wenn ich sie geschwächt hätte. Mit Sicherheit kann ich es zwar nicht behaupten, da ich nicht weiß, welche Freude mir ihr Besitz bereitet haben würde. Eines aber weiß ich: In jener Nacht erfüllte mich ein grenzenloses Wohlwollen gegenüber allen Menschen. In meinem Herzen rührte sich kein einziger böser Gedanke, jeder Mann war mein Bruder, jedes Weib meine Mutter und jedes Mädchen meine Schwester – sowohl in dem schwarzen Lande als auch in allen roten Landen unter dem gleichen mondbestrahlten Himmel.

4

Am folgenden Tag tanzte Minea wiederum vor den Stieren, und mein Herz zitterte um sie. Doch stieß ihr nichts zu. Hingegen glitt ein Jüngling von der Stirn des Stieres zu Boden, und der Stier schlitzte ihm mit den Hörnern den Leib auf und zerstampfte ihn unter den Hufen, wobei sich die Zuschauer in der Arena erhoben und vor Schrecken und Entzücken in laute Rufe ausbrachen. Nachdem man den Stier fortgeschafft und den Tänzer in den Stall getragen, liefen die Frauen herbei, um ihn anzusehen, seine blutigen Glieder zu berühren und heftig atmend das blutige Bild zu beschwatzen. Die Männer aber meinten: »Schon lange haben wir keinen so gelungenen Wettbewerb mehr gesehen!« Sie zahlten einander ohne Bedauern ihre Wetten aus und wogen Gold und Silber ab, worauf sie Zechgelage in ihren Häusern veranstalteten, aus denen das Licht bis spät in die Nacht die Stadt erhellte und die Frauen sich von ihren Männern weg auf fremde Lager verirrten, was aber niemand mißbilligte, weil es eben Sitte war.

Ich aber lag allein auf meiner Matte; denn in jener Nacht konnte Minea nicht mehr zu mir kommen. Am frühen Morgen mietete ich im Hafen eine Sänfte, um ihr das Geleit zum Haus des Gottes zu geben. Sie wurde in einem goldenen, von Pferden mit Federbüschen gezogenen Wagen hingebracht, und ihre Freunde, die ihr in Sänften oder zu Fuß folgten, lachten und lärmten und bewarfen sie mit Blumen und blieben am Straßenrand zurück, um Wein zu trinken. Der Weg war lang; aber alle führten reichlich Mundvorrat mit, brachen Zweige von den Olivenbäumen und fächelten einander Kühlung damit zu und erschreckten die Schafe armer Bauersleute und sannen allerlei andere Streiche aus. Das Haus des Gottes lag an einem einsamen Ort, am Fuß eines Berges, unweit des Meerufers. Als wir uns ihm näherten, verstummte das Gelächter, und alle redeten nur noch flüsternd miteinander.

Wie das Haus des Gottes aussah, läßt sich nicht leicht beschreiben. Es glich einer mit Gras und Blumen bewachsenen

Anhöhe, die sozusagen in den Berg überging. Der Zutritt war durch hohe Kupfertore gesperrt, vor denen ein kleiner Tempel stand, wo die Weihe vor sich ging und die Wächter des Gottes wohnten. Erst gegen Abend langte der Festzug dort an. Mineas Freunde stiegen aus ihren Sänften, ließen sich auf dem Rasen nieder, aßen, tranken, trieben allerlei Schabernack und dachten schon nicht mehr daran, sich wie beim ersten Anblick des Gotteshauses feierlich zu verhalten; denn die Kreter sind kurz von Gedächtnis. Bei Eintritt der Dunkelheit zündeten sie Fackeln an und schäkerten miteinander in den Gebüschen, aus denen das Kreischen der Frauen und das Lachen der Männer durch die Finsternis drangen, während Minea allein im Tempel blieb. Denn niemand durfte sich ihr mehr nähern.

Von ferne betrachtete ich sie, wie sie im Tempel saß. Gleich dem Bildnis einer Göttin trug sie ein goldenes Gewand und eine hohe goldene Kopfbedeckung, und sie versuchte mir zuzulächeln; aber in ihrem Lächeln lag keine Freude. Nachdem der Mond aufgegangen, nahm man ihr das goldene Kleid und den Schmuck ab, hüllte sie in Schleier und band ihr Haar in ein Silbernetz. Darauf entriegelten die Wächter die Kupfertore, die sich mit dumpfem Dröhnen auftaten, wobei jeder Flügel von zehn Mann geschoben werden mußte; dahinter gähnte Finsternis. Keiner äußerte mehr ein Wort; es herrschte tiefes Schweigen. Minotauros umgürtete sich mit seinem Schwert und setzte das goldene Stierhaupt auf, so daß er nicht mehr einem Menschen glich. Minea erhielt eine brennende Fackel in die Hand, und Minotauros geleitete sie in das dunkle Haus, bis sie beide dahinschwanden und der Fackelschein verblaßte. Nun wurden die dröhnenden Kupfertore wieder zugeschoben und mit den mächtigen Riegeln verschlossen, wozu es der Kraft vieler starker Männer bedurfte, und ich sah Minea nicht mehr.

Bei diesem Geschehen befiel mich eine so unsägliche Verzweiflung, daß mein Herz einer offenen Wunde glich, durch die mir alles Blut aus dem Körper strömte und alle Kraft mich verließ, bis ich in die Knie brach und mit dem Gesicht auf die Erde sank. In jenem Augenblick erkannte ich mit unumstößlicher Gewißheit, daß ich Minea niemals wiedersehen werde, obgleich sie mir versprochen hatte, aus dem Haus des Gottes zu mir zurückzukehren, um mit mir zu leben. Ich wußte, daß sie nie mehr wiederkehren würde; aber wieso ich es zu jener Stunde wußte, kann ich nicht sagen. Bis dahin hatte ich noch im ungewissen geschwebt, hatte geglaubt und gezweifelt, gefürchtet und gehofft und mir einzubilden versucht, daß der Gott Kretas sich anders als alle anderen Götter verhalten und Minea um ihrer Liebe willen, die sie an mich fesselte, entlassen würde. Jetzt aber hegte ich keine Hoffnung mehr, sondern lag mit dem Gesicht auf dem Boden, während Kaptah neben mir kauerte und, den Kopf in den Händen wiegend, jammerte. Die Reichen und Vornehmen Kretas aber zündeten ihre Fackeln an, liefen mit diesen an mir vorbei, führten kunstreiche Tänze auf und sangen Lieder, deren Worte ich nicht erfaßte. Als sich die Kupfertore geschlossen, wurden alle von einer großen Aufregung befallen: in toller Ausgelassenheit sprangen und tanzten sie bis zur Erschöpfung, und ihr Rufen klang in meinen Ohren wie Krächzen der Raben von einer Mauer herab.

Nach einer Weile hielt Kaptah in seinem Wehklagen inne und sprach: »Wenn mein Auge mich nicht trügt – was nicht der Fall sein dürfte, nachdem ich noch nicht genügend getrunken, um die Dinge doppelt zu sehen –, so ist das gehörnte Haupt aus dem Berg herausgekommen, wenn ich auch nicht verstehe, auf welchem Weg es geschah, da niemand die Kupfertore geöffnet hat.«

Seine Aussage stimmte. Minotauros war wirklich aus dem Haus des Gottes zurückgekehrt, und sein goldenes Stierhaupt glänzte schreckenerregend im Mondschein, als er sich dem Festtanz der anderen anschloß. Bei seinem Anblick vermochte ich mich nicht mehr zu beherrschen, sondern erhob mich, stürmte auf ihn zu, packte ihn bei den Armen und fragte: »Wo ist Minea?« Er schüttelte meine Hände ab und wiegte den Stierkopf; doch als ich nicht von ihm wich, entblößte er das Gesicht und sprach zornig: »Es ist nicht gestattet, die heiligen Riten zu stören. Da du es aber als Fremder wohl nicht weißt, will ich dir verzeihen, wenn du mich nicht mehr anrührst.«

»Wo ist Minea?« wiederholte ich meine Frage, und schließlich beantwortete er sie, indem er sagte: »Ich habe Minea, wie vorgeschrieben, in der Finsternis des Gotteshauses gelassen und bin selbst zurückgekehrt, um mich an dem Festtanz zu Ehren des Gottes zu beteiligen. Was willst du noch von Minea? Dafür, daß du sie zurückgebracht, hast du ja deinen Lohn bereits erhalten.«

»Wie konntest du zurückkommen, wenn es ihr nicht möglich war?« fragte ich und drängte mich dicht vor ihn hin; er aber stieß mich von sich, und alsbald trennten uns die Tanzenden. Kaptah nahm mich beim Arm und zog mich beiseite. Das war sicher klug gehandelt; denn ich weiß nicht, was sonst geschehen wäre. Er sagte: »Du bist töricht, so viel Aufhebens zu machen, und tätest besser daran, mit den anderen zu tanzen, zu lachen und zu singen; sonst könnte es dir schlecht ergehen. Auch kann ich dir verraten, daß Minotaurus durch die kleine Pforte neben den Kupfertoren herausgekommen ist. Darin liegt nichts Seltsames; denn ich habe mir die Pforte selbst angeschaut und gesehen, wie ein Wächter sie zuschloß und den Schlüssel zu sich nahm. Aber ich rate dir, Herr, Wein zu trinken, um dich zu beruhigen. Dein Gesicht ist verzerrt wie das eines Besessenen, und deine Augen sind starr wie die einer Eule.«

Er gab mir Wein zu trinken, und während das Licht der Fakkeln vor meinen Augen hin und her flackerte, schlief ich im Mondschein auf der Wiese ein; denn angesichts meines Zustandes hatte Kaptah in seiner Falschheit Mohnsaft in den Wein gemischt. Somit rächte er sich für das, was ich in Babylon zur Rettung seines Lebens getan; er steckte mich aber nicht in einen Krug, sondern breitete eine Decke über mich aus und hinderte die Tanzenden daran, auf mich zu treten. Vielleicht rettete er mir dadurch jetzt seinerseits das Leben; denn in meiner Verzweiflung hätte ich vielleicht Minotauros das Messer in den Leib gerannt und ihn getötet. Die ganze Nacht saß Kaptah bei mir, bis der Weinkrug leer war, worauf er neben mir einschlief und mir den Weindampf ins Ohr blies.

Erst spät am folgenden Tag erwachte ich. Das Mittel war so stark gewesen, daß ich mich anfangs nicht erinnern konnte, wo ich mich befand. Als ich mich schließlich dessen und der vorangegangenen Ereignisse entsann, war ich ganz ruhig und klar im Kopf und tobte dank der Arznei nicht von neuem. Viele Teilnehmer des Festzuges waren bereits in die Stadt zurückgekehrt. Aber einige schliefen immer noch in den Gebüschen, Männer und Frauen durcheinander mit schamlos entblößten Leibern, denn sie hatten bis zum Morgen Wein getrunken und getanzt. Beim Erwachen zogen sie sich wieder an, und die Frauen ordneten ihr Haar.

Sie fühlten sich mit dem Dasein nicht zufrieden, weil sie nicht baden konnten; denn das Wasser der Bäche war zu kalt für sie, die an das aus den Silberhähnen ihrer Badezimmer rinnende heiße Wasser gewohnt waren. Aber sie spülten sich den Mund, rieben sich die Gesichter ein, malten die Lippen, färbten die Augenbrauen, gähnten und fragten einander: »Wer bleibt hier, um Minea zu erwarten? Und wer kehrt in die Stadt zurück?« Die meisten hatten genug von den Spielen auf den Wiesen und in den Gebüschen und kehrten im Laufe des Tages in die Stadt zurück, und nur die jüngsten und hitzigsten von Mineas Freunden blieben beim Haus des Gottes, um sich weiter miteinander zu ergötzen. Als Grund für ihr Verweilen schützten sie vor, auf Mineas Rückkehr zu warten, obgleich noch nie jemand aus dem Haus des Gottes zurückgekommen war. Sie taten es ganz einfach darum, weil sie in der Nacht jemand gefunden hatten, der ihnen gefiel; die Frauen aber benützten die Gelegenheit, ihre Männer in die Stadt zurückzuschicken, um sie loszuwerden. Als ich dies sah, verstand ich, warum es, außer im Hafen, in der Stadt kein einziges Freudenhaus gab. Nachdem ich an diesem Tag und in der darauffolgenden Nacht ihre Spiele beobachtete, begriff ich auch, daß Mädchen, welche die Liebe als Gewerbe trieben, es schwerlich mit den Frauen Kretas hätten aufnehmen können.

Bevor Minotauros sich entfernte, sagte ich zu ihm: »Darf ich als Fremdling dableiben und mit Mineas Freunden auf ihre Rückkehr warten?« Er warf mir einen bösartigen Blick zu und sagte: »Niemand hindert dich daran; aber soviel ich weiß, liegt im Hafen gegenwärtig ein passendes Schiff, das dich nach Ägypten zurückbringen kann. Dein Warten würde vergeblich sein.

Keiner, der dem Gott geweiht wurde, ist jemals aus seinem Haus zurückgekehrt.

Ich aber spielte den Einfältigen und sagte einschmeichelnd: »Es ist wohl wahr, daß ich eine Schwäche für Minea hatte, obwohl sie auf die Dauer langweilig wurde, weil ich sie ihres Gottes wegen nicht berühren durfte. Offen gestanden erwarte ich auch gar nicht, sie wiederkehren zu sehen, sondern gebe nur wie die anderen vor, hierzubleiben, um ihrer zu harren; in Wirklichkeit jedoch tue ich es, weil es hier so viele entzückende Jungfrauen und auch Ehefrauen gibt, die mir gern in die Augen blikken und ihre Brüste verführerisch in die Hände legen. So etwas habe ich noch nie erlebt. Unter uns gesagt, Minea war ein verflucht eifersüchtiges und heikles Mädchen, das mir keine Freude gönnte, obgleich ich es nicht berühren durfte. Auch muß ich dich wohl um Verzeihung bitten, daß ich mich letzte Nacht betrunken und dich vielleicht unbewußt beleidigt habe, obgleich ich mich dessen nicht mehr recht entsinne; denn mein Kopf ist immer noch umnebelt. Ich erinnere mich bloß noch, dir die Arme um den Hals geschlungen und dich gebeten zu haben, mich die Schritte des Tanzes zu lehren, den du so schön und feierlich vollführtest, wie ich es noch nie gesehen. Sollte ich dich jedoch beleidigt haben, so bitte ich von ganzem Herzen um Verzeihung. Als Fremder kenne ich eure Sitten noch nicht genügend und wußte daher nicht, daß es nicht gestattet ist, dich zu berühren, weil du eine besonders heilige Person bist.«

All das lallte ich mit schwerer Zunge, blinzelte und klagte über Kopfweh, bis er mich für einen Narren hielt und lächelnd sprach: »Wenn dem so ist, will ich deinem Vergnügen kein Hindernis in den Weg legen. Auf Kreta sind wir nicht engherzig. Bleib darum hier, solange es dir behagt, um auf Minea zu warten; aber hüte dich davor, eine zu schwängern. Das würde sich nicht schicken, weil du ein Fremder bist. Mit diesem Rat will ich dich keineswegs beleidigen; ich spreche nur als Mann zu Mann, um dir unsere Sitten zu erklären.«

Ich versicherte, daß ich mich wohl in acht nehmen würde, und plapperte noch allerlei von angeblichen Abenteuern mit Tempeljungfrauen in Syrien und Babylon, bis er mich für einen noch größeren Narren hielt, meiner überdrüssig wurde und, nachdem er mir auf die Schulter geklopft, sich von mir abwandte, um in die Stadt zurückzukehren. Aber ich glaube, daß er die Wächter ermahnte, ein Auge auf mich zu haben, und auch die Kreter aufforderte, mich zu unterhalten; denn eine Weile nach seinem Verschwinden kam eine ganze Schar junger Frauen zu mir. Sie wanden mir Kränze um den Hals, blickten mir tief in die Augen, preßten ihre nackten Brüste gegen meine Arme und zogen mich in das Lorbeergebüsch, um dort Speise und Trank zu genießen. So bekam ich ihre lockeren Sitten und ihre Leichtfertigkeit zu sehen; denn sie empfanden kein Schamgefühl vor mir. Ich trank reichlich Wein und stellte mich betrunken, so daß sie mir Püffe versetzten und mich »Schwein« und »Barbar« nannten. Kaptah kam dazu und führte mich beiseite, indem er mich laut wegen meiner Trunksucht schmähte und sich anerbot, die anderen an meiner Stelle zu ergötzen. Sie betrachteten ihn kichernd und lachend, und die Jünglinge verhöhnten ihn und zeigten mit den Fingern auf seinen dicken Bauch und auf seinen kahlen Hinterkopf. Aber er war schließlich ein Fremdling, und das Fremdartige übt auf die Frauen aller Länder seine Lockung aus: nachdem sie hinreichend gekichert hatten, nahmen sie ihn in ihren Kreis auf, bewirteten ihn mit Wein, steckten ihm Obst in den Mund, preßten sich an ihn, nannten ihn ihren Ziegenbock und entsetzten sich über seinen Geruch, der sie aber dann zu verlokken begann.

So verging der Tag, bis ich ihrer Ausschweifungen und leichtsinnigen Sitten überdrüssig ward und zu dem Schluß kam, daß ich mir kein langweiligeres Leben vorstellen könnte als das ihrige. Launen, die keine Gesetze kennen, langweilen auf die Dauer weit mehr als ein Leben, das Sinn und Zweck besitzt. Sie vertrieben sich die Nacht in gleicher Weise wie zuvor; in meine bitteren Träume drang störend das Gekreisch der Frauen, die anscheinend vor den Jünglingen in die Gebüsche flohen, während diese ihnen im Dunkeln nachliefen und nach ihren Kleidern haschten, um sie ihnen vom Leibe zu reißen. Am Morgen darauf jedoch waren sie müde und angewidert, weil sie nicht baden konnten; daher kehrten die meisten an diesem Tag in die

Stadt zurück, und nur die Jüngsten und Hitzigsten blieben vor den Kupfertoren.

Am dritten Tag traten auch die letzten den Heimweg an, und ich ließ sie meine Sänfte, die immer noch auf mich wartete, mitnehmen; denn sie vermochten sich vor Erschöpfung nach dem unmäßigen Wachen und Liebesgenuß nicht mehr aufrecht zu halten und waren nicht fähig, den Heimweg zu bewältigen. Auch kam es meinen Absichten sehr gelegen, daß sie die Sänfte mitnahmen und keiner auf mich wartete. Jeden Tag hatte ich den Wächtern vor dem Haus des Gottes Wein verabreicht; sie wunderten sich daher nicht, als ich ihnen gegen Abend wieder einen vollen Krug brachte, sondern nahmen ihn erfreut an. Denn sie hatten wenig Unterhaltung in ihrer Einsamkeit, die jeweils einen Monat dauerte, bis der Festzug einen neuen Geweihten zum Haus des Gottes brachte. Wenn sie sich über etwas wunderten, so höchstens darüber, daß ich allein noch dablieb, um auf Minea zu warten, was noch nie vorgekommen war. Aber ich war wohl in ihren Augen ein einfältiger Fremdling. Sie tranken daher meinen Wein, und als ich sah, daß auch der Priester aus dem Tempel vor dem Haus des Gottes sich zu ihnen gesellte, ging ich zu Kaptah hinüber und sprach:

»Die Götter haben bestimmt, daß wir uns jetzt trennen müssen. Minea ist nicht zurückgekehrt, und ich glaube auch nicht, daß sie es tun wird, wenn ich sie nicht holen gehe. Aber bis heute ist noch keiner, der dieses dunkle Haus betreten hat, zurückgekehrt. Daher ist auch nicht anzunehmen, daß ich wiederkommen werde. Du tust am besten daran, dich in einem Hain zu verstecken, und wenn ich bis zum Morgen nicht zurück bin, gehst du allein zur Stadt. Wenn jemand nach mir fragen sollte, so gib ihm zur Antwort, ich sei von einem steilen Abhang ins Meer gestürzt, oder erfinde sonst eine Ausrede – du bist ja darin viel geschickter als ich. Ich bin zwar so sicher, nicht zurückzukehren, daß du dich sofort auf den Weg machen kannst, wenn du willst. Deshalb habe ich auch eine Lehmtafel für dich hergerichtet und ihren Inhalt mit einem syrischen Siegel bestätigt. Du kannst damit nach Syrien fahren und meine Guthaben in den Handelshäusern abheben. Auch mein Haus kannst du, wenn du willst, verkaufen. Wenn du das erledigt hast, bist du frei, zu tun, was immer dir beliebt. Fürchtest du jedoch, in Ägypten als entlaufener Sklave gefaßt zu werden, so bleibe in meinem Haus zu Simyra und lebe nach eigenem Gutdünken von meinen Mitteln! Unter diesen Umständen brauchst du auch nicht für die Einbalsamierung meines Leibes zu sorgen; denn wenn ich Minea nicht mehr finde, ist es mir gleichgültig, ob mein Leib erhalten bleibt oder nicht. Du bist mir ein getreuer Diener gewesen, wenn du mich auch oft mit deinem Geleier gelangweilt hast, und deshalb tut es mir leid, dich vielleicht zu oft und hart mit dem Stock geschlagen zu haben. Ich tat es jedenfalls in guter Absicht und hoffe daher, daß du es mir nicht nachträgst. Geh also im Schutze des Skarabäus, den du mitnehmen darfst, da du mehr als ich an ihn glaubst. Ich bin nämlich nicht der Ansicht, daß ich den Skarabäus dort brauchen werde, wohin ich mich jetzt begebe.«

Kaptah schwieg lange, ohne mich anzusehen, dann sprach er: »Herr, ich trage es dir nicht nach, daß du mich zuweilen unnütz hart mit dem Stock geschlagen hast, tatest du es doch in bester Absicht und nach Maßgabe deines Verstandes. Öfter jedoch hast du auf meinen Rat gehört, und noch öfter hast du zu mir wie zu einem Freunde, nicht aber wie zu einem Diener und Sklaven gesprochen, so daß ich um deine Würde besorgt war, bis der Stock den von den Göttern festgesetzten Unterschied zwischen uns wiederhergestellt hat. Jetzt verhält es sich aber so, daß diese Minea auch meine Herrin ist, nachdem ich ihren gesegneten kleinen Fuß auf meinen Kopf gestellt habe; und als ihr Diener trage ich die Verantwortung für sie! Auch ohne das könnte ich dich nicht allein dieses dunkle Haus betreten lassen, und zwar aus vielen Gründen, die ich hier nicht aufzählen mag. Wenn ich dich also in meiner Eigenschaft als Diener nicht begleiten darf, nachdem du mir befohlen hast, dich zu verlassen und ich deinen Befehlen, selbst wenn sie dumm sind, Folge leisten muß, so begleite ich dich als Freund, weil ich dich nicht allein lassen kann. Am allerwenigsten lasse ich dich ohne den Skarabäus, wiewohl ich gleich dir bezweifle, daß uns der Skarabäus bei diesem Unternehmen behilflich sein kann.

Er sprach so ernsthaft und nachdenklich, daß ich den einstigen Kaptah gar nicht in ihm wiederzuerkennen vermochte. Er jammerte auch nicht wie sonst. Aber meines Erachtens war es töricht, daß ihrer zwei in den Tod gehen sollten, wenn es mit meinem einzigen genügte. Das sagte ich ihm auch und ermahnte ihn nochmals, seines Weges zu gehen und keinen Unsinn zu schwatzen. Er aber erklärte halsstarrig:

»Wenn du mir nicht gestattest, mit dir zu gehen, so werde ich dir nachkommen, und das kannst du nicht verhindern; aber ich würde lieber gleichzeitig mit dir gehen, weil ich mich schrecklich vor der Finsternis fürchte. Auch sonst fürchte ich mich so sehr vor diesem dunklen Haus, daß sich beim bloßen Gedanken daran die Knochen meines Leibes in Wasser verwandeln. Deshalb hoffe ich, daß du mir gestattest, einen Krug Wein mitzunehmen, damit ich mir unterwegs Mut antrinken kann, weil ich sonst vor Angst zu schreien und dich zu stören fürchte. Es lohnt sich nicht für mich, eine Waffe mitzunehmen; ich bin ein gutmütiger Mann und verabscheue jedes Blutvergießen und habe mich stets mehr auf meine Beine als auf Waffen verlassen. Wenn du also vorhast, dich auf einen Kampf mit dem Gott einzulassen, mußt du ihn allein durchführen, während ich zuschaue und dich mit guten Ratschlägen ermuntere.«

Ich sagte: »Hör auf mit deinem Geschwätz und nimm, wenn du willst, einen Krug Wein mit! Aber laß uns jetzt gehen! Ich glaube, die Wächter schlafen bereits, betäubt von dem Wein, den ich ihnen gemischt habe.«

Die Wächter schliefen tatsächlich tief, und auch der Priester schlief, so daß ich ohne Schwierigkeit den Schlüssel zu des Minotauros' Tür von seinem Platz im Hause des Priesters, wo ich ihn entdeckt hatte, holen konnte. Wir nahmen auch ein Feuerbecken und Fackeln mit, die wir zwar noch nicht anzündeten, weil man beim Mondschein noch gut sah und die kleine Pforte sich mit dem Schlüssel unschwer öffnen ließ. So betraten wir das Haus des Gottes und schlossen die Tür hinter uns. Im Dunkeln hörte ich Kaptahs Zähne gegen den Rand des Weinkruges schlagen.

5

Nachdem Kaptah sich Mut angetrunken, sprach er mit matter Stimme: »Herr, laß uns eine Fackel anzünden! Ihr Schein dringt von hier nicht bis ins Freie. Diese Finsternis jedoch ist schlimmer als das Dunkel des Totenreiches, dem niemand entgehen kann, während wir uns in dieses freiwillig hineinbegeben haben.«

Ich blies auf die Glut und zündete eine Fackel an: da sah ich, daß wir uns in einer großen Höhle befanden, deren Zugang die Kupfertore versperrten. Von dieser Höhle aus liefen zehn, durch mächtige Ziegelmauern voneinander getrennte Gänge in verschiedene Richtungen. Hierauf war ich jedoch vorbereitet gewesen, weil ich vernommen hatte, daß der Gott Kretas in einem Labyrinth wohne und die Priester von Babylon mich gelehrt hatten, daß die Labyrinthe nach dem Vorbild der Gedärme der Opfertiere gebaut werden. Deshalb glaubte ich, den richtigen Weg finden zu können, wenn ich mich nach der Ordnung der bei den Opferhandlungen beobachteten Stiergedärme richtete; denn ich dachte mir, daß das Labyrinth auf Kreta zweifellos einst nach dem Muster der Gedärme der Stiere angeordnet worden sei. Ich zeigte Kaptah den am deutlichsten seitwärts führenden Gang und sagte: »Hier wollen wir eindringen!«

Kaptah aber sprach: »Wir haben wohl keine besondere Eile, und Vorsicht bringt kein Boot zum Kentern. Es ist daher ratsam, uns vorzusehen, daß wir einander nicht verlieren, und vor allem, daß wir den Weg hierher zurückfinden – für den Fall, daß wir überhaupt wiederkehren können, was ich jedoch sehr bezweifle.« Nach diesen Worten zog er einen Garnknäuel aus seiner Tasche und knüpfte das Ende an einen Knochensplitter, den er zwischen zwei Ziegeln festklemmte. Dieser Einfall war bei aller Einfachheit so gescheit, daß ich nie daraufgekommen wäre, was ich ihm jedoch nicht verriet, um meine Würde nicht in seinen Augen herabzusetzen. Deshalb hieß ich ihn bloß in barschem Ton, sich zu beeilen. So begann ich die Wanderung durch die Irrgänge des dunklen Hauses, wobei ich mir unaufhörlich das Bild der Windungen der Stiergedärme vorstellte, und Kaptah wickelte im Gehen nach und nach den Knäuel ab.

Wir tappten endlos durch die vielen dunklen Gänge. Immer neue taten sich vor uns auf. Zuweilen stießen wir auf eine Wand, die uns zum Rückzug zwang, und wanderten dann durch einen neuen Gang, bis Kaptah plötzlich witternd stehenblieb; seine Zähne klapperten vor Angst, und seine Fackel zitterte, als er fragte: »Herr, spürst du den Geruch der Stiere?«

Auch ich roch deutlich einen widerwärtigen Gestank, der an den Geruch der Stiere erinnerte, nur daß er noch viel gräßlicher war. Dieser Gestank schien den Mauern, zwischen denen wir standen, zu entströmen, als wäre das ganze Labyrinth ein riesiger Stierstall. Aber ich befahl Kaptah, ungeachtet des Geruchs weiterzugehen. Nachdem er sich mit einem tüchtigen Schluck aus dem Weinkrug gestärkt hatte, eilten wir voran, bis mein Fuß auf einem schlüpfrigen Gegenstand ausglitt, und ich bei seiner Untersuchung entdeckte, daß es ein halbvermoderter Frauenschädel war, an dem noch Haare klebten. Dieser Anblick verriet mir, daß ich Minea niemals lebend wiedersehen würde! Aber ein so wahnsinniger Trieb nach Gewißheit jagte mich vorwärts, daß ich Kaptah einen Stoß versetzte und ihm das Jammern untersagte. Wir drangen wieder vorwärts, wobei wir das Garnknäuel immer weiter abwickelten. Bald stießen wir jedoch von neuem an eine Wand und mußten umkehren, um einen neuen Gang zu suchen.

Plötzlich blieb Kaptah abermals stehen und zeigte sprachlos auf den Boden, während sich ihm das schüttere Haar auf dem Kopfe sträubte und sein Gesicht verzerrt und aschgrau wurde. Auch ich blickte hin und entdeckte einen mannshohen Haufen vertrockneter Exkremente: sollte dieser von einem Stier stammen, mußte das Tier von unvorstellbarer Größe sein. Kaptah, der meinem Gedankengang zu folgen schien, meinte: »Es kann nicht Stiermist sein; denn ein Stier von solchem Ausmaß hätte keinen Platz in diesen Gängen. Ich glaube eher, daß der Haufen von einer Riesenschlange stammt.« Er tat einen tiefen Zug aus dem Krug, wobei seine Zähne hörbar gegen dessen Rand schlugen. Ich überlegte, daß die Irrgänge tatsächlich für die Fortbewegung einer Riesenschlange gebaut schienen, und verspürte einen Augenblick Lust, umzukehren. Aber dann entsann ich mich wieder Mineas; eine grenzenlose Verzweiflung befiel mich, ich zog Kaptah mit und schritt weiter, das Messer mit der feuchten Hand umklammernd, obgleich ich wußte, daß es mir nichts nützen konnte.

Der Gestank in den Gängen wurde immer entsetzlicher, schlug uns wie aus einem Riesengrab entgegen und drohte uns zu ersticken. Aber meine Seele jubelte, denn ich wußte, daß wir bald am Ziel stehen würden. Wir eilten vorwärts; ein grauer Dämmerschein begann wie die Ahnung eines fernen Lichtes den Gang zu erfüllen, und wir drangen so weit in den Berg hinein, bis die Gänge nicht mehr mit Ziegelwänden versehen, sondern in weichen Stein gehauen waren. Der Weg führte abwärts, wir stolperten über Menschengebeine und Misthaufen, als befänden wir uns in der Höhle eines gewaltigen Ungeheuers, und schließlich wölbte sich vor unseren Blicken eine Riesengrotte: wir standen an einem Hang, zu unseren Füßen plätscherte Wasser, und um uns herum stank es entsetzlich.

Die Grotte erhielt ihr Licht vom Meer. Wir konnten uns ohne Fackeln in dem unheimlich grün schimmernden Licht umsehen und vernahmen aus weiter Ferne Wellenschlag an Uferklippen. Vor uns, auf dem Wasser, schwamm etwas: das sah wie eine Reihe von riesigen Ledersäcken aus, bis das Auge schließlich erfaßte, daß es ein totes Tier war, welches da im Wasser lag – ein nach Fäulnis stinkendes Vieh von unvorstellbarer Größe und Gräßlichkeit. Sein im Wasser liegender Kopf war derjenige eines Riesentieres, während sein durch die Verwesung leicht gewordener, vielgewunden auf dem Wasser schaukelnder Körper einer entsetzlichen Schlange angehörte. Ich wußte, daß ich den Gott Kretas vor mir sah; aber ich verstand auch, daß dieses grauenerregende Ungeheuer schon seit Monaten tot sein mußte. Wo befand sich nun Minea?

Beim Gedanken an sie gedachte ich auch all derer, die vor ihr als Geweihte sein Haus betraten, nachdem sie vor den Stieren tanzen gelernt hatten. Ich dachte an die Jünglinge, die kein Weib berühren durften, und an die Mädchen, die ihre Jungfräulichkeit bewahren mußten, um in das Licht und die Freude des Gotteshauses einzugehen. Ich dachte an ihre in den Irrgärten des dunklen Hauses zerstreuten Schädel und Gebeine, dachte an das Ungeheuer, das sie in dem Labyrinth verfolgte und ihnen mit seinem furchtbaren Leib den Weg versperrte, so daß ihnen weder ihre Sprünge noch alle anderen vor den Stieren eingeübten Kunststücke helfen konnten. Dieses Scheusal lebte von Menschenfleisch und begnügte sich mit einer Mahlzeit im Monat; und diese Mahlzeit wurde ihm von den Herrschern Kretas als Opfer dargebracht in der Gestalt der schönsten Jungfrauen und untadeligsten Jünglinge, weil man sich einbildete, dadurch die Herrschaft über das Meer behalten zu können. Sicherlich war dieses Ungeheuer in Urzeiten durch einen Sturm aus furchtbaren Meerestiefen in die Höhle hineingetrieben worden, ebenso sicher hatte man ihm den Rückzug versperrt, das Labyrinth gebaut und es mit Opfern gefüttert, bis es gestorben war. Ein zweites Ungeheuer dieser Art aber gab es bestimmt nicht mehr in der Welt. Wo war also Minea?

Wahnsinnig vor Verzweiflung rief ich ihren Namen, daß es in der Grotte widerhallte, bis Kaptah mich auf vertrocknete Blutspuren auf dem Steinboden aufmerksam machte. Ich folgte ihnen, spähte ins Wasser und erblickte Mineas Leib oder richtiger das, was von ihm übriggeblieben war. Der Leichnam bewegte sich langsam in der Tiefe, von Seekrabben umgeben, die von allen Seiten gierig daran rissen und das Gesicht bereits so zerfressen hatten, daß ich Minea nur noch an ihrem silbernen Haarnetz erkannte. Ich brauchte die Wunde in ihrer Brust nicht zu sehen, um zu wissen, daß Minotauros ihr hierher gefolgt war und sie von hinten mit dem Schwert durchbohrt hatte, um ihren Leichnam dann ins Wasser zu werfen, damit niemand erfahre, daß der Gott Kretas tot sei. In gleicher Weise war er gewiß schon mit manchem Jüngling und mancher Jungfrau vor Minea verfahren.

Als ich das alles sah und begriff, entstieg meiner Kehle ein Schrei des Entsetzens; ich sank in die Knie, verlor das Bewußtsein und wäre zweifellos den Hang hinab zu Minea gerollt, wenn Kaptah mich nicht beim Arm gepackt und an eine sichere Stelle geschleppt hätte, wie er mir später erzählte. Denn von dem, was hernach mit mir geschah, weiß ich nur, was Kaptah mir berichtet hat. So tief und barmherzig war die Bewußtlosigkeit, die mich nach all der ausgestandenen Unruhe, Qual und Verzweiflung befiel.

Kaptah erzählte, er habe lange neben meinem Leib gejammert, weil er mich für tot gehalten; und auch Mineas wegen habe er geweint, bis er schließlich seinen Verstand zusammengenommen, meinen Körper befühlt und entdeckt habe, daß ich noch lebte, worauf er wenigstens mich habe retten wollen, nachdem es für Minea zu spät war. Er erzählte weiter, daß er auch die Leichen anderer von Minotauros umgebrachter Jünglinge und Jungfrauen gesehen; ihnen hätten die Krabben alles Fleisch von den Knochen genagt, und ihre Gebeine lägen glatt und weiß auf dem sandigen Meeresboden. Ob er mir dies zum Trost erzählte, weiß ich nicht. Jedenfalls hatte der Gestank ihn allmählich zu ersticken gedroht, und nachdem er eingesehen, daß er nicht gleichzeitig den Weinkrug und mich tragen konnte, trank er entschlossen den Wein aus und schleuderte den Krug ins Wasser. Der Wein aber verlieh ihm genügend Kräfte, um mich, halb tragend, halb schleifend und stets dem abgewickelten Faden folgend, wieder zum Kupfertor zurückzuschleppen. Um keine Spur unseres Besuches im Labyrinth zu hinterlassen, hatte er sich nach eigener Überlegung entschlossen, den Faden auf dem Rückzug wieder aufzuwickeln. Er behauptete auch, beim Fakkelschein geheime Zeichen an den Wänden und Kreuzungen der Gänge entdeckt zu haben, die ohne Zweifel von Minotauros als Wegweiser angebracht worden waren. Den Weinkrug aber wollte Kaptah absichtlich ins Wasser geworfen haben, um Minotauros bei seiner nächsten Mordtat etwas zu denken zu geben.

Der Tag begann bereits zu dämmern, als er mich endlich an die frische Luft brachte, die Pforte hinter sich schloß und den Schlüssel wieder an seinen Platz im Haus des Priesters hängte. Sowohl dieser als auch die Wächter lagen immer noch in tiefem Schlaf, betäubt vom Wein, den ich ihnen kredenzt hatte. Hierauf schleppte er mich ans Ufer eines Baches, wo er mich im Gebüsch versteckte, mir das Gesicht wusch und die Hände rieb, bis ich wieder zu mir kam. Aber auch hiervon weiß ich nichts mehr, weil ich, wie er behauptete, ganz verwirrt war und nicht sprechen konnte, weshalb er mir ein Beruhigungsmittel verabreichte. Zu vollem Bewußtsein kam ich, von ihm gestützt und geführt, erst später, als wir uns bereits in der Nähe der Stadt befanden. Von da an erinnere ich mich wieder an alles.

Doch kann ich mich nicht entsinnen, einen eigentlichen Schmerz verspürt zu haben, und ich dachte nicht mehr viel an Minea, die bloß noch wie ein ferner Schatten in meiner Seele war, als wäre ich ihr irgendwann und irgendwo in einem früheren Leben begegnet. Hingegen dachte ich an die Tatsache, daß der Gott Kretas tot war und daß daher die Macht Kretas laut Prophezeiung ihr Ende finden mußte. Darüber war ich keineswegs betrübt, obgleich die Kreter freundlich zu mir gewesen waren und ihr Frohsinn wie auch ihre Kunst dem glitzernden Schaum am Meeresufer glichen. Während ich mich der Stadt näherte, empfand ich Befriedigung beim Gedanken, daß diese luftigen, schönen Bauten eines Tages in Flammen stehen, das geile Kreischen der Frauen sich in Todesschreie wandeln, das goldene Stierhaupt des Minotauros mit einem Hammer plattgeschlagen, zerstückelt und als Beute verteilt werden und nichts von Kretas Macht übrigbleiben, sondern die Insel der Kreter in den Schoß des Meeres, aus dem sie einst mit dem gräßlichen Stier emporgestiegen war, versinken würde.

Ich dachte auch an Minotauros, ohne jedoch schlecht von ihm zu denken. Denn der Tod Mineas war leicht gewesen; sie hatte nicht unter Aufbietung ihrer ganzen Kunst vor dem Seeungeheuer fliehen müssen, sondern war gestorben, ohne recht zu wissen, was mit ihr geschah. Ich dachte an Minotauros als den einzigen Menschen, der gewußt hatte, daß der Gott tot war und Kreta untergehen würde; und ich erfaßte, wie schwer sein Wissen darum zu tragen war. Ich konnte auch nicht ermessen, ob ihm sein Geheimnis leicht zu wahren gewesen, solange das Ungeheuer noch lebte und er Monat für Monat, Jahr für Jahr die schönsten Jungfrauen und Jünglinge seines Landes in das dunkle Haus schickte, wohl wissend, was dort ihrer harrte. Nein, ich hegte keinen Groll gegen Minotauros, sondern sang und lachte so einfältig, während ich einherschritt, daß es Kaptah ein leichtes war, den uns begegnenden Freunden Mineas zu erklären, ich sei immer noch betrunken, was begreiflich sei, da ich als Fremder nicht wußte, wie barbarisch es wirken mußte, am hellichten Tag betrunken zu sein. Schließlich gelang es Kaptah, eine Sänfte aufzutreiben und mich in die Herberge zu bringen, wo ich reichlich Wein zu mir nahm, um alsdann tief und lange zu schlafen.

Als ich erwachte, war ich ganz klar im Kopf, und alles Vergangene schien mir weit zurückzuliegen. Ich dachte wieder an Minotauros und daß ich ihn töten könnte, fand aber, daß ich weder Nutzen noch Freude dran hätte. Auch dachte ich an die Möglichkeit, dem Volk im Hafenviertel den Tod des Gottes Kretas zu verraten. Dadurch konnte ich das Feuer die Stadt verheeren und das Blut ihrer Bewohner fließen lassen; aber auch dies würde mir weder Nutzen noch Freude bringen. Weiter dachte ich daran, daß ich durch die Enthüllung der Wahrheit all jenen, die bereits das Los gezogen oder es in Zukunft ziehen würden, das Leben retten könnte; aber ich wußte, daß die Wahrheit ein gezücktes Messer in der Hand eines Kindes ist und sich gegen ihren Träger wenden kann.

Deshalb war ich der Ansicht, daß der Gott Kretas mich als einen Fremden nichts anging und daß ich Minea ja doch nie zurückbekommen könnte, sondern daß Krebse und Krabben ihre zarten Knochen abnagen würden, um sie für Zeit und Ewigkeit in der Meerestiefe ruhen zu lassen. Ich dachte, daß all das bereits vor meiner Geburt in den Sternen geschrieben und ich geboren ward, um in der Abenddämmerung der Welt zu leben, da die Götter starben und sich alles anders als zuvor gestaltete, indem ein Weltjahr zu Ende ging und ein neues begann. Dieser Gedanke brachte mir Trost, und ich sprach viel darüber mit Kaptah. Aber dieser behauptete, ich sei krank und müsse mich ausruhen, und verwehrte jedermann den Zutritt zu mir, weil ich auch mit anderen darüber zu sprechen wünschte.

Überhaupt fiel mir Kaptah in diesen Tagen äußerst lästig, denn er stopfte unaufhörlich Essen in mich hinein, obwohl ich gar nicht hungrig war und mich mit Wein allein begnügt hätte. Ich litt nämlich an einem steten Durst, der nur durch Wein zu löschen war, und fühlte mich am ruhigsten und einsichtigsten in den Augenblicken, da der Wein mich alles doppelt sehen ließ. Auch wußte ich dann, daß vielleicht nichts so ist, wie es aussieht; denn der Weintrinker sieht, wenn er genug getrunken hat, alles doppelt, und das erscheint ihm als wahr, obwohl er ganz gut weiß, daß es nicht der Fall ist. Hierin lag meines Erachtens das eigentliche Wesen aller Wahrheit verborgen. Doch als ich geduldig und beherrscht versuchte, dies Kaptah klarzumachen, hörte er mir überhaupt nicht zu, sondern ermahnte mich, mit geschlossenen Augen auf dem Rücken zu liegen, um mich zu beruhigen. Ich fühlte mich kalt und ohne Regung wie ein Fisch in einem Ölkrug, und die Augen wollte ich erst recht nicht schließen, weil ich dann allerlei unerquickliche Dinge vor mir sah, wie abgenagte Menschengebeine in faulendem Wasser oder eine gewisse Minea, die ich vor langer Zeit gekannt und die jetzt einen kunstreichen und schwierigen Tanz vor einer stierhäuptigen Schlange aufführte. Deshalb wollte ich die Augen nicht schließen, sondern bemühte mich, meinen Stock zu ergreifen, um Kaptah damit zu schlagen; denn ich war seiner sehr überdrüssig. Aber meine Hand war vom Wein so geschwächt, daß er mir den Stock mit Leichtigkeit entwand. Auch mein außerordentlich wertvolles Messer, das ich von dem hetitischen Hafenmeister geschenkt bekommen hatte, versteckte er vor mir, weil er wußte, daß ich nur allzu gerne das Blut aus meinen Adern hätte rinnen sehen.

Kaptah war so dreist, trotz meinen wiederholten und inständigen Bitten Minotauros nicht zu mir kommen zu lassen; ich hätte gerne mit dem Oberpriester gesprochen, da ich ihn für den einzigen Menschen auf der Welt hielt, der mich und meine großen Gedanken über die Götter, die Wahrheit und die Illusionen völlig hätte verstehen können. Kaptah brachte mir nicht einmal ein blutiges Stierhaupt, mit dem ich mich hätte über die Stiere, das Meer und den Stiertanz unterhalten können.

Nachträglich verstehe ich wohl, daß ich zu jener Zeit ernstlich krank war. Ich kann mich der Gedanken, die ich damals hegte, nicht mehr entsinnen, weil damals auch das Weintrinken dazu beitrug, mir die Sinne zu verwirren und das Bewußtsein zu verdunkeln. Dennoch glaube ich, daß mich der Wein davor rettete, den Verstand gänzlich zu verlieren, und mir über die schwerste Zeit hinweghalf, nachdem ich Minea und mit ihr meinen Glauben an die Götter und an die menschliche Güte für immer verloren hatte.

Auf diese Art und Weise verflüchtigte sich mit dem Wein etwas in meiner Seele, genauso wie einst, da ich als Knabe den Priester Ammons im Allerheiligsten dem Gott ins Gesicht spukken und den Geifer dann mit dem Ärmel abwischen sah. Der Strom des Lebens hemmte wiederum seinen Lauf und breitete sich zu einem Teich aus, der an der Oberfläche schön zu schauen war und die Sterne wie den Himmel spiegelte, dessen Wasser aber, wenn du deinen Stab hineinstößt, seicht und dessen Grund voll Schlick und Kadaver war.

Dann kam jener Morgen in der Herberge, da ich wieder zum Bewußtsein erwachte und Kaptah, den Kopf in den Händen wiegend und leise vor sich hin weinend, in einer Ecke des Zimmers sitzen sah. Mit zitternden Händen neigte ich den Weinkrug, um, nachdem ich getrunken, zornig auszurufen: »Warum weinst du, Hund?« Das war seit vielen Tagen das erstemal, daß ich ihn anredete, so satt hatte ich seine Pflege und Dummheit bekommen. Er hob den Kopf und sprach: »Im Hafen liegt ein Schiff bereit, nach Syrien zu fahren. Es dürfte das letzte sein, das vor dem Beginn der schweren Winterstürme abgeht. Nur deshalb weine ich.«

Ich erwiderte: »So lauf zu deinem Schiff, bevor ich dich wieder mit dem Stock schlage, damit ich deine Fratze nicht mehr zu sehen und dein ewiges Gejammer nicht mehr zu hören brauche.« Kaum hatte ich dies gesagt, schämte ich mich meiner selbst, stieß den Weinkrug von mir und spürte einen peinlichen Trost darin, daß es wenigstens einen Menschen gab, der von mir abhängig war, wenn es sich auch bloß um einen entlaufenen Sklaven handelte.

Kaptah aber sagte: »Wahrlich, Herr, auch ich bin deiner Trunksucht und deines Schweinelebens so überdrüssig, daß der

Wein seinen Geschmack in meinem Mund verloren hat, was ich nie für möglich gehalten hätte; ich mag nicht einmal mehr Bier durch ein Rohr aus dem Krug saugen. Was tot ist, ist tot und kehrt nicht wieder, weshalb ich der Meinung bin, daß wir am besten daran täten, die Insel, solange es noch geht, zu verlassen. Dein Gold und Silber und alles, was du auf deinen Reisen gewonnen, hast du nämlich zum Fenster hinaus in den Rinnstein geworfen; ich glaube auch nicht, daß deine zitternden Hände, die kaum mehr einen Weinkrug zu halten vermögen, noch jemanden heilen können. Ich muß zugeben, daß es mich anfangs richtig dünkte, daß du Wein zu deiner Beruhigung trankst und ich dich sogar dazu aufforderte und die Siegel immer neuer Weinkrüge erbrach und auch selbst daraus trank. Auch prahlte ich vor den Leuten, indem ich sagte: ›Seht, was für einen Herrn ich habe! Er säuft wie ein Flußpferd und verpraßt damit ohne Zögern Gold und Silber und freut sich mächtig des Daseins.‹ Jetzt aber prahle ich nicht mehr, sondern schäme mich meines Herrn; denn alles hat schließlich seine Grenzen, und ich finde, daß du immer übertreibst. Ich verurteile gewiß nicht einen Mann, der sich betrinkt und an den Straßenecken herumprügelt und sich Beulen am Kopf holt; denn das ist eine vernünftige Sitte, die bei vielerlei Sorgen große Erleichterung bringt. Ich selbst habe ihr nur zu oft gehuldigt. Aber der Katzenjammer muß auf vernünftige Weise durch Bier und gesalzenen Fisch ausgeglichen werden, worauf man wieder an die Arbeit zu gehen hat, wie die Götter es vorschreiben und der Anstand fordert. Statt dessen aber säufst du, als wäre jeder Tag dein letzter. Ich fürchte, daß du dich zu Tode trinken willst. Wenn dem aber so ist, rate ich dir, dich lieber in einem Weinfaß zu ersäufen, weil dies ein rascheres und angenehmeres Leben ist, das keine Schande über dich bringt.«

Ich sann über seine Worte nach und beobachtete meine Hände, die die Hände eines Heilkünstlers waren; jetzt zitterten sie, als hätten sie einen eigenen Willen und ich keine Macht mehr über sie. Ich dachte auch an alle Kenntnisse, die ich in verschiedenen Ländern erworben, und kam zu der Einsicht, daß Übertreibung Torheit und Maßlosigkeit in Essen und Trinken ebenso unvernünftig ist, wie solche in Freude und Kummer. Deshalb äußerte ich zu Kaptah:

»Dein Wille geschehe. Aber wisse, daß ich mir selbst über alles, was du soeben sagtest, völlig im klaren bin, und deine Worte keinen Einfluß auf meine Beschlüsse auszuüben vermögen, sondern wie eintöniges Fliegengesumm in meinen Ohren klingen. Mit dem Trinken aber will ich für dieses Mal aufhören und längere Zeit keinen einzigen Weinkrug mehr öffnen. Ich gedenke, Kreta zu verlassen, um nach Simyra zurückzukehren.«

Kaptah sagte weiter nichts, sondern entfernte sich; und noch am selben Tag begaben wir uns an Bord des Schiffes. Die Schiffsknechte streckten ihre Ruder aus und steuerten das Schiff an Hunderten von Fahrzeugen und an kretischen Kriegsschiffen, deren Relinge mit Kupferschilden gesäumt waren, vorüber und aus dem Hafen hinaus. Auf dem offenen Meer aber zogen sie die Ruder ein, und der Kapitän opferte dem Meergott und den Göttern in seiner Kabine, worauf er die Segel hissen ließ. Das Schiff schwankte, und die Wellen prallten dröhnend gegen seinen Bug. Wir hielten Kurs auf die syrische Küste, und hinter uns verschwand Kreta wie eine blaue Wolke oder wie ein Schatten oder ein Traum, und rund um uns her war nichts als die wogende Meeresfläche.

NEUNTES BUCH

Der Krokodilschwanz

1

Auf diese Art war ich zum Mann gereift und nicht mehr jung, als ich nach dreijähriger Abwesenheit, während derer ich viel Wissen über Gutes und Böses in manchen Ländern gesammelt hatte, nach Simyra zurückkehrte. Der Seewind trieb mir die Weindämpfe aus dem Kopf, klärte mir die Augen wieder und verlieh meinen Gliedern neue Kraft, so daß ich wieder wie andere Menschen aß und trank und lebte, nur daß ich weniger als andere sprach und daher noch einsamer wurde. Die Einsamkeit gehört zur Mannesreife, falls es so bestimmt ist. Ich aber war von Kindheit an, seit dem Tag, da mich das Binsenboot ans Nilufer brachte, einsam und ein Fremdling in der Welt gewesen. Ich brauchte nicht wie so mancher andere erst in die Einsamkeit hineinzuwachsen: sie war mir wie ein Heim und Ruhelager in der Finsternis.

Doch während ich beim Galionsbild des Schiffes stand, das Meer grün um mich wogte und der Wind mir alle törichten Gedanken verjagte, sah ich immer noch irgendwo in weiter Ferne ein paar Augen, die wie Mondschein über dem Meere waren, hörte Mineas launisches Lachen und sah sie auf den Dreschböden an den Straßen Babyloniens, jung und schlank wie knospendes Schilfrohr, in einem leichten Gewand tanzen. Ihr Bild verursachte mir nicht länger Schmerz und Kummer, sondern lebte wie eine süße Qual in meinem Innern, etwa wie das Gefühl, das man morgens beim Erwachen aus einem Traum empfindet, der holder als das Leben war. Deshalb freute ich mich, ihr begegnet zu sein; und von all den Stunden, die ich mit ihr verbracht, hätte ich keine einzige missen wollen, weil ich fühlte, daß mein Maß des Erlebens ohne die Begegnung mit ihr knapper gewesen wäre. Das Galionsbild des Schiffes bestand aus kaltem bemaltem Holz aber es trug das Antlitz eines Weibes. Und wie ich so neben ihm stand, das Gesicht vom Wind umfächelt, fühlte ich die Manneskraft in mir erwachen und wußte, daß ich in meinem Leben noch vielen Frauen nahekommen würde, weil der Einsame friert, wenn er in kalten Nächten allein schlafen muß. Aber ich glaubte auch, daß alle Frauen für mich bloß kaltes bemaltes Holz sein würden und daß ich, wenn ich sie im Dunkel umfing, stets nur Minea in ihnen suchen würde, den Mondschein in den Blicken, die Wärme des schlanken Leibes und den Zypressenduft der Haut. So nahm ich beim Galionsbild des Schiffes Abschied von Minea.

Mein Haus in Simyra stand noch, obwohl Diebe die Fensterluken aufgebrochen und alles fortgetragen hatten, was des Stehlens wert war und was ich nicht ins Magazin des Handelshauses zur Aufbewahrung gebracht hatte. Während meiner langen Abwesenheit hatten die Nachbarn den Platz vor meinem Haus in eine Abladestelle für Kehricht und einen Abtritt verwandelt, so daß ein widerwärtiger Gestank herrschte und mir Ratten zwischen den Füßen hindurchliefen und Spinnengewebe durch die Türöffnungen fegten. Meine Nachbarn zeigten beim Wiedersehen keinerlei Freude, sondern wandten sich von mir ab und sprachen zueinander: »Er ist Ägypter, und alles Schlechte kommt aus Ägypten.« Deshalb kehrte ich zuerst in einer Herberge ein und ließ Kaptah mein Haus in Ordnung bringen, um es wieder bewohnbar zu machen, und besuchte inzwischen die Handelshäuser, in denen ich mein Geld angelegt hatte. Nach dreijähriger Abwesenheit war ich nun bettelarm nach Simyra zurückgekehrt, und außer den Erträgnissen aus meiner Heilkunst hatte ich auch alles von Haremhab erhaltene Gold verloren, von dem ein großer Teil Mineas wegen bei den Priestern Babylons zurückgeblieben war.

Die großen Reeder der Handelshäuser waren höchlich erstaunt, mich wiederzusehen. Ihre Nasen wurde noch länger, als sie bereits waren, und sie kratzten sich nachdenklich den Bart; denn sie hatten sich schon eingebildet, mich zu beerben, nachdem ich so lange fortgeblieben war. Aber sie legten ehrlich Rechenschaft ab; und wenn auch einige Schiffe in Seenot geraten und mein Anteil an ihnen verloren war, so hatten andere dafür reichlichen Gewinn abgeworfen. Nach der Schlußrechnung zeigte es sich, daß ich bei meiner Rückkehr reicher war, als ich bei meiner Abreise gewesen, und daß ich mir keine Sorgen darüber zu machen brauchte, wovon ich in Simyra leben sollte.

Meine langnasigen Freunde, die Schiffsreeder, luden mich indes in ihre Zimmer ein, boten mir Wein und Honiggebäck an und sprachen: »Sinuhe, du bist unser Arzt und in jeder Beziehung unser Freund. Aber du bist ein Ägypter; und wenn wir auch gerne Handel mit Ägypten treiben, sehen wir es doch weniger gern, daß sich ein Ägypter bei uns heimisch macht und bereichert. Denn das Volk murrt und ist der Steuern überdrüssig, die es dem Pharao entrichten muß. Wir wissen nicht, wie eigentlich alles begonnen hat – aber es ist vorgekommen, daß Ägypter auf der Straße mit Steinen beworfen und ihre Tempel mit Schweinekadavern besudelt wurden, und die Leute zeigen sich draußen nicht gerne in Gesellschaft eines Ägypters. Du, Sinuhe, bist unser Freund, und wir schätzen dich wegen deiner hervorragenden Heilkunst, deren wir uns immer noch entsinnen. Deshalb erzählen wir dir das alles, damit du auf der Hut sein und danach handeln kannst.«

Ihre Rede versetzte mich in maßloses Staunen; denn vor meiner Abreise hatte man in Simyra um die Freundschaft der Ägypter gebuhlt und sie zu sich nach Hause eingeladen, und wenn man in Theben syrische Sitten nachahmte, so nahm man in Simyra die ägyptischen zum Vorbild. Aber Kaptah bestätigte ihre Worte, indem er aufgebracht in die Herberge kam und sagte: »Ein böser Geist ist zweifellos den Menschen von Simyra durch den Hintern in den Leib gefahren! Sie benehmen sich wie tolle Hunde und tun, als könnten sie nicht mehr ägyptisch sprechen. Sie warfen mich aus der Bierstube hinaus, in die ich eingekehrt war, weil meine Kehle nach all den Mühen, die du, Herr, mir auferlegst, trocken wie Staub war. Sie schmissen mich hinaus, als sie merkten, daß ich ein Ägypter bin, riefen mir Schimpfworte nach, und die Kinder bewarfen mich mit Eselkot.

Deshalb verhielt ich mich beim Betreten der nächsten Bierstube vorsichtiger und sprach kein Wort, obwohl mir dies schwerfiel, weil meine Zunge, wie du weißt, einem freigelassenen Tier gleicht, das sich nicht stillzuhalten vermag. Aber meine Kehle war wahrscheinlich ausgetrocknet wie ein Sack Spreu, und mich dürstete nach dem starken syrischen Bier. Ich steckte mein Rohr in den Bierkrug, ohne ein Wort zu sagen, aber gespannt auf die Reden der anderen horchend. Sie behaupteten, Simyra sei einst eine freie Stadt gewesen, die niemand Steuern zu entrichten brauchte, weshalb ihre Kinder nicht mehr als Sklaven des Pharao geboren werden sollten. Auch die anderen Städte Syriens seien frei gewesen. Man solle daher allen Ägyptern den Schädel einschlagen und sie aus den Städten Syriens vertreiben. Dies sei die Pflicht eines jeden freiheitliebenden Mannes, der es satt habe, als ein Sklave des Pharao zu leben. Solchen Unsinn plapperten sie, obwohl jedermann weiß, daß Ägypten Syrien bloß zu dessen eigenem Vorteil beisteht, ohne selbst viel Nutzen daraus zu ziehen und so in aller Selbstlosigkeit die Syrier gegeneinander beschützt, weil sich die syrischen Städte, sobald sie sich selbst überlassen würden, wie wilde Katzen in einem Sack benähmen, sich gegenseitig bekämpften und bekriegten und verheerten, was sowohl die Viehzucht und den Ackerbau als auch den Handel schwer beeinträchtigen würde. Das hat jeder Ägypter bereits in der Schule gelernt; und ich selbst weiß es, obwohl ich nie eine Schule besucht, sondern nur vor einer Schultür gesessen habe, um auf den bösen Bengel meines früheren Herrn zu warten, der mir immer Fußtritte auf die Beine versetzte und mich mit seinem Schreibstift an empfindlichen Stellen stach. Aber das wollte ich eigentlich nicht erzählen, sondern vielmehr wiederholen, was ich in der Bierschenke vernommen: Die Syrier prahlten mit ihrer Stärke und sprachen von einem Bündnis zwischen sämtlichen syrischen Städten – bis ich mich als Ägypter von ihrem Gerede so angewidert fühlte, daß ich in einem Augenblick, da der Wirt den Rücken kehrte, das Bierrohr zerbrach und meines Weges ging, ohne das Bier zu bezahlen.«

Ich brauchte mich nicht lange in der Stadt umzutun, bis ich

feststellte, daß Kaptah die Wahrheit berichtet hatte. Allerdings belästigte mich niemand, weil ich syrische Kleidung trug; aber Menschen, die mich früher gekannt hatten, wandten sich ab, wenn ich ihnen entgegenkam. Alle Ägypter, die sich in der Stadt bewegten, taten dies im Schutze eigener Wachen; trotzdem wurden sie verhöhnt und mit faulem Obst und toten Fischen beworfen. Ich hielt all das jedoch nicht für besonders gefährlich; denn die Bewohner Simyras waren sicherlich nur über die neuen Steuern erzürnt, und eine solche Gärung legte sich gewöhnlich rasch, weil Syrien schließlich ebensoviel Nutzen aus Ägypten wie Ägypten aus Syrien zog. Ich glaubte auch nicht, daß die Küstenstädte lange ohne ägyptisches Getreide auskommen würden.

Deshalb ließ ich mein Haus instand setzen, empfing Kranke und heilte sie wie früher, und die Patienten, die von meiner Rückkehr gehört hatten, kamen wie ehedem zu mir. Leiden, Krankheit und Schmerz fragen nicht nach der Herkunft, sondern nach der Geschicklichkeit des Arztes. Dennoch stritten sich die Patienten oft mit mir herum und sagten: »Du, der du ein Ägypter bist, sprich: Ist es etwa nicht ungerecht, daß Ägypten Steuern von uns erhebt, Vorteil aus uns zieht und sich wie ein Blutegel an unserer Armut mästet? Ebenso bedeutet die ägyptische Garnison in unserer Stadt eine Beleidigung für uns: Wir können die Ordnung ganz gut selber aufrechterhalten und uns gegen unsere Widersacher verteidigen, wenn man uns nur Gelegenheit dazu gibt. Unrecht geschieht uns ebenfalls, indem wir unsere Mauern nicht wieder aufbauen noch unsere Türme ausbessern dürfen, wenn wir es wünschen und selbst für die Kosten aufkommen. Unsere eigenen Behörden sind durchaus fähig, uns zu regieren, ohne daß sich die Ägypter in die Krönungsangelegenheiten unseres Fürsten und in unsere Rechtsprechung einzumischen brauchen. Bei Baal, ohne die Ägypter wäre unserem Lande Blüte und Erfolg beschieden; ihr Ägypter aber seid wie Heuschrecken über uns gekommen, und euer Pharao zwingt uns einen neuen Gott auf, wodurch wir die Gunst unserer eigenen Götter verlieren.«

Ich verspürte keine Lust, mit ihnen zu streiten, meinte aber:

»Gegen wen wollt ihr Mauern und Türme bauen, wenn nicht gegen Ägypten? Es mag wohl stimmen, daß eure Stadt zur Zeit eurer Urgroßväter innerhalb ihrer Mauern frei war, aber ihr mußtet in unzähligen Kriegen gegen eure noch verhaßten Nachbarn Blut vergießen und verarmen, und eure Fürsten herrschten mit Willkür, so daß weder Reiche noch Arme vor ihnen sicher waren. Jetzt aber schützen euch Ägyptens Schilde und Speere gegen eure Feinde, und die Gesetze Ägyptens wahren das Recht der Reichen wie der Armen.«

Sie aber ereiferten sich, ihre Augen wurden rot, ihre Nasen begannen zu zittern, und sie sprachen: »Alle ägyptischen Gesetze sind nichts als Dreck, und die Götter Ägyptens sind uns ein Greuel. Wenn sich unsere Fürsten auch der Willkür und Ungerechtigkeit schuldig gemacht haben – was wir allerdings nicht glauben, weil es eine von den Ägyptern erfundene Lüge ist, um uns die Erinnerung an die Freiheit auszutreiben –, so waren sie doch unsere eigenen Fürsten! Unser Herz sagt uns, daß Ungerechtigkeit in einem freien Land immer noch besser als Gerechtigkeit in einem versklavten ist.«

Ich entgegnete ihnen: »Ich kann an euch keine Anzeichen von Versklavung finden. Im Gegenteil: ihr werdet immer dicker und prahlt selbst damit, daß ihr euch an der Dummheit der Ägypter bereichert. Wäret ihr frei, so würdet ihr euch gegenseitig die Schiffe ausplündern und die Obstbäume abhauen und wäret eures Lebens auf Reisen im Landesinnern nicht mehr sicher.«

Sie aber hörten nicht auf mich, warfen ihre Gaben vor mich hin und gingen ihres Weges mit den Worten: »In deinem Herzen bleibst du ein Ägypter, obwohl du syrische Kleidung trägst. Jeder Ägypter ist ein Unterdrücker und ungerechter Mensch, und der einzige gute Ägypter ist ein toter Ägypter.«

All das trug dazu bei, daß ich mich in Simyra nicht länger heimisch fühlte, sondern meine Guthaben einzuziehen und mich für die Abreise vorzubereiten begann; denn, wie versprochen, sollte ich mit Haremhab zusammentreffen und ihm berichten, was ich in den verschiedenen Ländern gesehen. Zu diesem Zweck mußte ich mich nach Ägypten begeben. Ich beschleunigte die Abreise jedoch keineswegs; denn beim Gedanken daran, daß ich wieder vom Wasser des Nils trinken würde, befiel mich ein seltsames Zittern. Deshalb ließ ich der Zeit ihren Lauf, und vorübergehend beruhigte sich auch die Stimmung in der Stadt; denn eines Morgens fand man im Hafenbecken einen ägyptischen Soldaten mit durchschnittener Kehle, und hierüber zutiefst erschrocken, schlossen sich die Menschen in ihre Häuser ein, während der Friede in der Stadt wiederhergestellt wurde. Die Beamten der Kolonie aber vermochten den Mörder nicht ausfindig zu machen, und es geschah nichts weiter, weshalb die Städter ihre Türen wiederum öffneten, in ihren Reden noch frecher wurden und den Ägyptern auf der Straße nicht mehr Platz machten, so daß diese, die sich nicht unbewaffnet außer Haus wagen konnten, ihnen ausweichen mußten.

Eines Abends – es war bei meiner Rückkehr aus dem Tempel der Ischtar, den ich zuweilen aufsuchte, wie ein Dürstender Wasser trinkt, ohne sich um den Brunnen, aus dem es stammt, zu kümmern – traten einige Männer auf mich zu und sprachen untereinander: »Ist dies nicht ein Ägypter? Müssen wir es wirklich dulden, daß dieser Beschnittene mit unseren Jungfrauen schläft und unseren Tempel schändet?«

Ich sagte zu ihnen: »Eure Jungfrauen, die man übrigens besser mit einem anderen Wort bezeichnen würde, fragen nicht nach dem Äußern oder der Landeszugehörigkeit eines Mannes, sondern wägen ihre Freude nach dem Gold, das ihr Besucher in seiner Börse trägt. Ich will sie deshalb keineswegs tadeln, da ich mich selbst mit ihnen zu ergötzen pflege und es auch in Zukunft tun werde, wenn es mir beliebt.«

Da zogen sie die Mäntel vors Gesicht, warfen sich über mich, schmetterten mich zu Boden und schlugen meinen Kopf gegen eine Mauer, bis ich glaubte, sterben zu müssen. Aber als sie mich zu berauben und mir die Kleider abzureißen begannen, um meinen Leib in den Hafen zu werfen, sah einer von ihnen mein Gesicht und fragte: »Ist dies nicht Sinuhe, der ägyptische Arzt und Freund des Königs Aziru?« Ich bestätigte, Sinuhe zu sein, und drohte, sie umzubringen und ihre Leichen den Hunden zum Fraß vorzuwerfen; mein Kopf schmerzte fürchterlich, und ich war zornig, daß ich jede Angst vergaß. Da ließen sie mich los, gaben mir meine Kleider zurück und ergriffen, die Mäntel immer noch vor das Gesicht geschlagen, die Flucht. Ich begriff nicht warum: da ich mich hilflos in ihrer Gewalt befand, brauchten sie meine Drohungen ja nicht zu fürchten!

2

Einige Tage später jedoch kam ein Bote vor mein Haus geritten, was ein seltener Anblick war, denn ein Ägypter steigt nie, ein Syrier nur äußerst selten zu Pferd, während eigentlich nur die wilden Wüstenräuber auf Pferden reiten. Das Pferd ist nämlich ein hochgebautes, unbändiges Tier, das ausschlägt, zu beißen versucht, den Reiter abwirft und sich viel störrischer benimmt als der an alles gewohnte Esel. Auch vor einen Wagen gespannt ist das Pferd ein schreckliches Tier, das nur besonders geschulte Soldaten zu behandeln wissen, die es dadurch bezwingen, daß sie ihm die Finger in die Nüstern stecken. Jedenfalls kam dieser Mann auf einem Pferderücken geritten. Das Tier war mit Schaum bedeckt, aus seinem Maul rann Blut, und es schnob auf erschreckende Weise. Die Tracht des Mannes verriet mir, daß er aus den Schafsbergen kam. Aus seinem Gesicht sprach heftige Erregung.

Er stürmte so eilig auf mich zu, daß er sich kaum Zeit nahm, sich zu verbeugen und die Stirn zum Gruße mit der Hand zu berühren. Er rief aufgeregt: »Laß deine Sänfte kommen, Arzt Sinuhe, und folge mir eilends! Ich komme aus dem Lande der Amoriter und bin von König Aziru gesandt, um dich zu holen. Sein Sohn ist krank; niemand weiß, was ihm fehlt, und der König rast wie ein Löwe in der Wüste und zerbricht jedem, der in seine Nähe kommt, die Knochen. Nimm daher deinen Arzneikasten und folge mir rasch, sonst durchschneide ich dir mit meinem Messer den Hals und stoße deinen Kopf vor mir her durch die Straßen.«

»Deinem König würde mein Kopf allein kaum etwas nützen«, erklärte ich, »denn ohne Hände vermag dieser niemand zu heilen. Aber ich verzeihe dir deine ungeduldigen Worte und folge dir – nicht wegen deiner Drohung, sondern weil König Aziru mein Freund ist und ich ihm helfen will.«

Ich hieß Kaptah eine Sänfte holen und folgte dem Boten frohen Herzens. So einsam war ich, daß ich mich sogar über ein Zusammentreffen mit Aziru freute, dessen Zähne ich einst mit Gold überzogen hatte. Aber meine Freude nahm ein rasches Ende, als wir auf einem Bergpaß anlangten; denn da wurde ich samt meinem Kasten auf einen Streitwagen gehoben, und, von wilden Rossen gezogen, rasten wir über steiniges Berggelände dahin, so daß ich glaubte, alle Glieder müßten mir zerschmettert werden, und laute Angstrufe ausstieß. Mein Begleiter auf seinem müden Pferd blieb weit zurück, und ich hoffte, er würde das Genick brechen.

Jenseits der Berge warf man mich vom Streitwagen auf einen anderen Wagen mit ausgeruhten Pferden, so daß ich nicht mehr wußte, ob ich auf dem Kopf oder auf den Füßen stand, und nichts anderes tun konnte, als den Lenkern »Aas, Kadaver, Mistvieh!« zuzurufen und ihnen mit den Fäusten auf den Rükken zu trommeln, als wir an eine weniger holprige Wegstelle kamen, wo ich meinen Griff um die Wagenumrundung zu lockern wagte. Aber sie kümmerten sich nicht um mich, sondern rissen an den Zügeln und knallten mit der Peitsche, so daß der Wagen über Stock und Stein hüpfte und ich befürchtete, die Räder würden abspringen.

Auf diese Art dauerte unsere Fahrt nicht lange, und bereits vor Sonnenuntergang erreichten wir eine von neuaufgeführten, hohen Mauern umgebene Stadt. Auf den Mauern wachten Soldaten mit Schilden; aber das Tor stand für uns offen, und wir fuhren unter Eselsgebrüll, Frauengeschrei und Kindergeheul durch die Stadt, wobei Obstkörbe in die Luft flogen und unzählige Krüge unter den Rädern zermalmt wurden; denn die Lenker kümmerten sich nicht darum, wen sie überfuhren. Doch als man mich aus dem Wagen hob, konnte ich nicht mehr gehen, sondern torkelte wie ein Betrunkener, weshalb die Lenker mich unter den Armen faßten und eilends in das Haus Azirus hineinschleppten, während uns Sklaven mit meinem Arztkasten nachliefen. Wir kamen jedoch nicht weiter als bis in die Vorhalle, die voll von Schilden und Brustpanzern, Federn und Löwenschweifen auf Speerspitzen war. Hier stürzte Aziru brüllend wie ein verwundeter Elefant auf uns zu; er hatte sich die Kleider zerrissen, Asche ins Haar gestreut und mit den Nägeln das Gesicht blutig gekratzt.

»Wo habt ihr euch so lange aufgehalten, ihr Banditen, ihr Aaskerle, ihr Schnecken?« brüllte er und raufte sich den gekräuselten Bart, so daß die Goldbänder, mit denen dieser durchflochten war, wie Blitze durch die Luft zuckten. Er hieb mit den Fäusten auf die mich stützenden Wagenlenker und heulte wie ein Raubtier: »Wo habt ihr herumgetrödelt, ihr Gesindel von Dienern? Wißt ihr nicht, daß mein Sohn im Sterben liegt?«

Die Lenker aber verteidigten sich und sagten: »Wir haben viele Pferde zuschanden gefahren und sind schneller als Vögel über die Berge geeilt. Das größte Verdienst gebührt dabei dem Arzt, den wir geholt; denn er brannte darauf, deinen Sohn zu heilen, und ermunterte uns mit Zurufen, sobald wir ermüdeten, und schlug uns mit den Fäusten auf den Rücken, wenn unsere Schnelligkeit nachließ. Nie hätten wir das von einem Ägypter erwartet, und nie ist der Weg von Simyra hierher in so kurzer Zeit bezwungen worden. Davon sind wir überzeugt!«

Da umarmte mich Aziru heftig, weinte und sprach: »Heile meinen Sohn, Sinuhe, heile ihn, und alles, was mir gehört, soll auch dir gehören!« Ich aber sagte: »Laß mich erst deinen Sohn sehen, damit ich erkenne, ob ich ihn zu heilen vermag!«

Er führte mich rasch in einen großen Raum, in dem ein Feuerbecken Hitze ausströmte, obgleich es Sommer war, weshalb es zum Ersticken heiß im Saal war. Mitten drin stand eine Wiege, in der ein kleines, kaum einjähriges, in Wolltücher gewickeltes Kind aus Leibeskräften schrie. Vor lauter Gebrüll war das Gesicht des Kindes blauschwarz geworden und mit Schweißtropfen bedeckt. Obwohl es noch winzig klein war, hatte es bereits das dichte schwarze Haar seines Vaters. Ich betrachtete das Knäblein und fand keine Anzeichen, daß es in Lebensgefahr schwebte; denn hätte es im Sterben gelegen, so hätte es gewiß nicht mit solcher Wut zu brüllen vermocht. Ich blickte um mich und sah Keftiu, das Weib, das ich einst Aziru geschenkt, am Boden neben der Wiege liegen: sie war beleibter und weißer als je, und ihre gewaltigen Fleischmassen schaukelten hin und her, als sie in ihrem Kummer jammernd und schreiend die Stirn gegen den Boden schlug. In allen Ecken des Zimmers heulten Sklavinnen und Ammen, welche Beulen und blaue Flecken im Gesicht trugen; denn Aziru hatte sie geprügelt, weil sie seinem Sohn nicht helfen konnten.

»Sei guten Mutes, Aziru!« sprach ich. »Dein Sohn stirbt nicht. Ich will mich erst reinigen, bevor ich ihn untersuche. Laß dieses verfluchte Feuerbecken fortschaffen! Man erstickt ja vor Hitze!«

Da hob Keftiu rasch das Gesicht vom Boden und meinte erschrocken: »Das Kind könnte sich erkälten!« Dann betrachtete sie mich eingehend, lächelte, setzte sich auf, brachte Kleider und Haare in Ordnung und lächelte von neuem, indem sie fragte: »Bist du's, Sinuhe?«

Aziru aber rief händeringend: »Der Junge ißt nichts, sondern erbricht sofort alles; sein Körper ist heiß, und seit drei Tagen hat er kaum etwas zu sich genommen, sondern nur so geweint, daß mir das Herz ob seinem Jammer bricht.«

Ich hieß ihn die Sklavinnen und Ammen hinausschicken, und er gehorchte mir demütig, ohne an seine königliche Würde zu denken. Nachdem ich mich gereinigt, zog ich dem Kind die wollenen Hüllen ab und ließ die Fenster öffnen, um den Raum zu lüften. Sobald die kühle Abendluft hereinströmte, beruhigte sich das Kind, begann mit seinen dicken Gliedern zu strampeln und weinte nicht mehr. Ich befühlte seinen Körper und Magen, bis mir ein Licht aufging und ich ihm den Finger in den Mund steckte. Und siehe da, ich hatte richtig geraten: seinem Kiefer war der erste Zahn wie eine weiße Perle entsprungen.

Da sagte ich ärgerlich: »Aziru! Aziru! Deswegen also hast du mit wilden Rossen den geschicktesten Arzt Syriens hierherführen lassen! Ohne zu prahlen, kann ich sagen, daß ich auf meinen

Reisen in vielen Ländern mancherlei gelernt habe. Deinem Jungen fehlt nichts, er ist nur ebenso unbändig und reizbar wie sein Vater; vielleicht hat er ein wenig Fieber gehabt, aber jetzt ist es vorbei. Wenn er erbrochen hat, tat er es aus weisem Selbsterhaltungstrieb, da ihr ihn mit viel zuviel fetter Milch gemästet habt. Es ist höchste Zeit, daß Keftiu mit dem Säugen aufhört und ihn an richtige Nahrung gewöhnt; sonst beißt er seiner Mutter bald noch die Brustwarzen ab, was dich, wie ich glaube, tief betrüben würde, da du dich sicherlich auch weiterhin an deiner Frau ergötzen willst. Wisse, daß dein ungeduldiger Sohn wegen seines ersten Zahnes geweint hat! Wenn du mir nicht glaubst, kannst du dich selbst davon überzeugen.«

Ich öffnete dem Kind den Mund und zeigte Aziru den Zahn. Er brach in Jubel aus, klatschte in die Hände und tanzte im Zimmer herum, daß der Boden dröhnte. Ich zeigte den Zahn auch Keftiu, und sie behauptete, noch nie ein so schönes Zähnchen in einem Kindermund gesehen zu haben. Als sie den Jungen jedoch wieder in Wolle einwickeln wollte, untersagte ich es ihr und hüllte ihn in ein kühles Leinentuch, damit er sich in der Abendluft nicht erkälte.

Aziru fuhr mit seinem Stampfen und Tanzen fort, sang mit heiserer Stimme und schämte sich nicht im geringsten, daß er mich für nichts und wieder nichts hatte herschleppen lassen. Er wollte den Zahn seines Sohnes seinen Höflingen und Heerführern zeigen und ließ auch die Wächter von den Mauern zum Bestaunen des Wunders herunterkommen. Alle drängten sich denn auch, mit den Speeren und Schilden rasselnd, mit fassungslos aufgerissenem Mund um die Wiege des Jungen und versuchten, ihm ihre schmutzigen Daumen in den Mund zu stekken, um den Zahn zu fühlen, bis ich sie alle hinausjagte und Aziru ermahnte, seinen Verstand zusammenzunehmen und an seine Würde zu denken.

Aziru meinte verlegen: »Vielleicht habe ich wirklich die Besinnung verloren und mich unnütz aufgeregt, nachdem ich, das Herz von seinem Jammer erschüttert, nächtelang an seiner Wiege gewacht. Aber du mußt verstehen, daß er mein Sohn und erstes Kind ist, mein Prinz, mein Augapfel, mein Kronjuwel, mein kleiner Löwe, der nach mir die Krone der Amoriter tragen und über viele Völker herrschen soll. Ich will wahrlich mein Land groß machen, damit er etwas zu erben habe und den Namen seines Vaters preise. Sinuhe, Sinuhe, du ahnst nicht, wie dankbar ich dir dafür bin, daß du mich von dieser Sorge befreit hast; denn du wirst zugeben müssen, daß du noch nie einen so prächtigen Jungen gesehen hast, obgleich du durch viele Länder gereist bist. Betrachte nur die schwarze Löwenmähne auf seinem Haupt und sage mir, ob du je an einem Jungen dieses Alters einen solchen Haarschmuck gesehen! Du hast selbst festgestellt, daß sein Zahn glänzend und makellos wie eine Perle ist. Schau dir auch seine Glieder und sein Bäuchlein an, das rund wie ein Tönnlein ist!«

Ich hatte sein Geschwätz so satt, daß ich ihn bat, mitsamt seinem Sohn in die Schlünde der Unterwelt zu fahren, und erklärte, daß ich mich von der fürchterlichen Fahrt immer noch wie gerädert fühle und nicht wisse, ob ich auf dem Kopf oder auf den Füßen stehe. Er aber beschwichtigte mich, legte mir den Arm um die Schultern, bot mir vielerlei Gerichte, Schafsbraten und in Fett gekochte Graupen auf silbernen Schüsseln und Wein aus einem goldenen Becher an, so daß ich mich daran erquickte und ihm verzieh.

Ich blieb mehrere Tage bei ihm zu Gast, und er spendete mir reiche Gaben, sogar Gold und Silber; denn seit unserer letzten Begegnung war er reich geworden. Auf welche Art sich aber sein armes Land bereichert hatte, wollte er nicht gestehen, sondern lächelte nur hinter seinem Krausbart und erklärte, die Frau, die ich ihm geschenkt, habe ihm Glück gebracht. Auch Keftiu war freundlich zu mir und behandelte mich mit hoher Achtung, sicherlich in Erinnerung an den Stock, mit dem ich oft die Zähigkeit ihrer Haut erprobt hatte, und folgte mir wackelnd und klirrend in ihrer Üppigkeit und Pracht und betrachtete mich liebevoll. Ihre weiße Haut und ihre Beleibtheit hatten auch alle Heerführer Azirus geblendet; denn im Gegensatz zu den Ägyptern lieben die Syrier dicke Frauen, wie ihre Sitten auch sonst in jeder Hinsicht von denen der Ägypter abweichen. Deshalb hatten die Dichter Gesänge zu ihren Ehren verfaßt, die sie in langgezogenen Tönen und unter steter Wiederholung derselben Worte vortrugen, und auch die Wächter auf den Mauern sangen ihr Lob, weshalb Aziru riesig stolz auf sie war. Er liebte sie so glühend, daß er seine anderen Frauen nur äußerst selten besuchte – und auch dann bloß aus Höflichkeit, weil sie die Töchter seiner Häuptlinge waren, die er geehelicht, um alle Stammesfürsten an sein Königreich zu binden.

Ich hatte so viele Länder bereist und erforscht, daß er es für angebracht hielt, mit seinem Königreich zu prahlen, und mir daher vieles erzählte, was er vielleicht später bereute. So erfuhr ich unter anderem auch, daß es von ihm ausgesandte Aufwiegler gewesen, die mich in Simyra überfallen hatten, um mich als Ägypter in den Hafen zu werfen. Er sprach mir über den Vorfall sein tiefes Bedauern aus, erklärte aber: »Gewiß muß noch manchem Ägypter der Schädel eingeschlagen und müssen noch viele ägyptische Soldaten ins Wasser geworfen werden, bis die Leute in Simyra und Byblos, in Sidon und Gaza endlich begreifen werden, daß ein Ägypter nicht unantastbar ist und auch einem Ägypter das Blut aus dem Leibe rinnt, wenn man ihm einen Messerstich versetzt. Die syrischen Krämer sind nämlich übertrieben vorsichtig, ihre Fürsten feige und ihre Völker träge wie Ochsen. Deshalb muß der Aufgewecktere den Anfang machen, ihnen ein Beispiel geben und zeigen, was zu ihrem Vorteil ist.«

Ich fragte ihn: »Warum muß das sein, und warum haßt du die Ägypter so sehr, Aziru?« Er strich sich den Krausbart und sprach mit verschlagenem Lächeln: »Wer behauptet, daß ich die Ägypter hasse? Auch du, Sinuhe, bist ein Ägypter, und ich hasse dich doch nicht. Auch ich bin als Kind in dem goldenen Haus des Pharao erzogen worden, wie mein Vater vor mir und wie überhaupt alle Fürsten Syriens. Daher kenne ich die ägyptischen Sitten und kann lesen und schreiben, obwohl mich meine Lehrer öfter an der Knabenlocke zupften und mit Rohrstöcken auf die Finger schlugen als die anderen Schüler, weil ich eben ein Syrier war. Trotzdem hasse ich die Ägypter keineswegs. Denn mit zunehmendem Verstand lernte ich in Ägypten viel Weisheit, die ich mit der Zeit gegen Ägypten verwerten kann.

Ich lernte unter anderem, daß gebildete Menschen alle Völker als gleichgestellt betrachten und daß es keinen Unterschied zwischen den Völkern gibt, weil jedes Kind, sei es ein syrisches oder ein ägyptisches, nackt zur Welt kommt. Kein Volk ist mutiger oder feiger, grausamer oder barmherziger, gerechter oder ungerechter als ein anderes. In jedem Volk gibt es Helden und Feiglinge, Gerechte und Ungerechte, so auch in Syrien und in Ägypten. Derjenige, der zu herrschen und befehlen hat, haßt daher niemanden und sieht keinen Unterschied zwischen den Völkern. Hingegen bedeutet der Haß eine gewaltige Macht in der Hand eines Herrschers und ist stärker als jede Waffe; denn ohne Haß besitzen die Arme nicht genügend Kraft, um die Waffe zu führen. Ich bin zum Herrscher geboren; in meinen Adern fließt das Blut der Amoriterkönige, und unter den Hyksos herrschte mein Volk einst über alle Völker zwischen den Meeren. Deshalb tue ich mein möglichstes, um Haß zwischen Syrien und Ägypten zu säen und die Glut anzufachen, die nur langsam entsteht, aber einmal zu einem lodernden Scheiterhaufen werden wird, in dessen Flammen die Macht Ägyptens in Syrien zu Asche verbrennt. Alle Städte und Stämme Syriens müssen begreifen lernen, daß ein Ägypter erbärmlicher, feiger, grausamer, ungerechter, gieriger und undankbarer als ein Syrier ist. Sie müssen lernen auszuspucken, wenn sie den Namen eines Ägypters vernehmen, und die Ägypter als ungerechte Unterdrücker, Blutsauger, Folterknechte und Kinderschänder zu betrachten, bis ihr Haß groß genug geworden ist, um Berge zu versetzen.«

»Aber das ist ja, wie du selbst zugibst, gar nicht wahr«, bemerkte ich.

Er breitete die Handflächen nach oben und fragte lächelnd: »Was ist Wahrheit, Sinuhe? Wenn ihnen einmal die Wahrheit, die ich sie lehre, ins Blut übergegangen ist, werden sie bei allen Göttern auf sie schwören und einem jeden, der sie Lüge nennt, den Glauben verweigern und ihn als Schmäher totschlagen. Sie müssen sich selbst für stärker, tapferer und rechtschaffener als jedes andere Volk der Erde halten und die Freiheit so zu lieben glauben, daß ihnen Hunger und Drangsal und Tod nichts bedeuten und sie bereit sind, jeden Preis für die Freiheit zu bezahlen. Das alles werde ich sie lehren. Schon manchen habe ich zu meiner Wahrheit bekehrt; jeder Gläubige bekehrt seinerseits andere, bis die neue Wahrheit wie ein Feuer ganz Syrien durchläuft. Wahrheit ist auch, daß Ägypten einst mit Feuer und Blut nach Syrien kam und daß es daher auch durch Feuer und Blut aus Syrien vertrieben werden muß.«

»Welches ist die Freiheit, von der du zu ihnen sprichst?« fragte ich. Seine Rede flößte mir Schrecken ein; denn als Ägypter fürchtete ich für mein Land und seine Kolonien.

Wieder hob er die Hände und lächelte verbindlich: »Freiheit ist ein Wort, das viele Bedeutungen hat. Der eine versteht dies, der andere jenes darunter; aber das tut nichts zur Sache, solange diese Freiheit nicht erreicht ist. Zur Erlangung der Freiheit sind viele Menschen nötig; doch wenn sie einmal erreicht ist, tut man am besten daran, sie nicht mit allzu vielen zu teilen, sondern für sich selbst zu behalten. Deshalb glaube ich auch, daß unser Land dereinst die Wiege der Freiheit Syriens genannt werden wird. Auch kann ich dir sagen, daß ein Volk, dem man alles weismachen kann, einer Rinderherde gleicht, die sich mit Picken durch ein Tor treiben läßt, oder mit einer Schafherde, die willenlos dem Leithammel folgt, wohin er sie auch führe. Vielleicht bin ich derjenige, der die Rinderherde treibt und die Schafherde führt.«

»Jedenfalls bist du ein großer Schafskopf«, entgegnete ich, »daß du solche Worte äußerst. Denn das sind gefährliche Reden; wenn der Pharao Kenntnis davon bekommt, kann er leicht seine Streitwagen und Speere gegen dich aussenden, deine Mauern niederreißen und dich und deinen Sohn mit dem Kopf nach unten am Vordersteven seines nach Theben zurückkehrenden Kriegsschiffes aufhängen lassen.«

Aziru aber lächelte nur und sprach: »Ich glaube nicht, daß mir der Pharao gefährlich wird; denn ich habe aus seiner Hand das Zeichen des Lebens empfangen und seinem Gott einen Tempel errichtet. Deshalb setzt er mehr Vertrauen in mich als in irgend jemand anderen in Syrien, sogar mehr als in seine eigenen Gesandten und Garnisonsbefehlshaber, die Ammon anbeten. Ich will dir etwas zeigen, was dich bestimmt ergötzen wird.«

Er führte mich zur Mauer und zeigte mir eine vertrocknete Leiche, die nackt, mit dem Kopf nach unten, von Fliegen umschwärmt, daran baumelte. »Wenn du genau hinsiehst«, meinte er, »wirst du finden, daß es sich um einen Beschnittenen handelt. Dieser Mann war tatsächlich ein Ägypter. Er war sogar ein Steuereintreiber des Pharao, der die Kühnheit besaß, in mein Haus einzudringen, um zu schnüffeln, weshalb ich mit meinen Steuern ein paar Jahre im Rückstand war. Meine Soldaten hatten große Freude an ihm, bevor sie ihn seiner Frechheit wegen an die Mauer hängten. Dadurch habe ich erreicht, daß die Ägypter nicht einmal in großen Haufen gerne durch unser Land fahren und die Kaufleute ihre Abgaben lieber an mich als an jene entrichten. Was das bedeutet, wirst du verstehen, wenn ich dir anvertraue, daß Megiddo sich in meiner Gewalt befindet und mir gehorcht statt der ägyptischen Garnison, die sich in ihrer Festung verschanzt hält und sich nicht in die Straßen der Stadt hinauswagt.«

»Das Blut dieses armen Menschen wird über dein Haupt kommen!« sprach ich entsetzt. »Du wirst fürchterlich bestraft werden, wenn deine Tat ruchbar wird. Mit allem anderen kann man in Ägypten Spott treiben, niemals aber mit den Steuererhebern des Pharao.«

»Ich habe die Wahrheit zur Schaustellung an die Mauer gehängt«, erklärte Aziru zufrieden. »Auch sind deshalb zahlreiche Untersuchungen angestellt worden. Ich habe mit Freuden sowohl Papier als auch Lehmtafeln zur Aufklärung der Angelegenheit vollgekritzelt und ebenso zahlreiche Lehmtafeln darüber erhalten, die ich sorgfältig numeriert aufbewahre, um, unter Hinweis darauf, neue Lehmtafeln vollschreiben zu können, bis ich mir schließlich eine Schutzmauer aus lauter Lehmtafeln aufführen kann. Beim Baal der Amoriter! Ich habe diese Sache bereits so durcheinandergebracht, daß der Statthalter von Megiddo den Tag seiner Geburt verflucht, weil ich ihn unaufhörlich mit neuen Lehmtafeln belästige und das Recht fordere, das dieser Steuererheber verletzt hat. Auch ist mir mit Hilfe zahlreicher Zeugen der Beweis gelungen, daß er ein Mörder und Dieb war, der die Mittel des Pharao veruntreute. Ich habe bewiesen, daß er in allen Dörfern die Frauen bedrängte, und berichtete, daß er die Götter Syriens geschmäht und sogar sein Wasser am Altar Atons abgeschlagen. Das verleiht meiner Sache vor dem Pharao die Festigkeit eines Felsens. Siehst du, Sinuhe: Gesetz und Recht, die auf Lehmtafeln geschrieben wurden, sind von langsamer Wirkung und verworren und werden immer verwickelter, je mehr Lehmtafeln man vor dem Richter aufstapelt, bis schließlich der Teufel selbst die Wahrheit nicht mehr herausbekommen kann. In dieser Sache bin ich den Ägyptern überlegen. Ich werde es auch bald in anderen Dingen sein.«

Je mehr Aziru sprach, desto deutlicher entsann ich mich Haremhabs; denn Aziru hatte etwas von Haremhabs Männlichkeit und war wie dieser ein geborener Krieger, obwohl er älter und von der syrischen Staatskunst vergiftet war. Ich glaubte nicht, daß man nach seiner Auffassung über große Völker herrschen konnte. Ich hielt seine Gedanken und Pläne für ein Erbe seiner Väter, entstanden zu einer Zeit, da Syrien einem zischenden Schlangenneste geglichen, in dem die zahlreichen Kleinkönige untereinander um die Macht kämpften und sich gegenseitig ermordeten, bis Ägypten Syrien befriedete und dessen Fürstensöhne ihre Erziehung und Bildung im goldenen Hause des Pharao erhielten. Auch suchte ich ihm seine falsche Einschätzung des Reichtums und der Macht Ägyptens auszureden und warnte ihn davor, sich allzu stark aufzublähen. Denn auch ein Ledersack schwillt, wenn man ihn mit Luft vollbläst; sticht man aber ein Loch hinein, so sinkt er zusammen und verliert seine Größe. Aziru aber lachte mich aus, zeigte seine goldenen Zähne und ließ mir neue Schafsbraten auf Silberschüsseln auftischen, um mit seinem Reichtum zu prahlen.

Sein Arbeitszimmer war in der Tat mit Lehmtafeln angefüllt, und Boten brachten ihm Schreiben aus allen Städten Syriens. Auch vom König der Hetiter und aus Babylon erhielt er Lehmtafeln, deren Inhalt er mir zwar vorenthielt, mit denen zu prahlen er hingegen nicht unterlassen konnte. Er fragte mich neugierig über das Land der Hetiter und über Chattuschasch aus; aber ich merkte bald, daß er über die Hetiter ebenso gut wie ich unterrichtet war. Auch suchten ihn Gesandte der Hetiter auf und sprachen mit seinen Kriegern und Heerführern. Nachdem ich dies alles gesehen, sagte ich zu ihm: »Der Löwe und der Schakal können sich wohl zusammentun, um die gleiche Beute zu jagen; aber hast du jemals gesehen, daß der Schakal dabei die besten Stücke erhalten hätte?«

Er zeigte bloß lachend seine goldenen Zähne und sagte: »Ich bin sehr wißbegierig und will genau wie du neue Dinge lernen. Aber ich kann leider meiner Regierungsangelegenheiten wegen nicht herumreisen wie du, der du keinerlei Verantwortung trägst und frei wie der Vogel in den Lüften bist. Es dürfte auch nichts Böses darin liegen, daß die Offiziere der Hetiter meinen Heerführern gute Ratschläge in der Kriegskunst erteilen; denn sie besitzen neue Waffen und Erfahrungen, die uns mangeln. Solches kann für den Pharao nur von großem Nutzen sein. Denn wenn es je zu einem Krieg käme, so hat Syrien schon lange als Ägyptens Schild im Norden gedient, und dieser Schild ist schon oft mit Blut befleckt worden. Diesen Umstand werden wir nicht vergessen, wenn es einmal gilt, die Rechnung zwischen Ägypten und Syrien zu begleichen.«

Als er vom Krieg sprach, entsann ich mich wiederum Haremhabs und sagte: »Ich habe nun deine Gastfreundschaft lange genug genossen und möchte nach Simyra zurückkehren, wenn du mir eine Sänfte zur Verfügung stellen kannst. Deine schrecklichen Streitwagen besteige ich nie mehr; lieber lasse ich mir gleich den Schädel einhauen. Simyra ist mir allerdings verleidet, und als Ägypter habe ich wohl schon zu lange das arme Syrien ausgesaugt, weshalb ich an Bord eines Schiffes nach Ägypten heimzukehren gedenke. Es kann daher sein, daß wir uns lange nicht oder vielleicht überhaupt nie wiedersehen. Die Erinnerung an das Wasser des Nils schmeckt süß in meinem Mund; vielleicht werde ich dortbleiben, um mein Leben lang davon zu trinken, nachdem ich bereits genug von der Schlechtigkeit der Welt gesehen und nun auch noch von dir eine entsprechende Lehre erhalten habe.«

Aziru meinte: »Niemand weiß etwas im voraus über den morgigen Tag. Auf einem rollenden Stein wächst kein Moos; und die Unruhe, die in deinen Augen glüht, gestattet dir gewiß nicht, lange in einem Lande zu verweilen. Aber wählst du dir eine Frau aus der Mitte meines Volkes, so werde ich dir ein Haus in meiner Stadt aufführen lassen, und du wirst es nicht zu bereuen haben, wenn du dableibst, um hier deinen Beruf auszuüben.«

Ich gab ihm höhnisch zur Antwort: »Das Land der Amoriter ist das ungerechteste, hassenswerteste Land der Welt, sein Baal ist mir ein Greuel, und seine Frauen riechen wie Ziegen. Deshalb werde ich eine Mauer des Hasses zwischen mir und deinem Land errichten und jedem, der Gutes über dieses Land berichtet, den Schädel einschlagen. Noch manch anderes werde ich tun, was ich nicht aufzähle, weil es mir in diesem Augenblick nicht einfällt. Jedenfalls aber werde ich auf zahlreichen Lehmtafeln allerlei Rechnungen aufstellen, um zu beweisen, daß du meine Frau geschändet und meine Ochsen, die ich nie besessen, gestohlen, daß du Zauberei getrieben und andere verwerfliche Untaten vollbracht hast – bis du mit dem Kopf nach unten an die Mauern gehängt werden wirst, worauf ich dein Haus plündern und dein Gold rauben werde, um mir hundertmal hundert Krüge Wein zu kaufen und in deinem Gedenken zu leeren.«

Sein Lachen widerhallte in den Sälen des Palastes, und die Zähne schimmerten golden durch seinen gekräuselten Bart. Später, als die bösen Tage kamen, entsann ich mich oft, wie er in jenem Augenblick ausgesehen. Aber wir schieden als Freunde; er gab mir eine Sänfte und eine Menge Geschenke, und seine Krieger geleiteten mich nach Simyra, damit mir unterwegs nichts zustoßen sollte, weil ich doch ein Ägypter war.

Beim Stadttor von Simyra flog eine Schwalbe wie ein Pfeil an meinem Haupt vorbei, mein Sinn ward von Unruhe befallen, und die Straße brannte mir unter den Füßen. Zu Hause angelangt, sprach ich zu Kaptah: »Sammle unser Hab und Gut und verkaufe dieses Haus! Wir segeln heim nach Ägypten.«

3

Es ist nicht nötig, viel über die Heimreise nach Ägypten zu berichten; denn die Erinnerung daran ist wie ein Schatten oder ein unruhiger Traum in meinem Innern. Denn als ich mich endlich an Bord des Schiffes auf der Rückreise nach dem schwarzen Lande befand, um Theben, die Stadt meiner Kindheit, wiederzusehen, befiel eine grenzenlose Sehnsucht meine Seele mit solcher Macht, daß ich weder stehen noch sitzen, noch liegen konnte, sondern ruhelos auf dem engen Deck zwischen Teppichrollen und Warenballen herumirrte, den Geruch Syriens immer noch in der Nase und mit jedem Tag ungeduldiger das Verschwinden der bergigen Küste und das Auftauchen des vom Schilf grünleuchtenden Tieflandes erwartend. Während das Schiff tagelang an den Landestellen der Küstenstädte lag, besaß ich nicht mehr die nötige Ruhe, um diese auszuforschen oder Angaben zu sammeln; das Geschrei der Esel am Strand vermischte sich mit den Rufen der Fischverkäufer und dem Gesumme fremder Sprachen zu einem Brausen, das sich in meinen Ohren nicht von demjenigen des Meeres unterschied.

Der Frühling erwachte wieder in den Tälern Syriens, an der Seeseite leuchteten die Berge rot wie Wein, der Lenz färbte abends die schäumenden Wasser am Meeresufer blaßgrün, die Priester des Baal lärmten und riefen laut in den engen Gassen und schürften sich mit Steinmessern das Gesicht, so daß das Blut darüberströmte, mit brennenden Augen und zerzausten Haaren folgten ihnen die Weiber, die ihre Holzkarren vor sich hinschoben. Aber all das hatte ich schon oft zuvor gesehen, und die fremdartigen Sitten und rohen Aufwallungen waren mir zuwider, da meine Augen bereits einen Schimmer der Heimat zu sehen glaubten. Ich hatte mein Herz erstarrt gewähnt und geglaubt, mich bereits an alle Sitten und Lehren angepaßt zu haben und Menschen aller Hautfarben zu verstehen, ohne jemand zu verachten, mit dem bloßen Ziel, Kenntnisse zu sammeln; das Bewußtsein jedoch, mich auf dem Rückweg in das schwarze Land zu befinden, brachte wie eine heiße Flamme die Erstarrung meines Herzens zum Schmelzen. Wie fremde Kleider legte ich die fremden Gedanken ab und wurde in meinem Herzen wiederum ein Ägypter. Ich sehnte mich nach dem Geruch gebratener Fische in den abendlichen Gassen Thebens, wenn die Frauen ihre Kochfeuer vor den Lehmhütten anzünden; ich sehnte mich nach dem Geschmack ägyptischen Weins im Mund, sehnte mich nach dem Wasser des Nils, das nach fruchtbarem Schlamm schmeckt. Ich sehnte mich nach dem Rauschen der Papyrusstauden im Abendwind, nach dem Lotoskelch, der sich am Flußufer öffnet, nach den bunten Säulen mit ihren ewigen Bildern, nach der Bildschrift der Tempel und nach dem Duft des heiligen Weihrauchs in den steinernen Gewölben: So töricht war mein Herz.

Ich kehrte nach Hause zurück, obwohl ich kein Heim besaß, sondern ein Fremdling auf Erden war. Ich kehrte heim, und die Erinnerung tat nicht länger weh, sondern die Zeit und die Kenntnisse hatten sich wie Sand über ihre Bitterkeit gelagert. Ich fühlte keinen Kummer und auch keine Schande mehr; nur eine ruhelose Sehnsucht nagte mir am Herzen.

Hinter uns verschwand das reiche, fruchtbare Syrien, wo Haß und Streit herrschten. Unser Schiff steuerte an dem roten Gebirge Sinai vorüber, und obgleich es Frühling war, strich uns der trockene Wüstenwind brennend heiß ums Gesicht. Schließlich lag eines Morgens das Meer gelb und das Land dahinter wie ein schmaler grüner Streifen vor uns, die Seeleute senkten an einem Lederriemen einen Lehmkrug in die Tiefe, um Wasser zu schöpfen, und es war nicht mehr salzig, sondern stammte aus dem ewigen Nil und schmeckte nach Ägyptens Schlamm. Kein Wein hat mir je so süß gemundet wie dieses fern von der Küste aus dem Meer geschöpfte schlammige Wasser. Kaptah aber meinte: »Wasser ist und bleibt Wasser, selbst wenn es aus dem Nil stammt. Warte, Herr, bis wir in eine ordentliche Schenke kommen, wo das Bier schäumend und so klar ist, daß man es nicht durch ein Rohr trinken muß, um es von den Getreidekörnern zu sondern. Erst dann werde ich fühlen, daß ich wieder zu Hause in Ägypten bin.«

Seine gottlose und hämische Rede verletzte mich in diesem

Augenblick so, daß ich sagte: »Ein Sklave bleibt ein Sklave, selbst wenn er kostbare Wollgewänder trägt. Warte, Kaptah, bis ich einen geschmeidigen Rohrstock finde, wie man ihn nur im Röhricht des Nils schneiden kann! Dann sollst du wahrhaftig zu spüren bekommen, daß du wieder daheim bist.«

Aber Kaptah fühlte sich keineswegs verletzt, sondern seine Augen füllten sich mit Tränen der Rührung, sein Kinn begann zu zittern, er verneigte sich vor mir streckte die Hände in Kniehöhe nach vorn und sagte: »Wahrlich, Herr, du besitzest eine unglaubliche Fähigkeit, das richtige Wort im richtigen Augenblick zu finden! Ich hatte bereits vergessen, welch herrliches Gefühl es ist, mit einem dünnen Rohrstock am Hinterteil und an den Beinen liebkost zu werden. O Sinuhe, mein Herr, es ist ein Erlebnis, und ich wünschte nur, auch du könntest dessen teilhaftig werden. Besser als Wasser und Bier, besser als Tempelweihrauch und Enten im Schilf kennzeichnet es das Leben in Ägypten, wo jeder an seinen rechten Platz gestellt wird und nichts sich im Lauf der Zeiten verändert, sondern alles sich gleichbleibt. Wundere dich daher nicht, daß ich vor Rührung weine; denn erst jetzt fühle ich, daß ich heimkehre, nachdem ich viel Fremdartiges, Unbegreifliches und Verachtenswertes gesehen. O gesegneter Rohrstock, der du einem jeden seinen rechten Platz anweist und alle Aufgaben lösest, du hast nicht deinesgleichen!«

Er weinte eine Zeitlang vor Rührung und ging danach den Skarabäus salben; aber ich bemerkte, daß er nicht mehr so kostbares Öl wie früher dafür verwendete, weil wir uns der Küste näherten und er offenbar glaubte, sich in Ägypten mit seiner eigenen Schlauheit behelfen zu können.

Erst als wir in dem großen Hafen des Unteren Landes anlegten, ging es mir auf, wie grenzenlos satt ich die bunten weiten Kleider, die gekräuselten Bärte und beleibten Gestalten hatte. Die schmalen Hüften der Träger, ihre Lendentücher, ihr rasiertes Kinn, ihre Mundart, welche diejenige des Unteren Reiches war, der Geruch ihres Schweißes, des Schlammes, des Schilfs und des Hafens: alles war anders als in Syrien, alles war mir vertraut, und die syrischen Kleider, die ich noch trug, begannen mich so sehr zu beengen, daß meine Brust nicht mehr darin zu atmen vermochte. Nachdem ich mit den Schreibern des Hafens zu Ende gekommen und meinen Namen auf viele Papiere geschrieben, beeilte ich mich, mir neue Gewänder zu kaufen. Nach all der Wolle fühlte sich auf der Haut das dünne Linnen herrlich an. Kaptah aber beschloß, auch weiterhin als Syrer aufzutreten; denn er fürchtete, sein Name könnte immer noch im Verzeichnis der entlaufenen Sklaven stehen, obgleich er sich bei den Behörden in Simyra eine Lehmtafel verschafft hatte, die bezeugte, daß er als Sklave in Simyra geboren und von mir rechtlich gekauft worden war.

Alsdann gingen wir mit unseren Sachen an Bord eines Flußfahrzeuges, um stromaufwärts zu fahren. Die Tage verstrichen, während wir so dahinfuhren und uns wieder an Ägypten gewöhnten; die Äcker trockneten an beiden Flußufern, träge Ochsen zogen Holzpflüge, die Landleute schritten dahinter gesenkten Hauptes in den Furchen und säten in den weichen Schlamm. Die Schwalben schossen über dem Schiff und dem träge rinnenden Wasser mit aufgeregtem Gezwitscher durch die Luft, um bald im Uferbett des Stromes zu verschwinden und sich für die heißeste Zeit des Jahres im Schlamm einzugraben. Die Palmen ragten mit gebeugten Stämmen an den Ufern des Nils, gewaltige Sykomoren beschatteten die niederen Lehmhütten, das Fahrzeug lief kleinere und größere Städte an, und es gab keine Hafenschenke, in die nicht Kaptah als erster gelaufen wäre, um seine Kehle mit ägyptischem Bier zu befeuchten, prahlerisch aufzutreten und die seltsamsten Lügen über seine Reisen und meine Kunst zu erzählen, welche die Hafenarbeiter lachend und spottend und unter Anrufung der Götter anhörten.

Schließlich erblickte ich wieder am östlichen Himmel die drei Berggipfel, die drei ewigen Wächter Thebens. Die Gegend erschien immer dichter bebaut und bevölkert, armselige Dörfer mit Lehmhütten wechselten mit reichen Stadtteilen ab, bis schließlich die Mauern berghoch emporragten und Dach und Säulen des großen Tempels, die unzähligen Bauten auf dessen Gebiet und der heilige See sichtbar wurden. Im Westen breitete sich die Totenstadt bis zu den Bergen aus, hoben sich die Totentempel der Pharaonen weiß von den gelben Bergen ab und trugen die Säulenreihen im Tempel der großen Königin immer noch ein Meer von Blütenbäumen. Jenseits der Berge lag das Verbotene Tal mit seinen Schlangen und Skorpionen, in dessen Sande beim Grabtor des großen Pharao die in eine Ochsenhaut eingenähten vertrockneten Leichen meines Vaters Senmut und meiner Mutter Kipa für die Ewigkeit erhalten ruhten. Weiter südwärts am Nilufer aber hob sich das goldene Haus des Pharao, luftig und blauschimmernd inmitten seiner Mauern und Gärten, und ich fragte mich, ob wohl mein Freund Haremhab dort wohne.

Das Schiff legte an einer mir wohlbekannten steinernen Uferstelle an. Alles war wie einst, und ich war nur wenige Straßenekken von dem Platz entfernt, wo ich, nicht ahnend, daß ich einst als Erwachsener das Leben meiner Eltern zerstören würde, meine Kindheit verbracht hatte. Beim Gedanken daran begann der Sand der Zeit, der sich inzwischen auf die bitteren Erinnerungen gehäuft hatte, sich wieder zu bewegen. Ich hätte mich am liebsten versteckt und mein Gesicht verhüllt; ich empfand keine Freude, obgleich mir der Lärm des Großstadthafens entgegenschlug und ich in den Augen der Menschen, in ihrer Hast und ihrem ruhelosen Gebaren, den heißen Pulsschlag Thebens wiedererkannte. Ich hatte keinerlei Pläne für mein zukünftiges Leben gemacht, sondern beschlossen, alles von meinem Zusammentreffen mit Haremhab und seiner Stellung am Hof abhängig zu machen. Doch im selben Augenblick, da meine Füße den Kai betraten, stand ein Plan fertig in meinem Gehirn und hatte im Gegensatz zu meinen früheren Träumen nichts mit ärztlichem Ruhm, Reichtum und kostbaren Geschenken als Lohn für alle Kenntnisse, die ich gesammelt, zu tun, sondern versprach ein einfaches Leben ohne Ruhm, im Dienste mittelloser und armer Patienten. Als ich so wie in einer Offenbarung meine Zukunft vor mir sah, fühlte ich eine tiefe Ruhe meinen Sinn erfüllen, was wiederum ein Beweis dafür war, wie wenig ein Mensch sein eigenes Herz kennt, obgleich ich das meinige bis auf den Grund zu kennen geglaubt. Nie zuvor hatte ich etwas Ähnliches gedacht; es war wahrscheinlich unbewußt als Frucht all meiner Erfahrungen gereift. Als ich das Brausen Thebens rings um mich herum vernahm und meine Füße die vom Sonnenschein erhitzten Steinplatten des Kais betraten, glaubte ich, wieder ein Kind zu sein und mit ernsten, fragenden Augen meinem Vater Senmut zuzuschauen, wie er die Kranken in seinem Empfangszimmer behandelte. Deshalb jagte ich die Träger, die sich lärmend und untereinander streitend um mich drängten, fort und sagte zu Kaptah:

»Laß unsere Sachen einstweilen an Bord, und geh mir rasch ein Haus kaufen, ganz gleich was für eines! Nur muß es in der Nähe des Hafens im Armenviertel gelegen sein, unweit des Platzes, an dem einst mein Vaterhaus stand, bevor es abgerissen wurde. Beeile dich, damit ich schon heute einziehen und morgen mit Ausübung meines Berufes beginnen kann!«

Kaptah ließ den Kiefer hängen, und sein Gesicht nahm einen völlig leeren Ausdruck an; denn er hatte sich vorgestellt, daß wir anfänglich in der besten Herberge einkehren und uns von Sklaven bedienen lassen würden. Zum erstenmal jedoch widersprach er mir mit keinem Wort, sondern schloß nach einem Blick auf mein Gesicht den Mund und ging mit gebeugtem Kopf seines Weges. Am gleichen Abend bezog ich im Armenviertel das frühere Haus eines Kupferschmieds, meine Sachen wurden vom Schiff dorthingebracht, und ich breitete meinen Teppich auf dem Lehmboden aus. Vor den Hütten in den Armengassen brannten die Kochfeuer wie einst; der Geruch der in Fett gebratenen Fische verbreitete sich in dem ganzen schmutzigen, siechen Elendsviertel, bis die Lampen über den Türen der Freudenhäuser angezündet wurden und die schrille syrische Musik in den Schenken anhub, sich mit dem Gegröl der betrunkenen Seeleute vermischte und der Himmel über Theben vom Widerschein der unzähligen Lichter aus der Innenstadt rötlich angehaucht ward. Ich war wieder zu Hause! Nach langen Irrfahrten auf der Flucht vor mir selbst und auf der Suche nach Kenntnissen in vielen Ländern befand ich mich wieder daheim.

4

Am folgenden Morgen sprach ich zu Kaptah: »Verschaff mir ein Arztschild für meine Tür! Aber ein schlichtes ohne Malereien und Verzierungen! Und wenn jemand nach mir fragt, so sprich nicht von meinem Ruhm und meinen Kenntnissen, sondern sage bloß, der Arzt Sinuhe empfange Patienten, auch arme, und verlange nur Geschenke, die dem Vermögen eines jeden entsprechen.«

»Auch Arme?« fragte Kaptah, aufrichtig entsetzt. »O Herr, du bist doch nicht etwa krank? Du hast doch nicht Sumpfwasser getrunken, oder bist du von einem Skorpion gestochen worden?«

»Tu, was ich dir befehle, wenn du bei mir bleiben willst!« entgegnete ich. »Falls dieses einfache Haus dir aber nicht zusagt und der Armengeruch deine in Syrien verwöhnte Nase beleidigt, so hast du volle Freiheit zu tun, was dir beliebt. Ich nehme an, du hast mir genug gestohlen, um dir ein eigenes Haus kaufen und eine Frau nehmen zu können, falls du Lust dazu hast. Ich werde dich jedenfalls nicht daran hindern.«

»Eine Frau?« meinte Kaptah noch entsetzter als zuvor. »Wahrlich, Herr, du bist krank und fieberst. Weshalb sollte ich mir eine Frau nehmen, die mich unterdrücken, bei meiner Rückkehr aus der Stadt meinen Atem prüfen und am Morgen, wenn ich mit Kopfschmerzen erwache, neben meinem Bette stehen würde, den Stock in der Hand und das Maul voll böser Worte? Wahrlich, weshalb sollte ich mir eine Frau nehmen, da doch das einfachste Sklavenmädchen den gleichen Dienst verrichten kann? Aber darüber habe ich bereits mit dir gesprochen. Zweifellos haben dich die Götter mit Wahnsinn geschlagen, worüber ich nicht staune, da ich weiß, wie du über die Götter denkst. Aber du bist mein Herr, dein Weg ist mein Weg, und deine Strafe meine Strafe, obwohl ich hoffe, endlich zu Ruhe und Frieden zu gelangen nach all den fürchterlichen Mühsalen, die du mir auferlegt von den Seefahrten, die ich am liebsten vergessen will, gar nicht zu sprechen! Wenn dir eine Binsenmatte als Ruhelager genügt, wird sie auch mir genügen müssen. Das Elend hier hat wenigstens eine gute Seite, und zwar die, daß sämtliche Bierstuben und Freudenhäuser erreichbar liegen und die Schenke ›Zum Krokodilschwanz‹, von der ich dir einst erzählt habe, auch nicht weit entfernt ist. Ich hoffe, du verzeihst mir, wenn ich mich heute noch dorthin begebe, um mich ordentlich zu betrinken; denn all das hat mich schwer erschüttert, und ich muß mich irgendwie davon erholen. Zwar ahne ich jedesmal, wenn ich dich ansehe, etwas Schlimmes. Ich weiß nie im voraus, was du sagen oder tun wirst, weil es stets das Gegenteil von dem ist, was ein vernünftiger Mensch sagt und tut; aber das hätte ich doch nicht von dir erwartet! Nur ein Verrückter steckt einen Edelstein in einen Misthaufen, du aber begräbst auf diese Art deine Kunst und dein Wissen.«

»Kaptah«, sagte ich, »jeder Mensch wird nackt zur Welt gebracht, und in der Krankheit gibt es keinen Unterschied zwischen arm und reich, zwischen Ägypter und Syrier.«

»Mag sein, aber zwischen den Geschenken, die sie ihrem Arzte machen, ist ein großer Unterschied«, erklärte Kaptah überklug. »Dein Gedanke ist zwar schön, und ich hätte nichts dagegen, wenn ein anderer ihn verwirklichte – aber nicht gerade du, da wir nun endlich nach allen ausgestandenen Mühen auf einen grünen Zweig gekommen wären. Deine Anschauung paßt eher zu einem Menschen, der zum Sklaven geboren wurde, und ist als solche begreiflich; denn in jungen Jahren dachte ich selbst ähnlich, bis der Stock mich eines Besseren belehrte.«

»Damit du alles weißt«, fügte ich noch hinzu, »will ich dir anvertrauen, daß ich, falls ich ein verlassenes Kind finde, die Absicht hege, es als mein eigenes anzunehmen und als meinen Sohn zu erziehen.«

»Wozu sollte das gut sein?« fragte Kaptah verblüfft. »Im Tempel gibt es ja ein Haus für verlassene Kinder! Einige von ihnen werden zu niederen Preisen erzogen, während man aus anderen Eunuchen macht, die in den Freudenhäusern des Pharao oder der Vornehmen wohnen und ein glänzenderes Leben führen dürfen, als sich ihre Mütter je träumen lassen. Wenn du dir andererseits einen Sohn wünschst, was an und für sich begreiflich ist, so gibt es nichts Einfacheres als das, wenn du nur nicht die Dummheit begehst, einen Krug mit einer fremden Frau zu zertrümmern, von der wir nur Ärgernis hätten. Falls du dir keine Sklavin kaufen willst, kannst du ja irgendein armes Mädchen verführen. Sie wird froh und dankbar sein, wenn du dich des Kindes annimmst und sie dadurch von der Schande befreist. Aber Kinder bringen viel Mühe und Ärger mit sich. Die Freude, die sie einem bereiten, wird jedenfalls bedeutend übertrieben – obwohl ich mich nicht mit Bestimmtheit darüber äußern kann, da ich meine Kinder niemals gesehen, wenn ich auch gute Gründe zu der Vermutung habe, daß ich eine ganze Menge davon besitze, die in verschiedenen Himmelsrichtungen heranwachsen. Klüger wäre es, schon heute eine junge Sklavin zu kaufen, an der auch ich eine Hilfe hätte, denn von all den Mühen sind meine Glieder steif und meine Hände zittrig geworden. Dieses Haus zu pflegen und dir das Essen zu bereiten macht mir zuviel Arbeit, da ich außerdem auch noch die Verwaltung deines Vermögens überwachen muß.«

»Daran habe ich nicht gedacht, Kaptah«, sagte ich. »Zwar will ich keinen Sklaven kaufen, aber du kannst dir von meinem Geld einen Diener halten. Das hast du wahrlich verdient. Falls du in meinem Hause bleibst, darfst du um deiner Treue willen kommen und gehen, wie es dir beliebt; ich glaube, du kannst mir mit Hilfe deines Durstes manch wichtige Nachricht verschaffen. Tu also, wie ich dir befohlen, ohne mehr zu fragen! Mein Entschluß ist unwiderruflich, da er von einem Antrieb meines Innern gefaßt wurde, der stärker ist als ich selbst.«

Nach diesen Worten machte ich mich auf die Suche nach meinen Freunden. In der Schenke »Zum syrischen König« fragte ich nach Thotmes. Aber ein neuer Wirt hatte den früheren ersetzt und wußte nichts von einem armen Künstler, der sich dadurch ernährte, daß er Katzen in Kinderbücher der Reichen zeichnet. Um mich nach Haremhab zu erkundigen, besuchte ich das Haus der Soldaten, fand dieses aber leer. Auf seinem Hof waren keine Ringer zu sehen noch Soldaten, die wie früher Schilfsäcke mit Speeren durchbohrten; auch dampften keine großen Kessel mehr in den Küchenschuppen. Alles war öd und verlassen. Ein Unteroffizier der Schardanen betrachtete mich mürrisch, wobei er mit den Zehen im Sand bohrte. Sein Gesicht war knochig und ungeölt; aber er verneigte sich bei meiner Frage nach Haremhab, dem Heerführer des Pharao, der vor einigen Jahren in Syrien unweit der Wüstengrenze gegen die Chabiri Krieg geführt hatte. In gebrochenem Ägyptisch erklärte er mir, Haremhab sei immer noch königlicher Befehlshaber, befinde sich aber seit Monaten auf Reisen im Lande Kusch, um die dortigen Garnisonen aufzulösen und die Truppen zu entlassen; man wisse noch nichts über seine Rückkehr. Ich gab ihm ein Silberstück, weil er so niedergeschlagen wirkte. Hierüber freute er sich so, daß er seine Würde als Schardane vergaß, mich anlächelte und vor Staunen bei irgendeinem unbekannten Gott fluchte. Als ich mich zum Gehen wandte, hielt er mich beim Ärmel fest und zeigte mit der Hand hilflos auf den leeren Hof.

»Haremhab ein großer Heerführer – versteht Soldaten – selbst Soldat – kennt keine Furcht«, stammelte er. »Haremhab ist ein Löwe, der Pharao ein Ziegenbock ohne Hörner. Die Kaserne ist leer, kein Sold, kein Essen. Meine Kameraden betteln im Lande herum. Ich weiß nicht, was aus alldem werden soll. Ammon segne dich für dein Silber, guter Mann! Seit Monaten habe ich mich nicht mehr betrunken. Mein Magen ist voll Kummer. Mit vielen Versprechungen hat man mich aus meinem eigenen Lande hergelockt. Die ägyptischen Werber gehen von Zelt zu Zelt, versprechen viel Silber, viel Weiber, viel Rausch. Und jetzt? Weder Silber noch Rausch, noch Weiber!« Er spuckte aus, um seine Verachtung zu zeigen, und zerrieb den Auswurf mit seiner schwieligen Fußsohle im Sand. Er war ein sehr betrübter Schardane und tat mir leid. Seiner Rede entnahm ich, daß der Pharao seine Soldaten entlassen hatte und dabei war, die Truppen aufzulösen, die zu seines Vaters Zeiten unter großem Kostenaufwand in fremden Ländern ausgehoben und besoldet worden waren. Dabei entsann ich mich des alten Ptahor – und um zu erfahren, wo dieser wohnte, ermannte ich mich und ging in den Tempel des Lebens, um im Verzeichnis nach ihm zu forschen. Doch der Mann, der das Verzeichnis führte, erklärte mir, der königliche Schädelbohrer sei vor mehr als einem Jahr gestorben und in der Totenstadt begraben. So fand ich in Theben keinen einzigen Freund wieder.

Da ich mich nun schon auf dem Gebiet des Tempels befand, begab ich mich in den großen Säulensaal, nahm neuerdings die heilige Dämmerung Ammons um mich her und den Duft des Weihrauchs zwischen den bunten, mit heiligen Inschriften behauenen Steinsäulen wahr und sah die Schwalben pfeilschnell hoch oben durch das steinerne Gitterwerk der Fenster aus und ein flitzen. Aber Tempel und Vorhof waren auffallend leer, und in den unzähligen Läden und Werkstätten des Tempels herrschte nicht mehr das eifrige Treiben und Feilschen früherer Zeiten. Die Priester in ihren weißen Mänteln und mit den ölglänzenden rasierten Schädeln betrachteten mich scheu von der Seite, die Leute im Vorhof sprachen im Flüsterton und blickten um sich, als fürchteten sie sich vor Lauschern. Gänzlich verstummt waren das einstige Stimmengewirr und der Lärm, die zu meiner Studienzeit bereits am frühen Morgen im Vorhof anzuheben und aus der Ferne wie Windesrauschen im Röhricht zu klingen pflegten. Wohl war ich keineswegs ein Verehrer Ammons, trotzdem überkam mich eine seltene Wehmut, wie sie stets einen Menschen heimsucht, der an seine für immer entschwundene Jugend denkt, ob sie nun schön oder böse gewesen.

Als ich zwischen den Pylonen und den Riesenstatuen der Pharaonen heraustrat, erblickte ich einen dicht neben dem großen Tempel emporgeschossenen neuen Tempel von gewaltigen Ausmaßen und so seltsamer Bauart, wie ich noch nie zuvor gesehen. Er war von keinerlei Mauern umgeben, und als ich ihn betrat, sah ich einen offenen, von Säulenreihen umsäumten Hof, auf dessen Altar Getreide, Blumen und Obst als Opfer niedergelegt waren. Auf einem großen Relief warf der runde Aton seine unzähligen Strahlen auf den opfernden Pharao, und jeder Strahl lief in eine segnende Hand aus, die das Kreuz des Lebens hielt. Die weißgekleideten Priester hatten das Haar nicht rasiert; die meisten waren junge Knaben, und ihre Gesichter glühten in Verzückung, während sie die heilige Hymne sangen, deren Worte ich einmal im fernen Jerusalem in Syrien vernommen hatte. Einen stärkeren Eindruck aber als die Priester und die

Bilder machten vierzig gewaltige Säulen auf mich, von deren jeder herab der neue Pharao, in übernatürlicher Größe gehauen, den Besucher mit über der Brust gekreuzten Armen, den Krummstab und die königliche Geißel in der Hand, anstarrte.

Daß diese Säulenbildnisse den Pharao darstellten, wußte ich; denn ich erkannte sein furchterregend leidenschaftliches Antlitz und den breithüftigen Leib mit den schmalen Armen und Beinen. Ein mit Schrecken vermischtes Staunen ergriff mich, als ich an den Künstler dachte, der diese Bildnisse zu schaffen gewagt hatte; denn wenn mein Freund Thotmes sich je nach einer freien ungehemmten Kunst gesehnt hatte, so fand er sie hier in grausam verzerrter Gestaltung. Jede Mißbildung am Körper des Pharao, die geschwollenen Schenkel, die schmalen Fußriste und der magere gestraffte Hals waren natürlich stark hervorgehoben, als liege in all diesen Formen ein geheimer göttlicher Sinn. Am erschreckendsten aber wirkte das Gesicht des Pharao, dieses übertrieben lange Gesicht mit den schiefen Augenbrauen, den abstehenden Backenknochen und dem geheimnisvollen Lächeln eines Träumers und Lästerers um die wulstigen Lippen. Zu beiden Seiten der Pylone des Ammontempels saßen die in Steinen gehauenen Pharaonen, majestätische, göttergleiche Gestalten; hier aber starrte ein überdimensionales, klapperdürres Riesenbild in Menschengestalt von vierzig Säulen auf die Altäre Atons herab. Wie ein Mensch schaute es von den Säulen, sein Blick aber schien weiter als derjenige aller übrigen Menschen zu reichen, und sein ganzes, in Stein erstarrtes Wesen war von gespanntem Glaubenseifer und unterdrücktem Hohn erfüllt.

Beim Betrachten dieser Säule zitterte und bebte alles in meinem Innern; denn zum erstenmal trat mir Amenophis der Vierte so vor Augen, wie er sich vielleicht selber sah. Ich war ihm ja einst als Jüngling begegnet; damals war er krank, schwach, von dem heiligen Leiden befallen gewesen, und ich hatte ihn in meiner Altklugheit kaltblütig mit den Augen des untersuchenden Arztes beobachtet und seine Worte für Fieberphantasien gehalten. Jetzt sah ich ihn so, wie der Künstler ihn wohl in einer Mischung von Haß und Liebe geschaut – und zwar ein so mutiger Künstler, wie Ägypten noch nie einen besessen. Denn hätte einer zuvor ein solches Bildnis des Pharao zu schaffen gewagt: er wäre verstümmelt und als Lästerer an die Mauer gehängt worden.

Auch in diesem Tempel waren nur wenige Leute versammelt. Einige Männer und Frauen hielt ich wegen ihres königlichen Linnens, des schweren Kragens und der goldenen Geschmeide für Hofleute und Vornehme. Das gewöhnliche Volk lauschte dem Gesang der Priester stumm und mit verständnislosen Mienen; denn die Priester sangen neue Texte, und es wäre viel zu anstrengend gewesen, deren Bedeutung zu ergründen. Sie lauteten anders als die aus der Zeit der Pyramiden stammenden, durch ein paar Jahrtausende hindurch vererbten Gesänge, an deren Worte sich die Ohren der Frommen schon von Kindheit an gewöhnt hatten. Jene Texte erschienen bekannt und wurden vom Herzen verstanden, wobei es nicht auf die Bedeutung der Worte ankam, falls sie überhaupt noch etwas bedeuteten; denn sie waren, wie ich glaube, durch die unrichtige Wiederholung von Geschlecht zu Geschlecht und die oft fehlerhafte Wiedergabe durch Schreiberpriester völlig verändert und entstellt worden.

Wie dem auch sei: Als der Gesang zu Ende war, trat ein alter Mann, seiner Kleidung nach ein Landmann, ehrfürchtig vor die Priester hin, um ein passendes Zaubergerät, ein Schutzauge oder einen Papyrusstreifen mit Zauberformeln zu erschwinglichem Preis zu erstehen. Die Priester aber erklärten ihm, es gebe in diesem Tempel nichts Derartiges zu kaufen, weil Aton keine Zauberei oder Papyri nötig habe, sondern sich jedem gläubigen Menschen auch ohne Opfer und Geschenke nähere. Als der Alte solches vernahm, wurde er sehr zornig und ging seines Weges, Schmähworte über derlei schwindelhafte Verrücktheiten vor sich hin murmelnd; dann sah ich ihn die alte, wohlbekannte Pforte zum Ammontempel durchschreiten.

Ein Fischerweib ging auf die Priester zu, blickte ihnen andächtig in die Augen und fragte: »Opfert denn keiner dem Aton Böcke oder Ochsen, damit ihr etwas Fleisch zu essen bekommt, ihr armen, mageren Jungen? Wenn euer Gott doch so mächtig und stark ist, wie man behauptet, stärker sogar als Ammon, was ich zwar nicht glaube, so müßten seine Priester beleibt sein und von Fett glänzen. Ich bin nur eine einfache Frau und verstehe es nicht besser.«

Die Priester lachten und flüsterten miteinander wie schalkhafte Jungen, bis schließlich der älteste mit ernster Miene zu dem Weibe sprach: »Aton wünscht keine blutigen Opfer, und es schickt sich nicht, daß du in seinem Tempel von Ammon redest; denn Ammon ist ein falscher Gott, dessen Thron bald fallen und dessen Tempel bald einstürzen wird.«

Die Frau zog sich rasch zurück und sagte, indem sie zu Boden spuckte und mit den Händen das heilige Zeichen Ammons machte: »Du hast es gesagt, nicht ich! Dich, nicht mich soll der Fluch treffen!« Sie lief eilends davon. Andere folgten ihr mit erschrockenem Blick nach den Priestern. Diese aber lachten laut und riefen ihnen im Chor nach: »Geht nur, ihr Kleingläubigen, aber Ammon ist und bleibt ein falscher Gott. Er ist ein Abgott und seine Macht wird dahinsinken wie Gras unter der Sichel!« Da nahm einer der Abziehenden einen Stein vom Boden, zielte und traf einen der Priester auf den Mund, aus dem das Blut zu sickern begann. Der Priester bedeckte sich das Gesicht mit den Händen und jammerte bitterlich, die übrigen riefen nach den Wächtern; doch der Angreifer hatte bereits die Flucht ergriffen und war im Menschengewimmel vor den Pylonen des Ammontempels untergetaucht.

Dies alles gab mir viel zu denken, weshalb ich mich an die Priester wandte und fragte: »Ich bin zwar ein Ägypter, aber ich habe lange in Syrien gewohnt und kenne den neuen Gott, den ihr Aton nennt, nicht. Wollt ihr nicht meine Unwissenheit aufklären und mir sagen, wer er ist, was er fordert und wie ihm gehuldigt wird?«

Sie zögerten, indem sie vergeblich einen höhnischen Ausdruck in meinem Gesicht suchten, und sagten schließlich: »Aton ist der alleinige Gott. Er hat die Erde und den Strom, die Menschen, die Tiere und überhaupt alles, was sich auf Erden befindet und bewegt, geschaffen. Er ist immer dagewesen, und die Menschen haben ihn in seinen früheren Offenbarungsformen als Rê angebetet. In unseren Tagen aber hat er sich seinem Sohn, dem Pharao, der nur von der Wahrheit lebt, als Aton offenbart. Seitdem ist er der alleinige Gott, und alle anderen sind bloß Abgötter. Er verwirft niemanden, der sich an ihn wendet, Reiche und Arme sind vor Aton gleich. Jeden Morgen begrüßen wir ihn in der Sonnenscheibe, die mit ihren Strahlen die Erde und Gute wie Böse segnet und einem jeden das Kreuz des Lebens reicht. Wenn du dieses annimmst, bist du sein Diener. Sein Wesen ist Liebe, er ist ewig und unsterblich und überall anwesend, so daß nichts gegen seinen Willen geschieht.«

Ich antwortete ihnen: »Das alles ist gewiß schön und richtig; aber war es soeben auch sein Wille, daß der Stein des Priesters Mund traf, so daß Blut daraus zu sickern begann?«

Die Priester sahen sich verlegen an und sagten: »Du lästerst!« Der von dem Stein getroffene Priester aber rief: »Er gestattete es, weil ich seiner nicht würdig bin und damit ich daraus eine Lehre ziehe. In meinem Herzen war ich nämlich zu stolz auf die Gunst des Pharao: Mein Vater war Viehhirt, und meine Mutter schleppte Wasser aus dem Fluß, bis mich der Pharao in seine Gunst erhob, damit meine schöne Singstimme seinem Gott diene.«

Ich sagte mit gespielter Ehrfurcht: »Wahrlich, dieser Gott muß ein mächtiger Gott sein, wenn er einen Mann aus dem Staub bis zum goldenen Haus des Pharao erheben kann!« Sie antworteten im Chor: »Darin hast du recht. Der Pharao sieht nicht auf das Äußere oder den Reichtum oder die Abstammung eines Menschen, sondern nur auf sein Herz; und mit der Kraft Atons sieht der Pharao in die Herzen aller Menschen und entdeckt selbst ihre geheimsten Gedanken.«

Ich aber widersprach ihnen: »Dann ist er gewiß kein Mensch. Denn es liegt nicht in eines Menschen Macht, in das Herz eines anderen Menschen zu blicken. Nur Osiris vermag der Menschen Herz zu wägen.«

Sie berieten sich untereinander und sagten: »Osiris ist eine Sagenfigur, welche der Mensch, der an Aton glaubt, nicht mehr nötig hat. Wenn der Pharao auch aufrichtig bloß ein Mensch zu sein wünscht, bezweifeln wir doch nicht, daß sein Wesen in

Wirklichkeit göttlich ist, was bereits durch die ihm erscheinenden Gesichte bewiesen ist, mit denen er in kurzer Zeitspanne viele Leben leben kann. Doch das erfahren nur diejenigen, die er liebt. Deshalb hat ihn der Künstler an den Säulen des Tempels als Mann wie auch als Weib dargestellt, weil Aton die lebendige Kraft ist, die dem Samen des Mannes Leben verleiht und das Kind aus dem Mutterleib des Weibes werden läßt.«

Da hob ich spöttisch meine Hände, faßte mir den Kopf und sagte: »Ich bin bloß ein einfacher Mann – wie die Frau, die soeben da war – und vermag daher eure Weisheit nicht völlig zu erfassen.«

Sie entgegneten voll Eifer: »Aton ist so vollkommen wie der Sonnenkreis. Alles, was in ihm ist und lebt und atmet, ist vollkommen. Des Menschen Gedanke aber ist unvollkommen und nebelhaft; wir können dich daher nicht völlig erleuchten, weil wir selbst nicht alles wissen, sondern von Tag zu Tag mehr über sein Wollen lernen. Völlig bekannt ist sein Wille bloß dem Pharao, der sein Sohn ist und von der Wahrheit lebt.«

Diese Worte trafen mich, weil sie mir zu beweisen schienen, daß die Priester in ihrem Herzen ohne Falsch waren, obgleich sie sich in feines Linnen hüllten, das Haar ölten, während des Gesanges die bewundernden Blicke der Frauen genossen und sich über schlichte Leute lustig machten. Irgend etwas, was unbewußt und von meinem Willen und meinen Kenntnissen unabhängig in mir gereift war, wurde durch diese Worte angerufen und geweckt. Zum erstenmal ging mir auf, daß der Gedanke des Menschen unvollkommen sein und es daher außerhalb des menschlichen Gedanken etwas geben könne, was das Auge nicht sieht und das Ohr nicht hört und die Hand nicht zu ergreifen vermag. Vielleicht hatten der Pharao und seine Priester diese Wahrheit entdeckt und eben diesem außerhalb des menschlichen Denkens Liegenden den Namen Aton verliehen.

5

Als ich in mein Haus zurückkehrte, begann es bereits zu dämmern. Über der Tür war ein schlichtes Arztschild angebracht, und auf dem Hof saßen ein paar schmutzige Patienten und warteten geduldig auf mich. Kaptah saß mit unzufriedener Miene auf der Veranda und wedelte sich mit einem Palmenblatt die durch die Armen angelockten Fliegen aus dem Gesicht und von den Beinen; als Trost hatte er einen Bierkrug neben sich stehen.

Ich ließ zuerst eine Mutter mit einem mageren Säugling im Arm eintreten; denn sie brauchte keine andere Arznei als ein wenig Kupfer, mit dem sie sich genügend Essen kaufen konnte, um ihr Kind zu stillen. Alsdann verband ich einen Sklaven, der sich in der Getreidemühle einige Finger zerquetscht hatte, renkte ihm die Glieder der beschädigten Finger wieder ein und verabreichte ihm ein schmerzstillendes Mittel in Wein, damit er seine Qualen vergesse. Weiter half ich einem alten Schreiber, der ein Geschwür, so groß wie der Kopf eines Kindes, am Hals hatte, weshalb er das Haupt mit den herausstehenden Augen schief halten und schwer atmen mußte. Ich gab ihm ein aus Seegras gewonnenes Mittel, das ich in Simyra kennengelernt hatte, obwohl ich bezweifelte, daß es ihm noch viel helfen werde. Er holte aus einem sauberen Tuch ein paar Kupferstücke hervor und bot sie mir zögernd und über seine Armut beschämt an; aber ich wies sie zurück und erklärte, ich würde ihn rufen lassen, sobald ich einen Schreiber benötigte, worauf er sich höchlich erfreut, sein Kupfer gespart zu haben, entfernte.

Eine Schöne aus einem in der Nähe gelegenen Freudenhaus bat mich ebenfalls um Hilfe; denn ihre Augen waren so vereitert, daß es ihrem Beruf schadete. Ich reinigte sie ihr und mischte eine Medizin, mit der sie die Augen waschen sollte, um sie zu heilen. Da entblößte sie sich scheu, um mir das einzige, was sie zu schenken imstande war, zum Lohn für meine ärztliche Hilfe anzubieten. Um sie nicht zu kränken, erklärte ich ihr, ich müsse mich wegen einer wichtigen Behandlung der Frauen enthalten, und da sie vom Arztberuf nichts verstand, glaubte sie mir und bewunderte meine Selbstbeherrschung. Um sie für ihre Bereitwilligkeit einigermaßen zu entschädigen, schnitt ich ihr noch mit dem Messer ein paar entstellende Warzen von Bauch und Hüfte, nachdem ich sie zuerst mit einer schmerzlindernden Salbe eingerieben hatte, so daß die Operation fast schmerzlos verlief.

An meinem ersten Tag als Armenarzt verdiente ich somit nicht einmal das Salz zu meinem Brot. Deswegen verspottete mich Kaptah, als er mir eine auf Thebener Art zubereitete fette Gans vorsetzte, ein Gericht, das nirgends in der Welt seinesgleichen besitzt. Er hatte sie aus einer vornehmen Weinstube der Innenstadt geholt und im Bratofen heißgehalten; dazu goß er den besten Wein von den Rebhügeln Ammons in einen bunten Glasbecher und verhöhnte mich ob meines Tagewerks. Mir aber war leicht ums Herz, und ich freute mich mehr über die vollbrachte Arbeit, als wenn ich einen reichen Kaufmann geheilt und eine goldene Kette dafür erhalten hätte. In diesem Zusammenhang muß ich noch hervorheben, daß sich der Sklave aus der Getreidemühle einige Tage später bei mir wieder einfand, um seine genesenden Finger zu zeigen und mir einen ganzen Krug in der Mühle gestohlener Graupen zum Geschenk brachte, so daß ich für die Arbeit des ersten Tages doch nicht ganz leer ausging.

Kaptah aber sprach zu meinem Trost: »Ich bin sicher, daß sich dein Ruf nach diesem Tag im ganzen Stadtviertel verbreiten und dein Hof schon im ersten Morgengrauen von Patienten wimmeln wird! Ich höre bereits die armen Leute schwatzen: ›Geht rasch in das frühere Haus des Kupferschmieds an der Ecke der Hafengasse! Dort ist ein Arzt eingezogen, der kostenlos, schmerzfrei und sehr geschickt Kranke heilt, mageren Müttern Geld schenkt und Schönheitsoperationen an Freudenmädchen vornimmt. Beeilt euch; denn wer zuerst kommt, erhält am meisten! Der Arzt wird binnen kurzem so arm sein, daß er das Haus verkaufen und wegziehen muß, falls man ihn nicht vorher mit Blutegeln in den Kniekehlen in ein dunkles Zimmer sperrt.‹« Und er fügte hinzu: »In dieser Hinsicht irren sich die Dummköpfe zwar; denn zum Glück besitzest du Gold, das ich so geschickt anlegen werde, daß es für dich arbeitet und du nie Mangel zu leiden brauchst, sondern täglich Gänsebraten essen und den besten Wein trinken und trotzdem immer reicher werden kannst, sofern du dich mit diesem einfachen Haus begnügst. Aber du tust ja nie wie andere Menschen. Es sollte mich daher nicht wundern, wenn ich eines Morgens wieder mit Asche im Haar erwachte, weil du dein Gold in den Brunnen geschleudert und dein Haus wie auch mich deines unruhigen Herzens wegen verkauft hast. Nein, das würde mich gar nicht wundern! Deshalb, Herr, wäre es vielleicht besser, wenn du an das königliche Archiv einen Papyrus senden würdest, auf dem geschrieben steht, daß ich nach Belieben frei kommen und gehen kann. Das gesprochene Wort fällt leicht in Vergessenheit, während der Papyrus, wenn du ihn mit deinem Siegel versiehst und den Schreibern des Königs die nötigen Geschenke machst, für ewige Zeiten aufbewahrt wird. Ich habe noch einen ganz besonderen Grund, dir diesen Vorschlag zu machen; doch will ich mit einer näheren Erklärung nicht deinen Kopf belästigen noch deine Zeit beanspruchen.«

Es war ein milder Frühlingsabend, die Mistfeuer brannten prasselnd vor den Lehmhütten, der Wind trug aus dem Hafen den Duft von Zedernholz, Akazien und syrischem Riechwasser heran. Alle diese Gerüche in wohltuender Mischung mit dem Dampf der in ranzigem Fett gebratenen Fische, der abends das Armenviertel zu durchströmen pflegte, kitzelten mir die Nase. Ich hatte Gänsebraten nach Thebens Art gegessen und Wein getrunken, und mir war leicht zumute, weil der Wein mein Herz von schweren Gedanken, Sehnsucht und Kummer befreite und diese weit weg entführte. Deshalb forderte ich Kaptah auf, sich Wein in einen Lehmbecher einzuschenken, und sagte zu ihm:

»Du bist frei, Kaptah. Wie du weißt, bist du schon längst frei; denn trotz deiner Frechheit bist du seit dem Tage, an dem du mir dein Kupfer und dein Silber liehst, obwohl du vermuten mußtest, es nie mehr zurückzuerhalten, mehr mein Freund als mein Sklave gewesen. Du sollst frei sein, Kaptah, und glücklich werden. Morgen werden wir die königlichen Schreiber gesetzliche Schriftstücke über deine Freilassung aufsetzen lassen, die ich mit meinem ägyptischen wie auch mit meinem syrischen Siegel versehen werde. Jetzt aber sage mir, wie du mein Vermögen und mein Gold angelegt hast, da du behauptest, das Gold werde für mich arbeiten, selbst wenn ich nichts mehr verdienen sollte. Hast du es denn nicht in die Tempelkasse eingezahlt, wie ich dir befahl?«

»Nein, Herr!« entgegnete Kaptah und blickte mich mit seinem einen Auge treuherzig an. »Ich habe deinen Befehl nicht ausgeführt, weil es ein dummer Befehl war und ich dumme Befehle niemals ausgeführt, sondern stets nach meinem eigenen Verstand gehandelt habe, was ich dir jetzt, da ich frei bin und du maßvoll Wein getrunken hast und mir nicht zürnen wirst, gestehen kann. Da ich jedoch deine voreilige und unüberlegte Art kenne, die nicht einmal das zunehmende Alter zu ändern vermochte, habe ich sicherheitshalber deinen Stock versteckt. Das verrate ich dir, damit du nicht vergeblich danach suchst, wenn du meinen Bericht vernimmst. Nur Schafsköpfe tragen ihr Gold in den Tempel, der nichts dafür zahlt, sondern für die Aufbewahrung des Goldes in den von Wächtern bewachten Höhlen noch Geschenke verlangt. Außerdem ist es darum einfältig, weil dabei die Steuerbehörden die Menge des Goldes erfahren würden, was zur Folge hätte, daß dein Goldvorrat immer mehr abnehmen und schließlich nichts mehr vorhanden sein würde. Der einzige vernünftige Zweck des Goldsammelns besteht darin, das Gold für sich arbeiten zu lassen, so daß man selbst, die Hände im Schoß, dasitzen und in Salz geröstete Lotossamen kauen kann, um einen angenehmen Durst hervorzurufen. Deshalb bin ich den ganzen Tag auf meinen steifen Beinen in der Stadt herumgelaufen, um die besten Anlagemöglichkeiten in Theben ausfindig zu machen, während du einen Spaziergang zum Tempel unternahmst und dir die Stadt ansahst. Meinem Durste verdanke ich manche Aufklärung. Ich erfuhr unter anderem, daß die Reichen ihr Gold nicht mehr in die Höhlen des Tempels zum Aufbewahren geben, weil behauptet wird, das Gold sei dort nicht sicher. Wenn das stimmt, gibt es in ganz Ägypten überhaupt keine Sicherheit mehr für Gold. Weiter habe ich vernommen, daß der Ammontempel Boden verkauft.«

»Du lügst«, rief ich heftig aus und erhob mich; der bloße Gedanke daran war bereits Wahnsinn. »Ammon verkauft niemals Boden! Im Gegenteil: er kauft ihn. Ammon hat zu allen Zeiten Grund erworben, so daß er ein Viertel des Bodens im schwarzen Lande besitzt; und was Ammon sich einmal angeeignet, das läßt er nicht mehr los.«

»Natürlich, natürlich«, beschwichtigte Kaptah, goß wieder Wein in meinen Glasbecher und füllte gleichzeitig verstohlen seinen eigenen Lehmbecher. »Jeder vernünftige Mensch weiß, daß der Boden der einzige Besitz ist, der auf die Dauer nicht an Wert verliert, sofern man mit den Feldmessern auf gutem Fuß steht und ihnen jedes Jahr nach der Überschwemmung Geschenke macht. Jetzt aber verhält es sich tatsächlich so, daß Ammon eilends und insgeheim an jeden seiner Gläubigen, der Gold besitzt, Boden verkauft. Auch ich war zutiefst entsetzt, als ich davon hörte, und ging der Sache nach. Ammon gibt wirklich Boden zu billigem Preis ab, aber nur unter der Bedingung, daß er das Recht habe, nach Verlauf einer gewissen Zeit den Boden auf Wunsch wieder zum gleichen Preis einzulösen. Trotzdem ist der Kauf vorteilhaft, weil mit den Grundstücken Bauten, landwirtschaftliche Geräte, Vieh und Sklaven verbunden sind, so daß der Käufer, falls er das Land gut pflegt, Jahr für Jahr einen großen Betrag herauszieht. Du weißt selbst, daß Ammon den fruchtbarsten Boden Ägyptens besitzt. Wäre noch alles wie früher, so könnte es nichts Verlockenderes als einen solchen Kauf geben; denn er bringt sicheren und raschen Gewinn. In kurzer Zeit hat denn auch Ammon maßlos viel Boden verkauft und alles verfügbare Gold Ägyptens in seinen Höhlen aufgehäuft, so daß Mangel an Gold herrscht und die Preise für Liegenschaften stark gefallen sind. Aber all das sind Geheimnisse, über die man nicht reden darf. Ich wüßte auch nichts davon, hätte mich nicht mein so nützlicher Durst mit den richtigen Menschen zusammengeführt.«

»Du hast doch hoffentlich keinen Boden gekauft, Kaptah?« fragte ich entsetzt.

Aber Kaptah beruhigte mich und sagte: »So verrückt bin ich nicht, Herr. Auch du wirst wissen, daß ich, obgleich ich ein Sklave bin, nicht mit Mist zwischen den Zehen, sondern an einer gepflasterten Straße zwischen hohen Häusern geboren wurde. Ich verstehe nichts von der Landwirtschaft. Hätte ich auf deine Rechnung Grund gekauft, so würde mich jeder Vogt und Hirt und Sklave und jede Magd nach Kräften ausplündern, während mir in Theben niemand etwas stehlen kann, sondern im Gegenteil ich die anderen bestehle. Auch tritt der Vorteil in den Geschäften Ammons so offen zutage, daß sicherlich etwas dahintersteckt. Das beweist auch der Zweifel der Reichen an der Sicherheit der Tempelkasse. Ich glaube, daß all das wegen des neuen Gottes des Pharao geschieht. Noch viel Merkwürdigeres wird sich ereignen, Herr, ehe wir das Ende ahnen und begreifen können. Da ich aber stets auf deinen Vorteil bedacht bin, habe ich eine Anzahl günstiger Häuser in der Stadt gekauft, Geschäfts- und Wohnhäuser, die einen angemessenen jährlichen Ertrag einbringen. Diese Käufe sind bereits so weit abgeschlossen, daß nur noch deine Unterschrift und dein Siegel nötig sind. Du kannst mir glauben, daß ich vorteilhaft gekauft habe; und wenn mir die Verkäufer nach Unterzeichnung der Papyri Geschenke machen werden, so geht dich das nichts an, sondern ist eine Angelegenheit zwischen mir und den Verkäufern und hängt mit ihrer eigenen Dummheit zusammen. Bei diesen Käufen kann ich dir nichts stehlen. Solltest du mir aber freiwillig Geschenke machen wollen, weil ich diese Geschäfte so vorteilhaft getätigt, so habe ich nichts dagegen.«

Ich überlegte eine Weile und sagte: »Nein, Kaptah, ich werde dir keine Geschenke dafür machen, da ich überzeugt bin, daß du mir bei der Einziehung der Mieten und bei den Vertragsabschlüssen mit den Bauarbeitern für die jährlichen Reparaturen noch genügend stehlen wirst.«

Kaptah war keineswegs enttäuscht, sondern fand sich mit meinen Worten ab und gestand: »Gerade das habe ich gedacht. Denn dein Reichtum ist mein Reichtum, und daher ist dein Vorteil auch mein Vorteil. So muß ich bei allem auf deinen Vorteil sehen. Aber ich gestehe, daß mich, nachdem ich von den Geschäften des Ammon erfahren, die Landwirtschaft sehr zu interessieren begann und ich mich zur Getreidebörse begab, um dort meines Durstes wegen von Schenke zu Schenke zu gehen, die

Gespräche der Getreidehändler zu belauschen und viele Dinge zu erfahren. Mit deinem Gold und deiner Erlaubnis, Herr, beabsichtige ich von der Ernte des nächsten Sommers Getreide auf Lager zu kaufen. Mit dieser Ware wird nämlich zur Zeit eifrig gehandelt, und die Preise sind noch recht niedrig. Allerdings ist Getreide weniger haltbar als Stein und Bauten; Ratten und Sklaven stehlen davon. Aber das geschieht auch in der Landwirtschaft, und wer nichts wagt, gewinnt nichts. Jedenfalls ist die Landwirtschaft und die Ernte von Überschwemmungen und Heuschrecken, von Erdmäusen und Bewässerungskanälen und vielen anderen Umständen abhängig, die ich nicht aufzählen will, weil sie mir nicht bekannt sind. Ich will damit bloß sagen, daß der Landwirt eine größere Verantwortung zu tragen hat als ich, der ich beim Kauf weiß, daß ich im Herbst mein Lager mit Getreide zu dem festgesetzten Preis füllen kann. Ich gedenke es denn auch zu lagern und sorgfältig zu bewachen, weil mir mein Gefühl sagt, daß die Getreidepreise mit der Zeit steigen werden. Die Bodengeschäfte Ammons lassen es mich ahnen; wenn jeder Dummkopf plötzlich Landwirt wird, kann die Ernte nicht so reichlich wie früher ausfallen. Deshalb habe ich auch gutgemauerte, trockene Lagerschuppen für das Getreide gekauft, die wir später, wenn wir sie nicht mehr brauchen, an Getreidehändler vermieten, wodurch wir weiteren Nutzen aus ihnen ziehen können.«

Nach meiner Meinung machte sich Kaptah übertriebene Mühe und lud sich überflüssige Sorgen mit diesen Plänen auf. Aber sie schienen ihm Freude zu bereiten, und ich hatte nichts gegen seine Anlagen einzuwenden, wenn ich mich bloß nicht selbst mit der Geschäftsführung zu befassen brauchte. Das dachte ich und sagte es ihm auch, und er verbarg sorgfältig seine große Zufriedenheit und meinte mürrisch:

»Ich hätte noch einen äußerst vorteilhaften Plan auf deine Rechnung. Eines der größten Handelshäuser des Sklavenmarktes ist nämlich zu verkaufen. Ich glaube behaupten zu dürfen, daß ich alles Wissenswerte über Sklaven beherrsche, nachdem ich selbst mein Leben lang ein solcher gewesen, und daß ich dich durch Sklavenhandel zweifellos rasch zu einem reichen Mann machen könnte. Ich weiß, wie die Fehler und Mängel eines Sklaven zu verheimlichen sind, und ich kann einen Stock in der richtigen Art und Weise verwenden, was du, Herr – mit Verlaub gesagt, nachdem ich deinen Stock versteckt habe –, keineswegs vermagst. Aber ich bin sehr betrübt, weil ich fürchte, daß uns diese vorteilhafte Gelegenheit entwischen wird, da du, Herr, nicht auf den Plan eingehen wirst. Oder doch?«

»Ganz recht, Kaptah«, sagte ich. »Mit Sklavenhandel werden wir uns nicht befassen, weil das ein schmutziges, verächtliches Geschäft ist, wenn ich auch nicht sagen kann warum, da ja doch jedermann einen Sklaven braucht, kauft und verwendet. So ist es gewesen und wird es bleiben. Aber etwas in mir lehnt sich dagegen auf, Sklavenhändler zu werden; und ich wünsche auch nicht, daß du mit Sklaven handelst.«

Kaptah seufzte erleichtert auf und sagte: »Ich habe also dein Herz richtig eingeschätzt, Herr! Wir sind dieser bösen Versuchung entgangen. Denn wenn ich genauer über die Sache nachdenke, muß ich zugeben, daß ich den Sklavinnen bei der Untersuchung ihrer Vorzüge vielleicht zuviel Aufmerksamkeit gewidmet und dabei meine Kräfte unnütz verbraucht hätte. Das kann ich mir nicht mehr leisten, da ich alt bin, meine Glieder steif zu werden beginnen und meine Hände bedenklich zittern, besonders morgens beim Erwachen, bevor ich den Arm nach dem Bierkrug ausgestreckt habe. Nachdem ich also dein Herz erforscht, beeile ich mich zu sagen, daß sämtliche Häuser, die ich für deine Rechnung gekauft, anständige Häuser von geringem, aber um so sichererem Erträgnis sind. Kein einziges Freudenhaus habe ich gekauft und auch keine Armengassen, deren Elendshütten einen größeren Gewinn abwerfen als die gutgebauten Wohnhäuser für Standespersonen. Allerdings habe ich dabei einen schweren Kampf mit mir selbst ausgefochten. Warum sollten wir schließlich nicht in derselben Weise wie alle anderen verdienen? Aber mein Herz sagt mir, daß du es nicht gutheißen würdest, Herr. Deshalb habe ich nach schwerer Selbstüberwindung auf die Verwirklichung dieser mir lieben Hoffnungen verzichtet. Hingegen habe ich noch eine Bitte an dich.«

Kaptah wurde plötzlich unsicher und betrachtete mich durchdringend mit seinem einen Auge, wie um meine Stimmung zu erforschen. Ich goß ihm Wein in den Becher und ermunterte ihn zum Reden. Schließlich sagte er:

»Meine Bitte ist frech und schamlos. Da ich jedoch dein Wort habe, daß ich frei bin, erdreiste ich mich, sie auszusprechen – in der Hoffnung, du werdest mir nicht zürnen. Ich möchte dich nämlich bitten, mich in jene Weinschenke im Hafen zu begleiten, von der ich dir oft erzählt habe und die ›Zum Krokodilschwanz‹ heißt, damit wir uns dort das Maß eines Schwanzes zu Gemüte führen und du den Platz siehst, von dem ich so oft mit wachen Augen geträumt, wenn ich in Syrien und Babylonien trübes Bier durch ein Rohr sog.«

Ich brach in Lachen aus und war keineswegs erzürnt; denn der Wein hatte mich in gute Laune versetzt. Der dämmernde Lenzabend war voll Wehmut, und ich fühlte mich sehr einsam. Wenn es auch etwas Unerhörtes und für meine Würde Unpassendes war, daß ich als Herr mit meinem Diener eine elende Hafenschenke besuchte, um einen Trank zu genießen, der seiner Stärke wegen »Krokodilschwanz« genannt wurde, so entsann ich mich doch, daß Kaptah einst freiwillig mit mir durch ein Tor geschritten ist und dabei wußte, daß durch dieses Tor noch niemand lebend zurückgekommen war. Deshalb legte ich ihm die Hand auf die Schulter und sagte: »Mein Herz sagt mir, daß ein ›Krokodilschwanz‹ den gebührenden Abschluß dieses Tages bilden wird. Gehen wir also!«

Kaptah machte nach echter Sklavenart einen Luftsprung und vergaß dabei die Steifheit seiner Glieder. Er lief nach meinem Stock, den er versteckt hatte, und legte mir das Achseltuch auf die Schultern. So begaben wir uns zum Hafen in die Schenke »Zum Krokodilschwanz«.

6

Die Weinstube »Zum Krokodilschwanz« lag zwischen großen Lagerschuppen in einer schattigen Gasse des Hafengebiets. Ihre aus Lehmziegeln aufgeführten Mauern waren außerordentlich dick, so daß die Schenke im Sommer angenehm kühl und im Winter schön warm war. Über der Tür hingen neben einer Weinkanne und einem Bierkrug ein riesiges, getrocknetes Krokodil mit blitzenden Glasaugen und vielen Zahnreihen im aufgesperrten Rachen. Kaptah führte mich voll Eifer hinein, rief nach dem Wirt und suchte uns weiche Sitzgelegenheiten aus. Er schien mit der Umgebung vertraut und bewegte sich wie zu Hause, so daß die anderen Gäste der Schenke, die mich mißtrauisch von der Seite angeschielt hatten, sich beruhigten und ihre Gespräche fortsetzten. Zu meinem Erstaunen sah ich, daß der Boden aus Holz bestand, die Wände getäfelt waren und daran vielerlei Andenken von weiten Reisen wie Negerspeere, Federbüsche, Muschelketten von den Meerinseln und gemalte kretische Gefäße hingen. Kaptah folgte stolz meinen Blicken und sagte:

»Du wunderst dich sicherlich darüber, daß die Wände des Raumes aus Holz sind wie in den Häusern der Reichen. Wisse daher, daß sämtliche Planken von alten, ausgedienten Schiffen stammen. Obgleich ich nicht gern an Seereisen denke, muß ich hervorheben, daß jene gelbe, vom Meer zerfressene Bohle einst nach Punt gesegelt ist, während die braune hier die Landestellen der Meeresinseln gescheuert hat. Doch wenn du gestattest, wollen wir jetzt einen vom Wirt kredenzten ›Schwanz‹ genießen.«

Ein schöner, in der Form einer Muschelschale gegossener, auf der Handfläche zu haltender Becher wurde mir gereicht; doch vergaß ich angesichts der Frau, die ihn mir bot, ihn zu betrachten. Sie war nicht mehr so jung, wie die Kellnerinnen der Schenken zu sein pflegen, und kam nicht halbnackt daher, um die Gäste zu reizen, sondern war anständig gekleidet und trug einen silbernen Ohrring sowie an den schmalen Handgelenken silberne Reifen. Sie begegnete meinem Blick, ohne nach Frauenart scheu die Augen abzuwenden. Ihre Augenbrauen waren schmal gerupft, und in ihren Augen mischten sich Lächeln und Kummer. Es waren warme, braune, lebendige Auge, in die zu blicken dem Herzen wohl tat. Aus ihrer Hand empfing ich den Becher auf meiner Handfläche; auch Kaptah erhielt einen, und indem ich ihr immer noch in die Augen sah, fragte ich:

»Wie ist dein Name, du Schöne?«

Sie antwortete mit leiser Stimme: »Mein Name ist Merit. Es ist nicht gebräuchlich, mich eine Schöne zu nennen, wie schüchterne Knaben zum Vorwand tun, um zum erstenmal die Lenden einer Kellnerin zu betasten. Ich hoffe, du wirst dich dessen entsinnen. Arzt Sinuhe, der du einsam bist, falls du unser Haus wieder einmal mit deinem Besuch beehren solltest.«

Ich erzürnte und sprach: »Ich verspüre nicht die geringste Lust, deine Lenden zu betasten, schöne Merit. Aber woher kennst du meinen Namen?«

Sie lächelte, und das Lächeln stand ihrem braunen, glatten Gesicht gut, als sie schelmisch erklärte: »Dein Ruf ist dir vorangegangen, o Sohn des Wildesels! Wenn ich dich betrachte, weiß ich, daß dieser Ruf nicht gelogen hat.«

In der Tiefe ihrer Augen spiegelte sich ein ferner Kummer, den mein Herz durch das Lächeln hindurch empfand, weshalb ich ihr nicht länger zürnen konnte, sondern sagte: »Falls du unter meinem Ruf meinen früheren Sklaven Kaptah meinst, den ich heute zu einem freien Mann gemacht habe, so wirst du wohl wissen, daß man seinen Worten keinen Glauben schenken darf. Seine Zunge hat von Geburt an den Fehler, keinen Unterschied zwischen Lüge und Wahrheit machen zu können, sondern beide ebensosehr, ja vielleicht oft sogar die Lüge mehr als die Wahrheit zu lieben. Diesem Gebrechen hat meine Heilkunst nicht beizukommen vermocht und ebensowenig mein Stock.«

Sie meinte: »Vielleicht ist die Lüge zuweilen angenehmer als die Wahrheit, wenn nämlich ein Mensch sehr einsam und sein erster Lebensfrühling vorüber ist. Deshalb glaube ich dir gerne, wenn du mich schöne Merit nennst, und glaube alles, was dein Gesicht mir verrät. Aber willst du nicht den ›Krokodilschwanz‹

kosten, den ich dir gebracht habe? Ich bin neugierig zu erfahren, ob er mit den seltsamen Getränken vergleichbar ist, die du in den von dir bereisten, merkwürdigen Ländern genossen hast.«

Ihr immer noch in die Augen sehend, hob ich die Schale in meiner Hand und trank. Aber als ich getrunken, sah ich ihr nicht mehr in die Augen; denn das Blut stieg mir zu Kopf, ich begann zu husten, und meine Kehle brannte wie Feuer. Als ich schließlich wieder zu Atem kam, sagte ich: »Wahrlich, ich nehme alles, was ich soeben über Kaptah geäußert, zurück; denn in dieser Beziehung hat er jedenfalls nicht gelogen! Dein Getränk ist tatsächlich stärker als jedes andere, das ich genossen, ja feuriger als das Erdöl, das die Babylonier in ihren Lampen verwenden, und ich zweifle nicht daran, daß es selbst einen kräftigen Mann ebenso rasch wie der Schlag eines Krokodilschwanzes zu Boden wirft.«

Nachdem ich dies geäußert, horchte ich in mich hinein: Feuer lief mir durch den Leib, in meinem verbrannten Mund spürte ich noch den Geschmack von Gewürzen und Balsam, und mein Herz fühlte sich beschwingt wie eine Schwalbe. Da sagte ich: »Bei Seth und allen Teufeln! Ich kann nicht begreifen, wie dieser Trank gebraut ist, und weiß nicht, ob er oder deine Augen es sind, die mich verzaubern, Merit! Zauber fließt durch meine Glieder, mein Herz ist wieder jung, und du darfst dich nicht wundern, wenn ich meine Hand an deine Lenden lege.«

Sie zog sich vorsichtig ein wenig zurück und hob schelmisch die Hände; sie war schlank und langgliedrig und lächelte mich an, indem sie sprach: »Es schickt sich nicht, daß du fluchst, denn du befindest dich in einer anständigen Weinstube. Ich bin auch nicht sehr alt, sondern sogar fast unberührt, wenn deine Augen es vielleicht auch nicht glauben wollen. Über den Trank aber kann ich dir sagen, daß er die einzige Mitgift ausmacht, die ich von meinem Vater erhalten. Deshalb hat dein Sklave Kaptah inständig um mich angehalten, in der Hoffnung, von mir das Rezept umsonst zu erhalten; aber er ist einäugig, beleibt und alt, und ich glaube nicht, daß eine reife Frau Freude an ihm haben kann. Nun hat er diese Schenke für Gold erwerben müssen. Auch meine Kunst will er kaufen, wird aber sehr viel Geld abwägen müssen, ehe wir uns darüber einig werden.«

Kaptah machte verzweifelte Gebärden, um sie zum Schweigen zu bringen; ich aber kostete abermals von dem Getränk, fühlte wiederum das Feuer sich in meinem Leib entzünden und sprach: »Ich glaube wohl, daß Kaptah dieses Trankes wegen sogar bereit wäre, einen Krug mit dir zu zertrümmern, obgleich er weiß, daß du ihm bald nach der Hochzeit heißes Wasser über die Füße gießen würdest. Aber auch ohne deine Kunst verstehe ich ihn, wenn ich dir in die Augen schaue, obgleich du nicht vergessen darfst, daß in diesem Augenblick der ›Krokodilschwanz‹ aus mir spricht und ich morgen vielleicht nicht mehr für meine Worte einstehe. Aber ist es wirklich wahr, daß Kaptah der Besitzer dieser Weinstube ist?«

»Verschwinde, du freches Weibsbild!« sagte Kaptah und schmückte seine Worte mit einer Reihe von Götternamen, die er in Syrien gelernt hatte. »Herr«, wandte er sich alsdann bittend an mich. »Es kommt ein wenig zu plötzlich. Ich wollte dich vorsichtig darauf vorbereiten und um deinen Beifall bitten, da ich immer noch dein Diener bin. Aber es ist wirklich wahr, daß ich dieses Haus bereits dem Wirt abgekauft habe, und ich werde auch aus seiner Tochter das Geheimnis der Zubereitung des ›Krokodilschwanzes‹ herausholen! Dieses Getränk hat die Schenke überall am Strom, wo frohe Männer sich versammeln, bekanntgemacht, und ich habe jeden Tag, den ich fern von hier verbrachte, daran gedacht. Wie du weißt, habe ich dich in diesen Jahren geschickt und nach besten Kräften bestohlen, weshalb ich Schwierigkeiten hatte, auch mein eigenes Gold und Silber gut anzulegen; denn ich muß an meine alten Tage denken, wenn ich nicht mehr laufen kann und meine Beine an einem Feuerbecken wärmen will.«

Er warf mir einen gekränkten Blick zu, als ich in Lachen ausbrach, weil ich mir vergeblich vorzustellen versuchte, wie es aussehen würde, wenn Kaptah, der eine Sänfte nahm, wenn ich zu Fuß ging, zu laufen versuchte. Ich dachte auch daran, daß die Wärme des Feuerbeckens kaum durch die dicke Fettschicht dringen und ihm die Knochen wärmen würde. Aber diese Gedanken hatte ich vermutlich dem »Krokodilschwanz« zu verdanken. Deshalb hielt ich mit Lachen inne, bat Kaptah ernsthaft um Verzeihung und forderte ihn auf, in seiner Erzählung fortzufahren.

»Bereits als junger Sklave hielt ich den Beruf eines Schankwirts für den verlockendsten und beneidenswertesten«, erklärte Kaptah, den der »Krokodilschwanz« weich gestimmt hatte. »Zu jener Zeit dachte ich allerdings hauptsächlich daran, daß ein Wirt so viel Bier, wie ihn gelüstet, umsonst trinken konnte, ohne daß ihn jemand deswegen tadelte. Jetzt weiß ich wohl, daß er beim Trinken maßhalten muß und sich nie berauschen darf – und gerade das wird sehr gesund für mich sein! Denn nach übertriebenem Biergenuß wird mir zuweilen wunderlich zumute, und ich glaube Flußpferde und andere schreckliche Dinge zu sehen. Ein Schankwirt trifft stets Menschen, die ihm nützlich sein können; er erfährt und weiß alles, was vor sich geht, und das lockt mich mächtig, weil ich von Geburt an sehr neugierig gewesen. Als Wirt werde ich auch viel Nutzen von meiner Zunge haben und die Gäste so gut unterhalten können, daß sie, ohne es selbst zu merken, einen Becher nach dem anderen leeren und erst im Augenblick des Zahlens staunen werden. Wenn ich somit alles bedenke, glaube ich, daß mich die Götter von Anfang an zum Schankwirt bestimmt haben, obwohl ich versehentlich als Sklave geboren wurde.«

Kaptah leerte seine Schale, stützte den Kopf in die Hände, lächelte und fuhr fort: »Auch ist der Beruf eines Schankwirts meines Erachtens der sicherste von allen. Denn der Durst des Menschen bleibt sich gleich, was immer auch geschehen mag; und wenn die Macht des Pharao erschüttert und die Götter von ihren Thronen stürzen würden, wären die Schenken und Weinstuben doch nicht leerer als zuvor. Denn der Mensch trinkt Wein in seiner Freude, und in seinem Kummer trinkt er Wein, im Erfolg ergötzt er sein Herz mit Wein und ertränkt seine Enttäuschung in Wein. Ein Mann trinkt Wein, wenn er verliebt ist und auch wenn seine Frau ihn schlägt. Zum Wein nimmt er Zuflucht, wenn er Unglück in seinen Geschäften hat, und mit Wein begießt er seine Siege. Nicht einmal die Armut hindert den Menschen am Weintrinken; denn er arbeitet um so fleißiger, um seiner Armut durch Wein ein wenig Farbe zu verleihen. Deshalb habe ich mein im Laufe der Jahre erspartes Gold und Silber in dieser Schenke angelegt, und wahrlich, einen vorteilhafteren und angenehmeren Beruf kann ich mir kaum vorstellen. Allerdings soll der bisherige Wirt den ›Krokodilschwanz‹ einstweilen mit der Hilfe dieser Hexe Merit weiterführen und den Gewinn mit mir teilen, bis ich mich auf meine alten Tage hier zu Ruhe setzen werde. Wir haben eine Vereinbarung getroffen und bei allen tausend Göttern Ägyptens geschworen, sie zu halten. Deshalb glaube ich nicht, daß er mir mehr als angemessen von dem Gewinne stehlen wird; denn er ist ein frommer Mann, der an Feiertagen in den Tempel opfern geht.«

Nach dieser langen Rede begann Kaptah zu stottern und zu weinen, legte den Kopf in meinen Schoß und schlang in großer Rührung und ebenso großem Rausch die Arme um meine Knie. Ich faßte ihn bei den Schultern, zwang ihn in sitzende Stellung und sagte: »Wahrlich, ich glaube, du hättest keinen passenderen Beruf finden können, um dein Alter sicherzustellen! Eines aber verstehe ich trotzdem nicht. Da der Schankwirt weiß, daß seine Weinstube so viel einbringt und er außerdem das Geheimnis des ›Krokodilschwanzes‹ besitzt: wieso ist er dann darauf eingegangen, dir die Schenke zu verkaufen?«

Tränenden Auges betrachtete mich Kaptah vorwurfsvoll und sagte: »Habe ich nicht tausendmal gesagt, du besitzt eine seltene Fähigkeit, all meine Freude mit deinem Verstand, der bitterer als Wermut ist, zu vergiften? Genügt es nicht, wenn ich wie jener sage, daß wir Jugendfreunde sind, einander wie Brüder lieben und daher Freude und Gewinn miteinander teilen wollen? Aber in deinen Augen sehe ich, daß dir dies nicht genügt, ebensowenig wie es übrigens mir genügt hat. Daher muß ich zugeben, daß auch hinter diesem Kauf etwas steckt. Es geht nämlich das Gerücht um von bevorstehenden großen Unruhen im Zusammenhang mit dem Machtkampf zwischen Ammon und dem Gott des Pharao. Wie du weißt, sind die Schenken die ersten, die in Zeiten des Aufruhrs zu leiden haben, indem ihre Läden aufgebrochen, ihre Wirte ausgepeitscht und in den Strom geworfen, die Krüge umgeschmissen und im schlimmsten Fall noch das Haus angezündet wird. Dies geschieht um so sicherer, wenn der Besitzer sich auf der falschen Seite befindet. Der Wirt hier ist ein Mann Ammons, was ein jeder weiß, weshalb er die Farbe nicht mehr wechseln kann. Nachdem er von Ammons Bodenverkäufen vernommen, hat er an diesem Gott zu zweifeln begonnen, und ich habe seine Zweifel natürlich in passender Weise geschürt, obwohl ein Mensch, der die Zukunft fürchtet, ebensogut auf einer Obstschale ausgleiten oder einen Dachziegel auf den Kopf bekommen oder von einem Ochsenschlitten überfahren werden kann. Bedenke, Herr, daß wir den Skarabäus besitzen, der zweifellos nebenbei auch den ›Krokodilschwanz‹ beschützen kann, obwohl er bereits mit der Wahrung all deiner unzähligen Vorteile viel Mühe hat.«

Nach längerer Überlegung sagte ich schließlich: »Wie dem auch sei, Kaptah, ich muß jedenfalls zugeben: Du hast in einem einzigen Tag sehr viel erreicht.« Kaptah wehrte sich jedoch gegen das Lob und meinte: »Du vergißt, Herr, daß wir das Schiff schon gestern verließen. Doch kann ich ruhig behaupten, daß kein Gras unter meinen Füßen gewachsen ist. Wie unglaublich es dir auch erscheinen mag, ich muß gestehen: meine Zunge ist müde, da ein einziger ›Krokodilschwanz‹ sie zum Stottern bringen kann.«

Wir erhoben uns und nahmen vom Wirt Abschied; Merit begleitete uns zur Tür, wobei die Silberreifen an ihren Handgelenken und Fußristen klirrten. Im Dunkel der Türöffnung legte ich ihr die Hand an die Lenden und fühlte ihre Nähe, sie aber befreite sich entschlossen aus meinem Griff, stieß meine Hand beiseite und sagte: »Deine Berührung könnte mir wohl angenehm sein, aber ich wünsche sie doch nicht, weil der ›Krokodilschwanz‹ zu deutlich aus deinen Händen spricht.« Verblüfft hob ich meine Hände und betrachtete sie. Sie erinnerten tatsächlich so lebhaft an Krokodilfüße, daß wir geradenwegs nach Hause gingen, unsere Matten ausbreiteten und in einen tiefen Schlaf versanken.

7

So begann mein Leben in dem früheren Haus des Kupferschmieds im Armenviertel von Theben. Wie Kaptah vorausgesagt, bekam ich viele Patienten, verdiente aber nicht viel, sondern verlor weit mehr dabei; denn ich brauchte viele kostbare Arzneien für meine Kranken, und es lohnte sich auch nicht, unterernährte Leute zu heilen, wenn sie nicht genügend Fett und Grütze bekommen konnten, um wieder zu Kräften zu gelangen. Die Geschenke, die ich erhielt, waren nicht wertvoll; aber sie bereiteten mir Freude. Noch größere Freude machte es mir zu vernehmen, daß die Armen meinen Namen zu segnen begannen. Jeden Abend leuchtete der Himmel vom Widerschein der Lampen aus der Innenstadt rot über Theben; ich aber war von meiner Arbeit erschöpft und dachte abends noch an die Leiden meiner Patienten. Auch Aton, der Gott des Pharao, beschäftigte meine Gedanken.

Zur Pflege unseres Haushalts stellte Kaptah eine alte Frau an, die mich nicht störte und des Lebens und der Männer in hohem Grad überdrüssig war, was man ihrem Gesicht ansehen konnte. Aber sie kochte gut, war schweigsam und stellte sich nicht auf die Veranda, um die Armen wegen ihres Geruches zu schmähen oder gar mit bösen Worten wegzujagen. Ich gewöhnte mich rasch an sie und beachtete ihre Anwesenheit nicht mehr als diejenige eines Schattens. Sie hieß Muti.

So verstrich ein Monat nach dem anderen. Die Unruhe in Theben wuchs immer mehr, und von Haremhabs Rückkehr wurde kein Wort laut. Die Sonne versengte die Höfe, das Grau vergilbte, und die heißeste Zeit des Sommers nahte. Zuweilen sehnte ich mich nach Abwechslung, begleitete Kaptah in den »Krokodilschwanz«, scherzte mit Merit und blickte ihr in die Augen, obwohl sie mir noch immer fremd war und das Herz mir dabei weh tat. Aber ich nahm nie mehr von dem starken Getränk zu mir, das der Schenke ihren Namen verliehen hatte, sondern begnügte mich in der heißen Zeit mit kaltem Bier, das nicht berauschend, sondern erquickend wirkte und mich zwischen den kühlen Lehmwänden froh stimmte. Ich lauschte den Gesprächen, welche die Gäste der Weinstube untereinander führten, und merkte bald, daß in diesem Haus nicht jeder einen Sitz und einen Becher erhielt. Die Gäste waren ausgewählt, und wenn auch der eine oder andere sein Gold als Grabplünderer verdiente oder sein Leben als Erpresser fristete, so vergaßen sie doch in dieser Umgebung ihre Berufe und benahmen sich gesittet. Ich schenkte Kaptah Glauben, wenn er behauptete, in diesem Hause träfen sich bloß solche Leute, die einander nützlich seien. Nur ich bildete eine Ausnahme, niemand hatte Nutzen von mir, und ich war auch hier ein Fremder, obgleich man mich duldete und in meiner Anwesenheit keine Schüchternheit empfand, weil ich ein Freund Kaptahs war.

Ich vernahm hier manches und hörte den Pharao sowohl verfluchen als preisen; über seinen neuen Gott lachte man meistens. Eines Abends betrat die Weinstube ein Händler in Räucherwerk, der sich die Kleider zerrissen und Asche ins Haar gestreut hatte. Er kam, um seinen Kummer mit einem »Krokodilschwanz« zu stillen, und rief laut jammernd aus: »Wahrlich, verflucht in Ewigkeit sei dieser falsche Pharao, dieser Bastard und falsche Erbe! Niemand hält ihn mehr im Zaum. Er macht, was ihm durch den Kopf fährt, und verdirbt mir meinen ehrlichen Beruf. Ich machte nämlich bis jetzt meinen besten Gewinn mit Räucherwerk, das aus dem Lande Punt eingeführt wurde. Die Seefahrten im östlichen Meere sind keineswegs gefährlich. Jeden Sommer sind Handelsschiffe dorthin ausgerüstet worden, und im Jahr darauf sind stets mindestens zwei von zehn Schiffen zurückgekehrt und haben sich nicht mehr verspätet als eine Wasseruhr, weshalb ich im voraus meine Anlagen und Gewinne gut berechnen konnte. Aber habt ihr schon etwas Verrückteres gehört? Als die Flotte sich wieder zur Abfahrt rüstete, befand sich der Pharao auf Inspektion im Hafen. Warum, in Seths Namen, muß er überall wie eine Hyäne herumschnüffeln? Zu diesem Zwecke hat er ja seine Schreiber und Ratgeber, die nachzuprüfen haben, ob alles nach Gesetz und guter Sitte vor sich geht, wie es immer geschehen ist! Jedenfalls hörte der Pharao die Seeleute an Bord der Schiffe jammern und sah ihre Frauen und

Kinder am Ufer weinen und sich mit spitzen Steinen die Gesichter schürfen, wie es Sitte und Anstand fordern, wenn sich ein Nahestehender auf eine Seereise begibt, da, wie jedermann weiß, viele Männer sich aufs Meer hinausbegeben, aber nur wenige zurückkehren. Das alles gehört dazu, wenn eine Flotte nach Punt abfährt, und so ist es seit den Tagen der großen Königin gewesen. Ihr könnt mir glauben oder nicht: dieser junge Narr, dieser verfluchte Pharao, hat den Schiffen auszulaufen verboten und den Befehl erteilt, nie mehr Schiffe für eine Reise nach Punt auszurüsten. Ammon bewahre uns! Jeder ehrliche Kaufmann weiß, was das zu bedeuten hat. Es bedeutet Verderben und Untergang für unzählige Menschen, bedeutet Armut und Hunger für die Frauen und Kinder der Seeleute. Kein Mann wird wohl in Seths Namen aufs Meer geschickt, wenn er nicht durch seine eigenen Taten dieses Schicksal verdient. Nur die Richter können ihn, gestützt auf das Gesetz, zum Dienst auf See verurteilen. Auch geschieht es nicht eben oft, daß Leute mit Unrecht oder Gewalt auf die Schiffe gesandt werden; dies ereignet sich höchstens in den besten Erntejahren, wenn das Verbrechertum abnimmt. Unter der Regierung dieses Pharao aber haben wir mehr als genug Verbrecher in Ägypten, seitdem die Menschen die Götter nicht mehr fürchten, sondern leben, als wäre jeder Tag der letzte. Bedenkt nur, welche Vermögen in Schiffen und Handelslagern, in Glasperlen und Tongefäßen angelegt sind! Denkt an die ägyptischen Handelsvertreter, die nun für ewige Zeiten und von den Göttern verlassen in den Lehmhütten von Punt zurückbleiben müssen! Beim Gedanken an sie und an ihre weinenden Frauen und Kinder blutet mein Herz, wenn es auch wahr ist, daß viele von diesen Leuten dort drüben neue Familien gegründet und farbige Kinder gezeugt haben.«

Erst als der Händler in Räucherwerk seinen dritten »Krokodilschwanz« auf der Handfläche hielt, beruhigte er sich und verstummte, nachdem er noch rasch um Entschuldigung gebeten hatte, falls er in Kummer und Erregung unehrerbietige Worte über den Pharao geäußert. »Aber«, sagte er, »ich glaubte, die Königin Teje, die eine kluge, erfahrene Frau ist, werde ihren Sohn in Zucht halten, und auch den Priester Eje hielt ich für einen vernünftigen Mann; aber alle haben sie bloß das Ziel im Auge, Ammon zu stürzen, und lassen daher den verrückten Einfällen des Pharao freie Zügel. Bedauernswerter Ammon! Ein Mann kommt gewöhnlich zur Vernunft, wenn er mit einer Frau einen Krug zertrümmert und geheiratet hat; aber diese Nofretete, diese große königliche Gemahlin, denkt nur an ihre Kleider und ihre unanständigen Moden. Ihr mögt mir glauben oder nicht: Die Frauen des Hofes umranden nunmehr die Augen mit grünem Malachitpulver und tragen von der Taille abwärts geschlitzte Kleider, die den Blicken der Männer den Nabel entblößen.«

Kaptahs Neugier erwachte, und er meinte: »Solche Moden habe ich noch in keinem anderen Lande gesehen, obwohl ich viel Sonderbares, gerade was Frauenkleidung anbelangt, gesehen habe. Meinst du wirklich, daß die Frauen des Hofes und auch die Königin sich so entblößen?«

Der Händler ward zornig und sagte: »Ich bin ein frommer Mann, der Frau und Kinder hat. Deshalb ließ ich den Blick nicht bis unter den Nabel schweifen und würde auch dir nicht raten, etwas so Unpassendes zu tun.«

Da mischte sich Merit ungehalten ins Gespräch: »Dein eigener Mund ist schamlos und keineswegs diese neuen Sommermoden, die angenehm kühl sind und die Schönheit einer Frau zu voller Geltung bringen, falls sie nur einen schöngeformten Bauch hat. Du hättest den Blick ruhig weiter senken können; unter dem offenen Gewand ist an der nötigen Stelle ein schmales Lendentuch aus hauchdünnem Leinen angebracht, und der Anblick kann auch des Frömmsten Auge nicht beleidigen, wenn die Frau sich nur sorgfältig die Haare hat ausrupfen lassen, wie jede anständige Frau es tut.«

Der Händler hätte ihr gerne geantwortet, vermochte es aber nicht mehr; denn der dritte »Krokodilschwanz« war stärker als seine Zunge. Deshalb legte er das Haupt in die Hände und weinte bitterlich über die Kleidung der Hofdamen und über das traurige Schicksal der im Puntland zurückgebliebenen Ägypter. Statt seiner mischte sich ein alter Ammonpriester ins Gespräch, dessen dickes Gesicht und kahl rasierter Schädel von duftendem Öl glänzten. Von dem »Krokodilschwanz« angefeuert, hieb er mit der Faust auf den Tisch und rief mit lauter Stimme:

»Jetzt geht's aber zu weit! Ich meine nicht mit der Frauenmode – denn Ammon läßt jede Kleidung gelten, vorausgesetzt, daß die Menschen an den heiligen Tagen Weiß tragen; und jedermann sieht gerne den Nabel und runden Bauch einer Frau. Zu weit aber geht es, wenn der Pharao auf so rücksichtslose Art und unter dem Vorwand des bedauernswerten Schicksals der Seeleute jede Zufuhr von wohlriechendem Holz aus dem Lande Punt verhindern will! Ammon hat sich nun einmal an den süßen Duft gewöhnt; und sollen wir etwa in Zukunft unsere Opfer auf einem Misthaufen verbrennen? Das ist ein schandbares Ärgernis und eine gewollte Herausforderung! Es sollte mich nicht wundern, wenn hiernach jeder redliche Mann einem jeden ins Gesicht spuckt, der das Kreuz des Lebens auf seinen Kleidern gestickt trägt – als Abzeichen jenes verfluchten Gottes, mit dessen Namen ich meinen heiligen Mund nicht verunreinigen will. Wahrlich, ich würde demjenigen viele ›Krokodilschwänze‹ zahlen, der heute nacht in den euch wohlbekannten Tempel ginge, um sein Bedürfnis auf dem Altar zu verrichten; denn der Tempel ist offen und ohne Mauern, und ich glaube, ein geschickter Mann könnte die Wächter leicht irreführen. Ich würde es tatsächlich selber tun, wenn es mit meiner Würde vereinbar wäre und Ammons Ansehen nicht darunter litte.«

Er blickte sich herausfordernd um, und nach einer Weile trat ein Mann mit einem von der Pest zerfressenen Gesicht auf ihn zu. Sie begannen miteinander zu flüstern, und der Priester bestellte zwei »Krokodilschwänze«, bis der von der Pest Zerfressene seine Stimme hob und sagte: »Wahrlich, ich werde es tun! Zwar nicht des von dir versprochenen Goldes wegen, sondern meiner eigenen Seele zuliebe; denn obgleich ich sündhafte Taten begangen habe und nicht zögern würde, einem Mann den Hals von Ohr zu Ohr aufzuschlitzen, so glaube ich doch noch an das, was meine Mutter mich gelehrt. Ammon ist mein Gott, dessen Gunst ich vor meinem Tod verdienen will; denn jedesmal, wenn mich mein Magen schmerzt, gedenke ich mit Kummer der vielen schwarzen Taten, die ich begangen.«

»Wahrlich«, sagte der Priester, ebenso berauscht, »deine Tat wird dir zum Verdienst gereichen, und ihretwegen wird dir vieles verziehen werden. Solltest du Ammons wegen in Gefahr geraten, so wisse, daß du geradenwegs in das Land des Westens eingehen wirst, selbst wenn dein Leib an der Mauer vermodern sollte. Ebenso ergeht es den Seeleuten, die im Dienste Ammons ertrinken, wenn sie ihm kostbares Holz und gutes Räucherwerk holen. Auch sie gehen geradenwegs in das Land des Westens ein, ohne zuerst im Sumpf des Totenreiches waten zu müssen. Deshalb ist es vom Pharao verbrecherisch, ihnen die Möglichkeit zu rauben, Ammons wegen zu ertrinken.« Er hieb mit seiner Muschelschale auf den Tisch und rief, an alle Schankgäste gewendet, mit lauter Stimme: »Als Priester des vierten Grades sage ich euch, daß jede Handlung, die ihr Ammons wegen begeht, euch verziehen wird, selbst wenn es sich um Raub, Mißhandlung, Mord oder Vergewaltigung handeln sollte. Denn Ammon sieht den Menschen ins Herz und beurteilt ihre Taten nach den Absichten ihrer Herzen. Geht und nehmt Waffen unter euren Mänteln mit und ...«

Hier ward seine Rede unterbrochen; denn der Schankwirt ging ruhig auf ihn zu und versetzte ihm mit einem ledernen Knüttel einen Schlag auf den Schädel, so daß dieser zwischen die Knie sank und die Worte ihm im Hals steckenblieben. Alle zuckten zusammen, und der von der Pest zerfressene Mann zog sein Messer aus dem Gürtel. Doch der Wirt sprach ruhig:

»Ich habe diese Tat Ammons wegen begangen. Daher ist sie mir im voraus verziehen; und der Priester selbst wird, sobald er erwacht, der erste sein, die Wahrheit dieser Behauptung zuzugeben. Denn auch wenn er im Namen Ammons die Wahrheit sprach, so sprach doch gleichzeitig der ›Krokodilschwanz‹ aus ihm, weil er viel zu laut rief und in diesem Haus nur ich allein schreien und toben darf. Ich glaube, ihr alle, die ihr bei Verstand seid, werdet verstehen, was ich meine.«

Alle gaben zu, daß der Wirt klug und wahr gesprochen habe. Der von der Pest Zerfressene bemühte sich, den Priester wieder zum Bewußtsein zu bringen, und einige Gäste verschwanden rasch. Auch Kaptah und ich gingen. An der Tür sagte ich zu Merit: »Du weißt, daß ich einsam bin, aber deine Augen haben mir verraten, daß du ebenfalls einsam bist. Ich habe viel an die Worte gedacht, die du einst äußertest, und ich glaube, daß eine Lüge zuweilen wirklich süßer als die Wahrheit für denjenigen sein kann, der einsam und dessen erster Lebensfrühling erloschen ist. Deshalb möchte ich dich bitten, so ein neumodisches Sommergewand anzuziehen, von dem du sprachst! Du bist gut gewachsen, deine Glieder sind schlank, und ich glaube auch nicht, daß du dich deines Bauches zu schämen brauchtest, wenn ich neben dir durch die Widderstraße schlenderte.« Dieses Mal stieß sie meine Hand nicht von ihren Lenden weg, sondern drückte sie sacht und sagte: »Vielleicht werde ich tun, was du vorschlägst.« Aber ihr Versprechen bereitete mir keine Freude, als ich in den heißen Abend des Hafens hinaustrat; mein Sinn war voller Wehmut, und irgendwo in weiter Ferne klang vom Strom her durch den stummen Abend die einsame Stimme einer zweirohrigen Schalmei.

Am folgenden Tag kehrte Haremhab mit einer Truppenabteilung nach Theben zurück. Doch um dieses und alles, was hernach geschah, zu erzählen, muß ich ein neues Buch beginnen. Vorerst will ich aber noch erwähnen, daß ich während meiner Tätigkeit als Armenarzt zweimal Schädelöffnungen vornahm; der eine Patient war ein kräftiger Mann, der andere eine arme Frau, die sich für die große Königin Hatschepsut hielt. Beide erholten sich und wurden vollständig geheilt, was mir wegen meiner Geschicklichkeit große Freude bereitete; aber die alte Frau war sicher glücklicher, solange sie noch glaubte, die große Königin zu sein!

ZWEITER BAND

Zehntes bis fünfzehntes Buch

ZEHNTES BUCH

Die Stadt in der Himmelshöhe

1

Als Haremhab aus dem Lande Kusch zurückkehrte, war die heißeste Zeit des Sommers angebrochen. Die Schwalben waren längst verschwunden und hatten sich im Schlamm vergraben, in den Teichen nahe der Stadt faulte das Wasser, und Heuschrecken wie Erdflöhe schädigten die Ernte. Aber die Gärten der Reichen zu Theben prangten dunkelgrün und spendeten Kühlung, und zu beiden Seiten der von Widdern besäumten großen Straße leuchteten die Blumenbeete in allen Regenbogenfarben; denn Mangel an frischem Wasser litten in Theben nur die Armen. Es wurden auch nur die Speisen der Armen vom Staub zerstört, der sich wie ein Netz über alles legte und die Blätter der Akazien und Sykomoren im Armenviertel mit einer grauen Schicht überzog. Im Süden, jenseits des Stromes, aber erhob sich im heißen Sonnenglast das goldene Haus des Pharao mit seinen Mauern und Gärten wie ein blauschimmernder und rotglühender Traum. Obgleich die Sommerhitze ihren höchsten Punkt erreicht hatte, war der Pharao nicht in seine Lustschlösser in das Untere Land übergesiedelt, sondern in Theben geblieben. Daher ahnten alle, daß etwas Ungewöhnliches geschehen werde, und die Herzen der Menschen waren voller Unruhe, so wie der Himmel sich vor einem nahenden Sandsturm verdüstert.

Und niemand wunderte sich, als im Morgengrauen längs allen südlichen Straßen Soldaten ihren Einzug in Theben hielten. Mit staubbedeckten Schilden, kupferglänzenden Speerspitzen und gespannten Bogensehnen marschierten die schwarzen Truppen durch die Stadt und glotzten neugierig um sich, wobei das Weiß der weit aufgesperrten Augen schreckenerregend in den schweißglänzenden Gesichtern schimmerte. Sie folgten ihren barbarischen Feldzeichen in die leerstehenden Kriegerhäuser, wo alsbald Feuer aufflammten und Kochsteine erhitzt wurden, um in die großen Lehmtöpfe gelegt zu werden. Gleichzeitig traf die Flotte ein, und die Streitwagen und federgeschmückten Pferde der Hauptleute wurden aus den Frachtschiffen entladen; auch unter diesen Truppen gab es keine Ägypter, sondern sie bestanden zum größten Teil aus Negern des Südens und aus Schardanen der nordwestlichen Wüstengegenden. Sie besetzten die Stadt. Wachfeuer wurden an den Straßenecken angezündet und der Strom gesperrt. Im Lauf des Tages hörte in Werkstätten und Mühlen, in Handelshäusern und Lagern alle Arbeit auf. Die Kaufleute nahmen ihre Waren von der Straße herein und schlossen die Fensterluken, und die Wirte der Weinschenken und Freudenhäuser stellten eilends kräftige Kerle mit Knüppeln zum Schutze ihrer Häuser an. Die Leute zogen weiße Gewänder an, und aus allen, sowohl den reichen als den armen Stadtvierteln begannen sie in Scharen zum großen Ammontempel zu strömen, bis seine Höfe so gedrängt voll waren, daß eine Menge von ihnen außerhalb der Mauern bleiben mußte.

Zu gleicher Zeit verbreitete sich die Kunde, daß der Atontempel während der Nacht geschändet und besudelt worden war. Ein verwesender Hundekadaver war auf dem Opferaltar gefunden worden, und ein Wächter lag mit von Ohr zu Ohr durchschnittenem Hals in seinem Blut. Als die Leute dies vernahmen, blickten sie verängstigt um sich. Manche von ihnen aber konnten ein geheimes schadenfrohes Lächeln nicht unterdrücken.

»Läutere deine Werkzeuge, Herr«, riet mir Kaptah ernst. »Ich glaube, du wirst noch vor dem Abend viel zu tun und, wenn ich mich nicht irre, sogar Schädel zu öffnen haben.«

Es ereignete sich jedoch bis zum Abend nichts Bemerkenswertes, außer daß betrunkene Negersoldaten einige Geschäfte plünderten und ein paar Frauen schändeten, doch wurden sie von den Wächtern ergriffen und vor dem Volke ausgepeitscht, was jedoch weder den ausgeplünderten Kaufleuten noch den geschändeten Frauen viel nützte. Ich erfuhr, Haremhab befinde sich an Bord des Kommandoschiffs, und begab mich in den Hafen, um ihn aufzusuchen, obwohl ich bezweifelte, vorgelassen zu werden.

Die Wache hörte mich gelassen an und ging mich anmelden, um gleich darauf wiederzukehren und mich zu meinem Erstaunen in die Kabine des Befehlshabers an Bord zu bitten. So betrat ich zum erstenmal ein Kriegsschiff und blickte mit großer Neugier um mich, doch unterschied sich das Fahrzeug von anderen nur durch seine Bestückung und die Stärke seiner Besatzung, denn auch Handelsschiffe können einen vergoldeten Steven und bunte Segel haben.

In dieser Umgebung sah ich Haremhab wieder. Er schien mir, mit seinen breiten Schultern und kraftvollen Armmuskeln, noch größer und erhabener als früher. In sein Gesicht aber hatten sich tiefe Furchen eingegraben, seine Augen waren blutunterlaufen, müde und schwermütig. Ich verneigte mich tief vor ihm und streckte die Hände in Kniehöhe, er aber lachte und rief mit bitterer Stimme: »Da bist du ja, mein Freund Sinuhe, du Sohn des Wildesels! Du kommst wahrhaftig zur richtigen Stunde.«

Seiner Würde wegen umarmte er mich jedoch nicht, sondern wandte sich an einen kleinen dicken Hauptmann mit hervorstehenden Augen, der äußerst verdutzt und vor Hitze keuchend vor ihm stand. Haremhab reichte ihm seine goldene Befehlshaberpeitsche und sagte: »Nimm sie und trage die Verantwortung!« Er nahm seinen goldgestickten Befehlshaberkragen ab, legte ihn dem Fettwanst um den Hals und sprach: »Übernimm den Befehl – möge das Blut des Volkes über deine dreckigen Hände fließen!« Hierauf wandte er sich endlich an mich und erklärte: »Sinuhe, mein Freund, nun bin ich frei, dir zu folgen, wohin du wünschest, und ich hoffe, du hast in deinem Hause eine Matte, auf der ich mein Untergestell ausstrecken kann, denn ich bin, bei Seth und allen Teufeln, schrecklich abgehetzt, und habe es satt, mich mit Verrückten herumzustreiten.« Dann legte er dem kleinen Hauptmann, dessen Kopf ihm nur bis zur Achsel reichte, die Hände auf die Schultern und fügte hinzu: »Betrachte ihn genau, Sinuhe, mein Freund, und präge dir den Anblick ins Gedächtnis ein, denn vor dir steht der Mann, in dessen Händen heute das Schicksal Thebens, ja vielleicht ganz Ägyptens ruht. Ihn hat der Pharao zu meinem Nachfolger erhoben, nachdem ich den Pharao offen für verrückt erklärte. Da du nun diesen Mann gesehen hast, ahnst du vermutlich, daß der Pharao mich vielleicht doch in Bälde wieder brauchen wird.« Er lachte lange und schlug mit den Händen auf die Knie, aber sein Lachen drückte keine Freude aus, sondern flößte mir Schrecken ein.

Der kleine Befehlshaber betrachtete ihn demütig mit vor Hitze hervorstehenden Augen, während der Schweiß ihm über Gesicht und Hals und zwischen den fetten Brustpolstern herunterlief. »Zürne mir nicht, Haremhab«, sagte er mit seiner Fistelstimme. »Du weißt, daß ich nicht nach deiner Befehlshaberpeitsche getrachtet habe, sondern den Frieden meines Gartens und meine Katzen mehr liebe als den Schlachtenlärm. Aber, wer bin ich, daß ich mich gegen die Befehle des Pharao auflehnen könnte? Auch hat er mir versichert, daß es keinen Kampf geben, sondern daß der falsche Gott seinem Wunsch gemäß ohne Blutvergießen fallen werde.«

»Er sagt, was er wünscht«, meinte Haremhab. »Sein Herz überholt seinen Verstand, wie ein Vogel an einer Schnecke vorbeifliegt, deshalb sind seine Worte ohne Bedeutung. Du aber mußt mit deinem eigenen Verstand denken und nur mit Maß und Überlegung Blut vergießen, wenn es sich auch um ägyptisches handelt. Bei meinem Falken, ich werde dich mit eigener Hand auspeitschen, falls du deinen Verstand in den Käfigen deiner Rassekatzen zurückgelassen hast, denn zur Zeit des früheren Pharao warst du, wie man mir gesagt hat, ein hervorragender Krieger, und aus diesem Grund hat dir der Pharao wahrscheinlich den unangenehmen Auftrag erteilt.«

Er klopfte dem neuen königlichen Befehlshaber so kräftig auf den Rücken, daß der kleine Mann keuchend nach Atem rang und ihm die Worte, die er noch hätte äußern wollen, im Halse steckenblieben. Haremhab eilte in einigen Sätzen auf Deck. Die Soldaten grüßten ihn stramm mit lächelnden Mienen und erhobenen Speeren. Er winkte mit der Hand und rief:

»Lebt wohl! Folgt nun dem kleinen, dicken Rassekater, der von nun an kraft des königlichen Willens die Peitsche des Befehlshabers schwingt. Folgt ihm wie einem törichten Kind, und seht zu, daß er nicht vom Streitwagen fällt oder sich an seinem eigenen Messer verletzt.« Die Soldaten lachten und bejubelten und rühmten ihn. Er aber ward zornig, drohte ihnen mit den Fäusten und rief: »Ich rufe euch nicht ein Lebewohl zu, sondern auf baldiges Wiedersehen. Denn ich sehe den Eifer aus euren dreckigen Augen leuchten. Deshalb sage ich euch: Haltet die Tatzen im Zaum und gedenket meiner Weisungen, sonst wird euch bei meiner Rückkehr das Rückenfell in Striemen gegerbt.«

Er fragte mich, wo ich wohne, und teilte es dann dem Hauptmann der Wache mit, verbot diesem aber, seine Sachen in mein Haus zu senden, weil er sie an Bord des Kriegsschiffes sicherer verwahrt glaubte. Dann legte er mir wie in früheren Zeiten den Arm um den Hals und sagte seufzend: »Wahrlich, Sinuhe, wenn jemand heute abend einen ehrlichen Rausch verdient hat, so bin ich es.«

Ich entsann mich des »Krokodilschwanzes« und erzählte ihm davon, und er zeigte ein so offensichtliches Interesse an Kaptahs Schenke, daß ich es wagte, ihn für den Fall eines Aufstandes um eine Schutzwache für sie zu bitten. Er erteilte dem Hauptmann der Wache sofort einen entsprechenden Befehl, und der Offizier gehorchte ihm, als trüge Haremhab immer noch die Befehlspeitsche, und versprach, zuverlässige ältere Leute zur Bewachung der Schenke auszuwählen. So konnte ich Kaptah einen Dienst erweisen, ohne daß es mich etwas gekostet hätte.

Ich wußte bereits, daß es im »Krokodilschwanz« eine Menge kleiner Geheimzimmer gab, wo die Händler von Diebesgut und die Grabplünderer ihre Geschäfte abzuschließen pflegten und zuweilen vornehme Damen mit kräftigen Trägern aus dem Hafen zusammenkamen. Ich führte Haremhab in ein solches Gemach, und Merit brachte ihm auf der flachen Hand einen »Krokodilschwanz« in einer Muschelschale, die er auf einen Zug leerte. Er hüstelte und sagte: »Oh!« Alsdann bat er um eine zweite Schale, und während Merit sie holen ging, meinte er, sie sei ein schönes Weib, und fragte, in welchem Verhältnis ich zu ihr stehe. Ich versicherte, daß ich nichts mit ihr habe, aber ich war dennoch froh, daß Merit sich das neue Kleid noch nicht angeschafft hatte, sondern den Bauch bedeckt trug. Haremhab berührte sie jedoch nicht, sondern dankte ihr achtungsvoll, nahm die Schale auf die flache Hand und kostete den Inhalt behutsam mit einem tiefen Seufzer. Hierauf sprach er:

»Sinuhe, morgen wird das Blut in den Straßen Thebens strömen, aber ich vermag nichts dagegen zu tun, weil der Pharao mein Freund ist, und ich liebe ihn, obwohl er verrückt ist, denn ich habe ihn einst mit dem Achseltuch zugedeckt, und mein Falke hat unser Schicksal vereint. Vielleicht liebe ich ihn sogar gerade seines Wahnsinns wegen, aber in diese Geschichte mische ich mich nicht ein, denn ich muß an meine Zukunft denken und will daher nicht, daß das Volk mich haßt. O Sinuhe, mein Freund, viel Wasser floß mit dem Nil durch Ägypten, und manche Überschwemmung hat stattgefunden seit dem Tag, da wir einander zum letztenmal in dem stinkenden Syrien begegneten. Ich komme soeben aus dem Lande Kusch, wo ich auf Befehl des Pharao alle Garnisonen aufgelöst habe, um die Negertruppen nach Theben überzuführen, weshalb das Land im Süden ohne Schutz ist. Wenn es so weitergeht, ist es bloß eine Zeitfrage, wann der Aufruhr in Syrien ausbricht. Vielleicht wird ihn das wieder zur Vernunft bringen. Inzwischen aber verarmt das Land. Die Bergwerke sind seit seiner Krönung mit wenigen Arbeitskräften betrieben worden und haben keinen Ertrag abgeworfen, da man die Faulpelze nicht mehr mit dem Stock züchtigen, sondern bloß durch Einschränkung der Rationen bestrafen darf. Wahrlich, mein Herz bangt um ihn, um Ägypten und um seinen Gott, wenn ich auch nichts von Göttern verstehe noch verstehen will, weil ich ein Krieger bin. Nur soviel kann ich sagen: Viele, sehr, sehr viele Menschen werden seines Gottes wegen sterben, und das ist Wahnsinn, denn die Götter sind doch wohl dazu da, das Volk zu beruhigen und nicht um Streitigkeiten zu säen.«

Weiter sagte er: »Morgen wird Ammon niedergeworfen werden, und ich werde ihn keineswegs vermissen, denn Ammon ist zu mächtig geworden, um neben dem Pharao in Ägypten Platz zu haben. Es ist daher staatsklug gehandelt von ihm, Ammon zu stürzen, denn er wird dadurch des Gottes gewaltige Reichtümer erben, die ihn noch retten können. Auch kann er, wenn er weise handelt, alle anderen Götter auf seine Seite ziehen, denn die Priester der übrigen Gottheiten haben neben Ammon im Schatten stehen müssen und ihn daher höchlich beneidet. Er könnte sie somit beherrschen, indem er Ägypten unter die vielen kleinen Götter verteilte. Seinen Aton aber liebt kein einziger Priester, und die Priester, besonders die Ammonpriester, herrschen über die Herzen des Volkes. Deshalb muß alles schiefgehen.«

»Aber«, wandte ich ein, »Ammon ist ein hassenswerter Gott, und seine Priester haben das Volk lange genug im dunkeln gehalten und jeden lebendigen Gedanken erstickt, bis niemand mehr ein Wort ohne Ammons Erlaubnis zu äußern wagte. Aton dagegen verspricht Licht und ein Leben frei von Furcht, und das ist eine große Sache, eine unglaublich große Sache, Freund Haremhab.«

»Ich weiß nicht, was du unter Furcht verstehst«, sagte er nachdenklich. »Das Volk muß man durch Furcht im Zügel halten. Wenn die Götter dies besorgen, dann bedarf die Regierung keiner Waffen zu ihrer Stütze. In dieser Hinsicht hat Ammon seine Sache gut gemacht, und hätte er sich nicht damit begnügt, ein Diener des Pharao zu sein, so würde er seine Stellung voll und ganz verdienen, denn ohne Furcht ist noch kein Volk regiert worden und wird auch in Zukunft kein Volk regiert werden können. Deshalb ist dieser Aton in seiner Milde und mit seinem Liebeskreuz ein sehr gefährlicher Gott.«

»Er ist ein größerer Gott, als du glaubst«, sagte ich still und verstand selbst nicht, warum ich so zu ihm sprach. »Vielleicht ist er auch in dir, ohne dein Wissen, und in mir, ohne mein Wissen. Falls die Menschen ihn verstünden, könnte er alle Völker von Furcht und Finsternis befreien. Aber wahrscheinlich müssen erst viele, wie du sagst, seinetwegen sterben, denn das Ewige kann man einfachen Menschen nur mit Gewalt beibringen.«

Haremhab betrachtete mich ungeduldig wie ein Kind, das Torheiten schwatzt. Doch der »Krokodilschwanz« erquickte ihn, er ward wieder guter Laune und meinte: »Jedenfalls sind wir uns einig darin, daß es höchste Zeit ist, Ammon zu stürzen; doch hätte dies im geheimen, überraschend, im Dunkel der Nacht und gleichzeitig im ganzen Lande geschehen sollen. Man hätte die Priester des obersten Grades hinrichten und die übrigen Priester in die Gruben und Bergwerke schicken müssen. In seiner Torheit aber will der Pharao alles am hellen Tag, mit Wissen des Volkes und im Licht seines Gottes vornehmen; denn die Sonnenscheibe ist ja sein Gott, oder nicht? – Jedenfalls ist das Ganze ein Wahnsinn, der viel Blut kosten wird, und ich bin nicht darauf eingegangen, da er mich nicht im voraus in seine Pläne einweihen wollte. Bei Seth und allen Teufeln, wenn ich vorher von der Sache erfahren hätte, ich würde sie gründlich geplant und Ammon gestürzt haben, bevor er überhaupt Zeit gefunden hätte, etwas zu merken. Jetzt aber kennt in Theben jeder Straßenjunge die Geschichte. Die Priester wiegeln das Volk in den Tempelhöfen auf. Die Männer bewaffnen sich im Wald mit Ästen, und die Frauen tragen beim Besuch des Tempels Waschschlegel unter den Kleidern versteckt. Bei meinem Falken, ich könnte weinen, wenn ich an die Torheit des Pharao denke.«

Er legte das Haupt in die auf meine Knie gestützten Hände und weinte über Thebens bevorstehende Prüfungen. Merit brachte ihm den dritten »Krokodilschwanz« und betrachtete dabei seinen starken Rücken und seine schwellenden Muskeln so bewundernd, daß ich sie gereizt bat, sich zu entfernen und uns allein zu lassen. Ich wollte Haremhab über die Angaben, die ich in seinem Auftrag in Babylonien, im Lande der Hetiter und auf der Insel Kreta gesammelt, Bericht erstatten. Ich merkte aber, daß der »Krokodilschwanz« bereits sein Haupt umnebelt hatte. Haremhab war in tiefen Schlaf versunken. So ruhte er an jenem Abend in meinem Schoß, und ich wachte über seinen Schlaf und hörte die ganze Nacht hindurch den Lärm der Wachsoldaten aus der Weinstube; denn der Wirt und Kaptah betrachteten es als ihre Pflicht, sie zu unterhalten, damit sie das Haus bei Ausbruch von Unruhen um so eifriger beschützen sollten. Deshalb hörte der Lärm die ganze Nacht nicht auf. Sie holten blinde Sänger und tanzende Mädchen in die Schenke, was den Soldaten Spaß zu machen schien. Ich aber empfand kein Vergnügen, weil ich daran dachte, daß in jedem Haus Thebens Messer und Sicheln gewetzt, Holzstangen gespitzt und Küchenschlegel mit Kupfer verstärkt wurden. Ich glaube, in Theben schliefen nicht viele in jener Nacht, wahrscheinlich nicht einmal der Pharao. Nur Haremhab schlummerte tief und fest, denn er war ein geborener Krieger.

2

Die ganze Nacht wachten die Menschenhaufen in den Höfen Ammons und vor dem Tempel. Die Armen ruhten auf dem kühlen Rasen der Anlagen, und die Priester wurden nicht müde, auf allen Altären Ammons zu opfern und das Opferfleisch, das Opferbrot und den Opferwein unter die Menge zu verteilen. Sie riefen Ammon mit lauter Stimme an und versprachen jedem, der an Ammon glaube und sein Leben für den Gott opfere, ewiges Leben. Die Priester hätten das Blutvergießen verhindern können; aber es war nicht nach ihrem Willen. Sie hätten nur nachgeben und sich unterwerfen müssen, und der Pharao hätte sie in Frieden ziehen lassen; denn sein Gott verabscheute Verfolgung und Haß. Aber Macht und Reichtum waren den Ammonpriestern so zu Kopf gestiegen, daß sie nicht einmal der Tod der Gläubigen abzuschrecken vermochte. Sie wußten nur zu gut, daß weder das Volk noch die wenigen Wächter Ammons einer bewaffneten, kampfgewohnten Armee Widerstand leisten konnten, sondern daß die Soldaten das Volk hinwegfegen würden, wie der steigende Strom trockenes Stroh fortschwemmt. Aber sie wollten es zum Blutvergießen zwischen Ammon und Aton kommen lassen und den Pharao zu einem Mörder und Verbrecher machen, der reines ägyptisches Blut durch schmutzige Neger vergießen ließ. Sie gierten nach Opfern für Ammon, auf daß Ammon in Ewigkeit von den Dämpfen des Opferblutes leben sollte, selbst wenn sein Bildnis gestürzt und sein Tempel geschlossen würde.

Nach einer langen Nacht stieg schließlich die Sonnenscheibe Atons hinter den drei östlichen Bergen empor, und die Gluthitze des Sommertages vertrieb die nächtliche Kühle. Da wurde an allen Straßenecken und auf allen Plätzen in die Hörner gestoßen. Herolde verlasen eine Botschaft des Pharao und verkündeten, daß Ammon ein falscher Gott sei, den der Pharao absetze und in Ewigkeit verdamme. Sein verfluchter Name sei aus allen Inschriften, von allen Denkmälern, ja sogar von den Gräbern zu entfernen. Alle Ammontempel, im Oberen und im Unteren Lande, aller Grund und Boden Ammons, seine Viehherden, Sklaven, Bauten, sein Gold, Silber und Kupfer fielen dem Pharao und dem neuen Gott zu, und der Herrscher gelobte, die Tempel in öffentliche Anlagen, seine Parks in Volksgärten und seine heiligen Seen in öffentliche Seen zu verwandeln, wo die Armen an heißen Tagen baden und sich so viel Wasser, wie sie brauchten, holen dürften. Den ganzen Grundbesitz Ammons versprach er unter diejenigen zu verteilen, die keine Scholle besaßen, damit sie den Boden in Atons Namen bebauen sollten.

Anfangs hörte das Volk nach guter Sitte die Botschaft des Pharao ruhig an, aber schließlich erscholl von überall, von den Straßenecken, den Plätzen und den Tempelhöfen der tosende Ruf: »Ammon, Ammon!« Der Ruf klang so gewaltig, daß es schien, als hätten selbst die Steine und Hauswände der Straßen mitgerufen. Da begannen die Negersoldaten stutzig zu werden. Ihre mit roten und weißen Streifen bemalten Gesichter färbten sich grau, und die Augen rollten weiß in den grauen Gesichern. Sie blickten um sich und bemerkten, daß ihre große Zahl gering war in dieser mächtigen Stadt, die sie zum erstenmal in ihrem Leben sahen. Bei dem Geschrei des Volkes waren es übrigens nur wenige, die noch vernahmen, daß der Pharao, um den verfluchten Namen Ammons aus dem seinigen zu tilgen, an diesem Tag den neuen Namen Echnaton, das heißt der »Günstling Atons«, angenommen hatte.

Bei diesem Gebrüll erwachte auch Haremhab in dem Geheimzimmer der Schenke »Zum Krokodilschwanz«, reckte die Glieder und sprach lächelnd mit geschlossenen Augen: »Bist du es, Baket, Ammons Geliebte, meine Prinzessin? Hast du mich gerufen?« Doch als ich ihn in die Seite stieß, schlug er die Augen auf, und das Lächeln glitt wie ein altes Tuch von seinem Gesicht. Er befühlte seine Stirn und sagte: »Bei Seth und allen Teufeln, dein Trank, Sinuhe, war voller Kraft, und ich habe gewiß geträumt.« Ich sagte: »Das Volk ruft Ammon.« Da erinnerte er sich an alles, und wir eilten in die Schenkstube, wo wir über die auf dem Boden liegenden Wachsoldaten strauchelten. Haremhab riß ein Brot von der Wand und leerte einen Krug Bier, worauf wir hinauseilten und durch die menschenleeren Straßen zum Tempel hasteten. Unterwegs wusch sich Haremhab an einem Springbrunnen der Widderstraße, tauchte den Kopf ins Wasser und prustete gewaltig, denn der »Krokodilschwanz« rumorte immer noch in seinem Hirn.

Der kleine, dicke Hauptmann namens Pepitamon ordnete inzwischen seine Truppen und Streitwagen vor dem Tempel. Nachdem er die Meldung erhalten, daß alles in Ordnung sei und jede Truppe ihre Aufgabe kenne, erhob er sich in seiner goldenen Sänfte und rief mit schriller Stimme: »Ägyptische Soldaten, furchtlose Männer aus Kusch und tapfere Schardanen! Geht hin und stürzt auf Befehl des Pharao das verfluchte Ammonbildnis! Euer Lohn wird groß sein.« Mit diesen Worten glaubte er seine ganze Pflicht erfüllt zu haben, setzte sich zufrieden auf die weichen Kissen der Sänfte und ließ sich von Sklaven fächeln, denn es war bereits sehr heiß geworden.

Vor dem Tempel aber drängten unzählige Scharen weißgekleideter Menschen, Männer und Frauen, Greise und Kinder, und wichen nicht, als die Truppen heranrückten und die Streitwagen vorfuhren. Die Neger trieben die Leute mit ihren spitzen Speeren zur Seite und schlugen mit ihren Keulen auf einige ein; aber das Volk war zahlreich und wich nicht zurück. Plötzlich riefen alle mit lauter Stimme Ammon an und warfen sich vor den Streitwagen zu Boden, so daß die Pferde auf sie traten und die Räder über Menschenleiber hinwegrollten. Da sahen die Hauptleute ein, daß sie nicht ohne Blutvergießen vorwärts gelangen konnten und zogen ihre Truppen zurück, um neue Befehle einzuholen; denn der Pharao hatte ihnen jedes Blutvergießen untersagt. Aber schon hatte Blut die Steine des Pflasters gefärbt, und verwundete Menschen jammerten und schrien, und das Volk ward von einer großen Erregung befallen, als es den Rückzug der Soldaten wahrnahm und sich einbildete, gesiegt zu haben.

Inzwischen entsann sich Pepitamon, daß der Pharao laut einem Erlaß seinen Namen in Echnaton umgeändert hatte. Deshalb beschloß er, ebenfalls rasch seinen Namen zu ändern, um dem Pharao einen Gefallen zu tun, und als die Hauptleute, schweißtriefend und unschlüssig, um neue Befehle einkamen und ihn anredeten, tat er, als höre er nicht, sperrte die Augen auf und sagte: »Ich kenne keinen Pepitamon. Mein Name ist Pepitaton, der von Aton gesegnete Pepit.« Die Hauptleute, die golddurchwirkte Peitschen trugen und den Befehl über je tausend Mann führten, waren höchlich erzürnt hierüber, und der Befehlshaber der Streitwagen sagte: »In die Schlünde des Totenreiches mit dem ganzen Aton! Was ist denn das für eine Narrenposse, und was befiehlst du uns zu tun, damit das Volk den Weg zum Tempel freigibt?« Da verhöhnte er sie und sagte: »Seid ihr alte Weiber oder Krieger? Treibt die Menge auseinander, aber ohne Blut zu vergießen, denn das hat der Pharao ausdrücklich befohlen.« Als die Hauptleute das hörten, sahen sie einander an und spuckten auf den Boden, doch sie kehrten zu ihren Truppen zurück, da sie schließlich nichts anderes tun konnten.

Während dieser hohen Beratung wuchs die Aufregung des Volkes immer mehr; es schob sich hinter den zurückweichenden Negern vor, grub Pflastersteine aus, bewarf die Schwarzen damit und schwang unter lautem Gebrüll die Küchenschlegel und abgerissenen Äste. Die Menge war gewaltig groß, und die Leute stachelten einander durch Zurufe auf, viele Neger fielen, von Pflastersteinen getroffen, blutend zu Boden, und die Pferde der Streitwagen, von dem Geschrei des Volkes erschreckt, scheuten, so daß die Lenker die Zügel mit allen Kräften anziehen mußten, um die Tiere zurückzuhalten. Als der Befehlshaber der Streitwagen zu seiner Truppe zurückkehrte, sah er, daß seinem besten und kostbarsten Wagenpferd durch Steinwürfe das eine Auge zerstört und ein Bein zerschmettert war. Dies tat ihm so weh, daß er vor Wut zu heulen begann und rief: »Mein Goldpfeil, mein behendes Reh, mein Sonnenstrahl, sie haben dir ein Auge ausgeschlagen und ein Bein gebrochen, aber wahrlich, du bist meinem Herzen teurer als dieses ganze Volk und alle seine Götter zusammen. Deshalb werde ich dich rächen, wenn auch ohne Blutvergießen, da der Pharao das ausdrücklich untersagt hat.«

An der Spitze der Streitwagen sprengte er geradenwegs in den Volkshaufen hinein, jeder seiner Leute zog den ärgsten Schreihals, den er sah, auf seinen Wagen, die Pferde zerstampften Greise und Kinder unter den Hufen, und die Rufe des Volkes verwandelten sich in Jammergeschrei. Die Soldaten aber erdrosselten diejenigen, die sie auf die Wagen heraufgezogen hatten, mit den Zügeln, und vermieden dadurch, Blut zu vergießen. Dann fuhren sie zurück und schleiften die Leichen hinter den Wagen her, um dem Volk Schrecken einzujagen. Die Neger lösten ihre Bogensehnen, stürmten in die Menge hinein und erwürgten Erwachsene und auch Kinder damit, wobei sie sich mit den Schilden gegen Steinwürfe und Stockhiebe schützten. Aber jeden Neger, der von seiner Truppe getrennt wurde, zertrat das Volk in seiner Wut mit den Füßen und riß ihn in Stücke, und von einem Streitwagen gelang es, den Lenker herunterzureißen und ihm unter Wutgeheul den Kopf auf der Straße zu zerschmettern.

Dieses schaurige Toben verfolgten Haremhab und ich von der Straße der Widder aus, aber die Verwirrung, der Lärm und der Aufruhr vor dem Tempel waren so unerhört, daß wir nicht sehen konnten, was eigentlich vor sich ging. Alles wurde uns erst später klar. Und Haremhab meinte: »Ich besitze nicht die Macht, mich in dieses Gemetzel einzumischen, aber ich glaube, daß ich von dem Anblick viel lernen kann.« Deshalb kletterte er auf den Rücken eines widderhäuptigen Löwen und genoß von dort einen Überblick über die Ereignisse, während er das Brot kaute, das er sich beim Verlassen der Schenke angeeignet hatte.

Allmählich wurde aber der königliche Oberbefehlshaber Pepitaton unruhig, als er merkte, wie die Zeit verstrich und die Wasseruhr neben ihm ausrann. Er berief die Hauptleute wieder zu sich, machte ihnen heftige Vorwürfe wegen der Verzögerung und sagte: »Meine Sudankatze Mimo wirft heute Junge, und ich bin ihretwegen äußerst beunruhigt, daß ich ihr nicht in ihrem Käfig beistehen kann. So rückt denn endlich im Namen Atons vor und schmeißt das verfluchte Bildnis um, damit wir alle heimgehen können; sonst werde ich euch, bei Seth und allen Teufeln, die Ketten vom Hals reißen und eure Peitschen zerbrechen: Das schwöre ich euch!«

Als die Hauptleute diese Drohung vernahmen, begriffen sie, daß sie auf jeden Fall verkauft waren, was immer auch geschehen mochte; deshalb berieten sie sich untereinander, riefen alle Götter der Unterwelt um Hilfe an und beschlossen, wenigstens ihre Kriegerehre zu retten. Daher ordneten sie ihre Truppen, um den Tempel zu erstürmen. Das Volk stob auseinander, die Speere der Neger färbten sich rot, Menschenblut floß auf den Plätzen, und hundert mal hundert Männer, Frauen und Kinder kamen an jenem Morgen Atons wegen vor dem Tempel um. Denn als die Priester sahen, daß die Soldaten ernstlich zum Angriff übergingen, ließen sie die Tore der Pylone schließen, und das Volk floh wie eine erschreckte Schafherde in alle Richtungen, von den blutrünstigen Negern verfolgt, die jeden mit ihren Pfeilen töteten, während die Streitwagen durch die Straßen fuhren und die Flüchtlinge aufspießten. Auf der Flucht aber drang das Volk in den Atontempel ein, warf die Altäre um und tötete die Priester, die es erwischte; aber auch die Streitwagen nahmen die Verfolgung bis in den Tempel auf. So ward der Steinboden im Atontempel bald mit Blut und Leichen bedeckt.

Erst die Tempelmauern Ammons sperrten den Truppen Pepitatons den Weg, denn die Neger waren nicht gewohnt, Mauern zu erstürmen, und ihre Waffen vermochten nichts gegen die Kupferpforten. Die Soldaten umringten daher den Tempel; dabei hagelten von den Mauern die Flüche der Priester und die Pfeile und Speere der Tempelwächter auf sie herab, so daß mancher Neger nutzlos vor dem Tempel fiel. Vom Tempelplatz aber stieg ein dicker Blutgeruch empor, und die Fliegen kamen in Scharen angeflogen. Pepitaton ließ sich in seiner vergoldeten Sänfte auf den Platz hinaustragen und ward bei dem fürchterlichen Gestank grau im Gesicht, so daß Sklaven Weihrauch um ihn herum verbrennen mußten. Beim Anblick der unzähligen Leichen weinte er und zerriß sich die Kleider. Sein Herz aber war seiner Sudankatze Mimo wegen voller Unruhe, und deshalb sprach er zu seinen Hauptleuten: »Ich fürchte, der Zorn des Pharao wird uns furchtbar treffen; denn ihr habt das Bildnis Ammons nicht gestürzt, hingegen strömt Blut in den Rinnsteinen. Doch was geschehen ist, ist nicht mehr zu ändern. Deshalb muß ich mich eilends zum Pharao begeben, um Meldung über das Geschehene zu erstatten, und ich werde versuchen, Fürbitte für euch einzulegen. Gleichzeitig kann ich einen Abstecher nach Hause machen, nach meiner Katze sehen und die Kleider wechseln; denn der Gestank hier ist fürchterlich und frißt sich bis in die Haut hinein. Beruhigt inzwischen die Neger mit Speisen und Bier, denn gegen die Tempelmauern vermögen wir heute nichts mehr. Als erfahrener Feldherr weiß ich, daß wir nicht gerüstet sind, um Mauern zu brechen. Aber die Schuld liegt nicht bei mir, denn der Pharao hat mit keinem Wort die Möglichkeit einer Belagerung des Tempels angedeutet. Deshalb mag er nun selbst beschließen, was zu tun ist.«

Und an diesem Tag ereignete sich nichts Besonderes mehr. Die Hauptleute zogen ihre Truppen von den Mauern und Leichenhaufen zurück und ließen den Troß vorfahren, um die Neger zu speisen.

Hierauf sah man jede Nacht Feuersbrünste in der Stadt. Häuser wurden ausgeplündert, bemalte Neger tranken Wein aus goldenen Bechern und ruhten in weichen Himmelbetten. Tag und Nacht aber verfluchten die Priester von den Tempelmauern den falschen Pharao und alle, die Ammon verleugneten. Das ganze Gesindel der Stadt tauchte aus den Verstecken auf: Diebe, Grabplünderer und Straßenräuber, die keine Götter und nicht einmal Ammon fürchteten. Inbrünstig segneten sie Aton, besuchten den inzwischen rasch gereinigten Tempel und empfingen aus den Händen der überlebenden Priester das Kreuz des Lebens, das sie als schützendes Zaubermittel um den Hals banden, um nach Belieben in den dunklen Nächten rauben, plündern und morden zu können. Nach diesen Tagen und

Nächten ward Theben jahrelang nicht mehr, was es gewesen, sondern seine Macht und Reichtümer zerrannen wie Blut, das aus einem vielfach verwundeten Leib tropft.

3

Haremhab wohnte in meinem Haus, wachte und magerte ab, seine Augen verdüsterten sich von Tag zu Tag, und er kümmerte sich nicht mehr um das Essen, das Muti ihm morgens bis abends vorsetzte, denn wie so viele Frauen war auch Muti höchst entzückt von Haremhab und verehrte ihn mehr als mich; denn ich war ein schwacher Mann ohne Muskeln, wenn auch mit bedeutenden Kenntnissen. Haremhab sprach: »Was gehen mich Ammon oder Aton an? Aber sie lassen meine Soldaten verwildern und zu Raubtieren werden, und ich werde viele Rükken auspeitschen und viele Köpfe abhauen lassen müssen, bevor ich sie wieder zur Vernunft bringen kann. Das ist sehr schade, denn ich kenne viele von ihnen bei Namen, kenne ihre Verdienste und weiß, daß sie gute Krieger sind, wenn man sie nur in Zucht hält und genügend ausschimpft.«

Kaptah aber wurde von Tag zu Tag reicher. Sein Gesicht glänzte von Fett, und er verbrachte auch die Nächte im »Krokodilschwanz«; denn die Unteroffiziere und Hauptleute bezahlten ihre Getränke in Gold, und in den Nebenräumen der Weinstube häuften sich geraubte Schätze, Schmuck, Schreine und Teppiche, die die Kunden, ohne nach dem Preis zu fragen, gegen Wein versetzten. Keiner griff dieses Haus an. Die Räuber machten einen weiten Bogen darum, weil es von den Soldaten Haremhabs bewacht wurde. Kaptah hielt sie von morgens bis abends berauscht, so daß sie das Haus getreulich bewachten, den Segen der Götter über seinen Namen herabriefen und das Haupt eines auf frischer Tat ertappten Straßenräubers, anderen Unruhestiftern zur Warnung, verkehrt über die Tür hängten.

Schon am dritten Tag war mein Vorrat an Arzneien erschöpft,

und ich konnte auch für Gold keine mehr kaufen, weshalb meine ganze Kunst machtlos gegen die Krankheiten war, die das faulende Wasser und die Leichen im Armenviertel verbreiteten. Ich war abgehetzt, mein Herz wie eine Wunde in meiner Brust, und meine Augen waren gerötet vom vielen Wachen. Deshalb hatte ich schließlich alles satt, die Armen und die Wunden und Aton, und begab mich in den »Krokodilschwanz«, wo ich gemischte Weine trank, bis ich einschlief, um am Morgen von Merit geweckt zu werden und zu entdecken, daß ich auf ihrem Teppich geschlafen und sie an meiner Seite geruht hatte. Ich schämte mich sehr und sprach zu ihr:

»Das Leben ist wie eine kalte Nacht, und es ist gewiß schön, wenn zwei Einsame einander in der kalten Nacht wärmen, wenn auch ihre Hände und Augen einander der Freundschaft wegen belügen.«

Sie gähnte schläfrig und meinte: »Wieso weißt du denn, daß meine Hände und Augen lügen? Aber ich habe es wahrlich satt, den Soldaten auf die Finger zu schlagen und auf die Beine zu treten, und an deiner Seite, Sinuhe, ist in dieser Stadt der einzige sichere Platz, wo niemand mich zu berühren wagt. Warum es so ist, verstehe ich zwar nicht und bin beinahe gekränkt, denn man nennt mich ein schönes Weib, und auch mein Bauch ist makellos, obwohl du ihn nicht hast betrachten wollen.«

Ich trank das Bier, das sie mir reichte, um die Gedanken in meinem kranken Kopf zu klären, und ich wußte ihr nichts zu sagen. Sie lächelte mich an, obwohl immer noch Kummer auf dem Grund ihrer braunen Augen wohnte, wie schwarzes Wasser in der Tiefe eines Brunnens. Und sie sagte: »Sinuhe, ich möchte dir helfen, wenn ich könnte; denn ich weiß, daß es in dieser Stadt ein Weib gibt, das dir tief verschuldet ist. In diesen Tagen öffnen sich die Türen nach außen, und viele alte Schulden werden in den Straßen eingetrieben. Vielleicht täte es auch dir gut, jene Schuld einzuziehen, damit du nicht länger in jeder Frau eine Wüste sehen mußt, die dich versengt.«

Ich ging meiner Wege, und ihre Worte begannen in mir zu keimen, denn auch ich war nur ein Mensch, und in jenen Tagen war mein Herz von Blut und Wunden geschwollen, und ich hatte den Rausch des Hasses gekostet, so daß ich mich vor mir selber fürchtete. Deshalb begannen ihre Worte wie eine Flamme in mir zu schwelen, und ich erinnerte mich an den Tempel des Katzengottes und an das Haus daneben, obgleich die Zeit bereits wie Sand über meine Erinnerungen geronnen war. Aber in diesen Schreckenstagen zu Theben standen alle Toten aus ihren Gräbern auf. Ich entsann mich meines zärtlichen Vaters Senmut und meiner guten Mutter Kipa und fühlte beim Gedanken an sie Blutgeschmack im Mund; denn in diesen Tagen gab es keinen so Reichen oder Vornehmen in Theben, daß er völlig sicher gewesen wäre, und ich brauchte daher nur einige Soldaten zu dingen, um meinen Willen auszuführen. Aber ich wußte selbst noch nicht recht, was ich wollte. Deshalb ging ich nach Hause und tat für meine Patienten, was ich ohne Arzneien tun konnte, und ermahnte die Bewohner des Armenviertels, sich Brunnen am Stromufer zu graben, damit das Wasser beim Durchsickern durch den Schlamm gereinigt würde.

Am fünften Tag aber bekamen es selbst die Hauptleute Pepitatons mit der Angst zu tun, denn die Soldaten kümmerten sich nicht mehr um die Befehlshörner, sondern beschimpften die Offiziere auf offener Straße, entrissen ihnen die goldenen Peitschen und zerbrachen sie über den Knien. Die Hauptleute gingen daher zu Pepitaton, der seinerseits das unbequeme Kriegerleben herzlich satt bekommen hatte und sich nach seinen Katzen sehnte, und beschworen ihn, vor den Pharao hinzutreten, ihm die Wahrheit zu gestehen und den Kragen eines königlichen Befehlshabers abzulegen. Deshalb kamen die Läufer des Pharao am fünften Tag in mein Haus, um Haremhab zum Pharao zu berufen. Haremhab erhob sich wie ein Löwe von seinem Lager, wusch und kleidete sich und folgte ihnen, vor sich hin brummend beim Gedanken an alles, was er dem Pharao sagen werde, denn an diesem Tag wankte die Macht des Pharao schon, und keiner wußte, was am folgenden Tag geschehen konnte. Vor dem Pharao sprach er: »Echnaton, es ist bereits höchste Zeit, und ich kann dich nicht mehr an das erinnern, was ich dir zu tun riet. Willst du aber, daß alles wieder werde wie zuvor, dann übertrage mir für drei Tage die Macht eines Pharao, und ich werde sie am dritten Tag wieder in deine Hände legen, ohne daß du zu wissen brauchst, was geschehen ist.«

Aber der Pharao fragte ihn: »Wirst du Ammon stürzen?«

Haremhab antwortete: »Wahrlich, du bist verrückter als verrückt, aber nach allem, was sich zugetragen hat, muß Ammon fallen, auf daß die Macht des Pharao erhalten bleibt. Deshalb werde ich Ammon stürzen, aber frage nicht wie.«

Der Pharao sagte: »Seinen Priestern darfst du nichts anhaben, denn sie wissen nicht, was sie tun.« Haremhab entgegnete: »Deine Schädeldecke sollte geöffnet werden, da nichts anderes dich zu heilen vermag, aber ich werde deinem Befehl gehorchen, weil ich einst deine Schwäche mit meinem Tuch verhüllt habe.«

Da weinte der Pharao und reichte ihm seine Peitsche und seinen Krummstab für drei Tage. Aber wie sich alles zutrug, sah ich nicht mit eigenen Augen, sondern erfuhr es durch Haremhab, der oft auf Kriegerart seine Schilderungen nach eigenem Wunsch auszuschmücken pflegte. Jedenfalls aber kehrte er im goldenen Wagen des Pharao in die Stadt zurück, fuhr von Straße zu Straße, rief viele Soldaten bei ihren Namen, versammelte die Getreuesten um sich und ließ in die Hörner stoßen, um die Truppen unter ihre Sperber und Löwenschweife zu berufen. Die ganze Nacht hindurch hielt er Abrechnung mit ihnen, und von den Lagerplätzen der Soldaten ertönten Jammer- und Wehgeschrei, und die Regimentsauspeitscher verbrauchten haufenweise Rohrstöcke, bis ihre Arme schließlich ermüdeten und sie sich beklagten, weil sie noch nie zuvor im Leben eine solche Arbeit hatten leisten müssen. Seine besten Leute aber sandte Haremhab durch die Stadt, und sie ergriffen jeden Soldaten, der nicht eingerückt war, und führten ihn zur Auspeitschung. Manch einem, der blutige Hände und Kleider hatte, wurde vor den anderen Kriegern der Kopf abgehauen. Im Morgengrauen war das Gesindel Thebens wieder wie Ratten in seine Löcher verschwunden, denn jeder, der bei Diebstahl oder Einbruch in fremde Häuser ertappt wurde, ward auf der Stelle von einem Speer durchbohrt. Deshalb floh das Pack zitternd in seine Verstecke und riß sich das Kreuz Atons vom Halse und von den Kleidern, aus Angst, damit ertappt zu werden.

Haremhab versammelte auch alle Bauarbeiter der Stadt, ließ sie die Häuser der Reichen abreißen und Schiffe abtakeln, um Holz zu erhalten, aus dem sie Sturmböcke und Leitern, Torbrecher und Belagerungstürme anfertigen mußten, so daß der Lärm der Hammerschläge die Nacht Thebens erfüllte. Stärker aber als alle anderen Laute stieg das Wehklagen der ausgepeitschten Soldaten zum Himmel und erfreute die Ohren der Bewohner Thebens. Deshalb verziehen sie Haremhab im voraus alle seine Gewalttaten und liebten ihn; denn die Klügsten unter ihnen waren wegen all der Zerstörung Ammons überdrüssig und hofften, daß er gestürzt und die Stadt die Soldaten loswerde.

Haremhab vergeudete keine Zeit mit fruchtlosen Unterhaltungen mit den Priestern, sondern erteilte bei Tagesanbruch den Hauptleuten seine Befehle und ließ auch die Anführer der Hundertschaften zu sich berufen und wies jedem seine Aufgabe zu. An fünf verschiedenen Stellen wurden die Belagerungstürme von den Soldaten an die Mauern herangeschafft, und gleichzeitig begannen die Sturmböcke gegen die Tore zu dröhnen, und niemand wurde dabei auch nur verwundet, denn die Soldaten bildeten ein Schilddach zu ihrem Schutze, und die Priester und Tempelwächter hatten, im Glauben, daß die Belagerung in der gleichen Weise wie vorher weitergehen würde, weder Wasser gekocht noch Pech geschmolzen, um es zum Widerstand gegen die Angreifer über die Mauern zu schütten. Deshalb waren sie unfähig, dem planmäßig an mehreren Stellen gleichzeitig einsetzenden Angriff standzuhalten, sondern zersplitterten ihre Kräfte und sprangen kopflos auf den Mauern hin und her, bis das in den Vorhöfen versammelte Volk vor Angst zu schreien begann. Als die Priester des höchsten Grades die Tore nachgeben und Neger auf die Mauern klettern sahen, ließen sie daher in die Hörner stoßen, um den Kampf abzubrechen und Leute zu schonen, weil Ammon ihres Erachtens bereits genügend Opfer erhalten hatte und sie seine Getreuen für die Zukunft aufsparen wollten. Die Tore wurden geöffnet, und die Soldaten ließen auf Haremhabs Befehl die in den Vorhöfen zusammengepferchte Volksmenge fliehen. Die Leute flüchteten unter Anrufung Ammons und begaben sich gern nach Hause, denn das Ausharren in der Sonnenglut der engen Tempelhöfe war ihnen zur Plage geworden.

Auf diese Art eroberte Haremhab ohne nennenswerte Opfer die Vorhöfe, Lagergebäude, Stallungen und Werkstätten des Tempels. Auch das Haus des Lebens und das Haus des Todes kamen in seine Gewalt, und er schickte die Ärzte aus dem Haus des Lebens mit ihren Arzneien in die Stadt, um Kranke zu heilen; an das Haus des Todes aber rührte er nicht, denn dieses steht außerhalb des Lebens und ist, was immer auch in der Welt geschehen mag, geschützt. Die Priester und die Wächter aber verschanzten sich im großen Tempel, um das Allerheiligste zu schützen, und die Priester verzauberten die Wächter und gaben ihnen Betäubungsmittel zu trinken, damit sie schmerzlos bis zum Tode kämpfen sollten.

Der Kampf im großen Tempel dauerte den ganzen Tag, aber gegen Abend waren alle die verhexten Wächter und auch die Priester, die bewaffneten Widerstand leisteten, getötet, und übrig blieben nur noch die Priester des höchsten Grades, die sich im Allerheiligsten um ihren Gott versammelt hatten. Da ließ Haremhab in die Hörner stoßen, um den Kampf abzublasen, und sandte eilends seine Soldaten, die Leichen einzusammeln und in den Strom zu werfen. Er selbst aber begab sich zu den Priestern Ammons und sprach:

»Ich kämpfe nicht gegen Ammon, denn ich selbst diene Horus, meinem Falken. Aber ich muß dem Befehl des Pharao gehorchen und Ammon stürzen. Doch wäre es sicher sowohl für euch als auch für mich angenehmer, wenn in dem Allerheiligsten überhaupt kein Bildnis stünde, das die Soldaten schänden können, denn ich wünsche keineswegs, ein Gotteslästerer zu werden, obgleich ich aufgrund meines Eides dem Pharao dienen muß. Überlegt euch meinen Vorschlag, ich gebe euch eines Wassermaßes Zeit! Alsdann mögt ihr in Frieden von dannen ziehen, und niemand wird euch anrühren, denn ich trachte nicht nach eurem Leben.«

Diese Rede war den Priestern wohlgefällig, denn sie waren darauf vorbereitet gewesen, für Ammon sterben zu müssen. Sie blieben also hinter dem Vorhang des Allerheiligsten, bis ein Maß Wasser aus der Wasseruhr geronnen war. Da riß Haremhab mit eigener Hand den Vorhang nieder und ließ die Priester gehen. Als sie jedoch verschwunden waren, stand das Allerheiligste leer, und nirgends war ein Ammonbildnis zu sehen; denn die Priester hatten es rasch in Stücke geschlagen und die Stücke unter ihren Mänteln mit sich fortgetragen, um sagen zu können, ein Wunder sei geschehen und Ammon lebe noch. Haremhab aber ließ alle Lager mit dem Siegel des Pharao schließen, und die Höhlen, in denen das Gold und Silber aufbewahrt wurde, versiegelte er mit eigener Hand. Noch am gleichen Abend begannen die Steinhauer beim Fackelschein mit ihrer Arbeit, aus jedem Bildnis und jeder Inschrift den Namen Ammons zu tilgen, und in der Nacht ließ Haremhab den Platz von Leichen und Gliedmaßen säubern und die Feuersbrünste, die immer noch in einigen Gegenden der Stadt tobten, löschen.

Kaum hatten die Reichen und Vornehmen vernommen, daß Ammon gestürzt und Ordnung und Ruhe in der Stadt wiederhergestellt seien, zogen sie ihre besten Kleider an, entzündeten die Lampen vor ihren Häusern und gingen hinaus auf die Straßen, um den Sieg Atons zu feiern. Auch die in das goldene Haus des Pharao geflüchteten Hofleute ließen sich über den Strom rudern und kehrten in die Stadt zurück, und bald glühte der Himmel über Theben neuerdings von dem roten Widerschein der Freudenfackeln und Festlampen. Es wurden Blumen auf die Straßen gestreut, und die Menschen lachten und umarmten einander. Haremhab konnte sie nicht daran hindern, den Kriegern Wein einzugießen, noch konnte er die vornehmen Damen davon abhalten, Neger zu umarmen, die auf ihren Speerspitzen die rasierten Häupter der von ihnen umgebrachten Priester trugen. Denn in dieser Nacht jubelte man zu Theben im Namen Atons, und in seinem Namen war alles erlaubt, und es gab keinen Unterschied zwischen Ägyptern und Negern, und zum Beweis dafür luden die Hofdamen Neger zu sich nach Hause, spreizten ihre neumodischen Sommergewänder und genossen die Kraft der Neger und den herben Blutgeruch ihrer Leiber. Als ein verwundeter Tempelwächter im Schatten der Mauer auf den Platz herauskroch und im Fieberwahn Ammon um Hilfe anrief, wurde ihm der Kopf auf dem Pflaster zerschmettert, und die vornehmen Frauen tanzten jubelnd um seine Leiche herum. All das sah ich mit eigenen Augen.

Als ich nun all das mit eigenen Augen gesehen hatte, griff ich mir mit beiden Händen an den Kopf, fühlte, daß mir alles gleichgültig war, und dachte, daß kein Gott den Menschen von seiner Torheit zu heilen vermöge. In dieser Nacht war ich völlig gefühllos, und deshalb lief ich zum »Krokodilschwanz«. Die Worte Merits flammten wieder in meinem Herzen auf, und ich forderte die Soldaten, die die Schenke bewachten, auf, mir zu folgen. Sie gehorchten, weil sie Haremhab in meiner Gesellschaft gesehen hatten, und ich führte sie durch die von Jubel und Wahnsinn erfüllte Nacht zum Tempel des Katzengottes und zum Hause Nefernefernefers. Auch dort brannten Lampen und Fackeln, das Haus war nicht geplündert worden, und Lärm und Stimmengewirr betrunkener Menschen drangen bis auf die Straße hinaus. Als ich so weit gekommen war, begannen mir die Knie zu zittern. Da sagte ich zu den Soldaten: »Das ist der Befehl meines Freundes Haremhab, des königlichen Befehlshabers: Geht hinein in dieses Haus, dort werdet ihr eine Frau mit stolz erhobenem Haupt und grünen Augen finden, geht und holt sie mir, und wenn sie Widerstand leistet, schlagt sie mit dem Speerschaft auf den Kopf, aber fügt ihr sonst kein Leid zu.«

Fröhlich gingen die Soldaten hinein, und bald darauf kamen erschrockene Gäste auf zitternden Beinen herausgeflohen, und die Diener riefen nach den Wächtern. Die Soldaten aber kehrten mit Obst und Honigbrot und Weinkrügen in den Händen wieder und trugen Nefernefernefer zwischen sich, denn sie hatte sich gewehrt, und deshalb hatten sie sie mit einem Speerschaft auf den Kopf geschlagen, so daß die Perücke abgefallen war und ihr glattes Haupt blutete. Ich legte ihr die Hand auf die Brust, und ihre Haut war glatt wie Glas und warm, aber ich hatte das Gefühl, eine Schlangenhaut zu berühren. Ich spürte ihren Herzschlag und sah, daß sie keinen ernsthaften Schaden davongetragen hatte, aber ich wickelte sie wie eine Leiche in ein schwarzes Tuch und hob sie in meine Sänfte, ohne daß die

Wächter, die mich von Kriegern begleitet sahen, mich daran gehindert hätten. Die Soldaten gaben mir das Geleit bis zum Tor vor dem Haus des Todes, und ich saß in der schwankenden Sänfte und hielt Nefernefernefers bewußtlosen Leib im Schoß, und sie war immer noch schön, mir aber war sie widerwärtiger als eine Schlange. So wurden wir durch die jubelnde Nacht Thebens zum Haus des Todes getragen, und am Tor gab ich den Soldaten Gold und schickte sie fort, und auch die Sänfte entließ ich. Nefernefernefer aber nahm ich in die Arme und trug sie in das Haus des Todes hinein, wo die Leichenwäscher mir entgegenkamen, und ich sagte zu ihnen:

»Ich bringe euch die Leiche einer Frau, die ich auf der Straße gefunden habe; ich kenne weder ihren Namen noch ihre Verwandtschaft, aber ich glaube, der Schmuck, den sie trägt, wird euch für eure Mühe entlohnen, wenn ihr ihren Leib für die Ewigkeit erhaltet.«

Die Leichenwäscher fluchten mich an und sagten: »Du Tor, glaubst du, wir hätten in diesen Tagen nicht mehr als genug Kadaver, und wer bezahlt uns unsere Arbeit?«

Doch als sie den Leib aus dem schwarzen Tuch herausgewikkelt hatten, fühlten sie, daß er noch warm war, und als sie ihm Kleider und Schmuck abzogen, sahen sie, daß dieses Weib schön war, schöner als alle, die je zuvor in das Haus des Todes gebracht worden waren. Sie sagten nichts mehr zu mir, sondern legten ihre Hände auf die Brust und fühlten den Schlag des Herzens. Da wickelten sie sie eilends wieder in das schwarze Tuch ein, blinzelten einander zu, schnitten Gesichter, grinsten vor Freude und sagten zu mir: »Zieh deines Weges, Fremdling, gesegnet sei deine Tat! Wir werden wahrlich unser Bestes tun, um ihren Leib in Ewigkeit zu erhalten, und kommt es nur auf uns an, so werden wir sie siebzig mal siebzig Tage bei uns behalten, damit ihr Leib schön frisch aufbewahrt werde.«

Auf diese Weise sollte Nefernefernefer für die Untat büßen, die sie durch mich an meinem Vater und meiner Mutter begangen hatte. Und ich frage mich, wie ihr wohl beim Erwachen im Haus des Todes zumute sein würde, wenn sie sich aller Reichtümer und Macht beraubt in der Gewalt der Leichenwäscher und

Balsamierer befände, die, wenn ich sie recht kannte, sie nie mehr ans Tageslicht hinauslassen würden. Das war meine Rache an ihr; denn ihretwegen hatte ich das Haus des Todes kennengelernt; aber wie ich später erfahren sollte, war meine Rache kindisch, doch ist es noch nicht an der Zeit, davon zu erzählen. Ich sage bloß, daß die Rache vielleicht süß schmecken und berauschen kann, daß sie aber von allen Früchten des Lebens die vergänglichste ist und daß hinter der Wollust der Rache uns ein Totenkopf angrinst. Denn wenn meine Rache mir wie eine Wollust war, die mich in der Stunde der Erfüllung vom Scheitel bis zur Sohle durchrieselte, so wich dieser wollüstige Rausch von mir in dem Augenblick, da ich das Haus des Todes verließ. An seine Stelle traten eisige Kälte und ein Gefühl der Sinnlosigkeit. Ich fand nicht einmal Befriedigung bei dem Gedanken, daß ich durch meine Tat vielleicht manchen schwachen Jüngling vor Schande und frühzeitigem Tod bewahrte: denn Verderben, Schmach und Tod folgten jedem Schritte Nefernefernefers. Nein, dieser Gedanke schenkte mir keine Befriedigung; denn wie alles einen Sinn hatte, so auch Nefernefernefers Dasein. Frauen ihrer Art mußte es in der Welt geben, um die Herzen zu prüfen. Wenn aber andererseits nichts einen Sinn hat, dann war meine Tat ebenso nichtig und belanglos wie jedes andere Menschenwerk. Und wenn überhaupt alles sinnlos ist, wäre es dann nicht besser, sich im Strom zu ertränken und die Leiche von den Fluten forttragen zu lassen?

Ich ging in den »Krokodilschwanz«, wo ich Merit traf und zu ihr sprach: »Ich habe meine Forderung eingetrieben, und zwar auf fürchterlichere Art als je ein Mensch zuvor. Aber meine Rache bereitet mir keine Freude, mein Herz ist noch leerer als vorher, und meine Glieder frieren, obgleich die Nacht warm ist.«

Ich trank Wein, und der Wein war wie Staub in meinem Munde, und ich sagte zu ihr: »Wahrlich, möge mein Leib vertrocknen, falls ich je wieder ein Weib berühren sollte, denn je mehr ich an das Weib denke, um so mehr fürchte ich mich davor: denn des Weibes Leib ist ein dürres Wüstenland und sein Herz eine tödliche Schlinge.«

Sie streichelte meine Hände, blickte mich aus ihren braunen

Augen an und sagte: »Sinuhe, du hast nie ein Weib gekannt, das es gut mit dir meinte.«

Da entgegnete ich: »Mögen alle Götter Ägyptens mich vor einem Weibe bewahren, das es gut mit mir meint, denn auch der Pharao meint es gut mit allen, und dabei ist der Strom voller Leichen, um seiner Güte willen.« Ich trank und weinte und sprach: »Merit, deine Wangen sind glatt wie Glas und deine Hände warm. Laß mich heute nacht deine Wangen mit meinem Mund berühren und meine kalten Finger in deinen Händen wärmen, damit ich traumlos schlafe, und ich gebe dir, was immer du verlangst.«

Sie lächelte wehmütig und meinte: »Allerdings hege ich den Verdacht, daß der ›Krokodilschwanz‹ mit deiner Zunge spricht, aber ich bin es bereits gewohnt und nehme es dir nicht übel. Wisse daher, Sinuhe, daß ich nichts von dir verlange, wie ich überhaupt noch nie im Leben etwas von einem Mann verlangt und auch noch nie ein Geschenk von Wert angenommen habe. Wenn ich etwas geben will, gebe ich es von Herzen, und dein Begehren will ich gern erfüllen, weil ich ebenso einsam bin wie du.«

Sie nahm die Weinschale aus meiner zitternden Hand, breitete mir ihre Schlafmatte aus, legte sich neben mich und wärmte meine kalten Finger in ihren warmen Händen. Ich berührte ihre glatten Wangen mit dem Munde und atmete den Zederduft ihrer Haut ein und gab mich mit ihr der Liebe hin. Sie war mir wie Vater und Mutter und wie ein Feuerbecken, das einen Frierenden in der Winternacht wärmt, und wie ein Strandlicht, das dem Seemann in stürmischer Nacht den Heimweg zeigt. Als ich einschlief, war sie mir Minea; Minea, die ich für ewig verloren glaubte. Ich ruhte neben ihr, wie neben Minea auf dem Meeresboden, und hatte keine bösen Träume mehr, sondern schlief ruhig und tief, während sie mir Worte in die Ohren flüsterte, wie Mütter sie flüstern, wenn ihre Kinder sich vor dem Dunkel fürchten. Von dieser Nacht an war sie meine Geliebte, und aus ihrem Schoß empfing ich neue Kräfte und begann zu ahnen, daß es außerhalb meiner selbst und meines Wissens etwas gab, das größer war als ich und für das sich zu leben lohnte.

Am folgenden Morgen sagte ich zu ihr: »Merit, ich habe den Krug mit einer Frau zerbrochen, sie ist gestorben, und ich bewahre immer noch das Goldband, das einst ihr langes Haar zusammenhielt. Aber um unserer Freundschaft willen, Merit, ich bin bereit, den Krug mit dir zu zertrümmern, falls du es wünschst.«

Sie aber sagte: »Du darfst nie mehr einen ›Krokodilschwanz‹ trinken, Sinuhe, wenn du am Tag darauf solche Dummheiten zu reden beginnst. Bedenke, daß ich in einer Schenke aufgewachsen und nicht mehr ein unberührtes Mädchen bin, das deinen Worten Glauben entgegenbringen kann, um dann schwer enttäuscht und betrübt zu werden.«

»Wenn ich dir in die Augen blicke, Merit, glaube ich, daß es auch gute Frauen in der Welt gibt«, sagte ich und berührte ihre glatten Wangen mit dem Munde. Ich habe es dir nur gesagt, damit du verstehen sollst, wieviel du mir bedeutest.«

Sie lächelte und meinte: »Du hast wohl gemerkt, daß ich dir verbot, weitere ›Krokodilschwänze‹ zu trinken; denn wenn eine Frau zeigen will, daß sie einen Mann liebhat, verbietet sie ihm zuerst etwas, um ihre Macht zu fühlen. Aber laß uns nicht von Krügen sprechen, Sinuhe! Du weißt, daß der Platz auf der Matte neben mir dir immer offensteht, wenn du einsam und niedergeschlagen bist. Aber fühle dich nicht beleidigt, Sinuhe, falls du einmal merken solltest, daß es in der Welt außer dir auch noch andere einsame und traurige Männer gibt; denn ich will dich in keiner Weise binden und als Mensch ebenso frei sein wie du.«

So seltsam ist des Menschen Sinn, und so wenig kannte auch ich mein Herz; denn meine Seele fühlte sich von jener Stunde an wieder frei und federleicht, und ich entsinne mich des Bösen, das in jenen Tagen geschah, nicht mehr.

4

Am folgenden Morgen holte ich Merit ab, um zusammen mit ihr den Festzug des Pharao zu bewundern, und in ihrem neumodischen Sommerkleid war sie ungemein schön, obgleich sie in einer Schenke aufgewachsen war, so daß ich mich ihrer nicht zu schämen brauchte, als ich in der Widderstraße an einem der Plätze für die Günstlinge des Pharao neben ihr stand.

So unberechenbar ist des Menschen Sinn und so sehr hatte mich die Wahrheit des Pharao geblendet, daß ich nichts Böses ahnte, obwohl die Gluthitze des Tages noch von dem Rauch schwelender Ruinen und von dem Leichengestank aus dem Strom durchzogen war. Denn die Widderstraße war mit bunten Wimpeln geschmückt, und unermeßliche Menschenscharen säumten sie, um den Pharao zu sehen; Knaben waren auf die Bäume der Anlagen geklettert, und Pepitaton hatte unzählige Blumenkörbe aufstellen lassen, damit das Volk der Sitte gemäß vor die Sänfte des Pharao Blumen streuen könne. Mein eigener Sinn war leicht und voller Sonnenglast, denn ich ahnte Freiheit und Licht für das Land Ägypten. Aus dem Hause des Pharao hatte ich einen goldenen Becher zum Geschenk erhalten und war zum königlichen Schädelbohrer ernannt worden. Neben mir stand eine schöne, reife Frau, die meine Freundin war und meinen Arm hielt, und rund um uns herum standen lauter frohe Menschen mit lächelnden Mienen, so daß ich die Gesichter des abseits stehenden Volkes nicht sehen konnte. Nur war alles ungewöhnlich still, so still, daß man das Krächzen der Raben auf dem Dachfirst des großen Tempels bis zur Widderstraße vernehmen konnte; denn Raben und Aasgeier hatten sich in Theben niedergelassen, nachdem sie so vollgefressen waren, daß sie nicht mehr in ihre Berge zurückzufliegen vermochten.

Vielleicht war es ein Mißgriff gewesen, mit Streifen bemalte Neger der Sänfte des Pharao folgen zu lassen, denn ihr bloßer Anblick erregte den Zorn des Volkes. In dem Menschenhaufen befanden sich nämlich nicht viele, die nicht in den vergangenen Tagen irgendeinen Schaden erlitten hatten. Viele hatten ihr

Heim durch Feuer verloren, die Tränen der Frauen waren noch nicht getrocknet, die Wunden der Männer brannten noch unter den Binden, und kein Lächeln huschte um die zerschlagenen Münder. Jedenfalls thronte der Pharao Echnaton, in seiner Sänfte schaukelnd, hoch über dem Volke, so daß er von allen gesehen wurde. Auf dem Haupte trug er die vereinten Kronen der beiden Länder, die Lilienkrone und die Papyruskrone, die Krone des Oberen und des Unteren Landes, und er hielt die Arme über der Brust gekreuzt und in den Händen den Krummstab und die königliche Peitsche fest umklammert. Unbeweglich wie ein Götterbildnis saß er da, wie die Pharaonen zu allen Zeiten vor dem Volke zu sitzen pflegten; und als er erschien, war alles erschreckend still, als hätte sein bloßer Anblick die Kehlen des Volkes verstummen lassen. Aber die Soldaten, die die Widderstraße bewachten, streckten vor ihm ihre Speere hoch und riefen ihm einen Gruß zu, in den auch die Vornehmen und Reichen einstimmten, während sie Blumen vor die Sänfte warfen. Aber in dem schrecklichen Schweigen der Volksmenge klangen ihre Rufe schwach und dünn, wie das Summen einer einsamen Mücke in der Winternacht, so daß sie bald genug schwiegen und sich erstaunt ansahen.

Gegen alle Sitten bewegte sich der Pharao, hob den Krummstab und die Peitsche in seinen Händen und grüßte das Volk mit warmem Gefallen. Die Menge wich zurück, und plötzlich brach ein Ruf aus aller Kehlen, erschreckend wie das Dröhnen sturmgepeitschter Meereswellen gegen die Strandklippen. Die Menge wogte hin und her und rief dumpf klagend: »Ammon! Ammon! Gib uns Ammon, den König aller Götter, wieder!« Die Massen wogten, und der Ruf schwoll immer mehr an, bis sich die Raben und Aasgeier vom Dach des Tempels zum Flug erhoben und auf dunklen Schwingen über die Sänfte flatterten. Und das Volk rief: »Weiche, falscher Pharao, weiche!«

Diese Rufe erschreckten die Träger so heftig, daß sie die Sänfte abstellten, aber als sie, auf Befehl der erregten Offiziere der Wache, von neuem vorwärtsstrebten, drang die Menge wie eine unwiderstehliche Flut in die Widderstraße vor, fegte die Kette der Soldaten weg und warf sich vor die Sänfte, um sie im

Vorwärtskommen zu hindern. Und keiner konnte mehr klar die Ereignisse verfolgen; denn die Soldaten begannen mit ihren Stöcken und Keulen auf das Volk einzuhauen, um den Weg frei zu machen, aber bald genug mußten sie zur Verteidigung ihres Lebens zu Speeren und Messern greifen, Stöcke und Steine sausten durch die Luft, Blut strömte über das Pflaster der Widderstraße, und die gellenden Schreie der Sterbenden übertönten die dumpfen Rufe. Kein einziger Steinwurf aber richtete sich gegen den Pharao; denn er war, wie alle Pharaonen vor ihm, von der Sonne geboren, und deshalb war seine Person heilig und unantastbar. Kein einziger Mensch in der Menge hätte auch nur im Traum gewagt, die Hand gegen ihn zu erheben, obgleich alle ihn von Herzen haßten. Ich glaube, daß es sich nicht einmal die Priester getraut hätten. Ungestört konnte der Pharao daher von seinem erhabenen Thron die Ereignisse überblicken, und er erhob sich, um den Soldaten Einhalt zu gebieten, aber seine Rufe ertranken im Lärm der Massen.

Das Volk bewarf die Soldaten mit Steinen, und diese wehrten sich und töteten dabei manchen aus dem Volk, das ununterbrochen rief: »Ammon, Ammon, gib uns Ammon wieder!« Und weiterhin ertönte auch der Ruf: »Weiche, falscher Pharao, weiche, in Theben hast du nichts zu suchen!« Auch nach den Vornehmen warf man Steine und bedrängte sie mit drohenden Gebärden, daß die Damen die Blumen, die sie in den Händen hielten, wegwarfen, die Riechfläschchen fallen ließen und die Flucht ergriffen.

Da ließ Haremhab in die Hörner stoßen, und die Streitwagen kamen aus Höfen und Seitenstraßen gefahren, wo sie, um das Volk nicht zu reizen, versteckt gewesen waren. Die Streitwagen kamen dahergerasselt, und viele Menschen wurden unter Pferdehufen und Rädern zermalmt; aber Haremhab hatte die Sensen von den Seiten der Wagen entfernen lassen, um das Blut des Volkes zu schonen, und die Wagen verlangsamten ihre Fahrt, umringten in vorgeschriebener Reihenfolge die Sänfte des Pharao, gaben ihr das Geleit und schützten auch den Festzug und die Königsfamilie. Das Volk aber zerstreute sich erst, als es die königlichen Boote über den Strom zurückrudern sah. Dann brach es in Jubel aus, und dieser Jubel war noch schrecklicher als die Rufe des Zornes. Das Gesindel, das sich zu der Volksmenge gesellt hatte, stürmte nun die Häuser der Reichen, zertrümmerte und raubte alles, was es sah, bis die Soldaten mit ihren Speeren die Ordnung wiederherstellten und das Volk sich zerstreute, um sich nach Hause zu begeben. Es ward Abend, und die Raben senkten sich herab, um die Leichen auf der Widderstraße zu zerhacken.

So geschah es, daß Pharao Echnaton zum erstenmal das rasende Volk von Angesicht zu Angesicht erblickte und seines Gottes wegen Blut fließen sah. Niemals vergaß er diesen Anblick, denn etwas war in ihm zerbrochen. Der Haß träufelte Gift in seine Liebe, und sein Glaubenseifer wuchs, so daß er bestimmte, daß ein jeder, der den Namen Ammons laut ausspreche oder Bilder und Gefäße mit seinem Namen versteckt halte, in die Gruben gesandt werde. Da aber die Menschen einander nicht verklagen wollten, dienten auch Diebe und Sklaven als Zeugen, und niemand war vor falschen Zeugen mehr sicher. So wurden viele redliche und tüchtige Männer als Sklaven in die Bergwerke und Steinbrüche geschickt, während gewissenlose Betrüger sich im Namen Atons ihrer Häuser und Werkstätten und Läden bemächtigten.

Mit dieser Schilderung habe ich den Ereignissen vorgegriffen, doch soll sie als Erklärung für die späteren Geschehnisse dienen. Mich selbst ließ man noch in derselben Nacht eilends in das goldene Haus rufen, denn der Pharao hatte einen Anfall seiner Krankheit erlitten, und die Ärzte, die für sein Leben fürchteten, wollten die Verantwortung mit mir teilen, da er auch meinen Namen genannt und von mir gesprochen hatte. Viele Wassermaße lag er bewußtlos und wie ein Toter da, seine Glieder wurden kalt, und sein Pulsschlag setzte aus. Aber er kam wieder zu sich, nachdem er sich in dem Anfall Zunge und Lippen zerbissen hatte und das Blut aus seinem Munde strömte. Wieder bei Bewußtsein, schickte er die Ärzte aus dem Haus des Lebens dorthin zurück, weil er sie nicht vor Augen haben wollte. Nur mich behielt er zurück, und nachdem er sich erholt hatte, sagte er:

»Rufet die Ruderer und lasset die roten Segel auf den Schiffen hissen, und ein jeder, der mein Freund ist, folge mir, denn ich begebe mich auf eine Reise, und mein Gesicht wird mich führen, bis ich ein Land finde, das keines Gottes und keines Menschen ist. Dieses Land werde ich Aton weihen und ihm dort eine Stadt bauen und nie mehr nach Theben zurückkehren.« Und weiterhin sprach er: »Das Verhalten der Bewohner Thebens gegen mich ist mir widerwärtiger als alles, was bisher geschehen, und ist widerlicher und erbärmlicher als alles, was meine Vorfahren je, sogar von seiten fremder Völker, erlebt. Deshalb werde ich meinen Fuß nie mehr nach Theben setzen, sondern überlasse die Stadt ihrer eigenen Finsternis.«

Seine Erregung war so groß, daß er sich, noch bevor er recht genesen, auf sein Schiff tragen ließ, und weder ich, sein Arzt, noch seine Ratgeber vermochten ihn daran zu hindern. Haremhab aber meinte: »So ist es am besten, denn damit hat die Bevölkerung Thebens ihren Willen und Echnaton den seinigen durchgesetzt. Beide Teile sind zufrieden, und der Friede kehrt wieder ins Land.«

Sein Zustand war so umnebelt und sein Blick so flackernd, daß ich mich seinem Beschluß fügte, weil ich als Arzt dachte, es würde ihm guttun, den Aufenthalt zu wechseln und eine neue Umgebung und neue Menschen zu sehen, die ihn nicht haßten. Daher folgte ich dem Pharao auf seiner Reise stromabwärts. Bei der Wegfahrt war er so ungeduldig, daß er nicht einmal auf die königliche Familie wartete, sondern den andern vorausgesegelte. Haremhab ließ ihm das Geleit durch Kriegsschiffe geben, damit ihm nichts Schlimmes zustoße.

So steuerte das Fahrzeug des Pharao mit roten Segeln stromabwärts, und hinter ihm versank Theben. Seine Mauern und Tempeldächer und goldenen Obeliskenspitzen tauchten am Horizont unter, und schließlich waren auch die drei Berggipfel, die ewigen Wächter Thebens, außer Sicht. Die Erinnerung an Theben aber verließ uns nicht, sondern folgte uns tagelang auf dem Strom; denn dieser wimmelte von fetten Krokodilen, deren Schwänze in dem faulenden, nach Leichen stinkenden Wasser plätscherten, und hundert mal hundert aufgedunsene Leichen trieben noch in den Fluten. Der Pharao selbst aber ahnte nichts davon; denn er ruhte auf weichen Teppichen in seiner königlichen Schiffskabine, und die Diener salbten ihn mit wohlriechendem Öl und verbrannten Weihrauch um ihn herum, damit er den Geruch seines Gottes nicht spüre.

Aber nach zehntägiger Reise fanden wir den Strom wieder geklärt, und der Pharao begab sich in das Vorschiff, um Umschau zu halten. Das Land um ihn herum war gelb von Reife, die Landleute brachten auf ihren Äckern die Sommerernte ein, und abends wurden die Viehherden zur Tränke ans Ufer getrieben, und die Hirten bliesen ihre zweirohrigen Schalmeien. Als die Leute das Schiff des Pharao erblickten, eilten sie weißgekleidet aus ihren Dörfern ans Ufer und grüßten den Pharao mit wedelnden Palmenzweigen und Zurufen. Der Anblick des zufriedenen Volkes wirkte besser als alle Arzneien auf ihn. Zuweilen ließ er sein Fahrzeug anlegen und begab sich an Land, um mit den Menschen zu reden, sie zu berühren und Frauen und Kindern segnend die Hände aufzulegen, was diese nie mehr vergaßen. Auch die scheuen Schafe näherten sich ihm, schnupperten an ihm herum und knabberten am Saum seines Gewandes, worüber er vor Vergnügen laut lachte. Und er fürchtete die Sonnenscheibe, seinen Gott, nicht, obwohl er in der Sommerhitze ein mörderischer Gott ist, sondern entblößte sein Gesicht der Sonne, die es rot verbrannte, so daß seine Erreger und sein Fieber wieder stiegen und die Seele schrecklich aus seinem Blick lohte, als er die Fahrt von neuem beschleunigte.

Im Dunkel der Nacht stand er im Vorschiff, in Betrachtung der funkelnden Sterne versunken, und sprach zu mir: »Den ganzen Grund und Boden des falschen Gottes werde ich denjenigen schenken, die mit wenigem zufrieden sind und mit den Händen arbeiten, auf daß sie glücklich werden und den Namen Atons segnen mögen. Die ganze Erde werde ich unter sie verteilen; denn mein Herz erfreut sich beim Anblick dicker Kinder und lachender Frauen und Männer, die in Atons Namen ihre Arbeit verrichten und niemanden hassen oder fürchten.«

Weiterhin sprach er: »Das Herz des Menschen ist dunkel, ich würde es allerdings nie geglaubt haben, wenn ich es nicht mit eigenen Augen gesehen hätte. Denn mein Licht ist so hell, daß ich das Dunkel nicht erfasse, und wenn es in meinem Herzen brennt, vergesse ich alle falschen Herzen. Aber es gibt gewiß manche Menschen, die Aton sehen und seine Liebe fühlen, ihn aber nicht zu begreifen vermögen, weil sie ihr ganzes Leben im Dunkel verbracht haben und ihre Augen das Licht, das sie sehen, nicht erkennen, sondern es für etwas Böses halten, das sie peinigt. Deshalb lasse ich diese Menschen in Frieden und störe sie nicht, wenn sie nur mich und meine Getreuen nicht stören. Aber unter ihnen wohnen mag ich nicht, sondern ich werde meine Liebsten um mich versammeln, mit ihnen leben und sie nie verlassen, damit ich nicht beim Anblick solcher Dinge, die mich quälen und Aton ein Greuel sind, mein schlimmes Kopfweh bekomme.«

Er blinzelte im Dunkel der Nacht zu den Sternen und sagte: »Die Nacht ist mir ein Greuel, ich liebe die Finsternis nicht, sondern fürchte sie, und auch die Sterne liebe ich nicht, denn bei ihrem Blinken kommen die Schakale aus ihren Schluchten und verlassen die Löwen mit blutrünstigem Geheul ihre Höhlen. Auch Theben ist mir lauter Nacht, und deshalb habe ich Theben verlassen, wie ich wahrlich alle Alten und Falschen aufgebe und meine Hoffnung auf die Jungen und die Kinder setze; denn aus der Jugend und den Kindern wird der Weltenfrühling aufgehen, und wer sich von Kindheit an die Lehre Atons zu eigen macht, der wird vom Bösen gereinigt, und damit wird die ganze Welt geläutert werden. Deshalb sollen alle Schulen neu eingerichtet, die alten Lehrer abgesetzt und andere Schreibtexte für die Kinder verwendet werden. Auch die Schrift soll vereinfacht werden; denn wir brauchen keine Bilder in der Schrift, und deshalb werde ich eine Schrift ausarbeiten lassen, die auch der einfachste Mensch erlernen kann. Es soll kein Unterschied mehr zwischen den des Schreibens Kundigen und dem Volke bestehen, sondern das Volk soll lesen und schreiben lernen, so daß es auch im kleinsten Dorf irgendeinen gibt, der das, was ich den Leuten schreibe, lesen kann. Ich werde ihnen nämlich öfters ausführliche Botschaften über allerlei Dinge, die sie wissen müssen, zukommen lassen.«

Seine Rede flößte mir Schrecken ein; denn ich kannte die neue Schrift des Pharao: Sie war leicht zu erlernen, aber keine heilige Schrift und weder schön noch so reich wie die alte, weshalb jeder Schreiber, der seine Kunst in Ehren hielt, sie verachtete und diejenigen, die sich ihrer bedienten, schmähte. Daher sagte ich: »Die Volksschrift ist häßlich und wirkt verwildernd, auch ist sie keine heilige Schrift. Was soll aus Ägypten werden, wenn jeder schreiben lernt? Dergleichen ist noch nie dagewesen, und in Zukunft wird keiner mehr mit den Händen arbeiten wollen, und dann wird die Erde brachliegen, und das Volk keine Freude an seiner Schreibkunst haben, wenn es hungern muß.«

Das hätte ich nicht sagen sollen, denn er wurde sehr aufgebracht und rief: »So nahe ist mir also immer noch das Dunkel! Mit dir, Sinuhe, weilt es an meiner Seite. Du bist ein Zweifler, der mir Hindernisse in den Weg legen will; aber meine Wahrheit brennt in mir wie ein Feuer, und meine Augen durchschauen alle Hindernisse wie klares Wasser, bis ich die Welt, die nach mir kommen wird, erblicke. In jener Welt gibt es weder Haß noch Furcht, dort teilen die Menschen brüderlich Arbeit und Brot miteinander. Es gibt weder Reiche noch Arme mehr, und alle sind gleichgestellt und alle können lesen, was ich ihnen schreibe. Und keiner sagt zum anderen: ›Du schmutziger Syrier‹ oder ›Du elender Neger‹, sondern jeder Mensch ist des andern Bruder, und es gibt keine Kriege mehr. All das sehen meine Augen, und deshalb schwellen Kraft und Jubel so gewaltig in mir, daß ich fürchte, sie werden mir das Herz zersprengen.«

Da wußte ich wiederum, daß er verrückt war. Ich brachte ihn auf seinen Teppich und reichte ihm Beruhigungsmittel. Seine Worte aber quälten mich und brannten mir im Herzen, denn etwas in mir war für seine Botschaft reif geworden. Ich hatte viele Völker gesehen, und alle Völker waren sich im Grunde gleich. Ich hatte viele Städte gesehen, und alle Städte waren sich im Grunde gleich. Für einen rechten Arzt gab es keinen Unterschied zwischen Reichen und Armen, zwischen Ägyptern und Syriern, sondern seine Aufgabe bestand darin, allen und jedem zu helfen. Deshalb sprach ich zu meinem Herzen:

»Seine Torheit ist groß und kommt bestimmt von seiner

Krankheit, aber es ist eine gute und ansteckende Torheit, und ich möchte beinahe hoffen, daß seine Gedanken sich verwirklichen, obwohl mir mein Verstand sagt, daß eine solche Welt nur im Lande des Westens aufgebaut werden kann. Dennoch ruft mein Herz und sagt mir: Seine Wahrheit ist größer als alle andern, früher verkündeten Wahrheiten. Und mein Herz sagt mir auch: Keine Wahrheit, die nach ihm verkündet wird, kann größer sein, obwohl ich weiß, daß ihm Blut und Verderben auf den Fersen folgen werden. Er wird sein großes Reich verlieren, falls er lange leben sollte.«

Ich betrachtete die Sterne im Dunkel der Nacht und dachte: Ich, Sinuhe, bin ein Fremdling in dieser Welt und weiß nicht einmal, wer mich geboren hat. Aus freiem Willen bin ich Armenarzt zu Theben geworden, und Gold bedeutet mir nicht viel, wenn ich auch lieber eine gemästete Gans als trockenes Brot und lieber Wein als Wasser genieße. Aber all das ist mir nicht so wichtig, daß ich nicht ganz gut darauf verzichten könnte. Da ich also nichts als mein Leben zu verlieren habe, warum sollte ich dann nicht des Pharaos Schwäche stützen, mich an seine Seite stellen und ihn, ohne zu zweifeln, ermuntern; denn er ist der Pharao und sein ist die Macht, und in der ganzen Welt gibt es kein reicheres und fruchtbareres Land als Ägypten, und vielleicht wird Ägypten aus dieser Prüfung lebend hervorgehen. Wenn dem so wäre, würde die Welt sich wahrlich verändern und eine neue Zeit anbrechen, in der die Menschen Brüder wären, reiche und arme.

So träumte ich mit offenen Augen an Bord des königlichen Schiffes, und von den Ufern trug mir der Nachtwind den Duft reifen Getreides und den Geruch der Dreschböden zu. Doch der Nachtwind kühlte meine Glieder, und der Traum erlosch in meiner Seele.

Am fünfzehnten Tag tauchte Land vor uns auf, das keinem Gott und keinem vornehmen Mann gehörte. Goldbraun und blau zeichneten sich die Berge am Ufer ab. Die Erde lag brach, und nur einige Hirten trieben ihre Herden auf die Weide und wohnten selbst in Schilfhütten am Strand. Da ging der Pharao an Land und weihte Aton diese Erde, um dort eine neue Stadt zu erbauen, und nannte diese künftige Stadt Achetaton*, die Stadt der Himmelshöhe.

Ein Schiff nach dem anderen folgte, er versammelte seine Baumeister und Architekten und erteilte ihnen Weisungen über die Richtung der Hauptstraßen, über die Plätze für sein goldenes Haus und für den Tempel Atons. Auch jedem seiner Günstlinge wies er an den Hauptstraßen eine Baustelle für ein Haus zu. Die Bauleute vertrieben die Hirten und ihre Schafe, rissen ihre Lehmhütten ab und bauten Uferkais. Auch für die Bauleute bezeichnete der Pharao Echnaton außerhalb seiner Stadt die Baustelle für ihre eigene Stadt, und sie durften sich zuerst aus Lehm ihre Häuser aufführen. Sie lagen an fünf von Norden nach Süden und fünf von Osten nach Westen gehenden Straßen, waren alle gleich hoch und enthielten je zwei gleiche Zimmer. In jedem Haus stand ein Bratofen am gleichen Ort, und auch jeder Krug und jede Matte befanden sich an gleicher Stelle in jedem Haus; denn der Pharao meinte es gut mit allen und wollte, daß alle Bauleute gleichen Ranges seien, um glücklich in ihrer eigenen Stadt außerhalb der seinigen zu leben und den Namen Atons zu segnen.

Aber segneten sie wirklich den Namen Atons? Nein, sie verfluchten ihn bitterlich, und auch den Pharao verfluchten sie in ihrem Unverstand, weil er sie aus ihren eigenen Städten in die Wüste übergesiedelt hatte, wo es weder Straßen noch Bierstuben, sondern nur Sand und braungebranntes Gras gab. Und keine einzige Frau war zufrieden mit ihrem Bratofen, sondern alle murrten wider das Verbot, Kochfeuer vor ihren Hütten anzünden, und verschoben unablässig ihre Krüge und Matten, und die Kinderreichen beneideten die Kinderlosen um den Raum. Wer an Erdböden gewohnt war, beklagte sich über die staubigen, ungesunden Lehmböden, und die an Lehmböden Gewohnten wiederum behaupteten, der Lehm in Achetaton sei nicht der gleiche wie anderswo, sondern zweifellos verflucht, weil der Boden beim Aufwaschen Risse bekam.

* Alte Bezeichnung für Amarna, am östlichen Nilufer, nördlich von Assiut.

Auch wollten sie gewohnheitsmäßig ihre Hackfrüchte vor ihren Hütten anbauen und nörgelten über die Anbauflächen, die der Pharao ihnen vor der Stadt zugeteilt hatte, weil, wie sie behaupteten, dort nicht genügend Wasser vorhanden sei und sie auch den Dünger nicht so weit zu schleppen vermöchten. Sie zogen ihre Binsenseile zum Wäschetrocknen quer über die Straßen und hielten Ziegen in den Zimmern, obwohl der Pharao es aus Gesundheitsgründen und der Kinder wegen untersagt hatte. Ich habe nie eine unzufriedenere und streitsüchtigere Stadt gesehen als die der Bauleute von Achetaton, zu der Zeit, da die neue Hauptstadt aufgeführt wurde. Aber ich muß zugeben, daß sie sich mit der Zeit an alle Verdrießlichkeiten gewöhnten und dareinfügten und nicht mehr auf den Pharao schimpften, sondern nur noch seufzend ihrer einstigen Heime gedachten, ohne jedoch den Wunsch zu hegen, dorthin zurückzukehren. Ziegen aber hielten die Frauen trotz allem heimlich in ihren Zimmern, denn daran vermochte nicht einmal der Pharao sie zu hindern.

Dann kamen die Überschwemmung und der Winter, aber der Pharao kehrte nicht mehr nach Theben zurück, sondern blieb beharrlich an Bord seines Schiffs, von wo aus er das Land regierte. Jeder Stein, der auf einen anderen gesetzt, und jede Säule, die errichtet wurde, freuten ihn ungemein. Er brach oft in ein schadenfrohes Gelächter aus, wenn er schmucke leichte Holzhäuser an den Straßen emporwachsen sah, denn die Erinnerung an Theben fraß wie Gift an seinem Herzen. Für diese Stadt Achetaton verbrauchte er alles von Ammon geerbte Gold; aber den Boden Ammons in allen Landesgegenden ließ er unter die Ärmsten verteilen, welche Erde zum Bebauen haben wollten. Er ließ alle stromaufwärts segelnden Schiffe anhalten, kaufte ihre Ladungen auf und löschte sie in Achetaton. Außer seinen eigenen Bauleuten strömten noch viele andere Arbeiter nach Achetaton, lebten in Lehmgruben und Schilfhütten am Stromufer, kneteten Lehm und formten Ziegel. Sie ebneten Straßen und gruben Bewässerungskanäle und im Park des Pharao einen heiligen See für Aton. Auch Büsche und Bäume wurden in Booten hergeschafft und nach der Überschwemmung in der Stadt der Himmelshöhe angepflanzt, ja sogar ausgewachsene Ölbäume wurden gesetzt, so daß der Pharao bereits im zweiten Sommer mit ungeduldigen Händen die ersten in seiner Stadt gereiften Datteln, Feigen und Granatäpfel pflücken konnte.

Ich hatte beruflich viel zu tun, denn wenn auch der Pharao in dem Maße, wie seine Stadt rasch und leicht auf bunten Pfeilern aus dem Boden zum Blühen emporwuchs, immer gesünder und frischer und glücklicher wurde, rasten, bevor der Boden durch Kanäle trockengelegt war, Epidemien unter den Bauleuten, und bei der übereilten Arbeit ereigneten sich zahlreiche Unglücksfälle. Bevor die Landungsbrücken fertig waren, griffen oft Krokodile die Auslader der Frachtschiffe an, die durch das Wasser waten mußten. Die Hilferufe der Ärmsten waren schauerlich anzuhören, und es dürfte kaum einen grausameren Anblick geben als den eines strampelnden, schreienden Mannes zwischen den Kiefern eines Krokodils, bevor dieses in seine Löcher untertaucht, in die es den Körper zum Verwesen hinabzieht. Der Pharao aber war so durchdrungen von seiner eigenen Wahrheit, daß er nichts von alledem merkte; die Bootsleute hingegen dingten für ihr Kupfer Krokodilfänger aus dem Unteren Lande, die die Zahl der Krokodile im Strom allmählich verminderten. Viele Leute behaupteten, die Krokodile seien dem Schiff des Pharao von Theben nach Achetaton gefolgt, worüber ich mich jedoch nicht mit Bestimmtheit äußern kann, wenn ich auch weiß, daß das Krokodil ein schrecklich gescheites und schlaues Tier ist. Ich muß hier erwähnen, daß auch Haremhab, nachdem die Überschwemmung zurückgetreten war, mit den Vornehmen des Hofes in Achetaton eintraf, allerdings nicht, um sich dort niederzulassen, sondern nur, um Echnaton von seinem Entschluß abzubringen, die Armee aufzulösen. Der Pharao hatte ihm nämlich befohlen, die Soldaten aus ihrem Dienst zu entlassen und in ihre Heimat zurückzuschicken. Aber Haremhab verzögerte die Ausführung dieses Befehls und schob sie unter allerlei Vorwänden hinaus, weil er allen Grund zur Annahme hatte, daß ein Aufruhr in Syrien bevorstand, und er die Truppen dorthin verlegen wollte.

Aber Pharao Echnaton war unbeugsam in seinem Entschluß, und Haremhab vergeudete seine Zeit in Achetaton umsonst. Ihre Gespräche verliefen jeden Tag in der gleichen Art und Weise, und ich kann sie hier wiedergeben. Haremhab sagte:

»In Syrien herrscht große Unruhe, und die ägyptischen Kolonien dort sind schwach. König Aziru schürt den Haß gegen Ägypten, und ich zweifle nicht, daß er im gegebenen Augenblick zum offenen Aufstand übergehen wird.«

Pharao Echnaton sprach: »Ich glaube nicht, daß sie Böses im Sinne haben, nur die Armut treibt sie auf unsere Weiden hinüber. Deshalb sollen unsere Verbündeten die Weiden mit den südlichen Stämmen teilen, und ich werde auch diesen das Kreuz des Lebens übermitteln. Ich glaube nicht, daß sie absichtlich Dörfer niederbrennen; diese Dörfer sind eben, wie du selbst sagst, aus Stroh gebaut und daher leicht brennbar, und es lohnt sich nicht, einiger Feuersbrünste wegen ganze Stämme zu verurteilen. Doch wenn du willst, kannst du die Grenzbewachungstruppen im Lande Kusch und in Syrien verstärken, denn deine Aufgabe ist es, für die Sicherheit des Landes zu sorgen, nur darfst du ausschließlich Truppen zur Grenzbewachung und keine stehende Armee halten.«

Haremhab meinte: »Jedenfalls aber mußt du, mein verrückter Freund Echnaton, mir gestatten, eine Neuordnung der Bewachungstruppen im ganzen Lande vorzunehmen; denn die entlassenen Soldaten plündern in ihrer Armut die Häuser der Bevölkerung und stehlen den Bauern die Steuerhäute und prügeln sie mit Stöcken durch.«

Pharao Echnaton sagte belehrend: »Da siehst du, Haremhab, die Folge davon, daß du mir nicht gehorcht hast. Hättest du mit den Soldaten öfter und mehr über Aton gesprochen, so würden sie nicht solche Dinge tun. Jetzt aber sind ihre Herzen verdüstert, die Striemen, die deine Peitschenhiebe auf ihren Rücken hinterlassen haben, sind schmerzhaft, und die Leute wissen nicht, was sie tun. Hast du übrigens bemerkt, daß meine beiden Töchter schon zusammen spazierengehen, daß Meritaton die kleine Schwester an der Hand führt und daß sie eine zierliche Gazelle zur Gespielin haben? Außerdem hindert dich ja nichts daran, entlassene Soldaten als Wächter im ganzen Lande anzustellen, falls du sie nur zur Bewachung und nicht als stehendes Heer für Kriegszwecke hältst. Meines Erachtens sollten wir auch alle Streitwagen zerstören, denn Mißtrauen erregt Mißtrauen, und wir müssen alle unsere Nachbarn davon überzeugen, daß Ägypten, was auch immer geschehen mag, niemals zum Mittel des Krieges greifen wird.«

»Wäre es nicht doch einfacher, die Streitwagen an Aziru oder an die Hetiter zu verkaufen? Sie bezahlen gut für Streitwagen und Pferde!« meinte Haremhab höhnisch. »Ich verstehe, daß es sich für dich nicht lohnt, eine ordentliche Armee zu halten, nachdem du begonnen hast, die ganzen Reichtümer Ägyptens in einen Sumpf zu vergraben oder in Ziegel zu verwandeln.«

So stritten sie sich Tag für Tag, bis Haremhab dank seines Starrsinns Oberbefehlshaber über die Grenzbewachungstruppen und über die Wachmannschaften aller Städte wurde. Ihre Bewaffnung aber bestimmte der Pharao, und sie durfte nur aus Speeren mit Holzspitzen bestehen. Die Zahl der Truppen überließ er jedoch Haremhabs Gutdünken. Haremhab ließ die Befehlshaber der Bezirkswachen nach Memphis, wo er sein Hauptquartier aufgeschlagen hatte, berufen; denn diese Stadt lag im Herzen Ägyptens und an der Grenze zwischen den beiden Reichen. Doch im Augenblick, da er sich an Bord seines Kriegsschiffes begeben wollte, überbrachte ein Eilbote in einem Ruderboot beunruhigende Nachrichten und Lehmtafeln aus Syrien, die überzeugend bewiesen, daß König Aziru, der von den Unruhen in Theben gehört hatte, die Zeit für günstig hielt und einige Nachbarstädte durch Überrumpelung eingenommen hatte. Auch in Megiddo, dem Schlüssel Syriens, tobte ein Aufstand. Die Truppen Azirus belagerten die Festung, wo die ägyptische Garnison sich verschanzt hielt, und diese ersuchte den Pharao um rasche Hilfe. Aber Pharao Echnaton meinte:

»Ich glaube, daß König Aziru gute Gründe für seine Handlungsweise hat; denn, soviel ich weiß, ist er ein hitziger Charakter, und vielleicht haben meine Gesandten ihn erzürnt. Deshalb kann ich ihn nicht verurteilen, ohne ihm Gelegenheit zu geben, sein Vorgehen zu verteidigen. Etwas aber kann ich tun, und ich bedaure, nicht früher daran gedacht zu haben. Da zur Zeit eine Stadt Atons im schwarzen Lande erbaut wird, muß ich Aton auch im roten Lande, in Syrien und in Kusch Städte gründen. Wahrlich, in Kusch soll eine Atonstadt errichtet werden und ebenso in Syrien, und diese soll der Sitz der Regierung werden. Megiddo ist ein Kreuzungspunkt der Karawanenwege und wäre daher der geeignete Platz für eine Stadt Atons, aber ich befürchte, daß es dort augenblicklich zu unruhig ist, als daß man mit den Bauarbeiten beginnen könnte. Aber du hast mir von Jerusalem erzählt; dort hast du ja einen Atontempel errichtet, als du Krieg gegen die Chabiri führtest, was ich mir selbst niemals verzeihen kann. Jerusalem liegt zwar nicht wie Megiddo im Herzen Syriens, sondern südlicher, aber ich werde sofort die nötigen Maßnahmen ergreifen, um aus Jerusalem eine Atonstadt zu machen, so daß es der Mittelpunkt Syriens wird, wenn es heute auch erst ein Dorf aus baufälligen Hütten ist.«

Als Haremhab das vernahm, zerbrach er seine Peitsche und warf sie dem Pharao vor die Füße; dann begab er sich an Bord seines Kriegsschiffes und segelte stromabwärts nach Memphis.

Seinen Aufenthalt in Achetaton aber hatte er auch dazu benützt, um sich von mir in Ruhe erzählen zu lassen, was ich in Babylon und Mitani, im Lande der Hetiter und auf Kreta gesehen und gehört hatte. Er hörte mir schweigend zu, nickte zuweilen, als wollte er sagen, daß ich ihm nichts Neues erzähle, und fingerte an dem Messer herum, das ich von dem hetitischen Hafenaufseher erhalten hatte. Zuweilen richtete er Fragen an mich, wie zum Beispiel: »Beginnen die Soldaten Babyloniens ihren Marsch mit dem linken Fuß, wie die Ägypter, oder mit dem rechten, wie die Hetiter?« Oder: »Lassen die Hetiter beim Verwenden schwerer Streitwagen das Ersatzpferd neben den anderen oder hinter dem Wagen herlaufen?« Oder: »Wie viele Speichen haben die Streitwagenräder der Hetiter, und sind sie durch Metall verstärkt?«

Derartige Fragen richtete er sicherlich an mich, weil er ein Krieger war, denn solche bedeutungslosen Dinge interessieren einen Krieger ungefähr so, wie wenn ein Kind die Beine eines

Tausendfüßlers zu zählen versucht. Aber alles, was ich ihm über Wege, Brücken und Flüsse berichtete, ließ er aufschreiben, und ebenso alle Namen, die ich nannte, und ich bat ihn, sich mit seinen Fragen an Kaptah zu wenden, der kindisch genug war, sich allerhand unnütze Dinge zu merken. Hingegen zeigte er nicht die geringste Neugier, als ich ihm erzählte, wie man aus der Leber wahrsagen könne, und als ich ihm die tausend verschiedenen Tore und Gänge und Brunnen der Leber beschrieb; ließ er nichts darüber aufzeichnen.

Jedenfalls verließ er Achetaton in Zorn, und der Pharao freute sich sehr über seine Abreise; denn die Gespräche mit Haremhab quälten ihn so heftig, daß er schon bei dessen Nahen Kopfweh bekam. Zu mir aber sagte er nachdenklich:

»Vielleicht ist es Atons Wille, daß Ägypten Syrien verlieren soll, und wenn dem so ist, wie hätte ich dann das Recht, mich gegen seinen Willen aufzulehnen? In diesem Fall geschieht es nur zu Ägyptens Wohl! Der Reichtum Syriens hat das Herz Ägyptens zerfressen; denn aller Überfluß, alle Verweichlichung, alle Unsitten und Laster kommen aus Syrien. Wenn wir Syrien verlieren, wird Ägypten wieder ein einfacheres Leben in der Wahrheit führen müssen, und es könnte Ägypten nichts Besseres widerfahren. Von Ägypten muß das neue Leben ausgehen, um sich über die Welt zu verbreiten.«

Mein Herz aber lehnte sich gegen seine Rede auf, und ich sagte: »Der Befehlshaber der Garnison von Simyra hat einen Sohn namens Ramses, einen aufgeweckten kleinen Jungen mit großen braunen Augen, der gerne mit bunten Steinen spielt. Ich heilte ihn einst von den Windpocken. Ferner wohnt in Megiddo eine ägyptische Frau, die mich in Simyra einmal aufsuchte, weil sie meinen Ruf vernommen hatte; ihr Bauch war aufgeschwollen. Ich öffnete ihn mit dem Messer, und sie blieb am Leben. Ihre Haut war weich wie Wollstoff, und sie hatte wie alle Frauen Ägyptens einen schönen Gang, obwohl ihr Bauch geschwollen war und ihre Augen vom Fieber glänzten.«

»Ich verstehe nicht, warum du mir das alles erzählst«, sagte Pharao Echnaton und begann, ein Bild des Tempels, wie er ihn sich vorstellte, auf eine Papyrusrolle zu zeichnen; denn er pflegte seine Architekten und Baumeister unablässig mit Zeichnungen und Erklärungen zu belästigen, obgleich sie viel mehr von Baukunst verstanden als er.

»Ich meine nur, daß ich den kleinen Ramses mit zerschlagenem Mund und blutbefleckter Stirnlocke vor mir sehe. Und auch jene Frau aus Megiddo sehe ich nackt und blutig im Festungshof liegen, wo die Amoriter ihren Leib schänden. Aber ich gebe natürlich gerne zu, daß meine Gedanken gering sind im Vergleich zu den deinigen und daß ein Herrscher sich schließlich nicht um jeden Ramses und um jede zarte Frau kümmern kann.«

Da streckte der Pharao seine geballten Fäuste in die Luft, die Kopfschmerzen verdunkelten seinen Blick, und er rief: »Sinuhe, begreifst du denn nicht, daß ich lieber den Tod von hundert Ägyptern als den von tausend Syriern wähle? Wenn ich in Syrien Krieg führen wollte, um jeden dort wohnenden Ägypter zu retten, würden viele Ägypter und viele Syrier im Kampf fallen; und ein Syrier ist ebenso wie ein Ägypter ein Mensch, in dessen Brust ein Herz schlägt und der Frauen und klaräugige Söhne besitzt. Wenn ich Böses mit Bösem vergelten wollte, würde ich nur Böses erreichen. Wenn ich aber Böses mit Gutem vergelte, wird das daraus entstehende Böse geringer sein. Ich will nicht den Tod vor dem Leben wählen. Deshalb verschließe ich meine Ohren deinen Worten und bitte dich, mit mir nicht mehr über Syrien zu sprechen, falls dir mein Leben teuer ist und du mich liebst, denn wenn ich an Syrien denke, leidet mein Herz die Qualen all jener, die meines Willens wegen sterben würden, und ein Mensch vermag nicht lange die Leiden vieler anderer zu tragen. Um Atons und meiner Wahrheit willen, laß mich daher in Frieden!«

Er beugte sein Haupt, die Augen traten ihm blutgerötet vor Schmerz aus dem Kopf, und die wulstigen Lippen zitterten vor Aufregung. Deshalb ließ ich ihn in Ruhe, doch in meinen Ohren tönten das Dröhnen der Sturmböcke gegen die Mauern Megiddos und das Wehgeschrei vergewaltigter Frauen aus den Wollzelten der Amoriter. Aber ich verstockte mein Herz gegen diese Laute; denn ich liebte den Pharao, obwohl er verrückt war. Ja, vielleicht liebte ich ihn gerade wegen seiner Verrücktheit; denn sie war schöner als die Weisheit anderer Menschen.

5

Nun muß ich noch von den Hofleuten erzählen, die Echnaton unverzüglich in die Stadt der Himmelshöhe folgten; denn sie hatten ihr Leben lang im goldenen Haus des Pharao gelebt, und ihr Dasein hatte keinen anderen Zweck, als in der Nähe des Pharao zu weilen, zu lächeln, wenn er lächelte, und die Stirn zu runzeln, wenn er die seinige runzelte. So hatten es die Väter vor ihnen und die Großväter vor den Vätern gehalten, und von den Vätern hatten sie ihre königlichen Ämter und Titel geerbt und waren stolz auf ihre Rangstufen und verglichen sie miteinander. Es gab einen königlichen Sandalenträger, der sich kaum je allein die Schuhe angezogen, einen königlichen Mundschenk, der nie Trauben gepflückt, einen königlichen Bäcker, der nie Teig kneten gesehen, und ferner gab es einen königlichen Beschneider und andere Beamte, während ich selbst königlicher Schädelbohrer war, ohne daß jemand von mir erwartet hätte, daß ich dem König den Schädel öffne, obwohl ich zum Unterschied von den übrigen Würdenträgern meine Aufgabe hätte ausführen können.

Alle kamen unter Jubel nach Achetaton und sangen Hymnen zu Atons Ehren. Sie kamen in blumengeschmückten Fahrzeugen und brachten Hofdamen und viele Weinkrüge mit. Sie lagerten in Zelten und unter Sonnendächern am Ufer und aßen und tranken und genossen das Leben; denn die Wasser waren zurückgetreten. Es war Frühling, die Landluft war frisch wie junger Wein, die Vögel zwitscherten in den Bäumen, und allenthalben girrten die Tauben. Zu ihrer Bedienung waren so viele Sklaven und Diener nötig, daß ihr Lager eine ganze Stadt für sich bildete; denn ohne Diener und Sklaven wären sie hilflos gewesen wie Kinder, die eben erst gehen lernen.

Trotzdem folgten sie tapfer dem Pharao, der ihnen die für die Straßen und Häuser vorgesehenen Plätze zeigte, und Sklaven schützten dabei ihre kostbaren Häupter mit Sonnenschirmen. Auch wurden sie plötzlich von Eifer ergriffen, am Bau ihrer Häuser mitzuwirken, weil der Pharao zuweilen einen Ziegel vom Boden aufhob und ihn an seinen Platz legte. Keuchend trugen sie Ziegel zu den wachsenden Hausmauern und lachten über die Schrammen an den Händen, und die vornehmen Frauen knieten auf dem Boden und kneteten Lehm. Waren sie jung und schön, so taten sie es, um sich der Kleider zu entledigen und nur das Lendentuch anzubehalten, wie es die Frauen des Volkes beim Getreidemahlen taten.

Aber beim Lehmkneten mußten Sklaven Sonnenschirme über sie halten, damit die Sonne ihre sorgsam gepflegten Glieder nicht bräunen solle, und schon nach kurzer Zeit bekamen sie genug und gingen ihres Wegs, alles in so großer Unordnung hinterlassend, daß die Maurer erbittert über sie fluchten, und die von den vornehmen Händen eingemauerten Ziegel wieder herausrissen. Über die jungen vornehmen Frauen fluchten sie zwar nicht, sondern tätschelten sie gerne hier und da mit lehmbeschmierten Händen, worüber sie erschreckt und erregt laut aufkreischten. Wenn aber alte, häßliche Hofdamen kamen, um sie bei der Arbeit mit Worten zu ermuntern und dabei voller Bewunderung ihre Muskeln befühlten oder ihnen die lehmigen Wangen im Namen Atons streichelten, während sie den Schweißgeruch der Arbeiter gierig einsogen, da fluchten diese wiederum und ließen ihnen Ziegel auf die Füße fallen, um sie zu vertreiben.

Die Hofleute waren stolz auf ihre Arbeitsleistungen, prahlten damit und zählten einander vor, wie viele Ziegel ein jeder aufgeschichtet hatte, und zeigten dem Pharao ihre schrammigen Hände, um seine Gunst zu erwerben.

Nachdem sie sich eine Zeitlang mit Bauarbeiten abgegeben hatten, wurden sie dieser Spielerei überdrüssig und begannen, sich mit ihren Gärten zu beschäftigen und wie Kinder in der Erde zu graben. Die Gärtner riefen die Götter um Hilfe an und fluchten über die Höflinge, weil diese unablässig Bäume und

Büsche von einem Ort zum anderen versetzen ließen; und die Arbeiter, die die Bewässerungskanäle gruben, nannten sie Söhne des Seth, weil sie jeden Tag neue Plätze ausfindig machten, wo Fischteiche ausgehoben werden sollten. Ich glaube zwar nicht, daß sie mit alledem irgendwelche bösen Absichten hegten; sie begriffen ganz einfach nicht, daß sie den Arbeitern unnütze Mühe verursachten, und bildeten sich im Gegenteil ein, ihnen eine wertvolle Hilfe zu leisten. Und jeden Abend tranken sie Wein und prahlten mit ihrem Tagewerk.

Binnen kurzem hatten sie aber auch von dieser Spielerei genug und begannen, sich über die Tageshitze zu beklagen; und in ihre Zelte drangen Sandflöhe ein, so daß sie die Nächte hindurch auf ihren Matten stöhnten und am Morgen zu mir kamen, um heilende Salben gegen Flohbisse zu verlangen. Schließlich verfluchten sie das ganze Achetaton; viele reisten auf ihre Landgüter, und andere begaben sich heimlich nach Theben, um sich zu belustigen; die Getreuesten aber saßen im Schatten ihrer Zelte, tranken gekühlten Wein und spielten Würfel miteinander, wobei sie abwechselnd ihr Gold und ihre Kleider und ihren Schmuck gewannen und verloren und im Spiel einen Trost für ihr einförmiges Leben fanden. Mit jedem Tage aber ragten die Hausmauern höher, und in wenigen Monaten wuchs die Stadt Achetaton mit ihren wunderbaren Gärten wie in einem Märchen aus der Wüste empor. Doch was das alles kostete, vermag ich nicht auszurechnen. Nur so viel weiß ich, daß das Gold Ammons nicht ausreichte, denn als die Siegel von den Türen gebrochen wurden, fand man die Höhlen Ammons fast leer: Die Priester hatten in Erwartung des Sturmes viel Gold unter die Getreuen zur Aufbewahrung verteilt.

Noch muß ich erwähnen, daß sich die Königsfamilie Achetatons wegen zersplitterte. Die große königliche Mutter weigerte sich, ihrem Sohn in die Wüste zu folgen. Theben war ihre Stadt, und das goldene Haus des Pharao, das blau und rot in seinen Mauern und Gärten am Stromufer schimmerte, hatte Pharao Amenophis seiner Geliebten errichtet; denn die Königsmutter Teje war ursprünglich nur eine arme Vogelfängerin im Röhricht des Unteren Landes gewesen. Deshalb wollte Teje Theben nicht verlassen, und auch die Prinzessin Baketaton, die, dem Beispiel des Pharao folgend, den Namen Baketaton angenommen hatte, blieb bei ihrer Mutter in Theben, und der Priester Eje herrschte dort als Träger des Krummstabes und saß auf dem königlichen Thron vor den Lederrollen zu Gericht. So war alles in Theben wie einst, nur daß der Pharao abwesend war und Theben ihn nicht vermißte.

Auch die Königin Nofretete war nämlich nach Theben zurückgekehrt, weil sie gebären sollte und sich nicht getraute, es ohne Hilfe der Ärzte Thebens und der Negerzauberer ihrer Schwiegermutter zu tun; und sie gebar eine dritte Tochter, die den Namen Anchesenaton erhielt und Königin werden sollte. Auch ihren Kopf hatte man, wie den ihrer Schwestern, zur Erleichterung der Entbindung mit Hilfe der Zauberer lang und schmal gezogen, und als die Prinzessin älter wurde, begannen die Hofdamen und alle Frauen Ägyptens, die vornehm sein und die Sitten des Hofes nachmachen wollten, zur Verlängerung ihrer Häupter falsche Hinterköpfe zu tragen. Die Prinzessinnen aber trugen ihre Häupter glattrasiert, weil sie auf ihre vornehme Kopfform stolz waren. Auch die Künstler bewunderten sie, hieben sie in Stein aus und zeichneten und malten von ihnen viele Bildnisse, ohne zu ahnen, daß die Zauberei der Neger dahintersteckte.

Doch nachdem Nofretete ihre Tochter geboren hatte, kehrte sie nach Achetaton zurück und stieg im Palast ab, der inzwischen vollendet war. In Theben ließ sie auch die Nebenfrauen des Pharao zurück, denn sie war sehr ärgerlich darüber, bereits zum drittenmal eine Tochter geboren zu haben, und wollte verhindern, daß der Pharao seine Manneskraft auf den Matten anderer Weiber vergeude. Echnaton hatte nichts dagegen einzuwenden, denn er war seiner Pflichten im Frauenhaus höchst überdrüssig und wollte überhaupt keine anderen Frauen haben, was ein jeder, der Nofretetes Schönheit sah, wohl verstand; denn auch die dritte Geburt hatte ihrer Anmut nicht geschadet, ja, sie wirkte im Gegenteil jünger und frischer als je zuvor.

So erhob sich die Stadt Achetaton in einem Jahr aus der Wildnis; stolze Palmenkronen schaukelten an ihren breiten Straßen,

Granatäpfel reiften rot in ihren Gärten, und Lotoskelche blühten rosig in ihren Fischteichen. Und diese ganze Stadt war ein einziger blühender Garten, denn ihre Bauten waren aus Holz und leicht und luftig wie Lusthäuser, und ihre Palmen- und Schilfsäulen schlank und bunt bemalt. Die Gärten erstreckten sich bis in das Innere der Häuser, und ihre Wände waren mit Palmen und Sykomoren, deren Wipfel sich im Lenzwind neigten, bemalt, während ihre Böden mit Schilfmustern verziert waren, zwischen denen farbige Fische schwammen und Enten sich auf bunten Flügeln zum Flug aus dem Röhricht erhoben. Und in dieser Stadt fehlte nichts, was das Menschenherz erfreuen kann. Zahme Gazellen wandelten in ihren Gärten herum, feurige Pferde mit wedelnden Federbüschen zogen leichte Wagen durch die Straßen, und aus den Küchen drang der köstliche Duft von Gewürzen aus allen Teilen der Welt.

So wurde die Stadt der Himmelshöhe vollendet, und als der Herbst kam und die Schwalben wieder aus dem Schlamm auftauchten und in ruhelosen Schwärmen über dem steigenden Strom flitzten, weihte Pharao Echnaton dieses Land und diese Stadt seinem Gott Aton.

Er weihte alle Grenzsteine des Landes in allen vier Himmelsrichtungen ein. Auf jedem segnete Aton mit seinen Strahlen ihn und seine Familie, und die Inschrift eines jeden Marksteines war ein Schwur des Pharao, den Fuß nie mehr außerhalb seines Aton geweihten Landes zu setzen. Für diese Einweihung bauten die Arbeiter gepflasterte Straßen in alle vier Himmelsrichtungen, damit der Pharao in seinem goldenen Wagen bis zu den Marksteinen fahren konnte. Die Mitglieder der königlichen Familie folgten ihm in Wagen und Sänften, und ebenso folgten die Hofleute und streuten Blumen, während Flöten- und Saiteninstrumente zu Atons Lob und Preis erklangen.

Nicht einmal nach seinem Tod wollte Pharao Echnaton die Stadt Achetaton verlassen, sondern nach ihrer Fertigstellung schickte er seine Arbeiter aus, um ewige Höhlen in dem östlichen, auf dem Gebiet Atons gelegenen Berg auszuhauen. Dieser Grabbau beschäftigte die Arbeiter, solange sie lebten, so daß sie nie mehr in ihre früheren Heime zurückkehren konnten.

Aber sie sehnten sich auch nicht mehr nach ihrer einstigen Heimat und fügten sich willig darein, in ihren neuen Wohnstätten, im Schatten des Pharao, zu leben; denn die ihnen zugeteilten Getreidemaße waren reichlich, das Öl versiegte nie in ihren Krügen, und ihre Frauen gebaren gesunde Kinder.

Nachdem Echnaton beschlossen hatte, in Achetaton für sich und seine Vornehmen auch die letzten Ruhestätten bauen zu lassen, und jedem Edelmann, der mit ihm in der Stadt der Himmelshöhe wohnen wollte und an Aton glaubte, ein Grab zu schenken, ließ er auch noch ein Haus des Todes außerhalb der Stadt aufführen, damit die Leichen der in Achetaton Verstorbenen niemals vernichtet, sondern in Ewigkeit erhalten würden. Zu diesem Zweck ließ er die hervorragendsten Balsamierer und Leichenwäscher aus dem Haus des Todes zu Theben kommen, ohne nach ihrem Glauben zu fragen, denn Leichenwäscher und Balsamierer können ihres Berufes wegen überhaupt keinen Glauben haben, und nur ihre Geschicklichkeit ist von Bedeutung. Sie kamen in einem schwarzen Schiff den Strom herunter, und der Wind trug ihren Geruch vor ihnen her, so daß die Menschen sich in ihre Häuser zurückzogen, ihre Häupter senkten und Gebete an Aton richteten. Viele aber beteten auch zu den alten Göttern und machten das heilige Zeichen Ammons, denn beim Geruch der Leichenwäscher rückte Aton ihnen fern, und sie entsannen sich ihrer alten Götter.

Die Leichenwäscher und Balsamierer gingen mit all ihren Werkzeugen an Land, blinzelten mit ihren an das Dunkel im Haus des Todes gewohnten Augen, fluchten über den Schmerz, den das Licht ihren Augen verursachte, begaben sich rasch in das neue Haus des Todes, wohin sie ihren Geruch mit sich führten, und darum fühlten sie sich dort bald so heimisch, daß sie es nie mehr verließen. Unter ihnen befand sich auch der alte Zangenkünstler Ramose, dessen Aufgabe darin bestand, die Hirne aus den Schädeln der Leichen zu entfernen, und ich begegnete ihm im Haus des Todes, denn weil den Priestern Atons vor diesem Gebäude grauste, stellte der Pharao es unter meine Aufsicht. Der Mann betrachtete mich lange, erkannte mich schließlich und war sehr erstaunt. Ich selbst half dabei absichtlich seinem Gedächtnis nach, um sein Vertrauen zu wecken, weil die Ungewißheit mir wie ein Wurm am Herzen nagte und ich wissen wollte, welche Früchte meine Rache im Haus des Todes zu Theben gezeitigt hatte. Nachdem wir uns über seinen Beruf und seine Aufgaben unterhalten hatten, fragte ich daher:

»Ramose, mein Freund, hast du zufällig mit deiner Kunst eine schöne Frau behandelt, die nach den Schreckenstagen von Theben in das Haus des Todes gebracht wurde und deren Namen, wenn ich mich nicht irre, Nefernefernefer lautete?«

Den Nacken gebeugt, gaffte er mich aus blinzelnden Schildkrötenaugen an und sagte: »Wahrlich, Sinuhe, du bist der erste vornehme Mann, der je einen Leichenwäscher Freund genannt hat. Das rührt mein Herz tief, und die Kunde, die du ersehnst, muß von großer Bedeutung für dich sein, da du mich deinen Freund nennst. Du warst doch nicht etwa der Mann, der sie in einer dunklen Nacht, in das schwarze Tuch des Todes gehüllt, dorthin brachte; denn in diesem Fall wärest du wahrlich kein Freund der Leichenwäscher, und sie würden, wenn sie es erführen, dir mit ihren Messern Leichengift durchs Fell impfen, damit du eines grauenhaften Todes stürbest.«

Bei diesen Worten erzitterte ich und sprach: »Wer sie auch immer dorthin gebracht haben mag, sie hatte ihr Schicksal wahrlich verdient. Deine Worte aber lassen mich ahnen, daß sie nicht tot war, sondern unter den Händen der Leichenwäscher wieder zum Leben erwachte!«

Ramose antwortete: »Wahrlich, das fürchterliche Weib erwachte im Haus des Todes wieder zum Leben, doch wieso du das weißt, will ich lieber nicht zu erraten suchen. Sie erwachte zum Leben, weil Frauen ihrer Art niemals sterben, das heißt, wenn eine stirbt, muß ihr Leib verbrannt werden, damit sie nie mehr zum Leben zurückkehren kann. Wir gaben ihr den Namen Sethnefer, die Schönheit des Teufels.«

Da befiel mich eine schreckliche Ahnung, und ich fragte: »Warum sprichst du von ihr, als gehöre sie der Vergangenheit an? Weilt sie denn nicht mehr im Haus des Todes, obgleich die Leichenwäscher versprachen, sie siebzig mal siebzig Tage dort zu behalten?«

Ramose klapperte ärgerlich mit seinen Messern und Zangen, und ich glaube, er würde Hand an mich gelegt haben, wenn ich ihm nicht einen Krug des besten Weines aus dem Keller des Pharao gebracht hätte. Deshalb begnügte er sich damit, das staubige Siegel des Kruges mit dem Daumen zu befühlen, und sagte dann: »Wir haben es nicht schlecht mit dir gemeint, Sinuhe, sondern ich betrachtete dich wie einen eigenen Sohn und hätte dich gerne dein ganzes Leben lang im Haus des Todes behalten und meine Kunst gelehrt. Auch balsamierten wir die Leichen deiner Eltern so ein, wie sonst nur die Leichen der Vornehmen behandelt werden, ohne an unseren besten Ölen zu sparen. Warum also hast du uns das Böse angetan, dieses fürchterliche Weib lebendig in das Haus des Todes zu bringen? Wisse, daß wir vor ihrem Auftauchen dort ein einfaches, arbeitsames Leben führten, unsere Herzen an Bier ergötzten und uns mächtig bereicherten, indem wir den Toten ohne Rücksicht auf Stand oder Geschlecht den Schmuck stahlen, und den Zauberern gewisse Körperteile, die sie zur Ausübung ihrer Schwarzkunst brauchen, verkauften. Nachdem aber diese Frau zu uns gekommen war, verwandelte sich das Haus des Todes in einen Abgrund der Unterwelt, die Männer verletzten einander mit Messern und balgten sich wie tollgewordene Hunde um sie. Sie raubte uns all unseren Reichtum, alles Gold und Silber, das wir jahrelang gesammelt und im Haus des Todes versteckt gehalten hatten; sie verachtete nicht einmal Kupfer, sondern beraubte uns sogar unserer Kleider, und wenn einer alt wie ich war und sich nicht mehr für sie entflammen konnte, verführte sie die anderen dazu, ihn zu bestehlen, nachdem sie zuerst all ihr Hab und Gut an sie vergeudet hatten. Nicht mehr als drei mal dreißig Tage waren verstrichen, als sie uns bereits bis auf die Knochen ausgeraubt hatte. Als sie merkte, daß nichts mehr aus uns herauszuholen war, verlachte und verhöhnte sie uns, so daß zwei in sie verliebte Leichenwäscher sich ob ihrem Hohn mit ihren Gürteln erdrosselten. Alsdann ging sie ihres Weges und nahm allen Reichtum mit, und wir konnten sie nicht am Gehen hindern, denn wenn sich ihr einer in die Quere stellte, trat sofort ein anderer für sie ein, um ein Lächeln ihrer Lippen oder eine Liebkosung ihrer Finger zu erhaschen. So nahm sie unsere Ruhe und unseren Reichtum mit und entführte mindestens dreihundert Deben Gold, von dem Silber und Kupfer, den Leinenbinden und Salben nicht zu reden, die wir jahrelang nach gutem Brauch den Leichen abgenommen hatten. Doch versprach sie, nach einem Jahr wiederzukehren, um uns zu besuchen und nachzusehen, was wir in einem Jahr zusammengebracht hätten. Daher wird nun im Haus des Todes zu Theben mehr denn je zuvor gestohlen, und die Leichenwäscher haben gelernt, nicht bloß die Leichen, sondern auch einander zu plündern, so daß der Friede uns völlig verlassen hat. Du wirst daher verstehen, daß wir sie Sethnefer nannten, denn wahrlich, sie ist schön, doch stammt ihre Schönheit von Seth.«

Auf diese Art erfuhr ich, wie kindisch meine Rache gewesen war, denn Nefernefernefer kehrte unversehrt und reicher als zuvor aus dem Haus des Todes zurück, und ich glaube nicht, daß sie durch ihren dortigen Aufenthalt irgendeinen anderen Schaden davontrug, als daß ihr Leib für einige Zeit jenen Geruch bewahrte, der sie vorübergehend an der Ausübung ihres Berufes hinderte. Ohne Zweifel war sie jedoch ruhebedürftig nach ihrem Aufenthalt bei den Leichenwäschern, und ich brauchte mich schließlich ihretwegen nicht mehr zu sorgen; denn meine Rache hatte, ohne ihr zu schaden, mir am Herzen gefressen. Nach dieser Erfahrung wußte ich, daß Rache keine Freude mit sich bringt, sondern daß ihre Süße von kurzer Dauer ist und sie sich gegen den Rächer selbst wendet und ihm das Herz wie Feuer versengt.

Nachdem ich nun das alles berichtet habe, will ich erzählen, was sich in Ägypten und Syrien zutrug, während Pharao Echnaton in seiner Stadt Achetaton lebte. Auch von Haremhab, Kaptah und von meinem Freund Thotmes will ich erzählen, und dabei Merit nicht vergessen: Deshalb beginne ich ein neues Buch zu schreiben.

ELFTES BUCH

Merit

1

Jedermann weiß, wie das Wasser aus einer Wasseruhr rinnt. Auf die gleiche Weise verrinnt die Zeit des Menschen, nur daß seine Zeit nicht mit einer Wasseruhr, sondern an den ihm widerfahrenden Ereignissen gemessen werden kann. Das ist eine große, erhabene Wahrheit, die der Mensch erst in seinen alten Tagen einsieht, wenn seine Zeit in nichts zerfließt und er nichts mehr erlebt, selbst wenn er sich einbildet, viel zu erleben, um erst nachträglich seinen Irrtum zu bemerken. Wenn ein Mensch viel erlebt und sein Herz sich wandelt und neu gestaltet, kann ihm ein einziger Tag länger erscheinen als ein oder zwei Jahre schlichten, arbeitsamen Lebens ohne persönliche Veränderungen. In der Stadt Achetaton lernte ich diese Wahrheit einsehen; denn meine Zeit zerfloß wie der Lauf eines Stromes. Mein Leben glich einem kurzen Traum oder einem verklingenden schönen Lied, und die zehn Jahre, die ich im Schatten Echnatons in seinem goldenen Haus zu Achetaton verbrachte, schienen mir kürzer zu sein als ein einziges meiner Jugendjahre, weil diese von Reisen und ereignisreichen Tagen, die länger als ein Jahr zu dauern schienen, angefüllt gewesen waren.

Auch konnte ich zu jener Zeit meine Kenntnisse und Fähigkeiten nicht erweitern, sondern zehrte an den Erfahrungen, die ich in meinen Jugendtagen in vielen Ländern gesammelt hatte, wie eine Biene im Winter den zur Blütezeit in Waben gesammelten Honig verbraucht. Aber vielleicht nagte die Zeit doch an meinem Herzen, wie ein langsam fließendes Wasser den Stein abschleift. Vielleicht wandelte sich auch mein Herz in dieser Zeit, obwohl ich es nicht bemerkte, weil ich nicht mehr so einsam war wie zuvor. Vielleicht war ich auch schweigsamer und weniger eingebildet auf mich und meine Kunst als früher. Dies war jedoch nicht mein Verdienst, sondern hing damit zusammen, daß Kaptah nicht mehr bei mir, sondern in meinem Hause im fernen Theben wohnte, wo er mein Eigentum verwaltete, meine Vorteile wahrte und seine Weinschenke, die den Namen »Zum Krokodilschwanz« trug, überwachte.

Auch muß ich hervorheben, daß die Stadt Achetaton sich sozusagen in sich selbst und in die Träume und Gesichte des Pharao Echnaton zurückzog, weshalb die Außenwelt für sie bedeutungslos blieb und alles, was sich außerhalb der Grenzsteine Atons abspielte, in Achetaton ebenso fern und unwirklich schien wie Mondschein auf dem Wasser. Die Geschehnisse in der Stadt selbst waren das einzig Wirkliche. Bei nachträglicher Überlegung muß jedoch zugegeben werden, daß das alles vielleicht ein Irrtum war und die Stadt Achetaton und alles, was sich dort zutrug, vielleicht nur Schatten und schöne Äußerlichkeit bedeuteten, während der Hunger, das Leiden und der Tod außerhalb ihrer Marksteine Wirklichkeit waren. Denn alles dem Pharao Echnaton Mißliebige wurde vor diesem verborgen gehalten. Wenn irgendeine Angelegenheit unausweichlich seinen Beschluß erforderte, wurde sie in weiche Schleier eingehüllt und mit Honig und duftenden Gewürzen durchsetzt, um ihm dann mit äußerster Behutsamkeit vorgebracht zu werden, damit sein Kopf nicht krank davon werde.

Zu jener Zeit herrschte der Priester Eje in Theben als Träger des Krummstabes zur Rechten des Königs. Theben war in der Tat immer noch die Hauptstadt der beiden Reiche. Denn der Pharao hatte dort alle langweiligen und unangenehmen Teile des Regierungsbetriebs, wie Steuererhebung, Handel und Rechtspflege, zurückgelassen und wollte nichts von solchen Dingen hören, sondern verließ sich völlig auf seinen Schwiegervater Eje, der Nofretetes Vater und ein herrschsüchtiger Mann war. So war der Priester Eje der eigentliche Beherrscher der beiden Reiche. Alles, was das Leben eines gewöhnlichen Menschen, sei es eines Bauern oder Städters, betraf, lag in seinen Händen. Nachdem Ammon gestürzt war, gab es keinen Nebenbuhler mehr, der die Macht des Pharao, die in Wirklichkeit die Macht Ejes war, beschränkt hätte; und Eje war es zufrieden. Denn er hoffte, daß die Aufregung um Ammon sich allmählich im Lande legen würde. Deshalb war ihm nichts angenehmer als die Stadt Achetaton, die den Pharao fern von Theben hielt. Er tat sein möglichstes, um Mittel zum Bau und zur Verschönerung der Stadt zu beschaffen, und sandte unablässig neue, reiche Spenden hin, um die Stadt dem Pharao noch gefälliger zu gestalten. So hätte das Land wahrlich befriedet und mit Ausnahme der Macht Ammons alles wieder wie früher werden können. Aber Pharao Echnaton war ein Stock zwischen den Speichen seiner Räder und ein Stein, der seinen Wagen zum Umkippen brachte.

Neben dem Priester Eje herrschte Haremhab in Memphis an der Grenze zwischen den beiden Reichen und trug die Verantwortung für Ordnung und Sicherheit des Landes. Er war die treibende Kraft hinter den Stöcken der Steuererheber und hinter den Hämmern der Steinhauer, wenn diese den Namen Ammons aus allen Inschriften und Bildern, ja von den Gräbern tilgten. Denn Pharao Echnaton ließ sogar das Grab seines Vaters öffnen, um den Namen Ammons aus dessen Inschriften entfernen zu lassen. Eje wehrte ihm nicht, solange er sich mit so harmlosem Zeitvertreib begnügte. Er hielt es für das beste, daß sich der Pharao mit religiösen Dingen abgab und sich nicht in das Alltagsgeschehen des Volkes einmischte.

So glich Ägypten nach den Schreckenstagen Thebens eine Zeitlang einer von keinem Sturm bewegten ruhigen Wasserfläche. Der Priester Eje beauftragte die Kreishauptleute mit der Steuererhebung, wodurch er sich viel Mühe ersparte; die Kreishauptleute ihrerseits verpachteten das Einziehungsrecht an die Steuererheber der Städte und Dörfer und bereicherten sich mächtig; diese wiederum zogen Gewinne daraus, daß sie die Eintreibung zahlreichen Gehilfen und Unterbeamten überließen, die mit ihren Stöcken dafür sorgten, daß auch sie bei der Steuererhebung reichlich auf ihre Kosten kamen. Auf diese Weise blieb äußerlich alles eine Zeitlang genau wie früher, und wenn die Armen beim Besuch der Steuererheber bitter klagten und sich Asche ins Haar streuten, so hatten sie schließlich zu allen Zeiten das gleiche getan.

In Achetaton aber bedeutete die Geburt einer vierten Tochter ein größeres Mißgeschick als der Fall Simyras in Syrien, und Königin Nofretete begann zu fürchten, ein Zauber zwinge sie, nur Mädchen zu gebären. Sie reiste daher nach Theben, um bei den Negerzauberern ihrer Schwiegermutter Rat und Hilfe zu suchen. Es ist wohl eine Seltenheit, daß eine Frau vier Mädchen hintereinander und keinen einzigen Knaben zur Welt bringt. Doch sollte es ihr Schicksal sein, dem Pharao Echnaton im ganzen sechs Töchter und keinen Sohn zu schenken. Dies bestimmte denn auch das Schicksal des Pharao Echnaton.

Allmählich kam immer schlimmere Kunde aus Syrien. Jedesmal, wenn ein Kurierfahrzeug eintraf, begab ich mich ins königliche Archiv, um neue Hilferufe von den Lehmtafeln abzulesen. Beim Lesen vernahm ich das Schwirren der Pfeile und spürte den Brandgeruch der Feuersbrünste; durch die ehrfürchtigen Worte hindurch konnte ich die Todesschreie der Männer und die Hilferufe der verstümmelten Kinder hören. Denn die Soldaten Azirus waren rohe Gesellen, die in der Kriegskunst von Offizieren der Hetiter unterrichtet wurden, weshalb ihnen keine einzige Garnison in Syrien auf die Dauer standzuhalten vermochte. Ich las Lehmtafeln vom König zu Byblos und vom Fürsten zu Jerusalem: Sie beriefen sich auf ihr Alter und auf ihre Treue, um Beistand vom Pharao zu erhalten. Sie beriefen sich auf das Andenken seines Vaters und auf ihre Freundschaft mit dem früheren Pharao – bis der Pharao Echnaton sich von ihren Hilferufen so gequält fühlte, daß er ihre Schreiben ungelesen geradenwegs in das Archiv sandte und die dortigen Schreiber und ich die einzigen waren, die sie lasen. Die Schreiber aber hatten kein anderes Interesse dafür, als sie in der Reihenfolge, in der sie eingingen, zu numerieren und in das Verzeichnis einzutragen.

Nach dem Fall Jerusalems gaben auch die letzten Ägypten treuen Städte bis auf Joppe den Widerstand auf und schlossen ein Bündnis mit König Aziru. Da kam Haremhab von Memphis nach Achetaton, um eine Armee zur Kriegführung gegen Syrien zu verlangen. Er hatte bisher nur einen geheimen Krieg mit Schreiben und Gold geführt, um wenigstens einen Vorposten Ägyptens in Syrien zu retten. Er sprach zum Pharao Echnaton:

»Laß mich wenigstens hundert mal hundert Speerwerfer und Bogenschützen und hundert Streitwagen besolden, und ich werde dir ganz Syrien zurückerobern. Wahrlich, wenn auch Joppe fällt, ist Ägyptens Machtstellung in Syrien verloren!«

Pharao Echnaton war tief betrübt, als er die Zerstörung Jerusalems erfuhr; denn er hatte bereits Maßnahmen ergriffen, um dieses in eine Stadt Atons zu verwandeln und Syrien zu befrieden. Deshalb meinte er: »Jener Greis in Jerusalem, dessen Namen mir augenblicklich entfallen ist, war ein Freund meines Vaters: Als Knabe sah ich ihn in dem goldenen Haus zu Theben, und er trug schon einen langen Bart. Deshalb will ich ihm als Entschädigung seinen Lebensunterhalt aus ägyptischen Mitteln bezahlen, obgleich die Steuereinnahmen stark zurückgegangen sind, seitdem der Handel mit Syrien aufgehört hat.«

»Er dürfte kaum mehr Freude an seiner Altersrente und seinen ägyptischen Halsketten haben!« sagte Haremhab. »Sofern meine Spione nicht ganz falsch unterrichtet sind, hat nämlich König Aziru aus seinem Schädel eine schöne Schale anfertigen und mit Gold verzieren lassen und sie dem König Schubbiluliuma in Chattuschasch zum Geschenk gesandt.«

Das Gesicht des Pharao ward aschgrau, seine Augen röteten sich. Aber er beherrschte seinen Schmerz und sprach ruhig: »So etwas kann ich schwerlich dem König Aziru zutrauen, den ich für meinen Freund hielt und der das Kreuz des Lebens so gerne von mir angenommen hat! Vielleicht aber habe ich mich in ihm getäuscht, und sein Herz ist schwärzer, als ich ahnte. Du aber, Haremhab, verlangst das Unmögliche, indem du mich um Speere und Streitwagen bittest. Schon jetzt habe ich das Volk über die Steuern murren hören, und die Ernte ist auch nicht nach meinen Erwartungen ausgefallen.«

Haremhab sagte: »Um Atons willen, erteile mir wenigstens deinen Befehl und gib mir zehn Streitwagen und zehn mal zehn Speerwerfer, damit ich nach Syrien fahren und retten kann, was noch zu retten ist!«

Aber Pharao Echnaton erklärte: »Atons wegen kann ich keinen Krieg führen, weil ihm jedes Blutvergießen ein Greuel ist. Lieber verzichte ich auf Syrien. Syrien soll frei sein und einen eigenen Bundesstaat bilden, und wir wollen wie früher Handel mit ihm treiben; denn ohne ägyptisches Getreide kann Syrien nicht leben.«

»Bildest du dir wirklich ein, Echnaton, daß sie sich damit begnügen werden?« fragte Haremhab verblüfft. »Jeder erschlagene Ägypter, jede erstürmte Mauer, jede besiegte Stadt steigert ihr Selbstgefühl und gibt ihnen immer wahnsinnigere Begehren ein. Nach Syrien werden die Kupfergruben des Sinai folgen! Wenn Ägypten diese verliert, können wir keine Spitzen für unsere Speere und Pfeile mehr schmieden.«

»Habe ich nicht gesagt, daß Holzspeere für die Wächter genügen?« fragte Pharao Echnaton ärgerlich. »Warum quälst du meine Ohren mit dem ewigen Gerede von Speeren und Pfeilspitzen, das die Worte sich in meinem Gehirn verwirren, wo ich doch gerade eine Hymne auf Aton dichte?«

»Nach dem Sinaigebiet kommt die Reihe an das Untere Reich!« fuhr Haremhab erbittert fort. »Wie du selbst sagtest, kann Syrien nicht ohne ägyptisches Getreide auskommen, obgleich ich weiß, daß sie nunmehr Getreide aus Babylonien erhalten. Wenn du aber Syriens wegen nicht besorgt bist, solltest du wenigstens die Hetiter fürchten; denn ihre Herrschsucht kennt keine Grenzen.«

Da lachte Pharao Echnaton mitleidig, wie jeder vernünftige Ägypter über solches Geschwätz gelacht haben würde, und sagte: »Solange wir uns entsinnen können, hat noch kein Feind seinen Fuß auf die schwarze Erde gesetzt. Keiner würde sich erkühnen, es zu tun; denn Ägypten ist das reichste und mächtigste Land der Welt. Zu deiner Beruhigung aber kann ich dir, der du so böse Träume hast, sagen, daß die Hetiter nur ein Barbarenvolk sind, das Rinderherden auf kahlen Bergen weidet, und daß unsere Bundesgenossen in Mitani ein Bollwerk gegen sie bilden. Auch habe ich dem König Schubbiluliuma das Kreuz des Lebens gesandt; auf sein Begehren habe ich ihm sogar Gold geschickt, damit er in seinem Tempel mein Bildnis in natürlicher

Größe errichten lassen könne. Er wird den Frieden Ägyptens nicht stören; denn er bekommt jedesmal, wenn er darum bittet, Gold von mir, obgleich das Volk über die Steuern murrt und ich es eigentlich nicht mit Steuern belasten möchte.«

Die Adern in Haremhabs Gesicht schwollen; aber er hatte sich schon eine gewisse Selbstbeherrschung angewöhnt und sagte nichts mehr, sondern folgte mir, als ich ihm erklärte, als Arzt könne ich ihm nicht gestatten, den Pharao länger zu stören. Beim Betreten meines Hauses aber schlug er sich heftig mit der goldenen Peitsche aufs Schienbein und sagte: »Bei Seth und allen Teufeln! Der Mistfladen, den eine Kuh auf dem Weg hinterläßt, ist nützlicher als sein Lebenskreuz! Das verrückteste aber ist, daß ich, wenn er mir in die Augen schaut und freundschaftlich die Hand auf die Schulter legt, an seine Wahrheit glaube, obwohl ich genau weiß, daß ich recht habe und er unrecht. Bei Seth und allen Teufeln, er füllt sich selbst mit Kraft in dieser Stadt, die wie eine Hure bemalt und geschminkt ist und wie eine solche riecht! Wahrlich, wenn man jeden einzelnen Menschen der Erde vor ihn bringen könnte, damit er zu einem jeden sprechen und ihn mit seinen weichen Fingern berühren könnte: die Welt würde sich wandeln! Aber das ist leider unmöglich.«

Um ihn zu erfreuen, sagte ich, daß es vielleicht doch nicht ganz unmöglich wäre. Er ereiferte sich und sagte: »Wenn das möglich wäre, würde es sich lohnen, einen großen Krieg zu führen, damit ich jeden Mann, jede Frau und jedes Kind der Welt vor ihn bringen und er ihnen seine Kraft einflößen und ihre Herzen verwandeln könnte. Wahrlich, wenn ich lange hierbliebe, würden auch mir wie den Hofleuten Brüste wachsen und ich könnte Säuglinge zu stillen beginnen.«

2

Doch als Haremhab wieder nach Memphis zurückgefahren war, begannen mich seine Worte zu quälen. Ich beschuldigte mich selbst, ihm ein schlechter Freund und dem Pharao ein schlechter Ratgeber zu sein. Aber mein Bett war mollig und weich, und ich schlief unter einem Baldachin, mein Koch legte kleine Vögel in Honig ein, auf meinem Tisch fehlte es nicht an Antilopenbraten, und in meiner Wasseruhr floß das Wasser rasch. Auch wurde die zweite Tochter des Pharao, Meketaton, von einer verzehrenden Krankheit befallen, bekam Fieber und begann zu husten. Rote Flecken brannten auf ihren Kinderwangen, und sie wurde so mager, daß sich das Schlüsselbein unter der Haut abzeichnete. Ich versuchte sie mit Arzneien zu stärken, gab ihr unter anderem auch zerstäubtes Gold in einem Tränklein und verfluchte mein Schicksal, welches, kaum hatten die Anfälle des Pharao aufgehört, seine Tochter erkranken ließ, so daß ich Tag und Nacht keine Ruhe fand. Auch der Pharao machte sich Sorgen; denn er liebte seine Töchter sehr, und die beiden ältesten, Meritaton und eben diese Meketaton, durften ihn an den Empfangstagen auf den Altan des goldenen Hauses begleiten und von dort denjenigen, denen er aus irgendeinem Grund seine Gunst erweisen wollte, Ehrenzeichen und goldene Ketten zuwerfen.

So ist die menschliche Natur beschaffen; gerade dieses kranke Mädchen wurde seines Leidens wegen dem Pharao Echnaton die liebste seiner vier Töchter. Er schenkte ihr Bälle aus Silber und Elfenbein und kaufte ihr ein Hündchen, das ihr auf Schritt und Tritt folgte und nachts am Fußende ihres Bettes schlief. Der Pharao selbst aber wachte und magerte ab vor Unruhe und stand jede Nacht mehrmals auf, um nach seiner kranken Tochter zu sehen. Jeder Hustenanfall des Mädchens tat seinem Herzen weh.

So seltsam ist auch die menschliche Natur: Dieses kranke Kind bedeutete mir mehr als mein Eigentum zu Theben, mehr als Kaptah und die Mißernte in Ägypten, ja mehr als alle Menschen, die Atons wegen in Syrien hungerten und starben. Alle meine Gaben und Kenntnisse wandte ich ihr zu und versäumte darüber meine vornehmen Patienten, die vor Prasserei und Langeweile krank waren und vor allem an Kopfweh litten, weil der Pharao daran litt. Hätte ich mich mehr mit ihrem Kopfweh abgegeben, so hätte ich viel Gold verdienen können. Aber ich war des Goldes wie der Bücklinge überdrüssig und daher oft schroff gegen meine Patienten, so daß die Leute meinten: »Die Würde als königlicher Arzt ist Sinuhe in den Kopf gestiegen! In der Einbildung, das der Pharao auf seine Worte höre, vergißt er, was andere ihm sagen.«

Aber beim Gedanken an Theben und Kaptah und die Weinstube »Zum Krokodilschwanz« befiel Heimweh meinen Sinn und hungerte mein Herz, als wäre ich immer hungrig gewesen; und nichts vermochte diesen Hunger zu stillen. Auch merkte ich, daß mir das Haar allmählich auszufallen begann, so daß mein Schädel unter der Perücke kahl wurde. Es kamen Tage, an denen ich meine Pflichten vergaß und in Wachträumen wieder auf den Straßen Babyloniens wanderte und den Duft trockenen Getreides auf Dreschböden aus Lehm atmete. Ich merkte, daß ich an Gewicht zugenommen hatte, mein nächtlicher Schlaf war schwer, und schon nach kurzen Wegstrecken kam ich außer Atem, während ich früher lange gehen konnte, ohne zu keuchen; und daher ward mir die Sänfte unentbehrlich.

Der Gedanke, daß in Zukunft jeder Tag dem vorherigen gleichen und in meinem Leben nichts anderes mehr als das Alltägliche geschehen würde, war mir unerträglich. So unverständig ist das Menschenherz, daß es sich niemals mit seinem Los zufriedengibt, sondern alles tut, um die Ruhe seines Besitzers zu stören und Unfrieden in seinem Innern zu stiften. Deshalb ward ich meines Herzens höchst überdrüssig. Doch als der Herbst wiederkehrte, der Strom stieg und die Schwalben wieder aus dem Schlamm hervorkrochen, um mit behenden Flügeln in der Luft umherzuflitzen, besserte sich die Gesundheit der Tochter des Pharao. Sie wies Zeichen der Genesung auf und lächelte, ohne Schmerzen in der Brust zu spüren. Mein Herz folgte dem Flug der Schwalben, und mit der Erlaubnis des Pharao ging ich an Bord eines stromaufwärts fahrenden Schiffes, um Theben wiederzusehen. Der Pharao ließ durch mich alle Siedler am Ufer grüßen, die den Boden des falschen Gottes unter sich verteilt hatten. Auch den von ihm gegründeten Schulen hieß er mich einen Gruß überbringen und sprach die Hoffnung aus, das ich bei meiner Rückkehr viel Gutes zu berichten haben werde.

Deshalb ließ ich mein Fahrzeug oft bei den Uferdörfern anlegen und die Dorfältesten zu mir kommen, um mit ihnen zu sprechen. Meine Reise bereitete mir nicht die befürchteten Schwierigkeiten; denn am Mast meines Schiffes flatterte der Wimpel des Pharao, das Bett in meiner Kabine war bequem, und als die Überschwemmung zurücktrat, gab es keine Stechfliegen auf dem Strom. An Bord eines Küchenbootes folgte mir ein Koch, dem man aus allen Dörfern Geschenke brachte, so daß ich keinen Mangel an frischen Nahrungsmitteln litt. Aber als mich die Siedler aufsuchten, waren die Männer mager wie Knochengerüste, ihre Frauen blickten mit verängstigten Augen um sich und schraken bei jedem Laut zusammen, und die Kinder waren kränklich und krummbeinig. Sie zeigten mir ihre Getreidekästen, die nicht einmal zur Hälfte gefüllt waren, und das Getreide war voll roter Punkte, als hätte es Blut hineingeregnet. Sie sagten zu mir:

»Anfangs glaubten wir, unsere Mißerfolge hingen mit unseren mangelnden Kenntnissen zusammen, da wir nie zuvor Akkerbau betrieben haben. Wir dachten, es sei unsere Schuld, daß die Ernte armselig ausfiel und das Vieh zugrunde ging; jetzt aber wissen wir, daß der Boden, den der Pharao unter uns verteilen ließ, verflucht ist, und auch derjenige, der ihn bebaut, von diesem Fluch betroffen wird. Zur Nachtzeit trampeln unsichtbare Füße unsere Getreidefelder und hauen unsichtbare Hände die Obstbäume um, die wir gepflanzt; unsere Rinder gehen ohne Ursache ein, unsere Bewässerungskanäle werden verstopft, und in unseren Brunnen finden wir Kadaver, so daß wir nicht einmal Trinkwasser haben. Viele Leute haben bereits ihre Siedlungen verlassen und sind ärmer als zuvor in die Städte zurückgekehrt, wo sie den Namen des Pharao und dessen Gott verfluchen. Aber wir haben dank unserer Hoffnung bis jetzt durchgehalten und uns auf das Zauberkreuz des Pharao sowie auf die Schreiben, die er uns sendet, verlassen. Wir befestigen diese Briefe an Stangen mitten auf unseren Äckern – zum Schutz gegen die Heuschrecken. Aber der Zauber Ammons ist stärker als derjenige des Pharao, und es nützt uns nichts, wenn wir den Gott des Pharao auch noch so eifrig um Hilfe anrufen. Deshalb ist unser Glauben ins Wanken geraten. Wir können nicht mehr lange durchhalten, sondern gedenken, diesen verfluchten Boden zu verlassen, damit wir nicht noch alle umkommen, nachdem bereits viele Frauen und Kinder zugrunde gegangen sind.«

Ich stattete auch ihren Schulen Besuche ab. Als die Lehrer das Kreuz Atons auf meinem Kleid erblickten, versteckten sie fromm ihre Stöcke und machten das Zeichen Atons mit den Händen, die Kinder saßen mit gekreuzten Beinen in geraden Reihen auf den Dreschböden und starrten mich an und getrauten sich kaum, ihre rinnenden Nasen zu putzen. Die Lehrer meinten: »Wir wissen wohl, daß es keinen verrückteren Gedanken gibt als denjenigen, jedes Kind lesen und schreiben lernen zu lassen; aber was täten wir nicht aus Liebe zu unserem Pharao, der uns Vater und Mutter ist und den wir als Sohn seines Gottes verehren! Doch wir sind gelehrte Männer, und es ist nicht mit unserer Würde vereinbar, daß wir auf Dreschböden hocken, dreckigen Bälgen die Nase wischen und häßliche Schriftzeichen in den Sand kritzeln. Wir besitzen nicht einmal Schreibtafeln und Rohrfedern, und die neuen Schriftzeichen vermögen keineswegs die Kenntnisse, die wir mit viel Mühe und unter großem Kostenaufwand erworben, wiederzugeben. Auch wird uns unser Lohn unregelmäßig ausgezahlt, die Eltern messen ihn uns nur knapp zu, ihr Bier ist schwach und sauer, und das Öl in unseren Krügen ranzig. Dennoch tun wir alles, was der Pharao verlangt, um ihm zu beweisen, daß es eine Unmöglichkeit ist, alle Kinder lesen und schreiben zu lehren. Solches können bloß die besten Köpfe unter ihnen erlernen. Auch ist es unseres Erachtens ein Wahnsinn, daß die Mädchen schreiben lernen. Dergleichen ist noch nie vorgekommen, und wir vermuten, daß den Schreibern des Pharao ein Fehler in ihrem Schriftstück unterlaufen ist, was wiederum die Unvollkommenheit und Untauglichkeit der neuen Schrift beweist.«

Ich prüfte ihre Kenntnisse, und diese bereiteten mir keine Freude. Noch weniger erfreute mich der Anblick ihrer aufgedunsenen Gesichter und des flackernden Blicks; denn diese Lehrer waren heruntergekommene Schreiber, die kein Mensch mehr in seinem Dienst behalten wollte. Ihre Fähigkeiten waren gering, sie hatten das Kreuz des Aton nur genommen, um ihr Brot verdienen zu können, und wenn es unter ihnen einmal eine lobenswerte Ausnahme gab, eine einzige Fliege vermochte den Winter nicht in Sommer zu verwandeln. Auch die Siedler und die Dorfältesten fluchten bitterlich im Namen Atons:

»Wir bitten dich, Sinuhe, sprich mit dem Pharao und sage ihm, er solle uns wenigstens von der Last dieser Schulen befreien, sonst halten wir das Leben nicht mehr aus. Unsere Knaben kommen mit blauen Flecken und zerraufter Stirnlocke nach Hause; diese schrecklichen Lehrer sind unersättlich wie Krokodile und fressen uns bettelarm; nichts ist ihnen gut genug: Sie verachten unser Brot und unser Bier und erpressen von uns den letzten Rest von Kupfer und Tierhäuten, um Wein kaufen zu können. Wenn wir auf den Feldern arbeiten, gehen sie in unsere Häuser und verführen unsere Frauen mit der Behauptung, es sei Atons Wille, da es ja keinen Unterschied zwischen Mann und Mann und Frau und Frau gebe. Wahrlich, wir hatten uns keine Veränderung unseres Daseins gewünscht; so waren wir doch glücklich und sahen alle Tage etwas Neues, während wir hier nichts als lehmige Gräben und brüllende Kühe sehen. Jedenfalls hatten die Leute recht, die uns warnten: ›Hütet euch vor jeder Veränderung! Für den Armen bedeutet jede Veränderung bloß eine Verschlechterung! Was immer in der Welt sich auch ändern mag: Ihr könnt sicher sein, daß gleichzeitig das Getreidemaß des Armen einschrumpft und das Öl in seinem Krug sinkt.‹«

Mein Herz sagte mir, daß sie vielleicht recht hatten; ich wollte nicht mit ihnen streiten, sondern setzte meine Reise fort. Aber mein Herz war des Pharao wegen schwer, und ich fragte mich, warum wohl alles, was Echnaton berührte, einen Fluch mit sich brachte, so das die Fleißigen durch seine Geschenke faul wurden und bloß die Erbärmlichsten sich um Aton scharten, wie Fliegen um einen Kadaver schwärmen. Aber ich entsann mich auch des Gedankens, den ich damals auf der Stromfahrt nach dem zu gründenden Achetaton hegte, und der lautete: »Ich habe nichts zu verlieren, wenn ich Aton folge.« Hatte ich also ein Recht, den Faulen, Geizigen und Erbärmlichen etwas vorzuwerfen, die nichts dabei verloren hatten, Aton zu folgen, und nur Trägheit, Geiz und Elend mitbrachten? Was hatte ich selbst in den vergangenen Jahren anderes getan, als wie ein Mastvieh und Schmarotzer in dem goldenen Haus des Pharao zu leben? Hatte ich etwa nicht während eines einzigen Monats als Armenarzt zu Theben mehr für die Menschen ausgerichtet als in all diesen goldträchtigen, übersättigten Jahren in der Stadt Achetaton?

Und plötzlich durchzuckte ein schrecklicher Gedanke mein Herz: Ist es nicht der Wunsch des Pharao, daß eine Zeit komme, da es weder arm noch reich mehr gibt, sondern alle gleich sind? Doch wenn dies der Sinn des Ganzen ist, dann ist auch das arbeitende Volk der Kern und alles andere nur eine goldene Schale. Vielleicht verhält es sich wirklich so, daß der Pharao, die Leute in seinem goldenen Haus, die reichen und vornehmen Tagediebe und auch ich selbst in diesen Jahren nur Parasiten sind und wie Ungeziefer auf dem Volke leben, wie die Flöhe im Fell eines Hundes. Vielleicht glaubt der Floh im Pelz des Hundes, er sei die Hauptsache, und der Hund lebe nur, um ihn zu erhalten. Vielleicht sind auch der Pharao und sein Aton nichts anderes als die Flöhe im Fell eines Hundes und bereiten ihrem »Hund« nur Ungemach; denn dieser könnte ohne Flöhe ebensogut, ja besser leben.

So erwachte mein Herz wieder aus einem langen Schlummer und verwünschte die Stadt Achetaton; ich blickte mit neuen Augen um mich und sah, daß nichts um mich her gut war. Vielleicht aber hing dies alles damit zusammen, daß Ammons Zauber insgeheim ganz Ägypten beherrschte, daß sein Fluch mir Sand in die Augen streute und die Stadt der Himmelshöhe der einzige Ort in Ägypten war, wohin seine Macht sich nicht erstreckte. Was von alledem Wahrheit war, kann ich wirklich nicht sagen. Denn wie es Menschen gibt, die unveränderlich das gleiche denken und beim Anblick jeder Neuerung ihren Kopf gleich Schildkröten unter dem Panzer zurückziehen, so haben sich meine Gedanken im Gegenteil stets gewandelt, je nachdem ich Neues gesehen, gehört und verstanden. Und sogar manche mir unverständliche Erscheinung hat meinen Gedankengang beeinflußt.

So erblickte ich die drei Berge am Himmelsrand, die drei ewigen Wächter Thebens, wieder. Das Tempeldach und die Mauern ragten vor meinen Augen auf, aber die Spitzen der Obelisken flammten nicht mehr wie Feuer im Sonnenschein, weil niemand sie neu vergoldet hatte. Doch war dieser Anblick meinem Herzen hold. Ich goß Wein aus meinem Becher in das Wasser des Nils, wie die Seeleute tun, wenn sie nach einer langen Reise heimkehren, wobei jene allerdings Bier statt Wein verwenden, weil ihr Kupfer nicht für Wein reicht und sie, falls sie nach langer Reise Wein erhalten, diesen lieber selbst austrinken. Ich sah die großen steinernen Kais von Theben wieder und spürte den Geruch aus dem Hafen, den Geruch von verschimmeltem Getreide und faulem Wasser, von Gewürzen und Kräutern und Pech, der meinem Herzen süß erschien.

Aber als ich im Armenviertel des Hafens das frühere Haus des Kupferschmiedes wiedersah, dünkte es mich sehr klein und eng, und die Gasse davor war schmutzig und übelriechend und voll Fliegen. Nicht einmal die Sykomore auf dem Hof, die ich selbst gepflanzt hatte und die in meiner Abwesenheit in die Höhe geschossen war, vermochte mein Auge zu laben. So hatten mich der Reichtum und Überfluß von Achetaton verdorben. Ich schämte mich meiner selbst, und mein Herz war betrübt, weil ich mich nicht mehr meines Heims erfreuen konnte.

Auch war Kaptah nicht zu Hause; nur meine Köchin Muti kam mir entgegen und sagte, als sie mich erblickte, mißmutig: »Gesegnet sei der Tag, der meinen Herrn nach Hause bringt! Aber die Zimmer sind nicht aufgeräumt, das Leinenzeug befindet sich in der Wäsche, und deine Ankunft bereitet mir viel Verdruß und große Mühe, obgleich ich im allgemeinen keine

Freude vom Leben erwarte. Doch ich bin keineswegs erstaunt über dein plötzliches Auftauchen; denn so sind die Männer, und von den Männern ist noch nie etwas Gutes gekommen.«

Ich besänftigte sie, erklärte, daß ich an Bord übernachten werde, und fragte nach Kaptah; sie aber fauchte die Treppen, die Büsche auf dem Hof und den Bratofen an und war über meine Rückkehr mächtig erzürnt, weil ich ihr in ihrem Alter noch Mühe verursachte. Deshalb ließ ich sie stehen und ließ mich zum »Krokodilschwanz« tragen, wo mir Merit an der Tür begegnete, mich aber in meinen vornehmen Kleidern und der Sänfte nicht erkannte. Sie fragte: »Hast du einen Sitz für heute abend bestellt? Wenn nicht, kann ich dich nicht einlassen.«

Sie hatte ein wenig zugenommen, und ihre Backenknochen waren nicht mehr so eckig wie früher; ihre Augen aber waren sich gleichgeblieben, nur von etwas mehr Fältchen umgeben. Deshalb ward mir warm ums Herz, ich legte die Hand um ihre Lende und sprach: »Ich verstehe wohl, daß du dich nicht mehr an mich erinnerst, da du inzwischen wohl viele andere einsame und traurige Männer auf deiner Matte gewärmt hast. Aber ich glaube doch, in deinem Hause einen Sitz und einen Becher kühlen Weines zu erhalten, wenn ich auch nicht an deine Matte zu denken wage.«

Sie stieß einen Ruf der Verwunderung aus und sagte: »Sinuhe, bist du's?« Und weiterhin: »Gesegnet sei der Tag, der meinen Herrn nach Hause führt!« Sie legte ihre schönen kräftigen Hände auf meine Schultern, betrachtete mich forschend und sagte: »Sinuhe, Sinuhe, was hast du aus dir gemacht? Wenn deine Einsamkeit früher diejenige eines Löwen war, so ist sie heute diejenige eines fetten Schoßhundes, und du trägst ein Gängelband um den Hals.« Sie nahm mir die Perücke ab, strich mir freundlich mit der Hand über den kahlen Schädel und sagte: »Setze dich, Sinuhe! Ich werde dir gekühlten Wein bringen; denn du bist ja ganz atemlos und verschwitzt von deiner mühseligen Reise.« Ich aber warnte sie ängstlich: »Bring mir aber ja keinen ›Krokodilschwanz‹! Mein Magen würde ihn gewiß nicht mehr ertragen und mein Kopf krank werden.«

Sie berührte meine Wange mit der Hand und sagte: »Bin ich

schon so alt und dick und häßlich, daß du bei meinem Anblick nach jahrelanger Trennung zuerst an deinen Magen denkst? Früher hast du wahrlich nicht befürchtet, in meiner Gesellschaft Kopfweh zu bekommen, sondern warst so erpicht auf die ›Krokodilschwänze‹, daß ich dich geradezu hindern mußte, zu viele davon zu genießen.«

Ihre Worte verstimmten mich; denn sie hatte die Wahrheit gesprochen, und die Wahrheit wirkt oft entmutigend. Deshalb sagte ich zu ihr: »Ach, Merit, meine Freundin, ich bin alt und tauge zu nichts mehr.« Sie aber entgegnete: »Du bildest dir bloß ein, alt zu sein! Deine Augen machen wahrlich keinen alten Eindruck, wenn sie mich betrachten, und das freut mich mächtig.« Da sagte ich zu ihr: »Um unserer Freundschaft willen, Merit, bring mir rasch einen ›Krokodilschwanz‹, sonst gerate ich dir gegenüber außer Rand und Band, und das verträgt sich nicht mit meiner Würde als königlicher Schädelbohrer, am allerwenigsten in einer Hafenschenke zu Theben.«

Sie holte mir den Trunk und legte die Muschelschale auf meine Hand. Ich hob die Hand und trank, und der »Krokodilschwanz« brannte meine an mildere Weine gewöhnte Kehle. Aber das Brennen war mir angenehm; denn die andere Hand hielt ich wieder auf Merits Lende. Und ich sprach: »Merit, einst sagtest du mir, die Lüge könne süßer als die Wahrheit sein, wenn ein Mensch einsam und sein erster Lenz verblüht ist. Deshalb sage ich dir, daß mein Herz immer noch jung und blühend ist, wenn ich dich erblicke! Die Jahre der Trennung von dir sind mir lang geworden. In all diesen Jahren ist kein einziger Tag vergangen, an dem ich nicht deinen Namen in den Wind gehaucht hätte, und mit jeder stromaufwärts fliegenden Schwalbe habe ich dir einen Gruß gesandt und jeden Morgen beim Erwachen deinen Namen geflüstert.«

Sie sah mich an, und sie dünkte mich noch immer schlank und schön und vertraut. In der Tiefe ihrer Augen blinkte ein trauriges Lächeln gleich dem schwarzen Wasser in der Tiefe eines Brunnens. Sie strich mir mit der Hand über die Wange und sagte: »Du sprichst schöne Worte, Sinuhe, mein Freund. Warum sollte ich dir also nicht gestehen, daß mein Herz sich nach dir und meine Hände sich nach den deinigen gesehnt haben, wenn ich nachts allein auf meiner Matte lag? Jedesmal, wenn mir ein Mann unter der Wirkung des ›Krokodilschwanzes‹ Torheiten zu sagen begann, mußte ich an dich denken und wurde traurig. Aber in dem goldenen Haus des Pharao gibt es gewiß viele schöne Frauen, und als Hofarzt hast du wohl deine Freizeit gewissenhaft zu ihrer Heilung ausgenützt.«

Es ist wahr, daß ich mich mit einigen Hofdamen ergötzt hatte, die mich in ihrer Langeweile aufgesucht und meinen ärztlichen Rat erbeten hatten; denn ihre Haut war glatt wie die Schale einer Frucht und weich wie Daunen, und besonders im Winter ist es wärmer, zu zweit als allein zu liegen. Doch all das war so bedeutungslos und nichtig gewesen, daß ich es bis jetzt nicht einmal in meinem Buch erwähnt habe, weil es spurlos an mir vorübergegangen war. Deshalb sagte ich: »Merit, wenn es auch wahr ist, daß ich nicht immer allein geschlafen habe, so bist du doch immer noch meine einzige Freundin.« Der »Krokodilschwanz« begann seine Wirkung auf mich auszuüben, mein Leib ward so jung wie mein Herz, und ein süßes Feuer floß mir durch die Adern, als ich zu ihr sprach: »Gewiß haben manche Männer in dieser Zeit deine Matte mit dir geteilt; aber du tust am besten daran, sie vor mir zu warnen, solange ich in Theben weile. Denn im Zorn bin ich ein gewalttätiger Mensch, und als ich gegen die Chabiri kämpfte, nannten mich die Soldaten Haremhabs den ›Sohn des Wildesels‹.«

Sie hob die Hand, als hätte sie Angst, und sagte: »Gerade das habe ich sehr gefürchtet. Kaptah hat mir von zahlreichen Zwisten und wilden Prügeleien erzählt, in die du durch deine hitzige Natur in vielen Ländern geraten bist und aus denen dich bloß seine Beherrschung und Treue mit heilem Kopf gerettet haben. Aber vergiß bitte nicht, daß mein Vater unter seinem Sitz ein Tauende versteckt hält und niemand gestattet, die Ordnung in diesem Haus zu stören.«

Aber als ich Kaptahs Namen vernahm und mir all die frechen Lügen vorstellte, die er Merit wahrscheinlich über mich und mein Leben in fremden Ländern aufgetischt hatte, schmolz mir das Herz vor Rührung, die Tränen stiegen mir in die Augen, und ich rief: »Wo ist Kaptah, mein früherer Sklave und Diener? Ich möchte ihn umarmen! Mein Herz hat ihn sehr vermißt, wenn sich das bei meiner Würde auch gar nicht schickt, da er ja bloß ein einstiger Sklave ist.«

Meinen Eifer dämpfend, sprach Merit: »Ich merke, daß du tatsächlich nicht mehr gewöhnt bist, einen ›Krokodilschwanz‹ zu trinken, und sehe meinen Vater erzürnt zu uns herüberschielen und unter seinen Sitz greifen, weil du dich so laut benimmst. Kaptah aber kannst du erst heute abend treffen; denn seine Zeit wird von großen Abschlüssen auf der Getreidebörse und in den von den Getreidehändlern besuchten Weinschenken, wo ebenfalls bedeutende Geschäfte getätigt werden, in Anspruch genommen. Auch glaube ich, daß du dich mächtig wundern wirst, wenn du ihn zu sehen bekommst: Er entsinnt sich kaum mehr, einst ein Sklave gewesen zu sein und deine Sandalen an einem Stock über der Schulter getragen zu haben. Deshalb ist es besser, wir machen erst zur Abkühlung einen Spaziergang, damit sich der ›Krokodilschwanz‹ aus deinem Kopf verflüchtigt, bevor Kaptah kommt. Auch wirst du sicherlich gern sehen, wie Theben sich während deiner Abwesenheit verändert hat; und schließlich können wir dabei ungestört miteinander plaudern.«

Sie ging sich umkleiden, rieb sich das Gesicht mit kostbarer Salbe ein und schmückte sich mit Gold und Silber, so daß man sie nur an den Händen und Füßen von einer vornehmen Frau unterscheiden konnte, wiewohl nur wenige vornehme Frauen einen so klaren und offenen Blick und einen so stolzen Mund wie sie besaßen. Ich ließ uns von den Sklaven durch die Widderstraße tragen und sah, daß Theben nicht mehr wie früher war: Die Blumenbeete waren zertreten, die Bäume streckten verstümmelte Äste von sich, und an verschiedenen Straßen war noch der Bau neuer Häuser an Stelle der durch die Feuersbrünste zerstörten im Gange. Wir beide aber saßen dicht nebeneinander in der Sänfte, und ich atmete den Duft ihrer Salben ein, der nach Theben roch und herber und berauschender war als die Düfte aller kostbaren Salben Achetatons. Ich hielt ihre Hand in der meinigen, und in meinem Herzen gab es keinen einzigen bösen Gedanken mehr. Mir war, als sei ich nach einer langen Reise heimgekehrt.

So gelangten wir zum Tempel und sahen die schwarzen Vögel krächzend über dem verlassenen Gebäude kreisen; denn sie waren nicht mehr in die Berge zurückgekehrt, sondern hatten sich im Tempelbezirk zu Theben niedergelassen, weil dieses Gebiet verflucht und vom Volke mit Entsetzen gemieden war. Wir ließen den Tempel hinter uns, durchschritten die öden Vorhöfe und sahen nirgends Leute, außer vor dem Haus des Lebens und dem Haus des Todes, deren Übersiedlung zuviel Schwierigkeiten und Kosten verursacht haben würde. Aber Merit erzählte, daß die Menschen sogar das Haus des Lebens mieden und die meisten Ärzte daher zur Ausübung ihres Berufes in die Stadt gezogen seien, wo sie sich gegenseitig die Patienten abjagten. Wir lustwandelten auch im Tempelpark; aber seine Pfade waren mit Gras überwuchert, die Bäume abgehauen und ausgegraben, und aus dem heiligen See hatte man alle die uralten Fische mit Fanggabeln herausgestochen. Wenn wir in diesem Park, aus dem der Pharao eine öffentliche Anlage für das Volk und einen Spielplatz für die Kinder hatte machen wollen, überhaupt jemand sahen, so war es irgendein zerlumpter, scheuer, schmutziger Vagabund, der uns mit lauerndem Blick verfolgte.

Merit sagte: »Das ist eine Stätte des Bösen, und mein Herz verkrampft sich vor Kälte, nachdem du mich hierhergebracht hast. Gewiß schützt dich das Kreuz Atons; aber ich würde es gerne sehen, daß du es von deinem Kragen entferntest! Jemand könnte mit Steinen nach dir werfen oder dir gar an einem einsamen Ort ein Messer in den Leib rennen, wenn er sieht, daß du dieses Kreuz trägst. Denn der Haß ist immer noch gewaltig in Theben.«

Sie sprach die Wahrheit. Als wir Hand in Hand auf den offenen Platz vor dem Tempel zurückkehrten, spuckten die Leute, die das Kreuz Atons an meinem Kragen entdeckten, vor mir aus. Auch wunderte ich mich sehr, einen Ammonpriester unter dem Volk umhergehen zu sehen; sein Schädel war trotz Verbots des Pharao immer noch glattrasiert, und er trug ein weißes Gewand aus feinstem Leinen. Sein Gesicht glänzte von Fett, er schien nicht Not oder Mangel zu leiden, und die Menschen machten ihm voll Ehrfurcht Platz. Da Vorsicht eine Tugend ist, legte ich sicherheitshalber die eine Hand auf die Brust, um das Kreuz Atons zu verdecken; denn ich wollte kein unnützes Ärgernis erregen. Auch wollte ich nicht ohne Grund die Gefühle anderer Menschen verletzen, weil ich, im Gegensatz zum Pharao, einem jeden seinen Glauben lassen und vielleicht auch Merits wegen Unannehmlichkeiten vermeiden wollte. So blieben wir bei der Mauer stehen, um einem Märchenerzähler zuzuhören, der, einen leeren Krug vor sich, auf einer Matte saß, während das Volk um ihn her stand, und nur die Ärmsten, die nicht zu befürchten brauchten, ihre Kleider zu beschmutzen, gleich ihm auf dem Boden hockten. Das Märchen, das er erzählte, hatte ich jedoch noch nie gehört. Es handelte von einem falschen Pharao, der vor sehr, sehr langer Zeit gelebt und von Seth mit einer Negerhexe gezeugt worden, die der damals herrschende Pharao, durch ihre Zauberkünste betört, zu seiner Gemahlin erkoren hatte. Nach Seths Willen wünschte der falsche Pharao Verderben über das Volk Ägyptens zu bringen und dieses den Negern und Barbarenvölkern auszuliefern. Er stürzte die Statuen des Rê. Infolgedessen verfluchte Rê das Land, so daß es keine Früchte mehr trug. Überschwemmungen die Menschen ertränkten, Heuschrecken die Ernte von den Feldern fraßen, das Wasser der Weiher sich in stinkendes Blut verwandelte und Frösche in die Betten und Teigkrüge der Leute hüpften. Aber die Tage des falschen Pharao waren gezählt; denn die Kraft des Rê war der Kraft Seths überlegen, welcher, sorgfältig getarnt, den falschen Pharao zu seinem Tun antrieb. So kam es, daß der falsche Pharao und ebenso die Hexe, die ihn geboren, eines erbärmlichen Todes starben. Rê schlug alle, die ihn verraten hatten, nieder und verteilte ihre Häuser, ihre Habe und ihren Boden unter diejenigen, die während der Prüfungen an ihm festgehalten und an seine Rückkehr geglaubt.

Dieses Märchen war so lang und spannend, daß die Leute, vor Ungeduld schreiend, mit den Füßen trampelten und fragend die Hände hoben, um zu erfahren, wie es ausgehe; und auch ich hörte mit offenem Mund zu. Als das Märchen schließlich damit endete, daß der falsche Pharao seine Strafe erhielt, in die Schlünde der Unterwelt geschleudert und sein Name verflucht wurde, während Rê seine Häuser, seinen Boden, seine Rinder und all seine Habe unter die ihm treu Gebliebenen verteilte, jubelten und tanzten die Menschen vor Begeisterung, legten Kupfer in den Krug des Märchenerzählers, und einige spendeten sogar Silber.

Ich war höchlich erstaunt und sagte zu Merit:

»Wahrlich, das ist ein Märchen, das ich noch nie zuvor vernommen, obgleich ich glaubte, als Kind alle Märchen gehört zu haben, die es gibt. Denn meine Mutter Kipa besaß eine so große Vorliebe für Märchen, daß mein Vater Senmut ihr und den Märchenerzählern, die sie in unserer Küche bewirtete, zuweilen mit dem Stock drohen mußte. Dieses ist aber tatsächlich ein neues Märchen, und zwar ein ganz gefährliches! Wenn es nicht unmöglich wäre, könnte ich beinahe glauben, daß es auf den Pharao Echnaton und den Gott, dessen Namen wir nicht laut nennen dürfen, gemünzt sei. Deshalb sollte es verboten sein, dieses Märchen zu erzählen.«

Merit lächelte: »Wer könnte wohl ein Märchen verbieten! Diese Geschichte wird in beiden Reichen an allen Toren und Mauern und sogar auf den Dreschböden der kleinsten Dörfer erzählt, und die Menschen lieben sie sehr. Wenn die Wächter den Märchenerzählern mit ihren Stöcken drohen, behaupten diese, es handle sich um ein uraltes Märchen – was sie beweisen könnten; denn die Priester hätten es nachweislich in vielhundertjährigen Schriften gefunden. Deshalb können ihnen die Wächter nichts anhaben, obwohl Haremhab, der ein grausamer Mann ist und sich nicht um Beweise und Schriften kümmert, in Memphis, wie es heißt, einige Märchenerzähler hat an die Mauer hängen und ihre Leichen den Krokodilen zum Fraß vorwerfen lassen, nachdem er sie zuvor nicht des Märchenerzählens, sondern anderer Verbrechen bezichtigt hatte.«

Merit hielt meine Hand, lächelte und erzählte weiterhin: »Auch vielerlei Prophezeiungen werden in Theben berichtet. Wo immer zwei Menschen zusammentreffen, erzählen sie einander von Vorhersagen und schlechten Vorzeichen; denn wie du weißt, steigen die Getreidepreise immer mehr, das arme Volk hungert, und die Steuern sind eine schwere Last für arm und reich. Andere Prophezeiungen sprechen von noch schlimmeren Dingen, die kommen werden; mir graut vor all den Schrecknissen, die Ägypten bevorstehen.«

Da entzog ich ihr meine Hand und fühlte, daß sie meinem Herzen fremd war. Der »Krokodilschwanz« hatte sich längst aus meinem Gehirn verflüchtigt, weshalb der Kopf mich schmerzte und mir übel zumute war, und ihre Einfalt und Halsstarrigkeit machten es mir nicht leichter. Aufeinander erbost, kehrten wir in die Weinstube »Zum Krokodilschwanz« zurück, und ich wußte nun, daß Pharao Echnaton die Wahrheit gesprochen hatte, als er sagte: »Wahrlich, Aton wird das Kind von seiner Mutter und den Mann von der Schwester seines Herzens trennen, bis sich sein Reich auf Erden verwirklicht hat.« Ich aber wollte nicht Atons wegen von Merit getrennt werden, und deshalb war ich äußerst schlechter Laune, bis ich am Abend mit Kaptah zusammentraf.

3

Niemand aber konnte beim Anblick Kaptahs übellaunig bleiben, wie er durch die Tür der Schenke hereingerollt kam, aufgebläht und massig wie ein Mutterschwein und so dick, daß er sich nur mit der Seite voran durch die Türöffnung zu zwängen vermochte. Sein Gesicht war rund wie der Vollmond, glänzte von kostbarem Öl und Schweiß, auf dem Haupt trug er eine vornehme blaue Perücke, und das blinde Auge war mit einer goldenen Scheibe verdeckt. Auch trug er nicht mehr syrische Gewänder, sondern ägyptische, von der feinsten Schneiderin Thebens angefertigte Kleider, und schwere Goldreifen klirrten an seinem Hals, seinen Handgelenken und geschwollenen Fußristen.

Als er mich entdeckte, stieß er einen lauten Ruf aus, hob die Arme zum Zeichen der Verwunderung und Freude, verneigte sich dann, streckte die Hände in Kniehöhe vor, was ihm seines

Bauches wegen allerdings große Mühe bereitete, und sagte: »Gesegnet sei der Tag, der meinen Herrn nach Hause bringt!« Dann weinte er vor Rührung, warf sich auf die Knie, umschlang meine Beine und jammerte laut, so daß ich trotz des königlichen Linnens und der Goldreifen, trotz des kostbaren Öles und der blauen Perücke den alten Kaptah wiedererkannte. Deshalb hob ich ihn bei den Armen auf, umarmte ihn und legte meine Nase an seine Schultern und Wangen; dabei war mir, als hätte ich die Arme um einen fetten Stier geschlungen und warmes Brot gerochen, so stark haftete der Duft der Getreidebörse an ihm. Auch er beroch höflich meine Schultern, trocknete seine Tränen, lachte laut und rief: »Das ist ein großer Freudentag für mich! Darum spende ich einem jeden, der in diesem Augenblick in meinem Hause sitzt, einen ›Krokodilschwanz‹. Wenn aber jemand einen zweiten haben will, muß er ihn selbst bezahlen.«

Nach diesen Worten führte er mich in ein Hinterzimmer, lud mich ein, auf weichen Teppichen Platz zu nehmen, gestattete Merit, neben mir zu sitzen, und ließ mir durch Sklaven und Diener das Beste, was das Haus hergab, auftischen. Seine Weine kamen denjenigen des Pharao gleich, und seine Bratgans schmeckte, wie sie nur in Theben und sonst in ganz Ägypten nicht schmecken kann, weil diese Tiere mit faulen Fischen gefüttert werden, die dem Fleisch ein unsäglich feines Aroma verleihen. Nachdem wir gegessen und getrunken hatten, sagte er:

»Sinuhe, mein Herr, ich hoffe, du hast alle Schriftstücke und Abrechnungen, die ich in diesen Jahren durch meine Schreiber aufsetzen und dir nach Achetaton senden ließ, genau durchgelesen. Vielleicht gestattest du mir auch, diese Mahlzeit mit dem Wein und der Gans und ebenso die ›Krokodilschwänze‹, die ich in der Freude des Wiedersehens meinen Kumpanen in der Schenke anbot, auf die Rechnung der Geschäftsunkosten zu übertragen. Dies geschieht keineswegs zu deinem Schaden, sondern vielmehr zu deinem Vorteil; denn es bereitet mir viel Scherereien, die Steuereintreiber des Pharao bei deiner Einschätzung hinters Licht zu führen, obgleich ich dabei auch ein wenig für mich selbst beiseite bringen kann.«

Ich sagte: »Deine Rede klingt in meinen Ohren wie das Geplapper eines Negers; denn ich begreife wahrlich kein Wort davon. Tu also, was du für das Beste hältst. Du weißt ja, daß ich mich völlig auf dich verlasse. Deine Aufstellungen und Abrechnungen habe ich ebenfalls durchgesehen, muß aber zugeben, auch von ihnen herzlich wenig verstanden zu haben; denn sie wimmeln von Zahlen und Ziffern.«

Kaptah lachte aus vollem Hals, und sein Lachen verlor sich in seinem Bauch, wo es wie unter weichen Kissen klang. Auch Merit lachte, denn sie hatte Wein mit mir getrunken und lehnte sich mit im Nacken verschränkten Händen zurück, damit ich sehen sollte, wie schön ihre Brüste sich immer noch unter dem Gewand wölbten. Lachend sprach Kaptah: »O Sinuhe, mein Herr, ich freue mich mächtig zu sehen, daß du dir dein kindliches Gemüt bewahrt hast und von den vernünftigen Dingen des Alltags nicht mehr verstehst als ein Schwein von Perlen, wobei ich dich jedoch keineswegs mit einem Schwein vergleichen will, sondern allen Göttern Ägyptens mit deinem Namen Dank und Lob sage, weil sie mich dir gegeben haben! Denn ebensogut hätten sie dir als Diener einen Dieb oder Taugenichts zuweisen können, der dich an den Bettelstab gebracht hätte, während ich dich bereichert habe.«

Ich machte ihn darauf aufmerksam, daß er diesen Umstand keineswegs den Göttern, sondern meinem Urteilsvermögen zu verdanken habe, da ich ihn für Silber auf dem Sklavenmarkt erstanden hatte, und zwar zu billigem Preis, weil ihm sein eines Auge in einer Schenke ausgestochen worden war. In der Erinnerung an all das ward ich von Rührung befallen und sagte: »Wahrlich, niemals werde ich den Tag vergessen, da ich dich zum erstenmal erblickte, als du mit dem Fußrist an den Sklavenpfahl gebunden standest, den vorübergehenden Frauen schamlose Worte zuriefst und die Männer um Bier anbetteltest. Zweifellos war es klug von mir, dich zu kaufen, obwohl ich es mir anfangs nicht einzureden wagte. Aber ich besaß damals nicht mehr Silber, weil ich noch ein junger Arzt war, und dein ausgestochenes Auge eignete sich übrigens gut für meine Zwecke, wie du dich erinnern willst.«

Kaptahs Gesicht verfinsterte sich und legte sich in viele Falten, als er meinte: »Ich liebe es nicht, an so alte und unangenehme Dinge erinnert zu werden. Sie sind nicht mit meiner Würde vereinbar.« Alsdann begann er unseren Skarabäus in hohen Tönen zu preisen und sagte: »Du hast klug gehandelt, indem du mir den Skarabäus überließest, damit ich über deine Geschäfte wache. Wahrlich, er hat dich reich gemacht, reicher, als du dir wohl je geträumt hast, wenn auch die Steuereinheber des Pharao wie Fliegen über mich hergefallen sind, und ich zwei syrische Schreiber habe anstellen müssen, die besondere Bücher für die Steuereinhebung führen; denn aus der syrischen Buchführung können nicht einmal Seth und alle seine Teufel klug werden. Wenn übrigens von Seth die Rede ist, entsinne ich mich unseres alten Freundes Haremhab, dem ich auf deine Rechnung Gold geliehen habe, wie du wohl weißt. Aber ich wollte ja eigentlich nicht von ihm sprechen, obwohl meine Gedanken wie losgelassene Vögel in den Lüften herumkreisen vor Freude, dein unschuldsvolles Gesicht wiederzusehen, und vielleicht auch vor Freude über den Wein, den ich auf die Rechnung der Geschäftsunkosten setzen werde. Trinke daher, Herr, trinke, so viel dein Magen verträgt! Einen solchen Wein wirst du kaum immer im Keller des Pharao finden. Jawohl, über deinen Reichtum wollte ich mit dir sprechen, wenn du auch nicht viel davon verstehst. So viel aber kann ich dir sagen, daß du durch mich reicher als viele Edelleute Ägyptens geworden bist. Zwar sind deine Reichtümer gleicher Art wie die der Vornehmsten; denn nicht der ist wirklich reich, der Gold besitzt, sondern derjenige, der Häuser, Lager, Schiffe, Landungsbrücken, Rinder, Grundstücke, Obstbäume und Sklaven sein eigen nennt. Das alles besitzest du, obwohl du es wahrscheinlich selbst nicht weißt, weil ich gezwungen gewesen bin, eine Menge davon auf die Namen unserer Diener, Schreiber und Sklaven überschreiben zu lassen, um die Steuereinheber zu täuschen. Die Steuern des Pharao treffen nämlich die Reichen schwer, und sie müssen mehr als die Armen zahlen. Wenn ein Armer dem Pharao ein Fünftel seines Getreidemaßes geben muß, so muß der Reiche diesen verfluchten Eintreibern ein Drittel, ja sogar die Hälfte seines Getreidemaßes abliefern und hat sie doch immer wieder wie Aasgeier über sich. Das ist ein Unrecht, und zwar das gottloseste Unrecht von allen, die der Pharao begangen hat. Dergleichen ist früher nie vorgekommen, und seine Steuereinhebung sowie der Verlust Syriens haben das Land arm gemacht; das merkwürdigste aber dabei ist – und das ist gewiß ein Verdienst der Götter –, daß in dem verarmten Land die Armen noch ärmer als früher, die Reichen hingegen noch reicher als zuvor werden; und dagegen kann auch der Pharao nichts tun. Freue dich also, Sinuhe! Du bist tatsächlich reich; und wenn ich dir ein Geheimnis verraten soll, das ja letztlich das deinige ist, so stammt dein Reichtum aus dem Getreidehandel.«

Nach diesen Worten wandte sich Kaptah so eifrig dem Trinken zu, daß der Wein aus seinen Mundwinkeln floß und die Kleider befleckte; aber das ließ ihn unbekümmert, und er erklärte, die Kleider auf die Rechnung der Unkosten zu setzen oder als Geschenk für einen Getreidemakler aufzuschreiben und auf diese Weise mehrmals ihren Preis zu verdienen. Dann begann er mit seinen Getreidegeschäften zu prahlen:

»Unser Skarabäus ist seltsam, Herr, indem er mich gleich am ersten Tag nach unserer Rückkehr von den langen Reisen in die Weinstube der Getreidehändler führte, wo sich die Gäste nach großen Umsätzen zu betrinken pflegen. So begann auch ich Getreide für deine Rechnung aufzukaufen und erzielte bereits im ersten Jahr große Gewinne, weil Am . . . ich meine, weil, wie du wohl weißt, gewisse umfangreiche Bodenflächen ungepflügt und unbesät blieben. Das Merkwürdige am Getreide ist jedoch, daß man es schon kaufen und verkaufen kann, ehe der Strom gestiegen, ja noch bevor der Samen in die Erde kommt. Noch merkwürdiger ist es, daß die Getreidepreise wie durch einen Zauber von Jahr zu Jahr steigen, und ein Getreidekäufer daher niemals verlieren, sondern immer nur gewinnen kann. Deshalb beabsichtige ich, in Zukunft überhaupt kein Getreide zu veräußern, sondern alle Vorräte aufzukaufen und zu lagern, bis ein Getreidemaß gegen Gold eingetauscht werden kann, was zweifellos eintreffen wird, wenn es so weitergeht. Denn selbst alte Getreidehändler trauen ihren Augen nicht mehr, zerreißen sich die Kleider und heulen vor Ärger, wenn sie an die großen Getreidemengen denken, die sie in ihrer Dummheit verkauft haben und an denen sie durch Zurückhalten das Mehrfache verdient hätten.«

Kaptah betrachtete mich forschend, trank und schenkte auch Merit und mir von neuem Wein ein, worauf er mit ernster Miene sprach: »Es ist jedoch nicht ratsam, daß man sein ganzes Gold auf einen einzigen Wurf setzt. Deshalb, Herr, habe ich deine Gewinne gleichmäßig verteilt und spiele sozusagen mit vielen Würfeln für deine Rechnung. Deshalb, Herr, bist du jetzt sehr reich, und ich habe dir nicht mehr als früher gestohlen, nicht einmal die Hälfte von dem, was ich dir durch meine Klugheit erworben; ja kaum ein Drittel von allem mause ich dir, so daß ich mich oft wegen meiner Weichherzigkeit und großen Ehrlichkeit selbst verhöhne und den Göttern danke, daß ich keine Frau und Kinder habe, die mich tadeln und mir Vorwürfe machen, weil ich dir nicht mehr nehme. Und dennoch kenne ich keinen Menschen, den zu bestehlen dankbarer wäre, als dich, mein lieber, gesegneter Herr Sinuhe!«

Merit lehnte sich auf ihre Matte zurück, betrachtete mich lächelnd und lachte über mein verdutztes Gesicht, als ich mich vergeblich mühte, alles, was Kaptah äußerte, zu verstehen. Er erklärte ferner: »Wisse, Herr, daß ich, wenn ich von deinen Gewinnen und Reichtümern spreche, den Reingewinn und das Vermögen meine, was nach Abzug aller Steuern übrigbleibt. Auch habe ich vom Gewinn alle die Geschenke abgezogen, die ich den Steuereinhebern wegen meiner syrischen Buchführung machen mußte, damit sie bei der Prüfung meiner Zahlen ein Auge zudrücken. Diese Weinmengen sind nicht gering; denn die Leute sind schlau und voll Ausdauer und werden daher fett in ihrem Beruf. Die heutige Zeit ist für die Steuereinheber eine so wunderbare Zeit, wie sie eine solche noch nie erlebt haben, und ich hätte wahrlich nichts dagegen, Steuereintreiber zu sein, wenn ich nicht bereits Kaptah, der Vater des Getreides und der Freund der Armen wäre. Ich habe nämlich hier und da Getreide an die Armen verteilen lassen, damit sie meinen Namen segnen sollen. Denn Vorsicht ist eine gute Tugend, und in unruhigen Zeiten ist es ein Vorteil, mit den Armen auf gutem Fuß zu stehen. Aber auch das habe ich bereits von deinem Gewinn abgezogen; es ist als eine Versicherung deiner Häuser für die Zukunft zu betrachten, weil die Erfahrung lehrt, das in unruhigen Zeiten in den Häusern und Getreidelagern hartherziger Reicher und Vornehmer leicht Feuer ausbricht. Offen gestanden ist diese Getreideverteilung an die Armen ein glänzendes Geschäft, weil der Pharao in seiner Torheit gestattet, das man das an die Armen verteilte Getreide bei der Steuereinhebung vom Gewinn abziehe. Wenn ich nämlich einem Armen ein Maß Getreide gebe, muß er mir mit seinem Daumenabdruck bestätigen, fünf Maß erhalten zu haben. Die Armen können ja nicht lesen; und selbst wenn sie es könnten, würden sie aus Dankbarkeit für das erhaltene Maß Getreide meinen Namen segnen und ihren Daumen unter jedes Schriftstück in den Lehm abdrucken.«

Nachdem Kaptah dies alles berichtet hatte, hob er herausfordernd die gekreuzten Arme, brüstete sich und wartete auf mein Lob. Seine Worte aber hatten mein Denken angeregt, ich grübelte eifrig nach und fragte schließlich: »Wir haben also viel Getreide auf Lager?« Kaptah nickte beflissen, im Glauben, ich werde ihn nun loben; aber ich sprach zu ihm: »Wenn dem so ist, mußt du dich eilends zu den Siedlern begeben, die den verfluchten Boden bebauen, und Getreide zur Aussaat unter sie verteilen. Sie besitzen kein Saatgut, und ihr Getreide ist fleckig, als hätte es Blut darauf geregnet. Der Wasserstand ist bereits gesunken, und soviel ich verstehe, ist es höchste Zeit zum Pflügen und Säen; deshalb sollst du dich beeilen!«

Kaptah betrachtete mich mitleidig, schüttelte den Kopf und sagte: »Lieber Herr, zerbrich dir nicht dein teures Haupt mit Dingen, die du nicht verstehst. Überlasse das Denken mir! Die Sache liegt nämlich so, daß wir Getreidehändler anfangs Nutzen daraus zogen, den Siedlern Getreide zu leihen; denn in ihrer Armut waren sie gezwungen, zwei Maß für eines zurückzuzahlen. Wenn sie das nicht vermochten, ließen wir sie ihre Rinder schlachten und nahmen die Häute als Zahlung für die Schulden. Wenn aber das Getreideerträgnis immer mehr steigt, so ist das ein schlechtes Geschäft und der Gewinn gering: Für uns ist es weit vorteilhafter, wenn weniger Boden besät wird, weil das die

Getreidepreise weiterhin in die Höhe treibt. Deshalb sind wir keineswegs so verrückt, den Siedlern Getreide zur Aussaat zu leihen und unsere eigenen Interessen zu schädigen. Wenn ich das täte, würde ich mir alle Getreidehändler zu Feinden machen.«

Ich aber blieb fest und sagte kurz: »Folge meinem Befehl, Kaptah! Das Getreide gehört mir, und ich denke jetzt nicht an Gewinn, sondern an die Männer, deren Rippen sich wie bei den Grubensklaven unter der Haut abzeichnen, an die Frauen, deren Brüste wie vertrocknete Ledersäcke herabhängen, und an die Kinder, die auf krummen Beinen, mit Fliegen in den Augen, am Stromufer umherwatscheln. Deshalb ist es mein Wille, daß du den ganzen Getreidevorrat unter sie verteilst und ihnen auch auf jegliche Art bei der Aussaat behilflich bist. Ich wünsche, daß du dies Atons und Pharao Echnatons wegen tust, den ich liebe. Aber du sollst ihnen das Getreide nicht schenken; denn ich habe schon gesehen, daß Gaben nur bösen Willen, Trägheit und Geiz nach sich ziehen. Sie haben ja den Boden und das Vieh umsonst bekommen und doch nichts zustande gebracht. Wenn nötig, magst du daher den Stock gegen sie gebrauchen; nur sieh zu, Kaptah, daß das Getreide ausgesät und geschnitten wird. Wenn du aber die Anleihe zurückforderst, erlaube ich nicht, daß du einen Gewinn dabei machst: Du sollst nur Maß für Maß verlangen.«

Als Kaptah dies vernahm, schrie er laut auf und zerriß sich die Kleider – weil das nichts zu bedeuten hatte, indem die Kleider bereits voll Weinflecken waren. Er sagte: »Maß für Maß, Herr? Das ist ja heller Wahnsinn! Was sollte ich dann für mich nehmen können? Von deinem eigenen Getreide kann ich doch nichts stehlen, sondern nur von dem Gewinn, den ich dir verschaffe. Auch sonst ist deine Rede töricht und gottlos; denn außer den Getreidehändlern werde ich die Priester Ammons gegen mich aufbringen – und ich äußere seinen Namen laut, da wir in einem geschlossenen Zimmer sitzen, wo uns kein Fremder hören kann, der uns angeben könnte. Ich spreche den Namen Ammons laut aus, Herr; denn er lebt noch, und seine Macht ist fürchterlicher als je zuvor. Er wird unsere Häuser und Schiffe und Lagergebäude und Verkaufsläden verfluchen. Auch meine Weinschenke wird er verfluchen, weshalb ich sie am besten gleich auf Merit überschreiben lasse, falls Merit darauf eingeht. Ich freue mich sehr darüber, daß ein so großer Teil deiner Besitztümer auf fremde Namen überschrieben ist! Denn so können die Priester nichts von diesem erfahren und ihn nicht verfluchen, da nicht einmal die Steuereintreiber es herausbekommen haben, wenn schon der von ihnen geplünderte Boden kahler ist als der Schädel eines Glatzkopfes. Damit will ich dich jedoch nicht beleidigen, Herr; denn jetzt erst, da du des Weines wegen die Perücke abgenommen, sehe ich, daß du eine kleine Glatze hast! Wenn du willst, kann ich dir eine durch besondere Zauberei hergestellte Salbe verschaffen, die das Haar wieder wachsen und gleichzeitig lockig werden läßt. Ich schenke sie dir und schreibe den Betrag nicht in die Bücher ein; denn ich erhalte sie aus unserem eigenen Laden und besitze viele Zeugnisse über ihre wunderbaren Wirkungen.«

Solche Dinge plapperte Kaptah, um Zeit zu gewinnen und mich von meinem Entschluß abzubringen. Doch als er merkte, daß ich darauf beharrte, fluchte er und rief zahlreiche Götter an, deren Namen er auf unseren Reisen gelernt hatte, und sagte wütend: »Bist du von einem tollen Hund gebissen oder von einem Skorpion gestochen worden, Herr? Wahrlich, erst glaubte ich, du wolltest einen schlechten Witz machen! Dein Beschluß wird uns an den Bettelstab bringen, wenn uns nicht der Skarabäus trotz allem hilft. Um ehrlich zu sein, muß ich gestehen, daß auch ich nicht gern ausgemergelte Menschen sehe, sondern den Blick von ihnen abwende; und ich wollte, du tätest das gleiche, Herr! Was der Mensch nicht sieht, braucht er nicht zu wissen; und um mein Gewissen zu beruhigen, habe ich Getreide unter die Armen verteilt, weil ich, dank der verrückten Steuerberechnung des Pharao, gleichzeitig großen Nutzen daraus zog. Das Unangenehmste an deinen Worten aber ist, daß du mir befiehlst, mich auf mühselige Reisen zu begeben und durch Lehm zu stapfen, so daß ich vielleicht ausgleiten und in einen Bewässerungsgraben fallen werde und du mein Leben auf dem Gewissen haben wirst, Herr! Wahrlich, ich bin ein alter, müder Mann mit steifen

Gliedern und würde mein bequemes Lager und Mutis Suppen und Braten schmerzlich vermissen, und beim Gehen komme ich leicht außer Atem.«

Aber ich ließ mich nicht beirren und sagte: »Kaptah, du lügst noch mehr als früher! In diesen Jahren bist du nicht gealtert, sondern hast dich im Gegenteil verjüngt, deine Hände zittern nicht mehr wie einst, und dein Auge war nicht rot, als du hereinkamst, sondern ist es erst jetzt vom allzu reichlichen Weingenuß geworden. Deshalb schreibe ich als Arzt diese beschwerliche Fahrt mit all ihren Mühsalen vor, weil ich dich liebe und du viel zu beleibt bist, was dein Herz anstrengt und deinen Atem beengt. Ich hoffe, daß du auf dieser Reise abnehmen und bei deiner Rückkehr wie ein anständiger Mensch aussehen wirst, damit ich mich nicht der Fettleibigkeit meines Dieners zu schämen brauche. Denke daran, Kaptah, wie freudig du einst auf den staubigen Wegen Babylons wandertest, wie gerne du auf dem Rücken eines Esels über die Berge rittest und wie froh du warst, in Kadesch wieder von dem Tiere zu steigen. Wahrlich, wenn ich jünger wäre, das heißt, wenn ich nicht hier zahlreiche wichtige Aufträge für den Pharao zu erledigen hätte, würde ich dich selber auf dieser Reise begleiten, um mein Herz zu erfreuen; denn viele Leute werden deinen Namen segnen.«

Wir stritten uns nicht mehr, sondern Kaptah fügte sich meinem Entschluß, und wir blieben bis zum späten Abend sitzen und tranken Wein; auch Merit hielt mit und entblößte ihre braunen Knie, damit ich sie mit meinen Lippen berühre. Kaptah erzählte uns seine Erinnerungen von den Wegen und Dreschböden Babyloniens; und wenn er wirklich alles, was er schilderte, vollführt hätte, müßte ich jedenfalls Mineas wegen für seine Streiche sowohl blind als taub gewesen sein. Ich vergaß Minea nicht, obwohl ich die Nacht auf Merits Matte verbrachte und mit ihr der Liebe genoß, bis mein Herz sich erwärmte und meine Einsamkeit dahinschmolz. Aber ich nannte sie nicht meine Schwester, sondern tat alles nur, weil sie meine Freundin war; und was sie für mich tat, war das Freundschaftlichste, was eine Frau einem Mann erweisen kann. Deshalb wäre ich auch bereit gewesen, den Krug mit ihr zu zerschlagen; aber sie ging nicht darauf ein, weil sie in einer Schenke geboren war und mich als zu reich und vornehm erachtete. Im Grunde aber glaube ich, daß sie sich nur ihre Freiheit wahren wollte, damit ich ihr Freund bleibe.

4

Am folgenden Tag wurde ich in dem goldenen Haus von der Königinmutter erwartet, die ganz Theben bereits so unzweideutig Zauberin und Negerhexe schimpfte, daß jeder wußte, wer mit dieser Bezeichnung gemeint war. Ich glaube auch, daß sie trotz ihrer Klugheit und ihren Fähigkeiten diesen Namen verdiente; denn sie war eine grausame und ränkesüchtige alte Frau, und die große Macht, die sie besaß, hatte alles Gute in ihr abgetötet. Doch als ich mich an Bord meines Schiffes in königliches Linnen gekleidet und alle Abzeichen meiner Würde angelegt hatte, kam meine Köchin Muti aus dem einstigen Hause des Kupferschmiedes gelaufen und sprach zornig zu mir:

»Gesegnet sei der Tag, der dich nach Hause brachte, Herr. Aber ist das ein Benehmen, die Nacht in Freudenhäusern herumzulungern und nicht einmal zum Frühstück heimzukommen, obwohl ich mir deinetwegen viel Mühe mit dem Kochen gegeben habe und die ganze Nacht aufgewesen bin, um zu backen, zu braten und träge Sklaven mit dem Stock zu schlagen, damit sie mit dem Aufräumen vorwärtsmachten, so daß mein rechter Arm vor Ermüdung schmerzt? Ich bin eine alte Frau und glaube nicht mehr an die Männer; dein Benehmen gestern abend und in der Nacht und heute morgen ist nicht dazu angetan, mir eine bessere Meinung von ihnen beizubringen. Mach, daß du nach Hause kommst, um das Frühstück, das ich dir bereitet habe, zu verzehren, und bring meinetwegen das Weib mit, wenn du keinen einzigen Tag mehr ohne dieses leben kannst!«

So schwatzte sie, obwohl ich wußte, daß sie Merit sehr verehrte und bewunderte. Es war nun einmal so ihre Art, und ich hatte mich schon einst als Armenarzt im früheren Haus des Kupferschmiedes so sehr daran gewöhnt, daß ihre Sticheleien jetzt süß in meinen Ohren klangen und ich mich wieder zu Hause fühlte. Deshalb folgte ich ihr gern und sandte auch einen Boten in den »Krokodilschwanz«, um Merit holen zu lassen; und während Muti sich neben meiner Sänfte vorwärtsschleppte, murrte sie immer noch:

»Ich habe wahrlich geglaubt, du seist jetzt ein gesetzter Mann und hättest ein anständiges Leben zu führen begonnen, seitdem du bei den Königlichen wohnst. Aber nach allem hast du nichts gelernt, sondern bist noch ebenso zügellos wie früher, obgleich ich gestern Ruhe und Beherrschung in deinem Gesicht zu lesen vermeinte. Auch freute ich mich von Herzen, als ich die Rundung deiner Wangen wahrnahm; denn wenn ein Mann zunimmt, wird er auch ruhiger. Es soll wahrlich nicht meine Schuld sein, wenn du hier in Theben magerer wirst, sondern ausschließlich diejenige deiner hitzigen Natur!«

So schwatzte sie unablässig und erinnerte mich dadurch an meine Mutter Kipa; ich würde sicherlich vor Rührung zu weinen angefangen haben, wenn ich sie nicht schließlich mit den Worten angeschnauzt hätte: »Halt dein Maul, Weib! Dein Geplapper stört mich in meinen Gedanken und klingt wie Fliegengesumm in meinen Ohren!« Sie schwieg augenblicklich, froh darüber, daß ich sie angefahren und damit hatte fühlen lassen, daß ihr Herr heimgekehrt war.

Sie hatte zu meinem Empfang das Haus schön hergerichtet: Blumensträuße hingen an den Verandasäulen, der Hof und auch die Straße davor waren gekehrt, und eine tote Katze, die vor meinem Haus gelegen, war den Nachbarn vor die Tür geschleudert worden. Auch hatte Muti Kinder angestellt, die auf der Straße standen und riefen: »Gesegnet sei der Tag, der unsern Herrn nach Hause bringt!« Aber dies hatte sie getan, weil es sie sehr ärgerte, daß ich kinderlos war. Denn sie hätte es gerne gesehen, wenn mir Kinder beschieden gewesen wären, vorausgesetzt, daß ich sie mir ohne eine Frau verschafft hätte; doch wie das hätte zugehen sollen, kann ich nicht ausfindig machen. Ich gab den Kindern Kupfer, und Muti verteilte Honigkuchen. Auch Merit kam, schön angezogen und mit Blumen im Haar, welches so sehr von Salben glänzte, daß Muti aufschluchzte und sich die Nase schneuzte, während sie uns Wasser über die Hände goß. Das Mahl mundete meinem Gaumen köstlich; denn es war auf die Thebener Art zubereitet, und in Achetaton hatte ich vergessen, daß man nirgends so gut ißt wie in Theben.

Ich dankte Muti und lobte ihre Kunst; auch Merit schmeichelte ihr, und sie war außerordentlich zufrieden, obwohl sie die Stirn runzelte und verächtlich schnob. Ich weiß nicht, ob diese Mahlzeit im früheren Haus des Kupferschmiedes etwas besonders Denkwürdiges war; aber ich habe um meiner selbst willen davon erzählt, weil ich mich gerade in jenem Augenblick glücklich fühlte und sagte: »Bleib stehen, Wasseruhr! Halt ein in deinem Laufe, Wasser! Dies ist ein guter Augenblick, ich will nicht, daß die Zeit weiterrinnt, und ich möchte, daß dieser Augenblick nie vergehe!«

Während wir aßen, hatten sich Leute auf meinem Hof versammelt. Die Bewohner des Armenviertels hatten ihre besten Kleider angetan und sich die Gesichter eingerieben, als wäre es ein heiliger Tag. Sie kamen mich aufsuchen und mir ihre Leiden klagen. Sie klagten: »Wir haben dich sehr vermißt, Sinuhe! Solange du unter uns weiltest, schätzten wir dich nicht hoch genug; erst als du fort warst, merkten wir, wieviel Gutes du uns erwiesen und wieviel wir mit dir verloren.«

Sie brachten mir Geschenke, die allerdings nur unerheblich und anspruchslos waren; denn durch das Eingreifen des Gottes des Pharao Echnaton waren sie ärmer als je zuvor geworden. Einer brachte mir ein Maß Graupen, ein anderer einen Vogel, den er mit einem Wurfholz erlegt hatte, ein dritter schenkte mir getrocknete Datteln, und ein vierter hatte nichts als eine Blume anzubieten; und als ich schließlich die Blumenfülle auf meinem Hofe sah, wunderte ich mich nicht mehr darüber, daß die Beete an der Widderstraße einen so kahlen, geplünderten Eindruck machten. Unter den Besuchern befand sich auch der alte Schreiber mit seinem von dem Geschwür schiefgedrückten

Kopf, der zu meinem Erstaunen immer noch am Leben war. Auch der Sklave, dessen Finger ich geheilt hatte, kam und zeigte mir stolz, wie gut er sie wieder bewegen konnte; die Graupen erhielt ich übrigens von ihm, denn er arbeitete immer noch in der Mühle, wo er sie stehlen konnte. Und eine gewisse Mutter zeigte mir ihren Sohn, der groß und kräftig geworden war und ein blaues Auge und Schrammen an den Beinen hatte und stolz prahlte, er könne jeden gleichaltrigen Jungen der Nachbarschaft verhauen. Ebenso tauchte das Freudenmädchen auf, dessen Augen ich einst geheilt und das mir den lästigen Dienst erwiesen, sämtliche Genossinnen aus dem Freudenhaus zu mir zu schicken, damit ich ihnen alle entstellenden Muttermale und Warzen wegschneide. Alle brachten mir Geschenke und sagten: »Verschmähe unsere Gaben nicht, Sinuhe, obgleich du königlicher Arzt bist und in dem goldenen Haus des Pharao wohnst. Dein Anblick erfreut unser Herz, wenn du nur nicht mit uns von Aton zu reden anfängst!«

Und ich sprach mit ihnen nicht über Aton, sondern empfing sie der Reihe nach, hörte ihre Klagen an, verschrieb ihnen Arzneien gegen ihre Leiden und heilte sie. Um mir beizustehen, zog Merit ihr schönes Gewand aus, damit es nicht befleckt werde; sie war mir behilflich, indem sie Geschwüre auswusch, mein Messer im Feuer läuterte und Betäubungsmittel für die Patienten mischte, denen ich Zähne ziehen mußte. Ich freute mich jedesmal, wenn ich sie betrachtete, was ich während der Arbeit des öfteren tat. Denn sie war schön anzusehen, ihr Leib war vollschlank, ihre Haltung stolz, und sie schämte sich nicht, sich wie die Frauen des Volkes zum Arbeiten ihrer Kleider zu entledigen. Keiner meiner Patienten wunderte sich darüber, weil alle mit ihren Leiden genug zu tun hatten.

So verstrich mir die Zeit, während ich wie früher Kranke empfing und mit ihnen redete, und ich freute mich über mein Wissen, das mir erlaubte, ihnen zu helfen; und freute mich auch darüber, während der Arbeit Merit, die meine Freundin war, betrachten zu dürfen; und ich atmete mehrmals tief auf und sagte: »Halt ein in deinem Lauf, Wasseruhr, und hemme deinen Fluß, o Wasser, denn die Augenblicke können nicht lange so schön bleiben.« Auf diese Weise vergaß ich ganz, daß ich in das goldene Haus gehen sollte, wo mein Besuch der großen königlichen Mutter bereits gemeldet war. Aber ich glaube, daß ich es absichtlich vergaß, weil ich so glücklich war.

Als die Schatten schließlich länger wurden, leerte sich mein Hof, Merit goß mir Wasser über die Hände, und wir halfen uns gegenseitig, uns zu reinigen, was ich gerne tat, und kleideten uns an. Doch als ich mit der Hand ihre Wange und mit dem Mund ihre Lippen berühren wollte, stieß sie mich von sich und sagte: »Eile zu deiner Hexe, Sinuhe, und vergeude nicht unnütz Zeit, damit du vor der Nacht zurückkehrst! Denn ich glaube, daß meine Matte ungeduldig deiner harrt. Jawohl, ich fühle es deutlich, wie ungeduldig die Matte in meinem Zimmer auf dich wartet, obwohl ich eigentlich nicht begreife warum: denn deine Glieder, Sinuhe, sind weich, dein Fleisch schlaff, und auch deine Liebkosungen sind nicht besonders ausgesucht. Trotzdem mutest du mich anders an als alle anderen Männer, was mir die Ungeduld meiner Matte erklärt.«

Sie hängte mir die Abzeichen meiner Würde um den Hals, setzte mir die Arztperücke auf und streichelte mir dabei so liebevoll die Wangen, daß ich nicht die geringste Lust verspürte, sie zu verlassen und mich in das goldene Haus zu begeben, obwohl mir der Gedanke an die königliche Mutter große Angst einflößte. So hieß ich denn meine Sklaven sich beeilen und trieb sie mit dem Stock und mit Silber an; ebenso stachelte ich die Ruderer meines Bootes auf dem Wege zum goldenen Haus mit dem Stock und mit Silber an. Und gerade in dem Augenblick, als die Sonne hinter den Bergen im Westen unterging und die Sterne sich entzündeten, legte mein Boot an der Landungsbrücke an, so daß ich keine Schande über mich brachte.

Doch bevor ich mein Gespräch mit der Königinmutter wiedergebe, muß ich erwähnen, daß sie in all diesen Jahren ihren Sohn nur zweimal in der Stadt Achetaton aufgesucht und ihm dabei jedesmal seine Verrücktheit vorgeworfen hatte, worüber Pharao Echnaton aufs tiefste betrübt gewesen war. Denn er liebte seine Mutter und war für ihre Fehler blind, wie dies oft bei Söhnen der Fall ist, bis sie sich verheiraten und ihre Frauen ihnen die Augen öffnen. Aber Nofretete hatte um ihres Vaters willen Echnaton die Augen nicht geöffnet. Ich muß nämlich ohne Umschweife zugeben, daß der Priester Eje und die Königinmutter Teje zu jener Zeit kein Geheimnis mehr aus ihren Beziehungen machten, sondern sich überall zusammen zeigten und einander auf Schritt und Tritt begleiteten, als wollten sie sich gegenseitig bewachen. Ich weiß nicht, ob das Königshaus je zuvor eine derartige öffentliche Schmach erlitten hatte. Aber das ist nicht ausgeschlossen; denn solche Dinge werden nicht aufgezeichnet und fallen nach dem Tod der Zeugen in Vergessenheit. Über die Herkunft des Pharao Echnaton jedoch will ich mich hier nicht auslassen, weil ich immer noch an seine göttliche Abstammung glaube. Wäre in seinen Adern nicht das königliche Blut seines Vaters geflossen, so würde er überhaupt kein königliches Blut gehabt haben, da er von seiner Mutter keines geerbt hatte. Dann wäre er, wie die Priester behaupteten, wirklich ein falscher Pharao, und alles, was sich ereignete, noch ungerechter, sinnloser und wahnsinniger gewesen. Deshalb glaube ich auch nicht den Priestern, sondern eher meinem Verstand und Herzen.

Jedenfalls empfing mich die königliche Mutter Teje in einem ihrer Privaträume, wo in Käfigen eine Menge von Vögelchen mit gestutzten Flügeln umherhüpften und zwitscherten. Sie hatte nämlich ihren einstigen Beruf durchaus nicht vergessen, sondern ging immer noch gern im Garten des Palastes mit Hilfe von Netzen oder Leimruten der Vogelfängerei nach. Bei meinem Eintritt war sie mit dem Flechten einer Matte aus gefärbten Binsen beschäftigt; sie empfing mich mit zornigen Vorwürfen wegen meiner Verspätung und fragte: »Hat sich der Wahnsinn meines Sohnes gelegt, oder ist es nicht bald an der Zeit, ihm den Schädel zu öffnen? Er macht viel zuviel Aufhebens von seinem Aton und beunruhigt das Volk, wozu gar kein Grund mehr vorliegt, nachdem der falsche Gott gestürzt worden ist und niemand dem Pharao die Macht streitig macht.«

Ich erzählte ihr vom Befinden des Pharao und von den kleinen Prinzessinnen, schilderte deren Spiele, Gazellen, Hündchen und Ruderbootfahrten auf dem heiligen See, bis ich die königliche Mutter beschwichtigt hatte und sie mich aufforderte, ihr zu Füßen Platz zu nehmen und Bier zu trinken. Doch bot sie mir diesen Trunk nicht etwa aus Geiz an, sondern weil sie wie das Volk das Bier dem Weine vorzog. Ihr Bier war stark und süß, und sie trank davon jeden Tag so viele Krüge, daß ihr Leib aufgebläht und ihr Gesicht abstoßend aufgedunsen war und demjenigen eines Negers glich, obgleich es nicht völlig schwarz war. Bei ihrem Anblick hätte niemand geahnt, daß dieses alternde, dicke Weib einst die Liebe eines großen Pharao durch ihre Schönheit gewonnen hatte. Deshalb behauptete das Volk auch, sie habe die Gunst des Pharao durch Negerzauberei erworben. Es gehört schließlich zu den Seltenheiten, daß ein Pharao eine Vogelfängerin vom Stromufer heiratet und zu seiner großen königlichen Gemahlin erhebt.

Während sie Bier trank, eröffnete sie ein vertrauliches, offenherziges Gespräch mit mir. Das war nichts Ungewöhnliches; denn ich war ja Arzt, und die Frauen pflegen ihrem Arzte vieles anzuvertrauen, was sie anderen Menschen niemals mitteilen würden. In dieser Beziehung unterschied sich die Königin Teje nicht von anderen Frauen.

Das Bier löste ihr die Zunge: »Sinuhe, du, dem ein törichter Einfall meines Sohnes den Beinamen ›der Einsame‹ verliehen hat, obwohl du wahrlich keineswegs einsam aussiehst und ich wetten kann, daß du dich in Achetaton jede Nacht an einer neuen Frau ergötzest – denn ich kenne die Frauen Achetatons nur zu gut! –, jawohl, Sinuhe, du bist ein friedfertiger Mensch. Vielleicht der friedfertigste, den ich überhaupt kenne. Deine Gelassenheit reizt mich derart, daß ich dich am liebsten mit einer Kupfernadel stechen möchte, um dich auffahren und stöhnen zu sehen! Ich verstehe durchaus nicht, woher du diese Ruhe nimmst. Aber sicherlich bist du in deinem Herzen ein guter Mensch, obgleich ich nicht begreife, welchen Nutzen ein Mensch davon hat, gut zu sein. Ich habe beobachtet, daß nur dumme Menschen, die nichts anderes können, gut sind. Doch wirkt deine Anwesenheit merkwürdig beruhigend auf mich, und ich wollte dir sagen, das Aton, den ich in meiner Torheit zur Macht gelangen ließ, mir viele Sorgen bereitet. Ich wollte die

Sache keineswegs so weit kommen lassen, sondern erfand Aton nur, um Ammon zu stürzen und meine und meines Sohnes Macht zu erweitern. Eigentlich war das Ganze eine Idee Ejes, meines Gemahls, wie du weißt; oder solltest du etwa gar so unschuldig sein, nicht einmal das zu wissen, so möge gesagt sein, daß er mein Gemahl ist, obwohl es sich für uns nicht schickt, miteinander den Krug zu zertrümmern. Ich meine bloß, daß dieser verdammte Eje, der nicht mehr Kraft besitzt als eine Kuh im Euter, den Aton von Heliopolis mitgebracht und dem Jungen eingetrichtert hat. Ich begreife tatsächlich nicht, was mein Sohn an diesem Gott findet; aber schließlich war er schon als Kind ein Träumer. Ich kann mir nichts anderes denken, als das er eben verrückt ist und man ihm den Schädel öffnen sollte. Ich verstehe nicht, was in ihn gefahren ist, so daß seine Gemahlin, die schöne Tochter Ejes, ihm eine Tochter nach der anderen gebiert, obwohl meine lieben Zauberer ihr möglichstes getan haben, um ihr zu helfen. Auch begreife ich nicht, warum das Volk meine Zauberer so haßt: Sie sind goldige Menschen, wenn sie auch Schwarze sind und Elfenbeinstäbchen in der Nase tragen und ihre Lippen wie auch die Schädel ihrer Kinder ausdehnen. Ich weiß, daß das Volk sie haßt; deshalb muß ich sie in den Höhlen des goldenen Hauses versteckt halten, weil das Volk sie sonst umbringen würde. Ich kann aber nicht auf sie verzichten; denn niemand kann wie sie meine Fußsohlen kitzeln und mir Arzneien zubereiten, die mich das Leben als Frau noch genießen lassen. Wenn du aber glaubst, daß Eje mir noch irgendeinen Genuß bereiten kann, irrst du dich gewaltig; und ich verstehe eigentlich nicht, warum ich so an ihm festhalte, obwohl ich besser daran täte, ihn fallenzulassen – besser für mich selbst, meine ich. Vielleicht könnte ich ihn aber überhaupt nicht mehr aufgeben, selbst wenn ich wollte; und auch das macht mir Sorgen. Deshalb sind meine lieben Neger nunmehr meine einzige Freude.«

Die große königliche Mutter kicherte leise vor sich hin, wie es die Waschweiber des Hafens beim Biertrinken zu tun pflegen, und immer noch kichernd fuhr sie fort:

»Meine Neger, Sinuhe, sind nämlich große, geschickte Ärzte, wenn auch das unwissende Volk sie Zauberer schimpft. Auch du könntest gewiß manches von ihnen lernen, wenn du bloß dein Vorurteil gegen ihre Hautfarbe und ihren Geruch überwinden könntest und sie selbst darauf eingingen, dich in ihre Kunst einzuweihen, was ich zwar nicht glaube; denn sie wahren ihre Geheimnisse sorgfältig. Ihre Hautfarbe ist warm und dunkel und ihr Geruch durchaus nicht widerwärtig, sondern so angenehm und anregend, daß man, wenn man sich an ihn gewöhnt hat, nicht mehr ohne ihn leben kann. Sinuhe, da du ein Arzt bist und mich daher nicht verraten wirst, will ich dir anvertrauen, daß ich mich bisweilen auch mit ihnen ergötze, weil sie es mir als Heilmittel vorschreiben und weil eine alte Frau wie ich schließlich auch noch ein wenig Freude braucht. Aber ich tue es nicht etwa aus Neugier wie die verdorbenen Hofdamen, welche die Neger etwa so genießen, wie einer, der alles versucht hat und jeder Kost überdrüssig geworden ist, behauptet, angefaultes Fleisch sei die köstlichste Nahrung. Nein, nicht aus diesem Grunde liebe ich meine Neger; denn mein Blut ist noch jung und rot und bedarf keiner künstlichen Reize: die Neger bedeuten für mich ein Geheimnis, das mich den warmen Quellen des Lebens, der Erde, der Sonne und den Tieren näherbringt. Ich bitte dich, dieses Geständnis nicht andern zu verraten; wenn du es aber trotzdem tust, schadet es mir schließlich auch nicht, weil ich ja sagen kann, du lügst. Und was das Volk betrifft, glaubt es alles, was über mich gesagt wird, und noch viel mehr dazu. Deshalb kann mein Ansehen im Volk nicht mehr leiden, und es ist daher gleichgültig, was du dem Volk erzählst. Dennoch hoffe ich, du werdest schweigen, weil du ein guter Mensch bist, was ich selbst keineswegs bin.«

Ihre Miene verfinsterte sich zusehends; auch sprach sie nicht mehr dem Bier zu, sondern begann wieder, an ihrer bunten Matte zu flechten. Ich aber starrte auf ihre dunklen Finger, welche die Binsen knüpften, weil ich ihr nicht in die Augen zu blikken wagte. Und da ich schwieg und nichts versprach, fuhr sie fort:

»Mit Güte erreicht der Mensch nichts; das einzige, was in der Welt etwas zu bedeuten hat, ist Macht. Diejenigen aber, die zur Macht geboren werden, sehen deren Wert nicht ein, und nur wer gleich mir mit Mist zwischen den Zehen geboren wurde, versteht sie gebührend zu schätzen. Wahrlich, Sinuhe, ich kenne den Wert der Macht! Alles, was ich getan, betrieb ich ihretwegen und um sie meinem Sohn und meinem Enkel zu bewahren, damit mein Fleisch und Blut auf dem goldenen Thron der Pharaonen weiterlebe. Zu diesem Zwecke bin ich vor keiner Tat zurückgescheut. Vielleicht sind meine Handlungen vor den Göttern böse; aber offen gestanden, kümmere ich mich nicht sehr um die Götter, weil die Pharaonen über den Göttern stehen. Und schließlich gibt es überhaupt keine guten oder bösen Taten, sondern gut ist, was gelingt – und böse, was mißlingt und ruchbar wird. Trotzdem zittert manchmal mein Herz und werden meine Gedärme zu Wasser, wenn ich an meine Handlungen denke; denn ich bin nur eine Frau, und alle Frauen sind abergläubisch. Aber ich hoffe, daß meine Neger mir darüber hinweghelfen werden. Besonders schmerzt es mich, Nofretete eine Tochter nach der anderen gebären zu sehen. Sie hat schon vier Töchter zur Welt gebracht, und jedesmal habe ich dabei das Gefühl, einen Stein hinter mich auf den Weg geworfen zu haben, nur um ihn wieder vor meinen Füßen zu sehen. Das kann ich nicht erklären; aber ich fürchte, durch meine Taten einen Fluch heraufbeschworen zu haben, der vor mir herschleicht.«

Ihre dicken Lippen murmelten einige Beschwörungen, und ihre breiten Füße bewegten sich unruhig; aber ohne Unterlaß flochten ihre dunklen Finger mit Gewandtheit bunte Binsen in die Matte, und ich betrachtete sie dabei und fühlte mein Herz erstarren. Denn sie knüpfte in die Matte Knoten nach Vogelfängerart, die mir bekannt waren. Wahrlich, ich kannte diese Art Knoten! Sie waren von jener seltenen Art aus dem Unteren Lande, wie ich sie als Knabe in meines Vaters Haus an einem rauchgeschwärzten Binsenboot, das über dem Bett meiner Mutter hing, gesehen hatte. Bei dieser Entdeckung fühlte ich mein Herz erlahmen und meine Glieder zu Eis gefrieren: Denn in der Nacht meiner Geburt hatte ein milder Westwind geweht, und das Binsenboot war zur Zeit der Überschwemmung den Strom hinabgeschwommen und vom Wind nahe dem Hause meines Vaters ans Ufer getrieben worden. Der Einfall, der mir beim

Beobachten der Finger der königlichen Mutter durchs Gehirn zuckte, war so grausam und wahnwitzig, daß ich ihn nicht zu Ende denken wollte, sondern mir sagte, schließlich könne jedermann beim Zusammenknüpfen eines Binsenbootes die Knoten von Vogelfängern machen. Aber die Vogelfänger übten ihren Beruf im Unteren Lande aus, und nie hatte ich in Theben jemand die gleichen Knoten knüpfen sehen. Deshalb wohl hatte ich als Knabe so oft das rauchgeschwärzte Binsenboot betrachtet und die Knoten, die es zusammenhielten, angestaunt, obwohl ich damals noch nicht einmal den Zusammenhang des Binsenbootes mit meinem Schicksal ahnte.

Die große königliche Mutter Teje aber bemerkte nichts von meiner Erstarrung und erwartete auch keine Antwort, sondern versank in ihre eigenen Gedanken und Erinnerungen und sagte: »Vielleicht, Sinuhe, findest du, ich sei ein böses, abstoßendes Weib, wenn ich so offen zu dir spreche. Aber ich bitte dich, mich meiner Taten wegen nicht zu hart zu verurteilen, sondern mich, wenn du dazu fähig bist, zu verstehen. Denn es ist für eine arme Vogelfängerin nicht leicht, in das Frauenhaus des Pharao zu kommen, wo alle sie ihrer dunklen Hautfarbe und breiten Füße wegen verachten und ihr tausend Nadelstiche versetzen, während ihre einzige Gnade in einer Laune des Pharao und der Schönheit und Jugend ihres eigenen Leibes besteht. Du darfst dich daher nicht wundern, daß ich nicht nach den Mitteln fragte, wenn es galt, das Herz des Pharao an mich zu fesseln, und ich ihn Nacht für Nacht mit den seltsamen Sitten der Schwarzen vertraut machte, bis er nicht mehr ohne meine Liebkosungen leben konnte und ich durch ihn ganz Ägypten beherrschte. Auf diese Weise überwand ich alle Ränke des goldenen Hauses und wich ich allen Schlingen und Netzen aus, die man mir in den Weg legte; ich schreckte auch nicht vor Rache zurück, wenn ich Grund zur Vergeltung hatte. So lähmte ich alle Zungen durch Schrecken und herrschte im goldenen Haus nach meinem Willen; dieser aber war, daß keine andere Frau dem Pharao einen Knaben gebäre, bevor ich ihm einen Sohn geschenkt. Deshalb gebar keine Frau im Haus des Pharao ihm einen Knaben, und die Töchter, die ihm geboren wurden, versprach ich sogleich nach der Geburt vornehmen Männern. So stark war mein Wille; aber selbst wagte ich noch nicht, ein Kind zu gebären, weil ich vermeiden wollte, ihm weniger schön zu dünken. Denn anfangs beherrschte ich ihn ausschließlich durch meinen Leib, bis ich schließlich sein Herz in tausend Maschen verstrickt hatte. Er jedoch begann zu altern, und die Liebkosungen, durch die ich ihn beherrschte, schwächten ihn so sehr, daß ich ihm, als ich endlich die Zeit zum Gebären für gekommen hielt, zu meinem Entsetzen eine Tochter schenkte. Diese Tochter ist Baketaton. Ich habe sie nicht verheiratet; denn sie bedeutet für mich immer noch einen Pfeil in meinem Köcher. Der Weise aber hält stets viele Pfeile vorrätig und verläßt sich nicht nur auf einen einzigen. Die Zeit verging, und ich lebte in großer Angst, bis ich ihm schließlich einen Sohn gebar. Dieser bereitete mir allerdings nicht die erhoffte Freude; denn er ist verrückt. Dafür aber setzte ich nun meine Hoffnung auf seinen noch ungeborenen Sohn. So groß ist jedoch meine Macht, daß keine einzige der Bewohnerinnen im Frauenhaus dem Pharao in all den Jahren einen Knaben schenkte und dort nur lauter Mädchen zur Welt kamen. Mußt du als Arzt nicht zugeben, Sinuhe, das meine Kunst und Zauberei sich auf diesem Gebiete glänzend bewährt haben?«

Da zuckte ich zusammen, sah ihr in die Augen und sagte: »Deine Zauberkunst, große königliche Mutter, ist äußerst einfach und verächtlich, da du sie mit deinen Fingern in bunte Binsenfäden einflichst, wie ein jeder sehen kann.«

Sie ließ die Binsen fallen, als hätten sie ihr die Finger verbrannt, und ihre vom Bier geröteten Augen waren vor Schrekken starr, als sie fragte: »Bist auch du ein Zauberer, Sinuhe, daß du solche Worte sprichst, oder ist auch diese Sache bereits dem ganzen Volk bekannt?«

Ich antwortete: »Auf die Dauer kann dem Volk nichts verborgen bleiben, und es weiß alles, selbst wenn niemand es ihm berichten würde. Deine Taten, große königliche Mutter, sind wahrscheinlich ohne Zeugen geschehen; aber die Nacht hat dich gesehen, und der Nachtwind hat es in viele Ohren geflüstert, und ihn kannst du nicht am Reden hindern, auch wenn du den Menschen den Mund versiegeln könntest. Aber das Kunstwerk, das deine Finger hier anfertigen, ist eine sehr schöne Zaubermatte, und ich wäre dir dankbar, wenn du sie mir schenken wolltest; ich würde großen Wert darauf legen und sie weit mehr zu schätzen wissen als irgendein anderer Empfänger.«

Während ich so sprach, beruhigte sie sich, fuhr mit zitternden Fingern in ihrer Arbeit fort und trank Bier dazu. Als ich geendet, warf sie mir einen schlauen Blick zu und sagte: »Vielleicht mache ich dir die Matte zum Geschenk, Sinuhe, falls sie fertig wird. Es ist eine schöne und kostbare, eine königliche Matte, da ich sie eigenhändig geknüpft habe. Aber ein Geschenk fordert ein Gegengeschenk. Was gibst du mir dafür, Sinuhe?«

Ich lachte und sprach gelassen: »Als Gegengeschenk sollst du meine Zunge haben, königliche Mutter. Doch möchte ich sie am liebsten noch bis zu meinem Todestag im Mund behalten. Meine Zunge hat nämlich keinen Nutzen davon, gegen dich zu sprechen. Deshalb schenke ich sie dir.«

Sie murmelte etwas vor sich hin, schielte mich an und sagte: »Warum sollte ich etwas als Geschenk annehmen, das sich bereits in meiner Gewalt befindet? Niemand könnte mich daran hindern, dir die Zunge zu nehmen und auch die Hände, um dir das Niederschreiben ebenso zu verwehren wie das Ausplaudern. Auch könnte ich dich in meine Höhlen auf Besuch zu meinen lieben Negern führen. Vielleicht würdest du nie mehr von dort zurückkehren; denn sie bringen gerne Menschenopfer.«

Ich aber entgegnete: »Du hast offenbar zu viel Bier getrunken, königliche Mutter. Trink heute abend nicht noch mehr, oder du wirst in deinen Träumen Flußpferde zu sehen bekommen. Meine Zunge gehört dir, und ich zähle darauf, die Matte zu erhalten, wenn sie fertig ist.«

Ich erhob mich zum Gehen, und sie hinderte mich nicht daran, sondern kicherte nur, wie alte Frauen im Rausche zu tun pflegen, und sagte: »Du belustigst mich sehr, Sinuhe, wahrlich, du belustigst mich sehr!«

So verließ ich sie und kehrte unbehindert in die Stadt zurück, wo Merit ihre Matte mit mir teilte. Aber ich war nicht mehr ungetrübt glücklich; denn ich dachte an das rußgeschwärzte Binsenboot, das über dem Lager meiner Mutter hing, und an die dunklen Finger, die mit den Knoten eines Vogelfängers Binsen zu einer Matte knüpften, und an den Nachtwind, der die leichten Binsenboote von den Mauern des goldenen Hauses stromabwärts ans jenseitige Ufer nach Theben trieb. An all das dachte ich und war nicht mehr ungetrübt glücklich; denn was das Wissen mehrt, mehrt auch die Sorgen, und diese Sorge hätte mir wahrhaftig erspart bleiben können, da ich schon über die Jugend hinaus war.

5

Der offizielle Grund für meine Reise nach Theben war ein Besuch im Haus des Lebens, wo ich seit Jahren nicht mehr gewesen war, obwohl meine Stellung als königlicher Schädelbohrer mich dazu verpflichtete und ich auch befürchtete, daß meine Geschicklichkeit zurückgegangen sein könnte, weil ich in der ganzen Zeit zu Achetaton keinen einzigen Schädel geöffnet hatte. Deshalb ging ich in das Haus des Lebens, hielt dort einige Vorlesungen und unterrichtete die Schüler, die sich für das Sonderfach des menschlichen Schädels ausbilden wollten. Das Haus des Lebens aber war nicht mehr dasselbe wie einst; seine Bedeutung hatte stark abgenommen, weil die Menschen, sogar die Armen, es nicht mehr aufsuchen wollten und die besten Ärzte es verlassen hatten und zur Ausübung ihres Berufes in die Stadt übergesiedelt waren. Ich hatte mir vorgestellt, daß das Wissen befreit und fortgeschritten sei, nachdem die Schüler nicht länger dazu angehalten waren, die Priesterprüfung ersten Grades abzulegen, um in das Haus des Lebens zu gelangen, wo sie niemand mehr daran hinderte, nach dem »Warum?« zu fragen. Aber zu meiner großen Enttäuschung waren die Schüler junge, unentwickelte Menschen, die keine Lust verspürten, nach dem »Warum?« zu fragen, sondern nur den Wunsch hegten, alle Kenntnisse von den Lehrern fertig vorgesetzt zu erhalten und ihren Namen im Buch des Lebens eingeschrieben zu sehen, um mit der Ausübung ihres Berufes beginnen und Silber und Gold verdienen zu können.

Es gab so wenig Patienten, daß es Wochen dauerte, bevor ich die drei Schädelbohrungen vornehmen konnte, die ich mir zum Ziel gesetzt hatte, um meine Geschicklichkeit zu prüfen. Diese Schädelbohrungen brachten mir viel Ruhm ein, und Ärzte wie Schüler schmeichelten mir und priesen die Sicherheit und Gewandtheit meiner Hände. Ich selbst aber hatte nach den Operationen das beklemmende Gefühl, daß meine Hände nicht mehr so geschickt und unfehlbar arbeiteten wie in meinen besten Tagen. Auch mein Blick war getrübt, so daß ich die Leiden der Menschen nicht mehr so rasch und leicht wie früher erkannte, sondern zahlreiche Fragen stellen und langwierige Untersuchungen vornehmen mußte, um meiner Sache sicher zu sein. Deshalb empfing ich auch zu Hause täglich Patienten und heilte sie, ohne Geschenke dafür zu verlangen, nur um meine einstige Geschicklichkeit wieder zu erlangen.

Jedenfalls aber öffnete ich also im Haus des Lebens drei Schädel. Den einen operierte ich aus Barmherzigkeit, weil der Kranke unheilbar war und unerträgliche Qualen litt. Die beiden anderen Fälle hingegen waren interessant und erforderten meine ganze Gewandtheit. Der erste war ein Mann, der sich ein paar Jahre zuvor an einem heißen Sommertag mit der Frau eines anderen Mannes belustigt und dabei vor diesem Reißaus genommen hatte. Bei der Flucht war er vom Dach des Hauses kopfüber auf die Straße hinuntergefallen. Zwar hatte er, ohne merkbare Verletzungen davongetragen zu haben, das Bewußtsein wiedererlangt, aber nach einiger Zeit wurde er von der heiligen Krankheit befallen und bekam zahlreiche Anfälle, die sich immer noch wiederholten, sobald er Wein trank. Obschon er von Wahnvorstellungen verschont blieb, stieß er mit bösartiger Stimme Schreie aus, strampelte, schlug um sich, biß sich in die Zunge und ließ sein Wasser laufen. Er fürchtete sich so sehr vor diesen Anfällen, daß er ohne Zögern auf die Operation einging und mich sogar selbst darum bat. Deshalb willigte ich ein, ihm den Schädel zu öffnen. Auf Anregung der Ärzte im Haus des Lebens zog ich einen Blutstiller hinzu, obwohl ich nicht an solche gewöhnt war, sondern mich mehr auf meine eigene Fähigkeit zu verlassen pflegte. Dieser Blutstiller war noch stumpfsinniger und schläfriger als der einst im goldenen Haus des Pharao verschiedene, von dem ich früher erzählt habe. Während der ganzen Operation mußte man ihn schütteln und puffen, damit er sich wachhalte und seiner Aufgabe entsinne; trotzdem sikkerte das Blut wiederholt aus der Schnittwunde. Jedenfalls öffnete ich den ganzen Schädel des Mannes und sah, daß das Gehirn an vielen Stellen von gestocktem Blut geschwärzt war. Deshalb dauerte die Säuberung lange; auch konnte ich nicht das ganze Gehirn reinigen, ohne sein Leben zu gefährden. Allerdings befiel ihn die heilige Krankheit nicht mehr – denn er starb wie üblich am dritten Tag nach der Operation; dennoch wurde gerade diese Operation als besonders geglückt betrachtet, meine Geschicklichkeit höchlich gepriesen, und die Schüler merkten sich alles, was ich tat und ihnen erklärte.

Der zweite Fall war an und für sich einfach; denn der Patient war ein Knabe, den die Wächter bewußtlos, ausgeplündert und mit zerschlagenem Kopf, sterbend auf der Straße gefunden hatten. Zufällig befand ich mich im Haus des Lebens, als die Wächter ihn dorthin brachten; ein Eingriff war keine gewagte Sache, weil alle überzeugt waren, daß er ohnehin sterben würde und kein Arzt sich seiner annehmen wollte. Deshalb öffnete ich ihm so rasch wie möglich den zerschmetterten Schädel, entfernte die Knochensplitter aus seinem Gehirn und verschloß das Loch in seinem Kopf mit geläutertem Silber. Er war geheilt und lebte noch, als ich Theben zwei Wochen später verließ; doch konnte er die Arme nicht gut bewegen, und seine Hände und Fußsohlen hatten für das Kitzeln mit einer Feder kein Gefühl mehr. Immerhin nahm ich an, er könne mit der Zeit gänzlich genesen. Diese Schädelbohrung erregte jedoch nicht das gleiche Aufsehen wie die Operation an dem Mann mit der heiligen Krankheit: Alle fanden ihr Gelingen natürlich und selbstverständlich und bewunderten bloß die Gewandtheit meiner Hände. In einer Hinsicht war der Fall trotzdem ungewöhnlich: Die Art der Wunde und die große Eile erlaubten mir nicht, dem Kranken den Kopf vor dem Öffnen zu rasieren; nach dem Zusammennähen der Kopfhaut über der Silberplatte stand das Haar wieder wie früher auf seinem Haupt, und niemand konnte darunter die Operationswunde entdecken.

Begegnete man mir meiner Würde wegen im Haus des Lebens auch mit Ehrfurcht, so wichen mir die alten Ärzte doch aus und trauten sich nicht, offen und vertraulich mit mir zu reden; denn ich kam aus Achetaton, sie aber befanden sich ihrer Kleinmütigkeit wegen immer noch in der Gewalt des falschen Gottes. Ich sprach mit ihnen nicht über Aton, sondern bloß über berufliche Fragen. Tag für Tag suchten sie meine Gesinnung zu erforschen und beschnüffelten mich – ungefähr wie ein Hund auf der Suche nach einem Gegenstand auf dem Boden schnuppert –, bis mich ihr Gebaren schließlich zu wundern begann. Nach der dritten Schädelbohrung kam ein Arzt, der besonders weise und mit dem Messer geschickt war, zu mir und sprach:

»Königlicher Sinuhe, du hast gewiß bemerkt, daß das Haus des Lebens leerer als früher ist und daß man uns nicht mehr so häufig wie einst aufsucht, obgleich es in Theben heute nicht weniger, ja eher mehr Kranke gibt. Du hast viele Länder bereist, Sinuhe, und viele Heilungen gesehen, aber ich zweifle, ob du jemals Genesungen sahst, wie sie heutzutage heimlich in Theben geschehen; denn zu diesen braucht es weder Messer noch Feuer, weder Arzneien noch Binden. Man hat mich beauftragt, dir davon zu erzählen und dich zu fragen, ob du einer solchen Kur beiwohnen wolltest. Doch du mußt versprechen, niemand etwas von dem, was du zu sehen bekommen wirst, zu erzählen! Auch mußt du dir die Augen verbinden lassen, wenn du zu dem heiligen Platz der Gesundung geführt wirst, weil du seine Lage nicht wissen darfst.«

Seine Rede gefiel mir nicht; denn ich befürchtete, wegen dieser Angelegenheit Unannehmlichkeiten mit dem Pharao zu bekommen. Trotzdem war meine Neugier groß, und deshalb sagte ich: »Ich habe allerdings vernommen, daß sich in Theben heutzutage seltsame Dinge zutragen. Die Männer erzählen Märchen, und die Frauen haben Gesichte – von Glaubensheilungen aber habe ich noch nichts gehört. Als Arzt zweifle ich auch sehr an Kuren, die ohne Messer und Feuer, ohne Arzneien und Binden vorgenommen werden. Deshalb will ich nicht in irgendwelche Betrügereien verwickelt werden, und mein Name darf nicht zum Zeugnis für Dinge, die es nicht gibt und die nicht geschehen, mißbraucht werden.«

Er widersprach mir eifrig und sagte: »Wir hielten dich für vorurteilsfrei, königlicher Sinuhe, der du viele Länder bereist und dort für uns Ägypter unbekanntes Wissen gesammelt hast. Auch kann man ja Blutungen ohne Zangen oder glühendes Eisen stillen. Warum sollte man also nicht auch ohne Feuer und Messer heilen können? Wir versichern dir, daß dein Name nicht in die Angelegenheit verwickelt wird; aber aus besonderen Gründen möchten wir gerade dich als Augenzeugen, damit du siehst, daß bei diesen Heilungen kein Betrug stattfindet. Du bist einsam und ein unparteiischer Zeuge, deshalb brauchen wir gerade dich.«

Seine Worte verblüfften mich und erregten meine Neugier Auch wollte ich gerne mein ärztliches Wissen bereichern. Deshalb ging ich auf seinen Vorschlag ein. Nach Einbruch der Dunkelheit holte er mich in meinem Haus in einer Sänfte ab und band mir ein Tuch vor die Augen, damit ich nicht sehe, in welche Richtung man mich forttrug. Nachdem die Sänfte abgestellt worden war, nahm er mich bei der Hand und führte mich durch viele Gänge treppauf und treppab, bis ich erklärte, daß ich es satt habe und den Spaß nicht länger mitmache. Da beruhigte er mich, nahm mir die Binde ab und geleitete mich in einen großen Saal mit Steinwänden, in dem zahlreiche Lampen brannten. Auf dem Boden lagen auf Bahren drei Kranke, und ein Priester mit rasiertem Kopf und von heiligem Öl glänzendem Gesicht trat auf mich zu. Er nannte mich beim Namen und forderte mich auf, die Patienten genau zu untersuchen, um mich zu überzeugen, daß kein Betrug vorliege. Seine Stimme war fest und mild zugleich, und seine Augen waren die eines Weisen. Deshalb leistete ich seiner Aufforderung Folge und untersuchte die Kranken, wobei mir der Wundarzt aus dem Haus des Lebens an die Hand ging.

Ich sah, daß die drei Patienten tatsächlich krank waren und sich nicht aus eigener Kraft von ihren Bahren zu erheben vermochten. Die erste war eine junge Frau mit vertrockneten, mageren, vollkommen leblosen Gliedern, in deren abgezehrtem Gesicht sich nur die dunklen Augen erschrocken bewegten. Der zweite war ein Junge, dessen ganzer Körper von einem entsetzlichen Ausschlag und blutigem Schorf bedeckt war. Der dritte wiederum war ein alter Mann, dessen Beine so gelähmt waren, daß er nicht gehen konnte; ich überzeugte mich von der Echtheit der Lähmung, indem ich ihn mit einer Nadel in die Beine stach, wobei er nicht den geringsten Schmerz spürte. Deshalb sagte ich schließlich zu dem Priester: »Ich habe diese drei Patienten nach bestem Vermögen untersucht, und wenn ich ihr Arzt wäre, würde mir nichts anderes übrigbleiben, als sie in das Haus des Lebens zu schicken. Die Frau und der Alte könnten auch dort schwerlich geheilt, die Leiden des Knaben hingegen vielleicht durch tägliche Schwefelbäder gelindert werden.«

Der Priester lächelte und ließ uns zwei Ärzte in dem hinteren, verdunkelten Teil des Saales Platz nehmen, wo wir geduldig warteten. Daraufhin ließ er Sklaven hereinkommen, welche die Bahren mit den Kranken auf den Altar hinaufhoben und betäubendes Räucherwerk in den Rauchfässern anzündeten. Aus dem Gang wurden Stimmen vernehmbar, und eine Gruppe Priester kam unter Absingen der heiligen Lieder Ammons zur Tür herein. Sie stellten sich um die Kranken herum und begannen zu beten, zu hüpfen und Rufe auszustoßen. Sie tanzten und schrien, bis ihnen der Schweiß über die Gesichter zu strömen begann, worauf sie ihre Achseltücher abwarfen, Glocken in den Händen schwenkten und sich die Brust mit scharfen Steinen schürften, so daß Blut daraus sickerte. Ich hatte bereits in Syrien ähnlichen Riten beigewohnt und betrachtete daher ihre Verzükkung kaltblütig und ungerührt, bis sie noch lauter als zuvor zu schreien und die Steinwand mit den Fäusten zu bearbeiten begannen, worauf sich diese auftat und Ammons heiliges Bildnis schreckenerregend im Schein der Lampe vor uns stand. Im selben Augenblick verstummten die Priester, und nach all dem Lärm wirkte das Schweigen fürchterlich. Das Antlitz Ammons leuchtete, glühend von himmlischem Licht, in dem dunklen Gewölbe zu uns herüber, und plötzlich trat der oberste Priester vor die Kranken, rief sie bei ihren Namen und sprach: »Erhebt euch und geht! Der große Ammon hat euch gesegnet, weil ihr an ihn glaubt!«

Da sah ich mit eigenen Augen die drei Kranken, den Blick starr auf das Bildnis des Gottes gerichtet, sich zögernd auf ihren Bahren bewegen. Mit zitternden Gliedern erhoben sie sich zuerst auf die Knie, standen dann auf und betasteten prüfend ihre Glieder, um schließlich in Tränen und Gebete auszubrechen und den Namen Ammons zu segnen. Die Wand aber schloß sich wieder, die Priester entfernten sich, und die Sklaven trugen das Räucherwerk fort und entzündeten zahlreiche Lampen, um uns Ärzten die Untersuchung der Kranken zu erleichtern. Wir stellten fest, daß die junge Frau ihre Glieder bewegen und, von uns gestützt, einige Schritte machen konnte, daß der Greis aus eigenen Kräften zu gehen vermochte und der Ausschlag des Jungen verschwunden und seine Haut glatt und rein war. All das geschah im Verlauf einiger Wassermaße, und ich würde dergleichen niemals für möglich gehalten haben, wenn ich es nicht mit eigenen Augen gesehen hätte.

Der Priester, der uns empfangen hatte, trat mit siegesbewußtem Lächeln auf uns zu und fragte: »Was sagst du nun, königlicher Sinuhe?« Ich blickte ihm unerschrocken in die Augen und erwiderte: »Ich verstehe, daß die Frau und der Greis an irgendeiner Zauberei litten, die ihren Willen gefesselt hielt, und Zauberei wird durch das gleiche Mittel aufgehoben, falls der Wille des Zauberers stärker ist als ein in Bann geschlagener Wille. Aber ein Ausschlag bleibt ein Ausschlag und kann nicht durch Zauberei, sondern nur durch monatelange Pflege und Heilbäder kuriert werden. Deshalb muß ich zugeben, daß ich nie zuvor etwas Derartiges gesehen habe.«

Er blickte mich mit flammenden Augen an und fragte: »Gibst du also zu, Sinuhe, daß Ammon immer noch der König aller Götter ist?« Ich aber entgegnete: »Ich wünsche nicht, daß du den Namen des falschen Gottes laut aussprichst! Der Pharao hat es verboten, und ich bin sein Diener.«

Ich sah wohl, daß meine Worte ihn aufbrachten; aber er war ein Priester des obersten Grades, und sein Wille stärker als sein

Herz. Darum beherrschte er sich und sprach lächelnd: »Mein Name ist Hrihor – damit du mich den Wächtern angeben kannst! Aber ich fürchte die Wächter des falschen Pharao nicht, und ebensowenig fürchte ich seine Geißel und seine Gruben und werde jedermann, der im Namen Ammons zu mir kommt, heilen. Laß uns aber nicht über diese Dinge streiten, sondern lieber wie gebildete Menschen miteinander reden. Ich lade dich daher in meine Zelle zum Weintrinken ein; du bist sicher müde, nachdem du mehrere Wassermaße lang auf einem harten Sitz gesessen hast.«

Der Weg in seine Zelle führte durch steinerne Gänge, deren drückende Luft mir verriet, daß wir uns unter der Erde befanden, und mir fielen die Höhlen Ammons ein, über die viele Sagen erzählt wurden, die aber wohl von keinem Uneingeweihten je betreten worden waren. Hrihor verabschiedete den Wundarzt aus dem Haus des Lebens, und ich betrat mit ihm die Zelle, wo es an keiner Bequemlichkeit fehlte, die ein Menschenherz erfreuen kann. Sein Ruhelager war von einem Baldachin überwölbt, seine Kästen und Schreine waren aus Elfenbein und Ebenholz, seine Teppiche weich und prächtig, und der Raum duftete nach kostbaren Salben. Höflich goß er mir Riechwasser über die Hände, bot mir einen Sitz an und bewirtete mich mit Honigkuchen, Obst und uraltem, mit Myrrhe gewürztem schwerem Wein aus den Rebbergen Ammons. Wir tranken, und er sprach zu mir:

»Sinuhe, wir kennen dich und haben deine Laufbahn verfolgt und wissen daher, daß du den falschen Pharao von Herzen liebst und das auch sein falscher Gott dir nicht so fremd geblieben ist, wie wir es gewünscht hätten. Ich aber versichere dir, daß sein Gott in keiner Hinsicht unserem Ammon überlegen ist; denn der Haß des Pharao und seine Verfolgungen haben Ammon geläutert und stärker als je gemacht. Doch will ich mich dir gegenüber nicht auf göttliche Dinge berufen, sondern zu dem Menschen in dir sprechen, der Arme umsonst geheilt hat und als Ägypter das schwarze Land mehr liebt als die roten Lande. Deshalb sage ich dir: Pharao Echnaton ist ein Fluch für das arme Volk und ein Verderben für ganz Ägypten; er muß gestürzt werden, bevor das Böse, das er anstiftet, einen solchen Umfang annimmt, daß es nicht einmal mehr durch Blut gutzumachen ist.«

Ich trank von seinem Wein und sagte: »Die Götter sind mir gleichgültig, und ich habe sie alle satt bekommen! Aber der Gott Pharao Echnatons ist anders beschaffen als alle bisherigen Götter; denn es gibt kein Bildnis von ihm, und alle Menschen, auch der Arme und der Sklave und der Fremde, sind gleichwertig vor ihm. Deshalb glaube ich, daß ein Weltjahr zu Ende geht und ein neues im Entstehen begriffen ist, und darum kann selbst das Unglaubliche, jeder menschlichen Vernunft Widersprechende geschehen. Noch zu keiner Zeit hat es eine so günstige Gelegenheit gegeben, alles zu erneuern und die Menschen zu Brüdern zu machen.«

Hrihor hob abwehrend die Hand und sagte lächelnd: »Wie ich merke, träumst du mit wachen Augen, Sinuhe, obwohl ich dich für einen vernünftigen Mann hielt. Meine Ziele sind geringer als die deinigen. Ich wünsche nur, daß alles wieder wie früher sei, daß auch der Arme sein Maß voll bekomme und die Gesetze eingehalten werden. Ich wünsche bloß, daß jedermann in Sicherheit seinen Beruf ausüben und glauben darf, was ihm selbst beliebt. Ich wünsche, daß alles, was das Leben weiterführt, erhalten bleibt – wie der Unterschied zwischen dem Sklaven und seinem Besitzer, zwischen dem Diener und dem Herrn. Ich will, daß die Macht und die Ehre Ägyptens unangetastet bestehen bleiben und die Kinder in einem Lande geboren werden, wo jeder seinen gegebenen Platz und seine im voraus bis zum Tod vorgeschriebene Aufgabe hat und keine eitle Unruhe an irgendeines Menschen Herzen zehrt. Das alles ersehne ich, und deshalb muß Pharao Echnaton fallen.«

Er berührte mit bittender Gebärde meinen Arm, beugte sich vor und sagte: »Du, Sinuhe, bist ein fügsamer, sanftmütiger Mann, der niemandem übel will. Wir leben aber in einer Zeit, da jeder sich entscheiden muß und keiner dieser Wahl entgehen kann. Wer nicht mit uns ist, ist gegen uns und wird eines Tages dafür leiden müssen. Denn du bist wohl nicht so einfältig zu glauben, daß seine Macht noch lange währt. Es ist mir gleichgültig, welchen Göttern du dienst oder ob du überhaupt Götter hast; Ammon kommt ohne deinen Glauben gut aus. In deiner Macht, Sinuhe, aber steht es, Ägypten von dem Fluche zu befreien, der auf ihm lastet. In deiner Macht steht es, Hunger und Elend und Unruhe aus dem schwarzen Lande zu bannen. In deiner Macht steht es, Ägypten seine einstige Kraft und Geltung wiederzugeben.«

Seine Worte beunruhigten mich. Deshalb trank ich wieder von seinem Wein, und das süße Aroma der Myrrhe füllte mir Mund und Nase. Ich zwang mich zu einem Lachen und erwiderte: »Du bist gewiß von einem tollen Hund gebissen oder von einem Skorpion gestochen worden! Ich besitze wahrlich keine große Macht; ich vermag ja nicht einmal Kranke so gut zu heilen wie du!«

Er erhob sich und sagte: »Ich will dir etwas zeigen.« Er nahm eine Lampe, führte mich in einen Gang, öffnete eine mit vielen Schlössern versehene Tür und leuchtete in eine Zelle, die von Gold und Silber und Edelsteinen funkelte und sprühte und mit mannshohen Goldgefäßen angefüllt war. Er sagte: »Fürchte dich nicht! Ich beabsichtige durchaus nicht, dich durch Gold zu versuchen. So dumm bin ich nicht. Aber es schadet vielleicht nicht, wenn du siehst, daß Ammon immer noch reicher als der Pharao ist. Nein, mit Gold will ich dich nicht verleiten; hingegen will ich dir etwas anderes zeigen.«

Er öffnete noch eine zweite Kupfertür und leuchtete mit der Lampe in eine kleine Zelle, wo auf einem steinernen Lager ein Wachsbild ruhte, die Doppelkrone auf dem Haupt, Brust und Schläfen von spitzen Knochenpfriemen durchbohrt. Unwillkürlich hob ich die Hände und begann die gegen Zauberei schützenden Sprüche zu murmeln, die ich zur Zeit meines Studiums für den ersten Priestergrad erlernt hatte. Hrihor betrachtete mich lächelnd, und seine Hand, die die Lampe hielt, zitterte nicht. »Glaubst du nun«, fragte er, »daß die Zeit des Pharao Echnaton bald abgelaufen sein wird, nachdem wir dieses Bild im Namen Ammons verhext und ihm Haupt und Herz mit den heiligen Pfriemen des Gottes durchbohrt haben? Doch wirkt der Zauberspruch nur langsam, und es wird noch viel Böses geschehen; denn zweifellos vermag ihn sein Gott gegen unseren

Zauber einigermaßen zu schützen. Deshalb will ich, nachdem du dies gesehen, noch mit dir reden.«

Er schloß sorgfältig alle Türen, führte mich in seine Zelle zurück und füllte meinen Becher von neuem. Aber der Wein rann mir über das Kinn, und der Becher klapperte gegen meine Zähne; denn ich wußte, daß ich mit eigenen Augen einen Zauber gesehen hatte, der stärker als jeder andere war und den noch kein Mensch hatte abwenden können. So furchtbar ist dieser Zauber mit Wachsbildnissen, daß die Ammonpriester ihn in ihrem Tempel nicht laut zu nennen wagten, und er nur aus alten Schriften zu erlernen war. Trotzdem gab es viele Leute, die an seiner Wirksamkeit Zweifel hegten, nachdem zweitausend Jahre seit dem Bau der Pyramiden verstrichen waren und die Welt nicht mehr jung und voll Zauberei wie damals war. Hrihor sprach:

»Wie du siehst, erstreckt sich die Macht Ammons bis nach Achetaton. Frage mich nicht, wie wir zu seinen Kopfhaaren und abgeschnittenen Nägeln gekommen sind, um sie in das Wachsbildnis einzufügen! Soviel aber kann ich dir verraten: Wir haben sie nicht für Gold erstanden, sondern sie Ammons wegen erhalten.«

Er betrachtete mich forschend und sagte schließlich, indem er jedes Wort abzuwägen schien: »Die Kraft Ammons wächst Tag für Tag, wie du vorhin bei der Heilung der Kranken im Namen Ammons mit eigenen Augen festgestellt hast. Mit jedem Tag wirkt sich der Fluch Ammons über Ägypten fürchterlicher aus. Je länger der Pharao lebt, um so mehr muß das Volk seinetwegen leiden – und der Zauber wirkt langsam. Was würdest du sagen, Sinuhe, wenn ich dir ein Mittel gäbe, welches das Kopfweh des Pharao für immer heilen würde, so daß er nie mehr zu leiden brauchte?«

»Der Mensch ist immer Leiden ausgesetzt«, erwiderte ich. »Nur ein Toter fühlt keine Schmerzen mehr.«

Er betrachtete mich mit brennenden Augen, und sein Wille lähmte mich, so daß ich keine Hand zu heben vermochte, während er sprach: »Vielleicht verhält es sich so. Aber dieses Mittel hier hinterläßt keinerlei Spuren, niemand wird dich anklagen, und nicht einmal die Balsamierer werden etwas Ungewöhnliches in seinen Gedärmen entdecken. Du brauchst nichts von alldem zu wissen, sondern reichst dem Pharao bloß eine Arznei, die sein Kopfweh heilt. Wenn er sie eingenommen hat, entschläft er und wird nie mehr Schmerzen oder Kummer leiden.«

Er hob die Hand, wie um meinem Einwand zu begegnen, und fügte hinzu: »Ich will dich nicht durch Gold bestechen; aber wenn du es tust, wird dein Name für alle Zeiten gesegnet sein und dein Leib unversehrt für die Ewigkeit erhalten bleiben. Auch werden dich zu Lebzeiten unsichtbare Hände schützen, und es gibt keinen menschlichen Wunsch, der dir nicht erfüllt sein soll. Das alles gelobe ich dir; denn ich besitze die Macht, es dir zu versprechen.«

Er hob die Hände und betrachtete mich mit brennenden Augen, deren Blick ich nicht auszuweichen vermochte. Sein Wille lähmte mich, so daß ich mich nicht bewegen, nicht erheben, nicht einmal die Hände ausstrecken konnte. Er sprach: »Wenn ich sage: ›Erhebe dich!‹, erhebst du dich. Wenn ich sage: ›Hebe deine Hände!‹, hebst du sie. Aber ich kann dir nicht befehlen, dich vor Ammon zu verneigen, falls du es nicht selbst willst, und ich kann dich auch nicht dazu bringen, Handlungen auszuführen, die gegen den Willen deines Herzens sind. Dies beschränkt meine Macht über dich. Deshalb beschwöre ich dich um Ägyptens willen: Nimm das Mittel, das ich dir gebe, Sinuhe, und heile seinen Kopfschmerz für ewig.«

Er ließ die Hände sinken, worauf ich mich wieder zu bewegen und den Weinbecher an die Lippen zu führen vermochte und nicht mehr zitterte. Ich spürte den Duft der Myrrhe im Mund und in der Nase und sprach: »Hrihor, ich verspreche dir nichts, aber gib mir für alle Fälle das Mittel. Gib mir diese barmherzige Arznei, die vielleicht besser als Mohnsaft ist! Vielleicht kommt die Stunde, da er selbst am liebsten einschlafen möchte, um nicht wieder zu erwachen.«

Er reichte mir das Mittel in einem winzigen Fläschchen aus buntem Glas und sagte: »Die Zukunft Ägyptens ruht in deinen Händen, Sinuhe. Es verstößt zwar gegen Brauch und Sitte, daß jemand die Hand gegen den Pharao erhebt, aber die Not und die Ungeduld des Volkes sind groß, und der Augenblick könnte kommen, da jemand sich besinnt, daß auch der Pharao sterblich ist und daß sein Blut ausrinnt, wenn man ihm die Haut mit einem Speer oder Messer öffnete. Das darf jedoch niemals geschehen, weil dann die Macht der Pharaonen wanken würde. Deshalb ruht das Schicksal Ägyptens jetzt in deinen Händen, Sinuhe.«

Ich steckte das Mittel in den Gürtel und sagte spöttisch: »Am Tag meiner Geburt ruhte das Schicksal Ägyptens vielleicht in schwarzen Fingern, welche Binsen zusammenknüpften. Aber es gibt Dinge, die nicht einmal du, Hrihor, kennst, obwohl du glaubst, alles zu wissen. Jedenfalls habe ich das Mittel nun bei mir. Doch vergiß nicht, daß ich dir nichts Bestimmtes versprochen habe!«

Er lächelte, hob die Hände zum Abschied und sagte wie zuvor: »Dein Lohn soll groß sein.« Alsdann geleitete er mich durch die Gänge, ohne etwas vor mir zu verbergen; denn seine Augen lasen in den Herzen der Menschen, und er wußte daher, daß ich ihn nicht anzeigen würde. Darum kann ich berichten, daß die Höhlen Ammons unter dem großen Tempel liegen; doch wie man hineingelangt, ist ein Geheimnis, das ich nicht zu verraten wüßte.

6

Einige Tage darauf verschied in dem goldenen Haus die große königliche Mutter Teje. Eine kleine Sandschlange biß sie beim Ausnehmen der Vogelnetze im Garten des Palastes. Ihr eigener Arzt war gerade nicht zur Stelle, wie ja gewöhnlich keine Hilfe da ist, wenn sie am dringendsten benötigt wird. Deshalb holte man mich aus meinem Haus in Theben; doch als ich in dem goldenen Haus ankam, konnte ich nur noch ihren Tod feststellen. Eine Schuld daran konnte man ihrem Leibarzt nicht zuschreiben. Der Biß einer Sandschlange ist immer tödlich, falls man nicht, ehe der Puls hundertmal geschlagen, die Wunde öffnet und die Adern oberhalb des Bisses abbindet.

Der Sitte gemäß mußte ich in dem goldenen Haus bleiben, um den Leichnam den Trägern aus dem Haus des Todes zu übergeben. Ich stieß dabei auch auf den düsteren Priester Eje, der bei der Leiche stand, die aufgedunsenen Wangen der königlichen Mutter mit den Händen berührte und sagte: »Es war höchste Zeit für sie zu sterben; denn sie war eine abstoßende Alte, die Ränke gegen mich schmiedete. Ihre eigenen Untaten haben sie verurteilt, und ich hoffe, daß das Volk sich nun nach ihrem Tod beruhigen werde.« Ich glaube jedoch nicht, daß Eje sie ermordet hat. Das hätte er kaum zu tun gewagt. Gemeinsame Verbrechen und dunkle Geheimnisse verbinden die Menschen stärker als Liebe, und ich weiß, daß Eje sie trotz seiner gefühllosen Worte nach ihrem Tod vermißte; denn sie hatten sich im Lauf der Jahre aneinander gewöhnt.

Als sich die Kunde vom Tod der königlichen Mutter in Theben verbreitete, zog das Volk seine Feiertagskleider an und versammelte sich hocherfreut auf den Straßen und Plätzen. Prophezeiungen gingen von Mund zu Mund, und zahlreiche heilige Weiber tauchten im Volk auf, um neue schlimme Dinge vorauszusagen. Viele Leute versammelten sich auch vor den Mauern des goldenen Hauses. Um das Volk zu beschwichtigen und seine Gunst zu gewinnen, ließ Eje die Negerzauberer der Königin Teje durch Peitschenhiebe aus den Höhlen des goldenen Hauses vertreiben. Es waren ihrer vier und dazu eine Hexe, dick und häßlich wie ein Flußpferd; die Wächter jagten sie mit ihren Peitschen durch die Papyruspforte hinaus, worauf das Volk sich auf sie warf und sie in Stücke riß, wogegen auch ihre Zauberkunst sie nicht zu schützen vermochte. Ferner ließ Eje in den Höhlen ihre sämtlichen Zauberwerkzeuge, Arzneien und heiligen Baumstrünke verbrennen, was ich bedauerte, weil ich sie gerne einer genauen Prüfung unterzogen hätte.

Im Palast gab es niemand, der den Tod der königlichen Mutter und das Schicksal der Zauberer und der Hexe beweint hätte. Zwar trat die Prinzessin Baketaton zur Leiche ihrer Mutter, berührte mit ihren schönen Händen deren dunkle Finger und sagte: »Dein Mann hat schlecht gehandelt, Mutter, indem er dem Volk deine schwarzen Zauberer auslieferte.« Und zu mir sprach sie: »Diese Zauberer waren durchaus keine schlechten Menschen; sie weilten auch nicht gerne hier, sondern sehnten sich aus dem Palast in ihre Dschungel und Strohhütten zurück. Sie hätten nicht für die Taten meiner Mutter bestraft werden dürfen.«

So begegnete ich der Prinzessin Baketaton, und sie sah mich und redete mit mir, und ihre stolze Haltung und ihr schönes Haupt machten einen tiefen Eindruck auf mich. Sie fragte mich über Haremhab aus, verhöhnte meinen Freund und meinte: »Haremhab ist niederer Abstammung, und seine Redensweise ist roh; aber wenn er sich eine Frau nähme, könnte ihm ein vornehmes Geschlecht entsprießen. Kannst du, Sinuhe, mir sagen, weshalb er sich nicht verheiratet hat?«

Ich entgegnete: »Du bist nicht die erste, die diese Frage stellt, königliche Baketaton; deiner Schönheit wegen aber will ich dir anvertrauen, was ich noch keinem anderen verraten habe. Da Haremhab als Jüngling zum erstenmal in den Palast kam, erblickte er unversehens den Mond. Seitdem hat er keine Frau mehr mit der Absicht betrachten können, den Krug mit ihr zu zerbrechen. Wie aber steht es mit dir, Baketaton? Es gibt keinen Baum, der immer nur blüht, sondern jeder Baum muß auch einmal Früchte tragen, und als Arzt sähe ich gerne deine Lenden in Fruchtbarkeit schwellen.«

Sie warf stolz den Kopf zurück und sagte: »Du weißt ganz gut, Sinuhe, daß mein Blut zu heilig ist, um selbst mit dem vornehmsten Blute Ägyptens vermischt zu werden. Deshalb hätte mein Bruder besser daran getan, mich nach gutem altem Brauch zur Gemahlin zu nehmen, und ich hätte ihm sicher schon längst einen Sohn geboren. Außerdem würde ich, wenn ich die Macht dazu besäße, diesem Haremhab die Augen blenden lassen; denn sein Wagnis, die Blicke zum Mond zu erheben, war ein schimpfliches Beginnen. Auch gestehe ich dir offen, Sinuhe, daß der bloße Gedanke an einen Mann mich abschreckt; denn die Berührung der Männer ist roh und schamlos, und ihre harten Glieder zermalmen eine zarte Frau. Deshalb dünkt mich, man übertreibt sehr die Freude, die ein Mann einem Weibe bereiten kann.«

Aber während sie so sprach, leuchteten ihre Augen vor Aufregung, und sie atmete heftig, und ich sah, daß ihr das Gespräch großen Genuß bereitete. Deshalb reizte ich sie noch mehr, indem ich sagte: »Ich habe gesehen, wie mein Freund Haremhab allein durch die Spannung seiner Muskeln einen über den Arm gestreiften Kupferring zum Bersten brachte. Seine Glieder sind lang und stattlich, und seine Brust dröhnt wie eine Trommel, wenn er sich im Zorn mit den Fäusten daraufschlägt. Auch laufen ihm die Hofdamen wie Katzen nach, und er kann mit jeder machen, was ihm beliebt.«

Der geschminkte Mund der Prinzessin Baketaton zitterte, und ihre Augen sprühten Feuer, als sie heftig äußerte: »Sinuhe, deine Rede ist mir äußerst widerwärtig, und ich begreife nicht, warum du mit deinem Haremhab so großtust. Jedenfalls wurde er mit Mist zwischen den Zehen geboren, und schon sein Name mißfällt mir. Wahrlich, ich verstehe nicht, wie du neben dem Leichnam meiner Mutter so zu mir sprechen kannst!«

Ich wollte sie nicht daran erinnern, wer zuerst die Rede auf Haremhab gebracht hatte. Deshalb tat ich, als empfände ich Reue und sagte: »O Baketaton, verbleibe ruhig ein blühender Baum; denn dein Leib altert nicht, und du wirst noch manches Jahr blühen! Aber besaß deine Mutter wirklich keine vertraute Hofdame, die bei ihrer Leiche wehklagen und weinen könnte, bis das Haus des Todes sie holen läßt und die bezahlten Klageweiber sie beweinen und sich das Haar raufen werden? Wenn ich es vermöchte, würde ich selbst weinen; aber ich bin ein Arzt, und meine Tränen sind längst beim Anblick des Todes versiegt. Das Leben ist ein heißer Tag, Baketaton, vielleicht ist der Tod dafür eine kühle Nacht. Das Leben ist ein seichtes Gewässer, Baketaton, vielleicht ist der Tod eine klare Meerestiefe.«

Sie sagte: »Sprich nicht über den Tod mit mir, Sinuhe! Noch schmeckt das Leben süß in meinem Mund. Aber es ist wahrlich eine Schande, daß niemand bei der Leiche meiner Mutter weint. Ich selbst kann natürlich nicht weinen; denn es schickt sich nicht für meine Würde, und die Farbe würde von meinen Wimpern herabrinnen und die Schminke meiner Wangen zerstören. Aber ich will eine Hofdame hersenden, um mit dir zu weinen, Sinuhe.«

Ich wagte einen Scherz und sagte: »Göttliche Baketaton, deine Schönheit hat mich gereizt und deine Rede Öl auf mein Feuer gegossen. Sende daher ein altes, häßliches Klageweib, damit ich sie nicht in meiner Aufregung verführe und Schande über das Trauerhaus bringe.«

Sie schüttelte vorwurfsvoll das Haupt und sagte: »Sinuhe, Sinuhe, schämst du dich gar nicht, solche Tollheiten zu äußern? Wenn du auch, wie man behauptet, die Götter nicht fürchtest, solltest du doch Ehrfurcht vor dem Tod empfinden.« Aber da sie ein Weib war, fühlte sie sich keineswegs durch meine Rede verletzt, sondern ging eine Hofdame suchen, die bei der Leiche ihrer Mutter weinen sollte, bis die Träger aus dem Haus des Todes einträfen.

Ich verfolgte mit meiner gottlosen Rede beim Leichnam der Toten eine bestimmte Absicht und erwartete ungeduldig die Hofdame. Diese kam und war älter und häßlicher, als ich zu hoffen gewagt; denn im Frauenhaus der königlichen Mutter lebten immer noch die Gemahlinnen ihres verstorbenen Gatten sowie die Frauen des Pharao Echnaton mit ihren Ammen und Hofdamen. Trotz ihrer Häßlichkeit hieß diese Hofdame Mehunefer, und ihrem Gesicht sah ich an, daß sie Männer und Wein liebte. Beim Anblick der Leiche der großen königlichen Mutter begann sie pflichtgemäß zu weinen, zu schluchzen und sich das Haar zu raufen. Inzwischen holte ich Wein, und nachdem sie eine Zeitlang geweint hatte, willigte sie ein zu trinken, da ich ihr als Arzt die Versicherung gab, daß es ihr in ihrer großen Trauer nicht schaden würde. Während sie trank, begann ich ihr zuzusetzen, indem ich von ihrer früheren Schönheit sprach. Auch führte ich die Rede auf Kinder und erzählte ihr von den kleinen Töchtern des Pharao, bis ich mich schließlich dumm stellen und fragen konnte:

»Ist es wirklich wahr, daß die große königliche Mutter die einzige unter den Gemahlinnen des verewigten Pharao war, die ihm einen Sohn gebar?«

Mehunefer warf einen erschrockenen Blick auf die Tote und schüttelte das Haupt, um mich am Weiterreden zu hindern. Deshalb fuhr ich fort, eine Menge schöner und schmeichelhafter Worte über ihr Haar, ihre Kleider und ihren Schmuck zu äußern. Auch von ihren Augen und Lippen sprach ich, bis sie das Weinen ganz vergaß und mich entzückt betrachtete. Denn solche Worte glaubt eine Frau immer, selbst wenn sie weiß, daß sie nichts mit der Wahrheit zu tun haben; und je älter und häßlicher eine Frau ist, um so fester glaubt sie daran, weil sie eben glauben will. Auf diese Art wurden wir gute Freunde, und als die Träger aus dem Haus des Todes die Leiche fortgeschafft hatten, lud sie mich mit übertriebener Höflichkeit in ihre Gemächer in das Frauenhaus des Pharao ein, wo sie mir Wein vorsetzte und mit mir trank. Als sie schließlich angeheitert war, ließ sie ihrer Zunge immer freieren Lauf. Alle Dämme in ihr brachen, sie streichelte mir die Wangen, nannte mich einen schönen Jüngling und erzählte mir eine Menge Klatsch niedrigster Art aus dem Palast, um mich zu reizen. Sie gab mir auch zu verstehen, daß die große königliche Mutter sich öfters ganz offen mit ihren Negerzauberern ergötzt hatte, und meinte kichernd:

»Sie, die königliche Mutter, war ein unheimliches und fürchterliches Weib. Nach ihrem Tod atme ich erleichtert auf. Wahrlich, ich konnte ihren Geschmack nicht verstehen, wo es doch schöne und wohlriechende ägyptische Jünglinge mit brauner Haut und zartem Fleisch gibt!«

Sie schnupperte an meinen Schultern und Ohren; aber ich hielt sie von mir weg und fragte: »Die große Königin Teje war sehr geschickt im Binsenknüpfen, nicht wahr? Sie knüpfte kleine Binsenboote, nicht wahr, und ließ sie nachts den Strom hinunterschwimmen?«

Sie war über meine Worte erschrocken und fragte: »Wie kannst du das wissen?« Aber der Wein ließ sie jede Vorsicht vergessen; sie bekam Lust zu prahlen und sagte: »Ich weiß aber noch mehr als du! Unter anderem weiß ich, daß mindestens drei neugeborene Knäblein in kleinen Booten wie die Kinder der Ärmsten stromabwärts fuhren; denn bevor ihr Eje in den Weg kam, fürchtete die alte Hexe die Götter und wollte ihre Hände nicht mit Blut besudeln. Erst durch Eje wurde sie zur Giftmischerin: So verschied die Prinzessin Tadukhipa von Mitani, während sie unter Tränen nach ihrem Sohn rief und auf der Suche nach ihm aus dem Palast flüchten wollte.«

»O schöne Mehunefer!« sagte ich und berührte mit den Händen ihre dick geschminkten Wangen. »Du nützest gewiß meine Jugend und Unerfahrenheit aus, um mir erdichtete Märchen aufzubinden. Die Prinzessin von Mitani gebar doch keinen Sohn! Und wenn sie es wirklich tat, zu welchem Zeitpunkt wäre es dann geschehen?«

»Du bist durchaus nicht jung und unerfahren, Arzt Sinuhe!« sagte sie laut kichernd. »Deine Hände sind im Gegenteil heimtückisch und betrügerisch, deine Augen sind betrügerisch, am betrügerischsten aber ist dein Mund, der mir bittere Lügen ins Gesicht haucht. Doch haben dein Lügen in den Ohren einer alten Frau einen süßen Klang, und ich kann daher nicht unterlassen, dir ausführlich von der Prinzessin von Mitani zu erzählen, die zur großen königlichen Gemahlin hätte erhoben werden können – obgleich meine Worte, wenn Teje noch lebte, mir eine feine Schnur um den Hals ziehen könnten. Siehst du, Sinuhe, die Prinzessin Tadukhipa war ein kleines Mädchen, als sie aus dem fernen Land in das Frauenhaus des Pharao kam. Ja, sie war nur ein kleines, mit Puppen spielendes Mädchen, das im Frauenhaus des Pharao aufwuchs, ganz wie jene kleine Prinzessin, die mit Echnaton verheiratet wurde und ebenfalls starb. Und Pharao Amenophis berührte sie nicht, sondern liebte sie, wie man ein Kind liebt, beschäftigte sich mit ihren Puppen und schenkte ihr goldenes Spielzeug. Aber Tadukhipa wuchs zur Jungfrau heran; und als sie vierzehn Jahre zählte, war sie eine Schönheit mit zarten schlanken Gliedern, dunklen, in ferne Länder blickenden Augen und einer Haut gleich heller Asche, wie alle Frauen von Mitani sie besitzen. Da erfüllte der Pharao seine Pflicht gegen sie, wie er es, trotz aller Ränke Tejes, mit Wohlbehagen zahlreichen Frauen gegenüber tat; denn von solchen Dingen kann man einen Mann schwerlich abhalten, solange die Wurzeln seines Baumes noch nicht abgestorben sind. So begann denn ein Samenkorn als Zeichen für Tadukhipa zu keimen. Kurz darauf aber begann auch eines für Teje zu keimen; und Teje jubelte laut, weil sie bis dahin dem Pharao nur eine Tochter geboren hatte, und zwar die anmaßende und selbstbewußte Baketamon ... ich meine natürlich Baketaton! Ich bin leider alt, daher verspricht sich meine Zunge leicht.«

Sie stärkte ihre Zunge mit einem Schluck Wein und fuhr dann mit großer Redseligkeit fort: »Jeder, der etwas weiß, ist jedoch unterrichtet, daß das Samenkorn Tejes aus Heliopolis stammte; aber man tut am besten daran, diese Geschichte nicht mehr zu erwähnen. Jedenfalls lebte Teje zur Zeit der Schwangerschaft Tadukhipas in schweren Ängsten und bemühte sich nach Kräften, diese zu unterbrechen, wie sie es bereits mit Hilfe ihrer Negerzauberer bei vielen Bewohnerinnen des Frauenhauses des Pharao getan hatte. Zwei neugeborene Knäblein hatte sie schon in vorangegangenen Jahren in Binsenbooten den Strom hinabgeschickt; aber das war weniger wichtig gewesen, weil sie die Söhne unbedeutender Nebenfrauen waren, die große Angst vor Teje hegten und sich, nachdem sie reichlich beschenkt worden waren, damit abfanden, ein Mädchen statt eines Knaben neben sich zu finden. Die Prinzessin von Mitani jedoch war eine gefährlichere Nebenbuhlerin, denn sie stammte aus einem königlichen Geschlecht und besaß Freunde, die sie beschützten und hofften, sie nach der Geburt eines Sohnes an Tejes Stelle zur großen königlichen Gemahlin erhoben zu sehen. Aber Tejes Macht war so groß und ihre Heftigkeit so erschreckend zur Zeit, da das Samenkorn für sie keimte, daß niemand sich ihr zu widersetzen wagte; und auch Eje, den sie aus Heliopolis mitgebracht, stand auf ihrer Seite. Als daher die Prinzessin von Mitani gebären sollte, wurden alle ihre Freunde von ihr entfernt, und die Negerzauberer umgaben sie, um, wie es hieß, ihre Qualen zu lindern. Als sie ihren Sohn zu sehen verlangte, zeigte man ihr ein totes Mädchen; aber sie schenkte Teje keinen Glauben. Auch ich, Mehunefer, weiß, daß sie einen Sohn gebar und daß dieser am Leben blieb, bis er noch in der gleichen Nacht in einem Binsenboot den Strom hinabfuhr.«

Ich lachte laut auf und fragte: »Wieso weißt gerade du das, schöne Mehunefer?«

Sie ereiferte sich, goß sich beim Trinken Wein über das Kinn und fauchte: »Bei allen Göttern, ich habe ja mit eigenen Händen die Binsen gesammelt, weil Teje ihrer Schwangerschaft wegen nicht ins Wasser hinauswaten wollte!«

Ihre Worte entsetzten mich so, daß ich rasch auffuhr, den Wein aus meinem Becher zu Boden goß und ihn zum Zeichen meines Grauens mit dem Fuß in den Teppich rieb. Aber Mehunefer faßte mich bei den Händen, zog mich neben sich nieder und sagte: Ich hatte gewiß nicht die Absicht, das alles zu erzählen, und schade damit nur mir selbst; aber etwas in dir, ich weiß selbst nicht was, übt eine so starke Wirkung auf mich aus, daß mein Herz kein Geheimnis vor dir haben kann, Sinuhe. Deshalb gestehe ich, daß ich selbst die Binsen abschnitt, aus denen Teje ein Boot knüpfte; denn sie verließ sich nicht auf ihre Dienerschaft. Ich aber war durch ihre Zauberei und durch mein eigenes Tun an sie gebunden; denn in meiner törichten Jugendzeit hatte ich Handlungen begangen, derentwegen man mich ausgepeitscht und aus dem goldenen Haus vertrieben hätte, wenn sie bekanntgeworden wären. Doch wer von den Leuten im goldenen Haus hatte nichts Ähnliches begangen? Es lohnt sich daher nicht, dir heute davon zu erzählen. Jedenfalls hatte Teje mich an sich gefesselt, und ich watete ins Wasser hinaus und schnitt die Binsen ab, worauf sie im Dunkeln das Boot knüpfte und dabei vor sich hin lachte und gottlose Worte murmelte; denn sie war beglückt, die Prinzessin von Mitani auf diese Art zu besiegen. Ich aber beruhigte mein Herz mit der Hoffnung, daß sicherlich jemand das Kind finden werde, obwohl ich wußte, daß die Kinder, die in Binsenbooten den Strom hinabtreiben, entweder der Sonnenhitze erliegen oder von Krokodilen oder Raubvögeln gefressen werden. Die Prinzessin von Mitani gab sich jedoch nicht mit dem toten Mädchen zufrieden, das ihr die Zauberer hingelegt hatten; seine Hautfarbe und Kopfform waren anders als die ihrigen, und sie glaubte daher nicht, dieses Kind geboren zu haben. Die Haut der Frauen von Mitani ist nämlich glatt wie die Schale einer Obstfrucht, und ihre Farbe ist wie Rauch oder helle Asche, während ihre Köpfe klein und schön sind. Deshalb begann sie laut zu wehklagen und zu schluchzen, raufte sich das

Haar und stieß Beschuldigungen gegen die Zauberer und gegen Teje aus, bis diese die Ärzte aufforderte, der Prinzessin, die allem Anschein nach vor Trauer über ihr totgeborenes Kind den Verstand verloren habe, Betäubungsmittel zu geben. Nach echter Männerart glaubte der Pharao mehr den Worten Tejes als denjenigen Tadukhipas. Alsdann begann Tadukhipa dahinzusiechen und starb. Doch hatte sie vor ihrem Tod wiederholt Fluchtversuche aus dem goldenen Haus unternommen, um ihren Sohn ausfindig zu machen, und deshalb glaubten alle, ihr Geist sei umnachtet.«

Ich betrachtete meine Finger und sah, daß sie neben den Affenhänden Mehunefers hell und sogar rauchfarben waren. Meine Erregung und Furcht waren so groß, daß ich ganz leise fragte: »Schöne Mehunefer, kannst du mir noch sagen, wann sich das alles zutrug?«

Sie streichelte mir mit ihren dunklen Fingern den Nacken und sagte schmeichelnd: »O schöner Knabe, warum vergeudest du deine Zeit auf solch alten Nichtigkeiten, wo du sie doch wahrhaftig besser ausnützen könntest! Aber da ich dir nichts abschlagen kann, will ich dir anvertrauen, daß all dies im dreiundzwanzigsten Regierungsjahr des großen Pharao geschah, und zwar im Herbst, als die Wasser am höchsten standen. Wenn du dich etwa wundern solltest, daß ich mich so genau daran erinnere, kann ich als Erklärung hinzufügen, daß Pharao Echnaton im selben Jahr geboren wurde, wenn auch erst im Frühling darauf, zur Saatzeit, als der Hundsstern aufgegangen war. Deshalb entsinne ich mich dessen so gut.«

Entsetzen lähmte mir alle Glieder, so daß ich mich nicht zu wehren vermochte und nicht einmal spürte, wie sie mit ihrem vom Wein nassen Mund meine Wangen berührte, wobei ihre Lippen und Wangen ziegelfarbene Flecken darauf hinterließen. Auch schlang sie den Arm um mich, drückte mich fest an sich und nannte mich ihren kleinen Stier und Täuberich. Ich verteidigte mich nur zerstreut; denn meine Gedanken wogten wie ein schäumendes Meer. In meinem Innern bäumte sich alles gegen diese furchtbare Erkenntnis auf; denn wenn Mehunefer die Wahrheit gesprochen hatte, floß in meinen Adern das Blut des großen Pharao, und ich war ein Stiefbruder des Pharao Echnaton und hätte vielleicht vor ihm Pharao werden können, wenn die Arglist Tejes die Liebe meiner verstorbenen Mutter nicht besiegt hätte. Ich starrte vor mich hin und glaubte zu verstehen, warum ich mich stets so einsam und fremd auf Erden gefühlt hatte; denn königliches Blut bleibt einsam unter den Menschen. Auch glaubte ich zu verstehen, warum mir im Lande Mitani so seltsam zumute gewesen war, als hätte der Schatten des Todes über diesem schönen und verfeinerten Land geruht.

Doch die Zudringlichkeit Mehunefers weckte mich wieder zum Bewußtsein, und ich mußte mich mit ganzer Willenskraft zusammennehmen, um ihr Gerede und ihre Liebkosungen zu ertragen. Ihre Hände und Worte waren mir widerwärtig, wie mich überhaupt alles in dem goldenen Haus von da an abstoßend dünkte. Mein Verstand aber zwang mich, ihre Annäherungen über mich ergehen zu lassen, und ich überredete sie, weiterzutrinken, damit sie sich noch mehr berausche und alles, was sie mir erzählt hatte, vergesse. Völlig betrunken aber wurde sie derart unausstehlich, daß ich schließlich Mohnsaft in ihren Wein mischen mußte, um sie einzuschläfern und loszuwerden.

Als ich endlich ihr Gemach und das Frauenhaus verließ, war es bereits Nacht; die Wächter und Diener des goldenen Hauses zeigten auf mich und kicherten, aber ich glaubte, sie täten es nur, weil meine Beine wankten, meine Augen starr und meine Kleider zerknittert waren. In meinem Hause aber wartete Merit auf mich, wach und unruhig wegen meines langen Ausbleibens und neugierig, etwas über den Tod der königlichen Mutter zu erfahren. Als sie mich erblickte, führte sie die Hände zum Mund, und Muti tat das gleiche, während sie beide Blicke miteinander wechselten. Schließlich sprach Muti mit bitterer Stimme zu Merit: »Habe ich dir nicht tausendmal gesagt, alle Männer seien gleich und man könne sich nicht auf sie verlassen?«

Ich aber war müde und wollte mit meinen Gedanken allein sein. Deshalb sagte ich ärgerlich: »Ich habe einen anstrengenden Tag hinter mir und mag euer Gefasel nicht anhören.« Da wurden Merits Augen hart und ihr Gesicht finster vor Zorn; sie hielt mir einen silbernen Spiegel vor und sagte: »Schau dein Gesicht an, Sinuhe! Ich habe dir keineswegs verboten, dich mit fremden Frauen zu ergötzen; aber du könntest es wenigstens heimlich tun, um nicht mein Herz zu kränken. Auch kannst du nicht behaupten, dieses Haus heute einsam und traurig verlassen zu haben.«

Ich betrachtete mein Gesicht und erschrak bis ins Innerste; denn es war mit Mehunefers Schminke befleckt; ihr Mund hatte rote Male auf meinen Wangen, meinem Hals und meinen Schläfen hinterlassen. Wegen ihrer Häßlichkeit und den Runzeln hatte sie nämlich die Schminke so dick aufgetragen, daß die Farbe ihres Gesichts dem Bewurf einer Wand glich, und in ihrer Eitelkeit hatte sie überdies nach jedem Schluck Wein die Lippen neu bemalt. Deshalb sah mein Gesicht wie dasjenige eines Pestkranken aus. Ich schämte mich von ganzem Herzen und säuberte es rasch, während mir Merit unbarmherzig den Spiegel vorhielt.

Nachdem ich mein Gesicht mit Öl gewaschen, sagte ich reuevoll: »Du legst das alles wirklich falsch aus, liebste Merit. Laß mich es dir erklären!«

Aber sie betrachtete mich unfreundlich und entgegnete: »Ich brauche keine Erklärungen, Sinuhe! Ich will nicht, daß du meinetwegen deinen Mund mit Lügen besudelst; denn es ist völlig unmöglich, der Sache eine falsche Deutung zu geben, wenn man deine verschmierte Schnauze gesehen hat. Du glaubtest wohl, ich sei nicht mehr wach, um auf dich zu warten, da du dir nicht einmal die Mühe nahmst, die Spuren deines Tuns aus dem Gesicht zu wischen. Oder wolltest du etwa mit deinen Eroberungen vor mir prahlen und mir beweisen, daß die Frauen des goldenen Hauses wie schwankende Rohre im Wind vor dir sind? Oder bist du ganz einfach besoffen wie ein Schwein, daß du nicht einmal mehr verstehst, wie unpassend du auftrittst?«

Ich hatte die größte Mühe, sie zu beruhigen; vor lauter Mitleid mit ihr brach Muti in Tränen aus, bedeckte sich das Gesicht und begab sich in den Kochraum, voll Verachtung für alles, was zur Männerwelt gehört. Wahrlich, ich hatte mehr Mühe, Merit zu beruhigen, als Mehunefer loszuwerden, so daß ich schließlich über alle Weiber zu wettern begann und sagte:

»Merit, du kennst mich besser als irgendein anderer Mensch und dürftest mir daher vertrauen! Glaube mir also, wenn ich dir beteure, daß eine Erklärung von mir dein volles Verständnis finden würde; aber das Geheimnis betrifft vielleicht nicht nur mich, sondern auch das goldene Haus, und daher ist es um deiner selbst willen besser, du kennst es nicht.«

Doch mit einer Zunge, die spitzer als der Stachel einer Wespe war, antwortete sie höhnisch: »Ich glaubte dich zu kennen, Sinuhe; jetzt aber sehe ich, daß es in deinem Herzen Abgründe gibt, die nicht einmal ich ahnen konnte. Aber du tust ohne Zweifel recht daran, die Ehre der Frau zu schützen, und ich bin auch gar nicht neugierig auf dein Geheimnis. Behalte es bei dir; du hast ja deine Freiheit, nach Belieben zu gehen und zu kommen. Ich selbst danke allen Göttern, daß auch ich mir meine Freiheit bewahrt habe und nicht darauf eingegangen bin, den Krug mit dir zu zerschlagen, falls du es mit deinem Vorschlag überhaupt ernst gemeint hast. Ach, Sinuhe, wie dumm bin ich doch gewesen, deinen lügenhaften Worten zu glauben! Sicherlich hast du die ganze letzte Nacht das gleiche in schöne Ohren geflüstert. Darum wäre ich am liebsten tot!«

Ich versuchte, sie mit den Händen zu berühren, um sie zu beruhigen, sie aber fuhr zurück und sagte: »Faß mich nicht an, Sinuhe! Du bist sicher erschöpft, nachdem du dich die halbe Nacht auf den weichen Teppichen des Palastes herumgewälzt hast. Ich bezweifle gar nicht, daß sie weicher als meine Matte sind und daß du dort jüngere und schönere Gespielinnen als mich findest.«

So sprach sie zu mir und versetzte meinem Herzen lauter kleine brennende Wunden, bis ich den Verstand zu verlieren glaubte. Erst dann ließ sie mich in Ruhe, wandte sich von mir ab und ging ihres Weges, ohne mir auch nur zu erlauben, sie in den »Krokodilschwanz« zurückzubegleiten. Ich würde noch mehr unter diesem Vorfall gelitten haben, wenn mein sorgenvolles Herz nicht wie ein Meer gebrodelt hätte und ich nicht gerne mit meinen Gedanken allein geblieben wäre. Deshalb ließ ich sie gehen, und ich glaubte, daß sie sehr erstaunt darüber war.

In jener Nacht lag ich mit wachen Gedanken; und diese wurden im Laufe der Zeit immer klarer und rückten zugleich immer weiter in die Ferne, je mehr der Wein sich aus meinem Gehirn verflüchtigte und die Kälte meine Glieder durchdrang, da niemand neben mir lag, der mich gewärmt hätte. Ich lauschte dem leisen unaufhörlichen Sickern des Wassers in der Wasseruhr; endlos zog die Zeit an mir vorüber, so daß ich mich fern von mir selbst fühlte. Auch sagte ich zu meinem Herzen: »Ich, Sinuhe, bin der, zu dem mich meine eigenen Taten gemacht haben; nichts anderes ist von Bedeutung. Ich, Sinuhe, stürzte einer grausamen Frau wegen meine Pflegeeltern in einen vorzeitigen Tod. Ich, Sinuhe, bewahre immer noch das Goldband aus dem Haare Mineas, meiner Schwester. Ich, Sinuhe, habe ein totes Meeresungeheuer auf dem Wasser treiben und die Krabben an dem Antlitz meiner Geliebten nagen sehen. Was bedeutet mein Blut, wenn all das bereits in den Sternen geschrieben stand, ehe ich geboren und dazu verurteilt wurde, als Fremder auf Erden zu leben? Deshalb war mir auch der Frieden Achetatons nichts als eine goldene Lüge, und ich bedurfte dieser fürchterlichen Erkenntnis, damit mein Herz wieder aus seiner Betäubung erwache und ich einsehe, das ich immer ein Einsamer sein werde.«

Doch als die Sonne golden über den östlichen Bergen emporstieg, verschwanden in einem Augenblick alle düsteren Schatten der Nacht: So seltsam ist das Menschenherz beschaffen, daß ich über meine eigenen Hirngespinste bitterlich lachen mußte. Denn selbst wenn ich in jener Nacht in einem Binsenboot stromabwärts geglitten war und wenn die Binsen des rußigen Bootes mit den Knoten eines Vogelfängers geknüpft waren, trieben doch allnächtlich ausgesetzte Kinder in Binsenbooten den Strom hinunter, und aus dem Unteren Reich kamen genügend Seeleute, welche die von ihnen verführten Frauen ihre Knoten lehrten; auch in der helleren Farbe meiner Haut lag kein Beweis; denn ein Arzt lebt stets unter Hausdächern und Sonnenschirmen, so daß sich seine Haut wenig bräunt. Nein, bei Tageslicht vermochte ich keinen bindenden Beweis für meine Abstammung zu finden.

Deshalb wusch ich mich und zog mich an, und Muti setzte mir Bier und gesalzenen Fisch vor; ihre Augen waren vom Weinen gerötet, und sie verachtete mich tief, weil ich ein Mann war. Dann ließ ich mich in das Haus des Lebens tragen, wo ich arbeitete und Patienten untersuchte, ohne jedoch einen einzigen Fall zu finden, der eine Schädelbohrung erfordert hätte. Aus dem Haus des Lebens ging ich an dem verlassenen Tempel vorbei zwischen den Pylonen hinaus und hörte die fetten Raben beim Steingitter der oberen Fenster unter dem Dachgesims krächzen.

Eine Schwalbe aber schoß blitzschnell an mir vorüber zum Atontempel, wo die Priester dem Gott Hymnen sangen und ihm Weihrauch, Früchte und Getreide als Opfer darbrachten. Und der Atontempel war keineswegs leer: Zahlreiche Menschen waren dort versammelt, hoben ihre Hände, um Aton zu preisen, und die Priester unterrichteten sie in der Wahrheit des Pharao. Doch hatte dies an und für sich nicht viel zu bedeuten; denn Theben war eine große Stadt, in der es keinen Platz gab, wohin die Neugier nicht zahlreiche Leute zu treiben vermocht hätte. Die Schwalbe flog vor mir her, ich folgte ihr mit den Blicken und betrachtete die in die Tempelmauern eingehauenen Bildnisse. Von zehn Steinsäulen blickte das in seiner Leidenschaftlichkeit erschreckende Gesicht des Pharao Echnaton auf mich herab. Ich entdeckte auch ein nach den Regeln der neuen Kunst geschaffenes Bild, auf dem der große Pharao Amenophis alt und krank auf seinem Thron ruhte, das Haupt unter dem Gewicht der Doppelkrone gebeugt, und neben ihm saß die Königin Teje. Ich fand Bildnisse der ganzen königlichen Familie. Vor einer Darstellung der Prinzessin Tadukhipa von Mitani, wie sie den Göttern Ägyptens Opfer darbrachte, blieb ich stehen. Die ursprüngliche Inschrift unter dem Bildwerk war weggehauen worden, und die neue behauptete, die Prinzessin bringe Aton Opfer dar, obgleich Aton zu ihren Lebzeiten in Theben noch gar nicht verehrt worden war.

Dieses Bildnis war nach den Regeln der alten Kunst geschaffen und Tadukhipa als eine junge schöne Frau, fast noch als ein Mädchen geschildert; sie trug die königliche Kopfbedeckung, ihre Glieder waren zart und schlank und ihr Haupt klein und anmutig. Lange betrachtete ich das Bild, während die Schwalbe mir mit jubelndem Gezwitscher um den Kopf schwirrte, bis eine tiefe Erschütterung mein vom Denken und Wachen übermüdetes Gehirn ergriff und ich den Kopf senkte, um über das Schicksal dieses einsamen Mädchens aus fremdem Lande zu weinen. Ihretwegen hätte ich so schön wie sie sein wollen; meine Glieder aber waren dick und schlaff, mein Schädel unter der Arztperücke kahl, das Denken hatte meine Stirn gefurcht, und mein Gesicht war vom Wohlleben in Achetaton aufgedunsen. Nein, wenn ich mich mit ihr verglich, konnte ich mir nicht vorstellen, ihr Sohn zu sein! Dennoch war ich gerührt und weinte über ihre Einsamkeit in dem goldenen Haus des Pharao, während die Schwalbe immer noch mit freudigem Gezwitscher mein Haupt umkreiste. Ich dachte an die schmucken Gebäude und an die wehmütigen Menschen Mitanis, entsann mich auch der staubigen Straßen und lehmigen Dreschböden Babyloniens, und ich fühlte, daß meine Jugend unwiderruflich vorüber und meine Mannesjahre zu Achetaton in trägem Wasser und Schlamm versunken waren.

So verging mir der Tag. Es ward Abend, ich kehrte in den Hafen zurück und begab mich in den »Krokodilschwanz«, um dort etwas zu essen und mich mit Merit auszusöhnen. Aber Merit empfing mich sehr ungnädig, behandelte mich wie einen Fremden, stellte das Essen vor mich hin, ohne sich zu mir zu setzen, und betrachtete mich kühl. Als ich zu Ende gegessen hatte, fragte sie: »Nun, hast du dein Liebchen getroffen?«

Ich erklärte ihr gereizt, ich sei keineswegs Frauen nachgelaufen, sondern habe meinen Beruf im Haus des Lebens ausgeübt und dann den Atontempel besucht. Um ihr zu zeigen, wie beleidigt ich mich fühlte, schilderte ich genau jeden Schritt, den ich an diesem Tag gemacht hatte, sie aber fuhr fort, mich mit höhnischem Lächeln zu betrachten. Als ich zu Ende war, sagte sie:

»Ich habe nicht angenommen, du seist zu Frauen gegangen; denn du hast dich ja bereits gestern abend erschöpft, und bei deiner Kahlköpfigkeit und Dickleibigkeit wärest du zu keiner weiteren Leistung fähig. Ich wollte nur sagen, daß deine Geliebte hier war, um dich zu besuchen, und daß ich sie in das Haus des Lebens wies.«

Ich erhob mich so heftig, daß mein Sitz umkippte, und rief: »Was meinst du damit, verrücktes Weib?«

Merit ordnete ihr Haar mit der Hand, lächelte spöttisch und sagte: »Wahrlich, deine Geliebte kam auf der Suche nach dir hierher. Sie war wie eine Braut gekleidet, mit gleißendem Schmuck behangen, wie ein Pavian geschminkt, und der Duft ihrer Salben war bis zum Strom hinunter zu riechen. Sie hinterließ dir einen Gruß und einen Brief – für den Fall, daß sie dich nicht sonstwo treffen sollte. Ich wünsche von Herzen, daß du sie ersuchst, sich von hier fernzuhalten; denn dies ist ein ehrbares Haus, sie aber benahm sich wie die Wirtin eines Freudenhauses.«

Sie reichte mir einen unversiegelten Brief, den ich mit zitternden Händen öffnete. Beim Lesen stieg mir das Blut in den Kopf, und mein Herz begann gewaltig zu pochen. Denn Mehunefer schrieb mir:

»Den Arzt Sinuhe grüßt die Schwester seines Herzens, Mehunefer, die Verwalterin der Nadelbüchse im goldenen Haus des Pharao. Mein kleiner Stier, mein süßer Täuberich Sinuhe! Allein, mit krankem Kopf erwachte ich auf meinem Lager. Aber mein Herz litt noch mehr als mein Haupt; denn meine Matte war leer, Du warst von meiner Seite verschwunden, und ich spürte nur noch an den Händen den Duft Deiner Salben. Oh, wäre ich das Tuch um Deine Lenden, wäre ich der Balsam in Deinem Haar und der Wein in Deinem Mund, Sinuhe! Auf der Suche nach Dir lasse ich mich von Haus zu Haus tragen und werde nicht rasten, bis ich Dich gefunden habe; denn mein Leib ist voll Ameisen beim Gedanken an Dich, und Deine Augen sind den meinigen teuer. Obgleich Du, wie ich weiß schüchtern bist, sollst Du Dich nicht scheuen, zu mir zu kommen; denn in dem goldenen Haus kennen schon alle mein Geheimnis, und die Diener betrachten dich durch die Finger. Eile zu mir, wenn Du diesen Brief erhältst, eile auf Vogelschwingen, mein Herz sehnt sich nach Dir! Wenn Du nicht zu mir eilst, werde ich schneller als ein Vogel zu Dir geflogen kommen. Die Schwester Deines Herzens, Mehunefer, grüßt Dich.«

Ich las das abgeschmackte Gefasel mehrmals durch, ohne daß ich es gewagt hätte, Merit anzusehen, bis sie mir den Brief entwand, das Stäbchen, auf dem er aufgerollt war, zerbrach, das Papier zerriß, auf die Fetzen stampfte und schrie: »Ich könnte dich noch verstehen, Sinuhe, wenn sie jung und schön wäre; aber sie ist alt und runzlig und häßlich wie ein Sack, obwohl sie sich das Gesicht wie eine Lehmwand bemalt. Ich begreife wahrlich nicht, was du denkst, Sinuhe! Oder hat der Glanz in dem goldenen Haus deine Augen so verzaubert, daß du alles verkehrt siehst? Deine Aufführung macht nicht nur dich, sondern auch mich in ganz Theben zum Gespött.«

Ich raufte mir die Kleider und zerkratzte mir die Brust und rief: »Merit, ich habe eine furchtbare Dummheit begangen! Aber ich hatte meine Gründe dafür und ahnte nicht, daß ich so schrecklich bestraft werden würde. Suche meine Ruderer auf, Merit, und befiehl ihnen, die Segel auf meinem Schiff zu hissen! Ich muß fliehen! Sonst kommt dieses fürchterliche Weib und liegt mir mit Gewalt bei, und ich kann mich ihrer nicht erwehren; denn sie schreibt, sie werde rascher als ein Vogel zu mir fliegen, und ich glaube ihr.«

Merit, die meine Qual und Verzweiflung sah, schien mir endlich zu glauben, daß ich mich nicht mit Mehunefer eingelassen hatte; denn plötzlich brach sie in Lachen aus und lachte so herzlich und ungehemmt, daß ihr schöner Leib sich bis zu den Knien bog. Schließlich sagte sie, immer noch nach Atem ringend: »Ich hoffe, Sinuhe, daß dir dies eine Lehre ist, mit Frauen künftig vorsichtiger umzugehen! Wir Frauen sind spröde Gefäße, und ich weiß ja selbst, was für ein Verführer du bist, Sinuhe, mein Geliebter.« Sie verhöhnte mich unbarmherzig, indem sie Demut heuchelte, und sagte: »Ich ahne, daß diese feine Dame dich auf ihrer Matte köstlicher dünkt als ich. Auch hat sie sich mindestens doppelt so lange in der Liebeskunst geübt, so daß ich es in keiner Weise mit ihr aufnehmen kann. Ich fürchte daher, daß du mich ihretwegen grausam verlassen wirst.«

Meine Not war so groß, daß ich Merit schließlich in das frühere Haus des Kupferschmieds brachte und ihr dort alles mitteilte. Ich erzählte ihr das Geheimnis meiner Geburt und alles, was ich Mehunefer entlockt hatte, und erklärte ihr auch, warum ich mich dagegen sträubte zu glauben, daß meine Geburt etwas mit dem goldenen Haus und der Prinzessin von Mitani zu tun habe. Sie hörte mir gespannt zu und lachte nicht mehr. Sie starrte an mir vorbei, und der Kummer verfinsterte den Grund ihrer Augen immer mehr. Schließlich legte sie mir die Hand auf die Schulter und sagte: »Jetzt verstehe ich vieles, Sinuhe, auch Dinge, die ich früher an dir nicht verstehen konnte. Nun weiß ich, warum mich deine Einsamkeit ohne Stimme rief und weshalb ich unter deinen Blicken schwach wurde. Auch ich trage an einem Geheimnis und war in diesen Tagen versucht, es dir zu verraten. Jetzt aber freue ich mich und danke den Göttern, daß ich es nicht erzählt habe! Geheimnisse sind schwer zu tragen und oft sogar gefährlich; und es ist daher besser, sie allein zu schleppen, als auf zwei Träger zu verteilen. Trotzdem bin ich froh, daß du mir alles erzählt hast. Aber wie du selbst sagst, ist es klüger, dein Herz nicht zu peinigen, indem du an Dinge denkst, die sich vielleicht nie zugetragen haben. Vergiß lieber alles, als wäre es bloß ein Traum gewesen, und auch ich will es vergessen!«

Neugier ergriff mich, auch ihr Geheimnis zu erfahren; aber sie wollte es mir nicht verraten, sondern berührte meine Wangen mit ihrem Mund, schlang mir den Arm um den Hals und weinte still vor sich hin. Schließlich sprach sie: »Wenn du in Theben bleibst, läufst du Gefahr, daß dieses Weib Mehunefer dir arg zusetzen und dich täglich mit ihrer Leidenschaft verfolgen wird, bis dir das Leben unausstehlich ist. Ich kenne diese Art von Weibern und weiß, wie fürchterlich sie sein können. Auch du trägst Schuld daran, da du ihr alles mögliche vorgeflunkert hast, und dies so geschickt, daß sie es glauben mußte. Deshalb tätest du am besten daran, nach Achetaton zurückzukehren, nachdem du ja bereits die nötigen Schädelbohrungen ausgeführt und hier keine wichtigen Aufgaben mehr hast. Sicherheitshalber solltest du ihr aber vor deiner Abreise einen Brief schreiben und sie beschwören, dich in Ruhe zu lassen; sonst wird sie dich überallhin verfolgen und zwingen, den Krug mit ihr zu zerschlagen. Dieses Schicksal möchte ich dir nicht wünschen.«

Ihr Rat war gut. Daher ließ ich Muti meine Sachen zusammenstellen und in Matten einrollen und befahl den Sklaven, meine Ruderer aus den Bierschenken und Freudenhäusern des Hafens zu holen. Inzwischen verfaßte ich einen Brief; da ich aber Mehunefer nicht beleidigen wollte, schrieb ich ihr sehr höflich das folgende:

»Der königliche Schädelbohrer Sinuhe grüßt Mehunefer, die Verwalterin der Nadelbüchse im goldenen Haus zu Theben. Meine Freundin, ich bedaure es sehr, daß Dir meine Erhitzung eine falsche Vorstellung von meinem Herzen eingegeben hat! Denn ich kann Dich nie mehr treffen, weil mich ein Wiedersehen mit Dir zur Sünde verleiten könnte, da mein Herz bereits gebunden ist. Deshalb verreise ich und werde Dich nie mehr wiedersehen. Ich kann nur hoffen, daß Du Dich meiner bloß als eines Freundes entsinnen wirst. Gleichzeitig mit diesem Brief sende ich Dir einen Krug voll des Getränkes, das ›Krokodilschwanz‹ genannt wird und das hoffentlich Deinen Kummer lindern wird. Auch verdiene ich, wie ich Dir versichere, nicht, daß man mir nachtrauert; denn ich bin ein alter, schlaffer, lebensmüder Mann, an dem eine Frau wie Du kaum mehr Freude haben kann. Ich freue mich, uns beide auf diese Art vor der Sünde zu bewahren, und werde Dich nie wiedersehen. Das hofft inniglich Dein treuer Freund Sinuhe, königlicher Arzt.«

Merit las den Brief und meinte kopfschüttelnd, er sei in viel zu mildem Ton gehalten. Nach ihrer Ansicht hätte ich mich schroffer ausdrücken und sagen sollen, Mehunefer sei in meinen Augen ein häßliches altes Weib, und ich entziehe mich ihrer Verfolgung durch Flucht, um sie loszuwerden. Ich hätte es jedoch nicht über mich gebracht, solches an eine Frau zu schreiben, und nachdem wir eine Weile darüber gestritten, ließ mich Merit den Brief zusammenrollen und versiegeln, obwohl sie immer noch unwillig den Kopf schüttelte. Ich sandte einen Sklaven mit dem Brief und dem Weinkrug in das goldene Haus, um sicher zu sein, daß Mehunefer wenigstens an diesem Abend die Verfolgung nicht aufnehmen werde. Auf diese Weise glaubte ich, sie los zu sein, und stieß einen Seufzer der Erleichterung aus. Aber glauben ist nicht dasselbe wie wissen.

Ich war so sehr von meiner Angst bedrängt gewesen, daß ich meine Sehnsucht nach Merit ganz vergessen hatte. Doch als der

Brief abgesandt war und Muti meine Schreine und Kästen für die Reise in Matten einwickelte, betrachtete ich Merit: Eine unaussprechliche Wehmut erfüllte mein Herz, als ich daran dachte, daß ich sie meiner Dummheit wegen verlieren sollte, obwohl ich sonst ruhig noch eine Zeitlang hätte in Theben bleiben können. Auch Merit schien in Gedanken versunken und fragte plötzlich: »Hast du Kinder gern, Sinuhe?«

Ihre Frage verwirrte mich; aber sie blickte mir in die Augen, lächelte wehmütig und sprach: »Fürchte dich nicht, Sinuhe. Ich werde dir gewiß kein Kind gebären. Aber eine meiner Freundinnen hat einen vierjährigen Knaben, und sie spricht oft davon, wie gut es diesem bekommen würde, einmal auf einem Schiff den Strom entlangzusegeln, grüne Wiesen, wogende Felder, Wasservögel und Viehherden statt immer nur die staubigen Straßen und Katzen und Hunde Thebens zu sehen.«

Ich war sehr erschrocken und sagte: »Du meinst doch nicht etwa, ich solle den kleinen, ungezogenen Jungen deiner Freundin an Bord meines Schiffes nehmen? Meine Ruhe wäre dahin, und ich müßte während der ganzen Reise zittern und aufpassen, das er nicht ins Wasser fällt oder einem Krokodil den Arm in den Rachen steckt!«

Merit betrachtete mich lächelnd; aber der Kummer verfinsterte den Grund ihrer Augen, und sie sagte: »Ich will dir gewiß keine Mühe bereiten, doch die Stromfahrt würde dem Jungen guttun! Ich trug ihn selbst in meinen Armen zur Beschneidung, weshalb ich, wie du wohl verstehst, ihm gegenüber Pflichten habe. Natürlich würde ich selbst mitkommen, um aufzupassen, daß er nicht ins Wasser fällt, und hätte somit einen triftigen Grund, dich auf deiner Reise zu begleiten. Aber ich unternehme natürlich nichts gegen deinen Willen, und darum wollen wir den Vorschlag vergessen.«

Als ich das vernahm, jauchzte ich vor Freude, schlug die Hände über dem Kopf zusammen und sagte: »Wenn dem so ist, kannst du den ganzen Kindergarten des Tempels mitbringen! Wahrlich, dies ist ein großer Glückstag für mich! Ich bin ja so einfältig, das ich nicht einmal von selbst auf den Gedanken verfallen wäre, du könntest mich nach Achetaton begleiten. Auch wird dein Ruf durch mich nicht gefährdet, wenn du ein Kind mitbringst und damit eine Ursache für die Stromfahrt hast.«

»Eben darum, Sinuhe!« sagte sie und lächelte überlegen, wie Frauen über Dinge lächeln, welche die Männer nicht verstehen. »Eben darum wird mein Ruf nicht leiden, weil ich ein Kind mitbringe; und darin liegt meine Sicherheit. Du hast es gesagt. Wie dumm sind doch die Männer! Aber ich will es dir verzeihen!«

Da ich Mehunefer sehr fürchtete, reisten wir überstürzt schon im Morgengrauen ab, als sich der Himmel vor dem Sonnenaufgang weiß färbte. Deshalb brachte Merit das Kind schlafend, in Decken eingehüllt, und seine Mutter war nicht dabei, obwohl ich gerne die Frau gesehen hätte, die es gewagt hatte, ihr Kind Thoth zu nennen; denn die Menschen getrauen sich selten, ihren Kindern Götternamen zu verleihen. Außerdem ist Thoth der Gott der Schreibkunst und alles menschlichen wie göttlichen Wissens, weshalb die Kühnheit dieser Frau um so größer war. Das Knäblein aber schlief, ohne das Gewicht seines Namens zu verspüren, den Schlaf der Unschuld im Schoße Merits und erwachte erst, als wir schon eine beträchtliche Strecke auf dem Strom gefahren waren, die Wächter Thebens außer Sicht gerieten und die Sonne golden und heiß über den Fluten leuchtete. Er war ein schöner, dicker und brauner Junge mit einer schwarzen, seidenweichen Stirnlocke, der gar keine Scheu vor mir empfand, sondern auf meinen Schoß kletterte, wo ich ihn willig hielt. Denn er war ein stilles Kind, das nicht strampelte und lärmte, sondern mich aus dunklen, gedankenvollen Augen anblickte, als brütete sein kleiner Kopf bereits über alle Rätsel des Daseins nach. Seiner Ruhe wegen gewann ich ihn sehr lieb, knüpfte ihm kleine Binsenboote, ließ ihn mit meinen Geräten spielen und an meinen verschiedenen Arzneien riechen; denn er hatte eine Vorliebe für ihren Geruch und steckte gerne seine Nase in alle Krüge.

Die Anwesenheit des Knaben an Bord bereitete uns keinerlei Mühe: er fiel nicht ins Wasser, noch steckte er den Arm in den Rachen eines Krokodils, zerbrach auch keines meiner Schreibrohre. Unsere Reise war daher sonnig und glücklich; denn ich reiste in Gesellschaft Merits, die jede Nacht auf der Matte neben mir schlief, während der kleine Junge in unserer Nähe schlummerte. Ja, es war eine glückliche Reise, und ich werde mich bis an mein Lebensende an das Rauschen des Schilfs im Wind und an die Abende erinnern, wenn das Vieh zur Tränke ans Stromufer getrieben wurde. Zuweilen schwoll mein Herz vor Glück, wie eine überreife Frucht durch ihr Übermaß an Saft gesprengt wird, und ich sprach zu Merit:

»Merit, Geliebte, laß uns zusammen den Krug zerbrechen, um für immer miteinander zu leben! Vielleicht wirst du mir einst einen Sohn wie den kleinen Thoth schenken. Gerade du könntest ein ebenso sanftes, stilles und braunes Kind gebären. Wahrlich, ich habe mich nie zuvor nach einem Kind gesehnt; aber jetzt, da meine Jugend vorbei und mein Blut von Leidenschaft geläutert ist, sehne ich mich beim Anblick des kleinen Thoth nach einem Kind von dir, Merit.«

Sie aber legte mir die Hand auf den Mund, wandte das Gesicht von mir ab und sagte leise: »Sinuhe, laß die Torheiten! Du weißt ja, daß ich in einer Schenke aufgewachsen bin; womöglich kann ich überhaupt kein Kind mehr gebären. Vielleicht ist es auch besser, daß du, der du dein Schicksal im Herzen trägst, einsam bleibst und dein Leben und dein Tun nach deinem Herzen richtest, ohne an Weib und Kind gebunden zu sein; das las ich schon bei unserer ersten Begegnung in deinen Augen. Nein, Sinuhe, sprich nicht so zu mir; denn deine Worte machen mich schwach, und ich muß vielleicht gar weinen, was ich aber im Augenblick des Glückes nicht tun will. Andere bauen selbst ihr Schicksal auf und binden sich mit tausend Fesseln, du aber trägst dein Geschick im eigenen Herzen, und es ist größer als das meinige. Außerdem liebe ich diesen kleinen Knaben sehr, und vor uns liegen viele klare, heiße Tage auf dem Strom. Bilden wir uns daher ein, wir hätten den Krug zerbrochen und wären Mann und Frau – und Toth unser Sohn! Ich will ihn lehren, dich Vater und mich Mutter zu nennen; denn er ist noch klein und vergißt rasch. So leihen wir uns von den Göttern ein kleines Lebewesen, das in diesen Tagen uns gehört. Möge keine Sorge und Unruhe vor der Zukunft unsere Freude trüben!«

Also befreite ich mich von allen traurigen Gedanken, verschloß die Augen vor dem Elend Ägyptens und dem Anblick der ausgehungerten Menschen in den Dörfern am Strom und lebte bloß für den Tag, während wir stromabwärts segelten. Der kleine Thoth schlang mir die Arme um den Hals, legte seine Wange an die meinige und nannte mich »Vater«, und ich fühlte mit Behagen seinen schmächtigen Kinderkörper auf meinem Schoß. Jede Nacht spürte ich Merits Haar an meinem Hals; sie hielt meine Hände in den ihrigen, ihr Atem streifte meine Wange, sie war meine Freundin, und keine bösen Träume vermochten mich mehr zu quälen. So verflossen diese Tage wie ein Traum; rasch wie Atemzüge vergingen sie und waren nicht zu halten. Mehr will ich nicht darüber erzählen; denn die Erinnerungen stechen mir die Kehle wie Spreu, und aus meinen Augen tropft es wie Tau auf die Buchstaben. Der Mensch sollte nie zu glücklich sein, weil es nichts Flüchtigeres und Unbeständigeres gibt als Menschenglück!

7

Auf diese Weise kehrte ich nach Achetaton zurück. Doch war ich nicht mehr der gleiche wie bei meiner Abreise von dort, sondern betrachtete die Stadt der Himmelshöhe mit anderen Augen: Da erschien mir die Stadt mit ihren luftigen, farbenfrohen Häusern im Sonnengold unter dem dunklen Blau des Himmels wie eine berstende Blase oder eine flüchtige Spiegelung. Auch lebte die Wahrheit durchaus nicht in Achetaton, sondern außerhalb der Stadt – und diese Wahrheit hieß Leid, Elend und Verbrechen, die der Hunger über Ägypten brachte. Merit und Thoth kehrten nach Theben zurück und nahmen mein Herz mit. Deshalb sah ich alles wieder mit kalten Augen, ohne schützende Schleier, und alles, was ich sah, dünkte meinen Augen bös.

Es vergingen nicht viele Tage nach meiner Rückkehr, bis die Wahrheit nach Achetaton gelangte und Pharao Echnaton sie auf der Terrasse des goldenen Hauses empfangen und ihr in die Augen sehen mußte: Haremhab sandte nämlich aus Memphis einen Haufen aus Syrien eingetroffener Flüchtlinge in all ihrem Jammer, damit sie mit dem Pharao sprächen; er bezahlte ihnen die Reise, und ich glaubte gar, daß er sie ermahnt hatte, ihr Elend zu übertreiben. Sie boten einen fürchterlichen Anblick, als sie in die Stadt der Himmelshöhe kamen. Die vornehmen Höflinge wurden krank und schlossen sich in ihre Häuser ein, als sie die Leute erblickten, und die Wächter des goldenen Hauses verriegelten vor ihnen die Tore. Sie aber schrien, trommelten gegen die Tore und bewarfen die Wände des goldenen Hauses mit Steinen, bis der Pharao ihre Stimme hören und sie in den inneren Hof einlassen mußte.

Dort riefen sie ihm zu: »Vernimm von unseren zerfetzten Lippen die Angstrufe der Völker! Die Macht Kêmets ist nur noch ein am Grabesrand wankender Schatten. Beim Getöse der Sturmböcke und beim Lärm der Feuersbrünste wird in den Städten Syriens das Blut all derer vergossen, die sich auf dich verließen und ihre Hoffnung auf dich setzten!«

Sie streckten ihre Armstümpfe zum goldenen Altar des Pharao empor: »Sieh unsere Hände, Pharao Echnaton! Wo sind unsere Hände?« Und sie schoben Männer vor, denen man die Augen ausgestochen; und Greise, denen man die Zunge aus dem Mund gerissen, öffneten den leeren Rachen und gaben gurgelnde Laute von sich. Die anderen aber riefen ihm zu: »Frage uns nicht nach unseren Frauen und Töchtern; denn ihr Schicksal in den Händen der Krieger Azirus oder der Hetiter ist schlimmer als der Tod! Man hat uns die Augen ausgestochen und die Hände abgehackt, weil wir uns auf dich verließen, Pharao Echnaton!«

Da bedeckte sich der Pharao das Antlitz mit den Händen, zitterte in seiner Schwäche und sprach ihnen von Aton. Aber die Krüppel lachten ihn mit gebrechlicher Stimme aus, verhöhnten ihn und riefen: »Wir wissen wohl, daß du sogar unseren Feinden das Kreuz des Lebens gesandt hast. Sie aber hängten es ihren Pferden um den Hals, und in Jerusalem hieben sie deinen Priestern die Füße ab und forderten sie dann auf, Freudensprünge zu Ehren deines Gottes zu machen.«

Pharao Echnaton stieß einen fürchterlichen Schrei aus, die heilige Krankheit befiel ihn wieder, er stürzte in Krämpfen von seinem Thron auf den Altar hinab und verlor das Bewußtsein. Als die Wächter solches sahen, erschraken sie und warfen sich auf die Flüchtlinge aus Syrien. Diese aber wehrten sich in ihrer Verzweiflung, ihr Blut floß zwischen den Steinen im inneren Hof des goldenen Hauses, und ihre Leichen wurden in den Strom geworfen. Vom Söller des goldenen Hauses sahen Nofretete und Meritaton, die kranke Meketaton und die kleine Anchesenaton dieses Schauspiel, das sie nie vergessen sollten; denn es war das erstemal, daß sie die Folgen des Krieges, Elend und Tod, gewahrten.

Den Pharao ließ ich in feuchte Umschläge wickeln, und als er wieder zu sich kam, reichte ich ihm beruhigende und betäubende Arzneien; denn diesmal war der Anfall so schwer, daß ich sein Ende befürchtete. Auf diese Art gelang es mir, ihn zum Schlafen zu bringen. Doch als er mit grauem Gesicht und vom Kopfweh geröteten Augen erwachte, sagte er zu mir: »Sinuhe, mein Freund, das muß ein Ende nehmen! Haremhab hat mir erzählt, daß du diesen Aziru kennst. Wohlan, so reise zu ihm und verschaffe mir den Frieden! Erkaufe Ägypten den Frieden, selbst wenn es mich all mein Gold kosten und Ägypten ein armes Land werden sollte.«

Ich widersprach ihm eifrig und schlug vor: »Pharao Echnaton, sende dein Gold an Haremhab! Dann wird er dir rasch mit Hilfe seiner Speere und Streitwagen Frieden verschaffen, und Ägypten wird von keiner Schmach betroffen.«

Er hielt sich den Kopf mit den Händen und sagte: »Bei Aton, Sinuhe, verstehst du denn nicht, daß Haß nur Haß erzeugt, Rache nur Rache sät und Blutvergießen neues Blutvergießen nach sich zieht, bis wir schließlich in Blut ertrinken! Welchen Nutzen haben die Leidenden davon, daß ihre Qualen durch die Qualen anderer gerächt werden? Das Gerede von Schmach ist nichts als ein Vorurteil. Deshalb befehle ich dir nochmals: Begib dich zu Aziru, und erkaufe mir den Frieden!«

Ich schrak vor seinem Einfall zurück und sagte: »Pharao Echnaton, sie werden mir die Augen ausstechen und die Zunge aus dem Mund reißen, bevor ich Aziru sprechen kann. Seine Freundschaft, die er längst vergessen haben wird, nützt mir nichts. Ich bin nicht an militärische Strapazen gewöhnt, sondern fürchte mich vor dem Krieg. Meine Glieder sind steif, und ich kann daher nur langsam reisen. Auch verstehe ich meine Worte nicht so geschickt zu wählen wie einer, der von Kindheit an im Lügen geschult wurde und deine Interessen bei den Königen fremder Länder wahrt. Sende daher einen anderen Friedensmittler, nicht mich!«

Er aber wiederholte eigensinnig: »Geh und tu, was ich dir befohlen! Der Pharao hat gesprochen.«

Aber ich hatte die Flüchtlinge auf dem Hof des Palastes gesehen. Ich hatte ihre zerfetzten Lippen, ihre leeren Augenhöhlen und ihre Armstümpfe gesehen. Daher war ich keineswegs gewillt, nach Syrien zu reisen, sondern begab mich nach meinem Haus, um mich ins Bett zu legen und eine Erkrankung vorzutäuschen, bis der Pharao seinen Einfall wieder vergessen haben würde. Doch auf dem Heimweg kam mir mein Diener entgegen und sagte erstaunt:

»Gut, daß du kommst, Herr! Aus Theben ist soeben ein Schiff eingetroffen und auf diesem eine Frau namens Mehunefer, die behauptet, deine Freundin zu sein. Sie ist angezogen wie eine Braut und erwartet dich in deinem Hause, das nach ihren Salben riecht.«

Da machte ich auf der Stelle kehrt und lief in das goldene Haus zurück und sprach zum Pharao: »Dein Wille geschehe! Ich fahre nach Syrien. Doch soll mein Blut über dich kommen! Wenn ich schon reisen soll, muß es sofort geschehen. Laß daher die Schreiber unverzüglich alle nötigen Lehmtafeln anfertigen, die meinen Rang und meine Macht bestätigen; denn Aziru hegt große Achtung vor Lehmtafeln.«

Während die Schreiber die Lehmtafeln schrieben, eilte ich in die Bildhauerwerkstatt meines Freundes Thotmes, und er erwies sich als mein Freund, der mich in der Not nicht verließ. Ich hatte ihn seit meiner Abreise nach Theben nicht mehr gesehen. Damals hatte sich ja Haremhab in Achetaton eingefunden, um die Erlaubnis des Pharao Echnaton zu erwirken, die noch in ägyptischer Hand befindlichen Teile Syriens zu verteidigen; nach jenem fruchtlosen Gespräch mit dem Pharao hatten wir gemeinsam meinen Freund Thotmes aufgesucht, um aus seinem guten Weinkeller Trost zu schöpfen und ihn an sein altes Versprechen zu erinnern, ein Standbild von Haremhab für seine Geburtsstadt Hetnetsut zu schaffen. Jetzt war das in braunen Sandstein nach den Regeln der neuen Kunst ausgehauene Werk fertig. Es wirkte äußerst lebendig und wurde der Gestalt Haremhabs gerecht, obschon Thotmes meines Erachtens die Dicke der Armmuskeln und die Breite der Brust übertrieben hatte, so daß der Dargestellte eher einem Ringer als einem königlichen Oberbefehlshaber und Reichshauptmann glich. Aber die moderne Kunst liebte es nun einmal, alles, was die Augen sahen, bis zur Häßlichkeit zu übersteigern, weil dies ihr Wahrheit bedeutet. Die alte Kunst hatte das Häßliche am Menschen verdeckt, seine Schwächen gemildert und ihn von der besten Seite gezeigt, während die neue Kunst am Menschen sogar das Häßlichste betonte, um nur ja die Wahrheit nicht zu vernachlässigen. Ich weiß zwar nicht, ob es besonders wahrhaft ist, die Häßlichkeit eines Menschen zu übertreiben; aber Thotmes glaubte es zu wissen, und ich wollte ihm nicht widersprechen, da er mein Freund war. Er wischte das Standbild mit einem feuchten Lappen ab, um zu zeigen, wie schön der Sandstein glänzte und wie gut seine Tönung der Hautfarbe Haremhabs entsprach; dann sagte er zu mir:

»Ich denke, ich begleite dich auf deiner Reise bis nach Hetnetsut und nehme das Standbild mit, um dafür zu sorgen, daß ihm im Tempel ein Platz angewiesen wird, der dem Range Haremhabs und auch meinem Rang als Bildhauer entspricht. Wahrlich, Sinuhe, ich reise mit dir und lasse mir durch den Wind des Stromes die Weindämpfe Achetatons aus dem Gehirn vertreiben; denn meine Hände zittern unter dem Gewicht von Hammer und Meißel, und das Fieber zehrt an meinem Herzen.«

Die Schreiber brachten die Lehmtafeln und das nötige Gold für die Reise mit dem Segen Pharao Echnatons; wir ließen das Standbild Haremhabs an Bord des königlichen Schiffes schaffen und segelten unverweilt stromabwärts. Meinen Diener aber hieß ich Mehunefer ausrichten, ich sei nach Syrien in den Krieg gezogen und dort umgekommen – was keine große Lüge war; denn ich fürchtete wahrlich, auf dieser Reise eines grausamen Todes zu sterben. Auch befahl ich meinem Diener, Mehunefer unter allen üblichen Ehrenbezeigungen und, wenn nötig, sogar mit Gewalt an Bord eines nach Theben fahrenden Schiffes zu geleiten. Denn, sagte ich, wenn ich allen Erwartungen zum Trotz wiederkehren und bei meiner Heimkunft Mehunefer in meinem Hause finden sollte, würde ich meine sämtlichen Diener und Sklaven auspeitschen, ihnen Ohren und Nasen abschneiden und sie für ihr ganzes Leben in die Bergwerke schikken lassen. Mein Diener blickte mir in die Augen und verstand, daß ich es ernst meinte. Deshalb erschrak er heftig und versprach, meinen Befehl auszuführen. So konnte ich erleichterten Herzens auf dem Schiff des Pharao mit Thotmes stromabwärts segeln, und da ich meinem sicheren Tod entgegenzufahren glaubte, sparten wir während dieser Reise nicht an Wein. Auch Thotmes behauptete, es sei nicht Sitte, mit dem Trinken zurückzuhalten, wenn man in den Krieg ziehe; und er wußte es bestimmt, weil er in einem Kriegerhaus geboren war.

ZWÖLFTES BUCH

Die Wasseruhr mißt die Zeit

1

In meiner Eigenschaft als Gesandter des Pharao wurde ich in Memphis von Haremhab mit großen Ehrbezeigungen empfangen. Er verneigte sich tief vor mir; denn in seiner Residenz hielten sich viele aus Syrien geflohene Beamte und vornehme Ägypter sowie Gesandte und Vertreter fremder, nicht in den Krieg verwickelter Staaten auf, und vor diesen mußte er den Pharao in meiner Person ehren. Doch kaum waren wir allein, begann Haremhab sich mit der goldenen Peitsche auf das Schienbein zu schlagen und fragte ungeduldig: »Was für ein schlechter Wind führt dich als Gesandten des Pharao zu mir, und welchen Dreck hat sein verrückter Kopf wieder ausgeheckt?«

Ich erzählte ihm, daß ich beauftragt sei, nach Syrien zu reisen, um von Aziru um jeden Preis den Frieden zu erkaufen. Als Haremhab dies vernahm, begann er ärgerlich zu fluchen, rief seinen Falken mit vielen Namen an und sagte: »Habe ich es nicht geahnt, daß er alle meine mit viel Mühe und Kosten aufgebauten Pläne zerstören werde? Wisse, daß Ägypten es mir zu verdanken hat, wenn Gaza sich noch in unserer Hand befindet und wir somit einen Brückenkopf für die Kriegshandlungen in Syrien besitzen. Auch habe ich durch Gaben und Drohungen die Kriegsschiffe Kretas dazu bewogen, die Seeverbindung mit Gaza zu schützen, weil ein starker, selbständiger syrischer Staatenbund mit Kretas Vorteil unvereinbar wäre und seine Herrschaft über das Meer bedrohen würde. Wisse auch, daß Aziru genug damit zu tun hat, seine eigenen Verbündeten im Zaum zu halten, und daß verschiedene syrische Städte, nachdem sie die

Ägypter vertrieben, sich gegenseitig bekriegen. Die Syrier, die Heim, Hab und Gut, Frauen und Kinder verloren, haben sich zusammengeschlossen, und von Gaza bis Tanis beherrschen diese Freischaren die Wüste und führen Krieg gegen die Truppen Azirus. Ich habe sie mit ägyptischen Waffen ausgerüstet, und viele tapfere Männer aus Ägypten haben sich ihnen angeschlossen. Ich meine damit all die früheren Soldaten, die Räuber und aus den Bergwerken entwichenen Sträflinge, die jetzt in der Wüste ihr Leben aufs Spiel setzen, um Ägypten gegen den Feind zu verteidigen. Es ist gewiß begreiflich, daß diese Leute gegen alle Bewohner Krieg führen, sich in dem Lande, wo gerade der Kampf tobt, versorgen und jedes Lebewesen vernichten; aber das ist immerhin noch besser, denn sie bereiten Syrien mehr Unbill und Schwierigkeiten als uns, und deshalb fahre ich fort, sie mit Waffen und Getreide zu versehen. Das wichtigste aber ist, daß die Hetiter sich schließlich mit voller Kraft auf die Mitani geworfen und sie aufs Haupt geschlagen haben, so daß dieses Volk und sein Reich wie ein Schatten verschwunden sind. Die Speere und Streitwagen der Hetiter sind somit in Mitani aufgehalten. Babylonien fühlt sich beunruhigt und rüstet Truppen zur Bewachung seiner Grenzen aus, und die Hetiter sind nicht mehr in der Lage, Aziru genügend Unterstützung zukommen zu lassen. Der vom Pharao angebotene Frieden ist daher im Augenblick das beste Geschenk, das sich Aziru wünschen kann, um Zeit zu gewinnen und seine eigene Macht wieder zu festigen. Auch dürfte Aziru, wenn er klug ist, nach dem Fall Mitanis die Hetiter fürchten, weil es jetzt keinen Schild zwischen ihnen und Syrien mehr gibt. Aber gewähre mir bloß ein halbes Jahr oder noch weniger, und ich werde Ägypten einen ehrenhaften Frieden erkaufen und Aziru durch sausende Pfeile und dröhnende Streitwagen zwingen, die Götter Ägyptens zu fürchten!«

Ich aber widersprach ihm: »Du kannst keinen Krieg führen, Haremhab, da der Pharao es dir verboten hat und dir nicht das zur Kriegführung nötige Gold geben wird.«

Aber Haremhab meinte: »Ich pfeife auf sein Gold! Wahrlich, ich habe an allen Ecken und Enden Schulden gemacht, um eine

Armee für Tanis auszurüsten. Allerdings sind diese Truppen kümmerlich, ihre Streitwagen plump und ihre Pferde lahm; aber zusammen mit den Freischärlern können sie unter meiner Führung die Speerspitze bilden, die in das Herz Syriens, bis nach Jerusalem, vielleicht sogar bis Megiddo eindringt. Ich habe Gold von allen Begüterten Ägyptens geliehen, die sich nur immer mehr bereichern und wie Kröten aufblähen, während das Volk Not leidet und unter der Last der Steuern seufzt. Ich habe Gold bei ihnen aufgenommen, und einem jeden die Menge, die ich brauche, vorgeschrieben, und sie haben mir das Gold willig gegeben, weil ich ein Fünftel Jahreszins versprochen habe; doch möchte ich gern ihre Gesichter sehen, falls es ihnen eines Tages einfallen sollte, ihre Zinsen oder ihr Gold von mir zu verlangen! Denn all das habe ich nur getan, um Syrien für Ägypten zu retten, und letztlich werden doch gerade die Reichen Nutzen daraus ziehen, weil sie selbst immer den meisten Nutzen aus Krieg und Beute ziehen – wobei das merkwürdigste ist, daß die Reichen sogar noch gewinnen würden, wenn ich verlieren sollte. Deshalb tun sie mir des verlorenen Goldes wegen kein bißchen leid.«

Haremhab lachte herzlich, schlug sich mit der goldenen Peitsche auf das Schienbein, legte mir die Hand auf die Schulter und nannte mich seinen Freund. Bald ward er jedoch wieder ernst und sagte mit finsterer Miene: »Bei meinem Falken, Sinuhe! Du hast doch nicht etwa vor, das alles zu zerstören und als Friedensmakler nach Syrien zu fahren?« Ich aber wiederholte, daß der Pharao mir diesen Auftrag erteilt und alle für den Friedensschluß nötigen Lehmtafeln hatte anfertigen lassen. Doch war es nützlich für mich zu wissen, daß auch Aziru den Frieden brauchte – falls Haremhabs Behauptung mit der Wahrheit übereinstimmte; denn in diesem Fall würde er natürlich bereit sein, den Frieden zu günstigen Bedingungen zu verkaufen.

Als Haremhab diese Ansicht vernahm, wurde er wütend, warf mit einem Tritt seinen Schemel um und rief: »Wahrlich, wenn du von Aziru einen für Ägypten schmählichen Frieden erkaufst, werde ich dir nach deiner Rückkehr bei lebendigem Leib die Haut abziehen und dich vor die Krokodile werfen lassen! Das schwöre ich, obgleich du mein Freund bist. Rede mit Aziru von Aton, stell dich dumm und sag ihm, der Pharao wolle sich in seiner unergründlichen Güte seiner erbarmen! Allerdings wird Aziru dir nicht glauben; denn er ist ein schlauer Kerl. Aber er wird sich den Kopf zerbrechen, bevor er dich wegschickt; er wird mit dir markten, wie nur ein Syrier zu markten versteht, und dir Augen und Ohren voll lügen. Unter keinen Umständen aber darfst du ihm Gaza abtreten! Auch mußt du ihm erklären, daß der Pharao keine Verantwortung für die Freischärler und ihre Raubzüge übernehmen kann. Die Partisanen werden nämlich unter keinen Umständen die Waffen niederlegen; denn sie pfeifen auf die Lehmtafeln des Pharao. Dafür werde ich schon sorgen. Das brauchst du Aziru natürlich nicht zu verraten. Du sagst ihm bloß, die Freischärler seien sanfte, geduldige, aber vom Kummer geblendete Leute, die sicherlich sofort nach Friedensschluß freiwillig ihre Speere gegen Hirtenstäbe vertauschen werden. Wenn du aber Gaza abtrittst, ziehe ich dir eigenhändig das Fell ab! Wie viele Qualen habe ich erlitten, wieviel Gold in den Sand gestreut, wie viele meiner besten Spione geopfert, bevor es mir gelang, Gaza dazu zu bringen, Ägypten seine Tore zu öffnen!«

Ich blieb einige Tage in Memphis, um mich mit Haremhab über die Friedensbedingungen zu beraten und herumzustreiten. Ich traf mit den Gesandten Kretas und Babyloniens und auch mit vornehmen Flüchtlingen aus Mitani zusammen. Aus ihren Berichten erhielt ich ein Bild aller Geschehnisse; ich wurde von Ehrgeiz und Wissensbegierde ergriffen, und zum erstenmal fühlte ich mich als eine wichtige Kraft im großen Spiel um das Schicksal von Völkern und Städten.

Haremhab hatte recht: In diesem Augenblick bedeutete der Friede ein größeres Geschenk für Aziru als für Ägypten. Aber nach allem, was zur Zeit in der Welt vor sich ging, zu urteilen, würde dieser Friede ein bloßer Waffenstillstand werden; denn sobald Aziru die Verhältnisse in Syrien gefestigt hätte, würde er von neuem gegen Ägypten losschlagen. Syrien war nämlich der Schlüssel zur Welt, und um seiner eigenen Sicherheit willen konnte Ägypten nicht gestatten, daß Syrien, nachdem die Hetiter Mitani vernichtet hatten, in die Hände eines unzuverlässigen, feindlich gesinnten und für Gold käuflichen Bundes geriet. Jetzt hing die Zukunft davon ab, ob die Hetiter, nach Festigung ihrer Herrschaft in Mitani, durch Babylonien oder durch Syrien gegen Ägypten ziehen würden. Es war leicht vorauszusehen, daß sie sich dorthin wenden würden, wo der Widerstand am geringsten wäre; Babylonien rüstete, während Ägypten nur schwach bewaffnet war. Die Hetiter waren zweifellos für jeden ein unbequemer Bundesgenosse; aber als Verbündeter der Hetiter hatte Aziru eine Macht hinter sich, während er im Bunde mit den Ägyptern gegen die Hetiter von sicherem Untergang bedroht war, solange Pharao Echnaton in Ägypten regierte und Aziru somit nichts als Wüstensand hinter sich hatte.

Das alles begriff ich, und vor dieser nüchternen Erkenntnis verflüchtigten sich alle Schrecken des Krieges. Ich dachte nicht mehr an den Rauch brennender Städte, an Menschenschädel, die auf den Schlachtfeldern moderten, an die Flüchtlinge, die in den Gassen von Memphis um Brot bettelten; ich kümmerte mich auch nicht mehr um die vornehmen Mitani, die ihren Schmuck und ihre Juwelen verkauften, um Wein trinken und mit schlanken Fingern die schwarze Erde aus Naharina berühren zu können, die sie in Tücher eingeknöpft mitgebracht hatten. Haremhab erklärte mir, daß ich Aziru irgendwo zwischen Tanis und Gaza begegnen werde, wo dieser mit seinen Streitwagen gegen die Freischärler kämpfe. Er unterrichtete mich auch über die Verhältnisse in Simyra und zählte mir die während der Belagerung abgebrannten Häuser sowie die Namen der beim Aufstand umgebrachten Vornehmen auf, so daß ich über sein Wissen höchst erstaunt war. Darum berichtete er mir von seinen Spionen, welche die Städte Syriens besuchten und den Truppen Azirus als Schwertschlucker, Gaukler und Wahrsager oder als Bierverkäufer und Sklavenhändler folgten. Aber er gab auch zu, daß die Spione Azirus auf die gleiche Art bis nach Memphis gelangten und den Freischaren und Grenzbewachungstruppen als Zauberkünstler, Bierhändler und Aufkäufer von Kriegsbeute folgten. Sogar Aschtarte-Jungfrauen waren von Aziru als Spioninnen angestellt worden und hätten leicht die gefährlichsten werden können, weil sie viele wichtige Dinge durch die ägyptischen Offiziere, die sich mit ihnen ergötzten, erfahren konnten; zum Glück aber verstanden sie von kriegerischen Angelegenheiten zuwenig, um wirklich gefährlich zu sein. Es gab sogar Spione, die sowohl Haremhab als auch Aziru dienten, und Haremhab räumte ein, daß diese die klügsten seien, weil sie auf keiner Seite in Gefahr gerieten, sondern das Leben behielten und am reichlichsten Gold verdienten.

Die Flüchtlinge und die Offiziere Haremhabs berichteten mir jedoch so schreckliche Dinge über die Krieger der Amoriter und die ägyptischen Freischaren, daß mir das Herz zu zittern begann und die Knie wie Wasser wurden, als sich die Stunde meiner Abreise näherte. Haremhab sagte:

»Du kannst selbst wählen, ob du lieber auf dem Landweg oder über das Meer fährst. Willst du den Seeweg, so werden dir die Kriegsschiffe Kretas vielleicht das Geleit bis Gaza geben, obgleich es ebensogut möglich ist, daß sie dein Fahrzeug nicht beschützen, sondern beim Anblick der Kriegsschiffe von Sidon und Tyrus, die das Meer von Gaza bewachen, die Flucht ergreifen. In diesem Fall wird dein Schiff, falls du tapfer kämpfst, versenkt, und du ertrinkst in den Fluten. Wehrst du dich hingegen nicht mutig, wird dein Fahrzeug gekapert und du wirst Ruderer auf einem syrischen Kriegsschiff und stirbst binnen weniger Tage unter Peitschenhieben und Sonnenhitze. Da du aber ein Ägypter und vornehmer Mann bist, ist anzunehmen, daß sie dir die Haut abziehen und sie zum Trocknen auf ihre Schiffe hängen werden, um Markttaschen und Börsen daraus anzufertigen. Ich will dich jedoch keineswegs beunruhigen; denn es ist auch möglich, daß du unversehrt nach Gaza kommst. Vor kurzem gelang es nämlich einem Waffenboot, es zu erreichen, während ein Getreideschiff versenkt wurde. Wie du aber aus dem belagerten Gaza bis zu Aziru gelangen sollst, das ist mir wahrlich ein Rätsel.«

»Vielleicht ist es am sichersten, ich reise zu Land«, schlug ich zögernd vor. Haremhab nickte zustimmend und erklärte: »Von Tanis an werde ich dich durch einige Speerwerfer und Streitwagen geleiten lassen. Wenn sie mit Azirus Truppen in Fühlung geraten, ergreifen sie eilends die Flucht und lassen dich allein in der Wüste zurück. Möglich ist es natürlich, daß die Krieger Azirus, wenn sie sehen, daß du ein Ägypter und vornehmer Mann bist, dich nach Sitte der Hetiter auf eine Stange spießen und ihre Notdurft über deine Lehmtafeln verrichten. Auch ist es nicht ausgeschlossen, daß du trotz Geleites in die Hände der Freischärler fällst, die dich bis auf die Haut ausplündern und dann ihre Mühlsteine drehen lassen, bis ich dich mit Gold loskaufen kann; doch glaube ich kaum, daß du es so lange aushalten wirst; denn dein Leib ist lehmfarben und erträgt daher die Sonnenstrahlen nicht, und ihre Peitschen sind aus der Haut der Flußpferde gemacht. Doch ist es ebensogut möglich, daß sie dir, nachdem sie dich ausgeplündert, mit ihren Speeren den Bauch aufschlitzen und dich den Raben zum Fraß zurücklassen; das ist keineswegs die schlimmste Art, das Leben zu beenden, sondern es wird ein ziemlich leichter Tod sein.«

Als ich all das vernahm, zitterte mein Herz noch mehr als zuvor, und meine Glieder froren, obwohl es heißer Sommer war. Deshalb sagte ich: »Ich bedaure sehr, meinen Skarabäus bei Kaptah gelassen zu haben, damit er mein Eigentum bewache! Vielleicht hätte er mir besser helfen können als der Aton des Pharao, dessen Macht sich, nach deinen Worten zu urteilen, nicht bis in jene gottlosen Gegenden erstreckt. Nach allem werde ich jedenfalls dem Tod oder Aziru rascher begegnen, wenn ich unter dem Geleit deiner Streitwagen auf dem Landweg reise. Deshalb wähle ich diesen. Um unserer Freundschaft willen aber beschwöre ich dich, Haremhab: Wenn du erfahren solltest, daß ich irgendwo als Gefangener Mühlsteine drehe, so kaufe mich rasch los und spare nicht an Gold! Ich bin ein reicher Mann, reicher, als du glaubst, wenn ich dir auch nicht sofort mein ganzes Hab und Gut aufzählen kann, weil ich es nicht einmal völlig kenne.«

Haremhab erwiderte: »Ich kenne deinen Reichtum sehr gut und habe durch Kaptah einen Haufen Gold von dir geliehen, wie von den anderen Reichen Ägyptens, weil ich ein gerechter, unparteiischer Mann bin und dir einen Anteil an diesem Verdienst zukommen lassen wollte. Aber ich hoffe, daß du um unserer Freundschaft willen dein Gold nicht zurückverlangen wirst; denn dies könnte unser Verhältnis sehr beeinträchtigen, ja geradezu dessen Bruch herbeiführen. Reise also, Sinuhe, mein Freund, reise nach Tanis, laß dir dort einen Geleittrupp geben und zieh in die Wüste hinaus! Möge dich mein Falke beschützen! Ich selbst kann es nicht, weil sich meine Macht nicht bis in die Wüste erstreckt. Solltest du gefangengenommen werden, so werde ich dich mit Gold loskaufen; solltest du sterben, werde ich deinen Tod rächen. Möge dir dieses Wissen zum Trost gereichen, falls dir einer den Bauch mit dem Speer aufschlitzt!«

»Wenn du meinen Tod vernimmst, sollst du deine Rache nicht an mich vergeuden!« sagte ich bitter. »Meinem von den Raben zerhackten Schädel bereitet es nicht den geringsten Trost, wenn du ihn mit dem Blut elender Menschen begießest. Ich bitte dich dann nur, die Prinzessin Baketaton von mir zu grüßen; denn sie ist eine schöne, begehrenswerte, wenn auch sehr hochmütige Frau und hat mich am Totenbett ihrer Mutter eifrig über dich ausgefragt.«

Nachdem ich diesen vergifteten Pfeil über die Schulter abgeschossen hatte, ging ich, einigermaßen getröstet, meines Weges und ließ mein Testament durch die Schreiber aufsetzen und durch alle nötigen Siegel bestätigen. Laut diesen Verfügungen hinterließ ich Kaptah, Merit und Haremhab mein ganzes Erbe. Das Testament hinterlegte ich in dem königlichen Archiv zu Memphis, worauf ich nach Tanis segelte und dort im Sonnenbrand einer Festung am Wüstenrand die Grenzwache Haremhabs traf.

Die Leute tranken Bier und verfluchten den Tag ihrer Geburt, jagten Antilopen und tranken wiederum Bier. Ihre Lehmhütten waren schmutzig und rochen nach ihrem Harn, und sie mußten sich mit den elendesten Weibern, die nicht einmal mehr den Seeleuten in den Häfen des Unteren Landes gut genug waren, in ihrer Einsamkeit zufriedengeben. Mit einem Wort: Sie führten das übliche Leben der Grenzsoldaten und hofften inständig, daß Haremhab sie in den Krieg gegen Syrien führen werde, damit sie Abwechslung, besseres Bier und jüngere Weiber bekämen. Jedes andere Schicksal, sogar der Tod, dünkte sie besser als das schrecklich einförmige Dasein in sonnenverbrannten Lehmhütten mit beißenden Sandflöhen. Sie glühten daher vor Kampfeslust und beteuerten, an der Spitze der Freischaren wie eine Speerspitze bis Jerusalem und sogar bis Megiddo vordringen und die stinkenden Truppen Syriens vertreiben zu können, wie der steigende Strom dürres Schilf fortschwemmt. Aber was sie Aziru, den Amoritern und den Führern der Hetiter anzutun versprachen, kann ich nicht wiederholen; denn ihre Reden waren furchtbar gottlose Prahlereien.

Sie brannten vor Begeisterung für die Ehre Ägyptens und verfluchten den Pharao; denn in Friedenszeiten hatten sie Gelegenheit zu Vergnügungen, indem sie sich mit den Frauen der Hirten ergötzten, während es Pharao Echnaton seines Gottes wegen so weit gebracht hatte, daß ein Zustand herrschte, der weder Krieg noch Frieden genannt werden konnte. Schon seit vielen Jahren waren keine Karawanen mehr über Tanis nach Ägypten gekommen, und die Hirten waren ins Untere Reich geflüchtet. Und wenn doch noch einmal eine Karawane aus Syrien oder aus der Wüste nach Ägypten zu gelangen versuchte, so plünderten die Freischärler sie unterwegs aus, bevor die Grenzwächter des Pharao dies tun konnten; deshalb verachteten diese die Partisanen aufs tiefste und gaben ihnen die häßlichsten Namen.

Der Geleittrupp wurde für die Reise ausgerüstet. Man füllte Säcke mit Wasser, fing Pferde auf der Weide ein, und Schmiede verstärkten die Räder der Streitwagen. Inzwischen hielt ich Umschau und entdeckte dabei das Geheimnis aller kriegerischen Erziehung, durch das die Männer mutiger als Löwen werden. Ein hervorragender Befehlshaber hält nämlich seine Leute in so fürchterlicher Zucht, ermüdet sie derart durch Übungen und macht ihnen das Leben in jeder Hinsicht so unerträglich, daß ihnen jedes andere Schicksal, selbst Krieg und Tod, besser als das Dasein im Hause der Krieger erscheint. Das seltsamste dabei aber ist, daß die Soldaten ihren Vorgesetzten nicht hassen, sondern sehr bewundern und preisen und stolz sind auf all die ausgestandenen Mühen und auf alle von Peitschenhieben auf ihrem Rücken hinterlassenen Male. So merkwürdig und überraschend ist die menschliche Natur – und als ich das bedachte, rückte die Stadt Achetaton wie ein Traum und Trugbild in die Ferne.

Auf Haremhabs Befehl wurden zu meinem Schutze zehn Streitwagen ausgerüstet: ein jeder von zwei Pferden gezogen und von einem Ersatzpferd gefolgt, und außer dem Lenker befanden sich auf jedem Wagen ein Speerwerfer und ein Fußkämpfer. Als sich der Führer der Geleitmannschaft bei mir meldete, verneigte er sich tief und streckte die Hände in Kniehöhe vor. Ich betrachtete ihn forschend; denn er war der Mann, dem ich mein Leben anvertrauen sollte. Sein Lendentuch war ebenso schmutzig und zerfetzt wie das der Soldaten, die Wüstensonne hatte ihm Gesicht und Leib schwarz gebrannt, und bloß die silberdurchwirkte Peitsche unterschied ihn von den Soldaten. Aber gerade deshalb verließ ich mich mehr auf ihn, als wenn er in kostbare Stoffe gekleidet und durch einen Sonnenschirm geschützt gewesen wäre. Er vergaß die militärische Achtung und brach in Gelächter aus, als ich von einer Sänfte zu reden begann. Ich schenkte ihm Glauben, als er erklärte, daß unsere einzige Sicherheit in der Schnelligkeit bestehe, und ich daher mit ihm in seinem Wagen fahren und auf die Sänfte wie auch auf jede andere gewohnte Bequemlichkeit verzichten müsse. Er versprach, ich dürfe, wenn ich wolle, auf einem Futtersack sitzen, versicherte jedoch gleichzeitig, ich täte besser daran, im Wagenkorb zu stehen und mich dessen Bewegungen anzupassen, weil mir die Wüste sonst die Seele aus dem Leib rütteln und die Knochen an der Wand des Wagens zertrümmern würde.

Ich ermannte mich und erklärte in überlegenem Ton, es sei keineswegs das erstemal, daß ich in einem Streitwagen fahre; ich sei bereits einmal in kürzester Zeit von Simyra zu Aziru gejagt, so daß sogar die Amoriter über die Geschwindigkeit meiner Reise gestaunt hätten, wenn ich auch damals jünger gewesen und mir meine heutige Würde gebot, auf körperliche Anstrengung zu verzichten. Der Offizier, dessen Namen Juju lautete, hörte mir höflich zu, worauf ich mein Leben dem Schutz aller ägyptischen Götter anvertraute und hinter ihm den vordersten Wagen bestieg. Juju ließ seinen Wimpel flattern und stachelte die Pferde brüllend an. Wir stürmten auf einem Karawanenweg in die Wüste hinaus, mein Körper wurde auf den Futtersäcken hin und her geschleudert, ich hielt mich mit beiden Händen an den Wagenseiten fest, schlug mir die Nase blutig und jammerte über mein Elend. Aber mein Wehklagen ertrank im Dröhnen der Räder, und die Lenker hinter mir stießen wilde Freudenrufe aus, weil sie von der glühenden Hölle der Lehmhütten weit fort in die Wüste hinausfahren durften.

So reisten wir den ganzen Tag. Ich übernachtete, mehr tot als lebendig, auf den Futtersäcken, und ich verfluchte bitterlich den Tag meiner Geburt. Am folgenden Tag versuchte ich, im Wagen zu stehen und mich an Jujus Gürtel festzuhalten; aber nach einer Weile fuhr der Wagen über einen Stein, ich flog in weitem Bogen hinaus und fiel kopfüber in den Sand, wo mir Dorngewächs das Gesicht zerriß. Doch kümmerte ich mich nicht mehr darum. Als wir uns wiederum zu übernachten anschickten, war Juju über meinen Zustand beunruhigt und goß mir Wasser über den Kopf, obwohl er aus Sparsamkeitsgründen den Soldaten nicht genügend zu trinken gab. Er hielt mich bei der Hand und tröstete mich, indem er mir versicherte, daß die Reise bisher gut verlaufen sei und daß wir, falls die Freischärler uns auch am folgenden Tage nicht überraschten, vielleicht schon am vierten Tag auf einige Späher Azirus stoßen würden.

Im Morgengrauen riß mich Juju aus dem Schlaf, indem er mich ohne Umstände vom Wagen in den Sand hinunterwarf. Meine Lehmtafeln und meinen Reisekasten schmiß er mir nach, ließ die Pferde wenden, vertraute mich dem Schutz aller Götter Ägyptens an und rief mir aufmunternde Worte zu. Dann fuhr er in vollem Galopp davon, so daß die Wagenräder aus den Steinen des Bodens Funken schlugen, und die übrigen Wagen folgten ihm nach.

Als ich mir den Sand aus den Augen gerieben, sah ich eine Anzahl syrischer Streitwagen heranfahren und sich fächerförmig zum Kampf ordnen. Eingedenk meiner Würde erhob ich mich und schwenkte als Zeichen des Friedens einen grünen

Palmzweig über meinem Kopf, obwohl die Blätter auf der Reise verwelkt und vertrocknet waren. Die Streitwagen aber fuhren, ohne sich um mich zu kümmern, an mir vorbei, und nur ein einziger Pfeil sauste zischend an meinem Ohr vorüber und bohrte sich hinter mir in den Sand. Die Streitwagen verfolgten Jujus Kolonne; aber ich konnte sehen, wie dieser und seine Leute die Futtersäcke und alsdann auch die Wasserbehälter aus den Wagen schleuderten, um deren Gewicht zu vermindern. So sah ich sie fast alle entkommen; ein einziger Wagen blieb zurück, weil das eine der Pferde über einen Steinhaufen gestrauchelt war. Ohne ihre Fahrt zu verringern, stürzten die Angreifer den Wagen um, fällten die Rosse und töteten die Männer.

Nach der nutzlosen Verfolgung kehrten die Streitwagen Azirus zu mir zurück, und die Lenker sprangen herab. Ich rief sie an, nannte ihnen meinen Rang und zeigte ihnen die Lehmtafeln des Pharao. Sie aber kümmerten sich nicht um meine Angaben. Einige hatten die Hände, die noch von Blut troffen, in den Gürtel gesteckt. Sie plünderten mich aus, öffneten meinen Kasten, nahmen mir mein Gold, zogen mich aus und banden mich an den Handgelenken hinter einen Streitwagen, so daß ich hinter ihnen herlaufen mußte, während sie fuhren; ich glaubte dabei ersticken zu müssen, und der Sand schürfte mir die Haut an den Knien, aber sie kümmerten sich nicht um meine Schreie, obwohl ich ihnen mit dem Zorn Azirus drohte. All das mußte ich Pharao Echnatons wegen erleiden.

Auf dieser Fahrt wäre ich zweifellos umgekommen, wenn Aziru nicht sein Lager gleich hinter den Bergen jenseits des Passes aufgeschlagen gehabt hätte. Mit halbgeblendeten Augen erblickte ich eine Menge Zelte, zwischen denen Pferde weideten; um das Lager hatte man aus Streitwagen und Ochsenschlitten einen Wall gebildet. Alsdann sah ich nichts mehr und erwachte erst, als Sklaven Wasser über mich gossen und mir die Glieder mit Öl einrieben; denn ein des Lesens kundiger Offizier hatte meine Lehmtafeln gesehen, weshalb ich nunmehr mit aller Ehrfurcht behandelt wurde und meine Kleider zurückerhielt.

Als ich wieder zu gehen vermochte, wurde ich in das Zelt Azirus geführt, das nach Talg und Wolle und Räucherwerk duftete.

Aziru kam mir, klirrende Goldketten um den Hals und den gekräuselten Bart in einem Silbernetz, wie ein Löwe brüllend entgegen. Er trat auf mich zu, umarmte mich und sagte:

»Ich bin tief betrübt, daß dich meine Leute so schlecht behandelt haben! Du hättest ihnen deinen Namen sagen und erzählen sollen, daß du der Gesandte des Pharao und mein Freund bist! Auch hättest du nach gutem Brauch einen Palmenzweig als Friedenszeichen über deinem Haupte schwenken sollen; statt dessen sagen meine Leute, du seist mit gezücktem Messer und vor Wut heulend auf sie zugestürzt, so daß sie dich unter Lebensgefahr bändigen mußten.«

Meine Knie brannten wie Feuer, und meine Handgelenke waren wie gebrochen. Deshalb war mein Sinn voll Bitterkeit, und ich sprach zu Aziru: »Sieh mich an und sage selbst, ob ich dem Leben deiner Leute hätte gefährlich werden können. Sie zerbrachen meinen Palmenzweig, plünderten mich aus, nahmen mir sogar die Kleider, verhöhnten mich und trampelten auf den Lehmtafeln des Pharao herum. Deshalb sollst du wenigstens einige von ihnen auspeitschen lassen, damit sie lernen, dem Gesandten des Pharao Achtung entgegenzubringen.«

Aber Aziru spreizte höhnisch sein Gewand, hob erstaunt die Hände und beteuerte: »Du hast gewiß einen bösen Traum gehabt, Sinuhe, und ich kann wirklich nichts dafür, wenn du dir auf der schwierigen Reise die Knie an den Steinen zerschürft hast. Eines elenden Ägypters wegen kann ich wahrlich nicht meine besten Leute auspeitschen lassen, und die Worte eines Gesandten des Pharao sind wie Fliegengesumm in meinen Ohren.«

»Aziru«, sagte ich, »König über viele Könige! Laß wenigstens den Mann auspeitschen, der schamlos genug war, mir, während ich hinter dem Wagen herlief, mit dem Speer das Hinterteil wundzustechen. Laß ihn auspeitschen, und ich begnüge mich damit. Denn wisse, daß ich dir und Syrien das Geschenk des Friedens überbringe.«

Aziru lachte laut auf, schlug sich mit der Faust vor die Brust und sagte: »Was geht es mich an, wenn der erbärmliche Pharao im Staub vor mir kriecht und mich um Frieden anfleht? Aber deine Rede ist vernünftig, und da du mein und meiner Gemahlin und meines Sohnes Freund bist, werde ich den Mann auspeitschen lassen, der dich mit dem Speer in den Hintern stach, um deinen Lauf zu beschleunigen. Das war gegen guten Brauch, und wie du weißt, führe ich Krieg mit sauberen Waffen und für hohe Ziele.«

Somit hatte ich die Genugtuung, meinen schlimmsten Quälgeist vor den versammelten Truppen neben Azirus Zelt ausgepeitscht zu sehen. Seine Kameraden hegten kein Mitleid mit ihm, sondern verhöhnten ihn, brüllten vor Lachen bei seinem Gejammer und zeigten mit den Fingern auf ihn; denn sie waren ja Soldaten, die sich in ihrem langweiligen Beruf über jede Abwechslung freuten. Zweifellos hätte Aziru ihn zu Tode peitschen lassen; als ich aber sah, wie ihm das Fleisch in Fetzen von den Rippen fiel und das Blut herabströmte, nahm ich an, daß ihn der Rücken bereits ebenso schmerzte wie mich die Knie und das Hinterteil. Deshalb hob ich die Hände zum Zeichen, daß ich ihm das Leben schenke. Und als ich sein Elend sah, ließ ich ihn in das Zelt tragen, das mir Aziru zum großen Ärger der Offiziere, die es bewohnt hatten, zur Unterkunft angewiesen hatte. Seine Kameraden priesen mich laut, weil sie annahmen, ich wolle ihn nun nach der Auspeitschung noch auf allerlei Art peinigen. Ich aber rieb ihm den Rücken mit den gleichen Salben ein, mit denen ich meine Knie und mein Hinterteil behandelt hatte, verband seine Wunden und ließ ihn den Durst an Bier löschen, so daß er mich schließlich für verrückt hielt und die Achtung vor mir verlor.

Am Abend bot mir Aziru in seinem Zelt Schafsbraten und in Fett gekochte Graupen an, und ich speiste mit ihm und seinen Hauptleuten und den hetitischen Offizieren, die sich in seinem Lager befanden und deren Mäntel und Brustschilde mit dem Bild der Doppelaxt und der beflügelten Sonne verziert waren. Wir tranken Wein, und alle begegneten mir freundlich und wohlwollend und hielten mich vermutlich für sehr einfältig, weil ich gekommen war, ihnen in dem Augenblick den Frieden zu bringen, da sie diesen am dringendsten benötigten. Sie redeten hochtrabend von der Freiheit und künftigen Macht Syriens und von dem Joch der Unterdrückung, das sie abgeschüttelt hatten.

Aber nachdem sie hinreichend getrunken, begannen sie untereinander zu streiten, und ein Mann aus Joppe zog sein Messer und stieß es einem Amoriter in die Kehle. Wenn auch Blut daraus floß, war die Verletzung nicht gefährlich, weil das Messer nicht die Pulsader zerschnitten hatte, und so konnte ich ihn mit meiner Kunst heilen, wofür ich reichliche Gaben von ihm erhielt. Auch wegen dieses Beistandes hielten mich die anderen für einfältig.

Ebensogut hätte ich ihn allerdings sterben lassen können; denn noch während ich mich im Lager befand, ließ derselbe Amoriter den Mann aus Joppe, der ihn verletzt hatte, erstechen, und Aziru seinerseits ließ jenen mit dem Kopf nach unten an die Mauer hängen, um die Ordnung unter seinen Truppen zu wahren – und dies noch bevor seine Kehle ganz ausgeheilt war. Aziru behandelte nämlich seine eigenen Leute grausamer und strenger als andere Syrier, weil sie vor allen anderen ihn um seine Macht beneideten und Ränke gegen ihn schmiedeten, so daß er in seiner Machtstellung dauernd wie in einem Ameisenhaufen saß.

2

Nach der Mahlzeit schickte Aziru seine Hauptleute und die Offiziere der Hetiter aus seinem Zelte, damit sie die Zwiste in ihre eigenen Zelte verlegten. Er zeigte mir seinen Sohn, der ihn auf dem Feldzug begleitete, obwohl er erst sieben Jahre alt war. Es war ein schöner Junge mit Wangen wie Pfirsiche und glänzenden schwarzen Augen. Sein Haar war lockig und pechschwarz wie der Bart seines Vaters, und er hatte die helle Haut seiner Mutter geerbt. Aziru strich ihm übers Haar und sagte zu mir:

»Hast du je einen stattlicheren Jungen gesehen? Ich habe viele Kronen für ihn gesammelt, er wird ein großer Herrscher werden, und ich wage kaum, mir auszumalen, wie weit sich sein

Reich erstrecken wird! Mit seinem kleinen Schwert hat er bereits einem Sklaven, der ihn beleidigte, den Bauch aufgeschlitzt. Er kann schon lesen und schreiben und zeigt keine Angst im Kriege; denn ich habe ihn schon in den Kampf mitgenommen, wenn auch bloß auf Strafzüge gegen aufständische Dörfer, wo ich für sein junges Leben nicht zu fürchten brauchte.«

Keftiu herrschte im Amoriterlande, während Aziru Krieg führte. Aziru sehnte sich sehr nach ihr und erklärte, er habe vergeblich versucht, seine Sehnsucht an gefangenen Frauen und Tempeljungfrauen, welche die Truppen begleiteten, zu stillen; denn wer einmal Keftius Liebe gekostet, könne sie nie mehr vergessen. Sie sei mit den Jahren noch voller und üppiger geworden, »so daß ich jedenfalls meinen Augen nicht trauen würde, wenn ich sie zu sehen bekäme«. Aber den Sohn führte Aziru mit sich, weil er sich nicht getraute, ihn zurückzulassen; denn dieser Sohn sollte einst die vereinten Kronen Syriens tragen.

Während unseres Gesprächs waren aus dem Lager gellende Hilferufe weiblicher Stimmen zu vernehmen, und zornig erklärte Aziru: »Die Offiziere der Hetiter foltern wieder einmal die Gefangenen, obwohl ich es ihnen verboten habe. Aber ich kann nichts dagegen tun, weil ich ihre Kriegskunst brauche. Sie haben nämlich ihre Freude daran, Frauen zu quälen und zum Wimmern zu bringen, was ich gar nicht verstehen kann; denn es ist doch gewiß angenehmer, eine Frau durch Wollust als durch Schmerz zum Stöhnen zu bringen. Aber schließlich hat jedes Volk seine eigenen Sitten, und ich kann es ihnen keineswegs zum Vorwurf machen, daß sich ihre Gewohnheiten von den syrischen unterscheiden. Ich sähe es jedoch ungern, wenn sie meinen Leuten schlechte Sitten beibrächten; denn wahrlich, der Krieg hat schon früher Männer zu Wölfen und reißenden Löwen gemacht.«

Seine Rede entsetzte mich, obgleich ich die Hetiter kannte und wußte, was man von ihnen erwarten konnte. Deshalb benützte ich die Gelegenheit und sagte: »Aziru, König der Könige, brich beizeiten mit den Hetitern, ehe sie dir die Krone zerschmettern und das Haupt dazu! Auf die Hetiter ist kein Verlaß.

Schließe statt dessen jetzt mit dem Pharao Frieden, da die Hetiter durch ihren Krieg in Mitani gebunden sind. Auch Babylon rüstet, wie du weißt, gegen die Hetiter. Du wirst kein weiteres Getreide aus Babylon erhalten, solange du mit den Hetitern verbündet bleibst. Wenn der Winter kommt, wird der Hunger wie ein ausgemergelter Wolf durch Syrien schleichen, falls du nicht mit dem Pharao Frieden schließest, damit er deinen Städten wie früher Getreide sende.«

Aziru aber widersprach mir und erklärte: »Du redest verrücktes Zeug! Die Hetiter sind gut zu ihren Freunden, wenn sie auch fürchterliche Gegner sind. Doch bin ich durch kein Bündnis an die Hetiter gebunden, wenn sie mir auch schöne Geschenke und glänzende Brustschilde mit Mauerkronen gesandt haben, und kann daher unabhängig von ihnen einen Friedensschluß in Erwägung ziehen. Die Hetiter haben auch entgegen unserem unzweideutigen Übereinkommen Kadesch erobert und benützen den Hafen von Byblos, als gehörte er ihnen. Andererseits haben sie mir eine ganze Schiffsladung aus einem neuen Metall geschmiedeter Waffen gesandt und machen meine Leute im Kampf unwiderstehlich. Dennoch liebe ich den Frieden mehr als den Krieg und führe diesen bloß, um einen ehrenhaften Frieden zu erzielen. Darum schließe ich auch gerne Frieden, unter der Bedingung allerdings, daß mir der Pharao Gaza, das er durch List erobert hat, zurückgibt, die Räuberbanden der Wüste entwaffnet und allen Schaden, den die Städte Syriens gelitten, durch Getreide, Öl und Gold wiedergutmacht. Denn, wie du weißt, Sinuhe, trägt Ägypten allein die Schuld an diesem Krieg.«

Er musterte mich frech und lächelte verschmitzt hinter seiner Hand; ich aber wurde heftig und sagte: »Aziru, du Räuber und Viehdieb, du Henker der Unschuldigen! Weißt du nicht, daß man in jeder Schmiede des ganzen Unteren Reiches Speerspitzen schmiedet, daß die Zahl der Streitwagen Haremhabs bereits die Zahl der Flöhe in deinem Lager übersteigt und daß du dich ihrer nicht mehr erwehren wirst, sobald die Ernte reift. Haremhab, dessen Ruf dir bekannt ist, spuckte mir auf die Füße, als ich von Frieden sprach, der Pharao aber will um seines Gottes willen den Frieden und kein Blutvergießen. Deshalb gebe ich dir eine letzte Gelegenheit, Aziru. Gaza bleibt ägyptisch, und die Räuberhorden der Wüste mußt du selbst erledigen; denn Ägypten trägt keine Verantwortung für deren Taten. Deine eigene Grausamkeit hat syrische Männer zur Flucht in die Wüste gezwungen, von wo sie dich bekriegen – und das ist eine innere Angelegenheit Syriens. Auch mußt du alle ägyptischen Gefangenen freilassen, die Schäden, die ägyptische Kaufleute in den syrischen Städten erlitten haben, ersetzen und ihnen ihr Hab und Gut zurückgeben.«

Aziru aber raufte sich die Kleider, riß sich Haare aus dem Bart und rief erbittert: »Gewiß hat dich ein toller Hund gebissen, Sinuhe, daß du solchen Unsinn redest! Gaza muß an Syrien abgetreten werden, die Kaufleute Ägyptens haben selbst für die erlittenen Schäden aufzukommen, und die Gefangenen mögen nach gutem Brauch als Sklaven verkauft werden, was den Pharao natürlich nicht hindern soll, sie loszukaufen, falls er genügend Gold zu diesem Zwecke besitzt.«

Ich sagte zu ihm: »Wenn du Frieden schließest, kannst du die Mauern und Türme deiner Städte hoch und mächtig bauen, so daß du die Hetiter nicht mehr zu fürchten brauchst, und Ägypten wird dich stützen. Wahrlich, die Kaufleute deiner Städte werden reich werden, wenn sie, ohne Steuern an Ägypten entrichten zu müssen, mit diesem Lande Handel treiben dürfen; und die Hetiter können sie dabei nicht stören, weil sie keine Kriegsschiffe besitzen. Falls du Frieden schließest, Aziru, sind alle Vorteile auf deiner Seite; denn die Bedingungen des Pharao sind gemäßigt, und ich kann nicht darum feilschen.«

So redeten wir und besprachen die Friedensfrage Tag für Tag. Wiederholt zerraufte sich Aziru die Kleider, streute sich Asche ins Haar, nannte mich einen schamlosen Räuber und beweinte das Schicksal seines Sohnes, weil dieser zweifellos, von Ägypten ausgeplündert, als Bettler in einem Straßengraben enden würde. Einmal verließ ich sogar sein Zelt, rief nach einer Sänfte und einer Eskorte, um nach Gaza aufzubrechen. Ich war schon im Begriff, die Sänfte zu besteigen, als mich Aziru zurückrufen ließ. Ich glaubte jedoch, daß ihm als Syrier dieses Markten und

Feilschen großen Spaß bereitete und er sich einbildete, mich mit jedem Tage mehr zu übertölpeln und neue Vorteile zu gewinnen, weil ich Zugeständnisse machte. Er konnte ja nicht ahnen, daß mir der Pharao befohlen hatte, den Frieden um jeden Preis zu erkaufen, selbst wenn Ägypten dabei verarmen sollte.

Deshalb wahrte ich meine Selbstsicherheit und erlangte bei den Unterhandlungen große Vorteile für den Pharao. Die Zeit arbeitete für mich; denn die Uneinigkeit in Azirus Lager wuchs, mit jedem Tag verließen es neue Männer, um sich in ihre eigenen Städte zu begeben, und Aziru konnte sie nicht daran hindern, weil seine Macht noch nicht fest genug geschmiedet war. So kamen wir schließlich so weit, daß er als äußerste Bedingung folgenden Vorschlag machte: Die Mauern Gazas sollen abgerissen und der König von Gaza durch ihn ernannt werden; doch sollte an des Königs Seite ein vom Pharao eingesetzter Ratgeber walten, und sowohl syrische als auch ägyptische Schiffe sollten nach Gaza segeln und dort, ohne Steuern zu zahlen, Handel treiben dürfen. Diesem Angebot konnte ich natürlich nicht zustimmen, da Gaza ohne Mauern für Ägypten wertlos sein und sich völlig in Azirus Gewalt befinden würde.

Als ich ihm kurz und bündig erklärte, daß ich nicht darauf einginge, und einen Geleittrupp nach Gaza verlangte, ward er sehr zornig, trieb mich aus dem Zelt hinaus und schleuderte mir alle Lehmtafeln nach. Aber er ließ mich trotzdem nicht abreisen, und ich vertrieb mir die Zeit im Lager, indem ich Kranke heilte und ägyptische Gefangene loskaufte, die als Träger und als Schlepper von Lastschlitten schwer gelitten hatten. Auch einige Frauen kaufte ich los, anderen aber reichte ich eine Arznei, die sie entschlafen ließ; denn der Tod war für sie besser als das Leben, nachdem die Hetiter sie gemartert hatten. So verstrich die Zeit, und zwar zu meinem Vorteil. Denn ich hatte dabei nichts einzubüßen, während Aziru mit jedem Tag mehr zu verlieren hatte, so daß er sich in seiner Ungeduld das Silbernetz vom Barte riß, schwarze Büschel aus dem Haare raufte und mich wegen meiner Unnachgiebigkeit mit häßlichen Namen überschüttete.

Ich muß erwähnen, daß Aziru mich bespitzeln und jeden meiner Schritte genau überwachen ließ; denn er beurteilte mich nach sich selbst und befürchtete, ich könnte mit seinen Hauptleuten Ränke schmieden, um ihn seines Kopfes zu berauben. Das wäre auch eine leichte Sache gewesen; aber ich kam nicht einmal auf den Gedanken, weil mein Herz das Herz eines Unschuldslammes und er mein Freund war. Trotzdem drangen eines Nachts zwei Meuchelmörder in das Zelt Azirus und verletzten ihn mit ihren Messern; doch er blieb am Leben und tötete den einen, und sein Söhnchen erwachte und stach dem anderen sein kleines Schwert in den Rücken, so daß auch dieser umkam.

Am folgenden Tage berief mich Aziru in sein Zelt und beschuldigte mich mit fürchterlichen Ausdrücken. Alsdann aber ging er auf meine Friedensvorschläge ein, und im Namen des Pharao schloß ich mit ihm und allen Städten Syriens Frieden. Gaza blieb in Ägyptens Gewalt, die Niederwerfung der Freischärler wurde Aziru überlassen und dem Pharao das Vorrecht zugesprochen, die ägyptischen Gefangenen und Sklaven loszukaufen. Zu diesen Bedingungen ließen wir auf Lehmtafeln einen Vertrag über ewige Freundschaft zwischen Ägypten und Syrien einritzen und bestätigten ihn im Namen aller tausend Götter Ägyptens und aller tausend Götter Syriens und schließlich noch in demjenigen Atons. Aziru fluchte fürchterlich und rief alle Gottheiten um Hilfe an, als er das Siegel über den weichen Lehm rollte, und auch ich raufte mir die Kleider und weinte bitterlich, als ich mein ägyptisches Siegel in den Lehm drückte. Schließlich aber waren wir beide zufrieden, Aziru machte mir viele Geschenke, und ich versprach, ihm selbst, seiner Gemahlin und seinem Sohn mit den Friedensschiffen von Ägypten ebenfalls zahlreiche Gaben zu senden.

So trennten wir uns in Eintracht. Aziru umarmte mich und nannte mich seinen Freund, und beim Abschied hob ich seinen schönen Knaben auf den Armen hoch, lobte seine Tapferkeit und berührte seine rosigen Wangen mit meinem Mund. Doch wußten sowohl Aziru als auch ich in unseren Herzen, daß der Vertrag, den wir für Zeit und Ewigkeit eingegangen waren, nicht einmal den Lehm wert war, auf dem er geschrieben stand.

Denn jener hatte den Frieden erklärt, weil er ganz einfach dazu gezwungen war, und Ägypten wiederum hatte den Frieden auf Wunsch des Pharao Echnaton geschlossen. Der Friede aber blieb in der Luft, ein Raub der Winde: Alles hing davon ab, in welche Richtung sich die Hetiter von Mitani aus wenden würden, vieles auch vom Mut Babyloniens und von den Kriegsschiffen Kretas, die den Handel zur See schützen sollten.

Jedenfalls begann Aziru seine Soldaten zu entlassen, hieß einen Geleittrupp mich nach Gaza begleiten und erteilte zugleich den Befehl, daß die vor Gaza stehenden Truppen die zwecklose Belagerung der Stadt aufgeben sollten. Doch ehe ich Gaza erreichte, war ich dem Tode näher und von größerer Gefahr bedroht als je zuvor auf dieser schrecklichen Reise. Als sich nämlich meine Begleiter, Palmzweige schwenkend, den Toren Gazas näherten und riefen, der Friede sei geschlossen, ließen uns die ägyptischen Verteidiger der Stadt nahe herangekommen, um alsdann Pfeile auf uns abzuschießen und Speere gegen uns zu schleudern. Ihre Wurfmaschinen schmetterten dröhnend so große Steine auf uns herab, daß ich wahrlich glaubte, meine letzte Stunde habe geschlagen. Der waffenlose Soldat, der mich mit seinem Schild schützte, wurde von einem Pfeil in den Hals getroffen und sank blutend zu Boden, während seine Kameraden die Flucht ergriffen; mir aber lähmte der Schrecken die Knie, so daß ich mich wie eine Schildkröte unter dem Schild verkroch und weinte und jammerte. Da mich die ägyptischen Soldaten des Schildes wegen von den Mauern nicht mit ihren Pfeilen erreichen konnten, gossen sie kochendes Pech aus großen Gefäßen herab, das zischend und brennend auf mich zufloß. Zum Glück schützten mich einige Steinblöcke, so daß ich bloß an Händen und Knien, die es allerdings nicht mehr nötig gehabt hätten, Brandwunden erlitt.

Während dieses ganzen Schauspiels lachten die Soldaten Azirus so unbändig, daß sie umfielen und sich vor Lachen auf dem Boden wanden. Vielleicht war der Anblick wirklich lächerlich, obschon ich nichts zu lachen hatte. Schließlich ließ ihr Befehlshaber die Hörner blasen; und vielleicht hatte auch mein Gewinsel die Ägypter erweicht: Sie erklärten sich bereit, mich in die

Stadt einzulassen. Doch taten sie mir keineswegs ein Tor auf, sondern ließen von der Mauer an einem Schilfseil einen Korb herab, in den ich mit meinen Lehmtafeln und meinem Palmzweig hineinkroch, um darin emporgezogen zu werden. Ich zitterte vor Angst so sehr, daß der Korb zu schaukeln begann, denn die Mauer war ungewöhnlich hoch – meines Erachtens viel zu hoch. Aus diesem Grund lachten die Soldaten Azirus noch mehr über mich, so daß ihr Gelächter hinter mir tönte wie das Dröhnen eines sturmgepeitschten Meeres beim Anprall an die Klippen.

Wegen all dieser Vorfälle machte ich dem Befehlshaber der Garnison von Gaza scharfe Vorwürfe; aber er war ein barscher, starrsinniger Mann und behauptete, von seiten der Syrier so viel Falschheit und Betrug ausgesetzt gewesen zu sein, daß er das Stadttor nur auf ausdrücklichen Befehl Haremhabs öffnen würde. Er glaubte mir auch nicht, daß der Friede geschlossen sei, obwohl ich ihm alle meine Lehmtafeln zeigte und im Namen des Pharao zu ihm sprach; denn er war ein einfacher, eigensinniger Mensch, ohne dessen Einfalt und Starrköpfigkeit Ägypten die Stadt Gaza sicherlich längst verloren hätte, weshalb ich keinen Grund besaß, ihm allzu harte Vorwürfe zu machen. Nachdem ich an der Mauer die zum Trocknen aufgehängten Häute gefangener Syrier gesehen, hielt ich es für das Beste, zu schweigen und ihn nicht zu reizen, hörte mit Tadeln auf, obgleich meine Würde sehr darunter gelitten, daß man mich an einem Schilfseil die Mauer emporgezogen hatte.

Von Gaza segelte ich über das Meer nach Ägypten zurück. Für den Fall, daß wir feindlich gesinnten Seefahrern begegnen sollten, ließ ich den Wimpel des Pharao und alle Friedenswimpel am Maste hissen, so daß mich die Seeleute tief verachteten und behaupteten, unser Schiff schaukle gleich einer Hure bemalt und aufgetakelt auf den Wellen. Als wir den Strom erreichten, versammelten sich die Menschen an den Ufern, schwenkten Palmzweige und priesen den Frieden. Mir selbst huldigten sie als dem Gesandten des Pharao, der ihnen den Frieden brachte – bis die Seeleute schließlich vergaßen, daß ich in einem Korb die Mauern von Gaza emporgehißt worden war, und mich wieder mit Ehrfurcht behandelten. Als wir nach Memphis kamen, sandte ich ihnen viele Krüge Wein und Bier, damit sie noch gewisser jenes unangenehme und für meine Würde schädliche Ereignis vergäßen.

Haremhab las die Lehmtafeln und zollte mir großes Lob für meine Fähigkeit als Unterhändler. Darüber staunte ich sehr, weil es sonst nicht seine Art war, meine Handlungen zu loben, und er im Gegenteil meist unzufrieden mit mir war. Ich verstand ihn erst, als ich erfuhr, daß die Kriegsschiffe Kretas den Befehl erhalten hatten, nach Kreta zurückzusegeln. Dadurch wäre Gaza, wenn der Krieg weitergedauert hätte, binnen kurzem in Azirus Hände gefallen. Denn ohne Seeverbindung war die Stadt verloren, und es hätte sich für Haremhab nicht gelohnt, den Versuch zu machen, sie mit den Truppen auf dem Landweg zu erreichen, weil die Leute im Herbst in der Wüste verdurstet wären. Deshalb pries mich Haremhab so rückhaltlos und sandte eilends zahlreiche Schiff mit Truppen, Lebensmitteln und Waffen nach Gaza.

Während meines Aufenthaltes bei Aziru hatte König Burnaburiasch von Babylonien auf dem Seeweg einen Gesandten mit Gefolge und vielen Geschenken nach Memphis geschickt. Ich nahm ihn mit auf das Schiff des Pharao, das mich in Memphis erwartete. Wir reisten zusammen stromaufwärts, und die Fahrt war uns beiden angenehm; denn er war ein ehrwürdiger Greis mit einem bis auf die Brust herabwallenden seidigen weißen Bart und besaß große Kenntnisse. Wir sprachen über Sterne und Schafsleber, und es fehlte uns nicht an Gesprächsstoff; denn über die Sterne und über die Leber des Schafes kann der Mensch sein Leben lang reden, ohne daß dieser umfangreiche Stoff erschöpft würde.

Aber wir sprachen auch von politischen Angelegenheiten, und ich merkte, daß er große Furcht vor der wachsenden Macht der Hetiter hegte. Zwar behauptete er, die Priester Marduks hätten prophezeit, daß die Macht der Hetiter ihre Grenze erreichen und nicht einmal mehr hundert Jahre währen würde und daß von Westen ein weißes Barbarenvolk auftauchen und sich über sie werfen und ihr Reich vernichten würde, als wäre es überhaupt nie dagewesen. Der Gedanke, daß das Reich der Hetiter in hundert Jahren verschwunden wäre, bedeutete jedoch nur einen geringen Trost für mich, der ich geboren war, zur Zeit seiner Macht zu leben. Ebenso fragte ich mich, wie wohl ein Volk aus dem Westen kommen könne, da es im Westen doch nur die Meeresinseln gab. Trotzdem mußte ich es glauben, weil die Sterne es vorausgesagt hatten und ich mit eigenen Augen und Ohren so viel Wunder in Babylon erfahren hatte, daß ich den Sternen mehr Glauben schenkte als meinen eigenen Kenntnissen.

Er hatte vom feinsten Wein der Berge mitgebracht, an dem wir unsere Herzen labten, und er versicherte, daß immer neue Zeichen und Vorboten im Turm des Marduk auf überzeugende Weise darlegten, daß ein Weltjahr allmählich zu Ende ging. Somit wußten er und ich, daß wir im Sonnenuntergang der Welt lebten, daß die Nacht im Anzug war, daß viele Umwälzungen bevorstanden und Völker von der Erdoberfläche weggefegt würden, wie es bereits mit den Mitani geschehen war, daß alte Götter sterben müßten, bis neue geboren würden, und daß ein neues Weltjahr bevorstand. Er fragte mich mit großer Wißbegierde über Aton aus und schüttelte sein Haupt und strich sich den weißen Bart, als ich ihm von diesem Gott erzählte. Denn von Aton gab es keine Bilder, vor ihm waren alle Menschen gleich, und er nährte sich nicht von Opfern, sondern von der gegenseitigen Liebe der Menschen, weil alle Menschen, welcher Hautfarbe und Sprache sie auch sein mochten, vor Aton Brüder waren und für ihn kein Unterschied zwischen Reichen und Armen, zwischen Edelleuten und Sklaven bestand.

Der babylonische Gesandte gab zu, daß ein solcher Gott sich noch nie zuvor auf Erden offenbart hatte und daß eben deshalb das Erscheinen Atons den Anfang vom Ende bedeuten konnte; denn noch nie zuvor hatte der Greis von einer so gefährlichen und schrecklichen Lehre reden hören. Er sagte, daß durch Atons Lehre der Fußboden zur Zimmerdecke werden und die Türen nach außen aufgingen und somit der Mensch auf dem Kopf stehe und rückwärts gehe. Vor seinen Kenntnissen und seiner Weisheit verstummte ich; denn er kam aus Babylon, der

Wiege aller irdischen und himmlischen Weisheit, und ich verehrte ihn sehr und wollte vermeiden, daß er mich meiner Torheit wegen verachtete. Deshalb verriet ich ihm nichts von meinem Gedanken, daß das Erscheinen Atons und der Glaube des Pharao Echnaton vielleicht eine nie wiederkehrende Gelegenheit für alle Völker bedeute. Auch sah ich selbst die Eitelkeit dieses Gedankens ein, da ich mit von brennendem Pech versengten Händen und Knien und mit der Erinnerung an verstümmelte Leichen aus dem Krieg zurückkehrte. Nach all diesen Erlebnissen sagte mir meine Vernunft, daß die Menschen einander keineswegs als Brüder behandelten, sondern jeder ein reißender Löwe für den anderen war.

So langten wir nach angenehmer Fahrt in Achetaton an, und ich glaubte bei meiner Rückkehr weiser zu sein als vor der Reise.

3

Während meiner Abwesenheit hatte der Pharao wieder an Kopfschmerzen gelitten, und es hatte die Unruhe an seinem Herzen genagt, weil er fühlte, daß alles, was seine Hände berührten, in Scherben ging. Sein Leib brannte und glühte so heiß vom Feuer seiner Gesichte, daß er vor innerer Unrast dahinsiechte und immer bleicher wurde. Um ihn zu beruhigen, hatte der Priester Eje beschlossen, im Herbst nach der Getreideernte, wenn der Strom zu steigen begann, das dreißigjährige Gedenkfest zu veranstalten. Es hatte nichts zu bedeuten, daß Pharao Echnaton noch lange keine dreißig Jahre auf dem Thron saß; denn es war schon seit geraumer Zeit Sitte gewesen, daß der Pharao das dreißigjährige Fest feiern konnte, wann es ihm gerade beliebte. So hatte auch sein Vater es wiederholt abgehalten, und daher widerstritt diese Feier nicht der Wahrheitsliebe des Pharao Echnaton.

Zu dem bevorstehenden Fest waren viele Leute nach Achetaton gekommen. Eines Morgens, als der Pharao am Ufer des heiligen Weihers lustwandelte, warfen sich zwei Meuchelmörder auf ihn, um ihn mit Messern umzubringen. Am Strand aber saß ein junger Knabe, der Enten zeichnete. Er war ein Schüler des Thotmes; dieser ließ seine Zöglinge nicht nach Vorlagen, sondern nach der Natur zeichnen, was sehr schwierig war, weil sie dabei das, was sie sahen, und nicht bloß das, was sie wußten, darstellen mußten. Dieser Knabe nun wehrte mit einem Zeichenstift als einziger Waffe so lange die Messer der Meuchelmörder ab, bis die Wächter herbeieilten, um das Leben des Pharao zu retten, so daß er nur einen Stich in die Schulter erhielt. Der Knabe jedoch starb, und sein Blut floß Pharao Echnaton in die Hände. So offenbarte sich der Tod dem Pharao, der ihn früher nicht gekannt: Während das Blut in seine Hände rann, sah er in der herbstlichen Pracht seines Gartens, wie seinetwegen der Tod die Augen des Knaben sich verschleiern und das Kinn herabfallen ließ.

Ich wurde in aller Eile geholt, um die Wunde des Pharao zu verbinden, die jedoch ungefährlich war und rasch heilte. So kam es, daß ich die beiden gefangenen Meuchelmörder sah: Der Schädel des einen war rasiert, und sein Gesicht glänzte von heiligem Öl, während dem anderen einst wegen eines schimpflichen Verbrechens die Ohren abgeschnitten worden waren und er niemand mehr offen in die Augen sehen konnte. Aber noch während sie von den Wächtern mit Schilfseilen gebunden wurden, rissen sie wie Rasende an ihren Fesseln, stießen im Namen Ammons fürchterliche Flüche aus und schwiegen auch nicht, als die Wächter sie mit den blauen Schäften ihrer Speere über den Mund schlugen, so daß das Blut daraus strömte. Zweifellos waren sie von den Priestern verzaubert und spürten keinen Schmerz.

Das war ein schreckliches Ereignis. Nie zuvor hatte man gehört, daß jemand aus der Mitte des Volkes gewagt hätte, die Hände gegen den Pharao zu erheben. Wohl mochte es vorgekommen sein, daß Pharaonen in früheren Zeiten in ihrem goldenen Haus eines unnatürlichen Todes starben; doch war dies niemals offen geschehen, sondern durch Gift oder eine dünne

Schnur oder durch Ersticken mit einem Teppich, so daß keine Spuren blieben und alles vor dem Volk verheimlicht werden konnte. Ich hatte lange genug in dem goldenen Haus gelebt, um zu wissen, daß sich dergleichen zugetragen und vielleicht auch einmal einem Pharao gegen seinen Willen der Schädel geöffnet worden war. Aber nie hatte jemand am hellen Tag dem Pharao nach dem Leben getrachtet. Dieses Ereignis konnte nicht verleugnet werden, weil es zu viele Zeugen gab und Pharao Echnaton keinen von ihnen umbringen oder in die Gruben verschikken lassen wollte, um seine Zunge für immer zum Schweigen zu bringen.

Nach diesem Geschehnis erklärten die Priester Ammons dem Volk und ihren Getreuen, daß es eine Gott wohlgefällige Tat sei, die Hand gegen den falschen Pharao zu erheben, und daß derjenige, der ihn umbrächte, das ewige Leben erlangen würde, selbst wenn sein Leib nicht einbalsamiert werden könnte. In ihren geheimen Reden verkündeten sie nämlich, daß Pharao Echnaton ein falscher Pharao sei, und deshalb dürfe ein jeder Hand an ihn legen. Gegen einen richtigen Pharao hätte natürlich niemand die Tat gewagt; denn ein solcher Mensch hätte, wie das Volk glaubte, für ewige Zeiten alle Qualen der Unterwelt im Rachen des Verschlingers erdulden müssen.

Die beiden Gefangenen wurden in Anwesenheit des Pharao verhört, verweigerten aber jede Aussage. Doch brachte man in Erfahrung, daß sie aus Theben gekommen waren und sich am Abend zuvor im Park versteckt hatten. Allein der Name Theben verriet ihre Auftraggeber; aber sie gestanden nichts, sondern öffneten den Mund nur, um Ammon laut anzurufen und den Pharao zu verfluchen, bis die Wächter sie mit den Speerschäften ins Gesicht schlugen. Als Pharao Echnaton den Namen des verdammten Gottes vernahm, geriet er sogar in solche Erbitterung, daß er den Wächtern gestattete, die Gefangenen zu schlagen, bis ihre Gesichter aufs übelste zugerichtet waren und ihnen die Zähne aus dem Munde flogen. Die Mordgesellen aber weigerten sich immer noch zu sprechen und riefen bloß Ammon um Hilfe an, und der Pharao erlaubte nicht, daß man sie weiterquäle. Da riefen sie trotzig:

»Laß uns peinigen, falscher Pharao! Laß unsere Glieder zerquetschen, unser Fleisch zerfetzen, unsere Haut verbrennen: Wir spüren keinen Schmerz!«

Ihre Verstocktheit war so schrecklich, daß der Pharao das Gesicht abwandte und mit seinem Herzen kämpfte. Und er gewann seine Beherrschung wieder und schämte sich sehr, daß er den Wächtern erlaubt hatte, die Gesichter der Gefangenen zu zerschlagen. Deshalb sagte er:

»Laßt sie los, denn sie wissen nicht, was sie tun!«

Aber als die Wächter die Schilfseile gelöst hatten und die Gefangenen befreit waren, fluchten diese noch ärger als zuvor, Schaum stand ihnen um den Mund, und sie riefen: »Laß uns töten, verfluchter Pharao! Um Ammons willen schenke uns den Tod, falscher Pharao, damit wir das ewige Leben erlangen!«

Als sie einsahen, daß der Pharao sie ungestraft laufen lassen wollte, rissen sie sich aus den Händen der Wächter los und rannten mit dem Kopf so heftig gegen die Hofmauer, daß sie sich die Schädel zerschmetterten und kurz darauf verschieden. So groß war die geheime Macht Ammons über die Herzen der Menschen.

Nach diesem Ereignis wußte jedermann in dem goldenen Haus, daß Pharao Echnaton seines Lebens nicht mehr sicher war. Seine Getreuen verstärkten daher die Bewachung und ließen ihn nicht mehr aus den Augen, obgleich er immer noch allein und ohne Gefolge in den Gärten und am Ufer lustwandeln wollte. Sicherlich vermeinte er auch oft, allein zu sein, während unsichtbare Augen jeden seiner Schritte bewachten. Diejenigen, die an Aton glaubten, wurden immer heftiger im Glauben, während diejenigen, die sich ihm angeschlossen hatten, um Reichtümer und hohe Ämter zu gewinnen, um ihre Stellung zu fürchten begannen und ihre Vorsicht im Dienst des Pharao vergrößerten. So nahm der Glaubenseifer in beiden Reichen zu, und die Menschen erhitzten sich ebensosehr Atons wie Ammons wegen, so daß Aton die Frau vom Mann, den Vater vom Sohn und den Bruder von der Schwester trennte.

Das zeigte sich zuerst in Theben, wo als Zeichen der glückbringenden Macht des Pharao zur dreißigjährigen Gedenkfeier die gleichen Festzüge und Zeremonien wie in Achetaton veranstaltet wurden. Körbe voll Goldsand und Straußenfedern wurden nach Theben gebracht, Panther wurden in Käfigen dorthingeschleppt und Giraffen den Strom entlangbefördert, kleine Meerkatzen und bunte Papageien folgten dem Zuge, damit das Volk die Macht und den Reichtum des Pharao sehe und ihn preise. Aber die Bevölkerung Thebens betrachtete schweigend und freudlos den Festzug, auf den Straßen kam es zu Prügeleien, das Kreuz Atons wurde seinen Trägern von den Kleidern gerissen, und einige Atonpriester, die sich ohne Bewachung unter die Menge gewagt hatten, wurden mit Keulen erschlagen.

Das schlimmste aber war, daß die Gesandten der ausländischen Mächte dem Zuge folgten, alles mit ansahen und auch von dem Mordversuch gegen den Pharao erfuhren, da der Vorfall seines Starrsinns wegen nicht hatte vertuscht werden können. Ich glaube aber, daß der Gesandte Azirus bei seiner Rückkehr nach Syrien seinem Herrn allerlei angenehme Dinge zu berichten wußte. Außerdem nahm er eine Menge kostbarer Geschenke des Pharao an Aziru mit, und auch ich schickte durch ihn Gaben an Aziru und seine Familie. Seinem Sohn sandte ich eine kleine, aus Holz geschnitzte Armee mit schönbemalten Speerwerfern und Bogenschützen, Rossen und Streitwagen; die Hälfte der kriegerischen Holzfigürchen hatte ich als Hetiter und die andere Hälfte als Syrier schnitzen lassen, in der Hoffnung, er werde sie beim Spielen gegeneinander aufstellen. Solche Holzschnitzereien erhielt man billig, seitdem alle Ammontempel und Werkstätten geschlossen worden und ihre Holzschnitzer arbeitslos geworden waren. Jedenfalls war mein Geschenk für den Knaben geschickt angefertigt: Die Augen der Soldaten waren aus schwarzem Basalt und die der Offiziere aus Edelsteinen, die Wagen der Hauptleute vergoldet und ihre kleinen Peitschen aus Gold und Silber; es war, wie ich glaube, ein königliches Geschenk, für das ich übrigens mehr bezahlte als für die Gaben an Aziru, weil der Sohn seinem Herzen näherstand als sein eigener Vorteil.

Pharao Echnaton litt in dieser Zeit schwer und kämpfte mit seinem Herzen. Viele Zweifel erschütterten seinen Glauben, und im Dunkel der Nacht klagte er zuweilen bitterlich, daß seine Gesichte erloschen seien und Aton ihn verlassen habe. Schließlich aber gelang es ihm, aus dem an ihm begangenen Mordversuch Kraft zu schöpfen, und er erhitzte sich selbst in dem Glauben, daß seine Aufgabe größer und sein Werk wichtiger denn je seien, da in Ägypten noch so viel Finsternis und Furcht herrschten. Er kostete das bittere Brot des Hasses und trank das salzige Wasser der Gehässigkeit: Das Brot vermochte seinen Hunger nicht zu stillen und das Wasser seinen Durst nicht zu löschen; aber er bildete sich ein, aus Güte und Liebe zu handeln, wenn er die Ammonpriester härter als früher verfolgte und Leute, die den Namen Ammons laut aussprachen, bestrafen und in die Bergwerke verschicken ließ. Am meisten litten natürlich die einfachen und armen Leute unter der Verfolgung; denn die geheime Macht der Ammonpriester war groß, und die Wächter des Pharao wagten diese nicht anzurühren, sondern drückten ein Auge zu, sobald es um sie ging. Daher säte der Haß neuen Haß, und die Unruhe in Ägypten ward größer als zuvor.

Um seine Macht zu festigen, verheiratete Pharao Echnaton, der keinen Sohn besaß, seine beiden ältesten Töchter Meritaton und Anchesenaton mit Söhnen getreuer Edelleute an seinem Hof. Meritaton zerbrach den Krug mit einem Knaben namens Sekenre, der königlicher Mundschenk war, sein ganzes Leben in dem goldenen Haus verbracht hatte und an Aton glaubte. Er war ein fünfzehnjähriger Heißsporn, der wie der Pharao Wachträume hatte; sein Wille aber war schwach und demjenigen des Pharao in keiner Weise gewachsen, weshalb er dem Pharao gefällig und zu Diensten war. Daher ließ Pharao Echnaton diesen Knaben mit der königlichen Kopfbedeckung krönen und ernannte ihn zu seinem Nachfolger, weil er nicht mehr glaubte, einen eigenen Sohn zu bekommen.

Anchesenaton zerbrach ihrerseits den Krug mit einem zehnjährigen Knaben namens Thut, dem die Würde eines königlichen Stallmeisters und Überwachers der königlichen Bauten und Steinbrüche verliehen wurde. Er war ein schmächtiger, kränklicher Junge, der mit Puppen spielte, gerne Süßigkeiten aß und in jeder Beziehung folgsam und gelehrig war. Über ihn gab es nichts Schlechtes, aber auch nicht viel Gutes zu sagen; er glaubte alles, was man ihn lehrte, und wiederholte stets die Worte, die er zuletzt vernommen hatte. Diese beiden Knaben gehörten zu den vornehmsten in Ägypten, und als der Pharao seine Töchter mit ihnen verheiratete, glaubte er dadurch ihre edlen und mächtigen Familien an sich und Aton gebunden zu haben. Die beiden Jungen gefielen ihm, weil sie keinen eigenen Willen besaßen: Denn in seinem Glaubenseifer duldete der Pharao keinen Widerspruch mehr und hörte auch nicht auf seine Ratgeber

So ging äußerlich alles unverändert weiter. Aber der Mordversuch gegen den Pharao war ein schlechtes Zeichen, und noch schlimmer war der Umstand, daß der Pharao seine Ohren allen irdischen Stimmen verschloß und nur auf seine eigenen Eingebungen hören wollte. Das Leben in Achetaton ward drückend, die Straßengeräusche gedämpft, das Lachen der Menschen seltener als früher und ihre Stimmen leiser – als ob eine geheime Furcht auf der Stadt der Himmelshöhe laste. Ich erlebte es oft, daß ich beim Geräusch der Wasseruhr mitten in der Arbeit aus meinen Gedanken aufwachte und beim Hinausblicken merkte, wie sich plötzlich eine Totenstille über Achetaton ausbreitete, so daß kein Laut, kein Räderrollen, kein Vogelgezwitscher, kein Ruf eines Dieners, nichts außer dem Rauschen der Wasseruhr, welche die unaufhörlich rinnende Zeit maß, zu vernehmen war. In solchen Augenblicken dünkte mich das Geräusch der Wasseruhr ein unheilverkündender Laut, als ginge eine im voraus bemessene Zeit zur Neige, obgleich ich mein Herz töricht schalt und mir selbst versicherte, daß die Zeit nie zu Ende geht und das Wasser in der Uhr nie versiegt. Aber dann fuhren drunten auf der Straße die Wagen wieder an meinem Haus vorbei, farbige Federbüsche wedelten auf den Köpfen der Pferde, und in das frohe Rollen der Räder mischten sich die Rufe der im Küchenhof mit Geflügelrupfen beschäftigten Diener. Da beruhigte ich mich wieder und glaubte, nur einen bösen Traum gehabt zu haben.

In nüchternen Augenblicken hatte ich jedoch das Gefühl, die Stadt Achetaton sei bloß eine schöne Schale um einen bereits wurmstichigen Kern. Das Gespenst der Zeit nagte das Mark aus dem frohen Leben, die Freude erlosch, und das Lachen erstarb in Achetaton. Deshalb begann sich mein Herz nach Theben zurückzusehnen. Ich brauchte nicht lange nach einem Vorwand für eine Rückkehr dorthin zu suchen. Mein Herz lieferte mir freigebig eine Menge Gründe, deren Gewicht Pharao Echnaton nicht herabsetzen konnte. So erging es noch manchem, der den Pharao von Herzen zu lieben glaubte; viele verließen Achetaton, einige, um ihre Landgüter zu überwachen, andere, um Verwandte zu heiraten, ein Teil fuhr nach Memphis, ein Teil nach Theben. Viele kehrten von ihren Reisen nach Achetaton zurück; aber es gab auch manche, die nicht wiederkamen und sich nicht mehr davor fürchteten, die Gunst des Pharao zu verlieren, sondern mehr auf die geheime Macht Ammons vertrauten. Ich fuhr meines Reichtums wegen nach Theben, nachdem ich mir durch Kaptah zahlreiche Schriftstücke hatte senden lassen, die dem Pharao die Notwendigkeit meiner Anwesenheit in Theben bewiesen, so daß er mich ziehen ließ.

4

Kaum befand ich mich wieder an Bord, um stromaufwärts zu segeln, als ich meine Seele wie von einem Zauber befreit fühlte. Wiederum war es Frühling, die Wasser waren gesunken, und die Schwalben flitzten behende über den schlammgelben Fluten. Der fruchtbare Schlamm hatte sich über die Äcker gebreitet, die Obstbäume blühten, und ich beschleunigte meine Fahrt, das Herz voll süßer Erregung, als wäre ich ein Bräutigam, der im Lenz zu seiner Schwester reist. So ist der Mensch der Sklave seines eigenen Herzens und schließt die Augen vor Dingen, die ihm unbehaglich sind, und glaubt an das, was er hofft. Vom Zauber und schleichenden Schrecken Achetatons befreit, jubelte mein Herz wie ein aus dem Käfig freigelassener Vogel. Denn es ist schwer für einen Menschen, an den Willen eines anderen gekettet zu sein, und jedermann, der in Achetaton lebte, fühlte sich durch den hitzigen, herrischen Willen und die launischen Ausbrüche des Pharao geknechtet. Für mich war er ein Mensch, weil ich sein Arzt war; deshalb fiel mir die Sklaverei noch schwerer als denjenigen, für die er der Pharao war, und vor allem schwerer als denjenigen, für die er ein Gott war und die die Sklaverei des Herzens daher am leichtesten ertrugen.

Ich jubelte, weil ich wieder mit eigenen Augen sehen, mit eigenen Ohren hören, mit eigener Zunge reden und nach meinem eigenen Willen leben durfte. Eine solche Freiheit ist für den Menschen durchaus nicht schädlich; mich machte sie jedenfalls auf dieser Reise stromaufwärts demütig und ließ die Bitterkeit in meinem Herzen schmelzen, so daß ich den Pharao schließlich im rechten Licht sah. Je weiter ich mich von ihm entfernte, um so klarer sah ich ihn, wie er wirklich war, und desto mehr liebte ich ihn und wünschte ihm alles Gute. Je mehr ich mich Theben näherte, um so lebendiger strömten die Erinnerungen auf mich ein und desto größer wurden Pharao Echnaton und sein Aton in meinem Herzen und verdrängten daraus die Schatten aller anderen Götter, auch Ammons.

So glaubte ich an das, was ich erhoffte, und freute mich in meinem Herzen innig über meine Gedanken und fühlte mich als ein guter, ja als ein besserer Mensch denn viele andere. Wenn ich ehrlich gegen mich selbst sein und der Wahrheit leben will, muß ich gestehen, daß ich mich in meinem Herzen sogar für einen besseren Menschen als Pharao Echnaton hielt, weil ich keinem Menschen absichtlich etwas Böses tat, niemand meinen Glauben aufzuzwingen versuchte und in den Tagen meiner Jugend Arme gepflegt hatte, ohne Geschenke dafür zu verlangen.

Während meiner Fahrt stromaufwärts und abends, wenn ich am Ufer anlegte, wo ich an Bord übernachtete, entdeckte ich überall ungewollte Spuren von dem Gott des Pharao Echnaton. Obgleich gerade Saatzeit war, lag die Hälfte der ägyptischen Äcker ungepflügt und unbesät, Unkraut und Disteln wucherten auf den Feldern, und die Überschwemmung hatte die Bewässerungsgräben mit Schlamm angefüllt, aber niemand diese gesäubert. Denn Ammon übte seine Macht auf die Menschenherzen aus, vertrieb die Siedler von seinem einstigen Boden und verfluchte auch die Äcker des Pharao, so daß Landwirte und Sklaven sie flohen und sich aus Angst vor Ammons Fluch in den Städten versteckten. Einige Ansiedler aber lebten noch, verängstigt und verbittert, in ihren Hütten, und ich redete mit ihnen und sagte: »Ihr Wahnwitzigen, weshalb pflügt und besät ihr eure Äcker nicht? Ihr müßt ja im Winter Hungers sterben!«

Sie aber betrachteten mich feindselig, weil meine Kleidung aus feinstem Linnen war, und antworteten: »Warum sollten wir säen, wenn doch das Brot, das auf unseren Äckern wächst, verflucht ist und den, der es verzehrt, umbringt, so wie das fleckige Getreide bereits unsere Kinder getötet hat?« So fern vom wirklichen Leben lag Achetaton, daß ich erst durch diese Siedler erfuhr, daß das fleckige Getreide den Kindern den Tod bringt. Noch nie zuvor hatte ich von einer solchen Krankheit gehört; sie war ansteckend, die Kindermägen waren aufgequollen und die Ärmsten unter traurigen Wehklagen gestorben, da weder die Ärzte noch die vom Volk nach alter Gewohnheit herbeigerufenen Zauberer sie zu retten vermocht hatten. Trotzdem war ich der Ansicht, daß sie eher von den Überschwemmungswassern stammte, die alle ansteckenden Krankheiten mit sich brachten, obgleich dieses eigenartige Übel nur für Kinder, nicht aber für Erwachsene tödlich war. Doch als ich diese Erwachsenen betrachtete, die sich nicht getrauten, ihr Äcker zu besäen, sondern sich lieber dem Hungertod aussetzen, sah ich, daß die Krankheit ihre Herzen hatte absterben lassen. Angesichts all dieser Dinge aber klagte ich nicht mehr Pharao Echnaton, sondern Ammon an, der das Leben der Menschen durch Furcht so vergiftete, daß ihnen der Tod besser als das Leben erschien.

Während ich so stromaufwärts nach Theben segelte, beobachtete ich alles mit offenen Augen; in fruchtbaren Gebieten, wo der Boden gepflügt und besät und die Aussaat in den Schlamm gesetzt wurde, sah ich Sklaven und Diener mit schweißtriefender Stirn und von Peitschenhieben gezeichnetem Rücken, die über ihre Herren murrten und ihre Gebieter verfluchten. Und in meinem Herzen dünkte mich dieses Unrecht auch nicht besser als die ungepflügten Äcker Atons und die Disteln auf den fruchtbaren Feldern. Aber die Rastlosigkeit trieb mich vorwärts und beschleunigte meine Reise; der Schweiß troff meinen Ruderern von der Stirn, und sie zeigten mir vorwurfsvoll ihre geschwollenen, mit Blasen bedeckten Hände. Ich versuchte ihre Wunden durch Silber zu heilen und stillte ihren Durst durch Bier, weil ich gut sein wollte. Doch als sie mit verrenkten Hüften ruderten, hörte ich sie untereinander sprechen: »Warum sollen wir dieses fette Schwein rudern, wenn doch vor seinem Gott alle Menschen gleich sind? Er soll es nur einmal selbst versuchen, damit er weiß, wie das Rudern schmeckt! Möge seine Kehle austrocknen, mögen seine Hände schwellen, dann soll er versuchen, sie durch Silber zu heilen, wenn es ihm gelingt!«

Der Stock an meiner Seite mahnte mich ungeduldig; aber mein Herz war voll Güte, weil ich mich auf dem Weg nach Theben befand. Deshalb sann ich über ihre Worte nach und verstand, daß sie die Wahrheit sprachen. Da ging ich zu ihnen und sagte: »Ruderer, gebt mir auch ein Ruder!« Alsdann stellte ich mich neben sie, und bald fühlte ich die Wirkung des harten Holzes der Ruder: Meine Hände schwollen und bedeckten sich mit Blasen, die zu Wunden wurden, mein Rücken krümmte sich, jedes Glied brannte wie Feuer, das Atmen tat mir weh in der Brust, und ich glaubte, mein Rückgrat werde entzweibrechen. Aber ich sprach zu meinem Herzen: »Solltest du vielleicht die freiwillig übernommene Arbeit aufgeben, damit dich deine Sklaven verlachen und verhöhnen? Sie selbst müssen Tag für Tag viel mehr ertragen. Koste also ihren Schweiß und ihre geschwollenen Hände bis zum letzten aus, damit du wissest, was das Leben eines Ruderers ist! Du, Sinuhe, verlangtest für dich ja einst einen gefüllten Becher!« Deshalb ruderte ich, bis ich am Umsinken war und die Diener mich auf mein Lager tragen mußten.

Am folgenden Tag ruderte ich von neuem mit hautlosen Händen, und die Ruderer lachten mich nicht länger aus, sondern ermahnten mich, aufzuhören, indem sie sagten: »Du bist unser Herr, und wir sind deine Sklaven. Rudere nicht mehr, sonst wird uns der Boden zur Decke und wir gehen mit den Füßen nach oben. Wahrlich, höre auf mit dem Rudern, unser guter Herr, Sinuhe, damit du nicht das Leben aushauchst! Schließlich muß es in allem eine Ordnung geben! Jeder Mensch hat seinen von den Göttern bestimmten Platz, und der deinige ist sicher nicht bei der Ruderstange.«

Ich aber blieb bis Theben neben ihnen am Ruder; meine Nahrung bestand aus ihrem Brot und ihrer Grütze, mein Trank war das herbe Bier der Sklaven, mit jedem Tag vermochte ich länger zu rudern, wurden meine Glieder geschmeidiger und freute ich mich mehr des Lebens, als ich merkte, daß mir die Anstrengung nicht mehr den Atem raubte. Meine Diener aber waren um mich besorgt und sagten zueinander: »Gewiß hat ein Skorpion unseren Herrn gestochen, oder er ist verrückt geworden, wie alle es in Achetaton werden, weil der Wahnsinn ansteckend wirkt, wenn man kein schützendes Amulett um den Hals trägt. Wir fürchten uns aber nicht vor ihm, denn wir tragen das Horn Ammons unter den Kleidern verborgen.« Ich war jedoch keineswegs verrückt und hatte auch nicht die Absicht, weiter als bis Theben zu rudern oder gar für mein Leben Ruderer zu werden; denn dieser Beruf war für mich zu anstrengend.

Auf diese Weise gelangten wir nach Theben, und schon weit draußen auf dem Strom strömte uns der Duft Thebens entgegen. Einen süßeren gibt es nicht für den, der dort geboren ward; denn er findet ihn köstlicher als Myrrhe. Ich hieß meine Diener mir die Hände mit heilenden Salben einreiben, mich waschen und mir die besten Kleider anziehen. Das Lendentuch war mir zu groß geworden; denn vom Rudern war ein Teil meines Bauches weggeschmolzen, so daß mir die Diener das Tuch mit Nadeln um die Hüften befestigen mußten, und sie klagten und meinten: »Unser Herr ist krank! Er hat seinen Bauch verloren, der das Zeichen der Vornehmheit ist. Wir müssen uns vor den Dienern anderer vornehmer Leute schämen, weil unser Herr keinen Bauch mehr hat.« Ich aber lachte sie aus und schickte sie in das einstige Haus des Kupferschmieds, damit sie Muti von meiner Ankunft in Kenntnis setzten; denn ich getraute mich nicht mehr, mein Haus unangemeldet zu betreten. Den Ruderern gab ich Silber, und sogar Gold gab ich ihnen und sagte: »Bei

Aton, geht und eßt, daß eure Bäuche schwellen! Labt eure Herzen an gutem Bier und schönen Mädchen; denn Aton ist ein Freudenspender, der schlichte Genüsse liebt und mehr als den Reichen den Armen zugetan ist, weil ihre Freuden einfacher sind als die der Reichen.«

Doch als die Ruderer dies vernahmen, verfinsterten sich ihre Gesichter; sie kratzten das Schiffsdeck mit den Zehen, drehten mein Gold und Silber zwischen den Fingern und sprachen: »Wir wollen dich keineswegs beleidigen; aber dein Silber ist doch nicht etwa verfluchtes Silber und dein Gold verfluchtes Gold, da du von Aton zu uns sprichst? Verfluchtes Gold können wir nicht annehmen, weil es uns die Finger verbrennt und sich, wie jedermann weiß, in unserer Hand in Lehm verwandelt.« Das würden sie mir nie gesagt haben, wenn ich nicht mit ihnen gerudert hätte, wodurch ich mir ihr Vertrauen erobert hatte.

Ich beruhigte sie und sagte: »Beeilt euch, euer Silber und Gold in Bier umzuwandeln, falls ihr dergleichen befürchtet. Aber seid ohne Sorgen! Mein Gold ist kein verfluchtes Gold und mein Silber kein verfluchtes Silber: An den Stempeln könnt ihr sehen, daß es altes, echtes Gold und Silber ohne Beimischung von Achetatons Kupfer ist. Doch muß ich sagen, daß ihr törichte Leute seid, da ihr euch vor Aton fürchtet; denn niemand braucht Furcht vor ihm zu hegen.« Sie antworteten mir mit den Worten: »Wir hegen durchaus keine Furcht vor Aton. Wer sollte auch einen machtlosen Gott fürchten? Aber du weißt ganz gut, Herr, wen wir fürchten, obwohl wir uns des Pharao wegen nicht getrauen, seinen Namen laut auszusprechen.«

Die Ungeduld brannte in mir, und ich wollte mich nicht länger mit ihnen herumstreiten. Deshalb ließ ich sie gehen, und sie verzogen sich, hüpfend und lachend und Rudererlieder singend, in den Hafen hinauf. Auch ich hätte am liebsten gehüpft und gelacht und gesungen; aber die Sprünge hätten sich nicht für meine Würde geschickt, und der Gesang hätte heiser in meiner Kehle geklungen. Deshalb ging ich geradenwegs in den »Krokodilschwanz«, da ich zu ungeduldig war, um auf eine Sänfte zu warten. So sah ich Merit nach langer Trennung wieder, und ihr Anblick enttäuschte meine Sehnsucht nicht; denn in meinen

Augen war sie schöner als je zuvor. Zwar muß ich zugeben, daß die Liebe wie jede andere Leidenschaft den Menschen Sand in die Augen streut, und Merit war nicht mehr jung; aber in der schönsten Reife ihres Sommers war sie meine Freundin, und kein Mensch auf Erden ist mir je näher gewesen als sie. Als sie mich erblickte, verneigte sie sich tief und hob die Arme; alsdann kam sie auf mich zu, legte mir die Hände auf die Schultern, streichelte mir die Wangen, lächelte und sprach: »Sinuhe, Sinuhe, was ist dir geschehen, daß deine Augen so klar sind und du den Bauch verloren hast?«

Ich antwortete ihr: »Merit, Geliebte, meine Augen sind klar durch die Sehnsucht und das Fieber der Liebe, und mein Bauch ist vor Schwermut geschmolzen; denn ich habe ihn auf dem Weg zu dir, meine Schwester, verloren.« Sie trocknete mir die Augen und sagte: »O Sinuhe, wie ist die Lüge doch so viel süßer als die Wahrheit, wenn der Mensch einsam und sein Frühling nutzlos verblüht ist. Doch wenn du da bist, erblüht mir ein neuer Lenz.«

Mehr will ich nicht über mein Zusammentreffen mit Merit berichten, weil ich auch von Kaptah erzählen muß. Sein Bauch war keineswegs geschmolzen, sondern noch gewaltiger als früher geworden, und noch mehr Schmuck und Ringe als zuvor klirrten ihm an Hals, Armen und Fußgelenken, und in das Goldblech, das sein blindes Auge deckte, hatte er Edelsteine einsetzen lassen. Als er mich sah, brach er in Tränen und Freudenrufe aus: »Gesegnet sei der Tag, der meinen Herrn nach Hause geführt!« Er geleitete mich in ein Hintergelaß und bot mir einen weichen Teppich zum Sitzen an, und Merit brachte uns vom Besten, was der »Krokodilschwanz« zu bieten vermochte, und wir freuten uns beide zusammen. Kaptah legte mir Rechnung über meinen Reichtum ab und sagte:

»Sinuhe, mein Herr, du bist weiser als alle anderen Menschen; denn du bist schlauer als die Getreidehändler, die bis jetzt noch nicht viele betrogen haben, während du sie letzten Frühling durch deine Schlauheit getäuscht hast – wenn auch der Skarabäus vielleicht seinen Anteil an der Sache hat. Wie du dich erinnern wirst, befahlst du mir, dein ganzes Getreide zur Aussaat unter die Siedler zu verteilen und nur Maß für Maß zurückzuverlangen, so daß ich dich für verrückt erklärte; denn mit dem Maßstab der Vernunft gemessen, war es der Einfall eines Toren. So wisse denn, daß du jetzt dank deiner Schlauheit doppelt so reich als zuvor bist und ich die Zahl deiner Reichtümer gar nicht mehr im Kopf behalten kann und von den Steuereinhebern des Pharao hart bedrängt werde; denn ihre Habgier und Frechheit ist ungezügelter als je. Als nämlich die Getreidehändler vernahmen, daß die Siedler Saatgut bekommen sollten, fiel der Getreidepreis sofort. Und noch mehr fiel er, als sich die Friedensgerüchte verbreiteten. Alle verkauften ihr Getreide, um ihre Verpflichtungen loszuwerden, die Getreidehändler erlitten große Verluste, ja viele von ihnen verarmten. Doch als die Preise billiger wurden, kaufte ich Getreide auf Lager, und zwar in noch viel größeren Mengen als früher, obwohl es noch nicht geschnitten und noch nicht einmal reif auf den Halmen war. Im Herbst sammelte ich dann auch gemäß deinem Befehl das verteilte Getreide Maß für Maß wieder ein, wodurch ich die früheren Lager von neuem angefüllt erhielt. Und ich kann dir, Herr, im Vertrauen sagen, daß es eine Lüge ist zu behaupten, das Korn der Siedler sei fleckig: Es ist ebenso rein wie jedes andere Getreide und für niemand schädlich. Deshalb glaube ich, daß die Priester und ihre Getreuen Blut in die Kornkästen gespritzt haben, wodurch das Getreide fleckig wurde und zu riechen begann. Das ist aber eine gefährliche Rede, und ich hoffe, daß du sie keinem verrätst; übrigens würde dir doch niemand Glauben schenken, weil alle fest davon überzeugt sind, daß das Getreide der Siedler verfluchtes Getreide und ihr Brot verfluchtes Brot ist. Dabei gereicht dir dieser Aberglaube zum Vorteil, Herr. Denn beim Nahen des Winters begannen die Preise wiederum zu steigen, weil Eje nach dem Friedensschluß Getreide nach Syrien verschiffte, um das babylonische Getreide von den dortigen Märkten zu verdrängen. Deshalb ist das Getreide noch nie so teuer gewesen wie augenblicklich, und unser Gewinn ist unermeßlich und steigt, je länger wir das Korn auf Lager halten. Nächsten Herbst wird der Hunger durch Ägypten schleichen, weil die Äcker der Siedler unbebaut sind, die Sklaven die Felder des Pharao fluchtartig verlassen und die Landleute ihre Getreidevorräte verstecken, damit sie nicht nach Syrien gesandt werden. Deswegen kann ich nicht umhin, Herr, deine große Schlauheit himmelhoch zu preisen! In Getreidegeschäften bist du mir überlegen.«

Kaptah ereiferte sich immer mehr und fuhr fort: »Glücklich muß ich diese Zeit nennen, die den Reichen noch reicher gemacht und einen sogar bereichert, wenn man keinen Finger rührt! Auch die Getreidehändler jubeln wieder und halten vom Morgen bis zum Abend und vom Abend bis zum Morgen Gastmahle, bei denen der Wein in Strömen fließt; denn jeder, der Getreide auf Lager kauft, wird im Schlaf reich. Wir leben wahrlich in einer seltsamen Zeit: Aus dem Nichts fließen Gold und Silber in meine Schreine und Kisten. Wisse zum Beispiel, daß ich durch den Verkauf leerer Krüge ebensoviel wie am Getreide verdient habe. Das ist kein sinnloses Gerede, sondern lautere Wahrheit, wenn es auch niemand glauben sollte. In ganz Ägypten gibt es nämlich Leute, die leere, gebrauchte Krüge aufkaufen und denen jeder Krug gut ist, so daß die Bierbrauer und die Weinbauern klagen und sich die Haare raufen, weil sie keine Krüge mehr haben. Wahrlich, es ist eine merkwürdige Zeit, in der der Mensch vom Nichts reich wird! Als ich davon erfuhr, gelang es mir, alle leeren Krüge in Theben aufzukaufen; ich stellte Hunderte von Sklaven an, um Krüge zu kaufen und zu sammeln – und wahrlich, die Leute schenkten meinen Sklaven gebrauchte Krüge, wenn sie diese nur wegtrugen und so mehr Platz auf den Höfen schufen. Wenn ich behaupte, diesen Winter tausend mal tausend leere Krüge verkauft zu haben, so übertreibe ich vielleicht, aber bestimmt nicht stark. Es lohnt sich auch gar nicht für mich zu lügen; denn die Wahrheit von den Krügen übertrifft meine besten Lügen.«

»Welcher Narr wird denn leere Krüge kaufen?« fragte ich.

Kaptah blinzelte schlau mit dem sehenden Auge und sagte: »Die Käufer behaupten, im Unteren Lande habe man eine neue Art erfunden, Fische in Salz und Wasser aufzubewahren; aber ich habe mich erkundigt und weiß, daß die Krüge nach Syrien gehen. Große Ladungen Krüge sind in Tanis gelöscht worden und werden von dort durch Karawanen nach Syrien befördert.

Auch in Gaza hat man Krüge ausgeladen und nach Syrien verfrachtet. Was die Syrier aber mit den leeren Krügen anfangen, kann kein Mensch begreifen, obwohl ich dieses Rätsel schon manchem weisen Mann unterbreitet habe. Keiner kann verstehen, warum sie für gebrauchte Krüge ebensoviel wie für neue bezahlen, noch was sie eigentlich damit anfangen.«

Kaptahs Erzählung von den Krügen war überraschend. Aber ich zerbrach mir nicht den Kopf darüber; denn mir erschien die Getreidefrage weit wichtiger. Nachdem ich Kaptahs ganzen Rechenschaftsbericht vernommen, sagte ich daher: »Verkaufe, wenn nötig, alles, was du hast, Kaptah, und kaufe dafür Getreide auf Lager, und zwar so große Mengen wie möglich, ohne nach dem Preis zu fragen. Aber kaufe keines, das noch nicht in der Erde gekeimt hat, sondern bloß Korn, das du mit eigenen Augen sehen und durch die Finger rinnen lassen kannst. Auch sollst du in Erwägung ziehen, ob man nicht das nach Syrien verkaufte Getreide zurückkaufen könnte. Denn selbst wenn der Pharao laut Friedensvertrag Korn nach Syrien senden muß, so braucht dieses Land doch nicht so viel Getreide, weil es auch welches aus Babylon erhält. Wahrlich, nächsten Herbst wird der Hunger über das Land Kemet kommen, und deshalb sei der Mann verflucht, der aus den Speichern des Pharao Korn an Syrien verkauft, um den Wettbewerb mit dem babylonischen Getreide aufzunehmen.«

Hierauf pries Kaptah wiederum meine Weisheit und sagte: »Recht hast du, Herr! Wenn diese Geschäfte glücklich abgeschlossen sind, wirst du der reichste Mann Ägyptens sein. Ich glaube nämlich, daß ich immer noch Getreide kaufen kann, wenn auch zu Wucherpreisen. Der Mann aber, den du verfluchst, ist der einfältige Priester Eje, der das Korn des Pharao an Syrien verkaufte, und zwar gleich nach Friedensschluß, als die Preise noch niedrig waren, und in solchen Mengen, daß Syriens Bedarf für viele Jahre gedeckt wäre. Er tat es, weil Syrien das Getreide bar in Gold bezahlte und er zum dreißigjährigen Gedenkfest des Pharao maßlos viel Gold brauchte. Und die Syrier wollen dieses Korn nicht zurückverkaufen, obgleich sich die Getreidehändler danach erkundigt haben; sie haben es vielmehr im Winter hinübergeschifft und geben kein Körnlein davon wieder her. Die Syrier sind nämlich schlaue Handelsleute, und ich glaube, daß sie warten wollen, bis in Ägypten jedes Getreidekorn mit Gold aufgewogen wird. Erst dann werden sie uns unser eigenes Getreide wiederverkaufen und in ihren Kisten alles Gold Ägyptens anhäufen, ich meine alles Gold, das wir beide, Herr, uns nicht zuvor sichern.«

Bald jedoch vergaß ich das Getreide und die Not, die Ägypten drohte, und die Zukunft, die, nachdem der Sonnenuntergang seinen blutigen Schein über Achetaton geworfen, in Dunkel gehüllt lag. Denn ich blickte Merit in die Augen, und mein Herz sog sich voll an ihrer Schönheit, und sie war Wein in meinem Mund und Balsam in meinem Haar. Wir nahmen Abschied von Kaptah, Merit breitete mir ihre Matte zum Liegen aus, und ich zögerte nicht mehr, sie meine Schwester zu nennen, obgleich ich mir einst eingebildet hatte, nie mehr eine Frau so nennen zu können. Aber nach aller Hitzigkeit und allen Enttäuschungen meiner Jugendzeit war mir Merits Freundschaft wie Brot und Wein, die den Hungrigen speisen und seinen Durst löschen, und die Berührung ihrer Lippen berauschte mich mehr als alle Weine des Hafens und der Berge. Doch nachdem ich meinen Hunger an ihr gestillt und meinen Durst an ihr gelöscht, hielt sie im Dunkel der Nacht meine Hände in den ihrigen, und ihr Atem streifte meinen Hals; wir redeten miteinander, und mein Herz hatte keine Geheimnisse vor ihr, sondern ich sprach ohne Falsch und Trug zu ihr. Sie aber verbarg vor mir ihr Geheimnis im Herzen, was ich nicht ahnen konnte; doch es stand bereits vor meiner Geburt in den Sternen geschrieben, ich will ihrer daher ohne Bitterkeit gedenken.

So berauschte mich meine Liebe, und ich fühlte mich jetzt in meinen Mannesjahren stärker als einst in meiner Jugend. Denn die Jugend irrt, und ihre Liebe ist ihrer Unwissenheit wegen qualvoll; die Jugend kennt auch ihre eigene Kraft nicht, sondern hält sie für natürlich und selbstverständlich und bedenkt nicht, daß sie Jahr für Jahr den Gliedern des Mannes entrinnt, wenn das Alter naht. Dennoch preise ich in den Tagen meines Alters die Jugend glücklicher als die Mannesjahre; denn vielleicht ist

Hunger besser als Sattheit, und vielleicht verleiht der Durst den Gedanken des Menschen mehr Feuer als ein vom Wein befriedigter Sinn. Doch zu jener Zeit in Theben stellte ich mir vor, daß ich in meinen Mannesjahren stärker als in meiner Jugend sei, was vielleicht eine bloße Einbildung war, wie das Leben sie dem Menschen vorgaukelt. Dieser Selbsttäuschung wegen war in meinen Augen alles schön; ich wollte nichts Böses tun, sondern allen Menschen nur Gutes erweisen. Während ich an Merits Seite ruhte, fühlte ich mich nicht mehr als Fremdling in der Welt; ihr Schoß war mir ein Heim, und ihre Lippen küßten meine Einsamkeit weg. Aber auch das alles war nur ein flüchtiger Wahn, den ich erleben mußte, damit ich mein Maß bis zum Rande füllte.

Im »Krokodilschwanz« sah ich auch den kleinen Thoth wieder, und sein Anblick wärmte mein Herz; er schlang mir die Arme um den Hals und nannte mich »Vater«, und sein gutes Gedächtnis rührte mich. Merit erzählte mir, daß seine Mutter gestorben sei und sie ihn zu sich genommen habe, weil sie ihn einst in ihren Armen zur Beschneidung getragen und sich dadurch nach gutem Brauch verpflichtet habe, für seine Erziehung zu sorgen, falls seine eigenen Eltern es nicht zu tun vermöchten. Thoth war im »Krokodilschwanz« heimisch geworden, und die Gäste der Weinschenke liebkosten ihn und brachten ihm Geschenke, um Merit zu gefallen. Auch ich schloß ihn ins Herz und nahm ihn für die Zeit meines Aufenthalts in Theben mit in das einstige Haus des Kupferschmieds, was Muti sehr erfreute. Wenn ich ihn am Fuße der Sykomore spielen oder mit den Kindern der Straße herumtollen und sich balgen sah, entsann ich mich meiner eigenen Kindheit zu Theben und beneidete den Kleinen. Thoth gewöhnte sich so sehr an mein Haus, daß er auch die Nächte da verbrachte, und zu meinem Vergnügen begann ich ihn zu unterrichten, obgleich es noch nicht Zeit für ihn war, die Schule zu besuchen. Ich sah, daß er ein gescheiter Junge war, der die Bilder und Zeichen der Schrift rasch erlernte, und beschloß daher, ihn auf meine Kosten in die beste Schule Thebens zu schicken, dic von den Kindern der Vornehmen besucht wurde; über den Entschluß war Merit sehr froh.

Und Muti wurde nicht müde, ihm Honigkuchen zu backen und Märchen zu erzählen; denn ihr Wunsch war erfüllt, indem es jetzt in meinem Haus einen Sohn, aber keine Frau gab, die sie gestört und ihr heißes Wasser über die Füße gegossen hätte, wie die Frauen zu tun pflegen, wenn sie mit ihren Männern gestritten haben.

So hätte ich glücklich sein können, wenn nicht die Aufregung in Theben zu jener Zeit so groß gewesen wäre, daß ich die Augen nicht davor verschließen konnte. Es verging kein Tag ohne Prügeleien auf den Straßen und Plätzen, und die Menschen fügten sich gegenseitig Verletzungen zu und spalteten sich die Köpfe im Streit um Ammon und Aton. Die Wächter des Pharao hatten viel zu tun und ebenso die Richter. Jede Woche wurden im Hafen mit Schilfseilen gefesselte Männer und Frauen, Greise und Kinder zusammengetrieben, die aus ihren Heimen geholt und zur Zwangsarbeit auf die Felder des Pharao oder in die Steinbrüche verschickt wurden. Einige wurden Ammons wegen auch in die Bergwerke verbannt. Aber sie fuhren keineswegs wie Sklaven oder Verbrecher ab, sondern wurden von großen Menschenmengen geleitet. Die Kais waren weiß von Leuten, man begrüßte sie mit lauten Zurufen und warf ihnen, ohne sich um die Wächter zu kümmern, Blumen zu. Und sie hoben ihre gefesselten Hände und riefen: »Wir kehren bald wieder!« Manche von ihnen schwenkten heftig ihre gebundenen Hände und riefen mit bitterer Stimme: »Wahrlich, wir kommen bald zurück, um Atons Blut zu kosten!« So riefen sie, aber der Leute wegen wagten ihre Wächter nicht, sie zum Schweigen zu bringen, sondern schlugen sie erst, nachdem die Schiffe stromabwärts gefahren waren.

Auf diese Art herrschte Zerwürfnis unter der Bevölkerung Thebens, und Atons wegen trennte sich der Sohn vom Vater und die Frau vom Mann. Wie die Getreuen Atons das Kreuz des Lebens auf den Kleidern oder um den Hals trugen, war das Horn Ammons das Abzeichen der Ammonanhänger; sie trugen es sichtbar an den Kleidern oder um den Hals, und niemand konnte es verhindern, weil das Horn zu allen Zeiten ein erlaubter Zierat an Kleidern oder Schmuck gewesen war. Warum sie aber das Horn als Zeichen hatten, weiß ich nicht. Vielleicht war es das Widderhorn Ammons; aber auch einer seiner zahlreichen göttlichen Namen wurde wie das Wort Horn geschrieben, und die Priester hatten dieses Wort aus der Vergessenheit hervorgeholt und es dem Volk als Zeichen gegeben. Jedenfalls warfen die Träger des Hornes die Körbe der Fischhändler um, zerstörten die Fensterläden der Häuser und fügten denjenigen, die ihnen begegneten, blutige Wunden zu, indem sie riefen: »Wir stoßen Aton mit dem Horn, wir schlitzen ihn mit dem Horn auf!« Die Anbeter Atons aber begannen unter ihren Kleidern Messer zu tragen, die wie das Kreuz des Lebens geformt und geschmiedet waren. Mit diesen Messern verteidigten sie sich und riefen: »Wahrlich, unser Kreuz ist schärfer als das Horn, und mit dem Kreuz des Lebens impfen wir euch das ewige Leben ein.« In der Tat schickten sie mit diesen Messern viele Leute in das Haus des Todes, um sie für das ewige Leben herrichten zu lassen. Und die Wächter verfolgten sie keineswegs; ja, sie beschützten sie sogar, obwohl sie oft, wenn sie auf einsame Hornträger stießen, über sie herfielen und sie umbrachten, ausplünderten und ihre Leichen nackt auf der Straße liegen ließen.

Zu meinem Erstaunen war nämlich die Macht Atons im vergangenen Jahr in Theben bedeutend gestiegen, und ich konnte auch zuerst nicht begreifen, womit dies zusammenhing. Viele Siedler waren nach Theben zurückgekehrt, und nachdem sie alles verloren hatten und ärmer als je zuvor waren, brachten sie in ihrer Erbitterung Aton mit und klagten die Priester an, die ihr Getreide vergiftet, und die Vornehmen, die ihre Bewässerungsgräben verstopft und durch ihr Vieh ihre Äcker hatten zertrampeln lassen. Viele, welche die neue Schrift erlernt und die Schulen Atons besucht hatten, ereiferten sich auch für Aton, wie die Jugend sich eben stets gegen das Alter erhitzt. Ebenso taten sich die Träger und Sklaven des Hafens zusammen und sprachen zueinander: »Unser Maß ist auf die Hälfte des früheren gesunken, und wir haben nichts mehr zu verlieren. Vor Aton gibt es keine Herren und Sklaven, keine Gebieter und Diener, Ammon aber müssen wir für alles bezahlen.«

Am eifrigsten für Aton aber gebärdeten sich Diebe, Grabplünderer und Betrüger, die sich als Angeber bereichert hatten und jetzt die Rache fürchteten. Ebenso hielten alle diejenigen an Aton fest, die ihm auf die eine oder andere Art ihr Brot zu verdanken hatten und sich die Gunst des Pharao bewahren wollten. So war die Bevölkerung Thebens zersplittert, bis die friedliebenden und ehrlichen Menschen alles satt bekamen, an keine Götter mehr glaubten und bitterlich klagten: »Ob Ammon oder Aton, das ist uns ganz gleichgültig. Wir wollen nur in Frieden leben und unsere Arbeit tun, sofern wir unser Maß voll erhalten! Wir werden derart hin und her gerissen, daß wir nicht mehr wissen, ob wir auf den Füßen oder auf dem Kopfe stehen.« Am schlimmsten bestellt war es nämlich zu jener Zeit um den, der die Augen offenhalten und einem jeden seinen Glauben lassen wollte. Ihn überfielen alle mit Schimpfworten und bezichtigten ihn, schlapp und gleichgültig, dumm und verstockt, starrsinnig und abtrünnig zu sein, bis er sich gequält die Kleider zerraufte, ein Auge zudrückte und das Kreuz oder das Horn nahm, je nachdem er von dem einen oder anderen weniger Ärgernis erwartete.

So hatten manche Häuser ihr Zeichen; ganze Viertel stellten ihr Zeichen zur Schau; Weinstuben und Bierschenken und Freudenhäuser trugen ihr Zeichen, und so tranken die Hörner Wein in ihren eigenen Kneipen und die Kreuze Bier in ihren eigenen Schenken, während die Freudenmädchen, die ihr Gewerbe bei den Mauern trieben, sich je nach ihren Kunden Kreuze oder Hörner um den Hals hängten. Allabendlich aber unternahmen die Hörner und Kreuze, von Wein und Bier berauscht, Streifzüge durch die Straßen, zertrümmerten Lampen, löschten Fackeln aus, zerschnitten die Fensterläden der Häuser und schlugen sich gegenseitig blutig. Ich hätte wahrlich nicht mehr sagen können, wer es ärger trieb, die Kreuze oder die Hörner; sie entsetzten mich beide.

Auch der »Krokodilschwanz« war gezwungen worden, sein Zeichen zu wählen, obwohl Kaptah keine Lust gehabt hatte, sondern es mit einem jeden halten wollte, dem er Silber abnehmen konnte. Es blieb ihm jedoch keine Wahl mehr; denn die Wände der Schenke wurden allnächtlich mit dem Kreuz des Lebens und rundherum mit unanständigen Bildern besudelt. Das war ganz natürlich; denn die Getreidehändler haßten ihn grimmig, weil er sie dadurch arm gemacht, daß er Getreide an die Siedler verteilt hatte, und es half ihm nichts, daß er in den Steuerlisten die Schenke auf Merits Namen hatte eintragen lassen. Auch wurde behauptet, in seiner Weinstube seien Ammonpriester mißhandelt worden. Seine festen Kunden gehörten alle zu den zweifelhaften Reichen des Hafens, die keine Mittel scheuten, wenn es galt, Reichtümer zu sammeln, und die Anführer der Grabplünderer hatten gerne »Krokodilschwänze« gezecht und in den Hintergelassen seiner Schenke die Grabbeute an die Hehler verkauft. Alle diese Leute hatten sich Aton angeschlossen, weil er sie bereicherte und sie im Namen Atons ihre Nebenbuhler ruinieren und in die Gruben verschicken lassen konnten, indem sie vor den Richtern falsches Zeugnis ablegten. Auch konnten die Grabplünderer ihre Untaten damit rechtfertigen, daß sie erklärten, sie seien aus Glaubenseifer in die Gräber eingedrungen, um den Namen des verfluchten Gottes Ammon von den Wänden zu tilgen.

Keiner erkühnte sich jedoch, mich zu verfolgen, weil ich königlicher Arzt war und alle Menschen im Armenviertel beim Hafen mich und meine Taten kannten. Deshalb wurden keine Kreuze oder unanständige Bilder an meine Hauswände gezeichnet und keine Kadaver in meinen Hof geworfen, und sogar die betrunkenen Unruhestifter, die abends in den Straßen Ammons Namen schrien, um die Wächter zu ärgern, mieden mein Haus. So tief saß dem Volke die Ehrfurcht vor dem, der das Zeichen des Pharao trug, im Blut, obgleich die Priester alles taten, um die Leute davon zu überzeugen, daß Pharao Echnaton ein falscher Prophet sei.

Aber an einem heißen Tag kehrte der kleine Thoth verprügelt und ausgepeitscht von seinem Spielplatz nach Hause; das Blut rann ihm aus dem Näschen, und ein Zahn war ihm ausgeschlagen worden. Dabei konnte er wirklich keinen Zahn entbehren, denn sein Mund sah ohnehin wegen des Zahnwechsels lächerlich genug aus. Er kam schluchzend heim, obwohl er sich bemühte, tapfer zu sein, und Muti erschrak sehr und begann vor Zorn zu weinen, während sie ihm das Gesicht wusch. Als sie damit fertig war, vermochte sie sich nicht länger zurückzuhalten, sondern packte mit ihrer knochigen Hand einen Wäscheschlegel und rief: »Ob Ammon oder Aton! Das kann mir gleichgültig sein. Aber das sollen mir die Schlingel des Schilfflechters wahrlich büßen!« Ehe ich sie zu hindern vermochte, war sie verschwunden, und kurz darauf ertönten von der Straße das Gewimmer und die Hilferufe von Knaben und die Flüche eines Erwachsenen. Erschrocken schauten Thoth und ich durch das Tor nach Muti aus und sahen sie im Namen Atons alle fünf Jungen des Schilfflechters sowie seine Frau und ihn selbst verprügeln, wobei er vergeblich seinen Kopf zu schützen suchte und das Blut ihm aus der Nase strömte.

Hierauf kehrte Muti, immer noch vor Wut keuchend, zurück, und als ich sie zu tadeln und ihr zu erklären versuchte, daß Haß nur Haß gebiert und Rache nur Rache sät, hätte sie beinahe auch noch mich mit dem Wäscheschlegel verprügelt. Im Lauf des Tages begann das Gewissen sie jedoch zu quälen: Sie packte Honigkuchen und einen Krug Bier in einen Korb, brachte dem Schilfflechter auch noch ein neues Tuch und schloß mit ihm, seiner Frau und seinen Söhnen Frieden, indem sie sagte: »Halte deine Jungen in Zucht, wie ich es mit dem meinigen, das heißt mit demjenigen meines Herrn tue! Es schickt sich nicht für gute Nachbarn, über Hörner und Kreuze zu streiten!«

Nach diesem Ereignis begann der Schilfflechter, Muti sehr zu verehren, und benützte das Geschenktuch an heiligen Tagen; seine Jungen wurden Thoths Freunde, mausten Honigkuchen aus unserer Küche und prügelten sich ebensoviel mit Hornjungen wie mit Kreuzknaben herum, die sich in unsere Straße verirrten, um Unfug zu treiben. Thoth nahm auf ihrer Seite an den Schlägereien teil, so daß schließlich nicht einmal Seth imstande gewesen wäre, zu entscheiden, ob der Knabe ein Horn oder ein Kreuz war. Mein Herz aber zitterte jedesmal, wenn der kleine Thoth auf die Straße spielen ging. Trotzdem wollte ich ihn nicht daran hindern; denn er mußte lernen, sich selbst zu verteidigen und sein Maß voll zu bekommen. Aber jeden Tag sagte ich zu ihm: »Das Wort ist stärker als die Faust, Thoth! Wissen ist mächtiger als Unwissenheit! Glaube es mir!«

5

Ich habe nicht mehr viel über meinen Aufenthalt in Theben zu berichten. Es kam die Zeit, da Pharao Echnaton mich rufen ließ, weil sich sein Kopfweh wieder verschlimmert hatte, und ich konnte daher meine Abreise nicht länger verschieben. Also nahm ich Abschied von Merit und dem kleinen Thoth; denn zu meinem Bedauern konnte ich sie diesmal nicht auf die Stromfahrt mitnehmen, weil mir der Befehl des Pharao eine solche Eile auferlegte, daß die beiden keine Freude an der Reise gehabt hätten. Aber ich sagte zu Merit: »Folge mir mit dem kleinen Thoth! Ihr sollt in meinem Haus in Achetaton bei mir wohnen, und wir werden zu dritt glücklich sein!«

Merit entgegnete: »Versetze eine Blume aus der Wüste in fette Erde und begieße sie täglich, sie wird welken und sterben. So würde es mir in Achetaton ergehen, und deine Freundschaft für mich würde welken und sterben, wenn du mich mit den Frauen des Hofes vergleichen und diese mit dem Finger auf alles zeigen würden, worin ich mich von ihnen unterscheide. Ich kenne die Frauen und glaube, auch die Männer zu kennen. Auch schickt es sich nicht für deinen Rang, in deinem Haus eine Frau zu halten, die in einer Schenke aufgewachsen ist und deren Hüfte Jahr für Jahr betrunkene Männer betastet haben.«

Ich sagte: »Merit, Geliebte! Sobald ich kann, kehre ich zu dir zurück; denn ich hungere und dürste jeden Augenblick, den ich fern von dir sein muß. Viele haben Achetaton für immer verlassen. Vielleicht komme auch ich zu dir, um nie mehr nach Achetaton zurückzukehren.«

Aber Merit meinte: »Du versprichst mehr, als dein Herz erträgt, Sinuhe. Ich kenne dich und weiß, daß es nicht mit deiner Würde vereinbar ist, den Pharao zu verlassen, wenn andere dies tun. In guten Tagen hättest du ihn vielleicht verlassen können, aber niemals in den bösen. So ist dein Herz, Sinuhe, und vielleicht bin ich gerade deshalb deine Freundin.«

Ihre Worte empörten mein Herz, und Spreu stach mich in die Kehle beim Gedanken, sie vielleicht zu verlieren. Deshalb entgegnete ich heftig: »Merit, es gibt viele Länder auf der Welt, und Ägypten ist nicht das einzige. Ich habe den Kampf der Götter und den Irrsinn des Pharao satt. Laß uns zusammen in eine ferne Gegend fliehen und dort zu dritt leben, ohne uns um den morgigen Tag zu kümmern!«

Merit aber lächelte, und der Kummer sprach aus ihren Augen, als sie entgegnete: »Deine Rede ist eitel, und du weißt selbst, daß sie nicht wahr gemeint ist. Trotzdem freut mich deine Lüge, weil sie mir beweist, daß du mich liebst. Aber ich glaube nicht, daß du irgendwo anders als in Ägypten sein könntest, da du ja hierher stets zurückgekehrt bist; und ich glaube auch nicht, daß ich mich an einem anderen Ort als in Theben glücklich fühlen könnte. Du weißt, wer einmal vom Wasser des Nil getrunken hat ... Nein, Sinuhe! Kein Mensch kann seinem Herzen entfliehen, und du sollst dein Maß voll bekommen. Mit der Zeit, wenn ich alt und häßlich und dick geworden, würdest du meiner überdrüssig werden und mich wegen allem, was du meinetwegen nicht erleben durftest, hassen. Das wünsche ich nicht, und daher verzichte ich lieber auf dich.«

»Du bist mein Heim und mein Land, Merit«, sagte ich zu ihr. »Du bist das Brot in meiner Hand und der Wein in meinem Munde, das weißt du ganz gut! Du bist der einzige Mensch auf der Welt, in dessen Gesellschaft ich mich nicht einsam fühle; deshalb liebe ich dich.«

»So ist es«, bestätigte Merit in einem Anflug von Bitterkeit. »Ich bin gewiß nur die Decke über deiner Einsamkeit, wenn ich nicht gerade deine verschlissene Matte bin. Aber so muß es wohl sein, und ich verlange nicht mehr. Deshalb verrate ich dir auch das Geheimnis nicht, das mir am Herzen nagt und das du vielleicht wissen solltest. Ich behalte es für mich, obwohl ich es dir in meiner Schwäche beinahe schon offenbart hätte. Aber deinetwegen, Sinuhe, verberge ich es, ausschließlich deinetwegen.«

Und sie verriet mir ihr Geheimnis nicht; denn sie war stolzer als ich und vielleicht auch einsamer, obwohl ich es damals nicht verstand, sondern in allen Stücken nur an mich selbst dachte. Das tun, glaube ich, alle Männer, wenn sie lieben – was jedoch keine Entschuldigung für mich sein soll. Wenn die Männer nämlich glauben, in der Liebe an etwas anderes als sich selbst zu glauben, so ist dies, wie so vieles auf der Welt, eine bloße Einbildung.

So verließ ich Theben und kehrte nach Achetaton zurück – und von nun an habe ich nur noch Unheilvolles zu berichten.

DREIZEHNTES BUCH

Atons Reich auf Erden

1

Bei meiner Rückkehr nach Achetaton stellte ich fest, daß Pharao Echnaton tatsächlich krank und meiner Hilfe bedürftig war. Seine Wangen waren ausgehöhlt, die Backenknochen traten hervor, sein Hals wirkte noch länger als früher, und bei feierlichen Gelegenheiten sank sein Haupt unter der Schwere der beiden Kronen nach hinten. Seine Oberschenkel waren geschwollen, die Beine dünn wie Stecken, unter den Augen hingen von dem ständigen Kopfschmerz verursachte bläulichrote Hautsäcke. Auch sah er den Leuten nicht mehr in die Augen, sondern ließ den Blick in andere Welten schweifen und vergaß über seinem Gott oft seine Gesprächspartner. Sein Kopfweh verschlimmerte sich wohl noch mehr, weil er, um sein Haupt den segnenden Strahlen der Sonne auszusetzen, in der Mittagshitze ohne königliche Kopfbedeckung oder Sonnenschirm im Freien umherwanderte. Die Strahlen Atons aber segneten ihn keineswegs, sondern vergifteten ihn vielmehr, bis er böse Gesichte hatte und irrezureden begann. Sein Gott glich ihm vielleicht insofern, als er seine Liebe allzu freigebig, unvermittelt, überschwenglich, ja gewaltsam anbot, weshalb seine Güte schlechte Folgen zeitigte und seine Liebe Verderben säte.

In klaren Augenblicken aber, wenn ich sein Haupt mit kalten Umschlägen kühlte und seine Qualen durch milde Arzneien stillte, sah er mich mit düsteren, verbitterten Augen an, als hätte eine unsägliche Enttäuschung seine Seele ergriffen, und sein Blick rührte mein Herz so sehr, daß ich ihn in seiner Schwäche von neuem lieben mußte und viel dafür gegeben hätte, ihn von seiner Niedergeschlagenheit zu erlösen. Er sprach zu mir:

»Sinuhe, sollten meine Gesichte nur Wahnvorstellungen meines kranken Gehirns sein? Dann wäre das Leben fürchterlicher, als man sich vorstellen kann, und die Welt nicht von Güte, sondern von grenzenloser Bosheit regiert. Deshalb kann es sich nicht so verhalten, und daher müssen meine Gesichte wahr sein. Hörst du, Sinuhe, du Widerspenstiger! Meine Gesichte müssen wahr sein, obgleich Atons Sonne nicht mehr in meinem Herzen leuchtet und meine Freunde auf mein Lager spucken. Ich bin durchaus nicht geblendet, sondern sehe den Menschen ins Herz. Auch in dein Herz, Sinuhe, sehe ich, in dein weiches, schwaches Herz, und weiß, daß du mich für irrsinnig hältst; aber ich verzeihe es dir, weil das Licht dir einmal das Herz durchdrungen hat.«

Wenn die Schmerzen ihn befielen, stöhnte und jammerte er und sagte: »Sinuhe, eines kranken Tieres erbarmt man sich mit einer Keule, und ein Speer erlöst den verwundeten Löwen; eines Menschen aber nimmt sich niemand an! Meine Enttäuschung schmeckt mir bitterer als der Tod, den ich nicht fürchte, weil Atons Licht in meinem Herzen glänzt; mein Leib ist sterblich, mein Geist aber wird in Ewigkeit leben und in Aton über die Welt strahlen. Von der Sonne bin ich geboren, Sinuhe, und zur Sonne werde ich wiederkehren; meiner Enttäuschung wegen sehne ich mich bereits danach.«

So sprach er zu mir, wenn er krank war, und ich weiß nicht, ob er sich selbst all dessen, was er äußerte, bewußt war. Als der Herbst nahte, begann er sich dank meiner Pflege wieder zu erholen, obgleich es vielleicht besser gewesen wäre, ich hätte mich seiner nicht angenommen, sondern ihn ruhig sterben lassen. Ein Arzt, dessen Kunst einen Kranken zu heilen vermag, darf diesen nicht sterben lassen. Hierin liegt oft der Fluch des Arztes, gegen den er nichts vermag; denn er muß Böse und Gute, Fromme und Ungerechte gleichermaßen heilen. Beim Nahen des Herbstes besserte sich sein Zustand; doch in dem Maße, wie er genas, verschloß er sich in sich selbst, vertraute sich weder mir noch anderen mehr an, seine Augen bekamen einen harten Glanz, und er war sehr einsam.

Er hatte die Wahrheit gesprochen, wenn er behauptete, seine

Freunde spuckten auf sein Lager; denn nachdem ihm Königin Nofretete fünf Töchter geschenkt, ward sie seiner überdrüssig, begann ihn zu hassen und bedenkenlos auf jede Art und Weise zu kränken. Als das Samenkorn zum sechsten Mal für Nofretete keimte, war das Kind in ihrem Leib nur dem Namen nach vom Blut der Pharaonen; denn sie hatte sich einen fremden Samen in den Schoß ergießen lassen. Und nachdem sie einmal die Grenzen überschritten, kannte sie keine Hemmungen mehr, sondern gab sich jedem hin, der ihr im Augenblick behagte; sogar mit meinem Freund Thotmes hatte sie sich ergötzt. Sie brauchte auch nie lange nach einem Bettgefährten zu suchen; denn obgleich ihr Lebensfrühling verblüht war, war sie immer noch von königlicher Schönheit, und in ihrem Blick und ihrem spöttischen Lächeln lag etwas, was die Männer wie ein Zauber betörte, so daß sie sich nicht zu beherrschen vermochten. Absichtlich bestrickte sie die Getreuen des Pharao und gab sich ihnen hin, um sie Echnaton zu entfremden, damit sich der Kreis der schirmenden Liebe um ihn lichte und auflöse.

Sie besaß einen starken Willen und einen erschreckend scharfen Verstand. Gefährlich ist ein Weib, dessen böser Sinn mit Klugheit und Schönheit gepaart ist, am gefährlichsten aber, wenn es mit alledem noch die Macht einer königlichen Gemahlin vereint. Nofretete hatte sich selbst jahrelang harte Fesseln auferlegt. Zu viele Jahre hatte sie sich damit begnügt, zu lächeln und durch ihre Schönheit allein zu herrschen, hatte sich mit Schmuck und Wein, mit Gedichten und Schmeicheleien zufriedengegeben. Doch bei der Geburt der fünften Tochter zerbrach zweifellos etwas in ihr: Sie glaubte, niemals einen Sohn zu bekommen, und legte dies Echnaton zur Last. Tatsächlich schien dieser Umstand naturwidrig und war wohl dazu angetan, einem Weibe die Sinne zu verwirren. Auch darf man nicht vergessen, daß das schwarze Blut des Priesters Eje in ihren Adern floß, das herrschsüchtige Blut eines Lügners, Betrügers und Ungerechten. Es war daher kein Wunder, daß es so weit mit ihr kam.

Zu ihrer Rechtfertigung muß auch hervorgehoben werden, daß in allen vorangegangenen Jahren kein böses Wort über sie gesagt werden konnte und auch keine ungünstigen Gerüchte über sie verbreitet worden waren; denn sie war treu gewesen und hatte Pharao Echnaton mit der ganzen Zärtlichkeit eines liebenden Weibes umgeben, seine Verrücktheiten verteidigt und an seine Gesichte geglaubt. Deshalb wunderten sich viele Menschen über ihre plötzliche Wandlung und betrachteten dies als ein Zeichen des Fluches, der wie ein erdrückender Schatten über Achetaton schwebte. Denn ihre Verderbnis war so groß, daß man behauptete, sie belustige sich sogar mit Dienern, Schardanen und Grabhauern, was ich aber nicht glauben kann. Wenn Menschen einmal einen Stoff zum Klatschen finden, blähen und bauschen sie ihn gerne auf, so auch in diesem Fall, obwohl ihre Schlechtigkeit an und für sich so groß war, daß sie keiner weiteren Übertreibung bedurfte.

Jedenfalls zog sich Pharao Echnaton in seine Einsamkeit zurück, seine Nahrung bestand wie diejenige der Armen aus Brot und Grütze und sein Trank aus dem Wasser des Nils; denn er wollte seinen Leib läutern, um wieder Klarheit zu gewinnen, und bildete sich ein, Fleisch und Wein hätten seinen Blick verdunkelt.

Von der Außenwelt kamen keine frohen Botschaften mehr nach Achetaton; hingegen sandte Aziru aus Syrien zahlreiche Lehmtafeln mit vielerlei Klagen an den Pharao. Seine Leute, schrieb er, wollten in ihre Heimat zurückkehren, um Schafe zu weiden, Viehzucht zu treiben, den Boden zu bebauen und sich mit ihren Frauen zu ergötzen, weil sie friedliebende Menschen seien. Aber aus den Wüsten Sinais drangen Räuberhorden unaufhörlich an den gesetzlichen Marksteinen vorbei verheerend in Syrien ein, und diese Räuber waren mit ägyptischen Waffen und Streitwagen ausgerüstet, von ägyptischen Offizieren geführt, und bildeten daher eine stete Gefahr für Syrien, so daß Aziru seine Leute nicht entlassen konnte. Auch trat der Militärkommandant von Gaza äußerst unpassend und wider den Geist und Wortlaut des Friedensvertrages auf, indem er friedlichen Kaufleuten und Karawanen die Tore der Stadt verschlossen hielt und diejenigen, denen er den Zutritt zu Handelszwecken gestattete, nach eigenem schamlosem Gutdünken auswählte. Aziru brachte noch andere Klagen vor, die kein Ende nahmen.

Er behauptete, ein anderer hätte an seiner Stelle schon längst die Geduld verloren, seine Langmut aber sei nur darum so groß, weil er den Frieden liebe. Doch müßten diese Mißstände ein Ende nehmen, sonst könne er nicht für die Folgen einstehen.

Auch Babylonien fühlte sich sehr beleidigt, weil Ägypten es auf den Getreidemärkten Syriens in scharfem Wettbewerb bedrängte. König Burnaburiasch war mit den Geschenken des Pharao durchaus nicht zufrieden, sondern betrachtete sie als ungenügend und zählte eine ganze Reihe Forderungen auf, die der Pharao zum mindesten erfüllen mußte, falls ihm daran gelegen war, die Freundschaft mit Burnaburiasch aufrechtzuerhalten. Babyloniens ständiger Gesandter in Achetaton zuckte die Achseln, machte abwehrende Gebärden mit den Händen, raufte sich den Bart und sagte: »Mein Herr gleicht einem unruhigen Löwen, der sich in seiner Höhle erhebt und die Nüstern bläht, um den Wind zu prüfen. Er hat seine Hoffnung auf Ägypten gesetzt. Wenn dieses Land aber wirklich so arm ist und ihm nicht genügend Gold senden kann, so daß er kräftige Männer aus den Barbarenländern für seine Armee besolden und Streitwagen bauen kann, weiß ich nicht, was geschehen wird. Mit einem starken, reichen Ägypten will mein Herr immer befreundet sein. Ein solches Bündnis würde den Frieden in der Welt sichern, weil Ägypten und Babylonien reich genug sind, um keinen Krieg führen zu müssen, und um ihrer Reichtümer willen alles beim alten belassen wollen. Die Freundschaft eines schwachen, verarmten Ägypten hingegen hat keinen Wert für meinen Herrn, sondern bedeutet ihm vielmehr eine Last. Ich muß hervorheben, daß mein Herrscher äußerst erstaunt und entsetzt war, als Ägypten aus Schwäche auf Syrien verzichtete. Ein jeder ist sich selbst der Nächste, und Babylonien muß an sich denken. Obgleich ich Ägypten sehr liebe und ihm alles Gute wünsche, bedeutet mir der Vorteil meines Landes doch mehr als derjenige Ägyptens, und es sollte mich nicht wundern, wenn ich in Bälde von hier nach Babylonien abberufen würde, was mir allerdings leid täte.« So sprach er, und kein vernünftiger Mensch konnte die Weisheit seiner Worte bestreiten.

Andererseits traf in Achetaton eine hetitische Gesandtschaft ein, zu der zahlreiche vornehme Hauptleute gehörten. Diese Leute kamen angeblich, um die alte Freundschaft zwischen Ägypten und dem Lande Chatti zu festigen und um gleichzeitig die ägyptischen Sitten, über die sie so viel Gutes gehört hatten, und die ägyptische Armee, von deren Drill und Bewaffnung sie vieles lernen könnten, kennenzulernen. Sie traten gefällig, aber stramm auf und brachten den vornehmen Höflingen große Geschenke. Dem jungen Thut, dem Schwiegersohn des Pharao, schenkten sie unter anderem ein Messer aus einem bläulichen Metall, das schärfer und stärker als alle anderen Messer war und das Entzücken des Jungen wachrief, so daß dieser nicht wußte, welchen Dienst er ihnen erweisen konnte. Ich war der einzige Mensch in Achetaton, der schon ein solches Messer besaß – das ich, wie ich bereits berichtet, von einem hetitischen Hafenaufseher, den ich geheilt, erhalten hatte. Ich riet Thut, das seinige auf syrische Art mit Gold und Silber beschlagen zu lassen, wie ich es in Simyra mit dem meinigen getan hatte. Das Messer verwandelte sich dadurch in eine blitzende Prachtwaffe, und Thut war so begeistert, daß er erklärte, er wolle es dereinst mit ins Grab nehmen. Er war nämlich ein schwacher, kränklicher Junge, der mehr als seine Altersgenossen an den Tod dachte.

Die Hetiter-Hauptleute waren wirklich angenehme, gebildete Menschen, und auf ihren Brustschilden und Mänteln glänzten Bilder von Doppeläxten und beflügelten Sonnen. Ihre großen stattlichen Nasen, willensstarke Kinne und ungezähmten Raubtieraugen betörten die Frauen des Hofes so sehr, weil sie, wie alle Frauen, das Neue liebten. Die Fremden machten sich daher in Achetaton viele Leute zu Freunden und wurden vom Morgen bis zum Abend und vom Abend bis zum Morgen in den Palästen der Edelleute gefeiert, bis sie völlig erschöpft waren und über Kopfschmerzen klagten. Lächelnd sagten sie:

»Wir wissen wohl, daß über unser Land viele schreckliche Dinge erzählt werden, die von neidischen Nachbarn über uns erdichtet wurden. Deshalb freut es uns sehr, euch persönlich beweisen zu können, daß wir gebildete Leute sind, von denen viele des Lesens und Schreibens kundig sind. Auch verzehren wir kein rohes Fleisch, noch trinken wir Kinderblut, wie man behauptet, sondern essen sowohl auf syrische als auf ägyptische Art zubereitete Speisen. Außerdem sind wir friedliche Leute und suchen keinen Streit, sondern bringen euch allerlei Geschenke, ohne Gegengeschenke zu erwarten. Wir suchen bloß Aufklärung, die uns bei unserem Streben, das Wissen und die Bildung unseres Volkes immer mehr zu fördern, von Nutzen sein kann. Besonders interessiert es uns, wie eure Soldaten die Waffen gebrauchen, und ebenso bewundern wir eure zierlichen vergoldeten Streitwagen, mit denen unsere schwerfälligen, plumpen Fahrzeuge in ihrer Kunstlosigkeit keinen Vergleich aushalten. Auch sollt ihr all dem Gefasel der Flüchtlinge aus Mitani keinen Glauben schenken; denn aus ihrem Munde spricht nur die Bitterkeit, weil sie in ihrem Wankelmut aus der Heimat flohen und all ihr Hab und Gut aufgaben. Wir versichern, daß ihnen nichts Böses widerfahren sein würde, wenn sie in ihrem Lande geblieben wären, und wir raten ihnen immer noch, in die Heimat zurückzukehren und mit uns in Eintracht zu leben. Wir tragen ihnen den Unsinn, den sie über uns verbreitet haben, nicht nach, weil wir ihre Erbitterung gut verstehen. Aber auch ihr müßt einsehen, daß das Land Chatti eng ist und daß wir viele Kinder besitzen, weil der große Schubbiluliuma ungemein kinderliebend ist. Deshalb brauchen wir mehr Raum für unsere Kinder und neue Weiden für unser Vieh; solches fanden wir in Mitani, weil dort die Frauen nur ein, höchstens zwei Kinder gebären. Außerdem konnten wir die Unterdrückung und das Unrecht, die im Lande Mitani herrschten, nicht mitansehen; und, um die Wahrheit zu sagen, waren es die Mitani selbst, die uns zu Hilfe riefen, so daß wir als Befreier und keineswegs als Eroberer in ihr Land einzogen. Jetzt haben wir in Mitani genügend Raum für uns und unsere Kinder und unser Vieh und denken daher nicht einmal im Traum an weitere Eroberungen, weil wir ein friedliebendes Volk sind, das sich nur genügend Raum wünscht und, wenn es diesen erhalten hat, vollkommen zufrieden ist.«

Sie hoben ihre Becher mit gestrecktem Arm hoch und spendeten Ägypten reiches Lob. Die Frauen betrachteten gierig ihre geschmeidigen Nacken und Raubtieraugen, während jene erklärten: »Ägypten ist ein herrliches Land, und wir lieben es. Aber vielleicht gäbe es auch in unserem Land etwas zu sehen und zu lernen! Wir glauben, daß unser König gerne vornehmen Ägyptern, die uns wohlgesinnt sind und von unseren Sitten lernen möchten, die Reise in unser Land und den Aufenthalt dort bezahlen würde. Vielleicht würde er ihnen außerdem noch Geschenke machen; denn er liebt die Ägypter und vor allem die Kinder sehr. Da wir von diesen sprechen, so wünscht unser König, daß unsere Frauen viele Kinder gebären. Aber die schönen Frauen Ägyptens brauchen uns deshalb nicht zu fürchten; denn wir können uns wie gebildete Menschen mit ihnen ergötzen und werden sie nicht schwängern, sondern auf ägyptische Weise mit ihnen verkehren, ganz wie wir hier auf ägyptische Weise essen.«

So sagten sie den Vornehmen Achetatons eine Menge schöner Schmeicheleien, und niemand verbarg etwas vor ihnen. Mich aber dünkte, daß sie Leichengeruch nach Achetaton mitgebracht hatten, und ich entsann mich ihres kargen Landes und der an ihren Wegen auf Stangen aufgespießten Zauberer. Deshalb trauerte ich ihnen nicht nach, als sie unsere Stadt verließen.

Achetaton hatte sein Gesicht verändert. Seine Bewohner waren von Lebensgier befallen, und nie zuvor hatte man dort so viel gegessen und getrunken, getändelt und sich so fieberhaft belustigt wie zu jener Zeit. Von abends bis morgens brannten die Fackeln vor den Häusern der Vornehmen, von morgens bis abends ertönten Musik und Gelächter aus ihrem Innern. Dieses Fieber ergriff auch die Diener und Sklaven, so daß sie mitten am hellichten Tag betrunken durch die Straßen torkelten, ohne den Herren die geringste Ehrfurcht zu erweisen; nicht einmal Stockhiebe vermochten sie zu heilen. Aber diese Freude war eine krankhafte Freude, welche die Menschen nicht befriedigte, sondern sie wie ein verzehrendes Übel brannte; denn alle gaben sich ihr nur deshalb hin, weil sie nicht an die Zukunft denken wollten. Mitten in allem Jubel und Gesang und Rausch senkte sich öfters eine jähe Totenstille über Achetaton, so daß das Lachen in den Kehlen gefror und die Menschen sich ängstlich ansahen und die Worte, die sie auf der Zunge hatten, vergaßen. Auch verbreitete sich in Achetaton ein merkwürdiger, widerwärtiger und ekelerregender Geruch, dessen Ursache niemand kannte und den weder Wohlgerüche noch Weihrauch zu vertreiben vermochten. Dieser Gestank war frühmorgens wie abends beim Sonnenuntergang am deutlichsten spürbar; er stammte nicht vom Strom noch von den Fischteichen und auch nicht vom heiligen See Atons; er verschwand nicht einmal, als die Abflußleitungen aufgerissen und gesäubert wurden. Viele Leute behaupteten, es sei die Ausdünstung Ammons und seines Fluches.

Auch die Künstler wurden von der seltsamen Hetze ergriffen und zeichneten, malten und modellierten eifriger denn je zuvor, als spürten sie die Zeit entgleiten und wünschten, vor ihrem Ende ihre ganze Kunst auszuschöpfen. Sie übertrieben die Wahrheit derart, daß sie unter ihren Meißeln und Stiften zum Zerrbild wurde, und sie wetteiferten miteinander im Suchen nach immer seltsameren und verstiegeneren Formen für ihre Wahrheit, bis sie schließlich behaupteten, einen Wesenszug oder eine Bewegung durch ein paar Linien oder Punkte ausdrücken zu können. Um den verträumten Ausdruck eines Menschenauges zu schildern, begnügten sie sich mit einer einzigen Bogenlinie, und von Pharao Echnaton zeichneten sie Bilder, wie meines Erachtens nur Menschen, die ihn bitterlich haßten, solche schaffen konnten. Selbst aber waren sie auf ihre Erzeugnisse und Bildwerke riesig stolz und sagten: »Wahrlich, so hat man noch nie zuvor gezeichnet und modelliert! Das ist Wahrheit!«

Zu meinem Freund Thotmes aber sprach ich: »Pharao Echnaton hat dich aus dem Staub gehoben und zu seinem Freund gemacht. Weshalb formst du also sein Bildnis so, als hassest du ihn bitterlich? Warum hast du auf sein Lager gespuckt und seine Freundschaft geschändet?«

Thotmes entgegnete: »Mische dich nicht in Dinge, die du nicht verstehst, Sinuhe! Vielleicht hasse ich ihn – aber noch weit mehr hasse ich mich selbst. In meinem Innern brennt der Schaffensdrang, und meine Hände sind noch nie geschickter als jetzt gewesen. Vielleicht schafft der mit sich unzufriedene Künstler im Haß bessere Werke als der selbstzufriedene und von Liebe erfüllte. Alle Farben und Formen und ebenso die Vielfältigkeit gestalte ich aus mir selbst heraus, und jedes von mir geschaffene Bildnis verewigt mich selbst im Stein. Deshalb ist kein Mensch meinesgleichen, und ich bin mehr als alle anderen. Für mich gibt es keine Gesetze, die ich nicht brechen könnte; denn meine Kunst ist über alle Gesetze erhaben, und ich bin mehr Gott als Mensch. Wenn ich Farben und Formen gestalte, wetteifere ich mit Aton und übertreffe ihn sogar; denn alles, was Aton schafft, ist vergänglich, während meine Schöpfungen für die Ewigkeit bewahrt bleiben.«

Wenn er so sprach, hatte er bereits am Morgen Wein getrunken, und ich verzieh ihm seine Worte, weil die Qual aus seinem Gesicht schrie und ich seinen Augen ansah, daß er unglücklich war.

Während sich all dies zutrug, wurde die Ernte auf den Äckern eingebracht, stieg und sank der Strom von neuem und ward es Winter; und mit dem Winter kam der Hunger in das Land Ägypten, und niemand wußte mehr, welches neue Unglück der folgende Tag bringen werde. Mit dem Nahen des Winters verbreitete sich auch die Kunde, daß Aziru den Hetitern die meisten Städte Syriens geöffnet habe und daß die leichten Streitwagen der Hetiter durch die Wüste Sinais gefahren, Tanis angegriffen und das Untere Land in der Runde bis zum Strom verheert hatten.

2

Als sich diese Nachricht verbreitete, trafen Eje aus Theben und Haremhab aus Memphis in Achetaton ein, um sich mit Pharao Echnaton zu beraten und zu retten, was noch zu retten war. Dieser Beratung wohnte ich als Arzt bei, weil ich befürchtete, daß der Pharao sich ereifern und all des Bösen wegen, das er vernehmen und schlucken mußte, wieder krank werden könnte. Aber er trat verschlossen und kalt auf und hörte Eje und Haremhab an, ohne die Selbstbeherrschung zu verlieren.

Der Priester Eje wandte sich an ihn und sprach: »Die Speicher des Pharao sind leer, und das Land Kusch hat dieses Jahr nicht wie früher seine Steuern, auf die ich meine ganze Hoffnung setzte, entrichtet. Im Land herrscht große Hungersnot, die Menschen graben die Wurzeln der Wasserpflanzen aus dem Schlamme und verzehren sie; sogar Heuschrecken, Käfer und Frösche werden verschlungen. Viele Menschen sind schon gestorben, und noch mehr werden ihnen folgen; denn auch bei strengster Verteilung reicht das Getreide des Pharao nicht für alle. Das Korn der Kaufleute aber ist zu teuer, als daß die Armen davon kaufen könnten. Eine große Aufregung hat die Menschen befallen, die Landleute flüchten in die Städte, und die Städter ziehen aufs Land, und alle sagen: ›Das ist der Fluch Ammons! Wir leiden wegen des neuen Gottes des Pharao!‹ Deshalb, Pharao Echnaton, geh einen Vergleich mit den Priestern ein und gib Ammon seine Macht wieder, damit ihm die Menschen Anbetung zollen und Opfer bringen und sich dadurch beruhigen können. Erstatte Ammon seinen Boden zurück, damit er ihn besäe; denn das Volk getraut sich nicht, ihn zu bebauen. Dein eigener Boden ist unbesät geblieben, weil das Volk auch ihn vom Fluch betroffen wähnt. Suche mit Ammon zu einem Vergleich zu kommen, und zwar beizeiten, sonst wasche ich mir die Hände und stehe nicht mehr für die Folgen ein.«

Haremhab aber sprach: »Burnaburiasch hat sich Frieden von den Hetitern erkauft und Aziru sich ihrem Druck ergeben und ihnen seine Städte geöffnet und sich mit ihnen verbündet. Die Menge ihrer Soldaten in Syrien wetteifert mit den Wassertropfen im Meer, und ihre Streitwagen sind zahlreich wie die Sterne am Himmel: das bedeutet das Ende für Ägypten. Denn in ihrer Schlauheit haben sie, die keine Flotte besitzen, in Krügen Wasser in die Wüste hinausgeschafft. Unermeßliche Wassermengen haben sie auf diese Weise mit ihren Gefäßen in die Wüste gebracht, und wenn der Frühling kommt, kann sogar eine große Armee sie durchziehen, ohne verdursten zu müssen. Einen großen Teil dieser Krüge haben sie in Ägypten aufgekauft; die Händler, die sie ihnen in ihrer Habgier verkauften, haben sich mit eigenen Händen ihre Grube gegraben! Die Streitwagen

Azirus und der Hetiter haben voll Ungeduld gewaltsame Erkundungsfahrten nach Tanis und auf ägyptisches Gebiet unternommen und somit den Frieden gebrochen. Allerdings handelt es sich dabei um unbedeutende Grenzverletzungen, und der von ihnen verursachte Schaden ist geringfügig; aber ich habe im Volk die Kunde von furchtbaren Zerstörungen und von der Grausamkeit der Hetiter verbreiten lassen und es dadurch für den Krieg reif gemacht. Noch ist es Zeit, Pharao Echnaton! Laß in die Hörner stoßen und die Wimpel flattern und erkläre den Krieg! Laß alle wehrfähigen Männer auf die Übungsplätze einberufen, laß alles Kupfer im Lande für Speere und Pfeilspitzen sammeln, und deine Macht soll gerettet werden! Ich werde sie dir erhalten, Ägypten einen unvergleichlichen Sieg schenken und Syrien für dich zurückerobern. Das alles kann ich durchführen, sofern sämtliche Mittel und Getreidevorräte Ägyptens der Armee zur Verfügung gestellt werden; denn der Hunger wird selbst aus den Feiglingen Krieger machen. Ob Ammon oder Aton, ist ganz gleichgültig! Wenn das Volk kämpfen muß, wird es Ammon vergessen, seine Unruhe wird sich nach außen entladen und ein siegreicher Feldzug deine Macht festigen. Ich verspreche dir, Echnaton, einen siegreichen Ausgang! Denn ich bin Haremhab, der Sohn des Falken, und zu großen Taten geschaffen. Ha, dies ist mein Augenblick, auf den ich mein Leben lang gewartet habe!«

Als Eje solches vernahm, fiel er eilends ein: »Pharao Echnaton, mein lieber Sohn, schenke Haremhab kein Gehör! Falschheit spricht durch seine Zunge, und er giert nach deiner Macht! Geh meinetwegen einen Vergleich mit den Ammonpriestern ein und erkläre den Krieg; aber mache nicht Haremhab zum Befehlshaber, sondern irgendeinen alten, erprobten Krieger, der aus den Schriften die Kriegskunst der großen Pharaonenzeit erlernt hat und auf den du dich unbedingt verlassen kannst.«

Haremhab sagte: »Wenn wir nicht vor dem Pharao stünden, Priester Eje, würde ich deine dreckige Schnauze mit der Faust zum Schweigen bringen. Du mißt mich mit deinem eigenen Maß, und der Verrat spricht durch deine eigene Zunge; denn du hast bereits heimlich mit den Ammonpriestern verhandelt und hinter dem Rücken des Pharao einen Vergleich mit ihnen getroffen. Ich aber kann den Jüngling nicht verraten, dessen Schwäche ich einst bei den Bergen Thebens in der Wüste mit meinem Achseltuch bedeckte. Mein Ziel heißt Ägyptens Größe, und ich allein vermag das Land zu retten.«

Pharao Echnaton fragte sie: »Habt ihr gesprochen?« Und sie antworteten wie aus einem Mund: »Wir haben gesprochen.« Da sagte der Pharao: »Ich muß wachen und beten, bevor ich einen Entschluß fasse. Für morgen aber ruft das Volk zusammen, alle, die mich lieben, hoch und niedrig, Herren und Diener! Selbst die Grabhauer sollt ihr aus ihrer Stadt herrufen; denn zu ihnen allen als meinem Volk will ich sprechen und ihnen meinen Entschluß verkünden.«

Sie taten, wie er befohlen, und riefen das Volk für den folgenden Tag zusammen. Eje im Glauben, der Pharao werde sich mit Ammon aussöhnen, und Haremhab in der Überzeugung, er werde Aziru und den Hetitern den Krieg erklären. Die ganze Nacht aber wachte und betete der Pharao, indem er rastlos durch seine Gemächer wanderte, ohne einen Bissen zu sich zu nehmen oder ein Wort zu sprechen, so daß ich als Arzt in Sorgen um ihn war. Am folgenden Tag wurde er vor das Volk getragen und setzte sich auf den Thron; sein Gesicht war klar und leuchtend wie die Sonne, als er die Hände hob und zu seinem Volk sprach:

»Meiner Schwäche wegen herrscht heute Hunger in Ägypten und bedroht der Feind die Grenzen unseres Landes. Wisset, daß die Hetiter im Begriff stehen, Ägypten über Syrien anzugreifen, und daß Feindesfüße bald die schwarze Erde betreten werden. Dies alles geschieht meiner Schwäche wegen, weil ich die Stimme meines Gottes nicht deutlich genug erfaßt und seinen Willen nicht verwirklicht habe. Doch jetzt hat sich mir mein Gott offenbart. Aton ist mir erschienen, seine Wahrheit brennt in meinem Herzen, und ich bin nicht mehr schwach und wankend. Wohl stürzte ich den falschen Gott, doch ließ ich in meiner Schwäche all die anderen ägyptischen Götter an Atons Seite wieder herrschen. Deren Schatten hat Ägypten verdunkelt. Deshalb müssen heute alle alten Götter im Lande Kêmet fallen! Atons Klarheit aber soll als einziges Licht darüber herrschen. So mögen an diesem Tag alle früheren Götter verschwinden und Atons Reich auf Erden beginnen!«

Bei diesen Worten war die Menge von Entsetzen gepackt; viele Leute streckten die Arme hoch, andere fielen vor dem Pharao zu Boden. Aber Pharao Echnaton fuhr mit lauter Stimme zu reden fort und rief: »Ihr, die ihr mich liebt: geht hin und stürzt alle alten Götter Kêmets, zerstört ihre Altäre, zertrümmert ihre Bildnisse, gießt ihr heiliges Wasser aus, reißt ihre Tempel nieder, tilgt ihre Namen aus sämtlichen Inschriften, dringt, sie zu beseitigen, bis in die Gräber ein, um so Ägypten zu erlösen! Ihr Vornehmen: Greift zu den Keulen! Ihr Künstler: Vertauscht die Meißel gegen Äxte! Ihr Bauleute: Nehmt eure Hämmer! Zieht hinaus in alle Länder, alle Städte, alle Dörfer, die alten Götter zu stürzen und ihre Namen zu vernichten! So säubere ich Ägypten von der Macht des Bösen.«

Da ergriffen bereits viele entsetzt die Flucht vor ihm; aber der Pharao holte tief Atem, sein Gesicht glühte vor Erregung, und er rief: »Das Reich Atons komme auf Erden! Von diesem Tag an soll es keine Herren und Diener oder Sklaven mehr geben! Alle Menschen sind vor Aton gleich und frei! Keiner ist mehr gezwungen, die Erde eines anderen zu bebauen oder die Mühle eines anderen zu drehen! Jedermann hat das Recht, seine Arbeit selbst zu wählen und ist frei, zu kommen und zu gehen, wie ihm beliebt! Der Pharao hat gesprochen.«

Und das Volk hörte auf zu murmeln, und alle starrten stumm zu ihm empor; Totenstille breitete sich über Achetaton aus, und ich spürte Leichengeruch in der Nase. Doch während die Menschen also Pharao Echnaton anstarrten, wuchs er in ihren Augen, und die leuchtende Verzückung seines Antlitzes blendete sie, und seine Kraft teilte sich ihnen mit, so daß sie erregte Rufe auszustoßen begannen und zueinander sprachen: »Noch nie zuvor ist Derartiges geschehen! Wahrlich, sein Gott spricht durch ihn, und wir müssen ihm gehorchen.« So zerstreute sich das Volk, in Erregung unter sich streitend, und die Leute begannen einander mit den Fäusten zu schlagen, und die Anhänger des Pharao stießen an den Straßenecken Achetatons alte Männer nieder, die gegen ihn sprachen.

Aber als sich das Volk verlaufen hatte, sprach der Priester Eje zum Pharao: »Echnaton, wirf deine Krone weg und zerbrich den Krummstab in deiner Hand! Denn die Worte, die du geäußert, haben deinen Thron bereits gestürzt!«

Pharao Echnaton entgegnete: »Die Worte, die ich gesprochen, haben meinem Namen für alle Zeiten Unsterblichkeit gesichert, und meine Macht wird in Ewigkeit in den Herzen der Menschen weiterleben.«

Da rieb sich Eje die Hände, spuckte vor dem Pharao aus, verscharrte den Auswurf mit dem Fuß im Staub und sagte: »Wenn dem so ist, wasche ich mir die Hände und handle nach meinem Gutdünken; denn vor einem Irren brauche ich meine Handlung nicht mehr zu verantworten.«

Er wollte sich entfernen, aber Haremhab packte ihn beim Arm und Nacken und hielt ihn mit Leichtigkeit zurück, obgleich jener ein großer, kräftiger Mann war. Haremhab sagte: »Er ist dein Pharao, und du, Eje, hast seinen Befehl auszuführen und darfst ihn nicht verraten; sonst werde ich dir wahrlich den Bauch durchbohren, wenn ich zu diesem Zweck auch aus eigenen Mitteln eine Armee besolden müßte. Ich habe es gesagt und pflege im allgemeinen nicht zu lügen! Wohl ist seine Verrücktheit groß, und ich glaube nicht, daß sie uns Gutes bringen wird; doch ich liebe ihn selbst in seinem Wahnsinn und bleibe treu an seiner Seite, weil ich ihm meinen Eid geschworen und seine Schwäche einst mit meinem Achseltuch bedeckt habe. Dennoch ist ein Funken Vernunft in seiner Torheit. Denn wenn er nur alle alten Götter gestürzt hätte, würde das einen Bruderkrieg bedeutet haben; aber indem er auch die Sklaven der Mühlen und Felder befreit, verdirbt er den Priestern das Spiel und hat das Volk auf seiner Seite, obwohl all das eine noch größere Verwirrung als bisher mit sich ziehen wird. Doch kann mir alles andere gleichgültig sein, wenn du mir nur sagen willst, Pharao Echnaton, was wir mit den Hetitern anfangen sollen.«

Die Hand des Pharao Echnaton ruhte schlaff auf seinem Knie, und er gab keine Antwort. Haremhab fuhr fort: »Gib mir Gold und Getreide, Waffen und Streitwagen, Pferde und eine Vollmacht, Krieger zu besolden und die Wächter aus allen Städten in das Untere Reich einzuberufen – und ich glaube, es wird mir gelingen, den Angriff der Hetiter abzuwehren.«

Da richtete der Pharao seine blutunterlaufenen Augen auf ihn, die Glut in seinem Gesicht war erloschen, und er sagte still: »Ich verbiete dir, Haremhab, den Krieg zu erklären. Wenn aber das Volk die schwarze Erde verteidigen will, kann ich es nicht daran hindern. Ich besitze weder Getreide noch Gold, von Waffen gar nicht zu reden, und würde sie dir auch nicht geben; denn ich will nicht Böses mit Bösem vergelten. Im übrigen kannst du die Verteidigung in Tanis nach Belieben anordnen. Aber vergieße kein Blut und verteidige dich nur, wenn man dich angreift!«

»Dein Wille geschehe«, sagte Haremhab. »Das ist alles der gleiche Dreck. Auf deinen Befehl werde ich also in Tanis umkommen; denn ohne Getreide und Gold kann sich auch die geschickteste Armee nicht lange verteidigen. Aber ich pfeife auf jedes Zögern, Pharao Echnaton, und werde mich nach meinem eigenen Gutdünken zur Wehr setzen. Leb wohl!«

Er entfernte sich, und Eje folgte ihm, so daß ich allein mit dem Pharao zurückblieb. Er betrachtete mich aus unsäglich müden Augen und sagte: »Nachdem ich gesprochen, hat die Kraft mich verlassen. Dennoch fühle ich mich auch in meiner Schwäche noch glücklich. Was gedenkst du zu tun, Sinuhe?«

Seine Worte überraschten mich, und ich betrachtete ihn verblüfft. Mit müdem Lächeln fragte er: »Liebst du mich, Sinuhe?« Nachdem ich gestanden, daß ich ihn sogar in seinem Irrsinn noch liebe, sprach er: »Wenn du mich liebst, Sinuhe, weißt du schon, was du zu tun hast.«

Mein Inneres bäumte sich gegen seinen Willen auf, obwohl ich im Grunde genau wußte, was er von mir verlangte. Schließlich sagte ich ärgerlich: »Ich hatte geglaubt, du würdest mich als Arzt brauchen; doch wenn dem nicht so ist, ziehe ich meines Weges. Zwar bin ich ein schlechter Bilderstürmer, und meine Arme sind zu schwach, um einen Hammer zu führen; doch dein Wille geschehe! Das Volk wird mir allerdings den Schädel mit Steinen einschlagen, die Haut abziehen und meinen Körper mit dem Kopf nach unten an die Mauer hängen; aber das wird dich kaum rühren. Ich reise also nach Theben, wo es viele Tempel gibt und wo mich die Menschen kennen.«

Er gab mir keine Antwort mehr, und ich verließ ihn zornig, weil mich das ganze Unternehmen heller Wahnsinn dünkte.

Am Tag darauf begab sich Haremhab an Bord seines Schiffes, um nach Memphis und von dort nach Tanis zu reisen. Vor seiner Abfahrt versprach ich ihm, in Theben so viel Gold wie möglich zu beschaffen und ihm auch die Hälfte meines Getreides zu senden. Die andere Hälfte gedachte ich für meine eigenen Zwecke zu verwenden. Vielleicht veranlaßte mich gerade meine Schwäche zu dem Irrtum, der mein ganzes Leben bestimmen sollte, indem ich Echnaton die eine und Haremhab die andere Hälfte, keinem von beiden aber alles gab.

3

Thotmes und ich fuhren nach Theben. Schon weit vor der Stadt sahen wir Leichen im Strom treiben. Aufgedunsen kamen sie den Strom herabgeschwommen: aus hohen und niederen Ständen, Priester mit glattrasiertem Kopf, Wächter und Sklaven; an ihren Haaren, ihren Kleidern und ihrer Haut erkannte man, was ein jeder von ihnen zu Lebzeiten gewesen – bis die Leichen schwarz wurden, sich zersetzten oder von Krokodilen verschlungen wurden. Die Krokodile brauchten nicht flußaufwärts nach Theben zu schwimmen, um Menschenfleisch zu finden; denn in allen Städten und Dörfern am Stromufer geschah das gleiche: Unzählige Menschen verloren in diesen Tagen das Leben, ihre Leichname wurden in den Strom geworfen, so daß sogar die Krokodile in ihrer Nahrung wählerisch wurden. Die Krokodile sind nämlich kluge Tiere; sie zogen daher das weiche zarte Fleisch der Frauen und Kinder und die fetten Leiber der Vornehmen dem zähen Fleisch der Träger und Sklaven vor. Wenn die Krokodile Verstand besitzen, was sicher ist, dann haben sie wohl in jenen Tagen Aton sehr gepriesen.

Der ganze Strom stank nach Verwesung, und der Nachtwind trug uns einen scharfen Rauchgeruch aus Theben zu. Thotmes meinte spöttisch: »Wahrlich, das Reich Atons auf Erden scheint begonnen zu haben!« Ich aber verhärtete mein weiches Herz und sprach zu ihm: »Thotmes, etwas Derartiges hat sich noch nie zuvor ereignet, und der Welt wird nie mehr eine Gelegenheit wie diese geboten werden. Man kann kein Brot backen, ohne zuerst Getreidekörner zu zermalmen. Die Mühle Atons mahlt jetzt das Getreide. Laß uns um Pharao Echnatons willen das Mehl zu Brot backen – und wahrlich, die Welt wird sich wandeln, und alle Menschen werden schließlich Brüder vor Aton sein!«

Aber Thotmes trank Wein, um den Leichengeruch aus den Nüstern zu verjagen, und sagte: »Verzeih mir, wenn ich meine Schwäche durch Wein stärke! Offen gestanden, fürchte ich mich sehr, und meine Knie sind wie Wasser beim Gedanken an all das, was uns bevorsteht. Deshalb tut man in solchen Zeiten am besten daran, sich zu betrinken, weil sich der Mensch im Rausch nicht mit unnützen Gedanken abgibt und ihm dann Leben und Tod, Menschen und Götter gleichgültig sind.«

Als wir in Theben anlangten, brannte die Stadt an vielen Stellen. Sogar aus der Totenstadt züngelten Flammen empor; denn das Volk plünderte Gräber und verbrannte die balsamierten Leichname der Priester. Von den Mauern wurden Pfeile auf unser Schiff abgeschossen, ohne daß überhaupt jemand zuerst nach unserem Begehren gefragt hätte; und als wir am Ufer anlegten, waren aufgeregte »Kreuze« damit beschäftigt, »Hörner« ins Wasser zu werfen und mit Stangen auf diese zu schlagen, bis sie ertranken. Deshalb vermuteten wir, die alten Götter seien bereits gestürzt und Aton habe gesiegt.

Wir begaben uns geradenwegs in den »Krokodilschwanz«, wo wir Kaptah trafen. Er hatte die kostbaren Gewänder abgelegt, sich das Haar mit Schlamm statt mit Balsam eingerieben und das graue Kleid der Armen angezogen. Ebenso hatte er das Goldblech von seinem blinden Auge entfernt und setzte zerlumpten Sklaven und bewaffneten Trägern aus dem Hafen bereitwillig Getränke vor, indem er zu ihnen sprach: »Freut euch und jubelt, Brüder! Heute ist ein großer Freudentag: Es gibt nicht mehr Herren und Sklaven, nicht mehr Hohe und Niedrige, sondern alle Menschen sind frei, zu kommen und zu gehen, wie es ihnen beliebt. Trinkt daher Wein auf meine Rechnung, und ich hoffe, ihr werdet euch meiner Schenke entsinnen, wenn das Glück euch günstig ist und ihr Silber und Gold aus den Tempeln der falschen Götter oder aus den Häusern hartherziger Herren rauben könnt. Ich bin nämlich ein Sklave wie ihr, als solcher geboren und aufgewachsen! Den Beweis liefert das Auge, das mir ein grausamer Herr mit seinem Schreibstift ausstach, weil ich von seinem Bier getrunken und den Krug mit meinem eigenen Wasser wieder angefüllt hatte. Solches Unrecht aber wird nie mehr geschehen, und keiner wird mehr als Sklave den Stock zu spüren bekommen oder mit seinen Händen arbeiten müssen: das Leben wird eitel Freude und Jubel, Tanz und Vergnügen sein, solange es währt!«

Erst jetzt entdeckte er mich und Thotmes und schämte sich ein wenig seiner Worte; er führte uns in ein Hintergelaß und sagte: »Ihr tätet vielleicht besser daran, billige Kleider anzuziehen und euch Gesicht und Hände mit Schlamm zu beschmieren. Denn Sklaven und Träger ziehen durch die Straßen, preisen Aton und hauen in seinem Namen auf jeden ein, der ihres Erachtens zu beleibt ist und keine Schwielen an den Händen hat. Mir haben sie meine Fettleibigkeit verziehen, weil ich selbst ein ehemaliger Sklave bin, Getreide unter sie verteilte und sie umsonst habe trinken lassen. Sagt, welch böses Geschick führt euch in diesen Tagen nach Theben, das augenblicklich für die Vornehmen ein schauerlicher Aufenthaltsort ist?«

Wir zeigten ihm unsere Äxte und Hämmer und erklärten, wir seien gekommen, die Bildnisse der falschen Götter zu stürzen und ihre Namen aus allen Inschriften zu tilgen. Kaptah nickte verständnisvoll und meinte: »Euer Plan mag klug und dem Volke wohlgefällig sein. Nur müßt ihr euch in acht nehmen, nicht erkannt zu werden! Viele Wechselfälle können eintreffen, und wenn die ›Hörner‹ wieder zur Macht gelangen, werden sie sich rächen. Ich glaube nämlich nicht, daß die Geschichte lange währen wird. Denn wo wollen die Sklaven das zum Leben nötige Getreide hernehmen? Außerdem haben sie in ihrer Zügellosigkeit Dinge getan, die sogar die Anhänger Atons erschreckten und diese bewogen, sich in ›Hörner‹ zurückzuverwandeln, um die Ordnung wiederherzustellen. Doch ist der Befehl Pharao Echnatons, die Sklaven freizulassen, sehr weise und weitsichtig, weil er mir erlaubt, alle arbeitsunfähigen und alten Sklaven fortzuschicken, die, ohne mir Nutzen zu bringen, von meinem teuren Getreide und Öl zehren. Ich brauche auch nicht mehr mit großen Kosten Sklaven zu beherbergen und zu verköstigen, sondern kann sie nach Belieben für ihre Arbeit entlohnen und entlassen, bin auch nicht mehr an sie gebunden, sondern kann mir die Arbeiter selbst aussuchen und ihnen bezahlen, wieviel mir beliebt. Das Getreide ist heute teurer denn je; wenn sie aus ihrem Rausch erwachen, werden sie einander die Arbeit bei mir abjagen und mich billiger zu stehen kommen als die einstigen Sklaven, weil sie zu jedem Preis arbeiten werden, um Brot zu erhalten. Wenn früher ein Sklave stahl, gehörte das zum guten Brauch, und der Herr konnte ihn höchstens auspeitschen; wenn aber ein Angestellter stiehlt, wird er verurteilt, den Diebstahl durch Arbeit wieder gutzumachen. Deshalb preise ich den Pharao seiner Weisheit wegen sehr und glaube, daß auch andere es tun werden, sobald sie sich alles überlegt und ihren eigenen Vorteil erkannt haben.«

»Du sprachst von Getreide, Kaptah«, sagte ich. »Wisse, daß ich Haremhab die Hälfte unseres Kornvorrates versprochen habe, damit er gegen die Hetiter Krieg führen könne. Du mußt diese Menge unverzüglich nach Tanis verschiffen. Die andere Hälfte unseres Getreides aber sollst du zu Mehl mahlen und zu Brot backen und an die Hungernden aller Städte und Dörfer, wo unser Getreide lagert, verteilen lassen. Bei der Verteilung des Brotes an das Volk dürfen deine Diener aber keine Bezahlung entgegennehmen, sondern sollen sagen: ›Das ist Atons Brot! Nehmt und eßt in Atons Namen, und segnet den Pharao und seinen Gott!«‹

Als Kaptah diese Worte vernahm, zerriß er sich die Kleider, weil es diejenigen eines Sklaven waren und daher kein großer Schaden entstand. Auch raufte er sich mit den Händen das

Haar, so daß daraus der Staub emporwirbelte, heulte bitterlich und sagte: »Du wirst an den Bettelstab kommen, Herr! Wo soll ich dann meinen Gewinn holen? Die Verrücktheit des Pharao hat dich angesteckt, du stehst auf dem Kopf und läufst rückwärts. Weh mir Elendem, daß ich diesen Tag erleben mußte! Selbst der Skarabäus wird uns nicht mehr helfen können; denn niemand wird dich für die Brotverteilung segnen. Und der verdammte Haremhab beantwortet meine Mahnbriefe in frechem Ton und fordert mich auf, das Gold, das ich ihm in deinem Namen geliehen habe, selbst abzuholen. Er ist ärger als ein Räuber, dein Freund Haremhab; denn ein Räuber nimmt seine Beute, Haremhab aber verspricht, Zinsen zu zahlen, und quält seine Gläubiger mit eitler Hoffnung, bis ihnen schließlich vor Ärger die Leber platzt. An deinen Augen, Herr, aber sehe ich, daß du es ernst meinst, und deshalb hilft mein Klagen nichts, sondern ich muß deinen Willen ausführen, obwohl du dadurch ein Bettler wirst.«

Wir verließen Kaptah, der in seiner Schenke den Sklaven schöntat und in den Hinterzimmern mit den Trägern um heilige Gefäße und andere Kostbarkeiten feilschte, die sie aus den Tempeln gestohlen hatten. Alle anständigen Menschen hielten sich hinter verschlossenen Türen in ihren Häusern auf, die Straßen waren öde und verlassen, und einige Tempel, in denen sich die Priester verschanzt hatten, waren angezündet worden und brannten immer noch. Wir gingen in die geplünderten Tempel, um die Namen der Götter aus den heiligen Inschriften zu tilgen, und fanden andere Getreue des Pharao bei der gleichen Beschäftigung. So eifrig hieben wir mit unseren Äxten und Hämmern ein, daß die Funken stoben. Wir trachteten, uns dabei einzubilden, daß wir eine wichtige Arbeit verrichteten, indem unsere Hämmer einem neuen Zeitalter in Ägypten Bahn brachen, und wir schlugen drauflos, bis uns die Handgelenke steif wurden und die Hände schmerzten. Tag für Tag führten wir die gleiche Arbeit aus, und ich kam weder zum Schlafen noch zum Essen, denn unser Tätigkeitsfeld war unbegrenzt. Zuweilen drangen von Priestern geführte Scharen frommer Leute in die Tempel ein, um uns an unserem Werk zu hindern, mit Steinen zu bewerfen und mit Stöcken zu bedrohen; wir aber vertrieben sie mit unseren Hämmern, und in seiner Erregung zertrümmerte Thotmes eines Tages einem alten Priester, der seinen Gott schützen wollte, das Haupt mit dem Hammer. Denn mit jedem Tag wuchs unser Eifer, und wir arbeiteten, um die Augen vor den Geschehnissen rund um uns herum zu verschließen.

Das Volk litt nämlich Not und Hunger. Nachdem die Sklaven und Träger eine Zeitlang über ihre Freiheit gejubelt, errichteten sie im Hafen blaue und rote Stangen, versammelten sich darum und bildeten besondere Scharen, die auf Raubzüge in die Häuser der »Hörner« und der Vornehmen auszogen, um deren Getreide und Ölvorräte und Reichtümer unter das Volk zu verteilen. Die Wächter des Pharao konnten sie nicht daran hindern. Kaptah stellte zwar Leute zum Getreidemahlen und Brotbakken an, aber das Volk raubte seinen Dienern das Brot und erklärte: »Dieses Brot ist den Armen gestohlen worden! Es ist daher nur gerecht, es unter diese zu verteilen.« Und kein Mensch segnete meinen Namen wegen des Getreides, das ich hergab, obwohl ich dadurch in einem einzigen Mondumlauf völlig verarmte.

Nachdem vierzig Tage und vierzig Nächte auf diese Weise vergangen waren, die Verwirrungen in Theben immer mehr zunahmen, und die Männer, die früher Gold abgewogen hatten, jetzt bettelnd an den Straßenecken standen und ihre Frauen allen Schmuck an die Sklaven verkauften, um den Kindern Brot verschaffen zu können, erschien Kaptah eines Nachts in meinem Haus und sagte: »Herr, es ist höchste Zeit, daß du die Flucht ergreifst! Binnen kurzem wird das Reich Atons fallen, und ich glaube nicht, daß ein einziger rechtschaffener Mensch es bedauern wird. Ordnung und Gesetz werden von neuem herrschen und auch die alten Götter wiederkehren; vorher aber wird man die Krokodile füttern – und dies reichlicher als je zuvor! Die Priester wollen Ägypten von allem bösen Blut säubern.«

Ich fragte ihn: »Woher weißt du denn das?«

Er erklärte harmlos: »Bin ich nicht ohne Unterlaß ein getreues ›Horn‹ gewesen, das insgeheim Ammon angebetet hat?

Auch habe ich den Priestern großzügig Gold geliehen; denn sie zahlen ein Viertel, ja sogar die Hälfte an Zinsen und verpfänden den Boden Ammons für Gold. Zur Rettung seines Lebens hat Eje eine Vereinbarung mit den Priestern getroffen, die somit die Wächter auf ihrer Seite haben. Alle reichen und vornehmen Ägypter haben sich wieder unter Ammons Schutz gestellt, und die Priester haben Neger aus dem Lande Kusch hergerufen und die Schardanen, die bisher plündernd durchs Land gezogen sind, gesammelt und besoldet. Wahrlich, Sinuhe, bald wird die Mühle sich zu drehen und die Getreidekörner zu zermalmen beginnen; aber das Brot, das aus dem Mehl gebacken werden soll, wird Ammons und nicht Atons Brot sein. Die Götter kehren zurück, die alte Ordnung wird von neuem herrschen und alles wieder wie früher sein. Ammon sei gelobt! Denn ich habe diese ganzen Wirrnisse satt, wenn sie mich auch sehr bereichert haben.«

Über seine Worte empört, rief ich aus: »Pharao Echnaton wird niemals darauf eingehen!« Mit schlauem Lächeln rieb sich Kaptah das blinde Auge mit dem Zeigefinger und sprach: »Er wird nicht mehr um Erlaubnis gefragt werden. Die Stadt Achetaton ist bereits dem Untergang geweiht, und jeder, der dort bleibt, wird den Tod erleiden. Sobald die Aufständischen die Macht in Händen haben, werden sie alle dorthin führenden Wege und auch den Strom sperren, um die Bewohner Achetatons auszuhungern. Denn sie fordern die Rückkehr des Pharao nach Theben und seine Unterwerfung unter Ammon.«

Meine Gedanken klärten sich: Vor mir sah ich Pharao Echnatons Antlitz und seine Augen, die eine Enttäuschung spiegelten, welche bitterer war als der Tod. Deshalb sagte ich: »Diese Schandtat darf nie geschehen, Kaptah! Du und ich sind viele Straßen zusammen gewandert. Darum, Kaptah, wollen wir auch diesen Weg gemeinsam bis zum Ende gehen! Wenn ich auch durch die Verteilung meines Getreides arm geworden bin, bist du doch noch immer reich. Kaufe daher Waffen, Speere und Pfeile und soviel Keulen, als du auftreiben kannst; locke die Wächter mit Gold auf unsere Seite, teile die Waffen an die Sklaven und Träger des Hafens aus und überrede die Wächter, sie und den Pharao zu verteidigen! Ich weiß nicht, Kaptah, was aus dem allen werden soll – aber noch nie zuvor hatte die Welt eine solche Gelegenheit, alles zu erneuern und anders als früher zu gestalten. Wenn einmal der Boden und die Reichtümer und Häuser der Reichen unter die Armen verteilt und ihre Gärten Spielplätze für die Kinder der Sklaven sein werden, wird sich das Volk gewiß beruhigen und ein jeder an seinem Besitz festhalten und freiwillig arbeiten. Alles wird besser werden als zuvor!«

Aber Kaptah begann zu zittern und sagte: »Herr, ich denke nicht daran, in meinen alten Tagen wieder mit den Händen zu arbeiten. Man zwingt bereits die Vornehmen mit Stockhieben, Mühlsteine zu drehen, und nötigt die Frauen und Töchter der Reichen, die Sklaven und Träger in den Freudenhäusern zu bedienen. Das alles ist nicht gut, sondern böse. Mein Herr, Sinuhe, verlange nicht von mir, daß ich diesen Weg einschlage! Beim bloßen Gedanken daran entsinne ich mich eines dunklen Hauses, in das ich dir einst folgte; und obgleich ich dir geschworen habe, nicht mehr davon zu reden, muß ich es jetzt tun. Herr, wieder einmal hast du beschlossen, ein dunkles Haus zu betreten, ohne zu wissen, was deiner dort harrt! Vielleicht wirst du dort ein verwesendes Ungeheuer und einen stinkenden Tod finden. Nach allem zu urteilen, was wir bereits gesehen haben, ist der Gott Pharao Echnatons ebenso grausam wie der Gott Kretas und zwingt die besten und begabtesten Männer Ägyptens, vor Stieren zu tanzen und ein dunkles Haus zu betreten, aus dem es keine Rückkehr gibt. Trotzdem gehen sie im Vertrauen auf ihre Kunst jubelnd und tanzend hinein, im Glauben, dort die ganze Seligkeit, die dem Lande des Westens vorbehalten ist, zu finden. Nein, Herr, ein zweitesmal folge ich dir nicht in das Haus des Minotaurus!«

Er weinte und winselte nicht, wie er früher zu tun pflegte, sondern sprach ernsthaft mit mir, beschwor mich, meinen Vorsatz aufzugeben, und schloß mit den Worten: »Wenn du weder an dich selbst noch an mich denken willst, so erinnere dich wenigstens Merits und des kleinen Thoths, die dich lieben! Bringe sie fort von hier an einen sicheren Ort; denn wenn Ammons Mühlen zu mahlen beginnen, ist hier kein Mensch mehr seines Lebens sicher!«

Doch meine Erregung hatte mich geblendet, seine Warnungen schienen mir unsinnig, und ich entgegnete überlegen: »Wer würde einer Frau und einem kleinen Jungen etwas antun? In meinem Haus sind sie in Sicherheit; denn Aton siegt, weil er siegen muß! Sonst wäre das Leben nicht mehr lebenswert. Das Volk hat ja Verstand genug, zu wissen, daß der Pharao nur sein Bestes will. Wie wäre es also möglich, daß das Volk lieber zur Macht der Furcht und der Finsternis zurückkehrte? Das dunkle Haus, von dem du sprichst, gehört Ammon und nicht Aton. Einige bestochene Wächter und wankelmütige Edelleute vermögen Aton nicht zu stürzen, wenn das ganze Volk hinter ihm steht.«

Kaptah meinte: »Was ich zu sagen hatte, habe ich gesagt und wiederhole es daher nicht mehr. Zwar schäumt mir die Galle vor Lust, dir ein kleines Geheimnis zu verraten; aber ich darf es leider nicht tun, und vielleicht würde es dich in deinem Irrsinn nicht einmal beeinflussen. Deshalb, Herr, darfst du mich hernach nicht schelten, wenn du dir Gesicht und Knie an Steinen blutig schürfst, auch nicht, wenn dich das Ungeheuer verschlukken sollte! Mit mir verhält es sich anders; denn ich bin nur ein ehemaliger Sklave und besitze keine Kinder, die meinen Tod beweinen könnten. Darum, Herr, folge ich dir auch auf diesem letzten Weg, obgleich ich weiß, daß alles vergeblich geschieht. Also laß uns wie einst das dunkle Haus gemeinsam betreten, Herr, und ich werde dir folgen; doch ich will mit deiner Erlaubnis einen Krug Wein mitnehmen.«

Von diesem Tag an begann Kaptah zu trinken und tat es vom Morgen bis zum Abend und vom Abend bis zum Morgen. Aber mitten in seinem Rausch führte er meine Befehle aus, ließ seine Diener Waffen um die blauen und roten Stangen im Hafen verteilen, berief die Befehlshaber der Wache heimlich in den »Krokodilschwanz« und bestach sie, mit den Armen gegen die Reichen zu gehen. In seiner Trunksucht unterschied sich Kaptah übrigens nicht besonders von anderen Leuten; denn auch alle anderen gaben sich unaufhörlich dem Trunk hin. Thotmes trank, die Sklaven versoffen die geraubte Beute, und die Reichen veräußerten ihren letzten Schmuck, um Wein kaufen zu können. Alle sagten: »Laßt uns essen und trinken! Keiner weiß, was der morgige Tag uns bringt.«

Denn zur Zeit, da Atons Reich auf Erden errichtet wurde, herrschten Hunger und Aufruhr in Theben, und die Menschen wurden von einem solchen Taumel erfaßt, daß sie, auch ohne Wein zu trinken, berauscht waren. Es hatte nichts mehr zu bedeuten, ob einer das Kreuz trug oder nicht; denn den Ausschlag gab allein eine Waffe, eine harte Faust und eine starke Stimme, und wer am lautesten brüllte, verschaffte sich Gehör. Wenn einer auf der Straße ein Brot in der Hand trug, entriß es ihm ein anderer mit der Begründung: »Gib mir dein Brot! Vor Aton sind wir alle Brüder, und es schickt sich daher nicht, daß ich hungern muß, während sich mein Bruder den Magen mit Brot vollstopft.« Und wenn jemand einem in feines Linnen gekleideten Mann begegnete, sagte er zu diesem: »Gib mir dein Gewand! Im Namen Atons sind wir Brüder, und es ist unpassend, wenn ein Bruder besser gekleidet geht als der andere.« Und entdeckte man ein Horn am Hals oder an den Kleidern eines Mannes, so wurde dieser gezwungen, Mühlsteine zu drehen oder Wurzeln aus der Erde zu graben oder verbrannte Häuser abzureißen. Einige wurden aber auch totgeschlagen oder den Krokodilen zum Fraß ins Wasser geworfen; denn die Krokodile lagen bereits ungestört an den Ufern von Theben auf der Lauer, und das Klappern ihrer Kiefer und Schlagen ihrer Schwänze vermischte sich mit den Stimmen des um die blauen und roten Stangen versammelten und streitenden Volkes.

Es herrschte keine Ordnung mehr. Die lautesten Schreier riefen: »Wir müssen in Atons Namen Ordnung und Zucht aufrechterhalten. Laßt uns daher alles Getreide sammeln und es unter uns verteilen! Keiner darf mehr auf eigene Faust plündern, sondern wir, die Stärksten, müssen es vereint tun, um die Beute unter die übrigen zu verteilen.« So taten sich die Vorlautesten zusammen und schlugen diejenigen, die auf eigene Faust zu stehlen versuchten, mit Stöcken, raubten mehr als je zuvor, brachten jeden Widerspenstigen um, aßen sich satt, kleideten sich in königliches Linnen und trugen Gold und Silber um Hals und Handgelenke. Unter ihnen gab es Leute, denen wegen schändlicher Verbrechen Ohren und Nasen abgeschnitten waren und die an den Handgelenken von Fesseln hinterlassene Narben und am Rücken von Stockhieben erzeugte Male trugen; aber sie waren sehr stolz darauf, entblößten ihre Schmach vor dem Volk und sagten: »Das alles haben wir Atons wegen erlitten. Haben wir also keine Entschädigung verdient?« Es war nicht möglich, sie von denjenigen zu unterscheiden, die als »Hörner« in die Bergwerke und Steinbrüche gesandt worden und jetzt als »Kreuze« zurückgekehrt waren, um sich unter das Volk zu mischen. Niemand aber hätte gewagt, das goldene Haus am jenseitigen Stromufer anzurühren; denn es war das des Pharao, und Eje trug dort immer noch den königlichen Krummstab und die Geißel und schützte die Priester Ammons.

So verstrichen zweimal dreißig Tage – und länger währte Atons Reich auf Erden nicht. Es zerfiel. Denn die aus dem Lande Kusch mit Schiffen herbeförderten Negertruppen und die von Eje besoldeten Schardanen umzingelten die Stadt und sperrten alle Wege, sogar den Strom, so daß niemand entkommen konnte. Überall in der Stadt erhoben sich die »Hörner« zum Aufstand, und die Priester teilten aus Höhlen Ammons Waffen aus. Die Leute hatten zur Bewaffnung die Spitzen ihrer Stöcke gehärtet, ihre Küchenschlegel und Rollhölzer mit Kupfer beschlagen und den Schmuck ihrer Frauen zu Pfeilspitzen umgeschmiedet. Mit den Anhängern Ammons erhoben sich alle, die Ägyptens Wohl im Auge hatten; sogar die stillen, langmütigen, friedfertigen Menschen empörten sich und sagten: »Wir wünschen die Wiederkehr der alten Ordnung; denn die neue haben wir bereits mehr als satt, und Aton hat uns genügend ausgeplündert!«

4

Ich, Sinuhe, aber sprach zum Volk: »Vielleicht ist in diesen Tagen viel Unrecht aufgekommen und hat das Recht zertreten und manchen Unschuldigen an Stelle des Ungerechten leiden lassen; trotzdem bleibt Ammon der Gott der Furcht und Finsternis, der nur ihrer Torheit wegen über die Menschen herrscht. Aton hingegen ist der alleinige Gott; denn er lebt in unserem Innern und außerhalb von uns, und es gibt keine anderen Götter. Kämpft daher für Aton, ihr Sklaven und Armen, ihr Träger und Diener; denn ihr habt nichts mehr zu verlieren, der Sieg Ammons jedoch bedeutet für euch Knechtschaft und Tod. Kämpft für den Pharao Echnaton; denn seinesgleichen ward noch nie auf Erden geboren, und durch seinen Mund spricht der Gott! Auch hat es noch nie eine solche Gelegenheit gegeben, die Welt zu erneuern, noch wird sich nach ihm eine solche mehr bieten.«

Aber die Sklaven und Träger lachten mich mit schallender Stimme aus: »Schwatz keinen Unsinn über Aton, Sinuhe! Alle Götter bleiben sich gleich – und alle Pharaonen ebenso! Du aber, Sinuhe, bist ein guter, wenn auch sehr einfältiger Mensch: Du hast uns die zerbrochenen Arme geschient und die verletzten Knie geheilt, ohne Geschenke dafür zu verlangen. Lege daher die Keule weg; denn du hast doch nicht die Kraft, sie zu schwingen, zum Krieger taugst du nicht, und die ›Hörner‹ werden dich totschlagen, wenn sie die Waffe in deiner Hand sehen. Wir aber wünschen dir nichts Böses. Für uns bedeutet es nicht viel, sterben zu müssen; denn wir haben unsere Hände mit Blut besudelt, wir haben gute Tage gehabt, unter leuchtenden Baldachinen geschlafen und aus goldenen Bechern getrunken, wenn wir auch nicht mehr sicher sind, daß es der Mühe wert war. Jedenfalls geht unser Fest zur Neige, und wir werden mit der Waffe in der Hand sterben; denn nachdem wir Freiheit und gute Tage gekostet haben, schmeckt uns die Sklaverei nicht mehr. Heile unsere Wunden und lindere unsere Schmerzen, wenn du willst, aber taumle nicht mit einer Keule in der Faust unter uns herum! Denn dieser Anblick ist so lächerlich, daß wir uns vor Lachen krümmen müssen und die Speere unseren Händen entfallen – und so würden wir leicht den Negern und Schardanen und den Hörnern Ammons zum Opfer fallen!«

Ihre Rede beschämte mich: Ich schleuderte die Keule von mir und ging nach Hause meinen Arztschrein holen, um mich von dort in den »Krokodilschwanz« zu begeben und Wunden zu pflegen. Drei Tage und drei Nächte währte der Kampf in Theben. Unzählige Leute vertauschten ihr Kreuz gegen ein Horn und gingen zu den »Hörnern« über. Noch größer war die Zahl derer, welche die Waffen niederlegten und sich in Häusern und Weinkellern, in Getreidespeichern und leeren Körben des Hafens versteckten. Die Sklaven und die Hafenträger aber verharrten im Kampf. Am tapfersten schlugen sich diejenigen, die am wenigsten geschrien hatten; und neben ihnen kämpften diejenigen, denen Ohren und Nasen abgeschnitten waren – weil sie wußten, daß sie auf jeden Fall erkannt würden. Drei Tage und drei Nächte dauerte die Schlacht in Theben; die Sklaven und Träger zündeten Häuser an und fochten nachts im Schein der Feuersbrünste. Auch die Neger und Schardanen steckten Gebäude in Brand, plünderten andere aus und schlugen jeden, dem sie begegneten, zu Boden, ohne zu fragen, ob er ein Kreuz oder ein Horn trage. Ihr Befehlshaber im Kampf um die Stadt war der gleiche Pepitaton, der einst die Leute auf der Widderstraße hatte umbringen lassen – nur daß sein Name jetzt wieder Pepitamon lautete. Eje hatte ihn auserkoren, weil er den höchsten Rang innehatte und der gelehrteste unter den Hauptleuten des Pharao war.

Ich, Sinuhe, aber verband die Wunden der Sklaven und heilte ihre zertrümmerten Schädel im »Krokodilschwanz«, und Merit zerschnitt alle meine Kleider sowie auch Kaptahs und ihre eigenen Gewänder zu Binden für die Verwundeten, und der kleine Thoth brachte ihnen Wein zur Linderung ihrer Schmerzen. Wer es vermochte, kehrte trotz seiner Wunden in den Streit zurück, und am letzten Tag wurde nur noch im Hafen und im Armenviertel gekämpft: Die kriegsgewohnten Neger und Schardanen mähten die Menschen wie Getreide nieder, so daß das Blut durch die engen Gassen und über die Ufer in den Strom hinunterfloß. Nie zuvor hatte in Kêmet der Tod eine so reiche Ernte eingebracht; denn sobald ein Mann zu Boden stürzte und liegenblieb, ohne sich wieder erheben zu können, spießten ihn die Neger und die »Hörner« mit ihren Speeren auf, und gleichermaßen verfuhren die Sklaven und Träger mit den »Hörnern«, die ihnen in die Hände fielen. Von alledem aber sah ich nicht viel, weil ich im »Krokodilschwanz« Wunden verband und keine Zeit hatte, mich umzublicken. Ich tat es, wie ich glaube, Pharao Echnatons wegen, obwohl ich es nicht mit Bestimmtheit weiß, weil der Mensch sein eigenes Herz nicht kennt.

Schließlich kam Kaptah zu mir und sagte: »Dein Haus brennt, Sinuhe, und die ›Hörner‹ haben Mutis Leib mit ihren Messern aufgeschlitzt, weil sie jene mit dem Wäscheschlegel bedrohte, als sie Feuer an dein Haus legten. Es ist höchste Zeit, dein feinstes Linnengewand und alle Abzeichen deiner Würde anzulegen, wenn du dich retten willst! Laß diese verwundeten Sklaven und Räuber liegen und folge mir in ein Hintergelaß, damit wir uns beide umkleiden, um die Hauptleute des Priesters Eje unserer Würde gemäß zu empfangen! Ich habe nämlich einige Krüge Wein vor dem Räuberpack versteckt, um die Priester und Offiziere zu beschwichtigen und meinen ehrlichen Beruf weiter ausüben zu können.«

Auch Merit schlang die Arme um meinen Hals und flehte mich an: »Rette dich, Sinuhe, wenn nicht deinetwegen, so doch mir und dem kleinen Thoth zuliebe!«

Doch das viele Wachen und die Enttäuschung, der Tod und der Schlachtenlärm hatten mich so betäubt, daß ich mein eigenes Herz verkannte und sagte: »Was schert mich das alles: mein Haus, ich selbst, du und Thoth? Das Blut, welches fließt, ist vor Aton meiner Brüder Blut, und wenn das Reich Atons fallen soll, will ich nicht länger leben!« Warum ich so wahnwitzig sprach, weiß ich nicht; denn es war nicht mein weiches Herz, sondern etwas anderes, was aus mir redete.

Auch weiß ich nicht, ob ich noch hätte fliehen oder etwas retten können; denn kurz darauf sprengten die Schardanen und Neger die Tür der Weinschenke und drangen herein, angeführt von einem Priester mit glattrasiertem Schädel und von heiligem Öl glänzendem Gesicht. Sie begannen die in Blutlachen am Boden liegenden Verwundeten totzuschlagen, der Priester stach ihnen mit einem heiligen Horn die Augen aus, und die mit Streifen bemalten Neger tanzten auf ihnen herum, so daß das Blut aus den Wunden spritzte. Der Priester rief: »Das ist ein Nest Atons! Reinigen wir es durch Feuer!« Vor meinen Augen schlugen sie dem kleinen Thoth den Schädel ein und töteten mit ihren Speeren Merit, die ihn auf ihrem Schoß zu schützen trachtete. Ich konnte sie nicht verteidigen; denn der Priester schmetterte mir sein Horn auf den Kopf, so daß der Hilferuf in meiner Kehle erstickte, und alsbald wußte ich nicht mehr, was geschah.

Als ich zum Bewußtsein erwachte, lag ich in der Gasse vor dem »Krokodilschwanz« und wußte anfangs überhaupt nicht, wo ich mich befand, sondern glaubte, geträumt zu haben oder tot zu sein. Der Priester war verschwunden, und die Soldaten hatten die Speere weggelegt und tranken von dem Wein, den ihnen Kaptah anbot, während die Offiziere sie mit ihren silberdurchwirkten Peitschen zur Fortsetzung des Kampfes antrieben und der »Krokodilschwanz« vor meinen Augen lichterloh brannte. Denn seine Einrichtung war aus Holz und brannte wie dürres Uferschilf. Da erinnerte ich mich an alles und versuchte aufzustehen, aber meine Kräfte erlaubten es mir nicht. Da ich nicht auf den Füßen stehen konnte, begann ich auf Knien und Händen zu kriechen und mühte mich zu der brennenden Tür hin und ins Feuer hinein, um zu Merit und Thoth zu gelangen. Ich kroch in die Flammen, die mir mein bißchen Haar versengten, meine Kleider fingen Feuer, und ich verbrannte mir Hände und Knie, bis mich Kaptah unter Wehgeschrei aus dem Flammenherd zog und im Staub rollte, um das Feuer in meinen Kleidern zu ersticken. Bei diesem Anblick lachten die Soldaten laut und schlugen sich auf die Knie, bis Kaptah zu ihnen sprach:

»Er ist gewiß ein wenig verrückt; denn der Priester schlug ihn mit dem Horn auf den Schädel. Diese Untat aber wird bestraft werden! Er ist nämlich ein königlicher Arzt, den man nicht anrühren darf – und dies um so weniger, als er ebenfalls ein Priester ersten Grades ist, wenn er sich auch gezwungen sah, schlechte Kleider anzuziehen und die Abzeichen seiner Würde zu verbergen, um der Wut des Volkes zu entgehen.

Ich aber saß im Straßenstaub und hielt mir den Kopf mit den verbrannten Händen. Die Tränen strömten mir aus den versengten Augen, und ich jammerte und klagte bitterlich: »Merit, Merit, meine Merit!« Doch Kaptah stieß mich ärgerlich in die Rippen und raunte mir zu: »Schweig, du Narr! Hast du in deiner Torheit nicht schon genügend Unglück über uns gebracht?« Als ich jedoch nicht schwieg, näherte er sein Gesicht dem meinigen und flüsterte erbittert: »Mögen dich diese Geschehnisse wieder zur Vernunft bringen, Herr! Jetzt hast du wahrlich dein Maß voll bekommen, voller, als du selbst ahnst! Deshalb will ich dir, obgleich es zu spät ist, verraten, daß Thoth dein Sohn war und aus deinem Samen gezeugt wurde, als du das erstemal mit Merit schliefst. Ich erzähle es dir, damit du deinen Verstand zusammennimmst! Merit wollte es dir nicht bekennen, weil sie stolz und einsam war und du sie Achetatons und des Pharao wegen verließest. Er war von deinem Blut, der kleine Thoth, und wenn du nicht vollkommen verrückt gewesen wärest, würdest du in seinen Augen die deinigen und in den Zügen um seinen Mund die deinigen erkannt haben. Mein eigenes Leben hätte ich hingegeben, um ihn zu retten; aber deiner Verrücktheit wegen war es mir nicht möglich, und Merit wollte dich nicht verlassen. Deiner Verrücktheit wegen mußten sie beide sterben – und jetzt hoffe ich, Herr, daß du endlich zu Verstand kommen wirst!«

Seine Worte ließen meine Klagen verstummen. Ich starrte ihn an und fragte: »Ist das wahr?« Doch wenn ich alles überdachte, bedurfte ich seiner Antwort nicht, um zu wissen, daß er die Wahrheit gesprochen hatte. Deshalb blieb ich im Straßenstaub hocken und weinte nicht länger und fühlte auch keine Schmerzen mehr. Denn alles in mir gefror und zog sich zusammen, und mein Herz verschloß sich, so daß mir alles, was mit mir geschah, vollkommen gleichgültig war.

Vor meinen Augen brannte der »Krokodilschwanz« lichterloh und wälzte Rauch und Ruß über mich. Mit der Schenke verbrannten der kleine Körper Thoths und der schöne Leib Merits. Ihre Leichen wurden inmitten der toten Sklaven und Träger vom Feuer verzehrt, und ich konnte sie nicht einmal für die Ewigkeit bewahren. Thoth war mein Sohn gewesen, und wenn meine Vermutungen stimmten, floß in seinen Adern wie in den meinigen das heilige Blut der Pharaonen. Hätte ich das gewußt, so wäre vielleicht alles anders verlaufen; denn für seinen Sohn kann ein Mensch Dinge tun, die er um seiner selbst willen niemals ausführen würde. Doch jetzt war es zu spät, und Thoths heiliges Blut verbrannte mit demjenigen der Sklaven und Träger; er war nicht mehr am Leben, und ich verstand, daß mir Merit die Wahrheit nicht bloß aus Stolz und Einsamkeitsgefühl, sondern auch wegen meines furchtbaren Geheimnisses vorenthalten hatte. Deshalb saß ich von Rauch und Funken umwirbelt im Straßenstaub, und die Flammen sengten mir das Gesicht.

Von da an lebte ich in einem Dämmerzustand, ließ mich von Kaptah führen, wohin er wollte, und folgte ihm ohne Widerstand. Er brachte mich zu Eje und Pepitamon; denn die Schlacht war beendet. Während das Feuer immer noch im Armenviertel wütete, saßen sie auf ihren goldenen Thronen am Hafenkai zu Gericht, während Soldaten und »Hörner« Gefangene vor sie schleppten. Jeder, der mit einer Waffe in der Hand ertappt worden war, wurde mit dem Kopf nach unten an die Mauer gehängt, jeder, bei dem man Raubgut fand, den Krokodilen zum Fraß ins Wasser geworfen, und jeder, der das Kreuz Atons am Hals oder an den Kleidern trug, ausgepeitscht und zur Zwangsarbeit verschickt; die Frauen wurden den Soldaten und Negern zur Schändung ausgeliefert, und die Kinder zur Erziehung in die Tempel Ammons gegeben. So raste der Tod am Uferdamm von Theben, und Eje kannte kein Erbarmen; denn er wollte sich die Gunst der Priester sichern und sprach daher: »Ich will das Land Ägypten vom bösen Blut säubern!«

Auch Pepitamon raste, weil Sklaven und Träger sein Haus geplündert, die Katzenkäfige geöffnet, das Futter der Tiere aufgegessen und die Milch und Sahne ihren Kindern gebracht hatten, so daß die Katzen vor Hunger wie tollwütig wurden. Deshalb zeigte auch Pepitamon kein Erbarmen, und binnen zweier Tage waren alle Mauern der Stadt dicht mit Leichen bedeckt, die mit dem Kopf nach unten daran hingen.

Unter lautem Jubel richteten die Priester das Bildnis Ammons wieder in seinem Tempel auf und brachten ihm Opfer dar.

Eje ernannte Pepitamon zum Statthalter von Theben und begab sich selbst eilends nach Achetaton, um den Pharao zur Abdankung zu veranlassen und seine eigene Machtstellung mit Hilfe des königlichen Thronfolgers zu festigen. Er sprach zu mir: »Folge mir, Sinuhe! Ich brauche vielleicht den Rat eines Arztes, um den falschen Pharao unter meinen Willen zu beugen.« Ich antwortete: »Gewiß folge ich dir, Eje, denn ich will mein Maß voll bekommen.« Er aber verstand den Sinn meiner Worte nicht.

5

So reiste ich in der Gesellschaft des Priesters Eje zurück nach Achetaton zu dem verfluchten Pharao, aber auch Haremhab hatte in Tanis vernommen, was sich in Theben und überall am Strom zugetragen, weshalb er rasch seine Kriegsschiffe bemannte und stromaufwärts nach Achetaton fuhr. Während er so den Strom hinaufsegelte, kehrte die Ruhe in allen Städten und Dörfern der Ufer wieder, wurden die Tempel von neuem geöffnet und die Bildnisse der Götter an ihren alten Plätzen aufgestellt. Er aber beschleunigte seine Reise; denn er wollte gleichzeitig mit Eje in Achetaton eintreffen, um ihm die Macht streitig zu machen, und darum begnadigte er auch alle Sklaven, welche die Waffen niederlegten, und bestrafte niemand, der das Kreuz Atons freiwillig gegen das Horn Ammons vertauschte. Deshalb pries das Volk seine Barmherzigkeit, obwohl sie nicht aus seinem Herzen kam, sondern nur damit zusammenhing, daß er waffenfähige Männer für den Krieg aufsparen wollte. Auch die Priester sangen sein Lob überall, wo seine Kriegsschiffe anlegten; denn er öffnete die geschlossenen Tempel, richtete die umgestürzten Götterbildnisse auf und opferte sogar, wenn er guter Laune war, den Göttern.

Die Stadt Achetaton aber war verfluchtes Gebiet. Die Priester und »Hörner« bewachten alle dorthin führenden Wege und erschlugen jeden von dort kommenden Flüchtling, falls er sich nicht bereit zeigte, sein Kreuz gegen ein Horn zu vertauschen und Ammon zu opfern. Sogar den Strom hatten sie mit Kupferketten gesperrt, damit niemand auf diesem Weg entkomme. Die meisten Flüchtlinge brachten jedoch gern Ammon Opfer dar und verfluchten Aton; denn auch die Bewohner Achetatons waren seiner überdrüssig geworden. Ich konnte Achetaton vom Schiff aus kaum mehr erkennen: Totenstille herrschte in der Stadt, die Blumen in den Lustgärten waren verwelkt und die einst grünen Rasen vergilbt, da niemand mehr Gärten und Beete bewässerte. Kein Vogel sang mehr in den von der Sonne ausgetrockneten Bäumen, und in der Stadt herrschte der ekelerregende, fürchterliche Geruch des Fluches, dessen Ursprung niemand kannte. Die Vornehmen hatten ihre Häuser verlassen; als erste waren ihre Diener geflohen. Auch die Bauleute und Bergarbeiter hatten ihre Stadt aufgegeben und sogar ihr Kochgeschirr zurückgelassen; denn niemand getraute sich, aus der verfluchten Stadt etwas mitzunehmen. Die Hunde hatten ausgeheult und waren in ihren Käfigen verendet, und die Pferde waren in ihren Ständen verhungert, nachdem die flüchtigen Diener ihnen die Fußsehnen durchgeschnitten. Das herrliche Achetaton war bereits eine tote Stadt, und eine Wolke der Verwesung schlug mir bei meiner Ankunft entgegen.

Aber Pharao Echnaton hielt sich immer noch in dem goldenen Haus zu Achetaton auf, seine Familie weilte bei ihm, und die treuesten Diener waren Atons wegen zurückgeblieben. Auch die ältesten Höflinge, die sich das Leben nirgendwo sonst als in dem goldenen Haus vorstellen konnten, waren noch dort. Sie alle wußten nichts von den Geschehnissen in der Außenwelt; denn schon seit ein paar Mondumläufen war kein Bote mehr nach Achetaton gelangt. Die Vorräte in dem goldenen Haus waren versiegt, und alle seine Bewohner nährten sich auf Befehl Pharao Echnatons von trockenem Brot und Armengrütze. Die Unternehmungslustigsten aber stachen Fische mit der Fanggabel aus dem Strom oder erlegten mit ihren Wurfhölzern Vögel, die sie heimlich verspeisten.

Der Priester Eje schickte mich voraus, damit ich dem Pharao alles, was geschehen, berichte, da sich Echnaton auf mich als seinen Freund verlassen würde. So trat ich wieder vor den Pharao hin; aber alles in mir war zu Eis erstarrt, ich fühlte weder Schmerz noch Freude mehr, und mein Herz war ihm verschlossen. Er hob sein fahles, ausgemergeltes Gesicht, seine Hand ruhte schlaff auf dem Knie, er betrachtete mich aus trüben Augen und fragte:

»Sinuhe, bist du der einzige, der zu mir zurückkehrt? Wo bleiben alle meine Getreuen? Wo bleiben alle, die mich liebten und die ich liebgehabt habe?«

Ich erwiderte ihm: »Die alten Götter herrschen wieder in Ägypten; in Theben bringen die Priester unter dem Jubel des Volkes Ammon Opfer dar. Sie haben dich und deine Stadt verflucht, Pharao Echnaton! Deinen Namen haben sie in Ewigkeit verwünscht und tilgen ihn bereits aus allen Inschriften.«

Er machte mit der Hand eine ungeduldige Gebärde, und Erregung trat auf sein Antlitz, als er sprach: »Ich frage nicht nach den Geschehnissen in Theben, sondern frage: Wo bleiben meine Getreuen, alle, die ich geliebt?«

Ich antwortete: »Deine schöne Gemahlin Nofretete ist noch bei dir. Auch deine Töchter sind da. Der junge Sekenre sticht Fische aus dem Strom, und Thut spielt wie früher Begräbnis mit seinen Puppen. Was gehen dich die übrigen an?«

Er fragte: »Wo ist mein Freund Thotmes, der auch dein Freund war und den ich liebte? Wo weilt er, der Künstler, dessen Hände dem Stein ewiges Leben verliehen?«

»Deinetwegen ist er gestorben, Pharao Echnaton«, erklärte ich. »Die Neger spießten ihn auf die Speere und warfen seine Leiche den Krokodilen zum Fraß in den Strom, weil er dir treu geblieben war. Vielleicht hat er auf dein Lager gespuckt; aber denke nicht mehr daran, jetzt, da der Schakal in seiner leeren Werkstatt bellt, seine Schüler geflohen und seine Werkzeuge und Werke, die er für die Ewigkeit schaffen wollte, in alle Winde zerstreut sind!«

Pharao Echnaton hob die Hand, als wollte er sich Spinnetze aus dem Gesicht wischen. Alsdann zählte er die Namen einer

Reihe von Leuten, die ihm lieb gewesen, auf, und von dem einen oder andern sagte ich: »Er starb deinetwegen, Pharao Echnaton.« Von den meisten aber mußte ich berichten: »Er opfert jetzt in seinen besten Kleidern Ammon und verflucht deinen Namen, Pharao Echnaton.« Schließlich sagte ich: »Atons Reich ist zusammengebrochen, Pharao Echnaton, und Ammon herrscht von neuem.«

Er starrte mit verschleierten Augen vor sich hin, bewegte ungeduldig seine blutleeren Hände und sprach: »Ja, ja, ich weiß bereits alles. Meine Gesichte haben es mir verraten. Das Reich des Ewigen findet keinen Platz innerhalb irdischer Grenzen. Alles wird wieder wie früher sein, und Furcht, Haß und Ungerechtigkeit werden wieder die Welt regieren. Deshalb wäre es besser gewesen, ich hätte sterben können, und am besten vielleicht, ich wäre nie geboren worden, um alles Böse, das auf Erden geschieht, nicht sehen zu müssen.«

Da weckte seine Verblendung meinen Zorn, und ich sprach heftig: »Pharao Echnaton, du hast nicht einmal einen Bruchteil von all dem Bösen, das deinetwegen geschehen ist, gesehen! Das Blut deines Sohnes ist nicht in deine Hände geflossen und dein Herz nicht beim Todesschrei deiner Liebsten erstarrt. Deshalb ist deine Rede nur törichtes Geschwätz, Pharao Echnaton.«

Er erwiderte müde: »Geh fort von mir, Sinuhe, wenn ich so grundverdorben bin! Verlasse mich, damit du meinetwegen nicht mehr zu leiden brauchst! Geh, ich bin deines Anblicks wie auch des Anblicks aller anderen überdrüssig; denn hinter jedem Menschenantlitz sehe ich das Gesicht des Raubtiers.«

Ich aber warf mich zu seinen Füßen nieder und sagte: »Nein, Pharao Echnaton, ich gehe nicht von dir! Denn ich will mein Maß voll haben; zu diesem Zwecke ward ich zweifellos in die Welt geboren, und das stand bereits vor meiner Geburt in den Sternen geschrieben. Wisse also, daß der Priester Eje zu dir kommt – und am nördlichen Stadtrand hat Haremhab in die Hörner stoßen und die Kupferketten, die den Fluß sperrten, zerhauen lassen, um zu dir zu segeln.«

Er lächelte matt, hob abwehrend die Hände und sprach: »Eje

und Haremhab, Verbrechen und Speer, sind also die einzigen Getreuen, die zu mir eilen!« Alsdann sprachen wir nichts mehr, sondern lauschten nur dem leisen Rinnen der Wasseruhr, bis der Priester Eje und Haremhab vor den Pharao traten. Sie hatten sich unterwegs heftig gestritten; ihre Gesichter waren vom Zorn gerötet, sie atmeten schwer und redeten durcheinander, ohne sich um die Würde des Pharao zu kümmern.

Eje sagte: »Du mußt auf die Macht verzichten, Pharao Echnaton, wenn du das Leben behalten willst. Sekenre soll an deiner Statt regieren und nach Theben zurückkehren, um Ammon zu opfern; dann werden ihn die Priester zum Pharao salben und ihm die weiße und rote Krone aufs Haupt setzen.«

Haremhab aber sagte: »Meine Speere werden dir die Krone bewahren, Pharao Echnaton, wenn du nach Theben zurückkehrst und Ammon opferst. Die Priester werden vielleicht murren, meine Peitsche aber wird sie beschwichtigen, und sie werden ihre Unzufriedenheit vergessen, sobald ich den heiligen Krieg erkläre, um Syrien wieder zu erobern.«

Ein lebloses Lächeln zuckte über das ausgemergelte Gesicht des Pharao, als er die beiden betrachtete. »Ich lebe und sterbe als Pharao«, erklärte er. »Niemals werde ich mich dem falschen Gott unterwerfen, noch eine Kriegserklärung zugeben, um meine Macht durch Blutvergießen zu retten. Der Pharao hat gesprochen.« Nach diesen Worten bedeckte er sich das Gesicht mit dem Zipfel seines Gewandes und verließ den großen Saal, in dem wir drei, Leichengeruch in den Nüstern, allein zurückblieben.

Ejes Hände beschrieben eine Gebärde der Hilflosigkeit, und er blickte Haremhab fragend an, der ihn seinerseits ebenso ratlos anschaute. Ich saß mit kraftlosen Knien auf dem Boden und beobachtete die beiden. Plötzlich lächelte Eje schlau und sprach: »Haremhab, die Speere befinden sich in deiner Gewalt, und der Thron ist dein. Setze also die beiden Kronen, die du doch begehrst, dir selbst auf!«

Haremhab aber lachte höhnisch: »So dumm bin ich nicht! Behalte deine dreckigen Kronen für dich, wenn du willst! Die Speere werden mir den Hintern aufschlitzen, wenn ich mich, ohne königliches Blut hinter mir zu haben, auf ihre Spitzen zu setzen versuche. Du weißt ganz gut, daß nach allem, was geschehen ist, nichts wieder zum Alten zurückkehren kann und daher Hunger und Krieg Ägypten drohen. Wenn ich jetzt die Krone an mich risse, würde das Volk mich alles Bösen, das bevorsteht, bezichtigen, und du könntest mich mit Leichtigkeit stürzen, sobald dich die Zeit dafür reif dünkte.«

Eje sagte: »Also Sekenre – falls er gewillt ist, nach Theben zurückzukehren. Wenn nicht er, dann Thut. Thut fügt sich bestimmt. Ihre Gemahlinnen sind von heiligem Blut. Mögen sie den Haß des Volkes ertragen, bis sich die Zeiten bessern!«

»Du willst also in ihrem Schatten herrschen!« meinte Haremhab. Aber Eje entgegnete: »Du vergißt, daß du die Armee hast und die Hetiter abweisen mußt. Gelingt es dir, wirst du der stärkste Mann in Kêmet sein.«

So stritten sie sich, bis sie einsahen, daß ihre Geschicke miteinander verknüpft waren und beide ohne einander zu keiner Lösung kommen konnten. Deshalb meinte Eje schließlich: »Ich gestehe offen, daß ich nach Kräften versucht habe, dich, Haremhab, zu stürzen. Aber du bist mir über den Kopf gewachsen, Sohn des Falken. Ich kann dich nicht länger entbehren; denn wenn die Hetiter das Land ergreifen, habe ich keine Freude mehr an meiner Macht, und ich bilde mir keineswegs ein, daß ein Pepitamon Krieg gegen die Hetiter führen könnte, wenn er sich auch ganz gut zum Aderlasser und Henker eignet. So sei dies der Tag unseres Bündnisses, Haremhab! Gemeinsam können wir Ägypten regieren, entzweit aber gehen wir beide unter. Ohne mich ist deine Armee machtlos, und ohne deine Armee Ägypten dem Untergang geweiht. Schwören wir daher bei allen Göttern Ägyptens, von heute an zusammenzuhalten! Ich bin bereits ein alter Mann, Haremhab, und möchte noch die Süße der Macht genießen; du hingegen bist jung und hast daher zum Warten Zeit.«

»Ich hege keine Sehnsucht nach den Kronen, sondern nach einem frischen, fröhlichen Krieg für meine Soldaten«, erklärte Haremhab. »Dafür aber verlange ich eine Sicherheit, Eje; sonst wirst du mich bei der ersten Gelegenheit betrügen. Widersprich mir also nicht! Ich kenne dich.«

Eje machte mit den Händen eine abwehrende Gebärde und sagte: »Welche Sicherheit könnte ich dir wohl geben, Haremhab? Ist die Armee etwa nicht die zuverlässigste aller Sicherheiten?«

Haremhabs Antlitz verfinsterte sich; er ließ den Blick verlegen die Wände entlangschweifen und kratzte mit seiner Sandale auf dem Fußboden, als wollte er mit den Zehen im Sand bohren. Dann sprach er: »Ich will die Prinzessin Baketaton zur Gemahlin haben. Wahrlich, ich werde den Krug mit ihr zerbrechen, wenn auch Himmel und Erde bersten sollten! Du kannst es nicht verhindern.«

Eje schrie auf: »Ach so! Jetzt verstehe ich, wonach du strebst, und sehe, daß du schlauer bist, als ich vermutete, wofür ich dir hohe Achtung zollen muß! Die Prinzessin hat ihren Namen bereits wieder in Baketamon abgeändert, die Priester haben nichts gegen sie einzuwenden, und in ihren Adern fließt das heilige Blut des großen Pharao. Wahrlich, Haremhab, wenn du sie ehelichst, wirst du gesetzlich zur Herrschaft berechtigt, und zwar noch vor den Gatten der Töchter Echnatons, hinter denen bloß das Blut des falschen Pharao steht. Du hast das sehr geschickt ausgetüftelt! Aber ich kann deinem Plan nicht beipflichten, wenigstens jetzt noch nicht; denn dann wäre ich dir mit gebundenen Händen und Füßen ausgeliefert und besäße keine Macht mehr über dich.«

Haremhab aber rief laut: »Behalte deine dreckigen Kronen, Eje! Mehr als die Kronen begehre ich die Prinzessin, und dies schon seit dem ersten Augenblick, da ich ihrer Schönheit in dem goldenen Haus ansichtig ward. Ich sehne mich danach, mein Blut mit dem des großen Pharao zu vermischen, damit die Könige Ägyptens aus meinem Samen hervorgehen. Du hingegen verlangst nur die Kronen. So nimm sie, Eje, wenn du die Zeit für reif hältst, und ich werde deinen Thron mit meinen Speeren stützen! Aber gib mir die Prinzessin – und ich werde erst nach dir die Herrschaft übernehmen, selbst wenn du noch lange leben solltest. Denn wie du selbst sagtest: Ich habe Zeit zu warten.«

Eje rieb sich den Mund mit der Hand, sann lange nach, und allmählich erhellte sich sein Gesicht; denn er merkte, daß er einen

Angelhaken gefunden hatte, an dem er Haremhab hinter sich herziehen konnte, wohin es ihm beliebte. Ich aber hockte am Boden und hörte ihrem Gespräch zu und wunderte mich über die Herzen der Menschen, da diese beiden die Kronen unter sich verteilten, obgleich Pharao Echnaton noch lebte und im Zimmer nebenan atmete. Schließlich meinte Eje: »Du hast schon lange auf deine Prinzessin gewartet und kannst daher wohl noch ein wenig warten! Du mußt zuerst einen erbitterten Krieg führen. Krieg und Hochzeitsvorbereitungen aber passen nicht zusammen. Auch wird es einiger Zeit bedürfen, bis die Prinzessin ihre Einwilligung gibt; denn sie verachtet dich tief, weil du mit Mist zwischen den Zehen geboren bist. Ich allein verfüge über ein Mittel, sie dir gewogen zu machen! Bei allen Göttern Ägyptens schwöre ich dir, Haremhab: An dem Tag, da ich mir die weiße und rote Doppelkrone aufs Haupt setze, werde ich eigenhändig den Krug zwischen euch zerbrechen, und du sollst die Prinzessin bekommen. Mehr kann ich dir nicht entgegenkommen; denn schon dadurch habe ich mich dir ausgeliefert.«

Auch Haremhab verspürte keine Lust, weiterzufeilschen, sondern erklärte: »So sei es! Laß uns diese ganze dreckige Angelegenheit zu einem guten Ende führen! Ich glaube nicht, daß du dich drücken wirst, da dein Herz diese Kronen, die im Grunde nichts als Kinderspielzeug sind, so sehr begehrt.« In seinem Eifer hatte er meine Anwesenheit gänzlich vergessen; doch als er sich umsah, entdeckte er mich und meinte bestürzt: »Sinuhe, bist du noch immer da? Dies ist ein böser Tag! Du hast Dinge vernommen, die unwürdige Ohren nicht hören dürften. Deshalb glaube ich, dich umbringen zu müssen, wenn ich es auch ungern tue, weil du mein Freund bist.«

Seine Worte dünkten mich äußerst lächerlich beim Gedanken, wie unwürdig Eje und Haremhab waren, um die Kronen miteinander zu feilschen, während ich, der ich am Boden saß, vielleicht der einzige Würdige war. Ich allein war ein männlicher Erbe des großen Pharao, und in meinen Adern floß heiliges Blut. Deshalb konnte ich mich des Lachens nicht erwehren; ich hielt die Hand vor den Mund, kicherte wie ein altes Weib. Eje fühlte sich darob sehr beleidigt und sagte:

»Es schickt sich nicht, zu grinsen, Sinuhe! Das sind ernste Dinge, und jetzt ist nicht die Zeit zum Lachen. Aber wir wollen dich nicht totschlagen, obwohl du es verdient hättest. Es ist schließlich besser, du hast alles gehört und kannst uns als Zeuge dienen. Du wirst keinem verraten können, was du hier vernommen hast; denn wir brauchen dich und werden dich durch ein Band, das stärker ist als jeder Eid, an uns fesseln. Auch du wirst verstehen, daß es für Pharao Echnaton höchste Zeit ist zu sterben. Deshalb sollst du als sein Arzt ihm heute noch den Schädel öffnen und dafür sorgen, daß das Messer tief genug in das Gehirn eindringt, damit er nach gutem Brauch sterbe.«

Haremhab aber sagte: »In diese Sache mische ich mich nicht ein! Meine Finger sind von der Berührung mit Ejes Händen bereits beschmutzt genug. Aber Eje spricht die Wahrheit! Wenn Ägypten gerettet werden soll, muß Pharao Echnaton sterben. Es gibt keinen anderen Ausweg.«

Wieder hielt ich die Hände vor den Mund und kicherte, bis ich mich beruhigt hatte, und sprach: »Als Arzt kann ich ihm den Schädel nicht öffnen, weil kein genügender Grund dazu vorliegt und meine Berufspflicht mich bindet. Aber verlaßt euch darauf: Als Freund werde ich ihm ein gutes Tränklein mischen. Wenn er es getrunken hat, wird er einschlafen, um nie mehr zu erwachen. Dadurch binde ich mich so eng an euch, daß ihr nie zu befürchten braucht, ich könnte etwas Böses über euch ausplaudern.«

Mit diesen Worten zog ich das bunte Glasfläschchen hervor, das mir Hrihor einst gegeben, und goß das Mittel in einen goldenen Becher mit Wein, wobei ich feststellte, daß es geruchlos war. Ich nahm den Becher, und wir begaben uns zu dritt in das Gemach Pharao Echnatons. Er hatte sich die Kronen vom Haupt genommen; neben diesen lagen die Peitsche und der Krummstab, während er selbst mit fahlem Gesicht und geröteten Augen auf seinem Lager ruhte. Eje betastete neugierig die Kronen, wog die goldene Peitsche in der Hand und sprach: »Pharao Echnaton! Dein Freund Sinuhe hat dir ein gutes Heilmittel bereitet. Trink, damit du gesund wirst; dann können wir morgen wieder über alles Unangenehme sprechen!«

Der Pharao setzte sich im Bett auf, nahm den Becher in die

Hand und betrachtete uns der Reihe nach, wobei mich sein müder Blick so durchdringend ansah, daß mir ein Schauer über den Rücken lief. Dann sagte er zu mir: »Eines kranken Tieres erbarmt man sich mit einem Keulenschlag. Erbarmst du dich meiner, Sinuhe? Wenn dem so ist, danke ich dir dafür; denn die Enttäuschung schmeckt mir bitterer als der Tod, und der Tod dünkt mich heute süßer als Myrrhenduft.«

»Trink, Pharao Echnaton!« bat ich ihn. »Trink, deines Atons wegen!«

Auch Haremhab sagte: »Trink, Echnaton, mein Freund! Trink, auf daß Ägypten gerettet werde! Mit meinem Achseltuch will ich deine Schwäche decken, wie einst in der Wüste vor Theben.«

Pharao Echnaton führte den Becher zum Mund; aber seine Hand zitterte so sehr, daß ihm der Wein über das Kinn rann. Da nahm er den Becher mit beiden Händen, leerte ihn, lehnte sich dann im Bett zurück und legte den Nacken auf die Genickstütze. Wir drei beobachteten ihn lange. Er richtete kein Wort mehr an uns, sondern starrte nur mit trüben, blutunterlaufenen Augen in die Welt seiner Gesichte. Nach einer Weile lief ein Zittern durch seinen Körper, als friere er, und Haremhab nahm sich das Achseltuch ab, um es über ihn zu breiten, während Eje nach der Doppelkrone griff und sich diese mit beiden Händen versuchsweise aufsetzte.

So starb Pharao Echnaton, nachdem ich ihm den Tod gereicht und er ihn aus meiner Hand entgegengenommen. Weshalb ich es tat, weiß ich nicht; denn der Mensch kennt sein eigenes Herz nicht. Doch glaube ich, daß ich es weniger Ägyptens als Merits und meines kleinen Sohnes Thoth wegen tat. Und ich tat es weniger aus Liebe zu ihm als aus Haß und Bitterkeit und all des Bösen wegen, das er zustande gebracht hatte. Vor allem aber tat ich es zweifellos, weil in den Sternen geschrieben stand, daß ich mein Maß voll bekommen sollte. Als ich ihn sterben sah, glaubte ich, mein Maß sei endlich voll. Aber der Mensch weiß über sein eigenes Herz nicht Bescheid; denn dieses ist unersättlicher als ein Krokodil im Strom.

Nachdem wir Echnatons Tod festgestellt hatten, verließen

wir das goldene Haus und verboten den Dienern, ihn zu stören, weil er schlafe. Erst am folgenden Morgen fanden die Diener seine Leiche und huben zu jammern an: Wehklagen und Schluchzen erfüllten das goldene Haus, obwohl, wie ich glaube, sein Tod für viele Leute eine Erleichterung bedeutete. Königin Nofretete aber stand trockenen Auges mit einem Gesicht, dessen Ausdruck niemand zu enträtseln vermochte, an seinem Lager. Doch berührte sie mit ihren schönen Händen die mageren Finger Pharao Echnatons und streichelte ihm die Wangen, während ich pflichtgemäß für die Überführung der Leiche in das Haus des Todes sorgte. Dieses und das goldene Haus waren nämlich die einzigen Gebäude Achetatons, in denen sich noch Leben regte. So geleitete ich Pharao Echnaton in das Haus des Todes und vertraute seinen Leichnam den Leichenwäschern und Balsamierern an, damit er für die Ewigkeit hergerichtet werde.

Nach Gesetz und gutem Brauch war der junge Sekenre jetzt Pharao. Aber er war außer sich vor Trauer und starrte um sich, ohne ein vernünftiges Wort äußern zu können; denn er war gewohnt, alle seine Gedanken von Pharao Echnaton zu übernehmen. Eje und Haremhab redeten ihm zu und erklärten ihm, daß er, falls er die Kronen behalten wolle, sofort nach Theben übersiedeln und Ammon Opfer bringen müsse. Aber er schenkte ihnen keine Beachtung; denn er war ein kindischer Junge, der mit offenen Augen träumte. Deshalb sprach er: »Ich will allen Völkern das Licht Atons verkünden und meinem Vater Echnaton einen Tempel errichten lassen, um ihn wie einen Gott darin zu verehren; denn er war nicht wie andere Menschen.«

Über das kindische Benehmen Sekenres wird erzählt, daß er, als die Wachtruppen in guter Ordnung aus der verfluchten Stadt abzogen, ihnen nachgelaufen sei und sie weinend angefleht habe, um des Pharao willen zurückzukehren: »Ihr könnt unmöglich auf diese Weise Heim und Frau und Kinder verlassen!« Aber die Schardanen und Syrier verhöhnten und verlachten ihn, und einer ihrer Unteroffiziere entblößte sich das Glied und zeigte es ihm mit den Worten: »Wo dieses Werkzeug ist, da befinden sich auch unser Heim, unsere Frauen und unsere Kinder!« So bedeckte der kindische Sekenre seine königliche Würde mit Schmach, indem er die Söldnertruppen bat und anflehte, sie möchten zurückkehren.

Als Eje und Haremhab seine Beschränkung erkannten, verließen sie ihn, und da er am Tag darauf Fische stechen ging, geschah es, daß sein Schilfboot kenterte und die Krokodile ihn auffraßen. So wurde wenigstens behauptet; wie sich aber alles zugetragen, weiß ich nicht. Ich glaube zwar nicht, daß Haremhab ihn umbringen ließ, eher noch, daß der Unfall durch Eje angestiftet wurde; denn diesen drängte es seiner Macht wegen nach Theben zurück.

Alsdann begaben sich Eje und Haremhab zu dem jungen Thut, der am Boden seines Zimmers im Palast saß; wie gewöhnlich spielte er Begräbnis, und seine Gemahlin Anchesenaton half ihm dabei. Haremhab sprach: »Hallo, Thut! Steh auf von dem dreckigen Boden; denn von nun an bist du der Pharao!«

Thut erhob sich gehorsam, setzte sich auf den goldenen Thron und sagte: »Bin ich der Pharao? Es nimmt mich gar nicht wunder! Ich habe mich immer allen anderen überlegen gefühlt, und es ist daher nicht mehr als recht, daß ich Pharao geworden bin! Mit meiner Geißel werde ich alle Übeltäter bestrafen und mit meinem Krummstab wie ein Hirte über Gute und Fromme wachen.«

Eje sagte: »Schwatz keinen Unsinn, Thut! Du hast genau zu tun, was ich dir vorschreibe – und zwar ohne zu murren. Vor allem müssen wir einen feierlichen Einzug in Theben halten. Du wirst dich dort im großen Tempel vor Ammon verneigen und ihm Opfer darbringen, worauf die Priester dich salben und dir die weiße und rote Krone aufsetzen werden. Hast du verstanden?«

Thut grübelte eine Weile nach und fragte dann: »Wenn ich nach Theben fahre, wird man mir dann ein Grab gleich den Ruhestätten der großen Pharaonen erbauen? Und werden es die Priester mit Spielzeug, goldenen Sitzen und weichen Lagern füllen? Die Gräber hier in Achetaton sind eng und düster, und ich begnüge mich nicht mit bloßen Wandmalereien, sondern will ordentliche Spielsachen und auch das feine blaue Messer, das ich von den Hetitern bekommen habe, mit ins Grab nehmen.«

»Zweifellos werden die Priester dir eine vornehme Grabstätte bereiten!« versicherte Eje. »Du bist ein kluger Junge, Thut, gescheiter als du vielleicht selber weißt, da du bei der Thronbesteigung vor allem an dein Grab denkst. Zuerst aber mußt du deinen Namen ändern. Tutanchaton paßt den Ammonpriestern nicht. Von diesem Tag an sollst du daher Tutanchamon heißen.«

Thut hatte nichts dagegen einzuwenden und bat nur, daß man ihn seinen neuen Namen schreiben lehre, weil er das Schriftzeichen für den Namen Ammons nicht kenne. So wurde in Achetaton der Name Ammons zum erstenmal in Schriftzeichen wiedergegeben. Als Nofretete aber sah, daß Tutanchamon zum Pharao bestimmt und sie selbst ganz übergangen wurde, zog sie ihr schönstes Gewand an und ließ sich, obgleich sie in Trauer war, Leib und Haar mit wohlriechenden Salben einreiben, um sich zu Haremhab an Bord seines Schiffes zu begeben und ihm zu sagen: »Es ist ja geradezu lächerlich, daß ein minderjähriger Knabe Pharao werden und mein verfluchter Vater Eje dessen Erziehung übernehmen und Ägypten mit dessen Macht regieren soll, obwohl ich große königliche Gemahlin und Königinmutter bin! Auch haben mich die Männer stets gern gesehen und eine Schönheit, ja die schönste Frau Ägyptens genannt, was allerdings übertrieben ist. Betrachte mich daher, Haremhab, obwohl die Trauer meine Augen getrübt und meinen Rücken gebeugt hat! Betrachte mich, Haremhab! Die Zeit ist kostbar, du hast die Speere auf deiner Seite, und du und ich könnten vielleicht gemeinsam vielerlei planen, was für Ägypten von großem Nutzen wäre! Ich spreche so offenherzig zu dir, weil ich nur an Ägyptens Wohl denke und weiß, daß mein Vater, der verfluchte Eje, ein Geizkragen und Einfaltspinsel ist, der Ägypten sehr schaden würde.«

Haremhab betrachtete sie, und Nofretete spreizte ihr Gewand vor seinen Augen und benahm sich auf jede Weise verführerisch, indem sie die Hitze in der Schiffskabine vorschützte. Denn sie hatte keine Ahnung von Haremhabs geheimem Abkommen mit Eje. Selbst wenn sie als Weib Haremhabs Verlangen nach Baketamon ahnen mochte, glaubte sie doch, durch ihre Schönheit die unerfahrene, hochmütige Prinzessin unschwer aus seinem Sinn verdrängen zu können. Sie hatte sich nämlich in dem goldenen Haus an leichterrungene Siege gewöhnt, indem sie Fremde auf das Lager des Pharao spucken ließ.

Ihre Schönheit aber machte keinen Eindruck auf Haremhab, der sie kalt betrachtete und erklärte: »Ich bin in dieser verfluchten Stadt schon mehr als genug in den Dreck gezogen worden und verspüre keine Lust, mich auch mit dir zu besudeln, schöne Nofretete. Außerdem muß ich meinen Schreibern Briefe betreffs des Krieges diktieren und habe somit keine Zeit, mit dir zu spielen.«

Das alles erzählte mir Haremhab später und übertrieb dabei gewiß. Doch glaube ich, daß er in der Hauptsache die Wahrheit sprach; denn von diesem Tag an haßte ihn Nofretete giftig und tat ihr möglichstes, um seinen Ruf zu beflecken. Auch schloß sie in Theben mit der Prinzessin Baketamon Freundschaft, was Haremhab, wie ich später berichten werde, sehr zum Schaden gereichte. Deshalb hätte er besser daran getan, sie nicht zu kränken, sondern ihre Freundschaft zu bewahren und ihr in ihrer Trauer Entgegenkommen zu zeigen. Aber er wollte die Leiche Pharao Echnatons nicht bespeien; denn wie seltsam es auch klingen mag: Er liebte den Pharao immer noch, obgleich er seinen Namen und sein Bild aus allen Inschriften und Bildnissen entfernen und den Atontempel zu Theben niederreißen ließ. Als Beweis für diese Liebe muß ich erwähnen, daß Haremhab durch seine Getreuen den Leichnam des Pharao heimlich aus seinem Grab in Achetaton in das seiner Mutter bei Theben überführen und dort verstecken ließ, damit er nicht in die Hände der Priester falle. Denn diese hatten die Leiche Echnatons verbrennen und die Asche in den Strom streuen wollen, um sein Kaa zu ewigem Herumirren in den Abgründen des Totenreiches zu verurteilen. Haremhab aber kam ihnen zuvor und ließ den Leichnam verbergen. Doch geschah das alles erst viel später.

6

Mit der Genehmigung Tutanchamons ließ Eje in Eile Schiffe kommen; der ganze Hof begab sich an Bord und verließ die Stadt Achetaton, wo kein einziges Lebewesen zurückblieb, ausgenommen die Leichenwäscher und Balsamierer im Haus des Todes, die den Leib Pharao Echnatons zur ewigen Aufbewahrung bereiteten, um ihn dann in das Grab zu schaffen, das er im östlichen Berg für sich selbst hatte aushauen lassen. So flohen die letzten Bewohner aus der Stadt der Himmelshöhe – und dies so rasch, daß sie sich nicht einmal mehr umschauten und das Geschirr in dem goldenen Haus auf dem Tisch stehen und auch Thuts Spielzeug für alle Zeiten am Boden liegen blieb.

Der Wüstenwind riß die Fensterläden auf, und Sand rieselte über die Fußböden, wo leuchtende Enten durch ewig grünendes Röhricht flogen und bunte Fische im Wasser schwammen. Die Wüste kehrte in die Gärten Achetatons zurück, die Fischteiche vertrockneten, die Bewässerungsgräben verstopften sich, und die Obstbäume gingen ein. Der Lehm der Hauswände zerbrökkelte, die Dächer stürzten ein, und die Stadt Achetaton zerfiel in Ruinen, wo Schakale in den leeren Gemächern bellten und sich in weichen Betten unter leuchtenden Baldachinen verkrochen. So starb die Stadt Achetaton ebenso rasch, wie sie durch den Willen Pharao Echnatons aus der Wüste emporgewachsen war.

Die Bevölkerung Thebens jubelte Ammons wegen und jauchzte über den neuen Pharao, der noch ein Kind war. So töricht ist das Herz des Menschen, daß er stets seine Hoffnung und sein Vertrauen in die Zukunft setzt, nichts aus seinen Irrtümern lernt und sich einbildet, der morgige Tag werde besser als der heutige sein. Deshalb scharte sich das Volk in den Gärten zu beiden Seiten der Widderstraße, auf dem Platz vor dem Tempel und allen seinen Vorhöfen, um dem neuen Pharao freudig zu huldigen und ihm Blumen auf den Weg zu streuen. Und wenn jemand stillschweigend und finster danebenstand, brachten ihn die Soldaten Haremhabs und Ejes mit ihren Speerspitzen rasch auf bessere Gedanken.

Im Hafen und im Armenviertel aber schwelten die Ruinen immer noch, beißender Rauch entstieg ihnen, und der Strom stank vom Blut der vielen Leichen. Auf den Dachgesimsen des Tempels reckten Raben und Aasgeier kreischend ihre blutigen Hälse; sie hatten sich so vollgefressen, daß sie nicht mehr zu fliegen vermochten. Auch die Krokodile des Stromes waren so übersättigt, daß sie nicht mehr mit den Schwänzen schlugen, sondern reglos mit weitaufgesperrten Rachen an den Ufern lagen und sich von kleinen Vögeln die Reste ihrer schrecklichen Mahlzeit zwischen den Zähnen herauspicken ließen. Zwischen den Ruinen und den verbrannten Häuserresten schlichen da und dort verängstigte Frauen und Kinder umher, um am Platz ihres einstigen Heimes nach Hausgeräten zu graben; die Waisen erschlagener Sklaven und Träger folgten den Streitwagen des Pharao, um die unverdauten Getreidekörner aus dem Pferdemist herauszuklauben: Denn groß war der Hunger in Theben! Ich, Sinuhe, schritt die Uferdämme entlang, die noch nach geronnenem Blut stanken, betrachtete leere Körbe und unbeladene Schiffe und lenkte unbewußt meine Schritte zu den Ruinen des »Krokodilschwanzes«, wo ich an Merit und den kleinen Thoth denken mußte, die Atons und meines törichten Herzens wegen ihr Leben verloren hatten.

Mein Weg führte mich zu den Überresten des einstigen »Krokodilschwanzes«, und ich gedachte Merits, die einst zu mir gesagt hatte: »Ich bin gewiß nur die Decke über deiner Einsamkeit, wenn ich nicht gerade deine verschlissene Matte bin.« Ich entsann mich auch des kleinen Thoth, der, ohne daß ich es gewußt hatte, mein Sohn war; ich sah ihn vor mir mit den runden Wangen und den kindlichen Gliedern und fühlte, wie er mir den Arm um den Hals schlang und seine Wange an die meinige lehnte. Den beißenden Rauchgeruch in den Nüstern, schritt ich durch den Staub des Hafens und sah immer noch Merits aufgespießten Leib und die zerfleischte Nase und das weiche, blutverklebte Haar des kleinen Thoth. Das alles stand vor meincm inneren Auge, und ich dachte dabei, welch leichten Tod Pharao Echnaton gefunden! Ich sagte mir, es gäbe in der Welt nichts Schrecklicheres und Gefährlicheres als Pharaonenträume, die

Blut und Tod säen und höchstens die Krokodile fett machen. Solche Gedanken zogen mir während meiner Wanderung in dem verlassenen Hafenviertel durch den Kopf. Aus der Ferne vernahm mein Ohr gedämpft die Jubelrufe der Menge, die auf dem Tempelplatz Pharao Tutanchamon begrüßte und sich einbildete, dieser verworrene Knabe, der nur von einem schönen Grab träumte, werde die Ungerechtigkeit ausrotten und wieder Frieden und Wohlstand im Lande Kêmet einführen.

So irrte ich ziellos herum – im Bewußtsein, daß ich wieder einsam und mein Blut in Thoth umsonst vergossen war und nie mehr wiederkehren würde. Ich nährte keine Hoffnung auf Unsterblichkeit oder ewiges Leben mehr, und der Tod dünkte mich bloß Ruhe und Schlaf und erschien mir wie die Wärme eines Kohlenbeckens in kalter Nacht. Der Gott Pharao Echnatons hatte mich aller Hoffnung und Freude beraubt, und ich wußte, daß alle Götter in dunklen Häusern wohnen, aus denen es keine Rückkehr gibt. Pharao Echnaton hatte den Tod aus meiner Hand getrunken; aber das konnte mir nichts ersetzen, hatte er doch mit dem Tod barmherziges Vergessen für sein Herz geschlürft! Ich aber lebte und konnte nicht vergessen. An meinem Herzen fraß die Bitterkeit wie Lauge, und ich fühlte mich allen Menschen feind und besonders dem Volk, das wie eine Viehherde vor dem Tempel brüllte, aus seinen Erfahrungen nichts gelernt hatte und ebenso töricht und einfältig war wie zuvor.

Öde wie der Tod wirkten die Ruinen des Hafens. Doch aus einem Haufen leerer Körbe löste sich eine menschliche Gestalt und kroch auf Händen und Knien auf mich zu. Es war ein kleiner, magerer Mann, dessen Glieder bereits in der Kindheit wegen ungenügender Nahrung verkrümmt worden waren. Er befeuchtete sich die Lippen mit seiner schwarz gewordenen Zunge, sah mich aus wilden Augen an und sagte: »Bist du nicht Sinuhe, der königliche Arzt, der im Namen Atons den Armen die Wunden verband?« Er lachte mit schauerlicher Stimme, erhob sich vom Boden, um mit dem Finger auf mich zu zeigen und fortzufahren: »Bist du nicht Sinuhe, der Brot unter das Volk verteilte und sprach: ›Dies ist Atons Brot, nehmet und esset in seinem Namen!‹ Wenn dem so ist, dann gib mir jetzt bei allen

Göttern der Unterwelt ein Stückchen Brot! Ich habe mich tagelang vor den Augen der Wächter versteckt gehalten und mich nicht einmal zum Strom hinunter gewagt, um zu trinken. Bei allen Göttern der Unterwelt, gib mir ein Stück Brot! Denn der Speichel in meinem Mund ist vertrocknet und mein Bauch grün wie Gras.«

Ich aber konnte ihm kein Brot geben, und er erwartete es auch nicht, sondern hatte mich bloß seiner eigenen Erbitterung wegen verhöhnen wollen. Er sagte: »Ich besaß eine Hütte, und wenn sie auch erbärmlich war und nach faulen Fischen stank, so war sie doch mein Eigentum. Ich besaß eine Frau, und wenn sie auch häßlich und durch Entbehrungen ausgemergelt war, so war sie doch meine Frau. Ich besaß Kinder, und wenn sie auch vor meinen Augen hungerten, so waren es doch meine Kinder. Wo aber sind jetzt meine Hütte, meine Frau und meine Kinder? Dein Gott hat sie mir genommen, Sinuhe! Aton, der Allzerstörer, hat sie mir geraubt, und ich besitze nur noch Kot in meinen Händen und muß bald sterben, was mir nicht leid tut.«

Er setzte sich zu meinen Füßen, preßte die Fäuste vor den aufgedunsenen Bauch, starrte mit wilden Augen vor sich hin und flüsterte mir zu: »Sinuhe! Vielleicht war unser Spiel doch seinen Preis wert; denn obgleich meine Kameraden gefallen sind und ich sterben muß, wird unser Gedächtnis vielleicht im Munde des Volkes weiterleben. Vielleicht bleibt unser Andenken in den Herzen derer bestehen, die mit den Händen arbeiten und Stockhiebe zu spüren bekommen, und sie werden sich unser noch erinnern, wenn Aton schon längst vergessen und der verfluchte Name deines Pharao aus allen Inschriften getilgt ist. Vielleicht bleibt eine dunkle Erinnerung an uns im Gemüt des Volkes haften und werden die Kinder schon mit der bitteren Muttermilch das Wissen um uns einschlürfen und von unseren Irrtümern lernen. Dann werden sie bereits von Geburt an das wissen, was wir erst erlernen mußten. Sie werden wissen, daß es keinen Unterschied zwischen Mensch und Mensch gibt, daß das Fell des Reichen und des Edelmannes leicht zerreißt, wenn man es mit dem Messer ritzt, und daß Blut Blut bleibt, ob es nun einem hungrigen oder einem zufriedenen Herzen entströmt. Sie werden wissen, daß sich der Sklave und der Arme weder auf Pharaonen noch auf königliche Ärzte, weder auf Gesetze noch auf die Versprechen der Vornehmen, sondern ausschließlich auf die Kraft ihrer Fäuste verlassen können – und sie werden selbst ihre eigenen Gesetze machen. Wer nicht mit ihnen ist, ist gegen sie; in dieser Beziehung gibt es kein Erbarmen und auch keinen Unterschied zwischen den Menschen. In deinem Herzen, Sinuhe, warst nicht einmal du mit uns! Deshalb warst du gegen uns, obwohl du uns Brot gabst und uns verwirrende Reden über den Aton des Pharao hieltst. Alle Götter bleiben sich gleich und alle Pharaonen und alle Vornehmen ebenso, wenn sie es auch nicht zugeben wollen. Das behaupte ich, Meti, der Fischausweider, und brauche meine Worte nicht zu bereuen, weil ich bald sterben muß und meine Leiche in den Strom geworfen wird. Etwas aber wird von mir auf Erden übrigbleiben: ich werde in der Unruhe der Sklavenherzen sein, in der heimlichen Glut ihrer Augen und in der herben Muttermilch, welche die Kinder der Armen saugen! Ich, Meti, der Fischausweider, werde alles mit meinem Gärstoff durchdringen, bis der letzte große Teig gebakken wird!«

Seine fiebrigen Augen starrten mich an, und seine narbigen Arme umklammerten mir die Knie. Da sank ich in den Staub, hob die Hände und sprach: »Meti, Fischausweider! Ich sehe, daß du dein Messer unter deinen Lumpen birgst. Töte mich also, wenn du mich für schuldig hältst! Töte mich, Meti; denn ich bin meiner Träume überdrüssig und empfinde keine Freude mehr! Töte mich, wenn dies dein Gemüt beruhigt! Denn ich kann dir keinen anderen Dienst mehr erweisen.«

Er zog das Fischmesser aus seinem Gürtel, prüfte es in seiner narbigen Hand und sah mich an, bis sich seine Augen trübten und er das Messer von sich schleuderte. Er sprach: »Jetzt verstehe ich, daß alles Töten nutzlos ist und daß man nichts dadurch gewinnt, weil das Messer blindlings Schuldige wie Unschuldige trifft. Nein, Sinuhe! Vergiß meine Worte, und verzeih mir meine Bosheit! Denn wer sein Messer in einen anderen Menschen stößt, stößt es in seinen Bruder. Vielleicht wußten wir Armen und Sklaven dies in unseren Herzen und vermochten daher nicht zu töten. Deshalb sind wir vielleicht letztlich die wahren Sieger, und jene, die uns das Leben raubten, die Besiegten, weil sie sich selbst dabei verloren haben. Sinuhe, mein Bruder, vielleicht graut einmal der Tag, an dem der Mensch den Menschen als Bruder betrachtet und nicht mehr tötet. Bis dahin seien meine Tränen das Erbe, das ich meinen Brüdern hinterlasse! Mögen die Tränen Metis nach seinem Tod in die Träume der Armen und Sklaven sickern! Mögen die Mütter ihre mageren Kinder beim Tropfen meiner Tränen in den Schlummer wiegen! Möge mein Schluchzen durch alle Zeiten aus dem Lärm der Steinmühlen klingen, auf daß jeder, der es in seinem Herzen vernimmt, seine Brüder um sich her entdecke!«

Er tätschelte mir mit seinen narbigen Händen die Wangen, während ihm heiße Tränen aus den Augen strömten und auf meine Hände niederrannen, und der scharfe Geruch des Fischausweiders füllte mir die Nüstern, als er sagte: »Geh, mein Bruder Sinuhe, damit dich nicht die Wächter finden und du durch mich zu Schaden kommst! Geh! Doch mögen dich meine Tränen auf Schritt und Tritt begleiten, bis dir die Augen aufgehen und du alles so siehst, wie ich es jetzt sehe, und dir meine Zähren schließlich kostbarer als Perlen und Edelsteine sind! Denn in diesem Augenblick weine ich nicht mehr allein: In mir weint das Geschlecht der Geknechteten und Geschlagenen aller Zeiten. Meine Tränen sind die Tränen von Millionen und aber Millionen Menschen, und durch sie wird die Erde alt und gefurcht. Das Wasser, das im Strom fließt, besteht aus den Tränen derer, die vor uns lebten, und das Wasser, das in fremden Ländern niederregnet, besteht aus den Tränen derer, die nach uns geboren werden. Jetzt, da du, Sinuhe, dies alles weißt, bist du nicht länger einsam.«

Er sank vor meinen Augen zu Boden, seine verkrümmten Finger kratzten im Staub des Uferdamms, und seine Tränen rollten wie graue Perlen darauf nieder; ich aber verstand seine Worte nicht, obwohl ich bereit gewesen, durch seine Hand zu sterben. Deshalb floh ich ihn und trocknete mir die von seinen Zähren benetzten Hände mit dem Achseltuch; sein herber Geruch aber blieb mir in den Nüstern hängen. So vergaß ich ihn, wohin mich meine Füße lenkten, und die Bitterkeit fraß mir wie Lauge am Herzen; denn meine eigene Trauer und Einsamkeit dünkten meinem Gemüt größer als die Trauer und die Einsamkeit aller anderen Menschen. Meine Schritte führten mich zu dem einstigen Haus des Kupferschmieds. Ich begegnete verängstigten Kindern, die sich vor mir verbargen, und Frauen, die in den Ruinen nach ihrem Hausgerät suchten und sich bei meinem Anblick das Gesicht bedeckten.

Das frühere Haus des Kupferschmieds war durch Feuer verheert, seine Wände waren geschwärzt, der Teich im Garten ausgetrocknet und die Äste der Sykomore kahl und verkohlt. Doch zwischen die Mauerreste hatte jemand ein paar Bretter gelegt, und darunter erblickte ich einen Wasserkrug. Muti kam mir entgegen, hinkend, von Wunden bedeckt und das graue Haar verschlammt, so daß ich ihr Kaa zu sehen glaubte und erschrocken zurückprallte. Sie aber verneigte sich mit wankenden Knien vor mir und sprach höhnisch: »Gesegnet sei der Tag, der meinen Herrn nach Hause bringt!«

Mehr brachte sie mit ihrer von Bitterkeit erstickten Stimme nicht über die Lippen. Sie ließ sich zu Boden und bedeckte das Gesicht mit den Händen, um mich nicht sehen zu müssen. Die »Hörner« hatten ihren mageren Körper vielfach verletzt; aber die Wunden waren bereits vernarbt, und ich konnte ihr nicht mehr helfen, obwohl ich sie trotz ihrem Widerspruch untersuchte. Ich fragte: »Wo ist Kaptah?«

Sie antwortete: »Kaptah ist tot. Man behauptet, die Sklaven hätten ihn umgebracht, als sie sahen, daß er sie verriet und den Leuten Pepitamons Wein vorsetzte.« Aber ich schenkte ihren Worten keinen Glauben, weil ich wohl wußte, daß er nicht hatte sterben können, weil ein Kaptah auch die schlimmsten Geschehnisse überlebt.

Muti war heftig erzürnt ob meinem Zweifel und sagte: »Dein weises Lachen, Sinuhe, fällt dir gewiß leicht, nachdem du deinen Willen bis ins letzte durchgesetzt und den Triumph deines Atons gesehen hast! Ihr Männer seid alle gleich, und von euch stammt alles Böse, das in der Welt geschieht. Männer werden nie zu Erwachsenen, sondern bleiben ihr Leben lang Jungen, die sich gegenseitig mit Steinen bewerfen, mit Stöcken verhauen und die Nasen blutig schlagen. Ihr höchstes Bestreben liegt darin, denjenigen, die sie lieben und es gut mit ihnen meinen, Kummer zu bereiten. Wahrlich, habe ich nicht stets dein Bestes gewollt, Sinuhe? Und was ist mein Lohn dafür? Ein lahmes Bein und Wunden am ganzen Körper und eine Handvoll verfaulter Graupen für eine Grütze! Doch klage ich nicht meinethalb, sondern Merits wegen, die zu gut für dich war – einfach weil du ein Mann bist – und die du absichtlich in den Tod gestürzt hast, und dies so unfehlbar, als hättest du ihr selbst das Herz mit dem Messer durchbohrt. Auch den kleinen Thoth habe ich beweint, weil ich ihn wie meinen eigenen Sohn geliebt habe und ihm immer Honigkuchen gebacken hatte, um durch Sanftmut seine wilde Mannesnatur zu bändigen. Dir aber ist das alles jedenfalls gleichgültig: Du kommst zerschlagen, mit schorfbedecktem Gesicht und bettelarm, aber vollkommen befriedigt des Weges, um dich unter dem Dach, das ich mit größter Mühe auf den Ruinen deines Hauses aufgeschlagen habe, auszuruhen und von mir sattfüttern zu lassen. Ich wette, daß du noch vor dem Abend nach Bier schreien und mich morgen mit dem Stock prügeln wirst, weil ich dir nicht eifrig genug diene! Du wirst mich für dich arbeiten lassen, um selbst auf der faulen Haut zu liegen. So ist die Natur der Männer, und ich wundere mich gar nicht darüber; denn ich bin schon an alles gewöhnt, und nichts, was du treibst, kann mich mehr verblüffen.«

So überschüttete sie mich gedankenlos mit bitteren Vorwürfen, bis mich ihr Gezänk wieder so vertraut anmutete, daß ich an Kipa und an Merit denken mußte, mein Herz sich mit unsäglicher Wehmut füllte und die Tränen mir aus den Augen stürzten. Bei diesem Anblick erschrak Muti sehr und sagte: »Du begreifst wohl, Sinuhe, du Heißsporn, daß ich es mit meinen Worten nicht bös mit dir meine, sondern dir nur eine Lehre erteilen will. Ich habe tatsächlich noch eine Handvoll Getreide versteckt und will es unverzüglich mahlen, um dir eine gute Grütze zu kochen; aus trockenem Schilf werde ich dir in den Mauerresten ein Lager bereiten, und vielleicht kannst du allmählich wieder mit der Ausübung deines Berufes beginnen, so daß es zum Leben reicht. Jedenfalls sollst du dir keine Sorgen für die Zukunft machen; denn ich habe in den Häusern der Reichen gewaschen, wo es eine solche Menge blutiger Kleider gibt, daß ich auf diese Art immer noch etwas verdienen kann. Und ich glaube auch, daß mir in dem Freudenhaus, wo die Soldaten untergebracht sind, ein Krug Bier geliehen wird, um dein Herz zu erfreuen.«

Bei diesen Worten schämte ich mich meiner Tränen, beruhigte mich und sprach: »Ich bin nicht hergekommen, um dir zur Last zu fallen, Muti. Ich werde bald wieder gehen, um lange Zeit und vielleicht nie mehr zurückzukehren. Deshalb wollte ich vor meiner Abreise noch einmal das Haus sehen, in dem ich glücklich war, und mit der Hand über den rauhen Stamm der Sykomore und über die von den Füßen Merits und des kleinen Thoth abgenützte Schwelle meines Hauses streichen. Mach dir meinetwegen keine Mühe, Muti! Von deinem Getreide kann ich nicht essen, weil ich weiß, daß in Theben großer Mangel herrscht. Ich will dir im Gegenteil, wenn möglich, etwas Silber senden, damit du in meiner Abwesenheit auskommst. Ich segne dich für deine Worte, Muti, als wärest du meine eigene Mutter; denn du bist eine gute Frau, wenn deine Worte auch zuweilen wie Wespen stechen.«

Muti brach in Schluchzen aus, wischte sich die Nase mit dem rauhen Handrücken und ließ mich nicht gehen, sondern zündete ein Feuer an und bereitete mir aus ihren armseligen Vorräten eine Mahlzeit, die ich, um sie nicht zu beleidigen, verzehren mußte, obwohl mir jeder Bissen im Halse stecken blieb. Muti sah mir beim Essen zu, schüttelte den Kopf und sagte: »Iß, Sinuhe, iß, du Heißsporn, wenn mein Getreide auch ein wenig angefault und die Mahlzeit mißraten und kaum genießbar ist! Ich verstehe nicht, was heute mit mir los ist, daß ich kaum Feuer machen kann und das Brot voll Asche ist. Iß, Sinuhe! Eine gute Mahlzeit heilt allen Kummer, stärkt den Leib und erfreut das Herz. Wenn der Mensch viele Tränen vergossen hat und sich verlassen fühlt, tut nichts besser als gutes Essen. Ich weiß, daß du dich wieder auf Reisen begeben und deinen dummen Kopf in alle Netze und Schlingen, die dir in den Weg gelegt werden, stekken willst; doch kann ich nichts dagegen tun, noch dich daran hindern. Iß daher, Sinuhe, um dich zu stärken! Ich werde treulich auf dich warten, Herr, und, wenn du wiederkommst, den Tag deiner Rückkehr segnen! Mach dir aber meinetwegen keine Sorgen, falls du, wie ich vermute, Mangel an Silber leidest, nachdem du deinen ganzen Reichtum als Brot an die Armen und die Sklaven vergeudet hast, die dich keineswegs dafür priesen, sondern deiner Dummheit wegen verhöhnten. Mache dir meinetwegen keine Sorgen! Wenn ich auch alt bin und hinken muß, bin ich doch noch sehr zäh und verdiene mein Leben mit Waschen und auch mit Backen, solange es in Theben noch Brot gibt. Die Hauptsache ist, daß du, Herr, wieder zurückkommst.«

So saß ich bis zum Anbruch der Dunkelheit in der Ruine des einstigen Hauses des Kupferschmieds. Mutis Feuer leuchtete einsam in der verrußten Finsternis; doch war dieser Platz die einzige Heimstatt, die ich auf Erden noch besaß. Deshalb strich ich mit der Hand über den rauhen Stamm der Sykomore und über den abgewetzten Stein der Türschwelle und dachte, ich würde wohl nie mehr wiederkehren; und während meine Finger Mutis mütterliche Knochenhand streichelten, sagte ich mir, daß ich sicherlich am besten daran täte, nie zurückzukommen, da ich doch über diejenigen, die mich liebten, nichts als Kummer und Unglück brachte. Es war daher das beste für mich, einsam zu leben und zu sterben, ganz wie ich auch in der Nacht meiner Geburt allein in einem Binsenboot den Strom herabgeschwommen kam.

Als sich die Sterne entzündeten und die Wächter in den verheerten Hafengassen zur Einschüchterung des Volkes mit den Speerschäften auf die Schilde zu trommeln begannen, nahm ich von Muti Abschied und verließ das einstige Haus des Kupferschmieds im Armenviertel Thebens, um mich nochmals in das goldene Haus des Pharao zu begeben. Während ich so durch die Straßen zum Ufer wandelte, glühte der Nachthimmel wieder einmal rot über Theben, die Lichter der Hauptstraßen strahlten durch die Finsternis, und aus dem Stadtinnern drang der aufreizende Klang der Musikinstrumente an meine Ohren; denn in dieser Nacht feierte Theben die Thronbesteigung Pharao Tutanchamons.

7

In der gleichen Nacht aber arbeiteten die alten Priester fleißig im Tempel der Sekhmet, jäteten das Unkraut, das zwischen den Steinplatten des Bodens emporgewuchert war, stellten das löwenhäuptige Bildnis wieder an seinen Platz, kleideten es in rotes Linnen und schmückten es mit den Sinnbildern des Krieges und der Zerstörung. Denn nachdem Eje den jungen Tutanchamon mit den Kronen der beiden Reiche, mit der roten und der weißen, mit der Lilien- und der Papyruskrone gekrönt hatte, sprach er zu Haremhab:

»Jetzt, Sohn des Falken, hat deine Stunde geschlagen! Laß in die Hörner stoßen, um den Kriegsausbruch zu verkünden! Laß das Blut wie eine reinigende Sturzwelle über das Land Kêmet hinwegspülen, damit alles wieder zum alten zurückkehre und das Volk das Andenken des falschen Pharao vergesse!«

Am folgenden Tag, als Tutanchamon und seine königliche Gemahlin im goldenen Haus mit ihren Puppen Begräbnis spielten und die Priester Ammons, von ihrer wiedergewonnenen Macht berauscht, im großen Tempel heiligen Weihrauch verbrennen ließen und unablässig den Namen Pharao Echnatons für Zeit und Ewigkeit verfluchten, ließ daher Haremhab an allen Straßenecken in die Hörner stoßen, worauf sich die Kupfertore des Sekhmettempels sperrangelweit öffneten und Haremhab an der Spitze auserwählter Truppen feierlich durch die Widderstraße zog, um Sekhmet Opfer darzubringen. Die Priester hatten ihren Teil erhalten, indem die Meißel der Steinhauer den verfluchten Namen Pharao Echnatons aus allen Inschriften der Tempel, der Paläste und Gräber für alle Zeiten ausmerzten, auf daß sein Andenken der Vergessenheit anheimfalle. Pharao Tutanchamon sah seinen Wunsch erfüllt; denn die königlichen Baumeister berieten sich bereits über den Platz für sein Grab. Auch Eje hatte seinen Lohn bekommen: er herrschte an der rechten Seite des Pharao über das Land Kêmet und bestimmte über die Steuern, die Rechtsprechung, die Geschenke, die Gunstbezeigungen und die Felder des Pharao. Jetzt war die

Reihe an Haremhab; auch er erhielt Genugtuung. Ich folgte ihm zum Tempel der Sekhmet; denn er wollte sich in der ganzen Größe seiner Macht vor mir zeigen, da er nun endlich den Krieg, für den er sein Leben lang gearbeitet und Ränke geschmiedet hatte, führen durfte.

Zu Haremhabs Ehren muß ich jedoch erwähnen, daß er im Augenblick seines Triumphes auf jeden äußeren Prunk verzichtete, um durch die schlichte Würde seines Auftretens auf das Volk Eindruck zu machen. Deshalb fuhr er in einem plumpen Streitwagen zum Tempel, über den Häuptern seiner Rosse wehten keine Federbüsche, und kein Gold glänzte an den Radspeichen seines Gefährts. Hingegen durchschnitten scharfgeschliffene Kupfersensen zu beiden Seiten des Wagens die Luft, marschierten Speerwerfer und Bogenschützen in ausgerichteten Reihen hinter ihm her und klang das Getrampel ihrer bloßen Füße auf den Steinen der Widderstraße taktfest und gewaltig wie Meerestosen am Ufergestein, während die Neger ihre mit Menschenhaut überspannten Trommeln schlugen.

Schweigsam und bebend betrachtete das Volk seine stattliche Erscheinung, die sich im Streitwagen hoch über den Köpfen aller abzeichnete, wie auch seine Truppen, die von Beleibtheit strotzten, während das ganze Land Hungersnot litt. Stumm verfolgte das Volk den Zug Haremhabs zum Sekhmettempel, als wäre es nach dem Taumel der Festnacht plötzlich von einer Ahnung befallen, daß seine wahren Leiden erst jetzt ihren Anfang nahmen. Vor dem Tempel der Sekhmet stieg Haremhab von seinem Streitwagen und betrat, von seinen Hauptleuten gefolgt, das Heiligtum, wo die Priester, Gesicht, Hände und Kleider mit frischem Blut beschmiert, ihnen entgegenkamen, um sie zu dem Bildnis der Göttin zu führen. Diese trug ein rotes, von dem Blut der Opfer durchtränktes Gewand, das sich eng um ihren steinernen Leib schmiegte, und ihre Brüste lugten stolz und bluttriefend daraus hervor. Im Halbdunkel des Tempels schien sich ihr wildes Löwenhaupt zu bewegen, und ihre Edelsteinaugen starrten Haremhab wie lebendige Augen an, als er vor dem Altar die noch warmen Herzen der Opfer in den Fäusten zerquetschte und die Göttin um den Sieg bat. Die Priester tanzten jubelnd um ihn herum, verletzten sich mit Messern und riefen im Chor:

»Kehre als Sieger zurück, Haremhab, du Sohn des Falken! Kehre als Sieger zurück, und die Göttin wird lebend zu dir herabsteigen und dich mit ihrem nackten Leib umfangen!«

Haremhab aber ließ sich von den Priestern nicht aus seiner Ruhe bringen, sondern vollführte die vorgeschriebenen Riten mit kühler Gelassenheit, um sich dann aus dem Tempel ins Freie zu begeben. Während er sein Opfer darbrachte, hatte sich eine unübersehbare Menschenmenge, von den Hornsignalen angelockt, im Vorhof und auf dem Platz vor dem Tempel angesammelt. Als Haremhab aus dem Heiligtum trat, hob er seine blutbesudelten Hände und sprach zum Volk:

»Hört auf mich, ihr alle im Lande Kêmet, hört auf mich! Denn ich bin Haremhab, der Sohn des Falken, und in meiner Hand trage ich Sieg und unsterbliche Ehre für alle, die mit mir in den heiligen Krieg ziehen wollen! In diesem Augenblick dröhnen die Streitwagen der Hetiter in der Wüste Sinais, und ihre Vortruppen verheeren das Untere Land. Noch nie zuvor hat dem Lande Kêmet eine solche Gefahr gedroht; denn im Vergleich mit den Hetitern waren die alten Hyksos sanfte, barmherzige Leute. Die Hetiter nahen, ihre Zahl ist unermeßlich und ihre Grausamkeit der Schrecken aller Völker. Sie zerstören eure Häuser und stechen euch die Augen aus, sie schänden eure Frauen und zwingen eure Kinder, als Sklaven Steinmühlen zu drehen. In den Spuren ihrer Streitwagen wächst kein Getreide mehr, und unter den Hufen ihrer Rosse verwandelt sich das Land in eine Wüste. Deshalb ist der Krieg, den ich erkläre, ein heiliger Krieg! Es geht um euer Leben, um die Götter im Lande Kêmet, eure Kinder und eure Heime. Wenn unsere Absichten glücken, werden wir nach dem Sieg über die Hetiter Syrien wieder erobern und im Lande Kêmet den früheren Wohlstand und Reichtum von neuem einführen, damit ein jeder sein Maß voll bekomme. Lange genug haben Fremdlinge das Land Kêmet geschändet, unsere Schwäche verhöhnt und über die Schmach unserer Waffen gelacht. Die Stunde hat geschlagen, und ich werde die Kriegerehre unseres Landes wiederherstellen. Jedem, der mir freiwillig folgt, verspreche ich sein Maß Getreide und seinen Beuteanteil, und, wahrlich, die Beute wird so reichlich ausfallen, daß diejenigen, die am Siegestag mit mir heimkehren, reicher sein werden, als sie je zu träumen wagten. Wer mir aber nicht aus freien Stücken folgt, wird es gezwungen tun und, den Nacken unter schweren Bürden gebeugt, Schmach und Spott erleiden müssen, ohne von der Beute etwas zu erhalten. Deshalb glaube und hoffe ich, daß jeder Mann in Ägypten, der das Herz eines Mannes hat und dessen Arm einen Speer zu heben vermag, freiwillig mitkommen werde. Heute leiden wir Mangel an allem, und der Hunger folgt uns auf den Fersen. Nach dem Sieg aber werden die Tage des Überflusses anbrechen. Keiner, der im Kampf für das Land Kêmet fällt, braucht sich wegen der Einbalsamierung seines Leibes zu sorgen; denn er geht geradenwegs in das Reich der Seligen ein, und die Götter Ägyptens nehmen sich seiner an. Nur durch das Aufgebot aller Kräfte kann alles gewonnen werden. Deshalb, ihr Frauen Ägyptens, zwirnt euer Haar zu Bogensträngen und schickt jubelnd eure Männer und Söhne in den heiligen Krieg! Ägyptische Männer, schmiedet Pfeilspitzen aus eurem Schmuck und folgt mir: Ich will euch einen Krieg schenken, wie ihn die Welt noch nie gesehen hat! Die Geister der großen Pharaonen werden auferstehen und an unserer Seite kämpfen. Alle Götter Ägyptens, namentlich Ammon, werden uns beistehen. Wir werden die Hetiter aus dem schwarzen Lande zurückschlagen, wie die Flut Strohhalme fortschwemmt. Wir holen uns Syriens Reichtümer wieder und tilgen die Schmach Ägyptens mit unserem Blut. Hört auf mich, ihr alle! Haremhab, der Sohn des Falken, der Sieger, hat gesprochen.«

Nach dieser Rede ließ er seine blutbesudelten Hände sinken, und seine gewaltige Brust keuchte vor Anstrengung; denn er hatte mit weithin schallender Stimme gesprochen. Jetzt wurde wieder in die Hörner gestoßen, die Soldaten trommelten mit den Speerschäften auf die Schilde und stampften mit den Füßen, bis sich vereinzelte Rufe aus der Menge erhoben, denen immer neue folgten, so daß das Gebrüll schließlich zum Sturm anschwoll. Alle jubelten und schrien und streckten die Hände hoch, das Blut stieg den Leuten zu Kopf, und sie tobten immer heftiger, obwohl ich glaube, daß viele gar nicht wußten, warum sie eigentlich mitschrien. Lächelnd bestieg Haremhab wieder seinen Streitwagen. Die Soldaten bahnten ihm einen Weg, und unter stürmischem Jubel grüßte ihn die Menge zu beiden Seiten der Widderstraße. Da verstand ich auf einmal, daß es dem Volk eine große Freude bereitet, im Chor zu brüllen, und daß die Ursache des Gebrülls keine große Rolle spielt; denn jeder fühlt sich dabei stark und hegt die Überzeugung, die Sache, derentwegen er brülle, sei die einzig gerechte. Haremhab aber fühlte sich aufs höchste befriedigt und hob großtuerisch die Arme zum Gruß.

Er fuhr geradenwegs zum Hafen, um sich an Bord des Kriegsschiffs des Oberbefehlshabers zu begeben und unverzüglich nach Memphis zu segeln; denn er hatte sich schon zu lange in Theben aufgehalten, und nach den letzten Nachrichten ließen die Hetiter ihre Pferde bereits in Tanis weiden. Ich ging mit ihm an Bord, und niemand hinderte mich, als ich auf ihn zutrat und sprach:

»Haremhab! Pharao Echnaton ist tot. Ich bin nicht mehr königlicher Schädelbohrer, sondern kann nach Belieben kommen und gehen, da nichts mich bindet. Deshalb folge ich dir in den Krieg, weil mir alles gleichgültig geworden ist und mich nichts mehr freuen kann. Ich möchte beobachten, welchen Segen der Krieg bringt, von dem du dein Leben lang gesprochen hast. Wahrlich, das will ich sehen und auch, ob deine Macht besser als diejenige Echnatons ist, oder ob die Geister der Unterwelt die Erde regieren!«

Haremhab freute sich sehr und sagte: »Das ist ein gutes Vorzeichen, obwohl ich mir niemals hätte einfallen lassen, daß du, Sinuhe, dich als erster freiwillig melden würdest! Nein, das hätte ich dir nicht zugetraut; denn ich weiß, daß du deine Bequemlichkeit und ein weiches Bett mehr schätzest als die Strapazen eines Krieges. Ich hatte mir eher gedacht, du würdest meine Interessen in Theben wahren, indem du eifrig deine Bekanntschaften in dem goldenen Hause pflegtest. Aber vielleicht ist es besser so; denn du bist ein schlichter Mann, den jeder an der Nase herumführt, und wenn du mich begleitest, habe ich wenigstens einen tüchtigen Arzt bei mir, den ich allerdings kaum nötig haben werde. Wahrlich, Sinuhe, meine Soldaten haben dir damals, als wir gemeinsam gegen die Chabiri kämpften, mit Recht den Beinamen ›Sohn des Wildesels‹ verliehen. Denn du besitzest offenbar das Herz eines Wildesels, da du die Hetiter nicht fürchtest.«

Während er so sprach, stießen die Ruderer das Schiff vom Land, tauchten ihre Ruder ins Wasser, und mit flatternden Wimpeln ging es stromabwärts. Die Uferdämme Thebens waren weiß von Menschen, deren Rufe wie ein Sturmesbrausen in unseren Ohren klangen. Haremhab atmete tief auf und meine lächelnd:

»Wie du siehst, hat meine Rede einen tiefen Eindruck auf das Volk gemacht. Aber laß uns in meine Kabine gehen, damit ich mir dieses göttliche Blut von den Händen wasche!« Ich folgte ihm, er schickte seine Schreiber hinaus, wusch sich das Blut ab, beroch seine Hände und meinte gelassen: »Bei Seth und allen Teufeln! Ich hätte nicht geglaubt, daß die Priester der Sekhmet immer noch Menschen opfern. Aber nachdem die Tore des Sekhmettempels mindestens vierzig Jahre geschlossen gewesen, ist ihnen die Wiedereröffnung zweifellos zu Kopf gestiegen. Ich fragte mich auch, weshalb sie wohl gefangene Hetiter und Syrier für die Festzeremonien verlangten, tat ihnen aber den Gefallen.«

Seine Worte flößten mir ein solches Entsetzen ein, daß mir die Knie vor Schwäche zitterten, während er gleichgültig erklärte: »Hätte ich es geahnt, ich würde es kaum erlaubt haben. Du kannst mir glauben, Sinuhe, daß ich sehr erstaunt war, als man mir vor dem Altar ein blutiges, noch warmes Menschenherz in die Hand legte. Deshalb will ich mir rasch die Hände waschen. Wenn aber Sekhmets Waffengunst durch dieses Opfer gewonnen wird, so hat es sich doch gelohnt. Denn, wahrlich, ich brauche jede Hilfe, die ich bekommen kann, und mehr noch, obwohl einige hartgeschmiedete Speerspitzen vielleicht wertvoller wären als der Segen Sekhmets. Aber geben wir den Priestern, was den Priestern gebührt, damit wir vor ihnen Ruhe haben!«

Er begann wieder mit seiner vor dem Volk gehaltenen Rede

zu prahlen und hoffte wohl, auch ich werde seine Beredsamkeit loben. Ich erklärte ihm aber, daß die Ansprache, die er einst in Jerusalem an seine Soldaten gerichtet, mir besser als die heutige gefallen habe. Haremhab fühlte sich sehr beleidigt und sagte: »Es sind zwei ganz verschiedene Dinge, zum Volk oder zu den Soldaten zu sprechen! Du wirst schon noch Gelegenheit haben, eine meiner offenherzigen Ansprachen an die Soldaten zu hören! Die Rede hingegen, die ich vor dem Tempel der Sekhmet hielt, war auch für künftige Geschlechter bestimmt; denn ich habe allen Grund zur Vermutung, daß sie in Stein geritzt und für alle Zeiten aufbewahrt wird. Deshalb mußte ich mich anders ausdrücken, als wenn ich zu den Soldaten spreche, und meine Rede mit hochtrabenden und schönklingenden Worten schmücken, die dem Volk die Augen blenden und schwarz als weiß erscheinen lassen.«

»Haremhab«, fragte ich, »gibt es etwas, was dir heilig ist?«

Er überlegte eine Weile und sprach dann: »Ein großer Feldherr und Herrscher muß alle Begriffe und Wörter heranziehen und wie Waffen in seiner Hand zu nützen verstehen. Ich gebe zu, Sinuhe, daß dies eine schwierige Aufgabe ist, die das Leben schwer und freudlos macht; aber das Gefühl, andere Menschen durch seinen Willen beherrschen und zu großen Taten anfeuern zu können ist vielleicht ein Ersatz für die Freude. In meiner Jugend verließ ich mich auf meinen Speer und meinen Falken. Jetzt verlasse ich mich mehr auf meinen eigenen Willen, in dem, wie ich weiß, mein Schicksal liegt. Aber mein Wille nutzt mich ab wie der Schleifstein das Messer. Deshalb habe ich weder bei Tag noch bei Nacht, weder wach noch schlafend einen Augenblick Ruhe, und wenn ich mich ein wenig erholen will, sehe ich keinen anderen Ausweg, als mich zu betrinken. Als ich jünger war, glaubte ich an Freundschaft und vermeinte auch eine gewisse Frau zu lieben, deren Verachtung und Widerstand mich über alle Maßen reizte; jetzt aber weiß ich, daß mir kein Mensch an und für sich ein Ziel bedeutet: Jeder Mensch, sogar jene Frau, ist für mich nur noch Mittel zum Zweck. Ich, Haremhab, bin der Mittelpunkt, von dem alles ausgeht und zu dem alles zurückkehrt. Ich bin Ägypten und das ägyptische Volk. Wenn ich daher Ägypten wieder groß und mächtig mache, mache ich auch mich selbst groß und mächtig. Du wirst verstehen, Sinuhe, daß dies nicht mehr als recht und billig ist.«

Seine Worte hätten vielleicht einem anderen, der ihn nicht näher kannte, Eindruck machen können. Ich aber hatte ihn schon als großtuerischen Jüngling gekannt und in Hetnetsut seine Eltern gesehen, die, wenn er sie auch zu Vornehmen erhoben hatte, nach Käse und Vieh rochen. Deshalb vermochte ich ihn nicht recht ernst zu nehmen, obwohl er mit seinen Worten offensichtlich bezweckte, wie ein Gott vor mir dazustehen. Aber ich verbarg diese Gedanken vor ihm und begann ihm von der Prinzessin Baketamon zu erzählen, die äußerst beleidigt gewesen, weil sie den ihr im Festzug Tutanchamons angewiesenen Platz nicht ihrer würdig befunden hatte. Haremhab lauschte gierig meinen Worten und schenkte mir Wein ein, um mich zu veranlassen, ihm noch mehr über die Prinzessin Baketamon zu berichten. So tranken wir Wein, während wir stromabwärts nach Memphis fuhren und die Streitwagen der Hetiter das Untere Reich verheerend durchzogen.

VIERZEHNTES BUCH

Der Heilige Krieg

1

Während Haremhab Truppen und Vorräte in Memphis zusammenzog, ließ er die Begüterten Ägyptens zu sich rufen und wandte sich an sie mit den Worten: »Ihr alle seid reiche Leute; ich hingegen bin nur ein Hirtenknabe, der mit Mist zwischen den Zehen geboren wurde. Aber Ammon hat mich gesegnet, und der Pharao hat mir die Führung des Krieges anvertraut. Der Feind, der unser Land bedroht, ist, wie ihr wohl wißt, grausam und fürchterlich. Zu meiner Genugtuung habe ich euch alle mit großen Worten verkünden hören, der Krieg verlange von jedem seine Opfer, weshalb ihr die Getreidemaße für eure Sklaven und für die Bauern verkleinert und alle Warenpreise in ganz Ägypten verteuert habt. Eure Worte und Taten geben mir zu verstehen, daß auch ihr selbst, eurer Stellung gemäß, zu großen Opfern bereit seid. Das freut mich außerordentlich, weil ich beschlossen habe, die nötigen Mittel zur Kriegführung, zur Besoldung der Truppen, zum Bau von Streitwagen und zu manchen anderen Dingen, die ihr nicht verstehen könnt, durch ein Darlehen von euch zu beschaffen. Zu diesem Zwecke habe ich die Steuerlisten durchgesehen. Nicht genug damit: Ich habe noch anderweitig Erkundigungen über euch eingeholt und dürfte nun auch Kenntnis von all jenem Besitz haben, den ihr zur Zeit des falschen Pharao den Steuererhebern verheimlicht habt. Heute regiert ein richtiger Pharao im Namen Ammons; daher braucht ihr euer Vermögen nicht mehr zu verbergen, sondern dürft es offen und voll Stolz für den Krieg opfern. Deshalb soll mir jeder von euch unverzüglich die Hälfte seines Besitzes leihen, wobei es mir gleichgültig ist, ob er die Zahlung in Gold oder Silber, in Getreide oder Vieh, in Rossen oder Wagen entrichtet; nur muß es sofort geschehen.«

Als die Reichen solches vernahmen, brachen sie in lautes Wehklagen aus, zerrissen sich die Kleider und sagten: »Der falsche Pharao hat uns bereits an den Bettelstab gebracht, und die Erkundigungen, die du über uns eingezogen hast, widersprechen den Tatsachen! Welche Sicherheit aber bietest du uns, wenn wir dir die Hälfte unseres Besitzes leihen, und welchen Zinsfuß versprichst du uns?«

Haremhab betrachtete sie freundlich und erklärte: »Die Sicherheit, liebe Freunde, liegt im Sieg, den ich mit eurem Beistand möglichst rasch zu erringen gedenke. Denn wenn ich nicht siegen sollte, kämen die Hetiter, um euch alles zu rauben; deshalb dünkt mich die Bürgschaft, die ich euch biete, völlig hinreichend. Den Zinsfuß werde ich mit jedem einzelnen vereinbaren und hoffe, jeden von euch zufriedenstellen zu können. Aber ihr habt zu früh mit dem Klagen begonnen; denn meine Rede war noch nicht zu Ende. Ich verlange also leihweise, nur leihweise, die Hälfte eures Besitzes, liebe Freunde. Nach vier Mondumläufen müßt ihr mir wiederum die Hälfte von dem, was ihr dann noch besitzt, und nach einem Jahr nochmals die Hälfte von dem, was euch übriggeblieben ist, zur Verfügung stellen. Ihr könnt selbst am besten ausrechnen, wieviel ihr dann noch habt; meinerseits bin ich überzeugt, daß es immer noch genügen wird, um eure Kochgeschirre für den Rest eures Lebens zu füllen, und daß ich euch somit keineswegs ausplündere.«

Da warfen sich ihm die Reichen klagend zu Füßen, weinten jämmerlich, schlugen sich am Boden die Stirn blutig und beteuerten, sie wollten sich lieber den Hetitern ergeben. Haremhab meinte mit gespielter Bestürzung:

»Wenn dem so ist, werde ich euren Wunsch erfüllen. Doch ich glaube, daß meine Soldaten, die im Krieg ihr Leben aufs Spiel setzen, sehr ergrimmt sein werden, wenn sie vernehmen, daß ihr euch weigert, Opfer zu bringen. Offen gestanden glaube ich beinah, daß meine Soldaten mit Stricken in den Händen schon vor allen Türen warten, um euch zu fesseln, an Bord der Schiffe zu schleppen und eurem Wunsch gemäß den Hetitern auszuliefern. Das tut mir äußerst leid; denn ich verstehe nicht, was euch noch an eurem zurückgelassenen Vermögen, das ich beschlagnahmen werde, freuen kann, wenn ihr mit ausgestochenen Augen die Mühlen der Hetiter drehen müßt. Aber da ihr dies wünscht, werde ich es den Soldaten mitteilen.«

Als die Reichen das vernahmen, stießen sie laute Angstschreie aus, schlangen ihm die Arme um die Knie und gingen, indem sie ihn bitterlich verfluchten, auf alles ein, was er verlangte. Er aber tröstete sie mit den Worten:

»Ich ließ euch kommen, weil ich wußte, daß ihr Ägypten liebt und ihm zuliebe zu großen Opfern bereit seid. Auch seid ihr die reichsten Leute Ägyptens, und jeder von euch ist durch eigenes Verdienst reich geworden. Deshalb bin ich überzeugt, daß ihr bald wieder zu eurem Reichtum gelangen werdet; denn der Vermögende wird immer wohlhabender, selbst wenn man ihm hie und da den überflüssigen Saft abzapft. Ihr guten Leute seid mein kostbarer Garten, den ich sehr liebe; und wenn ich euch auch wie Granatäpfel auspresse, so daß mir die Samenkerne zwischen den Fingern hervorquellen, will ich als guter Gärtner doch die fruchttragenden Bäume nicht beschädigen, sondern mich damit begnügen, von Zeit zu Zeit die Ernte einzubringen. Ihr dürft auch nicht vergessen, daß ich euch einen großen Krieg schenke, einen größeren, als ihr euch je hättet träumen lassen: in Kriegszeiten wächst das Vermögen eines reichen Mannes, und zwar desto üppiger, je länger der Krieg währt, und das kann keine Macht der Welt, nicht einmal das Steueramt des Pharao, verhindern. Deshalb sollt ihr mir dankbar sein, und mein Segen wird euch auf dem Heimweg begleiten. Zieht also in Frieden von hinnen und werdet wieder fett wie trächtiges Ungeziefer – denn das kann niemand verhindern. Ich habe auch nichts dagegen einzuwenden, wenn ihr mir zuweilen außer dem Erforderlichen noch Geschenke sendet; denn bedenkt, daß ich Syrien zurückerobern will! Ihr wißt wohl, was dies für Ägypten bedeutet und was es letztlich euch selbst nützt, wenn ich euch nach dem Sieg meine Gunst erweise. Jammert deshalb, wenn es euch erleichtert, ruhig weiter; ich höre euer Wehklagen gern, weil es in meinen Ohren Goldklang bedeutet.

Mit diesen Worten schickte er die Reichen fort, und sie zogen wimmernd und winselnd und sich die Kleider zerreißend von dannen. Doch kaum waren sie draußen, hörten sie zu jammern auf und begannen eifrig ihre Verluste zu berechnen und zu beraten, wie sie diese wieder aufholen könnten. Haremhab aber sprach zu mir: »Ich gab ihnen den Krieg zum Geschenk! Von nun an können sie, wenn sie das Volk ausplündern, alles Böse den Hetitern zuschieben, wie auch der Pharao die Schuld an Hunger und Elend, die der Krieg über das Land Kêmet bringt, auf die Hetiter abwälzen kann. Schließlich wird doch das Volk alles bezahlen müssen; denn die Reichen werden es um ein Vielfaches von dem, was sie mir leihen, auspressen, worauf ich meinerseits wieder das Fett aus ihnen herausquetschen kann. Mir paßt dieses Mittel besser, als Kriegssteuern zu erheben; denn wenn das Volk Steuern bezahlen müßte, würde es meinen Namen verfluchen, während es ihn segnet und mich gerecht nennt, wenn ich die Kriegskosten aus den Reichen heraushole. Um meiner künftigen hohen Stellung willen muß ich danach trachten, meinen Ruf sorgsam zu wahren.«

Inzwischen stand das Deltaland in Flammen, herumstreifende Hetiter brannten Dörfer nieder und fütterten ihre Pferde mit sprießendem Getreide. Haufenweise tauchten Flüchtlinge in Memphis auf. Sie wußten so fürchterliche Dinge über die Zerstörungswut der Hetiter zu berichten, daß sich mein Herz vor Angst verkrampfte, meine Glieder zu zittern begannen, und ich Haremhab beschwor, sich zu beeilen. Er aber lächelte und sprach gelassen:

»Ägypten soll zuerst die Hetiter kennenlernen, damit das Volk endlich glaubt, daß es kein schlimmeres Schicksal gibt, als deren Herrschaft zu erleiden. Es wäre ein Wahnsinn, mit ungeübten Truppen und ohne Streitwagen auszuziehen. Sei ruhig, Sinuhe, Gaza gehört immer noch uns! Es ist der Grundstein, auf den ich diesen Krieg baue. Die Hetiter getrauen sich mit ihrer Hauptmacht nicht in die Wüste hinaus, bevor sie Gaza in Händen haben, weil sie zur See nicht die unbedingte Übermacht besitzen. Ich habe auch in der Wüste draußen Leute zum Überfall auf die Räuber und Freischärler und bin keineswegs so tatenlos, wie du in deiner Ungeduld anzunehmen scheinst. Bevor die Hetiter ihr Fußvolk durch die Wüste in das schwarze Land bringen, droht Ägypten keine besondere Gefahr. Ihre Kriegskunst gründet sich nämlich auf die Verwendung von Streitwagen; aber deren Bewegungsfreiheit wird in dem schwarzen Lande durch die Bewässerungskanäle beeinträchtigt, weshalb sie nur mit großem Zeitverlust von einem Ort zum anderen gelangen, bedeutungslose Dörfer niederbrennen und das Getreide zertrampeln. Je weniger Getreide es im Lande gibt, desto eher eilen die Ägypter unter meine Löwenschwänze, wo jeder sein Maß Korn und Bier erhält.«

Aus allen Teilen Ägyptens strömten denn auch zahlreiche Männer nach Memphis, die teils vom Hunger getrieben oder, nachdem sie Atons wegen Heim und Familie verloren, gegen alles gleichgültig waren oder nach Beute und Abenteuer dürsteten. Ohne die Priester zu fragen, begnadigte Haremhab alle, die am Aufbau der Macht Atons teilgenommen hatten, und befreite die Sklaven aus den Steinbrüchen, um sie zum Kriegsdienst heranzuziehen. So glich Memphis bald einem großen Feldlager, das Leben wurde unsicher, in den Freudenhäusern und Bierschenken ereigneten sich allabendlich Prügeleien, die zu Verletzungen führten, und die friedliebende Bevölkerung schloß sich in ihre Häuser ein, wo sie in Furcht und Beben lebte. Aus den Werkstätten aber, wo die Schmiede Pfeil- und Speerspitzen anfertigten, ertönten dröhnende Hammerschläge, und so groß war die Furcht vor den Hetitern und der Haß gegen sie, daß sogar arme Frauen ihren kupfernen Schmuck zur Herstellung von Wurfgeschossen opferten.

Von den Meeresinseln und von Kreta kamen immer noch Schiffe nach Ägypten; des Krieges wegen kaufte sie Haremhab zwangsweise auf und nahm ihre Kapitäne und Mannschaften in seinen Sold. Sogar kretische Kriegsschiffe kaperte er und zwang ihre Besatzungen, Ägypten zu dienen; denn diese Schiffe fuhren ziellos von Hafen zu Hafen, um nicht nach Kreta zurückkehren zu müssen, da sie nicht wußten, was dort vor sich ging. Es wurde nämlich behauptet, ein Sklavenaufstand sei auf Kreta ausgebrochen, die auf der Hochebene gelegene Stadt der Vornehmen habe wochenlang lichterloh gebrannt und der Feuerschein sei von weit draußen auf dem Meer sichtbar gewesen. Doch wußte niemand etwas Bestimmtes über die Ereignisse, und die kretischen Seeleute logen nach ihrer Gewohnheit eine Menge Geschichten zusammen, denen niemand Glauben schenkte. So behaupteten einige, die Hetiter hätten Kreta angegriffen; doch kann ich mir nicht vorstellen, wie das geschehen sein sollte; denn die Hetiter sind bekanntlich kein Seefahrervolk. Andere wiederum erzählten, ein unbekanntes, weißhäutiges Volk sei von Norden gekommen, um die Insel zu plündern und zu zerstören, und es sei diesem gelungen, die Flotte Kretas zu besiegen, weil sich der größte Teil der Kriegsschiffe auf hoher See befand, um den Seeweg nach den syrischen Küsten zu verteidigen. Einstimmig erklärten diese Kreter, das alles käme daher, daß der Gott Kretas tot sei. Deshalb traten sie gern in ägyptische Dienste, während wiederum die nach Syrien abgegangenen Schiffe sich Aziru und den Hetitern zur Verfügung stellten.

Jedenfalls zog Haremhab großen Nutzen aus der völligen Verwirrung, die auf dem Meer herrschte, wo alle gegen alle kämpften, um sich Schiffe zu kapern. Auch war in Tyrus ein Aufstand gegen Aziru niedergeschlagen worden, und die Aufständischen, die sich retten konnten, waren auf dem Seeweg nach Ägypten geflohen, wo sie in Haremhabs Dienste traten. Auf diese Art gelang es diesem, sich eine Flotte zu verschaffen und sie mit erfahrenen Mannschaften auszurüsten. Doch was das alles kostete, will ich gar nicht auszurechnen versuchen; denn das Bauen und Ausrüsten von Kriegsschiffen fordert mehr Gold als jeder Landkrieg.

Während sich dies alles in Ägypten zutrug, hielt Gaza in Syrien immer noch stand, und als die Ernte eingebracht war und der Strom zu steigen begann, setzte sich Haremhab mit seinen Truppen vom Memphis aus in Bewegung. Sowohl auf dem Landweg als über das Meer sandte er seine Boten durch den Ring der Belagerer, und ein Schiff, das im Dunkel der Nacht Getreidesäcke in den Hafen von Gaza beförderte, brachte gleichzeitig Haremhabs Botschaft: »Haltet Gaza! Haltet Gaza um jeden Preis!« Während die Sturmböcke gegen die Tore der

Stadt dröhnten und die Hausdächer brannten, ohne daß jemand Zeit gefunden hätte, sie zu löschen, konnte plötzlich ein Pfeil mit dem Befehl »Haremhab verlangt, daß ihr Gaza haltet!« gesaust kommen. Und als die Hetiter in verschlossenen Lehmkrügen Giftschlangen über die Mauern schleuderten, geschah es, daß sich ein Krug beim Bersten als mit Getreide gefüllt erwies, in dem die Botschaft steckte: »Haltet Gaza!« Wie Gaza der Belagerung durch die vereinten Streitkräfte Azirus und der Hetiter standhalten konnte, ist mir ein Rätsel; aber der mürrische Befehlshaber der Festung, der mich einst zu meiner Schmach in einem Korb hatte die Mauer hinaufziehen lassen, verdiente wahrlich den Ruhm, den er dadurch errang, daß er Gaza für Ägypten hielt.

Als der Strom zu steigen begann, verließ Haremhab Memphis und ließ seine Truppen rasch auf Tanis vorrücken, wobei es ihm gelang, eine Abteilung hetitischer Streitwagen in einer Biegung des Stromes, wo sie sich von drei Seiten durch den Fluß geschützt wähnte und daher die Pferde weiden ließ, zu umzingeln. In der Dunkelheit der Nacht schachteten Haremhabs Truppen die in der Sommerhitze ausgetrockneten Bewässerungskanäle aus, so daß der steigende Strom diese anfüllte. Am Morgen entdeckten die Hetiter, daß sie sich jetzt auf einer ringsum von Wasser umgebenen Insel befanden, auf der ihre Streitwagen nutzlos waren. Da begannen sie diese zu zertrümmern und die Pferde umzubringen. Bei diesem Anblick ward Haremhab rasend vor Wut, weil sein ganzes Unternehmen darauf ausging, die Kampfwagen und Rosse unversehrt in seine Hand zu bekommen. Deshalb ließ er in die Hörner stoßen und zum Angriff gegen die Hetiter übergehen, und die ungeübten ägyptischen Truppen hieben mit Leichtigkeit die von den Wagen gestiegenen und zu Fuß kämpfenden Hetiter nieder und trugen den Sieg davon. Auf diese Art eroberte Haremhab an die hundert Streitwagen und über zweihundert Pferde, und er ließ Wagen wie Rosse rasch mit ägyptischen Abzeichen versehen. Mehr als die Beute aber hatte der Sieg selbst zu bedeuten; denn von nun an glaubten die Ägypter nicht mehr an die Unüberwindlichkeit der Hetiter.

Nach dieser Schlacht sammelte Haremhab alle Streitwagen und Pferde und fuhr an ihrer Spitze nach Tanis, während er das langsamere Fußvolk und den Troß nachfolgen ließ. Feuereifer flammte auf seinem Gesicht, und er sagte zu mir: »Wenn du einmal zuschlagen willst, so tu es als erster und schlage hart zu!« Deshalb raste er mit seinen Streitwagen nach Tanis, ohne sich um die feindlichen Horden, die das Untere Land plündernd durchzogen, zu kümmern, und von Tanis fuhr er geradenwegs in die Wüste hinaus, wo er die Wachtruppen der Hetiter schlug und sich ihrer Lager von Wasserkrügen nacheinander bemächtigte. Die Hetiter hatten nämlich Tausende, ja Hunderttausende von Krügen Wasser für ihr Fußvolk in der Wüste aufgespeichert, weil sie keine Seefahrer waren und Ägypten nicht vom Meer aus anzugreifen wagten. Ohne seine Rosse zu schonen, jagte Haremhab mit seinen Truppen vorwärts, und viele Pferde stürzten während dieser tollen Fahrt tot zu Boden. Die Zeugen von Haremhabs wildem Zug durch die Wüste behaupteten, daß die hundert Streitwagen eine Staubwolke aufrührten, die bis zum Himmel stieg, so daß es aussah, als käme er in einem Wirbelsturm dahergeflogen. Jede Nacht wurden neue Signalfeuer auf den Bergrücken des Sinai angezündet, worauf die Freischaren aus ihren Verstecken hervorbrachen und überall in der Wüste die Wachmannschaften und Vorratslager der Hetiter vernichteten. So entstand die Mär, Haremhab stürme bei Tag wie eine Wolke und bei Nacht wie eine Feuersäule durch die Wüste Sinai nach Syrien. Durch diesen Feldzug wuchs sein Ruhm derart, daß das Volk Sagen über ihn zu erzählen begann, wie solche sonst über die Götter berichtet werden; und nicht nur die Ägypter, sondern auch die Syrier, die allen Grund dazu hatten, statteten ihn mit Heldenmythen aus.

So eroberte Haremhab in Sinai einen Wasservorrat nach dem anderen und überrumpelte die ahnungslosen Hetiter, die sich im Bewußtsein der Schwäche Ägyptens niemals vorgestellt hatten, daß er wagen würde, sie durch die Wüste anzugreifen, während ihre Vortrupps das Untere Land verheerten. Auch waren ihre Truppen nicht zusammengezogen, sondern in der Erwartung des Falles von Gaza über alle Städte und Dörfer Syriens verteilt; denn die Umgebung Gazas und der Wüstenrand vermochten die gewaltige Armee nicht zu ernähren, welche die Hetiter in Syrien gesammelt hatten, um Ägypten zu unterjochen. Die Hetiter waren nämlich in ihrer Kriegführung äußerst gründlich und schritten erst dann zum Angriff, wenn sie ihrer Übermacht sicher waren; auf den Lehmtafeln ihrer Befehlshaber waren jede Weide, jede Tränke und jedes Gehöft des Einmarschgebietes verzeichnet. Dieser Vorbereitungen wegen hatten sie ihren Angriff verschoben, und Haremhab überrumpelte sie, weil noch niemals ein Gegner sie zuerst angegriffen hatte und weil sie glaubten, Ägypten besitze für ein so kühnes Unternehmen nicht genügend Streitwagen. Deshalb gerieten sie in völlige Verwirrung, als Haremhabs Streitwagen am Wüstenrand Syriens erschienen, und vergeudeten viel Zeit, um die Zahl der Streitwagen und den Zweck des Angriffs auszukundschaften.

Dieser aber war außer Haremhab niemand bekannt, und auch ihm war er nicht klar bewußt. Später erzählte er mir, er habe nur die Absicht verfolgt, im besten Falle die Wasservorräte der Hetiter in der Wüste zu vernichten, um dadurch deren Angriff stören und um ein Jahr verzögern zu können und inzwischen seine eigenen Truppen auszubilden und für einen großen Krieg auszurüsten. Aber der überraschende Erfolg berauschte ihn, und seine Streitwagenlenker wurden von ihren billigen Siegen geblendet. Deshalb fuhr er mit seinen Streitwagen wie ein Sturmwind geradenwegs auf Gaza, fiel den Belagerern in den Rücken, sprengte sie auseinander, vernichtete ihr Kriegsgerät und zündete ihre Lager an. Gaza selbst erreichte er jedoch nicht; denn als die Belagerer die geringe Zahl seiner Streitwagen wahrnahmen, wandten sie sich gegen ihn, und der mürrische, halsstarrige Befehlshaber wollte bei der herrschenden Verwirrung nicht einmal ihm die Tore Gazas öffnen.

Hätten die Belagerer über Streitwagen verfügt, so wäre Haremhab verloren gewesen. Aber die Streitwagen Azirus und der Hetiter waren in kleinen Abteilungen über ganz Syrien verstreut, weil sie für die Belagerung von Gaza überflüssig waren und die Pferde vor dem Großangriff auf Ägypten Ruhe und Erholung brauchten. Daher gelang es Haremhab, sich in die Wüste zurückzuziehen und unterwegs die Wasservorräte am syrischen Wüstenrand zu vernichten, bevor die rasenden Hetiter genügend Wagen sammeln und gegen ihn schicken konnten. Vorsichtig, wie sie waren, wollten sie ihre kostbaren Kampfgefährte nicht in kleinen Gruppen gefährden, sondern in genügenden Mengen einsetzen, um des Sieges gewiß zu sein, obgleich schon hundert Streitwagen ausgereicht hätten, um Haremhabs von den Kämpfen und langen Märschen erschöpfte Truppen aufzureiben.

Haremhab hegte daher die richtige Vermutung, daß sein Falke mit ihm sei, und in der Erinnerung an den brennenden Baum, den er einst auf dem Berge Sinai gesehen, sandte er seinen Speerwerfern und Bogenschützen den Befehl, sich in Eilmärschen in die Wüste hinaus zu begeben und dabei einen von den Hetitern angelegten Weg zu benützen, in dessen Länge Tausende und aber Tausende von Lehmkrügen genügend Wasser für große Mengen Fußvolk enthielten. Damit hatte er sich entschlossen, den Kriegsschauplatz in die Wüste zu verlegen, obgleich sich dieses Gelände besonders gut für Wagenschlachten eignete und die Stärke der Hetiter gerade in ihren Streitwagen lag. Aber ich glaube, daß ihm kein anderer Ausweg blieb; denn nachdem es ihm gelungen war, sich vor den rasenden Hetitern in die Wüste zurückzuziehen, waren er wie auch seine Leute und Rosse so erschöpft, daß sie das Untere Land vielleicht nicht mehr lebend erreicht hätten. Haremhab jedoch wollte seine tapferen Soldaten nicht allein in der Wüste untergehen lassen, sondern beschloß, bei ihnen zu bleiben, und berief daher sein ganzes Heer in die Wüste. Etwas Derartiges war noch nie zuvor geschehen. Als die großen Pharaonen im Lande Naharina Krieg führten, pflegten sie ihre Truppen im Herbst nach den syrischen Hafenstädten zu verschiffen, um von dort aus den Vormarsch auf dem Landweg zu beginnen. Zu jenen Zeiten hatte Syrien jedoch unter ägyptischer Herrschaft gestanden, während Haremhab nur noch Gaza und keine Übermacht zur See besaß.

Alles, was ich hier über Haremhabs ersten Angriff gegen die

Hetiter berichtet habe, erfuhr ich von ihm oder von seinen Leuten oder durch die Sagen, die später darüber erzählt wurden. Ich selbst war nicht dabei; wäre ich es gewesen, so würde ich heute sicherlich nicht mehr am Leben sein und diesen Bericht niederschreiben können. Denn nur die kräftigsten und zähesten Leute hatten diesen Kriegszug ausgehalten. Mir hingegen war das Los zuteil, von meiner Sänfte aus nur die Spuren des Wüstenangriffs zu gewahren, als ich dem Feldherrn mit dem Fußvolk in Eilmärschen durch Hitze, Sonnenbrand und beißende Staubwolken folgte. Was ich zu sehen bekam, war hie und da die Leiche eines Kriegers, der von seinem Streitwagen gefallen war und das Genick gebrochen hatte und um dessen schwarzgewordenen Leib sich die Wüstengeier rissen. Im übrigen erblickte ich nur die vertrockneten Kadaver erschöpfter Pferde und zerbrochene Krüge, aus denen das Wasser in den Sand geronnen war, auch tote hetitische Wächter, welche die Räuber und Freischärler der Wüste unmittelbar nach Haremhabs Vorüberjagen bis auf die Haut ausgeplündert, verstümmelt und als Siegeszeichen um die Vorratslager herum aufgespießt hatten. Es ist aber begreiflich, daß ich weniger von unvergänglicher Ehre und Siegesrausch als von Leiden und Tod berichten kann.

Nachdem wir zwei Wochen lang unter den größten Anstrengungen durch die Wüste gezogen waren, obwohl wir dank der Vorsorge der Hetiter nach jedem Tagesmarsch genügend Wasser vorfanden, sahen wir eines Nachts von einem Berg hinter der Wüste eine Feuersäule emporsteigen, die uns verriet, daß uns Haremhab dort mit seinen Streitwagen erwartete. Jene Nacht in der Wüste hat sich für immer in mein Gedächtnis eingeprägt, weil ich nicht schlafen konnte, sondern wach lag und ohne Unterlaß die Feuersäulen auf dem fernen Berggipfel leuchten, Rauch und Funken speien und mit ihrem roten Schein das Licht der Sterne überstrahlen sah. Nach der Gluthitze der Tage sind die Wüstennächte kalt, und die Soldaten, die wochenlang barfuß durch den Sand zwischen Dornengestrüpp gestapft sind, wimmern und wehklagen im Schlaf, als wären sie von bösen Geistern geplagt. Daher stammt wohl der Volksglaube, die Wüste sei voll Teufel. Jedenfalls weckten uns die Hornstöße bereits am frühen Morgen zum Weitermarsch, obgleich immer mehr Leute, die den Anstrengungen des Zuges unter den schweren Bürden nicht gewachsen waren, zu Boden sanken, um nicht mehr aufzustehen. Das Feuerzeichen Haremhabs trieb uns zur Eile an. Von allen Seiten tauchten kleine Schwärme zerfetzter, schwarzgebrannter Räuber und Freischärler auf, die zu Haremhab stoßen wollten und unsere Ausrüstung, unsere Speere und Ochsenschlitten mit gierigen Augen betrachteten. Sie schlossen sich uns nicht an, sondern folgten nur dem Feuersignal Haremhabs; doch bin ich überzeugt, daß sie uns ebensogern überfallen und ausgeplündert wie den Angriff gegen die Hetiter unternommen hätten.

Als wir uns aber dem Feldlager Haremhabs näherten, sahen wir am ganzen Wüstenhorizont dichte Staubwolken aufwirbeln; denn die Hetiter hatten sich in Bewegung gesetzt, um ihre Wasservorräte zurückzuerobern. Ihre Spähtrupps durcheilten mit ihren Streitwagen die Wüste, griffen unsere Vorhuten an und verbreiteten großen Schrecken unter den Mannschaften, die nicht gewohnt waren, gegen Streitwagen zu kämpfen und überhaupt noch nie zuvor mit Speer und Bogen Menschen getötet hatten. Deshalb gerieten unsere Truppen in große Verwirrung, viele Leute zerstreuten sich in ihrer Angst in der Wüste, und von den Streitwagen herab spießten die Hetiter sie auf ihre Speere. Zum Glück schickte uns Haremhab aus seinem Lager die noch kampffähigen Streitwagen zu Hilfe – und so groß war die Achtung der Hetiter vor den Kriegern Haremhabs, daß sie sich zurückzogen und uns in Ruhe ließen. Es ist aber auch möglich, daß sie sich nicht aus Achtung zurückzogen, sondern daß ihnen befohlen war, uns bloß auszukundschaften und zu stören, ohne sich in einen Kampf einzulassen.

Jedenfalls aber weckte ihr Rückzug große Begeisterung bei unserem Fußvolk; die Speerwerfer schwenkten ihre Speere und riefen ihnen Drohungen nach, während die Bogenschützen den fliehenden Streitwagen nutzlos eine Menge Pfeile nachsandten. Dennoch schielten alle heimlich nach dem Horizont, wo der Staub wie eine Wolkenwand emporstieg, und suchten sich dabei gegenseitig zu ermutigen, indem sie von Haremhab sagten:

»Uns droht keine Gefahr; denn sein starker Arm schützt uns! Es hat keine Not mit uns; denn er wird wie ein Falke auf die Hetiter niederstoßen, ihnen die Augen ausreißen und sie blenden!«

Aber wenn sie glaubten, sie dürften in Haremhabs Lager ausruhen, irrten sie sich sehr, und wenn sie sich einbildeten, er werde sie wegen ihres Eilmarsches, auf dem sie sich die Fußsohlen im Wüstensand blutig geschunden hatten, loben, täuschten sie sich nicht weniger. Denn Haremhabs Augen waren vor Müdigkeit blutunterlaufen, sein Gesicht vor Wut verzerrt, als er uns empfing, und er schwang seine von Blut und Staub beschmutzte goldene Peitsche, als er uns anschnauzte: »Wo habt ihr die ganze Zeit vertrödelt, ihr Mistkäfer? Wo habt ihr gesteckt, ihr Söhne des Teufels? Wahrlich, ich möchte eure Schädel schon morgen im Sand bleichen sehen, so sehr schäme ich mich bei eurem Anblick! Wie Schildkröten kommt ihr gekrochen und stinkt nach Schweiß und Dreck, daß ich mir die Nase mit den Fingern zuhalten muß, während meine besten Leute aus unzähligen Wunden bluten und meine edlen Pferde keuchend in den letzten Zügen liegen. So grabt jetzt, ihr Männer Ägyptens, grabt um euer Leben! Diese Arbeit eignet sich für euch am besten, weil ihr euer Lebtag gewohnt wart, im Schlamm zu wühlen, wenn ihr nicht gerade mit dreckigen Fingern in der Nase oder im Hintern gebohrt habt.«

Die unerfahrenen ägyptischen Soldaten waren jedoch über diese Worte durchaus nicht beleidigt, sondern jubelten und wiederholten sie unter lautem Gelächter; denn jeder hatte beim Anblick Haremhabs das Gefühl, nach den Schrecken der Wüste einen Schutz gefunden zu haben. Die Leute vergaßen ihre enthäuteten Füße und ihre vertrockneten Zungen und begannen nach Haremhabs Anweisungen tiefe Gräben auszuheben, Holzpfähle zwischen Steinen einzurammen, Schilfseile dazwischen zu spannen und große Steinblöcke von den Berghängen zum Paß hinunterzuwälzen und herbeizuschaffen.

Haremhabs erschöpfte Wagenkämpfer krochen aus ihren Felsspalten und Zelten hervor und schleppten sich hinkend zu den Ankömmlingen, um diesen ihre Wunden zu zeigen und mit ihren Heldentaten zu prahlen; sogar die Sterbenden richteten sich auf, um sich zu brüsten, den Gräbern und Speerwerfern und Bogenschützen Mut einzuflößen und ihren Neid zu erwecken. Beim Anblick der wie wirbelnde Wolken herannahenden Hetiter waren sie nämlich am Morgen alle überzeugt gewesen, ihr letztes Stündlein habe geschlagen, und die Ankunft des Fußvolks ermutigte sie daher, weil es immer angenehmer ist, in großen Scharen als allein zu sterben. Von den zweitausendfünfhundert Streitwagenkriegern, die ausgezogen, waren nur noch fünfhundert Mann kampffähig, während die Rosse vor Müdigkeit strauchelten und die Köpfe bis zum Sand hinunterhängen ließen.

In ununterbrochenen Reihen langte auf diese Weise im Laufe des Tages der größte Teil des Heeres in Haremhabs Lager an, und jedermann wurde sofort eingesetzt, um Gräben auszuheben und Hindernisse aufzuführen, die den Streitwagen der Hetiter den Weg zur Wüste versperren sollten. Den noch fehlenden, vom Marsch erschöpften Truppen sandte Haremhab die Weisung, sich im Laufe der Nacht im befestigten Lager einzufinden; denn wer sich beim Morgengrauen noch in der Wüste befände, würde eines grausamen Todes durch die Hetiter sterben, falls den feindlichen Streitwagen ein Durchbruch über die Pässe in die Wüste gelingen sollte. Niemand aber zählte die Ankömmlinge, und Haremhab gestattete es auch nicht, weil es niemand nützte, ihre Zahl zu kennen, die jedenfalls neben der Heeresmacht der Hetiter gering war.

In der öden Wüste jedoch schien es, als seien die Ägypter in großer Menge versammelt. Das flößte ihnen Mut ein; vor allem aber vertrauten sie blind auf Haremhab, im Glauben, er werde sie aus den Händen der Hetiter erretten und diese schlagen. Doch während sie Hindernisse bauten, Schilfseile zwischen Pfähle über den Sand spannten und Steinblöcke heranwälzten, sahen sie die Streitwagen der Hetiter in Staubwolken gehüllt herannahen und vernahmen das Kampfgeschrei des Feindes. Da wurde ihnen kalt vor Schrecken, und die feindlichen Streitwagen mit ihren fürchterlichen Sensen jagten ihnen große Angst ein.

Aber die Nacht war bereits im Anzug, und die Hetiter wollten nicht zum Angriff übergehen, ohne zuerst das Gelände und die Stärke von Haremhabs Truppen erkundet zu haben. Deshalb schlugen sie ihr Lager in der Wüste auf, ließen ihre Pferde die Dornbüsche abweiden und zündeten Lagerfeuer an, die, soweit das Auge reichte, in der Wüste glommen. Die ganze Nacht kamen die Späher in leichten Kampfwagen bis an die Bollwerke herangefahren, erschlugen Wächter und fochten Scharmützel längs der Front aus, die sich auf Haremhabs Befehl nach beiden Richtungen weit in die Wüste hinausdehnte. An den beiden Flanken aber, wo die Hindernisse errichtet werden konnten, überraschten die Wüstenräuber und Freischärler die Hetiter, holten im Dunkel der Nacht viele von ihnen mit Wurfriemen von den Wagen herunter und erbeuteten die Gefährte mitsamt den Pferden, so daß nur wenige derjenigen Späher zurückkehrten, die sich vom dem durch die Hetiter angelegten Wege zu weit in die Wüste hinausgewagt hatten.

Jedenfalls war die Nacht so erfüllt von Wagenrollen, Todesschreien und Waffengeklirr, daß die des Krieges nicht gewohnten Truppen vor Angst nicht zu schlafen wagten. Haremhab tröstete sie und sprach: »Schlaft wohl, ihr Sumpfratten! Schlaft und ruht euch aus und reibt euch die wunden Fußsohlen mit Öl ein, denn ich wache über euren Schlummer und beschütze euch!« Ich konnte jedoch keinen Schlaf finden und ging daher die ganze Nacht im Lager umher, die Wunden der Streitwagenkrieger zu pflegen, und Haremhab ermunterte mich mit den Worten: »Heile sie, Sinuhe, mit all deiner Kunst; denn tapferere Soldaten hat die Welt noch nie gesehen, und jeder von ihnen wiegt hundert, ja tausend Lehmwühler auf! Heile sie; denn ich liebe meine Soldaten sehr, die es verstehen, ein Pferd zu zähmen und die Zügel zu führen! Ich habe keine ausgebildeten Leute an ihrer Stelle einzusetzen. Von nun an muß jeder erst im Kampf Rosse und Streitwagen beherrschen lernen! Deshalb gebe ich dir einen Deben Gold für jeden Mann, den du wieder kampffähig machst.«

Ich aber war über die mühsame Wüstenreise äußerst ungehalten, wenn ich sie auch in einer Sänfte zurückgelegt hatte; meine Kehle war vom Wüstenstaub ausgetrocknet, und ich ärgerte mich beim Gedanken daran, daß ich wegen Haremhabs dummer Halsstarrigkeit durch die Hände der Hetiter würde sterben müssen, wenn ich auch den Tod an und für sich nicht fürchtete. Deshalb erwiderte ich ungeduldig:

»Behalte dein Gold oder verteile es unter deine Soldaten, damit sie sich wenigstens im letzten Augenblick vor dem Tod reich fühlen! Morgen werden wir zweifellos alle sterben müssen, da du uns in dieser schrecklichen Wüste in die Falle gelockt hast. Wenn ich mich eifrig mühe, deine Sumpfratten zu heilen, tue ich es ausschließlich meinetwegen, weil ich sie für die einzigen kampffähigen Männer der Armee halte, während die übrigen, besonders diejenigen, welche mit mir kamen, den Kopf verlieren und winselnd die Flucht ergreifen werden, sobald sie sich dem ersten Hetiter gegenübersehen. Ich habe sie nämlich im Dunkel vor einem abgebrochenen Ast zurückfahren sehen und einstimmig alle Götter Ägyptens um Hilfe anrufen hören, sobald ein Hase hinter einem Stein aufsprang und über den Weg lief. Zweifellos sind sie tapfer genug, um sich in den Straßen Thebens gegenseitig die Schädel zu zertrümmern oder in großen Haufen einem einsamen Wanderer die Kehle durchzuschneiden und die Börse zu rauben; in der Wüste aber gleichen sie Lämmern, die du zur Schlachtbank führst, und folgen dir demütig blökend, um im nächsten Augenblick blindlings die Flucht zu ergreifen. Deshalb heile ich meine Soldaten nur meinetwegen, in der Hoffnung, es werde uns ein unglaublicher Glücksfall dank ihrer Tapferkeit das Leben retten. Doch tätest du am gescheitesten daran, die flinkesten Pferde auszusuchen, einen leichten Wagen zu besteigen und mich mitzunehmen; dann würden wir vielleicht lebend das Untere Land erreichen, wo du eine neue und bessere Armee sammeln könntest.«

Haremhab rieb sich die Nase mit der Hand, betrachtete mich verschmitzt und meinte: »Dein Rat ist deiner Weisheit würdig, Sinuhe, und zweifellos hätte ich ihn schon längst befolgt, wenn ich eine Spur von Weisheit in mir trüge. Aber ich liebe meine Sumpfratten sehr und will sie daher nicht fern von mir in der Wüste sterben lassen, obwohl ich mit Leichtigkeit allein hätte fliehen, die Wasservorräte vernichten und damit den Krieg auf nächstes Jahr verschieben können. Ich weiß auch wahrhaftig nicht, warum ich nicht das Weite gesucht habe; denn das hätte jeder vernünftige Mensch an meiner Stelle getan, und ich hätte ja später ein Denkmal für meine Soldaten errichten, ihre Namen in den Stein hauen lassen und dadurch ihr Andenken verewigen können. Aber ich unterließ es – und deshalb bleibt uns nichts anderes übrig, als die Hetiter hier in der Wüste zu besiegen. Wir müssen sie schlagen, weil uns kein anderer Ausweg übrigbleibt. Vielleicht habe ich sogar sehr klug gehandelt, als ich das Heer in die Wüste berief, da den Leuten hier kein Weg zur Flucht offensteht und sie, ob sie wollen oder nicht, um ihr Leben kämpfen müssen. Jetzt aber will ich mich in meinen Wagen legen und Wein trinken, damit ich morgen einen Katzenjammer habe; denn dann bin ich wütend und schlage mich besser als in nüchternem Zustand.«

Er ging zu einem Streitwagen hinüber, führte einen Krug zum Mund, und ich vernahm das Glucksen des Weines in der Stille der Nacht, bis in weiter Ferne wieder das Dröhnen der Streitwagen und das Jammern verängstigter Ägypter, die von den Bollwerken blindlings in die Dunkelheit hinausflohen, laut wurden. Haremhabs Leute betrachteten diesen neidisch, bis er jedem Vorübergehenden den Krug reichte und ihn daraus trinken ließ. Während sie tranken, tadelte er sie und sagte: »Eure Bäuche sind wie bodenlose Säcke, eure Dreckmäuler besudeln meinen Krug, und ihr leert ihn mir, so daß ich mir keinen ordentlichen Rausch mehr antrinken kann!« Er patschte ihnen mit der schweren Hand auf die Schulter, redete jeden einzelnen bei seinem Namen an und erinnerte sie an ihre Heldentaten vor Gaza, wo sie sich derart in die Zügel verstrickt hatten, daß ihre eigenen Pferde ihnen Hufschläge versetzen konnten.

So verstrich die Nacht, und wie ein bleiernes Gespenst nahte der Morgen der Wüste und brachte Leichengeruch und Aasgeier mit. Vor den Hindernissen lagen Pferdekadaver und umgestürzte Streitwagen, und die Geier hackten den von den Wagen gefallenen Hetitern die Augen aus. Im Morgengrauen ließ Haremhab in die Hörner stoßen, sammelte seine Truppen am Fuße des Berges und sprach zu ihnen.

2

Während die Hetiter in der Wüste ihre Lagerfeuer mit Sand löschten, die Pferde anschirrten und die Waffen schliffen, hielt Haremhab eine Ansprache an seine Truppen. Er stand an eine rauhe Felswand gelehnt, kaute an einem Stück trockenen Brotes und biß hie und da in eine Zwiebel, die er in der Hand hielt. Dabei richtete er folgende Worte an seine Truppen:

»Ihr seht ein großes Wunder vor euch. Denn, wahrlich, Ammon hat uns die Hetiter in die Hände gespielt, und am heutigen Tag werden große Dinge geschehen. Wie ihr seht, ist das Fußvolk der Hetiter noch nicht zur Stelle, sondern befindet sich noch am Außenrand der Wüste, weil die Leute nicht genügend Wasser haben und die Streitwagen zuerst Bahn brechen und die Vorratslager erobern müssen, wenn die Hetiter ihren Angriff gegen Ägypten weiterführen wollen. Ihre Pferde leiden bereits unter Durst und bekommen kein Futter mehr, weil ich alle ihre Vorräte niedergebrannt und ihre Wasserkrüge von Syrien bis hierher zertrümmert habe. Deshalb müssen sich die Hetiter noch heute mit ihren Streitwagen einen Weg bahnen, sonst müssen sie entweder nach Syrien zurückkehren oder aber in Erwartung neuer Proviantlager ein Lager aufschlagen, ohne sich in weitere Kämpfe einlassen zu können. Wenn sie klug wären, würden sie den Kampf aufgeben und nach Syrien zurückkehren; aber sie sind gierige Leute, die das ganze Gold und Silber Syriens in die Krüge gesteckt haben, die mit Wasser gefüllt hinter uns in der Wüste verteilt stehen und auf die sie nicht kampflos verzichten werden. Deshalb behaupte ich, daß Ammon sie uns in die Hände gespielt hat! Denn beim Angriff werden sich ihre Pferde in unseren Bollwerken verstricken, und sie können nicht mit ganzer Kraft zuschlagen, weil ihre Stärke in der Unwiderstehlichkeit ihrer angreifenden Streitwagen liegt und die Gräben, die ihr so fleißig ausgehoben habt, wie auch die Steinblöcke und die gespannten Seile ihrem Angriff die Spitze abbrechen werden.«

Haremhab spuckte eine Zwiebelschale aus, biß von neuem

mit starken Zähnen in das harte Brot und kaute dann, bis die Truppen vor Ungeduld stampften und zu schreien begannen, wie Kinder tun, die noch mehr Märchen hören wollen. Da runzelte Haremhab die Stirn und sagte: »Bei Seth und allen Teufeln, haben die Bäcker der Armee Rattendreck in das Brot gebacken? Oder schmeckt mir der Katzenjammer wie Kot im Mund? Wisset, meine Sumpfratten, daß ich mir heute nacht einen tüchtigen Rausch angesoffen habe, aus lauter Freude darüber, daß die Hetiter in ihrer Einfalt in die Reichweite unserer Speere gekommen sind. Doch beunruhigt mich der Gedanke, ihr könntet in eurer Erbärmlichkeit die Hetiter entschlüpfen lassen. Deshalb muß ich euch erklären, daß die Stangen, die ihr in der Hand haltet, Speere und ihre Spitzen dazu bestimmt sind, den Hetitern die Bäuche aufzuschlitzen. Und euch Bogenschützen will ich sagen, daß ihr euch gewiß für große Helden haltet, wenn ihr die Bogensehnen singen laßt und die Pfeile hoch in die Luft schießt, um wie Kinder zu rufen: ›Seht, wie hoch mein Pfeil fliegt!‹ Ihr sollt aber auf die Hetiter zielen! Und wäret ihr richtige Krieger, die das Zielen beherrschen, so würdet ihr mit euren Pfeilen den Hetitern die Augen ausschießen. Doch solche Ratschläge will ich nicht an euch verschwenden, sondern fordere euch nur auf, eure Geschosse auf die Pferde zu richten, weil ihr die Männer in den Wagen doch nie treffen würdet. Je näher ihr die Pferde an euch heranlaßt, desto sicherer trefft ihr sie. Ich rate euch daher, erst aus nächster Nähe zu schießen; denn ich werde jeden, der einen Pfeil vergeudet, eigenhändig auspeitschen, bis er wünscht, niemals geboren worden zu sein! Wir können es uns nicht leisten, auch nur einen einzigen Pfeil zu verschleudern. Denkt daran, daß ihre Spitzen aus dem Brustschmuck der ägyptischen Frauen und aus den Fußringen der Freudenmädchen angefertigt sind, falls euch das Vergnügen bereiten kann! Zu den Speerwerfern aber sage ich: Wenn die Rosse dahergerannt kommen, sollt ihr den Speerschaft mit beiden Händen auf den Boden stemmen und die Spitze gegen den Bauch des Tieres richten; dann lauft ihr selbst keine Gefahr, sondern habt Zeit, zur Seite zu springen, ehe die Pferde über euch hinstürzen. Solltet ihr aber zu Boden geworfen werden, müßt ihr den Rossen die Fesseln durchschneiden, weil dies für euch die einzige Rettung davor ist, von den Rädern überfahren und zermalmt zu werden. So stehen die Dinge, ihr Sumpfratten vom Nil!«

Er schnupperte mit Abscheu an dem Brot in seiner Hand, schleuderte es dann fort, hob einen Krug zum Mund und trank reichlich Wasser gegen seinen Katzenjammer. Alsdann fuhr er fort: »Eigentlich verliere ich unnütz meine Zeit, indem ich hier zu euch spreche und euch Ratschläge erteile; denn wenn ihr den Streitruf der Hetiter und das Dröhnen ihrer Wagen vernehmt, werdet ihr ja doch in Tränen ausbrechen und den Kopf in den Sand stecken, weil ihr ihn nicht unter den Kleidern eurer Mütter verbergen könnt! Für diesen Fall muß ich erwähnen, daß, wenn es den Hetitern gelingen sollte, unsere Reihen zu durchbrechen und die Wasservorräte in unserem Rücken zu erreichen, jeder von euch noch vor dem Abend verkauft und tot ist! Im besten Falle werden eure Häute nach einigen Mondumläufen zu Markttaschen verarbeitet an den Armen der Weiber von Byblos und Sidon baumeln, falls ihr nicht mit zerschlagenen Gliedern an der Mauer hängt und brüllt oder mit ausgestochenen Augen Mühlsteine im Lager Azirus dreht. So ergeht es uns, wenn die Hetiter durchbrechen; denn dann sind wir ohne Möglichkeit zur Flucht umzingelt und verloren. Aber ich will auch hervorheben, daß wir schon jetzt nicht mehr entkommen können: Wenn wir die von uns errichteten Wehrbauten aufgeben und uns zurückziehen, werden uns die Streitwagen der Hetiter auseinandersprengen, wie der Strom trockene Spreu fortschwemmt. Ich sage dies für den Fall, daß es jemand einfallen sollte, Hals über Kopf in die Wüste hinauszufliehen. Damit ihr euch jedoch nicht in der Himmelsrichtung, in der sich der Feind befindet, täuscht, werde ich meine fünfhundert tapfersten Soldaten in gehöriger Entfernung hinter eurem Rücken aufstellen, damit sie sich beim Anblick eurer Kampfmethoden sattlachen können; dieses Lachen haben sie wahrlich verdient! Jeden, der sich in der Richtung irrt, werden sie mit ihren Messern totstechen oder der kleinen Operation unterwerfen, die einen wilden Stier in einen gefügigen Zugochsen verwandelt. Wißt also, daß, wenn der Tod vielleicht vor euch lauert, er euch noch sicherer im Rücken erwartet! Vor euch aber liegen auch Sieg und Ehre; denn ich zweifle nicht daran, daß wir, falls jedermann sein Bestes tut, heute die Hetiter schlagen werden. Seht, meine lieben Sumpfratten, wir sind alle auf Gedeih und Verderb miteinander verbunden, und uns bleibt daher nichts anderes übrig, als die Hetiter zu besiegen. Dazu wiederum gibt es kein anderes Mittel, als sich auf sie zu werfen und ihnen mit Hilfe der verschiedenen Waffen, die euch in die Hände gegeben sind, den Garaus zu machen. Das ist unser einziger Ausweg; deshalb folge ich euch und kämpfe, die Peitsche in der Hand, an eurer Seite. Es soll nicht meine Schuld sein, wenn meine Peitsche öfter auf euch als auf die Hetiter niederklatscht, sondern das wird ganz von euch selbst abhängen.«

Wie verzaubert hörten ihm die Leute zu, vergaßen dabei gänzlich, von einem Fuß auf den anderen zu treten, und dachten auch nicht mehr an die Hetiter. Ich muß gestehen, daß ich unruhig zu werden begann; denn die Streitwagen der Hetiter rollten bereits von allen Seiten wie Staubwolken auf unsere Stellung zu. Aber ich glaube, daß Haremhab seine Rede absichtlich in die Länge zog, um den Leuten seine eigene Ruhe einzuflößen und ihnen das beklemmende Warten auf den Angriff abzukürzen. Schließlich aber ließ er von seinem erhöhten Platz den Blick über die Wüste schweifen, hob die Hände und sprach:

»Unsere Freunde, die Hetiter, nahen in ihren Wagen, und ich danke allen Göttern Ägyptens dafür! Denn wahrlich, Ammon hat sie so geblendet, daß sie sich allzusehr auf ihre Kraft verlassen; er jedoch kämpft auf unserer Seite. Geht also, ihr Sumpfratten vom Nil! Ein jeder nehme den ihm angewiesenen Platz ein und verlasse ihn nicht mehr ohne besonderen Befehl! Und ihr, meine lieben Freunde, folgt diesen Hasen und Schnecken, sorgt für sie und entmannt sie, wenn sie zu fliehen versuchen! Ich könnte euch sagen: ›Kämpft für die Götter Ägyptens, kämpft für das schwarze Land, für eure Frauen und Kinder!‹ Doch das ist eitles Geschwätz; denn ihr würdet euren Frauen ohne Zaudern ins Gesicht pissen, wenn ihr nur euer Leben durch Flucht retten könntet. Deshalb sage ich: Ägyptische

Sumpfratten, kämpft für euch, kämpft um euer Leben und weicht nicht; denn das ist eure einzige Rettung! Und lauft jetzt, meine Jungen, lauft rasch! Sonst erreichen die Streitwagen der Hetiter die Bollwerke schneller als ihr, und die Schlacht ist zu Ende, bevor sie begonnen hat.«

Er entließ seine Zuhörer, und die Truppen liefen unter lauten Rufen auf die Hindernisse zu. Doch kann ich nicht sagen, ob sie vor Begeisterung oder vor Angst schrien, und ich glaube kaum, daß sie es selbst wußten. Haremhab folgte ihnen gemächlich, ich aber blieb am Berghang sitzen, um den Kampf aus sicherer Entfernung zu verfolgen, weil ich Arzt und mein Leben daher kostbar war.

Die Hetiter hatten ihre Streitwagen in der Ebene zu Füßen der Hügel vorgefahren und sich schlachtbereit aufgestellt. Ihre bunten Wimpel, der Glanz der geflügelten Sonnen an den Wagen, die wehenden Federbüsche der Pferde und die grellfarbenen Wolldecken, welche die Rosse zum Schutz gegen die Pfeile trugen, das alles bot einen großartigen und zugleich schaurigen Anblick. Sie beabsichtigten offenbar, ihren Angriff mit voller Wucht gegen das offene Gelände zu richten, durch das der von Haremhab in Eile durch leichte Hindernisse versperrte Weg zu den Wasservorräten führte, statt sich den beidseitigen Paßhängen zwischen den Hügeln zuzuwenden oder gar weiter in die Wüste hinaus zu zerstreuen, wo die Flanken der ägyptischen Streitmacht durch die Freischärler und Räuber verteidigt wurden. Denn wenn sie sich weiter in die Wüste hinaus verbreitet hätten, so wäre ihren Rossen der Weg zu den Wasservorräten zu lang geworden. Bei ihrem empfindlichen Mangel an Wasser und Futter für die Pferde verließen sie sich daher auf ihre Stärke und Kriegskunst, denen bisher kein Volk standgehalten hatte. Ihre Streitwagen, wovon es leichtere und ganz schwere gab, kämpften in Sechsergruppen, von denen je zehn ein Regiment bildeten. Ich glaube, es standen im ganzen sechzig Regimenter gegen Haremhabs ungeübte Truppen; denn die Hetiter waren ein genau rechnendes Volk, das die geraden Zahlen liebte. Die schweren, von je drei Pferden gezogenen und mit drei Mann ausgerüsteten Streitwagen aber bildeten die Mitte der Front, und beim

Anblick dieser mächtigen Fahrzeuge vermochte ich nicht zu fassen, wie die Truppen Haremhabs ihrem Angriff widerstehen könnten. Denn sie bewegten sich langsam und schwerfällig wie Schiffe durch die Wüste und drohten alles, was sich ihnen in den Weg stellte, zu zermalmen.

Jedenfalls ließen die Hetiter in die Hörner stoßen, und die Streitwagen setzten sich mit allmählich zunehmender Geschwindigkeit in Bewegung. Doch als sie in die Nähe der Hindernisse kamen, sah ich zu meiner Verwunderung lose Pferde in vollem Galopp zwischen den Wagen hervorjagen, und auf dem Rücken eines jeden Rosses saß ein Mann, der sich an der Mähne des Tieres festklammerte und ihm mit den Fersen auf die Flanken trommelte, um es zu rascherem Lauf anzuspornen. Ich konnte nicht begreifen, warum sie die Ersatzpferde der Wagen ungeschützt vor die Front schickten, bis ich sah, wie sich die Männer vom Pferderücken herabbeugten und, sich an der Mähne festhaltend, mit Messern und Äxten die zwischen den Pfählen am Boden gespannten Schilfseile, welche die Rosse der Streitwagen zu Fall bringen sollten, durchhieben. Andere Pferde wiederum rasten, unbekümmert um die Pfeile und Speere der Ägypter, zwischen den Hindernissen heran, und die auf ihrem Rücken geduckten Reiter reckten sich und schleuderten ihre Speere – aber nicht etwa gegen die Ägypter, sondern in die Erde, wo sie, jeder mit einem flatternden, bunten Wimpel am Schaftende, steckenblieben. Dies alles geschah mit Blitzeseile, rascher, als ich es zu erzählen vermag, und ich konnte ihre Absicht nicht durchschauen; denn nachdem die Leute die Seile durchschnitten und ihre Speere in den Boden gebohrt hatten, machten sie kehrt, sprengten in vollem Galopp zurück, entkamen zwischen den Streitwagen und hielten hinter diesen an. Nur einige der Reiter waren, von Pfeilen durchbohrt, vom Pferderücken herabgeglitten und eine Anzahl ihrer Rosse zu Boden gestürzt, wo sie, mit den Hufen wild um sich schlagend und laut brüllend, liegenblieben.

Doch als die leichten Streitwagen der Hetiter zum Angriff übergingen, bekam ich ein seltsames Schauspiel zu sehen: Haremhab, der seinen Truppen gefolgt war, stürmte aus den Hindernissen hervor und ganz allein auf die dröhnenden Streitwagen zu! Ich erkannte ihn gut, weil er die kleinen Männer des Niltals um Kopfeslänge überragte. Bei diesem Anblick sprang ich auf die Füße, schrie und ballte die Fäuste; Haremhab aber riß einen der hetitischen Speere, an dessen Ende ein Wimpel wehte, aus dem Boden und schleuderte ihn in weite Entfernung, wo er wieder zitternd im Sande steckenblieb. Sein Kriegerverstand arbeitete rascher als das Gehirn aller anderen. Als erster hatte er den Zweck dieser Signalspeere erfaßt: Die Hetiter schickten vor dem Angriff ihre erfahrensten Leute auf einzelnen Pferden aus, um mit bewimpelten Speeren die Stellen anzugeben, wo die Hindernisse am schwächsten waren und der Angriff daher die besten Aussichten auf Erfolg haben mußte.

Unter den Ägyptern hatte außer Haremhab niemand dieses Vorgehen begriffen; er allein besaß so viel Geistesgegenwart, den Signalspeer in die falsche Richtung zu schleudern, um die Hetiter irrezuführen. Einige Leute, die seinem Beispiel folgten und gleich ihm vor die Hindernisse hinausliefen, begnügten sich damit, die Speere aus dem Boden zu reißen, und kehrten mit den Wimpeln als Siegeszeichen zurück. Aber auch solches war geeignet, in den Angriff der Hetiter Verwirrung zu bringen. Ich glaube, daß nur Haremhabs rasche Auffassungsgabe an diesem Morgen Ägypten rettete; denn wenn die Hetiter die ganze furchtbare Wucht ihres ersten Ansturms gegen die von den Reitern zum Durchbruch bezeichneten Punkte gerichtet hätten, würden die Ägypter ihnen sicherlich nicht standgehalten haben.

Damals sah ich das noch nicht ein; Haremhabs Vorprellen gegen die anrollenden Wagenkolonnen dünkte mich ein unsinniger Jungenstreich, und ich tadelte ihn im Glauben, durch sein Beispiel habe er nur seine Leute anfeuern wollen. Es dürfte indes kein mutigeres Unternehmen in der Welt geben, als in offenem Gelände allein gegen angreifende Streitwagen anzustürmen. Sicherlich aber kann ein erfahrener Krieger solches ohne allzu große Gefahr wagen, falls er seine eigene Kraft und Gewandtheit sowie die Geschwindigkeit der Streitwagen richtig zu beurteilen vermag und beizeiten in Deckung zurückeilt, bevor ihn die Wagen unter sich zermalmen. Somit lief Haremhab vielleicht nicht einmal besonders große Gefahr; aber beim Anblick seiner Heldentat jubelte das ganze Heer laut auf, pries ihn ob seiner Tapferkeit und vergaß die Bedrängnis.

Als Haremhab zu seinen Truppen zurückgekehrt war, erreichten die leichten Streitwagen der Hetiter die Hindernisse und durchstießen sie, von den Wimpelzeichen geleitet, keilförmig. Auf diesen ersten Zusammenstoß folgte ein so entsetzlicher Lärm, und der Staub wirbelte unter den Pferdehufen und Wagenrädern in so dichten Wolken empor, daß es mir nicht mehr möglich war, vom Hügel aus den weiteren Verlauf der Schlacht zu beobachten. Ich konnte nur noch sehen, wie die Pfeile der Bogenschützen einige Pferde bereits vor den Hindernissen erlegten; aber die Hetiter wichen den umgekippten Wagen geschickt aus und griffen weiter an. Später erkannte ich, daß die leichten Streitwagen an einigen Stellen trotz großer Verluste alle Hindernisse durchbrochen hatten. Doch rückten die Wagen nicht weiter vor, sondern blieben in Gruppen stehen, und die Ersatzleute sprangen aus den Fahrzeugen, um die Steinblöcke fortzuwälzen und den Weg für die schweren Streitwagen freizumachen, die außer Reichweite der Pfeile vor den Hindernissen standen und ihren Einsatz abwarteten.

Bei diesem Erfolg der Hetiter hätte ein erfahrener Soldat alles verloren gegeben; Haremhabs unerfahrene Sumpfratten aber sahen bloß die gefallenen Pferde vor den Hindernissen in Todesqualen zucken oder in den Gräben um sich schlagen. Sie erkannten, daß die Hetiter schwere Verluste erlitten hatten und ihr Angriff aufgehalten worden war, und schrieben dieses Ergebnis ihrer eigenen Tapferkeit und Geschicklichkeit zu. Schreiend vor Eifer und Schreck, warfen sie sich mit erhobenen Speeren auf die stehengebliebenen Streitwagen, krochen mit ihren Messern über den Boden, um den Pferden die Fesseln durchzuschneiden, und rissen die Lenker von den Wagen herunter, während die Bogenschützen auf die Feinde, welche die Steinblöcke fortwälzten, zielten. Haremhab ließ sie nach Belieben wüten, und ihre zahlenmäßige Überlegenheit kam ihnen zu Hilfe, so daß sie zahlreiche Streitwagen eroberten, die sie, gebläht von Stolz und Erregung, den Soldaten Haremhabs übergaben. Denn sie selbst verstanden sich ihrer nicht zu bedienen, sondern hingen verängstigt am Zaumzeug der sich bäumenden Rosse oder fürchteten, von den Wagen zu fallen, sobald sie diese einmal bestiegen hatten. Haremhab aber erklärte ihnen keineswegs, daß der Kampf doch verloren sein würde, sobald erst die schweren Streitwagen angerollt kämen; er verließ sich auf sein Glück und auf den tiefen Graben, den er im Tal hinter den Truppen hatte ausheben und mit Büschen und Reisig zudecken lassen. Diesen Graben hatten die leichten Streitwagen noch nicht erreicht; die Lenker aber glaubten, schon alle Hindernisse genommen zu haben.

Nachdem die überlebenden Hetiter einen genügend breiten Weg für die schweren Streitwagen gebahnt hatten, bestiegen sie wieder ihre Gefährte und zogen sich eilends zurück. Diese Flucht weckte einen stürmischen Jubel unter den Truppen Haremhabs, die bereits gesiegt zu haben glaubten und sich beeilten, die mit gebrochenen Beinen in die Gräben gestürzten Pferde mit ihren Speeren zu durchbohren und die von den Wagen herabgefallenen Hetiter, die sich kriechend hinter Steinblöcken zu verstecken suchten, totzuschlagen. Haremhab aber ließ unverzüglich in die Hörner stoßen, die Steine wieder an ihren Platz zurückwälzen und Speere mit schräg gegen die Angreifer gerichteten Spitzen in den Sand stecken; denn um unnütze Verluste zu vermeiden, konnte er nichts anderes unternehmen, als seine Truppen auf beiden Flanken an diejenigen Stellen zu verlegen, wo die Hindernisse durchbrochen waren. Sonst hätten die großen Sensen der in der Mitte der Front drohenden schweren Streitwagen seine Truppen wie reifes Getreide niedergemäht.

Er tat es im letzten Augenblick; denn die Zeit des kleinsten Wassermaßes war kaum verstrichen und die Staubwolke im Tal noch nicht aufgelöst, als die schweren Streitwagen der Hetiter, der Stolz und die Blüte des Heeres, dröhnend und ratternd herangerollt kamen und alle Hindernisse unter ihren Rädern zermalmten. Gewaltige, schwere Pferde, welche die ägyptischen um ein Brustmaß überragten und deren Köpfe durch Metallmasken, deren Flanken durch Wollpanzer geschützt waren, zogen diese Wagen. Von dem Gewicht der Räder wurden sogar große Steinblöcke zur Seite gedrängt, sie wirbelten Staubwolken auf, und die kräftigen Brustseiten der Pferde rammten die in den Boden gebohrten Speere, daß deren Schäfte wie trockenes Schilf zerbrachen. Ein furchtbares Wehklagen und Geschrei erhob sich im Tal, während sie vorwärtsstürmten; und als ich das grausige Geheul der Leute vernahm, die von den Wagenrädern zerschmettert oder von den Sensen entzweigeschnitten wurden, stand ich von neuem auf, um Umschau zu halten. Aber nirgends eröffnete sich mir ein Weg zur Flucht.

Jetzt brachen die großen Mengen der Hetiter aus der Staubwolke im Tal hervor, und ihre Pferde sprengten in den farbigen Wollpanzern und mit den langen, aus den Kopfmasken hervorlugenden Spitzen der Bronzehörner wie gespenstische Ungeheuer voran. Rasselnd preßten sie sich in einer endlosen Heeressäule vorwärts, und keine Macht der Welt schien ihrem Vorrücken Einhalt gebieten zu können. Denn vor ihnen waren keine Hindernisse mehr zu sehen, und keine Ägypter versperrten ihnen den Weg zu den Wasservorräten in der Wüste, weil sich die Truppen auf Haremhabs Befehl aus dem Tal gegen die Hügellehnen zu beiden Seiten zurückgezogen hatten. Die Hetiter stießen einen donnernden Kriegsruf aus und fuhren mit solchem Ungestüm weiter, daß die Staubwolken hinter ihnen aufwirbelten und jede Sicht verdeckten. Ich aber warf mich der Länge nach zu Boden und beweinte bitterlich Ägypten und das schutzlose Untere Land und alle, die Haremhabs dummer Halsstarrigkeit und verrückter Einfälle wegen zum Tod verurteilt waren.

Die Hetiter ließen sich durch ihren Sieg nicht blenden, sondern senkten die Wagenbremsen in den Sand und schickten wieder die leichteren Streitwagen voraus, um das Gelände zu untersuchen. Denn sie waren vorsichtige und erfahrene Krieger, die sich vor allen Überraschungen hüteten, obwohl sie von den Ägyptern nicht viel hielten und deren Schlauheit nicht kannten. Es ist für die Lenker jedoch schwierig, einen Angriff schwerer Streitwagen zum Stehen zu bringen, wenn er einmal begonnen hat: Die riesigen Pferde stürmen, wenn sie sich in Gang gesetzt haben, unaufhaltsam vorwärts, und versucht man, sie mit Gewalt zurückzuhalten, so zerreißen sie die Zügel und zertrümmern die Wagen. Deshalb tragen ihre Lenker einen Speer mit breiter Spitze, mit dem sie den Pferden im Notfall die Fesseln durchschneiden können, wenn der Wagen unbedingt zum Stehen gebracht werden muß.

Diesmal aber hielten sie ein solches Verfahren nicht für nötig, sondern ließen nichtsahnend ihre Rosse in breiter Kolonne weitertraben, bis der Boden plötzlich unter ihnen nachgab und sie mitsamt ihren Wagen in den tiefen Graben stürzten, den die Sumpfwühler des Nil ausgehoben und mit Büschen und Reisig getarnt hatten. Diese Grube lief von Hang zu Hang durch das ganze Tal, und viele Dutzende von Wagen fielen Hals über Kopf hinein, bevor die überraschten Führer ihre Pferde wenden und nach beiden Richtungen entlang dem Grabenrand lenken konnten, wodurch sich die voranstürmende Kolonne spaltete. Als ich die Schreie der Hetiter vernahm, hob ich den Kopf vom Erdboden, und der Anblick, der sich mir bot, war fürchterlich, bis der Staub schließlich wieder alles verhüllte.

Wenn die Hetiter genügend Geistesgegenwart besessen und ihre Schlappe eingesehen hätten, wäre es ihnen möglich gewesen, wenigstens die Hälfte ihrer Wagen zu retten und alsdann den Ägyptern immer noch eine schwere Niederlage zuzufügen. Sie hätten ohne große Schwierigkeit die längs des Grabenrandes laufenden Pferde in Eile kehrtmachen und durch die bereits beseitigten Hindernisse hindurch wieder in die Ebene hinausstürmen lassen können. Aber sie vermochten nicht zu erfassen, daß sie einen Schlag ins Leere getan hatten, weil sie solches nicht gewohnt waren und auch in ihren Herzen nicht zugeben wollten, je verlieren zu können. Deshalb wäre es ihnen nicht einmal im Traum eingefallen, vor dem ägyptischen Fußvolk, das keine Wagen besaß, die Flucht zu ergreifen, und so ließen sie die Pferde bis zu den steilen Hügelhängen laufen, wo die Wagen in der Steigung stehenblieben. Jetzt machten sie kehrt, um das Gelände zu untersuchen, und kletterten von den Wagen, um ausfindig zu machen, wie sie über den Graben gelangen und dabei ihre dort gestürzten Kameraden retten könnten, während sich die Staubwolken inzwischen zerteilen würden und sie den nächsten Stoß gegen die Ägypter richten könnten.

Haremhab aber beabsichtigte keineswegs, tatenlos zu warten, bis sie sich von ihrer Überraschung erholt hätten, sondern ließ in die Hörner stoßen und seinen Truppen verkünden, seine Zauberkraft habe die feindlichen Streitwagen zum Stehen gebracht und dadurch die Macht der Hetiter gebrochen. Er schickte die Bogenschützen zu den Hängen, damit sie mit ihren Pfeilen die Hetiter belästigen, und ließ seine Leute mit Gezweig und Besen noch mehr Staub aufwirbeln, teils um den Feind in seinem Vorhaben zu behindern, teils um seine eigenen Soldaten nicht sehen zu lassen, wie erschreckend viele hetitische Streitwagen noch heil und kampffähig waren. Gleichzeitig erteilte er einem Teil seiner Truppen den Befehl, Steine die Hügel hinabzurollen und die durchbrochenen Hindernisse wieder zu schließen, um sich den Sieg vollends zu sichern und die feindlichen Streitwagen unversehrt in die Hände zu bekommen.

Inzwischen lagerten die leichten Streitwagenkräfte der Hetiter in der Ebene, um ihre Pferde rasten zu lassen, die Geschirre zu flicken und zerbrochene Wagenspeichen zu verstärken. Sie sahen den Staub zwischen den Hügeln emporsteigen, hörten Geheul und Waffengeklirr und glaubten die schweren Streitwagen damit beschäftigt, die Ägypter wie Ratten vor sich herzujagen und zu erledigen.

Im Schutz der Staubwolken entsandte Haremhab seine tapfersten Speerwerfer, um die Hetiter zu hindern, ihren in den Graben gestürzten Kameraden herauszuhelfen und diesen aufzufüllen. Die übrigen Truppen aber schickte er gegen die Streitwagen; sie rollten große Steinblöcke vor sich her oder schleppten solche auf Ochsenwagen herbei, um die Masse der Streitwagen in einem engen Raum einzuschließen, zusammenzudrängen und lahmzulegen. Bald stürzten große Blöcke über die Abhänge auf die Wagen hinunter; denn die Ägypter haben zu allen Zeiten geschickt mit Steinen umzugehen verstanden, und in Haremhabs Heer gab es nur zu viele Leute, die diese Kunst in den Steinbrüchen erlernt hatten.

Die Hetiter gerieten in höchste Verwirrung, als sich die

Staubwolken nicht legen wollten und sie daher nicht sehen konnten, was um sie herum geschah, während die Pfeile sie von ihren Wagen, aus denen sie sich zum Ausschauen vorbeugten, herunterholten. Ihre Hauptleute stritten sich untereinander, weil sie noch nie zuvor einen derartigen Überfall erlebt hatten und daher ratlos waren; denn bei ihren Übungen hatten sie nicht gelernt, was in einer solchen Lage zu tun sei. Deshalb vergeudeten sie ihre Zeit mit Händeln und schickten einige Streitwagen in die Staubwolken hinein, um die ägyptischen Stellungen auszukundschaften. Diese Fahrzeuge kehrten aber nicht mehr zurück; denn die Pferde strauchelten über die Steine, und die Speerwerfer Haremhabs rissen die Lenker von den Wagen und machten ihnen den Garaus. Schließlich ließen die hetitischen Hauptleute in die Hörner stoßen, um die Wagen zu sammeln und vereint in die Ebene zurückzufahren, wo sie ihre Truppen neu zu ordnen gedachten. Als sie aber auf dem gleichen Weg, auf dem sie gekommen, zurückstürmen wollten, erkannten sie ihn nicht mehr und verirrten sich; die Pferde verstrickten sich in den gespannten Seilen und gelegten Schlingen, und die schweren Wagen fuhren gegen Steinblöcke und kippten um, so daß ihre Besatzungen schließlich aussteigen und zu Fuß kämpfen mußten. Sie waren tapfere und erfahrene Krieger und töteten daher viele Ägypter; aber sie waren nicht gewohnt, zu Fuß, sondern nur von ihren Wagen aus zu kämpfen. Deshalb wurden sie schließlich von Haremhabs Truppen besiegt, nachdem die Schlacht bis zum Abend gedauert.

Gegen Abend wehte von der Wüste her ein Wind, fegte die Staubwolken aus dem Tal und enthüllte den Schauplatz des Kampfes und die fürchterliche Niederlage der Hetiter: Sie hatten die Großzahl ihrer schweren Streitwagen eingebüßt, und zahlreiche Fahrzeuge und Rosse waren mit ihrer ganzen Ausrüstung unversehrt in Haremhabs Hände gefallen. Trotzdem erschraken dessen Leute sehr, als sie, von Dampf, Wunden und Blutgeruch erregt und erschöpft, ihre eigenen Verluste wahrnahmen; denn im Tal lagen viel mehr Leichen von Ägyptern als von Hetitern. Entsetzt meinten die Überlebenden: »Das war ein Tag des Grauens, und es ist ein Glück, daß wir während der

Schlacht nichts sehen konnten! Hätten wir die Übermacht der Hetiter und die Zahl unserer Gefallenen gesehen, so hätten wir vor Angst gezittert und nicht wie Löwen gekämpft.«

Als jedoch die letzten am Leben gebliebenen Hetiter, die, durch ihre Wagen und ihre gefallenen Rosse gedeckt, noch weiterkämpften, das Ausmaß ihrer Niederlage erkannten, brachen sie in Tränen aus und sagten zu sich: »Unsere schweren Streitwagen, die Blüte und der Stolz unseres Heeres, sind verloren! Der Himmel und die Erdmutter haben uns verlassen! Diese Wüste gehört nicht mehr der Erdmutter, sondern allen Teufeln. Deshalb nützt es nichts mehr, wenn wir weiterkämpfen; wir legen daher die Waffen nieder.« Und sie stießen die Speere vor sich in den Boden, ließen die Waffen aus den Händen gleiten und streckten die Arme hoch, worauf Haremhab sie als Gefangene mit Seilen fesseln ließ und alle Sumpfratten des Nils gelaufen kamen, um sie zu bestaunen, ihre Wunden zu betasten und ihnen die geflügelten Sonnen und Doppeläxte von den Helmen und Kleidern zu reißen.

Durch dieses grauenhafte Durcheinander schritt Haremhab von einer Abteilung zur andern, fluchte und wetterte, klatschte freundschaftlich mit seiner goldenen Peitsche, redete diejenigen, die sich im Kampf ausgezeichnet hatten, beim Namen an und nannte sie seine Kinder und lieben Sumpfratten. Er ließ Wein und Bier verteilen und gestattete ihnen, sämtliche Gefallenen, sowohl Hetiter als Ägypter, auszuplündern, damit sie ihren Anteil an der Siegesernte bekämen. Seine kostbarste Beute aber bestand aus den schweren Streitwagen und den unbeschädigten Rossen, die wild um sich bissen und mit den Hufen ausschlugen, bis man ihnen reichlich Wasser und Futter gab, und diejenigen unter Haremhabs Leuten, die gewohnt waren, mit Pferden umzugehen, ihnen sanft zusprachen und sie überredeten, in Zukunft Ägypten zu dienen. Das Pferd ist nämlich ein kluges, wenn auch schreckliches Tier, das die Reden der Menschen versteht. Deshalb willigten sie ein, Ägypten zu dienen, nachdem sie genügend Futter und Wasser bekommen hatten. Wieso es aber kam, daß sie Ägyptisch verstanden, nachdem sie doch früher nur die unbegreifliche Sprache der Hetiter gehört hatten, ist mir unfaßbar. Haremhabs Leute versicherten mir jedoch, daß sie alles, was man ihnen sage, verständen; und ich mußte es schließlich glauben, als ich sah, wie sich diese mächtigen, wilden Tiere die Behandlung durch die Soldaten gefallen und die schweren, heißen Wollpanzer abnehmen ließen.

Noch in der gleichen Nacht ließ Haremhab die Wüstenräuber und Freischärler auf beiden Flanken vom Sieg benachrichtigen und forderte alle mutigen Männer unter ihnen auf, seinen Streitwagentruppen beizutreten; denn die Wüstenbewohner verstanden besser, mit Pferden umzugehen, als die Ägypter, die sich vor diesen Tieren fürchteten. Alle Pferdeliebhaber folgten jubelnd seinem Ruf und hatten große Freude an den schweren Wagen und den stattlichen Gespannen. Ebenso erfreut waren die Wölfe, Schakale und Geier der Wüste, die sich in großen Scharen auf die Leichen warfen, ohne einen Unterschied zwischen Ägyptern und Hetitern zu machen.

Ich fand jedoch keine Zeit, an all das zu denken; denn ich hatte mehr als genug damit zu tun, Verwundete zu pflegen, Wunden zuzunähen, ausgerenkte Glieder einzurenken und Schädel zu öffnen, die von den hetitischen Streitkolben eingeschlagen worden waren. Obgleich ich viele Gehilfen zum Abnehmen der Glieder und zum Vernähen der Wunden zur Verfügung hatte, dauerte es doch drei Tage und drei Nächte, bevor alle Verletzungen behandelt waren; und in dieser Nacht starben auch die unheilbar Verwundeten. Leider konnte ich diese Arbeit nicht ungestört ausführen, sondern wurde von unaufhörlichem Schlachtenlärm belästigt; denn die Hetiter wollten noch immer nicht an ihre Niederlage glauben. Am zweiten Tag unternahmen sie einen Angriff mit den leichten Streitwagen, um die verlorenen schweren Gefährte zurückzuerobern, und noch am dritten Tag versuchten sie, die Hindernisse zu durchbrechen; denn sie getrauten sich nicht, nach Syrien zurückzukehren und ihren höheren Anführern die Niederlage einzugestehen.

Am dritten Tag aber beschränkte sich Haremhab nicht mehr auf die Verteidigung, sondern ließ die Hindernisse öffnen und schickte seine Soldaten mit den den Hetitern abgenommenen Streitwagen in den Kampf. Diese jagten die feindliche Kolonne der leichten Wagen vor sich her und sprengten sie auseinander – wenn auch unter großen Verlusten; denn die Hetiter waren gewandter und besaßen mehr Erfahrung im Wagenkampf, weshalb ich wieder viel Arbeit erhielt. Haremhab aber erklärte diese Verluste für unvermeidlich, da seine Soldaten nur im Kampf lernen könnten, mit Roß und Wagen umzugehen. Es sei daher besser, sie auszubilden, solange der Feind noch schwach und von Furcht gelähmt sei, als wenn dieser neu gekräftigt und gerüstet seine Streitwagen gegen die ägyptischen schickte.

»Wir können Syrien niemals erobern, wenn wir keine eigenen Kampfwagen gegen die feindlichen einzusetzen haben!« erklärte Haremhab. »Deshalb ist dieser ganze Krieg im Schutz der Hindernisse nur ein Kinderspiel, durch das wir nichts gewinnen, selbst wenn wir dabei den Angriff der Hetiter gegen Ägypten verhindern.«

Er hoffte inbrünstig, daß die Hetiter auch ihr Fußvolk in die Wüste gegen ihn schicken würden; denn ohne genügende Wasservorräte wären ihm die Hetiter dort eine leichte Beute geworden. Die Hetiter aber waren klug und gelehrig, behielten ihre Truppen in Syrien zurück und hofften ihrerseits, Haremhab werde, vom Sieg geblendet, seine Soldaten aus der Wüste gegen Syrien schicken, wo sie den ausgeruhten und kriegserfahrenen Truppen und Streitwagen der Hetiter ohne weiteres zum Opfer fallen müßten. Doch rief ihre Niederlage eine große Aufregung in Syrien hervor, wo sich viele Städte gegen Aziru erhoben und ihm ihre Tore verschlossen, weil sie seiner Herrschsucht und der Machtgier der Hetiter überdrüssig waren und im Glauben an einen raschen Sieg Ägyptens dessen Gunst zu gewinnen hofften. Die syrischen Städte sind nämlich untereinander stets uneinig gewesen, und Haremhabs Spione schürten die Unruhe ihrer Bevölkerungen und verbreiteten schreckliche und übertriebene Gerüchte von der großen Niederlage der Hetiter in der Wüste.

Während Haremhab seine Truppen beim Berg des Sieges rasten ließ, sich mit seinen Kundschaftern beriet und neue Pläne schmiedete, sandte er wiederum auf allen erdenklichen Wegen nach dem eingeschlossenen Gaza den Befehl: »Haltet Gaza!« Denn er wußte, daß diese Stadt der Belagerung nicht mehr lange standhalten konnte. Zur Wiedereroberung Syriens aber brauchte er diesen Stützpunkt an der Küste. In der Zwischenzeit ließ er unter seinen Leuten über die Reichtümer Syriens und über die Priesterinnen des Ischtartempels, die mit ausgesuchter Geschicklichkeit tapfere Krieger zu ergötzen wissen, Geschichten verbreiten. Ich wußte nicht, worauf er eigentlich wartete, bis sich eines Nachts von der syrischen Wüste her ein durstiger und halbverhungerter Mann durch die Hindernisse hereinschlich und gefangennehmen ließ, worauf er erklärte, Haremhab sprechen zu müssen. Die Soldaten verhöhnten ihn seiner Frechheit wegen, aber Haremhab empfing den Mann, der sich tief vor ihm verneigte, die Hände in Kniehöhe vorstreckte, obwohl er syrische Kleidung trug, und alsdann die Rechte auf sein Auge legte, als schmerze ihn dieses. Als Haremhab das sah, fragte er: »Sieh an! Dich hat wohl ein Mistkäfer ins Auge gestochen?« Ich befand mich zufällig in seinem Zelt und hielt seine Bemerkung für leeres Geschwätz, weil der Mistkäfer ein harmloses Tier ist, das niemand sticht. Der durstige Mann aber entgegnete: »Wahrlich, ein Mistkäfer hat mich ins Auge gestochen, denn in Syrien gibt es zehn mal zehn Mistkäfer, die alle sehr giftig sind.«

Da sprach Haremhab: »Ich grüße dich, du Tapferer! Du kannst offen zu mir sprechen; denn dieser Arzt in meinem Zelt ist ein einfältiger Kerl, der ohnehin nichts begreift.« Als der Mann dies vernahm, sagte er: »Haremhab, das Heu ist eingetroffen.« Er sagte nichts weiter; aber aus seinen Worten schloß ich, daß er ein Spion Haremhabs sein mußte. Haremhab verließ rasch das Zelt und ließ ein Signalfeuer auf dem Hügelkamm entzünden – und nach einer Weile flammten Feuerzeichen auf allen Höhen vom Berg des Sieges bis zum Unteren Land: Auf diese Weise schickte Haremhab nach Tanis den Befehl an die Flotte, auszufahren und nach Gaza zu segeln und sich mit den syrischen Seestreitkräften in den Kampf einzulassen, falls ein solcher sich als unvermeidlich erweisen sollte.

Am folgenden Morgen ließ Haremhab in die Hörner stoßen. Das Heer setzte sich durch die Wüste gegen Syrien in Bewegung, und die Streitwagen fuhren als Spähabteilungen den

Truppen voraus, säuberten den Weg von Feinden und suchten geeignete Lagerplätze. Ich konnte zwar nicht begreifen, warum sich Haremhab getraute, im offenen Gelände gegen die Hetiter zu kämpfen. Aber die Truppen folgten ihm gern; denn sie träumten von den Reichtümern Syriens und von großer Beute, während ich in beinahe allen Gesichtern das Zeichen des Todes zu lesen glaubte. Trotzdem bestieg ich meine Sänfte, um ihnen zu folgen. Hinter uns ließen wir den Berg des Sieges und die Knochen der gefallenen Hetiter und Ägypter zurück, die jetzt in voller Eintracht im Sand des durch Hindernisse eingeschlossenen Tales bleichen und verwittern konnten.

3

Jetzt muß ich über den Krieg in Syrien berichten. Doch weiß ich nicht viel zu erzählen, weil ich von militärischen Dingen wenig verstehe und in meinen Augen alle Schlachten, alle brennenden Städte und geplünderten Häuser, alle jammernden Frauen und verstümmelten Leichen gleich sind, wo immer ich auf sie stoßen mag. Deshalb würde mein Bericht sehr einförmig ausfallen, wenn ich alles, was ich sah, schildern wollte; denn der Krieg in Syrien währte drei Jahre. Er wurde äußerst grausam und unbarmherzig geführt, dabei kam eine Unzahl von Menschen um, die Obstbäume wurden in den Gärten gefällt und die Dörfer und Städte des Landes entvölkert.

Zuerst muß ich jedoch von Haremhabs Schlauheit erzählen. Er ließ seine Truppen ohne Zögern über die Grenzen in Syrien einmarschieren, die von Aziru errichteten Marksteine beseitigen, Dörfer plündern und sich mit den syrischen Frauen vergnügen, um ihnen einen Vorgeschmack der Siegesfrüchte zu geben. Er marschierte geradenwegs auf Gaza. Als die Hetiter seine Absicht durchschauten, sammelten sie, ihm den Weg abzuschneiden und ihn zu vernichten, ihre Truppen in der Ebene vor der Stadt, weil sich dieses Gelände für den Wagenkrieg eignete und sie daher nicht an ihrem Sieg zweifelten. Aber der Winter war bereits so weit fortgeschritten, daß sie die Pferde mit trokkenem Stroh und mit von syrischen Kaufleuten erstandenem Heu füttern mußten, und kurz vor der Schlacht erkrankten die Tiere und wurden schwach auf den Beinen, ihre Ausscheidung war grün und wässerig, und viele von ihnen gingen ein. Deshalb waren die Streitwagen Haremhabs den ihrigen an Zahl ebenbürtig, und er konnte sich mit Aussicht auf Erfolg in eine Schlacht einlassen. Nachdem er die feindlichen Streitwagen vertrieben, war es ihm ein leichtes, das von Schreck gelähmte Fußvolk zu zersprengen. Seine Speerwerfer und Bogenschützen vollendeten das von den Streitwagen begonnene Werk, die Hetiter erlitten eine größere Niederlage als je zuvor, und auf dem Schlachtfeld blieben ebenso viele Leichen von Hetitern und Syriern wie von Ägyptern, weshalb die Ebene von da an die Ebene der Menschengebeine genannt wurde. Als Haremhab aber in das feindliche Lager kam, ließ er zuallererst die Futtervorräte in Brand stecken und vernichten; denn das Futter enthielt Giftpflanzen, welche die Pferde der Hetiter krank gemacht hatten. Damals wußte ich noch nicht, wie Haremhab diese List zustande gebracht hatte.

So gelangte Haremhab bis Gaza, und während sich die Hetiter und Syrier im ganzen südlichen Syrien in befestigte Städte und Garnisonen zurückzogen, sprengte er den Belagerungsring um Gaza. Gleichzeitig fuhr die ägyptische Flotte in den Hafen von Gaza ein, wenn sie auch nach der zwei Tage zuvor stattgefundenen Seeschlacht arg zugerichtet war und viele ihrer Schiffe noch in Flammen standen. Die Seeschlacht war unentschieden geblieben, weil die ägyptische Flotte im Hafen von Gaza Zuflucht gesucht hatte und überdies viele Fahrzeuge an den Hindernissen, die den Hafen versperrten, zu Schaden gekommen waren, bevor der vorsichtige Befehlshaber der Stadt ihnen Vertrauen schenkte und sie hereinließ. Aber auch die Flotte Syriens und der Hetiter zog sich nach Tyrus und Sidon zurück, um ihre erlittenen Schäden auszubessern. Da somit beide Parteien den Kampf unterbrachen, blieb dieser unentschieden. Haremhab aber konnte von nun an auf dem Seeweg

Proviant und Truppen nach Gaza schaffen, um seine Ausrüstung zu ergänzen, und andererseits seine verwundeten und verstümmelten Soldaten nach Ägypten zurückbefördern.

Der Tag, an dem das unbesiegliche Gaza den Truppen Haremhabs die Tore öffnete, wird immer noch in ganz Ägypten gefeiert; dieser Wintertag ist Sekhmet geweiht, und die kleinen Jungen spielen »Belagerung von Gaza« und bekämpfen einander mit Holzkeulen und Schilfspeeren. Nie ist wohl eine Stadt tapferer verteidigt worden, und ihr Befehlshaber hat den dadurch erworbenen Ruhm wahrlich verdient. Deshalb will ich seinen Namen nennen, obwohl er mich einst zu meiner Schande in einem Korb an einem Schilfseil an den Mauern Gazas hatte hochziehen lassen: Sein Name lautet Roju.

Seine Leute nannten ihn den Stiernacken, und ich finde diesen Beinamen äußerst bezeichnend sowohl für sein Äußeres als auch für seine Gesinnung; denn einem eigensinnigeren und mißtrauischeren Menschen bin ich nie begegnet. Nach seinem Sieg mußte Haremhab vor Gaza einen ganzen Tag lang vergeblich in die Hörner stoßen lassen, bis ihm Roju endlich traute und die Tore öffnen ließ. Und auch dann noch gestattete er nur Haremhab allein den Zutritt zur Stadt, um sich erst davon zu überzeugen, daß es wirklich der ägyptische Feldherr und kein verkleideter Syrier war. Als ihm endlich klar wurde, daß Haremhab die Hetiter geschlagen hatte und Gaza nicht länger in Gefahr schwebte, da die Belagerung aufgehoben war, legte er nicht etwa überschwengliche Freude an den Tag, sondern betrug sich ebenso mürrisch wie zuvor. Auch war es ihm keineswegs angenehm, daß Haremhab als Oberbefehlshaber über ihm stand; denn während der jahrelangen Belagerung hatte er sich angewöhnt, selbst über alles zu entscheiden.

Ich muß noch mehr von diesem Stiernacken Roju erzählen; denn er war ein ganz besonderer Kerl, der durch seinen Eigensinn viele Verwicklungen in Gaza anrichtete. Ich glaube sogar, daß er bei seiner Eigenmächtigkeit ein wenig verrückt und im Gehirn nicht ganz normal war. Wäre er aber nicht der gewesen, der er war, so wäre Gaza längst in die Hände der Hetiter und der Truppen Azirus gefallen. Auch glaube ich nicht, daß er in irgendeiner anderen Stellung Erfolg gehabt haben würde; doch die Götter oder ein günstiger Zufall hatten ihm in Gaza den seinen Anlagen entsprechenden Platz zugewiesen. Ursprünglich war er seines Widerspruchsgeistes und seiner ewigen Ungebärdigkeit wegen dorthin versetzt worden, weil Gaza im Vergleich mit den übrigen syrischen Städten eine bedeutungslose Kleinstadt und ein richtiger Verbannungsort war und erst durch die späteren Ereignisse Wichtigkeit erlangte. Strenggenommen hatte die Stadt gerade Roju ihre Bedeutung zu verdanken, weil er sie nicht an Aziru auslieferte, obwohl alle anderen syrischen Städte den Widerstand gegen ihn aufgaben.

Vor allem aber muß ich von unserer Ankunft in Gaza und von dem Anblick, den die Stadt uns bot, erzählen. Ich habe bereits von den Mauern Gazas gesprochen, die so hoch waren, daß ich damals, als mich Roju an einem Seil hinaufziehen ließ, nachdem er mir erst Hände und Knie mit kochendem Pech verbrannt hatte, das Genick zu brechen fürchtete. Diese Mauern waren Gazas Rettung. Sie waren aus gewaltigen Steinblöcken aufgeführt und ihre Fundamente bereits in grauer Vorzeit erbaut worden; niemand wußte von wem, doch das Volk behauptete, sie seien das Werk der Riesen. Deshalb vermochten auch die Hetiter nicht viel gegen diese Mauern auszurichten; bei ihrer kriegerischen Tüchtigkeit aber war es ihnen trotzdem gelungen, sie mit Hilfe von Wurfmaschinen teilweise zu zerstören und durch Grabungen unter dem Grundbau im Schutze der Schilde einen Wachturm zum Einstürzen zu bringen.

Auch die innerhalb der Mauern gelegene Altstadt war zum größten Teil niedergebrannt und kein Hausdach unversehrt. Die neue Stadt außerhalb der Mauern hatte Roju, sobald er von dem Aufstand Azirus Kenntnis erhielt, anzünden und zerstören lassen. Er tat dies schon darum, weil seine Ratgeber dagegen waren und die Bewohner der Stadt sich unter schweren Drohungen gegen deren Zerstörung auflehnten. Durch diese Tat trieb Roju ungewollt die syrische Bevölkerung Gazas zum vorzeitigen, unvorbereiteten Aufruhr; denn nach Azirus Wunsch sollten sich die Städte mit ägyptischen Garnisonen erst dann erheben, wenn seine Truppen und Streitwagen vor ihnen ständen.

So kam es, daß Roju die Empörung mit seinen Soldaten zu unterdrücken vermochte, ohne Hilfe verlangen zu müssen, die Echnaton doch nicht geschickt haben würde – und er tat es auf so blutige und schreckenerregende Weise, daß hernach keiner der Bewohner mehr daran dachte, sich gegen ihn aufzulehnen.

Wenn jemand mit der Waffe in der Hand ergriffen wurde, sich ergab und um Gnade flehte, sagte Roju: »Erschlagt diesen Mann mit der Keule, weil er so aufsässig ist, um Gnade zu bitten!« Ergab sich andererseits jemand, ohne um Gnade zu flehen, meinte Roju in höchstem Zorn: »Schlagt diesem störrischen Rebellen, der vor mir die Nase so hoch trägt, den Schädel ein!« Kamen die Frauen und Kinder zu ihm, um für das Leben ihrer Männer und Väter zu bitten, so ließ er sie ohne Erbarmen totschlagen, indem er sagte: »Tötet dieses ganze syrische Pack, welches nicht begreift, daß mein Wille so hoch über ihm steht wie der Himmel über der Erde!« Keiner konnte es ihm recht machen, hinter jedem Wort witterte er Kränkungen und Widerspruch. Warnte man ihn vor dem Pharao, der kein Blutvergießen erlaubte, so erklärte er: »In Gaza bin ich Pharao!« So gewaltig war sein Selbstgefühl; doch muß ich zugeben, daß er diese Äußerung erst tat, als Azirus Truppen Gaza belagerten.

Die Belagerung der Stadt durch Aziru war jedoch noch ein Kinderspiel im Vergleich zu der grausamen, zielbewußten Brennung, welcher die Hetiter sie später aussetzten. Denn die Hetiter warfen Tag und Nacht Feuer in die Festung und in die Häuser, schleuderten Lehmkrüge mit Giftschlangen, Kadaver oder gefesselte ägyptische Gefangene, die dabei zu Tode fielen, über die Mauern. Bei unserem Einzug in Gaza fanden wir daher auch nicht mehr viele Einwohner am Leben, und aus den Höhlen unter den verbrannten Häusern krochen uns nur wenige Frauen und Greise entgegen, die fleischlos wie Schatten waren. Alle Kinder waren in Gaza gestorben, und alle arbeitsfähigen Männer hatten sich unter Rojus Peitschenhieben bei der Ausbesserung der beschädigten Mauern zu Tode geschunden. Keiner der Überlebenden zeigte die geringste Freude beim Einzug der ägyptischen Armee durch die geöffneten Stadttore; im Gegenteil: Die Frauen drohten uns mit knochigen Fäusten, und die

Greise verfluchten uns. Haremhab ließ Getreide und Bier unter sie verteilen; aber nach dem monatelangen Hunger vertrugen ihre Mägen nicht, sich satt zu essen, und daher starben viele Leute in der Nacht darauf unter heftigen Schmerzen. Auch glaube ich, daß sie während der Belagerung so schwer unter den Schrecken und dem machtlosen Haß gelitten hatten, daß ihnen das Leben keine Freude mehr zu bieten vermochte.

Wenn ich könnte, würde ich Gaza so schildern, wie ich es am Siegestag beim Einmarsch durch die aufgebrochenen Tore sah. Ich möchte die vertrockneten, an den Mauern hängenden Menschenhäute und die schwarz gewordenen Menschenschädel, an denen die Aasgeier hackten, schildern. Ich möchte den entsetzlichen Anblick der verbrannten Häuser und der in den Gassen zwischen den Mauerresten zerstreuten rußigen Tierknochen darstellen. Ich möchte den grausigen Gestank der belagerten Stadt wiedergeben, jenen tödlichen Pesthauch, vor dem die Soldaten Haremhabs sich die Nasen mit den Fingern zuhielten. Das alles möchte ich schildern, um eine Vorstellung von dem großen Siegestag zu vermitteln und auch zu erklären, weshalb sich mein Herz an diesem ersehnten Tag aller Siegesträume nicht zu freuen imstande war.

Ich möchte auch ein Bild von den überlebenden Soldaten Rojus, ihren ausgemergelten Körpern, ihren geschwollenen Knien und den von Peitschenhieben zerfleischten Rücken entwerfen. Ich möchte ihre Augen malen, die nicht mehr Menschenaugen glichen, sondern im Schatten der Mauern grün wie Raubtieraugen funkelten. Mit kraftlosen Händen hoben sie die Speere, um Haremhab mit erloschenen Stimmen zu begrüßen. Sie riefen ihm zu: »Haltet Gaza! Haltet Gaza!« Ich aber weiß nicht, ob sie es taten, um ihn zu verhöhnen, wozu sie allerdings keinen Grund hatten, oder nur, weil sich kein anderer Gedanke mehr in ihren bejammernswerten Gehirnen regte. Trotzdem befanden sie sich nicht in einem so betrüblichen Zustand wic die Stadtbewohner, sondern konnten noch essen und trinken. Haremhab ließ Vieh schlachten, um ihnen frisches Fleisch zu verschaffen, und verteilte Bier und Wein unter sie; denn nachdem seine Truppen das Lager der Hetiter und die Vorräte der Belagerer geplündert hatten, besaß er einen Überfluß an Getränken. Die Soldaten geduldeten sich nicht, bis das Fleisch fertig gekocht war, sondern rissen mit den Händen rohe Stücke ab und bissen hinein, und schon der erste Schluck Bier stieg ihnen zu Kopf, so daß sie unanständige Lieder zu singen und mit ihren Heldentaten zu prahlen begannen.

Es gab auch manches, womit sie sich brüsten konnten, und in den ersten Tagen wollte es keiner von Haremhabs Soldaten mit ihren Aufschneidereien aufnehmen; denn alle wußten, daß diese Festungssoldaten Übermenschliches geleistet hatten, als sie Gaza für Ägypten hielten. Sie priesen Haremhab, weil er ihnen Wein spendete und während der Belagerung ermutigende Botschaften und nachts mit kleinen Schmuggelbooten syrisches Getreide durch die Kette der Belagerungsschiffe gesandt hatte. Auch rühmten sie Haremhabs Schlauheit; denn nachdem ihre Getreidevorräte aufgegessen und die Soldaten auf Rattenjagd gegangen waren, um sich Nahrung zu verschaffen, hatte es in der Festung plötzlich Getreide in Lehmkrügen zu regnen begonnen, welche die Hetiter selbst in die Stadt hineinwarfen, und in jedem Krug Getreide steckte außerdem der Befehl Haremhabs: »Haltet Gaza!« Diese übernatürlichen Ereignisse hatten die Belagerten in ihrem Elend so ermutigt, daß sie Haremhab beinah als einen Gott betrachteten.

Jedem überlebenden Soldaten von Gaza schenkte Haremhab eine goldene Kette, was ihn nicht sehr teuer zu stehen kam; denn die Stadt zählte nicht einmal mehr zweihundert kampffähige Leute. Es war daher ein wahres Wunder, daß sie Gaza zu halten vermocht hatten. Er lieferte auch syrische Frauen an sie aus, die er im Lager der Hetiter gefangen genommen, damit sie sich mit den Weibern belustigten und die ausgestandenen Leiden vergäßen. Aber in ihrem ausgehungerten Zustand waren diese elenden Soldaten Gazas nicht mehr imstande, sich der Wollust hinzugeben, und so stachen sie den Frauen mit Speeren und Messern ins Fleisch, um sich nach der Hetiter Art an ihrem Wehgeschrei zu laben. Während der Belagerung hatten sie nämlich von den Hetitern viele neue Sitten gelernt, so zum Beispiel, den Gefangenen bei lebendigem Leibe die Haut abzuziehen und zum Trocknen an die Mauer zu hängen. Sie selbst aber behaupteten, sie stächen diese Frauen nur deshalb mit den Messern, weil sie Syrierinnen seien, und fügten hinzu: »Zeigt uns nur keinen Syrier! Wenn wir einen zu sehen bekommen, springen wir ihm an die Gurgel und erwürgen ihn mit den bloßen Händen.«

Dem Befehlshaber Roju aber verlieh Haremhab eine Halskette aus grünen, in Gold und Email gefaßten Edelsteinen und eine goldene Peitsche und ließ seine Leute Hochrufe auf ihn ausbringen, so daß die Mauern Gazas ob dem Gebrüll erzitterten; alle stimmten voll Bewunderung für Roju, der Gaza gehalten, in das Geschrei ein. Nachdem die Rufe verklungen waren, betastete Roju mißtrauisch die Kette an seinem Hals und fragte: »Hältst du mich für ein Pferd, Haremhab, daß du mir ein goldenes Geschirr umlegst? Und ist diese Peitsche wenigstens aus reinem Gold und nicht etwa aus syrischer Goldmischung geflochten?« Ferner sprach er: »Führe deine Leute aus der Stadt hinaus! Ihre große Zahl stört mich sehr, und ich kann bei dem Lärm, den sie vollführen, nachts nicht mehr in meinem Turm schlafen, obwohl ich beim Dröhnen der Sturmböcke gegen die Mauern und beim Prasseln der Feuersbrünste ausgezeichnet schlief. Wahrlich, führe deine Leute hinaus; denn in Gaza bin ich Pharao! Wenn mich der Zorn packt, lasse ich meine Leute über die deinigen herfallen und diese umbringen, falls sie nicht aufhören, mit ihrem Spektakel meinen Schlaf zu stören.«

Es zeigte sich wirklich, daß Roju, nachdem die Belagerung vorüber war, keinen Schlaf mehr finden konnte; nicht einmal betäubende Arzneien oder Wein halfen gegen seine Schlaflosigkeit, und wenn er getrunken hatte, schlief er noch schlechter als zuvor. Er lag auf seinem Bett, ging in Gedanken die Vorratslisten der Festung durch, die er auswendig kannte, versuchte sich zu erinnern, wozu sämtliche Vorräte verwendet und wohin jeder einzelne Speer geschleudert worden, und noch allerlei anderer verrückter Dinge suchte er sich zu entsinnen, so daß der Schlaf ihn floh. So kam er sehr demütig zu Haremhab und sagte: »Du bist mein Herr und stehst über mir. Bestrafe mich daher; denn ich bin dem Pharao für alle mir anvertrauten Sachen Rechenschaft schuldig, vermag diese aber nicht mehr abzulegen, weil meine vielen Papyrusrollen verbrannten, als mir die Hetiter Feuerkrüge in die Zimmer schleuderten; und ich kann mich nicht mehr an alles erinnern, weil mein Gedächtnis durch die Schlaflosigkeit gelitten hat. Alles andere weiß ich noch; aber in den Vorratsschuppen sollten noch vierhundert Schwanzriemen für Esel vorhanden sein, die ich nirgends finden kann, und auch meine Lagerschreiber wissen nicht, wo sie hingekommen sind, obwohl ich sie alle Tage so gründlich auspeitsche, daß sie weder sitzen noch gehen können, sondern nur noch auf allen vieren herumkriechen. Wo sind diese vierhundert Schwanzriemen für Esel hingekommen, nachdem wir alle Esel der Festung verspeist und für die Riemen keine Verwendung mehr haben? Bei Seth und allen Teufeln, Haremhab, laß mich dieser Schwanzriemen wegen vor allen Leuten auspeitschen! Denn ich fürchte den Zorn des Pharao sehr und getraue mich nie mehr, meinem Range gemäß vor ihn zu treten, wenn ich diese Schwanzriemen nicht wiederfinde!«

Haremhab versuchte ihn zu beruhigen und versicherte, er würde ihm gerne vierhundert Schwanzriemen für Esel schenken, damit seine Lagervorräte mit den Papyrusrollen übereinstimmten. Dieser Vorschlag regte Roju noch mehr auf, und er sagte: »Du willst mich offensichtlich zum Betrug gegen den Pharao verlocken! Denn wenn ich diese Schwanzriemen von dir annehme, sind es keinesfalls diejenigen Schwanzriemen, die mir der Pharao anvertraute, als er Gaza unter meinen Befehl stellte. Du tust es sicherlich, um mich stürzen und beim Pharao wegen Hintergehung anzeigen zu können, weil du mich um meinen großen Ruhm beneidest und selbst Befehlshaber von Gaza werden möchtest. Vielleicht hast du sogar deine zügellosen Soldaten diese Schwanzriemen aus meinen Vorräten stehlen lassen, um mich vor dem Pharao anklagen und Gaza unter deinen Befehl stellen zu können. Deshalb gehe ich nicht auf deinen heimtückischen Vorschlag ein und nehme die angebotenen Schwanzriemen nicht an! Ich und meine Leute werden uns in Gaza halten, solange noch ein Funken Leben in uns steckt, und ich werde die vierhundert Schwanzriemen ausgraben, selbst wenn ich die ganze Stadt Stein für Stein niederreißen müßte, um sie zu finden.«

Als Haremhab dies vernahm, ward er um Rojus Verstand besorgt und riet ihm, nach Ägypten zu reisen, um sich bei Frau und Kindern von den Mühseligkeiten der Belagerung zu erholen. Das hätte er nicht vorschlagen sollen; denn von diesem Augenblick an war Roju völlig überzeugt, daß Haremhab ihm nach der Macht trachte und Gaza entreißen wollte. Deshalb erklärte er: »Gaza ist mein Ägypten, die Mauern Gazas sind meine Frau, und die Türme Gazas meine Kinder. Doch wahrlich, ich werde meiner Frau den Bauch aufschlitzen und meinen Kindern die Köpfe abhacken, wenn ich diese verschwundenen Schwanzriemen nicht finde!«

Er ließ ohne Haremhabs Wissen den Lagerschreiber hinrichten, der alle Strapazen der Belagerung an seiner Seite erduldet hatte, und befahl seinen Leuten, die Böden der Türme mit Hakken und Stangen aufzubrechen, um die verlorenen Riemen zu suchen. Als Haremhab diese Verheerung sah, ließ er ihn in sein Schlafzimmer einsperren und bewachen und fragte mich um meinen ärztlichen Rat. Nachdem ich mich mit Roju freundlich unterhalten hatte, obwohl er mich nicht für einen Freund hielt, sondern den Verdacht hegte, ich trachte, durch Schlauheit Befehlshaber von Gaza zu werden, erklärte ich Haremhab: »Dieser Mann beruhigt sich erst, wenn du mit deinen Truppen aus Gaza abziehst und er die Tore wieder schließen und die Stadt wie ein Pharao nach eigenem Gutdünken beherrschen darf.« Aber Haremhab wandte ein: »Wie in Seths und aller Teufel Namen sollte ich das tun können, bevor die Schiffe mit frischen Truppen und Proviant und Waffen aus Ägypten eintreffen, damit ich den Feldzug gegen Joppe beginnen kann? Bis dahin sind die Mauern von Gaza meine einzige Sicherheit. Wenn ich sie mit meinen Truppen verlasse, laufe ich Gefahr, alles, was ich bisher gewonnen habe, wieder zu verlieren.«

Zögernd meinte ich: »Um seiner selbst willen wäre es vielleicht besser, ich würde ihm den Schädel öffnen und versuchen, ihn zu heilen. Denn solange du hier weilst, leidet er fürchterlich und muß an sein Bett gefesselt werden. Sonst könnte er nämlich sich selbst oder dir etwas antun.« Haremhab aber wollte nicht dem ruhmreichsten Helden Ägyptens den Schädel öffnen lassen, da der Tod Rojus seinen eigenen Ruf gefährdet hätte und ich nicht dafür stehen konnte, daß der Patient am Leben bleibe. Eine Schädelbohrung ist nämlich stets ein gewagtes und unsicheres Unternehmen. Deshalb sandte mich Haremhab wieder zu Roju, und mit Hilfe zahlreicher kräftiger Männer gelang es mir, ihn ans Bett zu binden und ihm betäubende Arzneien einzugeben. Seine Augen aber funkelten in der Dämmerung grün wie diejenigen eines Raubtiers, er wand sich auf seinem Lager, und der Schaum trat ihm vor den Mund, als er wutentbrannt zu mir sprach:

»Bin ich denn nicht der Befehlshaber von Gaza, du Schakal Haremhabs? Jetzt entsinne ich mich, daß in der Gefängnishöhle der Festung ein syrischer Spion sitzt, der mir vor der Ankunft deines Herrn in die Falle ging und den an der Mauer aufzuhängen ich über allen meinen anderen Aufgaben vergessen habe. Dieser Spion ist ein äußerst gerissener Bursche, und es ist mir ein Licht aufgegangen: Er hat die vierhundert Schwanzriemen weggezaubert! Bringt ihn also her, damit ich diese verfluchten Schwanzriemen aus ihm herausquetschen und wieder schlafen kann!«

Unaufhörlich quälte er mich mit diesem syrischen Spion, bis ich es schließlich satt bekam, Fackeln holen ließ und in die Gefängnishöhlen der Festung hinabstieg, wo viele an die Mauer gefesselte und von Ratten zerfressene Leichen lagen. Der Gefängniswärter war ein alter Mann, der durch seinen lebenslänglichen Aufenthalt im Dunkel der Höhlen erblindet war und sich daher ohne Fackel und mit Sicherheit in den Gängen bewegte. Ich fragte ihn nach dem syrischen Spion, der kurz vor Aufhebung der Belagerung gefangengenommen worden war; er aber schwor und beteuerte, daß sämtliche Insassen längst gestorben seien, weil sie zuerst bei den Verhören gefoltert und dann auf Rojus Befehl ohne Nahrung und Wasser gelassen worden waren. Ich aber war Menschenkenner genug, und das Verhalten des Greises erregte mein Mißtrauen. Deshalb setzte ich ihm so lange mit Drohungen zu, bis er sich schließlich vor mir zu Boden warf und jammernd ausrief:

»Schone mein Leben, Herr! Ich habe meiner Lebtage Ägypten

treu gedient und in Ägyptens Namen die Gefangenen gequält und ihnen das Essen gestohlen! Dieser Spion aber ist kein gewöhnlicher Mensch: Seine Zunge ist besonderer Art und zwitschert wie die einer Nachtigall. Er hat mir große Reichtümer versprochen, wenn ich ihm zu essen gäbe und sein Leben schonte, bis Haremhab einträfe. Er hat mir sogar versichert, mir das Augenlicht wieder zu verschaffen, wenn ich ihn am Leben ließe. Er ist nämlich selbst blind gewesen; aber ein großer Arzt hat sein eines Auge wieder sehend gemacht. Zu diesem Arzt hat er mich zu führen versprochen, damit auch ich wieder sehend werde und in der Stadt unter Menschen wohnen und meine Reichtümer genießen könne; er schuldet mir nämlich bereits über zwei Millionen Deben Gold für das Brot und Wasser, das ich ihm gebracht. Ich habe ihm nicht verraten, daß die Belagerung vorbei und daß Haremhab in Gaza ist. Das unterließ ich, damit seine Schuld für das Brot und Wasser, das ich ihm täglich bringe, noch wachse. Er wünscht nämlich, sofort nach Haremhabs Ankunft heimlich vor diesen geführt zu werden, und schwört, daß dieser ihn befreien und ihm goldene Ketten schenken werde; und ich glaube seinen Worten, weil kein Mensch dem Gezwitscher seiner Zunge widerstehen kann. Zu Haremhab aber bringe ich ihn erst, wenn er mir genau drei Millionen Deben Gold schuldig ist. Das ist eine runde Summe, die leicht im Gedächtnis zu behalten ist.«

Während seiner Rede begannen mir die Knie zu zittern, und das Herz schmolz mir zu Wasser in der Brust; denn ich glaubte zu ahnen, von wem er sprach. Aber ich heuchelte Gleichgültigkeit und sagte zu dem Greis: »Alter Mann, so viel Gold gibt es in ganz Ägypten und Syrien nicht. Deine Worte lassen mich vermuten, daß der Mann ein großer Betrüger ist und Strafe verdient. Führe mich sofort zu ihm und bete zu allen Göttern, daß ihm nichts zugestoßen sei! Denn du haftest mit deinem blinden Haupt für ihn.«

Unter bitteren Tränen und Anrufung Ammons führte mich der Alte in eine kleine Höhle, die abgesondert hinter den anderen lag und mit Steinen verschlossen war, damit Rojus Leute sie nicht fänden. Als ich mit der Fackel in die Höhle leuchtete, erblickte ich einen an die Mauer gefesselten, am Boden hockenden Mann, dessen syrische Kleider zerrissen und dessen Rükken voll Wunden war, während ihm der schlaffe Bauch in faltigen Säcken zwischen die Knie hinabhing. Auf dem einen Auge war er blind, mit dem anderen blinzelte er mich beim Fackelschein an, wobei er jedoch die Hand schützend gegen das Licht hob, das ihn nach der wochenlangen Finsternis schmerzte. Er fragte mich: »Bist du es, mein Herr Sinuhe? Gesegnet sei der Tag, der dich zu mir geführt hat! Aber laß Schmiede rasch meine Fesseln kappen und bring mir einen Krug Wein, damit ich meine Leiden vergesse! Und heiße Sklaven meinen Körper waschen und mit den besten Salben einreiben! Ich bin ein Dasein in Bequemlichkeit und Überfluß gewohnt, diese spitzen Bodensteine jedoch haben mir das Hinterteil wund gescheuert. Auch habe ich nichts dagegen einzuwenden, wenn du mir ein weiches Lager richten läßt und mir einige Ischtarjungfrauen zur Gesellschaft sendest; denn mein Bauch ist mir kein Hindernis mehr für die Liebesfreuden, obgleich ich, du magst es glauben oder nicht, in wenigen Wochen für mehr als zwei Millionen Deben Gold Brot verzehrt habe.«

»Kaptah, Kaptah!« rief ich, kniete vor ihm nieder und schlang ihm die Arme um die von den Ratten zerbissenen Schultern. »Du bist und bleibst unverbesserlich! In Theben behauptete man, du seist tot; aber ich habe es nicht geglaubt, weil ich dich für unsterblich halte. Der beste Beweis dafür ist, daß ich dich hier in der Totenhöhle unter lauter Leichen lebend und bei guter Gesundheit finde, obwohl die anderen, die alle rund um dich her in Fesseln gestorben sind, vielleicht anständigere und den Göttern wohlgefälligere Leute waren. Deshalb freut es mich sehr, dich am Leben zu sehen!«

Aber Kaptah sprach: »Du bist offenbar immer noch der gleiche eitle Schwätzer wie früher, Sinuhe! Sprich nicht zu mir von Göttern! In meiner Not habe ich alle mir bekannten und sogar babylonische und hetitische Götter angerufen: Kein einziger aber hat mir geholfen; im Gegenteil: Ich habe mich des habgierigen Wächters wegen arm fressen müssen. Einzig unser Skarabäus ist mir beigestanden, indem er dich zu mir geführt hat. Ach!

Der Befehlshaber dieser Festung ist ein Narr, der auf kein vernünftiges Wort hört. Er ließ mich durch seine Männer ausplündern und meinen Leib so furchtbar foltern, daß ich auf dem Rad wie ein Stier brüllte. Den Skarabäus aber habe ich glücklicherweise aufbewahrt: Als ich merkte, was mir bevorstand, verbarg ich ihn an einer Stelle meines Körpers, die allerdings ein beschämender Aufenthaltsort für einen Gott sein mag, dem Skarabäus aber vielleicht doch nicht ganz unangenehm war, da er dich trotzdem zu mir gebracht hat. Denn ein so seltsames Ereignis kann nur der heilige Skarabäus herbeigeführt haben!«

Er zeigte mir den Skarabäus, an dem immer noch Spuren des unappetitlichen Versteckes klebten. Ich hieß Schmiede seine Fesseln lösen und führte ihn dann zu meinen Räumen in der Festung; denn er war noch schwach und geblendet, bevor sich sein Auge wieder an das Tageslicht gewöhnen konnte. In meinen Zimmern hieß ich die Sklaven ihn waschen, mit Öl einreiben, in feinstes Linnen kleiden, ihm den Bart abrasieren und das Haar kräuseln, worauf ich ihm eine Goldkette, Armreifen und anderen Schmuck lieh, damit er seiner Würde gemäß auftreten könne. Während ihn die Sklaven pflegten und anzogen, aß er ununterbrochen Fleisch, trank Wein dazu und rülpste vor Behagen. Aber während all dies vor sich ging, jammerte und heulte der Gefängniswärter hinter der Tür, die er mit Fingernägeln und Füßen bearbeitete, und schrie, Kaptah sei ihm zwei Millionen dreihundertfünfundsechzigtausend Deben Gold für sein Leben und für die Verpflegung in der Gefängnishöhle schuldig. Und er wollte ihm von dem Betrag nicht einen Deben erlassen, weil er behauptete, sein eigenes Leben gefährdet zu haben, indem er Kaptah am Leben ließ und aus dem knappen Vorrat der Festung Brot für ihn stahl. Ich erkannte nun, daß es in Gaza außer dem Befehlshaber Roju auch noch andere Verrückte gab. Schließlich hatte ich den Lärm und das Geschrei des Greises satt und sprach zu Kaptah:

»Haremhab befindet sich schon seit mehr als einer Woche in Gaza, und der Alte hat dich betrogen, weshalb du ihm also gar nichts schuldig bist! Ich kann ihn durch die Soldaten auspeitschen und ihm, wenn nötig, den Kopf abhauen lassen; denn er ist ein heimtückischer Kerl und hat den Tod manches Gefangenen auf dem Gewissen.«

Aber Kaptah war über meine Worte entsetzt, stieß wiederholt Rufe der Empörung aus, trank von dem gemischten Wein und sagte: »Fern sei es mir, mein Versprechen nicht einzulösen! Ich bin ein ehrlicher Mann, und ein Kaufherr muß seines Rufes wegen ein gegebenes Wort halten. Auch will ich niemand betrügen, obwohl es vielleicht in ganz Ägypten nicht so viel Gold gibt, wie ich dem Alten bereits schulde. Ich glaubte nämlich, in Anbetracht der großen Dummheit des Befehlshabers sterben zu müssen; deshalb trieb ich meinen Spaß mit dem Alten und versprach ihm, was er verlangte, in der Überzeugung, daß ich doch nicht am Leben bliebe und es daher niemals bezahlen müßte. Hätte ich meine Rettung geahnt, würde ich natürlich viel von seiner Forderung abgehandelt haben; aber als ich den Duft des Brotes in seiner Hand roch, vermochte ich nicht mehr zu feilschen.«

Ich trocknete mir Augen und Stirn, starrte ihn erschrocken an und fragte: »Bist du wirklich Kaptah? Nein, ich kann es nicht glauben! Mich dünkt, in den Steinen der Festung wohne ein Fluch, der jeden, der lange genug hier weilt, zum Irrsinn treibt. Also bist auch du verrückt und nicht mehr der frühere Kaptah! Willst du tatsächlich dem Alten deine ganze Schuld bezahlen? Und womit willst du sie begleichen? Denn seit dem Fall des Reiches Atons hast du, soviel ich weiß, deine Reichtümer verloren und bist ebenso arm wie ich.«

Aber Kaptah war vom Wein berauscht und sprach: »Ich bin ein frommer Mann, der die Götter ehrt und sein Wort hält! Deshalb werde ich dem Alten meine Schuld bis auf den letzten Deben bezahlen; aber natürlich muß er mir eine Frist gewähren. Auch glaube ich, daß er in seiner Einfalt gar nicht versteht, wieviel Gold ich ihm schuldig bin, und ganz zufrieden wäre, wenn ich ihm ein paar Deben Gold abwägte; denn er hat bestimmt noch nie im Leben ungeprägtes Gold zwischen den Fingern gehalten. Wahrlich, ich bin überzeugt, er geriete über einen einzigen Deben Gold außer sich vor Freude! Doch entbindet mich dies keineswegs meines Versprechens und meiner Schuld. Ich weiß nicht, wie ich das viele Gold beschaffen soll; denn ich habe tatsächlich durch den Aufstand in Theben sehr viel verloren und mußte schmählich fliehen und mein Hab und Gut im Stich lassen, weil die Sklaven und Träger sich einbildeten, ich hätte sie an Ammon verraten, weshalb sie mich totschlagen wollten. Dann aber leistete ich Haremhab große Dienste in Memphis und, als ich vor dem Haß der Sklaven auch von dort fliehen mußte, noch größere in Syrien, wo ich als Kaufmann lebte und den Hetitern Getreide und Futter verkaufte. Deshalb schuldet mir Haremhab nach meinen Berechnungen mindestens eine halbe Million Deben Gold; ja, es sind noch mehr, weil ich gezwungen wurde, meine Geschäfte aufzugeben und unter großer Lebensgefahr in einem kleinen Boot über das Meer nach Gaza zu fliehen. Die Hetiter waren nämlich furchtbar empört, als ihre Pferde an dem Futter, das ich ihnen verkauft hatte, erkrankten. Ohne es zu ahnen, setzte ich mich jedoch durch meine Flucht nach Gaza einer noch größeren Gefahr aus; denn der verrückte Befehlshaber der Stadt ließ mich als syrischen Spion verhaften und rädern und hätte zweifellos meine Haut an die Mauer hängen lassen, wenn der närrische Alte mich nicht versteckt gehalten und behauptet hätte, ich sei in den Höhlen gestorben. Deshalb muß ich ihm meine Schuld begleichen.«

Während er sprach, gingen mir die Augen auf: Kaptah war der beste Diener Haremhabs und sein Hauptspion in Syrien gewesen; denn jener halbverschmachtete Mann, der eines Nachts in Haremhabs Lager am Berg des Sieges aufgetaucht war, hatte sich das eine Auge mit der Hand bedeckt, um anzudeuten, daß er von einem einäugigen Auftraggeber geschickt war. Als ich das verstand, sah ich auch ein, daß kein anderer Mensch in Syrien solche Taten wie er hätte vollbringen können, weil Kaptahs Schlauheit ohnegleichen war. Trotzdem sagte ich zu ihm:

»Es mag wohl sein, daß dir Haremhab viel Gold schuldig ist; aber eher könntest du mit deiner Hand aus einem Stein Gold herausquetschen, als Haremhab zum Zahlen bewegen. Du weißt doch, daß er seine Schulden nie begleicht!«

Kaptah meinte: »Das stimmt, und ich weiß wohl, daß Haremhab ein hartherziger, undankbarer Mann ist, noch undankbarer als dieser tolle Befehlshaber von Gaza, dem ich doch durch die Hetiter Getreide in verschlossenen Lehmkrügen zuwerfen ließ! Denn die Hetiter glaubten, die Krüge seien alle voll Giftschlangen, die ich unter großen Schwierigkeiten und Anstrengungen in der Wüste gesammelt hatte, weil ich zum Beweis dafür einen Krug zerschlug und die herausgekrochenen Schlangen drei hetitische Soldaten bissen, so daß sie im Verlauf eines Wassermaßes verschieden – worauf die Hetiter die Krüge, in denen Getreide versteckt war, nicht zu öffnen wagten, sondern sie mir gut bezahlten. Deshalb gilt jedes Getreidekorn, das in jenen Krügen nach Gaza gelangte, sein Gewicht in Gold, wenn nicht mehr, und die schamlose Behandlung, der mich der Befehlshaber von Gaza ausgesetzt hat, verteuert es noch mehr. Natürlich bilde ich mir nicht ein, daß mir Haremhab seine Schuld in Gold ausbezahlen werde. Aber er muß mir dafür in den von ihm eroberten syrischen Städten die Hafenrechte mit sämtlichen Abgaben wie auch den syrischen Salzhandel und noch manches andere überlassen, damit ich mein Guthaben auf diese Weise eintreiben kann.«

Seine Rede war schlau; dennoch wunderte ich mich darüber und fragte: »Ja, hast du denn wirklich vor, dein ganzes Leben lang zu schaffen und zu schinden, um genügend Gold zu verdienen, damit du deine Schuld an den alten Narren, der vor meiner Tür lärmt, bezahlen kannst?«

Kaptah trank wieder einen Schluck, schnalzte mit der Zunge und meinte: »Wahrlich, es lohnt sich, einige Wochen in einer finsteren Höhle auf harten Steinen zu hocken und verfaultes Wasser zu schlucken, weil man erst dann weiche Sitze, Sonnenlicht und Weingeschmack im Mund so recht zu schätzen weiß! Nein, Sinuhe, ich bin nicht so verrückt, wie du glaubst. Ein gegebenes Wort aber bleibt ein gegebenes Wort, und deshalb bleibt mir kein anderer Ausweg, als mein Versprechen einzulösen, den Alten zu heilen und wieder sehend zu machen, damit ich ihn dann lehre, wieder Würfel zu spielen. Er war nämlich ein eifriger Würfelspieler, bevor er durch den stetigen Aufenthalt in der Finsternis das Augenlicht verlor, und ich beabsichtige, mit ihm zu würfeln, wobei ich natürlich nichts dafür kann, wenn er im

Spiel verliert. Du kannst dir zweifellos vorstellen, daß ich nur um sehr hohe Einsätze spielen werde!«

Auch ich sah ein, daß dies die einzige Möglichkeit für Kaptah war, seine unermeßliche Schuld in Ehren loszuwerden; denn er war ein geschickter Spieler, wenn er mit seinen eigenen Würfeln spielen durfte. Deshalb versprach ich ihm, meine ganze Geschicklichkeit aufzuwenden, um den Alten wenigstens so weit sehend zu machen, daß er auf den Würfeln die Augen unterscheiden könne; Kaptah versprach dafür, Muti so viel Silber zu senden, daß sie das frühere Haus des Kupferschmieds in Theben wieder aufbauen lassen und während meiner Abwesenheit anständig leben könne. Wir einigten uns daher über dieses Vorhaben, und ich ließ den Alten hereinkommen. Kaptah versicherte ihm, er werde seine Schuld begleichen, wenn er nur eine Zahlungsfrist erhielte; ich hingegen untersuchte seine Augen und fand, daß seine Blindheit nicht von der Finsternis der Höhle, sondern von einer alten vernachlässigten Augenkrankheit herrührte. Am folgenden Tag heilte ich ihn nach dem Verfahren, das ich in Mitani erlernt hatte, mit der Nadel. Wie lange er aber das Augenlicht behalten würde, konnte ich nicht voraussagen; denn mit der Nadel behandelte Augen pflegen rasch wieder zu vernarben, worauf man sie nicht mehr sehend machen kann.

Dann führte ich Kaptah zu Haremhab, der sich sehr über das Wiedersehen freute, ihn umarmte, einen tapferen Mann nannte und versicherte, daß ihm ganz Ägypten für seine großen Taten dankbar sei, die er heimlich und ohne Lohnforderung für das Land ausgeführt habe. Während Haremhab sprach, wurde Kaptahs Gesicht immer länger, er brach in Tränen aus und sagte: »Sieh meinen Bauch an, der in deinen Diensten wie ein abgenützter Ledersack eingeschrumpft ist! Sieh dir mein wundes Hinterteil an und meine Ohren, welche die Ratten in den Höhlen von Gaza deinetwegen zernagt haben! Du redest bloß von Ägyptens Dankbarkeit. Die Dankbarkeit allein aber führt meinem Bauch kein einziges Getreidekorn zu, noch feuchtet sie mir die Kehle mit Wein, und nirgends sehe ich die Säcke Gold, die du mir für meine Bemühungen versprochen, obwohl ich mit Sicherheit annahm, du habest einen Teil der bereits erhaltenen Beute für mich zurückgelegt. Nein, Haremhab, ich ersuche dich nicht um Dankbarkeit, sondern bitte dich nur, mir wie ein ehrlicher Mann deine Schuld zu bezahlen, weil auch ich meine Verpflichtungen gegenüber anderen erfüllen muß und durch dich in viel größere Bedrängnis geraten bin, als du dir je träumen lassen kannst.«

Aber als ihn Haremhab von Gold sprechen hörte, runzelte er die Stirn, schlug sich ungeduldig mit der goldenen Peitsche aufs Schienbein und sagte: »Deine Worte sind wie Fliegengesumm in meinen Ohren, Kaptah! Dein Mund ist dreckig, und du redest törichtes Zeug. Du weißt ganz gut, daß ich keine Beute mit dir zu teilen habe, daß ich alles Gold, das ich ergattern kann, für den Krieg gegen die Hetiter brauche und daß ich selbst ein armer Mann bin und die Ehre mein einziger Lohn ist. Deshalb hoffe ich, du wirst einen besseren Augenblick wählen, um mit mir von Gold zu sprechen! Aber so viel kann ich natürlich für dich tun, daß ich deine Gläubiger verhaften lasse, sie mannigfacher Verbrechen anklage und an die Mauern hängen lasse, damit du deine Schulden loswirst.«

Kaptah wollte sich jedoch nicht auf unrechtmäßige Weise seiner Schulden entledigen, worauf ihn Haremhab auslachte und, sich mit der goldenen Peitsche aufs Schienbein schlagend, erklärte: »Jeder Reiche ist ein Verbrecher. Nur durch Gewissenlosigkeit und Erpressung und Ausplünderung der Armen kann ein Mensch viel Gold sammeln. Wahrlich, wo viel Gold vorhanden ist, kann immer die erforderliche Anklage vorgebracht werden, und niemand kann mich einen ungerechten Richter nennen, da der Angeklagte selbst weiß, daß er schuldig ist. Übrigens möchte ich dich fragen, Kaptah, wie es möglich war, daß dieser Roju, der Befehlshaber von Gaza, dich als syrischen Spion rädern und in die Gefängnishöhlen sperren ließ; denn bei aller Verrücktheit ist er doch ein guter Krieger und muß daher einen Grund für sein Tun gehabt haben.«

Da zerriß sich Kaptah das feine Gewand zum Zeichen seiner Unschuld, was ihn kein Opfer kostete, weil das Gewand mir gehörte und daher ich den Schaden zu tragen hatte. Er schlug sich vor die Brust und rief laut aus: »Haremhab, Haremhab! Hast du nicht soeben noch von Dankbarkeit gesprochen? Und bereits überhäufst du mich mit falschen Anschuldigungen! Habe ich etwa nicht die Pferde der Hetiter vergiftet und in verschlossenen Krügen Getreide nach Gaza befördert? Habe ich nicht Sklaven gedungen, die Wassersäcke der Hetiter mit Messern zu zerschneiden, als sie mit ihren Streitwagen gegen dich in die Wüste fuhren? Das alles tat ich für dich und für Ägypten, ohne an meinen Lohn zu denken; und daher war es nicht mehr als recht und billig, daß ich auch Aziru und den Hetitern Dienste erwies, durch die du keinen Schaden erlitten hast. Deshalb trug ich eine Lehmtafel Azirus als Geleitbrief bei mir, als ich vor den rasenden Hetitern nach Gaza floh, weil sie mich für die Krankheit ihrer Rosse und für ihre Niederlage in der Ebene der Menschengebeine beschuldigten. Ein kluger Mann sichert sich nämlich auf allen Seiten und begnügt sich nicht nur mit einem einzigen Pfeil, sondern trägt viele Pfeile in seinem Köcher. Es würde dir und Ägypten nicht das geringste genützt haben, wenn meine Haut zum Trocknen an der Mauer gehangen hätte! Denn dann hätten die Hetiter Gaza vor deiner Ankunft erobert. Und deshalb mußte ich Azirus Geleitbrief bei mir tragen: um die Stadt an die Hetiter verraten zu können, falls du so lange gesäumt hättest, daß sie Gaza durch Kampf in ihre Gewalt bekommen hätten. Ich hielt die Lehmtafel Azirus sorgfältig unter meinen Kleidern versteckt; aber Roju ist ein mißtrauischer Mann, und seine Leute rissen mir die Kleider auf und fanden sie, obwohl ich mir, wie vereinbart, das blinde Auge zuhielt und von den giftigen Mistkäfern Syriens redete. Nachdem sie die Lehmtafel gefunden hatten, schenkte Roju den Losungsworten keinen Glauben mehr und ließ mich auf dem Rad foltern, bis ich wie ein Stier brüllte und gestand, ein Spion Azirus zu sein, nur damit er mir nicht die Glieder ausreißen ließe. Denn ohne Glieder hätte ich dir überhaupt nichts mehr genützt, nicht wahr, Haremhab? Oder spreche ich die Unwahrheit?«

Haremhab lachte und sagte: »Was du ausgestanden hast, magst du als Lohn betrachten, lieber Kaptah. Ich kenne dich, und du kennst mich. Quäle mich also nicht mit deinen Bitten um Gold; denn du reizt mich dadurch nur zum Zorn!«

Kaptah aber blieb fest und brachte Haremhab schließlich dazu, ihm das Alleinrecht von Kauf und Verkauf der gesamten Kriegsbeute in Syrien zu erteilen. Dadurch war nur er berechtigt, den Soldaten die Beute, die ihnen im Hetiterlager in der Ebene der Menschengebeine und aus den Vorräten der Belagerer von Gaza zugefallen war, abzukaufen oder gegen Bier, Wein, Würfel und Frauen einzutauschen. Ebenso besaß er den Alleinvertrieb der Haremhab oder dem Pharao gehörenden Beute, gegen die er auch Waren für die Armee liefern durfte. Dieses Recht allein genügte, um ihn zu einem reichen Mann zu machen; denn nach Gaza waren zahlreiche Kaufleute auf dem Seeweg nach Ägypten gekommen, und auch aus den Städten Syriens strömten Händler herbei, die, ohne sich um Aziru oder die Hetiter zu kümmern und allein von ihrer Gewinnsucht getrieben, Geschäfte in Kriegsbeute machen und Gefangene für die Sklavenmärkte aufkaufen wollten. Von nun an durfte niemand in Gaza Handel treiben, ohne Kaptah für jedes Geschäft seinen Anteil auszuzahlen. Damit aber begnügte sich Kaptah nicht, sondern er verlangte das gleiche Handelsrecht auch für die ganze Beute, die das Heer Haremhabs noch in Zukunft einbringen würde. Nachdem sich Haremhab eine Zeitlang dagegen gesträubt hatte, ging er auch darauf ein, weil ihn dieses Versprechen nichts kostete, da er selbst kein Kaufmann war und Kaptah ihm dafür reichliche Geschenke versprach.

4

Ferner muß ich erzählen, daß Haremhab, nachdem er Hilfstruppen auf dem Seeweg aus Ägypten erhalten, alle Streitwagen in kampffähigen Zustand versetzt, sämtliche Pferde aus Südägypten nach Gaza übergeführt und Truppenübungen vor der Stadt abgehalten hatte, bekanntgeben ließ, er sei als Befreier und nicht als Eroberer nach Syrien gekommen. Unter dem milden Schutz Ägyptens hatten alle Städte Syriens stets

Handelsfreiheit und vollkommene Unabhängigkeit genossen, und jede Stadt war von ihrem eigenen König regiert worden. Aziru aber hatte durch seinen Verrat sämtliche syrischen Städte unter seine Herrschaft gebracht, die Könige ihrer angestammten Kronen beraubt und den Städten schwere Steuerlasten auferlegt. Außerdem hatte Aziru in seiner Habsucht Syrien den Hetitern verkauft, von deren Grausamkeit und barbarischen Sitten seine Bewohner täglich neue Beweise erhielten, und das Land hatte nichts anderes mehr zu erwarten als völlige Rechtlosigkeit und Knechtschaft unter den Hetitern, wenn diese auch ihre wahre Natur noch nicht gänzlich offenbart hatten, weil sie sich zuerst Ägypten unterwerfen wollten. Deshalb war er, Haremhab, der Unbesiegbare, der Sohn des Falken, nach Syrien gekommen, um das Land zu befreien, jedes Dorf und jede Stadt vom Joch der Sklaverei zu erlösen, den Handel freizugeben und die früheren Könige wieder in ihre Rechte einzusetzen, damit sich Syrien unter dem Schutz Ägyptens wieder erhole und zu Reichtum und Blüte gelange. Jeder Stadt, welche die Hetiter vertreiben und Aziru ihre Tore verschließen werde, versprach er Sicherheit vor Brandschatzung, Freiheit und Selbständigkeit. Die Städte aber, die sich in ihrem Widerstand versteiften, drohte er auszuplündern, zu zerstören und niederzubrennen, ihre Mauern für alle Zeiten abzureißen und ihre Bewohner in Knechtschaft wegzuführen.

Diese Bekanntmachung erließ Haremhab, als er mit Heer und Streitwagen gegen Joppe auszog und seine Flotte die Küste entlangsandte, um den Hafen von Joppe zu sperren. Mit Hilfe seiner Spione ließ er seinen Erlaß verbreiten und allen Städten zur Kenntnis bringen, wodurch er viel Unruhe und Unsicherheit anstiftete und Uneinigkeit unter seine Feinde säte, was schließlich auch der einzige Zweck der Verordnung war. Kaptah jedoch war vorsichtig genug, innerhalb der Mauern von Gaza zu bleiben, für den Fall nämlich, daß Haremhab eine Niederlage erlitte; denn die Hetiter und Aziru sammelten große Streitkräfte im Landesinnern. Kaptah gab vor, nach all den in den Gefängnishöhlen von Gaza ausgestandenen Leiden die Strapazen eines anstrengenden Feldzuges nicht mehr ertragen zu können, und behielt auch mich zurück, damit ich ihn von seinen Leiden heile.

Roju hegte große Freundschaft für Kaptah, der ihn von seiner Schlaflosigkeit geheilt hatte, indem er ihm erzählte, daß dessen eigene Soldaten, vom Hunger getrieben, während der Belagerung heimlich die vierhundert Schwanzriemen für Esel aus dem Vorratslager geholt und verspeist hätten, weil diese aus weichem Leder bestanden und beim Zerkauen das Hungergefühl dämpften. Als Roju dies erfuhr, legte sich seine Tobsucht; man konnte ihm die Fesseln lösen, und er machte seinen Kampfgenossen bittere Vorwürfe, verzieh ihnen aber um ihrer bei der Verteidigung Gazas bewiesenen Tapferkeit willen das Verbrechen. Und er sprach zu seinen Kriegern:

»Zwar bin ich dem Pharao über die vierhundert Schwanzriemen Rechenschaft schuldig; aber jetzt kann ich diese mit gutem Gewissen ablegen, da ich weiß, wohin die Riemen gekommen sind. Ich bestrafe euch nicht, obwohl ihr es verdient hättet; denn zu meiner großen Freude habe ich vernommen, daß ihr in den Gassen der Stadt viele von Haremhabs Sumpfratten verprügelt und blutig gehauen und ihnen die Schädel eingeschlagen habt, um sie zu lehren, wie man sich in Gaza zu benehmen hat. Deshalb spreche ich euch von jeder Strafe wegen der verfluchten Schwanzriemen frei und ersetze sie dem Pharao aus meinen eigenen Mitteln, wenn ihr nur hinausgeht und jede der hochmütigen Dreckratten Haremhabs, die euch in den Weg läuft, ordentlich verprügelt. Haut sie mit Knüppeln, stecht sie mit zugespitzten Stöcken, schnappt ihnen die Mädchen weg und schmuggelt ihnen Schafdreck ins Bier, damit ich froh werde und wieder schlafen kann.«

So wurde Roju vollständig geheilt und konnte wieder Ruhe finden. Aber seine Soldaten bereiteten Haremhab viel Ärgernis; denn dieser wollte Gazas Helden nicht für ihre Ausschreitungen bestrafen, obwohl sie seinen Soldaten das Leben unerträglich machten. Nachdem Haremhab mit seinem Heer gegen Joppe abgezogen war, ließ Roju die Tore von Gaza schließen und schwor, nie mehr Truppen in die Stadt hereinzulassen. Er trank mit Kaptah Wein und verfolgte dessen Würfelspiel mit dem alten Wächter; denn bis zu Haremhabs Abzug hatte Kaptah erst anderthalb Millionen Deben Gold von dem Alten zurückgewonnen, dessen Gesicht ich so weit geheilt hatte, daß er die Augen der Würfel wieder unterscheiden konnte.

So tranken und spielten sie vom Morgen bis zum Abend, stritten miteinander und warfen sich bisweilen gegenseitig die Würfel an den Kopf, spuckten in die Hände und ließen die Würfel wieder aus dem Becher über den Boden rollen; denn der Alte war ein großer Geizkragen, wollte nur mit kleinen Einsätzen spielen und jammerte und weinte über seine Verluste, als wäre das verspielte Gold wirklich sein Eigentum und nicht bloß ein Hirngespinst gewesen. Doch als Haremhab Joppe belagerte, erholte sich Kaptah von seiner Schwäche und brachte den Alten dazu, die Einsätze zu erhöhen. Und als vollends ein Bote die Kunde brachte, Haremhab habe die Mauern Joppes durchbrochen, rupfte Kaptah den Greis in den letzten Spielen so gründlich, daß dieser ihm nun seinerseits etwa hunderttausend Deben Gold schuldig blieb. Aber Kaptah war edelmütig und erließ ihm die Schuld, weil der Alte ihm das Leben gerettet und ihn vor dem Verhungern in den Gefängnishöhlen von Gaza bewahrt hatte; ja, er schenkte ihm sogar noch neue Kleider und einige Handvoll Silber, worauf der Alte vor Freude weinte, Kaptah segnete und ihn seinen Wohltäter nannte.

Ob aber Kaptah mit falschen Würfeln spielte, kann ich nicht sagen. Ich weiß nur, daß er eine große Geschicklichkeit an den Tag legte und beim Würfeln unglaubliches Glück hatte. Das Gerücht von diesen mehrere Wochen währenden Spielen mit einigen Millionen Deben Einsatz verbreitete sich über ganz Syrien. Der bald wieder erblindete Greis verbrachte seine alten Tage in einer Hütte unweit der Stadtmauer; Reisende kamen aus anderen Orten, um ihn zu sehen, und er erzählte ihnen von dem Spiel und entsann sich noch nach Jahren der Augenzahl eines jeden Wurfs; denn Blinde besitzen ein gutes Gedächtnis. Am stolzesten aber fühlte er sich, wenn er schilderte, wie er mit dem letzten Wurf einhundertfünfzigtausend Deben Gold verloren hatte; denn noch nie zuvor war um so hohe Beträge gewürfelt worden, und der Alte glaubte auch nicht, daß nach ihm noch jemand ein so hohes Spiel wagen würde. So lebte er glücklich in seiner Hütte vor den Toren Gazas, und die Reisenden brachten ihm Geschenke, um ihn zum Erzählen zu bewegen, so daß er nie Mangel litt, ja sogar besser leben konnte, als wenn Kaptah für seine letzten Jahre gesorgt hätte. So groß ist die Macht der Einbildung über die Menschenherzen.

Als Haremhab Joppe eingenommen hatte, fuhr Kaptah eilends dorthin, und ich begleitete ihn und sah zum erstenmal eine reiche Stadt in den Händen der Eroberer. Zwar hatten sich nach dem Eindringen Haremhabs und seiner Truppen durch die Mauerbreschen die Mutigsten unter den Einwohnern gegen die Hetiter und gegen Aziru erhoben, um auf diese Weise ihre Stadt vor Plünderung zu bewahren; da aber Haremhab keinen Nutzen mehr von ihrem Aufstand hatte, schonte er sie nicht, sondern ließ Joppe zwei Wochen lang durch seine Krieger brandschatzen. Kaptah sammelte in Joppe ein unermeßliches Vermögen; denn die Soldaten tauschten gegen Silber und Wein kostbare Teppiche, Möbel von unschätzbarem Wert und Götterbildnisse ein, die sie nicht mitnehmen konnten, und eine schöne, gutgewachsene Frau konnte man in Joppe für ein paar Kupferreifen erstehen.

Wahrlich, erst in Joppe erkannte ich, was für Raubtiere die Menschen sind; denn es gibt keine Greueltat, die sich während der Plünderung und der Niederbrennung der Stadt durch die betrunkenen Soldaten nicht ereignet hätte. Sie zündeten zum Vergnügen Häuser an und rührten keinen Finger, sie zu löschen, weil sie beim Schein der Feuersbrünste besser plündern, sich mit Frauen ergötzen und die Kaufleute martern konnten, damit diese ihnen die Verstecke ihrer Schätze verrieten. Es gab Männer, denen es Spaß machte, sich an einer Straßenecke aufzustellen und jeden vorübergehenden Syrier, Mann, Frau, Greis oder Kind, mit einer Keule oder einem Speer umzubringen. In Joppe verhärtete sich mein Herz beim Anblick der menschlichen Bosheit, und alles, was in Theben Atons wegen geschehen war, war geringfügig im Vergleich zu dem, was sich Haremhabs wegen in Joppe zutrug. Denn Haremhab ließ hier seinen Soldaten absichtlich freie Hand, um sie noch fester an sich zu binden. Wer an der

Brandschatzung von Joppe teilgenommen hatte, konnte sie nie mehr vergessen. Den Soldaten Haremhabs saß von da an die Sucht zu plündern so tief im Blut, daß sie nichts mehr im Kampf aufhalten konnte und sie nicht einmal den Tod fürchteten, weil sie sich überall die gleiche Belustigung wie in Joppe versprachen. Auch in anderer Hinsicht band Haremhab seine Soldaten an sich, indem er ihnen die grausame Plünderung von Joppe gestattete; denn nach dieser Verheerung konnten sie von den Syriern keine Gnade mehr erwarten, und Azirus Leute zogen jedem Gefangenen, der sich an dieser Brandschatzung beteiligt hatte, bei lebendigem Leibe die Haut ab. Um dem Schicksal Joppes zu entgehen, standen viele kleinere Küstenstädte auf, vertrieben die Hetiter aus ihren Mauern und öffneten Haremhab die Tore.

Von alldem, was sich in Joppe während der Tage und Nächte der Plünderung zutrug, will ich nicht mehr berichten; denn bei der bloßen Erinnerung erstarrt mir das Herz in der Brust zu Stein und werden mir die Hände zu Eis. Deshalb erwähne ich nur noch, daß die Stadt vor Haremhabs Angriff außer der Garnison Azirus und den Soldaten der Hetiter beinahe zwanzigtausend Einwohner zählte und daß von diesen nach dem Abzug seiner Truppen keine dreihundert mehr am Leben waren.

So führte Haremhab den Krieg in Syrien. Ich folgte seinen Truppen, pflegte die Wunden der Soldaten und sah, wieviel Böses ein Mensch dem anderen zufügen kann. Der Krieg dauerte drei Jahre, und Haremhab besiegte die Hetiter und das Heer Azirus in vielen Schlachten; zweimal aber wurden seine eigenen Truppen in Syrien von den Streitwagen der Hetiter überrascht, die große Verheerungen anrichteten und ihn zum Rückzug hinter die Mauern der eroberten Städte zwangen. Aber es gelang ihm, die Seeverbindung mit Ägypten offenzuhalten, und die syrische Flotte vermochte die seinige, die allmählich kriegerische Fähigkeiten entwickelte, nicht zu besiegen. Er erhielt daher nach seinen Niederlagen Verstärkungen aus Ägypten und konnte zu neuen Schlägen ausholen. Die Städte Syriens wurden in Trümmer gelegt, und die Menschen verbargen sich wie Raubtiere in Felsenschluchten. Ganze Landstriche wurden verwüstet, und plündernde Scharen vernichteten die Pflanzungen und fällten die Obstbäume, um den Feind in dem von ihm beherrschten Gebiet der Nahrung zu berauben. Damit schwanden aber auch der Reichtum und die Manneskraft Ägyptens in Syrien, und Ägypten glich einer Mutter, die ihre Kinder sterben sieht und sich die Kleider zerrauft und Asche ins Haar streut. Denn vom Unteren bis zum Oberen Lande gab es den ganzen Strom entlang kein Dorf und keine Stadt, keinen Strand und keine Hütte mehr, die nicht für die Größe Ägyptens Männer und Söhne in Syrien verloren hätten.

Drei Jahre lang führte Haremhab in Syrien Krieg, und in dieser Zeit alterte ich mehr als in allen früheren Jahren, so daß mir das Haar ausfiel, der Rücken sich krümmte und das Gesicht runzlig wurde wie eine verschrumpfte Frucht. Meine Tränensäcke schwollen von all dem Gesehenen, ich wurde verschlossen und reizbar, herrschte die Leute an und richtete harte Worte an die Kranken, wie viele alternde Ärzte tun, wenn sie es auch anfangs gut gemeint haben. In dieser Hinsicht unterschied ich mich nicht von meinen Berufsgenossen, obwohl ich mehr als die meisten von ihnen gesehen hatte.

Im dritten Jahr trat die Pest in Syrien auf; denn diese Krankheit folgte stets den Spuren des Krieges und entsteht, sobald sich genügende Mengen verwesender Leichen an einem Ort häufen. So glich wahrlich im dritten Kriegsjahr ganz Syrien einer stinkenden Totengrube, ganze Völker und Stämme starben in diesem Kampf aus, und ihre Sprachen und Sitten fielen für alle Zeiten in Vergessenheit. Die Pest selbst raffte noch die vom Krieg Verschonten dahin und tötete so viele Leute im Heere Haremhabs wie auch in der Armee der Hetiter, daß die Kriegsführung unterbrochen werden mußte, weil die Truppen in die Berge und in die Wüste hinaus flüchteten, wo die Pest sie nicht erreichte. Die Seuche machte keinen Unterschied zwischen Hohen und Niedrigen, reich und arm. Keine der üblichen Arzneien half gegen die Pest: Wer an dieser erkrankte, zog sich ein Tuch über den Kopf, legte sich hin und verschied binnen dreier Tage; wer ihr aber nicht erlag, behielt sein Leben lang fürchterliche Narben in den Achselhöhlen und den Leisten, aus denen während der Genesung Eiter floß.

Ebenso launisch wie sie tötete, verfuhr die Pest, wenn sie ausheilte. Denn es waren nicht immer die Kräftigsten und Gesündesten, die genasen, sondern viel öfters die Schwächsten und Ausgemergeltsten, als hätte die Krankheit bei diesen nicht genügend Nahrung für ihre Mordlust gefunden. Deshalb griff ich bei der Pflege der Pestkranken schließlich zu dem Mittel, daß ich ihnen, um sie zu schwächen, so viel Blut wie möglich abzapfte und, solange die Krankheit währte, keine Nahrung einzunehmen gestattete. Auf diese Weise heilte ich viele Kranke; ebenso viele aber starben trotz meiner Bemühungen, und ich konnte daher nicht sagen, ob mein Verfahren richtig war. Irgendwie mußte ich jedoch die Kranken behandeln, damit sie ihren Glauben an meine Kunst bewahrten; denn ein Patient, der den Glauben an seinen Arzt und dessen Kunst verliert, stirbt noch eher als einer, der ihm vertraut. Auch war meine Heilmethode gegen die Pest besser als manche andere, weil sie den Kranken nicht teuer zu stehen kam.

Die Seuche wurde durch Schiffe auch nach Ägypten gebracht; doch starben dort weniger Leute daran als in Syrien, weil sie in Ägypten schwächer auftrat, so daß die Zahl der Genesungen die der Todesfälle überstieg. Mit der Überschwemmung verschwand die Krankheit schon im gleichen Jahr aus Ägypten, und mit dem Winter erlosch sie auch in Syrien; so konnte Haremhab seine Truppen von neuem sammeln und den Krieg weiterführen. Im Frühjahr gelangte er mit seinen Truppen über die Berge bis in die Ebene vor Megiddo, wo er die Hetiter in einer großen Schlacht besiegte, worauf sie um Frieden baten. Denn als Burnaburiasch in Babylon von Haremhabs Erfolg vernahm, schöpfte er neuen Mut und entsann sich seines Bündnisses mit Ägypten. Er benahm sich gegenüber den Hetitern überheblich, ließ seine Truppen in das einstige Mitani einmarschieren und die Hetiter von ihren Weideplätzen in Naharina vertreiben. Deshalb boten diese Haremhab den Frieden an, als sie sahen, daß sie in dem verwüsteten Syrien nichts mehr zu gewinnen hatten. Denn sie waren kluge Krieger und sparsame Leute und wollten daher nicht mehr um eitler Ehre willen ihre Streitwagen aufs Spiel setzen, die sie benötigten, um Babylon zu befrieden.

Haremhab freute sich sehr über ihr Friedensangebot; denn

seine Truppen waren zusammengeschmolzen, und durch den Krieg war Ägypten verarmt. Deshalb wollte er mit dem Wiederaufbau Syriens beginnen, um dort den Handel in Gang zu bringen und Nutzen aus diesem zu ziehen, stellte aber die Bedingung, die Hetiter sollten ihm Megiddo übergeben, das Aziru zu seiner Hauptstadt gemacht und mit uneinnehmbaren Mauern und Türmen versehen hatte. Aus diesem Grunde nahmen die Hetiter Aziru und seine Familie in Megiddo gefangen, raubten die unermeßlichen Schätze, die Aziru aus ganz Syrien in Megiddo zusammengehäuft, und lieferten ihn, seine beiden Söhne und seine Gemahlin Keftiu, in Fesseln geschmiedet, an Haremhab aus. Als Friedenspfand und zur Bekundung ihrer guten Absichten schickten die Hetiter Aziru und seine Familie gefesselt in das Lager Haremhabs, verzögerten aber die Übergabe Megiddos so lange, bis sie die Stadt geplündert und die Schafherden und Rinder der Amoriter auf dem nördlichen Wege aus dem Land herausgeschafft hatten, das laut Friedensbedingungen unter ägyptische Verwaltung gestellt werden sollte. Haremhab kümmerte sich nicht darum, sondern ließ das Ende des Krieges verkünden und veranstaltete ein Gastmahl mit den hetitischen Prinzen und Hauptleuten, trank die ganze Nacht Wein mit ihnen und prahlte mit seinen Heldentaten. Am folgenden Tag aber gedachte er zum Zeichen des ewigen Friedens, der von nun an zwischen Ägypten und dem Lande Chatti herrschen sollte, vor den versammelten Truppen und den hetitischen Befehlshabern Aziru und seine Familie hinrichten zu lassen.

Deshalb wollte ich nicht an seinem Gelage teilnehmen, sondern begab mich im Dunkel der Nacht in das Zelt, wo Aziru in Fesseln gehalten wurde. Die Wächter wagten mich nicht daran zu hindern, weil ich Haremhabs Arzt war und die Soldaten mich bereits als einen boshaften Mann kannten, der sich sogar getraute, Haremhab mit harten und beißenden Worten entgegenzutreten. Zu Aziru aber ging ich, weil er in ganz Syrien keinen einzigen Freund mehr besaß. Ein gefangener, seines Reichtums beraubter und zu schimpflichem Tod verurteilter Mann hat keine Freunde mehr. Ich begab mich zu ihm, weil ich wußte, daß er das Leben sehr liebte, und weil ich ihm auf Grund all dessen, was ich gesehen, versichern wollte, daß es überhaupt nicht lebenswert sei. Auch wollte ich ihm als Arzt sagen, daß Sterben leicht sei, leichter jedenfalls als die Qual, der Kummer und das Leid des Lebens. Das Leben ist eine heiße, versengende Flamme, der Tod hingegen das dunkle Wasser der Vergessenheit. Das alles wollte ich ihm sagen, weil er am Morgen darauf sterben sollte, und ich wußte, daß er ohnehin nicht schlafen werde, da er das Leben über alles liebte. Sollte er aber meinen Worten kein Gehör schenken, so wollte ich mich schweigend neben ihn setzen, damit er nicht allein sei. Der Mensch kann wohl leicht ohne Freunde leben, ohne einen einzigen Freund zu sterben aber fällt ihm schwer, besonders wenn er zu Lebzeiten Kronen auf dem Haupte getragen und über viele Menschen befohlen hat.

Deshalb schlich ich mich im Dunkel der Nacht in das Zelt, wo er in Fesseln gehalten wurde. Bei Tageslicht hatte ich mich ihm nicht zeigen wollen und war ihm mit verhülltem Gesicht ausgewichen, als er und seine Familie auf schmähliche Weise in Haremhabs Lager geschleppt wurden, wobei ihn die Soldaten verhöhnten und mit Schmutz und Pferdemist bewarfen. Denn er war ein sehr stolzer Mann, dem es sicherlich peinlich gewesen wäre, wenn ich ihn in seiner Erniedrigung gesehen, nachdem ich ihn in den besten Tagen seiner Kraft und Macht gekannt hatte. Deshalb hatte ich ihn am Tag gemieden und suchte sein Zelt erst im Dunkel der Nacht auf. Die Wächter hoben ihre Speere und sprachen zueinander: »Wir wollen ihn einlassen! Es ist Sinuhe, der Arzt, der sich gewiß nicht auf unerlaubten Wegen befindet. Wenn wir ihm den Zutritt verweigern, wird er uns vielleicht beschimpfen oder durch Zauberei entmannen; denn er ist ein boshafter Mensch, und seine Zunge sticht ärger als ein Skorpion.«

Im Dunkel des Zeltes fragte ich: »Aziru, König der Amoriter, willst du in der Nacht vor deinem Tod einen Freund empfangen?« Aziru stieß in der Finsternis einen tiefen Seufzer aus, seine Ketten klirrten, und er sprach: »Ich bin kein König und besitze keine Freunde mehr! Bist du es, Sinuhe, dessen Stimme ich im Dunkel zu erkennen glaube?« Ich antwortete: »Ich bin's, Sinuhe.« Da sagte er: »Bei Marduk und allen unterirdischen

Teufeln, wenn du wirklich Sinuhe bist, so sorge für Licht! Ich habe es satt, hier im Dunkeln zu liegen; denn bald werde ich in die ewige Finsternis eingehen. Zwar haben mir die verfluchten Hetiter die Kleider zerrissen und die Glieder auf der Folter zerbrochen, so daß ich keinen schönen Anblick biete, aber als Arzt wirst du an noch schlimmere Dinge gewohnt sein! Ich schäme mich auch nicht; denn angesichts des Todes braucht sich der Mensch seines Elends nicht mehr zu schämen. Sinuhe, hole ein Licht, damit ich dein Gesicht sehe und meine Hand in die deinige lege! Denn meine Leber schmerzt mich, und aus meinen Augen fließt Wasser um meiner Gemahlin und meiner Söhne willen. Wenn du mir außerdem starkes Bier zum Befeuchten meiner Kehle verschaffen kannst, Sinuhe, will ich morgen im Totenreich den Göttern von deinen guten Taten erzählen. Ich selbst kann leider keinen Tropfen Bier mehr bezahlen, weil mich die Hetiter bis auf mein letztes Kupferstück ausgeplündert haben.«

Ich bat die Wächter, eine Talglampe zu bringen und anzuzünden; denn der scharfe Rauch gewöhnlicher Fackeln biß mich in die Augen und ließ meine Nase rinnen. Sie brachten die Lampe und zündeten sie an, und ich nahm ihnen den Krug syrischen Biers ab, aus dem sie durch Rohre gesogen hatten, weil sie glaubten, die Vorgesetzten würden an diesem Abend, da Haremhab ein Gastmahl gab, ein Auge zudrücken. Stöhnend und jammernd richtete sich Aziru vom Boden auf, und ich half ihm das Bierrohr in den Mund stecken und ließ ihn syrisches, von Gerste und Malz getrübtes Bier aus dem Krug saugen. Während er es gierig schlürfte, betrachtete ich ihn im flackernden Lampenschein: Sein Haar war zottig und grau, den stattlichen Bart hatten ihm die Hetiter teilweise ausgerupft, so daß große Hautstücke vom Kinn gerissen waren. Seine Finger waren zerquetscht, die Nägel schwarz von Blut und die Rippen gebrochen; darum stöhnte er beim Atmen und spuckte, nachdem er getrunken, Bier und Blut. Als er genug geschluckt und gespien hatte, betrachtete er das Flämmlein der Lampe und sprach:

»Wie mild und klar ist doch nach dem Dunkel das Licht in meinen müden Augen! Aber die Lampe flackert und wird einmal erlöschen, und ebenso flackert und erlischt des Menschen Leben. Doch danke ich dir, Sinuhe, für das Licht und das Bier! Gerne würde ich dir ein Gegengeschenk machen; doch habe ich, wie du weißt, nichts mehr zu verschenken. Meine Freunde, die Hetiter, haben mir in ihrer Habsucht sogar die einst durch dich vergoldeten Zähne ausgebrochen.«

Hinterher ist leicht, klug und weise sein. Deshalb wollte ich ihn nicht daran erinnern, wie ich ihn vor den Hetitern gewarnt hatte, sondern nahm seine zerquetschten Finger in meine Hand und behielt sie darin, und er neigte sein stolzes Haupt auf meine Hände und ließ aus seinen geschwollenen, blaugeschlagenen Augen heiße Tränen darauf fließen. Nachdem er sich ausgeweint hatte, sprach er:

»In den Tagen meiner Freude und Macht schämte ich mich nicht, vor dir zu lachen und zu jubeln, warum sollte ich mich also im Unglück meiner Tränen vor dir schämen? Aber wisse, Sinuhe, daß ich weder mein eigenes Schicksal noch meine verlorenen Reichtümer und Kronen beweine, obwohl ich stets sehr an Macht und irdischen Gütern gehangen, sondern daß ich um meine Gemahlin Keftiu, meinen großen, stattlichen Sohn und meinen kleinen, zarten Jungen weine, die alle morgen mit mir sterben müssen.«

Ich sagte zu ihm: »Aziru, König der Amoriter, bedenke, daß ganz Syrien deiner Machtgier wegen eine stinkende Leichengrube ist! Unzählige Menschen haben deinetwegen sterben müssen, Aziru. Deshalb ist es durchaus recht und billig, daß du, da du besiegt bist, morgen sterben mußt; und vielleicht ist es sogar gerecht, daß deine Familie dir in den Tod folgen muß. Wisse jedoch, daß ich Haremhab um das Leben deiner Gemahlin und deiner Söhne gebeten und ihm für diese Gunst große Geschenke angeboten habe; aber er hat meinen Vorschlag abgewiesen. Er ist nicht darauf eingegangen, weil er deine Brut und deinen Namen und sogar dein Andenken in Syrien tilgen will. Deshalb, Aziru, gönnt er dir nicht einmal eine letzte Ruhestätte, und es sollen die Raubtiere deinen Leib zerreißen. Denn er will verhindern, daß sich die Männer Syriens in Zukunft um dein Grab scharen, um in deinem Namen böse Eide abzulegen.«

Als Aziru dies vernahm, erschrak er sehr und sagte: »Sinuhe, ich beschwöre dich, nach meinem Tod für mich ein Trankopfer und ein Fleischopfer vor meinem Gott Baal darzubringen, weil ich sonst ewig hungernd und dürstend in der Finsternis des Totenreiches umherirren müßte! Denselben Dienst bitte ich dich auch Keftiu, die du einst geliebt, wenn auch aus Freundschaft mir überlassen hast, und ebenso meinen Söhnen zu erweisen, damit ich mich ihretwegen nicht sorgen muß, sondern ruhig sterben kann. Auch will ich Haremhab wegen seines Entschlusses nicht tadeln; denn wahrscheinlich würde ich mit ihm und seinem Geschlecht ebenso verfahren sein, wenn er mir in die Hände gefallen wäre. Obgleich ich weine, freue ich mich, offen gestanden, doch, daß meine Familie mit mir sterben und unser Blut zusammen fließen darf; denn im Totenreich würde mich unaufhörlich der Gedanke quälen, es könnte auf Erden ein anderer Mann Keftiu umarmen und ihren stattlichen Leib berühren. Sie hat viele Bewunderer, und die Dichter haben ihre üppige Schönheit besungen! Auch für meine Söhne ist es besser, zu sterben; denn sie wurden zu Königen geboren und trugen bereits in der Wiege Kronen. Deshalb möchte ich sie nicht als Sklaven in ägyptischer Knechtschaft leidend wissen.«

Er begann wieder Bier zu saugen, bis er in seinem Elend nicht mehr ganz nüchtern war, worauf er sich mit den wunden Fingern den Schmutz und Dreck, mit dem ihn die Soldaten beworfen hatten, vom Leib zu kratzen begann und sprach: »Sinuhe, mein Freund! Du beschuldigst mich fälschlich, wenn du behauptest, Syrien sei meinetwegen eine stinkende Leichengrube. Meine Schuld liegt einzig darin, daß ich den Krieg verlor und mich von den Hetitern betrügen ließ. Wahrlich, wenn ich gesiegt hätte, würde man alles Böse, was geschehen ist, Ägypten zur Last legen und meinen Namen preisen. Aber weil ich verloren habe, werden mir alle Übel zur Last gelegt, und ganz Syrien verflucht meinen Namen.«

Das starke Bier berauschte ihn, er raufte sich mit den gefesselten Händen das graue Haar und rief mit lauter Stimme: »O Syrien, Syrien, mein Schmerz, meine Hoffnung, meine Liebe! Um deiner Größe willen vollbrachte ich alle meine Taten, für deine Freiheit erhob ich mich. Aber an meinem Todestag verwirfst du mich und verfluchst meinen Namen! O herrliches Byblos, o blühendes Simyra, o schlaues Sidon, o starkes Joppe, o ihr Städte alle, die ihr wie Perlen in meiner Krone funkeltet, warum habt ihr mich im Stich gelassen? Doch liebe ich euch zu innig, als daß ich euch eurer Abtrünnigkeit wegen hassen könnte; denn ich liebe Syrien so, wie es ist: heimtückisch, grausam, unbeständig und verräterisch. Geschlechter gehen unter, Völker stehen auf und verschwinden wieder, Reiche wechseln, Ruhm und Ehre vergehen schattenhaft – ihr stolzen Städte aber sollt bestehen bleiben! Funkelt am Meeresstrand mit weißen Mauern am Fuß der roten Berge, leuchtet von Zeitalter zu Zeitalter, und mein Staub, vom Wüstensand getragen, wird euch umfangen!«

Während er so sprach, ward mein Sinn von Wehmut ergriffen; denn ich merkte, daß er immer noch in Träume verstrickt war, die ich nicht zerstören mochte, weil sie ihm in der letzten Nacht seines Lebens Trost spendeten. Deshalb hielt ich seine verstümmelten Hände in den meinigen, die er leise stöhnend drückte, indem er sprach: »Sinuhe, ich bereue weder meine Niederlage noch meinen Tod! Nur wer vieles wagt, kann vieles gewinnen; und der Sieg und die Größe Syriens schwebten mir schon in Reichweite vor. Mein Leben lang bin ich in der Liebe wie im Haß stark gewesen, und ich kann mir kein anderes Dasein vorstellen. Auch würde ich meinen Lebenslauf nicht ändern wollen und bereue keine einzige meiner Taten, obwohl sie mich heute gefesselt halten und in einen schimpflichen Tod führen, wobei mein Leib den Schakalen zum Fraß dienen wird. Aber ich bin stets neugierig gewesen, und in mir fließt, wie in allen Syriern, Kaufmannsblut. Morgen soll ich sterben: Der Tod weckt meine große Neugierde! Daher möchte ich gerne wissen, ob es eine Möglichkeit gibt, ihn zu bestechen und die Götter zu betrügen; denn der Gedanke an das Jenseits und die ewige Wanderung als ein Schatten in der Finsternis bedrückt mich. Du, Sinuhe, hast in deinem Herzen die Weisheit aller Länder gesammelt. Sag mir, wie ich den Tod bestechen kann!«

Ich aber schüttelte das Haupt und sagte: »Nein, Aziru, alles andere kann der Mensch wohl bestechen und betrügen, Liebe und Macht, Güte und Bosheit; sein Gehirn und sein Herz kann der Mensch bestechen: Geburt und Tod aber bleiben unbestechlich. Doch ich sage dir in dieser Nacht beim flackernden Lampenschein: Der Tod ist nichts Furchtbares, Aziru, der Tod ist gütig. In Anbetracht all des Bösen, das in der Welt geschieht, ist der Tod der beste Freund des Menschen. Als Arzt glaube ich auch nicht mehr recht an das Totenreich, noch als Ägypter an das Land des Westens und die Erhaltung des Leibes. Der Tod dünkt mich wie ein langer Schlaf und wie eine kühle Nacht nach einem heißen Tag. Wahrlich, Aziru, das Leben ist heißer Sand und der Tod kühles Wasser. Im Tod schließen sich deine Augen, und du siehst nicht mehr; im Tod verstummt dein Herz und klagt nicht mehr; im Tod erschlaffen deine Hände und verlangen nicht mehr nach Taten; im Tod ermüden deine Füße und sehnen sich nicht mehr nach dem Staub endloser Wege. Das ist der Tod, mein Freund Aziru! Doch um unserer Freundschaft willen werde ich Baal für dich und deine Familie gern ein großes Trankopfer und Fleischopfer darbringen. Deiner königlichen Würde wegen werde ich es für dich und deine Familie tun, wenn es dir Trost bereiten kann, obwohl ich selbst nicht viel von Opfern halte. Aber Vorsicht ist eine Tugend, und deshalb will ich für dich opfern, damit du im Totenreich, sofern es ein solches gibt, weder Hunger noch Durst leiden mußt.«

Aziru ereiferte sich bei meinen Worten sehr und meinte: »Wenn du das Opfer für mich darbringst, so nimm von jenen Schafen, welche die fettesten sind und deren Fleisch mir auf der Zunge schmilzt! Und vergiß nicht, Schafsnieren zu opfern, die für mich Leckerbissen sind! Wenn möglich, opfere mit Myrrhe gewürzten Wein aus Sidon; denn mein Blut hat stets fette Nahrung und schwere Weine geliebt. Auch möchte ich, daß du ein starkes, bequemes Bett opferst, das schwere Belastungen aushält; denn es verträgt sich nicht mit meiner königlichen Würde, wie ein Hirt im Gras zu liegen, obwohl dort der Boden nicht knarrt, wie es selbst die stärkste Lagerstatt unter Keftius Gewicht tut.«

Er zählte noch eine Menge Dinge auf, die ich für ihn opfern sollte, und wurde wie ein Kind eifrig und erwartungsvoll beim

Gedanken an all die guten Dinge, die er ins Totenreich mitbekäme. Schließlich aber wurde er wieder wehmütig, seufzte tief, stützte das mißhandelte Haupt in die Hände und sprach:

»Wenn du das alles wirklich für mich tun willst, Sinuhe, bist du wahrhaftig mein Freund! Ich verstehe eigentlich nicht, warum du es tust, da ich doch dir wie allen Ägyptern viel Böses zugefügt habe. Auch hast du schön über den Tod gesprochen, und vielleicht verhält es sich, wie du sagst, so, daß der Tod nur ein langer Schlaf und ein kühles Wasser ist. Dennoch tut mir das Herz weh, wenn ich an den Blütenzweig eines Apfelbaumes denke, das Blöken der Schafe in den Ohren vernehme und die Lämmer an den Berghängen hüpfen sehe. Besonders weh aber tut mir der Gedanke an den Frühling in unserem Land und an die blühenden Lilien und ihren Duft von Harz und Balsam; denn die Lilie ist eine königliche Blume, die mir gut steht. Wenn ich an all das denke, verspüre ich Herzweh, weil ich das Land der Amoriter weder im Frühling noch im Herbst, weder bei Sommerhitze noch bei Winterkälte wiedersehen werde. Trotzdem dünkt mich die Qual in der Brust süß, wenn ich über mein Land nachsinne.«

So unterhielten wir uns die ganze lange Nacht im Gefängniszelt Azirus und erinnerten uns unserer Begegnungen, da ich in Simyra wohnte und wir beide noch jung und stark waren. Aziru erzählte mir auch allerlei aus seiner Kindheit, was hier zu schildern aber zu weit führen würde. Schließlich haben alle Menschen die gleiche Kindheit, und Jugenderinnerungen sind daher bloß für die Betroffenen selber von Wert. Im Morgengrauen brachten uns meine Sklaven eine Mahlzeit, die sie bereitet hatten, und die Wächter hinderten sie nicht, weil auch sie daran teilnehmen durften; sie bestand aus heißem Schaffleisch und in Fett gekochten Graupen, und dazu gossen uns die Sklaven starken, mit Myrrhe gewürzten Wein aus Sidon in die Becher. Auch ließ ich meine Sklaven Aziru von allem Kot säubern, mit dem ihn das Volk beworfen, sein Haar kämmen und aufstecken und den Bart mit einem Goldnetz umhüllen. Seine zerrissene Kleidung und die Fesseln bedeckte ich mit einem königlichen Mantel; denn die Hetiter hatten ihn in Kupferbande geschlagen, die nicht zu lösen waren und mir nicht erlaubten, ihm neue Kleider anzuziehen.

Den gleichen Gefallen erwiesen meine Sklaven auch Keftiu und ihren beiden Söhnen, denen Haremhab jedoch nicht gestattete, vor der Hinrichtung mit Aziru zusammenzutreffen.

Als der Augenblick gekommen war und Haremhab, auf die betrunkenen Prinzen der Hetiter gestützt, laut lachend aus seinem Zelt trat, ging ich auf ihn zu und sagte: »Wahrlich, Haremhab, ich habe dir viele Dienste geleistet und vielleicht sogar das Leben gerettet, als ich dir einst bei Tyrus einen vergifteten Pfeil aus dem Schenkel zog und die Wunde heilte. Erweise du mir einen Gegendienst, indem du Aziru einen Tod ohne Schande bereitest; denn er ist doch König von Syrien gewesen und hat tapfer gekämpft! Deine eigene Ehre wird nur noch heller glänzen, wenn du ihn unbeschimpft sterben läßt! Übrigens haben ihn deine Freunde, die Hetiter, schon genug gequält, als sie ihm die Glieder zerbrachen, um ihm ein Wort über das Versteck seiner Schätze zu entlocken.

Haremhabs Gesicht verfinsterte sich bei meinen Worten. Er hatte sich bereits verschiedene schlaue Mittel ausgedacht, um den Todeskampf Azirus zu verlängern; alles war vorbereitet, und die ganze Armee hatte sich schon im Morgengrauen am Fuß des Hügels versammelt, auf dem die Hinrichtung stattfinden sollte. Man stritt sich um die besten Zuschauerplätze und versprach sich einen vergnügten Tag. Haremhab hatte das Schauspiel jedoch nicht deshalb veranstalten wollen, weil ihm die Leiden oder ein langer Todeskampf Azirus Freude bereitet hätten, sondern nur, um seine Soldaten zu ergötzen und ganz Syrien einen solchen Schrecken einzujagen, daß niemand nach dem jammervollen Tod Azirus von einem Aufstand auch nur zu träumen wagen würde. Das muß ich zu Haremhabs Entschuldigung erwähnen. Er war nicht so grausam, wie man behauptete; aber er war ein Krieger und der Tod in seiner Hand nur eine Waffe. Doch ließ er gerne zu, daß seine Strenge im Gerede übertrieben wurde, um seinen Feinden Schrecken einzujagen und den Leuten Achtung einzuflößen. Denn er glaubte, das Volk hege mehr Ehrfurcht vor einem grausamen als vor einem gütigen Herrscher, und es sehe die Milde als eine Schwäche an.

Deshalb verfinsterte sich sein Gesicht bei meinen Worten,

sein Arm sank vom Hals des Prinzen Schubattu herab, er stand wankend vor mir und begann sich mit der goldenen Peitsche die Schenkel zu klopfen. Dann wandte er sich an mich und sprach: »Du, Sinuhe, bist mir ein ständiger Dorn in der Lende, und ich beginne deiner höchst überdrüssig zu werden! Denn im Gegensatz zu allen vernünftigen Menschen bist du bitter und schmähst mit giftigen Worten einen jeden, der erfolgreich ist und zu Reichtum und Ehren kommt; sobald aber ein Mensch fällt und besiegt wird, bist du der erste, der ihn bemitleidet und tröstet. Du weißt ganz gut, daß ich unter erheblichen Schwierigkeiten und großem Kostenaufwand aus weitem Umkreis die geschicktesten Henker für Aziru habe kommen lassen; das bloße Erstellen der verschiedenen Folterwerkzeuge und Röstvorrichtungen zur Unterhaltung der Armee hat einen Haufen Silber gekostet. Ich kann unmöglich meine Sumpfratten im letzten Augenblick ihres Vergnügens berauben; denn sie haben Azirus wegen allerlei Widerwärtigkeiten ausgestanden und aus vielen Wunden geblutet.«

Der hetitische Prinz Schubattu trommelte ihm mit der Hand auf den Rücken, lachte und rief: »Recht hast du, Haremhab! Du wirst uns doch nicht um unser Vergnügen bringen! Um dir die Freude nicht vorwegzunehmen, hüteten wir uns, Aziru das Fleisch von den Gliedern zu reißen, und zwickten ihn bloß vorsichtig mit Zangen und Holzschrauben.«

In seiner Eitelkeit aber mißbilligte Haremhab die Worte des Prinzen; auch gefiel ihm nicht, daß dieser ihn berührte. Er runzelte daher die Augenbrauen und sagte: »Du bist betrunken, Schubattu! Mit Aziru verfolge ich keinen anderen Zweck als den, der ganzen Welt zu zeigen, welches Schicksal eines jeden harrt, der sich auf die Hetiter verläßt. Da wir aber heute nacht Freunde geworden sind und Bruderschaft getrunken haben, will ich deinen Bundesgenossen Aziru schonen und ihm um unserer Freundschaft willen einen leichten Tod gewähren.«

Schubattu wurde über diese Worte so zornig, daß er erbleichte und sein Gesicht sich vor Wut verzerrte; denn die Hetiter waren um ihre Ehre ungemein besorgt, obwohl jedermann weiß, daß sie ohne Rücksicht auf diese ihre Bundesgenossen verraten und verkaufen, sobald sie keinen Nutzen mehr von ihnen haben und der Verrat ihnen größere Vorteile bringt. Zwar handeln jedes Volk und jeder kluge Herrscher so; aber die Hetiter tun es auf schamlosere Weise als andere Völker, indem sie sich nicht einmal die Mühe nehmen, Ausreden und Erklärungen auszudenken, um die Sache zu beschönigen und ihr den Schein der Gerechtigkeit zu verleihen. Trotzdem war Schubattu erbost; seine Kameraden aber legten ihm die Hände auf den Mund, zogen ihn aus Haremhabs Nähe weg und hielten ihn fest, bis er in ohnmächtiger Wut den genossenen Wein von sich gab und sich schließlich beruhigte.

Haremhab aber ließ Aziru aus dem Gefängniszelt herauskommen und wunderte sich sehr, als dieser mit stolz erhobenem Haupt und in fürstlicher Haltung, einen Königsmantel um die Schultern, vor das Volk trat. Aziru, der fettes Fleisch und starken Wein genossen hatte, warf den Kopf hochmütig in den Nakken, lachte laut und überschüttete auf dem Weg zum Richtplatz Haremhabs Hauptleute und Wächter mit Schimpfworten. Sein Haar war gekämmt und gelockt, sein Antlitz glänzte von Öl, und über die Köpfe der Soldaten hinweg rief er Haremhab zu: »Haremhab, du dreckiger Ägypter! Fürchte mich nicht mehr; denn ich bin gefesselt, und du brauchst dich nicht hinter den Speeren deiner Krieger zu verstecken! Komm her, damit ich den Kot meiner Füße an deinem Mund abwische! Denn wahrlich, ein schmutzigeres Lager als dieses habe ich meiner Lebtag nicht gesehen, und ich möchte mit sauberen Füßen vor Baal treten!«

Haremhab war über seine Worte entzückt, brach in Lachen aus und rief zur Antwort: »Ich kann dir nicht nahe kommen, weil mir von deinem syrischen Gestank übel wird, obwohl es dir gelungen ist, irgendwo einen Mantel zu stehlen, um deinen dreckigen Leib zu bedecken. Aber zweifellos bist du ein mutiger Mann, Aziru, da du lachend in den Tod gehst. Um meiner eigenen Ehre willen schenke ich dir daher ein leichtes Ende.«

Er hieß seine Leibwache Aziru das Geleit geben und dafür sorgen, daß ihn die Soldaten nicht mit Schmutz bewarfen; und die Leibwache schützte Aziru und schlug jeden, der ihm Schmähungen zuzurufen versuchte, mit dem Speerschaft über den Mund. Denn trotz der ihnen zugefügten Leiden haßten sie Aziru nicht mehr, sondern bewunderten seinen Mut. Sie geleiteten auch die Königin Keftiu und Azirus beide Söhne zum Richtplatz. Keftiu hatte sich nach echter Frauenart aufgeputzt und das Gesicht rot und weiß geschminkt, und die Knaben wandelten stolz, wie es Königssöhnen ansteht, zum Richtplatz, wobei der ältere den jüngeren an der Hand führte. Beim Anblick seiner Familie ward Aziru schwach und sagte:

»Keftiu, Keftiu, meine weiße Stute, mein Augapfel und meine Liebe! Ich bin sehr betrübt, daß du mir meinetwegen in den Tod folgen mußt; denn das Leben könnte dir noch hold sein.« Keftiu aber erwiderte: »Du sollst um mich nicht betrübt sein, o mein König! Ich folge dir gern ins Totenreich. Du bist mein Gemahl und stark wie ein Stier, und ich glaube nicht, daß nach deinem Tod je ein anderer Mann mich so meisterhaft befriedigen könnte wie du. Auch habe ich dich im Leben von allen anderen Frauen getrennt und an mich gefesselt, und deshalb lasse ich dich nicht allein ins Totenreich gehen; denn dort harren deiner sicherlich alle schönen Weiber, die vor mir gelebt haben. Sicher ist sicher, und ich würde dir selbst dann nachkommen, wenn man mich am Leben ließe. Wahrlich, ich würde mich mit meinem eigenen Haar erdrosseln, mein Herrscher; denn ich war nur eine Sklavin, du aber hast mich zur Königin erhoben, und ich durfte dir zwei stattliche Söhne gebären.«

Aziru jauchzte über ihre Worte, und übermütig vor Freude sprach er zu seinen Söhnen: »Meine schönen Knaben! Als Königssöhne wurdet ihr geboren; so sterbt denn auch als Königssöhne, damit ich mich eurer nicht zu schämen brauche! Glaubt mir: der Tod ist nicht schmerzhafter als das Ziehen eines Zahnes. Zeigt daher Mut, meine herrlichen Söhne!« Mit diesen Worten kniete er vor dem Henker auf den Boden, wandte sich nochmals an Keftiu und sprach: »Ich habe den Anblick der stinkenden Ägypter und ihrer blutigen Speere satt. Entblöße daher deine blühenden Brüste, Keftiu, damit ich im letzten Augenblick noch deine Schönheit sehe! Dann will ich so glücklich sterben, wie ich mit dir gelebt habe!«

Keftiu entblößte ihren strotzenden Busen vor seinen Blicken, der Henker hob das schwere Schwert und trennte ihm mit einem Hieb das Haupt vom Leibe. Azirus Kopf rollte vor Keftius Füße, sein starkes Blut spritzte mit den letzten Pulsschlägen gewaltig aus seinem mächtigen Körper und befleckte die Kleider seiner erschrockenen Söhne, von denen der jüngere zu zittern begann. Keftiu aber hob Azirus Haupt vom Boden auf, küßte ihm die geschwollenen Lippen, streichelte ihm die zerschundenen Wangen, preßte sein Gesicht an ihre weichen Brüste und sprach zu ihren Söhnen: »Beeilt euch, meine tapferen Jungen! Folgt furchtlos eurem Vater, meine Kinder; denn eure Mutter sehnt sich voll Ungeduld danach, mit ihm vereint zu werden!« Die beiden Knaben knieten gehorsam nieder, der größere hielt den Kleinen noch immer hilfreich an der Hand, der Henker durchhieb mit Leichtigkeit ihre zarten Kindernakken, schob mit dem Fuß ihre Leichen beiseite und durchschnitt dann mit einem einzigen Hieb Keftius dicken weißen Hals. So starben sie alle eines leichten Todes. Ihre sterblichen Überreste aber ließ Haremhab den Raubtieren zum Fraß in die Leichengrube werfen.

5

So beendete mein Freund Aziru sein Leben, ohne den Versuch gemacht zu haben, den Tod zu bestechen. Haremhab schloß mit den Hetitern Frieden, obwohl er ebensogut wie diese wußte, daß der Friede nur ein Waffenstillstand war, weil Sidon, Simyra, Byblos und Kadesch auch weiterhin in der Gewalt der Hetiter blieben, die Kadesch zu einer starken Festung und einem Stützpunkt ihrer Macht in Nordsyrien ausbauten. Aber sowohl Haremhab als auch die Hetiter waren zur Zeit kriegsmüde, und Haremhab freute sich sehr über den Friedensschluß. Denn er hatte sich in Theben um die Wahrung gewisser Vorteile zu kümmern und auch die Ordnung im Lande Kusch und unter den Negern wiederherzustellen, da diese, durch die Freiheit verwildert, keine Steuern mehr an Ägypten entrichten wollten.

In diesen Jahren regierte Pharao Tutanchamon in Ägypten, obwohl er nur ein Junge war und für nichts anderes Interesse hegte als für den Bau seines eigenen Grabes. Das Volk legte ihm alle durch den Krieg verursachten Leiden und Verluste zur Last und meinte: »Was können wir von einem Pharao erwarten, dessen Gemahlin vom Geblüt des verfluchten Pharao ist?« Und Eje tat nichts, um das Geschwätz der Leute zu dämpfen, sondern ließ im Gegenteil immer neue Geschichten über die Gedankenlosigkeit und Gier verbreiten, die Tutanchamon an den Tag legte, indem dieser versuchte, sich alle Schätze Ägyptens für sein Grab zu sichern. Der Pharao ging sogar so weit, die Mittel für die Ausrüstung seiner letzten Ruhestätte durch eine dem Volk auferlegte Grabsteuer zu beschaffen, indem in Ägypten für jeden Toten, dessen Leib in Ewigkeit erhalten werden sollte, eine Abgabe an den Pharao entrichtet werden mußte. Doch stammte diese Idee von Eje, der sie dem jungen Herrscher in den Kopf gesetzt hatte, weil er überzeugt war, die Maßregel werde den Zorn des Volkes erregen.

Während dieser ganzen Zeit besuchte ich Theben kein einziges Mal, sondern folgte in Mühen und Entbehrungen der Armee, die meine Heilkunst nötig hatte; aber Reisende aus Theben wußten zu berichten, daß Pharao Tutanchamon schwach und kränklich sei und irgendein geheimnisvolles Leiden an ihm zehre. Sie behaupteten, der Krieg in Syrien habe seine Kräfte verbraucht. Denn jedesmal, wenn die Kunde von einem Sieg Haremhabs eintraf, erkrankte der Pharao, sobald ihm aber die Nachricht von einer Niederlage Haremhabs zu Ohren kam, erholte er sich und stand wieder auf. Die Leute meinten daher, die Sache schmecke nach Zauberei, und jeder, der die Augen offenhalte, könne deutlich wahrnehmen, daß der Gesundheitszustand des Pharao mit dem Krieg in Syrien zusammenhänge.

Mit der Zeit aber wurde Eje immer ungeduldiger und sandte Haremhab einmal übers andere die Kunde: »Wirst du nicht endlich den Krieg beendigen und Ägypten den Frieden schenken? Ich bin bereits ein alter Mann und mag nicht länger warten. Erringe endlich den entscheidenden Sieg, Haremhab, und verschaffe Ägypten den ersehnten Frieden, damit ich den vereinbarten Lohn bekomme, und ich werde dafür sorgen, daß auch du deine Belohnung erhältst!«

Deshalb wunderte ich mich nicht, als wir nach Beendigung des Krieges während unserer Rückfahrt stromaufwärts – in festlichem Zug mit flatternden Wimpeln an den Kriegsfahrzeugen – die Kunde vernahmen, Pharao Tutanchamon habe das goldene Schiff seines Vaters Ammon bestiegen und sich in das Land des Westens begeben. Aus diesem Grund mußten wir die Wimpel streichen und uns das Gesicht mit Ruß und Asche beschmieren. Es wurde behauptet, der Pharao habe an dem Tag, da die Nachricht von der Eroberung Megiddos und der Unterzeichnung des Friedensvertrages Theben erreichte, einen ernstlichen Rückfall seiner Krankheit erlitten. Doch stritten sich die Ärzte im Haus des Lebens noch lange darüber, an welchem Leiden er gestorben sei. Ein Gerücht behauptete, sein Bauch sei schwarz von Gift gewesen. Doch wußte niemand etwas Bestimmtes über seinen Tod, und das Volk meinte, er sei seiner eigenen Bosheit erlegen, weil der Krieg und mit diesem die Plagen Ägyptens zu Ende waren, die seine größte Freude gewesen. Ich aber weiß, daß Haremhab in dem Augenblick, da er sein Siegel unter den Friedensvertrag in den Lehm drückte, den Pharao ebenso unfehlbar tötete, wie wenn er ihm mit eigener Hand das Messer ins Herz gestoßen hätte. Denn Eje wartete nur auf das Ende des Krieges, um Tutanchamon aus dem Wege zu räumen und selbst als Friedenskönig den Thron zu besteigen.

Deshalb mußten wir uns das Gesicht besudeln und die bunten Siegeswimpel streichen. Haremhab ließ erbittert die Leichen der syrischen und der hetitischen Befehlshaber, die er nach dem Vorbild der großen Pharaonen am Vordersteven seines Schiffes mit dem Kopf nach unten hatte aufhängen lassen, abnehmen und in den Strom werfen. Seine Sumpfratten hatte er in Syrien zurückgelassen, das Land zu befrieden und sich nach allen ausgestandenen Mühen am Wohlstand Syriens zu mästen. Seine Kampftruppen aber hatte er zur Siegesfeier nach Theben mitgenommen; und auch diese waren sehr ergrimmt und verfluchten

Tutanchamon, der ihnen zu seinen Lebzeiten kein Vergnügen bereitet und nun durch seinen Tod noch die Siegesfreude verdarb.

So kehrte ich nach Theben zurück, fest entschlossen, es nie mehr zu verlassen. Meine Augen hatten bereits genug von der menschlichen Bosheit erblickt, und es gab unter der alten Sonne nichts Neues mehr zu sehen. Deshalb wollte ich für immer in Theben bleiben und mein Leben in Armut in dem früheren Haus des Kupferschmieds im Armenviertel verbringen; denn alle die reichen Geschenke, die ich in Syrien für meine Heilkunst erhalten hatte, waren von mir für Azirus Grabopfer ausgegeben worden, weil ich diesen Reichtum nicht behalten wollte. Jenes Vermögen roch nach Blut, und ich hätte keine Freude empfunden, es für mich selbst zu verwenden. Deshalb schenkte ich Aziru alles, was ich in seinem Lande gesammelt, und kehrte arm nach Theben zurück.

Aber noch war mein Maß nicht voll. Noch war mir eine Aufgabe zugemessen, die ich mir nie gewünscht und vor der ich entsetzt zurückschreckte, der ich mich aber nicht entziehen konnte. Deshalb mußte ich Theben nochmals, und sogar bereits nach wenigen Tagen, verlassen. Eje und Haremhab vermeinten nämlich ihre Ränke sehr geschickt geschmiedet und ihre Pläne sehr weise ausgeführt zu haben, und sie glaubten daher, die Macht in Händen zu halten. Doch entglitt sie ihnen, ehe sie es ahnten, und beinahe hätte die Laune einer Frau dem Schicksal Ägyptens eine neue Wende gegeben. Darum muß ich noch von der Königin Nofretete und der Prinzessin Baketamon erzählen, ehe ich meinen Bericht schließen und Ruhe finden kann. Doch zu diesem Zweck muß ich ein neues Buch beginnen; und es soll das letzte werden, das ich schreibe, und ich schreibe es nur, um zu erklären, wieso ich, Sinuhe, der zum Arzt geboren war, zum Mörder wurde.

FÜNFZEHNTES BUCH

Haremhab

1

Der Regent Eje wartete ungeduldig darauf, sich, der Vereinbarung mit Haremhab gemäß, sofort nach Abschluß der Begräbniszeremonien für Tutanchamon die Kronen der Pharaonen aufzusetzen. Daher beschleunigte er denn auch die Einbalsamierung von Tutanchamons Leiche und deren Bestattung. Bei der Eile, mit der er das Grab fertigstellen ließ, erhielt es geringere Ausmaße als die Ruhestätten der großen Pharaonen und wirkte neben diesen klein und unscheinbar; außerdem behielt Eje einen großen Teil der Schätze, die Tutanchamon ins Grab hatte mitnehmen wollen, für sich. Laut Abkommen sollte er ferner die Prinzessin Baketamon dazu bewegen, Haremhabs Gemahlin zu werden, um diesem, der mit Mist zwischen den Zehen geboren war, zu ermöglichen, nach Ejes Tod gesetzlichen Anspruch auf die Kronen Ägyptens zu erheben. Zu diesem Zweck hatte er mit den Priestern vereinbart, daß die Prinzessin Baketamon nach Ablauf der Trauerzeit bei dem Siegesfest im Sekhmettempel Haremhab in der Gestalt der Göttin erscheinen und sich ihm hingeben solle, damit ihr Bündnis von den Göttern gesegnet würde und auch Haremhab göttlichen Rang erhielte. Diesen Plan hatte Eje mit den Priestern entworfen. Die Prinzessin Baketamon aber hatte bereits einen anderen Vorsatz gefaßt und seine Verwirklichung sorgfältig vorbereitet. Ich weiß, daß die Idee von der Königin Nofretete stammte, die Haremhab haßte und damit rechnete, daß sie, falls das Vorhaben gelingen sollte, neben Baketamon die mächtigste Frau in Ägypten würde.

Es war ein gottloser, unheimlicher Plan, wie ihn nur die

Schlauheit eines verbitterten Weibes aushecken kann. Gleichzeitig war er so unerhört, daß er gerade seiner Unglaublichkeit wegen beinahe geglückt wäre, weil eben niemand sich etwas Derartiges vorstellen konnte oder für möglich gehalten hätte. Erst als dieser Plan an den Tag kam, wurde begreiflich, warum die Hetiter so großzügig Frieden angeboten, Megiddo und das Land der Amoriter abgetreten und beim Friedensschluß noch weitere Zugeständnisse gemacht hatten. Die Hetiter waren nämlich kluge Leute; sie behielten in ihrem Köcher einen Pfeil zurück, von dem Haremhab und Eje keine Ahnung hatten, und waren daher überzeugt, durch die Zugeständnisse nichts zu verlieren. Gerade wegen dieser Bereitschaft hätte ihnen Haremhab mißtrauen sollen; doch hatten ihn seine kriegerischen Erfolge geblendet, und er selbst wünschte den Frieden herbei, um seine Machtstellung in Ägypten zu festigen und endlich die Prinzessin Baketamon zur Gemahlin zu erhalten. Er hatte bereits zu viele Jahre auf sie warten müssen, und diese Verzögerung hatte seine Sehnsucht nach dem königlichen Blut bis zur Unerträglichkeit gesteigert. Deshalb war er geneigt, den Hetitern ohne Bedenken zu trauen, und sah über ihre Schlauheit hinweg.

Doch nachdem Nofretetes Gemahl gestorben und sie selbst gezwungen war, Ammon Opfer zu bringen, vermochte sie den Gedanken nicht zu ertragen, daß sie von der Regierung Ägyptens ausgeschlossen und jede andere Frau im goldenen Haus ihresgleichen sei. Trotz ihrer Jahre war sie noch immer eine schöne Frau, wenn auch diese Schönheit, die vieler Pflege und Mittel bedurfte, verwaschen und verbraucht war. Durch ihr Äußeres machte sie sich viele ägyptische Edelleute, die in dem goldenen Haus wie unnütze Drohnen um den unbedeutenden Pharao herumschwärmten, zu ergebenen Anhängern. Durch Klugheit und List gelang es ihr auch, die Freundschaft der Prinzessin Baketamon zu gewinnen und deren angeborenen Stolz zu einem verzehrenden Feuer anzufachen, so daß der Hochmut Baketamons schließlich alle Grenzen eines natürlichen Selbstgefühls überstieg und in wahren Irrsinn ausartete. So maßlos wurde ihr Stolz auf ihr heiliges Blut, daß sie nicht mehr die geringste Berührung mit einem gewöhnlichen Sterblichen ertrug und niemand gestattete, auch nur ihren Schatten zu streifen. In ihrem Hochmut hatte sie sich auch ihr Leben lang unberührt gehalten, weil sie der Ansicht war, daß es in Ägypten keinen einzigen Mann gebe, der ihrer würdig sei, da das Blut der großen Pharaonen in ihren Adern floß. Sie war jetzt auch bereits dem üblichen Heiratsalter entwachsen, und ich glaube, daß ihre Unberührtheit ihr in den Kopf gestiegen und ihr das Herz krank gemacht, daß sie aber in einem guten Ehebett hätte Heilung finden können. Trotz allem war sie immer noch eine schöne Frau, und in ihrem Stolz glaubte sie, daß die Zeit ihrer Schönheit nichts anhaben könne; auch pflegte sie ihr Äußeres mit größter Sorgfalt, obwohl keine Sklaven sie anrühren durften.

Nofretete schürte diesen Dünkel nach Kräften und redete der Prinzessin ein, sie sei zu großen Taten geboren und dazu bestimmt, Ägypten aus den Händen der niedriggeborenen Machtstreber zu erretten. Nofretete erzählte ihr von der großen Königin Hatschepsut, die sich einen königlichen Bart ums Kinn gebunden, mit dem Löwenschwanz umgürtet und auf dem Thron der Pharaonen Ägypten regiert hatte. Sie lustwandelten zusammen im Felsentempel Hatschepsuts zwischen den strahlend weißen Säulen und auf der myrtenbewachsenen Terrasse und betrachteten die Bildnisse der großen Königin, wobei Nofretete Baketamon glauben zu machen suchte, sie sehe in ihrer Schönheit der großen Königin ähnlich.

Über Haremhab hingegen wußte Nofretete so vieles Schlechtes zu berichten, daß der Prinzessin in ihrem jungfräulichen Stolz schließlich vor diesem niedriggeborenen Mann mit der riesenhaften Gestalt, welche diejenige der ägyptischen Edelleute um Kopfeslänge überragte, zu grauen begann und sie angewidert den Gedanken von sich wies, Haremhab könne sie eines Tages auf die rohe Art der Krieger vergewaltigen und ihr heiliges Blut schänden. Doch ist des Menschen Herz so launisch und voll Widersprüche, daß ich glaube, ihr Haß gegen Haremhab stammte vor allem daher, weil seine ungezähmte Kraft sie heimlich lockte. Denn ich vermute, daß sie einst, als der junge Haremhab ins goldene Haus gekommen, diesen allzu eifrig angeschaut hatte und ihr unter seinen Blicken heiß geworden war – was sie sich allerdings niemals eingestanden hatte.

Deshalb vermochte Nofretete sie ohne große Mühe zu beeinflussen, als die Pläne Ejes und Haremhabs offenkundig wurden und Pharao Tutanchamon, da sich der Krieg in Syrien seinem Ende näherte, immer schwächer und siecher wurde. Ich glaube auch nicht, daß Eje der Königin Nofretete seine Pläne verheimlichte; denn sie war ja seine Tochter. Daher hatte sie wohl mit Leichtigkeit erfahren, um welch hohe Einsätze Eje und Haremhab insgeheim spielten. Nofretete aber haßte ihren Vater, der sie, nachdem er genügend Nutzen aus ihr gezogen, beiseite geschoben, in dem goldenen Haus eingesperrt und von den Hoffesten ferngehalten hatte, weil sie die Gemahlin des verfluchten Pharao gewesen war. Ich nehme an, daß es auch noch andere Ursachen für Nofretetes Haß gegen ihren Vater gab; doch will ich sie nicht erwähnen, weil ich nicht sicher bin und nicht allem Klatsch im goldenen Haus Glauben schenke, obwohl ich weiß, daß es im Grunde ein sehr dunkles Haus ist, zwischen dessen Wänden sich viele schauerliche Dinge abspielen. Ich behaupte bloß, daß Schönheit und Klugheit, wenn sie in einem Weibe zusammentreffen, dessen Herz die Jahre versteinert haben, gefährliche Eigenschaften bedeuten, gefährlichere sogar als gezückte Messer und die Kupfersensen der Streitwagen. Ich glaube auch, daß es in der ganzen Welt nichts Gefährlicheres und Verderbnisbringenderes gibt als ein ungewöhnlich schönes und kluges Weib, dem es an Herz fehlt. Den besten Beweis hierfür liefert der Plan, den Nofretete ausheckte und zu dem sie die Prinzessin Baketamon überredete.

Dieser schlaue Plan wurde nach Haremhabs Rückkehr aufgedeckt. In seiner Ungeduld begann er sofort in der Nähe der Wohnung der Prinzessin Baketamon herumzustreichen, um sie zu sehen und anzusprechen, obwohl sie sich weigerte, ihn zu empfangen. Dabei bekam Haremhab zufällig einen Gesandten der Hetiter zu Gesicht, der auf dem Weg zu der Prinzessin war. Der Feldherr war erstaunt darüber, daß sie den Mann empfing und so lange bei sich behielt. Deshalb ließ er, ohne jemand um Erlaubnis zu fragen, den Hetiter verhaften; aber in seiner

Frechheit drohte ihm der Fremde mit Worten, die einer nur äußern kann, wenn er seiner Macht sicher ist.

Haremhab berichtete Eje dieses Erlebnis. Die beiden drangen nachts mit Gewalt in Baketamons Wohnung ein, töteten die mit ihrem Schutz betrauten Sklaven und entdeckten unter der Asche eines Kohlenbeckens eine Anzahl von Lehmtafeln. Beim Lesen derselben erschraken sie tief: Sofort ließen sie Baketamon in ihre Zimmer einsperren und bewachen, und auch Nofretete stellten sie unter Aufsicht. Noch in der gleichen Nacht suchten sie mich im einstigen Haus des Kupferschmieds auf, das Muti nach dem Brand für das von Kaptah erhaltene Silber wieder hatte aufbauen lassen; sie kamen im Schutz der Dunkelheit und mit verhülltem Gesicht in einer einfachen Sänfte. Muti, welche die beiden nicht erkannte, ließ sie ein und knurrte vor Ärger, weil sie mich ihretwegen mitten in der Nacht aus dem Schlaf wecken sollte. Ich schlief jedoch nicht; denn seit meiner Rückkehr aus Syrien litt ich wegen all der Schrecknisse, die ich dort gesehen hatte, an Schlaflosigkeit. Deshalb erhob ich mich bei Mutis Gebrumm von meinem Lager, zündete die Lampen an und empfing die Fremden, von denen ich glaubte, sie brauchten ärztliche Hilfe. Zu meinem großen Erstaunen erkannte ich jedoch die Besucher und schickte Muti nach Wein, obwohl Haremhab vor lauter Unmut darüber, daß die Alte sie gesehen hatte und ihre Worte hören konnte, sie umbringen wollte. Noch nie hatte ich Haremhab so verängstigt gesehen, und das bereitete mir große Genugtuung. Deshalb sprach ich:

»Ich erlaube dir keinesfalls, Muti aus dem Weg zu schaffen; und ich glaube, du bist krank im Kopf, daß du solchen Unsinn redest! Muti ist alt und schwerhörig und schnarcht wie ein Nilpferd. Davon wirst du dich bald genug mit eigenen Ohren überzeugen können. Trink daher Wein, und fürchte dich nicht vor einem alten Weib!«

Haremhab aber entgegnete ungeduldig: »Ich bin nicht hergekommen, um mit dir über Mutis Geschnarch zu reden. Ein Menschenleben mehr oder weniger hat nichts zu bedeuten, denn Ägypten schwebt in Lebensgefahr, und du mußt es retten!«

Eje bestätigte seine Worte, indem er sagte: »Wahrlich, Sinuhe, Todesgefahr droht Ägypten und auch mir! Nie zuvor war unser Land so ernstlich gefährdet wie in diesem Augenblick. Deshalb wenden wir uns in unserer Not an dich, Sinuhe.«

Ich aber lachte spöttisch und hob abwehrend die leeren Hände. Da ließ mich Haremhab die Lehmtafeln des Königs Schubbiluliuma sowie Abschriften der Briefe lesen, die Baketamon vor Kriegsende nach Chattuschasch an den König der Hetiter geschickt hatte. Ich entzifferte sie, die Lust zum Lachen verging mir, und der Wein verlor seinen Duft in meinem Mund; denn die Prinzessin hatte folgendermaßen an den König geschrieben:

»Ich bin die Tochter des Pharao, in meinen Adern fließt heiliges Blut, und in ganz Ägypten gibt es keinen Mann, der meiner würdig wäre. Wie ich höre, hast du viele Söhne. Sende also einen deiner Söhne zu mir, damit ich den Krug mit ihm zerbreche, und er soll an meiner Seite über Kêmet herrschen.«

Der Inhalt des Schreibens war so unerhört, daß der vorsichtige Schubbiluliuma zuerst nicht daran glauben wollte, sondern durch einen geheimen Boten eine in sehr mißtrauischen Worten abgefaßte Lehmtafel an Baketamon sandte, um sich nach ihren Bedingungen zu erkundigen. Baketamon aber wiederholte in einem neuen Schreiben ihr Angebot und versicherte, die Vornehmen des Landes und auch die Ammonpriester ständen auf ihrer Seite. Dieses Schreiben überzeugte Schubbiluliuma von der Ehrlichkeit ihrer Absichten. Deshalb hatte er sich beeilt, mit Haremhab Frieden zu schließen, und stand jetzt im Begriff, seinen Sohn Schubattu nach Ägypten zu schicken. Schubattu sollte Kadesch an einem günstigen Tag mit einer Menge Geschenke für Baketamon verlassen. Nach der letzten Lehmtafel zu urteilen, war er mit seinem Gefolge bereits unterwegs.

»Bei allen Göttern Ägyptens«, sagte ich erstaunt, »wie sollte ich euch beistehen können? Ich bin nur ein Arzt und vermag daher das Herz eines verrückten Weibes nicht für Haremhab zu gewinnen.«

Dieser erklärte: »Du hast uns schon einmal geholfen – und wer zum Ruder greift, muß rudern, ob er will oder nicht. Du mußt dem Prinzen Schubattu entgegenfahren und dafür sorgen, daß er nicht nach Ägypten gelangt. Wie du das erreichst, wissen wir nicht, und es ist uns auch gleich. Ich sage bloß, daß wir ihn nicht offen auf der Reise umbringen können, weil dies einen neuen Krieg mit den Hetitern zur Folge haben würde. Den Zeitpunkt seines Aufbruchs aber will ich selbst bestimmen.«

Seine Worte entsetzten mich, die Knie begannen mir zu zittern, mein Herz verwandelte sich in Wasser, und die Zunge stotterte in meinem Mund, als ich sagte: »Wohl ist es wahr, daß ich euch einmal geholfen habe; aber ich tat es ebensosehr für mich wie für Ägypten. Dieser Prinz aber hat mir nichts Böses angetan, und ich habe ihn nur ein einziges Mal gesehen: vor deinem Zelt am Todestag Azirus. Nein, Haremhab, zum Meuchelmörder wirst du mich nicht machen! Lieber sterbe ich. Denn ein schändlicheres Verbrechen gibt es nicht; und wenn ich dem Pharao den Todestrank gereicht habe, so geschah es seinetwegen, weil er ein kranker Mensch und ich sein Freund war.«

Aber Haremhab runzelte die Brauen und begann sich mit der Peitsche aufs Schienbein zu schlagen, und Eje meinte: »Sinuhe, du bist ein kluger Mann und wirst daher verstehen, daß wir nicht ein ganzes Reich unter der Bettmatte einer launenhaften Frau verlieren können. Glaube mir, es gibt keinen anderen Ausweg mehr. Der Prinz muß auf der Reise nach Ägypten umkommen, und es geht mich nichts an, ob er einem Unfall oder einer Krankheit erliegt: Die Hauptsache ist, daß er stirbt. Deshalb wirst du ihm in der Wüste Sinai entgegenfahren – und dies als Arzt im Auftrag der Prinzessin Baketamon, um ihn zu untersuchen, ob er fähig ist, seine Obliegenheiten als Ehegatte zu erfüllen. Er wird dir das gerne glauben und dir einen freundlichen Empfang bereiten, um dich dann langatmig über die Prinzessin Baketamon auszufragen; denn auch Prinzen sind nur Menschen, und ich glaube, er wird sehr neugierig auf die Hexe sein, an die Ägypten ihn zu fesseln gedenkt. Deine Aufgabe, Sinuhe, wird leicht sein. Auch wirst du die Geschenke nicht verachten, die ihre Erfüllung einbringen wird und die dich zu einem reichen Mann machen werden.«

Haremhab mahnte: »Triff rasch deine Wahl, Sinuhe; denn du wählst zwischen Leben und Tod! Du wirst verstehen, daß wir dich, falls du nein sagst, nach diesen Mitteilungen unmöglich am Leben lassen können, magst du auch tausendmal mein Freund sein. Denn es handelt sich um ein Pharaonengeheimnis, das außer Eje und mir niemand wissen darf. Der Name, den deine Mutter dir verlieh, Sinuhe, war ein schlechtes Vorzeichen; denn du hast bereits allzu viele Pharaonengeheimnisse erfahren! Du brauchst daher bloß ein ablehnendes Wort zu äußern, und ich durchschneide dir den Hals von Ohr zu Ohr, so ungern ich es tue; denn du bist unser bester Diener, und wir können keinen anderen Menschen mit einem solchen Auftrag betrauen. Ein gemeinsames Verbrechen aber verbindet dich mit uns, und auch diesen neuen Frevel wollen wir gerne mit dir teilen, falls du die Rettung Ägyptens vor der Macht der Hetiter und eines verrückten Weibes als einen Frevel betrachtest.«

So war ich in das Netz verstrickt, das mir meine eigene Handlungsweise geknüpft hatte und das so stark war, daß ich keine einzige Masche zu zerreißen vermochte. Meine eigenen Taten bildeten den Strick, der mich fesselte. Ich selbst hatte diesen Strick gedreht, der weit zurück bis in die Todesnacht des großen Pharao, bis zu dem Besuch Ptahors in meinem Vaterhaus, ja bis zu dem Strom reichte, auf dem ich in meiner Geburtsnacht in einem Binsenboot schwamm. In dem Augenblick aber, da ich Pharao Echnaton den Todestrank reichte, hatte ich mein Geschick endgültig mit dem Schicksal Haremhabs und Ejes verbunden, obwohl ich es damals in meiner Trauer und Erbitterung nicht verstand.

»Du weißt ganz gut, daß ich den Tod nicht fürchte, Haremhab!« versuchte ich mir selbst Mut einzureden; denn obwohl ich schon oft und viel vom Tod gesprochen und ihn auch angerufen hatte, war er mir doch ein unheimlicher, kalter Gast in der Finsternis der Nacht, und ich wollte mir nicht die Kehle mit einem stumpfen Messer durchsägen lassen.

Ich schreibe dies alles nur meinetwegen und ohne Selbstbeschönigung. Deshalb muß ich zu meiner Schande gestehen, daß mir in jener Nacht der Gedanke an den Tod ein großes Grauen einjagte, weil er so plötzlich und unerwartet aufgetaucht war, daß ich keine Zeit fand, mich darauf vorzubereiten. Vielleicht würde ich mich weniger vor dem Sterben gefürchtet haben, wenn es nicht so plötzlich hätte geschehen sollen. Nun aber dachte ich an das pfeilschnelle Flitzen der Schwalben über dem Strom, an den Wein des Hafens und an die Gans, die Muti nach Thebener Art briet – und das Leben erschien mir mit einemmal unerwartet süß. Deshalb dachte ich an Ägypten und erinnerte mich daran, daß Echnaton hatte sterben müssen, damit das Land gerettet und Haremhab die Möglichkeit gegeben werde, den Angriff der Hetiter mit Waffengewalt abzuwehren. Schließlich war Echnaton mein Freund gewesen, während mir dieser fremde Prinz sehr fern stand und sicherlich durch seine Untaten im Krieg den Tod schon tausendmal verdient hatte. Warum sollte ich also nicht auch ihn ums Leben bringen, um Ägypten zu retten, nachdem ich ja Echnaton zu demselben Zweck das Gift gereicht hatte? Ich fühlte mich auf einmal sehr schläfrig und sprach gähnend zu den beiden:

»Leg das Messer weg, Haremhab; denn sein Anblick regt mich auf! Dein Wille geschehe! Ich werde also Ägypten vor der Gewalt der Hetiter retten, wenn ich auch keine Ahnung habe, wie ich es anstellen soll, und vermutlich das Leben dabei verlieren werde, weil die Hetiter mich unfehlbar totschlagen werden, wenn der Prinz stirbt. Doch lege ich keinen großen Wert auf mein Leben und will nicht, daß die Hetiter in Ägypten herrschen. Ich tue das alles aber nicht für Geschenke oder liebenswürdige Versprechungen, sondern weil diese Tat bereits vor meiner Geburt in den Sternen geschrieben stand und ich ihr somit nicht ausweichen kann. Empfanget also die Kronen aus meiner Hand, Haremhab und Eje! Empfangt sie und segnet meinen Namen; denn ich, ein unbedeutender Arzt, habe euch zu Pharaonen gemacht!«

Während ich so sprach, verspürte ich große Lust zu lachen. Ich dachte daran, daß in meinen Adern vielleicht heiliges Blut floß und ich der allein berechtigte Erbe der Pharaonen war, während Eje ursprünglich ein unbekannter Sonnenpriester gewesen und die Eltern Haremhabs nach Viehherden und Käse rochen. Ich legte die Hand auf den Mund und kicherte wie ein altes Weib bei dem Gedanken, daß ich, wenn ich Haremhabs unbeugsame Härte oder Ejes kaltblütige Schlauheit besessen hätte, mein Leben vielleicht so hätte lenken können, daß ich meine Abstammung bewiesen und selber den Thron der Pharaonen bestiegen haben würde. In einer Zeit so gewaltiger Umwälzungen war alles möglich. Aber die Macht schreckte mich ab, und mir graute vor den blutbefleckten Kronen der Pharaonen; denn das Sonnenblut in meinen Adern war mit dem dünnen Blut der Mitani, dem Blut des Sonnenuntergangs, vermischt. Deshalb konnte ich mich des Lachens nicht erwehren und hielt die Hand vor den Mund; denn wenn ich mich aufrege, muß ich lachen, und wenn ich mich fürchte, werde ich schläfrig. In diesem Verhalten glaube ich mich von anderen Menschen zu unterscheiden.

Haremhab ärgerte sich so sehr über mein Gelächter, daß er die Brauen runzelte und sich wieder das Schienbein mit der goldenen Peitsche zu schlagen begann, während sich Eje dadurch nicht stören ließ; denn er war bereits ein müder, alter Mann, der sich nicht mehr um das Lachen oder Weinen der Menschen, sondern nur noch um sich selber kümmerte. In diesem Augenblick sah ich die beiden, wie sie in Wirklichkeit und ohne die bunte Federtracht der Einbildung waren: Ich durchschaute sie als Räuber, die Ägyptens sterbenden Leib plünderten, wie auch als Kinder, die mit Kronen und Machtsymbolen spielten, und ich erkannte, daß sie so sehr von ihren Wünschen besessen waren, daß sie niemals glücklich werden konnten. Meine Augen blickten in die Zukunft, und deshalb hielt ich mit dem Lachen inne und sprach zu Haremhab:

»Mein Freund Haremhab, eine Krone wiegt schwer. Du wirst es spüren, wenn ein heißer Tag zur Neige geht, die Rinder zur Tränke ans Ufer getrieben werden und die Stimmen um dich her verstummen.«

Haremhab aber sagte: »Mach dich rasch auf den Weg! Ein Schiff wartet auf dich. Du sollst Schubattu noch in der Wüste Sinai begegnen, ehe er und sein Gefolge nach Tanis gelangen.«

So verließ ich die Stadt Theben mitten in der Nacht; Haremhab stellte mir sein schnellstes Schiff zur Verfügung, und ich ließ meinen Ärzteschrein und den Rest des Gänsebratens, den Muti mir zu Mittag vorgesetzt hatte, an Bord schaffen. Auch Wein ließ ich mir zur Unterhaltung holen, weil ich mich nicht mehr darum scherte, was mit mir geschah.

2

An Bord des Schiffes fand ich Zeit und Muße zum Denken. Als ich mir alles reiflich überlegt hatte, beschleunigte ich nach Kräften die Fahrt, indem ich die Ruderer mit meinem Stock und mit dem Versprechen reichlicher Geschenke antrieb. Denn je länger ich darüber nachsann, desto deutlicher sah ich die unerhörte Gefahr, die, wie eine schwarze Sandwolke aus der Wüste emporsteigend, Ägypten bedrohte. Es wäre mir ein leichtes, meine Handlungen zu beschönigen und zu behaupten, ich hätte alles Ägyptens wegen getan; aber das Tun der Menschen ist nicht leicht zu erklären, und Taten sind niemals reiner, sondern stets gemischter Wein. Ich schreibe all dies nur in bezug auf mich und gebe daher zu, daß ich diese neue Aufgabe vielleicht niemals übernommen haben würde, wenn ich mich in jener Nacht in meinem Haus nicht vor einem jähen Tod gefürchtet hätte. Nachdem ich mich aber schon einmal zu der Tat verpflichtet, suchte ich sie auf jede Weise zu beschönigen und kleidete sie in die bunte Tracht der Einbildung, bis ich schließlich selbst überzeugt war, dadurch Ägypten zu retten. Jetzt, da ich alt bin, glaube ich es zwar nicht mehr; aber damals, als ich auf dem Schiff stromabwärts fuhr, hatte ich große Eile, und das Fieber der Ungeduld brannte so heftig in mir, daß meine Augenlider schwollen und ich keinen Schlaf finden konnte.

Wieder einmal war ich einsam, einsamer als alle anderen. Denn keinem Menschen konnte ich mein Inneres mehr anvertrauen und niemand um Hilfe bei der Ausführung meiner Tat bitten. Ich hatte ja ein Pharaonengeheimnis zu wahren, das, wenn es an den Tag gekommen wäre, den Tod von Tausenden und aber Tausenden bedeutet hätte. Deshalb mußte ich, um nicht entlarvt zu werden, listiger als eine Schlange vorgehen, und das Bewußtsein, daß ich, falls ich ertappt würde, einem fürchterlichen Tod in den Händen der Hetiter entgegenginge, spornte mich zu äußerster Schlauheit an.

Allerdings war ich versucht, alles wegzuwerfen, zu fliehen und mich irgendwo in der Ferne zu verbergen, wie es der Sinuhe des Märchens tat, als er durch einen Zufall das Geheimnis des Pharao erfahren. Ich hatte große Lust, die Flucht zu ergreifen und das Schicksal über Ägypten hereinbrechen zu lassen. Wäre ich geflohen, so würden die Ereignisse vielleicht anders verlaufen sein und die Welt heute anders aussehen – ob besser oder schlechter, das weiß ich nicht. Seitdem ich alt geworden bin, habe ich jedoch eingesehen, daß schließlich alle Herrscher gleich sind und ebenso alle Völker, und daß es im Grunde kein großer Unterschied ist, wer herrscht und welches Volk das andere unterdrückt: die arme Bevölkerung bleibt am Ende doch immer der leidende Teil. Deshalb wäre es vielleicht auf eins herausgekommen, wenn ich meine Aufgabe im Stich gelassen hätte. Doch würde ich in diesem Fall keine frohe Stunde mehr gehabt haben, womit ich nicht etwa behaupten will, jetzt glücklicher zu sein; denn die Tage des Glückes sind für mich schon mit meiner Jugend entschwunden.

Meiner Schwäche wegen aber floh ich nicht; denn eher, als seinen eigenen Weg zu gehen, läßt sich ein schwacher Mensch vom Willen eines anderen zu fürchterlichen Untaten verleiten. Wahrlich, wenn ein Mensch schwach genug ist, läßt er sich sogar lieber in den Tod führen, als daß er den Strick, an dem er geleitet wird, durchschnitte! Übrigens glaube ich, daß es viele Schwächlinge gibt und ich nicht der einzige bin.

Deshalb mußte Prinz Schubattu sterben. Während ich so auf dem Schiff, im Schatten des vergoldeten Daches und einen Weinkrug neben mir, dasaß, strengte ich all mein Denkvermögen an, um eine Todesart für ihn zu ersinnen, die meine Tat nicht verraten und Ägypten nicht mit Verantwortung belasten würde. Das war eine schwierige Aufgabe; denn der hetitische Prinz reiste sicherlich mit einem seinem Rang entsprechenden Gefolge, und die Hetiter waren mißtrauisch und wachten zweifellos über seine Sicherheit. Selbst wenn ich ihm allein in der Wüste begegnete und es in meiner Hand läge, ihn mit Pfeil oder Speer umzubringen, könnte ich es doch nicht tun, weil diese Waffen Spuren hinterlassen, die das Verbrechen an den Tag bringen würden. Einen Augenblick dachte ich daran, ihn in die Wüste hinauszulocken, um den Basilisk mit den Augen aus grünem Stein zu suchen, ihn in eine Schlucht hinabzustürzen und hernach zu erzählen, er sei ausgeglitten und habe sich das Genick gebrochen. Aber das war ein kindischer Plan; denn ich wußte recht gut, daß ihn sein Gefolge in der Wüste nicht aus den Augen lassen würde, weil die Leute seinem Vater, dem großen Schubbiluliuma, für sein Leben hafteten. Ich würde bestimmt nicht einmal unter vier Augen mit ihm sprechen können; und um Vergiftungen vorzubeugen, besaßen die Hetiter Vorkoster aller Speisen und Getränke, weshalb ich ihn also nicht auf die übliche Art vergiften könnte . . .

Da entsann ich mich der Berichte über die geheimen Gifte der Priester und des goldenen Hauses. Ich wußte, daß es Mittel und Wege gab, einer unreifen Baumfrucht Gift einzuimpfen, welches das Ende desjenigen herbeiführte, der sie später in reifem Zustand verzehrte. Ich wußte, daß es Bücherrollen gab, die demjenigen, der sie öffnete, einen langsamen Tod bereiteten, und wußte auch, daß die Priester Blumen auf eine besondere Art behandelten, damit ihr Duft tödlich wirkte. Doch das alles waren Geheimnisse der Priester, ich kannte sie nicht und glaube, daß viele jener Erzählungen rein erfunden waren. Doch selbst, wenn sie wahr gewesen wären und ich die Geheimnisse gekannt hätte: ich würde doch keine Obstbäume in der Wüste mit Gift versehen können! Ebenso war mir klar, daß ein hetitischer Prinz kein Schriftstück selbst öffnet, sondern es seinen Schreibern übergibt; und schließlich pflegten die Hetiter nicht an Blumen zu riechen, sondern deren Stengel mit Peitschen abzuhauen oder sie mit den Füßen zu zertreten.

Je mehr ich mir alles überlegte, desto schwieriger erschien mir meine Aufgabe, und ich wünschte, ich hätte Kaptahs Schlauheit als Beistand. Doch durfte ich ihn nicht in die Sache hineinziehen. Außerdem hielt er sich wegen seiner Guthaben immer noch in Syrien auf und hatte es auch nicht eilig, nach Ägypten zurückzukehren, weil er wegen seiner Zugehörigkeit zum Reiche Atons nach wie vor überzeugt war, das syrische Klima sei ihm zuträglicher als das ägyptische. Deshalb bot ich meine ganze Erfindungsgabe und alle meine ärztlichen Kenntnisse auf: Denn ein Arzt ist mit dem Tod vertraut und kann mit seinen Mitteln dem Patienten ebensogut den Tod wie das Leben schenken. Wäre Prinz Schubattu krank gewesen und hätte ich ihn pflegen dürfen, so würde ich ihn in aller Ruhe und nach allen Regeln der Heilkunst zu Tode kuriert haben, und kein Arzt, der sich selbst achtete, hätte irgend etwas gegen meine Behandlung einzuwenden gehabt, weil die Zunft der Ärzte in allen Zeiten ihre Toten gemeinsam zu begraben pflegt. Schubattu aber war nicht krank; und wenn er es wäre, würde er sich von seinen hetitischen Heilkünstlern pflegen lassen und nicht einen Ägypter heranziehen ...

Ich habe so ausführlich von meinen Überlegungen berichtet, um zu beweisen, welch schwierige Aufgabe mir Haremhab auferlegt hatte; doch will ich mich nun nicht länger bei meinen Gedanken aufhalten, sondern erzählen, was ich tat. Im Haus des Lebens zu Memphis ergänzte ich meinen Vorrat an Arzneien, und keiner wunderte sich über meine Bestellungen; denn was für einen gewöhnlichen Menschen ein tödliches Gift ist, kann für einen Arzt oft ein Heilmittel sein. Alsdann reiste ich unverzüglich weiter nach Tanis, wo ich eine Sänfte bestieg, um mich unter dem Geleit einiger Streitwagen auf der großen, nach Syrien führenden Heerstraße in die Wüste hinaus zu begeben. Als Arzt und als ein an seine Bequemlichkeit gewöhnter Mann wollte ich nämlich in einer Sänfte reisen, damit keine auffällige Eile den Verdacht meines Gefolges oder der Hetiter wecke.

Haremhab war über Schubattus Reiseweg genau unterrichtet gewesen: Drei Tagereisen von Tanis entfernt, bei einer von Mauern umgebenen Quelle stieß ich auf den Prinzen und sein Gefolge. Auch Schubattu reiste in einer Sänfte, um seine Kräfte zu schonen. In seinem Gefolge befanden sich zahlreiche schwerbeladene Esel mit kostbaren Geschenken für die Prinzessin Baketamon, schwere Streitwagen gaben ihm das Geleit, und voraus fuhren leichte Wagen in Späherdiensten; denn König Schubbiluliuma hatte ihm anbefohlen, auf jede Überraschung gefaßt zu sein, da er nur zu gut wußte, daß diese Reise Haremhab mißfallen werde. Deshalb würde Haremhab nichts dadurch gewonnen haben, Räuberbanden auszusenden, um ihn in der Wüste umbringen zu lassen; denn um die Begleitmannschaft zu überwinden, hätte es eines regelrechten Kampfverbandes mit Streitwagen bedurft, und dies wiederum hätte Krieg bedeutet.

Gegen mich und die Offiziere meines anspruchslosen Geleits aber waren die Hetiter äußerst zuvorkommend und liebenswürdig – wie immer, wenn sie hoffen, etwas umsonst zu erhalten, was sie nicht mit Waffengewalt erobern können. Sie empfingen uns in dem Lager, das sie zur Nacht aufgeschlagen hatten, halfen den ägyptischen Soldaten beim Aufrichten der Zelte und gaben uns zahlreiche Wächter zum Schutz gegen die Räuber und Löwen der Wüste, damit wir ungestört schlafen könnten. Als Prinz Schubattu jedoch vernahm, daß ich ein Abgesandter der Prinzessin Baketamon sei, wurde er vor Neugierde ungeduldig und ließ mich holen, um mit mir zu sprechen.

So betrat ich sein Zelt und sah einen jungen, stattlichen Mann vor mir, dessen Augen groß und klar wie Wasser waren, weil er nicht betrunken war wie damals am Morgen vor Haremhabs Zelt bei Megiddo, da Aziru sterben mußte. Freude und Erwartung röteten sein dunkles Gesicht. Seine Nase war groß und wie der Schnabel eines Raubvogels kühn gebogen, und als er mich heiter anlachte, glänzten seine Zähne blendend weiß wie diejenigen eines reißenden Tiers. Ich reichte ihm ein von Eje angefertigtes, gefälschtes Schreiben der Prinzessin Baketamon und streckte unter allen nötigen Ehrenbezeigungen die Hände in Kniehöhe vor, als wäre er bereits mein Herrscher. Es belustigte mich sehr, zu sehen, daß er zu meinem Empfang ägyptische Kleidung trug, die ihn jedoch in seinen Bewegungen hinderte, weil er sie nicht gewohnt war. So sprach er zu mir:

»Da sich meine künftige königliche Gemahlin dir anvertraut hat und du königlicher Arzt bist, will ich dir nichts verbergen. Deshalb sage ich dir, daß ein Prinz, der heiratet, an seine Gemahlin gebunden ist; das Land meiner Gemahlin soll also das meinige und die Sitten Ägyptens sollen die meinigen werden. Darum habe ich bereits nach Kräften versucht, mich mit ihnen vertraut zu machen, um bei meiner Ankunft in Theben kein Fremder mehr zu sein. Auch brenne ich vor Neugier auf alle Wunder Ägyptens, von denen ich so viel gehört, und auf die Bekanntschaft mit den mächtigen Gottheiten, die von nun an auch meine Götter sein werden. Am heißesten aber sehne ich mich nach meiner großen königlichen Gemahlin, da ich mit ihr Kinder zeugen und ein neues ägyptisches Herrschergeschlecht gründen will. Erzähle mir alles über sie, wie groß sie ist, wie sie aussieht und wie breit ihre Lenden sind! Du kannst offen sprechen, als wäre ich bereits ein Ägypter. Und du sollst mir auch nichts Ungünstiges über sie verbergen; denn du kannst mir vertrauen, so wie ich mich auf dich wie auf einen Bruder verlasse.«

Als Beweis dieses Vertrauens standen hinter ihm die Hauptleute mit gezückten Waffen und hielten die den Zelteingang bewachenden Soldaten die Speerspitzen gegen meinen Rücken gerichtet. Ich aber tat, als bemerkte ich es nicht, verneigte mich bis zum Boden vor ihm und sprach:

»Meine Herrscherin, die Prinzessin Baketamon, gehört zu den schönsten Frauen Ägyptens. Ihres heiligen Blutes wegen hat sie sich unberührt gehalten, obwohl sie einige Jahre älter ist als du; ihrer Schönheit aber kann die Zeit nichts anhaben: Ihr Antlitz ist wie der Mond, und ihre Augen sind wie Lotosblüten. Als Arzt kann ich dir auch versichern, daß sie, obgleich ihre Lenden wie diejenigen aller Ägypterinnen schmal sind, alle Anlagen für das Gebären von Kindern hat. Sie hat mich dir entgegengeschickt, um die Gewißheit zu erhalten, daß dein königliches Blut ihres heiligen Blutes würdig ist, daß du körperlich alle Forderungen erfüllst, die man an einen Ehegatten stellen kann, und sie nicht enttäuschest. Sie erwartet dich mit Ungeduld, weil noch nie in ihrem Leben ein Mann sie berührt hat.«

Prinz Schubattu streckte die Brust vor, hob die Ellbogen in Achselhöhe, um mir seine Armmuskeln zu zeigen, und sprach: »Meine Arme spannen den stärksten Bogen, und zwischen meinen Schenkeln kann ich einem Esel den Atem ausquetschen.

Mein Gesicht ist, wie du siehst, ebenfalls makellos, und ich kann mich nicht erinnern, wann ich zuletzt krank gewesen bin.

Ich entgegnete: »Du bist gewiß noch ein unerfahrener Jüngling und kennst die ägyptischen Sitten nicht, wenn du dir einbildest, eine ägyptische Prinzessin sei ein Bogen, den man spannt, oder ein Esel, den man zwischen die Schenkel klemmt! Ich muß dir auf alle Fälle einiges über die ägyptische Liebeskunst vortragen, damit du dich nicht vor der Prinzessin schämen mußt. Meine Herrscherin hat wahrlich klug gehandelt, mich dir entgegenzusenden, um dich in unsere Sitten einzuweihen!«

Prinz Schubattu fühlte sich durch meine Worte sehr beleidigt; denn er war ein selbstbewußter Jüngling und wie alle Hetiter stolz auf seine männliche Kraft. Seine Hauptleute brachen in Lachen aus, was ihn noch mehr ärgerte, so daß er vor Wut erblaßte und mit den Zähnen knirschte. Vor mir aber wollte er wie ein Ägypter gebildet auftreten und äußerte daher so ruhig, als er es vermochte:

»Ich bin kein unerfahrener Junge, wie du zu glauben beliebst! Mein Speer hat schon manchen Ledersack durchbohrt, und deine Prinzessin dürfte keinen Grund zum Klagen haben, wenn ich sie in die Kunst des Landes Chatti einweihe.«

Ich entgegnete: »Wohl glaube ich an deine Kraft, mein Herrscher! Aber sicherlich irrst du, wenn du behauptest, nicht mehr zu wissen, wann du zuletzt krank gewesen bist. Denn als Arzt sehe ich es deinen Augen und Wangen an, daß du nicht gesund bist, und weiß, daß du an Abweichen leidest.«

Schließlich gibt es keinen Menschen, der sich nicht krank wähnte, wenn man es ihm lange und überzeugend genug einredet und er auf sich selber zu achten beginnt. Jeder Mensch trägt nämlich tief im Innern das Bedürfnis, sich selbst zu verhätscheln und sich pflegen zu lassen; das haben die Ärzte aller Zeiten gewußt, und dank diesem Wissen haben sie sich bereichert. Zu meinem Vorteil war mir überdies bekannt, daß die Wüstenquellen eine Lauge enthalten, die denjenigen, die nicht an Wüstenwasser gewöhnt sind, Durchfall verursacht. Daher war Prinz Schubattu über meine Worte äußerst verblüfft und rief:

»Du täuschest dich sicherlich, Sinuhe, Ägypter! Ich fühle

mich wahrlich nicht krank, wenn ich auch zugeben muß, daß ich Abweichen habe und heute den ganzen Tag am Wegrand niederhocken mußte. Doch verstehe ich nicht, wieso du das wissen kannst; als Heilkünstler bist du jedenfalls geschickter als mein eigener Arzt, der meinem Leiden keine Beachtung geschenkt hat.« Er horchte auf sich selbst, befühlte sich Augen und Stirn mit der Hand und meinte: »Wahrhaftig! Die Augen brennen vom tagelangen Starren auf den roten Wüstensand, meine Stirn ist heiß, und ich fühle mich nicht so wohl, wie ich es wünschte!«

Ich erklärte ihm: »Dein Arzt täte am besten daran, dir ein Mittel für deinen Magen zu geben, damit du gut schläfst. Die Magenkrankheiten in der Wüste sind heimtückisch, und ich weiß selbst, daß viele Ägypter während des Zuges nach Syrien daran zugrunde gingen. Niemand kennt den Keim dieser Krankheit; einige behaupten, sie komme von dem giftigen Wüstenwind, andere suchen die Ursachen im Wasser, und andere wiederum schieben die Schuld auf die Heuschrecken. Aber ich bezweifle nicht, daß du morgen wieder gesund und munter deine Reise fortsetzen kannst, wenn dir dein Arzt heute abend ein gutes Mittel reicht.«

Er sann eine Weile nach, blickte seine Hauptleute aus verkniffenen Augen an und sagte zu mir, schmeichlerisch wie ein kleiner Knabe: »Bereite du mir eine gute Arznei, Sinuhe! Du kennst die seltsamen Wüstenkrankheiten gewiß besser als mein eigener Arzt.«

Aber ich war nicht so dumm, wie er annahm, sondern hob die Hände mit nach außen gerichteten Innenflächen und sagte: »Erlaß mir diese Verpflichtung! Ich wage dir wahrhaftig keine Arznei zu reichen; denn wenn sich dein Zustand verschlimmern sollte, würdest du mich anklagen und behaupten, ich als Ägypter habe dir Böses antun wollen. Dein eigener Arzt wird seine Sache so gut wie ich, ja besser machen, weil er deinen Körper und deine früheren Krankheiten kennt, und er braucht dir auch nur eine einfache Arznei zu geben, die deinen Stuhlgang verstopft.«

Er lächelte mich an und meinte: »Vielleicht ist dein Rat gut. Denn ich will mit dir essen und trinken, damit du mir von meiner königlichen Gemahlin und den ägyptischen Sitten berichtest, und habe keine Lust, deine Erzählung immer wieder unterbrechen zu müssen, um hinauszulaufen und wie eine Bruthenne hinter dem Zelt zu sitzen!«

Er ließ seinen Arzt, einen mürrischen, mißtrauischen Hetiter, kommen, und wir berieten uns miteinander. Als mein Kollege merkte, daß ich mich nicht aufdrängen wollte, fand er Gefallen an mir und befolgte meinen Rat, für den Prinzen eine verstopfende Arznei von sehr starker Wirkung zusammenzubrauen. Mit diesem Ratschlag verfolgte ich einen bestimmten Zweck. Nachdem er das Mittel gemischt hatte, nahm er zuerst selbst einen Schluck aus dem Becher, um die Unschädlichkeit des Mittels zu beweisen, und reichte diesen dann dem Prinzen. Aus seiner Art, die Arznei zu mischen, und aus den verschiedenen Mitteln, die er dabei zusammenführte, ersah ich, daß er ein erfahrener Arzt war; doch meine Rede verwirrte ihn, und ich glaube, er hielt mich für geschickter als sich selbst und befolgte daher meinen Rat zum Besten seines Patienten.

Ich aber wußte, daß der Prinz nicht krank war und auch ohne Arznei genesen wäre. Doch ich wollte das Gefolge von seiner Erkrankung überzeugen und ihm den Magen verstopfen, damit das Mittel, das ich ihm zu geben gedachte, nicht vorzeitig aus seinem Leib abgeführt werde. Vor der Mahlzeit, die der Prinz zu meinen Ehren zubereiten ließ, begab ich mich in mein Zelt und füllte mir den Magen mit Speiseöl; trotz dem Ekel und dem Brechreiz, den das Öl verursachte, tat ich es, um mir das Leben zu erhalten. Dann holte ich einen kleinen, nur zwei Becher enthaltenden Krug Wein, in den ich Gift gemischt hatte. Hernach versiegelte ich das Gefäß wiederum. Mit diesem Krüglein kehrte ich in das Zelt des Prinzen zurück, ließ mich auf seinem Teppich nieder, aß von den Gerichten, die uns Sklaven anboten, trank von dem Wein, den uns die Mundschenke in die Becher gossen, und obgleich ich die ganze Zeit an schwerem Brechreiz litt, erzählte ich tolle Anekdoten über die ägyptischen Sitten, um den Prinzen und seine Hauptleute zum Lachen zu reizen. Der Prinz lachte denn auch so stark, daß seine Zähne unaufhörlich blitzten, schlug mich mit der Hand auf den Rücken und meinte:

»Du bist ein witziger Mann, Sinuhe, obwohl du ein Ägypter bist! Wenn ich erst in Ägypten heimisch bin, werde ich dich zum königlichen Leibarzt machen. Wahrlich, ich vergehe vor Lachen und vergesse meinen kranken Magen, wenn ich dich von den ägyptischen Ehesitten erzählen höre! Doch sind es verweichlichte Bräuche, welche die Ägypter wohl nur erfunden haben, um das Kinderkriegen zu vermeiden! Deshalb werde ich die Ägypter hetitische Sitten lehren und meine Hauptleute über die Bezirke Ägyptens setzen. Das wird dem Lande guttun, nachdem ich zuerst der Prinzessin das gegeben habe, was ihr gebührt.«

Er schlug sich mit den Händen auf die Knie, trank, bis er berauscht war, lachte wieder und sagte: »Wahrlich, ich wünschte, die Prinzessin läge bereits auf meiner Matte! Deine Schilderungen, Sinuhe, haben mich aufgeregt, und ich werde dafür sorgen, daß sie vor Wollust stöhnt! Bei dem heiligen Himmel und der großen Erdmutter: Ganz Ägypten wird noch vor Freude jauchzen; denn wenn einmal das Land Chatti und Ägypten vereint sind, gibt es in der ganzen Welt kein Reich mehr, das unserer Gewalt widerstehen könnte. Wir werden alle vier Erdteile unter unsere Herrschaft bringen, und unsere Macht wird sich von Land zu Land und von Meer zu Meer erstrecken. Vor allem aber müssen die Ägypter eiserne Glieder und feurige Herzen bekommen, damit sie den Tod höher als das Leben einschätzen. Das alles soll geschehen, und zwar sobald wie möglich!«

Er hob den Becher und trank; alsdann opferte er der Erdmutter von seinem Wein und spritzte auch Wein in die Luft, um dem Himmel zu opfern, bis sein Becher leer war. Sämtliche Hetiter waren bereits angeheitert, und meine lustigen Geschichten hatten ihr Mißtrauen verjagt. Ich benützte daher die Gelegenheit, um zu sagen:

»Ich will dich und deinen Wein keineswegs herabwürdigen, Schubattu; aber du hast jedenfalls noch nie ägyptischen Wein genossen! Hättest du ihn einmal gekostet, würde dir jeder andere Wein wie Wasser schmecken, und du würdest ihn verschmähen. Deshalb wirst du mir verzeihen, wenn ich von meinem eigenen Wein trinke, von dem allein ich berauscht werden kann. Zu diesem Zweck nehme ich immer davon mit, wenn ich bei Fremden zu Gast geladen bin.«

Ich schüttelte meinen Weinkrug, brach vor seinen Augen das Siegel und schenkte mir von dem Trank ein, wobei ich tat, als wäre ich betrunken, so daß ich von dem Wein verschüttete. Dann nippte ich am Becher und sagte: »Ah! Das ist Wein aus Memphis! Pyramidenwein, der mit Gold aufgewogen wird! Starker, süßer, berauschender ägyptischer Wein, desgleichen es nirgends in der Welt mehr gibt!« Der Wein war wirklich stark und gut. Ich hatte ihm Myrrhe beigemischt, die das ganze Zelt mit ihrem Duft zu erfüllen begann; aber noch durch den Wohlgeruch des Weins und der Myrrhe hindurch spürte ich den Geschmack des Todes. Deshalb rann mir beim Trinken Wein übers Kinn – die Hetiter aber hielten mich für betrunken. Prinz Schubattu ward neugierig, hielt mir seinen Becher hin und sagte:

»Ich bin kein Fremder mehr für dich, und schon morgen werde ich dein Herr und Pharao sein. Gib mir daher von deinem Wein zu kosten; sonst glaube ich nicht, daß er so ausgezeichnet ist!«

Ich aber preßte den Weinkrug an meine Brust, weigerte mich hartnäckig, seinem Wunsch nachzukommen, und erklärte: »Dieser Wein reicht nicht für zwei! Ich habe nicht mehr bei mir und will mich heute abend betrinken, weil heute ein großer Freudentag für ganz Ägypten ist: der Vorabend des ewigen Bündnisses zwischen Ägypten und dem Lande Chatti!«

»Hiiah!« rief ich dann, indem ich den Schrei eines Esels nachahmte, und stammelte, den Weinkrug fest umarmend: »Meine Schwester, meine Braut, mein süßes Liebchen! Meine Kehle ist dein Heim und mein Bauch dein weiches Nest, und kein Fremder darf dich berühren.«

Die Hetiter krümmten sich vor Lachen und schlugen sich mit den Händen auf die Knie. Schubattu aber war gewohnt, was er sich wünschte, zu erhalten, und streckte daher seinen Becher hin, indem er mich so lange anflehte und beschwor, ihn von meinem Wein kosten zu lassen, bis ich schließlich unter Tränen meinen kleinen Krug in seinen Becher leerte. Und so groß war in jenem Augenblick meine Angst, daß mir das Weinen gar nicht schwerfiel.

Nachdem Schubattu den Wein bekommen hatte, blickte er zögernd um sich, als hätte ihn eine innere Stimme gewarnt; nach hetitischer Art reichte er mir den Becher und sprach: »Weihe du, Sinuhe, meinen Becher ein, da du mein Freund bist und ich dir diese große Gunst erweise!« Das tat er, weil er nicht sein Mißtrauen zeigen und den Vorkoster zuerst trinken lassen wollte. Ich tat einen tiefen Zug aus seinem Becher, worauf er ihn leerte und, mit schief geneigtem Kopf in sich hineinlauschend, sagte: »Wahrlich, Sinuhe, dein Wein ist stark und steigt wie Rauch in den Kopf und brennt wie Feuer im Magen! Aber er hinterläßt einen herben Geschmack im Mund, und diesen ägyptischen Duft will ich mit Wein aus den Bergen hinunterspülen.« Er füllte den Becher wiederum mit seinem eigenen Wein, wodurch er das Gefäß ausspülte. Ich aber wußte, daß das Gift erst am folgenden Morgen zu wirken beginnen konnte, weil er reichlich gegessen hatte und sein Magen verstopft war.

Ich nahm so viel Wein zu mir, wie ich vermochte, stellte mich betrunken und ließ, um ja keinen Verdacht bei den Hetitern zu erwecken, noch die Zeit eines halben Wassermaßes verstreichen, ehe ich mein Zelt aufsuchte. Erst nach geraumer Zeit ließ ich mich also in mein Zelt geleiten und hielt die ganze Zeit den leeren Weinkrug an die Brust gepreßt, damit er nicht zurückbleibe, sondern einer Untersuchung durch die Hetiter entginge. Aber kaum hatten mich die Hetiter unter allerlei groben Scherzen zu Bett gebracht und verlassen, stand ich auf, steckte die Finger in den Hals und erbrach das schützende Öl und das Gift aus meinem Magen. Meine Furcht aber war so groß, daß mir der Todesschweiß aus den Poren brach und über die Glieder rann und die Knie zitterten, was vielleicht auch von der Wirkung des Giftes herkam. Deshalb spülte ich mir wiederholt den Magen, nahm entleerende Arzneien ein und übergab mich einmal ums andere, bis ich es schließlich vor lauter Angst und ohne Brechmittel tat.

Erst als ich mich gänzlich erschöpft fühlte, wusch ich den Weinkrug aus, zertrümmerte ihn und vergrub die Scherben im

Sand. Dann legte ich mich nieder, ohne allerdings Schlaf zu finden; denn ich zitterte immer noch vor Angst und von dem Gift, und im Dunkel betrachtete mich die ganze Nacht das lachende Gesicht Schubattus, das so wenig von mir weichen wollte, als ich sein stolzes, sorgloses Lachen und seine blendendweißen Zähne vergessen konnte.

3

Der hetitische Stolz kam mir auch zu Hilfe, als Prinz Schubattu am folgenden Morgen Übelkeit verspürte: Er wollte nicht zugeben, krank zu sein, noch die Reise unterbrechen, um sich von den Magenschmerzen zu erholen, sondern unterdrückte diese und bestieg die Sänfte, obgleich es ihm große Selbstüberwindung kostete. Deshalb setzten wir die Reise den ganzen Tag fort, und wenn ich an seiner Sänfte vorüberkam, winkte er mir mit der Hand zu und mühte sich zu lachen. Im Lauf des Tages gab ihm sein Arzt noch zweimal schmerzstillende und verstopfende Mittel ein, wodurch sein Übel sich nur verschlimmerte und das Gift seine volle Wirkung tun konnte; denn ein heftiger Durchfall am Morgen hätte ihm das Leben vielleicht noch retten können.

Am Nachmittag aber sank er in seiner Sänfte mit verdrehten Augen und in tiefer Bewußtlosigkeit zusammen, sein Gesicht färbte sich wachsgelb und fiel ein. Deshalb rief mich sein Arzt aufs tiefste erschrocken zu Hilfe. Auch ich erschrak, als ich Schubattu in seinem elenden Zustand erblickte, und brauchte wahrlich keinen Schrecken zu heucheln; denn kalte Schauer liefen mir über den Rücken, und beim Gedanken an das Gift fühlte ich mich selber krank. Aber ich behauptete, die Symptome zu kennen, und erklärte, Schubattu sei von der Magenkrankheit der Wüste befallen, deren Anzeichen ich schon am Vorabend in seinem Gesicht bemerkt und vor der ich ihn gewarnt hatte, obwohl er mir nicht glauben wollte. Die Karawane machte halt, und wir pflegten den Prinzen in seiner Sänfte. Wir gaben ihm belebende und entleerende Mittel ein und legten ihm heiße Steine auf den Magen, wobei ich jedoch die ganze Zeit dafür sorgte, daß einzig mein Kollege die Arzneien mischte und ihm diese zwischen den zusammengebissenen Zähnen einflößte. Ich wußte, daß Schubattu sterben mußte, und bemühte mich daher, durch meine Ratschläge seine Qualen nach Kräften zu lindern und ihm das Ende zu erleichtern, da ich nichts anderes mehr für ihn tun konnte.

Gegen Abend trugen wir ihn in sein Zelt, vor dem die Hetiter in lautes Wehklagen ausbrachen, sich die Kleider zerrauften, Sand ins Haar streuten und mit Messern stachen, weil sie alle für ihr Leben fürchteten, das König Schubbiluliuma nicht schonen würde, falls der Prinz in ihren Händen stürbe. Ich aber wachte mit dem hetitischen Arzt am Krankenlager; meine Augen brannten, meine Nase rann beim Rauch der Fackeln, und ich sah den schönen Jüngling, der noch am Tag zuvor stark, gesund und glücklich gewesen, vor meinen Augen langsam dahinsiechen und häßlich und grün werden.

Ich sah ihn sein Leben aushauchen, sah, wie seine kristallklaren Augen sich verschleierten und blutunterlaufen wurden und seine Pupillen nur noch zwei schwarze Punkte, nicht größer als eine Nadelspitze, waren. Seine Zähne bedeckten sich mit gelbem Schaum und Geifer, seine Haut verlor ihre frische Farbe und erschlaffte, er ballte die Fäuste und grub vor Schmerz die Nägel in die Handflächen. Verzweifelt und mißtrauisch untersuchte der hetitische Arzt unaufhörlich seinen Zustand; aber alle Anzeichen deuteten unzweifelhaft auf eine schwere Magenkrankheit. Deshalb dachte auch niemand an Gift; selbst wenn jemand auf den Gedanken daran gekommen wäre, hätte mich niemand anklagen können, da ich von dem gleichen Wein genossen und sogar aus Schubattus Becher getrunken hatte, und kein Mensch konnte sich vorstellen, auf welche Art ich ihn heimlich vergiftet haben könnte. Ich hatte meine Tat also äußerst geschickt und zum großen Nutzen Ägyptens ausgeführt, weshalb ich auf meine Fähigkeiten hätte stolz sein sollen; doch empfand ich beim Anblick des sterbenden Prinzen keinerlei Befriedigung.

Am folgenden Morgen, als das Ende nahte, erlangte er das Bewußtsein wieder und ward angesichts des Todes zu einem kranken Kind, das leise nach seiner Mutter rief: »Mutter, Mutter, meine schöne Mutter!« wimmerte er sachte. Seine kraftlose Hand hielt meine Finger umklammert, der Tod trat ihm in die Augen. Im letzten Augenblick ließen die Schmerzen nach, er lächelte jungenhaft und entsann sich seines königlichen Blutes. Deshalb ließ er seine Hauptleute zu sich rufen und sprach zu ihnen: »Niemand soll wegen meines Todes angeklagt werden! Ich bin von einer Wüstenkrankheit dahingerafft worden, obwohl mich der beste Arzt des Landes Chatti und der hervorragendste Heilkünstler Ägyptens nach allen Regeln ihrer Kunst gepflegt haben. Doch ist ihre Kunst machtlos geblieben, weil es der Wille des Himmels und der Erdmutter ist, daß ich sterbe. Sicherlich untersteht die Wüste nicht der Gewalt der Erdmutter, sondern den Göttern Ägyptens, und sie schützten dieses Land. Wißt daher, ihr alle, daß die Hetiter nicht in die Wüste hinausziehen sollen! Dafür ist mein Tod ein Beweis, und auch die Niederlage unserer Streitwagen in der Wüste war ein Zeichen dafür, wenn wir es auch nicht glauben wollten. Macht daher den Ärzten nach meinem Hinscheiden ein Geschenk, das meiner würdig ist! Und du, Sinuhe, grüße mir die Prinzessin Baketamon und sage ihr, daß ich sie ihres Versprechens entbinde und sehr bedauere, sie nicht zu ihrer und meiner eigenen Lust ins Ehebett tragen zu können! Wahrlich, du sollst ihr diesen Gruß überbringen! Denn noch im Sterben sehe ich sie in ihrer unvergänglichen Schönheit wie eine Märchenprinzessin vor mir, obwohl ich sie nie in Wirklichkeit erblickt habe.«

Er starb mit einem Lächeln auf den Lippen – denn nach großen Schmerzen kommt der Tod oft als heitere Seligkeit – und seine brechenden Augen erblickten seltsame Erscheinungen. Ich betrachtete ihn zitternd und sah dabei nur noch den Menschen in ihm, sah ihn als meinesgleichen und dachte nicht mehr an seinen Stamm, seine Sprache oder seine Hautfarbe, sondern nur noch daran, daß er durch meine Hand um meiner Bosheit willen hatte sterben müssen, obwohl er als Mensch mein Bruder war. Und so abgestumpft mein Herz auch durch alle Todesfälle war, denen ich in meinem Leben beigewohnt hatte, zitterte es trotzdem beim Anblick des sterbenden Prinzen Schubattu. Deshalb strömten mir die Tränen über die Wangen auf meine Hände. Ich raufte mir die Kleider und rief: »Mensch, mein Bruder, bleibe am Leben!«

Aber niemand vermochte mehr sein Sterben aufzuhalten. Die Hetiter legten seinen Leichnam in starken Wein und Honig, um ihn nach Chattuschasch in das Felsengrab der Könige Chattis überführen zu können, wo Adler und Wölfe den ewigen Schlummer der Herrscher bewachten. Die Hetiter waren über meine Trauer und meine aufrichtigen Tränen sehr gerührt, und auf mein Verlangen stellten sie mir gern auf einer Lehmtafel ein Zeugnis aus, wonach ich keinerlei Schuld an dem Tod des Prinzen Schubattu trug, sondern meine ganze Geschicklichkeit zu seiner Rettung aufgewendet hatte. Sie schrieben das Zeugnis mit hetitischen Schriftzeichen in den Lehm und drückten ihre eigenen sowie das königliche Siegel des Prinzen darunter, damit in Ägypten wegen des Todes ihres Herrn kein Schatten auf mich falle. Sie beurteilten nämlich Ägypten nach ihrem eigenen Land und glaubten daher, die Prinzessin Baketamon ließe mich umbringen, wenn ich ihr bei meiner Rückkehr den Tod des Prinzen Schubattu verkünden werde.

So hatte ich Ägypten vor der Gewalt der Hetiter gerettet und hätte eigentlich mit meinem Werk zufrieden sein sollen; doch war ich es durchaus nicht, weil ich das Gefühl hatte, der Tod folge mir überallhin auf den Fersen. Ich war Arzt geworden, um die Menschen durch meine Kunst zu heilen und Leben statt Tod zu säen – aber mein Vater und meine Mutter waren meiner Bosheit wegen gestorben, Minea meiner Schwäche wegen umgekommen, Merit und den kleinen Thoth hatte meine Verblendung in den Tod gestürzt, und dem Pharao Echnaton war um meines Hasses und meiner Freundschaft und um Ägyptens willen das Ende beschieden worden. Alle, die ich liebte, fanden meinetwegen einen gewaltsamen Tod. So starb auch Prinz Schubattu meinetwegen, obwohl ich ihn im Augenblick des Sterbens liebte und seinen Tod nicht mehr wünschte. Deshalb begann ich bei meiner Rückkehr nach Tanis meine eigenen

Augen und Hände zu fürchten und zu glauben, daß ein Fluch mich überallhin begleite.

Ich kehrte also nach Tanis zurück und segelte von dort nach Memphis, von wo ich schließlich wieder nach Theben gelangte. Dort ließ ich mein Schiff vor dem goldenen Haus anlegen und trat vor Eje und Haremhab. Sie empfingen mich, und ich sprach zu ihnen: »Euer Wille ist geschehen. Prinz Schubattu ist in der Wüste Sinai gestorben, und wegen seines Todes fällt kein Schatten auf Ägypten.« Die beiden freuten sich sehr über meine Worte; Eje nahm sich die goldene Kette des Zepterträgers vom Hals, um sie mir umzuhängen, während Haremhab sagte: »Berichte es auch der Prinzessin Baketamon! Denn uns wird sie nicht glauben, sondern sich einbilden, ich habe den Prinzen aus Eifersucht umbringen lassen.«

Ich trat vor die Prinzessin Baketamon, die mich empfing. Sie hatte sich Wangen und Mund ziegelrot geschminkt; aber in ihren länglichen, dunklen Augen lauerte der Tod. Ich sagte zu ihr: »Dein Auserwählter, Prinz Schubattu, entband dich vor seinem Tod deines Versprechens; er erlag in der Wüste Sinai einer Magenkrankheit, und weder ich noch sein Leibarzt vermochten mit all unserer Kunst ihn zu retten.«

Sie streifte die goldenen Reifen von ihren Händen, legte sie mir um die Gelenke und sprach: »Du bringst mir eine gute Botschaft, Sinuhe. Ich danke dir dafür; denn ich bin bereits zur Priesterin der Sekhmet geweiht, und mein rotes Gewand ist mir zum Siegesfest genäht worden. Jenes ägyptische Magenleiden aber kenne ich bereits zur Genüge und weiß, daß auch mein Bruder Echnaton, der Pharao, den ich mit schwesterlicher Liebe verehrte, daran gestorben ist! So sei verflucht, Sinuhe, in alle Ewigkeit! Auch dein Grab sei verflucht! Möge dein Name für immer in Vergessenheit fallen! Denn du hast den Thron der Pharaonen zu einem Tummelplatz für Räuber gemacht und schändest in mir für alle Zeiten das heilige Blut der Pharaonen.«

Ich verneigte mich tief, streckte die Hände in Kniehöhe vor und sprach: »Dein Wille geschehe!« Alsdann verließ ich sie, und sie hieß ihre Sklaven bis zur Schwelle des goldenen Hauses den Fußboden hinter mir kehren.

4

Der Leichnam Pharao Tutanchamons war inzwischen zur ewigen Erhaltung bereitet worden, und Eje ließ ihn schleunigst durch die Priester in sein Grab bringen, das in den westlichen Bergen im Tal der Königsgräber ausgehauen worden war. Er bekam wohl viele Gaben mit auf den Weg; dennoch waren seine Schätze gering, weil Eje ihm vieles gestohlen hatte. Auch war seine letzte Ruhestätte unscheinbar neben denjenigen der großen Könige, so daß er noch im Tod ebenso unbedeutend blieb, wie er im Leben unter seinen Spielsachen im goldenen Haus gewesen. Kaum war der Eingang zu seinem Grab mit Siegeln verschlossen worden, so erklärte Eje die Trauerzeit für beendet und ließ Freudenwimpel an den Stangen der Widderstraße hissen, während Haremhab befahl, alle Plätze und Straßenecken Thebens durch seine Streitwagen zu besetzen. Aber niemand erhob Einspruch gegen Ejes Krönung zum Pharao; denn das Volk war bereits so erschöpft wie endlos mit Speeren gehetztes Wild, und niemand fragte danach, mit welchem Recht er sich die Krone aneignete, noch erwartete irgend jemand etwas Gutes von ihm.

So wurde Eje zum Pharao gekrönt, und die Priester, die er mit unermeßlichen Geschenken bestochen hatte, salbten ihn im großen Tempel mit heiligem Öl und setzten ihm die weiße und die rote, die Lilien- und die Papyruskrone, die des Oberen und die des Unteren Landes aufs Haupt. Sie trugen ihn im goldenen Nachen Ammons vor das Volk, das ihm zujubelte, weil er Brot und Bier austeilen ließ und Ägypten so arm geworden war, daß dies für die Bewohner Thebens ein großes Geschenk bedeutete. Ich aber und viele andere mit mir wußten, daß seine Macht bloße Einbildung und Haremhab dagegen der eigentliche Herrscher Ägyptens war, weil er die Speere hinter sich hatte. Daher fragten sich viele Leute wohl auch im stillen, weshalb Haremhab nicht selbst die Macht an sich riß, sondern den alten, verhaßten Eje den Thron der Pharaonen besteigen ließ.

Aber Haremhab wußte, was er tat. Denn noch war der Zorn

des Volkes nicht verraucht, waren die Leiden Ägyptens nicht zu Ende, und beunruhigende Kunde aus dem Lande Kusch rief ihn wieder unter die Waffen, diesmal gegen die Neger. Nachdem er die Herrschaft Ägyptens im Süden gefestigt und die Grenzsteine jenseits der Stromschnellen wieder verstärkt, wußte er, daß ihm Syriens wegen noch ein neuer Krieg mit den Hetitern bevorstand. Deshalb wollte er, daß das Volk Eje als den Urheber all seiner Leiden und seiner Armut betrachte und ihn, Haremhab, später einmal als den Sieger, den Wiederhersteller des Friedens und einen guten Herrscher preise.

Eje hingegen dachte nicht an solche Dinge; denn die Macht und der Glanz der Kronen verblendeten ihn, und er erfüllte gerne seinen Teil der mit Haremhab am Todestag Echnatons getroffenen Vereinbarung. Deshalb geleiteten die Priester in feierlichem Zuge die Prinzessin Baketamon in den Tempel der Sekhmet, legten ihr das rote Gewand und den Schmuck der Göttin an und hoben sie auf den Altar der Sekhmet. Haremhab langte mit seinen Truppen vor dem Tempel an, um seinen Sieg über die Hetiter und die Befreiung Syriens zu feiern. Ganz Theben umjubelte ihn. Vor dem Tempel teilte er Goldketten und Ehrenzeichen an seine Leute aus und entließ sie dann in die Stadt. Hierauf betrat er den Tempel, dessen Kupfertore von den Priestern hinter ihm geschlossen wurden. Sekhmet offenbarte sich ihm in der Gestalt der Prinzessin Baketamon, und er nahm sie; denn er war ein Krieger und hatte lange genug gewartet.

In dieser Nacht feierte Theben das Fest Sekhmets, der Himmel glühte vom Schein der Fackeln und Lampen, und Haremhabs Soldaten leerten Weinstuben und Bierschenken, zertrümmerten die Türen der Freudenhäuser und brachten in allen Straßen Thebens die Mädchen zum Schreien. Viele Menschen wurden im Laufe der Nacht mißhandelt, und in ihrer Ausgelassenheit zündeten die Soldaten einige Gebäude an; doch entstand dabei kein größerer Schaden. Im Morgengrauen versammelten sich die Krieger von neuem vor dem Sekhmettempel, um Haremhab heraustreten zu sehen. Sie stießen laute Rufe des Staunens und derbe Flüche in den verschiedensten Sprachen aus, als sie die Kupfertore des Tempels sich öffnen und Haremhab heraustreten sahen; denn Sekhmet war ihrer Löwinnengestalt treu geblieben, und Haremhabs Gesicht, Arme und Schultern waren mit blutigen Schrammen bedeckt, als hätten ihn Raubtierkrallen zerfleischt. Dies belustigte seine Soldaten sehr, und sie liebten ihn von nun an noch mehr als zuvor. Die Prinzessin Baketamon aber wurde von den Priestern in einer geschlossenen Sänfte zum Ufer getragen und kehrte in das goldene Haus zurück, ohne sich dem Volk zu zeigen.

Als sie verschwunden war, drangen die Soldaten in den Tempel, sammelten die am Boden zerstreuten Fetzen ihres roten Gewandes und verteilten diese untereinander als Andenken und als Zaubermittel zur Verführung widerspenstiger Frauen. Das war die Hochzeitsnacht meines Freundes Haremhab. Wieviel Freude er daran hatte, weiß ich nicht; denn kurz darauf zog er sein Heer bei der ersten Stromschnelle im Süden zusammen, um den Krieg im Lande Kusch zu beginnen. Die Priester Sekhmets jedoch litten während des Krieges keinen Mangel an Opfern, sondern wurden vor Überfluß an Fleisch und Wein in ihrem Tempel feist und rund.

Der Priester Eje jauchzte, von seiner Macht geblendet, und sprach zu mir: »In ganz Ägypten gibt es niemand, der über mir stünde! Es hat nichts mehr zu bedeuten, ob ich lebe oder sterbe: Der Pharao ist unsterblich in alle Ewigkeit, und nach meinem Ableben besteige ich den goldenen Nachen meines Vaters Ammon und segle über den Himmel geradenwegs nach dem Lande des Westens. Und das ist gut! Ich will nicht, daß mein Herz auf der Waage des Osiris gewogen werde; denn die Beisitzer seines Gerichts, die gerechten Paviane, könnten schwere Anklagen gegen mich erheben und mein Baa dem Verschlinger in den Rachen werfen! Ich bin ein alter Mann, und es geschieht des öfteren in der Nacht, daß mich meine Untaten aus der Finsternis anstieren. Deshalb bin ich froh, Pharao zu sein und den Tod nicht mehr fürchten zu müssen.«

So sprach er zu mir, weil ich durch meine Taten an ihn gekettet war und nichts Böses über ihn sagen konnte, was nicht auch mich selbst betroffen hätte. Er war ein müder, alter Mann, dessen Knie beim Gehen wankten, dessen Gesicht runzlig und wachsgelb und dessen Haar ergraut war. Er fühlte sich einsam und wandte sich an mich, weil uns gemeinsam begangene Verbrechen verbanden und er vor mir nichts zu verbergen brauchte. Ich aber lachte höhnisch über seine Worte und verspottete ihn, indem ich sagte:

»Du bist ein alter Mann, und ich hätte dich für klüger gehalten. Bildest du dir ein, daß dich das stinkende Öl der Priester plötzlich unsterblich gemacht hat? Wahrlich, du bleibst auch mit der königlichen Kopfbedeckung der gleiche Mann; bald erreicht dich der Tod, und du bist nichts mehr.«

Da begann sein Mund zu zittern, der Schreck sah ihm aus den Augen, er wimmerte laut und sagte: »Habe ich denn alle meine Untaten umsonst begangen und mein Leben lang vergeblich den Tod um mich gesät? Nein, sicherlich irrst du dich, Sinuhe! Die Priester werden mich aus den Schlünden des Totenreichs erretten und meinen Leib für die ewige Erhaltung bereiten. Denn der Leib eines Pharao ist göttlich, und göttlich sind auch meine Taten, deretwegen mich niemand anklagen kann, weil ich der Pharao bin.«

So begann sich sein Verstand zu umnachten, und er hatte an seiner Macht keine Freude mehr. In seiner entsetzlichen Angst vor dem Tod lebte er nur noch seiner Gesundheit und getraute sich nicht einmal mehr, Wein zu trinken, sondern nährte sich von trockenem Brot und gekochter Milch. Seine Körperkräfte waren zu sehr verbraucht, als daß er sich noch mit Frauen hätte ergötzen können; denn in seinen besseren Tagen hatte er seinen Leib durch allerlei Mittel vergiftet, um seine Mannheit zu steigern und die Gunst der Königin Teje zu gewinnen. Jetzt begann er sich immer mehr vor Meuchelmördern zu fürchten und wagte oft tagelang nichts zu sich zu nehmen, ja nicht einmal die Früchte im Garten des goldenen Hauses wagte er noch zu pflükken aus Angst, sie könnten schon in unreifem Zustand vergiftet worden sein. So wurde er in seinen alten Tagen in das Netz seiner eigenen Untaten verstrickt, und in seiner Furcht wurde er so mißtrauisch und grausam, daß die Höflinge ihn mieden, die Sklaven seine Nähe flohen und das goldene Haus verödet und leer blieb, solange er dort als Pharao lebte.

Aber für die Prinzessin Baketamon begann ein Samenkorn zu keimen; denn die Priester hatten die Zeit ihrer Regeln berechnet und es Haremhab wissen lassen. In ohnmächtiger Wut verwüstete sie ihren Leib und zerstörte ihre Schönheit, um das Kind im Schoße zu ertöten, ohne dabei an ihre Selbsterhaltung zu denken. Das keimende Leben in ihrem Mutterleib aber war stärker als der Tod, und als die Zeit gekommen war, gebar sie Haremhab einen Sohn unter großen Schmerzen, weil das Kind für ihre schmalen Lenden zu groß war. Die Ärzte und Sklaven aber mußten es vor ihr verstecken, um sie zu hindern, ihm ein Leid zuzufügen. Über diesen Knaben und seine Geburt gingen später im Volk viele Sagen um: Einige behaupteten, er sei mit einem Löwenhaupt zur Welt gekommen, andere wiederum sagten, er sei mit einem Helm auf dem Kopf geboren worden. Ich aber kann bezeugen, daß sich der Kleine in keiner Einzelheit von anderen Neugeborenen unterschied, sondern ein gesundes, kräftiges Kind war. Haremhab sandte aus dem Lande Kusch einen Boten und ließ seinen Sohn unter dem Namen Ramses in das goldene Buch des Lebens eintragen.

Denn Haremhab führte immer noch Krieg im Lande Kusch, und seine Streitwagen rollten über die Triften und fügten den Negern, die solchen Kampf nicht gewohnt waren, große Niederlagen zu. Er brannte ihre Strohhütten und Dörfer nieder und schickte Frauen und Kinder in die ägyptische Knechtschaft. Die Männer aber nahm er in seine Armee auf und bildete sie zu Kriegern aus, und sie wurden gute Soldaten, da sie keine Heime, keine Frauen und keine Kinder mehr besaßen. Während Haremhab im Lande Kusch Krieg führte, stellte er auf diese Weise gleichzeitig eine neue Armee gegen die Hetiter auf; denn die Neger waren tüchtige Soldaten, die den Tod nicht fürchteten, wenn sie sich zuerst in Tänzen beim Klang der heiligen Trommeln zur Raserei aufgereizt hatten.

So konnte Haremhab viele Sklaven zum Ackerbau nach Ägypten liefern; auch ließ er aus dem Lande Kusch große Viehherden dorthin treiben, weshalb es in Kêmet wieder reichlich Getreide gab, die Kinder keinen Mangel an Milch mehr litten, und die Priester genügend Opfertiere und Fleisch erhielten.

Aber gleichzeitig verließen auch ganze Völker ihre Wohnsitze im Lande Kusch und flohen in die Dschungel jenseits der ägyptischen Marksteine, in das Reich der Elefanten und Giraffen, und das Land Kusch blieb jahrelang verödet. Ägypten erlitt jedoch dadurch keinen großen Schaden, weil das Land Kusch schon seit Echnatons Zeiten keine Tribute mehr entrichtet hatte, obwohl es unter den großen Pharaonen reicher als Syrien und der Hauptquell des ägyptischen Reichtums gewesen war.

Nach zweijährigem Krieg kehrte Haremhab aus dem Lande Kusch nach Theben zurück; er brachte große Beute mit, ließ Geschenke an die Bevölkerung der Stadt austeilen und feierte zehn Tage und zehn Nächte lang ein Siegesfest, wobei alle Arbeit in Theben ruhte, betrunkene Soldaten wie Ziegen mekkernd in den Straßen herumkrochen und die Frauen in den Zustand versetzt wurden, der sie zu gegebener Zeit dunkelhäutige Kinder gebären ließ. Haremhab hielt seinen Sohn in den Armen, lehrte ihn gehen und erklärte stolz: »Siehe, Sinuhe, aus meinen Lenden ist ein neues Königsgeschlecht gezeugt worden, und in den Adern meines Sohnes fließt heiliges Blut, obwohl ich mit Mist zwischen den Zehen geboren wurde!«

Er begab sich auch zu Eje; aber dieser ließ ihn nicht vor, sondern verrammelte voll Schreck die Tür mit Stühlen und Betten und rief mit knarriger Greisenstimme: »Weiche von mir, Haremhab! Ich bin der Pharao und weiß, daß du gekommen bist, mich umzubringen, um dir die Kronen aufs Haupt zu setzen.« Haremhab aber lachte herzlich über ihn, drückte die Tür mit einem Fußtritt ein, warf die Möbel dahinter um und schüttelte Eje, indem er sprach: »Ich denke gar nicht daran, dich umzubringen, du alter Fuchs! Ich trachte dir nicht nach dem Leben, mein lieber Kuppler! Denn mein Leben ist mir kostbar, und du bist mir mehr wert als ein Schwiegervater. Allerdings rasselt der Atem in deinen Lungen, rinnt dir der Speichel aus dem Mund, und zittern dir die Knie; aber du mußt durchhalten, Eje! Noch einen Krieg mußt du erleben, damit Ägypten einen Pharao habe, über den es in meiner Abwesenheit seinen Haß ergießen kann.« Eje schenkte jedoch seinen Worten keinen Glauben, sondern weinte bitterlich, schlang ihm die zitternden Arme um die Knie und bat flehentlich, ihn am Leben zu lassen. Da empfand Haremhab Mitleid mit ihm und ging seines Weges, ließ ihn bewachen und setzte seine Diener in die hohen Ämter ein, um dafür zu sorgen, daß Eje in seiner Abwesenheit keine Dummheiten begehe. Ejes Zeit war nämlich abgelaufen; er war nur noch ein törichter, grauhaariger Greis, der bei festlichen Anlässen vor dem Volk mit Mühe die Kronen auf seinem vor Angst wackelnden Kopf trug.

Seiner Gemahlin Baketamon brachte Haremhab große Geschenke: Goldsand in geflochtenen Körben, Felle von Löwen, die er mit dem Pfeil erlegt hatte, Straußenfedern und lebende Meerkatzen; aber sie würdigte die Gaben keines Blickes und sprach zu ihm: »Vor den Menschen bist du vielleicht mein Gemahl, und ich habe dir einen Sohn geboren. Begnüge dich also damit! Denn wisse, wenn du mich noch einmal berührst, werde ich auf dein Lager spucken und dich so schmählich betrügen, wie es noch keine Frau ihrem Mann angetan hat! Um Schande über dich zu bringen, werde ich mit Sklaven und Trägern verkehren und auf den Plätzen Thebens den Eseltreibern beiliegen. Kein Mann ist so niedrig, daß ich mich ihm nicht hingeben würde, um deine Ehre zu besudeln, falls du dich erdreisten solltest, mich nochmals anzurühren. In meinen Augen gibt es in ganz Ägypten keinen erbärmlicheren Menschen: Deine Hände und dein ganzer Leib riechen nach Blut, und mich ekelt vor deinen Annäherungen.«

Aber ihr Widerstand reizte Haremhabs Verlangen, das immer heißer wurde, und beim Anblick ihrer schmalen Wangen und schlanken Hüften und ihres höhnischen Mundes begann er zu keuchen und vermochte die Hände nicht mehr zu beherrschen. Deshalb kam er zu mir, klagte bitterlich und sagte: »Sinuhe, warum muß es so sein, und was habe ich Böses getan, daß meine Frau sich mir verweigert? Du weißt wieviel ich geleistet habe, um sie zu gewinnen und mich ihrer durch meinen Ruhm würdig zu erweisen. Du weißt auch, daß ich die schönen Frauen, welche mir die Soldaten als Beute ins Zelt brachten, nicht oft angerührt, sondern meist meinen Soldaten überlassen habe. Wahrlich, an meinen Fingern und Zehen kann ich die Weiber abzählen, mit denen ich in all diesen Jahren der Fleischeslust gepflegt habe; auch habe ich keine große Freude daran gehabt, weil ich immer an Baketamon dachte, die mir bezaubernd wie der Mond erschien. Welcher Fluch verbittert mein Leben und verdüstert mir den Sinn wie Schlangengift?«

Ich erwiderte: »Kümmere dich nicht um ein närrisches Frauenzimmer! Sie leidet ihres Stolzes wegen mehr als du. Theben wimmelt von schönen Weibern, und das geringste Sklavenmädchen kann dir das gleiche spenden wie sie.« Aber Haremhab wandte ein: »Du sprichst gegen dein eigenes Herz, Sinuhe! Du weißt sehr gut, daß die Liebe sich nicht befehlen läßt!« Ich warnte: »Versuche nicht, ihre Liebe zu erzwingen; denn daraus entsteht nur Böses!« Aber Haremhab glaubte mir nicht, sondern meinte: »Sinuhe, gib mir ein Schlafmittel für sie, damit ich sie wenigstens im Schlummer nehmen und genießen kann! Denn, wahrlich, die Frau schuldet mir viel Wollust.«

Ich verweigerte ihm eine solche Arznei; aber er wandte sich an andere Ärzte, und diese überreichten ihm gefährliche Mittel, durch welche die Frauen liebestoll und wie von einem inneren Brand verzehrt werden. Diese Arzneien gab Haremhab Baketamon heimlich ein; doch wenn er sich aus ihrer Umarmung löste, haßte sie ihn noch mehr als zuvor und sprach: »Vergiß meine Worte nicht, und denke an meine Warnung!« Haremhab aber war blind und verrückt in seinem maßlosen Verlangen nach ihr und brachte sie dazu, Wein und betäubende Säfte zu trinken, bis sie einschlief, gefühllos ward und keinen Widerstand mehr leistete. Wieviel Genuß Haremhab dabei hatte, kann ich nicht sagen; doch glaube ich, daß ihm die Fleischeslust bitter schmeckte und die Liebe herb wurde. Deshalb fuhr er bald nach Syrien, um den Krieg gegen die Hetiter vorzubereiten. Er sagte: »In Kadesch haben die großen Pharaonen die Grenzsteine Ägyptens aufgerichtet, und ich werde erst dann zufrieden sein, wenn meine Streitwagen in Kadesch einfahren.«

Aber als die Prinzessin Baketamon merkte, daß wieder ein Korn für sie zu keimen begann, schloß sie sich in ihre Zimmer ein, um keinen Menschen mehr zu sehen, und sann in Einsamkeit über ihre Erniedrigung nach. Die Diener und Sklaven mußten ihr das Essen vor die Tür stellen, und sie verzehrte davon so wenig, daß die Ärzte des goldenen Hauses ihren Tod befürchteten. Als die Zeit der Niederkunft herannahte, ließen sie Baketamon insgeheim bewachen, weil sie befürchteten, sie wolle im Verborgenen gebären und ihr Kind in einem Binsenboot den Strom hinabschicken, wie die Mütter taten, für welche die Geburt eines Kindes eine Schande bedeutete. Sie tat dies aber nicht, sondern berief in ihrer schweren Stunde die Ärzte zu sich, und die Schmerzen der Entbindung entlockten ihr ein Lächeln, und frohlockend in ihren Qualen gebar sie Haremhab einen Sohn. Ohne den Vater zu befragen, gab sie ihm den Namen Sethos, denn so sehr haßte sie dieses Kind, daß sie ihm den Namen Seths verlieh und es Sohn des Seth nannte.

Nachdem sie sich von der Geburt erholt hatte, ließ sie sich den Leib einreiben und das Gesicht schminken, kleidete sich in königliches Linnen, hieß ihre Sklavinnen sie über den Strom zum anderen Ufer rudern, begab sich von dort allein zum Fischmarkt von Theben, wandte sich an die Eseltreiber und Wasserträger und Fischausweider und sprach zu ihnen: »Ich bin die Prinzessin Baketamon und die Gemahlin Haremhabs, des großen ägyptischen Heerführers. Zwei Söhne habe ich ihm geboren; aber er ist ein langweiliger, träger Mann, der nach Blut riecht und mir keinen Genuß bereitet. Kommt daher mit mir der Wollust zu pflegen und mich zu ergötzen; denn ich finde Gefallen an euren narbigen Fäusten und an dem gesunden Mistduft eurer Haut wie auch an dem Geruch der Fische.«

Die Leute auf dem Fischmarkt waren über ihre Worte erstaunt, mißtrauten ihr und suchten ihr auszuweichen. Sie aber lief ihnen eigensinnig nach, lockte sie mit Worten und entblößte ihre Reize vor ihnen, indem sie sagte: »Bin ich euch etwa nicht schön genug? Oder weshalb zögert ihr sonst? Vielleicht bin ich schon alt und häßlich. Aber ich verlange von euch kein anderes Gegengeschenk als von jedem einen Stein; und als Pfand für seinen Genuß mag ein jeder mir den Stein geben, den er nach seinem Belieben auswählt, nur soll dessen Größe der des Genusses, den ich dem Geber bereitet habe, entsprechen. Ihr könnt mir glauben, daß ich mein Bestes tun werde, euch zu befriedigen.«

Noch nie zuvor hatten die Leute des Fischmarktes etwas Ähnliches erlebt, und ich glaube, daß sich solches überhaupt noch nie in Ägypten zugetragen hatte. Deshalb betrachteten sie die Prinzessin lüstern und mit Augen, die ihre Schönheit verschlangen; das königliche Linnen ihres Gewandes lockte sie, der Duft ihrer Salben stieg ihnen zu Kopf, und sie sprachen untereinander: »Noch nie ist etwas Derartiges vorgekommen! Bestimmt ist sie eine Göttin, die sich uns offenbart, weil wir ihr gefallen. Wir täten sicherlich unrecht, uns ihrem Willen zu widersetzen; denn ihr gleicht keine der irdischen Frauen, die wir gesehen haben, und sie bietet uns gewiß einen göttlichen Genuß.« Andere meinten: »Jedenfalls ist es ein wohlfeiles Vergnügen; denn für weniger als ein Kupferstück verkaufen sich nicht einmal die Negerweiber. Zweifellos ist sie eine Priesterin, die Steine zu einem neuen Tempel sammelt; und deshalb vollbringen wir nur eine den Göttern wohlgefällige Tat, wenn wir ihrem Wunsch nachkommen.«

So redeten die Männer des Fischmarktes zögernd hin und her, indem sie ihr zum Ufer ins Röhricht folgten, wohin sie ihnen voranging, um neugierigen Zuschauern zu entgehen. Die Fischausweider meinten zwar: »Wir wollen ihr lieber nicht nachlaufen: Vielleicht stammt sie aus dem Wasser und will uns in dieses hinunterziehen; vielleicht ist sie auch die Katzenhäuptige selber; und ihr Haupt verwandelt sich in einen Katzenkopf, und sie zerkratzt uns mit den Hinterfüßen unser Glied, wenn wir sie umarmen.« Trotzdem folgten sie ihr, von ihrer Schönheit und ihrem Wohlgeruch betört, und die Eseltreiber verlachten die Fischausweider und sagten: »Mag ihr Haupt sich sogar in einen Fischkopf verwandeln: wir fürchten ihre Hinterfüße nicht, wenn wir nur unsere Lust an ihr haben!«

So trieb Baketamon im Röhricht den ganzen Tag Unzucht mit den Männern vom Fischmarkt, und sie enttäuschte sie nicht, sondern tat ihr Bestes, um ihnen Genuß zu bereiten. Jene waren davon so befriedigt, daß sie ihr mit Freuden Steine brachten; und darunter waren manche Blöcke, wie man sie für gute Bezahlung von den Steinhauern bekommt. Zueinander sagten sie: »Wahrlich, noch nie haben wir ein solches Prachtweib gefunden! Ihr Mund ist wie flüssiger Honig, ihre Brüste gleichen reifen Äpfeln, und ihr Schoß ist heiß wie die Kohlenglut, in der man Fische brät.« Sie forderten sie auf, bald wieder auf den Fischmarkt zu kommen, und versprachen, viele und große Steine für sie zu sammeln, und sie lächelte die Leute bescheiden an und bedankte sich für ihre Freundlichkeit und für den hohen Genuß, den sie ihr bereitet hatten. Als sie am Abend in das goldene Haus zurückkehrte, mußte sie am Ufer ein großes Boot mieten, um alle Steine, die sie im Laufe des Tages erhalten hatte, mitnehmen zu können.

Deshalb wählte sie am folgenden Tag ein geräumigeres Schiff und ließ sich von den Sklavinnen über den Strom rudern, um sie dann am Kai warten zu lassen, während sie sich auf den Gemüsemarkt begab. Dort redete sie mit den Bauern, die bei Sonnenaufgang mit ihren Ochsen und Eseln nach Theben kamen; es waren Männer mit rauher, sonngebräunter Haut und harten, von der Landarbeit schwieligen Händen. Auch mit den Straßenkehrern und Latrinenleerern sprach sie und mit den Wächtern, die mit ihren Holzspeeren den Leuten ihren Platz auf dem Markt anwiesen. Und sie sagte zu ihnen: »Ich bin die Prinzessin Baketamon, die Gemahlin Haremhabs, des großen ägyptischen Feldherrn. Aber er ist ein langweiliger, träger Mann; sein Leib ist kraftlos und vermag mir kein Lustgefühl zu spenden. Auch behandelt er mich schlecht, nimmt mir meine Kinder weg und vertreibt mich aus meinen Zimmern, so daß ich nicht einmal ein Dach über dem Kopf besitze. Kommt daher, euch mit mir zu ergötzen und mir Genuß zu bereiten! Ich verlange nichts anderes dafür als von jedem einen kleinen Stein, und ich glaube, daß euch nicht einmal die Negerweiber von Theben ein billigeres Vergnügen bereiten können.«

Die Bauern und Straßenkehrer und schwarzen Wächter erschraken über ihre Worte sehr, besprachen sich eifrig miteinander und meinten: »Sie kann unmöglich eine Prinzessin sein; denn noch nie hat sich eine Prinzessin auf diese Art benommen.« Sie aber lockte die Leute mit ihren Worten, entblößte ihre Reize vor ihnen und schritt ihnen voraus in das Röhricht am Stromufer: Da ließen sie, um ihr zu folgen, ihre Gemüsefuhren und Ochsen und Esel stehen und die Straßen ungekehrt. Am Ufer sagten sie zueinander: »Ein solcher Leckerbissen wird dem Armen nicht jeden Tag angeboten! Sie ist nicht schwarz wie unsere Frauen, sie trägt das Gewand der Vornehmen, ihre Haut zeugt von edler Abstammung, und sie duftet wie die Reichen. Wir wären Narren, die Lust, die sie uns bietet, zu verschmähen! Wir wollen im Gegenteil unser Bestes tun, um auch ihr Genuß zu bereiten, da sie von ihrem Gatten so schwer vernachlässigt wird.«

Um sich mit ihr zu ergötzen, holten sie deshalb mit Eifer Steine herbei; die Bauern brachten ihr Steinstufen von den Schenken und die Wächter stahlen Mauersteine aus den Bauten des Pharao. Aber nachdem sie Baketamon beschlafen hatten, wurden sie von Angst ergriffen und meinten: »Wenn sie wirklich Haremhabs Gemahlin ist, wird er uns, wenn er etwas erfährt, töten; denn er ist schrecklicher als ein Löwe und ein eitler, um seinen guten Ruf besorgter Mann, obwohl er unfähig ist, seiner Frau Genuß zu bereiten. Doch wenn wir unser genügend sind, kann er uns nicht erschlagen, weil er nicht seiner Frau wegen ganz Theben umbringen kann. Deshalb ist es nur zu unserem Vorteil, wenn sie recht viele Steine erhält.«

Aus diesem Grund kehrten sie auf den Gemüsemarkt zurück und erzählten allen Freunden und Bekannten ihr Erlebnis und führten auch diese in das Röhricht. So kam es, daß bald ein breiter Pfad durch das Schilfgelände ausgetreten war und der Ort am Abend aussah wie ein Tummelplatz von Flußpferden. Auf dem Gemüsemarkt griff große Unordnung um sich, viele Fuhren wurden gestohlen, die Esel schrien vor Durst an den Straßenecken, die Ochsen brüllten, und die Wirte der Bierstuben liefen jammernd und sich die Haare raufend durch die Straßen, weil ihre kostbaren Steinschwellen verschwunden waren. In der Abenddämmerung aber dankte Prinzessin Baketamon bescheiden allen Männern des Gemüsemarktes für ihre große Freundlichkeit und für den hohen Genuß, den sie ihr bereitet hatten, und sie halfen ihr die Steine in das Boot schaffen, das so schwer beladen wurde, daß es beinahe zu sinken drohte und die Sklavinnen es nur mit größter Anstrengung über den Strom zur Landestelle des goldenen Hauses zu rudern vermochten.

An diesem Abend wußte bereits ganz Theben, daß die Katzenhäuptige sich selbst dem Volk offenbart und mit ihm Wollust getrieben hatte, und die seltsamsten Gerüchte verbreiteten sich in der Stadt.

Am folgenden Tag ging die Prinzessin Baketamon auf den Kohlenmarkt und gab sich den Kohlenhändlern, und am Abend war das zerstampfte Röhricht am Nilufer von Ruß geschwärzt, und die Priester vieler kleiner Tempel beklagten sich erbittert darüber, daß die Männer vom Kohlenmarkt gottlose Gesellen seien, die sich nicht schämten, Steine aus den Tempelmauern zu reißen, um ihren Genuß damit zu bezahlen; aber diese leckten sich den Mund und sagten prahlerisch: »Wahrlich, wir haben einen himmlischen Leckerbissen gekostet. Ihre Lippen schmolzen in unserem Mund, ihre Brüste waren wie glühende Brände in unseren Händen, und wir haben nie zuvor geahnt, daß es auf Erden eine solche Wonne gäbe.«

Als aber in Theben bekannt wurde, daß sich die Göttin schon zum dritten Mal dem Volke offenbart habe, wurde alles von einer großen Unruhe ergriffen; sogar ehrbare Männer liefen ihren Frauen davon in die Weinschenken und holten sich nächtlicherweile Steine aus den Bauten des Pharao. So lief am folgenden Tag jeder männliche Einwohner der Stadt mit einem Stein unter dem Arm von Markt zu Markt und erwartete ungeduldig das Erscheinen der Katzenhäuptigen. Nun gerieten die Priester vollends in Bestürzung und sandten ihre Wächter aus, um die Frau, die so viel Zügellosigkeit und Gerüchte verursachte, zu ergreifen.

An diesem Tag jedoch fuhr die Prinzessin Baketamon nicht in die Stadt, sondern ruhte sich in dem goldenen Haus von ihren Anstrengungen aus, lächelte jeden, der mit ihr sprach, an, benahm sich äußerst liebenswürdig, wand beim Reden schüchtern ihren Leib und hielt sich die Hand vor den Mund, um das Gähnen zu verbergen. Der Hof wunderte sich sehr über ihr Gebaren; denn noch ahnte niemand, daß sie wirklich die geheimnisvolle Frau war, die sich dem Volke Thebens offenbart und sich mit Kohlenbrennern und Fischausweidern ergötzt hatte.

Die Prinzessin Baketamon aber betrachtete die Steine, die sie in allen Größen und Farben erhalten hatte, ließ den Baumeister der königlichen Viehställe zu sich in den Park kommen, unterhielt sich liebenswürdig mit ihm und sprach: »Ich habe diese Steine am Ufer gesammelt. Sie sind mir heilig, und an jeden von ihnen knüpft sich eine frohe Erinnerung, die ich desto lebendiger fühle, je größer der Stein ist. Führe mir daher aus diesen Steinen ein Lusthaus auf, damit ich ein Dach über dem Haupte habe; denn mein Gemahl vernachlässigt mich und vertreibt mich, wie du wohl weißt und gehört hast, aus meinen Gemächern. Aber baue das Lusthaus hoch und geräumig, und beginne sofort mit der Arbeit! Wenn nötig, werde ich dir mehr Steine verschaffen, damit du nicht zu fürchten brauchst, der Vorrat könne sich vorzeitig erschöpfen.«

Der Baumeister der Viehställe war ein einfacher Mann, sein Lendentuch war grau vom Staub der behauenen Steine, seine Schultern waren verkrümmt vom vielen Steinschleppen, und er war nicht gewohnt, mit vornehmen Frauen zu sprechen. Er bohrte daher schüchtern mit den Zehen im Sand, schlug die Augen vor der Prinzessin nieder und meinte demütig: »Hohe Prinzessin Baketamon, ich fürchte, meine Kunstfertigkeit werde nicht genügen, um dir ein Lusthaus zu bauen, das deines Ranges würdig wäre. Auch sind die Steine von sehr verschiedener Farbe und Größe, weshalb ihr Zusammenfügen große Schwierigkeiten bereiten und einen vollendeten künstlerischen Geschmack erfordern wird. Vertraue diese Aufgabe lieber einem vornehmen Tempelbauer oder Künstler an; denn ich fürchte, bei meiner Ungeschicklichkeit deinen schönen Gedanken nicht ausführen zu können, so daß du die Steine umsonst gesammelt hast.«

Aber die Prinzessin Baketamon berührte sachte seine knöcherne Schulter und sprach: »Mein lieber Steinsetzer der Viehställe, ich bin nur eine arme Frau, mein Mann mißachtet mich, und ich kann es mir nicht leisten, vornehme Baumeister zu dingen. Auch dir kann ich, so gern ich es möchte, kein angemessenes Geschenk für diese Arbeit machen; aber wenn das Lusthaus fertiggestellt ist, will ich es mit dir besichtigen, und wenn ich damit zufrieden bin, werde ich mich dir darin hingeben. Das verspreche ich dir. Ich habe dir nichts anderes zu bieten; aber ein wenig Genuß werde ich dir wohl zu spenden vermögen, da ich noch nicht ganz alt und häßlich bin – und das soll dein Lohn sein. Auch glaube ich, daß du mir ein wahres Lustgefühl geben kannst; denn du bist ein kräftiger Mann mit starken Armen, und ich bin eine kleine Frau, die sich nach Freude sehnt, weil mein Gemahl, wie du wohl weißt, mir keine bereitet.«

Ihre Worte und die Berührung ihrer Hand reizten den Baumeister der Viehställe sehr, ihre Schönheit machte ihm einen großen Eindruck, und er entsann sich aller Märchen von Prinzessinnen, die sich in arme Männer verlieben und ihnen zu Gefallen sind. Wohl fürchtete er sich gewaltig vor Haremhab; doch war sein Verlangen stärker als seine Angst, und Baketamons Worte schmeichelten ihm. Deshalb begann er in aller Eile aus den von Baketamon gesammelten Steinen im Park des goldenen Hauses ein Lusthaus aufzuführen, und er bemühte sich dabei aus allen Kräften. Während der Arbeit träumte er mit wachen Augen, und mit jedem Stein fügte er einen Traum in die Wände des Lusthauses. Seine gierige Liebe machte ihn zu einem großen Künstler; denn bei den täglichen Begegnungen mit der Prinzessin Baketamon erglühte unter den Blicken ihrer mandelförmigen Augen sein Herz und verbrannte wie dürres Schilfgras zu Asche. Er strengte sich irrsinnig an, wurde vor Arbeit und Sehnsucht mager und bleich, und aus den Steinen in den verschiedensten Farben und Größen schuf er ein Lusthaus, wie noch nie eines erstellt worden war.

Aber die von Baketamon gesammelten Steine waren bald aufgebraucht, und sie mußte sich nach neuen umsehen. Deshalb ließ sie sich ans andere Ufer rudern und verdiente sich weitere Steine auf allen Märkten, in der Widderstraße und in den Tempelgärten, bis es schließlich in ganz Theben keinen Ort mehr gab, wo sie nicht Steine gesammelt hätte. Die Männer, welche ihr die Steine brachten, suchten sie vor aller Augen zu verbergen; aber schließlich wurde Baketamon doch von den Wächtern der Priester und des Pharao gefaßt, die sie wegen ihres Betragens fesseln und vor die Richter schleppen wollten. Da hob sie stolz das Haupt und sprach zu ihnen: »Ich bin die Prinzessin Baketamon und möchte gerne sehen, wer sich erdreistet, mich zu richten! Denn in meinen Adern fließt heiliges Blut, und ich bin die Erbin der Pharaonengewalt. Doch ich will euch nicht für eure Dummheit bestrafen, sondern mich auch mit euch einlassen, weil ihr kräftige, stattliche Männer seid. Dafür muß mir jeder einen Stein bringen. Holt diese Gaben aus dem Haus der Richter oder aus den Tempeln, und je größer die Steine sind, die ihr mir bringt, desto größer wird auch der Genuß sein, den ich euch bereite! Verlaßt euch auf mein Wort! Ich werde mein Bestes tun, und darin habe ich mir bereits eine bedeutende Geschicklichkeit erworben.«

Die Wächter betrachteten sie und wurden von der gleichen Tollheit befallen wie die übrigen Thebaner. Deshalb machten sie sich auf und brachen mit ihren Speeren große Steine aus dem Tor des Gerichtshauses und aus den Vorhöfen des Ammontempels und brachten sie Baketamon, worauf sie ihr Versprechen in reichem Maße erfüllte. Doch muß ich zu ihrer Ehre sagen, daß sie sich beim Steinesammeln niemals frech gebärdete; denn nachdem sie sich den Männern hingegeben, hüllte sie sich scheu in ihr Gewand, schlug den Blick nieder und gestattete niemand mehr, sie zu berühren. Nach dem Erlebnis mit den Wächtern aber mußte sie, um heimlich Steine sammeln zu können, Schutz innerhalb der Wände der Freudenhäuser suchen. So kam sie in viele derartige Stätten des Armenviertels, und für den Genuß, den sie bot, verlangte sie von jedem Kunden bloß einen Stein. Deshalb war sie ein gern gesehener Gast der Freudenhäuser, und die Wirte zogen großen Nutzen aus ihr. Aber um Wächtern und Volksansammlungen aus dem Weg zu gehen, mußte sie jeden Tag ein anderes Haus aufsuchen.

Zu jener Zeit wußten bereits alle Leute um ihr Tun, und die Höflinge schlichen sich in den Park, um heimlich das Lusthaus zu betrachten, das der Baumeister der Viehställe aus den Steinen ausführte, die sie ihm lieferte. Als die Hofdamen die Höhe der Wände und die zahllosen großen und kleinen Steine erblickten, schlugen sie die Hände vor den Mund und stießen laute Ausrufe des Erstaunens aus. Kein Mensch getraute sich jedoch, Baketamon selbst etwas zu sagen oder sie zu warnen, und Eje, der in seiner Eigenschaft als Pharao ihrem Treiben vielleicht hätte Einhalt gebieten können, freute sich in der Torheit seines Alters, als er davon hörte, weil er dachte, dies werde Haremhab großen Verdruß bereiten; denn alles, was Haremhab ärgerte, machte ihm Vergnügen.

Haremhab aber führte Krieg in Syrien, eroberte Sidon, Simyra und Byblos von den Hetitern und schickte viele Beutestücke und Sklaven nach Ägypten, und seiner Gemahlin sandte er prachtvolle Geschenke. In Theben wußte bereits jedermann, was sich in dem goldenen Haus zutrug; doch hatte kein Mensch den Mut, Haremhab über das Benehmen seiner Frau aufzuklären, und seine eigenen Leute, denen er hohe Ämter verliehen hatte, taten, als merkten sie nichts. Sie sprachen zueinander: »Das ist ein Familienzwist. Es ist klüger, die Hand zwischen zwei Mühlsteine zu stecken, als sich in einen Streit zwischen Mann und Frau einzumischen, weil dann sofort beide über einen herfallen!« Deshalb erfuhr Haremhab nichts von den Vorgängen in Theben, und ich glaube, das war für Ägypten gut; denn das Wissen um Baketamons Gebaren hätte seine Gemütsruhe während des Krieges in Syrien sehr beeinträchtigt.

Ich habe viel über andere Menschen und ihre Erlebnisse zu der Zeit, da Eje in Ägypten regierte, berichtet, von mir selbst hingegen bis jetzt geschwiegen. Der Grund dafür liegt darin, daß es nicht mehr viel von mir zu erzählen gibt. Der Strom meines Lebens brauste nicht mehr, sondern floß langsam und bedächtig dahin, um in seichtes Wasser zu münden. Unter Mutis Obhut und Pflege lebte ich Jahr für Jahr in dem einstigen Haus des Kupferschmieds, das die alte Frau nach dem Brand wieder hatte aufführen lassen; meine Füße waren müde von dem Wandern auf staubigen Wegen, meine Augen matt vom Betrachten der ruhelosen Welt und mein Herz aller irdischen Eitelkeit überdrüssig. Deshalb schloß ich mich in meinem Haus ein und empfing keine Kranken mehr; nur meine Nachbarn heilte ich hier und da von ihren Leiden, und auch die Allerärmsten pflegte ich zuweilen, weil sie den anderen Ärzten keine Geschenke zu machen vermochten. Ich ließ einen neuen Teich in meinem Hof anlegen, setzte darin bunte Fische aus, und während die Esel auf der Straße vor meinem Haus schrien und die Kinder im Staub spielten, saß ich den ganzen Tag unter der Sykomore in meinem Garten und beobachtete die Fische, die gemächlich in dem kühlen Wasser herumschwammen. Der von der Feuersbrunst verkohlte Baum trieb neue Blätter, Muti sorgte gut für mich, bereitete mir kräftiges Essen, ließ mich, wenn ich Lust dazu hatte, mäßig Wein trinken und wachte darüber, daß ich reichlich schlief und meinen Körper nicht überanstrengte.

Aber die Speisen hatten in meinem Mund den Geschmack verloren, und der Wein bereitete mir keinen Genuß mehr, sondern brachte mir in der Abendkühle alle meine Untaten, das erlöschende Antlitz des Pharao Echnaton und das junge Gesicht des Prinzen Schubattu vor die Augen. Deshalb widerte es mich an, Menschen mit meiner Heilkunst zu pflegen; denn meine Hände waren verflucht und säten den Tod, obwohl ich gewünscht hatte, sie möchten nur Gutes tun. Darum betrachtete ich bloß noch die Fische in meinem Teich und beneidete sie um ihr kaltes Blut und ihre kühle Wollust und ihr vor der heißen Erdenluft behütetes Dasein im Wasser.

Während ich so in meinem Garten in der Betrachtung der Fische versunken dasaß, sprach ich zu meinem Herzen: »Beruhige dich, törichtes Herz! Nicht dein ist die Schuld; denn alles, was auf Erden geschieht, ist sinnlos; weder Güte noch Bosheit haben einen Zweck, und nur Geiz und Haß und Gier beherrschen die Welt. Dich trifft keine Schuld, Sinuhe; denn der Mensch bleibt sich gleich und wandelt sich nicht. Die Jahre rollen dahin, Menschen werden geboren, und Menschen sterben; ihr Dasein ist wie ein heißer Hauch, und sie sind nicht glücklich im Leben, sondern erst im Tod. Deshalb gibt es nichts Eitleres als ein Menschenleben, und du hast keine Schuld; denn unverwandelt bleibt der Mensch von Zeitalter zu Zeitalter. Umsonst versenkst du einen Menschen in den Strom der Zeit; sein Herz wird sich nicht wandeln, und unverändert wird er wieder auftauchen. Vergeblich prüfst du den Menschen durch Kriege und Not, durch Pest und Brand, durch Götter und durch Speere; denn durch die Prüfungen wird der Mensch verstockt, bis er böser ist als das Krokodil, und deshalb kann er nur nach dem Tod gut sein.«

Aber mein Herz widersprach mir: »Sitze nur ruhig da und betrachte die Fische, Sinuhe! Ich gebe dir doch, solange du lebst, keine Ruhe, sondern wiederhole dir täglich und stündlich: ›Gerade du bist schuldig!‹, und allnächtlich hämmere ich in deinen Schlaf: ›Du, Sinuhe, bist schuldig! Denn ich, dein Herz, bin unersättlicher als das Krokodil und fordere ein volles Maß für dich.‹«

Da ergrimmte ich heftig über mein Herz und erklärte ihm: »Du bist ein törichtes Herz, und ich bin deiner höchst überdrüssig, weil du mir in meinem ganzen Leben nichts als Verdruß und Schwierigkeiten, Kummer und Mühen bereitet hast. Ich weiß recht gut, daß mein Verstand ein Mörder mit schwarzen Händen ist; doch sind meine Mordtaten gering im Vergleich zu allen anderen Freveln, die in der Welt geschehen, und niemand kann mich ihretwegen anklagen. Deshalb verstehe ich nicht, warum du mir immer wieder meine Schuld vorhältst und mir keine Ruhe gönnst! Wer bin ich, daß ich die Welt verbessern und die menschliche Natur umwandeln sollte?«

Doch mein Herz erwiderte: »Ich rede nicht von deinen Mordtaten und klage dich nicht ihretwegen an, wenn ich dir auch Tag und Nacht das Wörtlein schuldig, schuldig ins Gewissen hämmere. Tausende und aber Tausende haben deinetwegen sterben müssen, Sinuhe. An Hunger und Pest und Wunden, durch Waffen und unter den Rädern der Streitwagen sind sie gestorben und auf den Wüstenwegen verschmachtet. Deinetwegen sind Kinder im Mutterschoß gestorben und Stöcke auf gekrümmte Rücken niedergesaust; deinetwegen tritt das Unrecht die Gerechtigkeit mit Füßen, besiegt die Gier die Güte und wird die Welt von Räubern beherrscht. Wahrlich, Sinuhe, unzählige Menschen sind deinetwegen umgekommen! Ihre Hautfarbe und ihre Sprache sind verschieden; aber sie alle sind schuldlos gestorben, Sinuhe, weil sie dein Wissen nicht besaßen. Alle, die gestorben sind und noch sterben werden, sind deine Brüder und sterben deinetwegen, und du, Sinuhe, trägst allein die Schuld daran! Deshalb vernimmst du ihr Schluchzen in deinen Träumen, verderben dir ihre Tränen den Geschmack des Essens im Mund und vereitelt dir ihr Weinen jede Freude, Sinuhe.«

Ich war jedoch verstockt und sprach zu meinem Herzen: »Die Fische sind meine Brüder, weil sie keine eitlen Reden halten. Die Löwen der Wüste und die Wölfe der Wildnis sind meine Brüder, aber nicht der Mensch. Denn der Mensch weiß, was er tut.«

Mein Herz verhöhnte mich und sagte: »Weiß der Mensch wirklich, was er tut? Du weißt es wohl denn du besitzest die Erkenntnis, und deshalb lasse ich dich bis zu deinem letzten Tag leiden, die übrigen aber wissen nichts. Deshalb bist du allein schuldig, Sinuhe.«

Da schrie ich auf, zerraufte mir die Kleider und sprach: »Verflucht sei all mein Wissen, meine Hände und meine Augen seien verflucht, noch weit mehr verflucht sei mein verrücktes Herz, das mir keinen Frieden gönnt, sondern mich mit erdichteten Anklagen quält! Bringt mir unverzüglich die Waage des Osiris, damit mein lügenhaftes Herz gewogen werde! Mögen seine vierzig gerechten Paviane ihr Urteil über mich fällen; denn ich traue ihnen mehr als meinem elenden Herzen!«

Muti kam eilends aus der Küche, tauchte ein Tuch in das Wasser des Teiches, wickelte es mir um den Kopf und kühlte mir die Stirn mit einem kalten Krug. Sie machte mir heftige Vorwürfe, brachte mich zu Bett und gab mir allerlei übelschmeckende Arzneien ein, bis ich mich beruhigte. Ich war lange krank. Während meiner Krankheit hörte ich mich zu Muti von der Waage des Osiris plappern, von einer Mehlwaage, die ich sie zu holen bat, von Merit und von dem kleinen Thoth. Sie pflegte mich treu, und ich glaube, es war für sie ein besonderer Spaß, mich im Bett halten und füttern zu dürfen. Sie verbot mir auch aufs strengste, je wieder in der Sonnenglut im Garten zu sitzen; denn mein inzwischen völlig kahl gewordener Schädel ertrug die giftigen Strahlen nicht mehr. Aber ich hatte gar nicht in der Sonne, sondern im kühlen Schatten der Sykomore gesessen und die Fische betrachtet, die meine Brüder waren, weil sie nicht sprechen konnten.

Allmählich besserte sich mein Zustand, und nach der Genesung ward ich ruhiger und friedliebender als zuvor und söhnte mich auch mit meinem Herzen aus, das mir fortan weniger Qualen bereitete. Ich erwähnte auch Merit und den kleinen Thoth vor Muti nicht mehr, sondern bewahrte sie in meinem Herzen, in dem Bewußtsein, daß sie hatten sterben müssen, damit mein Maß voll und ich einsam würde. Denn hätten sie bei mir geweilt, wäre ich glücklich und zufrieden gewesen und mein Herz verstummt. Nach dem mir bestimmten Maß mußte ich ein Einsamer bleiben und war daher schon in der Nacht meiner Geburt allein in einem Binsenboot den Strom hinabgeschwommen.

Nach meiner Genesung zog ich insgeheim das grobe Tuch der Armen an, legte die Sandalen ab und verließ das Haus des Kupferschmieds, um nicht mehr dorthin zurückzukehren. Ich begab mich in den Hafen und schleppte mit den anderen Trägern schwere Lasten, bis mir der Rücken weh tat und die Schultern sich krümmten. Ich ging zum Gemüsemarkt und nährte mich von faulenden Abfällen; dann ging ich auf den Kohlenmarkt und trat mit den Füßen die Blasebälge der Kohlenbrenner und der Schmiede. Ich arbeitete mit den Sklaven und Ausladern, aß von ihrem Brot, trank von ihrem Bier und sprach zu ihnen: »Es gibt keinen Unterschied zwischen den Menschen; denn jeder kommt nackt zur Welt, und das Herz ist der einzige Maßstab für die Menschen. Ein Mensch kann nicht nach seiner Hautfarbe oder seiner Sprache, nach seinen Kleidern oder seinem Schmuck, nach seinem Reichtum oder seiner Armut gemessen werden, sondern einzig und allein nach seinem Herzen. Deshalb ist ein guter Mensch mehr wert als ein böser und Gerechtigkeit besser als Ungerechtigkeit. Das ist alles, was ich weiß.«

So sprach ich in der Abenddämmerung zu den Leuten vor den Lehmhütten, während die Frauen ihre Kochfeuer auf der Straße anzündeten und der Geruch gebratener Fische in die Lüfte stieg und das Armenviertel erfüllte. Sie lachten über mich und meinten: »Du bist verrückt, Sinuhe, Sklavenarbeit auszuführen, da du doch des Lesens und Schreibens kundig bist! Sicherlich hast du dich an einem Verbrechen beteiligt und willst dich bei uns verstecken; aus deiner Rede spricht ein Hauch des Atons, dessen Namen wir nicht nennen dürfen. Doch werden wir dich den Wächtern nicht verraten, sondern behalten dich bei uns, damit du uns mit deinem tollen Geschwätz belustigst. Hoffentlich aber vergleichst du uns nicht etwa mit schmutzigen Syriern und elenden Negern; denn wenn wir auch bloß Sklaven und Träger sind, so sind wir doch Ägypter und als solche stolz auf unsere Hautfarbe uns unsere Sprache, auf unsere Vergangenheit und unsere Zukunft.«

Ich erwiderte: »Eure Rede ist unklug! Denn solange ein Mensch auf sich selbst stolz ist und sich für mehr als andere hält, werden Fesseln und Stockhiebe, Speere und Raben in der Spur des Menschen folgen. Deshalb soll ein Mensch nur nach seinem Herzen gewogen werden. Alle Menschenherzen sind im Werte gleich; keines ist besser als das andere, weil alle Tränen, die der Schwarzen und die der Braunen, die der Syrier und die der Neger, die der Armen und die der Reichen, vom gleichen Wasser und gleich salzig sind.«

Sie aber lachten laut über mich, schlugen sich auf die Knie und sagten: »Wahrlich, du bist ein verrückter Kerl und hast gewiß nichts vom Leben gesehen, sondern bist in einem Sack aufgewachsen. Ein Mensch kann nicht leben, ohne sich einem anderen überlegen zu fühlen; und kein Mensch ist so erbärmlich, daß er sich nicht in irgendeiner Beziehung für besser hält, als ein anderer es ist. Einer ist stolz auf die Gewandtheit seiner Finger, ein anderer auf die Stärke seiner Schultern, der Dieb ist stolz auf seine Schlauheit, der Richter auf seine Weisheit, der Geizige auf seinen Sparsinn, der Verschwender auf seine Großzügigkeit, die Gattin auf ihre Tugend, das Freudenmädchen auf seine Freiheit von Vorurteilen. Nichts bereitet dem Menschen größere Befriedigung als das Bewußtsein, einen anderen irgendwie zu übertrumpfen. Deshalb sind wir auch ungemein zufrieden, klüger und durchtriebener zu sein als du, obwohl wir bloß arme Leute und Sklaven sind, während du des Lesens und Schreibens kundig bist.«

Ich antwortete: »Und doch ist ein guter Mensch besser als ein böser und Gerechtigkeit besser als Ungerechtigkeit.«

Aber sie wandten erbittert ein: »Was ist Güte, und was ist Bosheit? Wenn wir einen schlechten Herrn umbringen, der uns mit seinem Stock quält, die Nahrung stiehlt und unsere Frauen und Kinder hungern läßt, so ist das eine gute Tat! Dennoch schleppen uns die Wächter vor die Richter des Pharao, schneiden uns Ohren und Nase ab und hängen uns mit dem Kopf nach unten an die Mauer. Das ist Gerechtigkeit; doch kommt es darauf an, mit welchen Gewichten gewogen wird! Denn oft genug ist sie nichts anderes als Ungerechtigkeit, weil wir nicht unsere Gewichte in die Waagschale legen dürfen und diejenigen der königlichen Richter von den unsrigen abweichen.«

Sie gaben mir gebratene Fische zu essen, und ich trank von ihrem dünnen Bier und sagte: »Der Totschlag ist das niedrigste Verbrechen, das ein Mensch begehen kann, und es ist ebenso gemein, um einer guten wie um einer bösen Sache willen zu töten; denn einen Menschen soll man nicht umbringen, sondern von seiner Bosheit heilen.«

Da legten sie die Hände vor den Mund, blickten um sich und riefen: »Wir wollen ja niemand umbringen! Peitsche und Stock haben uns so unterwürfig gemacht, daß wir alle Fußtritte und Demütigungen und Kränkungen hinnehmen, ohne deshalb jemand zu töten. Wenn du aber die Menschen von ihrer Bosheit heilen und Gerechtigkeit an Stelle der Ungerechtigkeit setzen willst, tust du wahrlich besser daran, dich an die Vornehmen und Reichen und Richter zu wenden und mit diesen darüber zu sprechen! Denn unseres Erachtens findest du bei ihnen mehr Bosheit und Ungerechtigkeit als bei uns.« So sprachen sie, lachten, stießen einander mit den Ellbogen und zwinkerten sich gegenseitig zu. Ich aber sagte:

»Ich spreche lieber zu euch, weil ihr das Volk seid und eure Zahl wie die der Sandkörner oder der Sterne ist und alles Böse und alles Unrecht wie auch alles Gute von euch ausgeht. Auch seid ihr nicht schuldlos; denn wenn ihr geheißen werdet zu gehen, so geht ihr und tut, was man euch befiehlt. Da kommen oft die Werber des Pharao zu euch, schenken euch Kupfer und Tuchstücke und geben euch Speere in die Hand, um euch in den Krieg zu führen; und wenn ihr nicht folgt, werdet ihr gebunden und gefesselt und in den Krieg gezwungen, wo ihr Menschen, die euresgleichen sind, verletzt und tötet, eurem Bruder den

Bauch aufschlitzt und auf eure Taten mächtig stolz seid. Und doch ist der Totschlag ein gemeinsames Verbrechen, und das vergossene Blut kommt über eure Häupter. Deshalb seid ihr wahrlich nicht unschuldig.«

Einige von ihnen sannen über meine Worte nach und meinten seufzend: »Wahrlich, keiner von uns ist schuldlos; aber wir wurden in eine böse Welt geboren, und weinend traten wir aus dem Mutterleib ins Leben. Deshalb folgen uns die Tränen auf allen Lebenswegen, Knechtschaft ist unser ewiges Los, und die Priester zwingen uns durch Zauberei, noch nach dem Tod für unsere Herren zu arbeiten, indem sie den Holzbildnissen, die unsere Gebieter ins Grab begleiten, unsere Namen verleihen. Geh zu den Reichen und Vornehmen, um mit ihnen von diesen Dingen zu sprechen! Denn wir sind der Meinung, die Bosheit und Ungerechtigkeit gehe von ihnen aus, weil sie die Machthaber sind; aber klage nicht uns an, wenn sie dir wegen deiner Worte die Ohren abschneiden und dich in die Gruben verschicken oder mit dem Kopf nach unten an die Mauer hängen! Deine Äußerungen sind gefährlich. Wenn einer von uns so redete, würden wir uns nicht getrauen, zuzuhören; bei dir aber können wir es wagen, weil du offensichtlich ein harmloser Narr bist. Am gefährlichsten aber sind deine Worte über den Krieg, weil Mannesehre im Krieg das Töten verlangt. Haremhab, unser großer Feldherr, würde dich auf der Stelle umbringen lassen, wenn er dich so zum Volke reden hörte, obwohl er sonst ein kraftloser Mann ist, der nicht einmal seine Frau zu befriedigen vermag.«

Ich befolgte ihren Rat und wandte ihren Lehmhütten den Rücken. Barfuß, im grauen Gewand der Armen, ging ich durch die breiten Straßen Thebens und sprach zu den Kaufleuten, die Sand ins Mehl mischten, zu den Mühlenbesitzern, die den Sklaven Knebel in den Mund steckten, damit sie von dem Getreide, das sie zu mahlen hatten, nichts verzehrten, zu den Richtern, die den Waisen ihr Erbe stahlen und für große Geschenke ungerechte Urteile fällten. Ich sprach zu ihnen allen, tadelte sie ihrer Untaten und ihrer Bosheit wegen, und sie hörten voll Staunen auf meine Worte. Zueinander aber sagten sie: »Wer ist eigentlich dieser Arzt Sinuhe, der so kühne Worte spricht, obgleich er das Gewand eines Sklaven trägt? Seien wir vorsichtig! Er ist gewiß ein Spion des Pharao. Sonst würde er sich nicht erdreisten, so zu uns zu sprechen.« Deshalb hörten sie mich geduldig an; die Kaufleute hießen mich eintreten und boten mir Geschenke an, die Mühlenbesitzer gaben mir Wein zu trinken, und die Richter fragten mich um Rat, um ihre Urteile danach zu fällen. So kam es, daß sie Urteile zugunsten der Armen gegen die Reichen aussprachen, wodurch sie große Unzufriedenheit erregten und es in Theben hieß: »Jetzt kann man sich nicht einmal mehr auf die Richter des Pharao verlassen! Sie sind größere Betrüger als die Diebe, die sie verurteilen.«

Aber als ich mich an die Edelleute wandte, verhöhnten sie mich, hetzten ihre Hunde auf mich und ließen mich durch ihre Diener mit Peitschenhieben aus ihren Höfen treiben, so daß meine Schmach groß war und ich mit zerrissener Kleidung und bluttriefenden Beinen, die Hunde dicht auf den Fersen, durch die Straßen von Theben floh. Die Leute lachten über mich und schlugen sich auf die Knie, die Kaufleute und die Richter des Pharao, die meine Schande sahen, schenkten meinen Worten kein Gehör mehr, sondern verjagten mich und riefen die Wächter, mich mit den Speerschäften zu schlagen. Und sie sagten zu mir: »Wenn du mit deinen falschen Anklagen nochmals zu uns kommst, lassen wir dich als Verleumder und Volksaufwiegler aburteilen, und die Raben werden deinen an der Mauer hängenden Leib zerhacken!«

Da kehrte ich schmachbedeckt in das einstige Haus des Kupferschmieds im Armenviertel zurück; denn all meine Mühe war vergeblich, und mein Tod hätte niemand außer den Raben genützt.

Deshalb ließ ich mich wieder unter der Sykomore in meinem Garten nieder, um die stummen Fische in meinem Teich zu betrachten, was sehr beruhigend auf mein Gemüt wirkte, während auf der Straße vor meinem Haus die Esel schrien und die Kinder Krieg spielten und einander mit Eselkot bewarfen. Auch Kaptah besuchte mich; denn er war nach Theben zurückgekehrt, weil er die Sklaven und Träger, die wieder demütig und unterwürfig waren, nicht mehr zu fürchten brauchte. Er kam wie ein ganz großer Herr des Weges, in einer von achtzehn schwarzen Sklaven getragenen, bemalten und verzierten Sänfte, in der er auf weichen Teppichen saß, und kostbare Salbe troff ihm von der Stirn ins Gesicht und bewahrte ihn vor dem Gestank des Armenviertels. Er war wieder sehr beleibt, und ein syrischer Goldschmied hatte ihm aus Gold und Edelsteinen ein neues Auge angefertigt, auf das er sehr stolz war; doch scheuerte es, weshalb er es, als wir allein unter der Sykomore saßen und uns niemand sah, aus der Augenhöhle herausnahm.

Vor allem umarmte er mich und weinte vor Wiedersehensfreude. Schwer wie ein Berg stützte er sich mit den breiten Händen auf meine Schultern, und der Sitz, den ihm Muti anbot, zerbrach unter seinem Gewicht, weshalb er die Zipfel seines Gewandes hob und sich vor mir auf den Boden niederließ. Er berichtete mir, daß der Krieg in Syrien seinem Ende entgegengehe und daß die Streitwagen Haremhabs bis vor Kadesch gelangt seien, ohne jedoch diese Festung einnehmen zu können. Er prahlte mit seinen Reichtümern und den großen Geschäften, die er in Syrien getätigt hatte, und erzählte, daß er einen alten Palast im Viertel der Reichen gekauft und Hunderte von Arbeitern für dessen standesgemäßen Umbau gedungen habe, da es sich für einen begüterten Mann wie ihn nicht mehr zieme, eine Hafenschenke zu halten.

Er sagte zu mir: »Ich habe böse Dinge über dich, Sinuhe, in Theben vernommen: man behauptet, du habest das Volk gegen Haremhab aufgewiegelt, und die Richter und Reichen sind sehr ergrimmt über dich, weil du sie unrechter Handlungen bezichtigt hast. Ich rate dir, vorsichtig zu sein; denn wenn du weiter solche gefährlichen Reden führst, werden sie dich eines Tages zur Grubenarbeit verurteilen. Und wenn sie das nicht zu tun wagen, weil du ein Freund Haremhabs bist, so vergiß nicht, daß dein Haus schon einmal abgebrannt ist! Sie könnten in einer dunklen Nacht wiederkommen, dich umbringen und Feuer an dein Haus legen, wenn du fortfährst, die Armen gegen die Reichen aufzuhetzen. Erzähle mir, was mit dir los ist und wer dir die Flausen in den Kopf gesetzt hat, damit ich dir helfe, wie es sich für einen guten Diener seinem Herrn gegenüber ziemt.«

Ich neigte mein Haupt vor ihm und erzählte ihm alles, was ich gedacht und getan hatte, und verriet ihm auch die Zweifel meines Herzens. Er hörte mir zu, schüttelte den Kopf so, daß seine Hängebacken wackelten, und meinte schließlich: »Ich weiß wohl, daß du ein einfältiger und törichter Mann bist, Sinuhe; doch glaubte ich, deine Narrheit würde sich mit den Jahren legen. Aber sie scheint nur schlimmer zu werden, obgleich du mit eigenen Augen alles Böse, das Atons wegen geschah, gesehen hast und auch dein Lebensglück durch Aton zerstört wurde. Vielleicht wurdest du in Achetaton von Echnatons Krankheiten angesteckt. Doch glaube ich eher, daß dein Leiden hauptsächlich von deinem Müßiggang herrührt, dem du auch deine verrückten Ideen zu verdanken hast. Deshalb tätest du besser daran, deinen Beruf wieder auszuüben, deine Kenntnisse zu verwerten, den Leuten den Schädel zu untersuchen und ihre Leiden zu lindern. Durch die Heilung eines einzigen Kranken vermittelst du mehr Nutzen als durch deine Reden, die dir und deinen Zuhörern nur Schaden bringen. Willst du aber deinen Beruf nicht mehr ausüben, so kannst du dir die Zeit mit irgendeiner ersprießlichen Beschäftigung vertreiben, wie es die reichen Müßiggänger zu tun pflegen. Ich glaube nicht, daß du zum Flußpferdjäger taugst, und vielleicht magst du auch Katzengeruch nicht leiden; sonst könntest du wie Pepitamon als Züchter von Rassenkatzen berühmt werden. Hingegen könntest du Gegenstände und Schmuckstücke aus der Pyramidenzeit sammeln oder auch syrische Musikinstrumente oder Götzenbilder der Neger, wie sie die aus dem Lande Kusch zurückgekehrten Soldaten verkaufen. Wahrlich, Sinuhe, es gibt viele Möglichkeiten, sich die Langeweile zu vertreiben, um nicht auf eitle Gedanken zu kommen. Wein und Weiber sind nicht die übelsten Mittel, und auch beim Würfelspiel vergeht die schlechte Laune rasch, obwohl dies für einen schwachen Mann ein gefährliches Vergnügen ist, wenn du mir gestattest, dies zu sagen. Doch um Ammons willen: Würfle, vergeude dein Gold an Frauen, betrinke dich, tu, was du willst, nur stürze dich nicht durch deine wahnwitzigen Reden ins Verderben! Denn ich liebe dich sehr, und will nicht, daß dir etwas Böses widerfahre!«

Ferner sprach er: »Nichts ist vollkommen auf Erden, an jedem Brot ist die Rinde verbrannt, jede Frucht ist wurmstichig, und der Mensch, der Wein getrunken hat, leidet an Katzenjammer. Deshalb gibt es auch keine vollkommene Gerechtigkeit, sondern jede Gerechtigkeit enthält auch eine Ungerechtigkeit; gute Taten können böse Folgen zeitigen, und die beste Absicht kann, wie dich Echnatons Beispiel gelehrt, zu einem Unmaß an Tod und Untergang führen. Sieh mich an, Sinuhe: Ich begnüge mich mit meinem Los, nehme in Eintracht mit den Göttern und den Menschen an Gewicht zu, die Richter des Pharao verneigen sich vor mir, und die Leute preisen meinen Namen, während dir, Sinuhe, die Hunde an die Beine pissen. Beruhige dich also, mein Herr: Du kannst nichts dafür, daß die Welt so ist, wie sie ist, noch daß sie immer so gewesen ist und auch immer so bleiben wird.«

Ich sah seine Beleibtheit und seinen Reichtum und beneidete ihn sehr um seine Gemütsruhe. Ich sagte zu ihm: »Dein Wille geschehe, Kaptah, ich werde mich beruhigen und meinen Beruf wieder aufnehmen. Aber sage mir, gedenkt man Atons noch, und verfluchen ihn die Menschen immer noch? Ich frage dies, weil du seinen Namen nanntest, obwohl solches verboten ist, und derjenige, der es dennoch tut, in die Gruben verschickt oder mit dem Kopf nach unten an die Stadtmauer gehängt werden kann.«

Kaptah sagte: »Wahrlich, Aton wurde ebenso rasch vergessen, wie in Achetaton die Säulen einstürzten, die Mauern zerbröckelten und die Fußböden sich mit Sand bedeckten. Aber ich habe noch einige Künstler Bilder im Stile Atons zeichnen sehen, es gibt Märchenerzähler, die gefährliche Sagen erdichten, und zuweilen sieht man auf dem Markt das Kreuz Atons im Sand. Auch kommt es vor, daß Besucher der öffentlichen Aborte das Kreuz an die Wände sudeln. Somit dürfte Aton noch nicht ganz tot sein.«

»Dein Wille geschehe!« versprach ich ihm abermals. »Ich werde mich beruhigen und meinen Beruf wieder ausüben; ebenso will ich deinen Rat befolgen und mich zum Zeitvertreib als Sammler betätigen. Da ich aber nicht gern andere Leute nachahme, werde ich etwas sammeln, was keiner sammelt: nämlich alle Menschen, die sich noch an Aton erinnern!«

Kaptah glaubte, ich scherze, und lachte über meine Worte wie über einen guten Witz; denn er wußte ebensogut wie ich, wieviel Böses Aton über Ägypten und auch über mich selbst gebracht hatte. Alsdann unterhielten wir uns in Eintracht über allerlei Fragen, und Muti brachte uns Wein, den wir zusammen tranken, bis sich seine Sklaven einfanden, um ihm beim Aufstehen behilflich zu sein – denn seiner Beleibtheit wegen fiel es ihm schwer, allein auf die Beine zu kommen – und er verließ mein Haus in seiner Sänfte. Am folgenden Tag aber sandte er mir kostbare Gaben, die mir das Leben bequem und üppig machten, weshalb zu meiner Freude nichts gefehlt haben würde, wenn ich überhaupt vermocht hätte, Freude zu empfinden.

6

Also ließ ich das Ärzteschild von neuem über der Tür meines Hauses anbringen, begann meinen Beruf wieder auszuüben und verlangte von meinen Patienten Geschenke, die ihren Vermögensverhältnissen angepaßt waren; von den Armen aber heischte ich nichts, weshalb mein Hof zwar vom Morgen bis zum Abend von Kranken wimmelte, ich aber doch keinen großen Gewinn hatte. Während des Pflegens horchte ich die Patienten vorsichtig über Aton aus; denn ich wollte sie nicht erschrecken und wünschte auch nicht, daß ungünstige Gerüchte über mich verbreitet würden; mein Ruf in Theben war bereits schlecht genug. Mit der Zeit aber merkte ich, daß Aton vergessen war und von niemand mehr verstanden wurde. Höchstens entsannen sich die Aufwiegler und diejenigen, denen Unrecht widerfahren war, seiner und gestalteten ihn nach ihrem eigenen Sinn und dem erlittenen Unrecht um, und so wurde sein Kreuz als böses Zaubermittel verwendet, um die Menschen zu schädigen.

Als die Überschwemmung zurücktrat, starb der Priester Eje. Es wurde behauptet, er sei verhungert, weil er vor lauter Angst, vergiftet zu werden, nichts mehr zu essen gewagt habe: nicht einmal Brot aus selbstgemahlenem Mehl, das er eigenhändig in dem goldenen Haus buk, weil er befürchtete, die Getreidekörner möchten bereits während des Wachstums auf den Feldern vergiftet worden sein. Nun beendete Haremhab den Krieg in Syrien und ließ den Hetitern Kadesch, das er nicht zu erobern vermochte, um dann im Triumphzug stromaufwärts nach Theben zurückzukehren und alle seine Siege zu feiern. Da er Eje nicht als einen richtigen Pharao betrachtete, ordnete er nach dessen Tod keine Trauerzeit an, sondern verkündete, der Verstorbene sei ein falscher Pharao gewesen, der durch unaufhörliche Kriegführung und ungerechte Besteuerung nichts als Leiden über Ägypten gebracht habe. Er hatte sofort nach Ejes Tod den Krieg beendet und die Tore des Sekhmettempels schließen lassen; daher brachte er das Volk wirklich dazu, zu glauben, er habe den Krieg niemals gewünscht, sondern nur dem bösen Pharao Gehorsam geleistet. Deshalb jubelte das Volk über seine Rückkehr und pries ihn und seine Soldaten.

Kaum nach Theben zurückgekehrt, ließ Haremhab zuerst mich rufen und sprach zu mir: »Sinuhe, mein Freund, ich bin heute älter als damals, da wir voneinander schieden: Dein Ausspruch, ich sei ein blutbefleckter Mann, der Ägypten Schaden zufüge, hat schwer auf meinem Gemüt gelastet. Aber jetzt habe ich mein Ziel erreicht und Ägyptens Macht wiederhergestellt. Keine Gefahr von außen bedroht mehr das Land; denn ich habe den Speeren der Hetiter die Spitze abgebrochen. Die Eroberung von Kadesch überlasse ich meinem Sohn Ramses; ich selbst habe den Krieg satt. Jetzt will ich für Ramses ein starkes Reich aufbauen. Zwar ist Ägypten heute schmutzig wie der Stall eines Armen; aber bald wirst du mich den Mist auskehren sehen. Ich werde Recht an Stelle von Unrecht setzen und einen jeden nach seinem Maß lohnen: den Arbeitsamen nach seinem Fleiß, den Trägen nach seiner Faulheit, den Dieb nach seinen Streichen, den Ungerechten nach seiner Ungerechtigkeit. Wahrlich, mein Freund Sinuhe, mit mir halten die alten Zeiten wieder ihren Einzug in Ägypten, und alles wird wieder werden, wie es einst gewesen. Deshalb werde ich aus den Herrscherrollen die elenden Namen Tutanchamons und Ejes streichen lassen, wie dies bereits mit dem Namen Echnatons geschehen ist, als ob sie niemals regiert hätten, und zähle den Beginn meiner eigenen Herrschaft von der Todesnacht des großen Pharao an, da ich, von meinem fliegenden Falken geführt und den Speer in der Hand, einst nach Theben kam.«

Wehmütig stützte er das Haupt in die Hände; der Krieg hatte ihm Runzeln ins Gesicht gegraben, und in seinen Augen war keine Freude mehr, als er sprach: »Wahrlich, die Welt hat sich verändert, seit wir jung waren, der Arme sein Maß voll bekam und in den Lehmhütten weder an Öl noch an Fett Mangel herrschte. Aber mit mir werden die alten Zeiten wiederkehren, Sinuhe! Ägypten wird fruchtbar und reich werden, meine Schiffe sollen nach Punt segeln, die Arbeiten in den Steinbrüchen und verlassenen Bergwerken wieder aufgenommen und die Tempel größer als früher werden und Gold, Silber und Kupfer in die Schatzkammern des Pharao fließen! Wahrlich, in zehn Jahren wirst du Ägypten nicht wiedererkennen, Sinuhe, und nach Ablauf dieser Zeit wird es in Kêmet keine Bettler und Krüppel mehr geben. Denn die Kraftlosen müssen den Lebenstauglichen weichen; ich will Ägypten von dem schwachen, kränklichen Blut säubern, damit die Ägypter wieder ein starkes Volk werden, mit dem meine Söhne den Erdkreis erobern können.«

Ich empfand jedoch keine Freude bei seinen Worten, bei denen mir das Herz vor Kälte erstarrte. Deshalb verzichtete ich darauf, ihn anzulächeln, und blieb wortlos vor ihm stehen. Das erzürnte ihn; er runzelte wie früher die Stirn, begann sich mit der goldenen Peitsche auf die Schenkel zu klatschen und sagte:

»Du bist immer noch der gleiche Sauertopf wie einst, Sinuhe! In meinen Augen gleichst du einem unfruchtbaren Dornbusch, und ich begreife nicht, weshalb ich mir so viel Freude von unserem Wiedersehen versprochen habe. Dich ließ ich zuerst rufen, noch bevor ich meine Söhne auf den Schoß gehoben und meine Gemahlin Baketamon umarmt habe; denn der Krieg und die

Macht haben mich zu einem einsamen Mann gemacht: In Syrien besaß ich keinen einzigen Menschen, mit dem ich Freud und Leid hätte teilen können; immer mußte ich, wenn ich mit jemand sprach, meine Worte sorgfältig und je nach dem Zweck abwägen, den ich erreichen wollte. Bei dir, Sinuhe, aber will ich nichts erreichen, und ich bitte dich nur um deine Freundschaft. Denn es hat den Anschein, als sei deine Zuneigung zu mir erloschen und es bereite dir das Wiedersehen mit mir keine Freude.«

Meine einsame Seele rief nach ihm, ich verneigte mich tief und sprach: »Haremhab, von meinen Freunden aus unserer Jugendzeit bist du der einzige, der nach all den Geschehnissen noch am Leben ist. Deshalb werde ich dich immer lieben. Jetzt ist die Macht dein, niemand kann deine Gewalt hindern, und bald wirst du dir die Kronen der beiden Reiche aufs Haupt setzen. Deshalb, Haremhab, flehe ich dich an: Laß Aton wieder auferstehen! Um Echnatons, unseres Freundes willen, bring Aton wieder zu Ehren! Unserer furchtbaren Verbrechen wegen sollst du Aton wieder erheben, damit alle Völker Brüder seien, kein Unterschied zwischen Mensch und Mensch bestehe und es nie wieder Krieg gebe!«

Als Haremhab dies vernahm, schüttelte er mitleidig das Haupt und sagte: »Du bist noch ebenso verrückt wie früher, Sinuhe. Verstehst du denn nicht, daß Echnaton einen Stein in die Fluten warf, der ein großes Geplätscher verursachte, wogegen ich dafür sorgen werde, daß die Wasserfläche sich wieder glättet, als wäre nie etwas hineingefallen? Begreifst du nicht, daß mich mein Falke in der Todesnacht des großen Pharao in das goldene Haus leitete, damit Ägypten nicht untergehe, sondern auch nach ihm lebe, weil die Götter seinen Untergang nicht wünschen? Deshalb werde ich alles wieder zum Alten zurückführen. Mit der Gegenwart ist der Mensch nie zufrieden, in seinen Augen sind nur die Vergangenheit und die Zukunft gut; daher werde ich Vergangenheit und Zukunft vereinen. Ich werde die von ihren Schätzen allzu aufgeblähten Reichen ausquetschen und gleich ihnen die allzu fettleibigen Götter, damit in meinem Lande die Reichen nicht zu reich und die Armen nicht zu arm seien und weder Götter noch Menschen danach trachten, mir die Macht streitig zu machen. Aber ich sehe, daß ich umsonst zu dir spreche und daß du meine Gedanken nicht erfassen kannst, weil deine eigenen Gedanken diejenigen eines schwachen und kraftlosen Mannes sind. Die Schwächlinge und Memmen aber besitzen kein Lebensrecht auf Erden, sondern sind dazu geschaffen, von den Starken zertreten zu werden. Sie verdienen auch kein besseres Los. Nicht anders werden auch die schwachen Völker unter den Fersen der starken zermalmt und nehmen die Großen den Kleinen das Futter vom Mund weg. So ist es stets gewesen und wird es immer bleiben.«

So schieden Haremhab und ich voneinander, und unsere einstige Freundschaft bestand nicht mehr. Als ich gegangen war, begab er sich zu seinen Söhnen, hob sie auf sein starkes Knie und warf sie in seiner Freude hoch in die Luft; und von ihnen begab er sich in die Gemächer der Prinzessin Baketamon und sprach zu ihr: »Meine königliche Gemahlin! Wie der Mond hast du in all den vergangenen Jahren in meiner Erinnerung geleuchtet, und groß ist meine Sehnsucht nach dir gewesen. Aber jetzt ist mein Werk vollbracht, und in Bälde wirst du als große königliche Gemahlin an meiner Seite leben, wozu dein heiliges Geblüt dich berechtigt. Deinetwegen, Baketamon, ist viel Blut geflossen, Städte sind zu Asche geworden, und das Wehklagen der Menschen auf den Spuren meiner Heeresmacht ist bis zum Himmel gestiegen. Habe ich meinen Lohn nicht verdient?«

Baketamon lächelte ihn liebenswürdig an, berührte seine Schulter schüchtern mit der Hand und sagte: »Wahrlich, mein Gemahl Haremhab, du großer Feldherr Ägyptens, du hast deinen Lohn verdient! Deshalb habe ich in meinem Garten ein Lusthaus ohnegleichen aufführen lassen, um dich nach Verdienst empfangen zu können, und in meiner Sehnsucht nach dir habe ich jeden Stein für seine Wände selber gesammelt. Laß uns also in dieses Lusthaus gehen, damit du deinen Lohn in meinem Schoß empfangest und ich dir Freude bereite!«

Ihre Worte entzückten Haremhab. Sie griff behutsam nach seiner Hand und führte ihn in den Garten. Die Hofleute aber flohen und versteckten sich und hielten beim Gedanken an das

Bevorstehende vor Schreck den Atem an, und sogar die Sklaven und die Stallknechte entwichen, so daß kein Mensch im goldenen Haus blieb. So leitete Baketamon Haremhab in ihr Lusthaus; doch als er sie voller Ungeduld in seine Arme nehmen wollte, wehrte sie ihm sanft und sagte:

»Zügle noch für eine Weile dein männliches Begehren, Haremhab, damit ich dir erzähle, mit welch großer Mühe ich dieses Lusthaus erbaut habe! Ich hoffe, du entsinnst dich der Worte, die ich äußerte, als du mich das letztemal mit Gewalt nahmst. Betrachte daher genau diese Steine und wisse, daß jeder Stein in den Wänden und im Fußboden eine Erinnerung an meine Fleischeslust mit einem anderen Mann bedeutet. Wie du siehst, ist die Zahl dieser Andenken nicht gering. Aus meinen Genüssen habe ich dieses Lusthaus zu deinen Ehren erbaut, Haremhab! Den großen weißen Stein hier brachte mir ein Fischausweider, der toll in mich verliebt war, und den grünen dort erhielt ich von einem Latrinenentleerer vom Kohlenmarkt, während mir die acht braunen Steine daneben von einem Gemüsehändler geschenkt wurden, der in meinem Schoß unersättlich war und meine Liebeskunst höchlich pries. Wenn du dich geduldest, will ich dir die Geschichte eines jeden Steines erzählen, Haremhab, da wir ja reichlich Zeit dazu haben. Noch viele Jahre liegen vor uns, und auch unsere alten Tage werden wir gemeinsam verbringen; doch glaube ich, daß die Anekdoten über diese Steine bis in mein hohes Alter reichen werden, wenn ich dir jedesmal, da du mich umarmen willst, einige davon schildere.«

Haremhab schenkte ihren Worten anfangs keinen Glauben, sondern hielt sie für einen übermütigen Scherz, um so mehr, als Baketamons zurückhaltendes Gebaren ihn täuschte. Als er ihr aber in die mandelförmigen Augen blickte, entdeckte er darin einen Haß, der schlimmer war als der Tod – und nun mußte er ihren Worten glauben. Und als er deren ganze Tragweite erkannte, geriet er außer sich vor Zorn und griff nach seinem hetitischen Messer, um Baketamon, die seine Mannheit und seine Eitelkeit so fürchterlich verletzt hatte, umzubringen. Sie aber entblößte ruhig ihre Brust und sprach spöttisch:

»Stoß zu, Haremhab, und stich dir mit dem Messer die Kronen vom Haupte! Denn ich bin eine Priesterin der Sekhmet und von heiligem Geblüt: Wenn du mich tötest, hast du dein Anrecht auf den Thron der Pharaonen verwirkt.«

Ihre Worte brachten Haremhab zur Besinnung; denn er war gezwungen, in Eintracht mit ihr zu leben, weil ihm nur die Ehegemeinschaft mit ihr gesetzliches Recht auf die Kronen der Pharaonen verlieh. So fesselte ihn Baketamon, und er vermochte nichts gegen sie. Ihre Rache jedoch vollendete sich, als er nicht einmal wagte, ihr Lusthaus abreißen zu lassen, und es alle Tage, wenn er aus seinen Zimmern ins Freie blickte, vor Augen haben mußte. Nach reiflicher Überlegung fand er keinen anderen Ausweg, als Unkenntnis über Baketamons Benehmen zu heucheln. Wenn er befohlen hätte, das Lusthaus niederzulegen, hätten alle verstanden, daß ihm bekannt war, wie Baketamon das ganze Volk Thebens auf sein Lager hatte spucken lassen. Deshalb zog er es der öffentlichen Schande vor, hinter dem Rücken verlacht zu werden. Fortan aber ließ er Baketamon in Ruhe und lebte einsam, und zur Ehre seiner Gemahlin muß gesagt werden, daß sie desgleichen tat, weiteren Bauunternehmungen entsagte und sich mit ihrem schönen Lusthaus begnügte.

So erging es Haremhab, und ich glaube nicht, daß er noch viel Freude an seinen Kronen hatte, als die Priester ihn salbten und ihm die rote und die weiße, die des Oberen und die des Unteren Landes aufsetzten. Er wurde mißtrauisch, und auf keinen Menschen verließ er sich fortan ohne Rückhalt, weil er annehmen mußte, daß ihn jeder Baketamons wegen insgeheim verlache. So trug er für immer einen Dorn in seiner Lende, und sein Herz fand keinen Frieden. Auch konnte er sich nicht mit anderen Frauen trösten; denn die erlittene Kränkung war zu grausam gewesen, als daß er noch mit Frauen hätte Fleischeslust treiben wollen. Deshalb betäubte er seinen Kummer und seine Bitterkeit mit Arbeit und begann den Mist aus Ägypten hinauszukehren, um alles wieder zum alten zurückzuführen und das Recht an Stelle des Unrechtes zu setzen.

7

Um gerecht zu sein, muß ich nämlich auch von Haremhabs guten Taten berichten. Das Volk pries seinen Namen, hielt ihn für einen guten Herrscher und zählte ihn schon nach seinen ersten Regierungsjahren zu den großen Pharaonen Ägyptens. Das geschah namentlich darum, weil er scharf hinter den Reichen und Vornehmen her war. Er gestattete nicht, daß jemand zu reich oder vornehm wurde und ihm die Macht streitig machen konnte – und dies gefiel dem Volk sehr. Er bestrafte ungerechte Richter und gewährte den Armen ihr Recht; er änderte die Steuererhebung ab, bezahlte aus der Schatzkammer des Pharao den Steuereintreibern ein regelmäßiges Gehalt und ließ nicht mehr zu, daß sie das Volk aussaugten und sich selbst dabei bereicherten.

Rastlos und unaufhörlich bereiste er das Land, von Bezirk zu Bezirk, von Dorf zu Dorf, und untersuchte jeden Mißbrauch. Seinen Weg bezeichneten die abgeschnittenen Ohren und blutigen Nasen ungerechter Steuereinheber, und an den Orten, wo er zu Gericht saß, war das Klatschen der Stockhiebe und das Wehgeschrei der Gezüchtigten weithin vernehmbar. Sogar die Allerärmsten durften ihm ihre Anliegen selbst vorbringen, seine Beamten konnten sie nicht daran hindern, und er gewährte dem Volk unbestechliche Gerechtigkeit. Er entsandte wieder Schiffe nach Punt, die Frauen und Kinder der Seeleute weinten an den Landungsstegen und schürften sich nach gutem Brauch das Gesicht mit Steinen. Ägypten bereicherte sich gewaltig; denn von zehn Schiffen kehrten jährlich drei mit großen Schätzen beladen zurück. Er errichtete auch neue Tempel und gab den Göttern, was ihnen nach Rang und Recht gebührte, wobei er keinen anderen Gott als Horus und keinen anderen Tempel als denjenigen in Hatnetsut sonderlich begünstigte. Dort verehrte das Volk sein Bildnis wie dasjenige eines Gottes und opferte ihm Ochsen. Es segnete seinen Namen und pries ihn in hohen Tönen, und schon zu seinen Lebzeiten waren seltsame Sagen über ihn in Umlauf.

Auch Kaptah hatte viel Erfolg und wurde mit jedem Jahr reicher, bis schließlich kein Mann in Ägypten mehr mit ihm wetteifern konnte. Da er weder Frau noch Kinder besaß, setzte er Haremhab zum Erben ein, um in Frieden leben und immer größere Schätze sammeln zu können. Aus diesem Grund preßte ihn Haremhab nicht so hart aus wie die übrigen Reichen des Landes und gestattete auch den Steuereintreibern nicht, ihn allzu streng anzufassen.

Kaptah lud mich oft in sein Haus ein, das im Stadtteil der Vornehmen lag und mit seinen Gärten ein ganzes Häuserviertel einnahm, so daß kein Nachbar seine Ruhe stören konnte. Er aß aus goldenem Geschirr, in seinem Haus floß das Wasser nach kretischer Art aus Silberhähnen, seine Badewanne war aus Silber, der Sitz in seinem Abort aus Ebenholz, und ergötzliche, aus kostbaren Steinen zusammengefügte Bilder schmückten die Wände dieses Gemachs. Er bot mir seltene Speisen und Pyramidenwein an, während der Mahlzeiten unterhielten ihn Spielleute und Sänger, und es führten die schönsten und geschicktesten Tänzerinnen Thebens die kunstvollsten Tänze vor ihm auf.

Er veranstaltete auch große Gastmahle, und die vornehmen und reichen Ägypter besuchten gerne sein Haus, obwohl er ein geborener Sklave war, der in seinem Benehmen öfters seine Abstammung verriet, indem er sich in die Finger schneuzte und beim Essen laut rülpste. Aber er war ein großzügiger Gastgeber, der seinen Gästen kostbare Geschenke machte, und seine Ratschläge in geschäftlichen Dingen waren schlau, weshalb jedermann aus seiner Freundschaft Nutzen zog. Seine Reden und Anekdoten waren witzig; zum Ergötzen seiner Gäste zog er zuweilen das Gewand eines Sklaven an und erzählte nach Sklavenart allerlei Lügengeschichten; denn er war zu reich, um befürchten zu müssen, wegen seiner Vergangenheit verhöhnt zu werden. Er brüstete sich im Gegenteil vor den ägyptischen Edelleuten mit seiner Herkunft. Zu mir sagte er:

»Mein Herr Sinuhe, sobald ein Mensch reich genug ist, kann er nicht mehr arm werden: so seltsam ist die Weltordnung, daß er ohne einen Finger zu rühren, immer noch reicher wird. Meinen Reichtum aber habe ich ursprünglich dir zu verdanken; deshalb werde ich dich immer als meinen Herrn anerkennen, und du sollst nie im Leben darben, obgleich es besser für dich ist, nicht reich zu sein, weil du den Reichtum nicht richtig zu verwenden weißt, sondern mit ihm nur Unruhe säen und viel Schaden anrichten würdest. Es ist daher dein Glück, daß du deinen Reichtum zu Zeiten des falschen Pharao vergeudet hast; denn ich werde schon auf deinen Vorteil sehen und dafür sorgen, daß dir nichts fehlt.«

Er förderte auch Künstler; diese formten ihn in Stein, wobei sie ihm eine feine, vornehme Gestalt, schlanke Glieder, kleine Hände und Füße und hohe Backenknochen verliehen. Auch waren auf den Bildnissen seine beiden Augen sehend, und er saß mit gekreuzten Beinen in Gedanken versunken da, eine Schriftrolle auf den Knien und einen Schreibstift in der Hand, obwohl er in Wirklichkeit nicht einmal den Versuch unternommen hatte, lesen und schreiben zu lernen, sondern seine Schreiber es für sich tun ließ, wie diese denn auch alle großen Zahlen für ihn ausrechneten. Diese Bildnisse belustigten Kaptah sehr, und die Ammonpriester, denen er nach seiner Rückkehr aus Syrien unermeßliche Geschenke übermacht hatte, um in Eintracht mit den Göttern zu leben, ließen im großen Tempel seine von ihm gestiftete Bildsäule aufführen.

Auch ließ er sich ein mächtiges Grab in der Totenstadt bauen, und Künstler schmückten dessen Wände mit zahlreichen Bildern aus seinem täglichen Leben und von seinen Vergnügungen. Sie stellten ihn sehend und vornehm und schlank dar; denn er wünschte, die Götter zu täuschen und in das Land des Westens so einzugehen, wie er gerne ausgesehen hätte, nicht aber so, wie er in Wirklichkeit aussah. Trotzdem blieb er zu Lebzeiten lieber so, wie er war, weil ihm das Vornehmsein zu viel Mühe verursacht haben würde. Zu diesem Zwecke ließ er auch für sein Grab das kunstreichste und verworrenste Totenbuch, das ich je gesehen, anfertigen: Es umfaßte zwölf Rollen Bilder mit Text und Beschwörungen zur Beschwichtigung der unterirdischen Geister, zur Ausrüstung der Waage des Osiris mit falschen Gewichten und zur Bestechung der gerechten Paviane. Das alles ließ er ausführen, weil er Vorsicht für eine Tugend hielt, obwohl er sonst nicht gern an den Tod dachte und unseren Skarabäus immer noch mehr als jeden anderen Gott verehrte.

Ich gönnte Kaptah gerne seinen Reichtum und sein Glück und auch allen anderen ihre Freude und Zufriedenheit und wollte die Menschen nicht mehr ihrer Einbildungen berauben, wenn diese sie glücklich zu machen vermochten. Denn das Leben des Menschen ist vielfach aus Träumen gewoben. Deshalb ist die Wahrheit schlimm und bitter, und manchen Menschen bringt man besser um, als ihm seine Träume zu zerstören. Darum hütete ich mich, den Menschen ihre Traumgebilde zu vernichten, solange diese sie beglückten und sie sich, ohne Böses zu tun, mit ihrem Wahn zufriedengaben.

Meine Stirn aber kühlten keine Träume, und keine Freude schenkte meinem Herzen Frieden. Keine Arbeit verlieh mir Ruhe, obwohl ich in diesen Jahren sehr beschäftigt war, zahlreiche Kranke heilte und verschiedenen Menschen die Schädel öffnete, wobei nur ihrer drei starben, was mir einen großen Ruf als Schädelbohrer eintrug. Ich war ewig unzufrieden. Vielleicht hatte mich auch Mutis mürrisches, bitteres Wesen angesteckt, so daß ich alle Menschen, denen ich begegnete, unaufhörlich tadelte. Kaptah machte ich Vorwürfe über seine Prasserei, den Armen über ihre Faulheit, den Reichen über ihre Selbstsucht, den Richtern über ihre Gleichgültigkeit; keiner konnte es mir recht machen, ich war mit allen Leuten unzufrieden und schmähte sie. Nur Kranke und Kinder schalt ich nicht; ich pflegte die Kranken, ohne ihnen unnützen Schmerz zu verursachen, und ließ Muti Honigkuchen unter die kleinen Knaben der Straße verteilen, deren Augen mich an die klaren Augen Thoths erinnerten.

Die Menschen sagten von mir: »Dieser Sinuhe ist ein langweiliger, verbitterter Mann! Seine Leber ist geschwollen, und die Galle läuft ihm über, wenn er spricht. Er ist zu früh gealtert und kann sich des Lebens nicht mehr freuen. Auch vermag er nachts keinen Schlaf zu finden, weil ihn seine Untaten verfolgen. Wir wollen ihn daher mit Wohlwollen behandeln und uns nicht um sein Geschwätz kümmern; denn seine Zunge sticht ihn selber mehr als andere.

So verhielt es sich auch. Wenn ich genug genörgelt hatte, litt ich selbst darunter und vergoß Tränen und gab den Faulpelzen Getreide, zog mein Gewand aus, um damit einen Betrunkenen zu kleiden, bat die Reichen für meine Schmähungen um Verzeihung und glaubte an die Redlichkeit der Richter. Das geschah, weil ich immer noch ein Schwächling war und meine Natur nicht ändern konnte.

Aber ich verleumdete auch Haremhab, und in meinen Augen waren alle seine Handlungen schlecht. Am meisten aber bekrittelte ich seine Soldaten, die er mit den Vorräten des Pharao aushielt und die ein müßiges Leben führten, in Bierschenken und Freudenhäusern mit ihren Heldentaten prahlten und die Töchter der Armen schändeten, so daß in den Straßen Thebens keine Frau mehr sicher war. Denn Haremhab verzieh seinen Kriegern alle Missetaten, die er noch beschönigte. Wenn sich die Armen ihrer Töchter wegen mit Klagen an ihn wandten, erklärte er ihnen, sie sollten stolz darauf sein, daß die Soldaten Ägyptens ein starkes Geschlecht zeugten: Er haßte die Frauen, betrachtete sie bloß als Gebärerinnen und gönnte ihnen keine andere Würde.

Mit der Zeit wurde Haremhab immer mißtrauischer. Eines Tages kamen seine Wächter zu mir ins Haus, zogen mir Sandalen an und legten mir ein Tuch um, und nachdem sie mit den Speerschäften die Kranken von meinem Hof vertrieben hatten, führten sie mich vor Haremhab. Es war im Frühling, die Wasser waren zurückgetreten, und die Schwalben flitzten mit unruhigem Gezwitscher pfeilschnell über den mit gelbem Schlamm vermischten Fluten hin und her. Die Wächter schleppten mich vor Haremhab der in den letzten Jahren so sehr gealtert war, daß sich sein Nacken gebeugt hatte und sein Gesicht gelb geworden war und die Muskeln an seinem hochgewachsenen, hageren Körper wie Geschwülste aussahen. Er blickte mir in die Augen, in denen keine Freude mehr wohnte, und sprach:

»Sinuhe, ich habe dich wiederholt warnen lassen. Aber du kümmerst dich nicht darum, sondern sagst immer noch zu den Leuten, der Beruf des Kriegers sei der niedrigste und verächtlichste aller Berufe, für die Kinder sei es besser, im Mutterleib zu sterben, als zu Kriegern geboren zu werden, zwei bis drei Kinder genügten für eine Frau und es sei für eine Mutter vorzuziehen, mit drei Kindern glücklich als mit zehn Kindern arm und unglücklich zu sein. Auch hast du behauptet, alle Götter seien gleich und alle Tempel dunkle Häuser, und der Gott des falschen Pharao sei trotz allem der größte der Götter gewesen. Ferner hast du gesagt, der Mensch habe nicht das Recht, einen anderen Menschen als Sklaven zu kaufen oder zu verkaufen, und das Volk, welches pflügt und sät und erntet, dürfe die Felder, die es bebaut, und die Scheunen, die es füllt, als sein Eigentum beanspruchen, selbst wenn der Boden dem Pharao oder einem Gott gehören sollte. Schließlich hast du die kühne Behauptung aufgestellt, daß meine Gewalt sich nicht wesentlich von derjenigen der Hetiter unterscheide; und noch viel tollere Dinge hast du geschwatzt. Ein anderer wäre für weit weniger aufrührerische Reden schon längst in die Steinbrüche verschickt worden, um unter Stockhieben zu arbeiten. Ich aber habe dir Langmut erwiesen, Sinuhe, weil du einmal mein Freund warst und ich dich, solange der Priester Eje noch lebte, als Zeugen gegen ihn benötigte. Jetzt aber bedarf ich deiner nicht mehr; du könntest mir im Gegenteil durch manches, was du über mich weißt, schaden, solange du lebst. Wärest du vernünftig, so würdest du ein ruhiges Leben geführt und dich mit deinem Los zufriedengegeben haben; denn dir hat wahrlich nichts gefehlt. Statt dessen aber speit dein Mund Schmutz auf mich, und das ertrage ich nicht länger!«

Während er so redete, steigerte sich sein Zorn, er begann seine mageren Schenkel mit der Peitsche zu bearbeiten, runzelte die Brauen und fuhr fort: »Wahrlich, du bist mir ein Sandfloh zwischen den Zehen und eine Viehbremse auf der Schulter gewesen! Ich dulde in meinem Garten keine Büsche, die statt Frucht zu tragen, nur giftige Dornen hervorbringen. Es ist wieder Frühling im Lande Kêmet, die Schwalben beginnen sich für den Sommer im Schlamm zu vergraben, während die Wasser zurücktreten, die Taube girrt und die Akazien blühen. Es ist eine gefährliche Zeit. Der Frühling zeugt stets Unruhe und eitles Gerede, aufgehetzte Gesellen sehen rot vor den Augen und heben Steine vom Boden, um sie gegen die Wächter zu werfen, und es ist sogar vorgekommen, daß meine Bildnisse im Tempel mit Ochsenmist besudelt wurden. Da könnten deine verrückten Worte als Funken wirken, die das dürre Schilf entzünden, und wenn dieses einmal Feuer gefangen hat, verbrennt es flammend zu Asche. Deshalb muß ich dich aus Ägypten verbannen, Sinuhe. Du sollst Kêmet nie mehr wiedersehen, weil sonst der Tag käme, an dem ich dich töten lassen müßte; das aber will ich nicht tun, weil du einstmals mein Freund gewesen bist. Ich bin mir darüber klar, daß böse Worte zuweilen gefährlicher sind als Speere; ich verstehe die Hetiter gut, die ihre Zauberer am Wegrand aufspießen lassen, und ich will Ägypten von der Gefahr säubern, wie ein guter Gärtner das Unkraut aus den Gemüsebeeten jätet. Denn ich gestatte nicht, daß das Land Kêmet nochmals in Brand gesteckt wird, weder um der Menschen noch um der Götter willen! Deshalb verbanne ich dich, Sinuhe, weil du gewiß nie ein Ägypter gewesen bist, sondern eine seltsame Mißgeburt, ein Mischling, dessen krankes Gehirn verderbliche Gedanken ausbrütet.«

Vielleicht hatte er recht, und es rührte die Qual meines Herzens gerade daher, daß in meinen Adern das heilige Blut der Pharaonen sich mit dem von der untergehenden Sonne gebleichten Blut des sterbenden Mitani vermischt hatte. Dennoch konnte ich mich eines Kicherns nicht erwehren und hielt mir aus Höflichkeit die Hand vor den Mund, um das Lachen zu unterdrücken. Seine Worte hatten mich sehr erschreckt; denn Theben war meine Vaterstadt, in der ich aufgewachsen war, und ich wollte nirgends anderswo als in Theben leben. Mein Gelächter beleidigte Haremhab sehr; denn er hatte erwartet, daß ich mich vor ihm aufs Gesicht werfen und ihn um Gnade anflehen würde. Deshalb ließ er seine Peitsche durch die Luft sausen und rief:

»So soll es denn geschehen! Ich verbanne dich für alle Zeiten aus Ägypten, und wenn du stirbst, darf dein Leichnam nicht zurückgebracht und im Lande Kêmet begraben werden, wenn ich auch gestatte, daß er nach altem, gutem Brauch zur Erhaltung nach dem Tode einbalsamiert werde. Deine Leiche soll an der Küste des östlichen Meeres bestattet werden, von wo die Schiffe nach dem Lande Punt segeln. Dorthin will ich dich auch verbannen; denn nach Syrien kann ich dich nicht verschicken, weil dieses Land immer noch ein schwelender Gluthaufen ist, der keinen Blasebalg benötigt; ebensowenig mag ich dich in das Land Kusch ausweisen, da du behauptest, die Hautfarbe des Menschen sei ohne Bedeutung und daher seien die Ägypter und die Neger gleichen Wertes. Du würdest den Negern Flausen in den Kopf setzen. Jene Küstengegend aber ist öde und verlassen, und dort kannst du nach Belieben den roten Fluten des Meeres und dem schwarzen Wüstenwind Reden halten und von den Bergen herab den Schakalen und Raben und Schlangen predigen. Die Wächter sollen das Gebiet, auf dem du dich bewegen darfst, ausmessen und dich, falls du seine Grenzen überschreitest, mit ihren Speeren umbringen. Sonst aber soll dir nichts fehlen, dein Lager soll bequem und deine Nahrung reichlich sein, und jeder angemessene Wunsch soll dir erfüllt werden; denn die Einsamkeit ist dir Strafe genug, und ich will dich, meinen einstigen Freund, nicht schwerer belasten, wenn ich nur meinen Zweck erreiche und deine irrsinnigen Reden loswerde.«

Ich fürchtete jedoch die Einsamkeit nicht, weil ich ja mein Leben lang einsam gewesen und schon zur Einsamkeit geboren war; aber mein Herz schmolz vor Wehmut bei dem Gedanken, daß ich Theben nie mehr wiedersehen noch die weiche Erde des schwarzen Landes betreten oder das Wasser des Nils trinken dürfte. Deshalb sagte ich zu Haremhab:

»Ich besitze nicht viele Freunde; denn die Menschen meiden mich meines bitteren Sinnes und meiner scharfen Zunge wegen. Aber du gestattest mir wohl, meinen wenigen Freunden Lebewohl zu sagen. Auch möchte ich gerne von Theben Abschied nehmen, noch einmal durch die Widderstraße wandeln, den Duft des Weihrauchs zwischen den bunten Säulen des großen Tempels und den Geruch gebratener Fische im Armenviertel einatmen, wenn die Frauen ihre Feuer vor den Lehmhütten anzünden und die Männer mit müden Schultern von der Arbeit heimkehren.«

Haremhab hätte meinen Wunsch sicherlich erfüllt, wenn ich geweint und mich vor ihm zu Boden geworfen hätte; denn er

erklären, wozu ich eigentlich gelebt habe. Doch weiß ich es heute noch nicht; und wenn ich jetzt das letzte Buch beende, verstehe ich es noch weniger als damals, da ich mit dieser Arbeit begann. Trotzdem hat mir das Schreiben in diesen Jahren Trost gebracht; denn jeden Tag hat das Meer vor meinen Blicken gelegen, ich habe es rot und schwarz, bei Tag grün und des Nachts weiß und bei glühender Hitze blauer als blaues Gestein gesehen. Jetzt bin ich seines Anblicks überdrüssig; denn es ist allzu weit und furchterregend, als daß ein Mensch es sein Leben lang betrachten könnte – weil sein Kopf ob der Grenzenlosigkeit der See erkrankt und sein Herz in einen tiefen Brunnen fällt, wenn sie im Abendrot erglüht.

In all diesen Jahren habe ich auch die roten Berge um mich herum betrachtet und die Sandflöhe beobachtet; Skorpione und Schlangen sind meine Vertrauten, die nicht mehr vor mir flüchten, sondern auf meine Worte hören. Trotzdem glaube ich, daß Skorpione und Schlangen dem Menschen schlechte Freunde sind. Deshalb habe ich sie ebenso satt bekommen wie die endlos rollenden Wellenkämme des Meeres.

Doch muß ich erwähnen, daß eines Tages im ersten Jahr, da ich hier in diesem Dorf aus verfallenen Hütten und gebleichten Knochen wohnte und die Schiffe wieder nach Punt abgefahren waren, Muti mit einer Karawane des Pharao aus Theben zu mir reiste. Sie kam zu mir, streckte die Hände in Kniehöhe vor, begrüßte mich und weinte bitterlich über meinen erbärmlichen Zustand; denn meine Wangen waren eingefallen, mein Magen verschrumpft, und ich kümmerte mich um nichts mehr, sondern starrte nur zum Zeitvertreib aufs Meer hinaus, bis mich der Kopf schmerzte. Aber Muti erholte sich rasch und begann mich heftig mit Vorwürfen zu überschütten:

»Habe ich dich nicht tausendmal gewarnt, Sinuhe, nicht deiner männlichen Natur wegen den Kopf in die Schlinge zu stekken? Aber Männer sind tauber als Steine und benehmen sich wie dumme Jungen, die sich den Schädel an der Wand einrennen müssen, obwohl die Wand dabei nicht im geringsten nachgibt. Wahrlich, mein Herr Sinuhe, du hast oft genug versucht, mit dem Kopf durch die Mauern zu rennen! Es ist höchste Zeit, daß du dich beruhigst und das Leben eines Weisen zu führen beginnst.«

Als ich sie aber tadelte und sagte, sie hätte nicht aus Theben zu mir kommen sollen, weil sie nun nie mehr dorthin zurückkehren dürfe, sondern ihr Leben als dasjenige eines Verbannten binde, was ich niemals erlaubt haben würde, wenn ich ihre Absicht geahnt hätte, hielt sie mir wieder eine lange Rede und sprach:

»Im Gegenteil! Nichts Besseres hätte dir widerfahren können als diese Verbannung! Ich glaube, daß Pharao Haremhab dein wahrer Freund ist, weil er dir für das Alter einen so friedlichen Wohnort angewiesen hat. Auch ich habe mehr als genug von der Hetze Thebens und den streitsüchtigen Nachbarn, die sich Kochgeschirre ausleihen und sie nicht zurückbringen und ihre Abfälle in meinen Hof werfen. Offen gestanden war das einstige Haus des Kupferschmieds nach der Feuersbrunst nicht mehr wie zuvor; die Braten verbrannten im Ofen, das Öl in den Krügen wurde ranzig, es zog am Boden um die Füße, und unaufhörlich knarrten die Fensterläden. Hingegen können wir hier ganz neu anfangen und alles nach unserem Geschmack einrichten. Ich habe bereits einen vorzüglichen Platz für den Garten ausersehen, wo ich Küchenpflanzen und Brunnenkresse anpflanzen werde, die du als Gewürz in den Tunken so gern hast. Wahrlich, ich werde diesen faulen Drohnen, die dir der Pharao zum Schutz gegen Räuber und Verbrecher mitgegeben hat, Beine machen! Alle Tage sollen sie mir auf die Jagd nach frischem Fleisch und auf Fischfang gehen und Muscheln und Krabben am Strand sammeln, obgleich ich befürchte, daß die Seefische und Meeresmuscheln nicht so gut sind wie diejenigen des Flusses. Auch werde ich mir mit deiner Erlaubnis rechtzeitig einen Grabplatz aussuchen; denn nachdem ich nun hergekommen bin, werde ich diesen Ort nie mehr verlassen. Denn ich habe es satt, auf der Suche nach dir von Ort zu Ort zu fahren, und das Reisen macht mir Angst, weil ich nie zuvor einen Fuß aus Theben hinausgesetzt hatte.«

So tröstete mich Muti und heiterte mich auf, und ich glaube, es war ausschließlich ihr Verdienst, daß ich mich wieder an das

Leben klammerte und zu schreiben begann. Denn ich hätte es als großes Unrecht gegen sie empfunden zu sterben und sie auf ihre alten Tage allein in der Verbannung zurückzulassen. Sie regte mich zum Schreiben an, und so handhabte ich fleißig meinen Stift, obwohl sie selbst nicht des Lesens kundig war und, so glaube ich, im stillen meine Schreiberei als eitle Torheit betrachtete. Aber sie wollte, daß ich eine Beschäftigung habe, die meinem Leben in der Verbannung einen Sinn verlieh, und sie sorgte dafür, daß ich nicht spät abends schrieb, um mir nicht die Augen zu verderben, und daß ich mäßig und mit Ruhepausen arbeitete und all die guten Gerichte, die sie mir kochte, genoß. Ihrem Versprechen gemäß trieb sie die Wächter des Pharao zur Tätigkeit an und verbitterte ihnen das Leben, weshalb diese hinter ihrem Rücken über sie fluchten und sie Hexe und Krokodil schimpften. Aber sie wagten nicht, sich gegen sie aufzulehnen; denn sie wehrte jeden derartigen Versuch mit den schärfsten Worten ab, und ihre Zunge war spitzer als die Pike, mit der man die Ochsen beim Schlittenziehen anstachelt.

Auch glaube ich, daß Muti einen sehr gesunden Einfluß auf sie ausübte; denn da sie die Diener in steter Bewegung hielt, ward diesen die Zeit nicht lang, und sie kamen nicht auf den Gedanken, mich zu verfluchen und umzubringen, um mich loszuwerden und nach Theben zurückkehren zu können, sondern segneten ihre kurzen Ruhepausen. Zum Lohn für ihre Mühe buk ihnen Muti gutes Brot und braute ihnen starkes Bier, aus ihrem Garten erhielten sie frisches Gemüse, und sie lehrte sie, Abwechslung in ihre Kost zu bringen, so daß sie nicht bei der einförmigen Nahrung erkrankten, die in ihrem Sold inbegriffen war. Alljährlich, wenn die Schiffe nach Punt segelten, sandte uns Kaptah aus Theben nach Mutis Anweisungen zahlreiche Esellasten verschiedener Waren und von seinen Schreibern angefertigte Berichte über die Vorgänge in Theben; und so lebte ich nicht in einem Sack. Das alles war auch für die Wächter von großem Nutzen. Muti lehrte sie viele zweckdienliche Fertigkeiten, und meine Geschenke bereicherten sie, weshalb sie keine allzu große Sehnsucht nach Theben verspürten.

Nachdem ich dies nun noch berichtet habe, bin ich vom

Schreiben müde, und meine Augen sind matt. Mutis Katzen springen mir auf den Schoß, reiben die Köpfe gegen meine Hand, die den Schreibstift hält, und hindern mich, im Schreiben fortzufahren. Mein Herz ist müde von allem, was ich erzählt habe, und meine Glieder sind erschöpft und sehnen sich nach der ewigen Ruhe. Vielleicht bin ich nicht glücklich, aber jedenfalls auch nicht besonders unglücklich in meiner Einsamkeit; denn je einsamer und ferner ich von den Menschen gelebt, desto deutlicher habe ich sie und ihre Taten und deren Eitelkeit durchschaut, da ja alle Taten, die der Mensch in seinem Leben vollbringt, eitel sind.

Doch segne ich die Papyrusblätter und den Schreibstift, die mich wieder zu einem kleinen Kinde werden ließen, das in einem Binsenboot stromabwärts segelt, ohne schon um das Leid des Lebens und um die Qual der Erkenntnis zu wissen. Wieder bin ich ein kleiner Knabe im Haus meines Vaters Senmut gewesen, wieder sind die heißen Tränen Metis, des Fischausweiders, auf meine Hände getropft. Mit Minea bin ich auf den Straßen Babylons gewandert, und Merits schöne Arme haben meinen Hals umschlungen. Ich habe mit den Leidenden geweint und mein Getreide unter die Armen verteilt. An all das erinnere ich mich gern; meiner bösen Taten und meiner bitteren Verluste aber will ich lieber nicht gedenken.

Diese Bücher habe ich, Sinuhe, der Ägypter, nur meinetwegen geschrieben. Nicht um der Götter noch um der Menschen willen und nicht, um meinen armseligen Namen zu verewigen, sondern nur zum Troste meines armen, betrübten Herzens, das sein Maß voll bekommen hat. Denn ich darf nicht hoffen, daß mein Name durch das Niedergeschriebene bewahrt werde, da ich ja weiß, daß die Wächter nach meinem Tod alles, was ich geschrieben, zerstören werden. Haremhabs Befehl gemäß werden sie meine Schriften zerstören und die Wände meines Hauses abreißen, und ich bin mir nicht einmal bewußt, ob ich darüber betrübt bin; denn nach allem, was ich erlebt, ersehne ich nicht die Unsterblichkeit meines Namens.

Trotzdem bewahre ich diese fünfzehn Bücher sorgfältig; Muti hat für jedes einzelne Buch eine starke Hülle aus Palmenfibern geflochten, und ich lege die darin verwahrten Bücher in einen silbernen Schrein und diesen wiederum in einen zweiten Schrein aus Hartholz, und ihn schließe ich endlich in einen kupfernen Kasten ein, wie einst die göttlichen Bücher des Thoth in Schreine versorgt und in die Tiefe des Stromes versenkt wurden. Ob aber meine Bücher der Zerstörung durch die Wächter entgehen werden und ob es Muti gelingen wird, sie ins Grab mitzugeben, das weiß ich nicht. Ich kümmere mich auch nicht weiter darum.

Denn ich, Sinuhe, bin ein Mensch und habe als solcher in jedem Menschen, der vor mir war, gelebt und werde in einem jeden, der nach mir kommen wird, leben. Ich lebe in den Tränen und im Jubel des Menschen, in seinem Kummer und seiner Furcht, in seiner Güte und seiner Bosheit, in Gerechtigkeit und Unrecht, im Schwachen wie im Starken. Als Mensch werde ich ewig im Menschen leben, und darum ersehne ich keine Opfer für mein Grab und keine Unsterblichkeit für meinen Namen.

Dies schrieb Sinuhe, der Ägypter, der sein Leben lang einsam gewesen . . .